पचास कहानियाँ

2

लेखक

महाश्वेता देवी

अनुवादक

मीता घोष

राधाकृष्ण प्रकाशन

ISBN : 978-93-91950-20-0 (सेट)

पचास कहानियाँ-2

पहला संस्करण : 2013
पहली आवृत्ति : 2022

मूल्य : ₹2400
(दो खंडों का सेट)

प्रकाशक
राधाकृष्ण प्रकाशन प्राइवेट लिमिटेड
जी-15, जगतपुरी, दिल्ली-110 051

शाखाएँ : अशोक राजपथ, साइंस कॉलेज के सामने, पटना-800 006
पहली मंजिल, दरबारी बिल्डिंग, महात्मा गांधी मार्ग, प्रयागराज-211 001
36 ए, शेक्सपियर सरणी, कोलकाता-700 017

मुद्रक
बी.के. ऑफसेट
नवीन शाहदरा, दिल्ली-110 032

PACHAAS KAHANIYAN-2
by Mahashweta Devi

अनुक्रम

पचास कहानियाँ

2

भात

उस आदमी के देखने का ढंग बड़े मकान की बड़ी बहू को शुरू से ही नहीं भाया। जाने कैसी तीक्ष्णता थी उसकी नजरों में! उसकी कमर पर बँधी मैली लुंगी भी बहुत ही छोटी थी। चेहरे पर वहशीपन था। पर ब्राह्मण रसोइये ने कहा, 'भात खाएगा, काम करेगा।'

'कहाँ से पकड़ लाए?'

इस गृहस्थी में सब-कुछ बड़ी बुआ के कहे अनुसार चलता था। बड़ी बुआ, बड़ी बहू की बुआ-सास लगती थीं। बड़े अचरज की बात है, उनका विवाह नहीं हुआ।

सब कहते हैं, इतने अमीर होते हुए भी गृहस्थी की गाड़ी खींचने के लिए उन्होंने बेटी का विवाह नहीं किया। उन दिनों पत्नी के गुजर जाने पर बूढ़े स्वामी गृहस्थी को लेकर हैरान-परेशान हो रहे थे।

बड़े मकान के लोग कहते थे, उसका विवाह तो देवता के साथ हुआ है। वो तो देवता की सेविका है। बड़े मकान में एक शिव-मन्दिर भी था। बूढ़े स्वामी ने इस रास्ते के सभी मकान शिव-महेश्वर-त्रिलोचन-उमापति, ऐसे ही अनेक नामों से शिवजी को अर्पित कर रखे थे। बड़े दूरदर्शी मनुष्य थे। उन्हीं के कारण ये लोग कमा-खा रहे थे, सुनने में आता है, बड़ी बूआ ने कहा था, वे मेरे पति देवता हैं। किसी मनुष्य के संग मेरा विवाह मत करना।

यह सब बातें झूठ हैं या सच, कौन जाने! बड़ी बुआ ने तो हमेशा से ही इस गृहस्थी की रसोई सम्हाली थी, किराएदार के घर पर मिस्त्री लगवाया, और अपने पिता की सेवा की।

बड़ी बहू की बात सुनकर बड़ी बुआ ने पूछा, 'कहाँ से पकड़ लाए का मतलब? बाढ़ के पानी में इसका घर-गाँव बह गया है। हमारी वासिनी का ही कोई लगता है। वही ले आई है।'

बड़ी बहू ने कहा, 'जाने कैसा है देखने में!'

'तो क्या मोर विहीन साक्षात्, कार्तिक आएगा? तुम्हारे हाथों से तो दस पैसे भी नहीं निकलेंगे उसके लिए। यहीं दिन में चौदह दफा काम करता फिरेगा, पेट के लिए दो कौर खा लेगा, तो क्या? चावल भी तो खरीदना नहीं पड़ता। बियाड़ से आ रहा है। उसे देने में भी अँगुलियाँ पिरा रही हैं?'

बड़ी बहू चुप हो गई। बड़ी बुआ की बातों में आजकल जाने कैसा व्यंग्य रहता है। 'तुम लोगों का' का मतलब क्या है! बड़ी बुआ क्या किसी अन्य परिवार की है!

बड़ी बुआ ने अन्तिम बाण मारा, 'बेटी, तुम्हारे तो ससुर ही मरने चले हैं। इसीलिए तो होम-यज्ञ हो रहा है। उसी के लिए एक आदमी खाएगा...'

बड़ी बहू ने कोई उत्तर नहीं दिया। सब-कुछ सच ही तो है। उसके ससुर मरणासन्न हैं। बयासी साल की परिपक्व उम्र है। ससुर काफी स्वस्थ थे। पर कैंसर जैसी बीमारी। कैंसर यकृत में भी होता है, बड़ी बहू नहीं जानती थी। बड़ी तेजी से अन्दर चली गई।

आज बहुत काम था। मँझली बहू अँगीठी के पास बैठी थी। सास के मछली खाने के दिन लगभग पूरे हुए। इसलिए पिछले कई दिनों से बड़ी हिलसा, पका-पोना की पेटी, चीतल का बीच का हिस्सा, अंडों से भरा टैंगड़ा, बड़ी भेट्की मछलियाँ और न जाने क्या-क्या पका-परोसकर सास को खिलाने का काम उसके जिम्मे था।

ससुर के कमरे में नर्स थी। इस समय बड़ी बहू उस कमरे में गई। वह कुछ देर बैठेगी तो नर्स आकर चाय पीएगी। तीसरा बेटा विदेश में है। उसके आने का तो प्रश्न ही नहीं उठता। इस परिवार के बेटे दिन में ग्यारह बजे से पहले नींद से नहीं जागते। छोटा, मँझला और बड़ा अभी सो रहे हैं। इसी कारण वे कभी नौकरी नहीं कर पाए। अठारह देवत्र, मकान और बियाड़ अंचल में असीमित जमीन हो तो काम करने की जरूरत क्या थी?

ससुर के कमरे में बैठी बड़ी बहू ने सोचने की कोशिश की। अगर ससुर नहीं रहे, तब कैसा हाल होगा?

कैंसर, यकृत में कैंसर, पहले कुछ पता नहीं चला। जब पता चला तो करने लायक कुछ बचा न था। बड़ी बहू ने सोचने की कोशिश की, तब भी चाँद-सूरज निकलेंगे या नहीं। ससुर तो उसके लिए ठाकुर-देवता के समान थे।

उनके लिए दही जमाकर, इसबगोल का शरबत बनाकर देना पड़ता था, चाहे जितने भी रसोइए रहें, उनके भोजन के पाँच मिनट पूर्व बड़ी बहू को ही रोटी-पूरी बनानी पड़ती थी। उनका बिस्तर बिछाना पड़ता था, पैर दबाने होते थे। जीवन-भर कितने काम करने पड़े। अब क्या वो सब नहीं करना पड़ेगा, कौन जाने।

डॉक्टरों ने जवाब दे दिया था इसीलिए तो आज यह होम-यज्ञ हो रहा था। छोटी बहू के पिता एक तांत्रिक लाए थे। बेल, शेउड़ा, पीपल, वट, इमली आदि पेड़ों की लकड़ियाँ आधे मन के हिसाब से मँगवाई गई थीं। उन सबको एक माप से काटना होगा। भजन सेवक काली बिल्ली के बाल ढूँढ़ने निकला था। श्मशान से रेत, वेश्या के कोठे से हाथ-शीशा, ऐसी ही कितनी फरमाइशें।

तो उस आदमी को पकड़कर लाए थे लकड़ी चीरने। सुना है, कई दिनों का भूखा था। बासिनी पकड़ लाई थी। बियाड़ में रहता था पर भात के लिए इतना लालच! भला यह भी कोई बात हुई! बियाड़ में चावल की कोई कमी है? पहली मंजिल पर जाकर देख लो। लोहे के पीपों में कितने ही प्रकार के चावलों का स्तूप सजा रखा है।

नर्स आकर बैठी। बड़ी बहू चली गई। आज खाना-पीना झटपट खतम करना होगा तांत्रिक के होम शुरू करने से पहले। होम करके तांत्रिक ससुर के प्राणों को हाथ-आरसी में पकड़कर रखेंगे। वे नीचे बैठकखाने में विराजमान हैं।

बड़ी बुआ बोलीं, 'नीचे आने के लिए फुरसत अब मिली, बेटी? चावल तो निकालोगी?'

'बस, अभी देती हूँ।'

झींगासाल चावल का भात निरामिष दाल और तरकारी के साथ। रामसाल चावल से पका भात मछली के साथ। बड़े बाबू तो कनकपानि चावल के अलावा कुछ खाते ही नहीं,

मँझले और छोटे के लिए बारहों मास पद्मजालि चावल पकाया जाता है। रसोइया-दास-दासियों के लिए मोटा-झोटा चावल।

बियाड़ से आए हुए आदमी ने लकड़ी चीरते हुए नजरें उठाकर देखा। उसकी आँखें जैसे बाहर ही निकल आना चाहती थीं।

'अच्छा बासिनी, इतने प्रकार के चावल?'

'बाबू लोग खाते हैं।'

'और पाँच तरह का भात पकता है?'

'क्यों न हो? बियाड़ में इनकी इतनी जमीन है। चावल ला-लाकर तो पहाड़ बना लिया है। बड़ी बुआ भी छिप-छिपकर बेच रही है। मैं ही तो वो चावल बेच आती हूँ।'

'बियाड़ में इनका चावल होता है! तो देना जरा बासिनी। मुट्ठी भर चावल ही देना। गालों में रखकर पानी पीऊँगा। पेट के भीतर जैसे कोई जोरों से खरोंच रहा है। कितने दिन हुए घर में पके चावल नहीं खाए। बासिनी दे दे, तेरे पाँव पड़ता हूँ।'

'अरे-अरे' क्या करते हो उच्छव भैया! गाँव के रिश्ते से तो बड़े भाई लगते हो। ऐसा क्यों करते हो? बुआ जी ने देख तो लिया सर्वनाश हो जाएगा। मैं मौका देखकर जरूर दे जाऊँगी। तुम जरा जल्दी हाथ तो चलाओ। बाप रे! ये लोग भी धन्य हैं। एक आदमी ने कई दिनों से कुछ खाया नहीं, जानते हैं। अरे, उसे चार दाने खाने को तो दे सकते हैं!'

बासिनी चावल ले जाते हुए सिर हिलाते-हिलाते हुए चली गई। उस आदमी का नाम उत्सव था। वह हमेशा से ही उच्छव नाइया के नाम से परिचित है। पिछले कई दिनों से उसने वास्तव में ही नहीं खाया। उसके फूटे भाग। बहुत ही बुरे भाग हैं। जितने दिनों तक खिचड़ी खिलाई जा रही थी उतने दिनों तक वह जा नहीं पाया। ओ चन्नूनी की माँ। चन्नूनी रे। तुम लोग जवाब क्यों नहीं देते?—कहाँ रह गए रे!

वास्तव में यह सब बोलता हुआ जब वह अपने बच्चों और पत्नी को ढूँढ़ रहा था, तब उसकी बुद्धि काम नहीं कर रही थी। एक और तुमुल झंझावत बच्चों को सीने से कसकर लगाए हुए पत्नी ठंड और भय से काँप रही थी। वह स्वयं घर के बीचोबीच खूँटी पकड़कर उसे मिट्टी में दबा रहा था, बीच वाली खूँटी आनन्द से उन्मत्त हो झूम रही थी, धनुषटंकार रोगी की भाँति काँप-काँप जाती थी। उच्छव निरन्तर बोल रहा था भगवन! भगवन! भगवन! परन्तु ऐसे विपत्ति-काल में भगवान भी कथरी लपेटकर शायद सो जाते हैं। भगवन! हे भगवन! उच्छव पुकार रहा था। ऐसे में उन्मत्त लहरें हवा के चाबुक से छटपटा उठीं और घर के अन्दर आ गईं। पानी चढ़ा। पानी उतरा, उच्छव का घर-संसार मिट्टी में मिल गया।

सुबह होते ही सर्वनाश का प्रकोप दिखाई दिया। उसके बाद कई दिनों तक घर के छप्पर के नीचे से कोई आवाज सुनाई देने की आशा से उच्छव बावला बना रहा। कौन, कहाँ, उच्छव पागल हो गया था क्या? साधन दास की बात पर उच्छव ने ध्यान नहीं दिया? साधन बोला, तुझे भी तो बाढ़ ने खींच ही लिया था। पेड़ से अटककर रह गया। उच्छव ने पुकारा, कुछ तो बोल ओ चन्नूनी की माँ! घर छोड़कर वह कहीं जाना नहीं चाहता था। इसके अलावा एक टीन का मुँह बन्द डिब्बा था। उसमें भूमिहीन उच्छव ने भूमि की माँग करते हुए दरख्वास्त की नकल रखी थी। उच्छव नाइया/वल्द हरिचरण नाइया। वह डिब्बा भी न जाने कहाँ चला गया!

जो अब नहीं रहा, जो तूफान-पानी मातला के गर्भ में चला गया, उसे ढूँढ़ते-ढूँढ़ते उच्छव तो पागल हो गया था। तभी तो खिचड़ी वह खा नहीं पाया। फिर जब उसे होश आया तो खिचड़ी खत्म हो चुकी थी। सूखा अनाज। चावलों को उसने चबाकर पानी पी लिया था। इस प्रकार कुछ दिन बीते। फिर गाँव के लोगों ने कहा, जो मर गए, उनका श्राद्ध करना पड़ेगा। इस काम को करने के लिए उन्होंने महानाम सतपथी को खबर भेजी। परन्तु महानाम अभी दो अन्य गाँवों में इसी तरह की श्राद्ध-शान्ति कर्म समाप्त करके ही यहाँ आएगा। अन्य ग्रामवासी तो माछ-गुगली-केंकड़ा जो मिले, पकड़ने लगे थे। साधन उच्छव से बोला, तुमने ही कोलकाता जाने की रट क्यों लगा रखी है? सुना नहीं, सरकार घर बनाने का खर्चा देगी?

उच्छव सहसा बहुत बुद्धिमान बनने का अभिनय करते हुए बोला, 'हाँ, यह भी तो एक बात है। तूफान और बाढ़ में कौन कैसा है, माँ-भाई-बहन जीवित हैं या नहीं, यह देखने वासिनी आ नहीं पाई। उसकी बहन और भावज कोलकाता जा रहे थे। कुछ दिनों तक फुटकर काम करेंगे। उच्छव तो पहले भी एक बार गया था। वासिनी जहाँ काम करती है, उस मकान को बाहर से ही देखा था। मकान के बाहरी हिस्से में ठाकुर-दालान था। मन्दिर के शिखर पर पीतल का त्रिशूल देखा था। वासिनी के मालिक के घर में भात का अम्बार था। यह कहानी गाँव में सभी जानते हैं। सहसा उच्छव ने भी सोचा कि कोलकाता जाकर कुछ दिनों के लिए खा-पहन लूँ। उसे क्यों ऐसा लगा, इसका कोई कारण वह नहीं बता पाया। उपवास करते-करते, एक ही रात में पत्नी-बेटे-बेटी घर-बार सब-कुछ खोकर वह न जाने कैसा हो गया था। सिर हमेशा चकराता था। कोई भी बात ठीक से सोच नहीं पाता। बहुत सोचता था। नहीं-नहीं। अब ठीक से सोचना पड़ेगा। उसका मन दिशाहीन था। समझ नहीं पाता कि उसके जीवन में क्या हो गया है। जब भी सोचने लगता है, उसे प्रतीत होता है कि धान की पौध में धान उगने से पहले ही उसका हरा रंग विलीन होता जा रहा था। कार्तिक महीने में ही धान तुष बन गया। यह देखकर उच्छव ने अपना सिर पकड़ लिया। सतीश मिस्त्री के हरकुल, पटनाई, मोटा, तीनों धानों में महामारी लगी थी। उच्छव तो सतीश बाबू के खेतों में काम करने के बदौलत ही जीवित था। ओ उच्छव, मालिक का धान नष्ट हो रहा है तो तू क्यों रोता है? कैसे न रोऊँ, साधन बाबू, रोए बिना कैसे रहूँ? लक्ष्मी आने से पहले ही विसर्जित हो रही है तो रोऊँ नहीं जरा भी? हम खाएँगे क्या?

सिलसिलेवार सोचने लगता है तो सबसे पहले धान के खेत में आग लगने की घटना याद आती है। उसके बाद ही याद आया कि उस रात आँधी भी आई थी। उस दिन शाम को बहुत दिनों बाद उसने भरपेट खाया था। नमक और भुने हुए मिर्च के साथ बहुत सारा उबला हेलंचा साग और बहुत-सी गुगली। वो दिन कुछ ऐसा था कि उस दिन गाँव-भर के सभी उच्छवों ने भरपेट खाया था। खाते-खाते चन्नूनी की माँ ने कहा था, देवता की गति ठीक नहीं है जी। नाव पर जो निकले हैं, शायद ही लौट पाएँ।

यह बात भी अच्छी तरह से याद थी। उसके बाद ही याद आया कि बीचवाली खूँटी को मिट्टी में दबाने का प्रयास करते हुए उसने जोर से पकड़ रखा था। माँ वसुमती तो जैसे उस खूँटी को रखना ही नहीं चाहती थीं, उखाड़ फेंकना चाहती थीं। भगवन! भगवन! भगवन! उसके बाद बिजली की चमक के क्षणिक प्रकाश में दिखाई दिया उन्मत्त बाढ़ का उफनता फेनिल पानी वेग से प्रवेश कर रहा था। बस, उसके बाद से सब डगमग एकाकार। क्या हुआ? कहाँ

गया सब-कुछ? तुम कहाँ, मैं कहाँ? उच्छव नाइया/वल्द हरिचरण नाइया। कागज सहित डिब्बा भी न जाने कहाँ है? बहुत सुन्दर डिब्बा था रे! चन्नूनी वगैरह को अगर भगवान छोड़ देते तो आज उच्छव के सीने में सौ हाथियों का बल होता। फिर वह उस डिब्बे को लेकर सबके साथ भीख माँगने निकल पड़ता। सतीश बाबू का नाती फल खाता है। उच्छव डिब्बा वहीं से माँगकर लाया था। ऐसा डिब्बा हो तो जरूरत पड़ने पर उसमें मुट्ठी भर भात पकाया भी जा सकता है। बहुत शानदार डिब्बा था!

'क्या हुआ, जल्दी-जल्दी हाथ चलाओ, बेटा। उधर कर्ता-बाबू तो सूख रहे हैं, होम होगा, खड़े-खड़े लकड़ियों को देख रहे हो?'

बड़ी बुआ झनाझना उठी।

'माँजी, बहुत भूख लगी है!'

'लो सुनो बात! भात पकने पर भी अभी कुछ नहीं मिलेगा। तांत्रिक का नया विधान है, सर्वस्व पकाकर रखो, पर खाना होम के बाद। तुम जल्दी हाथ चलाओ।'

उच्छव फिर लकड़ियाँ काटता रहा। हरेक लकड़ी डेढ़ हाथ लम्बी होनी चाहिए। धारदार कुल्हाड़ी को बार-बार वह उठाता-गिराता रहा। उबलते हुए भात की खुशबू ने उसे बहुत व्याकुल कर दिया। इधर-उधर देखते हुए वासिनी टोकरी भर साग लिये आँगन में धोने पहुँची। झप से एक लिफाफा उसके हाथों में देकर बोली, 'सत्तू खाकर, रास्ते के नल से पानी पी लो। जरा भी देर मत लगाना। ये पिशाचों का घर कैसा है, यह तो जानते ही नहीं हो, भैया। गरीब की देह, इन्हें बड़ी सस्ती लगती है।'

'अरे वासिनी, कौन मर रहा है?'

'खूसट बुड्ढा। इस परिवार का स्वामी। क्यों न मरे? शराब दे! औरत दे! अरे वो जो होम का जुगाड़ दे रही है, वही मोटल्लते तो उनकी खास दासी है। कर्ता बाबू के मरने पर उसके सात वंशजों को न मारूँ तो मैं वासिनी नहीं। खूसट बुड्ढा मर रहा है, उसके लिए होम!'

सत्तू लेकर उच्छव बाहर चला गया। बाप रे! इतनी तरकारी, इतना सारा चावल, इतनी मछली, वास्तव में यह एक यज्ञ ही था। सुना था यह सब बियाड़ के कारण ही सम्भव हुआ है। कौन-सा बियाड़? उच्छव के बियाड़ में तो केवल गुगली-घोंघे-अरुई का साग-सुषनी-साग। उच्छव ने सत्तू खाकर मिठाई की दुकान से कुल्हड़ माँगकर पानी पिया। सुना था सत्तू पेट में जाकर फूलने लगता है। ऐसा ही हो। पेट का गह्वर तो भरे। परन्तु यह तो जैसे सागर में शिशिर के समान था। उच्छव को कुछ लगा ही नहीं। वह फिर लौट आया।

'कहाँ गया था?'

'यहीं जरा बाहर गया था, माँ!'

लकड़ी कटने पर होम, होम हो जाने पर भात, उच्छव जल्दी-जल्दी हाथ चलाने लगा।

मँझली बहू चिल्लाई, 'वासिनी, खानेवाला कमरा पोंछ दिया? सब पकवान वहीं पर रखना होगा।'

वासिनी बोली, 'हाँ, पोंछ दिया।'

बड़ी बहू ने हाँक लगाई, 'सब हो गया?'

'मछलीवाले व्यंजन तो हो गए।'

यह सब बातें सुनकर उच्छव के मन को बल मिला। वह भात खाएगा, भात। पहले तो भात खाएगा, जीभ पर रखकर भात का स्वाद चखेगा। आते समय गाँव के लोगों ने कहा था, जब कोलकाता जा ही रहे हो, तब कालीघाट मन्दिर में उनका भी छिराद कर देना। दुर्घटना में वे सब मर गए। हाँ, यह भी करेगा उच्छव। महानाम सतपथी तो आया नहीं। उसके आने पर नदी के घाट पर सबका क्रम से छिराद होगा। उच्छव कालीघाट पर छिराद सम्पन्न करेगा। सतीश बाबू ने कहा है, उच्छव की तो मति भ्रष्ट हो गई है। बहू-बच्चे दुर्घटना में मर गए, ऐसे में तो मनुष्य पागल हो जाता है। और उच्छव ने भात-भात की रट लगा रखी है।

तुम क्या समझोगे सतीश बाबू! नदी के घाट पर भी नहीं रहते, मिट्टी के घर में भी नहीं रहते। पक्का घर क्या कभी आँधी-तूफान में गिरता है? तुम्हारा तो धान-चावल भी पक्के घर में सुरक्षित है। चोर-डाकू भी नहीं ले सकते। देश भर में अकाल सूखा पड़ने पर भी तुम्हारे घर में खाना बनता है। तुमने उच्छव को भात खाने नहीं दिया। तुझ अकेले को दूँ तो क्या कंगालों के दल के दल यहाँ जमा नहीं हो जाएँगे? यह तो भगवान की मार है। इस चोट से भला तुझे कैसे बचाऊँ?—तो तुमने मुझे भात न दिया, देश में भात नहीं है। जिस बार धान में घुन लगने से सब नष्ट हो गया था, तभी से तो उच्छव कभी अध-पेट, कभी खाली पेट रहने लगा था। पेट में भात का एक भी दाना नहीं, इसलिए वह प्रेत बन गया है। भात खाएगा, तब मनुष्य बनेगा। तब बहू-बाल-बच्चों के लिए रोएगा। उसे तो कोई दुख नहीं हुआ था। वह तो केवल पागलों की भाँति कई दिनों तक अपनी औरत और बच्चों को पुकारता रहा था। उसी समय से तो उच्छव प्रेत बन गया है। अगर मनुष्य होता तो समझ ही जाता कि पानी के तेज बहाव में सब लोग बह गए। कितने मवेशी बह गए, तो भला चन्नूनी की माँ क्या चीज है। उच्छव ने लकड़ियाँ काट डालीं। भात के लिए हा-हाकार करते हुए उसने ढाई मन लकड़ियाँ काट डालीं। नहीं तो इस देह में इतनी ताकत कहाँ थी?

दालान में पाँच भागों में लकड़ियाँ सजा दीं। आँगन में लकड़ियों के टुकड़े, बुरादा सब टोकरी में डालकर आँगन को झाड़ू से बुहार दिया। फिर बड़ी बुआ को देखते ही पूछा, 'माँ! बाहर जाकर बैठ जाऊँ?'

बड़ी बुआ ने कोई उत्तर नहीं दिया। क्योंकि अचानक तांत्रिक ने ' ॐ ह्रीं ठंग ठंग भो भो रोग श्रृंनु श्रृंनु' कहते हुए गरजकर रोग को सामने खड़ा कर दिया, काली बिल्ली के बाल से उसे बाँध दिया तथा यज्ञ प्रारम्भ किया। उसी क्षण ऊपर से नर्स उतर आई और बोली, 'जल्दी डॉक्टर को बुलाइए।'—बड़ी, मँझली और छोटी उनींदी आँखों से विरक्ति का भाव लिए यज्ञ-कक्ष से बाहर निकल आईं। वासिनी उच्छव से बोली, 'भैया, तुम जाकर बाहर बैठो। हुँ, खूब मन्तर पढ़ा है। जैसे ही इधर हुंकार किया, वैसे ही उधर कर्ता बाबू लुढ़कने लगे? कर्ता बाबू की देह से बीमारी तो जैसे हाँफती हुई निकल आई। नहाना है तो तुम नहा क्यों नहीं लेते?'

'इस समय नहीं नहाऊँगा। सिर पर पानी पड़े तो पेट फिर किसी की नहीं सुनेगा।'

बाहर आकर उच्छव शिव मन्दिर के सामने चबूतरे पर बैठ गया। कैसा मन्दिर, कैसा चबूतरा! बाप रे! यह सब, सुना है, बियाड़ की बदौलत है। वो बियाड़ है कहाँ? भात तो, उच्छव ने, बहुत दिनों से खाया नहीं। भात खाकर जब उसकी देह में शक्ति आएगी, तब वह देश में उस बियाड़ को ढूँढ़ निकालेगा। उच्छव की तरह देश में और भी न जाने कितने लोग हैं। उन्हें भी बताएगा।

तीन लड़के मन्दिर के चबूतरे पर बैठे-बैठे तारा पीट रहे थे। वे बोले, 'बुड्ढे को जिलाने के लिए यज्ञ हो रहा है।'

'फालतू!'

'क्या फालतू?'

'जो भी गया तो कितने दिन और जिएगा? सौ साल? सब फालतू बातें हैं।'

उच्छव ने आँखें मूँद लीं। इतने बड़े यज्ञ के बाद भी बूढ़े कर्ता बाबू ज्यादा दिन नहीं बचेंगे? क्या अचरत की बात! मातला नदी अगर उस रात बावली होकर उन्मादिनी-सी न चढ़ आती तो उच्छव की बहू, चन्नूनी, छोटा बेटा बहुत दिनों तक जीवित रहते। उच्छव की आँखों की कोरों से आँसू बह निकले...। वह आज भात खाएगा। इसी आशा से कहीं प्रेत उच्छव मनुष्य तो नहीं बन गया? बहू-बेटी बेटे की याद आते ही आज अचानक आँखों में ये आँसू कैसे आ गए? भात ही सब-कुछ है। अन्न लक्ष्मी है, अन्न लक्ष्मी है, अन्न ही लक्ष्मी है, दादी कहा करती थी। दादी कहती थी, अन्न ही माँ लछमी है।

'क्या रे, रोता क्यों है?'

'मुझसे पूछत हो बाबू?'

'हाँ रे।'

'गाँव से आया हूँ बाबू! आँधी-तूफान-पानी में सत्यानाश हुइ गवा, घर के लोग...'

'ओह!'

ताश पीटनेवाले लड़के असमंजस में पड़ गए। उनमें से बड़े लड़के ने कहा, 'ठीक है भाई, सो जाओ।'

उच्छव सचमुच ही सो गया। काफी देर तक वह सोता ही रहा। बहुत देर तक। आखिरकार किसी के पैरों की ठोकर से उसकी आँखें खुल गईं।

उफ! बिलकुल साँझ हो गई रे! पर उसे धकेल कौन रहा था?

'उठ, उठ, कौन है?'

'बाबू...मैं...'

'चोरी के मतलब से यहाँ पड़े हो?'

'ना बाबू, इस घर में काम कर रहा था।'

'उठ, उठ जा।'

उच्छव उठ बैठा। उसके बाद वह घबरा गया। रास्ते पर कई गाड़ियाँ खड़ी थीं। थोड़े-थोड़े लोगों का समूह इधर-उधर जमा था।

'क्या हुआ बाबू?'

किसी ने उसकी बात का उत्तर नहीं दिया। उच्छव मकान के भीतर गया। भीतर जाते ही बड़ी बुआ का विलाप सुनाई दिया, 'तुम्हारे छोटे समधी कैसे डाकू जैसे संन्यासी ले आए, ओ भैया! इधर यज्ञ खत्म हुआ उधर तुम चल बसे। ओ भैया! तुम बिरासी में ही चले जाओगे, कौन जानता था! तुम्हें तो अट्ठानबे साल तक जीवित रहना था, ओ मेरे भैया रे!'

उच्छव को वासिनी नजर नहीं आई। पर सबको बहुत से कामों में व्यस्त पाया। 'कीर्तनिया जब नहीं आएँगे, तक तक अर्थी नहीं निकलेगी।' किसी ने कहा।

'अरे, कीर्तन की क्या बात करते हो, बड़े। पहले बहनों को, दीदियों को तो पहुँचने दो।' बड़ी बुआ ने कहा। 'किसी ने चन्दन पीसा है?'

'खाट का रुपया किसने लिया है?'

'बागबाजार में फोन किया है?'

'इस सूची को जरा देखना तो। लावा, फूल, धोती। शव-वस्त्र...।'

उच्छव प्राचीर से सटकर घबराया-सा चिपका खड़ा रहा। रात ही में सब काम करना होगा। जाने कितना समय ऐसे बीत गया, कितना कुछ होता रहा।

विशाल पलंग मँगवाया गया। रात ही में लाश बाहर निकालनी होगी। रात ही में सब काम खत्म करना होगा। नहीं तो दोष लगेगा।

कितने ही प्रबन्ध किए गए, स्त्रियाँ आकर रोने लगीं। होम-यज्ञ करके भी बूढ़े स्वामी के प्राण नहीं रहे, इससे तांत्रिक जरा भी कुंठित नहीं हुआ। उन्होंने अपना सामान समेटा। फलस्वरूप बड़ी बुआ चीख-चीखकर कहने लगीं, 'तीनों बेटे यज्ञ छोड़कर उठ जो गए थे। इन सब कामों में विघ्न पड़े तो फिर कोई कैसे बचे?'

इस बात पर होनेवाली आलोचना में बड़ी सरगर्मी थी। शोक का कोई आसार ही न था। घर की अँगीठी नहीं जलेगी। रास्ते पर स्थित दुकान से चाय आती रही। आखिरकार रात एक बजे के बाद बूढ़े कर्ता बाबू विशाल पलंग पर लेटकर नाचते-नाचते चले गए। पेशेवर और कुशल शववाहक लगभग दौड़ते हुए ले गए। फलतः कीर्तन-दल भी दौड़ने को विवश हो गया। बड़ी बुआ ने कहा, 'वासिनी, सारा पका हुआ भोजन रास्ते में फेंक दे। घर-द्वार सब मुक्त करो। बहुएँ क्यों खड़ी हो? जाओ यहाँ से।'

उच्छव के दिमाग में जो बादल घिर आए थे, वो छँट गए। वह समझ गया, सारा का सारा भात वे रास्ते में फेंकने जा रहे हैं।

वासिनी बोली, 'भैया, जरा हाथ तो लगाना।'

'हाँ-हाँ, लगाता हूँ।'

उच्छव ने सब सोच लिया था। वह जानता था उसे क्या करना है।

'मुझे भारी बर्तन पकड़ा दे।'

मोटे चावल से पके भात की बड़ी देगची को उठाकर उसने कहा, 'दूर फेंककर आता हूँ।'

'हाँ-हाँ, नहीं तो कुत्ता वगैरह और बिखेर देंगे। सुबह कौए बिखेरेंगे।' ब्राह्मण बोला।

बाहर आकर उच्छव खूब तेज चलने लगा। कुछ दूर तक चलने के बाद लगभग दौड़ने लगा। भात, बियाड़ का भात अब उसके हाथों में था। उसे रास्ते पर उँड़ेल दे? काक-कुत्ते खाएँगे?

'भैया!'—त्रस्त वासिनी लगभग उसके पीछे दौड़ती हुई आई, 'अशौच परिवार का भात मत खाओ, भैया।'

'मत खाओ? तुम तो ब्राम्हन हो गई हो?'

'ओ भैया, तुम्हारे पाँव पड़ती हूँ।'

उच्छव पीछे फिरा। इस समय बियाड़ के मगर की तरह उसकी दृष्टि हिंसक थी। दाँत निकालकर वह मगर की भाँति हिंसक आचरण करने लगा। वासिनी वहीं जड़वत् हो गई।

उच्छव दौड़ता रहा। लगभग एक ही साँस में वह स्टेशन तक पहुँच गया।

वहीं बैठकर वह मुट्ठी भर-भर भात खाने लगा। भात में हाथ घुसाकर उसे भात के स्पर्श से ही स्वर्ग-सुख का अनुभव होने लगा। चन्नूनी की माँ भी कभी उसे ऐसा सुख नहीं दे पाई। खाते-खाते उसे न जाने क्या हुआ मुँह को पूरा देग में डालकर खाने लगा। भात, केवल भात। बियाड़ का भात। बियाड़ का भात खाकर ही तो उसे एक दिन असल बियाड़ का पता चलेगा। वैसे तो एक और बियाड़ है। उसका पता भी उच्छव को जरूर मिल जाएगा। और थोड़ा भात खा लूँ। चन्नूनी रे! तू भी खा, चन्नूनी की माँ भी खा ले, छोटे बेटे, तू भी खा ले, मुझमें विद्यमान तुम सब खाओ! आह! अब पानी पीऊँगा, पानी! फिर ढेर सारा भात। भोर की ट्रेन से सीधे कैनिंग जाऊँगा। पेट में भात पड़ते ही समझ में आया कि कैनिंग होते हुए अपने गाँव लौटना है।

उच्छव देगची से लिपटकर, उसके किनारे सिर रखकर सो गया।

पीतल के देग को चुराने के अपराध में प्रातःकाल सब लोगों ने उच्छव को वहीं घेर लिया। पेट में भात का भार लिये उच्छव सोया हुआ था, उसकी आँख नहीं खुली।

मारते-पीटते, वे लोग उच्छव को थाने ले गए। बेचारा उच्छव असली बियाड़ का पता न लगा पाया। वह बियाड़ तो बड़े मकान में ही अचल रह गया।

मोहनपुर की रूप-कथा

मोहनपुर की रूप-कथा सिर्फ आंदी बुढ़िया जानती है। इस रूप-कथा में घर-घर में धान के भंडार हैं, गोहाल में गायें हैं। इस रूप-कथा में बेहुला, एक बहती नदी है। इस नदी में जाल डाल देने भर से मछलियाँ भर जाती हैं।

इस रूप-कथा में भूख नहीं, अकाल नहीं, जमींदारों का अत्याचार नहीं, रोग नहीं, कोई बीमारी नहीं है।

इस रूप-कथा को आंदी बुढ़िया ने भी खुद अपनी आँखों से नहीं देखा है। उसके पूर्वजों ने भी नहीं देखा। यह मोहनपुर वास्तव में था भी नहीं। बेहुला की धार ने जब अपना रूप पलट दिया था तो मोहनपुर पानी के नीचे आ गया था। फिर एक और मोहनपुर बसा था।

इस मोहनपुर में हद दरजे की गरीबी है। कलकत्ता से दो घंटे ट्रेन में जाओ तो इरकानपुर स्टेशन आता है। स्टेशन से उतरकर थोड़ा पूरब चलिए तो बेहुला गाँव आएगा। कुछ दूर पूरब चलकर फिर दक्खिन घूमना होता है। तीन मील पैदल चलने पर आता है मोहनपुर गाँव। तिक्तरों और केवटों का ग्राम। रास्ते के नाम पर बस धान के खेतों के बीच पगडंडियाँ हैं।

आंदी बुढ़िया की कमर झुक गई है। आँखों की रोशनी भी धुँधली हो गई है। सारे दिन वह पत्ते, डुमुर और दूर्वा घास बीनती है। अच्छे डुमुर बीनकर जेल-पाड़ा के दुर्गा और बतासी को दे देती है। वे काफी रात गए गाड़ी में कलकत्ता जाते हैं और शाम को लौटकर आंदी को हिसाब समझा देते हैं। अपना हिस्सा रख लेते हैं।

दुर्गा बोलती है, "चार लड़कों के होते इतना क्यों खटती हो?"

आंदी कहती है, "पेट नहीं भरता, बेटी! वे कोई यह कहते हैं कि माँ तुम खटती रहो? वे तो जितना उनसे बनता है, करते ही हैं। क्या दिन आ गए! जो भी आता है, सब चावल खरीदने में ही चला जा रहा है।"

"चावल कहाँ है? सारा कलकत्ता चला जाता है। इतने दिन से चावल कहाँ जा रहा है, बस चला जा रहा है।"

"यह क्या बात हुई? अब यहाँ क्या कोई पाँच रुपए पल्ला चावल खरीद सकता है?"

"और क्या, मौसी? हम तो हमेशा ही दुख उठाएँगे। रोज ही गाड़ी से कलकत्ता जाएँगे-आएँगे। लेकर लौटेंगे उससे पाँच रुपए। इतने में कहीं पेट भरता है? घर में सात मुँह हैं।"

"पहले तो ऐसा नहीं था। तुम्हारी बुआ पूजा में क्या कुछ नहीं लाती थी! आँख बन्द करते ही सब-कुछ दिखाई देता है।"

"अब तो वह बस बात रह गई है। बुआ ने इतना खर्च किया, इसीलिए तो अब हमारे लिए कुछ नहीं बचा। तब कलकत्ता के लोग कैसे जीते थे? अब भी तो गाँव से ही घास-फूस और चावल आदि जाते हैं वहाँ।"

"आँख बन्द करते ही जैसे सब-कुछ स्पष्ट दिखता है। फिर जैसे सब अन्धकार।"

"ऐसे दिन आए हैं, मौसी, आँखें बन्द करके ही देखना होगा। खाने को भात, पहनने को कपड़े, सिर का तेल, पुआल—सब-कुछ अब आँखें बन्द करके ही दीखेगा।"

"सब-कुछ धुँधला-धुँधला देखती हूँ, बेटी! ऐसा क्योंकर हुआ?"

बतासी अभी भी है। वह बोला, "नाती से कहो, इरकानपुर ले जाए। डॉक्टर को दिखाओ, दवा खाओ। फिर सब अच्छी तरह दिखाई देने लगेगा।"

दुर्गा रियलिस्ट है। बोली, "अब घर की गाय कहाँ जाएगी? कितना जंजाल है! अच्छा अब छोड़। मौसी, गुगली उबालकर खा लो। धुँधला दीखे तो गुगली का झोल खाओ। कबर का घर याद है न? गुगली खाते थे।"

तब आंदी गुगली बीनने गई। और अचानक ही उसे टेढ़ी-मेढ़ी, नई जाति की ही सही, पर मछली मिली। वह उसे गमछे में बाँधकर ले आई। बड़ी बहू ने खोला। चिल्ला उठी। मछली नहीं, जल-डोंड साँप है। वह भागी।

सब बूढ़ी को डाँटने लगे। बोले, "जिन्दा साँप पकड़ लाई?"

"पानी में इसे केवट पकड़ते तो मर जाते।"

"अरे! बेहुला में मछली के रहते साँप से कटवाकर मरने की इच्छा?"

छोटा लड़का बड़ा ही अप्रिय सत्य बोलता है। बोला, "बेहुला में जाकर मछली पकड़ते-पकड़ते तुम किसी दिन नरक में जाओगी।"

"हाँ, मैं नरक में जाऊँगी। इतनी बड़ी बात कह दी?"

"कहूँगा नहीं? मछली खाने का इतना चाव?"

"मैं क्या अकेली खाती?"

"नहीं, सभी को देती। पूछता हूँ कि क्या मछली हमारे भाग्य में है? बड़ी मछली? अरे, सबों का छोड़ा हुआ बीनकर पूठी लाते हैं, बस यही हमारा भाग्य है। बड़ी मछली का लालच करेगी तो वह साँप बनकर भाग जाएगी।"

सारी बातें सुनकर बड़े लड़के का बेटा नोदा बोला, "क्यों अम्मा, बड़ी मछली मिलने पर लाओगी न?"

छोटा बेटा बोला, "ग्वाले का बेटा! मछली के लिए माँ गँवाएगा क्या? लालची! अगर न बोने से जमीन में धन होता तो वह धान सीधे घर लाने पर बड़ी मछली खिलाता। मछली के लालच में माँ खोना मुझसे नहीं होगा।"

उसने इन शब्दों के साथ अपना असीम मातृ-प्रेम प्रदर्शित किया और भात खाकर खेत पर चला गया। इस सारी घटना से आंदी को रूप-कथा का एक नया संस्करण प्राप्त हुआ। आंदी ने आश्चर्यचकित होकर कहा, "मछली पकड़ी, वह साँप बन गई।"

बड़ी बहू ने कहा, "गई क्यों थी?"

"गुगली लाने।"

"क्यों?"

"आँखों से कुछ भी साफ नहीं दीखता। गुगली खाने से जाला फट जाता।"

"गुगली मैं ला दूँगी।"

"ठीक है।"

आंदी बड़ी खुश हुई। बोली, "तू ही ले आ। तुझे छोड़कर और कौन है मेरी देखभाल करनेवाला?"

गुगली खाकर भी आंदी की आँखों का जाला दूर नहीं हुआ। एक दिन धान का भूसा सिर पर ला रही थी। पूरी तरह से दिखाई न देने पर पोखर में गिर गई। मँझले नाती ने आकर उठाया। पानी से बाहर आकर थोड़ा स्वस्थ होने पर बोली, "ऐसा होगा, यह जानी हुई बात थी। मछली पकड़ी तो वह साँप बन जाएगी। जमीन पर चलो तो पोखर बन जाएगी।"

छोटा लड़का बोला, "अपनी रूप-कथा बन्द करो। अन्धी हो रही हो।"

"तो मुझे अस्पताल ले चलो।"

"जाओगी कैसे?"

"क्यों, पैदल चलकर।"

"डॉक्टर क्यों देखेगा?"

"क्यों नहीं देखेगा?"

"गरीब को देखता है?"

"ठीक है, इनायत से कहती हूँ।"

"कहो। इनायत तो जैसे गरीब को देखते ही अपने को बिछा देता है। सरकारी काम करता है। कहता है...।"

"मुसलमान है, खाने-पहनने वाला है।"

"जाओ न उसी के पास।"

इनायत माइनर पास करके, नश्कर के जोर से अस्पताल में चपरासी लग गया है। घूस-वूस लेकर वह रोगी को दिखवा देता है। गाँव में काफी सम्पत्ति है, खूब बोलबाला है उसका। इस बार उसने नारियल के सौ पेड़ बेचे हैं। अग्नीश्वर केले भी। फूस की छत हटाकर अब टीन की छत डाल ली है। वह गाँव के सभी लोगों को खुश भी रखता है। क्यों? गरीब मुसलमान-पाड़ा में उसके घर का सम्भ्रांत चेहरा एक कुत्सित दाग है—कंकाल जैसी भिखारी औरत की लिपस्टिक की तरह। पड़ोसियों की तीखी निगाहें वह नहीं झेलना चाहता। उसकी हालत का सुधरना और पड़ोसियों की आँखों का टेढ़ा होना, दोनों सच हैं। लेकिन असंयमित व्यवहार से वह दोनों विपरीत स्थितियों में तालमेल बिठाकर रखता है।

इसी इनायत के पास आंदी गई। बोली, "अरे इनायत! बड़े कष्ट में हूँ।"

"क्या हुआ, मौसी?"

"अब तो तुम्हारा सहारा है।"

"बोलो तो?"

"आँखों से सब-कुछ धुँधला दीखता है।"

"नन्द को साथ लेकर अस्पताल चली आना।"

नन्दी को समय नहीं मिला। नन्द का लड़का आंदी को लेकर गया। आंदी के शरीर में इतनी ताकत नहीं है अब। कुछ दूर ही चले थे कि मतिउर की बैलगाड़ी दीख गई।

मतिउर बोला, "चढ़ जाओ। बूढ़ी हो, कितनी दूर तक ठुकठुक करोगी। कैसे इतनी दूर पैदल चलोगी?"

पुआल पर बैठकर आंदी अस्पताल पहुँची। इरकानपुर का स्वास्थ्य-केन्द्र समूचे बेहुला प्रखंड की आवश्यकताओं को निपटाने में असमर्थ है। इस अस्पताल में बीस बिस्तरे हैं। रोगी हैं साठ। एक बिछौने पर एक से ज्यादा रोगी और उस पर भी ठेलमठेल का दृश्य स्वाभाविक दृश्य है।

बीस बिस्तरों के अस्पताल में सिर्फ दो डॉक्टर हैं। यहाँ आए हुए डॉक्टर यह समझाते हैं–आउटडोर मरीज होते हैं सौ से ज्यादा। साठ से ज्यादा इंडोर मरीज यहाँ हमेशा बने रहते हैं। अपौष्टिक भोजन के कारण प्रतिरोधहीन शरीर में मलेरिया, हैजा, आमबात, शोथ यक्ष्मा, टाइफाइड, न्यूमोनिया इन सेफैलाइटिस, रक्ताल्पता, डायबिटीज, गैस्ट्रिक अल्सर, काट-फाट, लाठी की चोट, फोड़ा, साँप और पागल कुत्ते या सियार के काटे, कान में मैल व डिफ्थीरिया जैसी बीमारियों का निदान सम्भव नहीं है।

दवा के नाम पर एक गुलाबी मिक्सचर, एन्ट्राक्वीनॉल, सल्फाडाइजिन, सल्फागुआनिडाइन और प्रचुर मात्रा में गर्भ निरोधक दवाइयाँ हैं। बड़ा ही निराशाजनक है सब कारबार। यहाँ कोई भी औरत गर्भ-निरोध के प्रति उत्साही नहीं है। परिवार-नियोजन सिखानेवाली दीदीमुनि आती है और लाल त्रिकोण का महत्त्व समझाती है, पर वे झाड़ खाती हैं इस तरह–

"तुम क्या जानती हो? हमारे लोक-जन ही हमारी शक्ति हैं। जितने हों, उतना ही अच्छा।"

"कष्ट? कैसा? जिस दिन फल होने पर पेड़ को कष्ट होगा, उस दिन सृष्टि पलट जाएगी।"

"हमारे यदि दस भी हों तो तुम्हारा क्या?"

डॉक्टर जानते हैं, उनका हाल चौदह हाथ जल में डूबी नाव की तरह है। नर्स-दाई उन्हें मिलती नहीं। ऐसा काम तो कलकत्ता के अस्पताल में प्रशिक्षित युवतियाँ करती हैं।

वे यहाँ रहेंगी कहाँ? रहने की जगह नहीं है। पक्का घर और निरापद वास न हो तो वे आएँगी ही क्यों? स्वास्थ्य-केन्द्र घिरा या सुरक्षित नहीं है। डकैती 'क्रॉनिक' है, चोरी भी। बहुत चेष्टा करने पर भी नर्स के रहने की व्यवस्था नहीं की जा सकी है।

सरकार की एक शुभेच्छा जानकर डॉक्टर सशंकित है। तीन महीने की ट्रेनिंग प्राप्त कम्यूनिटी हेल्थ-वर्कर यहाँ भी आ सकता है।

उद्देश्य महान है। कुछ दवाएँ, बैग और महीने में पचास रुपए देकर इन स्वास्थ्यकर्मियों को भेजा जाएगा। वे सरकारी स्वास्थ्य-केन्द्रों और जनसाधारण के बीच की रिक्तियों को पूरा करेंगे।

ये सारे कार्य-कलाप राजनीतिक कारणों से होंगे, डॉक्टर की ऐसी धारणा है। इसके बाद ये उत्साही युवक ज्यादा से ज्यादा रोगियों को अस्पताल में भेजेंगे।

यह सोचते ही डॉक्टर को बुखार आ जाता है।

अगर वे कलकत्ता के होते तो कभी के भाग चुके होते। पर वे साबुदपुर के हैं, वे भागकर साबुदपुर ही पहुँच सकते हैं। भागें कैसे? रोगी उनको वहाँ से भी पकड़ लाते हैं।

सरकार ही डॉक्टर के मनोरंजन का कारण है। सरकार ने स्वास्थ्य-केन्द्र के लिए चूल्हा

मंजूर किया था। तब रसोई नहीं थी। अब रसोई है, चूल्हा नहीं। चूल्हा चक्की—तमाम काम हेदो नश्कर करता है। वह जो भेजता है उसमें से हिस्सा बँटाता है सेंटर का अस्थायी नौकर। रोगी खाने की गन्ध से ही खुश रहते हैं।

डिटॉल, रूई, बैंडेज बच नहीं पाते। इमर्जेंसी में लालटेन जलाकर, उपकरण गर्म जल में उबालकर ही डॉक्टर अस्त्रोपचार करते हैं। ऐसे में आश्चर्य नहीं कि कम्पाउंडर हरि नन्दी और चपरासी इनायत दोनों ही रोगी देखते हैं।

जान-बूझकर ही इरफान ने आंदी को आने को कहा था। काफी देर बैठे रहे आंदी और नोदा। आंदी सिर हिलाती थी। यह स्वास्थ्य-केन्द्र उसके लिए जैसे स्वर्ग है। नाती से कहने लगी, "एक बार भरती हो जाती तो मजा आ जाता। खाट पे सोती, भरपेट खाती। अरे बाप! कितनी अच्छी व्यवस्था है यहाँ, नोदा!"

दो बजे दोपहर आंदी बुढ़िया को बुलाया गया। बुढ़िया ने चालाकी से अपनी साड़ी में सत्तू और गुड़ के चार लड्डू बाँध रखे थे। हाथों में छुपाकर वह बहुत देर से चुपचाप खाती रही है। नहीं तो क्या वह वहाँ बैठ सकती थी? वह भूखी-प्यासी! नोदा पैसा लाया था। स्टेशन पर ही चाय और पावरोटी खाकर आया था।

आंदी की आँखें देखकर डॉक्टर को कुछ समझ में नहीं आया। समझने की कोई बात भी नहीं थी। वह तो आँखों का डॉक्टर था ही नहीं। आँखों के डॉक्टर की व्यवस्था इस स्वास्थ्य-केन्द्र में नहीं है। महीने के पहले शनिवार को आँखों का डॉक्टर, दूसरे शनिवार को दाँतों का डॉक्टर, तीसरे शनिवार को चर्म रोग विशेषज्ञ के आने की व्यवस्था है कागज पर। हमारे इन डॉक्टरों की भेंट उन तथाकथित डॉक्टरों से अभी तक नहीं हुई है।

आंदी की आँखों की पुतली में एक सफेद धब्बा देखकर उसे इनायत के ऊपर बड़ा क्रोध आया।

बोले, "तुम आदमियों से मजाक क्यों करते हो?"

"क्यों?"

"यहाँ क्या आँखों की परीक्षा की व्यवस्था है?"

"आप जरा देख दीजिए।"

आंदी ने कातर स्वर में कहा, "दया कीजिए। डॉक्टर साहब! आपने कितने ही लोगों की बीमारियाँ ठीक कर दी हैं। मेरे ऊपर दया नहीं करेंगे क्या? सवेरे से बैठी हूँ, अब क्या आप...?"

डॉक्टर ने ठंडी साँस ली। कल से पेट खराब है। आज थोड़ी-सी खिचड़ी खाई है। सवेरे से दो बज गए, अब तक नाच रहे हैं। अपने बारे में जैसे वे भूल गए हैं। आंदी की आँखों को टॉर्च से देखा, ठीक से। उसके बाद सैम्पल में आई दवा दी। दस मल्टी विटामिन की टिकिया भी दीं। बोले, "यह आँखों में डालना, बूढ़ी माँ! और यह गोली दस दिन सबेरे-सबेरे खाना। अभी तो नहीं, पर दो मास बाद यहाँ बहुत से डॉक्टर आएँगे। तुम्हारी आँखों का ऑपरेशन होगा, समझीं! तुम्हारी आँखों गे गोतियाबिन्द हो गगा है, बूढ़ी माँ!"

"तभी सब-कुछ धुँधला दिखता है क्या?"

"हाँ, बूढ़ी माँ! आँखों का ऑपरेशन करना होगा। वह अभी सम्भव नहीं है। दो महीने बाद होगा।"

"इतने दिनों में तो मैं अन्धी हो जाऊँगी रे!"

"नहीं, जल्दबाजी में ऑपरेशन नहीं किया जा सकता, बूढ़ी माँ! जब तक मोतियाबिन्द पके नहीं, उसे काटना सम्भव नहीं है।"

"ठीक है, बेटा...तो अस्पताल में भरती कर लो।"

डॉक्टर उसे फुसलाते हुए बोला, "ठीक है, कर लूँगा।"

आंदी अब अस्थिर हुई। बोली, "तब सारी बीमारियाँ खत्म हो जाएँगी न, बेटा?"

"कैसे?"

"इतना खाना-पीना जो दोगे।"

आंदी की निश्छल हँसी ने जैसे डॉक्टर के कलेजे को बींध डाला।

बोले, "अच्छा, अब जाओ।"

आंदी ने उसे आशीर्वाद दिया और चली गई।

घर लौटी तो जैसे उसकी कहानी खत्म ही नहीं होती थी। डॉक्टर ने कैसे बत्ती जलाकर देखा, कैसे उसे दवाई दी, कैसे उसे भरोसा दिया।

छोटा लड़का बोला, "यह तो रूप-कथा जैसी कहानी हो गई।"

"हाँ, कहानी ही समझो!"

आंदी ने कच्चू बाजार भेजे तो असीम कृतज्ञता दर्शाते हुए एक छोटा-सा कच्चू वह इनायत को दे आई।

बड़ी बहू बोली, "अरे, हाट में बेचती तो नमक-तेल जुड़ता। उसके घर में देने से क्या लाभ?"

आंदी बोली, "मान-कच्चू तो मैंने ही लगाया था। एक ही तो दिया है उसे। अगर न दूँ तो मेरी आँखों का ऑपरेशन कैसे होगा?"

आई ड्रॉप डालते समय आंदी को खुद विभ्रम होता था, जैसे सब-कुछ स्पष्ट देख रही है। गोली खाते ही लगता था कि शरीर में ताकत जा रही है।

बीच-बीच में पूछती है, "हाँ रे नोदा, दो महीने हैं। कितनी देरी है?"

"जब होना होगा तो हो जाएगा, अम्मा!"

"यह क्या जवाब हुआ?"

बड़ी बहू ने उसाँस ली। बोली, "माँ, वह क्या जाने? जब समय आएगा तो मैं तुम्हारे जाने की व्यवस्था कर दूँगी। उसे क्या पता?"

बड़ी बहू पर आंदी को अगाध भरोसा है, अगाध विश्वास। बोली, "तू जब कहती है तो होगा ही।" उसके बाद घूमने-फिरने निकल गई। लौटकर आई तो बोली, "इस कच्चू को भून देती! मैं मिर्च-भात के साथ खाऊँगी।"

मँझली बहू बोली, "अभी जो खाया था?"

"खाया था। शर्म आती है। मन में लगा कि कुछ खाया नहीं। एक मुट्ठी मूड़ी दे दे।"

"अब मूड़ी खाओगी?"

बड़ी बहू ने समझाया, "इन्हें क्या कोई समझ है, कादू? जितनी बात बढ़ाएगी उतनी बढ़ेगी। दे दे मूड़ी। अभी भी दस टोकरी चिवड़े कूटने बचे हैं।"

"ओ बहू! चिवड़े देगी?"

"नश्कर के घरवाले आएँगे तो हमें ही कूट डालेंगे। बरात के हैं।"

"इसी से जल्दी कूट रही है?"

"हाँ।"

"क्यों, अपना होता तो नहीं कूटती क्या?"

बड़ी बहू ने दुख से गरदन झुका ली। क्या सिर्फ आंदी, उसकी सास का गुजारा उसके काम से होता है? घर के सभी लोग उसके ऊपर निर्भर करते हैं। इसीलिए तो वह नश्कर-जिन्नी के हाथ-पैर पकड़कर चिवड़े कूटने का, मूड़ी भूनने का काम लाती है। बदले में चावल मिलते हैं। तेफलना धान का चावल वजन में भारी होता है, कम फूलता है। पर है तो चावल ही।

आंदी के चारों लड़के नश्कर के खेतों में काम करते हैं। इस ब्लॉक के गाँव-गाँव में नश्करों की ही जमीन है। सभी जमींदार नश्कर के रिश्तेदार हैं। 'सीलिंग' शब्द गाँव के लिए है। लेकिन नश्कर के लिए 'सीलिंग' का कोई अर्थ नहीं। उसके लिए यह मजाक है, बस। चारों तरफ नश्कर की जमीन है। खेती दूसरे करते हैं। 'खेती करते हैं' का मतलब बटाईदारी नहीं है। नश्कर अपनी सुविधानुसार उन्हें मजूरी देता है–रुपए या धान की शक्ल में।

यह गैरकानूनी है, ऐसा नहीं कहा जा सकता है। नश्कर ही मछली-हाट और कोल्ड स्टोरेज का मालिक है। वह स्वास्थ्य-केन्द्रों और अन्य तमाम केन्द्रों का ऑर्डर सप्लायर है। और तो और, वह पंचायत का भी प्रधान है। मोहनपुर में उसका चचेरा भाई प्राणनाथ उसकी सम्पत्ति की देखभाल करता है।

मोहनपुर में प्राणनाथ की ही चलती है। आंदी की कुछ समझ में नहीं आता। लेकिन उसके बेटे प्राणनाथ का भाषण सुन-सुनकर परेशान हैं। प्राणनाथ उन्हें धमकाता है, "बर्गादार यूनियन में मत जाना, नन्द! कुछ लाभ नहीं होगा।"

"न जाएँ तो गोविन्द इत्यादि छोड़ देंगे क्या?"

"लाभ नहीं होगा। गोविन्द पार्टी का आदमी है। खुद मिल जाएगा उनसे और तुम्हें छोड़ देगा।"

आंदी के बेटे बड़े चक्कर में थे। दूसरी जगहों पर बटाईदारों को सुरक्षा हेदो और गोविन्द देते हैं। हेदो अपने मामलों में किसी भी कानून को मानने के लिए तैयार नहीं है। गोविन्द स्वभाव का सच्चा और कड़क मिजाज है। वह किसी भी बाई-लेन स्थिति को नहीं समझ सकता। उसका कहना है, यदि आंदी के बेटे हेदो के डर से बटाईदार यूनियन में शामिल होना नहीं चाहते, तो वे भी हेदो के दल की तरह सरकारी आदमी हैं, विश्वासघाती!

आंदी के बेटे गोविन्द को चाहकर भी समझा नहीं पाए कि गाँव में हेदो नश्कर ही गवर्नमेंट है। उसके खेतों में नाच-गान करके किसी तरह 'साँप भी मर जाए और लाठी न टूटे' के सिद्धान्त पर उत्पीड़न होता है। हेदो के डेढ़-सौ खेतिहरों में से कोई भी यह व्यवस्था तोड़कर चिरस्थायी उपवास के बन्दोबस्त से मरने को राजी नहीं है। गोविन्द यह भी नहीं समझता कि भूख से डरे बेसहारा आदमियों की यह निष्क्रियता सैबोटेज नहीं है। वैसे सैबोटेज वे कर भी नहीं सकते। दूसरों को समर्पित और देशकर्मी ग्रामीणों की अवस्था क्या हो सकती है, गोविन्द इसका प्रमाण है।

गोविन्द कुछ दिनों के लिए कलकत्ता चला गया। फलस्वरूप आंदी के बेटे नश्कर की

बंजर जमीन पर हल चलाते रहे। लेकिन थोड़े दिन बाद ही गोविन्द एक नए रूप में, एक नए कर्मी के रूप में मोहनपुर लौटा। उसका चेहरा उद्दीप्त था। गोविन्द हमेशा से ही कड़े मिजाज का रुक्ष लड़का है, पर है सच्चा। अपनी पार्टी के प्रति वफादार होने के बावजूद उसने सबसे पहले विरोधियों के नेता के शव को कन्धा दिया था। इतना करने के बाद अब वह बच्चों को स्कूल भेज सका है। पर वह अन्दर से कितना टूटा है, कोई नहीं जानता।

लड़के-लड़कियाँ अगर लिखना-पढ़ना सीख लेंगे तो उनका ही उपकार होगा। सो यह नेक काम करने के लिए उसे किरॉसिन भी ढालना पड़ा है। अधःपतन, अधःपतन! निश्चय ही कांग्रेस के कुशासन का परिणाम है यह।

इतना होने पर भी स्कूल खाली रहे। छात्र अपने बापों के साथ खेती-बाड़ी का काम-काज सीखते रहे। गाय-बैल सँभालते रहे। गोविन्द जब कहने लगा तो उसका बड़ा अपमान हुआ। एक बूढ़ा बोला, "बेमतलब की बातें मत करो, गोविन्द! लिखने-पढ़ने पर क्या अच्छा है क्या बुरा, इसे तुम भी जानते हो। एक पास तक नहीं दिया तुमने।" एक पास भर दिया है, तभी एक दूसरा महाज्ञानी बूढ़ा बोला, "तो तुम आदमी बन गए हो! गरीबों की बात सोचते हो! लेकिन नश्कर प्राणनाथ तो ऐसा नहीं करते, वे तो गरीबों के पीछे डंडा घुमाते हैं?"

"ऐसा! इस बार किरासिन कौन देगा, देखूँगा।"

"तुम दोगे।"

"क्यों?"

"देना होगा। गवरमिंट देती नहीं है क्या? परमिट का किरासिन नहीं दोगे तो हम तुम्हें वोट किसलिए देते हैं?"

गोविन्द को ऐसे ही लोगों के बीच काम करना होता है।

इसके बाद बटाईदारों का झंझट।

गोविन्द समझाने गया था, "हेदो, नश्कर तुम्हें ठग रहे हैं। वे उचित व्यवहार नहीं कर रहे हैं।"

"तब उसको प्रधान क्यों बनाया गया?"

"तुम एकजुट हो जाओ।"

"क्यों भला? गवरमिंट जानती है कि नश्कर कैसा आदमी है। अगर उसे रोकना है तो गवरमिंट रोके। उसकी जमीन की जब्ती तो वे कर नहीं सकते तो हम उससे लड़कर क्यों मरें?"

"मैं तो हूँ।"

"उसके सामने तुम्हारा क्या भाव?"

"वह जरूर मानेगा।"

"बाबा! बूढ़े मानसि की बातें सुनो। तुम पार्टी के आदमी हो। तुमसे नश्कर लड़ाई नहीं मोल लेगा। कुछ नहीं कहेगा, मान लेगा। पर...।"

"ऐसा क्यों, जरा बताओ? गले में उँगली डालकर क्यों बोलते हो? बूढ़े हो, बोलो।"

जो बात कर रहा था, वह बूढ़ा था। कातर आँसू भरी पीली आँखों से देखते हुए बोला, "बारह साल पहले बटाईदारों का चक्कर शुरू हुआ था। नश्कर उस समय तुम्हारी पार्टी में

ही था, अब अलग है। यह तुम भी जानते हो। नश्कर इतने सालों से हर बार कागज पर हमारा अँगूठा लगवाकर अपने खेतों में काम करने देता है। वह भी तो पार्टी का ही है। पार्टी के लोग क्या बटाईदारों की समस्या समझते हैं? कुछ नहीं होगा, बेटा! ऐसे ही सब चलता रहेगा। ऐसे ही जान निकल जाएगी।"

"ऐसा नहीं होगा।"

"हो रहा था, हो रहा है, होता रहेगा। क्या करें, कहाँ से ताकत लाएँ? जो देख रहे हो, उससे क्यों नहीं समझते? नश्कर से झगड़ा मोल लेने पर क्या पार्टी हमारी मानेगी, गोविन्द? रहने दो।"

"यह तो अन्याय है।"

"गोविन्द, तुम बड़े हो गए हो। एक बच्चे के बाप हो। नश्कर की बातें करते हो, लेकिन नहीं जानते वह कैसा आदमी है। उसने कभी अपने देश के लोगों की बात सोची है जो आज सोचेगा? नक्सलियों के समय वह भागा था। वापस आकर उसने बताया था कि उसने पार्टी के सदर को खबर की है कि नक्सलिये सता रहे हैं। फिर, हमें थोड़ा-सा दूध पकड़ा दिया था। तुमने भी तो वैसा ही कुछ किया है। अब अचानक दस लोगों की बाबत क्यों सोच रहे हो? जाने दो। अड़ोस-पड़ोस के गाँवों में लोग बटाई लेते हैं। हम बस देखते रहेंगे।"

गोविन्द इस बूढ़े की बातों की सच्चाई समझता है। लेकिन वह यह नहीं समझ पाता कि हेदो, नश्कर अभी भी सरकार के लिए क्यों जरूरी हैं? बोला, "मुझे क्या पता कि कौन-सी बात सही है? समझ भी नहीं सकता। जो भी हो, मैं कोशिश करूँगा कि तुम्हें किरासिन मिलता रहे।"

यह वादा किया गोविन्द ने। फिर वह कभी आंदी के लड़कों से आन्दोलन के बारे में नहीं कहने गया।

कुछ दिनों तक अनेकों तरह के प्रश्न उठते रहे उसके मन में। फिर उसे पता चला कि उसे कम्यूनिटी हेल्थ वर्कर के रूप में चुना गया है। उसे ही क्यों चुना गया? वह अगर गाँव से चला जाए तो क्या गाँव रहेगा? गाँव के लोग गोविन्द के सिस्टम में घुस गए हैं। गाँव के लोगों से उसने कहा, "फिलहाल डायमंड हारबर तक जा रहा हूँ। फिर कलकत्ता जाऊँगा।"

"क्यों?"

"क्या तुम हमेशा अस्पताल जा सकते हो?"

"नहीं।"

"चिकित्सा सीखने जा रहा हूँ।"

"सीखने? डॉक्टर बनोगे?"

"और नहीं तो क्या खेती करूँगा? डॉक्टर बनना क्या सहज काम है? कितनी पढ़ाई करनी होगी। कितने साल...? उसके बाद दवा के लिए पैसे चाहिए।"

"वह तो चाहिए ही।"

"हमें तो तुमने जन्म से देखा है। मधु केवट का लड़का हूँ। बाप बटाईदार है। बेटे ने इसीलिए पढ़ाई-लिखाई नहीं की।"

"मुझे क्या कोई पढ़ने भेजेगा, बीस हजार खर्च करके? मुझमें क्या ऐसी क्षमता है, बाप मजूर, मैं खेतों पर...।"

"वह तो जानता हूँ।"

गोविन्द की पुरानी चोट ताजा हुई। वह बोला, "कभी मैंने भी गायों की देखभाल की है। बाप के पास पैसे नहीं थे, स्कूल नहीं जा सका। लेकिन गायों की पीठ पर बैठे-बैठे अनेक सपने देखे हैं मैंने। सपने में डॉक्टर बनता था, इंजीनियर बनता था, ट्रेन का ड्राइवर बनता था। कभी-कभार नश्कर भी बनता था।"

"यह तो आखिरी सपना तूने बताया, वह अच्छा नहीं था। दो नश्कर होते तो हम मर ही जाते।"

"तब...अब जब मैं देश का काम कर रहा हूँ, पार्टी का काम करता हूँ तो मुझे कष्ट नहीं है। ना...चाचा, मैं डॉक्टर बनूँगा। टीके लगाऊँगा। हैजे का इंजेक्शन दूँगा। थोड़ा बहुत जो भी हो, चोट-फेट, जले-कटे का इलाज करूँगा, नहीं तो मरीज को अस्पताल ले जाऊँगा। वही सब सीखने जा रहा हूँ, तुम्हारे लिए ही। मेरे रहते हुए भी तुम्हारी हालत ठीक नहीं है। चला गया तो क्या होगा, यही सोच रहा हूँ।"

गाँव के लोग उसके दिल की बात समझते हैं। ग्राम-कार्यकर्ता गोविन्द ही उनका सम्बन्ध सरकार और एक विदेह और अनुपस्थित बाह्य जगत् से जोड़ता है।

यह जानने के बाद भी गोविन्द उन्हें टीका और इंजेक्शन देगा, वे इसके बारे में सोचकर डर जाते हैं। गोविन्द...अरे बाप रे! वह तो घर में घुसकर खूँटे से बाँधकर इंजेक्शन ठोक देगा!

ठंडी साँस भरते हुए अधर केवट बोला, "यकायक गायब मत हो जाना। ऐसा हुआ तो हमें गेहूँ, किरॉसिन—कुछ नहीं मिलेगा।"

"नहीं-नहीं, बीच-बीच में आता रहूँगा।"

गोविन्द ने अपनी बात रखी। प्रशिक्षण समाप्त होने पर गोविन्द को 50 रुपए का भत्ता मिलेगा, यह बात सुनते ही माँ बोली, "तो मैं लड़की देख लूँ, गोविन्द?"

"क्यों भला, लड़की क्यों?"

"डॉक्टर बनेगा, पचास रुपए की नौकरी हुई है। अब शादी कर ले।"

"घर-आँगन में हंस के बच्चों की तरह टोपरे-भर बच्चों की पेंक-पेंक सुने बगैर तुम्हें चैन नहीं पड़ेगा। देख माँ, मैं सिर्फ तुम्हारा बेटा ही नहीं हूँ, पार्टी का कायकर्ता भी हूँ। दस लोगों का काम करना होता है।"

"दस लोग तुम्हारे कन्धे पर होंगे, समझे! यह भी सुन ले कि तू दस लोगों के पेट से पैदा हुआ है कि मेरे पेट से? पार्टीबाजी कर-करके क्या तेरी मति भ्रष्ट हो गई है?"

"पार्टी की बात मत कर!" कहते हुए गोविन्द ने क्रोध में भात की थाली फेंक दी और बैठने की पीढ़ी तोड़कर चला गया। माँ ने गोविन्द के छोटे भाई की बहू से आँखों में आँसू भरकर क्रोध से कहा, "यह पार्टी क्या है, बेटी? गोविन्द अब अच्छा-बुरा कुछ नहीं देखता। पहले क्या वह पीढ़ी तोड़ देता था?"

"क्या?"

"सोयामि को पूछना। कितनी हँड़िया-पतीले तोड़े हैं। यह पार्टी का गुण है, बेटी! लड़के का भला हो, यह सोचकर मैंने चंडी थान में जल चढ़ाया है, प्रसाद दिया है। कम किया है क्या मैंने?"

छोटी बहू ने गहरी साँस ली। अपनी बुआ की लड़की के साथ अपने जेठ की शादी करवाना चाहती थी वह।

गोविन्द चला गया प्रशिक्षण लेने। नश्कर ने अपने लोगों से कहा, "लौंडा जितने दिन बाहर रहेगा, उतनी ही देर हमें लाभ होगा। बड़ा बदमाश है। सिर्फ दूसरों को कोंचना जानता है। किरॉसिन और गेहूँ के जरिए अपनी चलाता है। किरॉसिन है, इसीलिए न! पहले क्या था वह, क्यों पेतू?"

"यह कौन समझता है?"

"इस इलाके में सबका मिजाज गरम है। गोविन्द बोलता है, गेहूँ दो। अरे पहले क्या गेहूँ था यहाँ? रोटी का नाम जानते थे क्या लोग?"

"अब मैं क्या कहूँ!"

"सुनता कौन है?"

अब इसी तरह जो लोग नश्कर के सामने जी-हुजूरी करते थे, उन्होंने ही उसके लौटने पर उसे यह बातें बताईं।

"तो रोते क्यों हो? जाओ उसी के पास मजूरी करने," वह बोला।

जब उसने यह बात कही तो वह पार्टी का नहीं, स्वतंत्र व्यक्ति था। बटाईदारों का लड़का। यही उसकी मानसिक प्रतिक्रिया थी। वह नश्कर के यहाँ गया। बोला, "चाचा! परमिट की किरॉसिन और गेहूँ देने का समय आ गया है। इसलिए...।"

"मैं क्या देता नहीं हूँ या तुम्हें भरोसा नहीं? अपने लोगों में ही अविश्वास पैदा हो जाए तो सर्वनाश हो जाता है, गोविन्द!"

"आप हैं, इसीलिए तो भरोसा है।"

"मोहनपुर की आंदी के बेटे कहाँ चले गए हैं? तुम्हारे केवट-पाड़ा के चाँद, हरेन और शशधर भी दीखने मुश्किल हो गए हैं।"

"उन्हें सिखा रहा हूँ। समझे, चाचा? मैं एक स्वास्थ्य-कार्यकर्ता हो गया हूँ। आपकी सहायता करूँगा। आप अकेले कहाँ-कहाँ घूमेंगे? सरकार का ऐसा ही नियम है। दस लोगों को साथ रखकर ही काम करना होता है।"

"ठीक है, जैसा तुम कहते हो, ठीक है।"

नश्कर खुन्दक में था। स्थिर होकर बैठा। गोविन्द की पिटाई मौका मिलते ही करानी होगी। फिर बोला, "जितनी मुझमें शक्ति है, उतना करता हूँ। तुम जो बने हो वह युवा शक्ति से बने हो। कुछ लोग पहले भी होते थे, वे दूसरों के लिए काम करते थे। उन्हें हम वालिंटियर कहते थे। जब माले की बुआ बेहला में डूबी थी तो क्या वालिंटियर नहीं थे?"

"दूसरों ने क्यों नहीं बचाया?"

"दूसरों का काम ही वालिंटियर करते हैं।"

"यह सब बेकार की बातें हैं, चाचा! जो जितना जानता है, उसे लेकर ही चलना होगा।"

नश्कर को लगा कि जैसे उसने नीम चबा लिया हो। गोविन्द बोला, "हम अगर सिर्फ मोहनपुर की ही बातें सोचें तो कैसे काम चलेगा? बेहला से भी लड़के जुटाएँगे। वे लोगों का खयाल रखेंगे, कार्ड देखेंगे और सामान बाँटेंगे।"

"जब तुम कहते हो तो...।"

"मैं क्या कहूँ! लोगों को अगर सामान मिलता रहे तो मुझे क्या कहना है? कहना पड़ रहा है, यही दुख की बात है, समझे चाचा?"

कहते-कहते गोविन्द का मुँह लाल हो गया। ललाट की शिराएँ फूल गईं। नश्कर को गोविन्द के भयानक गुस्से का भी खयाल आया। वह अत्यन्त नरम स्वर में बोला, "बेटा! उम्र ढल गई है। फिर सिर पर इतने काम। भूल-चूक तो हो ही जाती है। माफ करो। मैं क्या कोई सब-कुछ जानता हूँ? तुम भी तो कुछ बताओ हमें।"

सारी बातें सुनकर आंदी का बेटा नन्द हठात् हँसा। नश्कर ने अपनी तरफ देखा। क्षुब्ध होकर बोला, "सच्चे मन से बात कही तो हँसते हो, नन्द! हँसो, भगवान सब देखते हैं।"

गोविन्द बोला, "जाने दीजिए, हँसा है, दोष इसी का है। आप कोई दुष्ट व्यक्ति तो हैं नहीं, नन्द भी नहीं। ...कल सबेरे गेहूँ और किरॉसिन इस बार मैं खड़े होकर बँटवाऊँगा।"

"जैसा कहो।"

बाहर आकर गोविन्द बोला, "क्या वह छिड़े माल जा रहा है? ओ...छिड़े चाचा...कहाँ जा रहे हो?"

"तुम्हारे पास ही आ रहा था। अब तो तुम गूलर के फूल हो गए हो। दिखाई ही नहीं देते।"

"बेहला आए तीन घंटे हुए हैं। तुम कहाँ थे?"

"मैं और कहाँ होऊँगा? सुना, तुमने नश्कर को धमकाकर गेहूँ और किरॉसिन निकलवाया है?"

"नहीं, नहीं। परमिट पर माल दिलाने की व्यवस्था की है। झगड़ा क्यों करूँगा?"

श्रीपद माल बेहला गाँव से बाहर भी साँप-काटे के इलाज के लिए मशहूर हैं। वह साँप-काटे के ओझा हैं, लेकिन वे अपने पेशे के बड़े फनकार हैं। उनकी मानसिकता अत्यन्त वैज्ञानिक है। चिकित्सा की सीमा वे जानते हैं और रोगियों को अस्पताल ले जाते हैं। अस्पताल में स्नेक-वेनम एंटीसीरम उपलब्ध न होने पर उन्होंने बड़ा लफड़ा भी किया है। उनका व्यक्तित्व ऐसा है कि सरकारी चिकित्सा पर निर्भर होने के बावजूद वे श्रद्धा के पात्र हैं। श्रीपद के मुँह पर एक शान्त पराजय का भाव रहता है। वे जानते हैं कि साँप-काटे के व्यापार में वे हार गए। पराजय उन्होंने स्वीकार कर ली है।

लेकिन इस समय उनके चेहरे पर स्वाभाविक शान्त भाव नहीं है। क्रोध है। वे बोले, "साला, महापापी!"

"क्यों, क्या हुआ?"

"इसे सुनो, रोना सुन रहे हो न?"

गोविन्द ने सुनने की कोशिश की। पहचान गया। यह विलाप सर्वत्र व्याप्त है। मृतक के सामने लोगों का विलाप। भारत के संविधान में स्वीकृत हर भाषा में, हर आदिवासी और उपजाति की भाषा में यह विलाप एक जैसा सुनाई देता है। ऐसे विलाप में वाक्य भी शामिल होते हैं। यह रोना गोविन्द सुन सकता है।

"कचू का नाती अपनी जान से गया।"

"कौन गया?"

"मोताहेर। तभी तो बेहला का कोई भी तुम्हारे साथ नहीं गया।"

"आश्चर्य, किसी ने बताया तक नहीं।"

"क्या कहें? अस्पताल में इंजेक्शन नहीं है। तभी तो।"

"कब काटा था?"

"सबेरे। उसी नश्कर के कारण। सूअर का बच्चा! ईंट के भट्ठे पर साँप था। उसने उसे वहीं भेजा था। यदि तू ही नश्कर के पंजे तोड़ दे तो सच्चे आदमी का काम करेगा।"

गोविन्द दुखी मन से हँसा। बोला, "छिड़े चाचा! मधु केवट का बेटा पार्टी का आदमी है। तुम्हारे लिए जान दे सकता है। नश्कर के पंजे नहीं तोड़ सकता। वह उसका अपना मामला है।"

"अस्पताल में इंजेक्शन का बन्दोबस्त करा सकते हो?"

"चाचा, जो इंजेक्शन मिलते हैं, वे भी इसी गोविन्द के कारण मिलते हैं।"

"इससे क्या आदमी बचता रहेगा? उस साले को साँप भी नहीं काटता।"

श्रीपद सिर झुकाए चला गया। गोविन्द के मन में नश्कर के प्रति एक नए क्रोध का संचार हुआ। फलस्वरूप दूसरे दिन आकर उसने बेहुला और मोहनपुर गाँव के तमाम लोगों को सही तोल और भाव से गेहूँ व किरॉसिन बाँटा।

नश्कर सुनकर बोला, "आया भी इसी तोल और इसी वजन से था। माल रहेगा। न रहने पर व्यवस्था की जाएगी।"

उसके बाद गोविन्द चला गया। जाते समय श्रीपद ने कहा, "बीच बीच में हैजा फैलता है। साँप का इंजेक्शन लगाना सीख आना।"

"सिखाएँगे तो सीख लूँगा। तुम सभी जानकार लोग हो। परमिट पर चीजें मिलनेवाले दिन माप-तोल से किरॉसिन-गेहूँ लेना।"

"देगा?"

"बेमतलब की बात मत करो, चाचा! हक की चीज है। सरकार देती है।"

"नश्कर के बैठाए आदमियों को गाली देना ठीक नहीं होता, गोविन्द!"

"तो जूते मारो। लेकिन चीजें माप-तोल से लेना। न दें तो मैं बाद में देखूँगा उन्हें।"

"वही तो मैं कहता हूँ। सरकार देती है तुम्हारे हाथ में। उस माल को निकालने के लिए गोविन्द की जरूरत है। है कि नहीं?"

"क्या करें, बोलो? कुछ भी करो, वह तो इसी तरह चलाता है। उसका राज उलटना है तो घबराते हो।"

"नश्कर तो इसी तरह चलाता है, चलाता रहेगा।"

"आज या कल मैं भी चला जाऊँगा।"

"यह बात मत कह, गोविन्द?" इस इलाके में कितने ही लोगों ने यह बात कही। कोई कुछ नहीं कर पाया।

"देखा जाएगा।"

गोविन्द प्रशिक्षण पर चला गया। बीच-बीच में वह आता था। नश्कर को ठीक करके रखना सहज नहीं है। गाँव के लोगों को गोविन्द मदद भेजता रहा। लेकिन प्रशिक्षण के बाद अन्य स्वास्थ्य-कर्मियों के साथ वह चला गया इंटैंसिव ट्रेनिंग के लिए।

फिर वह लौटा एक दिन। एक नए ज्योतिर्मय चेहरे के साथ, एक नए आत्मविश्वास के साथ। जलने, कटने और डूबने की प्राथमिक चिकित्सा सीख आया है। हैजे का इंजेक्शन और चेचक का टीका लगाना भी उसने सीखा है। मलेरिया के लक्षण पहचानना भी सीखा है। आते ही उसने मोहनपुर का चक्कर लगाया और आंदी के द्वार पर आकर हाँक लगाई, "आंदी बुआ! अब जरा मोहनपुर की बातें सुनाओ। तुम्हारा गोविन्द अब डॉक्टरी सीख आया है।"

दरवाजे पर रखी पोटली ही आंदी है, यह समझने में उसे समय लगा। समझ आते ही उसे धक्का-सा लगा। शॉक की भी चिकित्सा सीखी है उसने, पर सारे शॉकों की चिकित्सा नहीं होती। पत्ते बटोरने, भूसा बटोरने, घास उठानेवाली आंदी बुआ को पोटली के सदृश देखकर उसे शॉक लगा। इस शॉक की चिकित्सा सम्भव नहीं।

"क्या हुआ, बुआ?"

गोविन्द का जैसा स्वभाव है, उससे लगा कि यह सब उसके यहाँ न होने के कारण ही हुआ है। उसने खुद को दोषी ठहराया।

"अरे गोविन्द! भले के लिए गई थी, इसीलिए बुरा हुआ। मेरी आँखें...।"

आंदी हाहाकार कर रो उठी। गोविन्द ने महसूस किया कि उसकी आँखें भी गीली हो गई हैं। आंदी की पुतली और उस पर की सफेदी अलग-अलग नहीं पहचाने जा सकते। यह देखकर उसकी आँखें क्रोध से जल उठीं।

"क्या हुआ?" बड़ी बहू गोबर सने हाथों से आगे आई। सास को धमकाया, "रोने को मना किया है न डॉक्टर ने? रोना नहीं।"

"रोऊँगी नहीं? आँखें गईं तो रोऊँ भी नहीं?"

"न रोओ। गोविन्द आ गया है, सारा इन्तजाम हो जाएगा।"

"नहीं रोऊँ?"

"नहीं। कहा तो कि हाथ के अन्दाज से धागे लपेट दो।"

"मुझसे नहीं होता रे!"

"होगा। कौन कहता है कि तुम काम नहीं कर सकतीं? तब यह बताओ कि गोबर से गुल किसने बनाया?"

बड़ी बहू की बात ने जादू का काम किया। आंदी ने आँखें पोंछीं और धागे लपेटती रही। आँखों से आँसू बहते रहे। गोविन्द ने उधर देखा। बड़ी बहू ने सूखे गले से कहा, "अब यह रो नहीं रही। एक बार रुलाई आने पर देर तक आँसू गिरते रहते हैं।"

"क्या हुआ, पद्म बहू?"

बड़ी बहू ने गोबर थापते-थापते कहा, "अस्पताल में कहा था कि ऑपरेशन होगा। हुआ। इनायत ने खबर भेजी थी। नोदा और बड़े जेठ इन्हें लेकर गए थे। उन्होंने देखकर कहा कि यह मोतियाबिन्द नहीं है। माँ की आँखों की शिरा टूट गई है। अगर यह बूढ़ी नहीं होती तो ऑपरेशन हो सकता था। उन्होंने दवा दी, आँखों में डालने के लिए। कहा, यह धुँधलापन अब हमेशा रहेगा। तमाम उम्र। माँ के रोने-गाने पर उन्होंने बताया कि काट-पीट करने पर माँ की आँखों में थोड़ी भी रोशनी नहीं रहेगी।"

"यह हुआ कैसे?"

बड़ी बहू ने ठंडी साँस भरी। बोली, "बतासी ने माँ को समझाया कि जाबुद्पुर के हाट में पता नहीं कौन आता है। आँखें देखता है, चश्मा देता है।"

यह सुनने पर बड़ा लड़का क्रोधित हो उठा। बोला, "अस्पताल में डॉक्टर कुछ नहीं कर पाए तो वह क्या करेगा? अन्धी हो जाएगी तू। ऐसा काम मत करना।"

"उसके बाद?"

"बतासी के साथ सलाह करके चली गई। घर में किसी को नहीं बताया, किसी ने नहीं जाना। 'प्राण नटकर नारियल की छाल उतरवा रहे हैं। चटाई के लिए ले आती हूँ,' कहकर वह चली गई। मुझे भी कुछ नहीं पता चला। मूड़ी भून रही थी। चावल बनाते-बनाते माँ तो चली गई। वहाँ उस आदमी ने दो रुपए लिए। और पता नहीं, कौन-सी दवा दी कि आँखों में डालते ही वह लोट-पोट होते हुए चिल्लाने लगी, 'आँखों में मिर्ची लग रही है। आँख जल रही है।' बतासी वहाँ से भाग आया। समझे तुम?"

"उसके बाद?"

"आँखें धुलवाईं। कबरेन के घर से रो-पीटकर थोड़ा-सा पद्ममधु ले आई। वही डाला। कमल के पत्ते से आँखें ढकीं, पोखर में से कीचड़ लाकर आँखों पर रखा तो कुछ शान्ति हुई। दूसरे दिन बैलगाड़ी पर बैठकर नश्कर के अस्पताल ले गए। आँखें फूलकर ढोल बन गई थीं। खोल भी नहीं सकती थीं। डॉक्टर बोला—दवा से पुतली जल गई है। अब कुछ नहीं हो सकता। मलहम दिया है। कहने लगा कि अब कुछ नहीं हो सकता। तामली में एक अच्छा डॉक्टर है, वही कुछ कर सकता है। यहाँ कुछ नहीं होने का।"

"उस आदमी को पकड़ नहीं सके?"

"बड़े जेठ दो बार हाट गए, पर वह मिला नहीं।"

"अब यह तुम्हारे ऊपर...?"

"क्या करूँ? फेंक दूँ? मुझे पाँच बरस की लेकर आई थी। मोगा और मूड़ी खिलाकर पोसा है। उसकी आदत है पाँच लोगों की बात पर नाचना। बतासी की बात पर हाट जाकर... ।"

गोविन्द बोला, "ठीक है, देखता हूँ। ऐसी हालत में यह तामली जाएगी कैसे?"

"देखें, क्या होता है?"

"ठीक है, देखा जाएगा। नन्द को मेरे पास भेज देना।"

गोविन्द ने नन्द से कहा, "एक नियम जाना है मैंने। यहाँ अस्पताल में अगर वे इलाज नहीं कर सकते तो सदर से डॉक्टर बुला सकते हैं। वही करें।"

"बुआ को तामली ले जाएँगे क्या?"

"तुम्हारा कहना सुनेगी?"

"देखते हैं।"

डॉक्टर ने गोविन्द की बात धैर्य से सुनी। फिर बोले, "उसे क्या हुआ है, जानते हो?"

"जानने पर डॉक्टर बन जाता।"

"बहुमूत्र के बारे में जानते हो? ऑपरेशन मुश्किल है। उस पर आँखों में घाव।"

"आप सदर से डॉक्टर बुलवाएँ। ऐसा ही नियम है।"

"तुम क्या सचमुच उसकी चिकित्सा कराओगे?"

"मैं क्या मजाक कर रहा हूँ?"

डॉक्टर कुछ क्षण सोचते रहे। फिर बोले, "नियम से तो मैं डॉक्टर बुला सकता हूँ। पर डॉक्टर आएगा, यह ठीक नहीं है। पहले दो बार बुला चुका हूँ, नहीं आया। तामली का अस्पताल अच्छा है। डॉक्टर सरकार एक अच्छे डॉक्टर हैं। रविवार को उन्हें ले आओ। चिट्ठी लिख देता हूँ।"

"सदर का डॉक्टर क्यों नहीं आएगा?"

"नश्कर बाबू जानते हैं।"

"हेदो नश्कर?"

डॉक्टर सूखे गले से बोले, "टेंडर उन्हीं का है। दूध के नाम पर पानी, सड़े अंडे, मछली के नाम पर सड़े कपड़े, चावल के नाम पर भूसी सप्लाई करते हैं। मैंने कहा था तो उन्होंने सदर में मेरी खिलाफत की। अब तो पता नहीं, मैं कितने दिन यहाँ रहूँगा? दूसरे डॉक्टर को लाने की चेष्टा कर रहे हैं।"

"आप देखकर दूसरा डॉक्टर बुला भेजिए।"

गोविन्द, हेदो नश्कर के पास आया। बोला, "अस्पताल ठीक से चले, यह देखना भी मेरे काम का अंग है।"

"इस डॉक्टर के रहते ठीक चलेगा?"

"डॉक्टर खराब है, ठीक है। आप तो अच्छे हैं न! अस्पताल में सड़ा-गला माल क्यों भेज रहे हैं?"

"सरकारी रेट जानते हो?"

"जानता हूँ। सरकारी रेट जानकर ही आपने कॉन्ट्रैक्ट लिया है। उसी रेट पर तामली में अच्छा माल कैसे जा रहा है? वहाँ दूसरा आदमी है। साधन दत्त आपकी तरह क्यों नहीं करता? आप हैं, इसीलिए किसी दूसरे ने टेंडर नहीं दिया।"

"क्या कहते हो, गोविन्द? अच्छा समझकर ही काम हाथ में लिया था। डॉक्टर की बात सुनकर ऐसा कहते हो।"

"धमकाता नहीं हूँ। माल अच्छे दीजिए, चाचा! और हमारे डॉक्टर की चुगली मत खाइयेगा। आदमी बीस-बीस घंटे खटता है। उसे हटाने की कोशिश मत कीजिएगा।"

"धमकाते हो, गोविन्द?"

"सदर में मेरी भी जान-पहचान है। एक भी अच्छी दवा आए तो वह आपको देनी होगी। कम्पनी के लोग जो दवा दे जाते हैं, आप ले लेते हैं। यह क्या बात हुई? हमेशा अपना ही लाभ नहीं देखना चाहिए।"

"आ-हा...मैं सब-कुछ तो देखने नहीं जाता। कौन क्या देता है, मुझे क्या सपने आते हैं?"

गोविन्द की धमकी से कुछ काम बना। अस्पताल में खाने-पीने के सामानों की क्वालिटी सुधरी। लेकिन सदर से डॉक्टर नहीं आया।

तब गोविन्द सदर गया। उन्हीं लोगों के हवाले से वह आँखों के डॉक्टर के पास पहुँचा, जिनके बारे में खयाल था कि डॉक्टर उनकी सुनेगा नहीं। डॉक्टर पीठ पीछे बोले, "राजनीतिक दबाव डालता है।" गोविन्द के सामने बोले, "शनिवार को आऊँगा।"

"कब?"

"नौ बत्तीस की गाड़ी से।"

गोविन्द को लगा, वह एक बड़ी लड़ाई जीत गया है। गाँव लौटकर उसने गाँव के डॉक्टर को खबर दी।

डॉक्टर बोले, "और पेशेंट मत जुटाना, भाई! बूढ़ी का केस ही काफी है।"

"ठीक है, उसी को लाऊँगा।"

इस बार आंदी को नए तरीके से अस्पताल लाया गया। नन्द ने बहँगी बनाई। एक तरफ बोरियाँ रखीं, दूसरी तरफ माँ को बैठाया। गोविन्द नश्कर बगल-बगल चलता रहा और बीच-बीच में कन्धा भी देता रहा।

अस्पताल पहुँचकर उन्होंने चटपट आंदी को पेड़ के नीचे सुला दिया। डॉक्टर आए और उन्होंने लोशन भरी रूई से आंदी की आँखों की गन्दगी साफ की। गोविन्द और नन्द राह देखते रहे। समय बीतता रहा। आँखों के डॉक्टर नहीं आए। गोविन्द की समझ में कुछ नहीं आया। वह स्टेशन पहुँचा। स्टेशन मास्टर बोले, "क्यों? डॉक्टर तो आए हैं। उनका गला उभरा-सा है न?"

"हाँ, आया है?"

"हाँ, नश्कर बाबू का नौकर उन्हें ले गया है। मछली पकड़ने के लिए बंसी लेकर आए हैं।"

"बंसी?"

"हाँ। वे तो अकसर आते रहते हैं। पोखर में मछली पकड़ते हैं। मैंने देखा है। आए हैं।"

"नौ बज के बत्तीस पर?"

"सात तैंतालीस पर।"

गोविन्द का सिर चक्कर खा गया। वह बोला, "जरा साइकिल दीजिए।"

साइकिल पर चढ़कर वह हेदो नश्कर के घर की तरफ उड़ा। नश्कर का नौकर बोला, "वे पोखर पर मछली पकड़ रहे हैं। अभी तो उन्हें खिलाकर आ रहा हूँ।"

गोविन्द पोखर की तरफ चला। डेढ़ मील दूर। पेड़ के नीचे हेदो नश्कर और डॉक्टर, बंसी डालकर बैठे हैं। चारों तरफ शान्त और सुन्दर प्रकृति। बाबू लोगों को असुविधा न हो, इसलिए एक लड़का दूर भैंस नहला रहा था। शालफूल के ऊपर जल-मुर्गी उड़ रही थी।

"बंसी एक तरफ रखिए। अस्पताल चलिए।"

गोविन्द के चीखने पर दोनों चौंके।

हेदो नश्कर बोला, "चलते हैं, चलते हैं। थोड़ी मछली पकड़कर...।"

"अभी पकड़वाता हूँ मछली। साला, इतना हरामीपन, इतनी बदमाशी! रोगी मर रहा है...डॉक्टर मछली पकड़ रहे हैं! इसे तो पकड़कर पीटना चाहिए। तभी ठीक होगा।"

"जाता हूँ। जाता हूँ।"

"अभी तुरत उठिए। साइकिल पर बैठाकर ले जाऊँगा। बाँधकर रख दूँगा पेड़ से। सदर में प्राइवेट प्रैक्टिस, यहाँ मछली पकड़ता है! सिर चढ़ गया है।"

"सुनो, गोविन्द...।"

"आप बीच में मत बोलिए। आपको भी अब नहीं छोड़ूँगा मैं, चाचा! बड़ी गलती की

आपने। अगर मुझे क्रोध आ गया तो...तो गाँव-इलाके में हंगामा खड़ा कर दूँगा। पार्टी-फार्टी की भी नहीं सुनूँगा। आपको भी समझने का समय आ गया है।"

भयभीत और त्रस्त डॉक्टर को साइकिल के डंडे पर बिठाकर ले आया गोविन्द। अस्पताल के डॉक्टर से कहा, "इनकी डॉक्टरी का अन्त आ गया है। इसी कारण सोना डॉक्टर की लाश मिली थी रेलवे लाइन पर। शैतान की औलाद! आया है रोगी देखने-पहुँचा पोखर पर मछली पकड़ने! नश्कर को पहचानता है। पहचनवाता हूँ अभी! सदर में लड़के हैं कि नहीं? अस्पताल से घर जाता है कि नहीं?"

सदर का डॉक्टर भयानक भय से उत्पीड़ित हो उठता है। उसने वचन दिया कि वह खूब सावधानी से आंदी को देखेगा।

"देखेगा नहीं...उसका बाप देखेगा," कहकर गोविन्द शर्ट खोलकर हवा खाने लगा।

आंदी को भीतर ले जाया गया। काफी देर परीक्षण करने के बाद सदर का डॉक्टर अचानक कर्तव्यपरायण हो उठा। वह अस्पताल के डॉक्टर से बोला, "ऑपरेशन।"

"करेंगे?"

"हाँ। समझते हैं। अभी ऑपरेशन करें तो सेपसिस का फोकस...।"

"आँख खराब नहीं हुई है।"

"दाहिनी आँख तो वैसी ही है...पर इंफेक्शन है। ऑपरेशन न करें तो...।"

"यहीं?"

"जैसी भी व्यवस्था हो, यहीं करना होगा।"

"कैसे?"

"मैं सदर जाता हूँ। सब जरूरी सामाान साथ ले आऊँगा।"

गोविन्द बोला, "यह नहीं होगा। आप यहीं रहेंगे। मेरा नाम गोविन्द दास है। जो जरूरत है लिख दीजिए, मैं ले आऊँगा।"

अस्पताल के डॉक्टर बोले, "रुपए।"

सदर का डॉक्टर बोला, "बेटा, मैं तुम्हारे साथ चलता हूँ। जो लेना होगा अस्पताल या घर से ले लूँगा। एक बार कह भी आऊँगा। विश्वास नहीं है क्या? साथ चलता हूँ।"

"रुकिए।"

साइकिल लेकर नश्कर के घर गया गोविन्द। हेदो नश्कर तब भी नहीं आया था। नश्कर के बेटे से बोला, "बेन्दा, पचास रुपए दे। चाचा से कह देना, मैं ले गया हूँ।"

वृन्दावन सब जानता है। बगैर कुछ कहे उसने रुपए दे दिए। गोविन्द बोला, "कह देना, ग्राम कल्याण फंड से लिए हैं।"

रुपए ले आया गोविन्द। बोला, "चलिए। आज ही लौट आएँगे। डेढ़ घंटे बाद ट्रेन है।"

"कल लौटें तो?"

"नहीं।"

"रात को...।"

"गैस-बत्ती जला देंगे।"

सदर का डॉक्टर असमंजस में था। फिर भी गोविन्द के साथ चला। विपत्ति, महाविपत्ति। पार्टी का लड़का अगर ऐसा करता तो...कलकत्ता में तो वे काट दिए जाएँगे।

अस्पताल के डॉक्टर ने आंदी से कहा, "बूढ़ी माँ! तुम्हें भरती कर लेता हूँ, समझी! कुछ खाओगी? दवा देता हूँ, पीने पर नींद आ जाएगी।"

"भरती करोगे?"

"हाँ।"

एक गन्दे बिस्तरे पर आंदी को जगह मिली। नन्द स्टेशन से चाय और पावरोटी ले आया। माँ को खिलाई। डॉक्टर ने उसे दवाएँ दीं और माफी माँगने के अन्दाज में नन्द से बोले, "मैं भी थोड़ा सिर पर जल डाल आऊँ। कुछ खा आऊँ। गोविन्द जब साथ गया है तो डॉक्टर जरूर आएगा। ऑपरेशन भी होगा, पर मुझे भी तो काम करना पड़ेगा।"

"आप जाइए।"

नन्द बकुल की चटाई पर लेट गया। आंदी की आँखों में नींद उतर आई। उसने हाथों से टटोला। खाट पर लोहे की रस्सियाँ हैं। आँखों का क्या होगा, उसे याद नहीं रहा। वह अब अस्पताल में भरती है। अस्पताल में अनेकों तरह की चीजें खाएगी। सदर से डॉक्टर आएगा। "सब रूप कथा जैसा ही हो रहा है...एक के बाद एक!" वह सविस्मय अस्फुट बुदबुदाती है। रूप कथा की तरह नींद में उसका चेहरा अत्यन्त तृप्त दीख रहा है।

गतिगंगा जुगीदास नाइया

गतिगंगा जुगीदास नाइया किसी का नाम नहीं हो सकता। परन्तु जुगीदास नाइया लगभग एक दशक से इसी नाम से परिचित था।

इस नामकरण के लिए स्थानीय थाने को श्रेय नहीं दिया जा सकता, क्योंकि, नाम तो पेशे के कारण पड़ा था। मृतक की गतिगंगा करवाना ही उसका पेशा था। इस काम के लिए ही उसने अपना जीवन उत्सर्ग कर दिया था। चूँकि यह काम अकेले नहीं किया जा सकता, इसलिए उसे कई लोगों को इस काम के लिए प्रशिक्षण देकर तैयार करना पड़ा था। फलतः शहर के इस कस्बाई अंचल के लोगों को विशेष सुविधा मिली थी। अब अगर बूढ़े दादाजी जाड़े की शाम को स्वर्ग सिधार गए तो भी चिन्ता की कोई बात नहीं। अथवा मूसलाधार वर्षा में कोलकाता जब प्रागैतिहासिक तथा अपरिचित सा लगने लगता है, सड़कें जब पानी में डूब जाती हैं, बिना मरम्मत के कारण तथा रास्तों में खुदाई के कारण जगह-जगह पर बने गड्ढे तथा मुँह बाए 'मेन-होल' जब मृत्यु-कूप बन जाते हैं, चारों तरफ जब सरकारी 'लोडशेडिंग' तथा विदेशी कम्पनी के जेनरेटर का गुंजन, गर्जन और रोशनी होती है, ऐसे में भी यदि कोई मर जाए तो पूरा इलाका निश्चिन्त रहता था।

गतिगंगा को खबर कर दो। पार्टी जितना खर्च कर सकती है, उतना पैसा ही वह लेगा। परन्तु बाँस के खटोले से लेकर बड़ी खाट, फूलों की माला, धूप, सब-कुछ वही लेकर आएगा।

पार्टी का मनोभाव समझकर हरि-ध्वनि करेगा।

गतिगंगा अपने संगी-साथियों को समझाता है, समझे, जब देखो कि लोग अधिक व्याकुल नहीं हैं, वहाँ जोर-शोर से नारा लगाना। और जब देखो कि धोखा खाए हुए, थके-हारे हैं, वहाँ आदरपूर्वक नारे लगाना। सब समझ-बूझकर करना।

कभी प्रेम से बोलो...

कभी मृदु स्वर में 'हरि-हरि!'

कभी, बूढ़े दादा स्वर्ग जा रहे, जाएँगे! हमारी माँग माननी पड़ेगी! दादा को स्वर्ग जाने देना होगा। गतिगंगा इस पूरे विषय को बड़ी निपुणता के साथ सम्हालता था। क्योंकि, यह हरि-ध्वनि यदि ठीक प्रकार से नहीं दी गई तो गतिगंगा भी नहीं हो सकती।

धनी का भी, गरीब का भी।

कम रुपए हैं तो 'ना' कह दें, यह कोई धर्म नहीं, समझे! गरीब है इसलिए 'ना' कहें, यह भी तो ठीक नहीं।—ऐसी ही विचित्र नैतिकता-बोध से वह प्रेरित था।

कभी-कभी तो वह किसी गरीब की लाश को रखकर चादर बिछाए खड़ा दिखाई देता था।

बारीक प्रिंट की छाप वाली सिंथेटिक कपड़े की लुंगी पहने, बिना बाजुओं वाली रंगीन बनियान, गले के स्वर में उदारता भरा आदेश—जो भी यहाँ से गुजरें, पैसा फेंककर जाएँ। एक दिन आप हम सभी को जाना है, नेक काम के लिए पैसा फेंकना सीखिए।

ऐसी लाशें भी मिलती थीं। गरीबी के कारण दाह-संस्कार का खर्च नहीं जुटा पा रहे। नहीं तो, लाश वैसे तो लावारिस नहीं थी। लावारिस होती तो पुलिस ले जाती। यह देखिए, परिवार यहाँ है। चूँकि गतिगंगा को सभी जानते-पहचानते थे, इसलिए पैसा बरसने लगता था।

जब मुर्दा नहीं जलाता, तब वह शराब पीता था तथा अपने चेलों से कहता था, 'यह जो सत्कर्म मैं करता हूँ, क्यों कर रहा हूँ बता सकता है?'

'पुण्य कमा रहे हो दादा।'

'पुण्य की बात कर रहा है? हाँ, वो तो हो ही रहा है। पर असल बात तो यह है कि देश की सेवा कर रहा हूँ। आजकल तो जिन्दा आदमी को ही आदमी नहीं मानते, मर जाए तो और भी बुरा हाल। मुर्दे को उठाना पड़ेगा, सुनते ही लोग सटक जाते हैं। देख तो रहे हो। नेता बाबू के घर में क्या हादसा हुआ था!'

'हाँ, यह तो है।'

'हे-हे! हँसी आती है।'

'हँसी की बात नहीं है धर्मिन्दर! यह तो चिन्ता की बात है।'

गतिगंगा चिन्ताकुल हो गया। धर्मिन्दर, शत्रुघ्न, अमिताभ, जितेन्दर, बब्बर, सभी मनोयोग से सुनने लगे। राजेश, ऋषि और अमजद अन्यत्र व्यस्त थे।

इन चारों में दो या तीन ही जीवित रह पाते थे। शहरी इलाके के इस पूर्वांचल में अपराध-शिल्प ही इनका अन्नदाता था। ये लोग कभी 'टॉप' पर नहीं पहुँच पाते। वर्तमान काल में ये लोग समझ गए थे कि चोटी पर रहना खतरे से खाली नहीं। नेता की मदद करो तो कालू'दा लाश गिराएगा। कालू'दा की शागिर्दी करो तो नेता गिरा देगा। हाल ही में हुए एक हादसे में प्रसिद्ध गोल्डी तथा सुलतान की असमय तथा अनिच्छित मृत्यु इसका प्रमाण थी।

लाश गिराने के इस नक्शे की रेखाएँ देखने में बहुत जटिल थीं पर असल में थीं बहुत सरल। नेता या कालू'दा, दोनों ही विपक्षी महापुरुष अपने-अपने लोग लगा सकते थे।

अपने लोगों की स्वामिभक्ति हमेशा भरोसे लायक नहीं होती। एम.एल.ए. की तरह ये लोग भी खरीदे-बेचे जा सकते हैं।

ऐसे में भाड़े का हत्यारा काम पर लगाना सुरक्षित भी था और सुविधाजनक भी। वस्तुतः 'अरे, कौन लेगा मुझे मोल रे' गाकर या बिना गाए ही कोलकाता के बाजार में बहुत से लोग हाजिर रहते हैं। इस इलाके में बहुतेरे काम कभी कैप्टेन, बादशाह या भेटका ने किए थे। वे सब पक्के लोग थे। शिकार को बिना वजह दुख पहुँचाना उनका उसूल नहीं था। पैसे लो, झपाझप काम निपटाओ। सटक जाओ किसी और जिले में, किसी दूसरे राज्य में।

कितने दुख की बात थी। नेता या कालू'दा इनकी जरूरत तथा सामाजिक जीवन में इनकी अहम भूमिका को समझ गए थे पर अभागी जनता समझ नहीं पाई थी।

मंटूरानी के अनुमान के अनुसार विद्युत का अपहरण तथा उसकी हत्या के बाद पब्लिक ने बहुत झमेला किया था तथा नेता और कालू'दा को साथ-साथ 'आनूचल (अंचल) में शान्ति रक्षा कीजिए' लिखा हुआ बैनर लिये चलने को मजबूर कर दिया था। बैनर पटका का लिखा हुआ था।

इसके कुछ ही दिनों बाद गोल्डी उर्फ दुलाल तथा सुल्तान उर्फ शान्तिपद की लाश गिरी थी।

नेता कोई राजनीतिक नेता नहीं था, उसका नाम नेताजी बोस था। नेताजी या नेता बोस ने शहर के पूर्वांचल के उन्नयन के लिए कई मछली पालनेवाले बन्धे तथा गैरकानूनी ढंग से हथियायी गई जमीन प्रकल्प को दान करके अपना बहुत रोबदाब जमा लिया था। किसी अदृश्य प्रभावशाली के प्रभाव से उसने टेंडर थमाया था। ठेकेदारी भी पा गया था तथा दिन-भर तरह-तरह के कामों में समय बीतने के कारण इस इलाके में वीडियो भी सबसे पहले उसी ने मँगवाया था। सन्ध्याकालीन मनोरंजन। आंचलिक अपराध-जगत् के उन्नयन तथा प्रसार में नेता ने लम्बे समय से अपना योगदान दिया था।

कालू'दा का 'कैरियर' भी लगभग कुछ ऐसा ही था।

परन्तु नेता का दाहिना हाथ गोल्डी तथा कालू'दा का दाहिना हाथ सुल्तान के चले जाने के बाद इस इलाके में शान्ति-रक्षा के लिए उन्हें भी सक्रिय होना पड़ा, दोनों ही एक-दूसरे को खतम करना चाहते थे। पर हाय! वर्तमान परिस्थिति में कैप्टेन, बादशाह अथवा भेटका को तलब करना अब सम्भव नहीं था।

थाने का भी कहना था, थोड़ा सब्र कर लो। 'आहिस्ता-आहिस्ता वाला गाना नहीं सुना?'

ऐसे हालात में गतिगंगा के अनुगामी इधर-उधर मुँह मारकर किसी प्रकार जिन्दा थे। गोल्डी तथा सुल्तान के चले जाने के बाद नेता तथा कालू'दा ने उनके चेलों को कोई 'पोटेक्शन' नहीं दिया। कालू'दा ने अपने लड़कों में से जिन पर पब्लिक को बहुत गुस्सा था, ऐसे तीन लड़कों को भीड़ की पिटाई की सम्भावना बताकर कुलटी भेज दिया था।

नेता ने ऐसा नहीं किया था। फलतः उसकी भीड़ ने पिटाई की थी। यह सब देख-सुनकर गतिगंगा बोला, किस भरोसे में कच्ची उम्र के ये लड़के 'बॉस' के लिए अपनी जान लड़ाएँगे? उस रास्ते मत जाओ। चोरी-छिपे जो पाप हो रहा है, उससे तो मैं उबार ही रहा हूँ।

मेरे यहाँ कोई अन्याय नहीं होता।

ऐसी बात वही कह सकता था जो लोग दे सकते थे, उनके दिए रुपए, शराब और गाँजे का हिस्सा। सभी तो ऐसा नहीं कर सकते थे। उनके लिए भी गतिगंगा ही एकमात्र सहारा था। लड़कों का, फिल्मी कलाकारों के नाम पर नामकरण करना, यह उसी के मौलिक विचारों का परिणाम था।

इस इलाके में गतिगंगा का काफी सम्मान था। पब्लिक भी उसके साथ थी। इलाके में तरह-तरह के मतानुयायी रहते थे। परन्तु भुजियावाला, मोची, बजारिया, दुकानदार, मुंशी, वकील, ठेकेदार, मिस्त्री, यहाँ तक कि अतीत की रेणु और वर्तमान काल की रेणुबाला मौसी भी स्वीकार करती थी कि गतिगंगा का नाम सार्थक है। वह जो कुछ कर सकता था, आज के जमाने में कोई नहीं करता। जब जमाना इतना खराब हो, जब नौजवान समाज-सेवा या शव-दाह, पीड़ितों

को राहत देना या दीन-दरिद्र पिताओं के कन्यादान में सहायता करना, इन सब छोटी-मोटी बातों की कोई जिम्मेदारी नहीं लेना चाहते वे सिर्फ मीटिंग जलूस निकालते, चन्दा उगाहते, पूजा में रंग-तमाशा करते थे। कभी-कभार 'फंगसन' या नाटक कर लेते तथा अपसंस्कृति और केन्द्र सरकार के षड्यंत्र के बारे में शोर मचाते रहते–उस समय भी गतिगंगा बिना कुछ सोच-विचार के मृतकों की सद्गति का उपाय करता जा रहा था।

भगवान के भक्त तथा तीन प्रेसों के मालिक विष्णु बाबू ने कहा था, 'काम तो ठीक ही कर रहे हो। पर ये क्या ऊल-जलूल नाम रखा है तुमने? छिः! छिः! हिन्दी सिनेमा के लोगों का नाम...।'

गतिगंगा ने गम्भीर दार्शनिकता के साथ कहा था, 'देखिए, इनके पास न शिक्षा है, न कल्चर है, न ही इनका कोई माई-बाप है। जबकि रात-बिरात में, जिनके घर की लाश है, वो जाएँ, न जाएँ, गाड़ी में बैठकर जाएँ, शुरू में कन्धा देते हैं, उसके बाद गाड़ी में सवार हो जाते हैं, फिर घाट के गेट पर पहुँचकर कन्धा देते हैं...।'

'छिः! छिः! ऐसा काम कौन करता है?'

'सब करते हैं, दादू! जिसके लिए 'मरें तो जान छूटे' वही करते हैं। ज्यादातर धनी लोग ही ऐसा किया करते हैं। सब सुख के साथी हैं। दुख नहीं उठा सकते, उन्हें दोष भी नहीं दिया जा सकता।'

'छिः! छिः! देस का तो बेड़ा गर्क हो गया।'

'दादू! पैसा भी कितना मिलता है इन लड़कों को? किस दम पर लाश को ढोएँगे, जरा बताइए तो? अपने नाती से कहिए ना, गरमी की दोपहरी में या बरसात में या जाड़े की रात में, बचवा, पाँच किलो आलू लेकर छह मील रास्ता तय करके केवड़ातला जा।'

'उँह...वह तो महा बाबू है! हरामजादा तो सिर्फ सिर पर झबरे बाल नचाना और लुगाई को लेकर मोटर साइकिल पर घूमना जानता है। उसे तो नरकवास करना होगा।'

'फिर सोचिए तो ये लड़के सबके लिए कितना 'सर्विस' दे रहे हैं! उन सब नामों के कारण उनका जोश बढ़ता है। लगता है, हाँ, मैं फालतू नहीं हूँ। नहीं तो उनके घर जाकर देखिए, जिसका जो नाम है, उसने उसी की तस्वीर से दीवार को सजा रखा है।'

'मान लो, देश-नेता का नाम भी तो रख सकते थे।'

'दादू। नेता का नाम नेताजी बोस है!'

'जानता हूँ। नाम पर कलंक है।'

'लड़के तो चोरी-छिपे कुछ इधर-उधर का काम भी करते हैं। गतिगंगा के काम से कभी पूरा पड़ता है? थाना भी इससे अनजान नहीं है। अगर इनका नाम परमहंस, गांधीजी, स्वामी जी रखता तो क्या अच्छा लगता? सोचकर देखना।'

'इस्स। तुम्हारे साथ रहते हुए भी तुम उन्हें उन सब कामों से हटा नहीं पा रहे?'

'मुर्दा जलाकर भी कभी किसी का पेट चलता है? उनके पास न नौकरी है, न दुकान, न कोई कारोबार?'

विष्णु बाबू चुप हो गए।

वे गतिगंगा के एक प्रमुख समर्थक थे, हर मृतक के दाह-संस्कार के लिए दस रुपए देते थे। रेणुबाला भी ऐसा करती थी।

पेशेवर वेश्याएँ आज भी पाप-बोध से पीड़ित हैं। उनकी लाइन भी अब भड़क गई है। क्योंकि अब तो सभी इस लाइन में आने लगे हैं। आजकल जो लोग देह-व्यापार करते हैं, वे पाप-बोध से पीड़ित नहीं रहते।

रेणुबाला वगैरह आज भी पुण्य की खोज में रहती हैं, थाना-ब्राह्मण तथा देवता को मानती हैं। मन्दिर में नाम लिखा पत्थर लगवा देती हैं। लाखों पुण्यार्थियों की पद धूलि से नामांकिता को पुण्य प्राप्त होता है। वह भी पाँच रुपए देती थी।

'क्यों न दूँ, जरूर दूँगी। अब तो मकान के भाड़े का खाती हूँ, पर पाप तो बहुतेरे कर रखे हैं।'

गतिगंगा अपने अनुगामियों से कहता है, 'हमारा काम तो है देश-सेवा। नेता बाबू का बाप मरा, उस बाप की छोड़ी हुई सम्पत्ति के चलते तो चारों भाई का काम चल रहा था। बाप तो मरा था अगहन में, ऐसा कोई जाड़े का समय भी नहीं था। मगर लड़कों में किसी हरामी ने कन्धा नहीं दिया?'

'ना-ना, ये उसे धकेलता, वो इसे। और बहुओं की व्याकुलता तो देखो! अजी! तुम तो दिल के मरीज हो जी, मँझले को जाने दो! मँझला बोला, मुझे तो लगातार दस्त आ रहे हैं, मैं कैसे जा सकूँगा? आखिर में तुमने कहा, बाप मरा है, आप लोग कम-से-कम कन्धा देकर उठा तो दीजिए लेकर हम जाएँगे, पर जवान लड़का, कोई तो खाट पकड़कर चलेगा। सभी कामों का एक नियम तो है न!'

'नेता बाबू के बेटों का वह नाटक।'

'ओह, बिलकुल याद रहेगा।'

'अरे इतना तेज मत चलो, मुझसे चला नहीं जाता...बाप का लल्लू बेटा था आखिर!'

'अब समझे। यह तो दस लोगों की सेवा है। नेता बाबू हरामी जरूर हैं, पर रुपए पूरे ऐंठ लिये थे!'

गतिगंगा गहरे स्नेह से अपने चेलों को देखने लगा, उसके बाद बोला, 'ओह, थाना बाबू भी! मुझे राह पर ले ही आए।'

'कैसे?'

'काफी बातें हैं।'

'बोलो न!'

'बताऊँ?'

'बताओ।'

'जा फिर, पकौड़े ला, बीड़ी भी लेते आना। न, ज्यादा शराब मत पियो मेरे बाप। लिवर सड़ जाएगा, मर जाओगे। यह बोतल देख रहे हो न, ये बहुत ही हरामी है। तुम सोच रहे हो, तुम उसे पी रहे हो, लेकिन वही तुम्हें पी रही है।'

वह पकौड़े और बीड़ी ले आया। गतिगंगा बोला, 'खाओ, सब मिलकर खाओ, दस जन मिलकर करें काम, हारें-जीतें...'

'कहो दादा!'

'अब क्या बताऊँ! बाजार में आलू बेचा करता था, तब यहाँ ऐसी मस्तानी नहीं होती थी। जो कमाया करता था, पुलिस खा जाती थी।'

'आलू बेचते थे?'

'आलू, छुरी, कैंची, जेबी पंचांग, क्या नहीं बेचा? कितनी बार ईमानदारी के रास्ते पर चलना चाहा, थाने की भूख कौन मिटाए। और ऐसे में बच्चा जनते हुए मेरी औरत चल बसी। अस्पताल के सामने लाश को लेकर बैठा था और रो-रोकर बेहाल हो रहा था। रोते-रोते लगातार बोलता जा रहा था, कैसे खटिया खरीदूँ, सब-कुछ तो यम के दुआर, अस्पताल को दे चुका हूँ।'

'बहुत झमेले में पड़ गए थे।'

'हाँ, बहुत! पर पब्लिक को क्या कहूँ, वह लक्ष्मी है। कुछ-न-कुछ वह देती गई। उस वक्त उस रेणुबाला की बेटी जलोदर से पीड़ित थी। वह उसे देखने अस्पताल आई थी...उसने जाकर मोहल्ले को खबर कर दी। तब एक लँगड़ा मदन हुआ करता था, उसे तुम लोगों ने नहीं देखा। उसी ने सब बन्दोबस्त किया था। सच्चा इनसान था।'

'तभी से यह काम कर रहे हो?'

'श्मशान में बैठे-बैठे लगा मानो सती लक्ष्मी कह रही है, अजी! मेरे जैसे कंगाल की लाश देखो तो चन्दा इकट्ठा करके उसका दाह-संस्कार कर देना। थाना तो तुम्हें कोई और काम करने नहीं देगा। मेरे मन में भी तब वैराग्य का भाव कुछ ज्यादा ही था। जैसे ही सुनता कि कहीं कोई कंगाल मरा है, वहीं दौड़ा जाता था। ऐसे ही धीरे-धीरे...मेरा नाम ही गतिगंगा पड़ गया।'

'तुम तो 'बिजनेस' कर सकते थे...'

'अरे वक्त का मारा था। ऐसी बेढब जगह, तब और भी बेढब थी...कहाँ खाट, कहाँ खटिया, और कहाँ रस्सी। तो मेरे कहने पर भजन बाबू ने दुकान लगाई, मेरा कमीशन...यही सब चल रहा है! बहुत बेढब ठौर थारे। लाश बासी हो जाती थी फिर भी लोग उसे लेकर निकलने में डरते थे। खून, राहजनी...'

'अरे, ब्याह क्यों नहीं किया?'

'ना, कैसे करता? वो तो सती लक्ष्मी थी, कभी उसे कुछ दे नहीं पाया, तिस पर उससे माँगा करता था।'

'ऋषि ने कितनी बार कहा कि उसकी मौसी से ब्याह कर लूँ। देस-गाँव की लड़की थी, सुन्दर लड़की, खूब जवान थी...'

'हाँ, उसे मैंने देखा है।'

'ब्याह हुआ था। पति ने घर में नहीं रखा।'

गतिगंगा कुछ सकुचा गया। बोला, इसलिए नहीं रे! असल में शराब पी रखी थी, धुत्त होकर सामने जा बैठा। ऋषि की माँ बोलती रही, ओ गतिगंगा! यह देख मेरी बहन! इसी के बारे में बताया था मैंने। और मैं दोनों को ही बार-बार बोलता रहा, परनाम करता हूँ माताजी! यहाँ कैसे आए?'

'माँ कहा तुमने?'

'अब क्या बताऊँ? ऋषि की माँ बोली, 'अरे किसे माँ कहते हो? यह तो मेरी छोटी बहन है! तब भी मैं 'माँ' बोलता रहा, बाद में जब ऋषि ने बताया, तब मैंने कहा कि जिसे एक बार 'माँ' पुकारा है उससे कैसे ब्याह कर लूँ?'

'हाँ, यह बात तो है।'

'वह तो अब घर-घर बासन करती है।'

'हाँ।'

'ऐसे ही ठीक है, समझा? जब तक जीऊँगा, काम करता रहूँगा। मरने पर तुम लोग पार लगा देना।'

'यह भी कोई कहने की बात है? देख लेना, तब क्या करेंगे?'

'धत्त! मुर्दा भी कभी देखता है?'

धर्मिन्दर को अकुलाहट हो रही थी। बोला, 'बहुत दिन हो गए, कोई तगड़ी पार्टी नहीं आ रही। ओह, जब सुल्तानों का बाजार गरम था, तब तो...'

गतिगंगा ने कहा, 'उससे कोई सरोकार ना ही रहे तो अच्छा। जब देखो कि खूब पैसा मिल रहा है, तब जान लो कि इसमें कुछ जाली जरूर है। जो थाना तुम्हें मदद दे रहा है, खबर का पर्दाफाश होने पर वही तुम्हें धर दबोचेंगे।'

'हाँ, यह तो है। इनका तो कोई भरोसा नहीं।'

'थाना तुम्हें कब मदद देगा? थाना तो लाश को पार लगाने में उस्ताद है। मदद तो तभी करेगा, जब किसी कारण से इधर-उधर पार करने में मुश्किल हो रही हो। औरत को मार डाला... तुमने लाश उठाई...घाट पर भी तो औरत का बाप-भाई पहुँचकर तुम्हें पकड़ सकते हैं।'

'ऐसा ही कुछ हुआ भी तो था।'

'अरे वही, नेता बाबू का भाई। जरा इनके नाम तो देखो, नेता जी, स्वामी जी, गांधी जी, पंडित जी। नेता, सामू, गाँदी और पोना। उसी पोना बोस ने बेटे की औरत को मार दिया जलाकर। मरने के बाद अस्पताल ले गया। मुझसे बोला, वहीं से सीधे घाट पर ले जाएँगे, पाँच हजार रुपया!'

'तो तुमने क्या किया?'

'पहले तो कुछ ना-नुकर करता रहा। थाने जाना पड़ता तो बीस हजार देता और मुझे सिर्फ पाँच हजार? उसने कहा, मुसीबत में फँसा हूँ तो मोलभाव कर रहे हो? मैंने कहा, मैं इसमें नहीं पड़ना चाहता। पारिवारिक सम्पत्ति के चलते आप तो भाई-भाई आपस में सिर फुटौवल पर उतर आए हैं, मामला-मुकदमा कर रहे हैं—मेरे सिर पर सारा झमेला लाद तो देंगे, पर उसके बाद आपके बड़े भाई ही बहू के बाप को बता देंगे...मैं इस पचड़े में नहीं पड़ना चाहता।'

'बाद में हुआ भी तो यही था।'

'हाँ-हाँ, नेता बोस को नहीं जानते। बहू के मायके में खबर भिजवा दी। उन लोगों ने घाट पर पहुँचकर लाश को अपने कब्जे में कर लिया...मुकदमा चला...उसके बाद ही तो सामू, गाँदी और पोना सभी यहाँ से भाग निकले।'

'केस में क्या हुआ था?'

'कभी हुआ है? अदालत से थाने तक, घूस कौन नहीं लेता? सब जगह!'

'तभी नेता तुम्हारी इतनी खातिरदारी करता है?'

'अरे खातिर-वातिर क्या। वह कहने आया था, बहुत नेक काम कर रहे हो, गतिगंगा।

साला खून करके खुद भाग रहा था, तुम्हें फँसा देता। तो मैंने कहा, आप लोगों के कारोबार में तो हम बहुत ही मामूली लोग हैं, कैसे टिक सकते हैं? पोना भी तो किसी से कम नहीं, सब जगह तीन-पाँच करके निकल आया, लौटकर फिर से बेटे का ब्याह कर दिया।'

'जिसके पास पैसा हो उसी के हाथों में सर्वस्व होता है।'

'चल, रात हो चुकी है, अब यहाँ से फूट ले।'

'दादा! इधर-उधर कुछ कर लेता हूँ, पर थाना बाबू ने तो नाक में दम कर दिया है।'

'मैं कह दूँगा।'

'लगातार यही बोलते हैं, सच्चाई के रास्ते चलो।'

'हे-हे-हे! अरे बाबू को तो सिर्फ कहना है। अरे आप सच्चाई के रास्ते पर चलकर दिखाइए, हम पीछे-पीछे चलेंगे! हे-हे! सच्चाई का रास्ता! सब ढकोसला है। आजकल पब्लिक गरम हो जाती है, सहन नहीं करती, दो-नम्बरी का कोई काम देखते ही चिल्लाने लगती है, अखबारवाले घूम रहे हैं, इसीलिए अच्छी बातें कर रहे हैं। उफ! पहले वाले बड़े बाबू को समझता था कि बहुत बुरे हैं, यह तो उनसे भी चार कदम आगे हैं। असल में सब जगह थोड़ी नरमी आ गई है ना। थाने को थोड़ी तकलीफ हो रही है। तो इतने बेचैन क्यों होते हो, बाबा? एक सुल्तान, एक गोल्डी चला गया तो क्या कोई और आ जाएगा।'

'पते की बात कही है।'

'उनके बिना देश चल नहीं सकता।'

'बिलकुल सही।'

'जाओ सब। मैं खाना खाने जाऊँगा।'

भोमरा माइति का भोजनालय ही इस पूरे इलाके के लोगों का एकमात्र सहारा था। बाजार के लोगों के अलावा भी उनके ग्राहक थे। ब्याह शादी, जनेऊ या कोई और पर्व-त्योहार में महाराज-रसोइया आदि जुगाड़ करने के अलावा संन्यासी, ब्राह्मण भी थे भोमरा के पास। केटरर्स को तो एक-दो धनी परिवार ही बुलाते हैं। पुराने लोग तो उसे ही बुलाते हैं।

भोमरा के होटल में गतिगंगा दोनों वक्त खाना खाता था। औरों से कम रेट पर। भोमरा का खाना बहुत स्वादिष्ट होता है। गतिगंगा के लिए मछली का बड़ा टुकड़ा, एक कड़छुल अधिक भात, यह सब हुआ करता था। सामने पान की दुकान भी उसी की थी। भोमरा वहीं बैठता था। गतिगंगा को देखते ही कहता, 'आज खाकर बताना किसने पकाया है?'

'तुमने कड़छुल पकड़ा था?'

'नवतारा सुनार का आर्डर था मुर्ग-दो प्याजा। पैसे अग्रिम मिल गए थे।'

'फिर?'

'फिर क्या! बाप अस्पताल में आखिरी साँसें गिन रहा था, बेटे ने आर्डर भेजा हुआ था। बोला, कितने दिन हो गए, डॉक्टर ने कहा है झटपट जानेवाला नहीं है। चार दिन तो कम-से-कम टिके रहेंगे। तो छोटे बाबू का काम-धन्धा तो तुम जानते ही हो।'

'खूब जानता हूँ।'

'लम्बे हाथ। लगातार आर्डर देता रहा, तरह-तरह की फरमाइशें। आज खबर मिली, बूढ़ा सटक गया। तभी बोल गया कि तुम ग्राहकों को यह सब खिला देना।'

गतिगंगा समझ गया कि जिससे जितना बन पड़ा उससे उतना दाम लिया होगा। पर

उसकी बात तो अलग थी। मुर्गी, तरकारी, दाल, मछली उसने सब-कुछ पेट भरकर खाया। खाने-पीने का ध्यान तो रखना ही पड़ेगा। और जो रुपए मिलते हैं, रेणुबाला का उसके साथ गहरा समझौता था।

रेणुबाला उस रुपए को ब्याज पर लगाती थी, उसी को देती थी तथा उसी से हिसाब-किताब करवाती थी। सब-कुछ साफ-सही रखना होगा। कहीं अचानक मर गया तो पापी बनेगा।

गतिगंगा गहरे विश्वास से बोला, 'ऐसा क्यों! लोगों को मृत्यु जैसे संकट के समय तुम उनकी मदद कर रहे हो। ऐसे में तो तुम्हारे सभी पाप धुल जा रहे हैं। और पाप-पुण्य आखिर है क्या चीज! देख नहीं रहे, लोग तो ढोल पीट-पीट कर लाखों पाप कर रहे हैं।'

'हाँ, कर तो रहे हैं, पर वो तो नरकवासी होंगे।'

'कौन जाने! इस लोक में ही शान्ति मिल जाए तो अच्छा।'

'मिल तो रही है। कितने मर चुके, बता तो जरा? उफ, सोचते हुए भी काँप जाता हूँ।'

'गुरु-घंटाल तो ऐश कर रहे हैं।'

'खैर जाने दे। तुझे क्या लेना-देना, मुझे भी क्या! तुम जो कुछ कर रहे हो, जरूर स्वर्ग जाओगे।'

'धत्त!'

गतिगंगा मनुष्यों के पार्थिव शरीर का बन्दोबस्त कर सकता था, परलोक के विषय में सोचते ही उसका सिर चकरा जाता था। परलोक है तो भी ठीक, न भी हो तो भी क्या आता-जाता है। गतिगंगा को उससे क्या!

एक पान चबाकर वह अपने घर आकर लेट गया। उसके बाद गहरी नींद में सो गया।

आधी रात को उसके किवाड़ पर कुछ आहट सुनाई दी। कोई बड़ी सतर्कता से किवाड़ खटखटा रहा था, और फुसफुसाते हुए उसे पुकार रहा था।

'कौन?'

'गतिगंगा, दरवाजा खोलो।'

गतिगंगा ने दरवाजा खोला।

'यह क्या! फकीर बाबू यहाँ?'

नेता बाबू के अत्यन्त विश्वस्त और एकमात्र सचिव फकीर को देखकर गतिगंगा बहुत घबरा गया।

फकीर कोई गुंडा तो नहीं था। वह उस मकान में रहता था। मामला-मुकदमा सम्हालता था। हिसाब-किताब इधर से उधर करने में आयकर के वकील की मदद करता था, ऐसे ही और भी अनेक काम बड़ी कुशलता से निपटाता था। नेता को बड़े घोटालों में फाँसने की बहुत बार कोशिश की गई थी।

फकीर ने बड़ी चालाकी से उसे बचा लिया था। फकीर किसी भी परिस्थिति में विचलित नहीं होता था। पर आज बहुत विचलित था।

'एक बार उस घर में जाना पड़ेगा।'

'क्यों?'

'बाबू ने बुलाया है।'

'कोई मरा है क्या?'

'चलो तो...बताता हूँ।'

मन कहता है, मत जाओ। कौतूहल कहता है, जाओ। जब पूरा मोहल्ला ठंडा पड़ा हुआ था, ऐसे में इलाके के दादा लोग भी फिलहाल गायब थे, नेता बाबू जब इस अंचल से अपराधी तत्त्वों को जड़ से उखाड़ फेंकने के लिए भाषणबाजी कर रहे थे, जब थाना भी पुलिस के विरुद्ध विषोद्‌गारी इश्तहार दीवारों पर चिपकाने से मना नहीं कर रहा था, ऐसे में नेता बाबू ने उसे क्यों बुला भेजा?

बाबू आजकल खून-जखम के कामों में तो नहीं हैं?

वैसे नेता बाबू या कालू'दा हमेशा नेपथ्य में ही रहा करते थे। अदृश्य रहकर ही जरूरी कामों को आसानी से करवा देते थे। सामने दूसरे लोग रहते हैं, हम तो पीछे रहते हैं।

नेता बाबू ने क्यों बुलाया था? किसी के प्रति उसके मन में आक्रोश हो, ऐसा कोई आदमी आजकल सक्रिय नहीं था। इलाके में किसी दबी उत्तेजना की खींचतान भी तो नहीं थी।

अभी तो सब सरसरी तौर पर शान्त था। फिलहाल सब शान्त था। फकीर का बुलावा, उसका चलना, गहराती रात, रास्ते पर दिखाई देनेवाली रोशनी ने गतिगंगा के मन को बहुत व्याकुल कर दिया। यह सतही शान्ति स्थायी शान्ति नहीं थी। यह तो वह बहुत, बहुत अच्छी तरह से समझता था। यह शान्ति स्थायी नहीं थी। भूलो मत, भूलो मत–इतना तो गतिगंगा भी जानता था।

और इस शान्ति को पूरी तरह से मिटाकर कौन इस इलाके को फिर से असुरक्षा और त्रास से भर सकते हैं, यह भी गतिगंगा जानता था।

नेता और कालू'दा।

क्या नेता वही करने जा रहा था? ऐसे काम तो वह स्वयं अदृश्य रहकर दिन- दहाड़े दूसरों से करवाता था।

लाश गिरते ही, किसकी लाश, क्यों गिरी, पब्लिक को जानने में जरा भी देर नहीं लगती। इन कारणों से तो फकीर द्वारा इत्तला भिजवाने की आज तक कभी जरूरत ही नहीं पड़ी।

आज ऐसा क्या हुआ?

नवतारा सुनार के छोटे बाबू के लिए बड़े साध से बनी मुर्गी, जो वे खा नहीं पाए, गतिगंगा ने खाई थी, वही किसी अशुभ घटना की सूचना तो नहीं थी?

धत्त! मांस तो कितने लोगों ने खाया था। क्या ऊल-जलूल बातें दिमाग में आ रही हैं। पर नेता ने ऐसा क्या किया कि जिस कारण इतनी रात को गतिगंगा की जरूरत आ पड़ी?

फाटक। नारियल का बगीचा। बीच-बीच में ईंटों के ढेर। दीवार ऊँची की जा रही थी। और ऊँची। बाप को कन्धा तो नहीं दिया नेता बाबू, पर मकान का नाम रखा है 'पिता का आशीर्वाद।' यह नाम काफी हद तक सार्थक भी है। उस आदमी ने तो जमीन-जायदाद क्या नहीं किया। स्वयं कभी जर्दा नहीं खाता था, कहता, अरे बाप रे! एक सवा रुपए की डिबिया।

मैं खा सकता हूँ कभी? खैनी खाता था, पान भी। घर के भीतर 'जीरो' पावर की बत्ती जलाकर बैठा रहता था।

जैसे सभी किसी षड्यंत्र में शरीक थे। नारियल के पेड़, ईंटों का ढेर, रात की निस्तब्धता, सब जैसे किसी उत्तेजना से तने हुए थे। नेता जरूर किसी हिंसक खेल में मतवाला हुआ होगा।

कौन? किसे? किसको?

बन्द किवाड़ भी जैसे किसी षड्यंत्र का हिस्सा था। धीरे-से पल्ला खुला और सड़ाक से फकीर और गतिगंगा को निगल गया। गलियारा, कमरे, बरामदा, आँगन, एक कमरा जिसमें उन्हें जाना था। वे दोनों उसी कमरे में घुसे।

गतिगंगा के दिल को जोर का झटका लगा।

उस सूने कमरे के फर्श पर लगभग पन्द्रह साल की एक लड़की लेटी हुई थी। गतिगंगा उसका नाम भी जानता था, कुंकुम। कुंकुम की माँ इस घर में काम किया करती थी। वही उसे लाई थी। उसके बाद कुंकुम की माँ छुट्टी लेकर अपने गाँव चली गई थी।

दस साल की उम्र से कुंकुम यहीं रहती थी। सब लोग उसे पहचानते थे। गले में रस्सी का एक टुकड़ा नजर आ रहा था। फकीर ने ऊपर इशारा किया। ऊपर पंखे से रस्सी का एक सिरा भी लटक रहा था।

'गले में फाँस लगाकर...' कहते हुए फकीर ने उसकी ओर देखा। दृष्टि में गुप्त बात झलक रही थी। गतिगंगा बोला, 'जीभ नहीं निकली, गर्दन भी नहीं लटकी, पर मुँह से झाग निकल रहा है, और जवान लड़की लटक रही थी तो कुर्सी वगैरह कहाँ है जिसे पैर से धकेलकर उलट दिया हो?'

'उस कमरे में चलो।'

'पेट से थी?'

'बाबू बताएँगे।'

'क्या किया है, जहर दिया है?'

'राम-राम! मैं...'

'जो भी हो, दिया तो है।'

'उस कमरे में चलो।'

जीवन में पहली बार गतिगंगा नेता बाबू के खास कमरे में घुसा। यहीं बैठे-बैठे सब षड्यंत्र रचे जाते थे, ओह, तीन-तीन टेलीफोन! फर्श पर गलीचा भी बिछाया था। तुम्हारा बाप देखता तो अपने होश खो देता।

इस कमरे में एक ही साथ नेताजी, स्वामी जी, गांधी जी तथा पंडित जी चारों महापुरुषों के तैल चित्र लगे थे तथा विपरीत तरफ दीवार पर नेता, सामू, गाँदी और पोना की तस्वीरें लगी थीं। अन्य दोनों दीवारों पर आमने-सामने नेता के माता-पिता की तस्वीरें लगी हुई थीं। दोनों एक-दूसरे को देख रहे थे, देखे ही जा रहे थे, देखे ही जा रहे थे। इस तरफ वाली दीवार का बन्दोबस्त कुछ बेतरतीब था। नेताजी घोड़े पर सवार विपरीत दीवार पर अपनी वर्दी में नजर आ रहे थे, पंडित जी की तीव्र दृष्टि गांधी के बगल की ओर थी, स्वामी जी अत्यन्त गम्भीरतापूर्वक नेता को देख रहे थे, गांधी जी का आशीर्वाद सामू के बाएँ कान पर बरस रहा था।

महापुरुषों की तस्वीरों के नीचे पूरी दीवार की सफेदी पर काले हर्फों में लिखा था, 'विविधता के बीच देखो मिलन महान।'

उसके नीचे लम्बे सोफे पर थाना बाबू तथा नेता विराजमान थे। गतिगंगा समझ गया, कारोबार बहुत बेलगाम हो चुका है। इन दोनों के बीच महान मिलन तो बहुत दिन हुए देखा नहीं गया।

नेता बाबू ने उसे बैठने को कहा। वह बैठ गया। थाने के बड़े बाबू बिलकुल चुप थे। एक भी शब्द नहीं कहा। पर उनकी उपस्थिति यह जतला देती थी कि इस शक्ति नाटक में थाने का गैर-सरकारी अनुमोदन था। यह नाटक मनोरंजन कर से मुक्त तो नहीं था। पर्याप्त रुपयों का आदान-प्रदान हो चुका था।

'देख लिया।'

'हाँ।'

'कई दिनों से दिन-भर उल्टियाँ...आखिर मेरी पत्नी ने कहा निकाल बाहर करूँगी...तो आज मेरे बड़े बेटे ने जाकर देखा यह हादसा...समझे।'

गतिगंगा सब-कुछ समझ गया। तो यह सब बड़े बेटे का किया-कराया है। वही कीर्तिनाशक बनने चला था। पहले मारकर फिर लटका देना...पहले मारकर फिर जलाना...आग लगती तो शोर भी जरूर होता! लोगों की भीड़ जमा हो जाती।

'उसकी माँ कहाँ है?'

'छुट्टी लेकर गई है।'

'तो मुझे क्यों बुलाया? बड़े बाबू हैं, लाश मुर्दाघर में भेजी जाएगी, थाना ही तो...'

'नहीं, जुगीदास नहीं!'

'इस इलाके का हाल-चाल नहीं देख रहे हो? कौन कहाँ से क्या शोर करने लगे, इसके अलावा दोनों वक्त काम करनेवाली नौकरानियाँ आकर मकान को घेर लेंगी...'

'हाँ, यह तो है।'

'मैं...तुम्हें...पाँच हजार रुपए दूँगा! सर्टिफिकेट है...'

'पाँच हजार!'

'और सुनो, झटपट जाकर काम निबटा देना। मतलब...थाना बाबू भी कह रहे हैं, फिजूल का हंगामा करने का कोई फायदा नहीं है...समझ तो रहे हो!'

गतिगंगा बोला, 'बड़े बाबू! किसी हंगामे में फँस गया तो आप सम्हाल लेंगे?'

बड़े बाबू ने सूखे गले से कहा, 'देखो! चाहे तुम हो या तुम्हारे चेले, इस थाने के दायरे में ही तो रहते हो! फिर हंगामा क्यों होगा?'

गतिगंगा को इन बातों के पीछे छुपी अनकही बातों का अनुमान हो गया। धमकी! नेता बाबू की बात पर अगर 'नहीं' बोलोगे तो तुम्हें फँसाने में मुझे जरा भी दुख न होगा। अखबार भी कुछ नहीं छापेंगे क्योंकि तुम्हारी कोई सामाजिक प्रतिष्ठा नहीं है।

'समझ गया।'

'समझ लो। भली प्रकार से समझ-बूझकर काम में आगे बढ़ना।'

गतिगंगा देखता रहा। कितनी बार सच्चाई के रास्ते चलकर मेहनत से पैसा कमाना चाहा। पर तुम लोगों के हंगामे। चोरी-डकैती नहीं करता, सत्कर्म करता हूँ, तिस पर भी तुम

धमकी दे रहे हो। पर इतना नहीं समझते बड़े बाबू, जनता के दबाव के कारण जैसे भी हो काले साँप नेता और कालू'दा फिर भी कुछ शान्त हैं, अब नेता का पाप छुपाने के लिए मुझे बुलाया है जिससे वह फिर से सिर उठा सके, उसी का बन्दोबस्त कर रहे हो, और साथ में मुझे भी फँसा रहे हो।

'मुझे क्यों?'

नेता बाबू ने अत्यन्त व्याकुलता से कहा, 'तुम्हारी नेकनामी चारों ओर फैली है। घाट पर तुम्हें सभी पहचानते हैं!'

'अर्थात्, मेरे रहने से कोई हंगामा...'

'नहीं होगा।'

'घाट पर? वहाँ कौन जाएगा? पुलिस नहीं रहेगी, नेता बाबू के घर से कोई नहीं रहेगा।'

नेता बोला, 'फकीर पहुँच जाएगा, वह वहाँ रुपए लेकर मौजूद रहेगा।'

'तो फिर लाश को सजाकर बाहर निकालिए।'

'बाहर निकालूँ?'

'मै जाकर उन छोकरों को यहाँ लेकर आऊँ तो क्या अच्छा होगा? बेटा है, फकीर है, कायत काठी का प्रबन्ध कीजिए, पिछवाड़े के द्वार से बाहर निकालिए, मैं उन्हें समझा-बुझाकर ले आता हूँ।'

'रुपए ले लो!'

'अभी रुपए लेकर कहाँ रखूँगा बाबू?'

गतिगंगा किंचित् मुसकराया। बोला, 'हम लोग जैसे ही लाश को उठा लें, वैसे ही पिछवाड़े के दरवाजे को बन्द कर देना। और फकीर बाबू! तुम समझ ही रहे हो, इस समय दुकान से शव-सीढ़ी लेकर यहाँ लाना...'

'नहीं-नहीं, कोई देख लेगा!'

नेता ने लाचारी से स्वयं को उबारते हुए पूछा, 'लाश बाँधने लायक बाँस है?'

फकीर बोला, 'लौकी का मचान काट लेता हूँ। बाँस काटकर मचान बाँधने में बहुत समय नष्ट होगा।'

नेता बोला, 'सब चोरी-छिपे करना गतिगंगा! काम हो जाने पर और मिलेगा।'

'ठीक है। और सुनिए, पिछवाड़े के दरवाजे से कुछ आगे ही लाश को रखवाना। हमारे आते ही फकीर बाबू तुरन्त साइकिल लेकर घाट पर पहुँच जाएँ। वहीं हमारी प्रतीक्षा करें।'

बड़े बाबू बोले, 'एक बज गया! मैं चलता हूँ। नेता बाबू! सुबह होते ही फकीर के हाथों...'

गतिगंगा ने मन-ही-मन कहा–ओह! एक ही रात में कम-से-कम बीस-पच्चीस हजार झाड़ लिये। ले जाने से डरते हो, राह में कोई रोक ले! पर बड़े बाबू, गतिगंगा को तो खूब हैरान-परेशान किया करते थे तुम लोग, पर आज जो कर रहे हो...उफ! कच्ची उम्र की लड़की। छुटपन से इतनी बड़ी हुई...खा-पीकर अच्छा चेहरा निकल आया...तो माँ बोली, ब्याह कर दूँगी, बाबू लोग मेरी मदद करेंगे...खाने को भी क्या देते होंगे...आँखों की कोरों से आँसू ढुलककर सूख गए हैं...

बड़े बाबू बोले, 'जो भरोसेमन्द हैं, उन्हें ही बुलाना।'

'यह भी कोई कहने की बात है क्या! पर बाबू! सभी भरोसेमन्द हैं! एक साथ पाँच-सात लोग रहेंगे तो कोई बुरा नहीं सोचेगा। चार जाने लेकर दौड़ेंगे तो...'

'टू'...'टू'...

बड़े बाबू ने विस्मय से चौंकते हुए सिर हिलाया। गहरी रात में अगर चार लोग किसी शव को लेकर दौड़ लगाएँ तो रास्ते पर तैनात पुलिस, रास्ते के लावारिस कुत्ते, श्मशान के सामनेवाली दुकानदारिन, कोई लड़खड़ाता शराबी, कोई कच्ची नींद से जागा भिखारी, कोई भी शक कर सकता है। गतिगंगा ने उन्हें यह समझाया तो जैसे उन्होंने किसी गम्भीर सत्य को आविष्कृत किया हो।

'टू'...'टू'...

उन्होंने फिर दोहराया।

गतिगंगा ने कहा, 'सभी लोग रहेंगे! सामान्य चाल से चले जाएँगे...'हरि बोल' की हाँक लगाएँगे...सब समझेंगे असली पार्टी जा रही है, दो-नम्बरी नहीं।'

वह बाहर निकल आया।

बड़े बाबू ने कहा, 'देर क्यों करते हो?'

'नहीं-नहीं!'

'लड़के को कल ही बाहर भेज देना।'

'हाँ...बम्बई-बम्बई कर रहा था...उम्र का तकाजा है...बहू भी मायके गई हुई है...छोकरियाँ भी ऐसी हैं...'

बड़े बाबू चले गए। जाते हुए चेता गए, पब्लिक का दिल-दिमाग आजकल उलटा चल रहा है...

'फकीर! नोटो को बुलाओ।'

इस रात्रिकालीन नाटक के नेपथ्य नायक नीलाचल ने प्रवेश किया, पीछे उसकी माँ भी आई। लौकी का मचान कटेगा सुनते ही नोटो की माँ की छाती फटने लगी थी। परन्तु इस वक्त तो सिर पर मुसीबतों का पहाड़ टूट पड़ा था। इस समय भीतर आँगन में बने लौकी के मचान तथा हरी-भरी बेल के लिए कातर होना क्या ठीक होता? पहले लौकी या पहले लड़का? घर में दिन-रात काम करनेवाली नौकरानी...महाराजिन...

नेता बोला, 'अभी तो कितनों का मुँह बन्द करना पड़ेगा? जो कहो, समझ-बूझकर कहो। जैसे तुम...वैसे ही दोनों बहुएँ...एक काम नहीं करना चाहते...अब रुपए पानी की तरह बहाते रहो...इतने सारे लोगों के सामने झूठ बोलते रहो...'

नोटो ने कहा, 'बाबा। अब...'

फकीर बोला, 'वो सब सम्हाल लूँगा।'

नोटो जननी ने कहा, 'कहा था कि पेट के काँटे को निकाल बाहर करो, ऑपरेशन करवा दो, कुमी की माँ को कुछ रुपए थमा दो, देस ले जाकर बेटी का ब्याह करवा देगी। पर नहीं, बाप-बेटे ने मिलकर...'

नेता बोला, 'चोप्प रहो।'

नोटो और फकीर कर्म-यज्ञ में रम गए। नेता ने कहा, 'गतिगंगा तो हमेशा से ही मुझे

बहुत मानता था। सामू के बेटे की बहू की बारी देखा नहीं था? मैं नाखुश हो जाऊँगा, इसलिए न उसका दाह किया, ना रुपए ही लिये थे।'

उधर गतिगंगा ने अपने शागिर्दों को एकत्रित किया। बोला, 'मैं जैसा कहूँ, वैसा ही करना। मुँह से एक बोल न फूटे, समझे! याद रखना।'

'दादा! तुम कहना क्या चाहते हो?'

'दादा, नेता क्या ढेर सारे रुपए देगा?'

'तुम तो दो-नम्बरी कामों में रहते नहीं हो...'

गतिगंगा विचित्र हँसी हँसकर बोला, 'धर्मिन्दर, अमिताभ, जितेन्दर, राज बब्बर, शत्रुघ्न ऋषि, शशि कपूर, अमजद! मेरे लिए तो तुम्हीं बेटे हो और भाई भी तुम्हीं हो। बड़े बाबू ने धमकी दी कि वह सबका नाम जानता है। इस बार नेता के काम के लिए 'हाँ' न किया तो सबको तहस-नहस कर देगा।'

'अच्छा, यह बात है।'

'पर तुम लोगों को मैं नहीं फँसाऊँगा।'

'बड़े बाबू ने कितना ऐंठ लिया?'

गतिगंगा ने निस्पृह दार्शनिकता से कहा, 'बीस! पच्चीस! पचास! कैसे बताऊँ?'

'तुम्हें कितना थमाएगा?'

गतिगंगा परम स्नेह से मुसकराया। बोला, 'अरे ऋषि! वह भी कुछ कम नहीं। काम पूरा होने पर और भी मिलेगा। पहले काम तो निपटा लूँ, उसके बाद ही तो।'

'अभी तक नहीं लिया?'

'रखूँगा कहाँ? इतनी देर क्यों लगा रहे हो?'

'विनोद आनेवाला है।'

विनोद खन्ना भी पहुँच गया। नौ सितारे, उनमें एकमात्र सूर्य था गतिगंगा।

'कितना बजा है?'

'दो बज गए।'

'चल। वो लोग डर से मर रहे होंगे।'

'चलो।'

नेता के मकान के पिछवाड़े का रास्ता भी आज किसी षड्यन्त्र से उत्तेजित था। कुछ दूर तक कच्ची गली थी। दोनों ओर कन्दा की झाड़ियाँ थीं। बाईं तरफ पोखर था। फलहीन शरीफे के पेड़ के नीचे शव को लिटा रखा था। उन्हें आते देखकर ही नोटो तेजी से अपने मकान के भीतर घुस गया।

फकीर बोला, 'मैं घाट पर जा रहा हूँ।'

'ठीक है, वहीं हमारा इन्तजार करना। घाट पर तो पहले आपको भी सभी पहचानते थे।'

'देर मत करना।'

'बेकार मत बकिए। मुसीबत आप लोगों की है, हमारी नहीं। दौड़कर जाएँ क्या?'

'नहीं-नहीं, जो ठीक समझो...'

'आप चलकर घाट के सामने राम की दुकान पर चाय पीजिए, आराम कीजिए।'

फकीर चला गया। गतिगंगा बोला, 'कैसे सिर झुकाकर निकला है, देखा! ठीक उस पिक्चर में जैसे उस आदमी ने...'

फिर लेटी हुई निश्चल देह की ओर झुका। बोला, 'कितना रोई होगी, कौन जाने! ओह! छोटी-सी बच्ची! ले, उठा! यहाँ बहुत धीरे, मन-ही-मन में 'हरि-हरि' बोलना, उससे माफी माँग ले।'

शव-देह को उठाकर वे लोग धीरे-धीरे आगे बढ़े। कुंकुम का जो हाथ फर्श पर लटक रहा था, जिसकी उँगलियों पर सस्ती नेल पॉलिश लगी थी, जिस कलाई पर नकली चाँदी की चूड़ियाँ थीं, सम्भवतः वह हाथ उसी अवस्था में ऐंठ गया था। इस समय वही हाथ बार-बार शव-वाहक का सिर छू रहा था। क्या कोई जरूरी खबर सुनाना चाहता था?

'घुमा ले, थोड़ा घूम के चल!'

'क्यों दादा?'

'कितना बजा है?'

'तीन।'

'घूम के चल, धीरे चल, चार बजे के लगभग बड़गेछे बाजार-तले पहुँच जाएँगे।'

'क्या कह रहे हो, दादा?'

'चल तो सही।'

'फकीर बाबू।'

'खड़ा रहने दे।'

रात ढलने लगी थी। निर्जन अंचल में कहीं किसी षड्यंत्र का 'टेंशन' नहीं था। रास्ता कहीं टेढ़ा था तो कहीं सीधा। ये सारे रास्ते, ये इलाका, कभी विकसित होगा। कभी किसी दिन, कोलकाता कल्लोलिनी तिलोत्तमा बन पाएगी। इन दिनों तो इस रास्ते से शव-वहन करना बहुत ही झमेले का काम था। बहुत ही सतर्कता से गिन-गिनकर पाँव धरना पड़ता था।

अन्ततः रेल लाइन के निकट बाजार-तला पहुँचकर गतिगंगा ने कहा, 'उतार यहाँ।'

'यहाँ?'

'हाँ रे हाँ। हरि ध्वनि दे। जोर से बोल। उतार। उतारकर वहाँ चला जा। रतन रात-भर चाय बनाता है। हाँ-हाँ, मेरा नाम लेना जाकर। चाय ले आ।'

सुनसान रास्ते पर छिटकी हुई चाँदनी के प्रकाश में कुसुमबाला दासी को लिटाया गया। गतिगंगा ने शव पर पड़े कफन को हटा दिया। चाकू निकालकर रस्सी के बन्धन को काट दिया। रस्सी को दूर फेंक दिया और पैरों पर से कपड़ा सरका दिया।

'दादा!'

'चाय आ रही है?'

'हाँ।'

'आहा, रतन की चाय!'

चाय-बीड़ी, सिगरेट।

'अब?'

'सुन, लाश घाट नहीं जाएगी।'

'नहीं जाएगी?'
'नहीं, लाश यहीं पड़ी रहेगी। उजाला होने दे, मैं भीड़ जमा करके पैसा इकट्ठा करूँगा।'
'पैसा इकट्ठा करोगे? नेता ने तो...'
'एक भी पैसा लिया है अब तक?'
'न...न...ना।'
'फिर? लावारिस कंगाल नहीं है?'
'बड़े बाबू...नेता...।'
'तुम लोगों से कह रहा हूँ न, मेरी जिम्मेदारी है। बड़े बाबू जो करेंगे, नेता बाबू जो करेंगे...सब मेरा जिम्मा। तुम सब हट जाओ।'
'जाने को कह रहे हो?'
'हाँ। अगर झमेला हुआ, तुम लोगों को नहीं फँसाऊँगा। चले जाओ तुम लोग।'
'क्यों, दादा, क्यों?'
'नहीं समझोगे। अभी मुझे गुस्सा मत दिला। एक बड़ा काम करने जा रहा हूँ...दिमाग ठंडा रखना पड़ेगा।'
लड़के एक-दूसरे को देखने लगे। आइ शाबाश! गतिगंगा नाइया का दिमाग तो देखो! नेता बाबू की महरी, जो देखेगा, पहचान लेगा। उसके बाद पब्लिक...ओफ!
राज बब्बर बोला, 'दादा!'
'क्या है रे?'
'पब्लिक झमेला करेगी...'
'जरूर करेगी।'
'तब थाना को भी बीच में आना पड़ेगा...'
'आना पड़ेगा।'
'तब?'
गतिगंगा विचित्र भाव से बड़े रहस्य से हँसा। बोला, 'पब्लिक का दबाव, थाना को लाश लेनी भी पड़ेगी, चीर-फाड़ भी करवानी पड़ेगी।'
'फकीर बाबू?'
'उसकी जेब से सर्टिफिकेट लूँगा। डॉक्टर बाबू...फकीर बाबू...वो रही महरियों की बस्ती। देखना अभी महरियाँ आएँगी।'
लड़के समझ गए कि आज का खेल अत्यन्त भीषण रूप धारण करेगा। यह खेल कहाँ जाकर थमेगा, यह देखने की उत्तेजना ने उन्हें वहीं रोक लिया।
पब्लिक को देखने दो।
'दादा!'
'क्या है रे, जाएगा नहीं?'
'कैसे जाएँ?'
'वाह, यही तो चाहता हूँ। देखो, देखो उजाला फैलने लगा है। जोर से नारा लगा। बोल, नेता की महरी कुंकुम सुरग जा रही है, जाएगी! बोल! हरि ध्वनि दे, शुरू कर। उसके बाद धीरे-धीरे...'

'बताने की जरूरत नहीं है। भीड़ तो जमा कर ही देंगे! बार-बार 'हरि-हरि बोल' की ध्वनि उठने लगी। 'हरि बोल! जोर से सभी बोलो। पूरा इलाका कँपा दे। हरि ध्वनि सुनकर ही आज नींद क्यों न टूटे? बरस में एक ही दिन तो!'

लगातार हरि-ध्वनि, लगातार...हरि-ध्वनि ने भोर के आसमान को कँपा दिया।

गणपति कोटाल

वैसे तो कोटाल पदवी कई जातियों में पाई जाती है, पर गणपति कोटाल जाति का कैवर्त था। उसका बड़ा दुर्भाग्य यह था कि नदी तीर पर उसका वास था और दुख बारहों मास था। इस अभागी नदी का नाम भी कोटाल था। नदी की जाति क्या थी, यह तो पता नहीं चल सका। किसी बदजात जाति की नदी होगी।

अभी पानी तो अभी नहीं। जब नहीं होता तो बस भी रेत तथा तिरतिराती धारा को काटती हुई उस पार चली जाती थी। घंटे भर की बारिश से ही कोटाल लबालब भर जाती थी। बंगाल बन्द कौन करेगा, यहाँ तो साल में कई महीनों तक कोटाल बन्द जारी रहता था।

तब उत्तर से दक्षिण का नाता टूट जाता था। नाव चले तो पार हो जाओ या फिर भैंस की पीठ पर लद जाओ। और नदी ऐसी अभागिन थी कि उस पर एक पुल भी आज तक नहीं बन पाया। कोटाल बाँध प्रकल्प, कोटाल बाँध सिंचाई नहर, कोटाल सेतु (जिसका नामकरण भी निश्चित हो चुका है) सभी कुछ फाइलों में बन्द था।

कोटाल नदी के तट पर गणपति की छोटी-सी दुकान थी। दाल, मसाले, सुई, धागा, मोमबत्ती, दियासलाई, बीड़ी, कॉपी, पेंसिल, ऐसी तरह-तरह की चीजें मिलती थीं।

सभी कुछ कम था। इतनी पूँजी आए कहाँ से? मर्तबान में बिस्कुट, मीठी गोलियाँ, गुड़ की पट्टी। कुछ नायलान की रस्सियाँ, लालटेन की चिमनी, सुतली से लटकती हुई टीन की कुप्पियाँ, सभी सस्ते दामों की ची जें रखी हुई थीं। गरीब दुकानदार, बहुत ही कम पूँजी का मालिक। गणपति कोटाल नदी के दक्षिणी तट का दुकानदार था। नदी जब उफनती थी तो वह मार खाता था। तब बस केवल उत्तर तक ही आया करती थी। उत्तरी तट पर उसी के सम्बन्धी मन्तेश्वर ने खूब अच्छी दुकान लगा रखी थी।

उसकी दुकान काफी बड़ी थी। साथ ही चाय की दुकान भी थी। पकौड़े, लवंग-लतिका तथा जलेबी भी बेचता था। जैसी सुगन्ध वैसा स्वाद! इस दुकान की आय से मन्तेश्वर ने जमीन-जायदाद, गाय-बैल, धीरे-धीरे सब-कुछ खरीद लिया।

उसकी दुकान की उलटी तरफ वाली जमीन उसी की थी। गणपति ने वहाँ एक दुकान खोलना चाहा था। संकोचपूर्वक हँसते हुए कहा था, 'एक तरह से तुम्हारे आसरे ही रहेंगे। तुम्हारी बहन भी खुश रहेगी। उधर तो बड़ी बेपट जगह है। इधर लोग-बाग...'

मन्तेश्वर ने गणपति की ओर असीम करुणा तथा उपेक्षा से देखा था। चूँकि गणपति लम्बे समय तक काँथी शहर में रहा था, इसलिए आज भी वह स्वयं को शहर का आदमी ही मानता था।

उत्तरी स्थल में तो काफी भीड़-भाड़ और रौनक थी। इधर के गाँव भी बड़े थे। पास ही मेदाहाट में ब्लॉक ऑफिस, स्वास्थ्य-केन्द्र, ग्रामीण बैंक भी था। जलसंग तथा खालिका गाँव में तो कितने ही पक्के मकान थे।

नौटंकी, पूजा, मेला, बिलकुल शहर जैसा लगता था। उसी उत्तरी दिशा में।

कोटाल के दक्षिण का इलाका अवहेलित था। बड़ा अभिशप्त। बस रास्ता भी दक्षिण की ओर पहुँचते-पहुँचते कच्चा हो जाता था। छोटे-छोटे गाँव बहुत दूर-दूर थे। चारों ओर खेत ही खेत थे। यह अनुसूचित जनजाति घोषित इलाके के खेतों के बेनामी मालिक जलसंग, महाघोष, सागर-बाड़ी जैसे ही जन-बहुल गाँवों के शतपथी, होता, मिस्र, महापात्र, षड़ंगी, ऐसे ही सब उत्कलीय ब्राह्मण थे

सत्तर-इकहत्तर में दक्षिण कोटाल बहुत उग्र हो उठा था। उन दिनों पुलिस भी वहाँ जाने से घबराती थी। बाद में तो कुछ इस थाने में गए तो कुछ उस थाने में। सब-कुछ टूटकर चूर-चूर हो गया। लक्ष्मण सोरेन उन दिनों बहुत चैतन्य हो गया था। इन दिनों वह कभी-कभार गणपति की दुकान पर आकर धुत्त होकर बैठा रहता था।

ताड़ी के नशे में धुत्त रहता था। बोलता नहीं था। कुछ समय बाद वह थोड़ी-सी दाल वगैरह खरीदकर चला जाता। जाने से पहले उत्तर की ओर देखता रहता। उसके बाद कहता, 'कोटाल पर पुल क्यों नहीं बनता, जानते हो?'

'घर जाओ, दादा।'

'पुल बनने पर हम वहाँ जा पाएँगे, इसीलिए तो नहीं बनता। पुल बने तो बने, बन भी जाए तो जान लो दुकानदार लक्ष्मण कभी भी पुल पार नहीं जाएगा।'

सन्ध्या का समय यहाँ बहुत निर्जन, बहुत निःशब्द हुआ करता था। गणपति को दूर और पास से आती हुई ढोलक की थाप और गीत सुनाई देते थे। इन सबके साथ वह एकात्म नहीं हो पाता था। वह बाहर से आया हुआ था और आज तक वहीं था।

'उत्तर की ओर आओ तो अपने नाते-रिश्तेदार...समझे मन्तेश्वर। 'उरीपुरी दक्षिण-दुआरी...दक्षिण में रहना बहुत मुश्किल है।'

मन्तेश्वर उम्र में उससे कुछ बड़ा था। जीवन में असफल एवं अक्षम बहनोई गणपति को असीम करुणा की दृष्टि से देखता था। मन्तेश्वर तो जीवन में सफल तथा सार्थक था। वह इन्तजार में था कि कब बिजली आए और वह उसे लगवा ले।

'उस जमीन पर?'

'हाँ, दुकान उठा लाता।'

'पर दादा...'

मन्तेश्वर ने काल्पनिक मच्छरों को मारते हुए, देह खुजलाते हुए कहा, 'वहाँ तो महापात्र बाबू शराब की दुकान खोलने के लिए इसी वक्त पाँच हजार रुपए देने को राजी हैं।'

'पाँच हजार।'

'हाँ, तो मैंने कहा, रहने दो। आज हो या कल, पुल तो एक न एक दिन बनेगा ही, तब जमीन का दाम भी चढ़ेगा।'

गणपति इससे आगे कुछ नहीं कह पाया। वह लौट आया। न, मेरे भाग में उत्तरवासी

होना नहीं लिखा है। बहन की चर्चा चलाई तो थी पर मन्तेश्वर बहन को पूछता नहीं था। बहन जब भी अपना दुख सुनाते आती है तब वह कहता, 'बाबू ने तुम्हारी शादी करवाई है, मैं क्या कर सकता हूँ?'

भावज भी कहती, 'अपनी-अपनी किस्मत की बात है, ननद जी। तुम्हारी दूसरी बहनों के भाग अच्छे थे। उनके पति भी मर्द हैं, इसी से वे सुख भोग रही हैं।'

गणपति की स्त्री भी समझ गई थी कि उसका जीवन इसी तरह बीतेगा। वह छोटी भावज की बात सुनती हुई लाई खाती रही। उसके बाद कोटाल पार करके चली गई।

फालतू बातें करने की उसकी आदत नहीं थी, इसलिए कुछ कहती भी नहीं थी। घर में भी नहीं। पति-पत्नी में अनुराग भी नहीं था, विराग भी नहीं। वास्तव में कहने लायक कुछ था भी तो नहीं। बाल-बच्चे भी नहीं हुए। मन्तेश्वर कहता, 'होते तो उन्हें खिलाते क्या?'

निःसंगता, शून्यता, व्यर्थता। कोटाल में जब पानी चढ़ता था तो वह सबसे कट जाता था। पानी उतरने पर गणपति ही उस ओर जाता था। उसे तो माल खरीदने मेदाहाट जाना पड़ता था। लौटते हुए मन्तेश्वर का कुशल-क्षेम पूछ लेता। मन्तेश्वर उधर कभी नहीं जाता था।

वो लोग थे, यह बात मन्तेश्वर को जैसे कभी याद ही नहीं आती। पूजा के समय कपड़े-लत्ते अथवा वर्ष में कभी न्योता देकर खिलाना-पिलाना। यह सब औपचारिकता वह कभी नहीं निभाता था।

पर जब कोटाल बन्द जारी करता था तो गणपति को बार-बार मन्तेश्वर की ही याद आती थी। मटमैले पानी की उत्ताल लहरों का व्यवधान बहुत अलग-थलग असहाय महसूस करता था।

दक्षिण के कुमेद, मदारु, सातगेड़ा, इन सभी गाँवों के आदमी भी उतने ही असहाय थे, यह बात कभी उसके मन में आती ही नहीं थी, और इससे उसे किसी प्रकार की सान्त्वना भी नहीं मिलती थी। वास्तविकता तो यह थी कि जरूरत पड़ने पर भी मन्तेश्वर से मदद मिलने की आशा करना बेकार ही था।

उन दिनों दुकान की बिक्री घट जाती थी। लगातार पानी बरसता रहे तो कौन आएगा? कुमेद गाँव सबसे निकट था। अंचल प्रधान चक्रनाथ बेसरा शिक्षक भी थे। इधर के सन्थाल समाज के प्रतिष्ठित व्यक्ति थे। उसने सोचा, चक्रबाबू अगर मेरी दुकान से सौदा खरीदते तो मेरी इज्जत बढ़ जाती। पर चक्रबाबू तो सब-कुछ मेदाहाट से खरीदते थे।

बारिश की आवाज भी ऐसी भीषण कि घर में बजानेवाले रेडियो की आवाज तक सुनाई नहीं देती थी।

भरी बरसात में ही चक्रबाबू का बेटा एक बार साइकिल से आकर कह गया, 'शनिवार को 'बन्द' रहेगा, जानते हैं न?'

'ऐसी बात है?'

'हाँ, दुकान मत खोलिएगा।'

वह भीगते हुए ही वहाँ से चल दिया। बोला, 'मेदाहाट में थोड़ा काम था...और कोटाल बन्द तो चल ही रहा है...उफ, इस बार पानी भी कितना चढ़ा है।'

गणपति बैठे-बैठे बारिश का शोर सुन रहा था। उसकी पत्नी पीछे बैठी थी। दोपहर को ही नीम अँधेरा होने लगा था। समय का अन्दाज खत्म हो गया था।

कोटाल का गर्जन। कनका नदी में जाकर गिरने के लिए ही जैसे कोटाल उछल-कूद कर रही थी। अचानक अगर कोई विपत्ति आ जाए तो? कैसी विपत्ति...कैसी विपत्ति आ सकती है कुछ समझ में नहीं आया। इस जगह के साथ गणपति का कोई घनिष्ठ सम्बन्ध नहीं बन पाया था। इस दुनिया में नदी सूखी हो तो भी वह अकेला था, नदी पानी से हहराने लगती थी तो एक विशेष प्रकार की लाचारी उसके मन में समा जाती थी।

पत्नी ने पूछा, 'अब क्या होगा?'

'मान लो डकैती हो जाए...'

'क्या लेने आएँगे डाकू?'

'नहीं...मतलब पेड़-पौधे भी तो काट सकते हैं...'

'काटना चाहें तो काट लें।'

अत्यन्त निस्पृहता से पत्नी ने उत्तर दिया। इसके बाद तो कहने को कुछ बचा ही नहीं। दोनों ही बरसात को निहारते रहे। दोनों जहाँ बैठे थे, उनके सामने, कुछ ही दूरी पर मूसलाधार वर्षा के मटमैले जल से फेनिल कोटाल नजर आता था। उस पार वृद्ध वट-वृक्ष, वर्षा के झालर के उस ओर किसी प्राचीन साक्षी के समान खड़ा था, जिसे अदालत कभी नहीं बुलाती, बुलाती तो वह बता सकता था कि कभी उसके नीचे लक्ष्मण वगैरह जमा हुए थे, और ढोल की थाप पर महाघोष गाँव के सत्पथी बाबू को उनके पूर्वजों के पास भेजने दौड़े थे।

और, मेदाहाट से जब पुलिस यहाँ आती थी तब वे भी इस वृद्ध वट के पहरे की उपेक्षा करते हुए कोटाल के वक्ष को चीरते हुए जीप लेकर दक्षिण की ओर चले जाते थे। इस समय वृद्ध वट अत्यन्त रहस्यमय-सा दृष्टिगत हो रहा था।

उनके सामने दूर-दूर तक कृषि-भूमि विस्तृत थी। जो खाते में टुडु, सोरेन, बेसरा, माँडी, मुर्म, खिलारि, केरकेटा आदि के नाम लिखी हुई थी, पर वास्तविक कब्जा भिन्न जाति के लोगों का था। हरे-भरे खेतों में काले-काले सन्थाल बालक-बालिकाएँ मछलियाँ ढूँढ़ रहे थे, नदी बहती हुई वहाँ तक पहुँच गई थी। साँप भी उनसे बचे नहीं थे।

इन सभी दृश्यों में कोई सौन्दर्य था, जो इस उदास दम्पती को दिखाई नहीं देता था। कुमेद फाँड़ी के छोटे दारोगा ने एक बार गणपति से कहा था, 'मैं कविताएँ लिखा करता था, पुलिस में भर्ती हो गया। अब तो कविता भूल गया हूँ। पर आपकी दुकान पर बैठकर तो कविता रचने को जी चाहता है।'

यही बात मादारु प्राथमिक विद्यालय के भरत प्रधान भी कहते थे।

गणपति सविनय मुसकराकर मौन ही रहता था। काँथी में जो कभी पाइप मालिक का बिल कलक्टर हुआ करता था, जिसकी तीन बीघा, सात काठा, पाँच छटाक जमीन सिर्फ राजनीतिक मदद के जोर पर सौतेले भाई ने हथिया ली थी, वही गणपति प्रकृति अथवा कविता के विषय में एकदम अनजान था।

थाना बाबू जानते थे कि गणपति मन्तेश्वर का रिश्तेदार है एवं लौकिक तथा आंचलिक जगत् में मन्तेश्वर की प्रतिष्ठा तेजी से चढ़ती जा रही थी। इसी कारण वे अपनी साइकिल रोककर उधर से गुजरते समय कभी-कभी कहते, 'बेढब जगह में पड़े हुए हैं, कोई काम हो तो बताइएगा।'

'जी।'

चन्द्रनाथ बेसरा भी यही कहता है, और साथ ही यह भी कहता है, 'थाने की किसे जरूरत पड़ेगी? डकैती तो यहाँ होने से रही। खर्चा कैसे चलेगा?'

गणपति बोला, 'हाँ, बेसरा बाबू।'

उसकी भी किसी को जरूरत नहीं। भला, उसे भी किसी और की क्या जरूरत हो सकती थी? गणपति और उसकी पत्नी बरसते हुए पानी को देखते रहते हैं। रेडियो में बैटरी नहीं थी, खरीदी ही नहीं। उस पार जाए तो मेदाहाट से...पर कोटाल का रूप ऐसा भयंकर था, इस तीव्र स्रोत में नाव नहीं चल सकती। लक्ष्मण सोरेन सिर पर ताल-पत्ते का चोंगा ओढ़कर एक बार मैच-बाती खरीदने आया था। जब वह ताड़ी पीता था तब उसकी आँखें लाल हो जाती थीं। अभी तो आँखों में पीलापन था। उसने पूछा, 'प्रधान क्या बोल गया हम लोगों से? शनिवार को 'बन्द' रहेगा?'

'हाँ, यही तो।'

'क्या बन्द करूँगा, बताना तो साहू जी?'

'घर लौट जाओ, दादा।'

'तुम्हारी दुकान है, बन्द कर सकते हो।'

'मैं भला क्या बन्द करूँगा, हाँ?'

इस बात का उत्तर गणपति के पास भी नहीं था। लक्ष्मण ने गहरी संवेदना से कहा, 'एक तो तुम्हारी दुकानदारी ऐसे ही ठप, उस पर दुकान बन्द रखोगे। आखिर क्यों?'

'हाँ, दादा।'

'अब देखो, आज कुछ सामान बेच सकते थे, पर आज ऐसी झड़ी लगी कि...!'

जाने किस कारण से लक्ष्मण अत्यन्त चिन्तित हो गया तथा सिर हिलाते-हिलाते वहाँ से चला गया।

'कोटाल की हालत तो देखो! उत्तर के लोगों को तो नदी पार करने की जरूरत नहीं, मरे तो दक्खिन वाले! इस वक्त अगर कोई मुसीबत आ जाए तो जा नहीं पाएँगे।' कहते-कहते चला गया।

इस बात से गणपति और भी अधिक असहाय-सा हो गया। एकदम असहाय। पानी बरसता रहा। बरसता ही रहा। कभी-कभी तीव्रता में कुछ कमी आ जाती थी, पर थमने का नाम नहीं। अन्धकार उतर आया। घर का छप्पर सामने काफी आगे तक था, इसलिए पानी की बौछार नहीं आती थी पर अँधेरा खूब गहरा गया था।

दिगन्तव्यापी चराचर में गणपति जैसे बह रहा था, निरावलम्ब, उसका अस्तित्व जैसे किसी विपन्न पक्षी का अस्तित्व हो, जो थककर मिट्टी पर बैठना चाहता था। पर नीचे तो केवल पानी ही पानी दिखाई दे रहा था। उसे किसी की जरूरत नहीं, किसी को उसकी जरूरत नहीं।

अथवा उन दोनों को ही।

गणपति ने जिस प्रकार दुनिया के चलन को मान लिया था, अन्न ने भी उसी तरह अपने पति की असमर्थता को, भाई की उपेक्षा को मान लिया था। दोनों परस्पर कम ही बात करते थे। फिर भी दोनों एक-दूसरे के साथ बहुत बँधे हुए थे। आदत भी तो एक प्रकार का बन्धन ही है। जिस कारण दोनों में से कोई अगर बीमार हो जाए तो दूसरा बहुत व्याकुल हो जाता है। गणपति तथा अन्न परस्पर एक-दूसरे के अभ्यस्त हो चुके थे। जैसे दोनों मिलकर एक

हो चुके थे। इसका नाम प्रेम-प्रीत भी नहीं, देह भी नहीं, आदत है। आदत के कारण भी तो मनुष्य एक-दूसरे के बन्धन में जकड़ जाते हैं।

पर गणपति को आज की रात अन्न ने निर्ममता से झकझोर कर रख दिया। छिन्न-भिन्न कर दिया उसे। क्योंकि, बाहर जब पानी बरस रहा था, कोटाल के अलंघनीय 'बंध' जारी किए जाने पर जब उत्तर और दक्खिन एक-दूसरे से पूरी तरह अलग हो चुके थे। बन्द के दो दिन पूर्व बृहस्पतिवार को जब रात के नौ बजे भात का पानी निकालते समय उसकी पुरानी नायलान की साड़ी (बरसात में गरीब का सहारा। मेदाहाट में हाट-बार कलकत्ते की बर्तन वाली से खरीदी हुई अत्यन्त सस्ते दामों की नायलान की साड़ी, 'टेरी' की कमीजें) जाने कैसे उड़कर चूल्हे पर जा गिरी, पलक झपकते अन्न जल गई और घबराहट में उसके कपड़े उतारते हुए गणपति अपने हाथ जला बैठा। फिर सूती की मसहरी खोलकर उस पर झपट्टा मारता रहा। फिर मसहरी समेत अन्न आँगन में जाकर बारिश में लोटती रही। उसके बाद गणपति ने सस्ती दरी में लपेटकर अन्न को उठाया और बरामदे में लिटा दिया तथा चूल्हे को पानी डालकर बुझा दिया। गणपति का जीवन इस प्रकार छिन्न-भिन्न हो गया। अधजली तथा कराहती हुई अन्न को खाट पर लिटाकर वह आकुलता से उसे पुकारता रहा, 'ओ अन्न, सुन रही हो? ओ अन्न, सुनती हो?'

उसके मन की अन्धकारमय अवस्था के कारण ऐसा हुआ। क्योंकि, यह अन्न को पुकारने का समय नहीं था, काम का समय था। जब अन्न का कराहना भी थम गया तो गणपति अत्यन्त भयभीत होकर नीचे झुका। नहीं, साँस तो चल रही थी। आग की लपटों से झुलसे बाल तथा भौंहें, शरीर के छाले नीचे झुकने पर अत्यन्त बीभत्स दिखाई देने लगे थे। गणपति, दरवाजा खोलकर, अँधेरे में ही बिना टार्च लिये गिरता-पड़ता चन्द्र बेसरा के घर की ओर दौड़ने लगा।

सामने पहुँचकर उसे जो कहना था, वही बात वह चिल्लाते हुए कहकर दौड़ने लगा, 'जल्दी चलिए, चन्द्रबाबू! मेरी पत्नी जल गई है। उसे मेदाहाट ले जाना होगा!'

बरसात की धार ने यह बात सुनी, और सुना धान खेत ने, रास्ते तथा पगडंडी के कीचड़ ने। चीखते-चिल्लाते बेदम होकर गणपति ने चन्द्र बेसरा के किवाड़ को धकेला। प्रधान बाबू ने दरवाजा खोला। 'मैं गणपति दुकानदार हूँ। सर्वनाश हो गया है। मेरी अन्न जल गई है रे! उसे मेदाहाट ले जाना होगा। दरवाजा खोलिए प्रधान बाबू!'

यह समय भी तो बहुत बुरा था।

राज्यों के विरुद्ध केन्द्र नित नए षड्यंत्र रच रहा था, यह चन्द्र बेसरा के लिए जितना सत्य था, उससे कहीं अधिक सत्य यह था कि उसके विरुद्ध भूतपूर्व प्रधान (जिसका नाम महादेव प्रधान है तथा जो चन्द्र के सह-शिक्षक भरत प्रधान का बड़ा भाई था) अत्यन्त सक्रिय था। उपरोक्त प्रधान के रुपए हड़प करनेवाली घटना का पर्दाफाश चन्द्र ने ही किया था जिस कारण से वह स्वयं पाई पैसे का हिसाब रखता था।

महादेव के संगी-साथी भी उसके विरोधी थे। यह उनका गृहयुद्ध तथा शीतयुद्ध था।

'कौन पुकार रहा है, कहीं महादेव तो नहीं है?' उसके मकान में आजकल दस कुएँ, चार ट्यूबवेल मौजूद थे। वर्षा के थमने पर ही काम शुरू हो पाएगा। सूखे के दौरान मिली मंजूरी बरसात में पहुँचे तो और क्या हो सकता है? इसके अतिरिक्त दो साइकिलें, उसकी और उसके बेटे की, धान, चावल...

'कौन बुला रहा है, डाकू तो नहीं?'

अन्ततः हाहाकार और विलाप सुनकर वे सब निश्चिन्त हुए कि वह गणपति दुकानदार ही है। किवाड़ खोलते ही गणपति चन्द्र के पैरों पर गिर पड़ा और एक ही बात दोहराते हुए लोटने लगा। चन्द्र के बेटे अर्जुन ने गणपति को पानी पिलाया। उसके बाद चन्द्र ने कहा, 'मेदाहाट ले जाएँगे? नदी का हाल देखा है?'

'फिर?'

'सातगेड़ा में एक डॉक्टर तो है पर इतनी रात गए ऐसी बरसात में वह आने से रहा।'

'फिर क्या करूँ?'

चन्द्र के दिमाग में एक साथ बहुत-सी बातें रखनी पड़ती थीं। गणपति मन्तेश्वर का बहनोई था। एक ओर मन्तेश्वर उसके दल का समर्थक था तो दूसरी ओर महादेव प्रधान का मित्र भी था। मन्तेश्वर की बहन जल गई थी। इस बारे में दिमाग नहीं खपाया तो यही बात उसके विरुद्ध भी जा सकती थी।

तिस पर 'गृहवधू अग्नि-दग्ध' घटना प्रधान होने के नाते थाने को सूचित कर देना भी अत्यन्त जरूरी था। गृहवधू तो आजकल जलती ही रहती है और इन्हें लेकर काफी बखेड़ा भी होता रहता है। मादारु में चरण होता की बहू, जो सुना था पागल थी, वह तो रोज ही गले में फाँसी का फन्दा डाला करती थी पर कभी लटकती नहीं थी। एक दिन वह लटक गई। अस्पताल द्वारा लौटा दी गई। पुरानी पागल होते हुए भी चरण के ससुरालवालों ने 'स्त्री-हत्या' का आरोप लगाकर बहुत झमेला खड़ा किया था।

मन्तेश्वर को खबर भेजना भी जरूरी था। छाता, लाठी, टार्च लेकर चन्द्र और अर्जुन रवाना हो गए। गणपति भीगते हुए पीछे-पीछे चलने लगा। अन्न जल गई...अन्न जल गई...चन्द्र सोचता रहा, यह आदमी भात के शोक में ऐसा तड़प रहा है? अर्जुन ने बताया, यह उसकी औरत का नाम है।

आँगन के कीचड़ में लथपथ दरी में लिपटी हुई अन्न को देखकर चन्द्र चौंक गया।

'बचने की उम्मीद तो नजर नहीं आती दुकनिया बाबू! पर अस्पताल ले जाना चाहिए।'

'चाहिए क्यों, बन्दोबस्त कीजिए ना!'

'कैसे करूँ?'

पुरानी तिक्तता तथा क्षोभ से भरकर चन्द्र मुसकराया, कोटाल नदी पर क्या पुल बना हुआ है, या बनेगा? शायद मैं कभी देख भी न पाऊँगा!...हम लोग इस पार, बरसात के दिनों में बीमारियों से, मर-खप जाते हैं, साँप के काटे से मरते हैं। सातगेड़ा के अस्पताल की दीवार की चिनाई भी तो आधी...नाव...या फिर भैंस की सवारी...

'जो बन पड़े कीजिए!'

'सातगेड़ा से डॉक्टर को लिवाना हो, या उस पार ले जाने की कोशिश, सुबह से पहले...'

गणपति धप् से नीचे बैठ गया। चन्द्र बोला, 'मैं भी बैठता हूँ। अर्जुन घर चला जा, साइकिल ले आ। भोर का तारा उगते ही चले जाना।'

बादलों से ढके आकाश में तारे कहाँ? आसन्न अमावस्या। चाँद होगा कहीं। आकाश धुँधला सा था।

'आप रुकेंगे?'

'आप अकेले रहेंगे?'

दोनों बैठे रहे। चन्द्र बेसरा सन्थाल समाज में अन्य लोगों की बनिस्बत कुछ ज्यादा ही खुशहाल था। प्रधान होने के नाते सम्मानित भी। दल का मुखिया हो सकता था। पर आदिवासी होने के फलस्वरूप उसकी अन्तरात्मा जानती थी कि इस अंचल में विकास की गति कितनी धीमी है। रोग, दुर्घटना, डकैती, राहजनी आदि के घटने पर सहायता मिल पाना कितना दुष्कर है। फलतः वह मौन रहता था, परम धैर्य से पत्थर-सा बन जाता था।

गणपति अन्न के निकट बैठा रहा। साइकिल लाने के पश्चात् अर्जुन भी वहीं बैठा रहा। पानी बरसता रहा, पानी बरसता रहा। बरसात की झालर। तीन अदद मनुष्य और इसी तरह जली हुई अन्न।

भोर का तारा उगने का समय होते ही अर्जुन चल दिया। उसके जाने से पहले चन्द्र ने समझाया, 'आने को राजी तो नहीं होगा। कहना मन्तेश्वर बाबू की बहन है।'

'मेरी पत्नी!'

'हाँ-हाँ...'

गणपति को समझा पाना सम्भव नहीं, 'गणपति कोटाल' नाम में ऐसी कोई शक्ति नहीं थी कि सातगेड़ा से फेल हुए डॉक्टर को बुलवा सके।

'मन्तेश्वर बाबू के पास भी खबर भिजवानी होगी।'

'उस पार जा पाते तो...कुछ किया नहीं जा सकता?'

रात-भर जागते रहने के कारण थके-हारे प्रौढ़ चन्द्र ने परम सहिष्णुता से कहा, 'अगर उस पार जाने की कोई सूरत निकल आए तो उसे खबर देकर फिर अस्पताल जाया जा सकता है। वर्षा में तो कोटाल...मेरी बहन भी तो बच्चा जनते हुए...'

'नहीं ले जा पाए थे?'

चन्द्र ने बीड़ी सुलगा ली। बीड़ी का धुआँ दिमाग के धुएँ को साफ करता है। फिर धीरे-से बोला, 'नहीं। इस पार ही दम तोड़ चली थी...फिर भी भैंस की पीठ पर लादकर उस पार ले जाना पड़ा...टाउन में चीर-फाड़ किया गया...बच्चा पेट में उलटी दिशा में था...'

'उत्तर में थोड़ी-सी जगह के लिए मन्तेश्वर से कम बार कहा है...'

चन्द्र गहरे कड़वाहट से भरकर कुछ बोलते हुए भी चुप हो गया। नहीं, इस आदमी ने कभी भी दक्खिन को अपना नहीं माना। उत्तर की ओर टकटकी बाँधकर वह दक्खिन में वास करता था। धन और सामर्थ्य में वह चन्द्र ही क्यों बहुतों से दीन-हीन था।

इतना दीन-हीन कि उसकी दुकान में कभी चोर नहीं घुसता।

बोलने से क्या फायदा! अभी तो शोकाकुल है। और यह बात भी सच है कि कोटाल के दक्खिन के लोगों के लिए उत्तर जा पाना सम्भव नहीं, इस समस्या का हल भी नहीं। पर यह आदमी तो जा सकता था। परन्तु उसे जो बसा सकता था, वह मन्तेश्वर तो घर में सत्यनारायण की कथा में चन्द्र को बुलाता था। पर अपनी बहन को नहीं। वैसे इसका व्यतिक्रम होता तो चन्द्र को जरूर आश्चर्य होता। मनुष्य को जिससे कुछ मिलता है, उसी के लिए कुछ करता भी है।

गणपति दुकानदार अत्यन्त तुच्छ मनुष्य था। उपकार या अपकार, किसी की खातिर कुछ भी कर पाना उसके लिए सम्भव नहीं था। मेदाहाट में बर्तनवाली से उसे जिस तरह का कपड़ा खरीदते हुए चन्द्र ने देखा है, उसी प्रकार का कपड़ा लक्ष्मण सोरेन भी खरीदता था। लाड़-प्यार से बिगड़ी हुई नायलान-लोभी पोती के लिए। चन्द्र बेसरा ने इसलिए उससे, 'गरीब के लिए घोड़े की सवारी का रोग लगना अच्छा नहीं, लक्ष्मण!' कहते हुए साइकिल पर सवार होकर निकल गया था। परन्तु आज इस असामान्य विरल मुहूर्त में दुखी मन से उसने सोचा, कहा ही क्यों! मैं भी तो टेरी-कुर्ता पहनता हूँ, धोने में कितनी आसानी रहती है! हाट में ये सब कपड़े तो दस रुपए में भी मिलते हैं, दस रुपयों में भला आजकल कोई कपड़ा मिलता है?

मधु डॉक्टर आ पहुँचे। गणपति अब तक निस्तेज होकर बैठा था। डॉक्टर बाबू को देखकर ही रोने लगा, 'अन्न को बचाइए, डॉक्टर बाबू! आपके पाँव पड़ता हूँ! उसे बचा लीजिए!'

समयोचित गम्भीरता युक्त चेहरा लिए डॉक्टर ने अन्दर प्रवेश किया। 'केस बहुत गम्भीर है। समझे प्रधान बाबू!' बोलते हुए ही वह नीचे झुका और चौंक गया।

'यह क्या! रोगी के शरीर पर पानी! कीचड़! इसका मतलब क्या है?'

'पानी बरस रहा था...दौड़कर आँगन में लोटने लगी...तो, मैंने पहले तो मसहरी से दबाना चाहा...मसहरी ने आग पकड़ ली...तब जाकर आँगन में...दरी में लपेटकर उठा लाया...'

मधु डॉक्टर ने इंजेक्शन लगाया। बोला, 'पेट पर तो थर्ड डिग्री बर्न...छाती पर... शॉक...तिस पर जिसे कहते हैं एक्सपोजर...कोरामिन दिया तो है...अस्पताल ले जाना पड़ेगा।'

चन्द्र ने पूछा, 'कैसे?'

'लेकर जाते भी तो मेदाहाट तक पहुँच नहीं पाते, प्रधान बाबू! थाने को खबर कीजिए।'

'थाना?'

'नहीं तो चौकी पर।'

गणपति कोटाल को जैसे इतनी देर में कुछ बातें समझ में आईं।

'थाना...कोतवाली...?'

चन्द्र बेसरा डॉक्टर को लेकर आगे बढ़ा और बोला, 'अर्जुन ने कोतवाली में खबर दे दी है।'

'अन्न...डॉक्टर बाबू?'

'आशा नहीं के बराबर है, कोटाल बाबू। फिर भी अगर कुछ करने लायक है तो अस्पताल ही कर सकता है।'

'अस्पताल!'

चन्द्र बेसरा बोला, 'आप उसके पास बैठिए कोटाल बाबू। मैं नदी का हाल देखकर आता हूँ।'

मधु डॉक्टर ने सिर हिलाते हुए कहा, 'कल से एक नाव भी नहीं है जी। पानी का बहाव देखा है?'

गणपति व्याकुल होकर बोला, 'कैसी आवाज आ रही है, डॉक्टर बाबू?'

'ऐंटिमॉर्टेम ब्रीदिंग...'

चन्द्र समझ गया और गहरी सहानुभूति से बोला, 'कोटाल बाबू! मुँह में थोड़ा पानी डालिए।'

'पानी? डालूँ?'

कहाँ पानी डाले गणपति! नायलान का आँचल उड़कर मुँह पर जा गिरा था। होंठों पर वही चिपका हुआ है। कोने से...पानी पियोगी अन्न?

अन्न बार-बार हिचकियाँ लेती रही और क्षण-भर में शान्त होकर एक ओर लुढ़क गई। मधु डॉक्टर तुरन्त साइकिल पर सवार हो गया। चन्द्र ने न जाने क्या कहा। डॉक्टर बोला, 'नहीं प्रधान बाबू! थाने से कहेंगे तो ही मैं सर्टिफिकेट दूँगा। रात की जली, सुबह मैंने इसे देखा, ये सब केस आजकल...मन्तेश्वर की बहन...'

वह चला गया। गणपति भी समझ गया कि अन्न अब नहीं रही। अब वह विकट हाहाकार करते हुए रोने लगा।

इनसानी तौर पर चन्द्र बेसरा समझ गया कि यह मृत्यु एक दुर्घटना ही होगी। परन्तु प्रधान होने के नाते (चूँकि वह काफी देर तक यहीं पर था) उसे चौकी में सूचना देनी ही होगी। खबर भेजकर होगा भी क्या। चौकी के बाबू गणपति को बातों के जाल में फँसाते रहेंगे। गणपति को पूरी तरह से निचोड़ लेने पर भी चौकी बाबू अथवा मधु डॉक्टर को खुश कर पाना सम्भव नहीं। गरीब दुकानदार है। मन्तेश्वर माइति कितना विचलित होगा, सोचने लायक बात तो यही थी। चन्द्र के भीतर का मनुष्य पुनः बोला, 'इस समय गणपति को मँझधार में छोड़कर जाना उचित नहीं है।'

वह लक्ष्मण वगैरह के टोले की ओर चला। जैसे भी हो, जिससे भी हो, एक नाव जुगाड़ करे, नहीं तो एक भैंस का। मन्तेश्वर को खबर दे दे। कुमेद में कोटाल बाबू के समाज का था ही कौन!

लक्ष्मण सोरेन ऐसी मूसलाधार बारिश की सुबह कहाँ से ताड़ी पीकर आया था कौन जाने? चन्द्र ने नाक सिकोड़ा। प्रधान तो वह आज बना था। किन्तु एक समय ऐसा था जब उसने 'शराब हँड़िया बन्द करो, आदिवासी! सावधान हो जाओ' कहते हुए बहुत प्रचार किया था तथा परिवार के किसी अनुष्ठान में बिना शराब के उदाहरण प्रस्तुत करने की चेष्टा भी कर चुका था। फलस्वरूप वह एवं उसका परिवार काफी सराहा तो गया था, पर उसके अनुयायियों की संख्या काफी सीमित थी।

लक्ष्मण कपट विनम्रता के साथ बोला,

'जुहार, जुहार प्रधान बाबू। पालागन।'

'सुबह-सुबह ही दारू पीकर बैठे हो?'

'कहाँ? कुछ काम भी नहीं देते...'

'काम है। साजो कहाँ है?'

'मैदान में गया है।'

'उसे एक बार मन्तेश्वर के पास जाना होगा। माइति बाबू की बहन मर गई है।'

'ओ! मर गई?'

'हाँ...नाव तो चल नहीं रही...'

'नहीं।'

अत्यन्त उल्लसित होकर लक्ष्मण बोला, 'कोटाल पर कभी पुल भी नहीं बनेगा, और अब तो नाव भी नहीं चल पाएगी...अब आएगा मजा।'

'धत्त तेरी! अरे, औरत मर गई...'

'तो, साजो कैसे जाएगा?'

'भैंस पर।'

'तुम भैंस दोगे?'

'मोहल्ले में नहीं है?'

'नहीं।'

लक्ष्मण फिर बहुत खुश होकर बोला, 'भैंस नहीं, गाय नहीं, वैसे बकरी तो है।'

साजो लोटा हाथ में लिये आ पहुँचा। वह लक्ष्मण का नाती था, प्रधान का अनुगामी तथा ब्लॉक उत्सव के पाता नाच में एक समूह का नेतृत्व करता था। इसलिए उसे एक प्लास्टिक का बड़ा मग और एक टार्च पुरस्कारस्वरूप मिला था।

उसने सब-कुछ सुना और आसमान की ओर देखा। बोला, 'भैंस लेकर भी पार करना मुश्किल ही है। पानी थम जाए तो...'

'हाँ, तभी जाना।'

'आप भैंस देंगे?'

'और कौन देगा?'

चन्द्र का गृहस्थ मन सतर्क हो उठा। तेज बहाव में भैंस बह गई तो आज की महँगाई में बहुत नुकसान उठाना पड़ेगा। इसके अलावा प्रातःकृत्य से निवृत्त नहीं हो पाया, चाय तक नहीं पी। 'बन्द' तो सफल होगा ही, क्योंकि कुमेद और मादारु में तो दुकान-हाट नहीं के बराबर थे। सातगेड़ा में छोटा-सा बाजार था। परन्तु बाजार कमेटी तो महादेव प्रधान के हाथों में थी। जो भी हो, 'बन्द' के कारण भी कुछ घूमना तो पड़ेगा ही।

गणपति निपट अकेला...चन्द्र का प्रधान रूपी अस्तित्व और गृहस्थ-सत्ता दोनों एक साथ सिर उठाने लगे।

'भीतर आइए। बाहर भीग रहे हैं।'

'पानी थमने पर ही जाना। समझा?'

भीगते हुए ही प्रधान वहाँ से चला गया। लक्ष्मण बोला, 'पानी से उसे कुछ नहीं होगा। तुझसे न हो सकेगा!'

जाते-जाते वापस लौटकर चन्द्र ने कहा, 'साजो! तू जाकर कोटाल बाबू के छप्पर तले खड़ा हो जा। पुलिस चौकी से नीहार बाबू आएँ तो मेरे घर ले आना।'

'अच्छा।'

'मादारु में सरोज माइति नहीं आता? वह तो मन्तेश्वर का दूर का सम्बन्धी है।'

'कलकत्ते गया है सावन में।'

'अच्छा झमेला है!'

'क्यों प्रधान बाबू?'

'जल गई...'

छोटा दारोगा पानी थमने से पहले नहीं आया। असल में कुमेद की चौकी सातगेड़ा में थी। कुमेद और मादारू के बीचोबीच। दो सिपाही और एक दारोगा। यही वर्तमान स्थिति थी और वास्तविकता भी। बाकी दो सिपाहियों के लिए भी मंजूरी मिल चुकी थी पर आदमी अब तक आए नहीं थे।

छोटे दारोगा काफी तेज-तर्रार और व्यावहारिक थे। गणपति द्वारा पछाड़ खा-खाकर हाहाकार करना तथा घटना का विवरण देने की चेष्टा करने के शुरू से लेकर अन्त तक वे सहानुभूति व्यक्त करते रहे तथा अपना काम करते रहे।

'रोज ऐसे समय में भात का माँड़ निकालकर...'

'चौका-चूल्हा जरा देखूँ...'

'साँझ को लक्ष्मी जी की पूजा भी की...'

'ओहो! पूजा भी की थी?'

'अब क्या करूँ, दारोगा बाबू, मेरी तो लक्ष्मी ही सिधार गई...'

'किस्मत! सब किस्मत की बात है! उस समय बस आप दोनों ही थे, मेरा मतलब है और कोई...'

'और कौन रहेगा! अब तो...'

'वैरी सैड। झगड़ा हुआ था?'

'कभी नहीं दारोबा बाबू। अन्न वैसी...'

'ना-ना। माइति बाबू की बहन है ना! मतलब...आत्महत्या करने की इच्छा कभी प्रकट की थी?'

'ना-ना...वो तो महापाप...'

गणपति दोबारा शुरू से बताने लगा, 'अन्न जल गई...मसहरी से दबाने की...उसके बाद...'

ऐसे में साजो आकर खड़ा हो गया और बोला, 'प्रधान बाबू के घर चलिए बाबू।'

'माइति बाबू को खबर तो...।'

गणपति साजो के पैर पड़ने लगा, 'उसे बुलवा ले बेटा। ऐसी खबर सुनकर वह तुरन्त आ पहुँचेगा। तुझे मैं पैसे दूँगा।'

'जाऊँगा बाबू! पानी का बहाव बहुत तेज है!'

गणपति दोबारा अन्न के पास आकर बैठ गया। उसकी काया को सहलाना चाहा।

छोटे दारोगा ने सहानुभूतिपूर्वक कहा, 'नहीं, नहीं,। छूएँ नहीं। जैसी है, वैसी ही रहने दीजिए।'

चन्द्र बेसरा और छोटे दारोगा आमने-सामने बैठे रहे।

चन्द्र सारी बातें बताता रहा। नहीं, उसे कोई दो-नम्बरी घटना इसमें नजर नहीं आती। पर उसकी क्या बिसात? पुलिस है, सोचकर देखे।

'बहुत गरीब है!'

'हाँ!'

एक ही बात के जरिए बहुत-सी बातें कह-सुन ली गईं, समझ भी ली गईं। जिस डॉक्टर ने इलाज नहीं किया, पर मृत्यु के कुछ क्षणों पूर्व उसे देखा था, वह बड़ी खुशी से 'डेथ सर्टिफिकेट' दे सकता था। छोटे दारोगा दाह-संस्कार की अनुमति भी दे सकते थे।

रुपया खर्च करो तो सब हो सकता है।

गणपति के पास रुपया कहाँ।

मोल-तोल किया जा सकता था, अगर मन्तेश्वर इसमें सरखपाई करे तो। बहनोई की मदद के लिए। वह दे सकता था।

प्रधान सोचने लगा, मन्तेश्वर माइति आए तो जान बचे। उनका मामला है, वह आए, बन्दोबस्त करे। समाज के लोगों के अलावा कौन दाह-संस्कार करेगा?

वह सामाजिक पहलू के बारे में सोचने लगा। छोटे दारोगा ने सोचा, माइति बाबू का मुँह मीठा पर हाथ तो सूखा है।

तोल-मोल करने पर अगर वह 'प्रबन्ध करता तब तो गणपति को दबाने से कुछ फायदा भी होता। नहीं तो बेकार ही था।'

दोनों ही तो थे...रिश्ता कैसा था...कोई 'मोटिव' था या नहीं...दरी में लिपटी पड़ी है...नहीं, मौत तो सन्देहजनक है।

'यह तो आप लोग ही बेहतर समझेंगे। जहाँ तक मेरा विचार है, वैसी कोई बात नहीं। और माइति बाबू भी कहाँ, कुछ ज्यादा...'

'उसकी तो बहन है।'

'हाँ, वह तो है।'

'वह क्या कहता है, देखें।'

'देख लीजिए। वैसे आपका क्या खयाल है?'

'नियमानुसार तो लाश का चालान करना चहिए। लाश-घर, वहाँ चीर-फाड़ भी होगी...'

'किसी ने सन्देह प्रकट करते हुए शिकायत भी तो नहीं की है, और कोटाल बाबू तो जलस्तम्भ से हो गए हैं। जिन सब कारणों से पुलिस उन पर सन्देह कर सकती है...'

'दुर्घटना घटेगी तो सन्देह तो होगा ही।'

'जरा देख लीजिए।'

'कहने से ही काम हो जाता है क्या। कुमेद चौकी पर लाश का चालान तो करोगे...पर कैसे?'

'मुझे बुलाया, मैं चला आया। आपको सूचित करना मेरा कर्तव्य था, मैंने कर दिया।'

'ना, पति को इस घटना में कुछ छुपाना तो नहीं पड़ रहा! इसलिए कोई 'मोटिव' बता पाना तो मुश्किल ही है।'

'लाश का चालान करेंगे, जब पानी उतरेगा, नाव पर ले जाएँगे, 'वैन' से शहर में–'

'नहीं, यह तो नामुमकिन है।'

'फिर?'

छोटे दारोगा ने कान खुजलाते हुए कहा, 'अरे, हमें इससे क्या? आपने अपनी ड्यूटी निभा दी, मुझे देखना था, देख लिया, अब माइति बाबू को आने दीजिए! अगर उसने कहा कि नहीं, कोई बात जरूर है, तो फिर चालान भी होगा, केस भी बनेगा।'

'कल तो 'बन्द' है।'

'आज या कल तो कुछ नहीं हो सकता।'

छोटे दारोगा चले गए। चन्द्र बेसरा ने फिर साजो को बुलाया। साजो चौखट पर ही बैठा था। चन्द्र बेसरा शिक्षित था, सम्पन्न था, अन्य समाज के लोगों के साथ उठता-बैठता था इसलिए काफी अर्से से वह साजो वगैरह के लिए 'बाबू' बन गया था। अब तो वह प्रधान था! अंचल का सिरमौर!

'साजो! अच्छी तरह से सुन।'

प्रधान ने सब-कुछ सिलसिलेवार समझाया। उसके बाद बोला, 'यह अलग से बुलाकर कहना—यदि उसे कोई शक है तो आकर नाके में बताए। आदमी लेकर जा रहे हैं। कोटाल बाबू से कह देना, जिस दिन दाह-संस्कार होगा, दुर्घटना जनित मृत्यु होने पर क्रिया-कर्म भी उसी दिन किया जाएगा। किसी पंडित को बुला सकते हो?'

'सातगेड़ा के महापात्र बाबू।'

'हाँ, उनसे काम चल जाएगा।'

'बाबू। कोटाल बाबू के जाति के लोग वहाँ कहाँ हैं? वे तीन दिन क्या खाएँगे?'

'बोल देना हविष्यान्न करे। वह खुद जाने। कुछ भेजूँ भी तो कैसे, तू लेकर भी कैसे जाएगा? अब किया भी क्या जा सकता है! चावल पकाकर खा लेगा। मृत्यु के समय प्रधान घर के भीतर था?'

'हाँ बाबू।'

'फिर तो...मैं जा रहा हूँ। सब छूत-छात तो हो ही चुका है। जाने भी दो। मेरे बापू तो अस्पताल में डोम के पास मरे थे।'

'तू जा! एक प्रायश्चित्त!...'

साजो उठ खड़ा हुआ। नदी तट पर पहुँचकर मन-ही-मन मारांग बारु को पुकारकर पानी में उतर गया। भैंस और वह, दोनों परस्पर मिलकर एकाकार हो गए। काला और गेरुआ। मन्तेश्वर के आने की खबर जानकर सभी काफी हद तक निश्चिन्त हो गए। गणपति से चन्द्र बेसरा बोले, 'उनके आते-आते तो परसों हो जाएगा। आज का दिन तो बीत ही गया, कल का दिन बीच में है, उनके न पहुँचने तक तो कुछ नहीं हो सकता।'

'हे भगवान!'

'कोटाल बाबू, छूत-छात तो, माइति बाबू ने कहा है, हो ही चुका है, इस कारण प्रायश्चित भी करना ही पड़ेगा। साजो से कह दूँ कि अपनी बहन को ले आए। घर-द्वार थोड़ा-बहुत साफ कर देगी। आप नहा-धो लीजिए, थोड़ा कच्चा दूध भिजवा देता हूँ। उबाल लेना! घर में धूप बत्ती जला दीजिए। फिनाइल है?'

'अभी दाह-संस्कार कर दें तो?'

'इस पार तो आपकी स्व-जाति का कोई भी नहीं है।'

'उस कमरे में तो मैं जा ही नहीं पा रहा...बहुत बास...उनसे हो पाएगा?'

चन्द्र बेसरा को लगा कि गणपति को अकेले छोड़ना उचित न होगा। उसने कहा, 'साजो आ जाएगा। रात चबूतरे पर ही बिता देना। और कर भी क्या सकते हैं?'

साजो और लक्ष्मण आ पहुँचे। मृत-देह के विषय में लक्ष्मण अत्यन्त दार्शनिक-सा बन जाता था। उसने नाक पर कपड़ा बाँधकर कुछ ही क्षणों में चौके-चूल्हे को साफ कर, बर्तन

माँजकर, घर को लीप दिया, साजो से पानी मँगवाकर बोला, 'प्रधान बाबू के घर से फिनाइल ले आ।'

घर में फिनाइल डाला गया, धूप और अगरबत्ती जलाई गई। एक लालटेन थी। गणपति ने रास्ते पर लगे नल के पानी से स्नान किया। घर का किवाड़ बन्द कर लुंगी और गमछा लेकर चबूतरे पर बैठ गया। लक्ष्मण ने ज्ञानी के समान कहा, 'चौकी के नीचे से सौदा हटा दिया, पानी रिसने लगा है ना।'

गणपति कोई उत्तर न दे पाया। इस समय वह लक्ष्मण तथा साजो के प्रति अत्यन्त कृतज्ञ था, पर वह नहीं जानता था यह बताना चाहिए या नहीं। लक्ष्मण नीचे सो गया तथा उससे बोला, 'सो जाइए। उफ, कल अगर दिन-भर पानी न बरसे तो उस पेड़ के नीचे रह लीजिएगा।'

अगले दिन 'बन्द' के समर्थन में आकाश मेघ रहित था, नदी का वेग मन्थर था, चिलचिलाती धूप निकल आई थी। धरती का रस सूखने लगा, अन्न भी भिनभिनाती मक्खियों से लिप्त टप-टप कर दुर्गन्ध रस टपकाती सड़ती-गलती रही, वह दुर्गन्ध गणपति के भीतर घुस गई। उसने चावल पकाने की कोशिश भी नहीं की। बतासा और पानी पीकर दुकान के सामने के नीम तले टेक लगाकर बैठा रहा।

चन्द्र समझ गया कि उस घर में रह पाना या भात पकाना सम्भव नहीं। उसने फिर दूध भिजवा दिया। दक्षिण में रहते हुए भी जो आदमी मन-ही-मन उत्तरवासी था उसके लिए सारे झंझट अब उसी के सिर पर।

दुःसह प्रतीक्षा में दिन और रात बीती। चौबीस घंटों का 'बन्द' बिना किसी घटना के पालन किया जाए, इसकी देख-रेख के लिए चन्द्र बेसरा तथा छोटे दारोगा साइकिल पर चक्कर लगाते रहे। चन्द्र बोला, इसके बाद अगर लाश को लाश-घर पर ले जाना चाहें तो आपको बन्दोबस्त करना होगा।

'धत् तेरी लाश-घर की। मक्खियाँ चाट गई होंगी अब तक।'

'खाना-पीना हो चुका?'

'बाद में। उस तरफ चक्कर लगा लूँ।'

गणपति दिन की धूप में तपता रहा और रात के अँधार में ठंडाता रहा।

सुबह मन्तेश्वर पहुँच गया। गणपति के साथ कोई बात किए बिना ही वह कुमेद नाके पर चला गया। किस प्रकार क्या किया, कुछ पता नहीं चल पाया, वापस लौटा और गणपति के कन्धों पर हाथ रखकर पूछा, 'आम का ये पेड़ किसका है? मतलब तुम्हारा...या, सरकार का है?'

गणपति ने सूखे होंठों पर जीभ फेरकर कहा, 'अन्न ने बोया था। तुमने उसकी कलम दी थी...'

एक के बाद एक नावें आती रहीं। मन्तेश्वर के शागिर्द, और भी कितने लोग, सातगेड़ा से महापात्र बाबू, बाँस का मचान बाँधा गया। दरवाजा खोला गया।

सड़े-गले दुर्गन्धित अन्न और उसके अंगों से चिपकी हुई गुबरैली मक्खियों के झुंड को पॉलीथिन से लपेटकर फिर चटाई में लपेटा गया। चटाई पर एक नया कपड़ा। चटाई के ही एक सिरे पर सिन्दूर और दूसरे सिरे पर आलता डालना पड़ा। मन्तेश्वर ने कहा, 'उस साले छोटे दारोगा से बाद में निपट लूँगा। हरे रंग की रोलेक्स जरी की किनारे वाली नई साड़ी। जीवित अन्न ऐसी रंगदार साड़ी कभी नहीं पहन पाई।'

आम का पेड़ काटा गया। अन्न को आजीवन जिसने कभी कोई स्वीकृति नहीं दी उसी कमी को पूरा करने के लिए मन्तेश्वर बहुत गर्जन-तर्जन करने लगा, 'चिता सजाने का भी माप होता है, निकम्मे! हट जा! तुम लोग गंगा-जल की इस बोतल को ले जाना। घर-द्वार पावन करके सब ठीक-ठाक कर देना। आग छूने के घंटे भर बाद ही क्रिया-कर्म करना है। दुर्घटनाग्रस्त मृत्यु है!' गणपति को इतनी देर के बाद मन्तेश्वर की बात मानो समझ में आई। किसी ने उसके हाथ में पाट-काठी पकड़ा दी। जिधर सिन्दूर लगा है, उधर आग लगाओ। मुँह तो...

मन्तेश्वर ने गणपति का हाथ थामकर सब काम पूरा करवाया। गणपति की छाती फट रही थी। हाय! देह में शक्ति नहीं है, गले में आवाज नहीं, अगर उस पार रहने देते मन्तेश्वर, तो अन्न को आज...अन्न को आज...

वह सब बातें कह भी नहीं पाया। मन्तेश्वर ने सुनना भी न चाहा। वह कहता रहा, 'मैं तो हूँ, मैं तो हूँ!'

गणपति और भी कुछ कहनेवाला था। मन्तेश्वर बोला, 'श्मशान में आकर नमकहरामी मत करो, कोटाल। तुमने प्रधान को देखा है, हाँ, ये लोग आए जरूर हैं...पर मैं न आता तो दारोगा तुम्हें नीबू की तरह निचोड़ता, जेल में सड़ते, सो अलग।'

बात कुछ अधिक कड़ी हो गई और बाकियों ने भी सुनी इसलिए मन्तेश्वर ने स्वयं को सम्हाल लिया और घाव पर लेप लगाते हुए गणपति से बोला, 'चिन्ता किस बात की है! अन्न तो अमृतयोग में गई है, ढेर-सा जस पाया है, क्यों ठीक कहा ना!'

गणपति के पास कहने लायक कुछ नहीं रहा। उत्तर के लोग दक्षिण का काम यथाशीघ्र समाप्त कर उत्तर की ओर लौटने के लिए जल्दबाजी करने लगे।

चिता धधकती हुई जलती रही, अन्न साँ-साँ करती हुई आम की लकड़ी के धुएँ के साथ स्वर्ग जाने लगी। आग के उस पार काफी दूर प्रधान, लक्ष्मण और साजो के चेहरे गणपति को जाने कैसी सान्त्वना देने लगे।

आज पहली बार गणपति को लगा कि वह दक्षिण का ही रहनेवाला था। कोटाल नदी कल-कल करती बहती रही।

गन्ध

'अरे ओ सनातन!'

'हाँ बाबू।'

'नाक क्यों सिकोड़ता है?'

'कैसी गन्ध है बाबू।'

'गन्ध!'

नित्यानन्द गिरि पथरीली आँखों से सनातन की ओर देखने लगा। वह भूसा काट रहा है। हट्टा-कट्टा जवान, सिर पर घुँघराले बाल। वो जन्मान्ध है, उसे काम करते देख कोई नहीं कह सकता। नित्यानन्द गिरि ने उसे काम पर लगाया। खाना दिया। अन्धा है पर काम कम तो नहीं करता। भूसा काटेगा, गाय के लिए घास काटेगा, मिट्टी की दीवार बाँधेगा। हरेक काम में कुशल है सनातन।

गदाई सामने बैठे-बैठे काम कर रहा है। वह पुराना आदमी है, अनुभवी है। बाबू के सामने दो बातें कह सकता है। मजूर पुराने हो जाने पर जैसा होता है वैसा ही गदाई भी है।

'गदाई!'

'बोलो, सुन रहा हूँ।'

'मेरी एक जरूरी मीटिंग है। माखन बाबू के घर जा रहा हूँ। कोई पूछे तो कहना घर में नहीं हैं। कहाँ जा रहा हूँ, बताने की जरूरत नहीं।'

'नहीं बताऊँगा।'

'इधर सब सम्हाल लेना।'

'ठीक है।'

नित्यानन्द गिरि निकल पड़े। सनातन ने अपनी नाक सिकोड़ी, सिर को इधर-उधर घुमाया। कहाँ से आ रही है गन्ध, ऐसी सड़ी हुई-सी गन्ध? सड़ी-गली लाश से जैसी गन्ध निकलती है।

सनातन नित्यानन्द गिरी के अन्न पर पलता है। इस गाँव का मुर्दाफराश है। कुत्ता, बिल्ली या बकरी के मरने पर सब उसे ही बुलाते हैं। सनातन मृत पशु को खींचते हुए ले जाएगा, गड्ढे में गाड़कर, तालाब में उतरकर नहाएगा। दुकान पर चाय और 'रस्क' बिस्कुट खाने का खर्चा उसे पब्लिक देती है। काम का मेहनताना। सनातन को यह काम करने में जरा भी आपत्ति नहीं। पशु हो या मनुष्य, सद्गति के कारज में तो पुण्य मिलता है।

एक विशिष्टता है उसकी, बीच-बीच में उसे कहीं से गन्ध आती है। बहुत सड़ी-गली बदबू। किसी और को नहीं, केवल उसे ही।

उस बार तो सड़ी-गली बदबू ने सनातन की हवा को दूषित किया था।

प्रलय पाल की हत्या हुई थी।

एक और बार बहुत अधिक सड़ायँध महसूस की थी।

गोप-टोले और पाल-टोले में दंगा हुआ था। अब क्यों उसे सड़ायँध आ रही है? गदाई चौकन्ना हुआ।

जब कोई प्राणी नहीं मरता तब भी उसे बदबू आने लगती है। गदाई उसे एकटक देखता ही रहा। सनातन रे! बाबू को आज बहुत जरूरी मीटिंग में जाना था और आज ही तुझे बदबू आने लगी?

सनातन ने भूसा काटते-काटते पूछा, 'बाबू कौन मीटिन् में गए हैं, बता सकते हो?'

'तुझे क्या, मुझे भी क्या।'

'भमर वगैरह को मारने-पीटने के लिए मीटिंग करने गए हैं?'

'आँखें तो हैं नहीं, इतनी सारी बातें कैसे जानते हो?'

'आँखें नहीं दीं भगवान ने कान तो दिए हैं।'

'क्या कुछ सुना है तूने?'

'वाह, हवा में कितनी ही बातें उड़ती हैं।'

'कानों में उँगली क्यों नहीं डाल लेता?'

'भमर पर तो बाबू को ज्यादा ही गुस्सा है।'

'धत तेरी। हाथी-घोड़ों की बातों से हम जैसे चमगादड़ों को क्या लेना-देना! तू और मैं तो चमगादड़ ही हैं न।'

'भमर कहता है, सब इनसान हैं।'

'इनसान होने से ही कोई इनसान नहीं हो जाता।'

'तुम्हारी जमीन का बन्दोबस्त किया बाबू ने?'

'बोल तो रहे हैं पर कुछ होनेवाला नहीं।'

गदाई कुछ क्षण सोचता रहा। फिर बोला, 'सब किस्मत की बात है, समझे! दस साल भी नहीं हुए, बाबू के पास जमीन गिरवी रख दी, चाचा ने भी और बाबा ने भी। तब क्या बात हुई थी कौन जाने! मैं तो यहाँ था ही नहीं, तब मैं जंगल में जाया करता था।'

'हाँ, तब तो तुम जंगल में ही थे!'

'उन्हीं के साथ सारी बातें तय हुई थीं। बाबा ने भी दो-दो बार हजार रुपया लिया। आज अगर अपनी जमीन होती...ओह! सैलो लग रहा है, बोरो बैठाया जा रहा है, लहलहाता धान है रे, लहलहाता धान!'

'भला कितनी होगी?'

'कम तो नहीं, यही कोई डेढ बीघा तो होगी ही।'

'अब तो बहुत कीमत है।'

'अरे बाप! चार हजार बीघा।'

'बाबू दाम नहीं देंगे?'

'कोई देता है? अगर ऐसा होता तो...'

'पद्ममणि को भी मिलता।'

'छोड़ वो सब बातें।'

गदाई झपाझप भूसा काटता रहा। फिर बोला, 'पद्ममणि भी कुछ कम नहीं।'

बहुत कुकर्म किए हैं। जान पाए हो। गिरि बाबू का ग्रास तो साँप के मुँह की तरह है, जो घुस जाए, वो निकलेगा नहीं। जानते हुए भी तुम उसके पास गिरवी रखकर तीरथ चली गई। सदा से तो पतुरिया रही, रेल पर चढ़कर तीरथ करने गई ही क्यों? फिर पैराग कि जाने कहाँ तो गुरु बनाया! अब कहती है जमीन बेच-बाचकर पैराग जाकर रहेगी। गिरि बाबू को नहीं पहचानती? वह निगलना जानता है, उगलना नहीं।

सनातन ने बहुत धीरे-से कहा, 'गिरि बाबू आशिक-मिजाज थे। महीने में दस दिन वहीं जाते थे। इसी से पद्ममणि ने सोचा होगा कि यह इनसान उसे नहीं ठग सकता।'

'धरम में भक्ति, समझा सनातन! धरम में मति पतुरिया की नहीं होनी चाहिए। धरम में मति न होती तो पद्ममणि कभी भी गया, काशी, पैराग, न जाती, और अगर ना गई होती तो ऐसे बर्फी के टुकड़े जैसी जमीन भी गिरवी न रखती, और वापस लौटकर, 'हा! मेरी जमीन, हो! मेरी जमीन' न करना पड़ता। इसी कारण शास्तर में लिखा है कि पतुरिया को धरम-करम नहीं करना चाहिए।'

'ऐसा कहा है?'

'और नहीं तो क्या? उस पद्ममणि के लिए...'

'भमर बाबू के साथ ठन गई।'

'बाबू के लिए तो अब भमर का नाम भी जहर के समान है।'

भमर कहता है, 'पद्मा! सब ठीक होगा। तुम्हारे पास कागज-पत्तर है। तुम्हें जमीन जरूर वापस मिलेगी।'

'तूने कैसे जाना?'

'पद्मा ने बताया है।'

'पद्मा के घर भी जाता है क्या?'

'कभी-कभार वह मेरे ही घर आ जाया करती है। मिठाई-मछली दे जाती है। पैराग की मिठाई भी लाई थी। स्वाद जैसे अमृत। कैसी भली सुगन्ध थी! बोली, 'यह पेठे की मिठाई है।'

'बहुत अच्छे! और क्या बोलती है?'

'चल दोनों जन निकल पड़ें। तेरी आँखें नहीं, मेरा भी सरबस चला गया। चल, तू भीख माँगना, मैं तेरे साथ-साथ गाया करूँगी।'

'बड़े मजे की बात! तो तू जाता क्यों नहीं?'

'हाथ-पैर सलामत रहते ही भीख माँगने लगूँ भाई?'

'अगर मैं अन्धा होता, और तेरे जैसी उमर होती मेरी और पद्ममणि अगर मुझे बुलाती रे!'

'नहीं भाई, यह धरम की बात नहीं।'

'अरे छोड़ो धरम को।'

'तुम जाते भी कैसे? तुम्हारी तो भरी-पूरी गृहस्थी है?'

'हाँ, अब तो हो नहीं सकता। सत्य की माँ पीठ पर कड़छी से मारती। उफ, साली कितनी मुँहफट है।'

'बहूरानी ने कल अरुई का साग पकाकर दिया था।'

'हाँ, जानता हूँ। ओह, पद्मा के मुख पर अब झाँइयाँ पड़ने लगी हैं। मोटी हब्शी हो गई है। पहले क्या चेहरा हुआ करता था! रंगीन साड़ी पहनकर जब चलती थी, लगता था जैसे जल में मछरी उछल रही हो। बाबू भी क्या वहाँ पर कम नाच नाचे हैं?'

'पद्मा ही भमर से बार-बार कह रही है।'

'क्या?'

'कहती है, मेरा जो होना है, हो जाए, तुम उस आदमी के साथ नहीं लड़ पाओगे। वो तुम्हें मरवा डालेगा।'

'भमर तो अब नेता बन गया है, नेता!'

'हाँ, गरीबों की बहुत तरफदारी करने लगा है।'

'और कमल, शान्त, पानू...'

'बाबू की बात नहीं मान रहे।'

'अब चुप कर। बहूरानी आ रही है।'

गदाई पुराना सेवक है। 'बहूरानी' बोलकर भी पुकार लेता है। पर रेबारानी उसे कभी भूलने नहीं देती कि वह इस घर का एक सेवक मात्र है। रेबारानी से पूर्व भी बाबू की पत्नी थी, पर उसके बाल-बच्चे नहीं हुए, क्या करे। बड़ी बहू मर भी गई। तीन साल हुए रेबारानी आई है। बाबू ने बहुत दवा-दारू करवाया। कलकत्ता जाकर जाने क्या-क्या इंजेक्शन भी लगवाए। फिर भी कोई सन्तान न हुई। नित्यानन्द असमर्थ है, यह अब प्रमाणित हो चुका है। फलतः रेबारानी अपने भतीजे को गोद ले लेगी, यह कहकर डराती-धमकाती है। नित्यानन्द ने बड़ी कुशलता से रेबारानी के मन को धरम-करम की ओर मोड़ा है। पूर्णिमा के दिन रेबारानी नया घर बनवाकर उसमें सत्यनारायण की पूजा करेगी। घर बन चुका है। फर्श और दीवारों पर चूना-गोबर में भूसे का चूरा मिलाकर लीपा जाएगा। इसी से भूसा कट रहा है। नित्यानन्द की भूसा कटाई मशीन खराब पड़ी है। गाँव-भर में और किसी के यहाँ मशीन नहीं है। और यहाँ तो आज भी, बहुत भीतर के गाँवों में काम कम है, मनुष्य अनगिनत हैं। नित्यानन्द कहता है, मनुष्य से काम न होगा, मशीन ही सब-कुछ करेगी, कुछ हद तक तो सही है, पर सोलह आने सच नहीं।

रेबारानी नहा-धोकर पास आकर खड़ी हो गई। बोली, 'काका! भूसा उसे काटने दो। तुम जरा दुकान चले जाओ।'

'अच्छा!'

'जाकर कहीं बतियाने मत बैठ जाना।'

रेबारानी चली गई। पूरी जगह न जाने कैसी सुगन्ध से भर गई, उफ! तीन दिन में एक साबुन खतम। मेरी बारी हजार बार सिर पटकने पर भी जरा सा केरासिन नहीं देती। ठाकुरजी ने क्या ऐसे ही बाँझ बना रखा है? नित्यानन्द की पौरुषहीनता और रेबारानी की अतृप्ति-जनित चिड़चिड़ाहट गदाई आदि के लिए मजे का विषय है।

सनातन सब कामों में ही धीर–स्थिर है। पर, अब उसका हाथ फिर से थम-सा गया। मलय चन्दन की सुगन्ध उसकी नाक में नहीं गई। कोई तीव्र सड़ायँध उसकी नाक को परेशान करने लगी।

भमर बोला, 'एक बार कोलकाता जाकर तुम्हारी नाक का इलाज करवाना पड़ेगा। बदबू का निवास वहीं है।'

सनातन बोला, 'कहाँ, नाक में तो कुछ भी नहीं हुआ। दबा-दबाकर देखा, कुछ भी तो महसूस नहीं हुआ!'

'फिर, तुम जो सड़ी-गली लाशें गाड़ते हो, वही दुर्गन्ध तुम्हारे भीतर पैठ गई है।'

'धत्त!'

सनातन को लगा भमर भले ही नौजवान, बेहद साहसी हो, मगर वह छोटे बालक जैसा है। वह हलकी मुसकराहट के साथ बोला, 'तुम कुछ नहीं समझते। मैं क्या मन में नफरत भरकर सड़ी-गली लाशें फेंकता हूँ? एक जीव की सद्‌गति का काम करता हूँ। भले मन से करता हूँ। भले मन से काम करने पर दुर्गन्ध महसूस नहीं होती। और इसके अलावा बाद में नहा भी तो लेता हूँ!'

'ब्रेन समझते हो, ब्रेन?'

'हाँ, तुम्हारे पास है?'

'ये लो, तुम्हारे पास नहीं है?'

'बाबू बोलते हैं, भमर के पास ब्रेन है।'

'जरूर, उसी से जानता हूँ कि तुम्हारे पास भी ब्रेन है।'

'उफ! इन सब बस्तों को पीट-पीटकर धूल झाड़ते-झाड़ते जान कोयला हो जाती है। ब्रेन सबके पास है। मगज, मगज, समझे? मगज ही तुमसे सब-कुछ कराता है, समझे?'

'क्या कराता है?'

'आँखें जो देखती हैं, कान जो सुनते हैं, नाक जो सूँघती है यह सब-कुछ मगज चन्दर ही करा रहा है।'

'वो तो फिर हेड ऑफिस है!'

'अब तुम जो भी कहो!'

'ऐसा कभी होता है?'

'हाँ जी! मगज सर्वशक्तिमान है।'

'फिर आँखों से दिखाई क्यों नहीं देता?'

'भाई, तुम्हारी आँखों में ज्योति जो नहीं है। लाओ मगज का चित्र बनाकर बताता हूँ। अँगुली दो। हाथ से पकड़कर धूल में बनवाता हूँ, समझ जाओगे।'

'लाओ, बीड़ी दो।' अँगुली पकड़-पकड़कर...सच भमर कितना कुछ जानता है, पर कितना कुछ नहीं भी जानता कि सनातन को उस पर बड़ा प्यार आता है।

'तुम्हारी कमर में दर्द नहीं होता?'

'क्यों, कमर क्यों पिराएगा?'

'आः! आँखों का तो कुछ इलाज नहीं कर सकता। कमर के दर्द को सूई चुभोकर ठीक कर सकता हूँ।'

'नहीं बाबा, मुझे डर लगता है।'

'कोलकाता तो तुम्हें जरूर ले जाऊँगा।'

'अरे जाओ! कस्बे में तो गया नहीं, कोलकाता!'

सनातन भूसा काटकर खतम करता है। पीठ तो जैसे अकड़ गई है। जरा पीठ सीधी कर लूँ, एक बीड़ी सुलगा लूँ। रेबारानी ने हाँक लगाई, 'कुछ नारियल छील दो।'

'हाँ, छील देता हूँ।'

सनातन उँगलियों पर गिनता है, सत्यनारायण की पूजा को कितने दिन बाकी हैं–छह दिन! एक सौ नारियल के लड्डू बनेंगे, आधा मन दूध गाढ़ा करके खीर बनाकर 'सिन्नी' बनेगा। नए गुड़ से उसका क्या स्वाद होगा! और दिनमान में निरामिष भोज! कम-से-कम सौ के करीब लोग आएँगे। सारे नारियल के पेड़ तो पद्‌ममणि की जमीन के हैं। पद्‌मा कहती है, आजकल तो शाप भी नहीं फलता, नहीं तो ये नारियल खाकर सब हैजे से तड़प-तड़पकर जरूर मर जाते।

सनातन धीरे-से बोला था, 'यह तुम्हारा धरम नहीं जी! बाबू ने तुम्हारा बाग हड़प लिया, जमीन पर कब्जा किया, उसे शाप दो। बाकी लोगों को हैजा हो, ऐसा क्यों कहती हो?'

मेरे शरीर में क्रोध की ज्वाला है। तुम्हारी तरह भूसे में मुँह डाल पगुराती नहीं पड़ी रह सकती।

'बाबू तो आखिर इस अंचल के प्रधान हैं। उस पर क्रोध करके भला क्या कर लोगी? समझ लो तुम्हारा सब-कुछ लुट गया।'

पद्‌ममणि की छाती में गीला पुआल धुआँ-धुआँ धधकता है। तब कितना कुछ कहा करते थे–'पद्‌मा! पद्‌मा! मेरी पद्‌मरा–ग मणि! कभी गुड़ लाकर मुँह में डाला, कभी बतासा मुँह से लगाया, कलकतिया लेमनचूस, पद्‌मा रे! तू भी खा, मुझे भी खिला!'

'बाबू तो मिठाई का बहुत लोभी है।'

'इसके बाद वही एक रट कि पद्‌मा मेरा तो वंश ही नहीं रहेगा। गृहस्थी बसाऊँ! बोली, वही करो। ब्याह किया, कलोंजी की पोटली-सी को घर ले आए, उसके बाद हठ करने लगे कि धरम के रास्ते पर क्यों नहीं चलती, इसीलिए बेटा नहीं हो रहा। मैं क्या जानूँ कि तुम्हारी नजर उस बाग पर थी? मुझे उकसाया कि नकुल वगैरह दल बाँधकर तीरथ पर जाएँगे, तू भी चली जा!'

'नकुल तो दल लेकर पुरी-भुवनेश्वर चला गया।'

'तो तीरथ जाने के लिए तो मेरा भी जी मचलता था। तन बेचने को अब मन नहीं चाहता! इसी से सर्वस्थ तुम्हारे पास गिरवी रखकर चली गई। पाँच सौ एक रुपया दिया था तुमने। दस्तखत करना नहीं जानती। ठप्पा लगाया। ओ माँ! पैराग में गुरु मिले, बेच-बाचकर सर्वस्व उन्हें दूँगी, आजीवन गंगा-अस्नान करूँगी, परसाद पाऊँगी! तो अब कहते हो कि मैंने पाँच हजार रुपयों में सब तुम्हें बेच दिया। मर! मर! तू! नामुराद, हरामी मर!'

'भमर क्या कहता है?'

'कहता है, उस कागज पर रुपयों के बाद एक शून्य अलग रंग की स्याही से बिठा दिया है, अलग रंग की स्याही से बयान भी लिख दिया है, दस जन मिलकर गवाही देंगे कि पाँच सौ रुपए ही मुझे मिले थे, इसका बन्दोबस्त किया जाएगा।'

'मयनाहाट में कोई बाबू के खिलाफ गवाही नहीं देगा, और वो रुपए भी गए, जमीन और बाग भी गया।'

'भमर ने कहा है, अस्पताल बनेगा इसलिए बस-रास्ते पर जो जमीन नकुल के बाप ने लिखा-पढ़ी करके दे दी थी बाबू वहाँ लाईसेन लेकर शराब की दुकान खोलेंगे, थियेटर-बायोस्कोप हाल बनवाएँगे, यह सब बनने नहीं देगा। हर बात पर हो-हल्ला किया जाएगा।'

'धत्त! यहाँ सिनेमाघर चलेगा?'

'क्यों नहीं चलेगा? पक्का रास्ता बन रहा है, नवीपुर, किसनपुर से दस मिनट में पहुँच जाएँगे। यहाँ हाल बनेगा तो लोग सूतामुखी नहीं जाया करेंगे।'

'पूस के महीने में चूहे दस ब्याह रचाते हैं। बाबू का तो अभी पूस मास चल रहा है। वो जो चाहे वही करेगा।'

नित्यानन्द गिरि भमर पाल के कार्यकलाप को गहरे शक की निगाह से देख रहा था। पहले-पहल तो उसने सोचा ही नहीं था कि भमर पाल पंयाचती चुनाव में उसका प्रतिद्वन्द्वी बनकर मैदान में उतरेगा। पर भमर आ पहुँचा।

नित्यानन्द ने सोचा नहीं था कि उसके चमचे कमल, शान्त और पानू भमर के दल में जा भिड़ेंगे। पर वे चले गए।

यह भी जब हो गया तब सन्देह करने को और बाकी बचा क्या कि भमर अब ऊपर उठनेवाला है और उसके पीछे भी समर्थक मौजूद हैं?

समर्थन है अर्थात् केवल 'समर्थन' शब्द तो नहीं। इसका अर्थ है समर्थकों के चेहरे। नित्यानन्द के अपने नाते-रिश्तेदार भी तो उसमें शामिल हैं।

और, उस समर्थन के बल पर ही कल भमर सूचित कर गया, हम मीटिंग बुला रहे हैं। अस्पताल के लिए दान में मिली जमीन पर हम ताड़ीखाना चालू नहीं होने देंगे, हिन्दी सिनेमाघर भी नहीं बनने देंगे। रास्ता बन रहा है, डेवलपमेंट भी होगा।

'लोग जो चाहते हैं, वही तो होगा?'

'लोग ताड़ीखाना की माँग कर रहे हैं?'

'शराब का लाईसेन् मिलेगा तो 'देसी' नहीं पीएँगे, अच्छी शराब पीएँगे।'

'ऐसा तो नहीं होगा, गिरी दादा! नवीपुर में, किसनपुर में तो जिन लोगों को देसी पीना है, पी रहे हैं। जिन्हें लाइसेंसी शराब पीना है, वो वही पी रहे हैं।'

'लोगों को समझाना होगा।'

'सारा उद्यम क्या शराब के पीछे ही खर्च करेंगे?'

'तुम कहना चाहते हो कि गणतंत्र नहीं मानोगे?'

'बदमाशी और गणतंत्र एक बात है?'

'इसे बदमाशी कहते हैं?'

'इसे कहते हैं, सत्ता में होने के कारण यथेच्छाचार।'

'खून-खराबे की राजनीति करते हो, गणतंत्र क्या समझोगे?'

'अपनी बात वापस लीजिए।'

'वापस लूँ?'

'वापस लीजिए। खून-खराबा कौन करता है, यह सभी जानते हैं। अँधरे में मारा तो क्या, प्रलय पाल को आप ही लोगों ने मारा, यह तो थाना भी जानता है, और पब्लिक भी।'

'थाना जानता है!'

'हाँ, जानता है। आप लोग सत्ता में हैं, इसलिए छेड़ती नहीं।'

'सरासर झूठ। प्रलय तो घरेलू झगड़े में मर गया।'

'आप ऐसा कह सकते हैं। पर मीटिंग हम जरूर करेंगे। हम लोग कृषक समिति करते हैं। रक्तदान शिविर करते हैं, आँख ऑपरेशन का कैम्प लगवाते हैं, खून-खराबे की राजनीति नहीं करते।'

'जाओ-जाओ।'

'पद्ममणि की जमीन भी लौटानी पड़ेगी।'

'तुम्हें इसकी सजा मिलेगी, भमर। एक बदजात पतुरिया के बारे में...'

'आप बेहतर जानते हैं।'

'इसका मतलब?'

'भमर ने हलके से मुसकराते हुए कहा था, बदजात है तो भी आप ही जानेंगे, भली हो तो भी आप ही जानेंगे। मैं जान भी कैसे सकता हूँ। मैंने तो इस मोहल्ले की होने के कारण, उसे देखा-भर है।'

नित्यानन्द का चेहरा कोमल और शान्त पड़ गया। भमर, भमर, भमर पाल! उसी का रंग मैला है, घर में बाकी सब तो गोरे हैं। केवल भमर का रंग ही काला है। उसी से उसका नाम हुआ, भ्रमर कृष्ण पाल। कभी वह नित्यानन्द का बहुत ही भक्त हुआ करता था। पर सारा दोष तो इस जगह का है। मलिन गया तो, दो साल बीतते-न-बीतते ही प्रलय पाल आ पहुँचा। प्रलय गया तो अब भमर चढ़ाई पर है। इन सबमें कुछ नहीं धरा, सब केवल हठधर्मिता है। अब कौन किसे क्या समझाए, यह बताओ!

'ठीक है भमर, तुमने कहा, मैंने भी सुना। पर जमीन के बारे में जो कुछ कहा, वह ठीक नहीं। नकुल के बाप ने ऐसी एक बात कही तो थी! पर अब तो नकुल ही मुकर रहा है।'

'नकुल को समझाना पड़ेगा।'

'तुम लोग इतना कुछ जानते हो और इतनी सी बात समझ नहीं पा रहे! जमीन को लेकर तो बहुत गड़बड़ घोटाला है। मुरली बाबू ने क्या ऐसे ही कहा था...'

'और चाहे जो कीजिए पर शराब की दुकान नहीं। हम देसी शराब के विरोध में भी आन्दोलन करने वाले हैं।'

नित्यानन्द समझ गया कि हवा का रुख भमर की ओर हो सकता है। हो ही सकता है। देसी शराब के विरुद्ध आन्दोलन वाली बात लोकप्रिय हो सकती है। उससे झंझट भी हो सकता है। पद्ममणि का प्रसंग सर्वाधिक विचलित करनेवाला है। नित्यानन्द ने निर्णय लिया कि पद्मा के साथ स्वयं बात कर लेगा। जो कुछ हुआ है, उसके साथ हुआ है। बाहर के आदमी को इसके बीच डालकर पानी को गन्दा कर डालना भी क्या कोई धरम की बात है?

नित्यानन्द किससे कहे, किसे वह दिल खोलकर मन की बात कह सकता है? वह तुषार को नाराज नहीं कर सकता। किसी समय, इस जगह नक्सलों का बहुत बोलबाला था। सब इस जगह का दोष है, सारा दोष इस जगह का ही है! उन दिनों मलिन बड़ा नेता हुआ करता

था। जब राजनीति उन दिनों पूरी तरह गुंडों पर निर्भर करने लगी थी, उस समय, 1971-72 में तुषार पाल, भमर के रिश्ते का चाचा चालू मस्तान था। जबर्दस्ती चन्दा इकट्ठा करके वह काली पूजा बड़ी धूमधाम से मनाया करता था। इस अंचल की विशिष्टता है कि इलाके पर कब्जा जमाना हो तो काली पूजा का आयोजन करना होगा। मलिन दत्त ने उस समय बकुलतला में जवाबी काली पूजा का आरम्भ किया। पूजा के उपलक्ष्य में उसने कबड्डी प्रतियोगिता, कविता-पाठ प्रतियोगिता, इन सब कार्यक्रमों का प्रबन्ध किया। कोलकाता से 'अत्याचारी सावधान!' नाटक का मंचन करवाया, रवीन्द्र संगीत सभा आयोजित की। वही परम्परा अब भी जारी है। तुषार ने जब बकुलतला पर धावा बोला तब मलिन और उसके साथियों ने उसे बेदम मारा-पीटा था।

दो साल तक तुषार चुपचाप रहा। फिर नित्यानन्द आदि पर भी पुलिस की नेक नजर पड़ी। आपातकाल। सबूतों के अभाव में, जेल से छूटकर आने पर तुषार ने उसे समझाया कि अब इलाका मलिन के हाथों में आ गया है। और मलिन अब हिंसा की राजनीति कर रहा है। तुषार शराब का लाइसेंस लेकर कारोबार कर रहा है, यह तो सच है। वह 'बिजनेस' ही करना चाहता है, क्योंकि 'बिजनेस' करने से 'बिजी' रहा जा सकता है। पर नित्यानन्द अगर 'हाँ' कह दे तो तुषार मलिन की लौ को बुझा भी सकता है।

नित्यानन्द भयभीत होकर कहता है, 'मार-धाड़ मत करना।' फिर चुप्पी साध लेता है। पर जमीन पर कब्जा जमाए रखने के लिए तुषार की मदद उसे लेनी ही पड़ती है। मलिन ने नित्यानन्द की जमीन पर दोनों बटाईदारों की बात उठाकर बहुत तूफान खड़ा किया था। जमीन के दंगे में ही मलिन का सफाया हो गया। अब नित्यानन्द, तुषार की मुट्ठी में समा गया।

आजकल तुषार की बस रूट पर चलती है, शराब की दुकान, फला-फूला कारोबार। नकुल की तरह ही वह भी शराब का कारोबार फैलाकर बेकारी की समस्या का समाधान करना चाहता है। मलिन का परवर्ती नेता प्रलय इस अंचल के विशाल पाल साम्राज्य का सर्वश्रेष्ठ है। इस अंचल की विशाल जनसंख्या का बहुत बड़ा भाग पाल कुनबा ही है। फलतः तुषार के हाथों उसका सफाया होने की घटना को रिश्तेदारी में झगड़े की बात कहकर चला दिया गया था। सब जानते हैं, नित्यानन्द अब तुषार की मुट्ठी में बन्द है। तुषार शहर नहीं जाना चाहता। शहर में तो वह फालतू माना जाएगा।

यहाँ तो वह राजा-बादशाह है। कभी-कभी नित्यानन्द को लगता है कि अगर कोई तुषार का भी सफाया कर दे तो वह फिर से अच्छा बन सकता है।

उड़द की दाल और झींगा-पोस्त (पिसे हुए खस-खस के साथ तोरी) खाकर उसके मन में यह सब दिवा-स्वप्न जागते हैं और धूप से झलमलाते तालाब में खैरा मछली की तरह कभी-कभार झलक दिखा जाते हैं। नित्यानन्द यह भी जानता है चूँकि वह 'लाल' से आपातकाल में 'तिरंगा', उसके बाद 'जनता', दोबारा 'लाल' का हिमायती बन गया है, तुषार की मदद उसे लेनी ही पड़ी है और यह 'मदद लेने' की बात असल में एक भूल-भुलैया है। घुसना बहुत सहज है, बाहर निकलने की जितनी भी कोशिश करो, उतना ही भीतर-ही-भीतर उलझते जाओगे। किसी भी प्रकार बाहर नहीं निकल पाओगे।

नित्यानन्द के लिए यह जानना जरूरी है कि भमर कौन-कौन सी बात को लेकर हंगामा

मचाएगा। बहुत अर्से बाद नित्यानन्द पद्ममणि के घर गया था। वो भी अकेले नहीं, माखन साथ में था। सनातन पीछे-पीछे, अर्द्धविराम के चिह्न की भाँति, पहुँचकर आँगन में खड़ा रहा। उसके सिर पर भूसे का बोरा, हाथ में लाठी। आधे मन का बस्ता ढोने में उसे जरा भी परेशानी नहीं होती।

'पद्ममणि, घर पर हो क्या?'

'हाँ...आई।'

'यह क्या बखेड़ा है तुम्हारे बारे में।'

'कैसा बखेड़ा?'

'भमर की बात पर जो नाच रही हो, वो तुम्हारा कुछ भला कर पाएगा? दलील ले आओ, बातचीत कर लो। मैं तुम्हें ठगूँगा या न्याय करूँगा, यह पता चल जाएगा?'

'मेरे साथ भला अब क्या न्याय करोगे?'

पद्ममणि ने रोना शुरू कर दिया था–'अब पद्मा मरे या जीए, तुम्हारा क्या जाता है? दिया पाँच सौ, कहते हो पाँच हजार, कौन-सी बात करोगे?'

'पाँच सौ दिए थे?'

'नहीं दिए थे? गवाह और सबूत नहीं हैं क्या?'

'कौन था उस समय मेरे और तुम्हारे अलावा?'

'मैंने सबको बताया था, दिखाया था, नकुल को रुपए दिए थे रखने के लिए...'

'वो गवाही देंगे? और अगर मैं दस जाने-माने लोगों को जमा कर लूँ? वो अगर कहें कि तुम्हें रुपया हजारों में मिला है?'

'बोलेंगे तो देखा जाएगा।'

'इसमें भमर को क्यों घुसाया?'

'वह तो खुद आया था।'

'दलील उसे दे दिया?'

'वह ले गया।'

'तब और क्या? कहाँ तो मैं आया था कि तीरथ-धरम में जाएगी, जाऊँ कुछ और दे आता हूँ...'

'कागज माँग लूँ?'

'अगर जीना चाहती है तो ले लेना!'

'ओ बाबू बोलूँगी, रुपया तो दोगे न?'

'नहीं तो क्या नखरा कर रहा हूँ?'

'जमीन तो लौटा दो, ओ बाबू! तुम्हारे पास तो बहुत कुछ है। मेरे पास तो बस वही थोड़ी-सी!'

'हूँ! नेता बना है, नेता! वह किसका क्या उपकार करेगा, जरा सुनूँ? उपकारों का जाल तो फट रहा है।'

'ईंट की भट्ठी बनने नहीं देगा, धान-खेत बेचने नहीं देगा...शराब का ठेका बन्द करवाएगा...तुम्हारी जमीन पर उद्धव और लछमन को बटाईदारी पर बिठाएगा...पर उसमें काफी दम है, क्यों? चलो माखन, यहाँ रुकने का कोई फायदा नहीं है।'

'बाबू, मेरी जमीन का टुकड़ा मिलेगा न। दया करो मुझ पर...जवानी में कितनी सेवा की थी तुम्हारी!'

'ऐसी बदजात पतुरिया के विदा हो जाने में सबका मंगल है। बुढ़ापे में पहुँचकर भमर वगैरह को कोठे पर बुलाती है, छिनाल, आशनाई करती है।'

नित्यानन्द समझ गया था कि भमर अब पूरी तरह से तैयारी करके मैदान में उतर रहा है। हाँ, नित्यानन्द की ही ईंटों की भट्ठी। धान-खेत में ईंट की भट्ठी नहीं बनने देगा। इसके चलते भमर एस.डी.ओ. रे...जिला परिषद रे...बहुत दौड़-भाग कर रहा है। ईंटों की भट्ठी भी अगर एक मुद्दा बनता है तो गोप-टोला भी उसके संग है। उद्धव और लछमन का बटाईदारी का दावा अगर फिर से उठाया गया तो नित्यानन्द के दल के भी कई लोग मौजूद हैं।

नित्यानन्द समझ गया था कि भमर की उपस्थिति में उसका अस्तित्व ही खतरे में पड़ जाएगा। इस कारण आज जरूरी मीटिंग बुलाई जाएगी।

ऐसे झमेले के बीच रेबारानी ने नए मकान में सत्यनारायण पूजा की धूम मचाई। करना ही है तो जाड़ों में ही ठीक रहेगा। नया गुड़ भी है, नई बियाई गाय का ताजा दूध भी है, फल-मछली भी मिलेगी। माखन ने पूछा, 'क्या सोच रहे हो?'

'सत्य-नारायण!'

तुषार बोला, 'हमारे रहते तुम्हें क्या चिन्ता?'

'भमर को भी देख लूँगा, सत्य-नारायण भी होगी।'

'मालो और गोप।'

'सब नक्सल बन गए हैं।'

'नहीं-नहीं, वो सब खून-जखम अब नहीं चलेगा।'

'यह तो उनसे कहा।'

माखन क्षीण स्वर में ही बात करता है, क्षीण स्वर में ही बोला, 'बातों के लिए अब समय रहा नहीं। बातें तो बहुत हो चुकीं।'

'इसलिए मार-पीट...'

'नहीं, मारेंगे नहीं। धमकी देंगे।'

ऐसे में साइकिल चलाते हुए दिलीप वहाँ आ पहुँचा। महत्त्वपूर्ण समाचार सुनाने की गम्भीरता लिये हुए वह 'बाजार में मछली नहीं है', 'तेल का दाम बढ़ गया'—ऐसी मामूली सी बातें भी किया करता है। अब जो बात बताने जा रहा है, उसका वास्तव में ही महत्त्व है, इसलिए वह स्वर में अत्यधिक गम्भीरता लाने का प्रयास करता है।

'क्या पता लगाकर आए हो?'

'खबर बिलकुल सच है। वे लोग कल पाँच बार अपनी माँगों को लेकर मीटिंग भी करेंगे, शहर भी जाएँगे। मीटिंग में संवाद-समिति के सात्यकि बाबू और गजा पाल भी रहेंगे।'

'प्रलय का बाप?'

'गजा पाल कितने हैं?'

'सब तैयारी कर ली है?'

'आज शाम पद्ममणि के घर पर मीटिंग है। पद्मा लाई तल रही है, सुना है पद्मा ना-नुकर कर रही है, उसे समझाने जाएँगे।'

'कौन-कौन जाएगा?'

'भमर तो जाएगा ही। भमर गया तो अंगूर, नित्य और राजाराम क्या बैठे रहेंगे? नित्य'दा अगर तरह-तरह से टाल-मटोल न करते तो, तो क्या नक्सल कृषक समिति बना पाते? राजाराम भी एक और नेता है। साला गोप! वो जो कहेगा, गोप-टोला उसकी बात पर नाचेगा।'

नित्यानन्द बोला, 'मैं अब कुछ और नहीं कहूँगा। तुम सब हो। जनता का मत ही जनमत है।'

'सुई के पीछे धागा दौड़े। जहाँ भमर, कमल, शान्त और पानूभी वहाँ जरूर जाएँगे।'

'उफ! गाँव की हवा ने सब-कुछ उलट-पुलट दिया है। कितने प्रकार के गाँव के मामूली विवाद सिर उठा रहे हैं। सर्वत्र यही हवा है। उस दिन तो मलिन ने शहीद-स्थल पर मीटिंग किया।'

'शहीद-स्थल! पिछले दस सालों में हमारे भी तो कम आदमी नहीं मरे। हमने क्या कोई स्मारक बनाया है? या उन्हें याद करते हैं?'

'नित्य दादा! इस बात की भनक किसी को न पड़े।'

'ऐसा कभी हुआ है?'

सनातन यह सब-कुछ भी नहीं जान पाया, वह दोपहर को भात खाने बैठा पर खा नहीं सका। दुर्गन्ध ने उसे विवश कर दिया, उसका पीछा किया। रेबारानी बोली, 'बैंगन का भर्ता, बिउली-दाल, कुम्हड़ा-झींगा मछली की तरकारी, तीन-तीन व्यंजनों से भी तुझसे खाया नहीं जाता? किस राजा के घर जन्मा था रे तू?'

सनातन अपना भावलेश-हीन मुख और अन्धकारयुक्त दोनों आँखें उठाकर बोला, 'पानी से धो देता हूँ। रात को खा लूँगा। देह कुछ ठीक नहीं है, माँ!'

'माँ' की पुकार रेबारानी को क्षणिक रूप से विवश कर देती है। आखिर क्या सनातन के मुख से 'माँ' सुनने के अलावा और किसी की आवाज में सुन पाना उसके भाग्य में नहीं है? घर-द्वार, विषय-सम्पत्ति, काना मजूर और निरबंसिया पति, इनके साथ ही उसका जीवन बीतेगा? सोचते हुए भी डर लगता है, सनातन के मुख से 'माँ' की आवाज सुनकर उसे गुस्सा आता है, साथ-ही-साथ मन के किसी कोने में क्षण-भर के लिए ममता के तार झनझना उठते हैं। वह लम्बी साँस लेकर बोली, 'ठीक है, खा लेना। इस समय शरीर ठीक नहीं लग रहा।'

सनातन ने थाली समेटकर एक ओर रख दिया, जूठन उठा लिया। उसकी आँखें नहीं हैं, जैसे यह एक सच्चाई है, उसका चलना-फिरना, कामकाज देखकर भी इसका पता नहीं चलता, यह भी सच है। रेबारानी को अब भी बीच-बीच में लगता है कि सनातन देख सकता है। आँखें नहीं हैं, ऐसा वह जान-बूझकर कहता है। गदाई कहता है, सनातन जन्म से ही दृष्टिहीन है।

सनातन अब घर छोड़कर बाहर निकला। किसी पेड़ तले गमछा बिछाकर लेटकर थोड़ी देर के लिए सुस्ता लेगा। भगवान यदि निद्रा-सुख न देता, मनुष्य तो मर ही जाता; कितना भी दुख क्यों न हो मन में, जैसे ही आँखें मुँदीं शान्ति मिली।

पद्ममणि उसे ढूँढ़ते-ढूँढ़ते यहाँ आ पहुँची, उसे जगाने लगी, 'सनातन! ओ सनातन!'

'क्या हुआ रे?'

'एक काम कर सकता है?'

'कैसा काम!'

सनातन आँखें रगड़ने लगा, बहुत गहरी नींद में था। निद्रा-भोग भी एक प्रकार का भोग ही है। सो जाने के बाद सड़ी बदबू भी नहीं मिली। नींद टूटते ही फिर वही बास नाक में घुस रही है। 'यह किस ग्रह के फेर में पड़ गया हूँ मैं, बता सकती हो पद्ममणि?'

'छोड़ो तुम्हारी बेकार की बातें। भमर, कमल कोई घर में नहीं है? भमर को एक खबर दे सकते हो?'

'क्या खबर?'

'साँझ को मेरे घर न आए। दिलीप पूछकर गया, माखन बाबू भी पता लगाकर गए हैं। सब गिरि बाबू के चेले हैं।'

'कौन नहीं आए?'

'भमर वगैरह को आना है। इसी से इतनी खोज-खबर ले रहे हैं। उस गिरि बाबू के लिए कोई काम असाध्य नहीं है। कहीं ये भी मेरे घर आएँ, वो भी आकर चढ़ाई कर दें। ऐसे में क्या हो जाए, कौन जाने! आखिर मैं मुसीबत में फँस जाऊँगी।'

'लो और सुनो? उस इनसान के पैरों में तो जैसे पहिये बँधे हैं। कहाँ-कहाँ भटक रहा होगा, कौन जाने!'

'मेरा मन कह रहा है, कोई अपशुकन होने वाला है, सनातन! इतने झमेले क्या अच्छे लगते हैं? तुमसे कितना कहा, चलो दोनों मिलकर निकल चलते हैं। मैं दो-चार गाना गाती, तुम्हें साथ लेकर भीख माँगती। भमर और गिरि बाबू ने मिलकर यह क्या बखेड़ा खड़ा कर दिया। मेरा तो दिल बैठा जा रहा है।'

'तुमने बात तो की, मैंने भी सोचकर देखा। मगर शहर तो पहचानता ही नहीं। कभी गया भी नहीं।'

'अरे, मैं तुम्हें लेकर चली जाती। मैं ही भला क्या पहचानती हूँ! पर गाँव से जी उचट गया। सूताखाली जाकर बाजार में भी बैठ जाऊँ तो पेट चला लूँगी। हर हफ्ते तीन-तीन बार हाट लगती है, वहाँ मनुष्यों का सागर उमड़ता है। तुमसे तो छुपा नहीं है कि मैंने बाबू रखा था, तन बेचती थी। मुकी मौसी भी किया करती थी। वह भी तो जाकर भीख माँग रही है, दाना-पानी भी मिल जाता है। अस्पताल के पीछे घर बना लिया है।'

'देखता हूँ। बाबू के यहाँ तो...पेट-भर खाते हो और साल भर में सिर्फ दो अँगोछे और दो धोती, यही न। क्या इतना भी नहीं जुटेगा? मुझे तो लक्षमण कुछ ठीक नहीं लग रहा। गिरि बाबू के साथ दुश्मनी करके गाँव में बस पाना असम्भव है। जो भी हो, देखो, अगर वह मिल जाए। मुझसे कहा था, इसलिए लाई तलकर रखी है। गुड़ की डली भी रख गया है। कह गया था, मीटिंग करेगा। गुड़-लाई और साबुत दालें उबालकर खाएगा। तुम्हें भी दूँगी, लाई दूँगी, साबुत अन्न दूँगी, उसे ढूँढ़ो तो जरा!'

पद्ममणि तेज कदमों से चली गई। अकेला सनातन, पेड़ तले। अन्धा इनसान चौंककर इधर-उधर मुँह घुमाने लगा। वही सड़ायँध! यह बास कहाँ से आ रही है? मगज

से? इस गन्ध से तो सनातन विवश-सा होता जा रहा है। अब इस गन्ध में पद्ममणि आतंक और उद्वेग का गन्ध उँड़ेलकर चली गई। सनातन को हवा में खून की गन्ध सताने लगी।

भमर को सनातन ढूँढ़ नहीं पाया।

आखिरकार, भमर वगैरह क्या कर बैठें, या फिर गिरि बाबू क्या कर बैठें इसका अनुमान न लगा पाने के कारण सनातन पद्ममणि के घर गया था। पद्मा ने कहा था, 'तुम क्यों इसके बीच में फँसते हो? जाओ।'

'पर...'

'रहकर भी क्या करोगे?'

'हाथ में लाठी या पेड़ की डाल ले लूँ?'

'मारोगे किसे?'

'भमर को अगर कोई...'

'वो लोग ताकतवर हैं, वो स्वयं निपट लेंगे। तुम तो भाग भी नहीं पाओगे।'

लाचार सनातन कुछ दूर पहुँचकर रुक गया, सिर हिला-हिलाकर क्या घटने वाला है, सोचने की कोशिश करता रहा। अन्ततः हार मानकर घर लौट गया। चौखट पर ऊँकडू होकर ऊँघता हुआ बैठा रहा।

ठीक घंटे-भर बाद ही हो-हल्ला सुनाई देने लगा।

काफी लोग थे। बहुत भीड़। गिरि बाबू, तुषार, माखन, दिलीप, नलित, प्राणकान्त और न जाने कौन-कौन। भमर को बाहर निकालो, हम उसी को चाहते हैं। कमल ने कहा, 'पहले मेरे साथ बात कर लो, बाद में भमर मिलेगा।' पद्ममणि दहाड़ मार रही थी–'बाबू ओ बाबू! मेरी जमीन-जायदाद सब-कुछ ले लो तुम, मेरे घर पर खून-खराबा मत करो रे, ओ बाबू?' परन्तु गिरि बाबू चक्रव्यूह में घुस सकते हैं, निकल नहीं पाते। इस भूल-भुलैया का नियम ऐसा ही है कि एक बार जो घुसे तो घुसते ही चले जाओगे। गिरि बाबू अगर भमर को छोड़ देते, तो उस भुल-भुलैया से वे निकल सकते थे। पर ऐसा तो कभी होता नहीं है, होगा भी नहीं।

'बाहर निकल भमर।'

'घर में कुछ नहीं है क्या पद्मा? कुट्टी काटनेवाली हँसिया, कटारी, कुदाल, कुल्हाड़ी, खेती के काम में तो कितना कुछ काम में आता है। चलो कुदाल का डंडा ही सही।

'ओ गिरि बाबू जी, पैर पड़ती हूँ। तुम्हारे।'

'निकल हरामी पतुरिया, दूर हो जा! जा पानू तेरे संग मेरा...'

घर के बेड़े की दीवार पर झपाझप कुल्हाड़ी की चोटें पड़ने लगीं। दीवार टूट गई। वो सब मिलकर भमर को जबर्दस्ती खींच रहे हैं, इस खींचातानी में भमर ने कुदाल उठा लिया, कमल का सिर लहू-लुहान हो गया...

पद्ममणि के वक्ष से आँचल सरक कर धरती पर लोटने लगा, अपने स्फीत वक्ष को जोर-जोर से पीटते हुए चीखती-चिल्लाती वह पथ पर बदहवास-सी दौड़ी चली जा रही थी, गाँव में क्या कोई आदम-जात नहीं है रे! गिरि बाबू तो भमर को...गिरि बाबू तो भमर को...अरे मर गए क्या तुम सब?

पुलिस अगले दिन पहुँची थी।

उग्रपन्थी बनाम उग्रपन्थियों का संघर्ष और कुछ असामाजिक तत्त्वों की मौत के बाद गाँव में सब गूँगे-बहरे-अन्धे हो गए।

पूरे गाँव पर प्रतिबन्ध है। 1983 की समाप्ति पर जैसे गाँव में फिर से आपातकाल लागू हो गया।

पद्ममणि ने चुप्पी साध ली। किंकर्तव्यविमूढ़, गूँगी और पत्थर समान। गजा पाल बहुत दौड़-भाग करता रहा। छोड़ूँगा नहीं, भमर, कमल और शान्त की मृत्यु का बदला लूँगा। 'बदला' शब्द के बार-बार प्रयोग करने पर उग्रपन्थी होने की गन्ध आती है। पुलिस पद्ममणि से कुछ नहीं जानना चाहती। पद्ममणि भी कुछ नहीं बताना चाहती। टूटे हुए बेड़े वाले घर में, खून के सूखे दाग और टूटी-फूटी हाँड़ी-कलसी के बीच वह बैठी रहती है। अब उसे देखकर किसी को बताना नहीं पड़ता कि पद्ममणि वेश्या है। अनगिनत बार इस्तेमाल कर, आखिरकार निःशेष कर फेंकी गई वेश्या के अलावा और किसकी हिम्मत है कि श्मशान बने उस घर में खून के दाग से लथपथ चिह्नों को सामने लिये वह निर्निमेष जागती रहे? रात बेहद ठंडी, सन्नाटे से भरी। लक्ष्मी का वाहन उल्लू बकुल फूल के पेड़ को छूकर हवा के साथ उड़कर चला गया। कौन जागता है! कौन जागेगा! पद्ममणि जागती है, अकेली पद्ममणि जागती है।

जैसे कुछ हुआ ही नहीं, जैसे बैलगाड़ी में लेटे हुए तीन युवक 'टाउन' में गए ही नहीं, जैसे सब-कुछ बिलकुल स्वाभाविक ही था, इस प्रकार नित्यानन्द के घर पर कुछ दिनों के पश्चात् सत्यनारायण की पूजा का आयोजन हुआ। बुखार तो जैसे रेबारानी का पीछा ही नहीं छोड़ता। उसके अंग-अंग जैसे जल रहे हैं, वह भूरे पूस के महीने में बार-बार डुबकी लगाकर आती है। 'सोनाली' जनता छाप वाले साबुन में तीव्र केवड़ा धूप की सुगन्ध मानो उसके अंग-प्रत्यंग से झरने लगती है।

सनातन की खबर सब भूल बैठे। वह केले के पत्तों का बोझ ढोता रहा। मिट्टी के सकोरे धोता रहा। उसके बाद पूर्णिमा के चाँद की ओट में वह नित्यानन्द के सामने आ खड़ा हुआ।

'बाबू!'

'क्या है सनातन?'

'मैं जा रहा हूँ, बाबू!'

'कहाँ? अभी इतना काम बाकी है...'

'मुझसे नहीं होगा बाबू। सब सड़-गल गया है, बड़ी तेज बास आ रही है, मुझसे और सहा नहीं जाता।'

सड़ायँध, सड़ायँध, बहुत तेज सड़ायँध है। अन्धा सनातन श्मशान बने अन्धकार घर में प्राचीना वेश्या के निकट गया, उसकी पीठ पर हाथ रखा।

'चलो, चली चलो पद्ममणि! यहाँ सब-कुछ सड़-गल गया है रे, बास आ रही है। यहाँ से निकल चलो।'

पद्ममणि ने पल-भर की देर भी न की। उसको तो इस विषय में पहले ही कोई सन्देह नहीं था।

पूर्णिमा का चाँद पीछे छूट गया, शंख और घंटे की ध्वनि। एक अन्धा, एक वेश्या,

सब-कुछ पीछे छोड़कर आगे निकल गए। किसी और ठिकाने पर जहाँ शायद सब-कुछ अभी सड़ा-गला नहीं है। भिखारी-जीवन की गन्ध, मनुष्य को ऐसे तो घर छोड़ देने पर विवश नहीं कर देती।

भिखारी जीवन में पहुँचने का रास्ता बड़ा अनजाना है, लेकिन रास्ते के अन्त में सनातन को कोई दूसरी गन्ध मिलेगी–भूख की गन्ध, भात की गन्ध, मैली कथरी की गन्ध, किरासिन की कुप्पी की गन्ध, तेल जुट जाए तो तेल की गन्ध। सनातन अपने कदम बढ़ाने लगा।

छुरी

पश्चिम बंगाल के इस बॉर्डर जिले के एक छोटे शहर में वर्षा से भीगी सन्ध्या में बस रास्ते के दोनों ओर बनी दुकानें, उनके पीछे बनी बस्ती, रेललाइन के दोनों ओर बनी असंख्य झोंपड़ियाँ—बार-बार होनेवाले बमों के विस्फोट से सब-कुछ काँपने लगा।

दुकान-हाट सब बन्द हो गए। राहगीर, रिक्शाचालक, रास्ते के कुत्ते सब भागने लगे। रेलपथ से लगी झोंपड़ी में बैठे हामिद और नेलो ने एक-दूसरे की ओर देखा।

नेलो बाला, 'अब पुलिस गोली चलाएगी।'

'कहाँ से आवाज आ रही है?'

'सिनेमा-हॉल की ओर से।'

'फिर गोली नहीं चलेगी।'

'क्यों?'

'जर्मनी का दल बमबारी कर रहा है।'

'ओह!'

वस्तुतः इस शहर में अब बहुत से दल थे, उनमें बहुत से गुट। शहर छोटा था पर क्योंकि सरहद का शहर था और तस्करी से भेजे गए बन्दूक से लेकर ब्रेजियर तक, मादक द्रव्य से लेकर 'मोनाको' छाप वाले कैसेट-प्लेयर, जाली दवाओं से लेकर 'जवान' छाप वाले वीडियो कैसेटों पर ब्लू-फिल्में (फॉरेन माल), ऐसी बहुत-सी जरूरी वस्तुओं का अनवरत आगमन होता था। इसलिए व्यापार की दृष्टि से यह शहर वर्ण-प्रसविनी थी।

इसके अलावा सरहद लाँघकर गाय, बकरी, चावल, कपड़े के चालान का तस्करी कारोबार भी कम लाभदायक नहीं था।

इन्हीं कारणों से 'कंट्रोलर' शहर पर अपना कब्जा छोड़ना नहीं चाहते। 'कंट्रोलर' ही शहर के नियन्ता थे। जर्मनी, सच्चा, बाबा, बटा, पाउलान, ऐसे ही सब सुयोग्य नागरिक शहरवासियों के लिए 'कंट्रोलर' थे।

ये सभी स्वाधीनता और संग्राम में विश्वास रखते थे। अवैध व्यापारी जो जी चाहे करें। उन्हें स्वाधीनता से व्यापार करने की छूट मिलनी चाहिए। वे सब 'कंट्रोलरों' को नियमित रूप से बट्टा भेजते थे।

उनकी स्वाधीनता की रक्षा के साथ-साथ इस इलाके पर तथा कारोबार पर कब्जा जमाने की लड़ाई भी जारी रखनी होगी। यह लड़ाई भी एक महान लड़ाई थी। वैसे यह लड़ाई पाँच 'कंट्रोलरों' में चलती थी। पर मरती थी पाँच-पब्लिक। थाना कब किसकी मदद करेगा, यह भी तो सर्वथा किसी और ही कारण पर निर्भर करता था। दोनों राजनीतिक दल

कब किसकी मदद करते थे, यह समझ-बूझकर ही थाना मदद करती था। क्योंकि थाने को सभी बट्टा देते थे, इसलिए थाना भी इनके नियंत्रण में अधिक रुचि नहीं दिखाता था।

इससे सम्बन्धित बहुत लिखा-लिखी, बहुत पानी गँदला हुआ, पर नतीजा कुछ नहीं निकला। लाभ इतना ही हुआ कि किसी मस्तान को गिरफ्तार करने पर मजिस्ट्रेट और सुपर का तबादला कर दिया जाता। और किसी-किसी मस्तान को गिरफ्तार न करने के कारण भी मजिस्ट्रेट और सुपर का तबादला कर दिया जाता।

थाना बाबू बहुत निश्चिन्त थे। वे भी एक अनोखे थाना बाबू थे जो बार-बार पाँच-पब्लिक के द्वारा घेराव किए जाने पर भी विचलित नहीं होते थे। इसका कारण था। शहर के ज्योतिषाचार्य भोला बाबू। किसी नेता की ठेकेदारी से निर्मित नया थाना और थाने की जेल बनने के तीन से पाँच महीने के भीतर ही चार बार टूट गई फिर भी हर बार उन्हें ही ठेका मिलता। पाँचवीं बार फिर से थाना और थाने का कारागार तैयार करने से पूर्व उनके मुरब्बी, दल के बड़े नेता अपनी आयु और आंत्रिक घाव भुलाकर ठेकेदार के पैसों से खूब जमकर गंगा की हिलसा मछली और बादा की बागदा झींगा मछली एक साथ खाकर (साथ में हरी मिर्च साबुत और पिसी हुई मिर्च भी व्यंजनों में खुले दिल से मिलाया गया था) ज्येष्ठ मास की सड़ी गर्मी में आंत्रिक गोलमाल के कारण इस लोक से सिधार गए।

मरकर वे अपने बेटे, बेटी, पत्नी, दामाद, साला, सलहज और सौ के लगभग पास और दूर के आत्मीय स्वजनों के साथ-ही-साथ अन्य अनेक लोगों को मँझधार में छोड़ गए।

उनके भरोसे जिन्होंने सागर में अपनी नाव बहाई थी, उन्होंने अचानक देखा कि बीच दरिया में माँझी गायब है। अन्तहीन पारावार। यह ठेकेदार भी उन्हीं में से एक था। मुरब्बी चले गए, अब क्या उपाय किया जाए? उस नेता के स्थान पर वे ही निर्वाचित हुए, जिनकी मृत नेता के साथ अन्तर्दलीय शत्रुता थी।

ठेकेदार क्रान्ति में विश्वास रखते थे और भोला बाबू पर भी। भोला बाबू ने परम ममता भरे हृदय से उनकी कथा सुनी। उसके बाद बोले, 'देखो! तुम्हारा बृहस्पति तुंगी था। तब वे भी जीवित थे। इसलिए जब जो जी चाहे किया करते थे मगर अब तो...'

'मर जाऊँगा!'

'नहीं, नित्य हरि! नहीं मरोगे। चार बार एक ही बिल्डिंग की ठेकेदारी मिली है। 'बिल' भी पूरा मिल गया। पाँच-पाँच मकान बनवा लिया, दो मैटाडोर, तुम नहीं मरोगे।'

'अन्त का नहीं हड़प पाया।'

'ऐसा कर सकते थे। तुम्हें क्या पड़ी थी कि भरी जेठ की गर्मी में उस बूढ़े-हबड़े, पेट रोग से ग्रस्त इनसान को हिलसा झींगा खिलाने गए? उस दिन अगर उसे थानकुनी की तरकारी और जीवित माँगुर माछ खिलाते तो, तो वो थाना तुम दस बार बनवा सकते थे।'

'अब?'

'समय बहुत खराब है। समझे? वैसे मैं सम्हाल लूँगा। पर, इस बार काम ईमानदारी से करना होगा। जनता के लिए काम कर रहे हो। ऐसी भावना मन में जगाओ। अपनी जेब भरूँगा, यह भावना जरूर आएगी, मैं जानता हूँ! पर यह मत भूलो कि तुम किस जिले की सन्तान हो! बाघा-जतीन। आशनन्द ठेंकी। गोविन्द पाल (सद्यः स्वर्गवासी नेता)—ये इसी जिले की सन्तान हैं। उनकी बात स्मरण करके...'

'ऐसा ही करूँगा।'

'इस बार मैं थाने की कुंडली बना दूँगा। बिलकुल शुभ मुहूर्त में नींव पर कुदाल पड़नी चाहिए। इस बार गड़बड़ हुई तो शहर से तुम्हारा नामोनिशान मिट जाएगा।'

भोला बाबू द्वारा निर्देशित समय पर काम शुरू हुआ। इस बार पहले-पहल एक नम्बरी ईंट, एक नम्बरी बालू, बिना मिलावटी सीमेंट इत्यादि का प्रयोग हुआ। थाने की एक लम्बी-चौड़ी कुंडली तैयार की गई। थाना बाबू ने कहा, 'नवजातक के विषय में जो कुछ लिखा है, सब समझ गया पर 'मुंचात जीवनं च गंगा-जले' नहीं समझ पाया।'

'क्यों?'

'थाना कैसे गंगा में डूबकर मर सकता है? गंगा तो यहाँ से सोलह मील की दूरी पर पश्चिम में है।'

'नास्तिकों की तरह बातें मत करो!'

ज्योतिषाचार्य गरज उठे। बोले, 'इस बार जो थाना बन रहा है वो दो सौ सालों तक रहेगा। दो सौ साल बाद गंगा सरककर इधर पहुँचेगी, यह जानते हो? पश्चिम गामिनी पूर्व गामिनी गंगा हो जाएगी। गंगा नदी के पानी से थाना डूब सकता है कि नहीं, यह सब अठहत्तर में देखा नहीं था? तब विनाश की बात नहीं थी, इसलिए नहीं हुआ था।'

'अब थाना...'

'बृहस्पति तुंग पर ही रहेगा।'

उस कुंडली को थाना बाबू ने बड़ी हिफाजत से 'टाइम कैप्सूल' की तरह सुरक्षित रख दिया। इसी कारण से थाना बाबू, पाँच-पब्लिक, समाचार-पत्र, मजिस्ट्रेट किसी से नहीं डरते।'

आजकल, जाने क्यों, थाना जर्मनी की मदद कर रहा है।

इस शहर में शान्ति नहीं थी। इस शहर पर मस्तानों ने कब्जा जमा रखा था। जब कोलकाता के समाचार-पत्रों में यह सब छपता है तब थाना बाबू बहुत दुखी हो जाते थे।

शान्ति तो वे भी चाहते थे। पाँच-मस्तानों के चलते ही पाँच-पब्लिक का बुरा हाल था!

मकान बेचेंगे, हिस्सा दो।

मकान खरीदेंगे, हिस्सा दो।

जमीन बेचेंगे, हिस्सा दो।

जमीन खरीदेंगे, हिस्सा दो।

बाजार में माल बेचेंगे, हिस्सा दो।

हर दुकान से रोज बट्टा दो।

स्थानीय समाचार पत्रों में हमारी बात लिखोगे तो।

'पेटो' (बम) खाओ।

बेटी का ब्याह करोगे, हिस्सा दो।

पेंशन निकाल रहे हो, हिस्सा दो।

टाउन में 'ब्लू फिल्म' दिखाने के विरुद्ध मीटिंग करते हो?

'बम' खाओ।

बहन को बलात्कार करने के कारण रैंदा को मार डाला? गोली खाओ।

बीस-सूत्री नहीं, चार सौ बीस सूत्री कार्यक्रम अगर पाँचों दल चलाने लगें तो जीवन में शान्ति कैसे रह सकती है? प्रेम के देवता के पाँच सौवीं वर्षगाँठ पर भी इस जिले में शान्ति नहीं रह सकती।

कारण था नियन्ता तो संख्या में पाँच ही थे। थाना बाबू पाँच-पब्लिक की हालत समझते थे। इसलिए जी-जान लगाकर वे कोशिश कर रहे थे कि नियन्ता संख्या में एक हो जाए। पाँच को एक करने का अधिकार उन्हें नहीं था। किसी इनसानी अथवा दैवी निर्देश से आजकल थाना बाबू इस कोशिश में लगे हुए थे।

जिससे कि जर्मनी अकेला ही रहे।

सच्चा, बाबा, बटा, पाउलान इन सबको जर्मनी निकाल बाहर करे। वे भी ऐलान कर देंगे, समाज-विरोधी तत्त्वों का नाश हुआ, अथवा उग्रपन्थी खत्म हुए। (ऐसा बताने का ही निर्देश दिया गया है।)

ऐसा शुभ दिन आ जाए तो यह शहर केवल जर्मनी के हाथों में ही रहेगा। पाँच-पब्लिक को भी शान्ति मिलेगी। एक ही वस्तु, भला पाँच जनों को दी जा सकती थी?

उनकी बात कोई नहीं समझ पाता। यहाँ तक कि लाइन की प्रवीणा वेश्या मालती भी नहीं समझती। बहुत समय तक लाइन में रहने के पश्चात् अब मालती जनसेवा करने लगी थी।

जो उसके द्वार पर आता, उसी की सेवा करती थी।

'उस लड़की के घर जाओ, हाँ, उसके घर मत जाना, उसे रोग है।'

ऐसे ही कितने सद्-उपदेश मालती दिया करती थी। थाना बाबू इस शहर में शान्ति कायम करने की रीति मालती को भी समझा नहीं पाते।

मालती पूछती थी क्यों? अकेले जर्मनी रहेगा और बाकी सब टपक जाएँगे? जाना है तो सब-के-सब जाएँ। और तुमने जो कहा कि एक वस्तु पाँच जनों में नहीं बाँटी जा सकती, यह भला कैसी बात हुई? जब पब्लिक की बात कर रहे हो, वो एक बार भी क्यों दें? जो जैसा है, वैसा ही रहने दो।

'तुम समझ नहीं रही हो।'

'खूब समझ रही हूँ। पोना बाबू ने जमीन बेची तो पाँचों ने कमीशन मारा, ऐसा नहीं होना चाहिए। बहुत नाइन्साफी है। परन्तु तुम्हारी राय क्या सब पर लागू की जा सकती है?'

'कैसे?'

'अब तो लाइन में भी दो-नम्बरी चालू हो गया है, सर्वत्र यही कारोबार चल रहा है। होने दो। एक वेश्या पाँच क्यों दस जनों को एक ही वस्तु नहीं देती?'

थाना बाबू कहने लगे, 'किसे क्या समझाऊँ! वो तो एक ही वस्तु पाँच बार बेच रही है, दाम मिल रहा है। पर यहाँ तो पाँच-पब्लिक एक के बदले पाँच बार दे रही है।'

'ओह!'

'तुमने तो 'इकोनॉमिक्स' नहीं पढ़ा ना!'

'कामाख्या तंत्र पढ़ा है, मास्टर-छात्रा की कथा पढ़ी है, गृहस्थ के टोटके की दवाई पढ़ी है, कामिनी कमान दागती है—पढ़ा है, कुछ कम पढ़ा है!'

'जाने दो! बहुत पढ़ लिया तुमने।'

'देखो! मैं कोई ऐरी-गैरी वेश्या नहीं हूँ। पाँच पुश्तों से वेश्या हूँ। मेरी भी इज्जत है। तुम चाहे जितना भी कहो, सबको हटाकर सिर्फ जर्मनी को ही रखोगे, यह कोई काम की बात नहीं है। जर्मनी तो खुद ही इतना डरपोक है। अपने गुट के बल पर चलता है। उस पर भरोसा मत करना। थाने के साथ रिश्ता जुड़ा है, इसलिए इतनी बातें बता रही हूँ।'

मालती का असल कारोबार तो आजकल 'देसी' माल रिसीव करना और बाँटना था। जरूरत पड़ने पर थाने को भी खबर पहुँचा देती थी। फिर भी वे जर्मनी के विषय में मालती के निर्देश को 'सब-के-सब का सफाया कर दो', मान नहीं पाते। वे तो निर्देश के दास हैं। निर्देश मिला है, 'अप-अप जर्मनी, गिव हिम ए पॉलिटिकल कलर।'

कौन-सा रंग देंगे? जर्मनी को तो कोई नहीं चाहता। निर्देश देना बहुत सरल है, मानना बहुत ही कठिन। मालती बोली, 'बाबू, जर्मनी से मैं बहुत नाराज हूँ। यह बात उसे भी मैंने बताई है।'

'क्यों?'

'उस फूलबानो के कारण। अपनी बेटी तो नहीं, रास्ते से उठाकर हामिद ने उसे पाला था। छुरा फेंका करता था, वो खड़ी रहा करती थी। बेटी की तेरह साल उम्र हो गई। रूपवती हुई। कितनी बार कहा, हामिद! उसे इस राक्षसों के शहर में सम्हाल नहीं पाएगा। मुझे दे दे। बन्धा-बाबू करवा दूँगी, वो भी आराम से जीएगी। तुझे भी पैसे मिलेंगे। यह बात हामिद ने मानी? सिर्फ बोलता है, वो मेरी जान है। उसकी मैं शादी करवाऊँगा। उस फूल जैसी कोमल लड़की को उठवाकर जर्मनी ने...'

फूलबानो का बलात्कार कर उसे मार दिया गया था, उसकी मृत देह लिये हामिद थाने की ओर दौड़ा था। अपराधी जर्मनी ही था। जानते हुए भी थाना बाबू ने एक रिक्शाचालक को पकड़ा और उसे जेल भिजवा दिया। बिना किसी मुकदमे के वह आज भी कैद था।

हामिद न जाने कहाँ चला गया! फिर कुछ समय बाद, वह नेलो नामक एक लड़के को लिये इस शहर में लौट आया।

'एक? कई फूल जैसी लड़कियों को...'

'जाने दो, वो सब बातें।'

यह बात सच है कि जर्मनी डरपोक था। थाने के बल पर वह रोब जमाता था। अरे तू उठा के फेंक दे ना सच्चा, बाबा, बटा, पाउलान को। थाना है तेरे पीछे।

'ना-ना, उनका 'गैंग' हंगामा करेगा।'

'मेरे रहते?'

'सरहद पार कर भाग जाएँगे। तब?'

नहीं, जर्मनी को किसी भी प्रकार थाना बाबू प्रभुता नहीं दे पा रहे थे। कोशिश जारी थी। राजनीतिक रंगों के बक्से से कोई भी रंग निकालकर उस पर लगा नहीं पा रहे थे।

वे किसके रंग में उसका रंग मिलाएँगे?

शहर में रंग भी ज्यादा नहीं थे। प्रचलित लाल में बहुत से रंग मिलकर वह मटमैला हो चुका था, प्रचलित विरोधी दल के रंग में भी सत्रह गोष्ठियाँ थीं। बाकी बचा बिलकुल लाल रंग।

इतनी हिम्मत थाना बाबू में नहीं थी। यद्यपि, जर्मनी या बाबा, या बटा, या सच्चा, या पाउलान (पहलवान नहीं, पहलवान तो सरहद के पार रहता था) इनके अन्तर्दलीय संघर्ष और इलाका-दखल 'ऐक्शन' में जो भी पड़ जाता था उन्हें थाना बाबू एक सिरे से 'समाज-विरोधी उग्रपन्थियों के दलीय संघर्ष में मृत' घोषित कर देते थे।

और कोलकाता के सभी समाचार-पत्र उनकी घोषणाओं का पर्दाफाश करके असल नक्शा दिखा देते थे।

यह वास्तव में ही असह्य था। सर्वथा असह्य!

थाना बाबू के लिए नहीं। पाँच पब्लिक के लिए। थाने के लिए सबसे बुरी खबर तो यह थी कि वर्तमान काल में दल-मत की परवाह न करते हुए नागरिक कमेटी का गठन हो गया था।

पब्लिक की पिटाई से रैंदा और बटा की मौत भी कोई छोटी घटना नहीं थी। ऐसी घटना कुछ दिन पहले ही घटी थी। इसके जवाब में नागरिक कमेटी के नेता प्रौढ़ अखिल बाबू के घर 'पेटो' टपकाने गए जर्मनी के चमचे गोला और कान (जिसका कान कटा हुआ है; उसका नाम 'कान' क्यों था थाना बाबू नहीं जानते)।

1. पाँच-पब्लिक ने रँगे हाथों पकड़ लिया;
2. जमकर पिटाई हुई;
3. एक थैला दमदार पेटो तालाब में डालकर बेकार कर दिया गया (व्यर्थ ही खराब हुआ!);
4. उसके बाद सर्वदलीय लोग जनता के साथ मिलकर दोनों को थाने में छोड़ आए। जाते-जाते चेतावनी दे गए, अगर इन्हें छोड़ दिया तो आपको भी देख लेंगे।

ज्योतिषाचार्य आजकल शहर में नहीं हैं। अमरनाथ की यात्रा पूरी करके हरद्वार घूमकर तब लौटेंगे। भक्तों के पैसों से। आजकल बहुत से ठेकेदार उनके भक्त बन गए हैं। उनके पैसों से वे कभी सुखाद्य नहीं खाते। वातानुकूल प्रथम श्रेणी में तीर्थयात्रा करते हैं। सर्व तीर्थों का सार दिल्ली में भी वे बार-बार जाते हैं। बेटे को वहाँ बिठा रखा है। उसका काम कैसा चल रहा है, देख आते हैं। दिल्ली में सरकारी और विरोधी, दोनों पक्षों के ज्योतिषियों का ही काफी बोलबाला है। ज्योतिषाचार्य कहते हैं, सैकड़ों बंगाली ज्योतिषी वहाँ पहुँचा दूँ, तब जाकर काम होगा। इस राज्य के ज्योतिषी को महत्त्व ही नहीं मिलता, यह राज्य के विरुद्ध केन्द्र का षड्यंत्र है।

उनका मँझला बेटा कुली-सप्लाई ठेकेदार था। ज्योतिष नहीं जानता।

नागरिक कमेटी के सिर उठाने पर कब तक उसका प्रभाव रहेगा, थाना बाबू को यह बतानेवाला यहाँ कोई नहीं था।

आज रात सिनेमा-हॉल की ओर से बार-बार पेटो फेंके जाने की आवाज से थाना बाबू समझ गए, यह जर्मनी का 'ऐक्शन' है।

किसके विरुद्ध? वहाँ कौन रहता था?

सुबह खबर पहुँची। पर थाने में नहीं।

शान्ति अभियान में भाग लेने के अपराध में एक मूँगफली वाले और दो रिक्शाचालक की लाश लेकर एक विशाल जुलूस निकला। जुलूस के नारे बहुत ही बुरे किस्म के थे—

समाज-विरोधी संत्रास बन्द करो, बन्द करो।
कुख्यात गुंडे जर्मनी, बाबा, सच्चा और पाउलान को गिरफ्तार करो, गिरफ्तार करो।
कल बमबाजी किसने की?
ताजा, छेंदा और केष्टोकाली और कौन?
उनके नेता कौन?
पुलिस का गुंडा जर्मनी और कौन?
संत्रास राज का खात्मा हो।
थाने के बड़े दारोगा को सजा दी जाए।
मृतक अमरदास, दिलीपदास और शाजाहान के परिवार को मुआवजा दिया जाए!

जुलूस उस छोटे शहर में बार-बार घूमता रहा। उसके बाद थाने के सामने लाश रखकर जनसभा करने लगे। थाना बाबू बहुत घबरा गए। जिस सभा के नेतृत्व में सत्ताधारी दल के अखिल बाबू, गोपेन बाबू, विरोधी दल के सुबोध बाबू, चन्द्र बाबू, दोनों कॉलेजों के अध्यक्ष, पाँचों स्कूल के प्रधानाचार्य और अध्यापिकाएँ और तीन डॉक्टर हों, उस सभा पर आँसू गैस छोड़ें या गोलियाँ?

थाना बाबू उनके सामने आ खड़े हुए। जैसी अवस्था, वैसी व्यवस्था।

अखिल बाबू प्रौढ़, पेट रोग से ग्रस्त और आज भी सच्चे इनसान के रूप में जाने जाते थे। बहुत गरम-मिजाज थे। बहुत डाँट-डपटकर बातें करते थे।

उन्होंने कहा, 'सामने आइए।'

थाना बाबू सामने आए।

'हम केष्टोनगर में 'डेपुटेशन' भेजेंगे, कोलकाता जाकर संवाददाता सम्मेलन करेंगे।'

'जरूर कीजिए।'

'आप अभी ताजा, छेंदा और केष्टोकाली को गिरफ्तार करें। इसी वक्त।'

'क्या बम उन्होंने ही फेंके हैं?'

'नहीं, मैंने फेंके हैं!'

गोपेन बाबू बोले, 'मैंने देखा है। मैं उस मोहल्ले में अपनी बेटी के घर गया था। खिड़की की आड़ से देखा था।'

युवक नेता रजत बोला, 'अगर थाना ने उचित कार्यवाही नहीं की तो शहर के लोग करेंगे।'

अखिल बाबू बोले, 'रोज-रोज मरने से तो अच्छा है उन्हें भी जड़ से उखाड़ फेंकें, हमारा चाहे जो हो।'

चन्द्र बाबू ने कहा, 'हमने कलकत्ता में लिखित रिपोर्ट भेज दी है, समझे आप?'

सुबोध बाबू व्यवसायी हैं, इस शहर के नाट्य-दल के पुराने अभिनेता हैं। आज भी रुक-रुककर, कष्टपूर्वक बातें करते हैं। पर आवाज दमदार है। उन्होंने कहा, 'उनको गिरफ्तार करने की माँग करते हुए हम यानी शहर के दस 'लीडिंग' नागरिक, तथा सर्वजन परिचित अन्य नब्बे लोगों द्वारा दस्तखत किया हुआ जन-दरख्वास्त आपको दे रहे हैं। इसकी प्रतियाँ राइटर्स में तथा प्रत्येक समाचार-पत्रों में भेज दी गई हैं। हम चाहते हैं कि इस पर कार्यवाही इसी वक्त शुरू की जाए।'

हारकर थाना बाबू को जाँच-पड़ताल करने जाना ही पड़ा। केष्टोकाली लापता था (अगले दिन अरुई की झाड़ियों में उसकी लाश बरामद हुई। सम्भवतः उसके हाथों में ही बम फट गया था।)। ताजा और छेंदा (रैंदा का भाई) ने गिरफ्तारी का कोई विरोध नहीं किया। हवा खराब थी। वर्तमान समय में थाने के कारागार में बन्द रहने में ही सुरक्षा थी। दोनों ने आते हुए जर्मनी को जता दिया–'बहुत हो चुका गुरु! अब तुम्हारे गुट में नहीं रहेंगे, पाउलान भी अपने चमचों को 'पोटेक्शन' देता है।'

हालात को देखते हुए पुलिस को और भी कई बार वहाँ जाना पड़ा। कुछ मर गए, कुछ सरहद पार कर गए, कुछ को पकड़ लिया गया। बाबा, सच्चा, और पाउलान सम्भवतः रात की बस या ट्रक से ही कोलकाता चले गए।

अखिल बाबू ने कहा, 'अच्छी धुलाई कीजिए उनकी, पता लगाइए, कौन कहाँ गया है।'

जर्मनी अपमान और क्रोध से भर गया। अखिल बाबू को ठिकाने लगाना होगा। कमेटी में उनके रहने से ही पब्लिक इतनी हिम्मत दिखाने लगी है।

'नागरिक कमेटी आज पुलिस को हिलाने में सफल रही, इसलिए शाम को शहर-भर में एक जरूरी सभा का ऐलान करती रही। कल रविवार है। सुबह दस बजे सुभाष पार्क में मीटिंग है। सब मिलकर आइए। बिना किसी डर या आतंक के आइए। गौरीबाड़ी ने रास्ता दिखाया, अनन्तपुर भी सफल होगा!'

जर्मनी चुप लगा गया। सभी चमचे छुप गए थे। उसका चेहरा तो सबका जाना-पहचाना था। अखिल बाबू जहाँ रहते थे, वहाँ प्रवेश कर पाना अत्यन्त कठिन था। कमेटी में रक्षक-दल भी थे। वे मोहल्ले में रात-भर पहरा देते थे।

मालती बोली, 'अब सोचकर क्या करोगे?'

'देखता हूँ!'

मालती के देसी माल के चालान में सहायक पाखी कभी लाल गोले में 'ऐक्शन मास्टर' था। परन्तु आजकल भगवान भले मानसों को नहीं देखते। सरहद पर डकैती करने के बाद जमकर शराब पीकर एक खड़ी मालगाड़ी के डिब्बे के छत पर चढ़कर 'मैं उड़ सकता हूँ, उड़ सकता हूँ' बोलते हुए दोनों हाथ फैलाकर नीचे छलाँग लगा दी।

फलतः उसकी बड़ी दुर्गति हुई। एक ही साथ मुजरिम के तौर पर गिरफ्तार होकर और हाथ-पैर तुड़वाकर अस्पताल पहुँच गया। अस्पताल में उसका दाहिना हाथ काटकर अलग कर दिया गया और दाहिना पैर से लँगड़ा हो गया।

कभी पाखी छुरेबाजी किया करता था। अब वह कुछ भी कर पाने लायक नहीं रहा। इसी कारण से हमेशा कहा करता था, 'आज अगर मेरा हाथ सलामत होता तो...'

उसने जर्मनी से कहा, 'यह पेटो या चेम्बर का काम नहीं। छुरे का काम है। छुरा फेंको, बस। आज अगर मेरा दाहिना हाथ होता!'

परेशान होकर मालती बोली, 'तू चुप हो जा। माल दिया, रुपया मिला, अब जा। गाड़ी तुम्हारे लिए रुकी नहीं रहेगी, समझा!'

वह चला गया। मालती और जर्मनी। मालती जर्मनी के हिस्से के रुपए देने लगी। जर्मनी ने हाथ हिलाया।

'रहने दे।'

‘इस बार नहीं लेगा?’

‘इस बार नहीं लूँगा।’

‘क्यों?’

‘एक काम करवाना है।’

‘क्या?’

‘हामिद कहाँ है, जानती है?’

‘जानती हूँ।’

‘उसे एक बार बुलाना पड़ेगा।’

‘उसे?’

‘हाँ, कुछ बात करनी है।’

‘उसके साथ..., बात...?’

‘कहना मैं शहर छोड़कर जा रहा हूँ। उसे...उसे कुछ रुपए देना चाहता हूँ।’

मालती सिर झुकाए सुपारी काटती रही और बोली, ‘वह क्यों आएगा? वह तुमसे डरता है।’

‘इसीलिए आएगा। इस शहर में रहना है तो...’

‘कहाँ आना होगा?’

‘क्यों, मेरे घर?’

‘हिम्मत नहीं होगी।’

‘अब तो मैं अकेला हूँ।’

‘फिर भी।’

‘ठीक है, काठ-गोदाम के पीछे।’

‘कौन-सा काठ-गोदाम?’

‘श्मशान का काठ-गोदाम।’

‘कह दूँगी।’

‘अभी जाओ।’

‘कल जाऊँगी। रतौंधी है मुझे, जानता नहीं क्या?’

‘ठीक है, कल रात नौ बजे।’

मालती बोली, ‘जाऊँगी।’

‘सुबह वह बाजार में आता है।’

‘कह तो दिया, जाऊँगी।’

चेम्बर दिखाते हुए जर्मनी चला गया। मालती सोचने लगी, फूलबानो की बात जर्मनी भूल गया क्या? हामिद को क्यों ढूँढ़ रहा है? उसके हाथों...अखिल बाबू को...नहीं, मालती नहीं सोचेगी। सोचकर होगा भी क्या?

मालती को मौके के अनुसार कभी रतौंधी हो जाती है, कभी किसी दूसरे मौके पर रतौंधी नहीं भी होती। अगर जाना ही है तो इसी समय जाना ठीक रहेगा। सुबह जाऊँगी तो पाँच लोग देखेंगे। गवाह रह जाएँगे। अगर अखिल बाबू...तब मालती क्या छूट जाएगी?

वह टॉर्च लेकर निकल पड़ी।

रास्ता निर्जन था। केवल कुछ पुलिसवाले दिखाई दे रहे थे। मालती उनकी परिचित थी। इस शहर में वही एक ऐसी थी जो ऐसे समय में बाहर निकल सकती थी। उसके घर किन लोगों का आना-जाना है, ये भी पाँच-पब्लिक जानती है। देसी माल का कारोबार करनेवाली बुढ़िया वेश्या। थाना और मस्तान दोनों हिस्सा लेते हैं। रिक्शावाले, आजकल कहते हैं, 'मौसी! बट्टा मत दिया कर।'

'सब बन्द करेंगे, मैं भी कर दूँगी।'

'क्यों, तू सबको रास्ता दिखा।'

'ना बाबू। थाना और मस्तान में गाढ़ी छनती है। लोगों को दिखाने के लिए धर-पकड़ कर रहे हैं। अगर जान पाती कि शहर साफ हो गया है...'

पाखी तो उड़ते हुए गिरकर, मुसीबतों का मारा, आजकल बहुत ज्ञानी बन गया है। वह मालती से कह गया, जो कुछ भी हो जाए, तुम खुशी से नाचने मत लग जाना। कलियुग-महिमा नामक पुस्तक में कहा गया है, आजकल मस्तानों के बिना कुछ होनेवाला नहीं है। एक झुंड का जो सफाया करेंगे, वही दूसरे झुंड को यहाँ कायम करेंगे। वोट देकर आदमी भेजो। पर उसके मरने पर क्या कुर्सी खाली रहती है? पत्नी के मरने पर पति शादी कर लेता है, पति मरता है तो पत्नी शादी कर लेती है; मस्तान मतलब कंट्रोलर नहीं रहेगा तो किसके भरोसे इतना कुछ चलेगा? 'थाना क्या एकादशी का व्रत रखेगी?'

इसलिए मालती शहर के सब खबरों की संग्रहकर्त्री थी। थाना को भी ऐसी कोई खबर नहीं देती जिससे लाश गिरे। वह तो कोई ऐरी-गैरी वेश्या नहीं है, जात से ही वेश्या है। उसकी भी कोई इज्जत है। मालती ने सुना है, उसकी नानी भागे हुए स्वदेशी बाबुओं को छिपाकर रखती थी और दारोगा को नाज-नखरे दिखाया करती थी।

वह हामिद को खबर कर देगी, हामिद जर्मनी का हुक्म मानेगा। यह वह भली-भाँति जानती थी। फूलबानो! एक फूलबानो से क्या बिगड़ता है रे हामिद! वह तो मर गई, तू तो जिन्दा है। फूलबानो जैसों को तो मरना ही पड़ता है, जर्मनी जैसे लोग जिन्दा रहते हैं।

रेललाइन के किनारे पत्थरों और झाड़ियों से पाखाने की दुर्गन्ध आ रही थी। मालती हामिद की झोंपड़ी के अन्दर घुसी।

हामिद ने सब-कुछ सुना, सुनता ही रहा। नेलो सो रहा है। काम क्या है, यह मालती ने नहीं बताया। हामिद सिर हिलाता रहा।

'तुम चली जाओ, मौसी। मैं कल पहुँच जाऊँगा।'

'जाना जरूर। जानता तो है...'

'जानता हूँ।'

मालती चली गई। हामिद बैठा रहा। उसकी रगों में खून तेजी से दौड़ने लगा। उत्तेजना बढ़ गई। कई बार इशारों में थाना बाबू ने उसे बताना चाहा कि जर्मनी के संरक्षण में चला जा। नहीं तो आवारापन के जुर्म में शहर से निकाल बाहर करेंगे।

'जाऊँगा, बाबू।'

'जो हो चुका, उसे याद मत कर।'

'नहीं, बाबू।'

'अब ठीक किया तूने, एक लड़का ले आया।'

'लड़का, ऐं? उस पर किसी की नजर नहीं पड़ेगी।'

'नहीं, बाबू।'

'क्या करेगा बता? तेरे जैसे और भी लोग दो-चार रुपए कमा रहे हैं, सभी को 'पोटेक्शन' लेना पड़ रहा है। चाहे सँपेरा हो, चाहे मदारी, जमाना कुछ ऐसा ही है।'

'हाँ, बाबू।'

हामिद को सब-कुछ याद था। सब जर्मनी की बातें थीं। कब जर्मनी बोग्दाओं के जिन्न की तरह आकाश में उड़कर सूरज-चाँद-तारों से 'पोटेक्शन' मनवा लेगा; मिट्टी में सेंध लगाकर फसल-भरे खेतों से भी 'पोटेक्शन' मनवा लेगा; कोई उसे बाधा नहीं दे सकता।

अगले दिन सुभाष पार्क में विशाल जनसभा हुई। वक्ताओं में अखिल बाबू ही सबसे अधिक चीखते-चिल्लाते रहे। सुबोध बाबू और एक हेडमास्टर ने बड़े शान्त स्वर में बात की। वक्तव्य तो एक ही था।

मस्तानों के आतंकवाद का दमन करने में पुलिस का निकम्मापन और प्रशासनिक असफलता जिम्मेदार है। बहुत से आवेदन-निवेदन, डेपुटेशन, थाना-घेराव सब-कुछ व्यर्थ प्रमाणित हुआ। नागरिक कमेटी में देखिए, दल-मत आदि की उपेक्षा कर सभी एकजुट हैं। हमारी समस्या, हमें ही सुलझानी होगी।

कल की घटना का पूरा तो नहीं पर सत्य पर आधारित रिपोर्ट आज के बहुत से समाचार-पत्रों में छप चुकी थी। जब तक मस्तान-राज जड़ से नहीं नष्ट होता, तब तक हमारी मुहिम जारी रहेगी।

रजन, पानू, चंचल, शान्त, सोमेश (इनकी राजनीतिक-भक्ति में दरार पड़ जाने के कारण, ये भी अब 'टारगेट' (निशाना) थे।) इन सबने भी भाषण दिए। हम सबको साहसी बनना होगा। नागरिक कमेटी का अर्थ है—आप सब। जिनका जीवन विपत्तिग्रस्त है, वे लोग यदि आगे न आएँ...

लगातार नारे लगते रहे, लगातार नारे लगते रहे।

'गरीबों से बट्टा अदायगी नहीं चलेगी।'

'बहू-बेटियों की इज्जत से खेलने नहीं देंगे।'

'पिछले दो सालों के खून-जखम-संघर्ष पर निष्पक्ष विचार और जाँच-पड़ताल शुरू की जाए।'

'शहर के कुख्यात गुंडे जर्मनी, बाबा, सच्चा, पाउलान को गिरफ्तार करके, मुकदमा चलाया जाए।'

'थाना की भूमिका के सम्बन्ध में भी जाँच-पड़ताल की जाए, सही प्रबन्ध किया जाए।'

'नागरिक कमेटी का संघर्ष जारी है, जारी रहेगा।'

सभी बातें जर्मनी के कानों तक पहुँच गईं। शहर तो छोटा है। उसकी अपनी गली के मुहाने पर भी 'माइक' लगा हुआ था। सिनेमा का शोर भी नहीं था क्योंकि, परसों की बमबारी के बाद प्रतिवादस्वरूप कल और आज शहर बन्द था। जर्मनी लेटे-लेटे सुनता रहा। चलाओ, चलाते रहो। अखिल बाबू से ही शुरुआत करूँगा।

एक उसके गिरते ही (सत्ताधरी दल का आदमी है) बाकी बुड्ढे घबरा जाएँगे। शहर में थोड़ी उथल-पुथल होगी। उसके बाद जर्मनी के चमचे लौट आएँगे। इस बार सिलीगुड़ी

से जर्मनी कमाल को ले आएगा। कमाल स्टेनगन चलाकर पाउलान वगैरह का सफाया कर देगा और खिसक जाएगा।

रुपया लेगा! लेने दो! रुपए तो हामिद को भी देने पड़ेंगे! वह हमेशा के लिए उससे मिल जाता तो अच्छा होता। पाउलान स्वयं और उसके चमचे भी छुरेबाजी में उस्ताद हैं। जर्मनी के पास ऐसा कोई नहीं है। कम-से-कम हामिद रहता तो उसे सिखा देता।

'हामिद, मुझे तेरी जरूरत है।'

जर्मनी अपने स्वार्थ के लिए हमेशा परेशान रहेगा इसीलिए इस धरती पर आया है। अन्य किसी के बारे में वह नहीं सोचता। फूलबानो तो अन्य फूल जैसी कोमल लड़कियों के समान ही एक लड़की थी। बारह से तेरह साल के अक्षत कौमार्य से युक्त बालिकाओं के बारे में जर्मनी आज भी मन में वही भाव रखता है। पर खोमा भी मादक है, देह भी मांसल है। और पवित्र भी है, ऐसा ढूँढ़ने पर भी मिलना कठिन है। पता चलते ही मालती उसे ले आएगी।

जितना आनन्द बलात्कार करने में आता था, उतना ही आनन्द आता था लड़की की हत्या करने में। जर्मनी समझा नहीं पाएगा इसमें उसे कितना आनन्द प्राप्त होता था।

श्मशान। काठ-गोदाम। काठ-गोदाम के पीछे धान का खेत। श्मशान तो जर्मनी का इलाका था। यहाँ वह निर्भय था।

जर्मनी वट-वृक्ष के तने पर पीठ टिकाकर खड़ा हो गया।

हामिद बिलकुल चुप था।

'तुम पर किसी को शक नहीं होगा। मोहल्ले के भीतर भी तू जा सकता है। बुड्ढा रोज चबूतरे पर बैठा रहता है।'

'पुलिस?'

'लोडशेडिंग' करवा दूँगा।'

'पुलिस?'

'मैं जमानत करवा दूँगा।'

'ओह!'

'छुरा तो फेंका करता था, पर छुरी?'

'आजकल तो छुरी ही मारता हूँ। छुरा और छुरी में भला फर्क ही क्या है, मारने के ढंग पर...'

'काम कर दे, रुपया मिलेगा।'

'अभी पाँच सौ। काम हो जाने पर पाँच सौ।'

हामिद देखता रहा। फूलबानों के लिए उसके मन कोई विचार नहीं उठते। हामिद को बुलवा भेजने का उसे कोई डर नहीं। वह तो जर्मनी है। वह जो कहेगा वैसा ही करना होगा।

'काम हो जाएगा?'

'जरूर होगा।'

'यह ले रुपए।'

रुपए दो, रुपए दो जर्मनी। किसी दिन तुम अकेले रहोगे, हामिद पास जाएगा। इसी आशा से तो दोबारा इस शहर में लौटा हूँ। नागरिक-कमेटी ने यह मौका दे ही दिया।

'सिर्फ अखिल बाबू को ही?'

'अभी तो उसे ही। उसके बाद सुबोध बाबू...रजत...'

'रुपए!'

'ले!'

जर्मनी आगे बढ़ा, हामिद कुछ कदम पीछे हटा।

'जाने क्या सरसराता हुआ चला गया। जरा टॉर्च की रोशनी तो डालिए!'

जर्मनी ने टॉर्च निकाला। हामिद थोड़ा और हट गया। पेशेवर छुरा फेंकनेवाले को सही माप की दूरी पर खड़ा होना पड़ता है।

'जर्मनी बाबू!'

जर्मनी ने सिर उठाया।

अन्धकार में बिजली कौंधी। लम्बी छुरी की नोक ने जर्मनी का गला चीरते हुए उसे पेड़ के साथ ठोक दिया। दूसरी छुरी कलेजे पर। टॉर्च छूट गई। जर्मनी बाबू! इस एक पल के लिए मैं कितने दिनों से छुरा फेंकने का खेल दिखा रहा था, बोर्ड पर स्प्रिंग नाइफ का अभ्यास करता था, कितने दिनों से।

हामिद अपने घर की ओर लपका।

शहर के भीतर पहुँचते ही वह स्वाभाविक चाल से चलने लगा, झोंपड़ी तक पहुँचा। नेलो भात पकाकर नींद से आँखें झपका रहा था।

हामिद बोला, 'चल नेलो।'

'कहाँ उस्ताद?'

'चल तो सही।'

'भात?'

'कुत्ते खा लोंगे। बोर्ड को तह कर दे।'

हामिद और नेलो चौड़े रास्ते पर चलते रहे। अगले स्टॉप पर पहुँचना होगा। कोलकाता नहीं, डालखोला जानेवाले किसी ट्रक पर सवार होना पड़ेगा। सिलीगुड़ी उतर जाएँगे। चले जाएँगे उत्तबंग। अथवा मालदा से होते हुए बाँग्लादेश।

ट्रक रुकेगा। अनन्तपुर से कुछ समय के लिए अब लोग भागते रहेंगे। ट्रक रुका।

हामिद ट्रक पर सवार हो गया। आकाश की ओर देखा। नहीं, आज आकाश, बिलकुल आकाश जैसा ही लग रहा है। किसी जिन्न के सिर ने आकाश को ढका नहीं। नेलो सोता रहा। हामिद ने उसे अपनी बाँहों में ले लिया। राह में कुछ खा लेंगे, नेलो। फिर जन-समुद्र में खो जाएँगे।

'तुझे भी यह खेल सीखना पड़ेगा।'

नेलो सोता रहा।

सुबह शहर को जैसे बिजली के झटके लगे। अपने इलाके में, जेब में रुपए रखे जर्मनी मारा गया। स्प्रिंग नाइफ का काम है। थाने के सामने रखी लाश को देखने लोगों की भीड़ जमा हो गई। मालती भी देखने आई और सबको सुनाते हुए पूछने लगी, 'किसने मारा?'

थाना बाबू के दिमाग में 'लोड-शेडिंग' हो गई। खबर मिलते ही पाउलान वगैरह शहर लौट आएँगे। चाकू का काम तो वो ही करते हैं। तो क्या उन्हें पकड़ें? परन्तु निर्देश! मैं क्या कहूँगा, निर्देश?

किसे गिरफ्तार करने को कहें, इस पर कौन-सा रंग चढ़ाने को कहेंगे?

शहर में खुशी की लहर दौड़ने लगी, पटाखे छूटने लगे, हर मोड़ पर एक जन-सभा।

जर्मनी की लाश ट्रक से लाश-घर भेज दी गई।

थाना बाबू निर्देश के लिए प्रतीक्षा करने लगे। बाबा, पाउलान, सच्चा, कौन आएगा सूनी जगह को भरने?

किसे पकड़ें? गरीब मनुष्य तो रोज शहर छोड़कर जा रहा है, रोज।

थाना बाबू निर्देश के लिए बैठे रहे।

मालती ने आज उसे अच्छी बोतल पिलाई। बोली, 'बड़ा दुख पाया तुमने, पियो!'

'किसने किया है मालती?'

'क्या पता? लोग तो कह रहे हैं कमेटी की गतिविधियाँ देखते हुए तुमने ही करवाया है, अब भोले बन रहे हो।'

थाना बाबू सिर में 'लोड-शेडिंग' लेकर बैठे रहे। कोई निर्देश मिले तो रोशनी होगी। उसके बाद?

'मालती?'

मालती ने प्रेमपूर्वक कहा, 'शराब पियो।'

थाना बाबू शराब पीने लगे। पब्लिक कह रही है उन्होंने ही करवाया है?

नागरिक कमेटी की गतिविधियाँ देखते हुए तबादला। पनिशमेंट पोस्टिंग। शहर में गुंडागर्दी खत्म होने की बात पर सभी बहुत खुश थे। गुंडागर्दी खत्म हो जाएगी, इस सम्भावना के कारण थाना बाबू रोने लगे। उनका वर्तमान तो बिलकुल खत्म हो गया, भविष्य अन्धकारमय है। उन्हें कोई क्षमा नहीं करेगा। वे जर्मनी को बचा नहीं पाए।

मालती बोली, 'आँसू पोंछ लो, शराब पीयो।'

कवि-पत्नी

यदि निखिल न कहता तो शायद अन्धे और कवि सुप्रभात दत्त चौधुरी को अभिनन्दन-ज्ञापन की बात उनके मन में कभी न आती। निखिल के कहने से भी कुछ न होता यदि तरुण-संघ मानू पाल को अपने साथ न कर पाते।

इस जगह एक कॉलोनी थी। कालोनी अर्थात् पच्चीस वर्ष पूर्व यहाँ बाड़े की दीवार वाले घर, जिन पर पड़े हुए छप्पर दिखाई देते थे। अब वैसे घर काफी कम संख्या में हैं। जो बाकी बचे हैं वो भी पक्के मकानों के कारण दब-से गए हैं।

सामने तीर्थ रास्तों का मोड़ है। खूब चहल-पहल रहती है। मानू पाल के दूरदर्शी पिता ने उन दिनों धान-खेत खरीदे थे। बाद में कट्ठा के हिसाब से बेच-बेचकर मालामाल हो गए। बेटे पर उन्हें भरोसा नहीं था। मानू तभी से कहता था, रुपए लगाओ, बिजनेस करूँगा।

वो कहते, मेरे मरने पर जो जी चाहे करना। सब जमा-पूँजी पानी की तरह बहा देना। चार-मंजिला इमारत खड़ी कर दी है, भाड़े से ही तेरी माँ को गुजारे लायक मिल जाएगा। सामने रास्ते पर की जमीन देखना, सोने के दामों बिकेगी।

'ऐसा होता है?'

'देख लेना। जामुन्दी के पाल वंश का नाम तू ही मिट्टी में मिलाएगा। तू ही। मैंने इस इमारत को जो फलक दिया है, वहीं तक सीमित रहेगा। तू तो कपूत है। बिजनेस करेगा!'

पिता पुत्र के सामर्थ्य को समझ नहीं पाया। उपरोक्त सामने रास्ते पर की जमीन पर मानू ने दस-मंजिला इमारत खड़ी कर दी है। फ्लैट बेचे हैं। निचली मंजिल पर चमचम करते टेलीविजन, वीडियो, रेडियो और छोटी-मोटी चीजों की दुकान है। दुकान का नाम है, 'डिस्को।'

इस इलाके में वह डिस्को मानू के नाम से ही जाना जाता है। अब वो पिता से भी अधिक मालामाल है, राजनीति में है।

इसी मानू को ही तरुण संघ ने सम्मिलित कर लिया।

'रुपया-पैसा तो बहुत बना लिया, अब कुछ संस्कृति के लिए भी कीजिए।'

'क्यों? जात्रा/नाट्य उत्सव तो कराता हूँ।'

'उससे इज्जत नहीं बढ़ती।'

'तरुण संघ को पक्का घर बनवा दिया है। रहते तो थे खपरैला घर में।'

'वो बात नहीं।'

'फिर क्या?'

'आजकल बड़ी-बड़ी कम्पनियाँ संस्कृति आदि पर बहुत रुपया बहा रही हैं।'

'मैं क्या बड़ी कम्पनी हूँ?'

'अरे आप भी बस! हमारे लिए तो आप ही उद्योगपति हैं। आपके लिए उचित है...'

'क्या?'

'गुणीजनों का अभिनन्दन, नाट्योत्सव जैसे कामों में सहायता करना।'

'इससे इज्जत बढ़ेगी?'

'जरूर बढ़ेगी।'

'अखबार में नाम छपेगा?'

'नाम, तसवीर सब छपेगा।'

'ठीक है! फिर ऐसा ही करो। गुणीजनों को मान-पत्र दोगे?'

'कुछ भेंट देना भी जरूरी है।'

'कितना लगेगा?'

'यही कोई...पाँच हजार के करीब।'

तभी से तरुण संघ गुणीजनों का अभिनन्दन कर रहा है। एक लेखक, एक शिल्पकार, एक संगीतकार, एक खिलाड़ी।

इस साल निखिल ने कहा, 'दूसरे इलाकों से तो ज्ञानी-गुणियों को बहुत बार आमंत्रित किया। सब तो आते भी नहीं हैं।'

'अरे, इस मोहल्ले में ऐसा गुणी व्यक्ति है कहाँ?'

'अरे, है रे!'

'कौन?'

'आरती दत्त चित्रकार है, प्रदर्शनी लगा चुकी है। दीपक नजरूल के गीत गाता है रेडियो पर, मंटा तो बी.-टीम में खेल रहा है।'

'लेखक?'

'क्यों, अन्धे कवि सुप्रभात चौधरी?'

'धत्, कोई नाम ही नहीं जानता।'

'जानते हैं, बड़े-बूढ़े जानते हैं। और देखो, जब इसी मोहल्ले में रहते हैं, तब हमारा कर्तव्य बनता है...।'

'चलो, हिमांशु बाबू के पास चलते हैं।'

हिमांशु बाबू किसी बाँग्ला दैनिक पत्र के अवसर-प्राप्त संवाददाता थे। अखबार में साहित्य का पृष्ठ उनके जिम्मे था और समालोचना के लिए जिन पुस्तकों का संग्रह करते थे, उन पुस्तकों से अपने घर में एक पुस्तकालय की स्थापना की थी।

हिमांशु बाबू बोले, 'सुप्रभात दत्त चौधरी! रुको, अपना कैटलॉग निकाल लूँ। अरे, सब-कुछ नियम से रखना पड़ता है। 'दन्त्य स' में देखता हूँ।'

'देखिए।'

'ये रहा। 'उषा ओ गोधूलि' (1951), 'चिरविदा' (1954), 'एशो फिरे एशो' ('आओ लौट आओ'-1958)', 'कोबिर कोबिता', ('कवि की कविता'-1961)' चार पुस्तकें।'

'चार पुस्तकें।'

'प्रसिद्ध थे?'

'कभी किसी बड़ी पत्रिका में तो लिखा नहीं। रेल में साधारण नौकरी करते थे, घूमते थे। लेकिन बहुत-सी पत्र-पत्रिकाओं में उनकी रचनाएँ छपती थीं। मेदिनीपुर में सभा आयोजित कर उन्हें कुछ लोगों ने 'कवि-भारती' की उपाधि दी थी...मेरे पास आया करते थे।'

'उम्र कितनी होगी?'

'बहुत।'

'और कुछ नहीं लिखा?'

'अन्धे हो गए थे, रिटायर करना पड़ा। शायद एक बेटा था...'

निखिल ने कहा, 'हाँ-हाँ। पिता के स्थान पर नौकरी मिली थी। काँचड़ापाड़ा में रहता है। इनसे कोई सम्पर्क नहीं रखता। बहुत ही बुरे हाल हैं।'

'बहुत प्रसिद्ध लेखकों के प्रमाण-पत्र थे, मुझे दिखाया करते थे। कहना नहीं चाहिए, पर उनकी पत्नी जब मेरे पास आती रही, विपन्न लेखक की पेंशन के लिए मैंने बहुत कोशिश की थी।'

'नहीं मिली?'

'अरे नहीं, ऐसा कभी होता है?'

'हम तो सोच रहे हैं...'

'हाँ, उनका अभिनन्दन करो। इनसान तो ऐसे ही मर जाते हैं। कम-से-कम मोहल्ले से ही कुछ तो मिले। वे तुम्हारे अभिनन्दन समारोहों में जाया करते थे। पत्नी को भी साथ ले जाते थे। शायद अब जा नहीं पाते।'

युवकों को भी याद आता है। एक अन्धे सज्जन, आँखों में काला चश्मा पहने, एक महिला का हाथ थामे...

निखिल बोला, 'ज्यादा नामी-गिरामी लोग तो यहाँ आना ही नहीं चाहते। हम उनकी चिरौरी करते-करते थक जाते हैं। अबकी बार अगर चारों को सौ-सौ रुपए दे दें तो?'

तपन ने भारी आवाज में कहा, 'वह बजट पर निर्भर करता है, निखिल।'

'बजट कितना है?'

'मानू पाल का पाँच हजार, प्रेसीडेंट के पाँच सौ, हजार रुपए के करीब चन्दा...'

'इससे पूरा नहीं पड़ेगा?'

'देखो।'

'सुवेनियर तो छापोगे। विज्ञापन...'

'देखो।'

हिमांशु ने कहा, 'हम क्यों बार-बार कोलकाता भागें? कोलकाता-वासियों के लिए तो हम कॉलोनी-वासी हैं। हम आंचलिक लोगों को ही...'

बाहर आते हुए तपन ने कहा, 'हिमांशु बाबू को ही सभापति बनाना होगा। उनके अलावा बुड्ढे के बारे में कौन बोल पाएगा? लेकिन वो आ पाएँगे?'

'वो नहीं आ पाएँगे तो उनकी जगह उनकी पत्नी आएँगी, ग्रहण करेंगी। वो सब मैं देख लूँगा।'

इस प्रकार सब तय हो जाता है। आखिर एक दिन रविवार सुबह के समय आयोजक कमेटी सुप्रभात के घर पहुँचे।

टूटा-फूटा सा मकान। बेड़े से घिरा आँगन। बाँस के खूँटे से लगी पत्र-पेटिका। उस पर लिखा था सुप्रभात चौधरी काव्य भारती। बक्से को देखकर पता चलता था कि लम्बे समय से उसमें कोई चिट्ठी नहीं डाली गई।

कवि-पत्नी आँगन में लकड़ी और कोयले के चूरे से गोले बनाकर धूप में डाल रही थीं। एक सहिजन का पेड़ था। बरामदे में खाना पकाने की व्यवस्था थी।

निखिल ने पूछा, 'दादू कहाँ हैं?'

'अन्दर।'

'बरामदे में नहीं बैठते?'

'कामकाज खत्म करके उन्हें बाहर बिठाती हूँ। नहलाती हूँ। फिर दोबारा भीतर।'

'उसके बाद बाहर नहीं आते?'

'नहीं। शरीर में तो...'

'कान से सुनाई देता है?'

'हाँ, सुनाई तो देता है।'

'ये लोग आए हैं।'

'पेंशन में कोई गड़बड़ी हुई है?'

'नहीं-नहीं। अच्छी खबर है।'

'अच्छी खबर लेकर तो कोई नहीं आता। कोई आता ही नहीं। एक तुम्हीं हो जो कहने पर दवाई ला देते हो, अखबार पढ़ देते हो।'

'बेटा नहीं आता?'

'नहीं बेटा। पूजा के समय तीस रुपए भेजता है, और विजयादशमी पर एक पत्र। आओ, आओ, भीतर आओ। थोड़ी प्रतीक्षा करनी पड़ेगी, मैं उन्हें कुर्सी पर बिठा दूँ।'

इस काम को करने में थोड़ा समय लग जाता है। जब तपन वगैरह अन्दर आते हैं, तब सुप्रभात लुंगी पहने कुर्सी पर बैठे थे। आँखों में काला चश्मा। कटे हुए सफेद बाल। देह पहले कभी काफी चौड़ी रही होगी। अब हैंगर में टँगे कमीज की भाँति हड्डियों के ढाँचे पर खाल लटक रही थी।

कमरे में न जाने कैसी बास थी। लम्बे समय तक किसी रोगी के रहने पर जैसी बास आती है।

कवि-पत्नी उनके पेशाब की हँड़िया, थूक फेंकने का डिब्बा बाहर ले गईं।

'नमस्कार! आप लोग?'

'हम तरुण संघ से आए हैं।'

'ओ! तो आप लोग तो बड़ा अच्छा फंक्शन करते हैं। मैं कई बार लेखकों के भाषण सुनने गया था। अब हिम्मत नहीं होती।'

'इस बार हम आपका अभिनन्दन करेंगे।'

'मेरा! अभिनन्दन...'

सुप्रभात को जाने क्या हो जाता है। दीवार पर टँगा एक बदरंग/पीला/विवर्ण प्रमाण-पत्र। चार फ्रेमों के बँधे हुए चार काव्य-ग्रन्थों के मुख-पृष्ठ।

'पाँच साल पहले अगर होता तो शायद चला जाता। अब गठिया के प्रकोप के कारण

चलना-फिरना ही दुष्कर है। वो खींचतान कर बाहर निकालती हैं, गरम पानी से नहलाती हैं...'

निखिल बोला, 'दादू! मैं निखिल हूँ। पहचान रहे हैं?'

'पहचान लिया।'

'आप न भी जा सकें तो चलेगा। आपका प्रतिनिधि बनकर दीदी माँ (नानी जी) जाएँगी।'

'ये तो बहुत अच्छी बात है, बहुत अच्छी बात!'

'मैं ले जाऊँगा।'

'अच्छा।'

वे चलने लगे। कवि-पत्नी ने कहा, 'थोड़ी-सी चाय भी नहीं दे पाई। तुम लोग क्षमा कर देना।'

'अरे नहीं-नहीं, कैसी बात कर रहे हैं! अब तो दोपहर होने को है।'

सुप्रभात ने पत्नी को पुकारा।

'सुना कुछ!'

'सुना।'

'और मैं सोचता था, मुझे सबने भुला दिया है।'

'नहीं, आखिर आए तो।'

'देखो, मेरी ओर से अभिनन्दन समारोह में तुम्हें जाना होगा। वहाँ क्या भाषण दोगी?'

'मेरी भला ऐसी योग्यता कहाँ!'

'नहीं, भाषण जरूर देना। अभिनन्दन के बाद भाषण देना होता है। पाशकूश में मैंने भाषण दिया...उन्होंने मान-पत्र प्रदान किया था...मेरा भाषण उन्होंने छापा भी था।'

'और भी कितना कुछ! मिठाई, धोती, चादर!'

'तुम तो जा ही नहीं पाई थीं। सपन तो तब केवल दो महीने का ही था।'

'कमल!'

कवि-पत्नी चौंक उठीं। उनका नाम था प्रफुल्ल कमल। सुप्रभात ने उसे 'कमल' बना दिया था। बहुत दिनों से इस नाम से पुकारा नहीं था। 'अजी सुनती हो,' ऐसा कहकर ही काम चल जाता है। इतने दिनों बाद 'कमल!'

'कहो।'

'आज अगर न नहाऊँ?'

'ठीक है देह पोंछ देती हूँ?'

'वही ठीक रहेगा। मुझे...'

'क्या?'

'वो बक्सा निकाल दोगी?'

'दूँगी। अभी देह पोंछ लो, खाना खा लो, दवा ले लो, उसके बाद जरूर दूँगी।'

'क्या पकाया है?'

'अरवी, दाल और क्या?'

'और कुछ नहीं?'

'सहिजन के फूल की भुजिया।'

'वही कहो।'

कपड़े बदलवाकर, पति को भोजन परोसते हुए कवि-पत्नी का हृदय छलनी हो गया। मछली का तो नाम ही भूल चुके हैं। तीन सौ ग्यारह रुपए पेंशन है। मुफ्त अस्पताल से दवाई, साल में दो लुंगी, दो अँगोछे, दो बनियान, अपने लिए एक जोड़ी साड़ी—इनमें से किस चीज की कटौती करें?

अपने कपड़े—पेटीकोट-ब्लाउज खरीदने कवि-पत्नी स्टेशन जाती थीं।

जादवपुर स्टेशन पैदल ही निकल जाती थीं। वहाँ स्टेशन शुरू होते ही मोहसिन पुराने कपड़े बेचता था। पुराने, पहने हुए, जीर्ण पर साफ-सुथरे। कवि-पत्नी के लिए यही बहुत था।

डॉक्टर उन्हें पौष्टिक आहार देने के लिए कहते थे। पर क्या दें? आँगन में अरवी, मौसम आने पर सहिजन की शाख और फूल। राशन से दाल और तेल—यही जुटाने में गले में साँस अटकने लगती है।

सपन को अब अच्छी तनख्वाह मिलती थी। टी.वी. खरीदा था। निखिल देख आया था। उसकी पत्नी भी नौकरी करती थी।

अपने बेटे का चेहरा कवि-पत्नी को याद ही नहीं आता। उस पर निर्भरशील पति के चेहरे ने सबको ढक दिया हो जैसे।

वो पति की थाली में ही खा लेती हैं। उसके बाद बरतन माँजो, जूठन साफ करो, थाली-बरतन घर के अन्दर रखो। सब समेटकर गाल में एक पान दबाकर आज उन्होंने बक्सा खोला। है भी क्या इसमें! एक पुरानी कोसा-साड़ी, दोनों के दो सूती के चादर, पति का जय बाँग्ला स्वेटर, चाँदी की एक सिन्दूरदानी।

लकड़ी का एक छोटा-सा बक्सा।

पति को बक्सा थमा दिया।

'कमल!'

'कहो।'

'एक बार पढ़कर तो सुनाओ!'

पचास से साठ दशक के बीच जो कवि प्रसिद्ध थे, उनके द्वारा लिखित दो-चार पंक्तियों वाले कुछ पत्र। बंगभारती, साहित्य सुधा, कुमुद, पल्ली-तोषिणी, इन सब पत्रिकाओं में प्रकाशित समालोचना की कतरनें।

'सुनाओ, सुनाओ। ये सब सुनकर मैं तुम्हें भाषण तैयार कर दूँगा, तुम पढ़ोगी वहाँ।'

'चश्मा ले आऊँ।'

खूब मन लगाकर सुप्रभात ने सुना। उसके बाद बोले, 'कल मैं बोलूँगा, तुम लिख लेना। ठीक ऐसे भाव से, जैसे मैं ही बोल रहा हूँ।'

'जैसा तुम ठीक समझो!'

'देखो! इस अभिनन्दन का समाचार तो अखबार में भी छपेगा। उसे दिखाकर हिमांशु बाबू यदि कोशिश करेंगे तो दरिद्र लेखक के लिए आर्थिक सहायता मुझे प्राप्त हो सकती है, क्या कहती हो?'

'तुम जैसा कहोगे, वैसा ही करूँगी।'

'तुम्हारा हाथ तो देखूँ जरा?'

सुप्रभात अपना हाथ उसके हाथ पर फेरने लगे।

'हड्डियाँ निकल आई हैं। कैसा चम्पाकली जैसा रंग था, कैसी कोमलांगी थी, स्नान करके मुसकान बिखेरते हुए जब तुम देखती थी, ऐसा लगता था! जैसे खिला हुआ कमल हो।'

'बुढ़ा गई हूँ न?'

'साठ भी क्या कोई उम्र होती है? पन्द्रह वर्ष में विवाह, सोलह से बेटे की माँ बनी! मेरे भाग्य में तो बेटा भी पराया हो गया। अच्छा ही हुआ, भगवान ने मेरी आँखें ले लीं। तुम्हारी ऐसी सूरत मुझे दिखाई तो नहीं देती।'

'साठ कहाँ? बासठ।'

'बहुत दुख सहे।'

'कोई दुख नहीं मुझे।'

'नहीं है?'

'नहीं। तुम जो हो मेरे पास।'

दोनों बैठे रहे। जीर्ण मकान में ढलते हुए दिन का प्रकाश पश्चिम की खिड़की से प्रवेश करता था। कमरे में पीली स्वर्णिम आभा बिखर गई थी।

समारोह का दिन आ गया। वो दिन निकट है, कई दिन पूर्व से ही माइक से की जानेवाली घोषणा से पता चल जाता है। उत्साह से भरे, रिक्शा में बैठे घोषणा करते-करते निखिल का गला जैसे बैठ गया।

तरुण संघ के द्वारा गुणीजनों का अभिनन्दन तथा वार्षिक-समारोह! बन्धुगण! हम सब यह जानकर बेहद खुश हैं कि इस बार हम अपने अंचल के गुणीजनों का ही अभिनन्दन करेंगे। शिल्पकार आरती दत्त, सॉरी, चित्रकार आरती दत्त। नजरूल-गीति गायक दीपक पूषिलाल। मंटा...सॉरी, सुमंत्र चौधरी फुटबॉल खिलाड़ी! प्रख्यात कवि सुप्रभात दत्त चौधुरी! इसके अलावा आकर्षण है : सांस्कृतिक कार्यक्रम। लता मंगेशकर-कंठी पामेला राय गाना सुनाएँगी। 'धुनोची' नृत्य में आप देखेंगे रंजु नायक को। काव्य-पाठ करेंगे रेडियो-शिल्पी शिशिर पोद्दार।

सुप्रभात बोले, 'अब तो काम करने के रंग-ढंग ही अलग हैं। मेरा नाम किस प्रकार प्रचारित कर रहे हैं!'

'हाँ। सुनकर दिल को ठंडक पहुँचती है।'

'देखो! अच्छी तरह से सज-धज कर जाना। आखिर अभिनन्दन-समारोह है!'

'हाँ।'

एकमात्र निखिल के साथ ही कवि-पत्नी का थोड़ा-बहुत नाता है। उसी के पास जाती हैं। अतीत में कालोनी की जीवन-प्रणाली कुछ और थी, अब कुछ और है।

निखिल भी अब पक्के मकान में रहता है। निखिल की माँ अब सुखी गृहस्थी की गृहिणी हैं। उनके पास ही जाती हैं कवि-पत्नी। झूठ ही बोलती हैं।

'दो अच्छी साड़ियाँ लांड्री में भेजी हैं, बहन। एक साड़ी अगर मुझे दे सको!'

'लो बहन, वोट के समय भी तो देती हूँ।'

'हाथों और गले में क्या पहनूँ?'

जो साड़ी है ही नहीं, वो 'लांड्री में भेजा है' कहकर काम चलाया जा सकता है। जो गहने बहुत वर्षों से हैं ही नहीं, उसके लिए क्या करें?

'मैं तो पीतल से ही काम चला लेती हूँ। बाहर जाते समय आजकल कौन सोना पहनता है। तब भी नहीं पहनती। गले का हार दे सकती हूँ। हाथ का तो तुम्हें आएगा नहीं।'

'खरीद लूँगी।'

पीतल की एक जोड़ी नकली चूड़ियाँ खरीदनी ही पड़ीं। बाल सँवारकर बाँध लिया। गले में उधार का हार। पहनावे में उधार की साड़ी। पैरों में रबर की चप्पल।

'भाषण ठीक से पढ़ना।'

'हाँ पढ़ूँगी।'

'और...सब दिनों से विशेष दिन है आज...खूब सिर ऊँचा किए रहना।'

'जरूर।'

'कालोनी में तो अब बहुत लोग पैसेवाले हो गए हैं। पर पैसे से क्या होता है? उन्हें तो कवि कहकर कोई सम्मानित नहीं करेगा।'

'नहीं, ऐसे भी कोई देता है क्या?'

निखिल रिक्शा लेकर पहुँच गया। कवि-पत्नी अपने पति को प्रणाम कर, भाषण लिखा हुआ कागज का पन्ना हाथ में लिये रिक्शा में बैठ गई।

तरुण संघ के भीतर और बाहर बहुत भीड़ थी। लता-कंठी पामेला के लिए सभी बहुत उत्सुक थे। खिलाड़ी सुमंत्र के समर्थकों की संख्या भी काफी थी।

इतनी रोशनी, इतनी भीड़ देखकर कवि-पत्नी जड़वत् हो गईं। कितने अर्से से लोक-समाज में आई नहीं थीं।

'निखिल, मेरा हाथ पकड़ोगे?'

'हाँ-हाँ।'

मंच पर चढ़ाकर निखिल ने उन्हें बिठा दिया। हिमांशु बाबू के 'आइए, बैठिए' कहने पर वे थोड़ा सहज हुईं। दूसरी तरफ देखने लगीं।

'मैं ही परिचय करवा देता हूँ। ये कवि सुप्रभात चौधरी की पत्नी हैं। अपने पति की ओर से अभिनन्दन ग्रहण करेंगी। ये आरती दत्त हैं, चित्रकारी करती हैं। ये दीपक पूषिलाल हैं, नजरूल-गीत गाते हैं। और ये हैं सुमंत्र खिलाड़ी।'

इनमें से प्रत्येक युवा थे। सभी ने नमस्कार किया। कवि-पत्नी ने भी अस्फुट स्वर से 'नमस्कार' किया। बाहर ज्यादा लोग थे, भीतर कम।

तपन ने आकर हिमांशु बाबू से कहा, 'समारोह शुरू कर दीजिए। यहाँ के लोगों को तो जानते ही हैं। पामेला आएगी इसलिए भीड़ जमा है।'

'रंजू कहाँ है?'

'मेक-अप कर रहा है।'

'शिशिर पोद्दार?'

'सामने बिठाया है। अभिनन्दन के बाद मंच पर आमंत्रित करूँगा, आपकी क्या राय है?'

'और इनका परिचय कौन कराएगा?'

'बाकियों का तो मैं ही दे दूँगा। कवि के विषय में आप बताएँगे। हम लोग तो उनके बारे में कुछ जानते ही नहीं हैं।'

कवि-पत्नी पसीने से तर हो रही थीं। पति द्वारा द्वारा दिया गया भाषण क्या ये मुझे पढ़ने देंगे? हिमांशु बाबू पढ़ देंगे? उनसे पूछें?

'बन्धुगण! हम समारोह प्रारम्भ कर रहे हैं। उद्‌बोधन गीत गाएँगे संगीत-वितान के सदस्य वृन्द।'

मंच पर कुछ धक्का-मुक्की। बहुत कठोर-कठोर सा चेहरा लिये कुछ लड़के-लड़कियाँ मच पर आ गए। गाना शुरू हो गया।

गीत समाप्त होते ही वे सब चले गए।

'हिमांशु बाबू!'

'जी।'

'उन्होंने एक भाषण बोला था, मैंने लिख लिया था। आप जरा पढ़ देंगे?'

हिमांशु बाबू ने कहा, 'देखूँ, जरा दीजिए।'

'मेरी लिखावट में है...' हिमांशु कागज पर दृष्टि फेरते हैं, लम्बी साँस लेते हैं। फिर कहते हैं, 'अभी रख दीजिए।'

'अब हम गुणीजनों का अभिनन्दन करेंगे। सबसे पहले...ऐ मिली! यहाँ आओ। सबसे पहले हम अभिनन्दन कर रहे हैं आरती दत्त का...मिली!'

मिली नाम की युवती ने आरती दत्त के हाथों में एक ट्रे थमा दिया।

'मान-पत्र पढ़ने के लिए हम सभापति को...'

हिमांशु मान-पत्र पढ़कर सुनाते हैं। इसके पश्चात् आरती दत्त आवेगपूर्ण स्वर से जाने क्या कहती है। सदन में तालियों की गड़गड़ाहट गूँजने लगती है।

'अब हम...'

कवि-पत्नी का सिर झनझनाने लगता है। नहीं, यहाँ वे अपने पति का भाषण पढ़ नहीं पाएँगी। अचानक हिमांशु बाबू की आवाज सुनाई देती है।

'कवि सुप्रभात चौधरी के विषय में सामान्य परिचय आज के युवा वर्ग से करवाना जरूरी है। 'उषा और गोधूली', 'चिरविदा', 'एशो फिरे एशो', 'कोबिर कोबिता'—आज अधिकतर लोग इन सब पुस्तकों के बारे में जानते ही नहीं हैं। परन्तु ऐसा एक दिन भी था जब...'

बाहर अचानक शोर बहुत अधिक हो गया। आ गई! आ गई! भीतर से भी कुछ लोग बाहर चले गए।

'उनकी कविता में सरलता थी, प्रकृति-प्रेम, जीवन-तृष्णा...'

तपन बोला, 'कट कीजिए, कट कीजिए, पामेला आ गई है।'

हिमांशु और भी कुछ बोलते हैं। उसके बाद एक युवती लगभग नाचती हुई आकर एक ट्रे थमा गई। कवि-पत्नी ने खड़े होकर उसे थाम लिया। आँखों में किरकिरी-सी महसूस हुई।

हिमांशु मान-पत्र पढ़ते हैं। बाहर का कोलाहल अब भीतर घुस आया था। बनारसी साड़ी पहने एक युवती, पीछे-पीछे उसके बहुत से लोग। जाने किसने उनके सामने माइक कर दिया।

हिमांशु बोले, 'धन्यवाद दे दीजिए। सत्य सुनने की मानसिकता दर्शक-श्रोता में नहीं है।'

कवि-पत्नी ने किसी प्रकार से कहा, 'मेरे पति की ओर से मैं आप सबको...धन्यवाद देती हूँ। नमस्कार।'

कोई ताली नहीं बजाता।

तपन ने कहा, 'चलिए, जल्दी चलिए...उफ, आप तो सब गिरा देंगी। ठीक से थामिए। निखिल, इन्हें रिक्शा में बिठा दे।'

निखिल ने ट्रे, गुलदस्ता, मान-पत्र, मिठाई का डिब्बा सब ले लिया। पूछा, 'आप रुकेंगी नहीं?'

'नहीं निखिल। सिर चकरा रहा है।'

'ये लिफाफा पकड़ लीजिए। एक सौ एक रुपए हैं।'

रिक्शा करवा देता हूँ।

रिक्शे में उन्हें बैठाते हुए ही सहसा बार-बार करतल ध्वनि सुनाई देने लगी। वाद्य-यंत्रों की आवाज।

'पामेला मंच पर!'

निखिल तुरन्त अन्दर मुड़ गया। कवि-पत्नी ने कहा, 'चलो! चलो भैया!'

पति का भाषण ब्लाउज में खोंस लिया। लिफाफा भी।

'उन्होंने तो भाड़ा नहीं दिया। एक सौ एक रुपया दिया है। वही एक रुपया दूँगी।' अस्फुट स्वर से उन्होंने कहा।

इतनी देर बाद, ठंडी हवा से सिर की झनझनाहट धीरे-धीरे कम होने लगी। ट्रे में क्या-क्या है? उन्होंने आँचल से ढक लिया।

भाषण तो पढ़ ही नहीं पाई।

अब उन्हें लगा, हिमांशु बाबू की बातें भी किसी ने नहीं सुनीं। ये भाषण पढ़ती तो सब हँसते। शायद कहते, बन्द करो बकवास। सुप्रभात को तो कोई नहीं पहचानता। वो लड़की गाना सुनाएगी इसीलिए...लता-कंठी पामेला का गाना चारों ओर बिखरने लगा था।

रिक्शावाले ने पूछा, 'लता को लाए हैं?'

'जल्दी-जल्दी चलो ना भैया।'

मकान के सामने पहुँचकर सब-कुछ लेकर उतरना, किराया चुकाना...इतनी रोशनी के बाद घर के आँगन में लालटेन और पास ही कुर्सी पर पति...कवि-पत्नी की आँखें भर आईं।

'आ गईं तुम?'

'हाँ, आ गई।'

'भाषण तो पढ़ा था?'

'हिमांशु बाबू ने तुम्हारा कितना अच्छा परिचय दिया...भाषण...पढ़ा...'

'लोगों ने क्या कहा?'

'तालियाँ! तालियों की गड़गड़ाहट से मेरे तो दोनों कान ही जैसे...'

'सच बताओ?'

'सच।'

'तुम रो रही हो?'

'कितने गौरव का दिन है आज...खुशी का दिन...अजी आँखों में इसलिए आँसू आ गए!'

यह देखो, हाथ में थामो। टेनलेस की थाली दी है, मान-पत्र दिया है, इतना बड़ा मिठाई का डिब्बा–एक सौ एक रुपए, गुलदस्ता–अजी सब-कुछ बहुत कीमती है...

'मान-पत्र में क्या लिखा है?'

'पढ़ती हूँ।'

कवि-पत्नी पढ़ती रही। पढ़ते-पढ़ते, अच्छी-अच्छी बातें पढ़ते-पढ़ते, उसका अन्तर्मन उद्वेलित होने लगा।

फूलों से अपना मुख सटाकर सुप्रभात सुन रहे थे। उनके चेहरे पर विजय की मुस्कान थी।

'देखो! आखिर लिखना तो पड़ा, आपको सम्मानित करके हमारा ही मान बढ़ा है। उफ, कितने विशेषणों से सजाया है, सुनो तो जरा!'

कवि-पत्नी की आँखों से आँसू की अविरल धारा बह निकली। वे मान-पत्र पढ़ रही थीं। रुक-रुककर, धीमे स्वर में। नहीं तो सुप्रभात ठीक से समझ नहीं पाएँगे।

सुप्रभात पत्नी को देख नहीं पाए। आनन्द से, पूर्णता के बोध से झूम रहे थे। बोले, 'ऐसा गर्व से भरा दिन, शायद मैं जाता तो ऑटोग्राफ ही माँग लेते। तब मैं क्या करता?'

आज पहली बार, पति के अन्धेपन के लिए कवि-पत्नी कृतज्ञ हो गईं। आँखें होतीं तो वे स्वयं ही जाते। सब-कुछ देखते।

कवि-पत्नी ने कहा, 'अब सब-कुछ उठाकर रख दूँ, क्यों! तुम्हें भी भीतर ले चलती हूँ।'

'हाँ, मच्छरों ने तो खा ही लिया मुझे।'

लता-कंठी पामेला का गाना यहाँ भी सुनाई दे रहा था। बड़े यत्न से पति का हाथ पकड़कर कवि-पत्नी ने उन्हें उठाया। वर्तमान समय को बाहर रखकर, दरवाजा बन्द कर दिया।

'सब उठाकर रखो पहले।'

'हाँ-हाँ।'

'और मेरा भाषण!'

'उन्होंने माँग लिया।...शायद पत्रिका में छापेंगे...बहुत अच्छा भाषण था न!...कितना कुछ लिखा था तुमने...'

कवि-पत्नी जोर से रो पड़ीं। सुप्रभात उसके सिर को सहलाने लगे। पति को गर्वपूर्ण स्वीकृति प्राप्त होने के कारण भाव-विभोर उनकी पत्नी रो रही थीं।

'रोओ मत, रोओ मत।'

कवि-पत्नी ने सिर हिलाया, पर रुलाई नहीं थमी।

कागाबगा गीतिका

एक गिलास चाय और एक छोटा ब्रेड नीचे रखते हुए मोहिनी ने कहा, कागाबगा से कहती हूँ! चाय रखकर जा रही हूँ, बाद में यह न सुनना पड़े कि ठंडी चाय दी थी। यह भी कहती हूँ कि बनियान-लुंगी मत धोना, साबुन से धो दूँगी।

जिनसे कहती है, कहा जाए तो वे मोहिनी के जन्म-जन्मान्तर के पति हैं। मोहिनी जब तीन साल की थी, सुना है तभी उन्होंने उत्रुमि के मेले में अपने गले की मोतियों की माला सदानन्द के गले में डाल दी थी। धलेश्वरी नदी के तट पर माघ मास के प्रातःकाल में इस दृश्य को देखने के लिए विवाहित स्त्रियों में ठेलमठेल शुरू हो गई थी। देखो! देखो! लड़की जैसे उसके पिछले जनम की पत्नी है, किसी और के गले में माला न डालकर, उसने हमारे सदा के गले में डाल दिया।

'अरे जात-कुल देखकर दिया है रे!'

बड़े-बूढ़ों की बात का मर्म न समझते हुए आठ साल के सदानन्द ने इस माला को फिर से मोहिनी के गले में डाल दिया। इस पर तो वृद्धाओं ने भी दाँतों-तले उँगली दबा ली।

'अरे देख, देख। कलिकाल में जैसे देवी नहीं हैं? अगर वे न होतीं तो साल के ऐसे शुभ दिन को...'

महिला ने भावावेग से रोते हुए मोहिनी की माँ से कहा, मित्तिर की बेटी ने बासु के छोरे के गले में माला डाली है! उम्र भी ठीक-ठाक मिल गई है। अभागिन! तेरी बेटी का ब्याह यहीं होगा।

बेटे की माँ ने एक बार बोलने की कोशिश भी की कि बच्चों ने खेल-खेल में जो किया उसी के अनुसार ब्याह करना ठीक नहीं होगा। पर स्त्रियाँ तो बहुत हो-हल्ला करती हैं। उत्रुमि के नहान के मेले में यह जैसे देवता ने कौतुक किया था। किसी ने कहा, फूल बिखेरो! किसी ने कहा, चीनी की मिठाई एक-दूसरे के मुँह में डालो। किसी ने कहा, जयकार करो रे!

मोहिनी और सदानन्द की समझ में कुछ नहीं आया। पर बहुत दिनों बाद, सदानन्द जब बीस साल का हुआ, तब वह जमींदार की कचहरी में पटसन के गाँठ गिन रहा था, तब उसने माँ से कहा था, 'यह क्या ब्याह-ब्याह की रट लगा रखी है? लड़की तो मैंने सपने में ही देख रखी है। मैंने देखी है सपने में, तुमने देखा है अपनी आँखों से। मोहिनी की बात कर रहा हूँ।'

पिता ने भी विरोध किया। मोहिनी के पिता इसी जमींदार के एक अन्य कचहरी में नायब थे। नमक, मिट्टी का तेल, चीनी और कपड़े के अलावा उन्हें कुछ और खरीदने की जरूरत नहीं पड़ती।

माँ ने कहा, 'बेटी के साथ दान-दहेज भी देंगे। बस नाक ही तो जरा चपटी है, नहीं तो लड़की सुन्दर है। फटर-फटर चलती नहीं, चपड़-चपड़ बोलती नहीं, पाक-साग जानती है।'

इसी तरह उनका विवाह हुआ था। पास-पड़ोस के लोगों ने कहा था, 'ब्याह तो दोनों ने ही तय कर लिया था, यह ब्याह तो होना ही था।'

मोहिनी को अब भी याद आता है, कटहल की लकड़ी के चौका-बेलन से लेकर बरतन, कपड़ा-लत्ता, खीर, दही, मिठाई, फल, तरकारी, दस-दस मजदूर भी इतना सामान बहँगी में उठा नहीं पा रहे थे।

जमींदार परिवार की ओर से पीहर और ससुराल दोनों ही जगह मछली भेजी गई थी। उत्तम टँगाइल ताँत की साड़ी, सिन्दूर लगा रुपए का सिक्का।

अब तो वे सब पुराने बिताए दिनों की बातें हैं। ये बातें अपने घर में खनखनाते हलके अल्यूमिनियम के गिलास में पानी पीते हुए मोहिनी स्वयं से ही कहती है, तब एक गिलास पानी उठाते हुए कितना भारी लगता था। एक-एक बरतन काँसे की कारीगरी वाला हुआ करता था। वैसा एक भी गिलास तुम लोगों के पास है?

अगर कोई पूछे, किससे बात करती हो?

'कागाबगा से कहती हूँ।'

पति-पत्नी में पिछले सोलह वर्षों से वार्तालाप बन्द है। जो भी बातचीत होती है, उसी अदृश्य कागाबगा को साक्षी मानकर। बातचीत बन्द न होती पर बेटे प्रवासी हो गए, इसी दुख से मोहिनी ने अपने आपसे बक-बक करने का रोग लगा लिया। लगातार अपने आप ही से वो बातें करती रहती थी। इसके चलते घर में घोर अशान्ति और कलह छिड़ गया।

सदानन्द ने कहा था, 'चलो, डॉक्टर को दिखा लाता हूँ। इतना बक-बक करती हो, लोग सोचेंगे, पागल हो गई है।'

मोहिनी जल-भुन गई थी।

जो कुछ हुआ। सब क्य उसी का दोष था? हिन्दुस्तान-पाकिस्तान बनने पर देश छोड़ने को उसने कहा था? सदानन्द के योग्य भानजे के हाथों में सम्पत्ति के खरीदने बेचने की जिम्मेदारी डालने के लिए भी मोहिनी ने कहा था? सब आकर कालोनी में बस गए। सबकी हालत सुधर गई, मोहिनी क्यों ज्यों-की-त्यों है? और, बेटे क्यों प्रवासी बन गए, जवाब दो?

सदानन्द का सिर झुक जाता।

सम्पत्ति तो भानजे ने बेची थी। सदानन्द उसकी बातों में आकर कारोबार शुरू करने चला था। फलस्वरूप रानाघाट में अब भानजे का पक्का मकान था। सदानन्द आज भी धुबुलिया से भी आगे एक कालोनी में पड़ा हुआ था।

लिखाई-पढ़ाई खत्म होने के साथ-ही-साथ बेटों को नौकरी मिल गई, घर छोड़कर चले गए। बड़ा चटकल कारखाने में था। अच्छा कमाता था। बहू-बेटी, नाती। नैहाटी में मकान था।

छोटा थोड़ा मस्तान था। कभी बम बनाया करता था, पैसा लेता था। बाप से कहता, बिजनेस कर रहा हूँ।

मस्तान बेटा रेडियो, सदानन्द की घड़ी, मोहिनी के कर्णफूल चुराकर बम्बई भाग गया।

वहाँ भी वह 'बिजनेस' कर रहा था। वहीं की किसी लड़की से ब्याह रचा लिया था। माँ-बाप को एक बार रुपए भी भेजे थे। फिर नहीं।

मोहिनी की जान तो जैसे छोटे बेटे में बसी थी। सदानन्द बस से कृष्णनगर जाता था, अब भी जाता है, अदालत के सामने बैठकर फार्म भरता है और कोई मूर्ख मुवक्किल टकराने पर उसके जमीन-जायदाद के मामले की पैरवी करता है।

बाप के चले जाने के बाद छोटा बेटा माँ को सपने दिखाया करता था। ये बेकार का कारोबार उससे नहीं होगा। बाप के जैसे सहिजन के डंठल खरीदकर वह घर नहीं लौटेगा। बापू भी देख-देखकर मुवक्किल घेरते हैं। केस की पैरवी की, मामले में मुवक्किल जीत गया। तो दिया क्या, एक टोकरी इमली का उतार गया द्वार पर, बहुत हुआ तो एक थाली खजूर का गुड़।

'तू कैसा बिजनेस करेगा?'

'अरे छोड़ो इस बंगाल की बात?'

'कहना पड़ता है, माँ का दूध और माँ की भाषा।'

कितने अचरज की बात! कितने अचरज की बात है। मोहिनी अपने छोटे बेटे को तब जो बातें कहा करती थीं, अब देखो, सरकार खुद वही बातें चारों तरफ प्रचारित कर रही है। माँ का दूध और मातृभाषा दोनों ही सम्मान योग्य हैं।

तो छोटे बेटे का नाम था मनोरंजन, सुना है अब वह मनोज कुमार है। और बड़ा बेटा सुखरंजन अब सिर्फ रंजन है।

छोटा बेटा कहा करता, 'भटभटिया चलाऊँगा, आँखों में काला चश्मा पहने, बटुआ खोलकर तुम्हें हजार रुपए दूँगा।'

'जरूर देना। घर की मरम्मत करवाऊँगी। तेरे पिता से अब कुछ नहीं होता। इतने सालों बाद कड़ी मेहनत। देस में तो ऐसा...मैं भी काठ-चिराई कारखाने से बुरादा लाकर गोले नहीं बना पाती।'

'क्यों बनाती हो?'

'जो मिल जाए! नमक, तेल...'

पर मूड़ा-गाछा के किसी व्यापारी की दुकान पर बम फेंककर कैश बक्स तोड़ते हुए मनोरंजन उर्फ डैनी उर्फ मस्तान को दुकानदार ने पहचान लिया। घबराए हुए मनोरंजन ने बकरियों के रेवड़ पर बम फेंका और भाग निकला। कई दिन इधर-उधर छिपते-छिपाते एक रात घर आकर सो गया। सुबह होते ही बेटा, रेडियो, बाप की घड़ी, माँ के झुमके, सब हवा हो गए।

सदानन्द बेटे को ढूँढ़ने की कोशिश में कई बार दारोगा से, 'ओ हो, हो, हो' सुनकर आए।

'ओ हो-हो, आप के जैसा सच्चा, सज्जन इनसान का बेटा मस्तान हो गया, ओ हो-हो, बेटे को बड़ा करने के लिए अनुशासन की भी जरूरत होती है, ओ, हो, हो, हो।'

सदानन्द घर लौटकर बैठ गया। और मोहिनी ने विलाप करके पूरे मोहल्ले को सिर पर उठा लिया।

'जाओ, कलकत्ता जाओ! उसका फोटो अखबार में छपवाओ। बेटा न जाने कहाँ चला गया, बाप का सीना उसके लिए जरा भी नहीं धड़कता?'

सदानन्द हलके से मुसकराकर बोला, 'वो अपना रास्ता ढूँढ़कर चला गया। मुझे उस रास्ते का पता नहीं मिलेगा, मनो की माँ! अब ज़रा ढूँढ़कर देखो, घर में कुछ माल छोड़ गया या नहीं। होगा तो अरुई के जंगल में या पोखर में फेंकना पड़ेगा।'

'उसे ढूँढ़ोगे नहीं?'

'कोई फायदा नहीं।'

'कोलकता नहीं जाओगे?'

'कैसे जाऊँ? समझती नहीं हो, अगर पकड़ा गया तो उसे पुलिस मार भी सकती है। जहाँ है, जिन्दा रहने दो।'

'मेरा तो जी छटपटाता रहता है!'

तभी से मोहिनी ने जो अनर्गल बकना शुरू किया तो रात-दिन बकने लगी। बेटा उसे कितने सपने दिखाता था। दोपहरी में 'बड़ी' की सब्जी और भात खाकर माँ-बेटा कितनी बातें किया करते थे। मोहिनी समझती थी, सब बातें बनावटी हैं। फिर भी उनकी कल्पना करना बहुत अच्छा लगता था, घर-बार नया बना था। सदानन्द और मोहिनी को अब उस तरह हाड़ नहीं तोड़ना पड़ता। बोरे में चावल भरा रहता था, तेल, मसाला, नमक, मिट्टी का तेल!

अब बेटा और सपने दोनों ही ओझल हो गए। उसके हाव-भाव देखकर सदानन्द ने कहा था, 'लोग पागल कहेंगे, यही चाहती हो? चलो, डॉक्टर के पास।'

आधे घंटे तक मोहिनी 'जात्रा' की नायिका की तरह तार-सप्तक में आँधी की तरह बोलती रही।

'हिन्दुस्तान-पाकिस्तान का बँटवारा मैंने किया था? देस छोड़ने को मैंने कहा था? भानजे के हाथों में सब-कुछ छोड़कर चले क्यों आए? आए ही अगर तो सबकी हालत सुधरी, मेरा क्यों ऐसा हाल है? बड़े आए दैव-निर्देशी ब्याह करनेवाले! आते समय बरतन-गहने, सब छोड़-छाड़कर चले आए, अब कहते हो मैं बावली हूँ। बात करो तो पागल!'

सदानन्द कातर होकर बोला, 'अरे बहू! अब सहा नहीं जाता! मुझे तू और दुखी मत कर। अब तुझे छोड़कर कोई नहीं जिससे चार बातें करूँ, तू मुझे और कितना कोंचती रहेगी!'

मोहिनी ने कहा था, 'अच्छा! मेरी बातों से अगर इतने दुखी हो, तो मैं बात ही नहीं करती।'

उसी रात से मोहिनी ने कहा था, 'लोगों से नहीं कहती, कागाबगा से कहती हूँ, तेल खतम। लालटेन भी ठीक करवाना पड़ेगा।'

बहुत दुखी स्वर में सदानन्द ने कहा था, 'उत्रुमि के मेले में मेरे गले में क्या कागाबगा ने माला डाली थी? मैं नाव से लौट रहा हूँ कि नहीं, यह देखने जामी के पेड़ के नीचे कागाबगा खड़ी रहा करती थी? अरे उस दिन भी मेरे बुखार में छटपटाने पर लालटेन लेकर डॉक्टर बुलाया था जिसने वो क्या कागाबगा थी?'

मोहिनी लम्बी साँस लेते हुए बोली थी, 'कागाबगा से कहती हूँ, ऐसे ही ठीक है। मुँह खुलते ही रोक नहीं पाती हूँ। छाती दुख से फट जाती है और कहने-सुनने को अब धरा ही क्या है?'

तब से मोहिनी चुप हो गई। सदानन्द ने भी इस व्यवस्था को क्रमशः स्वीकार कर लिया।

ऐसे ही सोलह साल बीत गए। सदानन्द भी साँझ को घर लौटकर कहता, 'कागाबगा से कहता हूँ! चावल के दाम तो आसमान छू रहे हैं। तो क्लब के बीरेन ने कहा है, काका! पाँच कट्ठा रखकर क्या करोगे? तीन कट्ठा बेच दो।'

'क्या कागाबगा को पता नहीं कि यह काम गैरकानूनी है?'

'कागाबगा को यह भी पता है, जब बीरू की नजर पड़ी है, जमीन वो ऐसे ही हड़प लेगा। आजकल इन्हीं का राज है। जो दे, उसी में मुनाफा। जितना दे दे, वही बहुत है।'

'कागाबगा के जो मन आए करे। देस का राज-पाट चला गया, तब कुछ नहीं कहा!'

सदानन्द कह सकता था, देस में तो बीस बीघा जमीन थी, मिट्टी का चार छप्परों वाला घर, हल-बैल, गाय, जैसा बहुतों के पास था। उसे 'राज-पाट' नहीं कहते।

पर धीरे-से कहा, 'कागाबगा से कहता हूँ, चौहत्तर चल रहा है, मैं अब कितने दिन जीऊँगा! दो पैसे मिल जाएँ तो अपने पास रहेंगे। घर की मरम्मत करवाने पर एक कमरा भाड़े पर भी दिया जा सकता है। वही कर लेते तो थाने भी नहीं देखता।'

मोहिनी बोली, 'कागाबगा से कहती हूँ! रुपया जैसा पोस्ट ऑफिस में रखा जाता है, मैं भी वहीं रखूँगी।'

'ठीक है।'

बीरू चट्टराज भटभटिया पर आ पहुँचा। बड़े रास्ते के एकदम करीब ही जमीन है। बीरू दुकान बनाकर झाड़ देगा। वो और उसका बाप, इसी तरह से जमीनों पर कब्जा जमा चुके हैं। ये तो बुड्ढे-बुड्ढी हैं, डरपोक लोग, बेटे प्रवासी हैं। बुड्ढा जानता है, ऐसी जमीन यहाँ आठ हजार कट्ठे के हिसाब से बिकती है। पर उसकी हिम्मत नहीं होगी कि वो इतना माँगे।

'काका! बोलिए कितना लेंगे?'

'तुम तो कीमत जानते ही हो!'

मोहिनी बोली, 'क्यों? जिस कीमत पर अपनी दो कट्ठा जमीन बेची है, वही कीमत दो। पाल तो सोलह हजार दे ही रहा है।'

बीरू हँसते-हँसते लोटपोट हो गया। अब मजाक करते हुए बोला, 'कागाबगा क्या बोल गया, काकी?'

मोहिनी ने सिर हिलाया।

'कागाबगा की बात, घर की बात है! वो बात और किसी के लिए नहीं। रुपया अगर नहीं देना चाहते तो, बुड्ढे-बुड्ढी को मारकर सब ले लो। उसमें भी रुपया नहीं लगेगा।'

'अरे, ऐसा मैं नहीं कहता, काकी। काका-काकी कहता हूँ आपको, थोड़ा सोच-विचार करने के लिए बोल रहा हूँ। इतना तो मुझसे नहीं हो सकेगा।'

बीरू के हिसाब से पाँच हजार बनता था। मोहिनी के जिद पर अड़ने के कारण उसे आखिरकार दस हजार एक रुपया देना पड़ा। मनुष्य के स्वभावानुसार बीरू उन्हें चौदह हजार रुपयों का धोखा देता है, फिर भी स्वयं अनुभव करता है, 'अरे, मुझे तो ठग लिया गया!'

दिन रहते-रहते दोनों जाकर पोस्ट ऑफिस में रुपए जमा करवा आए। दोनों के हस्ताक्षर हुए। डाक बाबू भी जान-पहचान के थे।

अब मोहिनी ने व्यर्थ का हठ पकड़ लिया। 'कागाबगा से कहती हूँ, घर की मरम्मत हो जाए।'

'कितना खर्च होगा—कागाबगा नहीं जानता?'

'मैंने हिसाब करवाया है, डेढ़ हजार लगेंगे।'

'बाद में क्या होगा, कागाबगा क्या ये नहीं सोचता?'

'कागाबगा से कहूँ, बड़ी इच्छा है पक्के घर में रहूँ, बड़ी साध है नई चौकी खरीदूँ, बड़ी साध है काँसे के गिलास में पानी दूँ, पानी पीऊँ। सब अरमान रखकर मरेंगे तो फिर से जन्म लेना पड़ेगा। अब और नहीं। साध मिट जाएगी तो फिर जन्म नहीं लेंगे।'

'कागाबगा से ये बात किसने कही?'

'कागाबगा से कहती हूँ हरि सभा में कभी गया नहीं, जाता तो सुनता। बीरू के बाप की इच्छा थी, रेडियो की दुकान लगाएगा। बीरू उस इच्छा को पूरा कर रहा है।'

'कागाबगा से कहती हूँ मेरी कोई इच्छा नहीं।'

'कागाबगा से कहती हूँ, घर की मरम्मत करवाकर नई चौकी पर लक्ष्मी को बिठाऊँगी। बच्चों का कभी...'

'अमंगल नहीं होगा।'

'कागाबगा से कहूँ, कल ही पहले मलिन्दर को खबर देकर फिर कृष्णनगर जाना। वो पुराना मिस्त्री है।'

'कागाबगा से कहूँ' बात सभी जानते हैं। पर इस जगह का मानव मानचित्र बहुत ही पुराना है। नए-नए लोगों ने यहाँ से दूर घर बनवाया है पर पुराने कालोनी के लोग उसी प्रकार रहते हैं।

मलिन्दर पहुँच जाता है।

'घर क्या तुड़वाकर नया बनवाएँगे?'

'मुझमें इतना दम कहाँ?'

'मैंने ही तो बनाया था। देखिए, मिट्टी की दीवार बनाई थी इसलिए आज भी कैसे...इस देस में माटी का घर समय के साथ-साथ और भी पुख्ता होता जाता है।'

'पुराने टीन का पता लगाओ मलिन्दर।'

'पुराने भी तो अब...'

'देखो तो तुम। बरामदा बढ़ाऊँगी।'

'बेटे आएँगे?'

मोहिनी मुसकराने लगी। बोली, 'कागाबगा अंडे सेते हैं, बच्चे पालते हैं, सब पंछियों की बात करती हूँ। आँखें फूटते ही, उड़ना सीखते ही, चिड़िया का बच्चा उड़ जाता है रे, मलिन्दर। घोंसले में नहीं लौटते।'

मलिन्दर को लगा, बुड्ढे-बुड्ढी के लिए आखिरी सालों में सिर्फ अपने लिए मकान को पक्का करवाने की चाह रखना बहुत ही बेहिसाबी काम है। कितने दिनों तक रह पाएँगे?

उसके मन की बात समझकर मोहिनी बोली, 'मनु के पिता ने बहुत सालों तक दुख उठाया है। तुम लोगों ने तो हमें गरीब ही देखा! कहने को जी नहीं करता। एक समय था जब वह आदमी कटहल-लकड़ी से बनी चौकी पर सोया करता था, माघ महीने में गरम कोट

और शाल ओढ़ता था, भात की थाली में नित्य खीर खाता था। सब-कुछ तो...चलो छोड़ो, अब घर देखो, समझ-बूझकर ठीक करना। गरीब की बची-खुची कमाई!

'जमीन बेचकर माँ, कितना मिला?'

'हाँ! लाख रुपए मिले हैं।'

'मुझे कितना देंगे?'

'आने दो उनको। बात कर लेना।'

मलिन्दर भी लम्बी साँस लेकर कहता है—'घर के बरतन वगैरह तो दिखाई दे रहे हैं।'

ठकुरानी के घर में चोर नहीं आते, मेरे घर भी नहीं आते। अब तो घर बनानेवाले लोगों की कमी नहीं। बनाते भी तो हैं कबूतर का दड़बा। मुझे काम नहीं मिलता। बीरू बाबू और उसके साथियों ने क्लब घर बनवा लिया। जो कुछ दे दिया...खैर मकान मैं बिलकुल नया कर दूँगा। दो खूँटे पक्के लगाए थे, दोनों बदलने होंगे। और पुराना टीन...देखता हूँ, सारगाछी के बाबू अगर...

मलिन्दर धन्धे में भागता-फिरता है। मोहिनी जल्दी मचाती रहती है। सदानन्द आजकल लॉटरी के टिकट की दुकान में बैठता है। जमाना लॉटरी का ही है। मोहिनी लकड़ी के बुरादे से जलावन के गोले बनाती है। जाने कैसे उनके बीच की दूरी कम होती जाती है। मोहिनी के बात करने का ढंग बदल जाता है।

'कागाबगा से कहूँ! चावल के दाम जब कम हो गए हैं, तब अगर मोल लेकर रख लिया जाए, एक कमरे में बैठकर चावल ही बेचा जा सकता है।'

'कागाबगा से कहूँ, इस उम्र में चावल के लिए घर में डाका पड़े तो उन्हें रोक न पाऊँगा।'

'तो फिर कॉपी-पेन्सिल की दुकान लगाने को कहती हूँ, कागाबगा से। इस उम्र में भी कृष्णनगर क्यों?'

'कागाबगा से कहूँ, सोचकर देखूँगा।'

बीरू की दुकान भी तेजी से बनने लगी। उद्‌बोधन के दिन सदानन्द के घर भी मिठाई का डिब्बा आया। दुकान का नाम है 'लाली', दिन भर वहाँ रेडियो मरम्मत करने का शोर सुनाई देता है और दूरदर्शन पर बाँग्लादेश का कार्यक्रम देखने के लिए भीड़ जमा हो जाती है।

मोहिनी के घर की मरम्मत धीरे-धीरे हो रही थी। मलिन्दर अपने सम्बन्धी को ले आया और इतने यत्न से घर को नया रूप प्रदान करने लगे। मानो वे ताजमहल बना रहे हैं, जो उन्हें अमर कर देगा।

पन्द्रह सौ में पूरा नहीं पड़ता, दो हजार के करीब लग जाता है। पर बरामदा काफी चौड़ा बनता है, वह भी मिट्टी की दीवार से ढका हुआ, उसमें भी किवाड़ लगे हैं, दो छोटी-छोटी खिड़कियाँ भी हैं। मिट्टी की दीवार पर चुन-पुताई भी होती है। मलिन्दर बहुत कोशिशों के बाद पुराने टीन का जुगाड़ कर लेता है।

आँगन में तुलसी-मंच बना है।

आज पहली बार मोहिनी ने एक सपने को सच होते देखा है। बहुत ही मृदु स्वर में कहती है, 'कागाबगा से कहूँ, चैत-बैसाख में तुलसी का चारा लगाऊँगी। बरामदे के किनारे जवा, गेंदा, अतसी, दोपाटी—पूजा के फूल अब किसी के यहाँ से लेने नहीं पड़ेंगे।'

सदानन्द क्षीण मुसकान बिखेरते हुए कहता है–

'कागाबगा से कहूँ, एक दिन हरि सभा में पूजा चढ़ाना।'

'कागाबगा बताए, चौकी पर लछमी बिठाऊँगी।'

'और काँसे का गिलास?'

'कागाबगा से कहूँ! वो इच्छा अब नहीं है। मन माफिक घर बन गया है, सब इच्छा पूरी हो गई।'

'और लक्ष्मी का आसन!'

'अभागे पास रहें, दूर रहें, उनका अमंगल न हो, उनके बाप को थोड़ी शान्ति मिले, मेरा सिन्दूर बना रहे।'

'कागाबगा से कहूँ! मेरा शरीर तो अब चलाए नहीं चलता, कृष्णनगर आने-जाने में ऊपर की साँस ऊपर और नीचे की नीचे हो जाती है। न जाते भी नहीं बनता।'

घर को नया बनवा लेने पर मोहिनी तो जैसे अपार क्षमता से युक्त देवी बन गई। वह अशेष करुणा से पूर्ण कह उठती है, 'ये दुख ज्यादा दिन तक नहीं रहेंगे। कागाबगा, एक बार कह दे।'

'कागाबगा क्या स्वप्नादेश सुना रही है?'

'कागाबगा बोल दे, ये दुख बहुत दिन नहीं रहेंगे।'

तुलसी मंच बनाते हुए मलिन्दर सोचता है, पति-पत्नी हैं! एक-दूसरे से सीधे-सीधे क्यों नहीं बोलते?

वो अपनी औरत से भी पूछता है। यद्यपि मलिन्दर दारिद्र्य की सीमा रेखा से नीचे रहनेवाला भूमिहीन मनुष्य है, फिर भी वह भारत के सर्वश्रेष्ठ द्रव्य उत्पादन का नेता है। भारतभूमि को उसने ग्यारह सन्तान उपहारस्वरूप दिए हैं। नए करारे नोटों के लालच में पड़कर अगर वह नसबन्दी न करवा लेता तो अब तक और फसल उपजा लेता। उसका मन खेती का काम नहीं जानता, उसका शरीर जानता है।

औरत नाराज होकर कहने लगी, 'ठीक ही तो करते हैं। तुम्हारी तरह रात-दिन 'कहाँ चली गई हालू की माँ? कहाँ गई रे धालू की माँ', कहकर चिल्लाते तो नहीं।'

मलिन्दर के हालू-धालू-मालू-रानी-मेनी-मुचकुन्द आदि सातों इधर-उधर बिखर गए थे। आखिरी चार बेटे दुकान बाजार में सट्टा खेलकर कमा खा रहे थे।

मलिन्दर सहसा गूढ़ ज्ञान से आलोकित हो उठा।

'शायद सपना देखा है, इसलिए ऐसा करते हैं। अब तो बात करने का ढंग भी जाने कैसा है, सब-कुछ जैसे बदल गया है। रोज 'कागाबगा आ-आ' कहकर आँगन में भात बिखेरती है।'

औरत गहरी साँस लेकर कहती है, 'शान्ति मिले उन्हें! दो बेटे हुए भी ना के बराबर हैं, बुढ़ापे में दोनों ने बहुत दुख उठाए हैं।'

वास्तव में घर बनवा लेने के बाद से मोहिनी मिथ्या आत्मविश्वास से भर गई। मकान बनने की सम्भावना नहीं थी, पर बन गया। पोस्ट ऑफिस में आठ हजार रुपए जमा करने की सम्भावना नहीं थी, पर जमा हो गए। तो फिर सदानन्द को यहीं कोई काम मिल जाए, ऐसा भी जरूर होगा। मनु के पिता चाहे एक सौ रुपए ही कमाकर लाएँ, मेरे बुरादे से बने

जलावन के गोलों के तो बँधे हुए खरीदार हैं। बरामदे के कोने में तो ढेर लगा रखा है। हम उसी में निर्वाह कर लेंगे। इस उम्र में कृष्णनगर! बस भी तो झटके दे-देकर चलती है। हड्डियों का ढाँचा! देह में और बाकी क्या है!

बीरू चट्टराज एम.आर. शॉप, मिट्टी का तेल, सब-कुछ का थोक-विक्रेता है। तिस पर पंचायत प्रधान भी उसके हाथों में है।

मोहिनी उसी के पास जाती है।

'बीरू! तुम्हारे कारण मेरा घर बना। आज पानी चू रहा है तो कल साँप घुस गया, इस सबसे तो मुक्ति मिली, अब...'

'अब क्या बताइए?'

'मनु के पिता को अगर एक दुकान में लगा देते तो!'

'आप कहकर तो देखिए।'

'कह तो रही हूँ!'

'इस उम्र में काका...बैठ सकते हैं दुकान में...'लाली' में ही बैठ जाएँ, मैं तो लॉटरी टिकट का दुकान भी लगाऊँगा। 'लाली-लॉटरी।' तो काकी, कुछ रुपया दीजिए, व्यापार में लगाऊँगा।'

'रुपए कहाँ हैं, बीरू?'

'अरे! डाक-घर में जमा नहीं किए?'

'अच्छा वो रुपए!'

'क्या साथ ले जाने का इरादा है?'

बीरू जोर से हँसने लगा। जाने दो कृष्णनगर, जाने दो और आने दो। बुड्ढा मरे तो बुड्ढी से—

मोहिनी भी हँसने लगी।

'नहीं बीरू, साथ तो न हम ले जाएँगे न तुम। जाने दो काम के लिए कहकर जा रही हूँ, ध्यान रखना।'

'जरूर देखूँगा। जबान नहीं दे सकता। नौजवान ही बेकार बैठे हैं, तो बूढ़ों को काम कहाँ मिलेगा? मुझे ही देखिए, कितनों को काम पर लगाया है। मेरा कारोबार है, वो भी कुछ कमा-खा लेंगे।'

'अच्छा बीरू, चलती हूँ।'

शाम को अदरक वाली चाय और लाई सामने रखते हुए मोहिनी बोली, 'कागाबगा से कहूँ, गरम-गरम खा ले। और भी कहूँ, कृष्णनगर जाना छोड़ दे। बरामदे में बैठे-बैठे गोले बेचे। मलिन्दर का एक बेटा अगर काम में साथ दे तो मैं दुगुना गोला बना सकती हूँ।'

सदानन्द ने उत्तर नहीं दिया। बची हुई चाय को चुस्की लेकर पीने लगा। उसके बाद बोला, 'कागाबगा से कहूँ, नई चौकी कब लेकर आऊँ?'

'क्यों, बुधवार को।'

'ठीक है, बुधवार को। कागाबगा से कहूँ, अगले महीने से कृष्णनगर जाना ही छोड़ दूँगा। कम्पनी ने कहा है, हफ्ते में एक बार आकर टिकट ले जाया कीजिए। आपके हाथों के टिकट से पाँच हजार रुपए, दो हजार रुपए, दो बार मिले हैं। घर बैठे बेचिएगा।'

मोहिनी हैरान हो जाती है। वो जैसा चाहती है वैसा ही हो रहा है?

'कागाबगा से कहूँ, इसी बुधवार को ले आए।'

नई चौकी बुधवार को ही आ जाती है। होली के मेले में खरीदी गई लक्ष्मी, काठ का उल्लू, मृत सास के पैरों का आलता छाप, सब-कुछ के लिए जगह बन जाती है। जीवन में आज पहली बार कीड़ों से कटी हुई तसर की साड़ी पहनकर मोहिनी अपनी पड़ोसिनों को बुला लाई। नई चौकी पर लक्ष्मी प्रतिष्ठित की है। आना जरूर दीदी। माँ को भोग लगाऊँगी, गांगुली की बहू पकाएगी।

जमीन बेचने के कारण, घर की मरम्मत करवाने के कारण ईर्ष्या से जली-भुनी पड़ोसिनों ने कहा, जरूर आऊँगी दीदी।

सदानन्द बृहस्पतिवार को बाहर नहीं गए।

'कागाबगा से पूछूँ, तबीयत तो ठीक है?'

'कागाबगा से कहूँ, जाने कैसा लगता है!'

मोहिनी ने माथे पर हाथ रखा। ना, बुखार तो नहीं है।

'कागाबगा से कहूँ! आज आराम करो, कल डॉक्टर के पास ले जाऊँगी।'

'कागाबगा बताए तो डॉक्टर के पास जाने की जरूरत क्या है?'

'कागाबगा से कहूँ, लेटे रहो। आराम तो मिलता ही नहीं। अब उम्र बढ़ने लगी है।'

'धन्य है कागाबगा। इस घर का नाम ही अब कागाबगा का घर हो गया है। सुना है वो रोज यहाँ आकर खाते हैं।'

'कागाबगा से कहूँ, उनका नाम तो लाख बार लेती हूँ, पर देती तो हूँ थाली से मुट्ठी भर भात!'

'कागाबगा से कहूँ, पूजा के जुगाड़ में जाए।'

पूजा बहुत अच्छे ढंग से सम्पन्न हुई। सस्ती अगरबत्ती की सुगन्ध में, दीपक के प्रकाश में पुरानी लक्ष्मी का मुख बहुत प्रसन्न प्रतीत होता है।

गांगुली-बहू कहती है, 'अब बिजली लगवा लीजिए मौसी।'

'बहुत खर्चे का काम है, बेटी!'

'खर्चा किस बात का? सामने खम्भा है, तार खींच लीजिए।'

गांगुली-बहू बोली, 'पूजा के बरतन भी खरीद लीजिए। जमीन बेची, घर मरम्मत करवा लिया, रुपया भी जमा किया, ऐसे सस्ते बरतनों से भला लक्ष्मी-पूजन होता है? मैंने तो स्टील के बरतन खरीदे हैं।'

मनोरंजन के बाल सखा की माँ बोली, 'अरे, यही ठीक है। मन चंगा तो कठौती में गंगा।'

मोहिनी नम्रता से मुसकराकर बोली, 'जिससे जैसा बन पड़े दीदी!'

सदानन्द भी पीछे बैठकर पूजा देखता है, प्रसाद भी खाता है। रात को लेटे-लेटे बोला, 'कागाबगा से कहूँ, खिचड़ी तो जैसे देस जैसा खाया। बहुत अच्छा बनाया था, बहू ने।'

मोहिनी ने कहा, 'कागाबगा जानती है और कागाबगा से कहती है, सो जाए। मुझे भी बहुत नींद आ रही है! देह तो जैसे साँप के विष से अवश हो रही है!'

'तो सो जाए।'

मोहिनी गहरी नींद में डूब जाती है। नींद! गहरी नींद! जैसे लोहे के शयन कक्ष में बेहुला की आँखों में मृत्यु समान निद्रा। सोते-सोते बेहुला की बात क्यों मन में आई?

बेहुला की नींद कब टूटी थी?

मोहिनी की नींद खुली, कराहने की आवाज से।

लपककर मसहरी हटाते हुए लालटेन की लौ को तेज कर उसने देखा सदानन्द छाती पर हाथ रखते हुए यन्त्रणा से कराह रहा था। कौए की काँव-काँव से समझ गई कि काक-मोर है।

व्याकुल, विह्वल मोहिनी ने कहा, 'कागाबगा से कहूँ, कहाँ दर्द है? ऐसा क्यों कर रहे हो?'

उसके बाद दरवाजा खोलकर 'लाली' दुकान के पहरेदार को पुकारा था। फिर दौड़ी डॉक्टर को लिवाने। जल्दी चलिए डॉक्टर बाबू! वो आदमी जाने कैसा कर रहा है।

डॉक्टर के पहुँचते-पहुँचते पास-पड़ोस के लोग भी जमा हो गए। मोहिनी बोली, 'देखिए, जरा देखिए तो ठीक से।'

उसके बाद झुककर पुकारा था, 'कागाबगा से नहीं, तुमसे पूछती हूँ, सुनते हो? बात क्यों नहीं करते? किसे ढूँढ़ रहे हो?'

डॉक्टर ने कहा, 'जरा हट जाइए, देखने दीजिए।'

मोहिनी मुँह को आँचल से दबाए फफक रही थी।

'ऐसा 'मैसिव हार्ट-अटैक'...'

'किसकी बात कर रहे हैं डॉक्टर?'

'प्रेशर नहीं दिखाया कभी?'

'एक बार दिखाया था।'

डॉक्टर उठकर खड़े हो गए। घर के चारों ओर देखा। उसके बाद बोले, 'मेरे साथ किसी को भेजिए।'

'क्यों?'

'सर्टिफिकेट दूँगा। कल क्या खाया था?'

'ठाकुर का भोग...'

डॉक्टर ने सिर हिलाया।

'प्रेशर अचानक बढ़ने के कारण, या कि पहले से ही बढ़ा हुआ था...'

'वो अब नहीं रहे?'

सभी बहुत विवश और दुखी थे।

गांगुली-पत्नी ने कहा, 'पुण्यवान थे रे! पड़े नहीं रहे, सेवा नहीं ली किसी की। कैसे पल भर में...'

मोहिनी अब विलाप करती हुई जमीन पर बैठ गई।

'मैंने क्यों नियम तोड़ा? कागाबगा को मध्यस्थ रखकर बात करते हुए कितने साल बीत गए, क्यों मैं यह बात भूल गई? और मध्यस्थ रखा ही क्यों था? अरे कागाबगा रे! तुरन्त उड़ोगे, पुकारने पर लौट आओगे, उन्हें बीच में रखकर मैं किससे बात करूँ अब? किससे?'

सबको लगा कि यह शोकग्रस्त प्रलाप है।

बेटो को बुलाने चले गए। लोगों से घर भर गया।

'कागाबगा की कथा समाप्त कर चले गए, अब मैं कैसे जीऊँगी?'

इस बात का कोई उत्तर नहीं हो सकता। सुबह हुई।

पाखी-पखेरू पुकारने लगे।

मोहिनी ने हाथों से कान बन्द कर लिया।

'अब और न पुकार रे कौए! कागाबगा कहकर बात करनेवाला इनसान तो चला गया, अब तेरी पुकार मुझे बेध रही है।'

कौआ काँव-काँव करता ही जाता है, यही उसका काम है।

कागाबगा की गीतिका ऐसे ही सम्पन्न हुई।

लेकिन सुबह बड़ी मनमोहक थी।

गांधी मैदान और रघुआ दुसाध

कनेरा प्राथमिक विद्यालय का प्राथमिक शिक्षक चरण पटना की सड़क पर रात के ग्यारह बजे पैदल चला जा रहा था। शहर की बत्तियाँ गुल थीं। साइकिल-रिक्शा, जीप, गाड़ी, स्कूटर, मनुष्य आदि सभी अँधेरे से बने लग रहे थे और वे सभी घातक-से प्रतीत हो रहे थे, गुप्त घातक। चरण का मन कोई गुफा या कन्दरा खोज रहा था, छिपे रहने लायक कोई जगह; उसके कन्धे पर एक बच्चा सो रहा था।

छह साल के रघुआ को गोद में उठाए हुए सड़क पर चलने की क्षमता चरण खोता जा रहा था। रघुआ सो गया था शायद इसलिए वह बेहद भारी लग रहा था।

चरण का मन उस समय एक वध्य भूमि के समान था। उसकी किसी भी स्मृति में निरापदता नहीं थी। प्रत्येक स्मृति का चेहरा घातक के समान था। चरण विवश, असहाय था। जिन सभी विश्वासों को आधार मानकर चरण ने इतने वर्ष व्यतीत किए थे, प्रत्येक विश्वास बेईमान निकला, सिर्फ बेईमान।

उसके पीछे खामोशी से तीन लोग चल रहे थे। तीनों ही वृद्ध थे। उनमें से रघुआ का ददुआ, विशाल दुसाध का एक पैर तो जख्मी भी था। पट्टी बाँधकर लाठी के सहारे चल रहा था। चाँद और राजाराम की देह पर कोई जख्म नहीं था मगर वे उस वक्त बुढ़ापा, आतंक और शोक से विवश थे। चरण को लगता था जैसे यह शहर बेजान है, सिर्फ वे ही जीवित हैं। या फिर शहर जिन्दा होगा और वही मृत। पता नहीं क्या सच था, क्या झूठ।

क्या चरण ने कभी किसी दिन बच्चों को इतिहास पढ़ाया था? नक्शा दिखाते हुए उन्हें बताया था कि तुम गया जिले में जरूर रहते हो, परन्तु देखो, पटना, मोतिहारी, पूर्णिया, सासाराम आदि और भी कितने जिले हैं। इस राज्य में कुल सत्रह जिले हैं।

उसने क्या किसी दिन बच्चों को मगध, पाटलिपुत्र जैसे आश्चर्यजनक नाम बताए थे? कभी वह तीन वर्षों तक कोलकाता रहा था, बाँग्ला भाषा वहीं सीखी थी। रुक-रुक कर, कोशिश करते हुए जाने किसके द्वारा रचित उसने एक अचरज-भरी कहानी पढ़ी थी, जिसमें गौतम बुद्ध सोन और गंगा के संगम-स्थल पर एक अरण्य दिखाते हुए कह रहे थे—एक दिन यहाँ पर एक समृद्ध नगरी का निर्माण होगा...

चरण वही कहानी बच्चों को सुनाया करता था। फिर बताता था, उस नगरी का निर्माण हुआ था। नाम था उसका, पाटलिपुत्र, और अब उसका नाम है—

'पटना! पटना!'

'हमेशा याद रखना पटना के साथ सम्राट अशोक का नाम, और गया के साथ बुद्ध देवता का नाम जुड़ा है।'

क्या चरण ये सब बातें युगों पहले कहा करता था?

इस पर भी हैरत होती है कि क्या चरण रोज बन्दर-छाप दन्तमंजन से दाँत माँजकर, चाय-रोटी का नाश्ता करके स्कूल पहुँचकर बच्चों के साथ स्वयं भी जन-गण-मन गाया करता था और उसके बाद रघुपति राघव राजा राम भजन भी।

वह निश्चय ही मौर्य युग होगा अथवा उससे भी पहले का कोई युग। वस्तुतः विगत चार महीनों से उसने जिले का मानचित्र जितनी बार देखा है, उतनी ही बार उसे लगा कि जहानाबाद पटना की सीमा पर है और स्थित गया जिले में है। बुद्ध जहानाबाद से होते हुए पटना गए थे? कब? किस अतीत में?

जहानाबाद की धरती पर तो चरण ने भी सात वर्ष गुजारे थे। वहाँ की धरती में इतनी हिंसा, इतनी घृणा, जात-पात के आधार पर अत्याचार के इतने बीज क्यों थे?

इतिहास में तो ऐसा नहीं था।

चरण ने जो इतिहास पढ़ा था वह झूठ था। उसने नाहक समय गँवाया। तू आराम से सो रघुआ। जीवित रहा तो असली इतिहास मैं लिखूँगा।

'मास्टरजी! और कितना रास्ता है?'

'और थोड़ा-सा विशाल।'

'मास्टरजी!'

'बोलो विशाल!'

'वो...वो जीएँगे?'

रघुआ का बाप मारा गया, चाँद का भाई मारा गया, राजाराम की औरत गंगी के दोनों हाथों में सुई-ग्लूकोज और सलाइन चढ़ाया जा रहा है। जख्मी तेतरी दुसाधिन, मुलुक दुसाध।

उनमें विशाल का अपना सगा कोई नहीं था। फिर भी विशाल के प्रश्न में जाने क्या था कि चरण चकित हो गया। विशाल ने कभी लिखा-पढ़ी नहीं की, चरण के समान कोलकाता, गया, पूर्णिया नहीं गया। सहजानन्द की जीवनी नहीं पढ़ी, खेतिहर मजदूरों की लड़ाई नामक पुस्तक भी।

उसने चैपलिन की पिक्चर नहीं देखी, जिसे देखने से छाती चौड़ी हो जाती है और मन में अचानक दर्द उठने लगता है।

चरण ने सब-कुछ किया था।

विशाल के पास घर, बकरी और नाती था, नाती को स्कूल पहुँचाया करता था। रोज रोटी सेंकते हुए उसकी कमर दर्द करने लगती थी और चार दिन पूर्व भी उसने रघुआ के बाप से कहा था, 'का रे हरवा! चाय की दुकान पर काम करेगा, दिन भर वहीं रहेगा, घर की बात सोच।'

'क्या सोचूँ?'

'ब्याह कर ले।'

'अरे बाप रे! ब्याह कैसे करूँ?'

विशाल बहुत हैरान हो गया था।

'हज्जाम ने जाकर लखपतिया के बाप से बात की है। वह भी राजी है। तू 'हाँ' कहे तो ब्याह हो जाएगा।'

हरवा हैरानी से देखने लगा।

'ब्याह होने पर तो लखपतिया माँ बनेगी।'

'तो क्या?'

'रघुआ के माँ की तरह वह भी अस्पताल जाएगी?'

'जाएगी।'

'उसकी तरह इसकी भी अस्पताल चिन्ता नहीं करेगा। और दर्द से तड़पते हुए साँस खत्म हो जाने पर वह भी मर जाएगी। डॉक्टर, सरकारी डॉक्टर बोलेगा, पेट चीर कर बच्चा निकालने में रुपया लगता है। रे हरवा दुसाध! रुपए लगते हैं–पाँच सौ।'

'वो तो हो चुका।'

हरवा ने कहा था, 'हो नहीं चुका। मेरे सीने में आज भी आग धधक रही है।...बेटी थी। श्मशान में तो माँ-बेटी को अलग करना पड़ा था। जिन्दा लड़की माँ के पेट में मर गई, और रघुआ की माँ...ना बाबा, ब्याह नहीं करूँगा।'

'हमारा दुर्भाग्य!'

सह भी नहीं पाता, कह भी नहीं पाता, ऐसे दुःसह क्रोध को दबाते हुए हरवा ने गरजते हुए कहा था, 'हमारे दुर्भाग्य से रघुआ की माँ मर जाती है और मोहरचन्द के भाग्य से उसी अस्पताल से उसकी माँ जिन्दा क्यों लौट आती है?'

विशाल ने सिर हिलाया था।

'मैं बूढ़ा हूँ, रघुआ बच्चा है, तू बाहर रहता है। अकेला मरद कभी घर-गृहस्थी चला सकता है?'

'मैं नहीं जानता।'

ये तो चार दिन पहले की बात थी। हरवा अब कोई नाम नहीं, कल तक भी वह पैरों में बँधे कागज पर एक नम्बर था। आज सुबह बाँस-घाट पर हरवा और चाँद का भाई अवधलाल जलकर राख हो गए।

विशाल और रघुआ।

घाट पर खड़े होकर विशाल सूखी आँखों से हरवा की चीरा-फाड़ी, सड़ी-गली फूले पेट वाली देह को धीमी आवाज में भद्दी-भद्दी गालियाँ दे रहा था। कह रहा था, 'तू बूढ़े बाप के मुँह पर लात मारकर चला गया? बाप के कलेजे पर, लात मारकर उसे दरकाकर चला गया?'

उस समय चाँद रघुआ को अपने साथ सटाकर दूर बैठा हुआ था। राजाराम ने चरण से सूखी आवाज में कहा था, 'विशाल रो नहीं पा रहा है, तभी तो गालियाँ बके जा रहा है। तुमने अब तक देखा नहीं था, मास्टरजी, मैंने बहुत बार देखा है। अब उसकी दुनिया तो जली जा रही है, न!'

आज सुबह ही जिसकी दुनिया जल चुकी है, पटना की बरसात में फूली हुई, क्रुद्ध, मटमैली गंगा के तट पर दाह-संस्कार समाप्त होने पर भी जो श्मशान छोड़ना नहीं चाहता था, उस विशाल ने क्या कहा?

कहा, 'वे लोग बच जाएँगे न?'

चरण ने धीरे-से कहा, 'देखा जाए।'

'मास्टरजी!'

'बोलो राजाराम!'

'पत्रकार लोग कानेरा की खबर छापेंगे?'

'अरवल...कनसार...वो भी बहुत थक गए हैं मास्टरजी। कितनी बार लिखेंगे, बताओ?'

चरण मन-ही-मन चौंक गया। पत्रकार राकेश, (उसका नाम राकेश नहीं था। गैबीनाथ शिव के चरण पकड़कर प्राप्त हुए बेटे का नाम गैबीनाथ ही था। परन्तु कई समाचार-पत्रों में 'फ्री-लांस' पत्रकार होने के बाद अदालत जाकर उसने अपना नाम राकेश रख लिया। उसके बाद ही 'इंडियन-इनसान' नामक समाचार-पत्र में काम करने लगा।) यह खबर सुनते ही बहुत हताश हो गया था तथा बहुत से दुरूह प्रश्न पूछ-पूछकर चरण को थका दिया था।

'अरवल...कितना शोर, डेपुटेशन, विधानसभा, लोकसभा...'

'हाँ, राकेश।'

'उसके बाद फिर कनसेरा!'

'पहले भी काफी...'

'जितनी सेनाएँ हैं सभी पर तो अब प्रतिबन्ध है...'

'भाई! ये सब बातें अब रहने दो।'

मोहरचन्द आदि के सैन्य दल निषिद्ध घोषित होते हुए भी शाक्यमुनि और सम्राट अशोक के मौर्य देश में उनको कुछ फर्क नहीं पड़ता था। उनके सैन्य-दल में पुलिस भी होती रही है। भूमि-लोरिक-ब्रह्मर्षि सेना कुछ समय के लिए विश्राम कर ही सकते हैं। उनके लिए पुलिस ने पहले भी काम किया था, अब भी कर रही थी और आगे भी करेगी।

हरवा आदि के लिए जो लड़ते हैं, उन्हें धरती से उखाड़ फेंकने के लिए ही तो यह निषेधाज्ञा जारी की गई थी।

चरण कुछ कहने को हुआ पर चुप हो गया। अभी भी बहुत से काम करने बाकी थे। मृतकों की सद्गति, जख्मी लोगों की खबर रखना, और इस विशाल शहर में विशाल वगैरह के पास रहना।

राकेश यह सब समझ नहीं पाता।

'जहानाबाद की धरती में क्या है?'

'सन्थाल परगना, गया, बिहार की धरती कहो।'

'क्या है? अरवल के बाद कनसेरा, उसके बाद कनेरा क्यों होता है?'

चरण उदास होकर हँसा और बोला, 'भूमि स्वामित्व में मनमानी, जात-पाँत का प्रबल विष। क्या नहीं है!'

'प्रतिवाद करो तो...'

'भाई...सब तो रामावतार के आदर्श के अनुरूप है। बिहार में मालिकों के आदर्श तो राम हैं, आदर्श पुरुष भी हैं। उन्होंने क्या नहीं किया? शम्बूक वध, बालि वध, आदिवासी जाति को दबाने के लिए पत्नी को जलाया, उसे निकाल बाहर किया...'

'रिसर्च का विषय है!'

'तुम शोध करो! केवल इस खबर को...'

'खबर...'

‘हाँ...किस ढंग से लिखूँ।’

‘कोई असुविधा है?’

‘बहुत ज्यादा लोग तो नहीं मरे...’

‘दो लोग। तीन लोग जख्मी हुए हैं।’

‘किस बात पर हंगामा हुआ?’

‘सब-कुछ लिख दिया है, राकेश!’

‘यहाँ एक पत्रकार सम्मेलन...यह बच्चा?’

‘उसका बाप...’

‘मैं सिर्फ यह सोच रहा हूँ कि अखबार में क्यों नहीं छपा?’

पिछले कई दिनों में ही चरण की उम्र पाँच हजार साल हो गई थी। बहुत से युगों के उस पार से चरण ने थके हुए स्वर में कहा, ‘कनेरा बहुत छोटी जगह है। बलियापुर थाने की पुलिस...’

‘खबर के लिहाज से एक ही अफसर होता...’

‘खबर के लिहाज से तो अच्छा ही होता, पर बहुत छोटी जगह है...मोहरचन्द बहुत अधिक ताकतवर है...’

थोड़ा फँसकर चरण बोला, ‘बीस-पच्चीस लोगों की मौत नहीं हुई। कुल सात परिवारों की तो बस्ती थी। मरे सिर्फ दो लोग। जख्मी हुए तीन लोग। इन्हीं कारणों से खबर नहीं पहुँची।’

‘तुम कौन सेना में हो?’

‘सेना में तो नहीं था।’

‘अब तो हो।’

‘अगर हूँ भी तो, कनेरा ही मुझे...वो भी मास्टरजी को पहचानते हैं...मैं चलता हूँ, राकेश।’

‘बच्चे की एक तस्वीर खींच लूँ?’

‘श्मशान चले जाओ। सब मिल जाएँगे। और मेडिकल कॉलेज में तो जख्मी लोगों की खबर मिल ही जाएगी।’

‘कहाँ जा रहे हो? यहीं रह जाओ।’

‘हम पाँच लोग हैं, राकेश!’

चरण बाहर निकल आया था।

श्मशान में राकेश ठीक समय पर पहुँच नहीं पाया था। बुझी हुई चिता, आसमान में सूर्यास्त की चिता। तीन वृद्ध और रघुआ की जलकर राख हुई आशाएँ-आकांक्षाएँ।

रघुआ ने फिर कोई बात नहीं की। बदहवास-सा देखता रहा। फिर भी हॉट-शॉट में उन्हीं की तस्वीरें राकेश ने खींच ली।

‘कुल तीन बजे प्रेस कांफ्रेंस आयोजित करवा दूँगा।’

‘वही ठीक रहेगा।’

इस समय हजारों वर्षों से पाटलिपुत्र के पथ पर चलते-चलते, चलते-चलते, चरण को ऐसा प्रतीत हुआ जैसे वह किसी दुःस्वप्न से घिरा हुआ है। इस शहर में रात भर के लिए सोने लायक निरापद आश्रय कहाँ मिलेगा?

'किस बात पर दंगा हुआ?' राकेश ने पूछा।

'राकेश, राकेश! दो गरीब दुसाधों को मारने, सात घर जलाने और तीन लोगों को जख्मी करने के लिए किसी तर्कसंगत कारण की जरूरत नहीं होती। इसका नाम बिहार है। बिहार की भूमि और जाति व्यवस्था में दूसरे वर्ग पर अत्याचार और शोषण ही स्वाभाविक परिणाम है।'

कोई दूसरा रास्ता अख्तियार करो तो, तुम राज्य और राष्ट्र को परेशानी में डालनेवाले बन जाओगे, तुम मुजरिम करार कर दिए जाओगे। तुम्हें प्राणदंड देने के लिए व्यवस्था मौजूद है। मोहरचन्द वगैरह, प्रशासन और मंत्रिमंडल, मोहरचन्द के संरक्षक, पुलिस, सरकार, सभी खुशी-खुशी जल्लाद बनने के लिए आगे बढ़ आते हैं।

बीस लोगों को अरवल बना दो–

पूरे देश में उत्तेजना है।

कोई बात नहीं। लगाओ कनसारा।

प्रतिवाद, प्रतिवाद–परन्तु प्रशासन बधिर है।

राज्य प्रशासन ने इन्द्रप्रस्थ से शिक्षा प्राप्त की है। मारो, फिर मारो, धरती से प्रतिवाद के पौधे को उखाड़ फेंको।

परन्तु कनेरा की घटना तो बहुत छोटी है, बहुत ही तुच्छ कारण से घटी है।

अरवल की छाया, अरवल की छाया।

सात घर दुसाध, न गाँव, न शहर, कनेरा की सीमा पर, एक ऐसी जगह पर रैयती जमीन पर पिछले तैंतालीस वर्षों से वे रहते आ रहे थे, जिधर कभी कोई जाता नहीं था।

मूल जनपद और दुसाध टोले की सीमा एक गन्दे पानी का नाला तय करता था। कनेरा के कच्चे पाखाने का मल और सारा कूड़ा-करकट उस नाले में बहा करता था। आने-जाने के लिए दुसाधों ने लकड़ी के कई तख्ते उस पर बिछा रखे थे, कभी-कभार उसे बदल दिया करते थे।

कनेरा जब धीरे-धीरे घनी आबादी से भर गया, मोहरचन्द ऑटोमोबाइल गैरेज, 'जवानी' सिनेमा हॉल, अब तो 'वीडियो पैलेस' भी बन गया है, पेट्रोल पम्प, उस समय नाले के उस पार भी कुछ काम शुरू हुआ था।

इस नाले की यात्रा प्रस्तावित कनेरा दुमकाना सिंचाई नहर के सूखे वक्ष पर जाकर खत्म होती है। महान सदाशयता से सिंचाई के लिए खोदी गई यह नहर गंगा के पानी से भरी कनेरा नदी से चार फीट की ऊँचाई पर बनी हैं फलतः इसमें पानी नहीं आता।

नहर निर्माताओं की जानकारी में और पब्लिक की गैर-जानकारी से किसी कारणवश नहर का मुँह कनेरा नदी की ओर ढलवाँ है। फलतः साल भर पूरे जनपद का तो दुर्गन्धमय कूड़ा-करकट नहर की सतह पर जमा होता रहता है, बरसात के दिनों में वही कूड़ा गर्व सहित बहकर कनेरा नदी में मिल जाता है।

कनेरा की हवा में दुर्गन्ध ने स्थायी भाव धारण कर लिया है।

इस नाले ने हँसुली की तरह मोड़ लेते हुए दुसाध टोले को द्वीप बना दिया है।

सात घर दुसाध, साढ़े दस कट्ठा जमीन। राजाराम का बेटा सरपंच के दफ्तर में झाड़ूदार था, वह उस दिन से भागा हुआ है।

चाँद का भाई, मोहरचन्द के ठेकेदारी के दफ्तर में किसी श्रेणी का कर्मचारी था, जो अब मर चुका था। बाकी सब हरवा की तरह इधर-उधर मुँह मारकर गुजर-बसर किया करते थे।

प्राथमिक विद्यालय और बालवाड़ी केन्द्र नाले के उस पार हैं।

हाल ही में, कुछ दिनों से चरण हरवा वगैरह के साथ नाले पर सीमेंट की पटिया बिछाने के लिए ब्लॉक ऑफिस में भाग-दौड़ कर रहा था। पालिका दफ्तर में भी जाता था, बालियार।

बलियारपुर तीन मील दूर था। पर असल में कई योजन दूर था क्योंकि दुसाधों की बात बलियारपुर नहीं सुनता था।

'इस तरह नहीं होता।' अफसर ने कहा था।

'कैसे होता है, तरीका बताइए।'

'विशिष्ट नागरिकों से दस्तखत करवाइए। मोहरचन्द जी, उधम जी...कर्नल जी...'

'कोशिश करूँगा।'

ऑफिस से निकलकर हरवा ने कहा, 'नाला ढकने से उन्हें क्या मिलनेवाला है? वो क्यों दस्तखत करने लगे?'

सवालों के हिसाब में कितनी गलतियाँ रह जाती हैं!

या फिर हिसाब देखने में गलत लगता है, होता असल में सही है।

चरण को भी लगा था कि कैसे दो और दो पाँच हो गया। या फिर तीन महीने पहले पोता पैदा होने के कारण, यज्ञ-हवन आदि करने से मोहरचन्द का हृदय-परिवर्तन हो गया? क्योंकि, मोहरचन्द जी गाड़ी रोककर लाठी टेकते हुए चलकर लकड़ी के पुल पर आ खड़े हुए थे।

उन्होंने सिर हिलाकर कहा था, 'इस तरह नहीं चल सकता। कनेरा से माँग उठती है तो बलियारपुर नहीं सुनता। ऐसा नाला खुला रहेगा? क्यों? दुसाध क्या आदमी नहीं हैं?'

'टाउन की हवा में भी बदबू फैल रही है।'

'ठीक कहा आपने मास्टर बाबू।'

'सिंचाई नहर भी तो...'

'मुझको ठेकेदारी देते तो अच्छा होता। सिंचाई विभाग का प्यारा ठेकेदार, उसी के कारण यह हाल है! खैर! यह नाला ढक जाए, इसका बन्दोबस्त करता हूँ।'

सब सुनकर विशाल ने सिर हिलाया था।

'भरोसा मत करना मास्टरजी! मोहरचन्द कभी बिना स्वारथ कोई काम नहीं करता।'

'देखा जाएगा।'

बहुत जल्दी ही नाले पर सीमेंट की पटिया बिछ गई थी। उसके बाद रास्ता बना था।। दुसाध टोली कनेरा के साथ इस प्रकार जुड़कर अलग-थलग पड़े होने के अपवाद से मुक्त हो गया।।

हरवा और उसके साथी उस दिन कितने खुश थे, बेहद खुश! चरण को भी यह देखकर बहुत अच्छा लगा कि टोले के चार बच्चे बड़ी खुशी से नाला पार कर इधर आ रहे थे। बालवाड़ी केन्द्र की कमला श्रीवास्तव ने कहा था, 'अब दुसाधिनों को कभी भी यहाँ आना पड़ेगा। केन्द्र के साथ तो उनका कोई सम्बन्ध ही नहीं था।'

इसके बाद ही मोहरचन्द ने कहा था, 'मास्टर बाबू! नाला ढकना था, ढकवा दिया। परन्तु एक बात, दारोगा बाबू भी कह रहे थे, मैं भी सोचता हूँ, आपने उन लोगों के साथ इतना सम्पर्क क्यों क्यों बना रखा है?'

'मेरा स्कूल तो हरिजन प्राथमिक स्कूल है। मैं भी हरिजन शिक्षक हूँ। हरिजन छात्र तो कम ही मिलते हैं। इसी से उन्हें समझाने जाता हूँ। वो भी आते हैं।'

'आपने शादी भी नहीं की है।'

'की थी, मर गई।'

'बाल-बच्चा नहीं हुआ?'

'एक लड़की है। मेरी माँ के पास रहती है, लिखाई-पढ़ाई भी करती है। पाँच-सात साल बाद उसी की शादी करनी है।'

'जो भी हो! उनके साथ उठना-बैठना...जहानाबाद बहुत बुरी जगह है। पढ़ा-लिखा इनसान छोटे लोगों की सोहबत में रहे, यह ठीक नहीं।'

'मैं भी तो आपके लिए 'नीच' ही हूँ।'

'अरे, आप लोागें का तो राज है, आजकल!'

'कैसे?'

'आरक्षण से?'

'मोहरचन्द जी! शिक्षा ही नहीं है, जिसके घर में भात है, उसके बेटे को आरक्षण की सुविधा मिल रही है। भूखे-नंगे-निरक्षर मनुष्यों को आरक्षण बचा पाएगा?'

इन सब बातों से मोहरचन्द ने मन-ही-मन खतरे की लाल झंडी देखी। मास्टर देखने में जितना अच्छा लगता है, उतना है नहीं, भूखे-नंगों के लिए इतनी सहानुभूति क्यों? तुम खुद तो न भूखे हो, न नंगे और पढ़े-लिखे भी हो।

'हरवा के बारे में क्या खयाल है?'

'मतलब?'

'बहुत मिजाज बढ़ गया है।'

मैंने कहा, 'हरवा, नाले का इन्तजाम करवा दिया। इस पर मुझसे कहने लगा, इन्तजाम आज न होता तो कल हो जाता। बदबूदार हवा से गरीब को कुछ नहीं होता। पर अमीरों को बड़ी तकलीफ हो रही थी।'

'औरत के मर जाने के बाद से वह ना जाने कैसे हो गया है...'

'और न हँसाओ, मास्टर बाबू। औरत मर जाने से उन्हें दुख होता है? फिर से शादी कर लेते हैं। परिवार-नियंत्रण तो समझते नहीं।'

चरण ने बात आगे नहीं बढ़ाई। चरण और मोहरचन्द दोनों के रास्ते दो दिशाओं में मुड़ गए हैं, मुड़े ही थे या फिर समानान्तर। दोनों रास्ते कहीं नहीं मिलते, मिलेंगे भी नहीं।

अरवल, अरवल की छाया!

वह छाया लम्बी होते-होते जहानाबाद पर छा गई। अरवल कनसारा-मोहरचन्द के मन को अनजाने ही नियंत्रित करता है।

सिर्फ सुन-सुनकर, बस सुन-सुनकर।

और हाँ। 'और अरवल नहीं चलेगा', ऐसा नारा लगाते हुए जो जुलूस निकला था,

उसमें हरवा वगैरह पाँच-सात लोग भी शामिल हुए थे। उसमें शामिल क्यों न होते! सभी हुए थे।

चरण भी शामिल होता है, हुआ भी था।

पत्थर का प्रशासन मगध से इन्द्रप्रस्थ केवल देखता रहता है। केवल देखता रहता है।

इसी बीच हरवा और उसके साथियों को बुरी तरह से चौंकाते हुए, मुँह पर थप्पड़ मारकर, मोहरचन्द ने सीमेंट से ढके नाले पर एक कतार से टीन के कमरे बनवाने का काम शुरू करवा दिया।

चरण उन लोगों को लेकर भागा हुआ पहुँचा था। 'यह क्या, मोहरचन्द जी?'

'क्या?'

'यह आप क्या कर रहे हैं?'

'दुकानें बनवा रहा हूँ।'

'यह तो पब्लिक की सड़क है।'

'कनेरा में हम ही पब्लिक हैं।'

'दुसाध लोग कैसे आएँगे-जाएँगे?'

'मुझे क्या पता?'

'ऐसा आप नहीं कर सकते।'

'नहीं कर सकता? हँसाइए मत, मुझे हँसाइए मत। यहाँ पर सैलून, रेडियो बैटरी की दुकान, हलवाई की दुकान, स्टेशनरी की दुकानें होंगी। वे लोग पेशगी दे गए हैं। तीन साल के लिए लीज है। नहीं कर सकता? कर तो रहा हूँ।'

'ये लोग इतने सालों से यहाँ से आ-जा रहे हैं, उस जगह पर उनका हक बना रहेगा। और पब्लिक रोड पर...'

'उनसे कहिए न, घरबार उठाकर नहर के किनारे चले जाएँ।'

मोहरचन्द ने गम्भीर स्वर में कहा था, 'जहाँ नाला था, वहाँ दुकान, बिजली, रास्ता भी अच्छा बन जाएगा। कनेरा का विकास जरूरी है या सात घर दुसाध जरूरी हैं?'

'सात घर दुसाध बहुत जरूरी हैं, मोहरचन्द जी। दस कट्ठा जमीन भी समय आने पर बहुत जरूरी हो जाती है...आपके पास तो बहुत कुछ है। उनके पास तो कुछ भी नहीं।'

'टाउन जैसी महँगी जगह पर दस कट्ठा जमीन!'

'खरीदना चाहते हैं?'

'कौन बेचेगा? उन्हें क्या पट्टे पर मिली थी?'

'जमीन-राजस्व रिकॉर्ड ऑफिस में जरूर लिखा होगा। और, वे कर भी देते हैं, उन्हें रसीद भी मिलती है।'

'फिर क्या बात है!'

चरण वगैरह लौट आए।

हरवा को अपने भीतर संचित, धधकते गुस्से को बाहर निकालने का जैसे मौका मिल गया। बोला, 'दुकानें तोड़ दूँगा, सब उखाड़ के फेंक दूँगा।'

चरण ने पूछा, 'उसके बाद?'

'देखा जाएगा।'

विशाल बोला, 'गेहुँवन की दुम पर पैर मत रख।'

'पैर रखने से पहले ही तो उसने फन उठा लिया है।'

चरण ने कहा, 'पहले मुझे देखने दे।'

वे लोग थाना, ब्लॉक ऑफिस, अनुसूचित जनजाति दफ्तर, लोक निर्माण विभाग, सरपंच, नगर पालिका, सर्वत्र दौड़ते रहे, हर जगह अर्जी देते रहे।

मोहरचन्द देखता रहा।

चाँद का भाई बहेड़ा असल में बहरा नहीं था। परन्तु चाँद के बाद जन्मे जुड़वाँ बेटों के मर जाने के बाद चाँद की दादी ने, यमराज की नजरों से बचाने के लिए पोते-पोतियों का नाम रख दिया—बहेड़ा, लँगड़ा, गूँगी।

बहेड़ा मोहरचन्द के ठेकेदारी दफ्तर में झाड़ूदार था। बिजली मिस्त्री, पान-सिरगेट लानेवाला, जरूरत पड़ने पर काम के साइट पर लेबर, वही यह दुःसंवाद लेकर आया था।

'गोदाम में दुकानों के लिए टीन, बाँस, शहतीरें आदि आ चुकी हैं। पेशगी वगैरह की बात झूठी है। सभी दुकानें मालिक की ही हैं।'

चरण और उसके साथी थाने की ओर दौड़े।

'गैरकानूनी दुकानें बनाई जा रही हैं, दुसाधों के आने-जाने का रास्ता बन्द किया जा रहा है। हम थाने को सूचित कर रहे हैं, आप आइए।'

'हंगामा होगा।'

एक कागज के बल पर बलवान बने चरण ने कहा, 'हरिजन एम.एल.ए. के कथनानुसार लोकनिर्माण ने कह दिया है कि दुकान बनाना गैरकानूनी है।'

'तो फिर लोकनिर्माण विभाग आकर वहाँ क्यों नहीं खड़ा होता?'

'इन्स्पेक्टर आएँगे। परन्तु आप भी तो जाएँगे?'

'क्या, दंगा-फसाद करेंगे?'

'नहीं, साहब।'

'छोटा दारोगा।'

'और कुछ दो।'

दंगा-फसाद तो ये लोग नहीं करेंगे। बस रास्ता रोकेंगे। वहाँ रास्ता रहेगा। वहाँ दुकान नहीं बनने देंगे और फिर वहाँ दुकानें बन भी कैसे सकती हैं। अदालत 'इंजक्शन' भी दे सकती है।'

'हाँ-हाँ, बाबूराम वकील हैं!'

'जो भी हो, ये बातें बाद में।'

छोटे दारोगा किसी गुप्त बात को दबाकर अत्यधिक सहानुभूतिशील बन गए और बोले, 'जाएगी, पुलिस जरूर जाएगी। पर कानून मत तोड़िएगा। वैसे आजकल तो...राज आप लोगों का ही है, जहानाबाद में तो पुलिस की जो हालत...'

विशाल ने सिर हिलाया था।

'आप तो शिक्षक हैं!'

'हाँ, हरिजन-शिक्षक।'

'यह भला शिक्षक का काम है?'

'क्यों नहीं, मेरे विद्यार्थी वहाँ रहते हैं।'

'जाएगी, पुलिस जाएगी।'

पुलिस रहेगी, रोड इन्स्पेक्टर रहेंगे। एम.एल.ए. नहीं मिले। वे पटना जा चुके थे। किसी अलिखित निर्देश से बालवाड़ी केन्द्र बन्द रहा।

वारदात के दिन टीन, बाँस, शहतीरें और गुंडे ट्रकों में भरकर पहुँच गए। गाड़ी में सवार होकर मोहरचन्द भी आए। पुलिस आई थी, पर रोड इन्स्पेक्टर नहीं आया। सात परिवारों की बस्ती। बूढ़े से लेकर बच्चे मिलाकर आबादी इकतालीस लोगों की। दो महिलाएँ गर्भवती थीं, वे 'आनेवाला कल' थे।

वे सब अपने इस्तेमाल वाली जगह पर झुंड में खड़े होकर यह सब देख रहे थे।

ट्रक से उतरते ही गुंडों ने लाठी लेकर उन पर हमला किया। उन्हें भीतर धकेलने की कोशिश की। साथ ही ट्रक से बाँस, बस्ता नीचे फेंकने लगे।

चरण पुलिस की ओर दौड़ा।

'नियम-कानून कौन तोड़ रहा है, देखिए। आप लोग चलिए।'

पुलिस निरुत्तर रही। छोटे दारोगा ने हवा से बचाकर सिगेरट सुलगाई और न जाने किस बात की प्रतीक्षा करने लगे।

चरण वैसे ही हड़बड़ाते हुए लौटने को हुआ।

छोटे दारोगा ने उसका हाथ कसकर पकड़ लिया।

'अभी वहाँ मत जाइए।'

'छोड़ दीजिए।'

'मत जाइए...हरिजन...मास्टर!'

चरण ने देखा छोटे दारोगा की आँखों में कितना क्रोध, कितनी घृणा थी। आखिर बात क्या थी? अरवल और कनसारा के बाद नाम के वास्ते उन्हें कोई निर्देश मिला था। 'आदिवासी, हरिजन क्षेत्र में धीरज रखो, ऐसा कुछ मत करो जिससे पुलिस विभाग की बदनामी हो।'

चरण ने झटके से हाथ छुड़ाया और दौड़ पड़ा। क्योंकि उस वक्त हरवा और उसके साथी दुकानों का बाँस उठाकर गुंडों को मार रहे थे, उनके बाँस फेंक रहे थे। उस वक्त युद्धरत लोगों का वह जंगल हो गया था जैसे।

पुलिस की तीखी सीटी सुनकर गुंडे सहसा भागने लगे। जीप के पीछे-पीछे भाग गए। अब चरण की समझ में आया कि नाटक का यह दृश्य पूरे अभ्यास के बाद मंचस्थ किया जा रहा था।

क्योंकि अब पुलिस दौड़ी आ रही थी।

धाँय-धाँय गोलियाँ चलने लगीं।

एक राउंड, दो राउंड, कितने ही राउंड!

पेट्रोल रो भीगे कपड़े को पता नहीं किसने जलाकर तेतरी के घर पर फेंक दिया। भयतीत, क्रन्दनरत स्त्रियाँ और बच्चे नाला पार कर दौड़ने लगे। भोलानाथ की माँ गांगी अपने आसन्न प्रसवा पुत्रवधू को अपनी ओट में करके सीना तनकर खड़ी हो गई।

'मास्टरजी...ई!'

हरवा छिटककर गिर पड़ा।

पल-भर में, चरण के सामने सब-कुछ घट गया। चरण पागलों की भाँति उन भयभीत, भागते हुए नर-नारियों-बच्चों को अपने स्कूल के पीछे खींचता रहा, खींचता रहा।

कितनी जल्दी इस नाटक का दृश्य बदल गया। मोहरचन्द के ही ट्रक पर, मृतकों को, जख्मियों को, और कई लोगों को लादा गया। साथ में पुलिस थी।

राकेश! राकेश! एक अत्यन्त सच्ची हरिजन कहानी है। परन्तु यह कहानी, केवल हरिजनों की नहीं है। यह कहानी बड़ी मनोहर है। इसका चरित्र है, बिहार की धरती—मोहरचन्द जैसे लोग—हरवा और उसके साथी—चरण जैसे लोग—पुलिस-दस कट्ठा जमीन जो दिन-पर-दिन साबुन की तरह कीमती होती जाती है—एक नाला...

इसके बाद? इसके बाद पटना मेडिकल कॉलेज, मुर्दा-घर, राकेश आदि से सहायतार्थ रुपए लेकर विशाल, राजाराम, चाँद और रघुआ को खाना खिलाना—मिटिया कॉलेज के चबूतरे पर पड़े रहना—बाबूराम को धर-पकड़कर अग्रिम जमानत की व्यवस्था करना—अभी बहुत काम बाकी पड़े थे।

दुकानों का काम बन्द करवाना।

जले हुए घरों को फिर से बनवाना।

इतने छोटे और नगण्य 'सत्य हरिजन कहानी' के बाद विभिन्न दफ्तरों से सहायता के लिए माँग, पुनर्वास की माँग करनी है।

कल दीपक अग्रवाल के पास जाना होगा। यह क्षण तो अन्तिम क्षण नहीं है।

'विशाल!'

'बोलो जी।'

'अरवल, कनसारा इनके साथ कनेरा को भी जोड़ना पड़ेगा, नहीं तो हम लोग बहुत ही अकेले पड़ जाएँगे, है कि नहीं?'

अन्धकार में विशाल की बात बहती हुई आई।

'वह तो जरूरी है ही मास्टरजी।'

इस समय चरण अतीत से वर्तमान की ओर लौटने लगा। संत्रस्त हुए प्राचीन अन्धकारपूर्ण मगध से संत्रासकारी पटना में।

देह में 'ऐड्रेनलिन' काम कर रहा था। मनोबल लौट रहा था।

ऐसे समय रघुआ के बदन में हरकत हुई।

'बस गांधी मैदान आ गए। किसी पेड़ के नीचे लेट जाएँगे।'

'यही गांधी मैदान है?'

'हाँ राजाराम।'

परन्तु लगातार चार दिनों तक गूँगे रहकर आज अचानक रघुआ रोने लगा। अपने ददुआ को ढूँढ़ने लगा।

उस दिन रघुआ के दिमाग की सभी अनुभूतियाँ प्रचंड आघात से गूँगी हो गई थीं। अब भी उसे कनेरा की वह सुबह दिखाई देती है, हरवा की चिता दिखाई देती है।

'नहीं, गांधी मैदान नहीं, गांधी मैदान नहीं। ददुआ! तुमने तो कहा था, गांधी स्कूल था, फिर भी अरवल...और...हमारे स्कूल के सामने भी गांधीजी की मूर्ति है...नहीं, गांधी मैदान नहीं...न जाइयो ददुआ...फिर से मार देहले तो कहाँ जाउब? गांधी मत बोलो...'

प्रौढ़ चरण, तीन वृद्ध, रघुआ के आतंकित स्वर के आघात से पत्थर हो गए।

चरण आनेवाले कल की बात सोच सकता है परन्तु इक्कीसवीं शताब्दी के जन्म के चौदह साल पहले 'गांधी' नाम के विस्फोट से रघुआ के कानों को कैसे बचा पाएगा?

विशाल बोला, 'सड़क पर सो जाइए मास्टरजी! रघुआ को हमारे पास दे दो।'

चरण ने बड़ी सावधानी से रघुआ को लिटा दिया। रघुआ ने कोई प्रश्न पूछा है। चरण लेट गया। प्रश्न का उत्तर ढूँढ़ना होगा। रघुआ, तू ढूँढ़ना। हमसे अकेले नहीं बन पड़ेगा। यह एक लम्बी लड़ाई है, बहुत दिन लग जाएँगे।

राजाराम ने कहा, 'फुटपाथ पर सो जाओ।'

वे सब फुटपाथ पर लेट गए।

चरण बैग पर सिर रखकर लेट गया। अरवल, कनसारा—कनेरा, को एकसूत्र में बाँधने से काम खतम नहीं होगा, रघुआ ने आज एक मौलिक प्रश्न उठाया है, और शिशु की आस्था को बनाए रखना है तो निरुत्तर रहने से काम नहीं चलेगा। रघुआ वगैरह के लिए गांधी नाम का एक और अर्थ क्या आतंक है?

तेतरी कहानी

एस.ओ.एस./विक्टर एको पापा कालिंग/मेडे, मेडे! बानूदुंग सम्मेलन में जानेवाले यात्रियों का 'कश्मीर प्रिंसेस' विमान जब आकाश मार्ग में दुर्घटना-ग्रस्त होने के कारण नष्ट हो गया, उसमें से निकली हुई आपातकालीन जरूरी वार्ता रेडियो किया जा रहा था, मैं वही सिग्नल पाठकों के सम्मुख प्रस्तुत कर रही हूँ क्योंकि यह प्रसंग जरूरी है।

आप लोग इस कहानी में अ–आ–क–ख वर्णमाला के प्रथम अक्षरों को स्वीकार करेंगे, यही मेरी प्रार्थना है। अब बेनाम रहने का समय आ गया है। वास्तव में, नामकरण अब सम्भव ही नहीं है। जिस दिन सुना कि एक लड़के का नाम वैलम्ब्य है, उस दिन से मैं नामों से भयभीत हूँ। अब नाम से क्या लेना-देना। असली नामों को अब वर्णमाला के पीछे छिपे रहने दो, लाखों भुजाओं को प्रसारित करके भी किसी नाम का पता नहीं लगा पाएँगे। अब नाम की जरूरत भी क्या है? वैसे अब और कहानियों की भी जरूरत नहीं। आप सब भी निरुपाय हैं, क्योंकि शारदीय वाइरस सम्पादक-पाठक लेखकों पर जब तक आक्रमण करता रहेगा, तब तक कहानियाँ चलती रहेंगी, चलेंगी।

प्रस्तावना के पश्चात् अब अगले पड़ाव पर चलें।

(क) बाबू एक बड़े पूँजीपति के पूर्वांचल साम्राज्य का नियंत्रण करनेवाले ऑफिस के नामी-गिरामी व्यक्ति हैं। कई वर्षों से उन्होंने एक व्यक्तिगत तथ्यचित्र यूनिट शुरू किया है। (ख) यूनिट में बहुत से जरूरी तथ्यचित्र बनाए गए हैं, सुना है वे असाधारण हैं एवं इन चित्रों का बाजार है विदेशी टेलीविजन। (क) बाबू के (ख) यूनिट में सबसे गुणी मनुष्य (ग) हैं। केवल उसी का नाम बताना आवश्यक है, क्योंकि गौर अपनी प्रतिभा-दंशन से परेशान था। उसे बार-बार लग रहा था, उसे एक सम्पूर्ण कहानी-चित्र का निर्माण करना ही पड़ेगा।

ऐसा उसे कभी न अनुभव होता, यदि उसे पलामू नहीं जाना पड़ता, यदि पगले-बावले (म) को न देखा होता। वैसे गया था तो तथ्यचित्र से सम्बन्धित तस्वीरें खींचने ही। (म) गले के घेघा का विशारद है। हिन्दी में 'घेघा' के अलावा रानी की अंग्रेजी में जिसे 'गयटर' कहते हैं। आहार में, पानी में, शस्यदायिनी भूमि में आयोडीन का अकाल पड़ने पर थाइरायड ग्लैंड रुष्ट हो जाता है। फूलकर कुप्पा हो जाता है।

(म) ने बताया, यहाँ की माटी और पानी में आयोडीन नहीं है। आकर परिणाम देख लो। तथ्यचित्र बनाओ। सबको बताओ।

तथ्यचित्र बनाते समय गौर (म) के मोहजाल में बन्दी हो गया। (म) ने अपनी दक्षता दिखाकर उन्हें आश्चर्यचकित कर दिया। हाट-बाजार में किसी भी व्यक्ति को, यहाँ तक कि पुलिस को भी बलपूर्वक ठोड़ी उठाकर कुशल अँगुलियों से दबा-दबाकर 'आप तो घेघार हैं'

कहना कोई आसान काम तो नहीं। (म) उन दिनों त्रिमुखी लड़ाई लड़ रहा था। एक नम्बर था, घेघाग्रस्तों की संख्या दफ्तर में सूचित करना तथा आयोडीनयुक्त नमक का बन्दोबस्त करना। दो नम्बर, घेघाग्रस्तों को पकड़कर अस्पताल ले आना। तीन नम्बर, कोई अथवा किन्हीं लोगों के साथ लड़ाई करना। ये कोई या किन्हीं लोग देशप्रेमी हैं। वे चाहते हैं 'घेघा' रहे। ये लोग पुलिस-मस्तान-सामन्ती जमीन-मालिक नहीं थे। केवल स्थायी व्यवस्था के समर्थक थे। इनके प्रवक्ता एक स्वामी जी चोंगा लेकर प्रचार किया करते थे कि घेघा और घेघा पीड़ित पलामू के इलाके में रहते आए हैं, रहेंगे। मेरा घेघा देखिए, मानो ठोड़ी के नीचे कुम्हड़ा उगा हो।

(म) ने गौर आदि के रहने का प्रबन्ध कर दिया था। पलामू में घेघा विषय पर वृत्तचित्र का निर्माण करते हुए आयोडीन की कमी के आविष्कारक इंग्लैंड के वैज्ञानिक डॉ. डेविड मेरिन का चित्र तथा जीवनी को बार-बार पर्दे पर दिखाना जरूरी था। सुनकर वह घबरा गया। इस चित्र के (म) ने कलकत्ते में (क) बाबू के दफ्तर के शीत-ताप नियंत्रित कक्ष में जब देखा तो खुशी से झूम उठा और बोला कि इसका एक प्रिंट उसे दान दिया जाए। इसे दिखाकर लोगों को सचेत करूँगा, सरकार से धनराशि भी मंज़ूर करवाऊँगा।

पर ऐसा होनेवाला नहीं था, (म) को यह बहुत जल्दी ही समझ में आ गया। बाद में उसने गौर को लिख भेजा कि इस इलाके में चित्र न दिखाए जाने के कारण सभी घेघा-पीड़ित उसे सन्दिग्ध दृष्टि से देख रहे थे। खैर जो भी हो, अच्छे चित्र तो स्वदेश में, विदेश में शहर-वासी ही देखा करते हैं। इन सब स्थानों पर रहनेवाले लोग तो 'काला धन्धा गोरे लोग' अथवा 'एक मैं और एक तू' ही देखा करेंगे। सब यही चाहते हैं। पर यदि गौर ने अपनी माँ का दूध पिया था, (ऐसे पागल-बेपर स्थान में रहते-रहते घेघात्रती (म) की भाषा बहुत ही खराब हो चुकी थी), पर, (म) ने उससे कहा कि घेघा के बाहर जो शत-शत कहानियाँ कही गई हैं, इनके बारे में एक कहानी चित्र जरूर बनाए।

दूरदर्शन के लिए नहीं।

पब्लिक के लिए।

क्योंकि कई दिनों की दोस्ती के फलस्वरूप (म) समझ गया कि गौर के भीतर भी प्रतिभा का घेघा मौजूद है, और वह बढ़ता जा रहा है। अगर उचित व्यवस्था न की गई तो वह गौर को व्याकुल कर देगा।

इन्हीं दिनों गौर के दिमाग में एक विवश कर देनेवाली चिन्ता ने घर कर लिया। हरिजन युवती तेतरी भुईंन की अत्यन्त सत्य जीवन-कहानी पर वह चित्र क्यों न बनाए? तेतरी की जीवन-कहानी में कुछ ऐसी बात थी कि मन-गढ़न्त कहानी डालने की कोई आवश्यकता ही नहीं रहेगी। सिनेमा में, तृतीय प्रकार के सिनेमा में भी (प्रथम और द्वितीय प्रकार क्या है? तृतीग विश्व बोला जाता है, शायद इसीलिए गौर तृतीय प्रकार के विषय में सोच रहा था? गौर, गौर, मगज के हर कोष पर ही दूसरों की चिन्ता ने आधिपत्य जमा रखा था या स्वयं अपने लिए भी मस्तिष्क में कोई मुक्तांचल बचा था?) हरिजन-आदिवासी-निम्न मध्यवर्गीयों को स्मिता पाटिल के समान दैवी पृथ्वी, या शबाना के समान रहस्यमयी हिरणी, जैसी सुन्दरी होना पड़ता है।

वास्तव में शायद शोषित युवती वैसी नहीं होती, अथवा सुन्दरी हो भी तो अपने तरह की होती है, अभिनेत्रियों के समान सुन्दरी नहीं होती।

यह एक घटना मात्र है कि तेतरी भुईंन देखने में खूबसूरत थी। जुड़ी हुई भौंहों के बीच गुदना। गोल मुँह, देह भारी होते हुए भी सुगठित थीं।

दो सन्तानों की जननी विधवा तेतरी, विशाल भुईंया से प्रेम कर बैठी। उसकी गृहस्थी सम्हाल ली। तहसीलदार सिंह (जिसका पेशा भी तहसीलदारी है) को यह बात पसन्द नहीं आई। उसने तेतरी को अपने घर लौट जाने को कहा था। तेतरी ने उसके मुँह पर थूका था। हिम्मत तो देखो। कस्बे के पास कोयल के तट पर घर हो तो ऐसा दुःसाहस मन में जागता है। इसके अलावा 'अशान्ति', 'लोगाँ', 'दुर्गा', 'बेआबरू', 'कहानी फूलन की' इन पिक्चरों में रीता भादुड़ी, जीनत अमान, परवीन बॉबी, हेमा मालिनी, इन सबको दनादन गोलियाँ चलाते देखकर तेतरी के मन में भी साहस जाग सकता था। ऐसा साहस तो जघन्य ही हो सकता था।

ऐसी भावनाओं के द्वारा ही 'वो थूकी क्यों' विषय की व्याख्या की जा सकती है।

वास्तविक कारण अन्यत्र है।

तहसीलदार को लग सकता है कि ऐसी मांसल युवती विशाल की क्योंकर हो सकती है।

तेतरी के साहस के दो कारण थे जो उसने (म) को बताया था तथा (म) ने गौर से कहा था। गौर स्वयं भी मुलामगंज गया था। तब तेतरी ने उसे कुछ भी नहीं बताया था। द्वार पर बैठी-बैठी आसमान निहारती रही थी।

छब्बीस साल की उम्र में दो बेटियों के साथ (चार तथा दो महीने) विधवा तेतरी भुईंन साल बीतते-न-बीतते ही विशाल भुईंया के घर बैठ जाएगी, यह उनके समाज के लिए कोई अस्वाभाविक बात तो नहीं थी। विशाल ने तेतरी के माथे पर सिन्दूर तथा कलाइयों में चूड़ियाँ पहनाकर अपने समाज को शराब और सूअर का भोज दे दिया था।

बस, समाज ने मान लिया।

विशाल तो भुईंया समाज का 'कैच' था। वह कोयल पार कर आपूर्ति विभाग में चपरासी का काम करने जाया करता था। विशाल जब सरकारी काम करता था, तो तेतरी के मन में सुरक्षा का बोध भी जाग सकता था।

परन्तु तहसीलदार सिंह भी गरम हो गए। पवित्र, क्षत्रिय, राजपूत तेज। उन्हें सबक सिखाना ही होगा। इसी कारण विशाल पुल पार करके देसी शराब खरीदते हुए पुलिस के द्वारा पकड़ा गया। देसी ठेके का कारोबार नहीं चलेगा, ऐसा घोषित करते हुए पुलिस ने दक्ष-यज्ञ जरूर किया, पर पकड़ा सिर्फ विशाल को।

उसके बाद अस्वीकार किए जाने पर, पूछताछ करके उसे रिहा कर दिया था। कुछ ही दिनों में विशाल डाल्टनगंज के नगरवासियों के पास पहुँच गया। जो भी नल का पानी पीता, उसी को विशाल के अणु-अणु का अंश मिलता रहा। डाल्टनगंज शहर में कोयल से पानी उठाओ, शोधन मत करो, चला दो पानी नल में।

और जब तेतरी ने हड्डियों के ढाँचे को (कुछ मांस बाकी था) विशाल कहकर शिनाख्त किया, और विलाप करती हुई तहसीलदार और पुलिस को अश्लील गालियाँ देने लगी (जो सिनेमा की अभिनेत्रियाँ नहीं करतीं), तब तहसीलदार उसे प्रत्याशित रूप से ही सेतु के नीचे से उठवा सकता था। क्योंकि थाना ने कहा था कि वह नर-कंकाल 'विशाल नहीं है', फिर भी तेतरी थाने की ओर दौड़ी थी। पुल के नीचे दक्षिण की ओर, पुरीष गन्ध से असह्य कोयल की रेती

पर तोड़े गए देसी ठेके पास लालटेन लेकर बैठी रहती थी (कोयल का वक्ष जनसाधारण का शौचागार है)। वहाँ से उसे उठवा लेना कोई सहज काम नहीं था। और कई दिनों बाद वह वहीं दिखाई दे गई। घिसटती हुई, गिरती-पड़ती वह घर लौटी थी।

इसके बाद उसने जाने क्यों एक नए, कर्मवीर तहसीलदार के गाँव में घुसते ही उसे मारा, जख्मी कर दिया। तहसीलदार सिंह ने तहसील बदल लिया था। शहर के उत्साही वकील बलराम की कोशिशों से तेतरी को केवल छह महीने की कैद हुई थी। उसके बाद तेतरी पुनः विशाल के घर आ गई। तहसीलदार सिंह को उसने नोच-खसोट कर, काटकर जख्मी कर दिया था, ऐसा सुनने में आया है।

पता चला कि तहसीलदार को पटना जाकर इलाज करवाना पड़ा था तथा उसके एक हाथ की एक उँगली को काट देना पड़ा था।

मुलामगंज में न लौटना तथा सुदूर टोड़ी में तबादले का भी शायद यही कारण था।

बूढ़े मुगल भुईंया ने गौर से कहा था, तेतरी ने तहसीलदार को काट खाया था। तभी से वह हिंस्र हो गई है। नया तहसीलदार मुथरा सिंह जैसे ही गाँव आया, उसी को मार बैठी।

(म) ने गौर से कहा था, उसकी देह-व्यवस्था में क्रोध का प्रवेश हो गया है। इसका अब कोई उपाय नहीं किया जा सकता।

तेतरी की कहानी को लेकर ज्यों-की-त्यों एक चलचित्र बनाएगा, ऐसी आशा गौर के मन को विषैले सर्प की भाँति डसती रही।

जब मन में बात आ ही गई है, तब चलचित्र के लिए कहानी लिख डालना कौन-सी बड़ी बात है! मुलामगंज में तेतरी का घर, गौर भी जीन्स तथा कुर्त्तेवाला व्यक्तित्व, आँखों पर काला चश्मा देखकर तेतरी का 'शहर का कबूतर' कहते हुए मुँह फेरकर निर्वाक् रस में रहना, हर घटना में से तेतरी वगैरह ने गौर जैसों को खारिज किया हुआ था, यह बात बिलकुल स्पष्ट थी।

तेतरी जानती थी, उसके जीवन की सारी घटनाएँ उसके शरीर के कारण थीं। शरीर और मन ने विशाल को चाहा था। और तहसीलदार ने माँगा उसके शरीर को। इस शरीर से मुनाफा कमाती रहती तो वह रंडियों की गली पहुँच जाती। न कमाए तो गोंइठा-घासी, लकड़ी-उकड़ी, बटाई में बकरी चराया करे तो वह भुईंन युवती हो जाएगी। प्रबल हठ से उसने भुईंन युवती बनना ही पसन्द किया।

(म) से बोला ऐसा तो बहुतेरी पिक्चरें बन चुकी हैं, तेरी क्या राय है! आइड्स नमक (आयोडाइज्ड साल्ट) लाकर तू घेघा का इलाज करना चाहता है। नहीं तो तेतरी की पिक्चर भी, पर देखेगा कौन?

गौर के दिमाग में यह बात बैठ गई कि देखेगा कौन? वस्तुतः सामाजिक यथार्थवाद अब दूरदर्शन पर आ चुका है, जो आंचलिक चित्रों में एक वृहद् व्यापारिक उपादान है।

'आक्रोश' चलचित्र को देखकर जो लोग नायक के हथियार को दूसरी ओर घुमाकर 'पुलिस को घायल नहीं किया!' बोल सकते थे, वे तो देखते नहीं। जिनके पुत्र और पति बिना अपराध के लॉक-अप में मर जाते हैं, वे भी तो 'अर्द्धसत्य' नहीं देखते। और बांडेड लेबर जिला पलामू के बँधुआ कर्मी 'दामुल' नहीं देखेंगे, यह पूर्ण सत्य है।

ये सब चलचित्र क्या सिर्फ, देश-भर में (जनसंख्या को देखते हुए) कुछ ही लोग देखेंगे, देखेंगे नेता और अफसर, देखेगा यूरोप?

(म) ने खैनी मसलते हुए कहा था, 'यह भी तो व्यवस्था की मार है भाई! सिनेमा में क्रान्ति ले आओ, पर उन्हीं को दिखाना, जिनके खून में कोई जीवन्त रक्त कणिकाएँ नहीं हैं।'

'फिर?'

'सिर्फ नक्शा मारते हैं। सब जगह घेघा लग चुका है। आयोडाइज्ड नमक से भी ठीक नहीं होगा।'

'तेतरी ने ठीक ही कहा है।'

'कहा तो है। पर अभी वह गुस्से से भरी हुई है। गुस्से से जल रही है। अकेले जाकर देखो तुम, तुम्हें ही मार डालेगी।'

'देखा जाएगा।'

(म) का चेहरा पागल-सा, बावला-सा लग रहा था। मैला हो जाने के डर से वह गेरुआ कमीज और पाजामा पहनता था। बाजार में तेल मालिश वाले के पास बैठकर बालों में बदबूदार तेल लगवाता था। तन पर भी लगाता था। यह तेल बहुत गुणकारी है रे! सिर में जुँएँ, तन पर चाम-पिस्सू नहीं होते। (म) ने गहरी संवेदना से कहा था, 'बनाओ, पिक्चर बनाओ, इन्हें देखने दो।'

इसके बाद स्वाभाविक था कि गौर अपनी बांधवी (न) से अपने मन की बात कहे। (न) ने कम्प्यूटर ट्रेनिंग ले रखी है। अच्छी नौकरी कर रही है। गौर से वह विवाह नहीं करेगी पर उसकी मित्र बनी रहेगी, ऐसा उसने कहा था।

'विवाह एक अलग ही चीज है। सुरक्षा की जरूरत भी तो होती है।'

(न) के पिता का अपना सुरक्षा सर्विस का ऑफिस है। (न) की माँ हमेशा यही कहती आई है कि लड़कियों के लिए सबसे जरूरी है सुरक्षा।

उन्होंने वैवाहिक सुरक्षा की ही बात कही थी। क्योंकि राष्ट्रीय, सामाजिक इत्यादि क्षेत्रों में लड़कियों की सुरक्षा की बात सोचने लायक बुद्धि उनके पास नहीं थी। इसमें आश्चर्य की क्या बात है कि उनकी बेटियाँ विवाह के क्षेत्र में सुरक्षा की बात ही सोचेंगी? (न) कविता पढ़ती है, कलकत्ता मर रहा है, ऐसा नहीं मानती, वाद-विवाद तथा क्विज प्रतियोगिताओं में जीते हुए बहुत से मेडल उसके पास हैं। प्रसिद्ध अंग्रेजी समाचार-पत्र में साप्ताहिक राशिफल पढ़ती है तथा रंग मिलाकर साड़ी पहनती है तथा गौर (क) बाबू के द्वारा शोषित है, यह बात मधुर स्वर में प्रायः कहा करती है।

'पति मित्र नहीं होता गौर, जैसे मित्र कभी पति नहीं बनता। दोनों को मिलाने पर उसका योगफल पाँच होना अवश्यम्भावी है।'

ऐसा कहकर उसने गौर को निराश कर दिया था। फिर स्नेहपूर्वक यह भी कहा, 'तुम विवाह मत करना। तुम्हारी पत्नी का भी कोई मित्र हो सकता है। ये सब बातें स्वीकार कर लेना ही अच्छा है।'

गौर अब भी सोचता है, (न) उससे विवाह करेगी। कम-से-कम वह यदि उसे सुरक्षा दे पाए तो। पर मुश्किल यह है कि (प) के लिए 'सुरक्षा' के क्या मायने हैं, यही तो वह नहीं जानता।

महीने में कितने हजार?

पूछते हुए भी गौर घबराता था।

पर (न) तो उसे चलचित्र बनाने के लिए उत्साहित करती रहती थी।

'जरूर बनाओगे। ऐसे चित्रों का समय आ चुका है। अगर एक बार जम जाओ तो तुम्हें कौन छू पाएगा।'

(न) के सुगन्धित शरीर की गन्ध को दबाते हुए (म) के बालों के तेल की दुर्गन्ध ने गौर को अवश-सा कर दिया। (न) क्या सोच रही थी?

'तेतरी कहानी' चलचित्र बनाकर गौर दूरदर्शन के पर्दे पर पहुँच जाएगा? व्यावसायिक चलचित्र जब तक न बनाओ तब तक क्या तेतरी वगैरह उस चित्र को देख पाएँगे?

(क) बाबू की सुबह सोना-पात भीगे जल से (कब्ज साफ रखने के लिए अद्वितीय), दोपहर बीयर से, सन्ध्या स्कॉच तथा रात सूजी की रोटी और माँगुर मछली के झोल में विभाजित थी। उनके साथ वार्तालाप करने का प्रशस्त समय दोपहर ही था। उनके ऑफिस का कमरा ठंडा था, दीवार पर लाजिरो का अमूर्त चित्र, उनकी आँखों पर सुबह से रात तक लाल रंग का चश्मा चढ़ा रहता था। क्यों रहता था, इसका कारण कोई नहीं जानता। जैसे कि यह भी पता नहीं चल पाता कि वे ऑफिस में बैठे-बैठे बार-बार घर पर फोन क्यों करते थे। फोन लगाते ही पूछते थे, सब ठीक तो है ना?

यह भी एक रहस्य था। विधुर (क) बाबू की गृहस्थी के नाम पर कुछ कुत्ते, तथा कुत्तों की देख-रेख करनेवाले कुछ लोग। बेटे-बेटियाँ काफी समय से अपने-अपने जीवन में अन्यत्र व्यस्त थे। वैसे एक विधवा दीदी थी। क्या प्रतिदिन की यह व्याकुलता उन्हीं के लिए थी?

(क) बाबू के लंच का मतलब है भालू (बीयर)। भालू पीते-पीते वे गौर की बात सुनते रहे।

'लिख डाला?'

'जी सर।'

अपने जीवन में कुछ महीनों तक (क) बाबू ने बिजनेस मैनेजमेंट संस्था में पढ़ाया था तभी वे 'सर' सम्बोधन सुनना पसन्द करते थे।

'मुझे पढ़ा सकते हो?'

'जरूर।'

'दिखाओ!'

स्वप्निल स्वर में बोले, 'तेतरी कहानी! अच्छी होगी तो मैं ही प्रोड्यूसर बन जाऊँगा। और...'

'और क्या सिर?'

'तुम निर्देशक।'

'पर मैं तो...'

'क्या?'

'व्यावसायिक चित्र बनाना चाहता हूँ।'

'सब-कुछ व्यवसाय ही तो है।'

'जिससे सभी देख सकें।'

'जरूर।'

(क) बाबू कहानी लेकर चले गए। गौर ने (म) को उत्साहपूर्वक लिखा कि यह चित्र शायद अब बन ही जाए...

करीब महीने-भर बात उत्तर मिला। (म) ने लिखा जब तक काम न हो जाए, इनका कोई भरोसा नहीं। बहुत ही अचरज की बात थी कि इतने समय बाद (म) की चेष्टा सफल होने वाली थी। (म) के कर्मक्षेत्र को राँची द्वारा प्रकाशित एक समाचार-पत्र में 'घेघा-इलाका' नाम से स्वीकृति मिली थी। तेतरी भुईंन की कहानी भी उन्होंने छापी थी। सिनेमा बनाते समय तहसीलदार का नाम जरूर बदल देना तथा तेतरी के विषय में कुछ बातें बताना जरूरी हैं।

इन दिनों तेतरी जीविका के लिए गोंइठा-घासी कर रही थी और ट्रक में सवार होकर लकड़ियाँ लाने भी जाती थी। परन्तु वह हर समय एक गीत गुनगुनाती रहती थी, 'डंका काहे को बजाय, मोरा जिया लहराय, डंका काहे को।' सभी पूछते थे कि यह गाना उसने कहाँ से सीखा, पर इसका पता नहीं चला।

विशाल भुईंया के चचेरे भाई ने उसे अपने घर में बिठाना चाहा था। तेतरी ने 'ना' कह दिया। पर मुगल भुईंया ने जब कहा, 'तूने ठीक किया तेतरी, दो बार विधवा बनी, अब सधवा बनने की जरूरत नहीं। फिर विधवा हो जाएगी।'

तेतरी चिल्ला-चिल्ला कर मुगल को गालियाँ देने लगी। मैं उस लाखन के घर नहीं बैठूँगी, पर मुझे कुलच्छिनी कहोगे तो नहीं सहूँगी। पति जलोदर से चल बसा, विशाल को पुलिस ने मार दिया। पर इसलिए तेतरी को कुलच्छिनी कहकर देखे तो कोई, मैं नहीं सहूँगी।

गौर बहुत ही परेशानी में पड़ गया। सिनेमा में तो शृंखला का होना प्रमुख बात है। तेतरी के चरित्र को जिस पैमाने पर सोचा गया था, तेतरी दिन-पर-दिन उस पैमाने को तोड़कर बड़ी होती जा रही थी, इतना फैलती क्यों जा रही थी? 'डंका काहे को बजाय' क्या कोई फिल्मी गीत था? वह जानना चाहता था।

(म) ने उसे बताया, नहीं, यह तो एकरस देहाती सुर है।

(क) बाबू से उसने सारी बातें कह दीं। (क) बाबू को तो जैसे डूबते में तिनके का सहारा मिला, बोले, 'असाधारण। यह जानने के बाद ही तो 'हाँ, आगे बढ़ो' कह पा रहा हूँ।'

'आगे बढ़ूँ?'

'जरूर। 'डिनर' पर आना। सब तय कर लेंगे। क्या पता, निर्माता का पुरस्कार शायद मुझे ही मिल जाए। वैसे, मिलेगा तो तुम्हें भी।'

(क) बाबू के घर गौर डिनर पर आएगा जानकर उनके तथ्य चित्र यूनिट के सभी युवक बहुत खुश हुए। (अ) ने कहा, काली माँ के सिर पर फूल चढ़ाऊँगा। (प) ने उसे समझाया, शिव के अलावा किसी और के सिर पर फूल चढ़ाना कुछ मुश्किल ही है।

(अ) ने कहा, माँ को एक बोतल शराब से नहला दूँगा।

(प) दुखी हो गया। शराब का गलत प्रयोग! पर उन सबकी शुभकामनाएँ गौर के साथ थीं। यदि गौर ने चित्र बनाया तो, वे भी उसके साथ रहेंगे। शिशुओं में व्याप्त पोलियो, बाल श्रमिक, अत्यधिक रासायनिक खाद के प्रयोग से भूमि की उर्वरता का ह्रास, जल प्रदूषण, इन सब विषयों पर आखिर कितने वृत्तचित्र बनाए जा सकते थे?

जब ये विषय इतने ही जरूरी थे; जब बार-बार यह अनुभव होता था कि प्रत्येक विषय को एक लम्बी पटकथा पर आधारित चित्र के माध्यम से दर्शाया जा सकता था, एस.ओ.एस. वार्ता को सभी तक पहुँचाया जा सकता था; हाय! पहले की बात पहले बताना तो भूल ही गया।

(क) बाबू ने चुन-चुनकर उन्हें ही लिया था, जो बुद्धिमान थे, अनुकम्पा से भरे हुए, मन में 'कुछ करने का' बोध समाया हुआ था। केवल 'आ' ही इनमें सबसे अलग था। वह कुशल कैमरामैन था, वयस्क था तथा दैनिक एक पॉइंट पीने का आदी था। बाकी सब अलग ढंग के थे। गौर उनके लिए 'दादा' था तथा घैग, घेगा, घेगर तथ्यचित्र बनाते समय वे भी तेतरी, कोयल का दुर्गन्धयुक्त वक्ष, भुईंन टोली का प्रागैतिहासिक चेहरा, पगला बौराया (म), सभी कुछ देख आए थे। (प) बोला यही तो वास्तविक तौर पर हरिजन की कहानी है, श्रेणी-शोषण का चेहरा भी यथार्थवादी है। 'डंका काहे को बजाय' गाने को भी ज्यों-का-त्यों रखना होगा।

गौर की इच्छा हुई कि (न) को यह खबर सुनाए। (न) अपने मुख के लावण्य को बनाए रखने के लिए दुकान से दौड़ती हुई 'अभिनन्दन' कहकर गाड़ी पर सवार होकर चली गई। बहुत प्रकार की सुरक्षा से बेहतर विवाह से मिली सुरक्षा के समान, स्वाभाविक लावण्य के ऊपर दुकान से प्राप्त लावण्य की (न) को बहुत अधिक जरूरत थी। गौर अकेला ही चला गया।

लवण ह्रद (कोलकाता का साल्ट लेक इलाका) में (क) बाबू का मकान विज्ञापन में भी दिखाया गया। जिन लोगों ने वहाँ मकान बनवाया है, उनके विज्ञापनों में उत्सुक कुत्तों की तस्वीरें भी होती हैं। जबकि ऐसी सन्ध्या में भी डाल्मेशियन तथा गोल्डेन रिट्रीवर आदि सभी अपने-अपने आवासों में बन्द थे। रात दस बजे के बाद एक बन्द दरवाजा खोल दिया जाएगा। निकल आएँगे बुल डॉग रोवर। रात को मकान के पहरेदार भी वहीं रहेंगे। रोवर के भरोसे (क) बाबू निश्चिन्त होकर सोते थे, निश्चिन्त होकर होकर दिल्ली, मुम्बई तथा विदेश उड़ जाते थे।

बतख के अंडे के समान कुछ-कुछ लम्बा तथा गोलाकार बैठकखाना तथा खाने का कमरा था। प्रत्येक कमरे में लाजिरो का चित्र थे। सभी अमूर्त थे। कहते थे सभी वास्तविक चित्र हैं। दुष्ट लोग कहते थे, नकली हैं।

(क) बाबू ने गौर से कहा, 'बैठो।'

उनकी सन्ध्या स्कॉच की सन्ध्या होती थी।

'चलेगा?'

'मैं तो...'

'अरे पीयो-पीयो आज थोड़ा-सा।'

'फिर जरा सा दीजिए!'

'बाद में तो पीना पड़ेगा ही!'

'जरूरी तो नहीं।'

'कैसे नहीं? इनसान पीता क्यों है?'

कमरे के एक कोने में दीवार से लगा हुआ कॉकटेल बार था। (क) बाबू ने क्षिप्र तथा निपुण हाथों से ड्रिंक बनाया।

'पानी? सोडा? बर्फ?'

बैलेरिना की भाँति तैरते हुए चले आए।

'चियर्स।'

'चियर्स।'

'तेतरी कहानी।'

'तेतरी कहानी।'

(क) बाबू ने सम्भवतः काफी पहले से ही सन्ध्या की शुरुआत कर दी थी। अब चश्मे के भीतर से उनकी आँखें हिसाबी हो गईं। पहले ही बोले, 'सनी आ रहा है।'

'सनी बतरा?'

'हाँ, गौर।'

'वह तो मुम्बई में है।'

'उसका और तुम्हारा नाम रहे तो...'

'उसे आपने कहानी की बात बताई है?'

'थोड़ा-बहुत जिक्र किया था।'

'क्यों किया? इसके अलावा सनी...'

'सनी के चित्रों में कहने लायक कुछ बात तो होती ही है तथा लोग देखते भी हैं।'

'क्या जिक्र किया है?'

'सुनो। यह बड़ी बजट की फिल्म है।'

'क्यों? मैं किसी बड़े स्टार को नहीं लेना चाहता।'

'ट्विंकल-ट्विंकल लिटल स्टार? दूरदर्शन से लोगे? स्टेज से? छोटे-छोटे तारे बड़े पर्दे पर आ रहे हैं, बड़े स्टार छोटे पर्दे पर जा रहे हैं, सच्चाई को समझने की कोशिश करो। रुपया तो सभी लेंगे।'

'और क्या सोचा है?'

'बहुत कुछ। तुम्हारी फिल्म का अन्त क्या होगा?'

'नए तहसीलदार पर तेतरी ने आक्रमण किया। पुलिस उसे ले जा रही है, वह अभिशाप देती हुई जा रही है। सबसे कह रही है खूनी, बदमाश, तहसीलदार के लोग! कह रही है तुम्हारा न्याय मैं नहीं मानती। थूकती जा रही है, फ्रीज।'

'थूक!'

गौर इस समय स्कॉच पीकर काफी उत्तेजित था। तेतरी कहानी समझाते हुए उत्तेजित हो गया। मन-ही-मन तेतरी के संग वह काफी समय से सहवास कर रहा था।

'तहसीलदार सिंह पर भी उसने थूका था। अन्तिम बार उसने समग्र व्यवस्था के मुँह पर थूका था।'

'समझ गया, समझगा। परन्तु यह विरोध तो अत्यन्त स्पष्ट है, गौर। विरोध तो...'

'कैसा?'

'एक और पीयो।'

'बहुत कम दीजिएगा।'

एक और बार पॉलिश किए फर्श पर से बहते हुए गए। एक और बार स्कॉच लेकर लौटे।

ऐसे में सहसा आपादमस्तक। सफेद शिफॉन में बहती हुई एक सुगठित महिला, जिसकी उम्र लगभग तीस से पचास तक कुछ भी हो सकती थी, बहती हुई उतर आई। सुन्दर नहीं थी, सुन्दरता की जरूरत भी नहीं, शरीर में जरूरी रेखाएँ तथा मोड़ काफी उग्र भाव लिये हुए थे। बाल खुले थे।

'हाई डीडी!'

'हाई!'

दीदी! ये वही विधवा दीदी हैं?

(क) बाबू ने कहा, दीपदत्ता, नाम में दो 'डी' हैं, इसलिए 'डीडी', 'दीदी' बन गया। वह तेतरी बनेगी।

'ये तेतरी हैं!'

'जरूर।'

दीदी अथवा डीडी ने गिलास में जाने क्या डाल लिया।

(क) बाबू, मेरा दायाँ हाथ हैं।

गौर बेवकूफों की तरह बोल पड़ा,

'ये आपकी दीदी नहीं हैं?'

'नहीं। खैर, जाने दो...'

गौर ने अपने आपको पीटना चाहा। ऑफिस में पाँच लोगों की बातें सुनने पर इसी तरह फँसना पड़ता है!

'बैठो गौर। अब सुनने की बारी तुम्हारी है। कहानी तुम्हारी ही रहेगी, पर सिनेमा की जरूरत के अनुसार...'

ये महिला दीदी नहीं, डीडी थीं, तथा ये तेतरी बन सकती थीं, और दिमाग स्कॉच से भन्ना रहा था, गौर जाने कैसा हो गया।

'कौन-कौन अभिनय करेगा, इसके लिए आप क्यों चिन्तित हैं? फिल्म तो देखिए, अगर बनी तो मेरी ही फिल्म बनेगी।'

'वही तो कर रहे हो।'

'पर...'

'जरा मन लगाकर सुनो। रुपए-पैसे की जिम्मेदारी तो मेरी है। तुम्हारी कहानी बिना फेरबदल के रख दूँ तो रुपए कौन देगा?'

'ज्यों-का-त्यों नहीं रखेंगे?'

'सम्भव है क्या? पहले सुन तो लो...'

ऐसे में डीडी बहती हुई समीप चली आईं, बोलीं, 'पहले सुन तो लो। राजा भैया!'

चट से गौर के माथे को उन्होंने चूम लिया।

'डीडी!'

'बोलो, मैं भी सुन रही हूँ।'

'तुम इधर आकर बैठो।'

'तुम इतने 'जैलस' हो!'

गौर ने रुमाल निकालकर मुँह पोंछा।

'सुनो गौर! कहानी की शुरुआत में तेतरी कुँवारी होगी। वो सब विधवा वगैरह नहीं चलेगा। उसके बच्चों को भी हटाना होगा। असल में, विशाल-तेतरी-तहसीलदार, कहानी इन्हीं को लेकर बनेगी। '

'अन्त में?'

'विशाल को पुलिस ही मार रही है तथा मारने का कारण है, तहसीलदार तेतरी के साथ पहले ही बलात्कार कर चुका है। इसी का विरोध करने के अपराध में विशाल मरता है। तहसीलदार तेतरी का घर तोड़ देता है।'

'अन्तिम दृश्य?'

'तेतरी चली जा रही है।'

'इसमें विरोध कहाँ है?'

'जाते हुए तेतरी कहती है, 'मैं फिर लौटकर आऊँगी।'

'देखो, तुम्हारी कहानी भी तो ऐसी ही है। मैंने नए ढंग से लिखी है। तुम्हारी फाइल ठीकठाक है। देख लो, देख लो।'

'मैं इसे अपने साथ ले ही जाता हूँ।'

'हाँ, ले भी सकते हो।'

'आपका लिखा हुआ एक बार मिल जाता तो...'

'हाँ, कॉपी मिल सकती है। उसकी नकल यहाँ-वहाँ घूम रही है।'

'और क्या सोचा है?'

'चलो, खाने की मेज पर चलते हैं।'

'जरा बाथरूम जाना चाहता हूँ।'

'सीढ़ी के नीचे हैं।'

बाथरूम भी चमचमाता हुआ एकदम आधुनिक था। साबुन, तौलिया, कागज, टॉयलेट, शावर, बेसिन के ठंडे-गरम पानी की व्यवस्था थी।

गौर ने मुँह धोया, आँखों पर पानी के छींटे मारे। सिर धोया।

बाहर आकर खाने के कमरे में पहुँचा। खाने के कमरे का षड्यन्त्र और भी जटिल था। पहियोंवाली मेजों पर छोटे-छोटे जलते हुए गैस रिंगों के ऊपर बड़े-बड़े ढक्कनवाले बरतन रखे थे। डीडी के हुक्म देने पर एक आदमी ने आकर गैस बुझा दिया।

'प्लेट ले लो, गौर। इच्छानुसार ले लो। मुर्गी, मटन, मछली, फ्रायड राइस, पुलाव, रोटी, पराँठे, पनीर-मटर, फूलगोभी का भर्ता, चटनी, अचार, पापड़, पुडिंग, फल, आईसक्रीम।'

(क) बाबू ने अभिज्ञ शिकारी की भाँति सूजी की रोटी और माँगुर माछ ले लिया।

डीडी ने मुर्गी तथा कुछ फल ले लिये। गौर चार-पाँच प्लेट भरकर हर तरह का खाना लेकर, मेज पर रखता रहा। (क) बाबू ने उनसे एक बार भूखे शिशुओं पर तथ्यचित्र बनवाया था।

अब वह मेज के सामने बैठ गया।

'आइए, बैठिए, बात कीजिए।'

(क) बाबू की आँखें चौंक गईं। गौर इतनी हुकमदारी आवाज में क्यों बोल रहा है? नहीं, घर पर बुलाना ठीक नहीं हुआ। डीडी के साथ आँखें-ही-आँखों में बात की। वन्य पशु तो वन

में ही भले, जैसे शिशु माँ की गोद में। गौर जैसे जाहिल युवकों को होटल में खिलाना ही बेहतर था, मध्यमवर्गीय घर में नहीं। (क) बाबू स्वयं को मध्यमवर्गीय मानते थे। विदेशी स्कॉच भी बरबाद किया। छोकरे का दिमाग गरम हो गया है। अगली बार से होटल में ही, और शराब तो कभी नहीं।

खाना परोसा है अपने लिए, देखो तो जरा, जैसे कोई राक्षस हो!

'बोलिए, बात कीजिए।'

'यह वाइन है। खाते समय...'

'ले लूँगा। बात शुरू कीजिए।'

'रंगीन फिल्म बनेगी। डीडी तेतरी होगी...उसी प्रकार सम्राट रोहतगी विशाल बनेगा।'

'तहसीलदार?'

'बॉबी आंसर के अलावा और कौन होगा?'

'म्यूजिक?'

'वो तो धुन्धुकार का होगा।'

'मराठी सुर डालेगा?'

'हाँ।'

'लोकेशन?'

'कोई संरक्षित वन।'

'फिल्म कहाँ रिलीज की जाएगी?'

'दिल्ली, मुम्बई...'

'कमर्शियल तौर पर रिलीज नहीं होगी?'

'गौर, गौर! तुम्हारा बचपना अभी तक नहीं गया। गाँव-देहात के हॉल के मालिक क्या कभी बेनेगल, या निहलानी अथवा सथ्यू की फिल्में लेते हैं? एवार्ड प्राप्त आंचलिक फिल्में किन अंचलों में दिखाई जाती हैं?'

'नहीं दिखाई जाएगी तो यह फिल्म नहीं बनेगी।'

'नहीं बनेगी?'

'नहीं। यह फिल्म नहीं बनेगी।'

'एवार्ड मिलेगा, विदेश भेजी जाएगी...'

'आपकी कहानी में धन्धा है।'

'धन्धा?'

'हाँ, वैसा विरोध मैं नहीं मानता।'

'तुम क्या मानते हो?'

गौर ने उँगली उठाई।

'नो डीडी, नो स्टार। नग्न बर्बर चित्र।'

विधवा तेतरी। भारत के गाँव के श्रेणी-शोषण का वास्तविक चेहरा, ट्रू तेतरी स्टोरी। अन्त में कोई धन्धाबाजी नहीं। तेतरी थूकेगी सम्पूर्ण सामाजिक व्यवस्था के मुँह पर, हिंस्र गालियों की बौछारों से सबको बता देगी कि अब तेतरियाँ, इस समाज को, इस व्यवस्था को नहीं मानतीं।

'वक्तव्य नग्न रहेगा?'

'हाँ, क्योंकि यह वक्तव्य ही आवश्यक है।'

'नहीं, गौर नहीं।'

'सौ बार, हाँ। सामाजिक परिवर्तन पर आधारित इस फिल्म को देखेंगे टी.वी. के दर्शक और दिल्ली और विदेश?'

'सिस्टम की यही माँग है।'

'मैं नहीं चाहता।'

गौर ने मेज पर बिछे तुषार-शुभ्र मेजपोश को अपने हाथों में दबोचा और कुर्सी को धकेलकर, एक झटके से खड़ा हो गया। भीषण पीड़ा से बोला, 'ऐसा मैं नहीं चाहता, नहीं चाहता। मुझसे हो सका तो अपनी तरह की फिल्म बनाऊँगा।'

खींचता रहा, वह मेजपोश को खींचता रहा। फर्श पर शीशे के टुकड़े बिखर गए खाना, शराब, फूल, सब-कुछ।

डीडी चिल्लाई, 'रोवर को खोल दो।'

(क) बाबू चीखे, गौर!

गौर बोला, टा-टा!

सनी बतरा की 'तेतरी कहानी' अन्तरराष्ट्रीय बाजार में जाएगी, ऐसा सुनने में आ रहा था। 'डंका काहे को बजाय' गाने के लिए धुन्धुकार को विशेष सम्मान प्राप्त हुआ था। डीडी को तेतरी की भूमिका में अभिनय करने के बाद विज्ञापन प्रचार की फिल्मों में भी अवसर मिलने लगे थे।

(क) बाबू तो अब पूरी तरह से लम्बी फिल्मों के क्षेत्र में प्रवेश करने की सोच रहे थे।

तथ्यचित्र का यूनिट खारिज किया जा चुका था।

गौर, आजकल (म) के लिए आठ मिलीमीटर का अन्य प्रकार का तथ्यचित्र बना रहा था। जो चित्र मुलामगंज में भी दिखाया जा सकता था। चित्र का विषय था—फसल का दुश्मन, कीड़ा।

सिर्फ ढेबु, भाझरा तथा गिगड़े कीटों का चेहरा मनुष्यों की तरह होगा। जमीन-मालिक, पुलिस, तहसीलदार, महाजन, इन्हें कई बार दिखाया जाएगा। उसके बाद किसानों की फसल को नष्ट करनेवाले नाशकारी कीटों की देह पर उनका चेहरा बिठा दिया जाएगा।

इस सोच में शिल्प-चेतना का अत्यन्त अभाव था।

परन्तु (म) ने कहा, काम चल जाएगा।

(म) ने लिखा था, तेतरी आजकल एक दूसरा गाना गाती है, छिउड़िया झूड़न में हिरनिया उदास...यह भी किसी सिनेमा का गाना नहीं था। और तेतरी का क्रोध अब भी उसके भीतर धधक रहा था। उसी दिन की बात है, पूर्त-विभाग में हल्ला मचाकर आई है, विशाल के बदले मुझे नौकरी दो।

गौर ने बार-बार चिट्ठी को पढ़ा। कहाँ से इतनी हिम्मत मिलती है। तेतरी कोई मापदंड नहीं मान रही, लगातार मापदंड पार कर बड़ी होती जा रही थी।

इए फिल्म को लेकर वह मुलामगंज जाएगा।

सनी और (क) बाबू विदेश जाएँगे।

जन्मदिन

दीप्त को ऑलिव नहीं मिला, सुनते ही अदिति अत्यधिक क्रोधित हो गई। आखिर अंकुर का जन्मदिन था। अपने एकमात्र बेटे के दसवें जन्मदिन पर दीप्त ऑलिव नहीं ला पाया, अदिति की तो एक तरह से बेइज्जती हो गई।

'कुछ कर नहीं सकते, सब बरबाद हो गया।'

दीप्त ने कहा, 'बरबाद हो गया?'

'बाकी बचा क्या?'

'बाजार में ऑलिव है कहाँ?'

'वो सब मैं नहीं जानती।'

'आखिर ऑलिव की चटनी ही तो बनानी थी। आम-पापड़ और अंगूर से, या फिर आम-पापड़ और खजूर से...'

अदिति का चेहरा आपने देखा नहीं, उसके केश देखे हैं दूरदर्शन पर। हाँ, उसके लम्बे-घने केश एक साधारण से शैम्पू के विज्ञापन में देखे होंगे, उसके बालों से बने हुए तरह-तरह के जूड़े भी देखे होंगे। वह चेहरा नहीं दिखाती, क्योंकि उसका चेहरा ज्यादा सुन्दर नहीं था।

वही केश झाड़कर अदिति झपट पड़ी।

'चटनी और केवल चटनी। सिर्फ चटनी, खीर और मछली—यही जानते हैं।'

'नहीं अदिति। माँ ज्यादा कुछ नहीं बना पाती थी, लेकिन जन्मदिन पर अपने बच्चों के लिए खीर जरूर बना दिया करती थी।'

'जन्मदिन मनाते ही नहीं थे?'

'पिताजी को तो केवल पाँच सौ अस्सी ही मिलते थे, हम थे पाँच, जन्मदिन धूमधाम से कैसे मनाते?'

'तुम्हारी जबान पर तो बस वही एक बात।'

'सच, दीप्त को जरा सी भी शर्म नहीं आती। ठीक है, तुम लोग गरीब थे, बादुड़बागान में, दादोजी के मकान में, अपने हिस्से में मिले दो कमरों में रहते थे, एक रजाई में तीन भाई सोया करते थे। पर यह बात बार-बार बताने की जरूरत क्या थी? मामाजी ने पढ़ाया-लिखाया था इसलिए तीनों भाई योग्य भी बने हो। अच्छी नौकरी करते हो, फ्लैट भी खरीद लिया है, बेटे को अच्छे स्कूल में पढ़ा रहे हो, पहाड़ पर होस्टल में रहता है, क्या नहीं कर रहे?'

'बेटे की भी किस्मत, छुट्टियों में ही जन्मदिन आता है!'

'क्यों इसमें बुरा क्या है?'

'तुम नहीं समझोगे, सिर्फ सौ जैतून...'

'फिर जैतून!'

अदिति क्रोध और क्षोभ से जैसे मर गई।

'उसके तीन मित्र ही तो आएँगे। नहीं आएँगे तो उसके ममेरे, मौसेरे और फुफेरे भाई-बहन।'

'आने दो, हर बार तो आते ही हैं।'

'उसकी मामी, मौसियाँ, बुआ भी तो आएँगी।'

'वे भी तो हमेशा आती ही हैं।'

'ओफ! तुम्हें समझा पाता...'

'ठीक है, मैं आराम से बैठ गई, अब समझाओ मुझे।'

अदिति फुफकारती हुई बोली, 'दूसरों के बच्चों के जन्मदिन पर जाते हैं, खाते हैं। इसके कारण कितना तनाव रहता है, जानते हो? हर कोई प्रतिवर्ष नया 'मेनू' तैयार करता है...'

'तुमने भी तो जया'दी की 'कुकिंग-क्लासेज' में जाती हो। तुम भी कुछ नया बनाकर उनको दिखा दो।'

अदिति की आँखों में आँसू आ गए।

'कुछ नया बनाने को बचा ही नहीं। 'प्रॉन चीज-करी'? मटन स्पैनिश पुलाव? कच्चे आम की खीर? वो सब बना चुके हैं। पिछली बार तो मटन में संतरे डालकर नया 'डिश' बनाया था, पर तुम्हारी छोटी बहन ऐसी तेज है, कहने लगी, पिछली बार दीदी ने यही बनाया था, है न भाभी?'

दीप्त ने हताश होते हुए कहा, 'वो भी तो भात-रोटी भी पकाते हैं, इसलिए क्या तुम भात-रोटी नहीं पकाओगी?'

'ओह! जैतून का पुलाव और जैतून-चिकन, ये दोनों ही वे नहीं जानते। जया'दी से मैं लिखकर लाई ही क्यों? एकदम नई 'रेसीपी' है।'

'मेरी जान बख्शो अदिति, जैतून से मुर्गी!'

'देखो, जरा इस रंगीन तस्वीर को तो देखो, क्या लाजवाब है।'

'एक बात कहूँ?'

'कुछ बाकी बचा है!'

'फिर भी।'

'क्या?'

'भात, मूँग की दाल, भुजिया, मछली, मांस, खीर–विशुद्ध देसी पकवान बनाओ तो जरा। आजकल कोई नहीं बनाता, सब हैरान हो जाएँगे, खुश होकर खाएँगे।'

'असम्भव!'

'अरे इतनी महँगी रोहू मछली का क्या करोगी? मटर डालकर 'रोस्ट'!'

'क्यों, ताता का प्रिय व्यंजन है!'

'ताता? तुम्हारा बेटा तो सिर्फ 'मटन' खाना चाहता है। उसके लिए मैं नहीं सोच रही।'

'उसे जो पसन्द हो, वही बनाओ।'

'बड़े भी तो आ रहे हैं! मेरी कोई इज्जत नहीं है?'

'इस साल जैतून! अगले साल क्या करोगी?'

अदिति ने गर्व से कहा, 'जया'दी को इतनी फीस देकर के तरह-तरह व्यंजन बनाना क्यों सीख रही हूँ? आधुनिक व्यंजनों की पत्रिका विदेश से मँगवाती हैं। उनसे सीखकर ही तो सुमति पटेल ने भी अपने घर में 'कुकिंग-क्लासेज' खोल ली। चार हजार रुपए कमा रही है।'

जवाब में दीप्त कह सकता था, चित्रकारी, इकेबाना, ब्राइडल-मेकअप, ढेर सारी क्लासों में तुम गई हो। पर कौन-सी चीज में तुम्हारी रुचि बनी रही?

कह सकता था। कहते ही झगड़ा चालू हो जाता। इसलिए उसने कहा, 'ताता कहाँ है? वो दिखाई नहीं दे रहा।'

'वी.सी.आर. देख रहा है।'

'बहुत अच्छे! या तो वी.सी.आर. नहीं तो कॉमिक्स, या फिर इलेक्ट्रॉनिक गेम्स!'

'सब करते हैं, उसके दोस्त भी। और क्यों न करे? उसका पिता गरीब तो नहीं, और उसकी माँ उसके मन को जानती है।'

'हाँ...यही ठीक है। कहाँ चलीं?'

'न्यू मार्केट। जैतून खरीदने।'

हाँ, तो आखिरकार जैतून खरीदा गया, जया'दी से सीखा हुआ व्यंजन भी बना। घर में बल्ब की लड़ी, बहुत बड़ा केक, ताता के दोस्तों के लिए कीमती भेंट, कोई कसर बाकी न रही।

और जब काम करती है तो अदिति का मिजाज भी सातवें आसमान पर रहता है। दीप्त जानता है, काम करने के दो व्यक्तियों के होते हुए भी अदिति कुछ सम्हाल नहीं पाती।

ताता बोला, 'माँ तो दहाड़ रही हैं।'

'नहीं रे, घमासान लड़ाई छिड़ चुकी है।'

'किसके साथ?'

'खुद के साथ।'

बिशु की माँ और काजोली दोनों बुरे फँसे थे। लहसुन कद्दू-कस करो, नीबू का रस निचोड़ो, कड़ाही चढ़ाओ, ऐसे ही बहुत से हुक्मों की बाढ़-सी आ गई थी। बिशु की माँ अदरक पीसते हुए बोली, 'ओ काजोली! शादी-ब्याह वाले घर जैसा हाल है।'

काजोली बोली, 'क्यों न करें? इनके पास है तो कर रहे हैं।'

'अरे अपने हाथों से कभी कोई चीज नहीं देती।'

'जिनके पास होता है, वो कभी देते हैं?'

बिशु की माँ ज्यादा जबान नहीं चला सकती। चुप रह जाती है।

'तुम भी मूरख हो मौसी।'

काजोली मूर्ख नहीं थी। दाल-चावल-मछली-मांस-साबुन जो मिले, चुरा लेती थी। बिशु की माँ की हिम्मत नहीं होती।

'मुझे डर लगता है! कभी ऐसा कुछ नहीं किया, तिस पर भी बाबा विश्वनाथ की कृपा से अकेला बिशु ही बचा है, पाँच बच्चे तो चल बसे, आदमी भी गुजर गया, पाप करूँगी तो देवता का शाप नहीं लगेगा?'

काजोली अपने मरद द्वारा दो-दो बार निकाल दिए जाने पर आजकल बहुत बदतमीज हो गई थी।

ही-ही कर हँसते हुए वो बोली, 'मैं देवता से नहीं डरती। टी.वी. पर उस लड़की को फिल्म में नहीं देखा? मैं भी उसकी तरह भाग जाऊँगी।'

'लतीफ के साथ?'

'और क्या? ड्राइवरी करता है, ब्याह करेगा।'

'घर में सब मान जाएँगे?'

'घर कौन जाएगा? हम तो बेलेघाटा में रहेंगे।'

बिशु की माँ चुप हो गई। पहाड़ जैसा काम पड़ा है आज। सब-कुछ समेटकर घर लौटने में साँझ ढल जाएगी।

भाभी से एक बात कैसे कहूँ, कब कहूँ?

'भाभी को बता दिया, मौसी?'

'कल जब मिजाज ठीक था, तब कहा था, उन्होंने भी कहा, 'ठीक है', आज तो सुबह से ही मिजाज गरम है, सारे कप कैसे तोड़ दिए! कैसे कहूँ?'

'नयी धोती तो पहनोगी?'

'अरे चुप कर जा। घर में बिशु पड़ा हुआ है। सुबह तो समय नहीं मिलता। रात को ही कुछ पकाती हूँ। सुबह बासी भात खाता है, दोपहर में लाई नहीं ले जाऊँगी तो वो खाएगा क्या? लँगड़ा बेटा मेरा ठीक से खड़ा भी नहीं हो पाता। 'खाना पका लेना' कहने की हिम्मत नहीं होती...'

'पैर कुछ ठीक हुआ?'

'दवाई से मालिश चालू है, ठाकुरजी के चरणों के बेल-पत्ते का तावीज बनवा दिया है, बिना लाठी के चल नहीं पाता, लेकिन हालत थोड़ी सुधरी है।'

'कहाँ मन्नत माँगी थी?'

'वहीं विश्वनाथ बाबा के पास।'

'नेम-पालन करती हो?'

'अभी तक तो कर रही हूँ।'

काजोली ने कहा, 'देखो! ठीक हो जाए तो अच्छा ही है।'

उधर अदिति चीखकर बोली, 'बिशु की माँ! चार अंडे फेंटकर रखो, टमाटर पीस लिया?'

'जी, दे रही हूँ!'

'उफ, तीन बज गए!'

अदिति ने दोपहर में कुछ नहीं खाया। काजोली ने साढ़े चार बजे खाना खाया। और बिशु की माँ ने न जाने क्या कहा, अदिति के कानों में नहीं गया। दरवाजा बन्द करके साड़ी चुन रही थी।

बिशु की माँ ने काजोली से कहा, 'बोल तो दिया पर कोई जवाब नहीं मिला। अभी नहीं निकल पाई तो ट्रेन चली जाएगी। बहुत देर हो जाएगी। सब काम तो समेट दिया।'

'जाओ तुम। मैं बता दूँगी।'

शाम को अदिति की छोटी बहन की कामवाली लड़की आ गई। रूपा बहुत चुस्त-दुरुस्त थी, साफ-सुथरी भी। बिशु की माँ कहीं दिखाई नहीं दी तो उसका पारा चढ़ गया, रूपा के

चट उसके हाथ में 'जिन और लाइम' पकड़ाते ही उसका गुस्सा ठंडा हो गया। रूपा और काजोली नई साड़ी और जूड़े में खूब चमक रही थीं। बिशु की माँ के चले जाने से अदिति को एक तरह से राहत मिली। बिशु की माँ देखने में बड़ी फूहड़ थी, बिलकुल भी अदब-कायदा नहीं जानती, मेहमानों के सामने पेश करने लायक नहीं।

इस इमारत के चौकीदार के भाई को दीप्त कहीं नौकरी पर लगा देगा। इसलिए वो लड़का भी अदिति के काम में तैनात था।

शाम को ये लोग सब सम्हाल लेंगे। फिर भी अदिति ने दीप्त से कहा, 'बिशु की माँ के मन में जरा भी सहानुभूति नहीं है। बच्चे का जन्मदिन है, कम-से-कम आज तो रुक सकती थी।'

दीप्त ने कहा, 'जाने कहाँ से आती है?'

'पता नहीं। याद नहीं।'

'शायद घर में कोई होगा...'

'हाँ, उसका बेटा।'

'कोई और है? कितनी उम्र है उसकी?'

'सुनी दीप्त? कामवालियों के साथ में दोस्ती नहीं करती, इसलिए कोई जानकारी भी मेरे पास नहीं है।'

'जाने दो, रूपा आ ही गई है, विजय भी आ रहा है। खाना तो तुमने बना ही लिया है।'

'मछली, मटन, पुलाव! जया'दी का आदमी राधा-वल्लभी, दाल, फिश-फ्राई और आइसक्रीम लाएगा।'

'तुम तैयार हो जाओ।'

'जी। ताता का उपहार?'

'उसी वक्त खोलेंगे।'

'बिशु की माँ अपनी नई साड़ी भी छोड़ गई थी।'

काजोली ने मन-ही-मन कहा, 'सोनारपुर तक पहुँचते-पहुँचते बिचारी भीड़ में बेहाल हो जाएगी, नई साड़ी लेगी? मालकिन से जोर से बोली, 'भाभी फूल आ गए।'

'फूल? लवली।' अदिति खुशी से नाचती हुई चली गई।

जन्मदिन की पार्टी खूब रही, खूब जमी थी।

जैतून-पुलाव और जैतून-चिकन खाकर सब उस पर मुग्ध हो गए। अदिति के बड़े भैया बोले, 'तू तो जीनियस है।'

भाभी ने पूछा, 'अरे भई, अगले साल क्या बनाओगी?'

'देखो!'

सब-कुछ खत्म होने में काफी रात हो गई थी। सुबह उठने में अदिति को देर हो गई। दस बजे के लगभग उसे ध्यान आया कि बिशु की माँ काम पर नहीं आई।

'देखा, उसकी हिम्मत तो देखो, इतने बरतन, इतनी सफाई, और इस बीच...'

काजोली ने बताया, 'मौसी ने तो परसों बताया था, आपने 'हाँ' भी कहा था। कल भी उसने कहा था...'

'व्हाट?'

कहकर अदिति चिल्लाने लगी। 'काम, इतना काम पड़ा है, कितनी बेईमान औरत है, देखो!'

दीप्त फटाफट चाय सुड़ककर वहाँ से खिसक सकता था, पर अदिति का मिजाज देखकर वह विजय के पास गया। विजय और काजोली की मुट्ठी में रुपए खोंसते हुए उसी ने उन दोनों से सब काम करवाया। अदिति तो गुस्से से पागल होकर दवाई खाकर सो गई। दीप्त ताता को 'लंच' करवाने बाहर ले गया। उफ, अदिति दिन-ब-दिन हद से बाहर होती जा रही थी।

काजोली और बिशु की माँ तो सिर्फ तीन महीने पहले काम पर लगी थी। अदिति के कारण कामवालियाँ टिकती ही नहीं थीं। बिशु की माँ तो बिचारी निरीह प्राणी हैं, मेहनत भी खूब करती है।

'तेरी माँ का गुस्सा, समझा ताता...'

'भयंकर।'

'कामवालियों को...'

'वी शुड लव देम, फादर ने कहा है।'

'लव?'

'यस, दे आर हरिजन्स एंड गांधी लव्ड देम, एण्ड वी टू शुड।'

दीप्त का मन ममता से भर उठा। हाँ, स्कूल का नाम सार्थक हुआ। ताता ने कितने सुन्दर ढंग से समझाया।

'अगर हम ये सब काम स्वयं करें...'

'वी शुड् नॉट। मेरे दोस्त नहीं करते।'

गुब्बारे की तरह फूला दीप्त का मन पल भर में पिचक गया।

'ले, आइसक्रीम खा ले।'

अगले दिन सुबह बिशु की माँ आई।

अदिति का चीखना-चिल्लाना शुरू हो गया था, दीप्त बाथरूम में घुस गया था। लेकिन अचानक एक अपरिचित चीख-पुकार सुनकर वह बाहर निकल आया। जिस बिशु की माँ की आवाज ही उसने कभी नहीं सुनी, वही बिशु की माँ आज चिल्ला रही थी।

'आई क्यों नहीं, तुम जानती नहीं?'

'नो-ओ-ओ-ओ!'

'देखिए बाबूजी, परसों बार-बार कहकर गई कि इतवार को मैं नहीं आऊँगी।'

'लेकिन, क्यों?'

बिशु की माँ ने तेज आवाज में कहा, 'मेरे बिशु का जन्मदिन था! मैं अँगीठी झाड़कर साफ करूँगी, माटी की हँड़िया में पकाऊँगी, मेरे लँगड़े बेटे के लिए मन्नत किया था, सब बताया था।'

'ओह...तुम्हारा बेटा लँगड़ा है?'

'जनम से ही एक पैर कमजोर है। घिसट-घिसटकर चलता है। भाभी से सब बातें बताकर ही काम पर लगी थी।'

'क्या बताया था मुझे?'

'सब-कुछ। यहाँ खाना नहीं खाऊँगी, रोज शाम ट्रेन से घर जाऊँगी। क्यों, नहीं बताया था?'

दीप्त धीरे-से पूछता है, 'तुम्हारा घर कहाँ है?'

'सोनारपुर में उतरकर आधा घंटा पैदल चलती हूँ।'

'सिर्फ बेटा रहता है घर पर?'

'और कौन है मेरा?'

'कितना बड़ा है बेटा?'

'ताता जितना होगा। खाना-पीना ठीक से मिलता नहीं इसलिए उतना लम्बा-चौड़ा नहीं है।'

अदिति समझ जाती है कि दीप्त बहुत लज्जित है। वह हिंसक भाव से बोल उठी, 'जन्मदिन क्या है रे? तूने कौन-सी पार्टी दी थी?'

बिशु की माँ व्यंग्य से हँसी।

'पार्टी क्यों दूँगी? नया पतीला खरीदती हूँ, नई हँड़िया में पकाती हूँ, सुबह पूजा करती हूँ।'

दीप्त ने कहा, 'ओह! कल कितना कुछ था खाने को!'

बिशु की माँ ने नकारात्मक भाव से सिर हिलाया।

'यहाँ तो मैं चाय तक नहीं पीती। लाई बाँधकर लाती हूँ, वही खाती हूँ। यहाँ तो सब शराब और मांस का छुआ-धरा है, ऐसा खाना मैं बिशु को खिलाऊँगी? देवता के दुआरे मन्नत माँगकर मिला था, स—ब मानना पड़ता है।'

अदिति को जैसे किसी ने कसकर तमाचा मारा हो।

'छुआ-धरा मतलब? यह सब खाना खराब है?'

'खराब क्यों होने लगा? खराब खाते तो चेहरे पर ऐसी चमक होती? पर मुझे तो मन्नत माननी है।'

'जन्मदिन के नाम पर नागा करती हो...'

'बहुत जुलुम हुआ। हमारा बेटा है न! तो पाँव पड़ती हूँ आपके, मेरा हिसाब कर दो, मैं चली जाऊँ।'

'अभी कुछ नहीं मिलेगा। महीने के आखिर में आना।'

'यह बात है?'

बिशु की माँ ने अब चीखना शुरू कर दिया।

दीप्त और अदिति सहम गए। पड़ोसी, चारों ओर पड़ोसी।

'चुप हो जाओ, बिशु की माँ, मैं हिसाब कर देती हूँ।'

'क्यों चुप करूँ? तुम्हारे जैसी औरत के बेटे के जन्म पर तूने जो खिलाया सब-कुछ जुगाड़ तो मैंने कर दिया, इतना काम किया। मेरे बुढ़ापे की लाठी, मेरे लँगड़े बेटे का जन्मदिन, सोलह साल तक मन्नत है। उसी के लिए छुट्टी ली थी...'

'मैंने सुना नहीं था बिशु की माँ...'

'कैसे सुनेगी? अभी शराब के नशे में, तब दवाई के नशे में, मरद तो तेरा जोरू का

गुलाम, देखकर भी नहीं देखता। मेरा मरद होता...मेरे बेटे का जन्मदिन! क्या इतना बड़ा अपराध हो गया?'

चारों तरफ सब सुनने लगे। बिशु की माँ ने गिन-गिनकर अपने हिसाब के पैसे लिये। जाते-जाते बोली, 'सबने कहा था बड़ी पाजी औरत है, कोई नहीं करता उसका काम। फिर भी बिशु के लिए...अरे हमारे जान-पहचान के लोग ही तो काम पर आते हैं, देखूँगी कैसे मिलती है दूसरी कामवाली...'

ताता ने अब अपना इलेक्ट्रॉनिक ट्रेन कमरे में चालू कर दिया।

दीप्त के कानों में उसकी तेज आवाज बहुत अखरने लगी।

उसने किसी तरह दरवाजा बन्द किया।

टैबलेट, एक टैबलेट, सिर फटा जा रहा था।

लेकिन ताता उनकी तरफ ऐसी नजरों से क्यों देख रहा था? जैसे पहली बार देख रहा हो।

नींव

चौबीस जून के बाद मुश्किल से एक महीना बीता होगा। पुलिन बाबू अब कुछ शान्ति से रह सकते हैं। बहुत ही दुःस्वप्न का समय था। शहर-भर में गरम हवा के समान अफवाहें उड़ रही थीं। वास्तव में, चौबीस जून से कुछ पहले ही अफवाहों से हवा गरम हो चली थी।

'नमाज पढ़ने आ रहे हैं, या कुछ और इरादा है?'

'सुना है हथियारों से लैस होकर मैदान में कूदेंगे।'

'मैंने तो सुना है बॉर्डर लाँघकर कई हजार आ धमकेंगे। आ सकते हैं बॉर्डर के इस पार से उस पार आवाजाही तो चालू है।'

'बॉर्डर तो सोने की खान है, टकसाल।'

'जाने दो, अगर पुलिस ही कुछ न करे तो...'

ये सब बातें पुलिन बाबू जैसे शहर के प्रतिष्ठित लोगों में हो रही थीं। अब सोचते हैं तो पुलिन बाबू को बेचैनी होती है। निहत्थे, नमाज पढ़ने के इच्छुक लोगों पर ही तो हँसिया-कुल्हाड़ी-सरिया-बल्लम-ईंट-लाठी से वार किया गया था।

उसके बाद अन्धकार, आतंक-भरे दिन। पुलिन बाबू 'साम्प्रदायिक शान्ति बनाए रखिए' जुलूस में तीन बार भाग ले चुके हैं। सात बार भाषण दे चुके हैं, शहर के सम्मानित नागरिकों में से एक होने के कारण अपने जिले के पत्रकारों को समाचार-पत्र के लिए साक्षात्कार भी दे चुके हैं। अब वे विवेक दंशन से मुक्त हैं, दोष-मुक्त हैं।

परन्तु शारदाप्रसाद पॉली क्लीनिक के लिए अब भी अपराधी बने हुए हैं। असल काम तो कर ही नहीं पाए।

इसीलिए तो 'अगुआ' क्लब के सम्पादक सौरभ की बातों से वे जल-भुन गए।

'शारदाप्रसाद पॉली क्लीनिक का क्या होगा?'

'होगा, जब समय आएगा तब होगा।'

'पहले तो बुनियाद रखने की ही बात हुई थी न?'

सौरभ क्लब का मंत्री था। भू-राजस्व विभाग में काम करता था। 'अगुआ' समाचार-पत्र का प्रधान 'फीचर' लेखक भी था। मुर्शिदाबाद में चौबीस जून से सम्बन्धित उसके लम्बे लेख से कोलकाता के समाचार-पत्रों ने भी सामग्री ग्रहण की थी। इस कारण से वह काफी गर्वित था।

पुलिन बाबू उसे पसन्द नहीं करते। वह बहुत ही मुँहफट किस्म का लेखक था। 'सुपरिकल्पित गण-हत्या' शीर्षक लेख में उसने पुलिन बाबू पर भी कड़ी चोट की थी। सब लिखने का अर्थ क्या है, 'अब जो साम्प्रदायिक शान्ति की बात कर रहे हैं, जब अफवाहें

फैलानेवाले सिर उठा रहे थे, तब ये लोग सक्रिय क्यों नहीं हुए? कुछ वर्ष पहले इनमें से बहुतों ने तो भारतमाता के विजय-रथ की रज्जु भी खींची थी। वो रथ जिन्होंने निकाला था क्या वे हिन्दू कट्टरपन्थी नहीं थे?'

यह सब लिखकर सौरभ ने बहुतों पर करारी चोट की थी। आज के जमाने का विष-खोपरा छोकरा। धर्म की बात समझना ही नहीं चाहता। धर्म तो एक आश्रय स्थल है। मन तो आश्रय ही चाहता है।

पुलिन बाबू डॉक्टर नहीं हैं। पर बड़ी कम्पनी में दवाइयों के एजेंट हैं। उनकी दुकान बहुत बड़ी है। और, दुकान से होनेवाले मुनाफे से उन्होंने स्वयं एक नर्सिंग होम भी खोल लिया है।

चिकित्सा जगत् में व्यापार करना हो तो डॉक्टर होना जरूरी नहीं।

आप कितनी मूलराशि लगा रहे हैं, कितने रुपए का कारोबार कर रहे हैं, इस पर सब-कुछ निर्भर करता है। कितना मुनाफा हो रहा है, व्यापार के परिप्रेक्ष्य में देखिए। डॉक्टर, नर्स तो रुपए के बदले मिल जाते हैं। खून इत्यादि का परीक्षण, एक्स-रे, इन सबका प्रबन्ध भी है।

'पर शारदाप्रसाद...क्या कहा था?'

'पॉली क्लीनिक। नींव के पत्थर की स्थापना क्यों नहीं की जा रही?'

'देखो, सौरभ, तुम जब 'क्यों' पूछते हो, जवाब भी मन-ही-मन तैयार रखते हो। यह बहुत ही परेशान करनेवाली बात है।'

'आप सबको विचलित कर पाना क्या कोई आसान काम है?'

'अरे, फिर वही व्यंग्य-बाण!'

'नहीं-नहीं, व्यंग्य-बाण नहीं मार रहा।'

सौरभ ने गहरी साँस ली।

'केवल आप ही क्यों, यहाँ किसी को कुछ विचलित नहीं कर पाता। बस कुछ दिनों तक शान्ति-सभाएँ हुईं। भाषण हुए।'

'मनुष्य और कर भी क्या सकता है?'

'लगता है, यह काम इक्कीसवीं सदी तक चलाना जरूरी था जिससे भीतर उत्तेजना बनी रहे, इसलिए कुछ लोग बड़े तत्पर हैं।'

'क्या जानते हो सौरभ?'

पुलिन बाबू ने गहरी साँस ली।

'मुझे 'ब्लड-प्रेशर' और 'डायबिटीज' है, लगता है मैं इक्कीसवीं सदी देख नहीं पाऊँगा। दोनों से ही 'टेंशन' बढ़ता है।'

'मुझे भी बहुत 'टेंशन' है।'

'इस उम्र में ही?'

'आपका 'टेंशन' क्यों बढ़ रहा है?'

'नर्सिंग होम, दुकान, सब चलाना...'

सौरभ झुककर बैठ गया।

'ऐसी एक घटना घट गई, फिर भी आपको 'टेंशन' नहीं हुआ?'

'बाप रे! सुनकर तो मैं...'

'उस दिन आपके घर कोई दावत थी, न। मैंने सुना था।'

'हाँ-हाँ, सौरभ। उस दिन शारदाप्रसाद पॉली क्लीनिक के नींव की स्थापना होने वाली थी, सांस्कृतिक कार्यक्रम भी होना था। परन्तु नमाज के चलते जाने क्या हो जाए, इसलिए वह हो नहीं पाया।'

'अफवाह तो थी ही। फिर भी उस खास दिन...'

पुलिन बाबू मीठी हँसी हँसे।

'दशहरा गंगा-पूजा का दिन था। नींव-स्थापना के लिए अत्यन्त शुभ दिन था।'

सौरभ का चेहरा भाव-लेशहीन हो गया।

'आप सबके लिए वह दिन शुभ था। परन्तु आपके साथ डॉ. आलम हैं, दिलावर हुसैन हैं, अहमद साहब ईंटें दे रहे थे; उनके लिए क्या वो दिन बहुत पुण्य का था? आपकी क्या राय है?'

'उन्हें काई ऐतराज है?'

'वे तो जानते ही नहीं कि मैं क्या सोच रहा हूँ। खैर, उस दिन नींव पड़ी या नहीं पर दावत तो हुई थी। कल्याण-कैटरिंग को ऑर्डर दिया गया था, इसलिए मैं 'मेनू' भी जानता हूँ। हिलसा, मुर्गी, पुलाव!'

'मैं अगर लोगों को अपने घर में दावत दूँ...'

'एक बार क्यों, सौ बार। पर जब नींव ही नहीं पड़ी थी तो दावत भी कैंसल कर देते तो...'

'सौरभ! तुम्हारे पिता ने कभी भी मेरे साथ इस तरह से बात नहीं की। बलाई कितनी नरमी से बातचीत किया करता था।'

'बापूजी तो आपकी दुकान के कर्मचारी थे। मरते समय चार सौ रुपए वेतन था। उनकी आवाज में तो नरमी होगी ही। मैं, अमित और तपा ट्यूशन करके संसार में रसद का जुगाड़ करते थे, बहुत कम उम्र में ही लाइफ पर रन्दा मार दिया सबने। मेरे बात करने का ढंग तभी से...'

'खैर, क्या कहने आए थे?'

'मेरा 'टेंशन' तो कम ही नहीं हो रहा। 'टेंशन' के बारे में मैं बहुत कुछ जानना चाहता हूँ। जैसे, उस दिन जब दावत हुई थी, इतनी बड़ी घटना के घट जाने के बाद भी खाते समय टेंशन में नहीं थे?'

'कुछ याद नहीं आ रहा।'

'ऐसा ही लिख दूँगा।'

'यह क्या? तुम क्या यह सब लिखोगे?'

'नहीं, स्वयं से डरने लगा हूँ, इसलिए दूसरों के टेंशन के विषय में जानना चाहता हूँ।'

'शाम को मेरे नर्सिंग होम में चले आना। नीचे बैनर्जी बैठता है। बहुत काबिल डॉक्टर है। वो ठीक से जाँच कर लेगा।'

'हाँ...जाऊँगा। पर जानते हैं–टेंशन के पीछे ही तो भाग रहा हूँ। चापारडाँगा में मकबूल और नजरूल आज भी लापता हैं। उनकी माँ रोते-रोते सब कामकाज करती है। पर टेंशन नहीं है।'

'इतने दिनों से लापता का मतलब...'

सौरभ ने जैसे 'यूरेका' कहा हो, ऐसे ही उल्लास और उत्तेजना से चीखा। इतने दिनों से लापता का अर्थ है, मारे गए। मतलब लाश ठिकाने लगा दी गई है। हम तो यह बात उस घटना के दस दिन बाद से ही कह रहे हैं। उनकी माँ को कोई टेंशन नहीं है। उसने स्वीकार कर लिया है कि उसके बेटों को मार दिया गया है। शोक तो है, कुमारदा भी गया। निखिल तपादार की पत्नी ने भी मान लिया है कि उसके पति की मृत्यु हो चुकी है। कोई टेंशन नहीं है। चेहरा जैसे पत्थर हो गया है।

'वे सरकार से कहें। उन्हें मुआवजा मिलेगा।'

'टेंशन है, जरूर है। किसान डर से शहर में सब्जियाँ बेचने नहीं आ रहे। फड़े वगैरह उनसे पानी के भाव सब्जियाँ खरीद रहे हैं और शहर में सोने के भाव बेच रहे हैं। महनदिया में हिन्दू-मुसलमान किसानों की आँखों में आतंक है, टेंशन है।'

'इतना मत सोचो।'

'सौरभ ने सिर हिलाया।'

'टेंशन नहीं है आप लोगों को, औरों को।'

'क्यों हो? एक दुख-भरी घटना...'

' 'शर्मनाक' कहिए।'

'वहाँ एक ऐसी शर्मनाक घटना घटी थी। हममें से जो असाम्प्रदायिक हैं, उन्होंने उसे धिक्कारा है। साम्प्रदायिक मैत्री के लिए जुलूस निकाले हैं, सभाएँ की हैं। अब तो सब शान्त हो गया। टेंशन पालने से क्या लाभ?'

'शान्त तो नहीं हुआ। भीतर-ही-भीतर दरार डालने की पूरी कोशिश जारी है, मेरे टेंशन का कारण तो यही है। मैं चाहता हूँ, इस टेंशन से सभी दुखी हों। सिर्फ तभी—नींव मजबूत न हो तो इमारत तो ढह जाएगी।'

'अरे जाने दो, जाने दो। यह सब बातें मैं यथास्थान कहूँगा। इस वक्त तो मैं बहुत व्यस्त हूँ।'

सौरभ मुसकराया।

'उस नींव के बारे में क्या सोचा?'

'हाँ, इस बार काम करवा दूँगा।'

'शारदाप्रसाद पॉली क्लीनिक!'

'वसीयत जाने कैसी है! मन दुखी हो जाता है।'

'जानता हूँ। 'अगुआ' में तो छपा था।'

'उस इनसान को मैंने जीवन-भर असफल ही समझा।'

'सिर्फ एक रुपए में होमियोपैथी का इलाज करते थे, इसलिए?'

'पैतृक मकान, इतनी सारी जमीन...इस्स!'

'हम लोग जानते थे शहर के कतिपय सार्थक मनुष्यों में वे अग्रगण्य थे।'

थोड़ा हँसकर कहा, 'लोग वहाँ जाते थे।'

पुलिन बाबू ने सिर हिलाया, 'तुम नहीं समझोगे, नहीं समझोगे तुम सौरभ! पत्नी मर गई, उसने शादी नहीं की। निःसन्तान, वंश की रक्षा के लिए भी दोबारा शादी नहीं की।

सोलह कट्ठा जमीन है उसके पास। कई प्लॉट बेच सकता था, ऊँचे, बहुमंजिले फ्लैट बनवा सकता था...'

'वह सब नहीं किया, तभी उसे असफल समझते हैं। शहर के साधारण लोगों को आसानी से चिकित्सा की सुविधा मिले, इसलिए सर्वस्व दान कर गए, इसीलिए हम उन्हें महान समझते हैं।'

'जरूर।'

भाषण देने के लिए पुलिन बाबू को कविताओं के कुछ अंश याद रखने पड़ते हैं। पर मौका आने पर देखा कि रवीन्द्रनाथ की पंक्तियों से काम चल जाता है। अपने स्कूल-जीवन के दौरान पुलिन बाबू ने कविता पाठ प्रतियोगिताओं में चार बार जीतकर एक 'संचयिता', दो फाउंटेन पेन और एक बड़ा तौलिया प्राप्त किया था। उन्हीं कविताओं के भग्नांश अब भी अपने भाषणों में चला देते हैं। इस बार शान्ति और मैत्री के विषय में भाषण देते हुए नजरूल इस्लाम की शरण लेनी पड़ी थी।

इस समय उन्होंने आन्तरिक आवेग से कहा, 'अपना प्राण जो करेगा दान, क्षय नहीं होगा उसका, क्षय नहीं।'

उनके भावावेग पर पानी फेरते हुए सौरभ बोला, 'क्षय का अर्थ तो टी.बी. हुआ ना। आजकल तो उसका इलाज है। हम लोग तो द्वार-द्वार भटककर भी यथोचित व्यवस्था नहीं कर पाए।'

'शायद वह मरना ही चाहता था।'

'कोई चाहता है?'

'यह मत भूलो, उसके पास इकतीस हजार रुपए थे। क्या वह इलाज नहीं करवा सकता था?'

'बत्तीस हजार तिरासी रुपए। मेरे लिए भूल पाना असम्भव ही है। मेरे साथ ही एकाउंट करते थे।'

'हाँ, यह भी तो है! तुम्हारे कुछ लगते थे?'

'कोई नहीं, पर बहुत कुछ। कभी मैं उन्हीं के घर में किराये पर रहा करता था...'

'अरे हाँ, यह मैं जानता हूँ।'

'मेरे पिता की मृत्यु के बाद उन्होंने मुझसे कभी किराया नहीं लिया।'

अपार विस्मय से सौरभ ने बताया, 'माँ ने बहुत बार कहा तो बोले टैक्स और बिजली का बिल दे देना। मैं तो बिगड़ा हुआ लड़का था। कड़वी बात कहकर सोचता था बहुत हिम्मत दिखाई है। उन्होंने ही माँ से कहा था—यह लड़का एक दिन अच्छा इनसान बनेगा।'

'ऐसा तो कहेंगे ही। वे स्वयं अच्छे थे न! आप सच्चा तो जगत् अच्छा। यही उनका दर्शन था।'

'केशवपुर में एक दिन हम कच्चे मकान में ही चले गए। बाद में उसे पक्का करवा लिया था। परन्तु मैंने उनका साथ नहीं छोड़ा था। इन रुपयों में से अपने इलाज के खर्चे के लिए कुछ निकालने नहीं दिया। उन्होंने कहा था—इन रुपयों से मेरे टूटे मकान की मरम्मत करवाकर एक पॉली क्लीनिक खुलवा देना।'

'आज वही तो होने जा रहा है।'

सौरभ थोड़ा मुसकराया।

'मुझे ही प्रमुख रूप से जिम्मेदारी दे गए हैं। मतलब नैतिक।'

'हाँ, तुम तो मंत्री हो।'

'सेक्रेटरी। अनाहारी सेक्रेटरी।'

'एक ही बात है।'

'दावत में निमंत्रित नहीं था, नींव-स्थापना की बात भी अन्त में ही जान पाया था...।'

'हमारी कमेटी तो भैया, तुम लोगों ने ही बनाई है। और यह भी सच है कि हम लोग खड़े न होते तो इतने रुपए इकट्ठा भी नहीं होते, इतना विशाल आयोजन भी नहीं होता।'

'हुआ नहीं, होगा। बत्तीस हजार भी आपके हैं, शुरू में तो सात ही थे। कैश सर्टिफिकेट डबल हो-होकर...'

'वो हिसाब ट्रेजरर को समय आने पर दे देना।'

'असल में जो बात करने आया था, वो तो अब तक किया ही नहीं, बात क्या है, जानते हैं। शारदा डॉक्टर धर्म-वर्म कुछ मानते नहीं थे। कोई पूजा-अर्चना भी नहीं करते थे।'

अब सौरभ खड़ा हो गया।

बिलकुल अलग ढंग की आवाज में धमकी देते हुए बोला, 'मैं आपकी पार्टी का सदस्य नहीं हूँ। डर-डरकर बातें नहीं करूँगा। दशहरे के दिन नींव नहीं खोदी गई, अच्छा हुआ। उनतीस जुलाई नींव-स्थापना का दिन क्यों तय किया है?'

'वह गुरु-पूर्णिमा का दिन है। इन सब कामों में शुभ दिन, शुभ मुहूर्त देखा जाता है।'

'चौबीस जून के बाद भी?'

'तो क्या ईद के दिन करते तो ठीक रहता? अहमद साहब ईंट देंगे, डॉ. आलम सिंह रुपए इकट्ठा कर रहे हैं, पर यह याद रखना कि जो बड़ी रकम दे रहे हैं, वे हिन्दू हैं।'

'आप तो पुराने दिनों के प्रगतिवादी हैं?'

'सो व्हाट? गुरु-पूर्णिमा के दिन नींव खोदने में क्या बुराई है? वे ही लोग बता जाएँ। पता है, वे तो कहेंगे ही। वे सब मन-ही-मन साम्प्रदायिक हैं।'

सौरभ ने मेज पर हाथ मारा। उसकी आँखें लाल हो गईं। वह बड़े जोर से चिल्ला पड़ा, जैसे युद्ध की घोषणा कर रहा हो।

'उन्होंने कुछ नहीं कहा। कोई राय नहीं दी। यह हमारी बात है। हमारे जैसे, जो टेंशन से पीड़ित हैं, उनकी बात है! ऐसे एक मनुष्य के दान और तपस्या से जनता के लिए पॉली क्लीनिक बनेगा और आप लोग छाँट-छाँटकर, पंचांग देखकर नींव स्थापन का दिन, हिन्दुओं के धार्मिक उत्सव अथवा पूजा की तिथि को शुभ मानकर करेंगे। यह साम्प्रदायिकता विष है, उसके बहुत से चेहरे हैं। आप लोगों को अगर हिन्दू साम्प्रदायिक कहूँ, तो क्या गलत होगा? किसी हिन्दू अथवा मुसलमानों के परब-पूजा के ही दिन क्यों? पन्द्रह अगस्त क्यों नहीं? जो दिन सबके लिए ग्रहण योग्य है? पन्द्रह-सोलह दिन देर हो जाए तो क्या महाभारत गलत हो जाएगा? गुरु-पूर्णिमा नहीं चलेगी।'

पुलिन बाबू घंटी बजाने लगे। उत्तेजित सौरभ और ज्यादा उत्तेजित हो गया।

उत्तेजना में मनुष्य...लोग दौड़े-दौड़े आए। सौरभ उसी तरह ऊँची आवाज में बोलता रहा, 'गुरु-पूर्णिमा का दिन चाहिए, पंडित बुलाकर नींव-पूजन होना चाहिए। जिससे अपप्रचार करने

का अवसर मिले। यह सब नहीं चलेगा। मजिस्ट्रेट रहेंगे, मंत्री आएँ तो अच्छा। बस। इमारत की जन्म-कुंडली की भी कोई जरूरत नहीं। ये सब हिन्दुआनी अपने मकान के लिए कीजिए, आप लोग एक ही साथ 'यस गॉड, नो गॉड' दोनों में अभ्यस्त हैं। परन्तु जनता के कामों में यह सब नहीं चलेगा। प्रगतिवादी राजनीति करते हैं! झूठे कहीं के।'

सौरभ निकल गया।

पुलिन बाबू हतवाक्, विमूढ़ रह गए।

हिन्दू मत से नींव-पूजन करने के पीछे क्या कोई दूसरा इरादा काम कर रहा था? जनता का काम, जनता का काम...

वे भी नौकरों को बिगड़ने लगे।

'ठंडा पानी लाओ।'

ठंडा पानी पीकर ठंडे दिमाग से टेलीफोन पर दोस्तों से बात करनी होगी। एक जरूरी मीटिंग।

उसके बाद छोटा-मोटा प्रीति-भोज।

कल्याण-कैटरिंग।

उनके मुख पर मुसकराहट दिखाई देने लगी। दिन तो उन्होंने ही तय किया था। अब उसे बदलकर पन्द्रह अगस्त कर देने पर उनकी ही छवि और उज्ज्वल होगी।

फिर सौरभ उन्हें हिन्दू सम्प्रदायवादी बोलकर देखे!

परन्तु पुलिन बाबू किसी प्रकार भी समझ न पाए कि सौरभ ने उन्हें ऐसी भद्दी गाली क्यों दी!

दशहरा या गुरु-पूर्णिमा के दिन नींव-पूजन करने पर नास्तिकता, अथवा प्रगतिवादिता का या असाम्प्रदायिकता का क्या केवल संघात ही है?

संहावस्थान नहीं है?

मृत्यु का कारण

कैतबखाली थाना के गोपी जनपद पंचायत के अधीन बेनुगाँव के नरेन मंडल ने थाने के ओ.सी. को, घनघोर घटाओं की इस मूसलाधार वर्षा में (निहायत ही मुसीबत में) डाल दिया, वैष्णव पंचांग के अनुसार जन्माष्टमी के पवित्र दिन में। 'मंडल' कहें तो कौन-सा मंडल? कौन जात है?

पंचायत के सदस्य विष्णु बाबू ने कहा, 'डोम।'

दारोगा बाबू का उच्च वर्ण मन कह उठा, 'छि!' खगेन्द्रनाथ भौमिक रचित 'पदवी उत्पत्ति और उसके विकास का इतिहास' पुस्तक उन्होंने अपने 'पुजारी' पदवी के विषय में जानने के लिए खरीदी थी। उन्होंने पुस्तक आदि से अन्त तक पढ़ ली थी। जीवन में अब तक तीन ही पुस्तकें अपने पैसे से खरीदी थीं–'भ्रमणसंगी', 'सबतीर्थ विवरण' और उपरोक्त पुस्तक। प्रतिवर्ष पंचाग तो अवश्य ही खरीदते थे। पैसों से खरीदी गई पुस्तक तो आद्योपांत पढ़ना जरूरी था। नहीं तो लगता है जैसे पैसा पानी में बहा दिया।

उन्होंने गहरी साँस लेते हुए कहा, 'मंडल पदवी के तो चौवालीस जात होते हैं। साला डोम! पंचांग का वचन, कुछ एक साल निम्न वर्ण के लोगों की मृत्यु होगी। तो मरा कैसे?'

'रसगुल्ले में 'नोवाक्रम' लगाकर खाया था।'

'अच्छा! आत्महत्या! सब-के-सब।'

'सब-के-सब मतलब?'

'अकेला नरेन तो नहीं, तीनों बेटियों को खिलाया, खुद भी खाया।'

'डेन्जरस क्रिमिनल? मेरे थाने में?'

'कौन सर?'

'नरेन मंडल!'

'नहीं, नहीं, मैं उन्हें खूब अच्छी तरह पहचानता था। वो कभी भी अपराधी नहीं था।'

'सब समझते तो आप दारोगा होते?'

'समझा नहीं।'

'सुनिए! वो जब लड़कियों को जहरीले रसगुल्ले खिला रहा था, तब तो वह हत्या कर रहा था। अपराधी था। जब खुद खा रहा था, तब आत्महत्या कर रहा था। ओह, आत्महत्या करते हुए अगर वह असफल हो जाता तो मैं उसे...केस क्या है? मतलब मरा क्यों? यही तो बात है?'

विष्णु बाबू ने अपना माथा पोंछा।

'मैं थोड़ा विचलित था। नरेन के साथ चौथी तक पढ़ा था। उसके बाप को 'चाचा' कहा करता था। गाँव में जैसा प्रचलित है।'

'मरने का कारण क्या है, कोई नहीं जानता?'

'नहीं। गहरा रहस्य है।'

विष्णु बाबू जितना जानते थे, बताते गए।

'मकान सहित तीन कट्ठा जमीन के मालिक नरेन मंडल के पास लगभग तीन बीघा जमीन थी, पिछली बार जमीन के फैसले के समय ही...'

'लिया किसने?'

'तन्मय पाल ने।'

'ओ, तनु बाबू! बहुत 'जेंटलमैन' आदमी हैं।'

'नरेन के पेट में दर्द तो रहता ही था। ज्यादा मेहनत भी नहीं कर पाता था। उसकी औरत बड़ी मेहनत-मशक्कत वाली थी।'

'उसे भी मार दिया?'

'करीब चार साल पहले औरत भी हैजे से मरी थी।'

'यह मैं नहीं मान सकता। कैतबखाली थाने में पिछले पाँच सालों में एक भी हैजे का केस नहीं हुआ।'

'डॉक्टर-अस्पताल ने तो हैजा ही कहा था।'

'हो सकता है...हे हे हे! नोवाक्रम ठोंक दिया हो।'

पुराना छप्पर, टूटे हुए खपरैल, मिट्टी के फर्श पर तीनों बेटियों को दोनों बाँहों से घेरे हुए नरेन मंडल की विवर्ण, अगड़ी हुई मृत देह की तस्वीर अब भी विष्णु बाबू की आँखों के सामने घूम रही थी।

'नरेन वर्धमान में बहुत कम पैसों में काम कर रहा था, घर में नहीं था।'

'ओ! तो लाशों को...'

'देखिए, जो करना हो कीजिए।'

'चलो, चलते हैं, जन्माष्टमी का दिन, ठाकुरजी को अष्टभोग दूँगा, घर में शाम को वी. सी.आर. पर 'कंस-वध' पिक्चर दिखाऊँगा। धार्मिक पिक्चर कितनी मुश्किलों से जुगाड़ किया था। देश में तो अब धर्म के नाम पर कुछ रहा नहीं। और इन सबके बीच साला डोम...'

'चलिए।'

'जीप तो जाएगी नहीं।'

'साइकिल पर चलिए।'

'उफ! न जाने कब एक कायदे के थाने में जाऊँगा। जीप चला करेगी, सिनेमा-हॉल रहेगा, अंग्रेजी स्कूल!'

'फैमिली तो कोलकाता में है।'

'ससुराल।'

कैतबखाली के 'भैरव' समाचार-पत्र (साप्ताहिक, साल भर में लगभग तीस अंक निकलते थे) के संवाददाता-सम्पादक-कम्पोजिटर-दफ्तरी-चपरासी कुमार को देखते ही उनका दिमाग गरम हो जाता था। छोरा मज़े में था। बाप तो शैलो ट्यूबवेल आदि का कारोबार करता था। बेटा दारोगा के पीछे पड़ा हुआ था, उसका ताऊ तन्मय पाल था। नहीं तो ओ.सी. कुमार

को मजा चखाते। बॉर्डर के इलाके में थाना था। बॉर्डर पर तो करोड़ों रुपयों का कारोबार होगा, ओ.सी. क्या बैठे-बैठे देखा करेगा?

हमारे ही पीछे बाँस क्यों? वो तो मिल-बाँटकर खाते हैं, अकेले नहीं खाते। सरकार ने बॉर्डर रखा ही क्यों? बंगाल के दोनों हिस्सों में फर्क बना रहे, इसलिए? सरासर झूठ है। बॉर्डर है, तभी तो वो आ रहे हैं, ये जा रहे हैं, बिजनेस चालू है। लेन-देन, मिलना-मिलाना, इसी का नाम बॉर्डर है।

सब कामों में एक काम है थाने की बदनामी करना। सीमान्त पर चोरी के कारोबार में थाने का बेरोक-टोक बढ़ावा!

लिखो, और लिखो। थाना गुठली चूसे, और आम का गूदा खाए सीमान्त सुरक्षा वाहिनी। किसी-किसी बॉर्डर पर तो बी.एस.एफ. के जवान ही महीने में तीस हजार के करीब कमा लेते हैं।

'वधू-हत्या को थाने ने आत्महत्या करार दिया...बेटा जी, तुम भी यही करते। वधू अगर उदयन छाबड़ा की पुत्र-वधू होती, तुम भी यही कहकर चलाते। छाबड़ा भी एक नमूना है। सब पार्टियों को चुनाव के समय रुपए देता है, सब उसके सगे हैं।'

'थाना 'लॉक-अप' में सौरभ साहा ने आत्महत्या की, या उसे पीट-पीटकर मार डाला गया?'

जा, जाकर सौरभ से पूछ ले। कुमार पाल, थाने के पीछे पड़ने का कोई फायदा नहीं। थाने की नींव-खुदाई के समय को जन्म-लग्न मानते हुए उस समय जन्म-कुंडली बनाई गई थी। जातक दीर्घायु होगा (बारह साल हो गए। अभी तो उम्र बाकी है), सुदर्शन (बहुत ही, देखते ही होम! स्वीट होम! गाने की इच्छा होती है), अमित बलशाली (निस्सन्देह? बीस इंच की चिनाई), निर्भीक होगा और यशस्वी होगा। सब तो सही साबित हो रहा है, तो हम पर क्यों थुथुआते हो?

नरेन के घर की कोई आबरू नहीं थी। दरवाजे की जगह पुराना टाट लटक रहा था। दोनों ओर दो कटहल के पेड़ खड़े थे, केले के पेड़ में केले, पपीते के पेड़ पर पपीते।

एक आदमी। रोने की आवाज नहीं। सिर्फ एक दुबला-पतला वृद्ध सिर पर हाथ रखे बैठा था।

'हट जाओ, हट जाओ, देखने दो।'

कुमार बोला, 'जरूर देखिए, देखने लायक दृश्य है।'

'इसमें कौन-से षड्यंत्र का आविष्कार किया है?'

कुमार ने कहा, 'भूख से मरे हैं।'

'सोच-समझकर बात कीजिए कुमार बाबू। इस प्रदेश में कोई भूख से नहीं मरता।'

'तो ठीक है, पता लगाइए ये मरे क्यों?'

'सुनने में आया है, बेटियों को जहर देकर मारा है, मतलब हत्या की है, फिर खुद भी...ये लोग सब इस प्रकार के अपराध कर बैठते हैं, ये...देखूँ।'

वह दुबला-पतला वृद्ध अचानक बोल उठा, 'नारू ने हत्या की? किसकी हत्या की बाबू?'

'आप कौन हैं?'

यह भी एक बड़ा झमेला है। सबको 'आप-आप' कहना पड़ता है। 'तुम, तू-तू करनेवाला कौन है' शायद कोई गुस्से से यही पूछ बैठे! किसके पीछे कौन-सा दल, पार्टी-झंडा-व्यक्ति—स्मगलर-मस्तान है, कौन जाने?

'नारू...मेरे...बड़े भाई का बेटा।'

'नाम?'

कुमार ने बताया, 'गणेश मंडल।'

'आप क्यों बता रहे हैं?'

'मेरे अलावा और कौन...'

वृद्ध रुआँसा हो गया।

'मेरे अलावा उसका और कौन था बाबू? मेरी भी हालत उस जैसी ही है, बेटे रिक्शा खींचते हैं, घर में कमानेवाला ही अब स्वामी बन जाता है। मेरी बात मानता तो नारू भूख से...।'

कुमार बोला, 'चुप करो गणेश ताऊ। दारोगा के सामने, मैं पूछता हूँ किसके सामने अपना दुखड़ा रो रहे हो?'

बाहर से किसी ने कहा, 'तो भाई मेरे, तुमने क्यों नहीं नारू का ध्यान रखा? बकवास कर रहे हो?'

'चौखटा पलट दूँगा सुधन्य। सब जानते हैं, मैं दस दिनों के लिए मालदा गया था।'

ओ.सी. तन्मय के बेटे सुधन्य और तन्मय के भतीजे कुमार के बीच होनेवाली बहस को सुनकर मन-ही-मन बहुत खुश हुए। है, अच्छी खबर है। मेल-मिलाप नहीं है।

'हटिए, देखने दीजिए।'

'क्या देखोगे, ओ बाबू...'

'यह आदमी तो काफी लम्बा था! जरा देखिए विष्णु बाबू! तीनों बेटियों को अपने हाथों से घेरने की कोशिश की है।'

विष्णु बाबू ने मुँह फेर लिया।

'नाम था नरेन मंडल। बेटियों का नाम? उम्र? नरेन मंडल की कितनी उम्र होगी?'

'मेरी उम्र का था—इकतालीस।'

'सूरत तो इक्यासी जैसी है।'

'बड़ी बेटी चाँदी, उम्र तेरह साल; मँझली रानी, उम्र ग्यारह साल; छोटी शम्भू, उम्र सात साल।'

आक्रोश-भरे स्वर में विष्णु बाबू कहने लगे, 'सब एक जैसे भी नहीं होते, सोचा था चाँदी का नाम जी.आर. में शामिल करवा दूँगा, पर उसमें भी बखेड़ा। हाल ही में नाम लिखवाया था।'

'जी.आर. ने शामिल कर लिया?'

'नहीं।'

गणेश मंडल ने कहा, 'जहर की बिक्री बन्द कर दो बाबू।'

दारोगा ने अब दारोगा का रूप धारण किया।

'जहर, जहर! चुप रहो। लाश शहर जाएगी। चीर-फाड़ की जाएगी। डॉक्टर अगर कहे, तब कहना जहर खाया था। उससे पहले कुछ मानने को तैयार नहीं हूँ।'

'भूख से पीड़ित चेहरे दिखाई नहीं देते आपको?'

'नहीं, कुमार बाबू। सॉरी। भूख से मारे गए, यह तो नामुमकिन है क्योंकि इस प्रदेश में भूख से कोई नहीं मरता। आत्माहत्या करेंगे और बोलेंगे भूख से मरे हैं?'

'अरे, खाना नसीब नहीं होता था इसीलिए तो आत्महत्या की बाबू। बेटियों की सूरत देख नहीं रहे?'

दारोगा कोई जवाब नहीं देते। भूख अप्रत्यक्ष कारण हो सकता था। प्रत्यक्ष कारण तो 'नोवाक्रम' था।

नरेन मंडल के सम्बन्ध में तो यही बात मानी जाएगी।

लेकिन तन्मय पाल के बेटे सुधन्य की पत्नी की मृत्यु का परोक्ष कारण दहेज के कारण यन्त्रणा थी और प्रत्यक्ष कारण कपड़ों में आग लग जाना, पर मृत्यु का कारण 'एक दुर्घटना' मानी गई थी।

स्वर्गीय सुमना पाल की मौत का कारण दुर्घटना ही थी।

और सुप्रकाश डॉक्टर की मृत्यु का परोक्ष कारण बेटों में सम्पत्ति के कारण तांडव था, प्रत्यक्ष कारण बना 'प्रेशर' के बढ़ जाने से 'स्ट्रोक'। पर बड़े बेटे के तिकड़मों से मँझले और छोटे बेटे ने बाप को धकेलकर गिरा दिया था, इस कारण से बुड्ढा मर गया–यह बात बहाल रही।

दारोगा ने कहा, 'सीधा-सादा केस है। चीर-फाड़ तो होगा ही...'

कुमार ने कहा, 'जो करना हो, सब आप ही करेंगे।'

नरेन की ओर से खर्चा करके शहर में लाश पहुँचाए, फिर गाँव में लाश वापस लाए, दाह-संस्कार करे, ऐसा कोई भी नहीं।'

'हाँ, डॉक्टर अगर प्रमाणित कर दे...'

'अरे, कुछ मिलने का अन्देशा नहीं तो क्या अपनी ड्यूटी नहीं करेंगे?'

'कुमार बाबू!'

'अरे, ड्यूटी कीजिए?'

'उसके बाद दाह-संस्कार?'

'आप लोग ही बन्दोबस्त करेंगे। गरीब-गुरबों के लिए तो सरकार को ही करना चाहिए।'

बात बिलकुल सच थी, शायद इसीलिए दारोगा बौखला गया। सब बन्दोबस्त भी करो, बैलगाड़ी या वैन-रिक्शे में लाश को भेजो कुमेदपुर। साथ में जो सिपाही जाएगा, उसे भी चाय-पानी वगैरह का खर्चा दो। लाश निकालो, जलाओ। भेजते हैं, दारोगा बहुत से लाश भेजते थे। पर सारा खर्चा तो लाश की पार्टी उठाती थी।

'सरकार को क्या करना चाहिए, आपको बताने की जरूरत नहीं।'

बाहर की पब्लिक ने भी कहा, 'थाना ही सारा बन्दोबस्त करेगी।'

गणेश ने कहा, 'ओ कुमार! चन्दा इकट्ठा करके...'

'नरेन'दा के जिन्दा रहते अगर चन्दा इकट्ठा करते तो शायद वो आदमी बच जाता। अब चन्दा इकट्ठा करके...'

ऐसे समय समय-महीना-साल के द्योतक डायल से सुशोभित विदेशी घड़ी, क्रू-कट बाल,

इतर से सुगन्धित, कन्धे पर पाउडर लगाए, महीन कुर्ता और चौड़े किनारेवाली धोती से सजे-धजे तन्मय पाल मंच पर आ पहुँचे। राजनीति में थे, पब्लिक की भावनाओं के मुताबिक बात करते थे। यद्यपि नरेन की जमीन, बाँस-वन, सब-कुछ हड़प लिया था। आँगन के पेड़ भी खरीद लिये थे, और भूख से बिलबिलाती लड़कियों का रोना-धोना, आजकल तो जब लड़कियाँ रोती थीं तो नरेन उन्हें पीटा करता था, यह सब-कुछ वे जानते थे। कल भी दोपहर के भेजन के उपरान्त शम्भू का चीखना-चिल्लाना 'और मत मारो बाबा, अब कभी खाना नहीं माँगेंगे' सुनकर अपने दाढ़ में फँसे खाने को निकालते हुए अपनी पत्नी से कहा था, 'नरेन बिलकुल गिरा हुआ आदमी है। खाना दे नहीं सकता और बेटियों के रोते ही उन्हें पीटने लगता है।'

वे और छाबड़ा, दोनों ने कैतबखाली में चोर-डाकुओं के डर से एल्सेशियन पाला था। तन्मय बाबू का कुत्ता तो रोज दही-मांस-भात खाता था। घर में बड़ी-बड़ी रोहू मछली, घर में पले मुर्गी और ताजे बकरे उसके नित्य सेवन के अंग थे। कभी किसी दिन चार मुट्ठी चावल उन लड़कियों को उधार देने की बात भी उसके मन में नहीं आई। और कभी दिया नहीं, इसलिए आज भी उनके विवेक में किसी सुई की चुभन महसूस नहीं हुई।

नरेन भूखों मर रहा था, सच है। वे उसे मदद दे सकते थे, सच है। लेकिन उनके करने लायक भी कुछ था, यह तो वे जानते ही नहीं। मध्यमवर्गीय मन, सुरक्षित दूरी पर बैठे-बैठे सिर्फ सोचता और राय जाहिर करता है और किसने क्या नहीं किया, उसकी समालोचना करता है।

तन्मय पाल ने कहा, 'इन्होंने ठीक ही कहा, मृतक नरेन और उसकी बेटियों का 'पोस्टमार्टम', अन्तिम-संस्कार आप ही कीजिए। मैं खुद पता लगाऊँगा कि मौत का कारण क्या है?'

दारोगा समझ गए, अब वे बुरे फँसे।

बोले, 'स–ब हो जाएगा। घर जरा देख लूँ। ताला मारने का नियम है।'

कुमार बोला, 'टाट लटक रहा है, उस पर ताला मारिए।'

'घर की जिम्मेदारी भी तो...घर में है क्या?'

विष्णु बाबू ने कहा, 'दो फटे अँगोछे, मिट्टी का एक घड़ा। सब-कुछ बेच दिया था। एक तख्तपोश था। उसे भी कल बेच दिया।'

गणेश बोला, 'मुझसे नारू ने कहा, काका! चौकी बेच दी। देखा, इतनी बड़ी हँड़िया में रसगुल्ले खरीदकर ले जा रहा था। पूछा, कितने में बेचा?'

गणेश थोड़ा रुका।

सुदाम कयाल बोला, 'पच्चीस रुपए में। मैंने ही तो खरीदा था।'

'कटहल की लकड़ी से बनी चौकी थी, उसकी कीमत पच्चीस नहीं हो सकती, सुदाम! अगर सौ के करीब दे देते तो ठीक रहाता, और तुम दे भी सकते थे।'

'धत् बाबू, चौकी का मोल-भाव कर रहे हो।'

'नहीं सुदाम! नारू...सौ रुपए मिलते तो शायद चावल खरीदता, भात पकाता, कुछ दिन खा-पीकर कोई काम-धन्धा करता। मैं भी पापी, तुम भी पापी! नारू ने कहा–हमेशा लड़कियों को मारता-पीटता हूँ, आज चाँदी ने कहा–खाने को दे नहीं सकते पर मार सकते हो, बाप बने हो! हमें ऐसा बाप नहीं चाहिए। इसीलिए काका! मिठाई खरीदी है, उनके लिए एक-एक पाजामा, चाँदी के लिए एक कमीज।'

हाँ, सबने देखा। लड़कियों के नए कपड़े, चाँदी की कमीज भी नई थी, बनियान भी।

सिपाही वैन-रिक्शा ढूँढ़ने चला गया।

दारोगा काम में लग गए।

'घर पर किसका हक होगा?'

तन्मय पाल ने उदास स्वर में कहा, 'मेरे पास गिरवी था...कहता था चला जाऊँगा...मैंने कभी जबर्दस्ती नहीं की।'

सुदाम बाबू तन्मय बाबू के विरोधी दल में थे, साइकिल-रिक्शा यूनियन के अध्यक्ष थे, इक्कीस रिक्शे और आठ वैन-रिक्शा के मालिक थे और 'तन्मय पाल ने बेटे के बहू की हत्या की है' यह उड़ती हुई खबर उसी ने फैलाई थी।

नरेन की मृत्यु के पाप का भागी वह भी था?

सौ रुपए देता तो नरेन शायद बच जाता।

इस पाप का जिम्मेदार सिर्फ क्या वही था?

उसने कहा, 'औरत के मरने के बाद, नरेन पेचिश का शिकार होकर लौट आया, मेहनत नहीं कर पाता था। पहले फिर भी कुछ कर लेता था, बाद में तो पानी पीने पर भी खून की टट्टी करता था। चौकी बेची। उससे कहा–लाई खा ले, मैं खा रहा हूँ। उसने कहा–नहीं रे दादा, लाई नहीं खाऊँगा, लड़कियों ने कुछ नहीं खाया। घर भी गिरवी है। नरेन तो मरी हुई गाय था, लात क्या सिर्फ मैंने मारी है? तनु बाबू ने मकान समेत तीन कट्ठा जमीन गिरवी रखकर सिर्फ तीन सौ रुपए नहीं दिए थे? कैतबखाली में रास्ते के ऊपर रिहायशी जमीन प्रति कट्ठा आजकल दो हजार में बिक रही है!'

तन्मय पाल ने जहरीली नजरों से देखा और साथ-ही-साथ पश्चात्ताप-भरे स्वर में बोले, 'धीरे-धीरे और भी कुछ देता। लेकिन जो दिया उसे भी तो बरबाद कर दिया।'

गणेश ने कहा, 'बरबाद? छोटी बेटी को आंत्रिक पीड़ा हुई, डॉक्टर को दिखाया, दवाई-पथ्य...दस किलो चावल खरीदा...'

सुदाम ने कहा, 'आँगन के पेड़ भी उसी में शामिल कर लिये। भूख से मर रहा था, पर तुम्हारी कड़ी नजर, पेड़ से एक भी कटहल अगर तोड़ा तो! उसकी हिम्मत नहीं हुई, तुमने भी क्या कम पाप किए? नरेन पर कब्जा जमाकर उसे नंगा करके छोड़ा।'

तन्मय का बेटा सुधन्य की हाल ही में शादी हुई थी। वह ससुराल से प्राप्त राजदूत के बिना बाजार भी नहीं जाता था।

सुधन्य ने गरम होते हुए कहा, 'जितने पाप सब मेरे बाबूजी के हिस्से? यह ठीक था, बहुत मुसीबत में जी रहे थे। साग-पात, कन्द-मूल जो कुछ बटोर पाती थीं बिचारी लड़कियाँ, तो एक किलो चावल खरीदते थे या आटा। तो विष्णु बाबू तो पंचायत के सदस्य हैं। वो नरेन को कोई काम क्यों नहीं देते थे? जी.आर. में नाम चढ़ा देते तो मुट्ठी-भर उन्हें भी मिल जाता!'

नरेन की मौत के कारणों में उन्हें भी शामिल कर लिया गया। फिर भी विष्णु बाबू ने अपनी सफाई पेश करते हुए कुछ नहीं कहा। कुमार की तरफ देखने लगे।

सब विष्णु बाबू को देख रहे थे।

'हाँ,...बहुत बड़ी गलती हो गई...काम करने की शक्ति तो थी नहीं...जी.आर. में नाम! रिलीफ! नाम डालने की कोशिश मैं कई महीनों से कर तो रहा था सुधन्य! पंचायत में मेरी

बातों का क्या महत्त्व है? सरकार में भी नहीं, कोई हैसियत भी नहीं! स्कूल में, रहम खाकर भी अगर उसे चपरासी का काम दे देते तो! आखिरकार कुमार ने साथ चलकर जोर लगाया तो चाँदी का नाम...फिर भी, मैं भी पाप का भागी हूँ। लेकिन कल वह कुमार को काफी देर तक ढूँढ़ता रहा, यह तो मैं जानता हूँ।'

कुमार ने नजरें फेर लीं।

'अब बोलकर क्या फायदा, विष्णु'दा?'

'तुम नहीं मिले, मुझे बता गया।'

दारोगा सजग हो गया।

'यह क्या राग अलाप रहे हो? क्या कहा?'

कहा, 'कुछ खाने को तो दे नहीं सकता, पर बेटियाँ तो मेरी हैं। मैंने कहा—हाँ, वो तो है ही। वो बोला—कुमार कोई बन्दोबस्त करेगा...मालदा के पास जाने कहाँ गरीब लड़कियों को आसरा...वो तो आज भी नहीं लौटा। अब मैं क्या करूँ? चाँदी ने कहा है, बाप बने ही क्यों?—इतना कहकर चल दिया।'

सुदाम ने पूछा, 'कब?'

'लगभग चार बजे।'

'उसके कुछ देर बाद ही चौकी बेचने गया था।'

विष्णु बाबू बोले, 'कुछ प्रबन्ध हुआ था, कुमार?'

'हाँ...हुआ तो था...'

'कब?'

'पिछले मंगलवार को...'

'उस मंगल से इस मंगल तक आठ दिन! ऑलिम्पिया बस के गोपाल के हाथ भी अगर एक चिट्ठी दे देते...'

'सोचा तो था...पहुँच जाऊँगा...'

सब चुप हो गए।

गणेश बोला, 'यह कंकाल जैसा आदमी...कितने लोगों के कितने कारणों से चल बसा!'

लाश पहले तो नरम होती है, फिर सख्त, फिर नरम हो जाती है। अब नरेन आदि की लाशों से थोड़ी-सी दुर्गन्ध हवा में फैलने लगी थी। नरेन की फटी-फटी आँखें जैसे कह रही थीं—तुम सबने मेरे लिए सिर्फ 'नोवाक्रम' खरीदने का रास्ता खुला छोड़कर, चावल खरीदने का रास्ता, आलू खरीदने का रास्ता, बूथ से पापड़ खरीदने का रास्ता—सब रास्ते बन्द कर दिए थे।

जैसे हताश होकर कुमार बोल उठा, 'भूख से तिल-तिल कर मर गए नरेन'दा...'

तन्मय पाल बोले, 'तुम तो यही कहोगे। सरकार की जितनी बदनामी होती है, तुम उतना ही खुश होते हो!'

'काका, अपने बेटे को काबू में रखो, मुझे नहीं। मुझे धमकाएँगे, और मैं चुप लगा जाऊँगा, वो दिन लद गए।'

'अच्छा!'

तालाब वाले पाल-बाड़ी के हिस्सेदारों में लम्बे समय से पुराना झगड़ा चल रहा था, परिवारों मे दुश्मनी और पल-भर में मार-पीट पर उतारू हो जाते थे।

'मालदा बहुत जाना-आना हो रहा है!'

कुमार ने जहरीली मुस्कान बिखेरते हुए कहा, 'आपकी तरह तो नहीं? हफ्ते में दो बार तो नहीं दौड़ता।'

दारोगा तनु बाबू पर उपकार कर रहे थे, ऐसा जताते हुए बोले, 'कुमार बाबू! उनके बेटे की बहू का केस दुर्घटना का केस था।'

जनता में खुसर-फुसर होने लगी। तनु बाबू दारोगा को किंकर्तव्यविमूढ़ करते हुए चीख उठे, 'ड्यूटी करने आए हैं, ड्यूटी कीजिए। एकदम फालतू बात मत कीजिए! लाश सड़ने लगी है, कोई चिन्ता नहीं!'

वैन-रिक्शा आ गया था। तनु बाबू के घर से पॉलीथिन की डबल चादर आ गई।

सिपाही तो मुर्दा नहीं छुएगा। कुमार, विष्णु बाबू, सुदाम, गणेश के बेटे ने एक-एक करके लाशों को वैन में चढ़ा दिया। उन्हें पॉलीथिन की चादर पर लिटाकर, पॉलीथिन से लपेटकर, नारियल की रस्सी से बाँध दिया था। बाहर काफी भीड़ जमा हो चुकी थी। उफ!...बिचारे बच्चे...किसी ने नहीं देखा! आदि बातों को धकेलते हुए वैन-रिक्शा आगे चलने लगा।

नरेन का घर खाली हो गया। गणेश मिट्टी के घड़े को आँगन में फोड़कर फेंक गया था।

सिर्फ कुमार ने 'भैरव' पत्रिका मे लिखा था 'भूख से पीड़ित मृत्यु', उसका प्रभाव अब भी कैतबखाली की हवा में विद्यमान है।

रिपोर्ट में 'जहर खाकर सन्तान सहित आत्महत्या' लिखा गया। कोलकाता के समाचार-पत्र में बहुत छोटे अक्षरों में यह खबर छपी थी। दारोगा ने तन्मय से पूछा, 'आखिर 'भैरव' कितने लोग पढ़ते हैं? अनशन! इस राज्य में भूख से आज तक कभी कोई मौत नहीं हुई। अगर जहर खाकर मरे, तो जहर खाना भी तो कुछ-न-कुछ खाना ही हुआ। कुमार को अब यह सब पेचीदगी कौन समझाए!'

'अरे वो समझनेवालों में से नहीं है। छोड़िए भी अब नरेन की बात को।'

ये अन्तिम कुछ शब्द ही नरेन मंडल के विषय में अन्तिम समाचार बन जाते हैं। पूर्ण विराम।

अर्जुन

अगहन जाने को था, पौष आने वाला था, अभी भी जाड़ा नहीं पड़ा, धूप में गरमी नहीं थी। विशाल महतो के खेत में कल ही धान की कटाई खत्म हो गई। धान की कटाई करनेवालों के साथ केतु शबर भी दिन भर धान बटोरता रहा। साँझ के कुहासे में केतु सोच रहा था, थोड़ी-सी शराब कहीं से मिल जाती, यह जानते हुए भी कि नहीं मिलेगी। फिर भी सोचने में तो नशा था।

औरत नहीं है, महनी। पति जब जेल में कैद था, तब वह मान-बाजार में धान काटने जाती। धान काटना, मिट्टी खोदना, जंगल में घूमना, केतु तो जब-तब जेल चला जाता था। जंगल कटवाता तो था राम हालदार, पर पकड़े जाते थे केतु और उसके साथी। केतु क्या करे बताओ। कितनी बार उसने समझाना चाहा, बाबू! दिन ढले मुझे केवल चार रुपए चाहिए। इसके लिए पेड़ काटना है, तो काट दूँगा, आदमी काटना है तो काट दूँगा।

सच, आदमी वह काटेगा या नहीं, कोई उसे चार रुपए देकर परख करके नहीं देखता। यह तो सिर्फ बात की बात है, यह भी कोई समझ नहीं पाता।

सरकारी जंगल काटने के जुर्म में केतु को जेल भेजा गया।

राम हालदार दूसरे केतुओं को ढूँढ़ने लगा। केतु आगे कुछ सोच नहीं पाता। पुरुलिया के शबर परिवार में जन्म लेने पर जंगल में हाथ डालना ही पड़ेगा, जेल भी जाना पड़ेगा, यह तो नियम बन चुका था।

केतु के जेल जाने पर महनी काम ढूँढ़ने जाएगी, यह भी एक नियम था।

ऐसे नियमों के राज्य में भी सूनी कुटिया में कुहासा भर जाता है। शरीर शराब की माँग करता है। थोड़ा-सा नशा, कुछ क्षणों की विस्मृति।

ऐसे समय में अचानक विशाल महतो आ खड़ा हुआ। बोला, 'केतु रे! कुछ बात करनी है।'

'वोट की बात, बाबू?'

'नहीं-नहीं! वो तो मैं जिसे कहूँगा उसे ही देना पड़ेगा, क्यों ठीक है न?'

'हाँ बाबू।'

'राम हालदार क्या कह रहा था?'

'वही, तुमने जो कहा।'

'तूने क्या कहा?'

'जो तुमसे कहा।'

'यह कैसी बात हुई?'

'बुद्धि नहीं है, बाबू।'

'खैर, वोट की बात रहने दे। काम की बात थी, सुनना है तो सुन।'

राम हालदार और विशाल महतो दो अलग झंडों के सदस्य हो सकते हैं। पर केतु की दृष्टि में दोनों समान थे। उनकी दृष्टि में वह मूर्ख ही बना रहता था, जवाब भी मूर्खों के समान ही देता था। दोनों को ही उसकी जरूरत थी। दोनों देवताओं को सन्तुष्ट नहीं रख पाएगा तो उस अंचल में टिक पाना बहुत मुश्किल था।

वे भी जानते थे कि काम निकलवाना हो तो शबर मौजूद है। बार-बार जेल की सजा भुगतने का उनका रिकॉर्ड कायम हो चुका है। झंडा बाबुओं की बात पर 'ना' कहने की हिम्मत कहाँ थी उनमें?

केतु के मन में कौतूहल जागा। सामने चुनाव के दिन आने वाले हैं। विशाल बाबू तो इधर-उधर नाच रहे हैं, सभाएँ कर रह हैं। परन्तु वोट की बात नहीं, कोई कुकर्म की बात करेंगे।

'बात क्या है?'

'तिराहे पर अर्जुन का पेड़ काटना पड़ेगा।'

'क्यों, बाबू?'

'काटना पड़ेगा।'

'अभी तो जेल से लौटा हूँ, बाबू!'

'तुझे अगर फिर से जेल भेजना चाहूँ तो तू रोक पाएगा?'

'ना बाबू।'

'यह क्या राम हालदार के कहने पर जंगल काटने का काम है जो जेल जाएगा? मेरे हुक्म पर सरकारी तिराहेवाला पेड़ काटेगा। तुझे जेल कौन भेजेगा?'

केतु के दिमाग में कोहरा तैरने लगा। सच, यह तो सोचा ही नहीं था। राम हालदार के हुकम पर जंगल काटो तो जेल जाना पड़ता है। अब तो विशाल बाबू ही हाकिम-हुक्काम हैं, शायद ये ही देश चला रहे हैं! तभी तो विशाल बाबू के कहने पर सरकारी सड़क के छायादार पेड़ को काटने से जेल की हवा नहीं खानी पड़ेगी।

अचानक उसके मन में एक बात आई।

'बाबू, चुनाव होंगे इसलिए इस बार सड़क पक्की करेंगे, इसलिए पेड़ कटेगा?'

'पक्की सड़क? इस जगह पर? अरे केतु! जब तीस सालों में सड़क नहीं बनी तो अब क्या बनेगी?'

बर्फीला आसमान, बर्फीली हवा, कैसेट पर 'सन्तोषी माँ' की कथा, सब-कुछ मानो विशाल महतो से सच बात कहने को विवश कर देते हैं।

'सड़क नहीं रे। मुझे उस पेड़ की जरूरत है।'

'पक्का पेड़!'

'पक्का पेड़।'

'ले कैसे जाएँगे?'

'राम बाबू का ट्रक है।'

उस समय साँझ रात की गोद में समा रही थी। बड़ा अद्भुत क्षण था। बानडिही की हवा में पके धान की गन्ध थी। विशाल की बात का बोझ भूखे, असहाय, हाल ही में जेल से लौटे

केतु के सीने पर चट्टान के समान भारी प्रतीत होने लगा। असहाय था वह, चन्द्र सन्थाल की भाँति। धान-कटाई संघर्ष में उन लोगों ने चन्द्र सन्थाल की छाती पर आधे मन का बटखरा रखकर उसे बुरी तरह से दबाया ही नहीं था, दबाव बढ़ाते भी गए थे।

बहुत-बहुत जोर का दबाव। विशाल महतो और राम हालदार दो झंडों के सदस्य हैं। एक तो पंचायत करता था। दूसरा जिले के बाहर काठ चिटाई का कारखाना चलाता था। भाषणों में वे एक-दूसरे के विरोधी थे, पर विशाल बाबू के कहने पर अगर केतु वगैरह अर्जुन का पेड़ काट डालें, तो राम हालदार का ट्रक उस पेड़ को ले जाएगा।

केतु के सीने पर दबाव बढ़ता गया। हाय! पेड़ को बचाया न जा सका। वह पेड़ जमींदारी युग के बानडिही जंगल का अन्तिम प्रतीक था। उस पेड़ को देखते ही केतु वगैरह को आज भी अतीत की याद आ जाती थी।

जब जंगल सही मायने में जंगल था, तब शबर जाति वनजीवी हुआ करती थी। जब बाहर के मनुष्य को देखकर वे भयभीत खरगोश या खेड़िया की भाँति वन के पेट में घुस जाते थे, उन सब बीते दिनों की बातें। शायद इसीलिए उनका नाम है खेड़िया शबर।

वृद्ध-वृद्धाएँ उस पेड़ को बहुत मानते थे। देवांशी पेड़ था। उस पेड़ को केतु बचा नहीं पाएगा। उसने कहा, 'हाँ बाबू, काट दूँगा।' और हाथ फैलाकर दस रुपए माँगे। अलौकिक! अलौकिक सन्ध्या है। केतु बड़े विस्मय से बोला, 'बाबू, दस रुपए।'

'शराब पी ले। और दूँगा। अकेले तो तुझसे होगा नहीं, जितने भी लौटकर आए हैं, उन्हें इकट्ठा कर। शराब पिलाऊँगा। पैसा भी दूँगा।'

राम हालदार किसी एक पेड़ के कारोबार में नहीं है। 'वन बचाओ' इश्तहार लगाना, सरकारी वन घोषणा करवाना, अवैध रूप से वन उजाड़ना। जो हाथ कुल्हाड़ी पकड़ते हैं, उनमें से किसी को टॉर्च, रेडियो, घड़ी, कैसेट प्लेयर, साइकिल, शराब तो दिया ही जाता है। हरेक को हैसियत के अनुसार सामान भी। दोषी हों या निर्दोष, शबरों के विरुद्ध जंगल बाबू, थाना बाबू कितने ही मुकदमे दायर कर देते हैं। उन्हें भला इतना देंगे?

'विशाल बाबू दे रहे हैं?'

'मैं अभी शहर जाऊँगा, मीटिंग करूँगा, गाँव में तो साला दीवार भी नहीं, लिखाई भी नहीं। इश्तहार लाऊँगा।'

'मुझे कुछ देना, बाबू।'

'तेरे पास दीवार कहाँ है?'

'जमीन पर बिछाने के लिए ठंड बाबू! नीचे से नहीं लगेगी।'

'हाँ-हाँ, दूँगा। दो-चार दिनों में पेड़ काट देना, केतु। मैं लौटकर उठवा लूँगा।'

'अर्जुन पेड़!'

'गोदा महापात्र का मरण! वही पेड़ चाहिए।'

कुहासे और अन्धकार ने बन्दर टोपी और स्वेटर से शोभित विशाल को हजम कर लिया। केतु अत्यन्त विचलित होकर वनमाली, दिगा, पीताम्बर के पास गया। चूँकि वह शराब लेकर पहुँचा था, इसलिए उसका आदर सहित सबने स्वागत किया। सभी जेल की सजा काटकर लौटे थे। जो कुल्हाड़ी पकड़ेगा, वही जेल जाएगा, यही नियम था। राम हालदार बाँकुड़ा और पुरुलिया में मकान बनवाएगा, यह भी नियम था। नियम के राज्य में बेनियम होने का उपाय

कहाँ था? इन सबमें दिगा की इज्जत सबसे अधिक थी, क्योंकि वह गिनकर सिर्फ चार दिन विधिमुक्त शिक्षाक्रम की कक्षा में गया था। दिगा की गर्भवती औरत लाई और मिर्च रख गई। दिगा बोला—सोचना पड़ेगा।

चारों शबर चुल्लू के नशे में धुत्त हो गए। और सोचते रहे। ब्याह में, परब में वहाँ जाकर ढोल-नगाड़े बजाते थे, मन्नत के बाल उतरवाते हैं तो वहाँ जाकर गाड़ आते थे। वह औषध वृक्ष है रे! दिगा का बाप जानता था। पीताम्बर ने अस्फुट स्वर में कहा, 'सन्थाल लोग बाँधना, जागरण में वहाँ गाय नचाने आते हैं।'

पेड़ काटो तो जेल, न काटो तो जेल। वन विभाग की जमीन पर समृद्ध बानडिही गाँव, खेड़िया शबरों को कोई अधिकार नहीं। दिगा ने सोचते हुए कहा, तो अकेले क्यों मरें, बाकियों को भी बता देते हैं, झूठे केस में असामी करार देंगे, पर उस पेड़ पर तो सबकी भक्ति है, ठीक बात है न, कहो!

अर्जुन का पेड़ तिराहे पर खड़ा था। जैसे वो अनादि-अनन्त काल से वहाँ खड़ा था। कभी किसी ने इस पर खयाल किया, न देखा। पर इस समय सबके हृदय में एक टीस-सी थी। वन विभाग की जमीन का अर्थ वन नहीं, बेकार पड़ी हुई जमीन। जहाँ शबर जाते हैं वहाँ से निकाल बाहर करने पर वन-भूमि देखकर वहाँ बस गए, तो भाग्य देखो, जंगल ही गायब हो गया, किसने या किन लोगों ने खरीदा-बेचा यह सब? शबर फिर से त्रिशंकु की स्थिति में हो गए। पर वह पेड़ जब जवान था, उसके नीचे पूजा चढ़ाकर सब शिकार-परब पर जाया करते थे। अब बुढ़ापे में भी उसका कितना रूप था! श्वेत देह, सिर आकाश को छूता हुआ, पूर्ण चन्द्र की माया में पेड़ और ज्योत्स्ना मिलकर एकाकार हो गए थे। चैत-बैसाख में देखो, चारों ओर छाया बिखर जाती है। तिराहे का वो पेड़...

पीताम्बर ने कहा, 'कितने युगों से हमारी रक्षा कर रहा है रे। वन कहो तो वही एक अकेला पेड़, वन की सन्तान कहो तो हमारे कुछ घर। और उन्हें वही पेड़ चाहिए?'

केतु ने दुख-भरे स्वर में कहा, 'सब-कुछ तो विशाल बाबू और राम बाबू जैसे लोगों का है।'

पीताम्बार बोला, 'जब घर नहीं बना था, उस पेड़ तले कितने दिन रहा था, उसके बाद महतो ने घर बनाने के लिए जमीन दी थी।'

दिगा बोला, 'सन्थालों का घर जलाया राम बाबू ने, तब वो भी आकर रहे थे कि नहीं?'

धीरे-धीरे उस पेड़ के विषय में बहुत-सी बातें सभी को याद आने लगीं। कुछ लोग, जिन्हें सरकार और समाज बार-बार उखाड़ फेंकता है, इस्तेमाल करता है, जेल भेजता है, उजाड़ देता है, सहसा ऐसे लोगों को लगा कि इस पेड़ की हालत भी उनके जैसी ही है।

दिगा बोला, 'विशाल बाबू तो शहर जा रहे हैं, उनसे रुपए माँग लूँ?'

'काटेगा?'

'पाँच आदमी काफी हैं। सौ रुपए मिल जाएँ।'

'जेल जाना पड़ेगा।'

दिगा के चेहरे पर धूर्त और कौशलपूर्ण हँसी खेलने लगी। बहुत बार जेल जाने पर, किसी अन्य समाज के द्वारा बार-बार इस्तेमाल किए जाने पर, शबर के चेहरे पर भी मुखौटा चिपक जाता है। एक मुखौटा विशाल बाबू जैसे लोगों के लिए, असली चेहरा छुपा रहता है। उसने

मिर्च चबाते हुए कहा, 'पुरुलिया में, उस जमाने में अंग्रेजों के थाने में आग लगाने के लिए, इस जमाने में परायी जमीन पर कब्जा जमाने के लिए, परायी धान की फसल काटने के लिए, किसी की लाश गिराने के लिए, सरकारी जंगल काटने के लिए, बाबुओं को तो शबरों का ही सहारा लेना पड़ता था। इस प्रकार बरछी से मारकर और कौन जेल जाने को तैयार होगा? तुम चिन्ता मत करो।'

'अ' से 'ह' तक शिक्षा प्राप्त तथा जमशेदपुर, चाईबासा, मेदिनीपुर तथा बाँकुड़ा की जेलों में सजा भुगतकर आए हुए दिगा शबर ने विशाल बाबू को माँ की तरह आश्वासन दिया, 'तू निश्चिन्त होकर वोट की मीटिंग में जा बाबू। रुपए दे रे। परसों आकर देखना, पेड़ नदारद।'

'राम बाबू तड़पेगा।'

'देखा जाएगा। वो तो तुझे ट्रक देगा।'

'बाहर तड़पेगा।'

'देखा जाएगा।'

दो झंडों के बीच बाहर विवाद होता है, अन्दर-ही-अन्दर दूध और केले की तरह मिल जाते हैं। 'ओ विशाल बाबू! मूरख शबरों को तुमने कितना कुछ सिखाया। जिसे विधिमुक्त शिक्षा कहते हैं।'

विशाल महतो चला गया। दोनों ग्रामीण नेता गहरी मित्रता दिखाते हुए विदा हो गए। अब जाकर जन-सभाओं में ये उसको गाली देगा, वो इसे। पार्टी के निचले तबके के सदस्य इतना कुछ नहीं समझ पाते। कुछ खून-खराबे होंगे। ऐसा तो होता ही रहता है। अर्जुन के पेड़ को लेकर भी विवाद और विरोध हो सकता है। पर गाँव में राम के चमचे हैं ही कितने। सर्वत्र तो विशाल का विशाल आधिपत्य फैला है।

शहर जाते हुए बाजार-हाट में जनसभाएँ, गली-मोहल्लों में जनसभाएँ हो रही थीं। शहर पहुँचकर भी तो काफी दौड़-भाग करना पड़ता है। मोपेड की बत्ती ठीक करवाना, नई गैस-बाती खरीदना, पत्नी के लिए गरम शाल, कुछ दवाइयाँ आदि।

विशाल बहुत निश्चिन्त भाव से बानडिही लौटा। हाय! रास्ता नहीं बना।

नेंसाई, टटको, एक के बाद दूसरी नदी पार करो, फिर बस से उतरो। अब उत्तर-पश्चिमी ओर तेल जैसे फिसलनयुक्त चांडिल चट्टान बिछे ऊँचे-नीचे पगले रास्ते पर से गुजरते हुए चलते चलो। चुनाव का विषय भी बड़ा आश्वासन से भरा था।

गाँव के निकट पहुँचते ही उसका सिर चकरा गया। आकाश के मानचित्र पर दर्पयुक्त तेजस्वी अर्जुन का पेड़ चित्रांकित था। मानो गाँव का प्रहरी हो। कभी लाखों पेड़ सैनिकों की भाँति भूमि की रक्षा किया करते थे। आज वह अकेला है। निश्चिह्न हुए अपने संगी-साथियों की स्मृति ने मानो उसे एकाकी और सजग कर दिया है। वह अपने सामर्थ्य के अनुसार मानभूम की उपेक्षित और लुंठित भूमि पर पहरा दे रहा है।

'अर्जुन वृक्ष का पत्ता मनुष्य की जिह्वा के समान है।'

और साथ ही बाजा-गाजा, धामसा, नगाड़ा, डमक, ढोल।

उत्तेजित होकर विशाल गाँव में पहुँचा। उस पेड़ को घेरकर कितनी भीड़ जमा थी। पेड़ के तने से लिपटकर धूतरे के फूलों की माला पड़ी थी।

राम हालदार साइकिल पकड़कर खड़ा था।

'क्या हुआ?'

'ग्राम-देवता। बना दिया है रे, उसे।'

'किसने, किस हरामी ने?'

'दिगा शबर को सपने में आदेश मिला। तुमने रुपया दिया, पत्थर से घेरकर चबूतरे बनाने का आदेश दिया, पूजा चल रही है। सन्थाल, खेड़िया, सहिस, भूमिज, नाना प्रकार की जातियाँ इकट्ठी हैं रे!'

'ग्राम-देवता!'

'हाँ, लोगों का ताँता लगा हुआ था। मेला लग गया था। मूरख समझता था सालों को। कैसी हमें पटकनी दी है।'

विशाल महतो पराजय का अनुमान लगाने आगे बढ़ा। भीड़, उफ! कितनी भीड़ थी। केतु ढोलक लिये नाच रहा था। घूम-घूमकर नाच रहा था। जाने क्यों विशाल को डर लगने लगा, उसने स्वयं को बड़ा दुर्बल महसूस किया। यह पेड़, ये मनुष्य, सभी तो उसके जाने-पहचाने थे। ये सब आज अपरिचित-से क्यों लग रहे थे? उसका भय बढ़ता जा रहा था।

भारतवर्ष

अढ़ाई गाँव में पहुँचने के लिए पथरीला रास्ता छोड़कर बाईं तरफ चढ़ाई की ओर प्रागैतिहासिक काल की बड़ी-बड़ी चट्टानें, पुटुस की झाड़ियाँ और हरिया घास के झाड़ के बीच से पगडंडी थी। पगडंडी ढाई बार मरोड़ खाती हुई आगे बढ़ती है।

वस्तुतः आकाश से कोई तस्वीर खींचे तो बहुत-सी अनोखी चीजें उस तस्वीर में दिखाई देंगी। समूचे पलामू जिले में सम्भवतः इसी एक स्थान पर आज भी प्रकृति अपने आदिम, अपरिवर्तित रूप में मौजूद है।

यह आदिमता रूखेपन और शून्यता में नहीं थी बल्कि अपार सौन्दर्य में थी।

अढ़ाई नदी एक पतली जलधारा के रूप में बहकर एक विशाल चौड़े पथरीले पहाड़ के पैरों तले ठीक ढाई बार मुड़कर एक विस्तृत कुंड में जाकर गिरती है। असल में वह प्रागैतिहासिक समय की बनी हुई कोई खाई है। उस समय पृथ्वी पर से पाताल में मिट्टी धसक रही थी।

पाताल फोड़कर पहाड़ उठ रहे थे, यह खाई उसी समय की है।

शत-शत वर्षों से अढ़ाई नदी का पानी इसमें गिर रहा है। पानी जमा होकर एक अत्यन्त विशाल कुंड बन गया है।

पलामू में पृथ्वी इतनी रूखी, नग्न, गरीब और क्रुद्ध है—कँकरीला प्रान्त, गंजे पहाड़, निःशेष अरण्य के अलावा वहाँ और कुछ भी नहीं है।

वहाँ एक ऐसा ह्रद है, जो आकाश की छाया से सतत नीला है, जिसकी थाह पाना मुश्किल है क्योंकि वर्षा के दिनों में अढ़ाई नदी की तेज गतिवाले पानी के गिरने से भी इसके तट लबालब नहीं भरते—बहुत आश्चर्य की बात है।

उस कुंड के पूर्वी-तट पर बसा अढ़ाई गाँव भी अद्‌भुत है। पेड़ के नाम पर कीकर-बबूल जाति के जंगली पेड़, हरिया घास और नागफनी आदि हैं। जमीन कँकरीली है। थोड़े-थोड़े फासले पर खरोवार, मुंडा तथा ओराँव आदि के टोले हैं। मुंडा जाति सबसे अन्त में बसी है, खरोवार यहाँ के आदि निवासी हैं। गाँव की सीमा में घुसते ही पेड़ के तने पर ठोंके हुए एक टीन के पात पर कोलतार से लिखा है—अढाई तहसील, और ब्लॉक रामन्दा।

अढ़ाई कुंड के पूर्वी-तट पर किसी ने घर नहीं बनाया है। सरकारी दफ्तर में वन-विभाग के गाँव अढ़ाई की बात वन-विभाग भी भूल चुका है। वह भी एक अलौकिक घटना है कि इतना पानी, इस बस्ती, थोड़े से लोगों और इनके अस्तित्व को किसी ने याद नहीं रखा।

बस और कुछ नहीं है, बीसवीं शताब्दी का कोई चिह्न नहीं है। रास्ता, कुआँ, प्राथमिक विद्यालय, दुकान कुछ नहीं है।

इसका प्रमुख कारण है, इतनी पथरीली जमीन पर किसी भूस्वामी का कोई स्वार्थ नहीं। कुंड का ठिकाना भी ऐसा है कि उसका पानी निकालकर खेती करने का तरीका अढ़ाई वासी नहीं जानते। अढ़ाई का एकमात्र पढ़ा-लिखा आदमी रघुबर खरोवार ही कभी-कभी अढ़ाई और बीसवीं शताब्दी को परस्पर पास लाने की चेष्टा करता रहा है।

रामन्दा स्वास्थ्य-केन्द्र के डॉ. नवीन प्रसाद से उसने पूछा, 'क्यों डॉक्टर सा'ब! पानीं खींचकर सिंचाई नहीं हो सकती?'

'लिफ्ट ईरिगेशन? हो सकता है।'

रघुबर अपने साथ और लोगों को लेकर ब्लॉक ऑफिस पहुँचा। पर मुआयना करने आए तो नीला पानी, उसमें पहाड़ की छाया, चलते हुए पत्थरों की भाँति कुछ आदिम मनुष्य तथा पथरीली जमीन देखकर सबसे पहले तो अफसरों के मन में प्रकृति के इस आदिम रूप को देखकर मन की अतल गहराई में बहुत विवशता का बोध हुआ। ये जल, ये पहाड़, दूर पश्चिमी तट पर विचरण करता हुआ एक हिरण, जो मनुष्यों को देखकर डरकर छिपता नहीं, ये सब जैसे अपार धृष्टता से बोल रहे थे, 'यहाँ से चले जाओ। कौन हो तुम बाहरवालो!'

उसके पश्चात् जमीन को देखकर अफसरों का आत्मविश्वास लौट आया, वे सिर हिलाने लगे।

'इस धरती पर सिंचाई की व्यवस्था करने पर भी एक एकड़ से तीन मन फसल भी नहीं होगी। इसलिए ऐसे बेढब जगह पर लिफ्ट पम्प, पम्प चलाने के लिए आदमी, खर्चा ही नहीं पूरा पड़ेगा।'

छठी तक की पढ़ाई; अतीत में कभी खरोवार शासन काल की प्राचीन महिमा, जो सीने में हमेशा मौजूद रहती है; दोनों का योगफल निकालकर कुछ हिम्मत जुटाते हुए रघुबर बोला, 'पर सा'ब! ये तो आदिवासी इलाका है, और आदिवासियों के लिए सरकारी प्रबन्ध करने की कुछ तो व्यवस्था है।'

अफसरों ने सिर हिलाया। सरकारी काम की भाषा रघुबर को समझाना असम्भव है।

'इलाका तो वन-विभाग का है।'

'रहते तो आदिवासी हैं।'

'आदिवासियों के रहने से ही आदिवासी इलाका नहीं बन जाता।'

इस तर्क के आगे रघुबर ने हार मान ली। नहीं, वह सिंचाई की व्यवस्था नहीं करवा पाया।

रघुबर ने और भी प्रयास किए थे। स्कूल खुलवाने का, रास्ता तैयार करवाने का। नवीन प्रसाद उसके सलाह-मशवरों का समर्थक था। पर वो सब-कुछ नहीं हुआ। अढ़ाई जैसा था, वैसा ही रह गया। नदी में ढाई मरोड़, रास्ते में ढाई मोड़; गाँव की सीमा में प्रवेश करते हुए एक छोटे कद के वृद्ध, गाँठयुक्त पलाश वृक्ष की डालों पर रंगीन डोरियाँ बँधी हुई हैं। आज भी ग्राम देवता माना जाता है। करम पूजा के लिए करम-डाल लाने के लिए वे रास्ते के दाहिनी तरफ रामन्दा फॉरेस्ट में जाते हैं। अढ़ाई की प्रकृति ने कुंड के पूर्वी-तट के मनुष्यों के लिए महुआ के कुछ पेड़ तक नहीं दिए।

नवीन प्रसाद उसी रास्ते पर साइकिल धकेलता हुआ चढ़ रहा था।

रामन्दा स्वास्थ्य-केन्द्र में रघुबर ने जो चिट्ठी भेजी थी, वह उसे कल शाम मिली। पर

नवीन तो आजकल तीन महीने की छुट्टी के लिए डाल्टनगंज दौड़-भाग कर रहा था। कल भी वह शहर गया था। शहर जाने पर तो कम-से-कम एक सिनेमा देखना, छोटी-मोटी चीजों की खरीदारी, ये सब होता ही है। नवीन तो रामन्दा में है, 'पनिशमेंट पोस्टिंग' है।

गाड़ोआ में रहते हुए भंगियों के घरों में पाखाना क्यों नहीं है, इस मुद्दे पर विभागीय दफ्तर के साथ लड़ाई करने के फलस्वरूप उसे यह सजा मिली थी। जंगली जगह है, गरीब मनुष्य, आबादी कम है, शाम के बाद निःशब्दता असह्य हो जाती है। ऐसे में ट्रांजिस्टर और कैसेट ही संगी थे।

रघुबर खरोवार के अजीब चूरन की महिमा को प्रचारित करनेवाले लाल हैंडबिल के पीछे चिट्ठी लिखी गई थी। रघुबर के चूरन बेचने की कोशिश नाकामयाब रही। वैसे सिंचाईविहीन खेती के द्वारा मूँगफली भी नहीं उगा पाया। उन्हीं पर्चों पर वह नवीन को जरूरी खबरें भेजा करता था। चिट्ठी की भाषा बहुत ही गड़बड़ थी। इसे कोई और समझ पाएगा कि नहीं इसमें काफी सन्देह था।

रघुबर हमेशा एक बँधे हुए बयान में चिट्ठी लिखना शुरू करता था और हाट से खरीदे गए डॉट पेन के द्वारा अत्यन्त छोटे-छोटे अक्षरों में चिट्ठी लिखने की उसकी आदत थी। किसी भी अक्षर पर शिरोरेखा नहीं डालता था। तारीख अंग्रेजी में लिखता था, इस प्रकार दूसरों को जता देता था कि उसने कभी अंग्रेजी भी पढ़ी थी।

शत-शत नमस्कार डॉक्टर सा'ब!

आपके सम्पूर्ण परिवार के कुशल की कामना करता हूँ (नवीन का परिवार—पत्नी और बेटा गौतमधारा में रहते थे। रघुबर जानता था)। ईश्वर आपका भला करे (रघुबर और नवीन के ईश्वर-बोध में कुछ अन्तर था)। आप अब रघुबर खरोवार को बचा नहीं पाएँगे। बूढ़े जीउबाबा (एक अखंडित प्रस्तर स्तम्भ) ने रघुबर का फूल नहीं लिया। मरने से पहले आपका दर्शन मिल जाए तो अच्छा हो। रघुबर नहीं भी रहे, तो भी अढ़ाई गाँव की बात याद रखना।

अढ़ाई गाँव की बात भुलाकर अब नवीन चैनपुर, गाढ़वा, मंडार, चाइ-टौड़ी, किसी भी जगह जाना चाहता था, यह रघुबर जानता है। विशेष रूप से अढ़ाई ताल देखने से उसका रक्त विवश हो जाता है। इतना पानी, यही तो बड़े आश्चर्य की बात है। जैसे दैवी घटना हो। शुकरा केरकेटा, एक वृद्ध मुंडा, कहता है, सृष्टि के आदिकाल में उनका सृजन करनेवाले देवता ने जब पृथ्वी को पाप से भरा देखा तो 'सेंगेल दा' अर्थात् अग्नि वर्षा की। सब-कुछ जलकर राख हो गया। उसके पश्चात् उसी देवता ने ही पानी बरसाकर पृथ्वी को आप्लावित कर दिया। अढ़ाई ताल में उस आदिम वर्षा का पानी भी है।

रघुबर खरोवार कहता है, उस पानी के नीचे खरोवार जाति के योद्धा भी हैं। घोड़ों की हिनहिनाहट, तलवारों की झनझनाहट आज भी सुनाई देती है।

इन सब बातों पर नवीन विश्वास नहीं करता। परन्तु साइकिल को पत्थर पर टिकाकर जूते खोलेकर, हाथ-पाँव, मुँह धोकर उसने ह्रद को देखा। एक स्वाभाविक प्राकृतिक कुंड, एक स्वास्थ्य-केन्द्र का डॉक्टर। डॉक्टर हुक्म का गुलाम नहीं था इसलिए विभागीय दफ्तर उसे रगड़ रहा था। डॉक्टर रात-दिन एक करके प्रमाणित करने की कोशिश में था कि वह उनका विश्वस्त गुलाम था। वह केवल मुक्ति चाहता था। इस प्रकृति, जल, निःशब्दता, झुके हुए चिन्तामग्न पहाड़ों से और उन सब मनुष्यों के साहचर्य से, जो सोचते हैं कि अढ़ाई ताल पृथ्वी पर होनेवाली

पहली वर्षा के पानी से निर्मित है–जो कान लगाकर इस नीले पानी की अतल गहराइयों में युद्धरत सैनिकों के असि की झनझनाहट सुनते हैं।

ये सब आदिम हैं।

डॉक्टर इस शताब्दी का मनुष्य है।

डॉक्टर ने कभी कुछ कविताएँ पढ़ी थीं। प्रकृति और मनुष्य की परस्पर निर्भरता का उन कविताओं में वर्णन किया गया था। टेनीसन रचित 'दी ब्रुक' पढ़कर उसने स्कूल पत्रिका में 'पर्वत की गोद से' शीर्षक से निर्झर पर एक कविता लिखी थी।

परन्तु इस समय, दिन के तीसरे प्रहर में, झील की ओर देखकर उसे लगा कि प्रकृति और मनुष्य में किसी प्रकार का आदान-प्रदान नहीं है। तीव्र पिपासा से व्याकुल पलामू में इतना पानी। उस पानी से सिंचाई हुई कि नहीं, अढ़ाई ताल इस विषय में नहीं सोचता। या तो वह जड़ है अथवा उसके मन की बात मनुष्य इतने वर्षों बाद भी समझ नहीं पाया। प्रकृति और मनुष्य में कोई मानसिक संवाद नहीं है। नवीन और रघुबर में भी मन-ही-मन कोई संवाद नहीं था। रघुबर मध्ययुग से बीसवें शतक में आने का रास्ता ढूँढ़ नहीं पा रहा था। कितनी भयानक जटिलता थी।

गहरी साँस लेकर नवीन रघुबर के घर की ओर चलने लगा। रघुबर बचेगा नहीं, क्यों नहीं बचेगा? वह कहाँ जा रहा है? इतना कुछ हो जाने के बाद भी, जीवित रहने की प्रबल आकांक्षा, नवीन ने रघुबर के अन्तर को बार-बार देखा है, बार-बार।

'जीऊँगा', 'जीना चाहता हूँ', 'जिन्दा रहने दो' इस जिद के कारण ही तो वह रघुबर को अब तक बचा पाया था।

'साँप ने डसा है, मानता हूँ, मैं तो इलाज कर रहा हूँ। तुम डरना मत।'

'लगवा लो, सुई लगवा लो।'

'सो मत जाना।'

'ए किसन! डॉक्टर सा'ब ने कहा है, तेरा बाप नहीं बचेगा। मुझे नींद आ जाए तो आँखों में नमक-मिर्च डाल देना।'

विषैले साँप के काटने पर भी वह नहीं मरा। मेले में जहरीली शराब पीकर भी नहीं मरा। पाँव में कुल्हाड़ी के प्रहार से भी नहीं मरा। हर बार वह खटोले पर चढ़कर रामन्दा स्वास्थ्य-केन्द्र आता है। अस्पताल में कुछ दिनों तक पड़ा रहता है, फिर लौट जाता है।

जीऊँगा, मुझे बचाओ, यही उसकी जिद है। कितनी उम्र होगी? कोई लेखा-जोखा नहीं। क्या खाता है? मड़वा उबला हुआ, नमक, मिर्च, उनकी जानी-पहचानी लताएँ और कन्द-मूल। खरगोश, साही या पक्षी मिल जाए तो उसका मांस, दावत होने पर भात तो जरूर पकता है।

पानी कहाँ का पीते हैं? अढ़ाई नदी कुंड में गिरने से पहले एक आधे-खुदे, आधे-प्राकृतिक कुएँ में कुछ पानी छोड़ जाती है, वही पानी औरों की तरह पीता है।

कैसे जीता है रघुबर, कैसे जीते हैं भला ये सब? डाल्टनगंज से कुछ घंटों में ही अढ़ाई पहुँचा जा सकता है। परन्तु बाईं तरफ मुड़ने पर जहाँ कुछ भी नहीं है, चालीस सालों में कोई सरकारी कर्मचारी जहाँ दस बार भी नहीं आया कि वहाँ पर ये लोग कैसे जी रहे हैं?

रोशनी के नाम पर तो केरोसिन की ढिबरी या लालटेन है। अढ़ाई ग्राम के सब टोलों

को मिलाकर बूढ़े-बूढ़ी, प्रौढ़-प्रौढ़ा, युवक-युवती, बालक-बालिका, छोटे-छोटे बच्चे, सबको मिलाकर कुल संख्या तीन सौ एक है।

गाय एक भी नहीं है।

सौ के लगभग बकरियाँ हैं।

कुछ मुर्गियाँ भी हैं।

गाँव में तीन लोगों के पास टॉर्च है, एक के घर में प्लास्टिक का हाथ-पंखा, चार युवक पतलून पहनते हैं।

हाट में बन्दूक चलाकर गुब्बारा फोड़ने पर या जुआ-चक्की घुमाने पर या नीलामवाले के पास अविश्वसनीय रूप से सस्ते दामों पर मिलने पर ही ये सब चीजें अढ़ाई में घुस पाई हैं।

प्रौढ़ से लेकर युवक और बालक तक सभी रामन्दा ब्लॉक में या फॉरेस्ट में दिन-मजूरी करनेवाले थे। दूसरे कंकर बीनते, मुर्गी और बकरियाँ पालते हैं। दिन शुरू होता सूर्योदय से पहले, सूर्यास्त होने पर समाप्त हो जाता है।

ऐसा विस्मृत और अवहेलित है अढ़ाई गाँव कि डाकू या नसबन्दी टीम, कोई धावा नहीं बोलता। रामन्दा स्कूल में केवल तीन बालक जाते हैं। बाकी नहीं जाते।

क्या यह भारतवर्ष है? या भारतवर्ष नहीं है?

रघुबर खारोवार ने तो अढ़ाई और बीसवीं सदी के बीच एक पैदल चलने लायक रास्ता भी तैयार करना चाहा था।

रघुबर का घर सामने दिखाई दे रहा है।

'हो, रघुबर हो!'

'आया डागदर सा'ब।'

रघुबर ने ही उसका स्वागत किया। पर स्वगृह से नहीं। आकाश को छूते हुए एक वृद्ध भिक्षुक फलहीन महुआ पेड़ के नीचे पड़े पत्थर पर बैठे हुए।

'यह क्या! लोटा, चटाई, लाठी, थाली, क्या तुम संन्यासी बन गए हो!'

'बैठो, बैठो डागदर सा'ब। दूर बैठो। उस पत्थर पर। अरे किसन की माँ! डागदर बाबू आए हैं। पानी दे, मड़वा का सत्तू और गुड़ दे।'

नवीन बहुत घबरा गया।

'घर में झगड़ा हुआ है क्या?'

'बुढ़ाई जीउबाबा ने जब रघुबर का फूल नहीं लिया तो रघुबर झगड़े की दुहाई क्यों दे? इसी से समझ लो डागदर सा'ब, कि किसन की माँ छुटकी है। बड़की के रहते ही उससे ब्याह किया और झगड़ा हम तीनों ने ही किया है। बड़की के मर जाने के बाद भी झगड़ा किया है। पर अब तो मैं मरने वाला हूँ, डागदर सा'ब। ऐसे में क्या कोई झगड़ा करता है?'

'मरने वाले हो, मतलब?'

'नाश्ता-पानी कर लो।'

किसन की माँ सूनी आँखों से देखती हुई सत्तू, गुड़ और पानी ले आई। बोली, 'खाओ डागदर सा'ब। तुम्हारी बड़ी किरपा जो आए हो।'

'बात क्या है?'

'किसन का बाप जा रहा है।'

'क्यों?'

'मरने जा रहा है।'

'इसका मतलब क्या है। क्यों मरने जा रहा है?'

रघुबर बोला, 'एक सिगरेट फेंकना मेरी तरफ।'

सिगरेट सुलगाकर उसने दियासलाई को पेड़ की कोटर में रख दिया। बोला, 'अब उस दियासलाई को कोई नहीं छुएगा।'

'तुम अचानक अछूत क्यों हो गए?'

रघुबर ज्ञानी है, विषादपूर्ण भाव से मुसकराया।

'डागदर सा'ब, अचानक कभी कोई बात होती है क्या? अचानक वो अढ़ाई ताल नहीं बना था। यह महुआ पेड़ भी बीज गिरने पर ही उगा था, और स्वास्थ्य-केन्द्र बना था, इसलिए तुम आए हो। पृथ्वी में अचानक क्या होता है, बताओ? बड़की का पैर टूट गया था, काम नहीं कर पाती थी, लाठी लेकर चलती थी। इसीलिए छुटकी से ब्याह किया था। वो बहुत दिन पहले की बात है। इस महुआ के पेड़ पर तब फूल खिलते थे, फल लगते थे, और भालू आते थे।'

किसन की माँ ने दूसरी ओर देखते हुए कहा, 'एक बकरी का पैर टूटा तो नई बकरी ले आया।'

'छि! छि! किसन की माँ! तू मेरी...'

'आज फिर जाते हुए बकरी, घर, सब बन्दोबस्त कर रहा है, मुझे बीच दरिया में छोड़कर जा रहा है।'

रघुबर ने डाँटते हुए कहा, 'तू क्या मेरे साथ जा सकती है? यह कोई बात हुई भला!'

'साथ ले चलोगे तो क्यों नहीं जा सकती?'

शुकरा केरकेटा, बिचन मुंडा, तिलक कुजरू, बड़ा तिरके, गोबिन खारोवार, ये सब लोग भी धीरे-धीरे जमा होने लगे। रघुबर से कुछ दूरी रखते हुए ये लोग गोलाई में बैठ गए। बात कुछ गम्भीर ही लगती है। नहीं तो, गाँव के बड़े-बूढ़े इस समय यहाँ नहीं आते। जब तक सूरज का प्रकाश रहता है, वे जंगल छानते हैं या हरिया घास की चटाई बुनते हैं। यह संकीर्ण भूखंड, पहाड़ और ताल की तरह हरिया घास भी मनुष्यों के प्रति उदासीन है, स्वभावानुसार वन्य और हिंस्र है। यहाँ के पत्थरों के बीच-बीच इस घास का जन्म होता है जो ऊँचाई में कास की झाड़ियों के समान है, नाम से 'घास' कहलाने पर भी पत्ते चौड़े और मोटे हैं, रेशेदार। पत्ते के दोनों किनारे धारदार हैं। सम्भवतः हरिया घास ही पुराणों में उल्लिखित 'असिपत्र' है और 'असि-पत्रवन' बहुत से नरकों में एक नरक है। पापी की आत्मा असि-पत्रवन के मध्य से बहुत डर-डरकर चलती है, क्योंकि धारदार पत्ते उस पर आक्रमण करते हैं।

हरिया घास का रेशा बहुत ही मजबूत होता है। बकरी भी चबा नहीं सकती। बूढ़े लोग हँसिये से किनारों को काटकर पत्ते चीरकर चटाई बुनते हैं। पहले हाट में इन्हें कोई खरीदता नहीं था। पिछले वर्ष से आदिवासी कुटीर शिल्प सहायक संस्था के लोग हाट से ये चटाई चार-पाँच रुपए में खरीदते हैं। अढ़ाई गाँव के लोग यह नहीं जानते कि इसे उपरोक्त संस्था में वार्षिक तीन लाख रुपए की योजना के तौर पर दिखाया जा रहा है, संस्था के अधिकारियों को महीने में पच्चीस हजार रुपए के हिसाब से हिस्सा मिल रहा है।

सब काम भुलाकर वे सब यहाँ! वे सब यहाँ आ बैठे हैं। वे, इस बूढ़े बाउल आकाश की ओर दो शाखाएँ फैलाए खड़े महुआ, इस पत्थर को, इस कुंड के पानी को छूकर आती ठंडी हवा, रघुबर की 'मरने जा रहा हूँ' की घोषणा, उसका घर त्यागकर आकाश के नीचे आश्रय लेने का संकल्प–ये सारी चीजें उनके लिए अमोघ हैं, नवीन के लिए जो तर्क दुर्बोध्य हैं, वे उनके साथ एकाकार हैं। नवीन दर्शक के आसन पर है, वे सब मंच पर हैं। यह नाटक ऐसा नहीं कि दर्शक और मंच के लोगों को एक सूत्र में गूँथ ले।

सभी मौन हैं। जैसे वे खामोशी की मूर्ति हों।

इस खामोशी ने सम्पूर्ण वातावरण को बहुत रहस्यमय बना दिया है। नवीन समझ जाता है कि यह निःशब्दता अनुनय कर रही है, हमारी भाषा को समझो। हम क्या कह रहे हैं, उसे सुनो।

पर नवीन समझ नहीं पाया। हाय, प्रकृति की तरह ही वे सब आदिम हैं, हमने कभी-कभार जिनका 'स्टमक-वाश' किया है, साँप के काटने पर इंजेक्शन लगाया है, जहरीले खाद्य-पदार्थ के सेवन करने पर उन्हें बचाया है, उनके शरीर को भी छुआ है। मगर वह भी शीशे की दीवार के बाहर से।

अब अपराह्न होने ही वाला है, आकाश का रंग बदला हुआ है, कुंड का पानी क्रमशः रक्ताभ होगा, उसके पश्चात् काला-सा, उसके पश्चात् पानी के कालेपन में नक्षत्र फूटेंगे, सजग प्रहरी, काल-पुरुष। इस समय हवा बह रही है, महुआ पेड़ के पत्ते हौले-हौले काँप रहे हैं, बकरियों के रेवड़ को लेकर घर लौट आए बालक की सुरीली आवाज में गाया गीत सुनाई दे रहा है, दिन अस्ताचलगामी है। ऐसे में नवीन किस प्रकार युगान्त में भी उनकी न सीखी हुई भाषा को समझे? इन सब मनुष्यों को जानने के लिए भी तो युगों पहले उन्हें साक्षर बनाना जरूरी था। वह अत्यन्त जरूरी काम तो किया ही नहीं गया। सिर्फ आवेदनयुक्त दरखास्तों को लम्बे लाल लिफाफों में भरकर 'अत्यन्त जरूरी' लिख दिया गया।

शुकरा केरकेटा ने गला साफ करते हुए कहा, 'प्रसंग तो बहुत ही गहरा और गम्भीर है डॉक्टर सा'ब। मुंडा समाज से मैं हूँ, ओराँव समाज में बड़ा तिरके है, और रघुबर तो अब रहेगा नहीं। इसलिए गोबिन अब खरोवार समाज का मुंडा है।'

'मुंडा' जैसे एक जाति है, वैसे ही गाँव या समाज के मुखिया भी होते हैं, इतना तो नवीन जानता है।

'रघुबर को क्या हुआ है?'

शुकरा उसी स्वर में धीरे-से बोला, 'उसे कोढ़ हो गया है, डॉक्टर सा'ब। वो अब अढ़ाई ताल के पश्चिम की ओर चला जाएगा। वहीं घर बनाएगा। जब तक जीएगा, वहीं रहेगा।'

'कोढ़? किसने कहा? अस्पताल तो गया नहीं!'

रघुबर ने गहरी संवेदना से शिशु को समझाने के ढंग से कहा, 'जितनी बार हम लोग अस्पताल में गए है, डागदर सा'ब, खुद अगर नहीं कर पाए तो अपना कोई बुढ़ाई जीउबाबा को फूल चढ़ाया है।'

'उससे क्या हुआ?'

नवीन अन्दर ही अन्दर स्वयं को टटोलता है।

उसे क्रोध होने लगा। देवी-देवता, फूल चढ़ावा, प्रसाद सेवन, इन सबके बीच वह भी बड़ा

हुआ है। किन्तु दोनों के बीच एक तारतम्य है। हो सकता है, इन सब पर विश्वास भी करता हो। पर 'ऐन्टिवेनम' इंजेक्शन से उस रघुबर की तरह साँप के द्वारा डसे हुए कितने ही लोगों को बचाया भी तो है, बचाया जा सकता है, यह भी नवीन जानता है।

रघुबर हलकी मुस्कान सहित बोला, 'जीउबाबा ने फूल नहीं लिया।'

'देखूँ, कैसा कोढ़ है? कहाँ है कोढ़?'

'मैंने देखा है, डागदर सा'ब।'

रघुबर गर्व से हँसा, 'भूल मत जाना सा'ब, हम भी बैद हैं। क्या चूरन, मलहम हम नहीं बनाते हैं!'

नवीन को सहसा अपनी रगों में जैसे कोई जरूरी सूचना मिली।

'रघुबर।'

'बोलो सा'ब।'

'मैंने तुम्हें तीन बार बचाया है।'

'जरूर।'

'फिर मैं तो तुम्हारा दुश्मन नहीं हो सकता!'

'यह कैसी बात है सा'ब! दुश्मन समझता तो क्या रघुबर खारोवार चिट्ठी लिखता या चिट्ठी मिलते ही तुम यहाँ आते?'

रघुबर की चिट्ठी, नवीन के लिए, धीरे-धीरे बहुत मूल्यवान बन गई। फिर तो उसकी हरेक चिट्ठी मूल्यवान थी। नवीन इस बात को पहले क्यों नहीं समझ पाया!

'तुमसे पहले कोई डॉक्टर अढ़ाई आया है?'

'शुकरा कहता है, उसकी बेटी की शादी में खाया था।'

बड़ा तिरके बोला, 'तुम तो हमसे पैसा भी नहीं लेते, यह तो बड़े अचरज की बात है।'

नवीन बोला, 'माना कि बुढ़ाई जीउबाबा बहुत बड़े देवता हैं। परन्तु मैं एक बार देखना चाहता हूँ।'

'मुझे छुओगे?'

'डॉक्टर छू सकता है। तुम लोगों की क्या राय है?'

'देखो फिर। मैं वैद हूँ, मैं गलती कर सकता हूँ।'

नवीन समीप गया। रघुबर ने अपना उघड़ा शरीर उसके सामने कर दिया। कोढ़ ठीक हो सकता है, हो जाता है परन्तु नवीन ने आज तक किसी कोढ़ के रोगी का इलाज नहीं किया था। 'कुष्ठ' शब्द के बारे में उसके खून में भी कुछ संस्कार विद्यमान थे। केवल रघुबर, जो जीना चाहता था, जिसे नवीन बचाया करता था—जिसे मनुष्य होने के नाते, अढ़ाई के अन्य लोगों के साथ सरकारी प्रशासन से, स्वास्थ्य-शिक्षा-भूमि-संस्कार-अरण्य-आपूर्ति-कृषि-आदिवासी, किसी विभाग से कुछ नहीं मिला, फिर भी जीना चाहता था, 'बकरी भी मर गई' फिर भी जीना चाहता था—'बारिश नहीं हुआ सा'ब, मड़वा जल गया' फिर भी जीना चाहता था, उसी रघुबर ने अब मान लिया है कि वह मर जाएगा। मृत्यु-इच्छा उसके दुर्बल वृद्ध, गाँठ युक्त अकड़े हुए शरीर पर हावी हो चुकी थी।

भय, भीषण भय, जन्म-जन्मान्तर से लोग यही जानते आए हैं कि कुष्ठ का अर्थ है मृत्यु। कुष्ठ का अर्थ है समाज से बहिष्कार। कुष्ठ का अर्थ है भिखारी का जीवन।

कुष्ठ रोग का भी इलाज है, पूर्णरूप से स्वस्थ होकर कुष्ठ रोगी पुनः समाज में रह सकता है, यह बात तो उससे किसी ने नहीं की। बड़े रास्ते पर आज भी बत्ती नहीं जलती। रामान्दा एक अभिशप्त ब्लॉक है। अढ़ाई तो सर्वथा विस्मृत और परित्यक्त है। स्वास्थ्य-केन्द्र में भी पोस्टर कहाँ, चिकित्सा की व्यवस्था भी नहीं के बराबर है।

कुष्ठ रोग की दवा बहुत सस्ती होने के कारण कोई बड़ी कम्पनी उसको बनाना भी नहीं चाहती।

मृत्यु की इच्छा रघुबर पर अधिकार जमाएगी?

दखल कर लेगी ऐसे मनुष्य पर?

रघुबर क्या कोई जायदाद था?

मृत्यु की इच्छा क्या लोलुप जमींदार थी?

नवीन ने रघुबर से कहा, 'आँखें बन्द करो।'

अब वहाँ इकट्ठे लोग, किसन की माँ, रघुबर के घर की धूम्रपान-जनित खाँसी से युक्त वायु के छूत से दूर रखे गए, बड़े यत्न से पोषित एक बूढ़ा बकरा, सभी बड़े आग्रह से डॉक्टर के क्रिया-कलाप को देखने लगे।

हाँ, घुटना, कोहनी, पैरों की गाँठों पर, सर्वत्र लाल-लाल दाग थे। उसके ऊपर सूक्ष्मातिसूक्ष्म रेशे भी थे। रेशे फटकर चाँदी जैसे दिखाई दे रहे थे।

'आँखें बन्द हैं?'

'हाँ, बन्द हैं।'

महुआ पेड़ के पत्ते तोड़कर नवीन संक्रमित स्थानों पर तथा बाहर धीरे-धीरे सहलाने लगा।

'कुछ पता चल रहा है पत्ता कहाँ छू रहा है?'

'थोड़ी सरसराहट-सी हो रही है।'

'अब कहाँ सहला रहा हूँ?'

'घाव के ऊपर।'

'कैसा लग रहा है?'

'घाव पर छुअन अधिक लग रहा है।'

'समझ गया। आँखें खोलो, उठकर बैठो।'

रघुबर उठकर बैठ गया।

'क्या देखा?'

नवीन का मन कहता है, 'यह 'सोरियासिस' है। इलाज किया जा सकता है। इसका मलहम बनवाना होगा। बुढ़ापे का शरीर है, रोग घिनौना भी है पर कुष्ठ तो नहीं ही है।

'यह कुष्ठ नहीं है।'

'बिलकुल कोढ़ ही है।'

बड़ा तिरके ने कहा, 'उससे भूल हो सकती है?'

'ठीक है! मान लो अगर कुष्ठ ही है, वह कहाँ जाएगा?'

'अढ़ाई ताल के पश्चिम की ओर।'

'अकेले रहेगा?'

रघुबर ने खुशी-खुशी कहा, 'घर बनाने में ही बहुत दिन लग जाएँगे।'

'क्यों? तुम जैसे बाहर रह रहे हो, वैसे ही रहो। किसन, सूरज तुम्हारे बेटे घर बना देंगे।'

ऐसे में किसन की माँ रोने लगी, 'किसन के बापू, ऐसा ही करना, ऐसा ही करना। फिर भी तो यहाँ रहोगे, देख तो पाऊँगी। पश्चिम तट पर तो नहीं जा सकूँगी।'

नवीन बोला, 'जाओगे पर खाओगे क्या?'

'डॉक्टर सा'ब! कोढ़ के रोगी से यह कोई नहीं पूछता। कुछ मड़वा और नमक ले जाऊँगा। बेटे कुछ दे जाएँगे तो खा लूँगा नहीं तो बिना खाए रहूँगा। मर जाने पर घर जला देंगे। कोढ़ का रोगी बनकर रघुबर किसी से भीख नहीं माँगेगा।'

तिलक ने दुखी होकर कहा, 'तुम लिखाई-पढ़ाई जानते हो। तुम हमारे सिरमौर हो।'

रघुबर बोला, 'गोबिन तो है।'

'तुम्हारी चिट्ठी लेकर स्वास्थ्य-केन्द्र जाता हूँ!'

'ऐसे ही चले जाओगे?'

नवीन का मन ऐसे में फिर संशय से भर उठा। अगर 'सोरियासिस' ठीक नहीं हुआ? घाव के बढ़ जाने पर कहीं वह आत्महत्या तो नहीं कर लेगा?

'घाव अधिक फैला नहीं है।'

कभी किसी वैद्य से अर्जित ज्ञान के दर्प और आत्मविश्वास से रघुबर बोला, 'अगर कोढ़ फैल गया तो मैं घर के भीतर लकड़ियाँ जमा करूँगा, किवाड़ बन्द करूँगा और लकड़ियों में आग लगाकर घर के साथ ही जल मरूँगा।'

'जो मन में आए करना पर एक वचन दो।'

'मैं क्या वचन दूँ सा'ब? मेरी बात...'

सहसा रघुबर हाहाकार करने लगा, 'जीना तो चाहता था डागदर सा'ब! पर जिसे कोढ़ लग जाए वो क्या बच सकता है? ऐसा आदमी क्या जबान देगा? किसन की माँ ने मुझे नहीं निकाला। मैं ही आ बैठा हूँ। गाँव-भर को बुलाया, सबको बताया, उसके बाद मुझे लगा तुम्हें भी क्यों न बताऊँ?'

'तुम वचन दो।'

'कैसा वचन?'

'पश्चिम में रहो, जो भी करो, मैं मलहम दूँगा, वो लगाओगे, जो दवा दूँगा, उसे खाओगे। और, और जब तक शरीर है, शरीर को थोड़ा पानी-सत्तू देना।'

रघुबर कुछ सोचता रहा।

उसके पश्चात् सद्यःसूर्यास्त की आभा से रँगे आकाश की ओर देखते हुए, सुनहरी किरणों से आलोकित चेहरे से धीरे-से बोला, 'देता हूँ वचन! तुम जब बात कर रहे थे डागदर बाबू, मैं तब बुढ़ाई जीउबाबा को देख रहा था। बुढ़ाई जीउबाबा की पहले-पहल पूजा खारोवार के राजाओं ने की थी। तो जीउबाबा के सिर पर सूरज का प्रकाश था, सूरज तो पश्चिम को जा रहा है। ठीक है, तुम्हारी बात रखूँगा। पर कोई लाभ नहीं होगा।'

दवा? कौन-सी दवा? लगाने की दवा के मूल उपादान क्या-क्या हैं? पुस्तक में देखना होगा, जानना होगा। शहर में भी क्या यह पुस्तक नहीं मिलेगी? किसी अध्ययनरत डॉक्टर के पास? खाने को क्या दें? कोई विटामिन?

रघुबर ने धीरे-से कहा, 'तुममें से कोई डागदर सा'ब को आगे तो छोड़ आओ। बैटरी तो लाए नहीं आज। अँधेरा रास्ता...'

शुकरा ने कहा, 'चाँदनी है, उतना अँधेरा भी नहीं।'

नवीन बोला, 'चलता हूँ, रघुबर।'

'नमस्ते सा'ब।'

शुकरा और तिलक नवीन के साथ चलने लगे। अढ़ाई कुंड का पानी गोधूलि वेला में बहुत रंगीन नजर आ रहा था। अढ़ाई नदी की पतली-सी जलधारा छोटे-से झरने के रूप में पश्चिम की ओर गिर रही थी। इस समय हिरण, खरगोश, वन-बिड़ाल, साही पानी पीने आते हैं। बुढ़ाई जीउबाबा के एक ओर से नवीन चलने लगा।

'रघुबर चला गया तो अढ़ाई बिलकुल सूना हो जाएगा सा'ब!'

तिलक सिर हिलाते हुए बोला, 'बहुत अचरज की बात हो गई। उसी पर तो भरोसा था।'

नवीन साइकिल पर बैठ गया। बोला, 'ठीक सात दिनों के बाद स्वास्थ्य सेवक दुआरी दवा दे जाएगा।'

'मैं भी जा सकता हूँ।'

'नहीं शुकरा। मलहम तो बनाना पड़ेगा।'

डाल्टनगंज पहुँचकर तीन महीने के लिए मलहम बनाने में कई दिन लग गए। सबसे सस्ती विटामिन की गोलियाँ, दवाइयाँ दुआरी को ही देनी पड़ती हैं। क्योंकि नवीन की बहुत सारी अर्जियों के बाद तीन महीनों की छुट्टी मंजूर हो गई थी। ऊपर वाले अफसर ने कह दिया, इसके बाद जॉयन करके नए डॉक्टर को 'चार्ज' देकर तब नई जगह जाइएगा।

'कहाँ सर?'

'शहर के पास कहीं।'

नवीन के चले जाने पर उन्होंने अपने टाइपिस्ट से कहा, 'साला धर्मपुत्र युधिष्ठिर है। आदिवासी हरिजन का जंगली इलाका दिया। जो जाता है वहाँ, रुपए पीट लेता है। यह साधु बनता है।'

टाइपिस्ट ब्राह्मण था, अफसर कायस्थ।

ऊँची जात के गर्व से टाइपिस्ट ने फर्श पर थूकते हुए कहा, 'साधु तो तब मानूँगा जब पता चलेगा भ्रष्टाचार विरोधी षड्यंत्र में फँस गया है। ऐसे साधु ढेरों देख रखे हैं।'

'सोलह आने सच कहा आपने!'

'हर नौकरी का अपना-अपना नियम होता है, उसे नहीं मानेगा?'

'नहीं। सरकार उसे 'साधु' का प्रमाण-पत्र देगी।'

दोनों ने ही सिर हिलाया। अफसर ने सोचा—नवीन जा रहा है, अच्छा है, पिंड छूटा। प्रशासन में एक भी सत्यबादी घुस जाए तो पूरा इंजन बिगड़ जाता है। पलामू में रहेगा मगर चोरी नहीं करेगा?

'हो सकता है खतरनाक हो, या फिर राजनीति करता हो!'

टाइपिस्ट बोला, 'वो तो अढ़ाई जाता है!'

'अढ़ाई जाता है! तब तो अढ़ाई देगा दाँव मारना पड़ेगा।'

दोनों हँसने लगे।

और नवीन बड़ी खुशी से अपना सामान समेटने लगा।

गौतमधारा! गौतमधारा! कितने दिनों बाद पत्नी...बच्चे...

सबसे अचरज की बात तो यह थी कि, रघुबर की बात उसे याद ही नहीं रही। दवा भेजते ही उसका मन अढ़ाई को भुला बैठा। अब छुट्टी थी। उसके बाद शहरी इलाके में तबादला। शहरी इलाका न हो तो पत्नी को लाने से क्या लाभ? पत्नी तो गौतमधारा में भी नाखुश थी, जहाँ से राँची इतना पास है!

वैसे तो पत्नी उसकी नौकरी से भी नाराज थी। शहर में कारोबार जमाओ, दनादन रुपए कमाओ, मेरे बाबूजी तुम्हारे लिए 'क्लीनिक' खुलवा देंगे। बाबूजी भी यही चाहते हैं।

सम्भव है, आखिरकार नवीन यही करे। मकान, गाड़ी, झमाझम बरसता पैसा, यह सब न हो तो जीवन बेकार है।

नौकरी पर लौटकर आने में उसे तीन महीने, इक्कीस दिन लग गए। नए डॉक्टर आ गए थे। नवीन मंडार के कहीं पास जाने की तैयारी करने लगा।

और उसे रघुबर खरोवार की चिट्ठी मिली।

अबकी बार अढ़ाई ताल के पूरब में जाएगा, या पश्चिम में? ...'शत-शत परनाम लागि डागदर सा'ब, आपका परिवार सकुशल होगा। बुढ़ाई जीउबाबा के मन की बात समझ पाना मुश्किल है...'

रघुबर ने चिट्ठी लिखी थी, रघुबर ने?

नवीन पहले अढ़ाई ताल के पूरब की ओर ही गया। धड़कते हुए दिल से वह साइकिल पर आगे बढ़ने लगा। अढ़ाई ताल! तुम्हें अब और नहीं देखूँगा। तुम्हारे होने से ही मेरा अस्तित्व कितनी बार विपत्ति-ग्रस्त हो जाया करता था!

अब अपनी जगह पर जा रहा हूँ।

माघ का महीना है। सुबह के ग्यारह बजे की धूप भी ठंडी है। आज इन दिनों गेहूँ-मड़वे के तुष से भरे बस्तों पर सोने के दिन हैं, आग तापने के दिन हैं, और जंगल में घूम-घूमकर बेर लाने के दिन हैं। बेर, आँवला, करौंदा, इस समय अरण्य दया से परिपूर्ण है। और जाल बिछाकर पंछी पकड़ने के दिन हैं, अढ़ाई ताल के पानी पर पंछी आते हैं।

महुआ-पेड़ के नीचे पत्थर पर बैठे हरिया-घास छीलते हुए रघुबर ने मुँह ऊपर उठाया।

'रघुबर।'

'डागदर सा'ब!'

'तुम जिन्दा हो?'

'हाँ डागदर सा'ब। ताज्जुब की बात।'

'मलहम लगाया था?'

'जरूर।'

'तुम क्या यहीं थे?'

'नहीं-नहीं। पश्चिम में।'

'क्या खाते थे?'

'पहले तो मड़वा खाने का भी मन नहीं हुआ। किसन से कह दिया था कि कोई मुझे

सत्तू देने भी नहीं आए। मुझे केवल नमक दे जाना। तो इस बात को सबने मान लिया था। क्यों न मानते? मैं तो तब तक रघुबर खरोवार ही था।'

'अकेले थे?'

'अकेले क्यों? जंगल में, डागदर सा'ब कोई अकेला नहीं होता। इनसान न रहे तो भी अकेला नहीं रहता। जंगल हर समय जागता रहता है, कभी सोता नहीं। आग जला लिया करता था।'

'क्या खाते थे?'

'पहले तो ज्यादा कुछ नहीं खाता था। परन्तु जब घाव ठीक होने लगा, तब तो देह को भूख लगने लगी। आँवला, हर्र, कन्द, मूल खाने की कोई चिन्ता नहीं थी। और पानी तो अढ़ाई की धारा से लिया करता था। इस तरह एक दिन सूरज की रोशनी में मैंने देखा मैं नीरोग हो गया हूँ।'

'वापस लौट आए?'

'हाँ, डागदर सा'ब। कोठरी तो जला दी। इन्होंने आग देखकर सोचा मैं मर गया। पर जब मुझे देखा...'

नवीन चुप हो गया। इस जाड़े में, उस वीराने में, एक के बाद एक दिन, ऐसे ही कितने ही दिनों तक...

दवा तो उसी ने भेजी थी, उसी दवा से ही तो वह ठीक हुआ है, फिर भी सब-कुछ नवीन को अलौकिक प्रतीत हुआ। डाल्टनगंज में बनाया गया मलहम, सारा ही भिजवा दिया था क्या? वह दवा से जीवित रहा, या जीवित रहने की इच्छा से? वह फिर कैसे इस जीवन में लौट आया, जिस जीवन में कोई कुछ नहीं देता। उस गाँव में, जिसकी बात भी प्रशासन भुला चुका है। फिर भी रघुबर जीवित रहा?

मृत्यु की इच्छा उस पर कब्जा नहीं जमा पाई?

नवीन को लगा रघुबर के माध्यम से उसने विराट् कुछ देखा है, वो इतना विशाल है कि नवीन का ज्ञान-शिक्षा-स्वार्थ-चिन्ता-बुद्धि उस विशालत्व को माप नहीं सकती।

प्रबल भावावेग के कारण उसकी आँखों में आँसू आ गए।

'सत्तू-पानी ला तो किसन की माँ! डागदर सा'ब आए हैं।'

'लाती हूँ।'

सत्तू, नमक, पानी।

आज नवीन ने अढ़ाई ताल और रघुबर को नई दृष्टि से देखा। सहसा इस क्षण उसे लगा वह पुराणों में उल्लिखित वही मनुष्य है, जिसने चन्दन का मूल्य न जानते हुए उस वन को जलाकर काठ-कोयला बना दिया था। क्यों ऐसा लगा? जानने के लिए बहुत कुछ था, बिना जाने ही जा रहा है इसलिए?

उसने धीरे-से पूछा, 'रघुबर! तुम कौन हो?'

'रघुबर खरोवार, डागदर सा'ब। लीजिए, सत्तू-पानी, लीजिए।'

नवीन ने भाव-विभोर होकर भिखारी की भाँति दोनों हाथ पसार दिए।

किसन की माँ ने सत्तू और नमक उसके हाथों में दे दिया।

नवीन ने अपने माथे से लगाया।

साक्षी रहा अढ़ाई ताल, साक्षी रहा अढ़ाई ताल, इस क्षण को अगर बाँध पाता तो कान लगाकर नवीन जरूर सुन पाता—पानी के नीचे अब भी पृथ्वी पर पहली वर्षा का पानी झर-झर बरस रहा था। सुनाई देगी उसे युद्धरत खरोवार सेना के तलवारों की झनझनाहट जो अपनी स्वाधीनता को खोना नहीं चाहते थे।

झुके हुए पहाड़ की छाया तब क्या भारतवर्ष के नक्शे की तरह लगेगी?

क्षण, तुम थमे रहो। नवीन परसाद यह इलाका छोड़कर जाने से पहले माटी और मनुष्य को पहचानने का प्रथम पाठ पढ़ रहा है।

अन्न, अरण्य, अन्न, अरण्य

अरण्यचरण कर नाम सुनने में अच्छा नहीं लगता, लेकिन दिक्पाल कर ने कभी भी बिना उद्देश्य के कोई काम नहीं किया। जीवन में तरह-तरह के काम करते हुए उन्नति के शिखर पर पहुँचकर झाड़-ग्राम महकमे के किसी समय के अरण्य समृद्ध इलाके में आ गए। वहाँ जंगल कटाई की ठेकेदारी, काठ-चिराई मिल-मालिक, काठ-चालान के व्यापारी बन गए। पेड़ के अनगिनत पत्तों की तरह उनके पास अनगिनत रुपए जमा हो गए। इसी समय उनके तीसरे और सबसे छोटे बच्चे ने जन्म लिया। स्वाभाविक रूप से ही उसका नाम रखा गया—अरण्यचरण, मगर वह 'जंगली' नाम से पुकारा जाने लगा। दिक्पाल कर उत्कलीय ब्राह्मण थे। कोमल स्वभाव के थे। काँथी में पान का बरज प्रारम्भ किया था। इसी कारण बड़े बेटे का नाम ताम्बूलचरण रखा था। दिक्पाल के सीने को शूल से बेधते हुए उस बेटे ने अदालत से अपना नाम 'अनिर्वाण' करवा लिया। बाप के कारोबार को नजरअन्दाज करके वह डब्ल्यू.बी.सी.एस. बन गया था और कहीं किसी महकमे में हाकिम बन बैठा था। बेटे को उच्च शिक्षा देने का यह दुष्परिणाम निकला। यार-दोस्त कहते हैं, इससे तो पार्टी-बाजी करता तो अच्छा होता। एक बेटी के जन्म के समय दिक्पाल भागलपुर में सिल्क का कारोबार करते थे, इसलिए उसका नाम रेशमी रख दिया। बेटी अब ससुराल में थी। दिक्पाल का बोझ भी उतर गया। अरण्यचरण उर्फ अरण्य, उर्फ जंगली का स्वभाव भी वैसा ही था। उसकी देह में काफी ताकत थी। इसी तरह कामवासना भी। चौबीस वर्ष का होते-होते औरतों को घेरने के चक्कर में कई बार मार खा चुका था। दिक्पाल किसी उपयुक्त लड़की की तलाश में हैरान और परेशान था। शादी के अलावा और कोई दवा नहीं थी।

अरण्य भी जानता है शादी के अलावा अन्य किसी दवा से उसका बुखार नहीं उतरेगा। जानते-समझते हुए भी वह अपने यहाँ की भातुआ लड़की अन्नबाला के साथ अत्यधिक लपट-झपट करता था। अन्न पितृहीन और जननी परित्यक्ता थी। जब से होश आया तब से लोधा गाँव बासुली में रहती थी। नायब कोटाल की औरत उत्तमी ने उसे आश्रय दिया, भोजन दिया। परन्तु 'माँ' कहने का अधिकार नहीं दिया। पात्र परिवार की लड़की है, तेरा भी कोई नहीं, मेरा भी नहीं, बस तुझे पाल रही हूँ। मगर इसलिए 'माँ' मत कहना। कहना हो तो 'धाय माँ' कहा करो। अन्न का मन हमेशा अन्न के लिए हाहाकार करता था और नायब कोटाल के घर में अन्न 'क्रॉनिक' अभाव था।

बासुली फारेस (फॉरेस्ट) जब था, उनकी गुजर हो जाती थी। पांडा, फल, मूल, काँदा, गोसान, खरगोश, पारवी, धूनी, मधु, फूल, शाल बीज, अन्न का अभाव न होता। अन्न की स्मृति में आज भी अरण्य रोता है। जंगल तो दिक्पाल बाबू के चिराई कारखाने ने खा लिया। वहाँ पर अब सामाजिक अरण्य है, यूक्लिप्टस। अन्न जानती थी, उन लम्बे-लम्बे पेड़ों के कारण

बासुली में उसके दिन अब पूरे हुए। तेरह साल की उम्र में अन्न को उत्तमी ने दिक्पाल बहू के आँगन में 'भातुआ' बनाकर रख दिया। भात...कपड़ा और वर्ष के अन्त में धान और रुपया देने की बात तय हुई थी। उत्तमी बोली, 'अधर्म मत करना। अपना अन्न उसे देना। गाय की तरह दिनभर काम करेगी, खाएगी। उसे खिलाना जरूर, मैं नहीं खिला पाती थी। रुपए उसके नाम पर जमा करना। भाग्य में होगा तो विवाह भी होगा।'—यह कहकर उत्तमी वगैरह अन्य लोधाओं के साथ जामवनी थाने में इस गाँव को छोड़कर चली गईं। अरण्य के सान्निध्य में। लोधाओं का जीवन ऐसा ही है। जंगल बिना वो जी नहीं सकते। आदि अरण्यका को जो उजाड़ दिया गया, तब वे भी चले गए। लोधा ने वह जगह ढूँढ़ी, जहाँ मार्ग भी नहीं था, जहाँ विकास नाममात्र को भी नहीं था। ऐसी जगह में ही अरण्यका अपना मुँह छिपाती है। शाल-महुए के पत्तों पर से जब हवा सरसराती हुई बहती है तब लगता है अरण्यका थर-थर काँप रही हो। उत्तमी आदि अरण्य की खोज में जाते हैं। अन्न अपने वन्य स्वास्थ्य, जटायुक्त बालों का जूड़ा और परिश्रम करने की अपार क्षमता लिये दिक्पाल के बाईस गायों के लिए चारा काटती थी, गोशाला साफ करती थी, उपले पाथती थी। ये गायें दिक्पाल-पत्नी का स्त्री-धन थीं। दूध-घी से कमाया गया धन वह जमाती थी। अन्न को देखते ही वह सब समझ गई। रुपए और धान देने का तो प्रश्न ही नहीं उठता था। पेट में भात और देह पर कपड़े। इसके अलावा तेल-साबुन, बालों का फीता। बीच-बीच में सिनेमा। इतना उससे काम लेने के लिए काफी होगा। दिक्पाल बहू बहुत निश्चिन्त हो गई। अब कापकाटा में बैठे-बैठे मुफ्त में ऐसा भातुआ मिलना सम्भव नहीं। कापकाटा झाड़-ग्राम के बहुत निकट है। सन्थाल-मुंडा-महाली-कोड़ा-लोधा सब सचेत हो रहे हैं। यह झंडा नहीं चलेगा। उस झंडे को उखाड़ फेंकना है और नहीं मानते, मानेंगे भी नहीं, आदि जुलूस निकालते हैं। सभाएँ होती हैं। इसके अलावा मालिक के घर में वे लोग किसी हालत में रात को नहीं रहेंगे, कतई नहीं रहेंगे।

दिक्पाल बहू खुद अन्न को भात परोस देती है। पहाड़ समान भात, साग, तरकारी, दाल, मछली, जितना खाना है खाओ। अच्छे कपड़े, साया-ब्लाउज आदि पहनाती है।

दिक्पाल बोला, 'इन्वेस्ट नथिंग।' 'रिटर्न' अच्छा मिल रहा है। बिजनेस को तुम जैसा समझती हो, काश, जंगली भी वैसा समझ पाता!'

उसकी पत्नी बोली, 'सब-कुछ क्या मन-माफिक होता है?'

'तामूला तो बैरकपुर में मकान बनवाएगा।'

'तो बनवाने दो।'

'यह सब कौन सम्हालेगा?'

'शादी कर दो। जंगली ही देखेगा।'

जंगल में या अरण्य में कारोबार नहीं देखता, अन्न को देखता था। दिनोदिन अन्न के चेहरे पर चमक बढ़ती जा रही थी। हालाँकि उसके बदन से गोबर की गन्ध आती थी, पैरों में घाव था, फिर भी कितनी लुभावनी लगती थी, कितनी हरी-भरी।

अन्न गायों की देखभाल करती, रात को गोशाला के निकट गाय के लिए रखी भूसी-खली वाली कोठरी में एक ओर सो जाती। लेटते ही गहरी नींद आ जाती। फिर भी धाय माँ की याद आती थी। ऐसे विविध प्रकार के व्यंजनों के साथ भात उसने पहले कभी नहीं खाया था।

अन्नबाला बड़ी निश्चिन्तता से सोती थी। दिक्‌पाल बहू की कड़ी नजरों के चलते भीतर कोई पुरुष नहीं रहता था। महाराजिन मौसी कहती थी, 'बाबू से कोई डर नहीं। डर तो उसके बेटे से है।'

अन्न हलकी भैंगी थी। स्वभाव भी जंगली था। बातें बहुत कम हाँ या ना में करती है। कम हँसती है, धप-धप करती हुई चलती है। मौसी से कहती है, 'मुझसे उलझोगी तो दाब से...'

'ब्याह होने पर क्या करेगी?'

'ब्याह हो कहाँ रहा है?'

महाराजिन मौसी ने अत्यन्त करुणा-भरे स्वर में कहा, 'माँ-बाप नहीं हैं, सातों कुल में कहीं कोई नहीं। तेरा ब्याह करेगा कौन?'

दिक्‌पाल बहू अन्न को दार्शनिक तत्त्व समझाती है। ब्याह के फूल जब तक नहीं खिलते हैं तब तक ब्याह नहीं होता। उनकी बेटी रेशमी की हलकी मूँछें थीं इसलिए ब्याह के फूल नहीं खिल रहे थे। अन्ततः नकद दहेज डेढ़ लाख निकाले तब जाकर फूल खिला। दामाद पशुओं का डॉक्टर था। काफी तगड़ी प्रैक्टिस थी। अन्न के ब्याह के फूल जब खिलने को होंगे, तो मालिकिन स्वयं ही उसका ब्याह रचा देंगी। उनके पास अन्न का वेतन अभी तो जमा हो रहा था। विवाह में वे स्वयं भी खर्च करेंगी।

अरण्य ने एक दिन अन्न को घेरा।

'तू गधी है या गाय? मेरी माँ तुझे कितने रुपए देती है जो तू सारा दिन हाड़ तोड़ती रहती है?'

'उसके पास जमा हो रहे हैं।'

'ठीक है। तू रुपए लेगी? यह ले।'

'मुझे क्यों दे रहा है?'

'बताता हूँ।'

अरण्य उसके निकट आया। उसे सूँघा। बोला, 'उफ! गोबर की बास। यह ले रुपए, साबुन खरीदकर नहा लेना।'

सुगन्धित साबुन से नहाकर जिस दिन अन्न महक रही थी, उस दिन अरण्य ने कहा, 'रात को दरवाजा खुला रखना, तुझे एक बात कहनी है। माँ तुझे कभी भी रुपए नहीं देगी। थोड़ी अक्ल खर्च करनी होगी।'

अन्न समझ जाती है, उसे सुगन्धित साबुन की बहुत बड़ी कीमत देनी होगी।

वो बोली, 'हूँ, पर बच्चा होने पर क्या होगा?'

इस प्रकार सीधे लक्ष्य-भेद करने पर अरण्य चौंक उठा और क्षण-भर में अपने आपको सम्हालकर बोला, 'बड़े दुख की बात है अन्न! मेरा बच्चा तो कभी होगा ही नहीं। डॉक्टर ने जब अपेन्डिस्क काटा था तभी मुझे खस्सी बना दिया था। नहीं तो आज तक बाप ने मेरा ब्याह क्यों नहीं किया?'

काट-पीट कर पुरुष को खस्सी करने की बात उसने सुनी थी। आखिरकार वह नीम-राजी (अधूरी सहमति) हो गई। बोली, 'तुम सम्हाल लेना!'

अन्न नीमराजी तो अरण्य भीमराजी। कई दिनों के भीतर ही अन्न को एक डिब्बा

पाउडर, 'बबलू' मार्का चनाचूर का पैकेट, लिफाफे में पकौड़े, निरमा पाउडर का पैकेट मिला। इनमें से अधिक वस्तुएँ तो 'इन्वेस्टमेंट' थीं। अन्न जोर-जोर से साँस लेती हुई धपा-धप लिहाफ, चादर, मसहरी, पेटीकोट, ब्लाउज आदि धोने लगी। जुएँ मारनेवाली दवा बालों में लगाकर उसने निरमा से बाल धोए। देह और बिस्तर से गोबर-गोबर गन्ध गायब होने लगा और इस प्रकार महीना-भर बीतने पर ही अन्न का सिर चकराने लगा। अरण्य ने झूठ बोला था।

अरण्य ऐसे में संगी-साथियों के साथ पुरी, कोणार्क, भुवनेश्वर घूमने चला गया। अन्न को कुछ दिनों तक उसकी प्रतीक्षा करनी ही पड़ी। इस वक्त उसे अपनी धाय माँ बहुत याद आई। माँ जड़ी-बूटियाँ पहचानती थी। पर यह तो कोई बीमारी नहीं। उसका जंगली खून सिर उठाने लगा। ऑपरेशन की बात फिर झूठ है?

दिक्पाल बहू से बोली, 'क्या कभी तुम्हारे बेटे का ऑपरेशन हुआ था?'

'राम बचाए! मेरे बेटे का साँड़ जैसा शरीर है।'

'तुम्हारा बेटा बड़ा हरामी है।'

ठीक सुना या गलत? दिक्पाल बहू इसी सोच में डूबती-उतराती रही। दिक्पाल को बताए? बेटा आए तो बताए? झारखंड के निवासी कापकाटा में बार-बार सभा कर रहे थे। उसके पति को तो 'जंगल-कसाई' कह रहे थे। अगर लड़की को निकाल दें, कहीं वह उनके पास चली गई तो...

मिछरी का पानी और पान खाकर अपने दिमाग को ठंडा किया।

इस लड़की ने ही उसके बेटे को बिगाड़ दिया। बड़े कौशल से उसको यहाँ से भगाना होगा।

खाना परोसते हुए कहा, 'अरे अन्न, तुझे धाय माँ की याद नहीं आती? उससे मिलने जाएगी?'

'नहीं।'

'एक बार जाकर मिल तो ले।'

'वो कहाँ है?'

अन्न बर्बरता से हँसने लगी। बोली, 'लोधा जात, जंगल की खोज में जाने कहाँ निकल गए। अब मैं कहाँ जाऊँ?'

मालकिन का दिल धक्-धक् करने लगा। पर इसके बाद जो कुछ घटित हुआ उसके लिए वे बिलकुल तैयार नहीं थीं।

अन्न ने अन्न-जल त्याग दिया और कामकाज छोड़कर दिन भर लेटी रहती। भात नहीं खाती, पर मौसी से चाट पकौड़े, लाई, सौ ग्राम चनाचूर मँगवाकर पानी के साथ खा लेती थी। मौसी का माथा ठनका, देह में कुछ गड़बड़ है?

अन्न की नजरों में हिंसा नजर आती थी। मालकिन ने सिर पकड़ लिया। दिक्पाल स्थिति का अनुमान लगाते हुए गरजे, 'जंगले को और टाइम नहीं मिला? कल ही तो महेन किस्कू, साला वकील, अब जाकर झारखंडी बन गया है, वह बोलने लगा, 'कर बाबू! सिर्फ पेट-भर भात के बदले में बेगार करवाने के दिन अब लद गए!'

इससे तो सर्वनाश होगा। दिक्पाल बहू ने मन-ही-मन देखा, अन्न अगर पलट गई तो लोग उसी का साथ देंगे।

'आजकल के लोग! एक-दूसरे का सर्वनाश करके बहुत खुश होते हैं। जंगले की दुष्टता के लिए तुम्हीं जिम्मेदार हो। भैंस के समान इस लड़की को कोई घर में रखता है?'

'तब तो कहा था, 'इन्वेस्ट', बिजनेस'!'

'अरे बिजनेस तो अब मेरे पीछे घुस गया। जंगले ने तो हमेशा से ही लड़कियों को घेरा है, मार खाई है, सोचा था सुधर जाएगा। अरे ब्याह के लिए कोई लड़की तो मिले। और तुम। मांस रे, माछ रे! घी रे! इतनी गरम-गरम चीजें खिलाओगी तो देह तो गरम होगी ही। ऐसे में किसी गाय को भी साड़ी पहनाओगी तो वह झपट पड़ेगी।'

'अब क्या होगा?'

'देखते हैं। लड़की को भगाना होगा। पर चालाकी से। वैसे हालत कैसी है जानती हो?'

'देखकर तो लगता है। जंगले के अलावा भी...'

'क्या कहती हो? जंगला और मैं। अन्दर तो नर-मक्खी भी नहीं घुस पाता। नहीं, नहीं, जंगला ही बुरे चरित्र का है। उसने फिर एक बार कुकर्म किया है।...मैं क्यों अपने ऊपर कलंक लगाऊँ? लड़की भी तो बदजात है...कुछ रुपया-पैसा दिया है उसे?'

'महाराजिन कह रही थी साबुन-पकौड़े-चनाचूर!'

'अरे रोती क्यों है, मत रो! इन्वेस्टमेंट नथिंग!'

'छोड़ो यह सब बातें।'

'भगाऊँगा उसे, जरूर भगाऊँगा, चोरी का इलजाम लगाकर...'

पर अन्न ने यह मौका उन्हें नहीं दिया। अरण्य ने घर में प्रवेश करते ही सुना अन्न घर में लेटी हुई है। लगातार पकौड़े और चनाचूर खा रही है, कुछ बड़बड़ाती रहती है।

कोणार्क देखकर आया अरण्य दुगुनी मस्ती से अन्न के गोशाला में घुसा। और धारदार हँसिया हाथ में लिये अन्न उस पर झपट पड़ी। अरण्य के पेट के नीचे एक भरपूर लात जमाई और जोर-जोर से चीखना शुरू कर दिया।

'हरामी! ऑपरेशन करवाकर खस्सी बना था? झूठ बोलकर मेरा यह हाल किया, अब इसका क्या बन्दोबस्त करेगा?'

दिक्पाल और उसकी पत्नी भागते हुए आए। अन्न हँसिया हाथ में लिये नाचती रही। पहले जी भरकर भकोसते रहे तो अब लात भी खा! माँ-बाप भी साँठ-गाँठ में शामिल हैं, चोर कहकर पकड़वाएँगे, हाँ? लोधा घर में पली हूँ, चोर कहोगे मुझे! चोर तुम सब, हरामी हो तुम, मुझे क्या भगाओगे, मैं तो खुद ही भाग जाऊँगी। पर जाने से पहले तेरे बेटे का ऑपरेशन करके जाऊँगी! उसे नहीं छोड़ूँगी!'

सटीक निशाने पर, अरण्य के पेट के ठीक नीचे उसने हँसिया दे मारी। अरण्य ने चीख-पुकारकर आसमान सिर पर उठा लिया। दिक्पाल दुख से चिल्लाने लगा, 'हे भगवान, तेरा ब्याह! सब मिट्टी में मिल गया रे।' पत्नी बेहोश हो गई। महाराजिन गौसी ने किवाड़ खोल दिगा। अन्न, भातुआ रखकर इज्जत ले ली, ओ लोगो सुनो रे! कर-बाबू के बेटे का कुछ बन्दोबस्त करो रे! इत्यादि बोलते-बोलते वह अन्धकार में गायब हो गई। एकदम अदृश्य हो गई, पेट पर बँधे कपड़े में कुछ लाई बँधी थी।

अरण्य और अन्न की कहानी का यह प्रथम उल्लास (पर्व) है।

दो

अन्न, गन्तव्य पहचाननेवाले कबूतर की तरह बासुली के जंगल की ओर भागी और उसमें घुस गई। इस अरण्य-समाज के सामाजिक सभ्य-भव्य वृक्ष वगैरह बाबुओं जैसे ही हैं। अन्न को निरन्न करने में उन्हें जरा भी लज्जा नहीं आई। वस्तुतः, बासुली जंगल के यूक्लिप्टस के पेड़ अन्य सभी पेड़ों की भाँति चिन्ताशील, बुद्धिमान और शान्तिप्रिय भी हैं।

पुराने बासुली जंगल के शाल, पियाल, सीधा, महुल, आसान, अर्जुन, केन्द्र, पलाश, सेमल, कुसूसुम, जाम, आँवला, बहेड़ा—वन-तल की झाड़ियाँ और सरपत के जंगल—तुंगापानी विविध कन्द, पेड़-लताएँ-बेहँड़, लोना, इमली आदि पेड़ों को उखाड़कर वे यहाँ खड़े हुए हैं इसलिए यूक्लिप्टस के पेड़ मन-ही-मन अपने आपको अत्यन्त अपराधी-सा अनुभव करते हैं।

उस इलाके का अफसर भी उनकी बात समझने में नितान्त असमर्थ था। यूक्लिप्टस बेचारे बहुत दुखी थे।

'हम भी अरण्य-समाज के हैं, पर अरण्य-जीवी मनुष्य हमारे साथ सामाजिक सम्बन्ध स्थापित नहीं करना चाहते।'

'बस हमें काटते हैं, जलाते हैं, काटते हैं, जलाते हैं।'

'बाजा बजाकर आम और महुल पेड़ के संग वर-वधू का ब्याह रचाकर तब विधि-शाल में ले जाकर विवाह करते थे। पर हमें तो इस काम के योग्य नहीं समझते।'

'सरहुल परब के दिन जंगल में नहीं आते।'

'हम लोग सिम्पली नॉट एक्सेप्टेड। हमें वन विभाग का नहीं, हमें जनता का वैसा ही प्यार चाहिए।'

बीट अफसर उत्पल सेन राय को उन्होंने यह सब बातें बताईं।

उत्पल ने पहरेदारों से पूछा, 'अरण्य की मर्मर ध्वनि सुनी है? यूक्लिप्टस की हवा लंग्स (फेफड़ों) के लिए लाभदायक है।' पहरेदार लंग्स को लांग समझ बैठे। वह उन्हें नागर अथवा नांग की तरह भी लगा। पतित महतो ने कहा, 'यहाँ कोई लांग लागर (यानी शहरी लोग) नहीं आएगा बाबू! कोई यहाँ नहीं घुसता। उत्पल ने गहरी साँस ली। उत्पल अपनी नौकरी बनाए रखने के लिए यूक्लिप्टस का गुणगान करता था। गाँव की सभा में बोलता था—अभी समझ नहीं रहे, पचास सालों में यूक्लिप्टस आपके जीवन का हिस्सा बन जाएगा।'

महेन्द्र किस्कू का टका-सा जवाब, 'पचास सालों में तुम रिटायर हो जाओगे। मैं रिटायर हो जाऊँगा। पर इन्हें भी रिटायर करवाकर ही तब जाऊँगा।'

मास्टर बोला, 'ये तो समाज बहिष्कृत ही रहेंगे।'

उत्पल विनीत हँसी हँसा।

यूक्लिप्टस को प्रोमोट करना उसका लाभ था। परन्तु बासुली लंगल के दफ्तर में काफी समय पहले जो अधिकारी थे, उन्होंने आदि जंगल की सौ बीघा जमीन को काँटेदार तार से घेर दिया था। उसके करीब ही फॉरेस्ट क्वार्टर बने। उन्होंने उत्पल से कहा था, 'हम लोग जंगल की हत्या कर रहे हैं। पहले झाड़ग्राम अथवा चिलाकी गढ़ राज्य का जंगल विभाग नहीं था, जंगल था, पशु-पक्षी थे। अरण्य-जीवी मनुष्य इनके साथ रहते थे, जंगल का इस्तेमाल उसे बचाकर करते थे।'

'अब पेड़ काटते हैं।'

'उन्हीं से कटवाए जाते हैं। वो काटने को विवश होते हैं। इस हालत के पीछे उनकी हताश लाचारी को समझो।'

'अब जंगल सिर्फ यहाँ है।'

'मैं इसे रखे जा रहा हूँ। भविष्य में अरण्य क्या चीज है, इस जगह को देखकर सीखा जा सकता है। अब तो अरण्य का अर्थ है यूक्लिप्टस। सरकार तो यही कर रही है। यह उसका प्रतिवाद है।'

उत्पल दिन भर यूक्लिप्टस के बीच रहता था। यही नौकरी थी। पर अपने घर में प्रातःकाल उठते ही पक्षियों का कलरव सुनता था। खिड़की के सामने खड़े होकर वह आम-जामुन (जंगली जाति के), शाल, महुल, केन्द, पियाल, अर्जुन आदि पेड़ों के पत्तों का हिल्लोल सुनता है। हवा में हरियाली की खुशबू मिलती थी। उस समय वह जोर-जोर से साँस लेता था। यूक्लिप्टस नामक कृत्रिम विषय के साथ उसे यों ही दिन बिताने होंगे। वास्तव में अरण्य जैसा होना चाहिए, उसके इस क्षुद्र प्रतिनिधि को देखकर ही वह अपना काम कर पाता था। यहाँ पर उसने गोसाँप– सात प्रकार के साँप, इक्कीस प्रकार के पक्षी, बत्तीस प्रकार की तितलियाँ, नेवले-गिलहरी और बाघडाँसा देखा था। उसने सब जन्तुओं की तालिका बनाकर रखी थी। पेड़ और प्राणी-पतंगों का 'लातिन' नाम भी लिख डाला है। संलग्न अफसर का बँगला उस पद के रद्द हो जाने के कारण अब विश्रामगृह बन गया है। वहाँ अब जो सरकारी लोग आते हैं, वे इस संरक्षित अरण्य खंड को 'डिवाइन' कह गए हैं।

उत्पल के कान रेडियो पर विविध भारती तथा कैसेट पर 'ओए-ओए' संगीत के सुर के साथ बँधे थे। जंगल में वह कैसेट-प्लेयर साथ लिये चलता था। कानों के पर्दे बम्बइया गीतों के इतने आदी हो चुके थे। जिस कारण वह लोधों की भाषा, सन्थालों की बाँग्ला, महतो की बोली नहीं समझ पाता, यूक्लिप्टस के पेड़ों के आहत अभिमान से भरी पुकार भी वह नहीं सुन पाता। बासुली जंगल विभाग भी अरण्य खंड के पेड़ों की बातचीत ठीक उसी की तरह समझ नहीं पाता। ये पेड़ उस पर बहुत क्रुद्ध थे, बिफरे हुए थे।

'हम चारों तरफ फैल जाना चाहते हैं।'

'हम अपने आदि इलाकों में जाना चाहते हैं।'

'हम संरक्षण में बाँझ बनकर नहीं रहना चाहते।'

'अरण्य-जीवी मनुष्यों के काम आना चाहते हैं।'

इन सब बातों को अनसुना कर, वह वन-जंगलों में घूमता था। यूक्लिप्टस के वन में घुसकर अन्न ने क्या तांडव रचा, यह भी वह नहीं जान पाता। अन्न हाँफते-हाँफते यूक्लिप्टस वन में उस स्थल पर पहुँची, जहाँ कभी वन देवी बासुली, बाघ से रक्षा करनेवाले बाघुत देवता की वेदी थी। जंगली बिल्ली की भाँति उसकी आँखें अन्धकार-भेदी बन गईं। पत्तों और हवा की फुराफुसाहट सुनकर वह अपने रगों में दौड़ते खून से समझ गई कि उसकी असहाय अवस्था को देखकर यूक्लिप्टस अरण्य सहानुभूति दिखाकर अपने दल में लेना चाहते थे।

अन्न ने अब गालियों की पिटारी खाली की।

ओ रे हमार अरण्य रे!

देखो! कर-बाबू का बेटा भी अरण्य, यह भी अरण्य।

तुम लोगों से मेरा क्या काम! निकम्मे पेड़ कहीं के! फल नहीं, फूल नहीं, मिट्टी की तरह खेल का मैदान! तुम मेरे ढड़व (पेट की खाई) को भर सकते हो? अन्न दे सकते हो?

यूक्लिप्टस पेड़ों को खुद पर बड़ी शर्म आई।

ओ रे मेरे शाल-महुल! ओ रे हमार केन्द-पियाल! उस जंगल के रहते तो कभी उपवासी नहीं रहती थी। धूना-मधुफल-कन्द!

अन्न गरजकर बोली, 'एक-एक कर सबको काट डालूँगी, चाहे जेल जाना पड़े। वो जंगल होता तो मेरी धाय माँ देस छोड़ती? सरका बोलती है—फारेस भात देगा। फिर दे भात! भात दे! अन्न को अन्न दे।'

अन्न ही अरण्य है और अरण्य ही अन्न है, यह बात तो यूक्लिप्टस भी जानते थे।

'जितना रुपया सब कर-बाबू के घर में, जितना अन्न सब अन्नदा गोलदार के गोदाम में! और अन्न बिना अन्न के मर रही है!'

अन्न चिल्लाती रही, मर! मर! मर!

अरण्यचरण कर से भी बोली और अरण्य-समाज से भी। बोलते-बोलते—क्या पता शायद देव-स्थान की माया हो! रात्रि भी तो स्वप्न कल्पना की रात्रि होती है—अन्न आँचल बिछाकर, बाल खोले देव-स्थान पर सो गई।

यूक्लिप्टसों ने गाढ़े मर्मर स्वर में कहा, 'अब और नहीं! यह अपमान अब सहन नहीं होता। बीट अफसर को पेड़ों की क्षुब्ध पुकार सुनने का प्रशिक्षण नहीं मिला, इसलिए वह बहरा है। एक मूर्ख बहरे के कारण अन्नबाला ने उन्हें धिक्कारा...अब और नहीं! चल! अन्नदा गोलदार के गोदाम में चल!'

वे यत्न सहित खोदे गए, धूप और कीटनाशक दवा द्वारा सेवित गड्ढे या 'पिट' छोड़कर साँय-साँय करते हुए सीधे शून्य में उठ गए। फिर 'अन्न दे! अन्नदा!' कहते-कहते उत्तर कापकाटा गंज नामक स्थान की ओर उन्होंने धावा बोल दिया।

अन्न और अरण्य कहानी का यह द्वितीय उल्लास (पर्व) है।

तीन

अन्नदा प्रसाद कयाल लम्बे समय से अन्नदा गोलदार नाम से जाना जाता है। अध्यवसाय ही व्यापार में उन्नति का मूलधन है, ऐसा कहते हुए उसके बाप ने एक सौ बियासी रुपए, सात आने देकर घर से निकाल दिया था। न निकालते तो खाने के मुँह और बढ़ जाते। क्योंकि, सात सालों के विवाहित जीवन में वह पाँच बच्चों का बाप बन चुका था। बाप ने कहा, क्यों न हों? होने दो। बीस सन्तान होने पर उन दिनों पति-पत्नी का फिर से ब्याह रचाया जाता था। मेरे ताऊ का हुआ था। तुम्हारा भी होगा। पर बेटा! स्वयं रोजगार करो। व्यापार में गाँठ बाँध लो, अध्यवसाय ही मूलधन है। गोलक कयाल तुम्हें इससे अधिक कुछ देने में असमर्थ है। चावल बीस रुपए मन बिक रहा है। अगर कमाना जानते हो तो यही रुपया बहुत है, समझे? मादा हाथी जैसे मर्द हाथी को पकड़ लाती है, यह रुपया भी इधर-उधर से रुपया बटोर लाएगा। सुनो! कहाँ जाओगे, यह भी मैं बताता हूँ। कापकाटा चले जाओ। वह हमारी काँथी जैसा तो नहीं है। मगर जंगल भरा हुआ है। वहाँ मेरे पुराने मुहर्रिर का बेटा जगन्नाथ

रहता है, तुम भी वहीं रहना। और जंगल से आँवला, हर्र वगैरह-वगैरह तोड़ बाजार शहर में बासुली कम्पनी को चालान करना।

अन्नदा जननी, 'अपने बेटे को बाघ के मुँह में भेज रहे हो,' कहकर रोती रही, पर उसकी पत्नी ने अन्नदा को जरा भी प्रश्रय नहीं दिया। पत्नी ने कहा, 'ससुर के सिर पर चढ़कर खाते रहेंगे तो कुछ दिनों में उनका दिवाला निकल जाएगा। वह पहले पुत्रवधू है फिर वधू है। सत्ताईस साल की उम्र में भी अगर अन्नदा कमाने लायक नहीं बन पाया तो सत्तासी में भी नहीं बनेगा।

यह सब ताने-बाने सुनकर अन्नदा अपनी पत्नी को छठी बार पुत्रवती करके विदा हो गया। जाते-जाते बोला, 'अगर रुपए कमा सका तो लौटूँगा नहीं तो पुरी जाकर संन्यासी बन जाऊँगा।'

गोलक कयाल बोला, धत्त तेरी, गू-खोर का बेटा! (हाय! उसने स्वयं को ही 'गू-खोर' बोला, पर समझ न पाया।) तुझे जंगल नहीं जाना पड़ेगा। जो वनवासी हैं, उन्हें खिला-खिलाकर, ठाकुर देवता को पूजा चढ़ाकर उन्हें वश में कर लेना। वही सब-कुछ लाकर देंगे, कम दामों में खरीदना। उनकी जात ऐसी है कि उन्हें खर्चा मिलेगा तो बैलगाड़ी पर लादकर माल शहर तक पहुँचा देंगे, चोरी नहीं करेंगे। संन्यासी बनेगा! इन्वेस्टमेंट एक रुपया, रिटर्न सौ रुपया, यह तो उन वन्य-जंगलियों के देस में जाकर ही हो सकता है। एक जमाने में मैं सब देख आया हूँ। दो रुपए में बकरा खाया है। पर एक बात! अगर दूसरा ब्याह किया तो त्याग दूँगा तुझे यह याद रखना। गोलक कयाल दसियों लड़कियाँ पाल सकता है, पाल रहा है। पर ब्याह किसी से नहीं किया। तुम्हारा रवैया तो है भी ऐसा, रोज हर्र खाना। उसके रस से देह की गरमी में शीतलता आएगी। सब युवतियों को 'बहन' कहने की इच्छा होगी।

इसी तरह अन्नदा ने कापकाटा के मंच पर प्रवेश किया। उस वक्त आजादी की उम्र बहुत कम थी। अभी मातृ-स्तन भी नहीं छोड़ा था। अन्नदा आठ वर्षों तक बड़ी सहजता से अपना एकछत्र राज चलाता रहा।

जब जमींदारी उन्मूलन की बात तत्कालीन सरकार ने बड़े स्नेह से अपने गोद लिये हुए पुत्रों को पहले से बता दिया तभी से जंगल की कटाई और जमीन की बिक्री शुरू हो गई। अन्नदा ने जब मंच पर प्रवेश किया, झाड़ ग्राम स्टेशन से कापकाटा पहुँचने में उसे पूरा दिन लगा था। जगन्नाथ ने स्टेशन पर ही उससे कहा था, 'काका ने बड़े अच्छे मौके पर तुम्हें भेज दिया है। पढ़ा-लिखा इनसान इस इलाके में नहीं है। अकेला मैं था, अब तुम भी हो गए। जितना रुपया लाए हो, वही बहुत है। ये लोग चोरी नहीं जानते। पर भाई! रुपयों के बारे में सावधान! मैं खुद पैसों के मामले में बहुत कंजूस हूँ।'

कापकाटा में जगन्नाथ के घर पर ही पहली बार अन्नदा ने मुर्गी खाई। उसके बाद कुछ ही दिनों में समझ गया कि लोधा-सन्थाल-महाली-मुंडा-कोड़ा, ये भी मुर्गी ही हैं। अन्नदा और जगन्नाथ के पेट में जाने की खातिर ही बने हैं। बाघुत, बड़ाम और शीतला देव-देवी की पूजा में चावल, बकरा देकर, सरहुल करम बाँधना परब में नए कपड़े और शराब देकर वह उनका अपना बन गया। एक कुआँ खुदवाकर और एक जलाशय का दान कर उसने तो पूरे इलाके को खरीद ही लिया। फलस्वरूप एक रुपया मन आँवला, एक रुपया मन हर्र, एक रुपए में आधा मन धूना, एक रुपए में दस सेर शहद बटोरने में उसे कोई दिक्कत नहीं होती थी। दूसरे वर्ष वह पितृ-ऋण से मुक्त हुआ। पत्नी से कहा, दूसरी नहीं रखी। तुम्हें वहाँ लेकर नहीं जा

रहा, वहाँ स्कूल नहीं, अजगर हैं, जंगल हैं। पाँच सालों में ईंटों की भट्टी में पकाकर उसने कापकाटा में पहला पक्का मकान बनवाया। और आठ सालों बाद जैसे-जैसे जंगल दूर सरकता रहा, वह जमीन खरीदता रहा। इस प्रकार अन्नदा और उस अंचल का बोलबाला काफी बढ़ गया। इसके बाद अन्नदा ने अगहन में धान खरीदकर चैत से दुगुने दामों पर बेचने का कारोबार शुरू कर दिया। इस समय उसकी सातवीं और पहली पत्नी के गर्भ से अन्तिम सन्तान का जन्म हुआ। एक दिन उसके बड़े बेटे ने कहा, 'बाबा! यहाँ के लड़के मुझे कयाल, या मयाल, या बयाल कहकर छेड़ते हैं।'

अन्नदा के हृदय में यह बात चुभ-सी गई। उसने कहा, 'बेटा! तुम्हारे दादा के जीते-जी नहीं हो पाएगा। उनका देहान्त होने पर नाम बदल दूँगा।'

इस प्रकार एक दिन गोलक ने गोलोक की ओर प्रयान किया। उसके बाद अन्नदा सीधे-सपाट ढंग से अदालत के मारफत अन्नदा प्रसाद गोलदार राय बन गया। बड़े बेटे की मूँछें निकल आई थीं, बालों की भी शैली बदल ली थी। उसने कार्तिक प्रसाद नाम पर और गोलदार राय पदवी पर, हलका-सा विरोध जताया। अन्नदा ने कहा, 'कयाल बनकर ही तो एक सौ बयासी रुपए से हर साल तीन लाख की आमदनी छोड़ जाऊँगा, भाग्य ने साथ दिया तो आमदनी और बढ़ेगी। अब गोलदार राय कर दिया है। अपनी इच्छानुसार पदवी लगाओ। अपनी इच्छानुसार नाम बदलो। पर बालिग होकर, रोजगार करने पर बदलना।' इसी कारण अन्नदा के तीन बेटे राय हैं, दो बेटे गोलदार हैं और दो बेटियाँ गोलदार राय के रूप में ही ब्याह के पश्चात् घाटाल और तमलुक में पति के घर चली गई हैं।

बाप नहीं, बाप की निषेध आज्ञा भी नहीं। 'बहू बाँझ तो वर खोजा'—मुहावरा प्रचलित है।

पत्नी ने जब सात सन्तानों के बाद प्रवेश निषेध जारी किया, तब जाकर अन्नदा गोलदार ने कापकाटा की नई बस्ती की चम्पा के साथ ब्याह कर लिया। इसलिए अपनी माँ और प्रथम स्त्री के साथ घोर विवाद शुरू हुआ। काँथी में अन्नदा की अब कोई परवाह नहीं करता था। गोलक ने सम्भवतः दिव्य-चक्षु से चम्पा को देख लिया था। उसने अपनी सारी सम्पत्ति पोतों के नाम लिख दी थी। बेटे को तीन आना छह पैसे, पोतों को दस आने दो पैसे, पत्नी और पुत्रवधू को जीवित अवस्था में भोग करने का अधिकार तथा एक आने का अधिकार दे गए थे। अन्नदा से भी बेटों ने पैसे ऐंठ लिये। विशाल मकान, गोदाम, गोशाला, चार-चार हट्टे-कट्टे बारह-मासिया, खागड़ाई काँसे के बरतन, सन्दूक में सोने के गहने, इतना सब होते हुए भी चम्पा सिर पटकती थी और कहती थी—मेरे रामकिसन और गिनीमाला को भिखारी करके छोड़ा। चम्पा छिप-छिपकर चावल बेचती थी, लोगों के बरतन-गहने गिरवी रखकर रुपए उधार देती थी, सूद लेती थी। सौत ने कहा था—मरद का क्या भरोसा? स्त्री-धन स्वयं अपना है। उसके घर से चुराकर रुपए बटोरो। मैंने तो ससुराल में इतने साल चावल-लाई, धान-पान सब बेचा है, दोनों हाथों से रुपए कमाए हैं। सोना भी बटोरना। मेरे पिता ने पचास तोले सोना दिया था, ससुर ने शायद बीस तोले दिए थे, कार्तिक के बाप ने एक-एक बेटा पैदा होने पर दो पाँच तोले के हिसाब से...तुम्हारे बाप ने तो दस तोला देकर ही निपटा दिया। हाँ तो चम्पा! हाथ में रुपए और गहने रहेंगे तो बेटे भी 'माँ! माँ!' करेंगे। ससुर और पति जो कुछ कर गए, बेटे क्या उतना कर पाएँगे?

कार्तिक राय, गणेश राय, विष्णु राय ठेकेदार थे। काँथी, तमलुक, दीघा, मेदिनीपुर, खड़गपुर

उनका कर्मक्षेत्र था। हृद गोलदार और ऋषि गोलदार कपड़ा और खाद-बीज कीटनाशक दवा का व्यापार करते थे। काँथी के मकान में सबने अपना चूल्हा-चौका अलग कर लिया है। सब मिलकर माँ और दादी को रुपए देते हैं।

अन्नदा धान-चावल का कारोबार, राशन की डीलरशिप आदि से कमा-खा रहा था। आजकल डाकुओं का आतंक फैला हुआ था। अन्नदा को लगता था कि पहले भी वह बाकी जनपदों की तुलना में धनी व्यक्ति था। परन्तु डाकुओं का इतना डर नहीं था। बाघूत-बड़ाम-शीतला के सेवकगण, करम-सरहुल-बाँधना परबिया वाले हटने को विवश हो गए। अब भी साँझ के समय नायब कोटाल के साथ बतियाने की या बिलम सोरेन के पास बाघ मारा की कहानी सुनने की इच्छा होती है। यह भी एक अजीब मामला है। उन्हें हटाने के जिम्मेदार तो दिक्पाल कर और अन्नदा गोलदार ही हैं। और उन्हीं के लिए, वहीं बैठे-बैठे वही अन्नदा रोता है, जो कभी इस बाघ-भरे जंगल में भाग्यान्वेषण के लिए आया था। उसके स्वभाव में न कभी चाकचिक्य था, न है। कापकाटा के वर्तमान बाबू समाज में वह बिलकुल अचल है और अंग्रेजी में कुछ लिखवाना हो तो महेश्वर सोरेन के पास जाना पड़ता है।

जाने क्यों आज रात नींद आ रही थी। यह रात अत्यधिक रहस्यमय रात थी, इसी रात को निरन्न अन्नबाला समाज-अरण्य के विवेक पर लात मारने में समर्थ हुई थी। यह अन्नदा गोलदार की समझ में नहीं आ सकता। कोई भी सूक्ष्म बात समझ पाना उसके लिए असम्भव था। ट्रेन और बसों में अब तक वह 'आदिरस में अरब-रजनी', 'कालिदास की नाना कथा', 'कामाख्या तंत्र एवं सहज रोग, उपचार डबल किताब' आदि पुस्तकें खरीदता था। पहली बार अपने साथ लाए गए विश्वस्त आर्य फैक्ट्री के ट्रंक में उसने पुस्तकालय बनाया था। उन पुस्तकों में तो अलौकिकता की जय-जयकार रहती थी। फिर भी अन्नदा ने अलौकिकता पर विश्वास करना नहीं सीखा। आज रात, रोज की भाँति वह जगन्नाथ के जलाशय के तीन आना छह पाई का हिस्सा हड़पने की बात सोच रहा था। यह काम उससे नहीं होगा। जगा का बेटा खगा या खगनारायण पार्टी का बड़ा दादा था और दलील के कागजात इधर-उधर करने में उस्ताद था। वह यह काम कर नहीं पाएगा, फिर भी सोचना अच्छा लगता था।

ऐसे समय पूर्व, पश्चिम, उत्तर, दक्षिण, ईशान, वायु, अग्नि, नैऋत, ऊर्ध्व, अधः, दश-दिक् उथल-पुथल करते हुए साँय-साँय की प्रबल ध्वनियुक्त तूफान के रूप में जाने क्या आगे बढ़ने लगा, ऐरावत, पुंडरीक, बाभन, कुमुद, अंजन, पुष्पदन्त, सार्वभौम, सुप्रतीक नामक अष्ट दिग्गज। सूँड़ उठाकर निःशब्द गर्जन से आकाश को कँपाने लगे, इन्द्र, अग्नि, यम, निऋति, वरुण, वायु, कुबेर, ईशान, ब्रह्म, अनन्त आदि दिक्पति पुराण ग्रन्थों के पत्तों में अपनी रक्षा हेतु छिप गए, ऐसी अलौकिकता की सृष्टि अन्नबाला ने ही की और कापकाटा-महिषबाड़ी के एक नम्बर अंचल में कोई दूसरा इस घटना के बारे में जान ही नहीं पाया। उस रात अन्न अपार शक्तिशालिनी थी। अन्नदा गोलदार अकेला ही बड़ा-सा मुँह खोलकर चीखा 'डाकू'। गोदाम-घर के तरफ की खिड़की खोलकर चिल्लाया, रामा रे! भीमा रे!—पर रामा, भीमा, बच्चन, जीतेन्द्र, मिथुन इत्यादि रक्षक आर्त स्वर में चिल्लाए—सर्वनाश! सर्वनाश! गोदाम में हजार-हजार बोरों में दस हजार क्विंटल चावल सुरक्षित था, जिस चावल का अधिकांश ही आदिवासी इलाके की राशन की दुकान में कभी बेचा ही नहीं गया। उनके राशन का चावल अन्नदा अपने गोदाम में भर देता था और हाट में उन्हीं को दुगुने दामों में बेचता था। आदिवासी कभी राशन डीलर

नहीं होता, वह दूसरे मिजाज का होता है। अन्नदा ने निःशब्द गर्जन सुना, 'अन्न दे! अन्नदा! अन्नदा को अन्न देना होगा, देना होगा। अरण्य-समाज जिन्दाबाद।' यह देखकर सुदीर्घ यूक्लिप्टस के पेड़ भी अपने समूची शाखा-प्रशाखाओं और फुनगियों को बलिष्ठ हाथों के रूप में प्रयोग करते हुए धमाधम मार-मारकर गोदाम की छत तोड़ने लग गए। चावल के बोरे अपने आप ऊपर उठ रहे थे। यह सब देखकर अन्नदा मूर्च्छित हो गया।

अन्न और अरण्य कहानी का यह तीसरा उल्लास (पर्व) है।

चार

अरण्य-समाज का आकाश पथ से गमन, दिक्पालों का पुराण-पोथियों में पलायन, दिक्नागों का गर्जन, यह सभी बासुली फॉरेस्ट बँगले के आम-जामुन-शाल-महुल के पास पहुँच गया। 'अपनी जमीन', 'दखल करो' नारा देते हुए वे धरती छोड़कर शून्य में उठ गए और तीव्र गति से यूक्लिप्टसों द्वारा परित्यक्त स्थान पर जाकर बैठ गए। गोसाँपों का चीत्कार, हमारा क्या होगा रे?—इसके उत्तर में वृद्ध शाल-वृक्ष ने धमकाते हुए कहा, 'हमारे पीछे-पीछे चले आओ।'

अतएव गोसाप, बाघडाँसा, साही, गिलहरी, विहंग कुल, सर्म समूह, तितलियाँ, पतंग-कुल, कीट, काठ-चींटी—सभी पीछे-पीछे भागे। इसी प्रकार बासुली अरण्य-समाज एक ही रात में एक क्षुद्र स्वभाव अरण्य में लौट आए। वहाँ जितने वृक्ष थे, उससे अधिक गड्ढे थे। वह रात स्वप्न-सम्भवा थी, अलौकिक थी। अतएव वृक्षों ने कहा, चारों ओर फैल क्यों नहीं जाते?— और हरेक गड्ढे से एक-एक पेड़ उगने लगा, बासुली माँ रे! स्वयं बासुली ने कहा, वन का सिरजन मैं कर देती हूँ, मेरे बच्चो! बाघुत बड़ाम और बासुली ने स्वमहिमा से अपने को प्रतिष्ठित कर लिया। यह समाचार पवन टेलीग्राफ ने भेजा जामवनी, नारायण गढ़ और शालवनी की ओर। 'बासुली जंगल लौट आया' सुनकर लोधा, कोड़ा, महाली, सन्थाल, मुंडा नाना जातियाँ साँय-साँय करती वहाँ पहुँच गईं। बाघुत यान में अन्नबाला माया-निद्रा में अचेत पड़ी हुई थी। इन सब कामों को करनेवाली वह स्वयं थी, यह वो नहीं जान पाई। धाय माँ ने उसके सिर के नीचे एक बस्ता रख दिया।

सारे यूक्लिप्टस मिलकर क्षमाप्रार्थियों की भाँति चावल के बोरे अन्न के चारों ओर सजाने लगे। इसके पश्चात्, 'दखलकारी! निकल जाओ! दखलकारी! निकल जाओ!' शाल-महुल के हिसहिसाते धिक्कार को सुनकर वे गहरी साँस लेकर शून्य में उठ गए और फॉरेस्ट बँगले के एक सौ बीघे में जाकर बैठ गए।

अन्न और अरण्य की कहानी का यह चतुर्थ उल्लास (पर्व) है।

पाँच

प्रातःकाल उत्पल ने रोज की तरह जोर-जोर से साँस लेने के लिए खिड़की खोली। बाहर चिड़ियों का कलरव नहीं था, वायु में कोई मिश्रित सुगन्ध नहीं थी। पहले तो उसे कुछ समझ में नहीं आया। इसके पश्चात् यूक्लिप्टस की कतारों को देखकर वह, 'यह क्या! हरि बोल! हरि बोल! चमत्कार। सैबोटाज (षड्यंत्र)।' कहते-कहते जाँघिया पहनकर वहाँ से भागा तो फिर भागता

ही रहा। इस तरह भागते-भागते वह नया ग्राम, सुवर्ण रेखा, उड़ीसा जाने कहाँ निरुद्देश्य हो गया, यह आज तक अनजाना रहस्य बना रह गया है। बांग्ला, हिन्दी, उड़िया, नेपाली और कितने ही ऐसे समाचार-पत्रों में तस्वीर छपवाकर उसके धनवान ससुर ने विज्ञापन दिया है, दूरदर्शन के पर्दे पर भी उसका चित्र दिखाया गया। राज्य वनविभाग—राज्य पुलिस—केन्द्रीय अनुसन्धान ब्यूरो, ऐसी ही अनेक खोजों से केस का बुरा हाल हो गया। अन्ततः गोपनीय सूचना मिली कि उत्पल शायद उग्रपन्थी बन गया है (सहसा भागा क्यों? कापकाटा के दारोगा ने उसे रात्रि भोजन पर बुलाया था, इसीलिए क्या...पुलिस के डर से...?) ऐसा ही होगा, अथवा वह पच्चीस सोफा के अपहरण सम्बन्धी सोफर्स स्कैंडल का प्रमुख बदमाश भी हो सकता है। उड़ीसा के चम्पुआ में वट-वृक्ष को घेरकर जो कौपीन पहना मनुष्य दिखाई देता था, जो 'यहीं तो थे, कहाँ गए' गीत गाता था और जिसे स्थानीय लोग कभी-कभार खाना दे देते थे उसके बारे में अभी तक कोई नहीं जानता। फले-फूले आम के पेड़ों को वह कहता है, छलनामयी! पापीयसी! सब कहते हैं, साधु-सन्त आदमी है। क्या वही उत्पल था? उत्पल ही तो था?

सुबह-सवेरे अन्नदा गोलदार जब कापकाटा चौकी में रपट लिखवाने गया तो उसने पाया कि उसके पैरों के नीचे जमीन ही गायब थी।

'यूक्लिप्टस के पेड़ आकर गोदाम तोड़कर चावल उठाकर ले गए, अच्छा।'

'हाँ सर।'

'रेमो, भेमो, यह सब नहीं थे?'

रामा-भीमा-अंजन-बूधन और दिलीप, पाँचों का मानना है कि, कल देव-देवताओं की रात थी। वर्तमान समय में वीडियो रूपमहल में फिल्म देखकर बाल छाँटना तथा अंजन के स्थान पर बच्चन, बूधन के स्थान पर जितेन्द्र, दिलीप के स्थान पर मिथुन के नाम से जाने जाने की इच्छा, यह सब तो पाप है। मनुष्य यदि पाप करेगा तो देवी-देवता शाप देंगे, 'हम पाँच' फिल्म याद करो। वो सब एक-दूसरे की ओर देखने लगे।

'था तो सही, होश-हवास खो गया था, न?' अंजन बोला।

'अंजन कौन है?'

'जी, मैं।'

'तू बच्चन नहीं है?'—अन्नदा चीखा।

'ना बाबू। पिता का दिया हुआ नाम बदलकर बच्चन-जितेन्द्र-मिथुन बने थे। महापाप हो गया। हम तो अंजन-बूधन-दिलीप हैं।'

'रामा तो रामा ही है और भीमा, भीमा है?'

'जी। ऊ रामनगर, ई भीमपलासी।'

'नाम बदलकर, हे-हे-हे...'

'वो पाप तो कबूल कर रहे हैं।'

'जा, तुम लोगों को अब नहीं रखता।'

'हम भी नहीं रहेंगे। हमारे पाप के खातिर तो बिरिख देवता गोदाम में नहीं उतरे? गोदाम तुम्हारा है? राशन मारते हो, कितना पाप करते हो, तुम ही जानते हो। हम पाँच पापियों को तो अब गुप्त मणि, कनाईसर, वग्य-भीमा, रामेश्वर होकर इधर-उधर घूमना होगा। पाँचों संन्यासी बन जाएँगे।'

अन्नदा ने कहा, 'लिखिए, लिखिए! यूक्लिप्टस के पेड़ आकर चावल लूटकर चले गए।'

'पेड़ों के नाम पर रिपोर्ट लिखी जाती है?'

'पेड़, अगर पेड़ों की तरह ही रहते तो क्या रिपोर्ट लिखवाता?'

'किसी ने अपने को पत्तों से ढककर डाका तो नहीं डाला? 'पेड़ और डाकू' पिक्चर देखी है?'

'शून्य को भरते हुए उतर आए, हजार-हजार पेड़!'

'ऐसे हवा में बातें मत कीजिए। कितने पेड़ थे?'

'उत्पल से पूछिए।'

ऐसे में उत्पल की द्विगुणांगिनी सोनाली अस्त-व्यस्त केशों में आकर रोने लगी।

'सर्वनाश हो गया दारोगा बाबू! वही रेंजर नगेन महतो उनका दुश्मन या! क्वार्टर के पेड़-पौधे उखाड़कर यूक्लिप्टस लगा दिए हैं! यह देखते ही रुमकी के पिता जाँघिया पहनकर ही जाने कहाँ दौड़ते हुए चले गए हैं!'

'उत्पल बाबू नहीं हैं?'

'नहीं! बाप रे, कितनी तेज भागे थे।'

दारोगा ने पूछा, 'और कौन बता सकता है, कितने पेड़ थे?'

'शिकायत का क्या होगा?'

'होगा, होगा। घर में कौन-कौन हैं?'

'पत्नी, बाल-बच्चे।'

'काँथी में?'

'पत्नी, माँ, बच्चों की टोली।'

'आपको कहाँ भेजूँ?'

'मुझे?'

दारोगा के भीषण गर्जन से अन्नदा गोलदार के दुर्दिन आ गए। अन्नदा गोलदार ही सन्देह का पात्र बन गया। वह सरकारी अरण्य-समाज को असामी करार देकर शिकायत दर्ज करना चाहता था। लिखते जरूर, दारोगा भी लिखते अगर 'प्रिसिडेनस' रहता!

'कहाँ का पेसिडेंट? भारत का या मेदिनीपुर नगरपालिका का। कौन पेसिडेन?'

'अरे पेसिडेन नहीं, प्रेसिडेंट। और प्रेसिडेंट भी नहीं प्रिसिडेनस। अर्थात् इससे पहले कभी अगर थाने में लिखा गया होता कि 'वृक्ष ही डाकू' हैं, तो आज मैं भी लिखता। नहीं है, समझे? मैं जानता हूँ आपका गोदाम टूट गया है। जानता हूँ। मैंने आदमी भी भेजा है, वहाँ से ईंटें लाकर बैंगन के खेत की दीवार बनाऊँगा। पर इस तरह की शिकायत लिखकर...पुलिस का मतलब है राज्य सरकार। राज्य सरकार क्या बासुली अरण्य-समाज के पेड़ों के विरुद्ध केस करेगा?'

'नहीं करेगा?'

'नहीं। सबूत कहाँ है? पेड़ पैदल चलकर आए, झाड़ग्राम अदालत में कोई गवाही नहीं देगा। अरे! कल शाम कर-बाबू के बेटे जंगली को हँसिया मारकर एक लड़की ने खस्सी बना दिया है। वो लड़का बच तो जाएगा, पर जिसे कहते हैं वो...मतलब वो...। मिराकल क्या

हुआ, जानते हैं? ऐसा काम करते ही वह अन्धकार में विलीन हो गई। कर-बाबू ने मुझसे कहा, 'उसे पकड़िए! केस दर्ज कीजिए।'

'नहीं करेंगे?'

'सबूत कहाँ है? एक लड़की का नाम ही तो बताया है। तो, कापकाटा की अनेक लड़कियाँ ही तो जंगली को काटना चाहती हैं। चाहना एक बात है, काम करना दूसरी बात। अब फूटिए।'

'मतलब?'

'घर जाइए, कापकाटा छोड़कर कहीं जाइएगा मत। मैंने खुद भी यूकि..., जिसको कहते हैं पटास का बाग लगाया है, पेड़ों के नाम पर शिकायत? कभी नहीं। यहाँ तो आपने खुद गोदाम तोड़कर अपना चावल हटा लिया, इस प्रकार शक होने के कारण, खोज-बीन में सहायता के लिए आपको ही घर में नजरबन्द होकर रहना होगा, कानून में जैसा कहा गया है, जाइए।'

'जाऊँ! ठीक है, जाता हूँ!'

अन्नदा गोलदार ने सहसा दारोगा की ठुड्डी को पकड़कर चूम लिया, अपने दोनों हाथों को शून्य में उठाकर घुमाया और 'ये देश, ये देश किससे कहते हो, थाना तुम्हारा नहीं' गाते-गाते वहाँ से बाहर निकल गया। इतनी देर तक चुप रहकर सोनाली फिर जोर से रोने लगी, 'मेरी शिकायत तो लिखेंगे?'

दारोगा दाँत किटकिटाकर बोला, 'आप भी घर में बन्दी बनकर रहिए। बदजात पति के कारण जैसे उसकी औरत भाग जाती है, बदजात औरत के कारण वैसे ही पति भी भाग जाता है। इसका प्रिसिडेन्स है। जाँघिया पहनकर सरपट भागने लगा! जाइए, बाद में देखता हूँ।'

सोनाली रोते-रोते बाहर चली गई।

दारोगा एस.डी.पी.ओ. को लिखने बैठा। कापकाटा चौकी के लिए इतना बड़ा बोझ उठाना सम्भव नहीं होगा। एक ही दिन में विभिन्न जाति के छह लोग किसी अनजाने कारण से अपना स्थान छोड़ चुके हैं, छोड़ रहे हैं, और एक व्यक्ति छोड़ने ही वाला है।

बीट अफसर उत्पल सेनराय भोर में जाँघिया पहने ही सरपट दौड़ते हुए कहीं गायब हो गए। रामनगर दास, भीमपलासी दाँड़पाट, अंजन और बूधन महतो और दिलीप दीगर एक रहस्यमय चावल के गोदाम में डाका पड़ने के पश्चात् विभिन्न तीर्थ-स्थलों पर जा रहे हैं। अन्नदा प्रसाद गोलदार, जिसका चावल का गोदाम था, भी गाना गाते हुए यहा-वहाँ भटक रहे हैं, इस जगह को छोड़कर जाने की भी सम्भावना है। उत्पल की वजह से उसकी पत्नी पर तथा गोदाम-लूट के कारण गोदाम मालिक पर सन्देह है इसलिए गृहबन्दी होने का आदेश जारी किया है। पर तीन सिपाहियों के साथ इतना बड़ा झमेला सम्हालना सम्भव नहीं। पुलिस भेजने का हुक्म दीजिए। अन्नदा गोलदार का कहना है, यूक्लिप्टस के पेड़ों ने शून्य पथ से आकर डाका डाला है। वृक्ष ही डाकू हैं, इस तरह का कोई 'प्रिसिडेन्स' अगर हो तो सूचित कीजिएगा। अगर 'हाँ' में जवाब मिला तो सभी पेड़ों को जंजीरों से बाँधने का बन्दोबस्त करूँगा।

अन्नदा गोलदार नाचते-नाचते घर पहुँचा। उसके बाद कार्तिक राय और ऋषि गोलदार नृत्यरत पिता को लेकर उड़ीसा, चाम्पुआ चले गए। वहाँ कौपीन धारण किए एक मनुष्य द्वारा वट-वृक्ष को घेरकर 'अभी तो यहाँ थे, कहाँ चले गए' गीत गाने के कारण वह वट-वृक्ष

अब यान बन गया था। वहीं पर पिता के साथ उन्होंने धरना दिया। लेकिन यह सब धीरे-धीरे घटित हुआ।

सबसे बड़ा चमत्कार यह हुआ कि समाज-अरण्य स्थल पर स्वभाव-अरण्य, स्वभाव-अरण्य स्थल पर यूक्लिप्टस, यह सब देखते हुए भी कोई कुछ पूछता नहीं था। सभी को लगता था कि इसके पीछे जरूर कोई दैवी उद्देश्य है!

अन्न और अरण्य कहानी का यह पंचम उल्लास (पर्व) है।

छह

दैवी-निद्रा में अन्न के दो दिन और दो रातें बीत गईं। बासुली और बड़ाम माँ को, बाघुत देवता को उसने प्राचीन महिमा से पुनर्जीवित कर दिया, इसी कारण देवी की कृपा से उसकी पूर्व स्मृति समाप्त हो गई।

आँख खुलते ही उसने चारों ओर शाल, पियाशाल, केन्दो, महुल का वन देखा। उसने देखा चारों ओर अरण्य सन्तान घर बना रहे थे, भात पका रहे थे, कल-कल बहती बासुली नदी में बालक-बालिकाएँ रंगीन पानी में अठखेलियाँ कर रहे थे। धाय माँ ने उसे उठाते हुए कहा, 'घर जाएगी कि नहीं?'

पत्तों के छाजन वाले नए घर के सामने अन्न बैठी थी। अरण्य लक्ष्मी की भाँति ममतामयी दृष्टि से चारों ओर देख रही थी। बासुली माँ रे! बड़ाम माँ रे! खोए वन को लौटा दिया, अब अपनी गोद से दूर न करना, माँ!

पेड़-पत्तों ने उससे कहा, 'वन है तो भात भी है।'

'माँ! अगर फिर से छीन लिया?'

अरण्य बोला, 'नहीं!'

बासुली बोली, 'नहीं!'

और धीरे-धीरे, लोगों की आँखों से वन ओझल हो गया। माया-वन हो गया।

कोई देख नहीं पाता, कोई घुस नहीं पाता। अदृश्य पार्श्व से तरुणियों की हँसी, शिशुओं का रोना, लहरों की कल-कल ध्वनि, विशालाकार मादल का बजना सुनाई देता है, भात के पकने की बास नथनों में आती है। जैसे अरण्य की गृहस्थी हो। अन्न और अरण्य कहानी का यह छठा और अन्तिम उल्लास (पर्व) है। यह अब भी चल रहा है।

(1989)

(विशेष टिप्पणी : (1) यह समग्र रूप से सत्य कहानी है।

(2) 'उल्लास' का अर्थ अध्याय विभाग पर्व है, इस सन्दर्भ में प्राचीन बांग्ला उपन्यास द्रष्टव्य हैं।

(3) यूक्लिप्टस का लोक उच्चारण यूकाली 'पटाश' है, कहानी में प्रयुक्त वार्तालाप समझने में सहायता मिलेगी। (अनुवाद में सुविधा हेतु पटास के बदले यूक्लिप्टस ही रहने दिया गया है। —अनुवादक।)

गंगा का स्वर्ग

'नाम गंगा काँटाल, पति पुरन्दर काँटाल, गाँव गड़ागाछा, डाक बासोती, थाना डायमंड हारबर, जिला दक्षिण 24 परगना, 1392 साल, बारह वैशाख, विश्वनाथ प्रतिहार, पिता ब्रजवासी प्रतिहार को उपनयन संस्कार का समस्त व्यय वहन करूँगी, ऐसा शपथ लेती हूँ।' और क्या लिखूँ बताओ?

'और क्या? जो कहा, लिख तो दिया, और लिखकर क्या होगा?'

पुरन्दर ने बिस्तर पर छटपटाते हुए कहा, 'इस औरत को आज तक अक्ल नहीं आई, आएगी भी नहीं।'

'अरे, क्या मूरखता देखी तुमने?'

'बताऊँ! लिखने वाला तो बेटे का बाप है। क्यों तुम खरचा करने के लिए राजी हो रहे हो, बताना नहीं पड़ेगा? काँटाल वंश है तुम्हारा, पंड क्षरित्तिर, लोग क्या ऐसे ही छोड़ देंगे? पंड क्षरित्तिर की बहू बाभन के बेटे के जनेऊ का खरचा क्यों देगी?'

'क्यों देगी, तुम जानते नहीं हो?'

'तुम्हारे और मेरे जानने से काम नहीं चलेगा बहू। सब लिखत-पढ़त में रखना पड़ता है। नहीं तो जो लिख रहे हैं, उन्हें तो जानती हो। वो तुम्हें अबला औरत जानकर धोखे से खरचा हजम कर लेंगे, और बाद में केला दिखाकर नौ दो ग्यारह।'

ब्रजवासी प्रतिहार ने महीन स्वर में कहा, 'बुखार से सूख रहे हो, पुरन्दर! फिर भी अभी तक मन साफ नहीं हुआ। उन्होंने स्वयं स्वीकार किया है कि गुओ के जनेऊ का खरचा देंगे, और मैं धोखा दूँगा, तुम ऐसा सोच भी कैसे रहे हो?'

गंगा कुछ खीजकर बोली, 'कागज तुम छोड़ जाओ, ठाकुर! चोरी के लिए चाहे जेल जाए, फिर भी है तो पति! जेल में क्या माया-दया कुछ भी नहीं है? कितनी ही बार तो जेल घूम आया, सजा काट आया, जाना-पहचाना आदमी है, उसे कालव्याधि देकर भेज दिया? देखो! उसने तो जेल में बैठकर भी कितनों को मामले-मुकदमे के पैतरे सिखा दिए। नहीं तो बाबुराली डाकू कभी कहता है कि महाज्ञानी है। यह जब कह रहे हैं...'

'ठीक है! जिस पर भरोसा हो, उस दोमुँहे साँप नोकलों को ले आऊँगा। तब लिखेगा मेरी मौजूदगी में। बेटा मेरा है!'

'ये ही लिख देते। रोग में हाथ-पाँव जवाब दे देंगे, कौन जानता था!'

ब्रजवासी प्रतिहार अपना खैरा-खाता और डॉट पेन लेकर चला गया। पुरन्दर बोला, 'जाने दे, तू जरा मुझे इस करवट लिटा दे। जरा चाय तो बना, पीऊँगा। उसके बाद जाकर नोकलो को बुला ला। जो कर रही है, अपने आप ही कर रही है, पर...'

पुरन्दर जब 'मैं बेटी का बाप हूँ रे' सामाजिक नाटक में हर संवाद से पहले खींचकर गहरी साँस लिया करता था, वह दीर्घ श्वास पुरन्दर को भीतर तक थरथरा देती थी और दर्शकों को भी अतिशय अभिभूत कर देती थी।

इस समय भी उसने ठीक उसी प्रकार गहरी साँस लेकर गंगा को अभिभूत करते हुए कहा, 'जब तक मेरी काया में महापरान है, तब तक तुझे सम्हालना मेरी जिम्मेदारी है। अगर तू लिखना-पढ़ना जानती गंगा! तो आज मैं कितना निश्चिन्त होकर मरघट जाता!'

गंगा की छाती धड़कने लगी।

'क्या अपशकुनी बातों की रट लगा रखी है? रोग हुआ है, कहा तो है, थोड़ा सम्हल जाने पर भाँगड़ में दाखिल करवा दूँगी। वहाँ जाने पर तो कितनी बार ठीक हो गए हो।'

'ठीक हो जाता अगर एक काम कर पाता। खून करके जेल जा पाता तो। पूजा के समय मौका भी था। पर लगता है बाबा सिद्धेश्वर की कुछ और ही इच्छा है। खैर, जरा चाय बनाओ।'

गंगा की छाती में जैसे ममता की बाढ़ आ गई। विश्व-संसार के अन्याय के कारण छाती फटकर आँखों से आँसू बह निकले। गंगा की लम्बाई चार फीट, सात इंच थी। पुरन्दर की पाँच फीट, तीन इंच। गंगा की छाती, कमर तथा नितम्ब बयालीस-अड़तीस तथा चवालीस थे। गंगा का मुख, आँखें, छाती, हाथ, सभी कुछ गोल-गोल और मांसल था। परन्तु जुड़ी हुई भौंहों के नीचे दोनों आँखें अत्यन्त करुणा से परिपूर्ण थीं। हृतपिंड में भी अनावश्यक माया-मोह, ममता, वात्सल्य, क्रोधहीनता इत्यादि सात प्रकार के झमेले अत्यधिक भरे हुए थे।

इसी कारण गंगा, 'पुरन्दर ने उस पर घोर अन्याय किया है' इस प्रकार की बातों के मुँह पर झाड़ू मारती थी तथा जब पुरन्दर को घर में पाती थी, तो कलकत्ते के नर्सिंग होम तथा रोगी की आयागिरी के काम से छुट्टी लेकर घर बैठे-बैठे पति की सेवा करती थी। चाय लाकर बड़े यत्न से पुरन्दर को पिलाकर बोली, 'तुम कर भी क्या सकते हो? बाबा सिद्धेश्वर ने भी तो कलियुग में दूसरा रूप धारण किया है। छोटे चोर पर उसे कोई दया-माया नहीं आती। आजकल इसी कारण उसकी माया की निन्दा हो रही है और नोकलो से भी कहूँ, शराब पीयो, मस्ती करो तो क्या मुर्गी भी पकाओगे, घर में? तुम्हारे घर में जबकि उनकी पूजा होती है।'

पुरन्दर ने कातर हताशा से कहा, 'अब तो सब-कुछ गलत ही होता है। पाप करो तो उसका प्रायश्चित्त है। और अब तो तुम्हें ससुर की दुकान भी मिल गई है, हालत भी ठीक-ठाक ही है, प्रायश्चित्त की पूजा करके एक नया छप्पर डालकर देवता को रख सकते थे। जो लोग अब भी सन्मार्ग पर रहते हुए सेंधमारी का काम-धाम कर रहे हैं, वे लोग देवता की पूजा कर काम पर जा सकते थे। कुछ भी तो नहीं किया।'

गंगा बोली, 'याद रखा था? तुम्हारे घर में देवता क्यों आए? क्योंकि तुम्हारे बाप-दादा ने लोहारखाने में तरह-तरह की सेंध-काठी तैयार की थीं, इसी कारण।'

'धरम-करम के दिन अब नहीं रहे रे! जाने दो, तू गुओ को बुलवा, उसके बाद बैठकर 'रफ-वर्क' कर लूँ।'

'क्या करोगे?'

'जो लिखा जाएगा, उसका एक मसविदा कर लूँ। पर हाँ, यह काम करने के लिए तेरा मन पूरी तरह तैयार है ना? देव-धरम के काम में आनाकानी नहीं करनी चाहिए।'

गंगा ने दीर्घ श्वास लिया। बोली, 'देखो, सभी कुछ तो दैवी ही हो रहा है। नहीं तो, इतने सालों से गृहस्थी सम्हाल रही हूँ, एक सन्तान तक नहीं हुई। बूदो को गोद लिया, तो वो भाग गया। जाते समय मेरी बालियाँ, रेडियो, स–ब कुछ ले गया। उसके बाद, हरि पोड़ेल पर देवी की कृपा क्यों हुई थी, काली के थान पर, और उसने मुझे दैवी आदेश उलटकर क्यों सुनाया था? ओ माँ! शरीर पर रोंगटे खड़े हो गए! और बिसे भी क्यों हाथ-पाँव फैलाकर मेरी गोद में आ गिरा था, बताओ? इसी से तो देवता मुझसे यह काम करवाना चाहते हैं।'

'कितने दिन जीएगी, बिसे तुझे देखेगा?'

'जीते जी तो देखने की जरूरत नहीं। जाकर नोकले को बुला लाती हूँ।'

वास्तव में, आजकल गड़ागाछा, या काँटाल-गड़ागाछा गाँव में गंगा काँटाल द्वारा दैवी आदेश-प्राप्ति तथा आदेश-पालन में तत्परता स्वरूप की अचरज भरी कहानी ही सबसे गरम खबर थी। इस खबर का तात्पर्य अत्यन्त विचित्र तथा बहुमुखी था क्योंकि बुद्धि द्वारा इसकी व्याख्या करना सम्भव नहीं था। गाँव के दो-तीन पहुँचे हुए राजनीतिज्ञों का सिर चकरा गया था। उन्हें कुछ सूझ नहीं रहा था।

सुधीर बाबू ने कहा, 'बुआ! सोच-समझकर काम करना। बेजा बाभन जरूर है, पर बहुत ही अभागा है। लोन के लिए कितना भी बन्दोबस्त क्यों न कर दूँ, सब पेट में भरकर बैठ जाता है।'

'कहने का कोई फायदा नहीं भतीजे? ऐसा काम करूँगी, कभी सोचा भी न था। देउता ही करवा रहे हैं।'

मना नस्कर इस अंचल के प्रसिद्ध वकील थे। उनकी आश्चर्यजनक क्षमता से सभी भली-भाँति परिचित थे। उनके जीवन का आदर्श तथा प्रतिज्ञा केवल एक ही था, 'मामला मुकदमे के बिना किसी को टिकने नहीं दूँगा।' वह हमेशा पाँच-सात गाँवों के लोगों की खोज-खबर लेता था, सबके घर जाता था, खाते-पीते घर के लोगों के नाम अपने खाते में लिखकर रखता था। इस इलाके में उसने इतने सारे दीवानी मुकदमे शुरू करवाए थे कि डायमंड हारबर कोर्ट में उसकी काफी खातिरदारी की जाती थी। दूरदर्शन के 'महाभारत' के दर्शक उसे 'मातुलश्री', उर्फ़ शकुनी कहते थे तथा चाय-पान-मिष्टान्न आदि के दुकानदार उसकी बहुत खातिर करते थे। मना नस्कर हमेशा कहता था कि मामला बहुत ही संगीन है और अपने निन्दकों से कहता था इन मुकदमों के चलते कितने लोगों की रोजी-रोटी चल रही है, ये भी कभी सोचा है? ये सारी दुकानें चल रही हैं, दलाल भी मुवक्किलों को लेकर अलीपुर दौड़ रहे हैं। पर मना का एक कठोर व्रत था कि डाइवोर्स या मुआवजे की अदायगी या किसने किसकी बहू को जला दिया, इन सब औरतों वाले झमेलों में मैं नहीं पड़ता।

गंगा की पति-भक्ति ने ही मना को गंगा का हितैषी बनाया था। वह कहता था, 'बेजो के लिए कोई काम असाध्य नहीं है। झट से इस्टैम्प पेपर पर कुछ लिख मत देना। जो कुछ लिखना है, मुझे पहले दिखा लेना।'

'कहीं तुम फिर से पैसे तो नहीं माँगोगे? कागज पर आँख टिकाते ही पैसे माँगने लगते हो।'

'छि! छि! काँटाल बहू! तुम तो दैवी करम कर रही हो! पर! बिसे तो बेजो का बेटा है...तिस पर उड़िया बाभन का वंश...बंगाली बाभन क्या कम हैं?'

'देउता मुझसे करवा रहे हैं!'

सुधीर बाबू के प्रतिद्वन्द्वी विपद्भंजन बोले, 'ये सब धरम-करम का क्या झूठा नाटक कर रही हो बुआ। दिमाग फिर गया है तुम्हारा।'

'अच्छा? ये दिमाग फिरने की उमर है?'

'दिमाग तो किसी भी उमर में फिर सकता है। देखो! बूदो को 'बेटा-बेटा' कहकर कितना लाड़-प्यार किया। तब भी तो दिमाग फिर गया था। ये तो दिमाग फिरने की लम्बी हिस्ट्री है। इसकी दवाई होम्योपैथी में मौजूद है। जरूरत हो तो दे दूँगा।'

'रहने दे बेटा, बहुत देखी है तुम्हारी डॉक्टरी। कोलकाता में मैं बहुत से डॉक्टरों को पहचानती हूँ! इतना ही ज्ञान बघारते हो तो फूफा की दवा-दारू क्यों नहीं करते?'

'ऐसा है, सेंध-मारी रोग लगा है ना, ये बात तो किताब में कहीं लिखी नहीं है।'

'मैं जो कर रही हूँ, सब दैवी आदेश से। विपद्भंजन, सुधीर, मना नस्कर, सभी चिन्तामग्न हैं, ऐसी अलौकिक घटना क्यों घट रही है?'

गंगा काँटाल गाँव की बेटी थी, चन्नहाटा गाँव की बहू। कभी किसी निकट अतीत में काँटाल वंश इस गाँव में काफी प्रभावशाली हुआ करता था, वे खेती-बाड़ी करनेवाले गृहस्थ थे। गंगा के पिता निरंजन के पहली पत्नी से हुए बेटों के अपना-अपना हिस्सा लेकर इस मौजा से दूसरे मौजा में चले जाने के कारण निरंजन ने अपनी दूसरी पत्नी की एकमात्र सन्तान गंगा का ब्याह पुरन्दर के साथ कर दिया था। पुरन्दर थोड़ा-बहुत लिखा-पढ़ा था, खेत की उपज को बाजार में बेचने जाया करता था। पर अधिकतर समय वह सेंध काटता था। उसका बाप भी मशहूर सेंध काट था, ये सारी बातें ब्याह का प्रस्ताव लेकर आनेवाले दर्शन बारिक ने नहीं बताई थीं।

काँटाल-गड़ागाछा के लोगों ने भी मुँह नहीं खोला। ग्रामीण सरलता तथा निर्मल आनन्द से वे देखते रहे कि निरंजन एक चोर को घर-जमाई बना रहा है। ब्याह के बाद सब जानने पर भी निरंजन अधिक हताश नहीं हुआ। पत्नी से बोला, 'मैंने भी तो कम लोगों का सर्वनाश नहीं किया है। अच्छी लड़की दिखाकर कापाली परिवार में गूँगी लड़की को घुसा दिया था। नस्कर वंश में लँगड़े लड़के के साथ रूपवती लड़की का ब्याह रचाया है। वह अब चोरी-चकारी करना छोड़ देगा।'

जमाई से कहा था, 'गाँव में तुम्हारे हाथों अगर किसी का बुरा हुआ तो बेटा हँसिये से काटकर नदी में बहा दूँगा। जमीन-जायदाद के मामलों में ऐसे काम हम करते ही रहते हैं।'

पुरन्दर भागा। घर भाग आया और बोला, 'कहाँ ब्याह करवा दिया मेरा? सुसरा कहता है—'गाँव में कुछ भी किया तो काटकर बहा दूँगा।'

बाप ने गहरी दार्शनिकता से कहा, 'ऐसा नहीं करेगा। कोई जानबूझकर अपनी लड़की को बेवा करेगा? पर सुन मुतो! सकल कारज का कुछ धरम होता है। हमारा यह कारज तो बहुत पुराना है। सुना है सास्तर-पोथी भी है। पर कभी देखा नहीं। पर धरम क्या है? हमेशा देखना कामारबाड़ी में सिद्धेश्वर शिव प्रतिष्ठित हैं। जिसके घर होते हैं, वह मांस-कुमांस नहीं नीम सकता। सभी सेंधमारों को वहाँ काठी उत्सर्ग करके काम शुरू करना होगा। अपने गाँव में और पुलिस के घर में सेंध कभी मत लगाना। तुम भी काँटाल-गड़ागाछा में सेंध मत लगाना, क्यों, वहाँ तुम्हें रहना है, समझे मुतो?'

यह ‘मुतो’ नाम पुरन्दर को नीचा दिखाने के लिए नहीं था। माँ की बहुत-सी सन्तानों के असमय मर जाने के बाद मुतो, मूतो, गुए, पूँदी इत्यादि नामकरण करके इन्हें यम के कोप से बचाया जा सका था, बाद में इनके दूसरे नाम रखे गए थे।

दस वर्ष में ब्याही गई विवाहिता गंगा पन्द्रह की होते ही पति संग के लिए हाहाकार करने लगी। ‘यह मेरा अपना गाँव है, यहाँ मैं कोई काम नहीं करूँगा,’ इत्यादि वचन देकर पुरन्दर ससुराल में रहने लगा। ससुर की वह यथोचित सेवा करता था। परन्तु ससुर ने उसके हृदय को शूल-विद्ध कर वास्तु तथा डेढ़ बीघा जमीन गंगा के नाम रजिस्ट्री-दानपत्र करके गंगा सागर जाकर, सपत्नी हैज़े से पीड़ित होकर प्राण त्याग कर दिया।

गंगा गहरे पति-प्रेम से बोली, ‘कारोबार शुरू करो।’

‘किसका?’

‘क्यों, धान खरीदो, धान बेचो।’

‘रुपए कहाँ हैं?’

‘मैं जमीन बेचकर रुपए दूँगी।’

पुरन्दर के प्राण गंगा में बसे रहते हैं। वह बोला, ‘ना रे! जमीन जैसी है, रहने दे। मैं अपना कारोबार करूँगा।’

‘ये काम तुम नहीं छोड़ सकते?’

‘नहीं, गंगा। सच्चाई से यह काम सीखा था। बापू के हाथों में तो जैसे ठाकुर देउता बसे थे! कारज सीखकर न किया जाए तो अधरम होगा। वो थोड़ी-सी जमीन! हमारे बाल-बच्चे देख लेंगे।’

पर ढेरों मन्नत-मानता, व्रत-उपवास-प्रण करके पड़े रहना, अनेकों तावीज-कवच सब फेल हो गए। अन्ततः गंगा भेड़ागाछा के सब्सिडियरी स्वास्थ्य-केन्द्र में गई। साथ में पुरन्दर को भी जबर्दस्ती ले गई। ‘ऐसी जगह में अकेली जाते हुए डर लगता था।’ मन में दुराशा, डॉक्टर के कहने पर अगर पुरन्दर भी अपनी जाँच करवा ले।

पुरन्दर राजी नहीं हुआ।

गंगा बोली, ‘मुझे देख लिया, कोई नुक्स नहीं है। ऐसा भी तो हो सकता है कि तुममें कुछ...’

‘क्या, कोई कमी है?’

‘देखो! ब्याह के दस साल हो गए, तब कहीं जाकर धना नस्कर की बेटी पैदा हुई थी। धना ने कोलकाता में अपनी जाँच करवाई थी। इलाज करवाया, तब से उसका घर भर गया है। मेरी उम्र में तो तीन-चार हो जाने चाहिए थे। तुम्हारे पैर पड़ती हूँ, तुम जाओ। नहीं तो डायमंड हारबर जाकर दिखा लाती हूँ। हर साल कई महीने जेल में बिता देते हो, मैं तो सूने घर में रहते-रहते परेशान हो जाती हूँ।’

गोबलो, ब्रजवासी, सभी कहते थे, ‘यह धरम की बात है पुरन्दर! तुम्हारी औरत तो सती लक्ष्मी है। अरे, साल-दर-साल जो मामा के घर जाते हो, वह किसी की ओर देखती तक नहीं। और तुम जो चोरी का काम करते हो, उस कारण भी कभी नाराज नहीं होती।’

ब्रजवासी बोला, ‘डायमंड हारबर अगर जाना ही है तो चलो, कुडुल जाकर ज्योतिषी से तुम्हारी जन्मपत्री बनवा लेते हैं। उससे भी तो सारी बातें जान जाएँगे।’

सभी बातें उजागर भी हुईं।

डॉक्टर ने घोषणा की, 'पुरन्दर के बाप बनने के चांस बहुत ही कम हैं।'

और ज्योतिषी ने विगत तीस वर्षों का 'विशुद्ध सिद्धान्त पंचांग' उलट-पलटकर कहा, 'पत्रा तो एक दिन में नहीं बना पाऊँगा। आप लोग अगले गुरुवार आइए, हाथोहाथ दे दूँगा। ये तो, जटिल विचार है! कठिन काम! पचास रुपयों से कम में नहीं होगा। अच्छा! नमस्कार!'

बृहस्पतिवार को जन्मपत्री ली गई।

गंगा ने पूछा, 'क्या लिखा है जी?'

पुरन्दर ने कहा, 'जरा पानी तो पिला!'

'ऐसे क्यों बैठ गए?'

'मेरा सन्तान-भाग्य नहीं है रे गंगा! शायद देवता नहीं चाहते कि चोर के घर बेटा पैदा हो! तू अब क्या करेगी? मैं तो कहता हूँ एक बच्चे को गोद लेकर तू उसकी माँ बन जा।'

इस बात पर गंगा बहुत रोई-कलपी, उसके बाद बोली, 'देखो, तुम्हारे या मेरे वंश में ऐसा कौन है जो अपना बेटा हमें देगा?'

ब्रजवासी और नोकलो ने कहा, 'उसका जुगाड़ हो जाएगा, पर उसे मिलेगा क्या? है क्या तुम्हारे पास, जो उसे दे जाओगे? जरा सोचकर देखो।'

गंगा ने मिजाज दिखाते हुए कहा, 'मकान है, डेढ़ बीघा जमीन है, एक पोखर, एक इमली का पेड़, यह सब क्या कुछ भी नहीं? यहाँ पर इनका कोई दाम नहीं। पर धीरे-धीरे यहाँ भी जैसे-जैसे मकान-घर बनते जा रहे हैं, यहाँ भी मिट्टी के दाम बढ़ जाएँगे। और, क्या बताऊँ, ये तो मुझे देते ही हैं, कभी कुछ लेते नहीं। बेटा अगर नहीं है तो ना सही। अपना सब-कुछ कहीं दान में दे दूँगी। धर्मस्थान क्या कम हैं?'

गंगा को लगा कि ठाकुर देवता ने उसकी बात सुन ली। जब अठारह साल का था, चेहरे-मोहरे से छोटे कद का बूदो काँटाल एक दिन वहाँ हाजिर हुआ और पुरन्दर से बोला, 'तुम्हारे पास ही आ गया, मूतो चाचा! मैं चन्नाहाट के सुधन्य काँटाल का बेटा बूदो हूँ।'

पुरन्दर बोला, 'सिर्फ चाचा कहकर नहीं पुकार सकता, गुखोर लड़के? यहाँ 'मूतो' नाम कोई नहीं जानता। तो अचानक यहाँ कैसे आ टपके?'

'बाबू ने भेज दिया। बोले, वहाँ जाकर चाची के पैरों से लिपटकर पड़े रहना, वे गाय चराने का कोई काम जुटा देंगे।'

दैवी माया, दैवी माया! बूदो को देखकर गंगा के मन में अकारण ही वात्सल्य रस जाग उठा। उसने कहा, 'तू यहीं रह जा। देखती हूँ, सुधीर का भतीजा कुछ कर पाए तो। पर काम न करो तो भात नहीं मिलेगा, बेटा! संसार बहुत कठोर है। चाचा अभी तक मेहनत कर रहे हैं, मैं खेती-बारी सम्हाल रही हूँ।'

बूदो में स्त्री भाव प्रबल था। वह काम लेके गोले बनाता था, घर-आँगन लीपता था, पानी भरकर लाता था और चाची के पीछे-पीछे घूमता था।

फलस्वरूप जब भी पुरन्दर वार्षिक तौर पर मामा के घर प्रस्थान करता था तो गंगा का घर सूना नहीं होता था। पुरन्दर को साल-दो साल में एक बार तो मामा के घर जाना ही पड़ता था। थाना के साथ कुछ ऐसा ही आपसी समझौता था। चूँकि पुरन्दर सरकारी गोदाम, मछली के कारोबारी, हाट के व्यापारी, इन लोगों के घरों में चोरी करता था तथा थाना को उनका हिस्सा

दिया करता था, इसलिए थाने के साथ उसका सम्पर्क भी काफी अच्छा था। कौन-सी सेंध किसने काटी, या कौन-सी चोरी किसके हाथ की सफाई थी, पुरन्दर तो देखते ही भाँप लेता था। उसने भी कहा, 'बूदो अगर यहीं रह जाए तो अच्छा, छोटे से बड़ा अच्छा। खेती-बारी में मेहनत भी कर लेगा, घर में भी रहेगा।'

गंगा ने सबसे कहा, 'बेटा तो बेटा ही है! चाहे इतना बड़ा ही क्यों न हो, खुद ही चलकर यहाँ आ गया।'

मना नस्कर की औरत ने कहा, 'बड़ा सज्जन लड़का है! पैंट नहीं पहनता, हमेशा धोती! और नल से पानी लेने जब आता है तो औरतों की भीड़ देखकर मुँह फेरकर दूर ही खड़ा रहता है।'

केवल सुबुद्धि नोकलो या नकुल कर्मकार सिर हिलाते रहे। बोले, 'सुधन्य काँटाल सात-सात बेटों को पाल रहा है, तो इसे क्यों भगा दिया?'

गंगा ने बूदो से जितना सुना उतना बता दिया, 'वहाँ विमाता के अत्याचार के कारण कोई टिक सकता है? हमेशा बच्चा खिलाओ, कथरी पलटो, काम करो? बाप कितना पीटता था, जानते हो?'

'ठीक है, तुम्हारे मन को शान्ति मिले तो अच्छा!'

'कटहल के बीज भून दूँ तो बिचारा भात खा लेता है। गंगा 'काँटाल—बीज' कहने की अधिकारिणी नहीं थी, वह काँटाल वंश की बहू जो थी। उसने बूदो से कहा, अगर यहाँ रह जाए तो तुझे गोद ले लूँगी। अपना सब-कुछ तुझे दे जाऊँगी रे बूदो, हमें छोड़कर मत जाना।'

'मैं भला क्यों जाने लगा?'

'यहीं रह जा।'

'जरूर, चाची।'

वस्तुतः बूदो गंगा तथा अन्य ग्रामवासिनी स्त्रियों को बहुत खुश रखता था। धोती में चुन्नट डालकर पहनता था, औरत बनकर जात्रा (नाटक) में स्त्रियों का अभिनय करता था। बेहुला सजकर गाना गाता था, सब मंत्रमुग्ध हो जाते थे। देवी माया से गड़ागाछा गाँव के फीमेल वोटरों के मन में 'प्रो-बूदो' हवा काफी प्रबल हो गई थी। केवल कोलकाता के एक प्राइवेट अस्पताल में कर्मरत एक आया, गंगा के बचपन की सहेली मालती हाजरा ने कहा, 'गंगा! तेरा मन तो गंगा-जल की तरह सफेद है, दुनिया में तुझे कभी भी कुछ 'कु' नहीं दिखाई दिया। मगर पराया भी कभी अपना हुआ है?'

'कौन अपना, कौन पराया है, गोइयाँ? मुझे तो परायों के भरोसे ही जीना होगा। सुन, अगर पहले मैं मरी तो मेरी मुखाग्नि वही करेंगे, वो पहले मरे तो मैं करूँगी। पर छिराद कौन करेगा? अगर वो मामा के घर चल बसे तो, अगर मैं यहीं मर गई तो? मुँह में आग देगा, गले में शोक-तस्त देगा, छिराद करेगा, इनसान इतनी आस तो करता ही है!'

'देख! अगर ऐसा हो तो अच्छा ही है।'

'अच्छा ही होगा। खिलाने-पिलाने पर तो काठ की पुतली भी 'माँ' कहकर पुकारती है। बूदो तो फिर भी इनसान है!'

परन्तु गंगा के सब विश्वासों को मिट्टी में मिलाकर बूदो एक दिन अदृश्य हो गया।

जाते समय वह गंगा का साथी एक रेडियो तथा तीन आने सोने से बना कर्णफूल ले गया। गंगा पत्थर बनी बैठी रही, आस-पड़ोस के लोगों की भीड़ जमा हो गई।

घर लौटकर जब पुरन्दर ने सब-कुछ सुना तो चुप लगा गया। उसके बाद बोला, 'देवता नहीं चाहते कि मेरा वंश चले। इसी बात ने तो उस छोकरे को यहाँ से धकेलकर पराया कर दिया।'

उसने और भी कहा, 'ऐसे हाहाकार मत कर गंगा! पत्री में लिखा है कि मैं सन्तान का मुँह नहीं देखूँगा।'

गंगा ने रोते हुए कहा, 'पर दोनों में से एक को तो पहले जाना होगा। बाद में जो जाएगा, उसके मुँह को आग कौन देगा? माँ-बाप तो गंगा सागर जाकर मरे थे, उनके साथ अपने वंश के और भी पाँच लोग गए थे, इसी से उन्हें सद्गति मिली थी।'

'चल, अब अपने को सम्हाल ले।'

'घर में बिलकुल भी मन नहीं लगता।'

'क्या करूँ जो तेरे मन को शान्ति मिले?'

'घर में पड़े रहने को मन नहीं करता। लगता है कहीं घूम आऊँ।'

मालती बोली, 'चल! कुछ दिन कोलकाता रह आएँ। मेरे साथ रहना, कुछ दिनों के लिए घूम आना।'

'तू तो काम पर जाया करेगी।'

'तुझे साथ ले चलूँगी। देखना, क्या काम करती हूँ।'

'ठीक है, चली चलूँगी।'

'अजी कुछ दिन अपने हाथ से पकाओ-खाओ।'

पुरन्दर ने मुसकराते हुए कहा, 'काम से ही फुरसत कहाँ! जिसे कहते हैं देवीपक्ष आने को है। ऐसे में काम की क्या कमी!'

'सच, चेंचारि का गेट, मन्दिर, मठ कहाँ-कहाँ नहीं जाते, घर रहकर भी तो काम कर सकते हो?'

गंगा बोली, 'अरे गुणों की क्या कमी है इसमें। ऐसा मचान बाँधेगा, ऐसा बैंगन उगाएगा, ऐसा खपरैल डालेगा, सब बुलाते रह जाते हैं। एक दिन भी घर पर नहीं बैठता।'

पुरन्दर ने मुसकराकर कहा, 'जितने दिन मन चाहे, घूम आ।'

'हाँ, अभी तो कहीं जा नहीं रहे ना।'

'नहीं, तू घूम आ।'

मालती के साथ कुछ दिनों तक कोलकाता घूम-घाम कर गंगा जब लौटी तो जैसे कोई अलग ही इनसान थी।

'धन्य है गोइयाँ का जीवन रे। वो अस्पताल तो जैसे कोई राजा का महल हो। मेरी गोइयाँ ड्यूटी करती थी, दिन में नौ रुपए, रात जागे तो बारह रुपए। सोचकर देखो!'

'तुझे बहुत अच्छा लगा?'

'ब–हु–त! कितने लोग मिलकर साथ ही रहते हैं। जिसकी जैसी ड्यूटी होती है, वैसे ही पका-खा लेते हैं। दिन की ड्यूटी हो तो भोर-भोर उठकर रात को पानी में रखा भात खा लेते, रोटी सेंक लेते या भात पका लेते। रात को लौटते हुए खरीदारी कर लेते। मजे में हैं। अस्पताल में भी सब मिल-बैठकर खूब बतियाते हैं।'

'तुझे किसी काम पर नहीं लगा सकते?'

'लो और सुनो! वे भी यही कह रहे थे। यहीं रह जा, रोजगार कर, तेरा मियाँ तो घर बैठे ही ढेर सारे काम कर लेता है।'

पुरन्दर ने पूछा, 'तू कर लेगी?'

'सोच लो! मेहनत की कमाई बुरी तो नहीं! और तुम्हें अब तक बताने की हिम्मत नहीं हुई...पर सुधीर भतीजा तो उस दिन बता रहा था...कहीं पर कोई चोर पकड़ा गया था....उसे पीट-पीटकर माल डाला।'

गंगा ने छलछलाती आँखों से कहा, 'अब इनसान भी पहले जैसे नहीं रहे। बात-बात पर मार डालते हैं...जब से सुना है, डर से मरी जा रही हूँ! मेरा तो तुम्हारे बिन कोई भी नहीं है।'

हाल ही में पुरन्दर भी मार खाते-खाते बचा था, पर वह कुछ बोला नहीं। प्रकट रूप से बोला, 'थाना की समझ में यह बात आए तब ना? चोर चोरी करे तो पब्लिक उसे मारती है और चोरी न करे तो थाने की माँग कैसे मिटाएँ भला।'

'घर बैठे रोजगार करो तो महीने-भर में दो-ढाई सौ रुपए कमा सकते हो। जानते नहीं हो? ट्यूबवेल की मरम्मत, पाल बाँधना, चेंचारी की तरह-तरह की चीजों को बनाना, यहाँ तक कि पतंग बनाना भी तो सीखा है।'

'देखूँ तो! तू रुपए से क्या करती है?'

गंगा हलके से मुसकराकर बोली, 'रुपया हो तो जैसी भी मिट्टी हो, जहाँ भी हो सके तो बुढ़ापे की पूँजी बन जाए। गोइयाँ ने तो जाने किस बियाबान में दो बीघा धानी जमीन खरीदी थी। उसी को काश्तकारी के तौर पर कट्टा-कट्टा बेचकर गृहस्थी बसा ली है। उसके आदमी ने तो कभी कुछ कमाया ही नहीं।'

'हम भी क्या करें?'

'वो सब जात-बिरादरी के ऐरे-गैरे रहने दो। सुना है तुम्हारी बहन के खर्चे आदमी से ज्यादा हैं। ठीक से खिला-पिला भी नहीं पाती। बेटियाँ तो कोलकाता जाकर घर-घर काम करती फिरती हैं, ट्रेन से आना-जाना करती हैं। बेटों को भी जब जो काम मिल जाए, बेहूदे काम कर रहे हैं। जरा अपना हाल ठीक-ठाक कर लें, उन्हीं में से एक को समझा-बुझाकर सोलह घर पंचायत बुला कर, गोद ले लूँगी।'

'देख! मेरे कारण तू माँ भी न बन पाई, और! तू तो सती-लक्ष्मी है! झाड़ू मारकर निकाल बाहर कर सकती थी। चाहती तो दूसरा ब्याह भी कर सकती थी। पर तूने ऐसा सोचा भी नहीं।'

'अरे छि-छि-छि! भरी साँझ को अपशकुनी बातें करते हो! कभी बुरी बातें नहीं सोचीं, न सोचूँगी।'

'पर सुन! नाक की नथ, कान की बाली, हाथ की पेटी शहर मत ले जाना।'

'तुम सम्हाल के रखना।'

'रखता तो हूँ।'

मालती से बोली, 'गंगा तो औरों से अलग है। उसे अपने साथ-साथ रखना, सम्हालकर रखना। और हर हफ्ते न भी हो सके तो कम-से-कम महीने में एक बार जरूर मिल जाना।'

‘अरे, मैं तो उसे अपने आँचल से बाँधकर रखूँगी। तुम भी आकर अपनी आँखों से देख जाना।’

‘जरूर जाऊँगा। बीच-बीच में छुट्टी तो मिलती ही होगी?’

‘क्यों नहीं?’

‘अगर थाना नहीं छोड़े तो, कभी-कभार...’

‘सब हो जाएगा। हमारा काम तो बहुत नेक काम है। लेडी डॉक्टरनी ने तो, चाहे किसी भी कारण से हो, जाने मुझे किन नजरों से देखा! जिस दिन साल पूरा हुआ, उसने कहा—सुनो तुम! अपनी जैसी कुछ और लड़कियाँ यहाँ ले आओ। इसी प्रकार घर-गिरस्ती वाली लगें, मन में दया-माया रहे। ये कोई सरकारी अस्पताल तो है नहीं कि एक बार नाम लिखवाकर घुस गए तो यूनियनबाजी करने लगे। और किसमें इतना जोर है कि किसी को काम से हटा सके? वे सब तो किसी पर दया-माया भी नहीं दिखाते, पेशेंट को भी तकलीफ होती है।’

‘यहाँ नहीं होती?’

मालती ने सिर हिलाया।

‘पराइवेट अस्पताल है न! कुछ डॉक्टर मिलकर चलाते हैं। पेशेंट खुश नहीं रहेगा तो शिकायत जाएगी, आया की नौकरी पर बन आएगी। पेशेंट भी अलग-अलग किस्म के होते हैं, कुछ अच्छे भी होते हैं, कुछ बुरे भी होते हैं।’

गंगा काम पर जाएगी, पुरन्दर स्वयं ही बैग खरीद लाया, नई साड़ी, पेटीकोट, ब्लाउज, तेल, साबुन, मंजन, सब सहेज दिया। और अश्रु-भरे नयनों से गंगा ने विदा ली तो हाथों से आँखों को ढाँपकर वह बिस्तर पर लेटा रहा।

संवेदनासूचक ‘च्च-च्च’ आवाज करते हुए नोकलो ने प्रवेश किया। बोला, ‘यूँ बिस्तर पर न पड़े रहो काँटाल, मन तो जरूर दुखी हो रहा होगा। पर इसलिए मरद जात आहें भरे?’

‘आहें नहीं भर रहा। सिर्फ सोच रहा हूँ, गंगा ने क्या पाप किए थे कि मेरे जैसे अभागे के पल्ले पड़ गई। बाभन-कायस्थ के घर जन्म लेती तो न्याय होता!’

‘मैंने तो सेंध मारकर सीमेंट, चावल, धान, बोरे-के-बोरे सरका दिए पर उसने कभी कुछ न कहा। वह तो सही काम करने जा रही है...मालती बहुत-सी औरतों को काम दिलवाएगी... आजकल यहाँ से काम पर कौन नहीं जाता? जाना चाहती है तो जाए!’

‘और तुम?’

‘सोचूँगा!’

वस्तुतः गड़ागाछा में यह भी दैवी महिमा के तौर पर प्रचारित हो गई। बूदो के पलायन से गंगा इतनी विचलित क्यों हो गई? तिस पर मालती के साथ शहर दर्शन को क्यों चली गई? भाग्य से मिलनेवाली ऐसी नौकरी भी उसे कैसे आसानी से मिल गई? सब दैव महिमा थी!

और देखो, सेंधमार-समाज के जाने-माने सेंधमार पुरन्दर काँटाल को तो देखो! देवीपक्ष के पास आते ही वह चेंचारी में फुलवारी के काम पर लग गया, पंचायत के काम में छत डाल रहा था, होटे और नोटे की मदद से गंगा की जमीन पर खेती कर रहा था, देखो कैसा घरवाला बन गया है। दैवी महिमा!

हर साल काली-पूजा के समय जिस पर दैवी चढ़ती थी, और उसके मुख से दैवी निर्देश

निकलने लगते थे, उस बूढ़े गँजेड़ी हरि पोड़ेल ने कहा, 'गंगा के मन में कितनी भत्कि है! स्वयं उपवास करके कितनी निष्ठा से पूजा करता है! माँ के थान पर जब काली कीर्तन होता है, तो उसकी आँखों से आँसुओं की बाढ़ आ जाती है। उसे तो किसी ऊँचे वंश में जन्म लेना था। पर पिछले जन्म में जरूर कोई पाप किया होगा जिससे यहाँ जन्म लेना पड़ा। आजकल उसके अच्छे दिन चल रहे हैं! मुट्ठी में धूल भी लेगा तो सोना बन जाएगा।'

साल-दो साल मेहनत करके जब गंगा ने सचमुच एक बीघा पाँच कट्ठा जमीन मोल ले लिया तो उसकी योग्यता देखकर सभी गाँववासी चकित हो गए। गंगा अब पहले जैसी गंगा नहीं रह गई थी। अब ग्रामीण बैंक में उसने खाता खोल लिया था। वह तो अब किसी धनवान के धन, बाबू की पक्षाघात से पीड़ित माँ की दिन-रात देख-रेख करती थी। वहीं खाती-पीती और रहती भी थी। बाबू उसे दिन में बीस रुपए देते थे। गंगा बताती है, 'माँ की देख-रेख में कोई कमी नहीं! कमरे में टी.वी. लगा दिया है। इतने सारे साबुन, तरह-तरह के पाउडर, हमेशा कमरे में अगरबत्ती जलाए रखती हूँ। बहू जी ने कहा है, तुम्हें हम नहीं छुड़ाएँगे, गंगा।'

पुरन्दर तो गंगा को देखकर मुग्ध हो गया। नायलान की साड़ी, बाल अलग ढंग से बँधे हुए, पाँव में सैंडल, अच्छा खा-पीकर चेहरा चमकने लगा था, यह क्या वही पहले वाली गंगा थी!

'बहुत सुन्दर हो गई है।'

'हटो! तुम तो हमेशा यही कहा करते हो।'

'तो इस बार कितने दिनों की छुट्टी मिली?'

'काली-पूजा तक रुक जाऊँगी। किसी को लगा आई हूँ। पर बुढ़िया की आँखों में आँसू थे।'

'घर की याद आती थी?'

'नहीं, ये सब तो किसी और के लिए लाई हूँ।'

'धोती, कमीज, लुंगी, गमछा, पैसे काट रहे थे क्या?'

'देखो, इस्टोव देखो, बहूजी ने कहा, बिलकुल नया है, ले जाओ मौसी। केरासिन लेते हो ना?'

'लेता क्यों नहीं?'

'इस्टोव में ही पका लिया करूँगी। अब कौन भला लकड़ी-पत्ते जुगाड़ करके पकाए?'

'हाँ, यहाँ भी तो इस्टोव पर ही सब लोग पकाने लगे हैं।'

'देखूँ, दुबला गए हो क्या!'

'देखो!'

गंगा ने बहुत स्नेहपूर्वक उसे सहलाया।

'यह क्या! बाल क्यों नहीं कटवाए?'

'जन्म का महीना है न!'

'किसे समझाते हो? हाँ जी? जन्म तो तुम्हारा बैसाख में हुआ था, मैं जानती नहीं क्या?'

'और तू तो चैत में जन्मी थी।'

'हाँ।'

'तू देखना बहू, पहले आया हूँ, पहले ही जाऊँगा।'

'बहुत खुश हो! देखना मैं भी पीछे-पीछे आ रही हूँ।'

कुछ समय तक दोनों सटकर बैठे रहे। उसके बाद गंगा ने पूछा, 'फिर कभी निकले तो नहीं थे ना?'

पुरन्दर ने मुरझाई-सी मुसकान के साथ कहा, 'नहीं, निकला तो नहीं पर थाना ने तो जीना हराम कर दिया। पीछे पड़े हैं, अच्छा रहने कहाँ देंगे!'

'वहाँ जाकर समझाने पर बात नहीं बनेगी?'

'उन्हें तो रोकड़े से मतलब है! सब-कुछ तेरे खाते में डाल दिया है, उसी से नाराज हैं!'

'जो भी हो, अपनी...जान को...सम्हालकर रखना।'

'ठीक है, गंगा!'

'इस बार देवी के थान पर मन्नत माँगूँगी।'

'देख! सब कहते हैं, तू बड़ी अभागिन है! देख, अगर ठाकुरजी की कृपा हो जाए।'

'देखो, कपड़े बदल लूँ। अरे, ये तो पहना ही नहीं जाता, बार-बार फिसल-फिसलकर खुल जाता है। पर क्या करूँ, गिन्नी माँ का कठोर हुकुम, हमेशा बन-ठनकर रहना। बाहर से लोग-बाग आते हैं, उनके सामने भूतनी की तरह मत घूमा करो।'

'बहुत पैसे वाले हैं क्या?'

'नहीं तो क्या, रोज सौ रुपया रोकड़ा बाजार में खर्च करते हैं, जो मन भाए वही खरीदते हैं। और ठाकुरजी का कमरा! और फिर हर साल बैसाख में गुरुदेव भी आते हैं। उस समय तो घर में जैसे रथ का मेला लग जाता है।'

'ये क्या कपड़ा है?'

'गोइयाँ के लिए खरीदा है। उसी ने नौकरी दिलवाई! और यह मलहम देखो। जब भी तुम्हारे पैरों में दर्द हो, इससे मालिश कर लेना।'

गंगा घर, आँगन और दालान देखकर हैरान रह गई।

'इतना साफ-सुथरा कर रखा है?'

'झाड़-पोंछो तो बाड़ी और सजे-सँवरे तो नारी!'

'हाय राम! कितना कुछ जानते हो तुम!'

शनिवार को ही गंगा देवी माँ के थान पर मन्नत माँग आई। जब पोड़ेल पर देवी माँ बिराजेगी तब जरूर बता देना देवी माँ! थाने का प्रकोप कैसे कटेगा। दिल खोलकर चढ़ावा दूँगी, माँ! बहुत दिनों तक सेंधमार का काम किया है, पर आजकल तो देवी माँ पीट-पीटकर अधमरा कर देते हैं, नदी में बहा देते हैं। इस डर से मैं इस काम में काँटा बनी रहती हूँ!'

मन-ही-मन मन्नत माँगने पर भी, हरि पोड़ेल बोला, 'तेरी बात देवी माँ जरूर सुनेगी।'

'ऐसा ही हो तो पोड़ेल! तेरे मुँह में घी-शक्कर, तेरा घर-बार दिन दूना रात चौगुना बढ़े।'

पल भर के लिए हरि पोड़ेल अभिभूत हो गया। परन्तु अगले ही क्षण उसे ब्रजवासी प्रतिहार की बात याद आ गई।

'यही मौका है पोड़ेल! हवा देते रहो! कब काँटाल की क्या दशा हो क्या पता, तब गंगा का दिमाग ठीक काम नहीं करेगा।'

'तुम्हारा स्वारथ देखकर ही माँ का आदेश मिलेगा? माँ के साथ चार सौ बीसी नहीं चलेगी, बिरजा!'

'पर इसमें चार सौ बीसी की क्या बात हुई? संझा से यहाँ बैठे-बैठे ऊँघ रहा हूँ, माँ सपने में आकर बोली! जरा देखो मेरे शरीर के रोएँ खड़े हो गए हैं! माँ कह रही थी, गंगा काँटाल बहुत भाग्यवती है! उसे तो बाभन के हाथ की आग मिलेगी, बाभन ही उसका छिराद करेगा।'

'अपनी आँखों से देखा?'

'सपने में।'

'अच्छा! बड़े अचरज की बात!'

'मैं तो सपने में ही हक्का-बक्का रह गया था। 'माँ से पूछा, ऐसा कैसे हो सकता है, देवी माँ! माँ ने कहा, मुँहजले बाभन! मेरी बात पर विश्वास नहीं? गंगा बाभन के बेटे के जनेऊ-संस्कार का सारा खर्चा उठाएगी। वही बेटा गंगा की खातिर गति-गंगा छिराद करेगा, तू देख लेना।'

'उसके बाद?'

'माँ तो 'हेंइओ' कहकर एक छलाँग में आकाश की ओर उड़ चली, मैंने चरण छूने की कोशिश की तो माँ ने सिर पर ज़ोर से लात मार दी।'

'जय माँ!'

'और नींद टूटते ही देखा, मैं चबूतरे के नीचे गिरा पड़ा था।'

'तुम्हारी देवी माँ के साथ बात हुई है। मैं थर्ड पार्टी होते हुए उसमें कैसे रुकावट डाल सकता हूँ?'

'सोचो, सोचो पोड़ेल! जब मेरे सपने में आई हैं तो हो न हो मेरे ही बेटे के बारे में सोचा होगा।'

'वो! बिस्वा! वो तो अभी बहुत छोटा है!'

'बाभन का बेटा है, जनेऊ तो होगा ही।'

'देखो! माँ के साथ मेरा रिश्ता अलग ही है। देवी माँ की कृपा से मैं क्या बोलूँगा मुझे ही पता नहीं!'

'पता क्यों नहीं। नहीं तो, उस बार जब देवी माँ तुझ पर बिराजी थीं तो मना को कैसे बताया था, बासोती के साँपुइ के मामले की मन्नत को पूरा नहीं किया, इस साल भी अगर न किया तो तेरे हल-बैल चोरी हो जाएँगे?'

'हुआ तो था!'

'साँझ की बेर प्रकट हुई थीं। साँझ को ही देख आए थे। केष्टो दास मना का बैल लेकर गो-हाट की ओर दौड़ा चला जा रहा है। केष्टो ने तुम्हें सौ रुपए दिए थे, अंटी में खोंसने के बाद ही तो बिराजी थीं...वो बात कही थी!'

'माँ जो न करनाए।'

'चालीस-साठ, पोड़ेल!'

'मतलब?'

'मतलब समझ लेना। चलता हूँ पोड़ेल!'

हरि पोड़ेल बोला, 'मुझ पर कभी प्रकट नहीं होतीं?'

'सिर्फ तुम्हीं एक भगत हो? मैं तो दिन-रात चार सौ बीसी कर रहा हूँ, उसी पर नजर रहती है। और जो मेरा मन हर पल 'काली-काली' पुकार रहा है, यह भी जानते हो?'

'जाओ, सोचकर बताऊँगा।'

गंगा को कुछ भी नहीं मालूम। दैवी महिमा!

ब्रजवासी प्रतिहार हरि पोड़ेल के पीछे पड़ा रहा। हरि पोड़ेल ने गाँजे का दम लगाकर कहा, 'काँटाल! लाखों में एक है तुम्हारी जोरू!'

गंगा बोली, 'क्या बकते हो? जिस देह पर माँ प्रकट होती हैं उसे गाँजे के धुएँ से सेंक रहे हो? मुँह पर लगाम नहीं!'

'सच कहता हूँ गंगा!'

'जाओ, मरो कमीने।'

जब देवी प्रकट होती हैं तब तो हरि पोड़ेल का भक्तियोग चलता था। पर बाकी समय उसे गाली-गलौज किया जा सकता था।

पुरन्दर बोला, 'गाली-गलौज क्यों? सब लोग जो कह रहे हैं, उससे कुछ अलग तो नहीं कहा।'

इसी प्रकार देवी के प्रकट होने का दिन भी आ गया। हरि पोड़ेल से पहले शशिबाला पर प्रकट हुआ करती थीं, शशिबाला से पहले साक्षी गोपाल नस्कर पर प्रकट हुआ करती थीं। इस प्रकार गड़ागाछा में देवी के प्रकट होने का एक लम्बा इतिहास बना हुआ था। घोर-विश्वासी, थोड़ा बहुत विश्वास करनेवाला, आधा विश्वासी, अविश्वासी, सभी इस दिन भीड़ लागते थे। इस आदि काली-पूजा के विरुद्ध 'नवकाली' की पूजा, विपद्‌भंजन वगैरह कर तो जरूर रहे थे पर वह पूजा ज्यादा जमती नहीं। गड़ागाछा में तो आदि काली की पाषाण प्रतिमा थी। दर्पण विसर्जन किया जाता था तथा काली की मढ़ैया ढाक-ढोल बजाकर जल में विसर्जित की जाती थी।

गंगा भी अन्यान्य मन्नत माँगनेवाले नर-नारियों के बीच बैठी रही। दिन भर की उपवासी गंगा हाथ जोड़कर पूरी एकाग्रता से देवी की ओर निहारती रही। मन की मन्नत मन में ही रखी है, देवी माँ! हरि पोड़ेल की देह में प्रकट होकर उसके मुख से तुम्हारा निर्देश सुनाओ। तुम तो अन्तर्यामी हो, सब जानती हो, मैंने जो कुछ माँगा है।

सभी काँपते हुए मन से प्रतीक्षा कर रहे थे। सहसा ढाक-ढोल बजने लगा, 'छा, रा—रा—रा—रा—रा—रा जय काली कपालिनी—रक्त दे! रक्त पीऊँगा! रक्त दे!' बोलते हुए हरि पोड़ेल हाथों में धुनोची लिये नाचते-नाचते प्रांगण में आ पहुँचा। उसने चुन्नटदार लाल शालू पहन रखा था, सिर पर लाल अँगोछा बँधा था, वह बार-बार चक्कर खाता रहा, आँखें नचाता हुआ, भीषण गर्जन करता हुआ बोला, 'माँ! माँ! माँ रे!' कहते हुए धुनोची सहित जमीन पर धड़ाम से गिर पड़ा। धुनोची टूटकर चूर-चूर हो गया, चिनगारियाँ छिटककर इधर-उधर बिखर गईं, ढाक-वादक ने गरजकर कहा, 'हट जाओ सब! उन्हें छुओगे तो न वो बचेंगे, न तुम! उनकी देह में माँ प्रकट हुई है।'

हर साल इसी प्रकार हरि पोड़ेल मंच पर उतरता था। हर साल जनता रोमांचित हृदय से प्रतीक्षा करती थी! हर साल ढाक-वादक एक ही बात कहता था। और जनता कहती थी—जय माँ!

और एक-दो युवतियाँ विवश होकर लुढ़क जाती थीं।

इस साल भी सब-कुछ इसी नियम से घटित हुआ। पूजा-कमेटी द्वारा नियुक्त फोटोग्राफर नया-नया ही आया था। उसने कहा, 'मिराकल! मिराकल!'

विपद्भंजन ने कहा, 'जरूर!'

विपद्भंजन का साला जो इस बार परीक्षा देकर बैंक में क्लर्क के तौर पर नियुक्त हुआ था, उसने कहा, 'डेज ऑफ मिराकल आर नॉट ओवर।'

मना नस्कर क्रुद्ध होकर गरजते हुए बोला, 'यहाँ अंग्रेजी-वंग्रेजी म्लेच्छों की भाषा मत बोलो। शुद्ध आचरण करो।'

पंडित ने टोकरी भर गुड़हल के फूल लाकर सामने रख दिए। जमीन से उठकर हरि पोड़ेल झूमता रहा और एक फूल सामने की ओर दे मारा। गरजकर बोला, 'सावधान!'

सब एक-दूसरे की ओर देखने लगे।

'बेटे के लिए तुझे बहुत चिन्ता है शेफाली!'

शेफाली साष्टांग दंडवत् करने लगी।

'ओ माँ।'

'बेटा लौट आएगा। बहू को जलाने से न कभी शान्ति मिली है, न मिलेगी। वह सती लक्ष्मी तो स्वर्ग चली गई! बेटा छह महीने में लौट आएगा। तब सोने की नथ और एक जोड़ी पाठा (बकरे) से पूजा चढ़ाना। बहुत प्यास लगी है! रक्त पीऊँगी, बहुत प्यासी हूँ।'

मना नस्कर ने गर्व के साथ अपने रिश्ते की भौजाई शेफाली की ओर देखा। 'देख लेना! कुछ नहीं होनेवाला, मैं लगातार बोलता रहा। अब सुनो देवी माँ क्या कर रही हैं।'

शेफाली गठिया का दर्द भुलाकर धरती पर लोट गई और धूनी की राख माथ पर लगाने लगी।

'गंगा काँटाल!'

गंगा चौंक उठी।

'आँखें मूँदकर रो रही थी माँ! तेरे मन की बात मैं सुन चुका हूँ। आँखें पोंछ लो माँ! पिछले जन्म के पापों के कारण इस जन्म में बाँझ बनी हो। मैं कहती हूँ, मैं कहती हूँ, तुम बेजा पोतीहार के बेटे बिसे के जनेऊ-संस्कार का सारा खर्चा धूमधाम से करोगी! वही बेटा तुम्हारे मुँह को आग देगा, गति-गंगा छिराद करेगा। तुम सशरीर स्वर्ग भी जाओगी और मुक्ति पाकर जाओगी। दोबारा जन्म नहीं लोगी, नहीं लोगी, नहीं लोगी!'

गंगा हृदय-विदारक चीत्कार करती हुई बोली, 'ओ माँ! यह क्या कह दिया! यह मन्नत तो मैंने नहीं माँगी थी, कभी नहीं माँगी, कभी नहीं!'

परन्तु हरि पोड़ेल की बात समाप्त होने से पहले ही ढाक-ढोल प्रचंड निनाद से बज उठा, गंगा बेहोशी में डूबने लगी, ऐसे में सात बरस का विश्वनाथ भागकर आया और गंगा की गोद में बैठ गया।

जय माँ! जय माँ! शोर से आकाश फटने लगा। गंगा बेहोश हो गई। औरतें गंगा के माथे पर धूनी की राख मलती रहीं।

इसी प्रकार गंगा का भावी जीवन निर्धारित हो गया। पुरन्दर के कन्धों का सहारा लेकर गंगा लड़खड़ाते हुए घर पहुँची और आते ही लेटकर विलाप करने लगी।

'मैंने मन्नत माँगी कि थाने की मति-गति ठीक कर दो देवी माँ! अब उससे जबर्दस्ती कभी चोरी न करवाया जाए! कान कहा तो धान सुना तूने, ओ माँ! ऐसा तो मैंने कभी नहीं कहा था।'

पुरन्दर स्तब्ध होकर बैठा रहा। उसके बाद बोला, 'ले! पानी पी!'

'यह क्या हो गया जी?'

'ठाकुर देवता की महिमा, हम कैसे समझें भला?'

'ठाकुर का आदेश न मानो तो भी महापाप होगा!'

'अब शान्त हो जा, बहू!' दीर्घ श्वास लेकर पुरन्दर बोला, 'भाग का लिखा कैसे मिटा सकते हैं?'

गंगा रोती रही, लगातार रोती रही।

'एक समय ऐसा भी था जब बहुत सोचा करती थी, कैसे गति-गंगा होगी। पर अब तो यह सब सोचना भी छोड़ दिया!'

'परन्तु बहू! सब लोगों के सामने माँ ने आदेश दिया है। अब हम तो लाचार हैं।'

गंगा विस्फारित नेत्रों से जाने क्या देखती रहती है। सिर चकराता है, शिथिल देह। हरि पोड़ेल के मुख से बात निकलने की देर थी, तुरन्त विश्वनाथ आकर उसकी गोद में बैठ गया। ठाकुरजी की ये कैसी इच्छा है? उससे क्या करवाना चाहते हैं? बाभन का बेटा उसकी मुखाग्नि करेगा? उसका छिराद करेगा? ऐसी अनहोनी कभी किसी ने सुनी है?'

अगले दिन से गाँव-भर में कोई और चर्चा का विषय न रहा। बाभन का बेटा मुखाग्नि करेगा, ऐसे दैवी आदेश के कारण गंगा अचानक साधारण से असाधारण बन गई। मालती भी सम्भ्रमपूर्वक बोली, 'ऐसा है तो तू अपनी छुट्टी महीने-भर के लिए बढ़ा ले। अभी लौटने की जरूरत नहीं।'

गंगा बोली, 'नौकरी हाथ से चली जाएगी। जाने दो। ऐसे में तो जा भी नहीं पाऊँगी, तेरे सखा को छोड़कर।'

मालती बोली, 'नौकरी तेरी बनी रहेगी। तेरे जैसी सीधी-सादी गऊ जैसी उन्हें दूसरी कहाँ मिलेगी? काम भी करेगी, जमीन-जायदाद भी खरीदेगी, सब-कुछ हो जाएगा।'

'देखा जाएगा। तेरे सखा को थाना क्या यूँ ही छोड़ देगा?'

मालती बोली, 'सच, हजार झंझट हैं तेरे।'

'पता नहीं, माँ ने क्या समझा!'

परन्तु सभी गाँववालों ने कहा, 'माँ ने जब कहा है तो गंगा को आदेश मानना ही पड़ेगा।'

गंगा पुरन्दर से बोली, 'सुनो! मुझे शहर जाना है। कितने पर थाना मानेगा?'

'जैसा काम, वैसा पैसा।'

'अगर काम न करो तो?'

'सौ के करीब तो माँगेगा ही।'

'मैं दे दूँगी। तुम घर पर ही रहना। सुदी के भतीजे के पास जाओ। वही फैसला कर दे तो ठीक होगा।'

'चिन्ता मत कर, तू जा।'

दैवी महिमा, दैवी महिमा! कलकत्ते में मालकिन और बाबू ने उसे देखकर चैन की साँस ली। और मालकिन की ननद माँ को देखने आई तो गंगा की बातें सुनकर गाल पर हाथ धरे बैठी रह गई। बोली, 'वो सब सरासर ढकोसलेबाजी है।'

'नहीं—नहीं बुआजी! सभी ने सुना है।'

'तुम जैसे मूरख को ठगने की साजिश है।'

'ऐसा कभी हो सकता है? देवी माँ बहुत जाग्रत् हैं। देस-गाँव में सभी जानते हैं।'

'तुम्हारा पति कुछ नहीं कहता?'

'नहीं। वो तो मेरी बात पर मरने को तैयार है। चाहे जो भी करूँ, कभी भी 'ना' नहीं कहा।'

'पता नहीं बेटा! ऐसी बात तो पहली बार सुनी है।'

'वहाँ भी तो सभी ने पहली बार ही सुना है, बुआजी!'

इस परिवार में प्रतिष्ठित ग्रह-विग्रह के जो नित्य पुजारी थे वे स्कूल मास्टर थे। यहाँ पूजा करते थे, यही उनका पुश्तैनी काम था, और उनके द्वारा रचित प्राणिविज्ञान की पुस्तक बिकती भी खूब थी। उन्होंने सब-कुछ सुनकर कहा, 'ऐसा तो हो ही सकता है। हो सकता है, हो सकता है क्यों, ऐसा जरूर घटित होगा, यह तो नियति-लिखित है। जन्म तथा मृत्यु तो सबसे रहस्यजनक घटनाएँ हैं। शी इज रियली वेरी लकी। (वास्तव में वह सबसे अधिक भाग्यवती है) जिसे ईश्वर का प्रिय कहा जा सकता है!'

इन सब बातों के कारण इस परिवार के सभी सदस्य गंगा को बहुत ही सम्भ्रमपूर्वक देखने लगे। मालकिन ने कहा, 'इहकाल जैसा भी हो, परलोक तो सब-कुछ है। क्या जाने गंगा, भगवान तेरे साथ क्या करना चाहते हैं?'

इन सब बातों के मायावी जाल से वह विवश होती रही। बाबू के दिवगंत पिता की बरसी बड़ी धूमधाम से मनाया जाना, टी.वी. पर विभिन्न चलचित्रों में विभिन्न प्रकार से मृत्यु दर्शन आदि गंगा को धीरे-धीरे विवश करते रहे। पुरन्दर की याद से मन तड़पता था तो दूसरी ओर अन्तर्मन कहता, होनी पर किसका बस है! कर्म-फल से ही सब होता है क्या! तब तो दैवी महिमा ही मिट जाती। अब वही पुरानी व्याकुलता मन में घर करने लगी। गति-गंगा, श्राद्ध और पिंडदान। अगर ब्राह्मण के बेटे ने सब-कुछ किया तो गंगा स्वर्ग जाएगी। और अगर वही पहले सिधारी तो सती के पुण्य से पति को भी पुण्यगति लाभ होगा।

मना से कह दूँगी, बिसे के जनेऊ-संस्कार का खर्चा दूँगी। पर उसे भी मेरी मुखाग्नि करनी पड़ेगी, छिराद करना होगा। ऐसा घटित होगा, शायद तभी बूदो भाग गया था! मैं क्या उस कुचक्री धूर्त बाभन के बेटे के जनेऊ का खरचा देती, ऐसा सोच भी सकते हो? माँ मेरे द्वारा करवा लेगी, तभी तो ऐसा किया!

इस परिवार के पाकशाला के कर्ता बलराम भी अत्यन्त अनुभवी व्यक्ति थे। कभी यदु बाबू के बाजार के निकट के विख्यात रसोइये आपूर्ति ठाकुर के दाहिना हाथ हुआ करते थे। उन दिनों कैटरिंग सर्विस का प्रचलन बाजार में नहीं हुआ था। इतिहास के अमोघ नियम से, कामकाजी घरों में रसोइया तथा हलवाइयों के दिन बीत चुके थे। ये भगवत्-भक्त, खानदानी चाय के व्यापारी, वेश्याबाड़ी में कभी आपूर्ति ठाकुर का काम बँधा था। उसके बाद बलराम इस परिवार में बहाल किया गया था।

वह ठाकुरजी को भोग लगा सकता था। मास्टर बाबू के न आने पर घंटी बजाकर पूजा कर सकता था तथा इस परिवार के किसी भी क्रिया-कर्म में नेतृत्व करते हुए पाकशाला की जिम्मेदारी ले सकता था। पहले-पहल तो उसने गंगा को इनसान ही नहीं माना था, और गंगा की भाषा समझने में वह असमर्थ था, ऐसा हाव-भाव से समझाया करता था।

उसके बाद बाबू की माँ की मन से सेवा करते देख घर की नौकरानी से गंगा के विषय में बोले, 'इतने दिनों बाद माँ की ठीक से देख-रेख हो रही है। सम्पत्ति तो माँ की ही है, दादा को तो माँ की ही सम्पत्ति मिली है। इतने दिनों तक माँ की सेवा के लिए जिन्हें रखा था, उन सबसे ज्यादा अच्छी है।'

और, गंगा बाभन के बेटे के जनेऊ संस्कार का खरचा उठाएगी अपनी पारलौकिक सद्गति की इच्छा की खातिर, यह सुनकर तो बलराम अत्यधिक अभिभूत हो गए। गंगा से बोले, 'मांस-मछली खाना नहीं चाहती, शरीर को बल कहाँ से मिलेगा? उन्हें बिस्तर से उठाकर बिठाना, नहलाना, दम नहीं लगता?'

गंगा ने लम्बी साँस लेते हुए कहा, 'घर में वे क्या खा रहे होंगे, क्या कर रहे होंगे, मुझसे तो अच्छे पकवान मुँह से लगाए नहीं जाते।'

'तेरा पति?'

'हाँ, बाबूजी!'

बलराम और अभिभूत हो गए।

गंगा ने उन्हीं से पूछा, 'बाबूजी! जनेऊ में कितना खरचा हो जाता होगा?'

बलराम बोले, 'जिसकी जैसी हैसियत होती है, गंगा। कोलकाता में तो आजकल सभी कुछ फैशन बन गया है। जनेऊ में भी लोग शादी-ब्याह जैसा खर्च करने लगे हैं। आजकल तो जाने क्या-क्या करने लगे हैं। घर को रोशनी से सजाओ, कैटरिंग को बुला लो, हजार टंटे।'

'मुझसे तो यह सब नहीं होगा।'

'जैसा कर सकती है, वैसा ही करना।'

'परन्तु कुछ तो तामझाम करना ही पड़ेगा, नहीं तो वही धूमधाम से मेरी सद्गति क्यों करने लगा?'

'देखो! जितना गुड़ डालोगी उतना ही मीठा होगा।'

गंगा के मन में भी बेबसी-सी थी। वह बोली, 'जितना बन पड़े, करने की चाह तो है। अब माँ जो करा ले! लड़का छोटा है, कुछ सालों का टाइम तो मिलेगा।'

इधर पुरन्दर गाँव में कुछ कामकाज न कर पाया। सुधीर बाबू बोले, 'इतने सालों तक जो करते आए हो, अब छोड़ दो। गाँव में ही क्यों, इस पूरे इलाके में कोई चोरी नहीं की, मानता हूँ। परन्तु बाकी जगह...और देखो! यहाँ सब जगह चोरी-चपाटी...'

'डकैती, पकड़े गए तो उसे...मतलब...'

'पीट-पीटकर लाश बना देते हैं।'

'हाँ, हड्डी-पसली एक कर देते हैं।'

'पर थाना से बहुत दबाव डालते हैं...'

'हाँ-हाँ...जानता हूँ...तुम तो अब उस रास्ते जाना ही नहीं...'

'ना! अब और नहीं...'

'और यह क्या सुन रहा हूँ, बुआ क्या...'

'ठीक सुना है बाबू!'

पुरन्दर उदासी से मुसकराते हुए बोला, 'उसे कोई सुख-शान्ति नहीं दे पाया। अकेले आया हूँ, अकेले ही जाना होगा। ये माल-असबाब, जमीन-जायदाद, सभी कुछ उसी का है। बैंक में खाता खोला है। वह भी उसी के नाम, पैसा भी तो उसी का है। मुझे कुछ नहीं चाहिए बाबू, उसे जिसमें शान्ति मिले, उसे वही करने दो। एक बात है! मेरे लिए बहुत चिन्ता करती है।'

'तुम जैसे मेहनत करते आए हो, करते रहो, बाकी मैं देख लूँगा।'

इसी प्रकार दिन बीतते गए, साल बीत गए। पर नोकलो ने हरि पोड़ेल को नहीं छोड़ा। बोला, 'बिरजे की बातें सुनकर गंगा को मुर्गी बना लिया।'

हरि पोड़ेल ने चुप्पी साध ली। उसके बाद बोला, 'बिरजे ने कहा था, चालीस-साठ का हिस्सा रहेगा।'

'छि-छि! अपने साथ देवी का नाम लेकर सब-कुछ कहा, तुम पर तो सचमुच देवी का प्रकोप होगा।'

'कैसे भला?'

'हम तुम्हारी देवी-लीला का भंडा-फोड़ कर देंगे।'

हरि पोड़ेल बोला, 'वो तो अब होने से रहा, नोकलो। जनता के सामने जो कुछ बोला था, अब गंगा उससे मुकर नहीं सकती।'

'यह भी सच है!'

'अब पुरन्दर काँटाल को ही ले लो, कैसी धरम-करम में मति होने लगी है?'

'अपने धरम का काम छोड़ दिया, यह भी तो अधरम ही है।'

'खैर छोड़ो, अब तो बात में उलट-फेर नहीं हो सकती। बिरजा बड़ी आस लगाए बैठा है।'

'बाम्हन के नाम पर कलंक है वो तो। बिसे की बारी तो गंगा को मुर्गी बनाया। और उसके बाद जो हुए? न जाने वो औरत और कितने जनेगी। ग्यारह तो हो चुके, सात बचे हैं, उनमें भी देखना...'

'सब माँ की इच्छा! उनकी इच्छा के बिना क्या कुछ हो सकता है?'

'हाँ, क्यों नहीं...गाँजे का दम तो उन्हीं की इच्छा से लगा रहे हो।'

इतने दिनों तक तो पुरन्दर और थाने के बीच आपसी समझौता था। कभी-कभार उसे पकड़ लिया करते थे। पकड़ना पड़ता था। इससे थाने का रिकॉर्ड दुरुस्त रहता था।

पर थाने के लोग-बाग भी तो बदल जाया करते हैं। सरकारी सीमेंट की चोरी करके जो अपना कारोबार चलाया करता था, वही मोताहर शेख पुरन्दर के हृदय परिवर्तन से अत्यन्त खिन्न मन से पटना के नीपेन घोष से बोला, 'सीमेंट के दाम बढ़ते जा रहे हैं, साले को धरम-करम करने का और समय नहीं मिला?'

नोकलो बोला, 'काँटाल! तुम्हारे बुरे दिन आनेवाले हैं।'

'अब जो थाना-बाबू हैं, और ही किस्म के आदमी हैं। चारी करते पकड़े गए तो छोड़ेंगे नहीं।'

'मोताहर छोड़ देगा?'

'जिसको जो करना हो करे!'

मोताहर ने ही सरकारी गोदामों में सेंध डलवाई थी और पुरन्दर को अभियुक्त बनाकर डायरी कर लिया। पुरन्दर के घर के पीछे पगार अथवा जन-शौचालय के पास ही छाप लगे कुछ बोरे भी बरामद हुए थे।

पुरन्दर समझ गया कि यह भी किसी अन्य देवी-देवता का चमत्कार था। अपराध कबूल कर वह जेल चला गया। अदालत में अपने पक्ष में उसने कोई जबानबन्दी नहीं की और नोकलो से कहा, उसे बोल कि घर लौट आए।

इस बार की लम्बी कैद की सजा उसे अस्पताल में ही बितानी पड़ी, बुखार और शोथ लेकर वह घर लौटा। गंगा जोर-जोर से विलाप करने लगी। पुरन्दर बोला, 'भगवान जाने क्या रोग लगा है! अंग-अंग पिरा रहा है। हाथ-पैरों में दम नहीं, देह में पानी भर गया है।'

'अस्पताल ले चलूँ?'

'नहीं! घर पर ही रहूँगा।'

चारों तरफ नजरें घुमाकर वह बोला, 'पुताई करवाई है?'

'हाँ, घर तो जैसे...'

'बिस्तर पर लेट जाऊँ बहू।'

'इधर–बिरजा पितिहार तो...'

'हाँ...बिसे के भी बारह साल पूरे हो गए!'

'कैसे क्या करूँ मैं? किधर जाऊँ? नोकलो तो आकर 'च्च-च्च' की आवाज करता है और कहता है, घर पर ही रहो, काँटाल की देखभाल कर, और कर भी क्या सकती है?'

'इधर बिरजा तो दोनों पहर चहलकदमी करने लगा था।'

तब नोकलों ने हरि पोड़ेल पर दैवी कृपा और दैवी निर्देश का रहस्य खोला। पुरन्दर बोला, 'अब जबान चल रही है, तब तो मुँह पर ताला लगा रखा था?'

गंगा ने सिर हिलाया।

'सबके सामने कही हुई बात! सभी ने सुनी होगी, और मेरे भी मन में बड़ी साध है जी! तुम तो तब भीतर थे, नहीं जानते! अरे वही जब इंदिरा गांधी मरी थी? तब रंगीन टी. वी. पर देखा था! कैसे सजा-धजाकर ले गए थे! कैसे बेटे ने सारे कारज किए थे! मेरे लिए चाहे थोड़ा-सा ही सही! बाभन के हाथों आग मिले, ऐसा तो बहुत भागवान को ही मिलता है!'

'बिरजा कितना माँगेगा, जानती हो?'

पवित्र संकल्प से युक्त गंगा बोली, 'दूँगी?'

पुरन्दर बोला, 'लिखा-पढ़ी करके तय होगा, कितना खर्चा बैठेगा!'

गंगा बोली, 'अभी रहने दो! जबान दे चुकी हूँ, जरूर दूँगी! पहले ये जरा सम्हल जाएँ! हाँ जी, क्या दवाई है?'

'लिख दिया है, जाने क्या कहा कि मच्छर के काटने से रोग लगा है। दवा और सुइयों से तो कुछ आराम नहीं मिला! घर में रहकर थोड़ा आराम कर लूँ, तेरे हाथ का खाना खाऊँ तो ठीक हो जाऊँगा।'

गंगा का मन भर आया। पुरन्दर बोला, 'मछली के झोल से गरम-गरम भात खाने की बड़ी साध होती है रे बहू!'

'जरूर बना दूँगी।'

नानाविधि खिलाती थी गंगा, पुरन्दर की खूब सेवा करती थी, पर पुरन्दर तो जैसे दिनोदिन अस्त होता जा रहा था।

और बिरजा दोनों पहर चक्कर लगाता रहता था।

'क्या सोचा, कितना खर्चा दोगी? मुँह की बात ही सब-कुछ है, पर कुछ लिखा-पढ़ी होना भी तो जरूरी है।'

'जनेऊ के दिन?'

'दिनों की क्या कमी है? भादों, आश्विन, कार्तिक और चैत को छोड़ भी दें तो भी ढेरों दिन बाकी बचते हैं!'

'थोड़ा समय दो! इनकी हालत तो देख ही रहे हो! जरा सम्हल तो जाएँ...'

'अ हा—हा! काँटाल जरूर अच्छा हो जाएगा! मैंने कहा कि इस जेठ में ही जनेऊ है? अरे बाद में हो जाएगा।'

'जाड़ों में ही ठीक रहता है, बाजार में माछ-अनाज सब मिलता है।'

'चलो, वही सही पर लिखा-पढ़ी हो जाती तो...'

पुरन्दर बोला, 'कर लेना।'

गंगा से बोला, 'सब-कुछ कबूल मत करना। कुछ सामान और जमीन-जायदाद अपने लिए रख लेना। कब तक जीओगी, क्या जाने!'

'हाँ, वो तो रखूँगी। 'जीऊँगी' क्यों कह रहे हो?'

'मैं तो अब उठने से रहा।'

'अपसगुन मत कहो।'

'देह की गति जो कहती है, वही बता रहा हूँ।'

'मैं अकेली रह पाऊँगी?'

पुरन्दर मुश्किल से करवट लेते हुए बोला, 'मेरा अन्तिम संस्कार तू करेगी, तेरा संस्कार बिसे करेगा, बस! सब झंझट खतम। रो मत, बिरजे को बुला।'

'तुम ठीक हो जाओ।'

'मैं अब ठीक नहीं होनेवाला। वहाँ इतना इलाज किया, रोग ही पकड़ में नहीं आया।'

'यहाँ डॉक्टर बुलवाऊँ?'

'नहीं गंगा! दवा-दारू पर अब और खर्चा मत कर। मेरा जी उचट गया है। तू बिरजे को बुलवा ले। तूने अपने मन को तैयार कर लिया है न?'

'हाँ जी।'

'ठीक है, फिर ज्यादा देर करना ठीक नहीं।'

पर बिरजे का लिखा हुआ पुरन्दर को पसन्द नहीं आया। गंगा नोकलो को बुलाने चली गई।

नोकलो ने पुरन्दर के कहे अनुसार लिखा, 'मैं, श्रीमती गंगादासी काँटाल, पति पुरन्दर काँटाल, गाँव गड़ागाछा, 3 नं. अंचल बासती, थाना डायमंड हारबर, जिला दक्षिण 24 परगना, बांग्ला, सन् 1385, माँ आदिकाली की कृपा से देववाणी की प्राप्ति हुई है, विश्वनाथ प्रतिहार

(पि. ब्रजवासी प्रतिहार) के उपनयन का समग्र खर्चा दूँगी। इसके बदले, वह मेरा पारलौकिक कार्य आदि, यथा–मुखाग्नि, अशौच-पालन, सपिंडकरण, इत्यादि यथाविधि शास्त्रसम्मत आचार से करेंगे। इसी शर्त पर मैं, श्रीमती गंगादासी काँटाल, सन्, 1392, सत्ताईस वैशाख, उपनयन व्यय का निर्वाह करने के लिए शपथ लेती हूँ। इति स्वाः अँगूठाछाप।'

नोकलो बोला, 'वाह! यह तो सधे हाथ का काम लगता है।'

'बिरजा, सुधीर बाबू, मना बाबू, विपद बाबू, पाँच प्रमुखों को बुलाना। यह पढ़कर सुना देना, उसके बाद गंगा अँगूठे की छाप लगाएगी, वे लोग गवाह के तौर पर दस्तखत करेंगे।'

शुभ दिन देखकर सबको बुलवाया गया।

हरि पोड़ेल बोला, 'मैं नहीं जाऊँगा?'

'नहीं। वहाँ जाऊँगा तो सब गुड़ गोबर हो जाएगा।'

पुरन्दर कुछ ही दिनों का मेहमान था। गंगा दैववाणी को कार्यान्वित करने जा रही थी, कौतूहलवश सभी आ पहुँचे। सुधीर बाबू बोले, 'बुआ! घर तो बहुत अच्छा बना रखा है।'

'सब इन्होंने ही किया है।'

मना नस्कर बोला, 'दीवार की चुनाई देखी? किवाड़ भी कैसा पुख्ता है। छप्पर भी खपरैला है। जमा-पूँजी कितनी है?'

'अरे, वही थोड़ी बहुत है।'

गंगा ने सबको चाय और पान खिलाया। उसके अनुरोध पर विपद्‌भंजन ने ही कागज पढ़कर सुनाया। सुधीर बाबू बोले, 'लिखा तो बिलकुल सही है। फूफा ने लिखा है क्या?'

'मैं बोलता गया, नोकलो ने लिख डाला। आप सब मेरे घर पधारे, मेरे धन्य भाग। बाबू लोग, मेरी तबीयत कुछ अच्छी नहीं, गंगा कुछ समझती-बूझती नहीं। आप सब अगर तय कर देते कि गंगा के द्वारा कितना दिए जाने पर न्यायसंगत होगा, यही सोच-विचार कर अगर बेटे के बाप के सामने लिख देते तो मैं आपका गू भी खाऊँगा।'

'यह तो तुम्हारा आपस का मामला...'

'ना बाबू! माँ का आदेश, आप सब ही तो उसे कार्यान्वित करेंगे। मैं महापापी हूँ, पर गाँव की इज्जत रखी है, और गंगा को तो आप सब जानते ही हैं।'

'ठीक बात! तो बिरजा, गंगा कितना दे?'

'जी, घड़ी, अँगूठी, यज्ञ का खर्चा, सब जीमेंगे, आप ही बताइए, कितना लगेगा?'

'अरे लगने को क्या, लाख भी लग सकता है, ऐसी बात क्यों करते हो? और तुम्हारे बाकी बेटों में से किसके जनेऊ पर घड़ी-अँगूठी दी गई थी। गाँव को जिमाया है? दैवी काम में छल कर रहे हो?'

'जी तब नहीं कर पाया, नहीं किया, परन्तु जैसे-तैसे कारज करने से क्या माँ की इज्जत रहेगी, या फिर गंगा के मन को सन्तोष होगा?'

'बुआ! तुम किस हद तक खर्चा कर सकती हो?'

'मर-मर कर रुपया जोड़ रही हूँ। यही कोई दो हजार के करीब।'

बिरजा बोला, 'नहीं हो पाएगा, नहीं हो पाएगा।'

मना नस्कर गरम होकर बोला, 'होने को क्या नहीं हो सकता।'

'जी! तब तो मुझे माफ कीजिए।'

विपद्‌भंजन हलके से मुसकराकर बोला, 'देववाणी! गंगा बुआ भी मुकर नहीं सकती, तुम भी नहीं। ज्यादा टाइट कसोगे तो तुम्हें ढीला करना भी जानता हूँ।'

गंगा बोली, 'जल्दी बोलिए ठाकुरजी।'

'हजार-दस के करीब दे नहीं सकती गंगा? उसके पास तीन बीघे पाँच कट्ठा छह छटाक जमीन है।'

पुरन्दर बोला, 'उसके बाद वो खाएगी क्या? कब तक जीएगी, कुछ ठीक है क्या?'

सुधीर बाबू बोले, 'सही बात! बुआ! चाहे बीघा-भर बेच दो, कुल मिलाकर छह हजार के करीब देना उसे। पर बिरजा! बुआ के गुजर जाने पर हम भी सब देखेंगे...'

गंगा बोली, 'दो चन्दन की लकड़ियाँ जरूर देना।'

'दूँगा।'

'और! बिलकुल सास्तर माफिक छिराद सान्ति करना।'

'करूँगा।'

'कितने बाभन खिलाओगे?'

'और बात न बढ़ाओ गंगा!'

विपद ने तुनककर कहा, 'जनेऊ तो दो सौ रुपल्ली में कर दोगे। जो बचेगा उससे बुआ की गति-गंगा क्यों नहीं करोगे?'

'कीर्तन होगा...खील-बतासे बँटेंगे...'

अचानक गंगा रो पड़ी। बोली, 'मेरी बड़ी साध है जी! इतना न कर पाए तो मुझे मुक्ति नहीं मिलेगी।'

मना नस्कर ने सुधीर की ओर जहरीली आँखों से देखा।

सुधीर बोला, 'वो जमीन तो मैं ही ले लूँगा, बुआ! तुम्हें परेशान होने की जरूरत नहीं। पर फूफा! बुआ के बाद इन सबका क्या होगा, जरा यह भी सोच लेना।'

गंगा बोली, 'तुम सब गवाह हो। सब-कुछ बेच-बाचकर मसान में एक मठ बनवा देना। बिसे मुँह को आग देगा, मैं स्वर्ग जाऊँगी, बड़ी साध है मेरी!'

बिरजा उठ खड़ा हुआ।

'यह क्या! कागज तो ले जाओ, पितिहार?'

'दो!'

पुरन्दर बोला, 'रुपए की बात लिख दे, नोकलो।'

लिख, 'मैं...श्रीमती गंगादासी...इस कारण छह हजार एक रुपया दान के लिए स्वीकार करती हूँ। अब गंगा, तू अँगूठे की छाप दे, आप लोग यदि कृपा करके 'उपस्थित' लिखकर दस्तखत कर दें, तो अभागिन की जान बचे।'

'तुम इतना अच्छा लिख सकते हो, काँटाल! पर...'

'किस्मत की बात है मना बाबू। तब आठवीं तक पढ़ा था, मास्टर कहा करता था तुझे वृत्ति मिलेगी, नौकरी मिलेगी। परन्तु... किस्मत... किस्मत...जेल में भी हरेक को लिख दिया करता था, जो जैसा कहा करता। बाबू लोग नमस्कार, परनाम! उठ नहीं सकता, देख तो रहे हैं।'

'अस्पताल क्यों नहीं गए? यहाँ आजकल इलाज हो रहा है।'

'नहीं, घर छोड़कर कहीं नहीं जाऊँगा। एक ही बार जाऊँगा। तब आप लोग इसकी देखभाल करना। दुनियादारी की समझ ही नहीं है।'

बाहर आते ही सुधीर बाबू बोले, 'काँटाल की आँख जाने कैसी हो गई है! रंग भी राख जैसा! खैर, एक और दिन बीत तो गया।'

और पुरन्दर ने नोकलो से कहा, 'तूने भी ठाकुर को समय देखकर अशुद्ध किया है, नोकलो। अभी...मार...मारकर...'

'सेंधमार चोर के दिन बीत चुके, काँटाल। अब जो कुछ होता, स–ब डकैती।'

'डाकू...सब जगह! नहीं तो उस जमीन का दाम चार हजार हो सकता है? खैर, जाने दो!'

'जमीन-जायदाद को बनाए रखना गंगा के बस की बात नहीं।'

पुरन्दर काँटाल ने अपनी जबान रखी। ग्यारहवें दिन वह गंगा को रोते-कलपते छोड़कर, नोकलो जैसे साथियों को दुखी करके श्मशानवासी हो गया। गंगा छाती पीट-पीटकर रोती रही, तथा इन दिनों उसने अपने सुहाग को बनाए रखने के लिए इतना अधिक सिन्दूर थोपा था कि उसकी माँग आसानी से सूनी नहीं हो रही थी।

मालती उसे पकड़कर बैठी रही।

नोकलो की पत्नी ने कहा, 'ऐसे समय हार बैठी तो कैसे चलेगा, बहन, उसका श्राद्ध-शान्ति तो तुम्हीं को करना है।'

'डॉक्टर बुलाने नहीं दिया, कोई दवा-दारू भी नहीं पी!'

बिरजे को पुरन्दर की पत्री के विषय में कुछ भी याद नहीं। फिर भी वह सान्त्वना देते हुए बोला, 'किस्मत का लिखा और ज्योतिष की गणना, उसे कोई झुठला पाया है? काँटाल की मौत इसी साल होगी, यह तो लिखा ही था।'

'लिखा था?'

'जरूर लिखा था।'

'इसी कारण लिखा-पढ़ी करवाने की इतनी जल्दी मचा रखी थी।'

जिसने सुना उसी ने कहा, पढ़ाई-लिखाई जानता था, हाथ में भी हुनर था। सीधे रास्ते पर चलकर ही काफी कुछ कमा सकता था। बुराई के रास्ते...और भी बातें होने लगीं। गंगा अपने गति-गंगा के कारण इतना व्यस्त थी कि काँटाल का इलाज तक न करवाया। पति को यहाँ छोड़कर कोलकाता चली गई। और! रुपए तो उसके ही थे। नहीं तो ब्रजवासी को इतने सारे रुपए देने को कभी राजी होता क्या?

गंगा पर बेहोशी-सी छाई रहती। मालती से बोली, 'तेरे सखा का श्राद्ध न होने तक मन को शान्ति नहीं मिलेगी।'

'कोलकाता चलेगी फिर?'

'ना बाबा? सब काम-धाम तो कर ही चुकी हूँ। दो-दो बार उन्हें अस्पताल ले गई थी। इस बार...'

'क्यों नहीं ले गई?'

'कहा, घर छोड़कर कहीं नहीं जाऊँगा, दवा-दारू भी नहीं करूँगा। जोर-जबर्दस्ती करेगी तो मेरा मरा मुँह देखेगी, कसम दिलाता हूँ।'

'सब नश्वर है गंगा!'

गंगा ने बैंक से पैसे निकालकर लोगों को खिला-पिलाकर पति का श्राद्ध किया। बिरजा भागता-दौड़ता आया।

'ये क्या कर रही हो, काँटाल बहू? यह पैसा तुम कैसे निकाल सकती हो? इन रुपयों से बीसे का जनेऊ होना था न?'

गंगा बोली, 'तुम जाओ प्रतिहार। जब वचन दिया है, लिख दिया है, पैसा तुम्हें जरूर मिलेगा। वो रुपया सारा मेरा तो नहीं है! उसने भी तो जमाया था, नहीं तो इतना रुपया जम सकता था क्या?'

मना, सुधीर, विपद तथा बाकी सभी समझ गए कि गंगा का दिल टूट चुका है, सर्वथा विपर्यस्त, जमीन की रक्षा करना उसके बस की बात नहीं थी।

गंगा को भी लगा, उसका मन इस समय कटी पतंग की भाँति है। दिशाहीन मन साँय-साँय उड़ा चला जा रहा था, गंगा उसे किसी भी प्रकार बाँध नहीं पा रही थी। उसने कैसी मुक्ति माँगी थी?

पुरन्दर तो उसे मुक्त करके चला गया। ऐसी मुक्ति की कामना तो उसने नहीं की थी।

सब-कुछ चुक जाने पर वह सुधीर बाबू के पास गई। उसके पिता जरूरत पड़ने पर सुधीर के दादाजी के पास जाया करते थे। सुधीर के पिता उसे गाँव के कारण 'बहन' मानते थे। इसी रिश्ते से सुधीर तथा गंगा बुआ और भतीजा हुए।

'कोई बन्दोबस्त तो कर दो भतीजे।'

'क्या करूँ बोलो?'

'मेरा मन बिलकुल उचाट हो गया! यह सब जमीन-जायदाद...जो कुछ होटे और नोटे ने आबाद किया था, मेरा मन कहता है सब-कुछ बेच दूँ।'

'फूफा के श्राद्ध पर कितना खर्चा किया?'

'बैंक में जो कुछ था...और बरतन-वर्तन सब-कुछ बेच-बाचकर...ढाई हजार के करीब तो होगा ही।'

'जमीन का क्या करोगी, बेचोगी?'

'हाँ...सभी कह रहे हैं यहाँ पर मकान-इमारत बनेगा और जमीन के दाम तो बहुत बढ़ गए हैं!'

'बुआ! दाम तो है पर धान के खेतों को 'डेवलप' करना पड़ता है, वो तुम्हारी समझ के बाहर है...'

'तुम कागज देखना, उसी दाम पर दो बीघे ले लो। आखिर उसके सामने जबान दी है, इसी से...'

'बाकी?'

'होटे वगैरह तो दो भाई हैं...जैसा बन पड़े हिस्सा करेंगे...'

'बिरजे को तुम रुपया थमाओगी?'

'हाँ।'

इसी प्रकार सुजला-सुफला, सैलो सेच सेवित अन्न-प्रसविनी दो बीघा जमीन सुधीर बाबू के हाथों चली गई। बिरजे ने भी अपना प्राप्य समझ-बूझकर ले लिया, गंगा ने बाकी के रुपए

बैंक के खाते में जमा कर दिए। बिरजे से बोली, 'देवी माँ ने तो जैसा चाहा वैसा ही करवा लिया मुझसे। मैं धरना देकर पड़ी रही, कितनी मानता माँगी, हे माँ! मेरे स्वामी घर पर टिके रहें, थाना उसे तंग न करे, ऐसी कृपा करना। और माँ को देखो! कैसी उलटी आज्ञा सुनाई! अब ठाकुरजी भी उलटा समझें तो भला इनसान क्या करे! खैर, मैंने अपनी बात पूरी की, तुम अपनी बात पूरी करना।'

'अरे, इससे सब-कुछ नहीं हो पाएगा!'

'नहीं तो नहीं सही। उनके सामने जो बात पक्की हुई थी, उसके बाहर मैं कुछ नहीं कर सकती। मुझे तुम माफ करो प्रतिहार!'

गंगा के स्वर में कुछ ऐसा था कि बिरजा बात को आगे नहीं बढ़ा पाया।

मालती बोली, 'सहेली अकेली रहोगी तो घर में हमेशा चोरी होगी।'

'क्या लेगा? चावल के अलावा क्या रखा है?'

'बिरजे को इतने रुपए मिले, सब सोचते होंगे बहुत रुपया-पैसा है!'

'सहेली, उसे जो मिला है, जरूर मिला है, इस मकान की मरम्मत करने, खपरैल बदलने, बिजली लगवाने की खातिर कितना खर्चा किया होगा। अपनी कमाई से खाया-पिया, और! मेरे खाते में बाकी जमा कर दिया। नहीं तो क्या, मैं कभी जमीन-जायदाद खरीद पाती!'

'सच, कितना अच्छा पति पाया था तुमने। और हमारे! घर-घर में जानवर हैं सब!'

'बराबर रखा करता था, अबकी बार भी रखा था।'

'क्या?'

'चावल, तेल, केरासिन!'

'अब अकेले कैसे रहेगी?'

'अब किससे कहूँ कि यहाँ रहे? और! उसकी सेंध-काठी जब तक यहाँ है तो किसकी हिम्मत होगी कि घुस जाए?'

'अब लोग ये सब मानने से रहे। तू 'ना' मत करना। मैं नित्य से कहूँगी कि यहाँ रह जाए।'

'कहेगी? ठीक है! पर रहेगा कहाँ?'

'क्यों? सामने घिरा हुआ दालान है, भीतर भी कमरा है, चौकी बिछाकर रह लेगा।'

'ठीक है!'

मालती का बेटा नित्यलाल यहाँ सोएगा, ऐसा बन्दोबस्त करके मालती चली गई।

गंगा बोली, 'रात को सोएगा, पर सुबह होते ही भागेगा।'

'हाँ मौसी, फर्स्ट ट्रेन ना पकड़ पाऊँ तो मछली नहीं ला पाऊँगा।'

नित्य निकल जाया करता, गंगा आँचल बिछाकर पड़ी रहती। अब शरीर में ताकत नहीं रही। मन्दिर से ढाक की आवाज सुनाई दे तो कानों में उँगली डालने की इच्छा होती। पीने का पानी भर लाने के लिए बाहर निकलती, नहीं तो हमेशा घर में ही रहती।

कुछ दिनों बाद नोकलो की बहू ने कहा, 'पानी भरने आई थी, गंगा का चेहरा बिलकुल मुरझा-सा गया है?'

'जाने ठीक से खाती-पीती भी है कि नहीं?'

'क्या जाने?'

'एक बार जाकर जरा खबर तो ले आना।'

'जो अपना रुपया इधर-उधर बाँटती फिरे, उसकी देखभाल के लिए लोगों की क्या कमी? मुझसे नहीं होगा।'

लाचार होकर नोकलो को ही हालचाल जानने के लिए जाना पड़ा, नित्य लौटा आया तो वह पहुँचा।

'अरे कैसी हो?'

'राह देख रही हूँ, बिरजा बिसे को जनेऊ कब पहनाएगा! नहीं तो मर भी नहीं पाऊँगी।'

बिरजा और हरि पोड़ेल बोले, 'खा-पी रही हो?'

'हाँ, खाती तो हूँ।'

'बहुत कमजोर हो गई हो?'

'उनकी बीमारी के समय इतने दिनों तक...शरीर भी अब कैसे ठीक रहे? खैर, प्रतिहार से बोलना, उसका जनेऊ करवा दे।'

बिरजा ने बेटे का जनेऊ-संस्कार पूरा किया।

गंगा बोली, 'यही तुम्हारा धूमधाम का जनेऊ है?'

बिरजा बोला, 'जनेऊ होने पर बाभन को खिलाते हैं। मैंने तुम्हारा मान रखने के लिए सब घरों से एक-एक को... देखो! पूरी, भाजी, मछली, मिठाई, कुछ कमी तो नहीं है।'

'उसकी घड़ी और अँगूठी कहाँ है?'

बिरजा ने हाथ हिलाते हुए कहा, 'कहाँ से करता? हरि पोड़ेल ने कितना लिया जानती हो?'

'क्यों?'

'उसी के मुँह से बात निकली थी ना, उसका कुछ मान नहीं?'

मालती ने मुँह बिचकाकर कहा, 'चलो इतना तो कहा! यह तो सभी जानते हैं कि क्या हुआ था।'

गंगा ने सतृष्ण नयनों से बिसे की ओर देखा। मुंडित मस्तक, कृश देह, उपवीतधारी इस लड़के के हाथों में उसके स्वर्ग की चाबी है? उसने अपने आँचल से पीतल का एक छोटा घड़ा नीचे रखा, और बोली, 'व्रत-सत्कार भीख दूँ, किस्मत में तो नहीं लिखा। यह दे रही हूँ।'

मालती से बोली, 'घर चल गोइयाँ। खैर, अब चैन से मर भी सकती हूँ!'

'बिरजे का काम! बाभन के घर जन्मा तो क्या हुआ? मैं कहती हूँ, उसने कम-से-कम पाँच हजार तो जरूर सरकाए होंगे। इससे ज्यादा धूमधाम से तो मैंने बेटे के ब्याह पर सबको जिमाया था।'

गंगा ने कोई उत्तर नहीं दिया।

'सखा का छिराद भी तो आँखों से देखा ही है।'

'कितने महीने हो गए!'

'हाँ, वो तो है!'

'मैं ही कोलकाता चली जाती थी, और वो मेरे आने की बाट जोहता रहता! अब देख मुझे छोड़कर कैसे चला गया!'

'अरे वो भी क्या कोई कम था? न दवा पी, न अस्पताल ही गया, जिसे कहते हैं इच्छा-मृत्यु, यह तो वही हुआ! ऐसी मौत तो किस्मतवाले को ही मिलती है।'

गंगा का मन मालती के प्रति कृतज्ञता से भर उठा।

'एक तू ही उसे पहचान पाई थी!'

'चल, अब घर जा।'

घर लौटकर गंगा भीतर के दालान में बैठ गई। आज तो मन जैसे मुक्त हो गया हो, कोई बोझ मन पर से उतर गया। मानो पुरन्दर को सुनाते हुए बोली, 'सब हो गया जी! तुम्हारे लिए मन्नत माँगी पर देवता ने एक न सुनी, अब ठाकुर देवता की बात तो माननी ही पड़ती है, नहीं तो क्या मैं...? अब घर में मन नहीं लगता, दुनिया में तन नहीं रहना चाहता। मन के भीतर का मन बोला, उसका तो मन ही उठ गया था तभी तो देह छोड़कर चला गया। तू क्या समझकर भी नहीं समझती?'

गंगा अस्फुट स्वर में बोली, 'उसे रोग लगा था।'

'रोग तो एक लक्षण है। बिना किसी लक्षण के महाप्राण कैसे निकले?'

'मैं क्या करूँ?'

मालती ने पूछा, 'किससे बतिया रही हो?'

'तेरे सखा के साथ।'

'सखा आता है?'

'मन में बसा हुआ है, बातें करता है। पर गोइयाँ! वह कहाँ गया, मैं जाने कहाँ जाऊँगी?'

'यह तो पता नहीं। वह तो गुणों की खान था, स्वर्ग ही गया होगा।'

'स्वर्ग!'

स्वर्ग क्या है? टी.वी. पर सारे देवता स्वर्ग से राम-रावण का युद्ध देखा करते थे। कैसी उनकी सूरत और कैसी वेशभूषा! गंगा भी वहीं जाएगी? भला गंगा जैसी कोई युवती स्वर्ग गई है, जो वह जाएगी?

मालती बोली, 'बाभन तो स्वर्ग जाते हैं। बिरजा तो नरक जाएगा।'

'रहने दे गोइयाँ! ऐसा मत सोच।'

'मैं तो चली। तू ठीक-ठाक रहना, अपना खयाल रखना।'

'ठहर।'

चौड़े किनारेवाली लाल साड़ी। हरे-पीले रंगों वाली साड़ी, ऐसी अच्छी-अच्छी सारी साड़ियाँ चुनकर गंगा ने मालती को दे दीं। बोली, 'वही मुझे सजा-सँवारकर रखता था। इनका अब मैं क्या करूँ? अपना कहने को अब तू ही है, पहन लेना! ये सब पाउडर, ब्लाउज, बहू को दे देना।'

'तू क्या बस सफेद धोती ही पहनेगी?'

'वही पहनाकर गया है।'

'मछली भी नहीं खाएगी?'

'उसके मन जो भाया, माँग-माँगकर खाया करता था, वो सब अब कैसे खाऊँ? यह कमरबन्ध, नथ और कान की बाली छिपाकर ले जा! मर जाऊँ तो दोनों के नाम मन्दिर में पत्थर लगवा देना! कुछ निशानी तो रहेगी।'

'बरतन-भांडे भी बेचेगी?'

'क्या करूँगी रखकर? सब-कुछ बेच दूँगी।'

'संन्यास लेगी?'

'यह घर छोड़कर कहाँ जाऊँगी?'

गंगा ने सर्वस्व बेच दिया, बरतन-भांडे, पलंग, आलना।

सुधीर बोला, 'पागल हो गई क्या, बुआ?'

'किसकी खातिर रखूँ, बता? और, एक व्रत भी रखा है। माघ के महीने में सोम-मंगल पालन करना है। उद्यापन पर दस जनों को चिड़वा-बतासा दूँगी, उन्हें शान्ति मिलेगी।'

'माघ के महीने में? इस जाड़े में?'

'देह-कष्ट से पाप धुलते हैं रे भतीजे!'

होटे और नोटे से कहा, 'बेटा, जमीन की रखवाली तुम्हीं किया करो, अपनी इच्छा से मुझे भी दो मुट्ठी दे दिया करना।'

गड़ागाछा गाँव ने जय-जयकार किया। विपद्भंजन बोला, 'बुआ! सबकी जुबान पर तुम्हारी बड़ाई है, इस बार तुम्हारे नाम से फलक दूँगा।'

'ठीक है, दे देना!'

माघ के महीने में रात के अन्तिम प्रहर में गंगा पोखर में डुबकी लगा आई। सोम को उपवास, मंगल को फलाहार, बुध को एकान्न, गुरु को चिड़वा-बतासा, शुक्रवार को भिगोए हुए मूँग की दाल, शनिवार को एकान्न, रवि को फलाहार। और प्रतिदिन धरती पर शयन।

गंगा का नाम चारों ओर फैल गया। ऐसा धरम-करम घोर कलियुग में भला किसने देखा है? किसने सुनी होगी ऐसी नियम-निष्ठा की बातें? मना बोला, 'क्यों नहीं? उसके माँ-बाप तो सागर में जाकर मरे थे। सेंधमार चोर पति था, उसकी सेवा में भी तो कोई कसर नहीं छोड़ी।'

माघ का व्रत समाप्त हुआ, गंगा ने बिस्तर पकड़ा। गीले केश, गीले वस्त्रों में सारा दिन रहती, उसका तन ज्वर से काँपता रहता, सिर में तेज दर्द रहता।

मालती बोली, 'अस्पताल चल।'

'अस्पताल नहीं जाऊँगी। दवा भी नहीं पीऊँगी।'

'मेरी बात रखने के लिए ही चल?'

'नहीं रे, मुझसे नहीं होगा।'

डॉक्टर ने सिर हिलाया। दुर्बल शरीर में शायद हेमोरेजिक निमोनिया, तिस पर कम-अकल जिद्दी रोगी।

'यहाँ कुछ नहीं हो सकता। कोलकाता ले जा सको तो...'

गंगा बोली, 'नहीं।'

आतंकित होकर बोली, 'वहाँ मर गई तो मेरी गति-गंगा नहीं करेगा।'

डॉक्टर बोला, 'देखो! अगर यह दवा पिला सको तो।'

'अरे मुँह से तो खून आ रहा है।'

'इतनी जल्दी हालत खराब हो सकती है?'

'इस रोग में ऐसा ही होता है।'

'कुछ कीजिए।'

'ब्लड देने का प्रबन्ध है? पैथोलॉजी की व्यवस्था है? ये सारे इंजेक्शन डायमंड हारबर में ही कौन-से मिलने वाले हैं!'

गंगा ने सिर हिलाया, सिर हिलाया, और बोली, 'सचन्दन...सशास्तर...गोइयाँ...।'

मालती रोने लगी।

वैन-रिक्शा में नहीं। बाँस की खटिया पर गंगा श्मशान पहुँची। इस मृत्यु पर बहुत शोर मचा। श्मशान में तो लोगों की भीड़ टूट पड़ी।

बिरजा बोला, 'चन्दन की लकड़ी लाया हूँ।'

'घी डालो, घी!'

दो पतली चन्दन लकड़ी से शोभित, सौ ग्राम विशुद्ध गाय की घी से लिप्त गंगारानी काँटाल की अस्थिपंजर देह आम की लकड़ी के हा-हा शब्द के साथ जलती रही।

लोग बार-बार हरि-ध्वनि करते रहे। मालती आकाश-वातास में रथ ढूँढ़ती रही। मन-ही-मन बोली—'जाने दो। बहुत दुखी थी, देह-पीड़ा से मुक्त हो गई। मन की पीड़ा भी खत्म हो गई।'

उसके बाद वह पीछे मुड़ी। क्योंकि आकाश में कोई रथ नहीं था। फीका-सा नीला आकाश जल रहा था।

धौली

बस शाम को राँची से चलती और रात के आठ बजे टाहाड़ पहुँचती। पारसनाथ की परचून के साथ चाय की दुकान के सामने मुसाफिर उतरते और अपने-अपने घर चले जाते। यही पारसनाथ की दुकान, चाय की दुकान, टाहाड़ का माल या चौरंगी थी। उसके पास पोस्ट-ऑफिस था। यहीं चौड़ा रास्ता और बाहरी दुनिया समाप्त होते थे। बाहरी दुनिया और टाहाड़ को जोड़नेवाली रोहतगी कम्पनी की बस थी। राँची-हजारीबाग, राँची-रामगढ़ और राँची-पटना रूट पर रोहतगी कम्पनी की बीस के करीब बसें अप जाती थीं, बीस के करीब बसें डाउन जाती थीं। टाहाड़ या पलानी या बुरुडिहा-सी लज्झड़ गरीब जगहों के लिए उनकी कई लज्झड़ और गरीब बसें थीं। सोम-बुध-शुक्र के बाजारों के दिन बसों में भीड़ होती थी। आदिवासी ठुँस-ठुँस कर बैठते। मंगल-बृहस्पति-शनि और इतवार को बसें खाली रहतीं। खाली चलाने पर बसों को फायदा न होता। बरसात में कच्चे रास्ते पर बसें न चलतीं, बन्द रहतीं। बरसात के कई महीने टाहाड़ विशाल संसार से कट जाता।

इस बार जून के शुरू से ही लग रहा था कि बरसात होगी। धौली पारसनाथ की दुकान के आगे खड़ी थी। दुकान की रोशनी में उसका चेहरा और शरीर दिखाई नहीं पड़ रहा था।

पारसनाथ ने दुकान बन्द की। उसके बाद बोला, 'क्यों रे, घर जाएगी?'

धौली मुँह फेरे खड़ी रही।

'क्या रोजगार है!' वृद्ध पारसनाथ बड़बड़ाया। वह घूमकर दुकान के पीछे अपने मकान में घुसा। उसकी पत्नी बैठी बीड़ी पी रही थी। पारसनाथ बोला, 'लड़की आज भी खड़ी है।'

'मरेगी।'

'देउता के जानने के बाद...।'

'मरेगी।'

उसके बाद पारसनाथ की पत्नी बोली, 'मिश्रीलाल को गए तो कितने दिन हो गए?'

'चार महीने होंगे।'

'धौली ने क्या सोचा है? दोसाध की लड़की, अछूत, घर-मकान बना लेगी?'

'धरम जाने। लेकिन अभी तो वह मरेगी।'

'क्यों?'

'कट्रैक्टर हैं। कुली लाइन है।'

'मरे तो मरे! रात को अकेली जाएगी...जवान लड़की...डर नहीं लगता?'

'भेड़िया निकला है कल से।'

सचमुच भेड़िया निकला है। लेकिन धौली को वह बात याद नहीं रहती। कलेजे के

नीचे असह्य वेदना है। व्यथा कलेजे के नीचे रहती है। उसके बाद नीचे की ओर उतरती है। धौली सोच नहीं पाती कि क्या करे?

अँधेरे में ही वह घर लौटी। ढिबरी की रोशनी थी। कोठरी के एक ओर मचान था। उन लोगों की खाट। मचान के नीचे तीन बकरियाँ थीं। माँ बिस्तर पर लेटी हुई थी। लड़की को देखकर कुछ न बोली।

धौली ने घड़ा हिलाकर देखा, पानी था। उसने पानी पिया। फिर दरवाजा बन्द कर ढिबरी को फूँक मारकर बुझा दिया। उसके बाद माँ के पास लेट गई। उसकी आँखों से आँसू बहने लगे। बेचैनी, निराशा, वेदना की रुलाई। माँ सुन रही है और जानती है। धौली रोती रही। रात चढ़ रही थी, बीच में माँ बोली, 'गाँव से निकाल देंगे।'

'निकालें तो निकाल दें।'

'तेरी उमर हो गई। मैं कहाँ जाऊँगी?'

'तू रहेगी।'

'तू चली जाएगी?'

'चली जाऊँगी।'

'कहाँ?'

'यम के दरवाजे पर।'

'ऐसा सीधा नहीं है। उन्नीस बरस की उमर में आदमी यम के दरवाजे पर नहीं जाता है।'

'मैं जाऊँगी।'

'सनीचरी के पास गई थी?'

'न।' धौली चीख पड़ी। बोली, 'उसके पास क्यों जाऊँ? पेट में काँटा मारूँ? कभी नहीं।'

'तो क्या मिसरी के घर जाएगी? कहेगी, तुम्हारे लड़के ने मुझे माँ बनाया। बच्चे के पालने-पोसने के लिए पैसे दो।'

'कैसे? मेरी बात कौन मानेगा?'

'मानना पड़ेगा।'

'उसके आने पर सब ठीक हो जाता।'

'क्या ठीक होता? वह तुझे देखता?'

'देखने को कहा था।'

'उसे मालूम था कि बच्चा होगा?'

'हाँ।'

'बच्चे को पालता-पोसता?'

'करने को कहा था।'

'वह लोग तो ऐसा कहते ही हैं रे! तू कोई पहली दुसाध की बेटी तो नहीं है जिसे उन मिसिर लोगों ने खराब किया है। दुसाध, गंजू, धोबी—गाँव में किसे छोड़ा है?'

'वह उस तरह का नहीं है।'

'नहीं? बाँभन का लड़का। गाँव की हालत अच्छी तरह जानता है। उसने तेरे साथ बेईमानी क्यों की?'

'मुझसे प्यार किया।'

'प्यार! इसी से चार महीने से धनबाद में जाकर बैठा है। घर नहीं आता है?'

'माँ-बाप से डरता है।'

'एक चिट्ठी भी नहीं भेजी?'

'मुझे क्या पढ़ना आता है?'

'तेरा तो प्यार हुआ। इधर मेरा बकरी चराने का काम भी छीन लिया? भेड़िया पट्ठे बच्चे को उठा ले गया। उन लोगों ने कह दिया हमने चुरा लिया। यह क्या धरम की बात हुई?'

'मैं क्या करूँ?'

'तोहरी बात से गुस्सा होके यह दंड दिया।'

'मुझे निकाल दे।'

'निकाल दूँगी। अभी सो जा।'

'भगा देगी? तूने 'हाँ' कहा? मेरे सिवा तेरा कौन है?'

इसी पर दोनों में रोज झगड़ा होता। बाहर से चौकीदार की आवाज सुनाई पड़ी, 'अरे धौली की माँ, दिन भर तेरा चिल्लाना सुनूँ, रात में भी? दुसाध-पट्टी में तो और लोग भी हैं। उन्हें मालूम है कि दिन चिल्लाने के लिए और रात सोने के लिए होती है। अकेली तू ही इस सच्ची बात को नहीं जानती।'

'जाओ, जाओ, चुप हुए जा रही हूँ।'

'क्या घर में कुली-उली घुसा लिया है?'

'तेरे घर में कुली घुसता होगा।'

'राम-राम! यह क्या बात है?'

चौकीदार चला गया। माँ बोली, 'मैं क्या टाहाड़ का हाल जानती नहीं हूँ? सब देख रहे हैं कि बच्चा होने पर मिश्रीलाल तेरी देखभाल करेगा या नहीं। करने पर कोई तेरे ऊपर हाथ नहीं उठाएगा। नहीं तो तुझे नोच खाएँगे।'

'तेरी गलती है। मरद मर जाने पर ससुराल में छोड़ देती, जो होना होता, होता।'

'क्या उन्होंने रखा? तू भी चली आई।'

'जेठ धरम न रहने देता।'

'मिसरीलाल ने रहने दिया?'

धौली के कलेजे में तीर चुभ गया। उसने फिर कुछ न कहा। रोते-रोते आँखों की पलकों की नमी सूख गई। उसने दोनों पलकें पकड़कर आँखें बन्द कर लीं।

जिस दिन से मिश्रीलाल चला गया, नींद नहीं आती थी। चोरों की तरह कुछ न कहकर सवेरे की बस से भाग गया। उस दिन से धौली की आँखों में नींद नहीं है। भुट्टे के कीड़े का जहर खाने से तो धौली सदा के लिए सो जाती, लेकिन एक बार उस बेईमान का मुँह देखे बिना धौली मरे तो कैसे मरे!

बेईमान? नहीं, नहीं। माँ-बाप ने इतना डाँटा, इसी से तो वह टाहाड़ छोड़कर चला गया। बाप-माँ क्या ऐसे दुलारे बेटे को डाँटते? मिश्र परिवार के बड़े, बुरुडिहा के हनुमान मिश्र ने डाँटा, इसलिए ही तो माँ-बाप डाँटते गए! नहीं तो क्या मिश्रीलाल धौली को छोड़

जाता? जाना होगा, इसलिए कितना रोया था! सोचकर कलेजा फट जाता है, अभी भी फटा जा रहा है।

माँ ने कहा, 'सनीचरी से दवा ले आ। पेट के काँटे को दूर कर।'

कैसे करे? यह क्या मिश्रीलाल के बड़े भाई कुन्दन और गंजू बहू झालो की सन्तान है? जिसका जन्म लालच और शेखी में हुआ?

बाँभन देउता को धौली ने बगीचे में झाड़ू लगाते हुए कभी आँख उठाकर नहीं देखा। दोपहर को जंगल में बकरी चराकर झरने में नहा रही थी। तभी मिश्रीलाल ने पत्ते सहित पेड़ की डाल उसके ऊपर फेंकी। मिश्रीलाल हँसा नहीं, कोई उजड्डपन नहीं किया, बोला, 'तेरे लिए मैं पागल हो गया हूँ। तू एक बार मेरी ओर देखती क्यों नहीं?'

'देउता! ऐसी बात मत करो।'

'कैसे देउता? मैं तो तेरा गुलाम हूँ।'

'ऐसा मत कहो, मत कहो, देउता!' डर के मारे मुँह फेरकर धौली खड़ी रही।

'आज मत सुन। किसी दिन सुनना ही पड़ेगा।'

सोचने पर बाद में भी मन में बन की बतास बहने लगती, पत्तों की झर-झर, सरसर आवाज सुनाई पड़ती, सुनाई देती झरने की आवाज। मिश्रीलाल चला गया था। कलेजे में कैसा डर, कैसा डर था! मिश्रीलाल का गोरा रंग था। घुँघराले बाल थे। सुकुमार सुन्दर चेहरा। देखकर कह देना पड़ता, देउता। धौली क्या थी? दुसाध की लड़की। विधवा। जनम की दुखी। संसार में उसके न बाप था, न भाई, इसी से कुन्दन ने माँ को फिर जमीन पर खेती नहीं करने दी। माँ ने कहा था, 'सरकार, मैं लगान दूँगी। दूसरे दुसाध लोग जमीन जोत देंगे। जो लें, लेंगे, जमीन दे दीजिए। नहीं तो भूखों मर जाऊँगी।'

'नहीं, नहीं।'

कुन्दन की माँ के आगे जाकर धौली की माँ जमीन पर लोट गई। 'दया करो, माता जी! नहीं तो लड़की के साथ बिन खाए मर जाऊँगी।'

माँ ने लड़के से कहा, 'उसका आदमी जब तक जिन्दा था, उसने जमीन जोती, बेगारी दी, अब वह राँड़ हो गई, भूखों मर जाएगी।'

'बताओ, क्या करूँ? वह जमीन मैंने झूमन दुसाध को दे दी है।'

'तो वे बकरियाँ चराएँगी। बगीचे में झाड़ू लगाएँगी। पैसे दूँगी। मडुआ दे दूँगी।'

'जैसा कहो।'

दिन बीतने पर मडुआ के घाटों के लिए जिनके चरणों का आसरा हो उनका बेटा धौली से ऐसी बातें क्यों कह गया? धौली को पता था कि उसकी भीरु आँखें, पतली कमर, खिले कमल-सी छाती, सभी उसके दुश्मन थे। मोटे-झोटे कपड़े से बदन ढककर वह बगीचे में झाड़ू लगाने जाती थी। किसी दिन आँख उठाकर नहीं देखा कि बगीचे में कितने फल हैं? चिड़ियाँ और चमगादड़ जो अमरूद और शरीफे फेंक जाते, वही बटोर लाती। वह भी कुन्दन की माँ की अनुमति से।

घर आकर धौली ने पीतल की थाली माँजकर सोने की तरह चमका ली थी। उसमें माँ से छिपाकर अपना चेहरा देखा। विधवा, राँड़ होने पर उसे शीशे में मुँह देखना मना था। मुँह देखना मना था, लाख की चूड़ियाँ पहनना मना था। सिन्दूर की बिन्दी नहीं लगानी थी, और

जस्ते की पायल भी। चेहरा सुन्दर है तो राँड़ के सुन्दर चेहरे का क्या होगा? फिर ब्याह तो होगा नहीं। किसी का ब्याह होता तो उसे औरतें 'ससुराल चली सीता मैया' गाएँगी नहीं, ब्याह के घर दीवार पर बेल-फूल-पक्षी बनाने के लिए बुलाएँगी नहीं। लेकिन देउता के घर का छोटा लड़का बोला—उसका गुलाम बना रहगा। कलेजे में डर लग रहा है, बेचैनी है।

धौली ने माँ से कहा, 'माँ, तू बगीचे में झाड़ू दे। मैं बकरियाँ चराऊँगी।'

'क्यों?'

'माँ! झाड़ू लगाने पर भी पत्ते-उत्ते उड़ते हैं, मैं हवा के साथ भाग नहीं सकती।'

'किसी ने कुछ कहा है?'

'कौन क्या कहेगा?'

'बकरियाँ लेकर जंगल के ज्यादा अन्दर मत जाना, धौली! भेड़िया और तेंदुए हैं।'

'नाहीं मैया! हमरा का खयाल नाहीं है?'

बकरी चराते-चराते पिछले दिनों की तमाम बातें याद आतीं। छुटपन में पिता के कन्धों पर चढ़कर मेला देखने जाना। दुकानों पर लाखों रुपए के सौदे देखकर एक पैसे के तिलवा लेकर घर लौटना। ससुर के घर से चले आने के पहले ससुराल नाम की पुरानी-धुरानी दो कोठरियाँ, महाजन के खलिहान में काम, दिन बीते सास मकई पकाती। मर्दों के खा लेने पर वे खाने बैठतीं।

धौली को ब्याह की याद न थी। उस वक्त वह बहुत ही छोटी थी। शरीर में फूल खिलने पर गौना हुआ। उसके ही ब्याह और गौने में पिता ने मिश्र से कर्ज लिया। उस उधारी को चुकाने में बेगारी देते-देते पिता मर गए।

दूल्हा अच्छा न था। धौली को मारता था। वह बुखार में मर गया। सास बोली, 'माँ के पास भी खाएगी, काम करेगी। मेरे पास भी वैसा ही है।'

धौली को भी पता था कि जिन्दगी उसी तरह है। मोटा-झोटा, काला, बिना किनारी का कपड़ा पहनकर महाजन के खलिहान में, जमींदार के खेत में या सड़क कूटने के काम में सवेरे से शाम तक मेहनत करती। दिन बीते जो जुट पाता सो खाकर सास के पास लुढ़क जाती। लेकिन भालातोड़ से जेठ आ गया। उस पर नजर डाली। तब सास को खतरा लगा और धौली चली आई। मन में बड़ा अफसोस रह गया। चली आई, इसलिए नौटंकी न देख सकी। गाँव में नौटंकी वाले आने को थे। महाजन ने उन्हें बयाना दिया हुआ था।

टाहाड़ आकर उसने किसी दूसरे दुसाध लड़के पर भी ध्यान न दिया। वही गरीबी और भूख थी। वही हाड़तोड़ मेहनत। उस पर गोद में बाल-बच्चा रहे। न, धौली को वैसी जिन्दगी नहीं चाहिए।

जंगल में बकरियाँ चराते-चराते धौली कितनी ही बातें सोचती। उसके बाद आँचल बिछाकर अधलेटी आराम करती। भेड़िए या तेंदुए से धौली नहीं डरती थी। आदमी अगर जानवर से डरता है तो जानवर भी आदमी से डरते हैं। बन में बड़ी शान्ति थी। मिश्रीलाल की अप्रत्याशित बातों से मन में अशान्ति हुई थी, वह खतम हो रही थी। बड़ी शान्ति थी।

लेकिन झुझार में मेला था। मेले से लौटने में धौली अपने दल से छूट गई। डर के मारे तेजी से चलती गाँव लौट रही थी। लड़कियों को पकड़कर जो लोग रोजगार करते हैं ऐसे लोग भी इस तरह के गाँव के मेलों में आते हैं। वे लड़कियों को पकड़कर ले जाते हैं।

वहीं मिश्रीलाल उसके सम्पर्क में आया। बोला, 'तुझे सुनाई नहीं देता?'

'क्या सुनूँ?'

'तुझे पुकार रहा था।'

'क्यों?'

'तुझे मालूम नहीं, क्यों?'

'ना देउता! ऐसन बात मत कह। हम दुसाध, तुम देउता हो।'

'मैं तुझे प्यार करता हूँ।'

'नाहीं देउता! एकरा के प्यार नाहीं कहल जाला। तुम बराँभन जवान हो। सादी होई, दुलहन आई...।'

'तोके हम...दुसाध, तू प्यार नाहीं समझत है?'

'नाहीं देउता! देउता सन गंजू-दुसाध को औलाद होत, सो तो होत है। लेकिन...।'

'मैं तेरे सिवा कुछ सोच नहीं सकता।'

'अहसन गरीब के साथ ई खेला जिन करा, सरकार!'

'खेला?'

'हाँ देउता! तुम खेल खेलत भाग जाबे। हमनी के का कोई। झालो का का हाल भयल? सनीचरी का? ना सरकार।'

'अगर तुझे न जाने दूँ तो?'

'हमनी के का? जो है सो मान लेब। देउता के खाहिस जो माँगी सो होई। आव, ले ले हमनी के, धरम नास करा।'

'ना-ना, धौली ना! तू हमें माफ कर दे। माफ।'

मिश्रीलाल भाग गया था। धौली बड़े ताज्जुब में पड़ गई। फिर लौट आई।

उसके बाद जिस दिन उसने सुना कि मिश्रीलाल बहुत बीमार है, जैसे दीवाना हो, तो उसके दिल को बड़ी चोट लगी। उसको मिश्रीलाल कभी भी पा सकता था, मिश्र लोग ऐसा करते ही रहते हैं, उसमें धौली कुछ नहीं कर सकती थी। लेकिन यह कैसी बात थी?

वह खुद भी बहुत बेचैन हो गई। उसके बाद उसे लड़कियों ने कुएँ पर पकड़ा।

'राँड़, तेरा भाग्य खुल गया।'

'राँड़ का भाग्य कभी खुलता है?'

'देउता का छोटा बेटा तेरे लिए पागल है।'

'झूठ बात।'

'सब लोगों को पता है।'

'झूठ मत बोलो।'

'झूठ कहाँ? सबको मालूम है।'

'नहीं, नहीं।'

घबराकर धौली पानी लेकर चली आई और बकरियाँ लेकर जंगल चली गई। अब उसका क्या होगा?

गाँव में नाम फैल गया। सबके मुँह पर उसकी चर्चा थी। देउता की मति ऐसी खराब कैसे हुई?

डर के मारे वह मिश्री के मकान के आसपास भी न फटकती। माँ से सुना, बीमारी चल रही है। भालातोड़ से डॉक्टर आया है। उसकी समझ में नहीं आया। कुएँ की जगत् पर जुटनेवाली औरतों को जो मालूम है, माँ को उसका पता है या नहीं? एक दिन वह बोली, 'चल माँ, भालातोड़ चलें। वहाँ कुली का काम कर लेंगे।'

'पागल हो गई है?'

उसके बाद एक दिन सुना कि मिश्रीलाल चंगा हो गया है। उसकी शादी होगी। सुन्दर लड़की की खोज हो रही है। बड़े भाई कुन्दन की बहू के समय रूप की खोज नहीं हुई। इस बार रूप की तलाश हो रही है।

वह बहुत निश्चिन्त हो गई। लेकिन कलेजे में व्यथा भी थी। साथ ही विजय का उल्लास था। उसने, धौली ने, एक दुसाध की लड़की ने, देउता के बेटे को पागल बना दिया!

बड़ी बेफिक्री के साथ वह जंगल चली गई और वहाँ झरने में स्नान किया। पत्थर पर धोती फैलाकर आधी सुखाई, फिर पहन ली। धोती फट गई थी। इस बार माँ रुपए पाए तो धौली दूसरी धोती खरीदेगी। अधगीली धोती और भीगी कुर्ती देखकर माँ मारने उठेगी। कहेगी, तू विधवा है या सहर बजार की रंडी है? बदन दिखा रही है?

तभी मिश्रीलाल आ खड़ा हुआ और बोला, 'मैं सादी नहीं चाहता, धौली, मैं तुझे चाहता हूँ।'

दोपहर में गाँव से लगा जंगल बहुत सूना, बड़ा सन्नाटा लगता था। धौली का मन और शरीर बिलकुल बेबस था। मिश्रीलाल की आँखों में बेबस भीख थी, आवाज में वेदना और निराशा थी। धौली उसे रोक न सकी।

उसके बाद से दो महीने एक आश्चर्यजनक नशे में बीत गए। जंगल उनके मिलने का स्थान था, और दोपहर उनके मिलन का समय। दोनों की समझ खतम हो गई थी। उन्नीस और तेईस। हर रोज धौली डर के मारे काँपती थी कि क्या होगा?

'किसका क्या होगा?'

'तुम्हारा ब्याह होगा?'

'तेरे साथ।'

'ऐसा न कहो, देउता!'

'मै जात-पाँत, छुआछूत नहीं मानता। और टाहाड़ ही दुनिया की एक जगह नहीं है। सरकारी कानून में भी हमारे ब्याह की मंजूरी है।'

'ऐसा न कहो, सरकार! तुम लड़कपन कर रहे हो। देउता, हनुमानजी का कहेंगे? हमको गाँउ से निकाल देंगे।'

'ऐसा सीधा नहीं है।'

'हमारे लिए नहीं।'

'तू नहीं जानती।'

जंगल के निर्जन गोपनीय स्थान में मिश्रीलाल यह दुःसाहसिक बातें करता। और वे बातें परियों की कहानी के साथ मिलकर व्यर्थ हो जातीं।

इस तरह दिन बीतते रहे। लेकिन ज्यादा न चले। धौली को पता चला कि वह माँ बनने वाली है।

ताज्जुब है, मिश्रीलाल बहुत खुश हुआ था। 'मुझे भी लिखना-पढ़ना नहीं आता, तुझे

भी नहीं। मुझे इतने बाग-बगीचे, खेती-जमीन की जरूरत नहीं। चले जाएँगे भालातोड़ से धनबाद, उसके बाद पटना। दुकान करके दिन बिताएँगे।'

लेकिन हनुमान मिश्र जिस दिन टाहाड़ आए तो उनके सामने मिश्रीलाल इतनी बातों में एक भी न कह सका।

कुन्दन ने कहा, 'माँ-बेटी को मारकर लाशें गायब कर देंगे।'

'न!'

हनुमान मिश्र बोले, 'घर का जंजाल साफ करो। बाहर का जंजाल चला जाएगा।'

'जान से मार दें।'

'बेवकूफ!'

'माँ हरामजादी ने शोर मचा दिया, भेड़िया पट्ठा उठा ले गया। उसके घर तीन बकरियाँ कहाँ से आईं? दो ही थीं न?'

मिश्रजी बहुत बिगड़कर बोले, 'उल्लू के पट्ठे, तेरी बहू से बात कर सकता हूँ। तुझसे बात नहीं कर सकता।'

'माफ कीजिए।'

'दोनों को जान से मत मारो, रोटी से मारो। काम छुड़ा दो। और तुम्हारे भाई ने जो नाम किया है, उससे सबका मुँह काला हुआ है। पहले इज्जत बचाओ। एक बकरी की बात है, उसके चले जाने से क्या हुआ? तू जो खुद एक बड़ा बकरा है। देख, पहले भाई को यहाँ से हटा।'

मिश्रीलाल बोला, 'मैं नहीं जाऊँगा।'

'जिन्दा न जाओ, तो तुम्हारी लाश जाएगी। तुम-सा लड़का कुल के लिए कलंक है।'

बाद में मिश्रीलाल ने माँ से कहा, हताश होकर कहा, 'माँ! धौली के पेट में मेरा बच्चा है।'

'उससे क्या हुआ? दुसाध-गंजू औरतों के पेट में इस कुल के मर्दों के बच्चे पहले भी हुए। तेरी उम्र की गर्मी है। झालो के घर कुन्दन के तीन बच्चे हैं कि नहीं आखिर?'

'वह क्या करेगी?'

'पाप किया, डंड भुगते। भूखी मरेगी। माँ मरेगी, बेटी भी मरेगी।'

'धौली का क्या कसूर है, माँ?'

'कसूर सारा औरतों का ही होता है। ब्राह्मण देवता का घर नाश किया। उस दोष की वह दोषी है।'

'माँ, तुम तो मुझे प्यार करती हो।'

'तू मेरा लड़ैता बेटा है रे!'

'मुझे छुओ।'

'क्यों?'

'छुओ!'

'छू लिया।'

'मैं तुम्हारी बात मानूँगा। चला जाऊँगा। लेकिन तुम वचन दो कि वे भूखे न मरें। यह देखोगी।'

'वचन...दिया।'

'कोई उसे तंग न करे।'

'देखूँगी।'

'बात न रखोगी माँ, तो तुम मुझे जानती हो, देउता के आगे बात नहीं कह सकता, लेकिन मैं बड़ा जिद्दी हूँ। तुम्हारे बात न रखने पर मैं गाँव नहीं लौटूँगा, न ही शादी करूँगा।'

'न, न, ऐसी बात मत कह। मैं उस...दुसाधिन को खाने को दूँगी...उसकी देखभाल भी करूँगी।'

धौली को सब पता चला। उसने विरोध दिखाने की बात भी न सोची। दुसाध लड़की को ब्राह्मण के बेटे ने क्या यह पहली बार ही बिगाड़ा है? गाँववालों के खयाल से सारा कुसूर धौली का था। इसमें प्रेम का मामला रहने से धौली अपने समाज के निकट भी पतित थी। अपने समाज के लड़कों की उसने उपेक्षा की। करे उपेक्षा। मिश्रीलाल उसे जबर्दस्ती खराब करता तो दुसाध उसे न छोड़ते। मिश्र घराने की जारज सन्तानें दुसाध, गंजू, धोबी टोली में बहुतेरी थीं। इस मामले में धौली अपनी इच्छा से आगे बढ़ी थी। बड़ा अपराध था। दुसाध-गंजू लड़के, ठेकेदार के कुली देखते थे कि बात किधर जा रही है। कभी मिश्र लोग जारज सन्तानों की माँ को काम या मडुआ या पैसे देकर उनकी रक्षा करते थे। उस तरह की माँओं की ओर उनकी अवैध सन्तानों की गाँव का समाज भी खातिर करता था। नहीं तो मिश्र लोग बिगड़ जाते। और मिश्रों के खफा होने से किसी की खैरियत न थी। सभी सोच रहे थे कि धौली को मिश्र लोग बचाएँगे तो वे भी चुप हो जाएँगे। नहीं तो विधवा, राँड़ धौली को वेश्या बना डालेंगे।

धौली सब समझती-बूझती थी। डर के मारे और दुख से वह बेचैन हो गई। अचानक जंगल अपना सौन्दर्य खो बैठा, पेड़ ऐसे लगते मानो पहरेदार प्रेत हों। ज्यों पत्थर भी उसकी ओर आँखें निकालकर देख रहे हों। झरने के किनारे प्रतीक्षा बेकार होती। मिश्रीलाल न आता।

मिश्रीलाल आया। धौली को राह देखते-देखते थकाकर और अवसन्न कर मिश्रीलाल आया। धौली ने उसका चेहरा देखते ही अपनी मौत की सजा समझ ली। मिश्रीलाल की छाती पर सिर रखकर वह फूट-फूटकर रोने लगी। मिश्रीलाल उसके सिर के बालों में मुँह डालकर खुद भी रोता रहा। उनमें साबुन की खुशबू आ रही थी। मिश्रीलाल ही उसे साबुन और खुशबूदार तेल लाकर देता था। दो धोतियाँ भी दी थीं। छींट की कुर्ती दी थी जिसे धौली ने नहीं पहना। मिश्रीलाल के भीरु हृदय में बड़ी विवशता थी। 'धौली, तू दुसाधिन क्यों हुई?'

'बोलो मत देउता! और धौली मत कहो, मुझसे रहा नहीं जाता है।'

'सुन! अब क्या रोने से चलेगा?'

'जीउ भर रोना रह गयल।'

'अब तो मुझे जाना ही पड़ेगा, और यह लोग जो कह रहे हैं, सब-कुछ मानकर जा रहा हूँ।'

'ऐसी प्यार की बातें क्यों की?'

'अब भी कर रहा हूँ।'

'क्यों सरकार? अब तुम्हारी धौली मुर्दा हो गई।'

'सुन पगली!'

मिश्रीलाल ने उसे जबर्दस्ती पत्थर पर बैठाया। दोनों हाथों से उसका मुँह थामकर बोला, 'महीने-भर चुप रहूँगा। शादी के लिए जबर्दस्ती करेंगे तो नहीं मानूँगा। यह कह दिया है। वे लोग भी मान गए हैं।'

'बाद में भूल जाओगे।'

'न, न, सुनो। मैं महीना-भर बाद ही लौट आऊँगा। महीने-भर में कहाँ जाऊँगा, क्या करूँगा, सब ठीक कर लूँगा। मैं लिखा-पढ़ा तो हूँ नहीं। बड़ी नौकरी चाहिए नहीं। बड़ा भाई भी नहीं हूँ जो खेत-खलिहान चाहूँ। कहीं चला जाऊँगा। दुकान कर लूँगा। इन्तजाम तो करना पड़ेगा।'

'मैं क्या करूँ?'

'यहाँ रहना।'

'क्या खाऊँगी? माँ को चोरी लगाकर तुम्हारे भाई ने भगा दिया है।'

'माँ ने मुझे छूकर वचन दिया है कि तुझे खाना देंगी, देखभाल करेंगी और...।'

धौली के आँचल की खूँट में मिश्रीलाल ने दस-दस रुपए के पाँच नोट बाँध दिए। बोला, 'धौली, महीने-भर तू मन ठीक रखना।'

मिश्रीलाल चला गया। धौली को दुलारकर भरोसा दिलाया। धौली और कुछ देर बाद घर लौटी। माँ-बेटी में बातें हुईं और रुपए एक डिब्बे में रखकर जमीन में गाड़ दिए।

मिश्रीलाल चला गया। दो दिन बाद धौली की माँ मिश्र की बहू के आगे जा खड़ी हुई। उन्होंने बिना कुछ कहे उसके आँचल में छुए बिना किलो-भर मड़ुआ उँड़ेल दिया। बोली, 'तीन दिन बाद फिर आना।'

तीन दिन बाद मड़ुआ कम होकर आधा किलो हो गया और समय तीन दिन रहा। उसके बाद वह जिस दिन आई उस दिन मिश्र की बहू मुँह लम्बा कर बोली, 'तू उस दिन आई थी, उसके बाद से मेरा दूध का लोटा नहीं मिल रहा है।'

'नहीं मैया, हम तो...।'

'न, न, लड़का कह रहा था, बड़ा लड़का। कह रहा था, तुझे घर में न घुसने दूँ। दरवाजे के बारह से पुकार लिया कर।'

धौली की माँ बराँभन मैया की यह बात मानकर चली गई। लेकिन जिस रोज दरवाजे के बाहर से पुकारा, उस दिन सुना कि मैया बुरुडिहा चली गई हैं हनुमान मिश्र के घर। धौली की माँ मन-ही-मन जलते हुए घर लौटी और धौली को बेरहमी से मारा। धौली मुँह बन्द किए मार खाती रही। उसके बाद माँ ने मारना छोड़ा तो वह दाब (लोहे का धारदार औजार) ले आई। बोली, 'इससे मार। हाथ में दर्द होगा। और इसके मारने पर फिर न मारना होगा। सान दी हुई है।'

अब माँ-बेटी गले से गले लगकर रोने लगीं। उसके बाद माँ बोली, 'तुझे अच्छी बात बता रही हूँ। सनीचरी से दवा ले आ। पेट का काँटा दूर कर दे।'

'ना माँ!'

'वह नहीं आएगा रे! लड़के का लड़कपन है। अच्छा समझकर अच्छी बात कही थी। लेकिन वह बात रख न सकेगा। कब्भी नहीं।'

'तो मैं जहर खा लूँगी।'

'खाएगी?'

'खाऊँगी।'

माँ कुछ देर चुप रही। उसके बाद गहरी साँस लेकर बोली, 'वह ठेकेदार है न, जंगल का ठेकेदार, उसके पास जा रही हूँ। मुझसे खाना पका देने को कहा था।'

'मैं जाऊँगी।'

'न, न, मेरी उमर हो गई है, मैं ही जाऊँगी। रुपए दे, न दे, खाना देगा। और खाना घर ले आऊँगी।'

'तू जा।'

'तू बकरियाँ चरा।'

वही समझौता रहा। धौली की माँ को पकाने का काम तो मिला नहीं, लेकिन खाने का इन्तजाम हो गया। जिस दिन जो भात-रोटी मिलता, घर ले आती। उसकी बिरादरी के लोग माँ-बेटी पर नजर रखते। ठेकेदार के कुली भी नजर रखते थे। पेड़ काटने का काम था। पैसे नकद मिलते थे। कुन्दन के भाई की रखवाली थी, यही असुविधा थी। अन्न में क्या होता है, इसमें वे भी उत्सुक रहते। लकड़ी काटने और चीरने का काम बहुत दिनों चलेगा। राह देखने में कोई असुविधा न थी। उलटे उत्तेजना ही थी। ब्राह्मण के बेटे के साथ गड़बड़ हुई थी, इसलिए धौली का आकर्षण मन में अधिक हो गया था।

महीना-दो-महीना कर चार महीने बीत गए। धौली आदत के मुताबिक बस के आसरे खड़े-खड़े लौट आती। आज मचान पर लेटे-लेटे धौली ने सारी बातें फिर मन-ही-मन सोचीं। सा–री बातें। उसके बाद आँखें बन्द कीं। पेट पर हाथ फेरा। पेट में बच्चा हिल रहा था। बहुत अजीब-सा लगा। मिश्रीलाल ने कहा था, लड़का होगा तो नाम रखेगा मुरारी। लेकिन मिश्रीलाल, उसका प्यार–सब-कुछ जैसे परियों की कहानी-सा उड़ता जा रहा था।

दो

आश्विन के अन्त में धौली के लड़का हुआ। सनीचरी ने ही प्रसव कराया। नाल काटा। बोली, 'धौली का बेटा है, इसी से इतना गोरा हुआ है।'

धोली की माँ से पहले ही सनीचरी की बात हो गई थी कि दवा देकर धौली की माँ बनने की क्षमता नष्ट कर देनी होगी। सनीचरी ने दवा दी। धौली से बोली, 'खाने में बहुत खराब है, लेकिन शरीर ठीक हो जाएगा।'

धौली की माँ बोली, 'मर तो नहीं जाएगी?'

'न, न। कुन्दन मिश्र की बहू को नहीं दी क्या? वह क्या मर गई?'

'शरीर में घाव तो नहीं हो जाएगा?'

'न।'

'न हो तभी अच्छा है।'

'अब क्या करेगी?'

'जो भगवान करें।'

'मिश्रीलाल की तो सादी हो रही है।'

'चुप-चुप। धौली सुन लेगी।'

'उसके बाद?'

'जो नसीब में है वही होगा।'

'तेरे दरवाजे पर ढेले बरसेंगे।'

'मालूम है।'

'मिसरीलाल को सादी के बाद वे धनबाद में ही रखेंगे। साइकिल की दुकान करा दी है।'

'धौली से बताया था।'

'मैंने तो तुझसे कहा था कि धौली की देखभाल देउता न करें तो मैं जंगल के ओवरसियर बाबू से भेंट करा दूँगी।'

'अभी वह बातें रहने दो।'

सनीचरी गाँव की मन्थरा थी और दवा-दारू जानती थी, इसलिए मिश्र लोग भी उसे तंग नहीं करते थे। धौली को देखकर सनीचरी के दिल में कहीं कुछ लगा और वह अपनी आदत के मुताबिक धौली के पक्ष में जनमत बनाने का प्रयत्न करने लगी।

मिश्र की पत्नी को वात दर्द की दवा के लिए फूँका हुआ तेल देने जाकर बोली, 'धौली के लड़का हुआ है।'

'होने दे।'

'तुम्हारे बेटे से मिलता है।'

'कौन कहता है? झूठ है।'

'ऐसन न कहो, मैया! तुम्हारे बेटे के साथ धौली के प्रेम-प्यार की बातें सब जानते हैं। तुम लोगों के कितने ही बेटा-बेटी हम लोगों के यहाँ हुए, कभी हनुमानजी फैसला करने आए?'

'तूने जो बात चलाई तो कहती हूँ...।'

'क्या?'

'उन लोगों को हटा सकती है?'

'कहाँ?'

'जहाँ भी हो। जहाँ मिश्रीलाल की शादी हो रही है, वह लड़की भी अमीर है, घर भी नामी है। यह सब सुनकर वे खफा हो जाएँगे।'

'रुपए दे दो, चले जाएँगे।'

'कितना रुपया?'

'हजार रुपए दो।'

'देखें, बड़े बेटे से कहूँगी।'

'तुमने देखभाल नहीं की, खाने को भी नहीं दिया, इस पर भी तुम लोगों का नाम लग गया। किसी दिन गंजू के घर तुम्हारे बड़े बेटे और पति ने गड़बड़ नहीं की? हमेशा खाने को दिया। अबकी क्या हुआ कि तुमने भगवती बनकर मुँह फेर लिया?'

'धौली की माँ ने लोटा चुराया था...।'

'ऐसा मत कहो, मैया!'

'क्या करूँ, वही बता?'

सनीचरी उनके वृद्ध और धोबन के यहाँ जानेवाले पति को काबू में रखने की दवा देती थी, इसलिए मिश्र पत्नी ने उसके मुँह से इतनी बातें सह लीं।

'कुछ तो करो।'

'बड़े बेटे से कहूँ।'

बड़ा लड़का कुन्दन बोला, 'ये बेकार की बातें छोड़ो। आज लड़का हुआ है, कल घर में ग्राहक घुसाएगी खचड़ी औरत। मैं इन्तजाम कर रहा हूँ, शादी होने के बाद भी मिश्रीलाल यहाँ नहीं आएगा।'

मिसिर की पत्नी बहुत निश्चिन्त हो गई। और धौली की बात भूल गई।

लेकिन हनुमानजी बोले, 'यह न होगा। शादी होगी, बहू घर में आएगी, उसके बाद दोनों धनबाद जाएँगे। गाँव क्यों नहीं आएँगे? उस दुसाधिन के डर से? वह क्या करेगी?'

धौली को सब पता चला। जानकर लड़के को लेकर सोचने लगी। माँ का काम छूटने को हो रहा था। बेटे को माँ के सिर पर लिये बैठी थी। बकरियाँ एक-एक कर बिक गई थीं। उससे क्या पूरा पड़ता है? कब तक चलेगा उससे? उसके बाद? उसके बाद?

मिश्रीलाल का नाम सोचते ही उसका दिल बैठने लगा। इतना प्यार, इतनी बातें क्या सब धोखा थीं? न, न, ऐसा नहीं हो सकता। जंगल और झरने की कितनी कहावतें हैं, कितनी कहानियाँ हैं। चाँदनी रात में उस झरने में परी उतरती है और परी को देखकर बहुत तेज दरोगा मक्खनसिंह पागल हो गया था। वह कहानी झूठी, बिलकुल झूठी लगती है। गंजू लड़की झुलनी अपने देवर के प्रेम में फँस गई। और पंचायत के दंड से दोनों ने उस जंगल में जाकर जहरीले फूल के बीज खाकर आत्महत्या कर ली। दोनों धौली की जान-पहचान के थे, फिर भी लगता था कि किस्सा झूठा या किंवदन्ती था। उसी जंगल में उसी झरने के पार, कभी एक दुसाधिन से किसी युवक ब्राह्मण देवता ने कहा था, 'तू मेरी कोयल है, मेरी साँवली दुलहनिया!' वातास में झरे बहुत-से लाल फूलों के बिछौने पर दोनों एक-दूसरे के शरीर में लीन हो जाते। दुसाधिन के पाँव में काँटा गड़ने पर देवता ने उस पाँव का काँटा निकालकर पाँव को चूम लिया था। यह सब कब नहीं हुआ? अब तो सब विश्वास न करने लायक किस्से थे। बस, गोद में लेटा यह बच्चा सत्य था।

मिश्रीलाल वचन देकर भी उसे पूरा न कर सकता था, न उसने पूरा किया। लेकिन धौली के पास कहने को कुछ नहीं था। अब क्या होगा? लड़के को देखकर क्या मिश्रीलाल को दया आएगी? थोड़ी-सी खेती दे देगा?

मिश्र लोगों ने इसके पहले तो ऐसा किया था।

धौली का मन कह उठा—नहीं, नहीं।

धौली कुएँ से कैसे पानी भरने जाएगी? सब औरतें मिश्रीलाल की शादी और बरात की बातें करेंगी। बरात के गाँव में घुसने पर, अलग रहकर दुसाधिनें भी नाचती और गाती थीं। मिश्रों के घर जाकर चिउड़ा-लड्डू-सत्तू और पैसे पातीं। धौली कैसे नाचने जाएगी? कैसे गाएगी? 'मैं नाचत मैं गावत बरात आयल रे।'

धौली क्या करे?

सनीचरी मिश्र की पत्नी को दो बातें सुनाकर दुसाध टोली चली गई। बोली, 'देउता के लड़के ने धौली को खराब किया, तुमने भी मुँह मोड़ लिया। तुम ही बताओ, लड़की कहाँ जाए?'

'धौली को किसी ने खराब नहीं किया। वह प्यार करने लगी थी, और जात-पाँत के लड़कों के मुँह पर लात मारी थी। उसके भले-बुरे में हम नहीं हैं। जो चाहे सो करे।'

'क्या करेगी?'

'देखा जाएगा। उसके प्यार का देउता क्या करता है, कितनी देखभाल करता है!'

मिश्रीलाल ने कुछ न किया। सिर झुकाए हुए बरात की शोभा बनकर गाँव में आया। धौली के घर बत्ती न जली। दुसाध, गंजू और धोबी टोली में घर-घर शराब-सत्तू-लड्डू और नए कपड़े बाँटे गए। ऐसी धूमधाम का ब्याह इस अंचल में कभी नहीं हुआ था। झरने के किनारे बैठे-बैठे धौली ने आसरा देखा। राह देखती रही। मिश्रीलाल नहीं आया।

धौली सनीचरी के पैरों पर गिर पड़ी।

सनीचरी मिश्रों के घर से लौटकर बोली, 'वह बहुत गुस्सा है।'

'क्यों?'

'उसकी माँ ने तेरी देखभाल के लिए जो बन्दोबस्त किया उसे तुम लोगों ने नहीं लिया।'

'यह बात कही?'

'हाँ!'

'तो तू उसे बुला ला। कह देना कि न आया तो मैं लड़के को लेकर नई बहू के पास जाऊँगी। मुझे मारेंगे तो बड़े देउता जान से मार देंगे। फिर भी जाऊँगी।'

मिश्रीलाल आया। कुछ बोला नहीं। आँखों में समझ में न आने योग्य प्रश्न था। धौली समझ गई। उसका आकर्षण आज भी मिश्रीलाल के हृदय को खींचता था। खुश हुआ। कोई-कोई खुशी मन को स्वार्थ-बोध से अलग कर देती है और सच बात निकल आती है।

'तुमने सनीचरी से कहा था कि तुम्हारी माँ की दी हुई भीख हमने नहीं ली?'

'मैया ने यही कहा।'

'थू! झूठे पर थे! तुम्हारी मैया ने कुल मिलाकर दो किलो मडुआ दिया था, वह भी दस दिन में। उसके बाद मेरी माँ को चोर कहकर भगा गया।'

'मुझे तो यह नहीं मालूम था।'

'तुमने मेरा सत्यानास क्यों किया?'

'मैं तुझसे प्यार...।'

'थू! तुम्हारे प्यार पर थू! अगर जबर्दस्ती से धरम नास करते तो एक बीघा जमीन तो मिलती। तुम नामरद हो। तुम्हारा भाई मरदबच्चा है। उसने झालो को बच्चा दिया, और घर-मकान-खेती भी दी। तूने क्या किया?'

'जो कुछ किया वह अपनी इच्छा से नहीं किया।'

'दूसरों की इच्छा से सादी कर सकते हो, दुकान ले सकते हो, अपनी इच्छा से बस गरीब को जान से मार सकते हो? तुम्हारे लिए हमारी गाँव की बिरदारी भी खफा हो गई।'

'तुझे मैं... ।'

'रुपए दूँगा? कितने रुपए? तुम्हारे बेटे को आदमी बनाऊँ, उतना रुपया दो।'

'दुकान से भेजूँगा।'

'तुम तो झूठी बातें करते हो।'

'सच, भेजूँगा।'

'देखा जाएगा।'

'अभी... ।'

'लाओ।'

धौली ने सौ रुपए के नोट आँचल में बाँध लिये। उसके बाद बोली, 'अब टाहाड़ में भी सौ रुपए से ज्यादा दिन नहीं चलते। जब तुम्हारे साथ सम्बन्ध हुआ, मैं तो तभी मर गई। अगर रुपया नहीं भेजोगे तो धनबाद जाऊँगी और तुम्हारे बेटे को तुम्हारी गोद में डालकर चली आऊँगी।'

'बता! तू जो कहे वही मुझे मानना पड़ेगा।'

'जिनगी पर खाक डाल दी देउता, दो बातें सुनकर ऐसा बुरा लगा? या पैसा होने पर चमड़ा ऐसा मुलायम हो जाता है?'

धौली चली आई। माँ से बोली, 'तू बात कर ले। भालातोड़ में मौसी के यहाँ और उसमें इज्जत भी देनी होगी, दूँगी।'

'ऐसा गुस्सा?'

'हाँ, इज्जत गँवानी होगी तो वहाँ गँवाऊँगी। यहाँ नहीं।'

'वहाँ ज्यादा पैसा है?'

'मुझे पता है?'

दूसरे दिन मिश्रीलाल गाँव छोड़कर बहू के साथ धनबाद लौट गया। बस में बैठते वक्त उसका साला बोला, 'वह लड़की कौन है?'

'कहाँ?'

'वही जो गोद में बच्चा लिये है?'

'एक दुसाधिन है।'

'ऐसी सुन्दर?'

'होगी, मैंने देखा नहीं।'

बस चल पड़ी।

तीन

किसी-किसी के जीवन में बहुत उम्मीदें पूरी हो जाती हैं। धौली के जीवन में आशाएं न थीं, आशाओं का पूरा होना भी न था। धौली की मौसी ने कोई खुशी न दिखाई। मिश्रीलाल के दिए सौ रुपए भुनाकर खाते-खाते रुपए खतम हो गए। मिश्रीलाल ने कोई खबर न भेजी, और न कोई रुपया। रुपयों के मामले में एक बात का और पता चला। एक बार मिश्रीलाल ने ड्राइवर के हाथों बीस रुपए भेजे, उन्हें ड्राइवर मार गया। धौली की माँ की एक बकरी चोरी

हो गई। अन्त में बाकी दो को भी बेच देना पड़ा, और अगर बेचनेवाले को बहुत गरज हो तो जो होता है वही हुआ। उन्हें कुछ कीमत न मिली।

धौली समझती थी कि गाँववाले, मिश्र परिवार और ठेकेदार के कुली उसकी बड़ी उत्सुकता से देखभाल करेंगे। वे देख रहे थे कि धौली का बेटा मडुआ का माँड़ पीकर बड़ा हो रहा है। देखा कि धौली की माँ जंगल में जाकर कन्द-मूल खोजती है। देखा कि सनीचरी बीच-बीच में पल्लू में मकई की खीलें लेकर उसके घर जाती थी। देखकर उन्होंने समझ लिया कि मिश्रीलाल ने अन्त में उन्हें बिलकुल छोड़ दिया है।

एक दिन धोली के घर पर पत्थर बरसे।

'जो भी हो, मैं फरसा लेकर सोती हूँ।' धौली चीखी। किसी ने सीटी बजाई और चला गया।

फिर ढेला आया। धौली चुपचाप रही। फिर ढेला।

'अपनी माँ-बहिन के पास जाए,' धौली चिल्लाई।

माँ बड़बड़ाकर बोली, 'कितने दिन तक भगाएगी?'

'जितने दिन भगा सकूँगी।'

'तू कर सकती है। मुझसे न होगा।'

'मैं भी नहीं कर सकती हूँ, माँ!'

'तो बता क्या करेगी?'

'माँ, सहर जाकर भिखमंगी बन जाऊँगी।'

'भीख कौन देगा? तुझे देखकर लोग पीछे न लग जाएँगे?'

'माँ, क्या मेरी ऐसी सूरत है कि लोग पीछे लग जाएँ?'

'नहीं तो ढेले बरसते?'

'उस लड़के के लिए... ।'

'मुझसे और सहा नहीं जाता। तू और तेरा बेटा! नहीं तो मैं कब की सनीचरी के घर चली जाती।'

'कल मैं ठीक कर लूँगी।'

'क्या करेगी?'

'खेत गोडूँगी।'

'तमाम लोग दिन भर खेत गोड़ते हैं। मिलता क्या है? कुछ नहीं!'

'देखूँ, क्या करूँगी?'

धौली सवेरे उठकर पारसनाथ की दुकान पर गई। बोली, 'न हो तो अपनी दुकान में झाड़ू लगाने का काम दो। बिना खाए मर गई।'

पारसनाथ बोला, 'यह अढ़ैया-भर मडुआ ले जा, धौली! काम कहाँ है? काम कुछ नाहीं हौ, और तोहरा के काम देय माँ बड़ा देउता गुस्सा होवे।'

'काहे? हम उनका का किहा?'

'भाई का वास्ते।'

मडुआ को आँचल में बाँधकर धौली पेड़ के नीचे बैठ गई। कुन्दन मिश्र ने उसे हाथ से नहीं, भात से मारा। भाई को प्यार करने की सजा मिली। यह मडुआ कितने दिन चलेगा? पानी की तरह घाटो बनेगा?

माँ उस मडुए को देखकर उस समय कुछ न बोली। खाने के वक्त बरतन को रखकर बोली, 'तू और तेरा दुलारा खाय! मैं तो चली जहाँ सींग समाएँ। पेट सुखाकर तो मर न पाऊँगी।'

'खाएगी नहीं?'

'न। अभागिन, और कुछ नहीं कर सकती है तो मर तो सकती है।'

'तो मरूँगी।'

धौली मरने गई। उसी झरने के पानी में। उसके मरने पर माँ की देखभाल गाँववाले करेंगे। बच्चा? धौली के मरने पर माँ से हो सका तो उसे बचा लेगी, नहीं तो वह भी मर जाएगा।

लेकिन उससे मरा नहीं गया। छपी लुंगी और शर्ट पहने एक आदमी, हेड कुली ने उसका हाथ पकड़ लिया। बोला, 'कहाँ है, तेरा फरसा कहाँ है?'

धौली ने उसकी आँखों में आँखें डालीं। उसकी आँखों में कोई डर न था।

'हाथ छोड़।'

उसने हाथ छोड़ दिया।

'तूने ढेले मारे थे?'

'हाँ।'

उस आदमी ने इशारा किया। धौली समझ गई कि उसके भाग्य में यही है। जरा रुककर साँस लेकर बोली, 'ठीक है।'

'दरवाजा खोल देगी?'

'हाँ। और...।'

'क्या?'

'रुपए ले आना।'

'रुपए!'

'रुपए लाएगा। पक्की लाएगा। दुकान खोलूँगी तो दाम नहीं लूँगी?'

धौली घर लौट आई। माँ ने कहा, 'अब से लड़के को लेकर सनीचरी के यहाँ चली जाना।'

'क्यों?'

'ढेले पड़ेंगे। दरवाजा खोल दूँगी।'

धौली की माँ शायद रोती, किन्तु धौली तेज होकर बोली, 'शोर न मचाना, भोर के पहले चली आना।'

मिश्रीलाल की दी हुई छपी दो साड़ियों में से आज एक निकली। सनीचरी से तेल उधार लेकर धौली ने बालों में लगाया। नहाई और बाल बाँधे। और क्या करना होगा? और भी कुछ करना है।

रात को ढेला पड़ा। आदमी मकई, नमक, दाल और एक रुपया लाया था। धौली ने पाई-पैसा तक अपने शरीर से चुकता कर दिया। बोली, 'कभी खाली हाथ मत आना।'

'और किसी को मत आने देना।'

'जो पैसे देगा वह आएगा।'

बहुतों ने पैसे दिए। बहुतेरे आते रहे। धौली और माँ ने अच्छे कपड़े पहने। दोनों वक्त भरपेट खाया। धौली को आजकल खरीदार चले जाते ही शरीर छोड़कर नींद आ जाती। कितने सहज भाव से बिना प्रेम के शरीर का बेचना था। मडुआ, मकई, नमक के रूप में कीमत चुकाई जाती। सब-कुछ इतना आसान है, यह पहले समझती तो पहले ही जान बचती। लड़का भी खा-पीकर तन्दुरुस्त होता। धौली को लगा कि वह बहुत बेवकूफ थी।

एक आदमी और भी सब देख रहा था। वह था कुन्दन। कुन्दन समझता था कि जो सबसे काबिल होता है वही जीवित रहता है। धौली ने जिन्दा रहने की राह पहचान ली, अपनी प्रतिहिंसा को खो दिया। कुन्दन जल-भुनकर मरा जा रहा था। अब वह बड़ी मोहक दुसाधिन थी।

एक दिन कुएँ के पाए धौली को पानी लेते देखकर कुन्दन ने सनीचरी से कहा, 'उसका छुआ पानी तू पीती है?'

'किसका?'

'उस धौली का?'

'उससे तुम्हें क्या, देउता? उसके यहाँ आजकल सब जात वाले जाते हैं। हम लोगों ने मान लिया।'

'क्यों?'

'उसने कोई दोस किया है?'

'रंडी बन गई है।'

'बेवा राँड़ तो थी ही। तुम्हारे भाई ने उसे बेस्वा-रंडी बना दिया। वह न बनती तो तुम्हारे भाई का बेटा जिन्दा रहता? अब तो सब खुश हैं। तुम्हारा दोस्त और ठेकेदार भी। उसके कुली लोग अब इधर-उधर मजा लेने नहीं जाते।'

'तेरा मुँह बहुत बड़ा हो गया है।'

'जाओ, जाओ। यह सनीचरी न होती तो तुम्हारी मैया और बहू जिन्दा न रहतीं।'

कुन्दन समझ गया कि वह हार गया। और कुछ न कहकर वह घर लौट गया। सनीचरी की जरूरत तो इस गाँव के घर-घर में थी। उसकी दवा के बिना गाँव चल नहीं सकता था।

कुन्दन धनबाद जाकर छोटे को बहुत धमका आया। बोला, 'चाहता है तो उसे जमीन दे, चाहे रुपए। गाँव में तेरे लिए बिगाड़नेवाले घुस आए हैं।'

'क्यों?'

मिश्रीलाल का चेहरा सफेद पड़ गया। कुन्दन के दिल में ईर्ष्या की खुशी थी। कसकी के लिए भाई के दिल में अभी तक प्यार है। और उसी प्यार पर कुन्दन ने चोट मारी थी। शा—बाश! लड़का नामरद है। ब्राह्मण आजाद होता है—कोई घमंड भी नहीं। मरद मरद-सा होता है। कुन्दन अगर छोटे भाई की जगह होता, तो अपनी रखैल को क्या हनुमान मिश्र के कहने से राह पर छोड़ देता? इस लड़के ने नामर्दी का काम किया है। उसे मर्द बनना चाहिए। अछूत को पैरों तले रखना होगा। कभी दया-माया भी दिखानी होगी, लेकिन मरद बनना पड़ेगा। नहीं तो कुन्दन अकेले कैसे कर सकेगा? इतनी खेती, इतने बाग-बगीचे, इतनी उर्वरा अछूत रमणियाँ, इतना सूद का साम्राज्य—सब-कुछ सँभालना होगा।

'क्यों? तेरी प्यारी दुसाधिन थी, थू! बराँभन से प्यार कर बेटे की माँ बनी। अब, (गन्दा

इशारा कर कुन्दन ने कहा) जिस दरवाजे से शेर घुसा था उस दरवाजे में सूअर, छछूँदर, चूहे–सभी घुस रहे हैं।'

'नहीं, कभी नहीं।'

'हाँ, बिलकुल हाँ। वे सब बराँभन की हँसी उड़ा रहे हैं।'

'कभी नहीं।'

'एक सौ बार हाँ। नामरद! डरपोक! तूने हनुमानजी के मुँह पर क्यों कहा कि मैं उसे रखूँगा? झालो मेरी रखैल है, उसे घर-जमीन देने में हनुमानजी ने ना नहीं की थी क्या? मैंने सुना? थू! तेरे प्यार पर थू! दुसाधिन से प्यार। जाओ, मजा लूटो। पैजार से–जूत से पंचायत करो। नामरद! नामरद! तूने बराँभन के नाम पर थूक दिया।'

'मैं अपनी आँख से देखूँगा और तब मानूँगा। झूठ हुआ तो...।'

कुन्दन चालाक था, विजयी की हँसी हँसा। बोला, 'हमको मार देना। तेरा तो बन्दूक का लाइसेंस है न?'

आग में और साँप के जहर में जलते-जलते मिश्रीलाल टाहाड़ आया। बस-स्टॉप पर कोई धौली राह न देख रही थी।

रात होते ही उसने धौली के दरवाजे पर कंकड़ी मारी, और हरी चूड़ियाँ, लाल साड़ी पहने, बालों में तेल लगाए, बेणी बाँधे धौली ने उसके लिए दरवाजा खोल दिया।

मिश्रीलाल को देखकर वह पहले तो बहुत सूख गई, फिर अपने को सँभालकर कठोर चेहरे और कठोर स्वर में बोली, 'देउता! सरकार! क्या अन्दर आइएगा?'

मिश्रीलाल अन्दर गया। ढिबरी नहीं, लालटेन जल रही थी। माचे पर अच्छी-सी दरी और तकिया था। उसके नीचे मड़ुआ का बोरा और तेल का टीन था।

'तू रंडी बन गई है?'

'हाँ।'

'क्यों बनी?'

'तुम मजा लूटकर भाग निकले। उसके बाद मैंने सोचा कि मैं क्यों मरूँ? तुम सादी करो, दुकान चलाओ, दुल्हनिया को लेकर सिनेमा दिखाओ। मैं मरूँ? क्यों? क्यों? क्यों?'

'अब मैं तुझे मार दूँगा।'

'मारो।'

'बराँभन के बेटे को पालेंगे अछूत। सारे अछूत मिलकर। मैं तुझे मार डालूँगा।'

'न, तुम नामरद हो।'

'नामरद मत कह, धौली–जो बड़े भाई ने कहा–सो तू मत कह। तुझको दिखा दूँगा कि मैं मरद और बराँभन का बच्चा हूँ।'

मिश्रीलाल और कुन्दन और हनुमानजी ने कुछ ही दिनों में पंचायत बुलाई। पंचायत में लोगों की राय नहीं ली गई। हनुमानजी बोले, 'धौली गाँव में रहकर वेश्या का कारबार नहीं चला सकेगी। उसे शहर जाकर, राँची जाकर नाम लिखाना पड़ेगा। नहीं तो धौली का घर जला दिया जाएगा, माँ-लड़की-बच्चा जल मरेंगे। गाँव की छाती पर बैठकर इतना बड़ा अधर्म न चलेगा। अभी भी गाँव में ब्राह्मण रहते हैं। उनके घर में रोज शिव और नारायण की पूजा भी होती है।'

धौली ने कहा था, 'बराँभन के लड़के को पालने-पोसने के लिए बराँभन ने खरच क्यों नहीं दिया?'

'चुप रह, रंडी!' कहकर उन्होंने उसे जूता फेंककर मारा।

मिश्रीलाल बोला, 'अब पता चला, मैं हूँ मरद और बराँभन का बच्चा हूँ!'

दुसाध-गंजू-धोबी आदि ने यह फैसला मान लिया। कहाँ था राँची शहर, कहाँ जाएगी धौली?

कुन्दन बोला, 'मेरा ठेकेदार उसे ले जाएगा। कल ही।'

सवेरे की बस में धौली और ठेकेदार बैठे। धौली के हाथों में पोटली थी। आँखें सूखी हुईं और बहुत बड़े आघात से खोई-खोई थीं। लग रहा था, मानो उसका दिमाग काम न कर रहा हो। चलना-फिरना सब यंत्रचालित-सा हो रहा था। जैसे वह खिलौना हो और लोगों के चलाने से चल रही हो।

बस के पास खड़ी बच्चे को गोद में लिये उसकी माँ फूट-फूटकर रो रही थी। लेकिन बच्चे ने हाथ बढ़ाया। धौली धीरे-से बोली, 'रात के लिए उसके वास्ते थोड़ा-सा गुड़ रख लेना। रोने पर खिला देना।'

माँ बिखरकर रोने लगी, 'इससे अच्छा जेठ के साथ क्यों न रही?'

धौली के चेहरे पर एक दुर्बोध्य करुणा की मुसकराहट फूट पड़ी। वैसा होने पर वह एक व्यक्ति की रंडी होती। अब तो वेश्या-रंडी बनने जा रही है। उस तरह रंडी अकेले आदमी की होती। अब जो वह रंडी बनेगी वह एक समाज की सदस्य होगी। व्यक्ति से समाज की शक्ति बहुत अधिक होती है, और जिन्होंने उसे रंडी बना दिया वे ही सारे समाज को चलाते हैं। वे ही सबसे अधिक शक्तिशाली हैं। माँ इतनी बातें नहीं समझ सकती। धौली समझती है। इसीलिए वह मुसकरा सकी। वह कह सकी, 'माँ, गुड़ रख लेना। घर में बत्ती भी रखना, अँधेरे में वह डरेगा।'

रोहतगी कम्पनी का ड्राइवर धौली की ओर देख नहीं पा रहा था। उसने हॉर्न बजाकर बस चला दी। धौली ने एक बार भी मुड़कर न देखा, क्योंकि देखने से मिश्रों के मन्दिर का पीतल का त्रिशूल दिखाई पड़ता।

कुन्दन का ठेकेदार भी धौली की ओर देख न पा रहा था। उसने बिना देखे ही कहा, 'जरा आराम कर ले। राँची बहुत दूर है।'

बस ने स्पीड बढ़ाई। राँची और धौली के बीच की दूरी कम होती जा रही थी। धूप चढ़ रही थी। हर सुबह की तरह ही आकाश नीला था, पेड़ भी हरे थे। उसे पता नहीं चला कि रोजाना के हिसाब से प्रकृति में कोई परिवर्तन नहीं हुआ है, अपने आघात की पीड़ा से उसकी आँखों से आँसू बहे चले जा रहे थे। आज से सब-कुछ बदल जाने की बात थी! स–ब! धौली के रंडी बनने के दिन! क्या प्रकृति ने भी धौली के रंडी बनने की बात मान ली है, उस प्रकृति ने जो मिश्र परिवार की सिरजी हुई नहीं है? यह वृक्ष-आकाश-धरती–ये भी मिश्रों के हाथों बिक गए हैं?

लाइफर

माँगन सन्थाल लाइफर था। बड़सुली मौजा में जहाँ उसका घर था, वहाँ पर कोई थाना नहीं था। निकटतम थाना चामारी में था। उन दिनों चामारी थाने की इमारत पक्की थी पर उसकी छत फूस की थी। काली पूजा के पहले से ही भारी बरसात हो रही थी, बाँधना परब की खुशी तो मिट्टी में मिल चुकी थी। मूसलाधार वर्षा! कल-कल करती जलधारा ने तो ताल-तलैया सबको लबालब भर दिया। ऐसा पानी बहुत दिनों बाद बरसा था। जब पानी बरसाना ही था तो समय पर क्यों नहीं बरसाया? थाना बाबू ने कहा था। देस में उनकी खेती-बाड़ी है। बरसात को देखकर ही उन्हें लग रहा था, गरीब इलाके में रहने के भी सौ झमेले होते हैं। समय रहते गोशाला के छप्पर की मरम्मत नहीं हुई। गाय-बछड़े दिन-रात पानी में भीगते रहेंगे।

सुबह जब पानी थमा, तब भी आसमान काले बादलों से ढका था। थाने के पीछे उनका निवास है। किवाड़ खोलकर बाहर निकलते ही दारोगा बाबू ने देखा, आँगन में बहुत से सन्थाल खड़े थे। सभी जाने-पहचाने चेहरे हैं। दारोगा बाबू ने सोचा, शायद बाँधना परब के कारण काँवर में कुछ लेकर आए हैं।

तब ये उसे धकेलने लगा, वो उसे। कोई बात जरूर है बाप!–'क्या है रे जुगनू?'

माँगन सन्थाल दो कदम आगे बढ़ आया। बाप रे! आँखों में जैसे खून उतर आया हो, और चेहरा भी जाने कैसा लग रहा था।

'अपनी औरत को काट दिया है बाबू! उसे साथ ले आया हूँ। अब जो करना है कर। हाँ बाबू, मैं ही काँवर में उसे ढोकर लाया हूँ। औरत तो मेरी ही थी।'

'क्यों, क्यों काटा?'

'गुस्सा आ गया था बाबू। दोनों झगड़ा कर रहे थे, तो दिमाग बहुत गरमा गया था बाबू। जितना मैं कहूँ, हाथ में मेरे टाँगी है, मुझे न छेड़, टाँगी पर धार चढ़ाकर आया हूँ, उतना ही चिल्लाती रही, क्या करेगा, काटेगा? बस बर्दाश्त नहीं हुआ।'

'काट डाला?'

'काट डाला।'

जैसे माँगन की स्वीकरोक्ति तथा वहाँ पर एकत्र हुए सन्थालों के मौन मुख पर्याप्त न थे, इसलिए माँगन काँवर पर लटके हुए दोनों टोकरों पर ढके हुए गमछों को हटाने चला था। दारोगा बाबू ने आतंकित होते हुए कहा था, 'नहीं-नहीं, रहने दे।'

दारोगा बाबू बहुत दुखी हुए थे। वर्षा की धारा ने वातावरण को शान्त और स्निग्ध कर दिया था। नयानजुली से इतनी सारी चैंग मछलियाँ पकड़ी थीं, खूब मिर्च-मसाला डालकर पकेगा।

काली पूजा भी एक ऐसी पूजा है, बाँधना भी एक ऐसा परब है, जिसमें गोशाला की सफाई, गाय-भैंस को नहलाना-धुलाना आदि करना होगा। मन खुशी से उमग रहा था। ऐसे शुभ दिन सुबह-सवेरे बाबू ने कभी यह सोचा भी न था कि कोई किसी दूसरे के बकरे को काटकर खाएगा अथवा कोई किसी की साइकिल चुरायेगा। और देखो! माँगन की जवान और बाँझ औरत दो टोकरों में लदी हुई थाने में हाजिर हो गई है।

दारोगा बाबू बहुत उदास हो गए थे। अगर थाना इतने पास न होता तो क्या इतना झमेला होता?

'भीतर आ!'

इसके बाद जो कुछ करना चाहिए था, बाबू ने वो सब-कुछ किया। माँगन ही क्यों, बड़सुली मौजा में बाबू हरेक सन्थाल को पहचानते हैं। ये लोग किसी झूठ-झमेले में नहीं पड़ते। ये लोग किसी को परेशान नहीं करते और कोई इन्हें परेशान नहीं करता। किसी के पास थोड़ी-सी जमीन है, किसी के पास वह भी नहीं। खून-पसीना एक करके दिन भर मेहनत करते हैं, अपने में मगन रहते हैं। माँगन तो अत्यन्त शान्त स्वभाव का है। कभी कोई...

माँगन के चाचा जुगनू ने बाबू को कुछ रुपए तथा एक मुर्गी देते हुए कहा था, 'जो बन पड़े करो, बाबू। उसका तो माँ-बाप कोई भी नहीं है। किसी पर गुस्सा करना तो उसकी आदत नहीं है। जाने फाँसी हो या क्या हो, सोच-सोचकर मेरी औरत बहुत रो रही है।'

फाँसी की सजा उसे जरूर होती, कम-से-कम माँगन ने तो पूरी कोशिश की थी। सरकारी वकील समझाने की जितनी भी कोशिश करता, 'ऐसा कहना, वैसा कहना, इससे जान बच जाएगी, वह उतनी ही बार कहता, ऐसा क्यों कहूँ? मेरी औरत कोई बुरी औरत तो थी नहीं, कभी गृहस्थी के प्रति लापरवाही नहीं की।'

अन्त में किसी प्रकार फाँसी से जान बची और उमरकैद की सजा मिली। एक बात तो दारोगा बाबू ने भी लिख दिया था कि 'माँगन हमेशा से ही अत्यन्त शान्त स्वभाव का आदमी था, कभी किसी दंगा-हंगामा के बीच नहीं रहा, झगड़ा-विवाद भी कभी किसी से नहीं किया। उस जैसे मनुष्य ने जरूर किसी क्षणिक उत्तेजना के वशीभूत होकर ऐसा कार्य किया होगा। माँगन की मृत पत्नी दनी अत्यन्त झगड़ालू औरत थी और माँगन को नाना प्रकार से तंग किया करती थी।'

बहुत कुछ लिखा था। सत्ताईस रुपए और एक जोड़ी मुर्गी के बदले भला इससे अधिक और क्या लिखता!

दारोगा बाबू ने हथेली उलटते हुए सिपाही से कहा था, 'हत्या करके खुद आकर अपनी गिरफ्तारी करवा लेते हैं, भागने की कोशिश भी नहीं करते। यह भी एक अद्‌भुत जाति है। इनका सोच-विचार ही अलग है।'

माँगन जेल चला गया। इस जेल से उस जेल घूमता रहा। जेल में भी उसका रिकॉर्ड बहुत अच्छा रहा। वह तो उमरकैदी है। पैरों में बेड़ी लिये वह बागबानी किया करता था, जेलर-बाबू के घर पर ड्यूटी देता था। चौदह वर्षों तक हर कदम नापकर रखते हुए माँगन समझ गया कि उसके कदमों का नाप उतना ही है, बेड़ी के बन्धन में बँधे पैरों से जितना डग भरा जा सकता है।

रिहाई के बाद माँगन सबसे पहले बड़सुली के लिए रवाना हुआ था।

आजकल पानाट से चामारी बस चलने लगी है। बड़े रास्ते के दोनों ओर कितने घर बन गए हैं, सब-कुछ कितना बदल चुका है, चामारी में उतरकर वह कहाँ जाए, यह चामारी तो उसके लिए बिलकुल अनजानी जगह है।

'भाई, थाना कहाँ है?'

'थाने के सामने ही तो खड़े हो।'

'बाप रे! इतना बड़ा थाना!'

चामारी अब इस इलाके का सबसे बड़ा थाना है। थाने का विशाल क्षेत्र दीवार से घिरा है, दो-मंजिला इमारत है, ऊपर इलाके के इन्स्पेक्टर का निवास स्थान है। थाना यानी सिपाही-दारोगा, खाकी वर्दी।

अपने अनजाने ही माँगन पैर घिसट-घिसट कर अन्दर प्रवेश कर रहा था। उसके बाद प्रौढ़ चेहरे के पुराने दारोगा बाबू ने ही उसे देखा था। यह धरती हद से ज्यादा गोल है। कई वर्ष पूर्व के छोटे चामारी के बाबू अनेक जगह घूम-घामकर, तरह-तरह की ड्यूटी बजाकर सर्कल इन्स्पेक्टर बनकर आज चामारी के बड़े थाने में पुनः विराजमान हैं। उन्होंने माँगन को पहचान लिया। माँगन तो उनके लिए बहुत शुभ सिद्ध हुआ था। उसके कैद हो जाने के तुरन्त बाद पोस्ट-ऑफिस में डकैती तथा तालाब से सिंचाई के पानी को लेकर दंगा हो जाने पर, दोनों ही घटनाओं में उन्होंने अपनी कर्म-क्षमता का परिचय देते हुए काफी ख्याति अर्जित की थी।

'माँगन?'

'बाबू!'

वही पुराने दारोगा बाबू आज भी यहाँ बैठे हैं, यह बात माँगन को अत्यन्त स्वाभाविक लगी। धरती बहुत ज्यादा गोल है।

'अपने घर जा रहा हूँ, बाबू।'

'घर...कहाँ है तेरा घर?'

'बड़सुली—माँझी टोला।'

अत्यधिक संवेदना से इंस्पेक्टर बाबू की पलकें थरथराने लगीं।

'अच्छा! घर जाकर क्या करेगा? वहाँ तो अब कोई नहीं रहता रे! कई साल हुए, सब वहाँ से चले गए।'

'कहाँ चले गए बाबू?'

'कौन जाने?'

'क्यों, चले क्यों गए?'

'जमींदारों ने उन्हें बसाया था। उन्होंने ही उजाड़ दिया। तेरे कैद हो जाने के बाद, नक्सली हवा खूब जोरों पर थी। माँझी ही क्यों, ढोंग भी चुप नहीं बैठे थे। कभी किसी के खेत का धान काट लेते, कभी किसी के घर आग लगा देते—उसके बाद जमींदारों ने मामला-मुकदमा करके सबको उठा दिया।'

'सबको?'

'हाँ रे!'

इंस्पेक्टर बाबू ने इस प्रसंग को हवा में हाथ हिलाते हुए यहीं पर समाप्त कर दिया। उन लोगों को वहाँ से उजाड़ने का काम तब नहीं हुआ था, बाद में हुआ था। इस काम में उनका भी कम योगदान न था। अब उन बातों में क्या धरा है?

'झोंपड़ियाँ भी नहीं रहीं?'

'अरे जब इनसान ही नहीं रहे तो घर कैसे रहेंगे? अब सब नए-नए लोग आ बसे हैं। चाहे तो जाकर देख ले।'

'थोड़ा पानी मिल जाता तो...बाबू!'

'जा, बाग में नल है।'

नलकूप! वाह, किस तेजी से पानी ऊपर आता है। इसके पहले तो हर जगह कुआँ था। पानी पीकर माँगन बाहर आ गया। थाने की ओर पीठ करते ही धीरे-धीरे उसके कदम स्वाभाविक रूप से आगे बढ़ने लगे। थाने में प्रवेश करते हुए वह पैर घिसट-घिसटकर चल रहा था, माँगन का इस बात पर ध्यान ही नहीं था, ठीक वैसे ही, जैसे अब वह बड़े-बड़े डग भरता हुआ चल रहा है, इस पर भी माँगन का ध्यान नहीं गया।

बड़सुली तक वह पैदल ही पहुँच गया। चौदह वर्षों में उसकी उम्र चालीस साल हो गई है। उसमें जरूर काफी बदलाव आ गया होगा। पर जन्म से ही जानी-पहचानी जगह जैसे और भी अधिक बदल गई है! वो घने छायादार वृक्ष कहाँ गए, सन्थाल युवतियाँ अपने बालों में जिनके फूल गूँथा करती थीं। छातूलाल पानवाला आज भी वहीं है। माँगन कुछ क्षणों के लिए रुका।

'क्या पान खाओगे?'

'नहीं, एक बीड़ी दो।'

'लो।'

छातूलाल ने उसे नहीं पहचाना। माँगन ने भी उसे कुछ नहीं कहा। कहे भी क्या?

'कुछ कहोगे?'

'बड़सुली जाऊँगा।'

'बड़सुली...तुम...तुम...'

'माँगन सन्थाल।'

'हाँ, समझ गया। पर वहाँ तो अब तुम्हारी जात का कोई नहीं रहता। कई साल हुए...'

'कहाँ गए, कुछ बता सकते हो?'

'नहीं। जाने कहाँ चले गए...'

माँगन के भीतर कुछ टूट-सा गया। अब बड़सुली जाने का क्या लाभ? और जाए भी तो कहाँ? रास्ते में एक पेड़ तक नहीं दिखाई देता।

वह दोबारा चामारी की तरफ लौटा। हाँ, वह तालाब आज भी वैसा ही है। उस दिन यह तालाब लबालब भरा था। दनी को लेकर जब वे लोग आ रहे थे, इसी तालाब से पानी पीया था। अब तो दनी का चेहरा भी याद नहीं आता। क्रोध बड़ा चंडाल होता है रे! दनी ने भी उसे क्यों उकसाया था? पलक झपकते ही जैसे प्रलय आ गई थी। उस दिन अगर उसके सिर पर भूत न सवार होता तो आज दनी जीवित होती। वह रहती, सब जैसा था वैसा ही रहता।

अन्य सन्थालों के साथ वह भी बेघर-बार हुआ होता। फिर भी तो सब एक साथ ही रहते। इस तरह से सब खो न जाते। एक सन्थाल दूसरे सन्थाल का साथ चाहता है। बहुत अशान्त मन से माँगन ने तालाब का पानी पीया तथा सिर पर थोड़ा पानी डाला।

वह फिर चामारी लौट आया। थाना से काफी दूर बस-रास्ते के किनारे एक पेड़ के नीचे सुस्ताने लगा। उसके पास कुछ रुपए तो थे, उन्हीं से थोड़ी-सी लाई खरीद ली। जेल में वह था जरूर मगर माँगन इसके बारे में ठीक से जानता नहीं। लाई इन दिनों चार रुपए किलो मिलने लगी है।

दो-तीन दिन माँगन चामारी बाजार में घूमता रहा। बाजार में भी कोई सन्थाल नहीं आता। किससे क्या पूछे, जाए तो कहाँ जाए। आखिरकार सत्तू-भूँजा वाले दुकानदार की शिकायत पर सिपाही उसे पकड़कर थाने ले गए। अपने पैरों को घसीटते हुए माँगन उनके सामने जाकर खड़ा हो गया। बड़े बाबू ने झुँझलाकर नजरें उठाईं। चामारी में लावारिस आदमी? कौन है रे बाप? डाका डालने के इरादे से पता लगाने आए हो?

उसके बाद ही वे हैरान हो गए।

'कौन है रे, माँगन?'

'हाँ, बाबू।'

'अब भी यहीं पर रुका हुआ है?'

'कहाँ जाऊँ बाबू?'

बड़े बाबू उसे देखते रहे। लाइफर। थाना-पुलिस से डरता है। सन्थाल भरोसेमन्द भी होता है, और मेहनती भी। चाल-चलन ठीक न होता तो कुछ ही सालों में रिहा न होता। बटबाड़ी के छोटे थाना के बड़े बाबू के दूर के रिश्ते के साले बड़ी तकलीफ में थे। प्रमुख असुविधा तो पानी भरने की थी। थाने में कुआँ बना नहीं पा रहे। जितना भी खोदो, नीचे बस पत्थर-ही-पत्थर है। विस्फोट से भी पानी नहीं निकल रहा, यह भी एक झमेला है। पंचायती कुएँ से पानी खींचना पड़ता है या बाँध से।

'काम करेगा?'

'करूँगा।'

'कल भेज दूँगा। आज जरा यहाँ के बगीचे को झाड़-बुहारकर साफ कर दे।'

कितने वर्षों से माँगन ने अपनी मर्जी से कुछ नहीं किया। जो कहा जाए, वही करता है। जेलर बाबू के यहाँ बागबानी करता था। झाड़ू और खुरपी दे दो बाबू। घास छील दूँ! माँगन पैर घिसट-घिसटकर काम करता था। चारों ओर खाकी पोशाकें, लाइफर! उस सन्थाल लाइफर को जेलर बाबू के घर भेज दीजिए। उसके जाने से उनके बाग में नई जान आ गई। लाइफर! माँगन निपुण हाथों से झाड़ू लगाता रहा। कूड़ा जला दूँ बाबू? या फिर गड्ढा खोदकर डाल दूँ, सड़कर खाद बनेगा। फिर उसने लाइफब्वाय मलकर स्नान किया। फिर लोहे की थाली में भात खाया। पैर पिसट-घिसटकर नाप-नाप कर चलते हुए बाग में चला गया। गुलमोहर की छाया-तले गमछा बिछाकर सो गया। झाड़ू से बुहारे गए बाग की मिट्टी पर माँगन के पैर घिसट-घिसटकर चलने के निशान। लाइफर! सोए हुए माँगन को देखकर बड़े बाबू को लगा, 'कुछ भी हो, एक गरीब की मैंने मदद की है।' उनका मन गहरे सन्तोष से भर गया।

अगले दिन माँगन को जीप में बिठाकर बटबाड़ी ले गए। चारों ओर फैले हुए धान खेत,

क्यारियों में बँटे हुए। बटबाड़ी रूखी जगह है। अगहन आने वाला है। धान की बालियाँ पक गई हैं। दूर रामगिरि पहाड़ दिखाई देता है। सलाई नदी से नहर निकालने की कोशिश की गई थी पर कोई लाभ नहीं हुआ। उस नहर पर अब बाँध बना दिया गया है। सरकार ने बटबाड़ी के उस पार जंगल बनाया है।

गाँव का चेहरा धूल-धूसर है। थाने का चेहरा भी कुछ ऐसा ही है। बड़े बाबू का साला 'लाइफर' सुनते ही चौंक गया। बड़े बाबू ने कहा, 'लाइफर के अलावा कोई पेट-भर भात के बदले दिन भर पानी नहीं खींचेगा। महीने में पाँच रुपए हाथ खर्च दे देना। बातें बहुत कम करना, बेटा-बेटा मत बोलना। छोड़े जा रहा हूँ, बाद में कहोगे अच्छा ही किया था।'

साले ने कहा, 'जीजाजी, बदली नहीं हुई तो मैं यहाँ मर जाऊँगा। न स्कूल है न और कोई सुविधा।'

'भाई रे! ऐसे निर्वासन में हम भी रह चुके हैं। कुछ साल तो घिसटना ही पड़ेगा। उसके बाद जोरबाड़ी में भिजवा दूँगा। अच्छी जगह है। स्कूल है, बिजली है।'

बड़े बाबू जीप से चामारी लौट गए। 'अच्छी तरह से रहना माँगन। कोई परेशानी हो तो बाबू से कहना, माँ से कहना।'

'बड़सुली माझी टोले का पता चले तो बताना बाबू! उनसे मिलो तो मुझे खबर करना।'

'हाँ-हाँ, जरूर बताऊँगा।'

बड़े बाबू जब जीप पर बैठे, तब बटबाड़ी के थाना बाबू ने झटपट एक हाँड़ी भी रखवा दी। बटबाड़ी की विशेष मिठाई–सन्देश। आपके आने की सूचना मिलती तो पहले से मँगवाकर रखता। यह तो केवल नमूना है, पहले का रखा हुआ था।

'जमाना बहुत बदल गया है भाई! अगर वे स्वयं कुछ दें तो ले लेना पर कुछ माँगना मत। जमाना ठीक नहीं।'

'यह तो रोज ही देखने में आ रहा है। और थाने में आता ही कौन है? पब्लिक भी जानती है कि अब थाने पर भरोसा करना बेकार है। थाने को वही करना पड़ेगा जो दादा लोग कहेंगे।'

'और जरा इधर से उधर हुआ कि थाने को बदनाम करेंगे। जानते ही हो सब। खैर, माँगन को छोड़े जा रहा हूँ...'

'वह इस तरह पैर घसीटकर क्यों चलता है?'

'लाइफर था न...आदत पड़ गई है। चलता हूँ भाई। रेणु, चलता हूँ! पति के साथ कुछ दिन निर्वासन में रहो। बाद में अपनी दीदी की तरह ऐश करना।'

'फिर आइएगा।'

सम्भवतः अस्पष्ट आवाज में 'हाँ' कहते हुए बड़े बाबू चले गए। छोटे बाबू ने माँगन को बुलाया। बोले, 'आओ चलो, तुम्हारा कमरा दिखा दूँ। देखो कितना बड़ा बाग है, पर पानी के साथ कोई दूर का रिश्ता भी नहीं है। यह रहा कमरा।'

बाग की ओर एक छोटा-सा कमरा था। माँगन ने सिर झुकाया। ठीक है, वह रह लेगा। 'चलो, कुआँ कहाँ है तुम्हें दिखा दूँ। पानी की कमी से थाना सूखा पड़ा है। गर्मी में तो सब जैसे...'

माँगन पैर घिसट-घिसटकर, नाप-नाप कर कदम उठाता है। काँवर में पानी ढोकर लाने में उसे कोई असुविधा न होगी। कुएँ से रसोई के लिए पानी, पीने का पानी, नहाने का पानी बाँध से। मैं तो बाँध पर ही चला जाता हूँ। केवल घर की महिलाओं के लिए...माँगन ने सिर हिलाया। छोटे-छोटे कदमों से चलने लगा। विकसित पर विकासहीन बटबाड़ी उसे ऐसा प्रतीत हुआ जैसे शैशव से जाना-पहचाना बड़सुली का इलाका हो। छोटे बाबू जो भी कह रहे हैं, वह सब-कुछ करेगा।

वह सब-कुछ बिना किसी प्रतिवाद के करता रहा। छोटे-छोटे कदमों से चलते हुए काँवर में पानी ढोकर लाता रहा। स्नान-घर और रसोईघर से कुछ दूर तक नाली बना दी। वहाँ पर सब्जी का बाग लगा दिया। देखना, जेल में रहकर कैसी बागबानी सीखी है। हर समय जैसे वह नशे में रहता है, जैसे किसी जादू-मंत्र के वश में हो। जो कुछ करता है, सब-कुछ जैसे किसी मंत्र के पाश में बन्दी होकर ही करता हो।

जेल के जीवन में जाने से पहले उसका एक व्यक्तिगत जीवन था! जेल जाते समय उसके मन में इस बात का बड़ा दुख था कि पंछी जैसे किसी फन्दे में फँस जाता है वैसे ही मैं भी अजीब गोरखधन्धे में फँस गया हूँ। बहुत दुखी होकर उसने चाचा से कहा था, 'चाचा! सालों तक मुझे बाँधकर मारेंगे। इससे तो अच्छा था फाँसी पर ही चढ़ जाने दिया होता।'

चाचा का चेहरा दुख और कष्ट से जैसे विदीर्ण हो गया था। 'हा! देखो! यह लड़का कैसी बात करता है। तू क्या केवल अपने लिए ही जन्मा है रे माँगन! तेरी माँ की सब सन्तानें मर जाया करती थीं। इसलिए बाबू की पत्नी ने कहा था—इस बेटे को तू माँग ले। उसका नाम रख दे माँगन। तभी वह जीवित रहेगा। जिस गर्भवती स्त्री के बच्चे मर जाया करते हैं, उनके लिए यही एक उपाय है। तू रिहा होकर आएगा तो तेरा फिर से ब्याह करूँगा। तेरे बेटे को गोद में खिलाऊँगा। मेरे मन को भी सुख-चैन मिलेगा।'

तब मन के किसी कोने में यह भरोसा था कि उसका व्यक्तिगत जीवन कहीं उसके लिए प्रतीक्षा कर रहा है। पर जेल से छूटकर उसने देखा कि वे सब कहीं नहीं हैं। किसी चित्रकार ने बड़सुली मौजा से माँझीपाड़ा की तस्वीर पोंछकर एक दूसरी तस्वीर बना दी है।

अब तो फिर से थाना-पुलिस-वर्दी को लेकर ही उसका जीवन और जगत् है। वह तो लाइफर है। अब भी बन्दी है। पाँव में बेड़ी है। नाप-नाप कर कदम रखो, हुक्म मानकर काम करो। अगर कहीं और जा पाता, जहाँ पर उसे बार-बार यह याद कराने के लिए वर्दीधारी पुलिस न होती कि वह एक लाइफर है, तब तो वह उस रामगिरि पहाड़ तक दौड़ता हुआ चला जाता, देख आता कहीं कोई ढोल डमक-डमक-डिम-डिम बजता है कि नहीं? क्या कहीं किसी सहराय उत्सव में सन्थाल बहू अपने माँ-बाप-भाई-बहन के न होने पर दुख-भरे स्वर में आज भी गाती है—

'भाला रे! एगाएँ आपूएँ!
भाला रे!'

कहीं कोई सरहुल परब में लड़कियाँ बालों में फूल लगाकर नाचती हैं?

कैदी है, वह अब भी कैदी है, तभी तो माँगन एक-एक कदम रखता चलता है। छोटे-छोटे कदम। थाना से बाँध तक, बाँध से थाना। सर्वत्र उसके पैरों के घिसट-घिसटकर चलने के निशान दिखाई देते हैं।

थाना बाबू के घर में वह किसी के साथ बात नहीं करता, सिपाहियों के साथ भी वह बोलता नहीं है। काम हो जाने पर वह सरकारी 'फारेस' (फॉरेस्ट) में चला जाता है। सरकार ने यूक्लिप्टस लगाया है। फिर भी पेड़-पौधे, जन-मानव कोई नहीं है। माँगन को पता नहीं चलता कि जब वह जंगल में चलता है तो अपने आप ही बड़े-बड़े कदमों से डग भरता है।

ऐसे चलते-चलते कभी-कभार बीट बाबू के साथ मुलाकात हो जाती है। सब्ज खाकी जामा और पतलूनधारी बीट बाबू को देखते ही अनजाने में माँगन छोटे-छोटे कदमों से नाप-नाप कर चलने लगता है। बीट बाबू, बीच-बीच में थाने में भी आ जाते हैं। 'हम लोग निर्जन जगत् में निवास करते हैं। मैं आपके पास आऊँगा, आप मेरे पास आएँगे, नहीं तो मनुष्य कैसे जीएगा!' बीट बाबू माँगन को अच्छी तरह से पहचानते हैं। जब भी मिलते हैं, बातें करते हैं।

'अरे माँगन!'

'हाँ बाबू!'

'यहाँ घूमते हुए कोई गार्ड दिखाई दिया?'

'ना बाबू।'

'सब साले कामचोर हैं।'

'मैं क्या जानूँ बाबू।'

'देखना, कोई पेड़ न काटे। देखते ही धर-पकड़ के मेरे दफ्तर में ले आना, समझा। पैसा मिलेगा, पैसा।'

'हाँ बाबू!'

वह भला किसी को पकड़ सकता है, जंगल-दफ्तर तक उसे ले जा सकता है, इसके बदले में उसे रुपए मिल सकते हैं। इन सब बातों पर माँगन को यकीन ही नहीं आता।

सिपाही उससे कहते हैं, 'तू बड़ा मूरख है रे माँगन! जंगल में घूमता रहता है, कोई पेड़ नहीं काटता?'

'कौन काटेगा?'

'तेरी जात के लोग।'

'कहाँ हैं वो?'

'रामगिरि के उस पार से आते हैं।'

'फारेस में?'

'हाँ रे मूरख! कभी पकड़ में आएँ तो यहाँ लेकर चले आना। दमादम जुर्माना, हम लेंगे, बीट-बाबू लेंगे—यहाँ है ही क्या, सिर्फ तनख्वाह से काम चलता है क्या?'

माँगन ठीक से समझने की कोशिश करता है। उसके बाद थाना-बाबू से पूछता है, 'हाँ बाबू?'

'क्या है रे माँगन?'

'सन्थाल लोग फारेस में घुसते हैं?'

'तूने देखा है?'

'सिपाही बता रहे थे?'

'आते होंगे। तू तो जंगल में ही घूमता है, कभी दिखाई दे तो बताना, पकड़कर ले आना। लाएगा न?'

'पकड़कर लाऊँ?'

'हाँ, पकड़कर लाना।'

'जंगल में सन्थाल आते हैं?'

'और नहीं तो क्या?'

'कहाँ से आते हैं?'

'दूर से। और उनका भी क्या दोष! पकड़े जाने पर कहते हैं, बाबू ने रुपया देकर पेड़ कटवाया है। उन्हें तो अपने पेट की आग को शान्त करना है! पाँच रुपए हाथ पर रख दो तो पेड़ तो पेड़, इनसान तो इनसान, पहाड़ तो पहाड़, जो कहोगे सब काट देंगे। यह बात है।

'बाबू! मैंने तो उन्हें कभी नहीं देखा।'

'पर वो तुझे जरूर देखते होंगे।'

'माँगन अपने को बेहद विवश महसूस करता है। कितने समय से अपनी जात के लोगों के साथ कोई सम्पर्क नहीं है। इसलिए क्या वह बिलकुल बदल गया है? सन्थाल हड़ को ढूँढ़ते-ढूँढ़ते उसकी आँखें पथरा गईं, जबकि वे लोग आते हैं, इसी जंगल में आते हैं। फिर भी माँगन कभी उन्हें नहीं देख पाता।'

'मैं उन्हें जरूर ढूँढ़ निकालूँगा।'

'अगर वे लोग गिनती में ज्यादा हों तो चुपचाप आकर खबर कर देना। फारेस तो बिलकुल बचा ही नहीं! सरकार की भी बुद्धि कैसी है! जाने कैसे बियाबान में फारेस बनाया है।'

माँगन ने यंत्रचालित-सा कहा, 'हाँ बाबू! अगर वह थोड़ा सजग होता तो समझ पाता, जंगल यदि लगाना ही है तो निर्जन स्थल पर ही लगाना होगा। शहरी इलाके में दस-बीस हजार पेड़ लगाना सम्भव है क्या?'

आजकल तो थाने का सारा काम खूब जल्दी-जल्दी खतम करके माँगन जंगल चला जाता है। थाना बाबू की पत्नी उनसे कहती है, 'जाने कैसा लगता था बाबा। साँड़ जैसा जवान आदमी! मुँह से कुछ कहता नहीं, दिन भर अपने काम से काम। तो तुमने क्या उसे पेड़ों के फारेस में काम पर लगा दिया है?'

'औरत की कैसी बुद्धि? मैं क्या देश का राजा हूँ, जो उसे फारेस के काम पर लगा दूँ? मेरे कहने पर फारेस के बारे में एक धुन लग गई है। तुम्हारा तो सब काम निपटाकर ही जाता है।'

'सो तो है।'

'पानी समझ-बूझकर खर्च किया करना, समझीं? एक आदमी खींचे जा रहा है, और तुम उड़ेले जा रही हो, यह कैसी बात हुई?'

'लाइफर है, इसीलिए कर रहा है।'

'हाँ, यह तो है।'

थाना बाबू और उसकी पत्नी तो जैसे भूल ही गए थे कि माँगन अब लाइफर नहीं है। वास्तव में तो वह मुक्त था, आजाद। पर यह सब उन्हें याद नहीं रहता, क्योंकि स्वयं माँगन को भी यह बात याद नहीं रहती।

सन्थाल जीवन, जगत् और साहचर्य से वह सदा के लिए निर्वासित हो चुका है, आजीवन द्वीपान्तरित, ऐसा जानकर ही माँगन को लगा कि मारंग बुरु की इच्छा है कि वह लाइफर ही बना रहे।

पर वे लोग आते हैं, जंगल में घुसते हैं, माँगन को देखते हैं, पर उसके सामने नहीं आते, इस बात को जानते ही माँगन की लाइफर सत्ता की बुनियाद में दरार पड़ गई। जाने कहाँ बारती लोग करम परब के लिए शस्य बीज उगाते हैं, जाने कहाँ वे सहराय पूजा में आतपचावल के चूरे से तिनकों को घेरकर पाँच शाल-पत्रों में पीठा सजाकर, दीया जलाते हैं, जाने कहीं किसी सूखी-जली मिट्टी पर वर्षा की बूँदें पड़ती हैं, कोदो गाछ में अंकुर फूटते हैं।

माँगन बेहद विचलित हो जाता है। जंगल में पहुँचकर वह एक अलग ही माँगन बन गया। यह माँगन सर्वत्रगामी, खरगोश की तरह सतर्क, अन्धकार की तरह निःशब्द है। वृक्षों की कतार, एक वृक्ष के बाद दूसरा वृक्ष। जहाँ यूक्लिप्टस खत्म होते हैं, वहीं शालवन है। महीरूह नहीं, तरुण साल के वृक्ष। झाटी वन कहाँ तक फैला है। कौन है जो वृक्षों को काटते हैं। कौन झाटी बटोरते हैं, कौन हैं जो छाया की भाँति निःशब्द सर्तकता से उसका अनुसरण करते हैं?

'कौन है रे सन्थाल हड़! जवाब दो रे! मैं किसी को नहीं पकड़ूँगा। कितने दिनों से अपनी जात के लोगों का मुँह भी नहीं देखा, अपनी भाषा नहीं सुनी, दुख ने मुझे बहुत सताया है रे, मुझ पर दया करो रे!'

हवा की तरह कोई सरसराते हुए हट जाता है, खरगोश बनकर न जाने कौन लोग क्षिप्रता से दौड़कर चले जाते हैं, वृक्ष के पत्तों के सर-सर मर्मर में जाने कौन लोग फुसफुसाकर बातें करते हैं। उन्हें ढूँढ़ने में माँगन व्यर्थ-विफल होकर लौट आया। बेड़ियाँ पैर से अब भी नहीं उतरीं, बेड़ियाँ अब भी ज्यों-की-त्यों हैं।

पाँव घिसट-घिसटकर, नपे-तुले कदमों से लाइफर काँवर में पानी ढोता रहता है। उसकी आँखें खुली रहती हैं। उसकी आँखों की मणि की ओर ठीक से देखो, वह सपनों में खोया है। मानो वह किसी जादू की छड़ी के स्पर्श से बन्दी है। चाचा ने किससे कहा था, ब्याह रचाएगा, किसके बेटे को गोद में खिलाकर अपने को धन्य मानेगा? वह लाइफर नहीं, वह लाइफर नहीं हो सकता। वह लाइफर कैसे माँगन बन सकता है, अगर जंगल में जो घुसते हैं और बाहर निकल जाते हैं, उनका ठौर-ठिकाना ही न मिले? क्या उन्होंने उसे बिटलाहा (जात बाहर) कर रखा है? वह तो जेल में बन्दी रहने का प्रायश्चित्त इसी क्षण करने को तैयार है।

'लाइफर! कुंडा भर दे, अतिथि आएँगे।'

वह बाँध से पानी भरने पहुँचा, तो चिकने काले पत्थर को देख एक जानी-पहचानी अनुभूति ने उसे घेर लिया। जैसे चाची की खुरदरी हथेलियाँ माँगन को सहला रही हों।

नीम तेल की गन्ध। निबौली को पीसकर निकाले गए तेल की कड़वी और तीव्र गन्ध, यह तो जानी-पहचानी गन्ध है। माँगन ने पत्थर पर सिर रख दिया। उस पर अपना मुँह रगड़ने लगा। शायद कोई सन्थाल स्त्री-पुरुष बाँध के पानी से नहाकर गए होंगे। रूखी देह को भिगोकर पत्थर पर बैठकर सिर और बदन पर नीम का तेल रगड़-रगड़कर लगाया होगा। माँगन ने लम्बी साँसें लेते हुए उस गन्ध को अनुभव किया। चाची रे! दनी रे! माँगन रोने लगा। माँगन का

खोया हुआ अतीत, माँगन का अपहृत जीवन, इस नीम बीज पिसे तेल की कड़वी और तीव्र गन्ध से जैसे लौट आया है।

काँवर में पानी लेकर माँगन लौट आया, उसका चेहरा गुमसुम-सा है। धान की कटाई हो चुकी है। अगहन समाप्त होने को है। पौष शुरू होने वाला है।

हवाओं में ठंड की चुभन। सिपाही घास-फूस से आग जलाते हैं। मांस पकाने की सुगन्ध आ रही है। आज थाने में बहुत से अतिथि आए हैं। बीट बाबू, उनकी पत्नी, उनके बच्चे।

बीट बाबू ने उसे बुलाया।

'अरे माँगन! किसी को पकड़ा तूने?'

'ना बाबू! एक बार पकड़ने पर छोड़ूँगा नहीं।'

'पकड़े भी कैसे। रात के अन्तिम पहर में आते हैं, भोर होते ही भाग जाते हैं। साँझ को सब ठीक-ठाक करके रख जाते हैं। कौन करवा रहा है, क्या हो रहा है वहाँ, सब जानता हूँ। सिर्फ दो गार्ड लेकर उन लोगों के सामने जाऊँ भी तो कैसे? टाँगी, कुल्हाड़ी कमाल की चलाते हैं, एकदम हट्टे-कट्टे हैं।'

'फिर ऐसे समय ही जाऊँगा, बाबू।'

'सुनो पागल की बात! जंगल में रात बिताएगा क्या?'

'रात बिताने पर वे दिखाई देंगे?'

थाना बाबू और बीट बाबू हँसने लगे। थाना बाबू बोले, 'जा खा ले जाकर। दिन भर बहुत खटता है।'

'जाता हूँ बाबू।'

'लाइफर बहुत मेहनती होता है, जानते हैं बीट बाबू?'

'सब लोग जहाँ से पानी लाते हैं, वहाँ से नहीं लेता। वह बहुत दूर चला जाता है। ठीक है न?'

'हाँ बाबू।'

'सावधान रहना जरा, जंगल जाना तो लाठी साथ में रखना। उनका कोई भरोसा नहीं।'

'हाँ बाबू।'

पैर घिसट-घिसटकर माँगन चला गया। उसका खाना परोसकर रेणुबाला ने थाली को ठेल दिया। भात के पहाड़ पर दाल, पास में थोड़ा-सा गोश्त। इस हलकी ठंड में तो सूअर के गोश्त के साथ गरम भात खाने के दिन हैं। जाड़ों के चाँद का मलिन मुख तो देखो जरा। भात लेकर माँगन अपने कमरे के बाहर बैठ गया। बीट बाबू की बात बिलकुल ठीक है। साँझ होते-होते, या फिर रात के अन्तिम पहर में वे सब आते हैं।

सिपाही ने करुणा-भरे स्वर में पूछा, 'अरे लाइफर! तुझे गोश्त दिया कि नहीं?'

'दिया है।'

'ठीक है। खा ले।'

'अच्छा, अगर वे जंगल में घुस आएँ तो उन्हें थाने में लाया जा सकता है?'

'जरूर। थाना जो चाहे कर सकता है।'

'उसके बाद क्या उन्हें जेल भेजते हैं?'

'भेज सकते हैं! पर कभी पकड़ में आने पर उनकी टाँगी-कुल्हाड़ी छीन लेते हैं, जुर्माना करके छोड़ देते हैं।'

'वे गरीब हैं।'

'सब बेच-बाचकर जुर्माना भरते हैं। कितनी कोशिशों के बाद, कितनी मुसीबतों से जूझकर सरकार जंगल बनाती है। लकड़ियाँ बेचकर कितना पैसा कमाती है सरकार–तो चोरी करने पर यूँ ही छोड़ देंगे? '

'नहीं-नहीं, छोड़ेंगे क्यों?'

माँगन ने मन-ही-मन कहा, छुट्टी न मिलने के कारण सिपाही बड़ा झुंझलाया हुआ है। उसने कहा, बीट बाबू को भी पहचानता हूँ और अपने दारोगा बाबू को भी जानता हूँ। जंगल का क्या कर रहे हैं, यह भी जानता हूँ। पर माँगन, पालधि बाबू जितने पेड़ कटवाकर चालान कर रहे हैं, वो रुपया तो हमने कभी अपनी आँखों से देखा नहीं, ना ही गार्ड ने देखा। दो-चार डोम, सन्थाल पकड़ में आएँ तो हमें भी दो-चार रुपए मिल सकते हैं। इस थाने में अब कुछ नहीं धरा है। बहुत बुरी जगह है।

'ऐसा ही होगा।'

'तू मजे में है। पानी ढोकर लाता है, मिट्टी खोदता है, खाता और सोता है।'

'हाँ भाई।'

सिपाही चला गया। माँगन ने अपनी थाली और गिलास को माँजकर रख दिया। फिर कमरे के आगे बैठ गया। ऐसी रात में क्या ये लोग जंगल में आते हैं? रामगिरि पहाड़ के उस पार क्या है? सन्थालों की बस्ती? बड़सुली के लोगों ने क्या वहाँ पर घर बसाया है? जेल में कैद रहना तो एक तरह से अपवित्र बने रहने के समान है। समाज को खिलाना होगा? जैसा समाज चाहेगा।

अँधेरा रहते ही माँगन उठ गया। ऐसे में वे लोग शायद वहाँ पर आएँगे। पानी ढोने का काँवर हाथ में ले लिया। पके बाँस का मजबूत काँवर। इसी से लाठी का काम चलाया जा सकता है। वह किसी को नहीं मारेगा। सियार या लोमड़ी को भगाने के लिए ही...।

आजकल तो बटबाड़ी में भी सब बदल गया है। नहीं तो बाँध के किनारे अगर घने काले कुश घास का वन होता तो ऐसे जाड़ों के दिनों में जलचर पंछी उड़कर यहाँ आते, घोंसला बनाते। बड़सुली के जीवनकाल में, झिनाई नदी के सीने पर तीर मारकर माँगन चिड़ियों का शिकार किया करता था। चाची उनका मांस पकाया करती थी। यूक्लिप्टस का वन बहुत निःशब्द होता है। पक्षी उसकी डालों पर घोंसला नहीं बनाते।

माँगन ने थाने को पीछे छोड़ दिया, लम्बे-लम्बे डग भरता हुआ चलने लगा। लाठी टेकते हुए कूद-कूदकर चलने में कितना मजा आ रहा है। अब पैरों में बेड़ियाँ नहीं रहेंगी। थाना-पुलिस देखते ही पैर बँध-से जाते हैं। पैर घिसट-घिसटकर चलना पड़ता है। तुम सब कहाँ हो? किसके लिए लकड़ियाँ चुराते हो? क्या वही तुम्हें पकड़वाते हैं? माँगन तुम्हारा दुश्मन नहीं है रे। माँगन को तुम लोग अपने पास बुला लो। नीम तेल की गन्ध ने उसे पागल कर दिया है। कहाँ हो तुम जो जाड़ों की हवा में रूखी-सूखी देह को माटी से मलकर नहाते हो, फिर देह को पोंछकर रगड़-रगड़कर नीम गन्धयुक्त कड़वा तेल लगाते हो? सोंधी-सोंधी सी महक। यह तो गरीब सन्थाल की देह की गन्ध है।

माँगन जंगल में घुस गया। नहीं, दीर्घ और उन्नत यूक्लिप्टस का उद्धत वन नहीं। वे तो साल वन में आते हैं। शाल, सार्जोम, गड़ाम देवता होते हैं।

वे झाटीवन में लौट रहे हैं। कहीं चलने-फिरने की आहट, कौन हैं जो दौड़ते हुए छिप गए, माँगन नक्षत्र वेग से दौड़ने लगा, आँधी में फँसे पत्ते की तरह उड़ता चला गया। छाया सरकती रही, छाया हिली-डुली। माँगन ने शाल-पत्र की डाली तोड़ ली। अरे, हाथों में शाल-पत्र की डाली लेकर आया हूँ रे, मुझे मारना मत।

'रुक जा।'

किसी ने दबे स्वर में गरजते हुए कहा। उसने पत्थर फेंककर मारा। 'मुझे मत मारो, मैं माँगन सन्थाल हूँ, भैया! बहुत सालों से बेड़ियाँ पहन रखी हैं। ठीक से कदम भी नहीं रख पाता।'

किसी ने पैर में लाठी मारी। माँगन नीचे गिर गया। नहीं, ज्यादा नहीं लगी। माँगन उठ सकता है। उन्होंने उसे घेर लिया। काले-काले चेहरे।

'तू थाने का भेदिया है?'

'सन्थाल होकर अपनी जात को पकड़ने आया है?'

'काटकर फेंक देंगे।'

'मेरे हाथ में तो शाल-पत्र की डाल है।'

'शाल-पत्र की डाल?'

'यह देखो।'

'तब?'

गवाई ने झुककर कौतूहल से देखा। अरे, नीम बीज तेल की गन्ध है रे, नीम बीज तेल की गन्ध।

रात चार का वक्त है। बहुत हलका उजाला है। माँगन नदी के कल-कल स्वर में अपने बारे में कहता है, ओस की बूँदों की तरह रोता है। काले-काले मुख मौन हैं। भावहीन। माँगन ने सबकी ओर देखा। सब प्रौढ़ पहाड़ हाँसदा की ओर देखने लगे।

पहाड़ हाँसदा अपनी कुल्हाड़ी पर टेक लगाकर खड़ा हुआ। बहुत देर तक सोचता रहा, सोचता रहा, सोचता रहा।

'क्या राय है पहाड़ हाँसदा? सुबह होने वाली है।'

पहाड़ ने पिच से जमीन पर थूका, सिर हिलाया। फिर बोला, 'उठो माँगन, उठो।'

पहाड़ ने सबको देखा। हमारी जात का है। सन्थाल हड़ है। हम गरीब हैं, गरीब ही रहते हैं, पर माँगन को त्यागना धर्म नहीं होगा। चारों ओर शाल-पत्र का वन है। पूरब के आसमान में देउता। चलो माँगन, सन्थाल हड़ के दुख जर्जरित अनिश्चित जीवन की ओर लौट चलो!

माँगन उठ खड़ा हुआ। ला।ओ, उसके सिर पर भी लकड़ी का एक गट्ठर रख दो। सामने लम्बा रास्ता तय करना है। बहुत जल्दी-जल्दी पैर बढ़ाना होगा, रामगिरि की चढ़ाई पर चढ़कर उस पार उतरना होगा।

माँगन ने काँवर को वहीं फेंक दिया, पैरों से बेड़ियाँ फेंक दीं। अब लम्बे-लम्बे डग भरता हुआ माँगन चलने लगा, नदी के कल-कल स्वर में बातें करता जा रहा था। धीरे-धीरे अपने

स्वजाति, सज्जनों से बड़सुली-माँझी टोले के सन्थालों के बारे में कुछ जानते हो? ना-ना, ऐसे ही उनके बारे में पूछ रहा हूँ। मिलें तो ठीक, न मिलें तो भी ठीक। माँगन अब ऐसा वृक्ष बन गया है, जो इधर-उधर बहते-बहते धरती को पा गया है। नए समाज में ही अपनी जड़ें फैलाएगा, जीवन्त जड़ों से वृक्ष पुनः तेजी से सजीव हो जाएगा। सामने रामगिरि की चढ़ाई है। माँगन को यहाँ तक पहुँचने में वक्त ही नहीं लगा।

डाइन

चैत के महीने में वर्षा नहीं होती है। वैशाख और जेठ तपते हुए आए और गए, अषाढ़ धूमावती बनकर आया। बादल दिखाई देते थे, छिप जाते थे। कुरुडा की दार्शनिक, निराशावादी बुधनी उराँव गम्भीर सन्तोष के साथ बोली, 'ओह, इस बार सूखा तो पड़ा ही, अकाल भी हुआ।'

वे कुरुडा नदी का पानी भर रही थीं। सनीचरी बोली, 'हाँ, लच्छन बहुत खराब हैं। आसमान में गिद्ध और चीलें मँडरा रही हैं, देखा है?'

मोती बोली, 'अबकी सरकार अकाल में मरने नहीं देगी। पहले से ही खिचड़ी देगी।'

बुधनी बोली, 'सुना है?'

'आदमी आया था। तोहरी को रिलीफ जाएगी। सड़क बनानी होगी। मजूरी देंगे, खिचड़ी, माइलो देंगे।'

बुधनी बोली, 'तो अकाल गाँव में घुसेगा, तो जाऊँगी कैसे? पहले ही चली जाऊँगी। अकाल आकर सूने गाँव में रहे।'

इस बात पर उस समय किसी ने ध्यान नहीं दिया, लेकिन बहुत जल्दी बात नए ढंग से दिखाई पड़ी और सभी बोले, 'अकाल आकर सूने गाँव में रहे, बात असगुन बुलाने जैसी हुई। कुरुडा इस समय असुभ और अमंगल को बुला रहा है। एक गिद्ध बातों को हवा में से झपट्टा मारकर उठा लेता है और डाइन को पहुँचा देता है।'

उस समय डाइन रहने की जगह खोज रही थी। अकाल के साथ जो कुछ हुआ सब डाइन के कारण।

बच्चे रिलीफ में दिया हुआ सोयाबीन का दूध पीकर गरदन उलटकर कै करते-करते मरे जा रहे हैं। गाय-भैंसें मर रही हैं। पेड़ों से चक्कर खाकर कौस मरे जा रहे हैं। डाइन के रहने से यह सब हो रहा है।

डाइन का कोई ठीक-ठिकाना नहीं है। रोज जिनके साथ उठते-बैठते हो, उन्हीं में डाइनें हो सकती हैं। डाइन के आसपास रहने से ऐसी बड़ी-बड़ी आश्चर्यजनक घटनाएँ हो सकती हैं जिन्हें न किसी ने देखा हो, न सुना हो।

मुरहाई में एक गंजू बुढ़िया चकमक पत्थर से आग निकालकर बीड़ी पीने चली। चकमक पत्थर से आग के बजाय खून निकला। कहीं अभी-अभी पैदा हुआ बच्चा अँजीठी को पैरों से ठेलता सड़क पर चला जा रहा है। कहीं मुंडा लोगों के कब्रिस्तान में दिखाई दिया कि मुर्दे समाधि का पत्थर हटाकर बैठे गाना गा रहे हैं।

यह सब क्यों होता है, कोई सोच नहीं सकता। टूरा मुंडा-गाँव था। वहाँ के प्रधान ने कहा कि उसकी जवान लड़की टाहाड़ से टूरा लौटने की राह में हवा में गायब हो गई।

चारों ओर उलट-फेर है। सब जगह आतंक फैला हुआ है। अन्त में सब टाहाड़ के हनुमान मिश्र के पास गए। वे हिन्दू, ब्राह्मण, शिव मन्दिर के पुजारी और उस क्षेत्र के एक मुख्य व्यक्ति थे। हनुमान जी उपवास कर हत्या दे रहे थे। उसके बाद बोले, देवता ने उन्हें एक भयंकर सपना दिखाया है। 'मैं अकाल हूँ' कहती एक भयानक औरत, नंगी, एक लाल रंग के बादल पर बैठकर उड़ गई। पंचांग में कहा है कि वह डाकिनी थी। इस डाकिनी को खोजकर भगाना होगा। उसे मारकर खून-खराबी करने से या जलाकर मारने से सब लोगों का सत्यानाश होगा।

डाइन क्या कुरुडा, मुरहाई, हेसाड़ी—इस तरह के सब गाँवों को केन्द्र बनाकर फिर रही है। इसका कारण है कि इन सारे गाँवों के और इसी तरह के गाँवों के रहनेवाले महापापी हैं।

हनुमान मिश्र ने इस पाप के मामले की इस तरह से व्याख्या की—वे महापापी हैं। नहीं तो नक्सल गड़बड़ी, जे.पी. आन्दोलन, आपातस्थिति—सबमें पुलिस ने इन्हीं सारे गाँवों में गड़बड़ क्यों की? ऊँची जातवालों को क्यों नहीं छुआ? वे महापापी हैं—सारे गंजू-दुसाध-धोबी-ओराँव-मुंडा। अन्त के दो दल तो पापियों-के-पापी हैं। आज अपने असभ्य देइ-देउता, कल मिशन के यीशु, परसों हिन्दुओं के देवता! पूजा का कोई विचार नहीं। उससे वे अकाल में, सूखे में, पुलिस के नंगे नाच में किसी देवता से रक्षा नहीं पाते।

—वे महापापी हैं। नहीं तो सूखे और अतिवृष्टि में वे क्यों मर गए? भीख माँगने में लज्जा नहीं आती। मेहनत से डरते हैं, कामचोर हैं, फिर कहते हैं कि काम नहीं मिलता।

डाइन को भी इन पापी बस्तियों में अनुकूल आबहवा मिलती है। लेकिन डाइन को तलाशकर भगा न पाने में उनका ही सत्यानाश है।

यह बातें कहकर हनुमान मिश्र ने डर का एक बड़ा-सा अशरीरी प्रेत हवा में छोड़ दिया। अज्ञात भय से सब सूखने लगे।

सब एक-दूसरे पर अविश्वास करने लगे। अपने प्रिय और जाने-पहचाने लोगों के कामों पर भी अविश्वास करने लगे।

मुरहाई का सोदन गंजू अपनी बुढ़िया माँ को रात में उठकर बाहर जाते देख, उसके पीछे लग गया। माँ हमेशा की तरह बाहर से निपटकर उठ आई। आकर दरवाजा बन्द करने पर अचानक सोदन को लगा कि कोठरी में आकर जो पुआल के बिस्तर पर लेटी है वह उसकी माँ नहीं है। डर के मारे सोदन चिल्लाता हुआ निकल गया और पड़ोसियों को पुकारा। पड़ोसी लोग सोदन की माँ को बत्ती जला-जलाकर देखते हैं कि उसके पैर धरती पर पड़ रहे हैं या नहीं, जमीन पर छाया पड़ रही है कि नहीं? इसके बाद सोदन की माँ का हाथ सबके सामने नहन्नी से काटकर देखा गया कि खून लाल है या काला? उसके बाद बुढ़िया को मुक्ति मिली। लेकिन अपने बेटे ने उसे डाइन समझा, इस दुख के मारे सोदन की माँ हरम देउ के थान पर जा बैठी।

उसका संकल्प बिना खाए मर जाने का था, लेकिन उपवास की औंघाई में जो नींद आई, तो उसे मन-ही-मन लगा कि सोदन को डाइन ने पकड़ लिया है। तभी वह उठकर चीखने लगी, 'सोदन, ओकर साथ मत जाइयो। ऊ डाइन है।' जाकर देखती है कि जो सोचा था वही है। सोदन एक मादा साही का पीछा कर रहा है। उसने सोदन को पत्थर मारकर लँगड़ा कर दिया और तब बच्चे को बचा सकी। साही रूपी डाइन निराश होकर भाग गई।

सारे पति-बाप-भाई-बेटे औरतों पर नजर रखने को लाचार हो गए। जमीन पर परछाईं पड़ रही है या नहीं, मैदान में मल-मूत्र त्याग करने के बाद जब वापस आते हैं तो साथ में सिर के ऊपर कहीं कौआ उड़ता हुआ आता है या नहीं, रात में बाहर निपटने के बाद कोठरी में आकर जो कुंडी लगाए वह आदमी है या नहीं? इन सब बातों पर कड़ी नजर रखी जाने लगी। डाइन को खोज निकालना आसान काम नहीं है। सब एक-दूसरे पर शक करने लगे जिससे कि बहुतेरी न होनेवाली घटनाएँ हो जाती हैं और हो गईं।

हर बरस अकाल में हेसाडी का दैतारि दुसाध अपनी माँ को टीन की एक कटोरी देकर बस-जंक्शन पर बैठा जाता था, इस बार भी उसने बैठा दिया। हर बार दैतारि की माँ एक-दो महीने भीख माँगती, रात में बरगद के नीचे सो जाती, बसों के क्लीनर लोगों के पास। क्लीनर भी घोर गर्मी में बरगद के नीचे ही पेड़ की छाया के बाहर पक्के चबूतरे पर लेटते थे। हर साल वे दैतारि की माँ को नींद में बड़बड़ाते सुनते थे। इस बार पहली रात के बाद ही उन लोगों ने शोर मचाया। बोले, 'रात में वह किस पिशाच को बुला रही थी? 'आओ, आओ' कह रही थी।'

दैतारि की बुढ़िया माँ ने मामले की गम्भीरता को ठीक से नहीं समझा। वह पोपले मुँह से हँसकर बोली, 'काली गौ को। नींद में सपना देखा कि वह खचड़ी गोठ में घुस नहीं रही है।' इसके बाद उसके खिलाफ केस को महत्त्व मिला। सपना, काली गौ! काला रंग अशुभ होता है, उसके लिए चीख-पुकार! क्लीनर बोले, 'भाग यहाँ से! नहीं तो ढेले मारकर भगा देंगे।'

बड़े ताज्जुब की बात थी। बुढ़िया तीन मील पैदल चलते-चलते मुँह के बल गिरकर मर गई। अधैर्य और मरभुक्खे सियारों के झुंड की कृपा से बुढ़िया का संस्कार भी दैतारि को न करना पड़ा। शीघ्र ही सबने निश्चय किया कि सियार नहीं, डाइन ही दैतारि की माँ को खा गई।

डर में रहते-रहते मानव का स्नायु-मंडल विद्रोह कर देता है। उस पर अगर अकाल का भी आतंक हो तो पापियों का दल उसका भार सहन नहीं कर सकेगा।

जो रिलीफ देते हैं उन्हीं रिलीफ अफसर, मिशन के कार्यकर्ता, सेवा संघ के साधु—सभी ने देखा कि पीड़ितों की आँखों में, चेहरे पर भयंकर क्रूरता और रूखापन है। उनकी आँखें चकरी की तरह घूमती रहती हैं, मानो कुछ ढूँढ़ रही हों। बड़े ताज्जुब की बात थी। इनके बारे में पहले यह मालूम था कि इस अंचल के आदिवासी, स्वभाव में अनुभवहीन थे। अकाल के दिनों यह लोग मिशन के दरवाजे पर बच्चों को छोड़कर चले जाते थे। आग लगने पर, गाँव राख हो जाने पर फौरन वहाँ नहीं लौटते थे। कारण पूछने पर कहते, हमारे पास बच्चे मर जाएँगे, मिशन उनकी जान बचा लेगा। घर जलने पर न लौटते, क्योंकि घर बनता है मिट्टी से, पेड़ों के पत्तों से। एक लोहे की कड़ाही और कमर का बलोया-फरसा छोड़कर घर में पैसे से खरीदी कोई चीज नहीं रहती। किस लालच से लौटें?

इन लोगों ने देखा कि यह आकर्षणहीन लोग अकाल के समय एकदम निर्लिप्त होकर बैठ जाते हैं। चेहरे पर और आँखों में किस तरह की दीवार खड़ी रहती है! उस रुकावट को हटाकर इनके मन में कोई मानवी कुतूहल नहीं उठाया जा सकता है। रिलीफ लेने में व्यस्त कंकाल मात्र जननी की गोद में कंकाल-से शिशुओं के आगे समाजसेवी महिलाओं ने 'देखो

बेबी, खिलौना देखो' कहकर झूम-झूम कर नाच दिखाकर भी पाया है कि बच्चे काँच की दीवार के उस पार से क्रूर उदासीनता में ताकते रहे।

इस बार इनकी आँखें और चेहरे बहुत सजीव थे। जाग्रत्, चंचल और क्रूर।

ग्राम-सेवी मंडली की रिपोर्ट और भी बुरी रिपोर्ट है।

जैसे—गाँव के बाहर से किसी लेंड़ी कुत्ते के आने पर पहले अन्य लेंड़ी कुत्ते ही उसे भगा देते।

अब आदमी उन्हें निर्दय क्रूरता से ढेले मारकर निकाल देते हैं।

रिलीफ लेने के बाद, इस गर्मी में भी सब आग जलाकर सोते हैं। सारे आदमी रात को पारी-पारी से जागकर पहरा देते हैं।

रिलीफ देने के साथ टीका और इंजेक्शन देना नियत था। हर साल महिला डॉक्टर या मिशनरी या डॉक्टरी की विद्यार्थिनियों ने भी टीका-इंजेक्शन दिए थे, उन लोगों ने ले लिये। इस बार बाहर से आई महिलाओं के हाथों से सुई लगवाने से उन्होंने इनकार कर दिया।

रिलीफ देने की इच्छुक कई धनी प्रौढ़ाएँ स्टेशन वैगन में माइक लगा कृष्ण-चेतना के गीत बजाते हुए तोहरी जा रही थीं। राह में एक गाँव में पानी माँगने जाने पर महिला को स्वयं और उनकी गोरी चमड़ी की संन्यासिनी को पानी नहीं मिला। उनके ऊपर ढेले बरसे। इससे मर्माहत होकर उन्होंने कहा, 'जिनमें दुर्भिक्षरूपी कृष्ण मानव-चेतना नहीं जगा सके, उनको भूखों मौत मिले यही कृष्ण भगवान की इच्छा है।' वे तोहरी नहीं गईं। रिलीफ के रुपए-पैसे, चावल, दूध के डिब्बे, दवाइयाँ—सब-कुछ लेकर पटना लौट गईं।

इन सब घटनाओं से गाँव वाले बहुत घबराए थे। वे समझ गए कि गाँव-गाँव में किसी अघटनीय की आशा में आतंक की लहर फैल रही थी। समझ रहे थे कि लोगों के मानसिक संगठन में कुछ परिवर्तन हो रहा है।

इसका प्रतिकार कैसे होगा? वे सुन रहे थे कि इनके मन में पशुता के भार की प्रबलता कम कर देव-भार लाने के लिए हनुमान मिश्र ने सात दिन तक यज्ञादि जलाकर एक क्विंटल घी की आहुति देनी चाही थी और पटना के 'कृष्ण चैतन्य' आश्रम के सेक्रेटरी श्वेतांग भलेमानुस ने शर्त के साथ वह घी देना चाहा था। जब घी दिया जाएगा तो शिवस्तोत्र हलके से बोलना पड़ेगा, क्योंकि उस समय बाहर यह लोग स्टेशन वैगन में 'लॉर्ड कृष्णा व्हेयर आर यू' बजाएँगे। इस पर हनुमान मिश्र ढुलमुल हो रहे थे। कृष्ण-संगीत में उनको आपत्ति नहीं थी, क्योंकि जो हरि हैं वे ही हर हैं। उनकी आपत्ति घी पर थी। वह गाय का घी था, किन्तु आस्ट्रेलिया की गौओं के दूध से बना था। शिव जल्दी गुस्सा हो जानेवाले देवता हैं। आस्ट्रेलिया उनके इलाके के बाहर का होने से वे अगर बिगड़ जाएँ तो? हिन्दू देवता संसार के मालिक हैं, किन्तु जब उन्हें यह पद दिया गया था उस समय आस्ट्रेलिया का आविष्कार नहीं हुआ था। इसी से वे 'हाँ' नहीं कर पा रहे थे।

डाइन का मामला इन श्वेतांगों को मालूम था और मिश्रजी से उन्होंने अनुरोध किया था कि डाइन की हत्या न की जाए। असली भारतीय डाइन पाकर वे उसे अपने देश ले जाएँगे। उसने भी कहा था कि डाइन की तलाश करने में मोटे तौर पर हर एक को हर एक पर अविश्वास करना पहली आवश्यकता है। बताया था कि जरूरत पड़ने पर अपने पर भी अविश्वास करना पड़ेगा।

मिश्रजी के मन में बात बैठ गई थी। उन्होंने कहा था, 'अरे अभागो! तमाम समय

तो अकेले मैदान में या पहाड़ पर या जंगल में घूमते थे! अपनी छाया पड़ती है या नहीं, सिर के ऊपर कौआ या गिद्ध या चील उड़ रहे हैं या नहीं, यह देखना तेरा अपना ही काम है।'

खुद ही अपने ऊपर सन्देह करो, अपने पर नजर रखो—इस आदेश से डरे हुए लोगों के मनों में परिवर्तन और उत्साह आ गया। डाइन को खोज निकालना होगा, और उसे जान से मारना न होगा।

कुरुडा का पहान बोला, 'कुछ समझ में नहीं आता। पहले तो ऐसी डाइन आती नहीं थी? उस बार सनीचरी की बुआ जब डाइन समझी गई...।'

वह चुप हो गया। उसकी ओर सुननेवालों की आँखों में शरारत झलकने लगी। उन लोगों ने बुढ़िया को पत्थर मारकर खतम कर दिया था और लकड़बग्घे के रात्रि भोजन कर जाने से पुलिस उनको पकड़ नहीं सकी।

'वह कहता है, इस बार क्या हुआ? सब नया हो गया!'

सनीचरी का बेटा बोला, 'पता नहीं, टाहाड़ के मिश्रजी ने ऐसा डर भर दिया था।'

सब नए ढंग का था। रिलीफ दी, रिलीफ गई। आकाश में देखो, फटे बादल चक्कर लगा रहे हैं। धान की पौध मानो मर गई है। पेड़ों के पत्तों में रस नहीं है, जैसे कि प्रसूता की जीभ हो। उस दिन बिसरा गंजू की बहू ने बच्चा जना। बच्चे के मुँह में एक दाँत था। भेड़िये-लगड़बग्घा-सियार दिन-दहाड़े रास्ते में घूमते थे।

लगता था कि फिर जंगल को आग लगेगी। आकाश आग बरसाएगा। सब-कुछ जल जाएगा। उन दिनों क्या देवी-देवता थे? फिर नया संसार सिरजेगा?

यह सारी बातें सवेरे होतीं। रात में पहान की पत्नी ने सुना कि पहान रो रहा है और किसी को पुकार रहा है, 'आ, आ, पास आ! पास आ रे!'

'किसे पुकार रहे हो?'

'परछाईं को। पेसाब करने गया था, परछाईं साथ में गई। कोठरी में लौटा तो छाया न थी।'

'छाया नहीं थी?'

'नहीं रे!'

'क्यों?'

'मैं समझा कि डाइन बन गया हूँ।'

इससे ही समझ में आता है कि पहान-पुरोहित के साथ देवता का सीधा आदान-प्रदान है। यह अकाट्य सत्य भी पहान को आतंक के ग्रास से नहीं बचा सकता। पहान की पत्नी पति से अधिक मनोबल वाली थी। उसने झटपट दो ढिबरियाँ जलाईं और पति से बोली, 'वह रही छाया। डाइन पहान को पकड़ सकती है?'

इसके बाद बुधनी उराँव ने कुरुडा के जंगल में लकड़ी जमा करते-करते अचानक देखा कि कुंड के पानी में एक बालदार हाथ की छाया है। तभी उसने समझ लिया कि वह डाइन बन गई है। समझते ही वह लकड़ी फेंककर घुटनों के बल बड़े ध्यान से पानी में अपना रूपान्तर देखने लगी। फिर दूसरा बालों-भरा हाथ देखकर 'मैं डाइन हूँ' कहकर ऐसी चिल्लाई कि भालू के-से खतरनाक जानवर भी घबराकर उसके ऊपर से उछलकर भाग गए। बुधनी को तब होश आया और वह लकड़ी फेंककर गाँव की ओर भागी।

बुरुडीह के बिसरा दुसाध ने एक दिन अपनी एकमात्र सम्पत्ति–काली बछिया को ही मार डाला। बछिया तो बछिया। लेकिन बिसरा महुआ पीकर बछिया को जवान लड़की समझकर उसे पुकारता रहता। काली बछिया की मौत बिसरा दुसाध के-से आदमी के जीवन में भयंकर सर्वनाश ला सकती है, और वही हुआ। बिसरा कई दिन पागलों की तरह लाल आँखें किए धुत बना सूने गोठ में बैठा रहा। उसके बाद, बछिया के बिना अपने भविष्य को उसने सूना समझा। बछिया बड़ी न होगी, बछड़ा नहीं बियाएगी, दूध न देगी, बछिया खरीदने का कर्ज चुकती न होगा, जिन्दा रहने के लिए फिर उधार लेना पड़ेगा–ये सब बातें याद आते ही वह बछिया बाँधनेवाली रस्सी से रात में गोठ की शहतीर से झूल गया। शाम को उसने लड़के को एक लट्टू मोल ले दिया था। घर के छप्पर की मरम्मत की थी। पत्नी से कहा था, 'अरे, बछिया डाइन नहीं थी। बेकार में बेजबान को मार बैठा।'

पत्नी ने समझा कि उस समय की परेशानी दूर कर पति फिर ठीक हो गया है।

बिसरा दुसाध उस जगह का सबसे होशियार, टोटकों की दवाइयों को जाननेवाला गुणी था। गाँव के लोगों के सुख-दुख में वही एकमात्र सहारा था। और वह पानी का पता जाननेवाला था। धरती के नीचे कहाँ जल है, उसे मालूम था। इस तरह के आदमी की मौत ने ग्राम-समाज की संरचना पर सीधे चोट की। वह सदा अँधेरे में रहनेवाले गाँवों के लिए काम का था। इस काम की जरूरत उसके जीवन में ऋणमुक्ति या स्वच्छन्दता तो नहीं ला सकी, हाँ, इसने उसे सम्मान दिया था। गरीबी या तंगी को बिसरा दुसाध-से लोग, आसमान की हवा की तरह ही अमोघ और सर्वव्यापी समझते हैं। स्वच्छन्दता नहीं होने से बिसरा के मन में अलग से कोई क्षोभ न था। स्वतंत्रता उसे नहीं थी तो औरों को भी नहीं थी। गरीबी के कम्यूनिज्म में दुसाध-गंजू-ओराँव-मुंडा–एक 'कामरेड' वर्ग में हैं।

'बिसरा के मरने की जड़ में भी डाइन का डर!' पहान ने जोरों से कहा, 'आज बिसरा गया, कल अगर मुराई लोहार मर जाए? हम लोहे का काम नहीं कराएँगे? परसों भरत के मरने से हम लकड़ी का काम कराना छोड़ देंगे? डाइन को खोज निकालो। मैं हत्या दूँगा, उपवास करूँगा, तुमको कोई डर नहीं रहेगा, मुसीबत न होगी।'

डाइन के आतंक की बात ग्राम-सेवी संघ को भी मालूम हुई और उन्होंने आदिवासी कल्याण मंडल के कार्यकर्ताओं को बताई। कार्यकर्ताओं ने सरकारी आदमियों के हिसाब से यह समाचार पुलिस को दिया, क्योंकि डाइन को तलाश करने के नाम पर बुड्ढे-बूढ़ियों की हत्या होने पर वह दंडनीय अपराध होता। वहीं पर उनका कर्तव्य समाप्त हो गया। सरकारी कार्यकर्ता सत्ता को भूलकर इनसान के रूप में उस डर से थरथर काँपते और हनुमान मिश्र को इक्यावन रुपए दे एक तावीज पहन आते।

थाने के दारोगा ने कहा, 'अभी तक डाइन को तलाश करने के काम में खून नहीं हुआ। और होगा भी तो मैं क्या कर सकता हूँ? मैं तो सरकारी नौकर हूँ। हरिजन की हत्या होने पर रिपोर्ट करूँगा। लेकिन ब्राह्मण नहीं, राजपूत नहीं, अगर आदिवासी या पिछड़ी जातिवाले अपनी जातिवालों को मारें? डाइन कहकर? तब मैं छुट्टी ले लूँगा। डाइन के मामले में कुछ करने नहीं जाऊँगा। सरकार बनती है, सरकार बिगड़ती है। डाइन हमेशा की चीज है। मैं क्या डाइन के तीर से मरने जाऊँगा?'

इस तरह ही समस्त घटनाक्रम भूल-भुलैया में चक्कर काटता रहा। डाइन का अज्ञात

आतंक और भूल-भुलैया समानार्थक होते हैं। उसमें अटका जा सकता है, निकला नहीं जा सकता। उसके बाद एक दिन मुरहाई गाँव में शोरगुल हुआ। आकाश में मशाल घूमती है, आकाश को चीरनेवाला बीभत्स आर्तनाद सुनाई पड़ता है, 'आँ—आँ—आँ।' डाइन की खोज चलने लगती है।

इस मुरहाई गाँव के साथ 'डाइन' नाम का सम्बन्ध बहुत पुराना है। गाँववाले सदा की तरह गंजू और दुसाध हैं। जो लोग इस अंचल के सम्बन्ध में सोचते हैं, उच्च वर्ग और निम्न वर्ग लेकर सारा भेदाभेद है, वे लोग ठीक से नहीं समझते।

जाति-वर्ण के मामले में भी अलिफलैला के किस्से की तरह पुड़िया के अन्दर पुड़िया, उसके अन्दर पुड़िया है। केंचुआ खोदने पर डायनासोर निकल पड़ता है।

हनुमान मिश्र भोला गंजू को कुएँ के पास नहीं आने देंगे, इस आचरण के न्यायसंगत होने को भोला भी समझता है और मान लेता है।

इधर भरत दुसाध भोला गंजू से उच्चवर्ण, लेकिन भरत और भोला दोनों ही रामरिख धोबी से ऊँची जात के हैं। तरह-तरह की समस्याएँ हैं। ये समस्या ओराँव और मुंडा लोगों के लिए मजाक हैं। वे इतनी जात-पाँत नहीं समझते। नहीं समझते इसलिए भरत, भोला और रामरिख—ये सभी उनको मूर्ख समझते थे।

प्रायः हर गाँव में ओराँव और मुंडा बस्तियाँ हैं। सबसे मजे की बात हुई, कि ओराँव या मुंडा लोगों के प्रमुख पुरोहित-पहानों की श्रेष्ठता को गैर-आदिवासी, गंजू, दुसाध और धोबी भी मानते थे।

मुरहाई गाँव दुरारोग्य, अनाहार-भूख-अकाल, सूखा-बेगार-महाजनों की शरारत इत्यादि भोगता था। जब रोग की ज्वाला कुछ कम होती तभी जात-पाँत की समस्या लेकर आपस में लठैती करते, आपसी झगड़ा मिटाते और इस तरह से ही जीवन को घटनाओं से भरा रखते थे।

हर जगह की अपनी विशिष्टता थी। हेसाडी के लड़के-लड़कियाँ खचड़े थे। कुरुडा के ओराँव कामचोर थे। बुरुडा के आदमी गुस्सेवर थे। मुरहाई में बुड्ढे-बूढ़ियों में हर दस-पन्द्रह बरस में कोई-न-कोई डाइन बन जाता।

उस समय वे दूसरों की गाय-भैंस को बाण मारते, दूसरों की पत्नी को रात में बाहर बुलाते और कुत्ते का पिल्ला बनकर काट लेते, नहीं तो चूहा बनकर सब लोगों के मक्का के बोरों को दाँतों से कुतर डालते।

उस बार शिवरात्रि के बाद बच्चे धड़ाधड़ दूध की उलटी कर हाथ-पैर ऐंठकर मरने लगे। सरकारी डॉक्टर ने कहा, 'मिश्रजी के शिव मन्दिर में देवता के सिर पर दूध चढ़ाया गया। दूध गन्दे चहबच्चे में फट गया। एक दिन का वही बासी दूध बच्चों को पिलाया गया तो वे मरते नहीं?'

किसी ने उनकी बात का विरोध नहीं किया। रामरिख की बीवी ने अपनी तीन वर्ष की लड़की को जमीन में गाड़कर कई जात-बिरादरी वालों को बुलाया। अँधेरे में उन्होंने सलाह की। उसके बाद मोहरी धोबिन के घर चले गए। मोहरी बुढ़िया लटकी खाल की मरभुक्खी थी। वह बहँगी में जो दूध लाई थी उसी को रामरिख की लड़की ने पिया था।

मोहरी के घर के छप्पर में आग लगाकर उन्होंने मोहरी को बाहर निकाला। अधजली

हालत में उसे डाँटते हुए ले गए। डर और जलने की पीड़ा से मोहरी पत्थर पर मुँह के बल गिर पड़ी और मर गई।

यह हुआ मारने के उद्देश्य से मोहरी पर हमला करना। रामरिख और उसका चचेरा भाई आज भी जेल काट रहे हैं।

इसके लगभग दस बरस पहले रोतो मुंडा की विधवा बहू डाइन बन गई थी। खुशी की बात है कि नाक काटकर खून बहाने के बाद ही वह इनसान बन गई। उसे जान से नहीं मारना पड़ा।

इन सब बातों के कहने का मतलब हुआ कि मुरहाई स्थान डाइनों के लिए प्रिय था। वह जगह अभागी थी और उस अंचल में काँस के जंगल में हवा चलने से ऐसा लगता है कि कोई 'हाय-हाय-हाय' कर रो रहा हो।

ऐसे मुरहाई में डाइन पहले-पहल पकड़ी गई। इसका कारण था कि उक्त रामरिख धोबी के लड़के और बरम गंजू की विधवा बहन में जात-पाँत से असमर्थित अवैध प्रेम था।

अभागी जगह में अभागा प्यार। जात-पाँत की कठोरता में यहाँ अवैध प्रेम कभी भी पूर्णता नहीं पाता था। फिर भी बीच-बीच में प्रेम कूद पड़ता और जिन पर आक्रमण और अधिकार करता उन्हें बुरी तरह मारता।

रामरिख का लड़का परसाद और बरम की बहन मानी ने बचपन से एक-दूसरे को देखा था। परसाद की बहू मानी की सहेली थी। मानी का पति भी परसाद की जान-पहचान का था। गाँव के सम्बन्ध से मानी परसाद के लड़के की बुआ थी। अचानक करम-पूजा में नाचने जाकर दोनों एक-दूसरे के प्रेम में पड़ गए।

कई दिन दोनों एक-दूसरे को आँखों-ही-आँखों में खोजते रहे। कुछ ही दिनों में दोनों एक-दूसरे से मिलने के लिए हाट से लौटने की राह में जंगल से ईंधन ले घर लौटने का बहाना तलाश करते रहे। अन्त में दोनों पकड़े गए।

परसाद की बहू ने आकर मानी को गालियाँ दीं और घर लौटकर रोने बैठ गई।

बरम अपनी बहन को काट डालने के शुभ संकल्प की घोषणा कर परमिट पर किरासिन लेने गया।

रामरिख की माँ बुद्धिमती थी और बहुत कुछ देखे हुए थी। बरम के घर आकर आँगन में बैठ अपनी घृणा का स्पर्श बचाकर कुछ देर हुक्का पिया। उसके बाद बोली, 'जो होना था सो हो गया। ज्यादा शोर करने से फायदा नहीं। मेरी बहू सूखी-साखी है। जवान लड़के का मन नहीं होता! मानी है बाँझ विधवा। शरीर का खून शरीर में दौड़ने से तेज हो जाता है। तुम अपना घर सँभालो।'

गाँव-समाज के कुछ लोगों ने रामरिख और बरम को बुलवा भेजा, कई बरस तक हमारे निरदोस रहने पर भी बाहर से पुलिस आकर हमारी जिन्दगी जला गई। वही सूखा, वही अकाल। वही अब डाइन का डर। इस समय जो वे निकम्मे जमा हुए हैं, उसके पीछे भी डाइन की माया है या नहीं, कौन कह सकता है? इसे लेकर अभी झगड़ा-बखेड़ा नहीं। अपना-अपना घर सँभालो। ज्यादा गड़बड़ करने से जूते मारकर सीधा कर दिया जाएगा।

यह कुछ बातें सोचने में बड़ी करुणापूर्ण और हृदय-विदारक थीं। इनका अर्थ भी था।

कुछ बरस पहले होतीं तो महाजनी अत्याचार, अनशन, अकाल, सूखा इनका मनोबल तोड़ न देते। वे चीजें उनके जीवन का अभिन्न अंग थीं।

एक जमाने में कुरुडा नदी न थी। कोयेल की धारा का रास्ता बदलने से दो सौ बरस पहले यह हो गया। इस बात को यह लोग नहीं समझते। नदी सदा से है, क्योंकि बाप-दादे के जमाने से वे नदी देखते आए हैं।

जीवन में कब महाजन-जमींदार नहीं थे, यह भी उनकी समझ से बाहर की बात है। यह लोग बाप-दादे के जमाने से महाजन-जमींदार का शोषण देखते आ रहे हैं। इसलिए यह अभिशाप चिरकालीन है।

लेकिन पुलिस का अत्याचार सदा से नहीं रहा है। नक्सल गड़बड़, जे.पी. आन्दोलन, आपातकालीन स्थिति और पुलिस उनकी जिन्दगी को तहस-नहस कर रही है। यह उनकी समझ में नहीं आता। लेकिन जीवन समाप्त हो गया है।

महाजनी जुलुम, अकाल, सूखा के बाद भी जात-पाँत के हिसाब से, ग्राम-समाज की नजरों में दंडनीय अपराध की ओर इनका ध्यान था। पुलिस के जुल्म ने इनके जीवन का प्राणरस सोख लिया है।

अब फिर परसाद और मानी को दंड देने का काम मन में नहीं रहा। गाँव की अर्थनीति में हर काम के योग्य युवक-युवती आवश्यक हैं। इन्हें भगा देना भी सम्भव नहीं है।

गाँव के बुजुर्ग हुमरू ने खखारकर गला साफ करते हुए कहा, 'परसाद, मानी! हम तो जीते-जी मरे हैं। तुम नए सिरे से मत मारो! तुम लोगों को भगा दें? कहाँ जाओगे? क्या करोगे? परसाद के बहू-बच्चा कहाँ जाएँगे?'

परसाद और मानी ने—जूते खाएँगे, गाली खाएँगे, मार खाएँगे इत्यादि की आशा की थी। पर सब-कुछ उलटा हो गया। उनके मन में उस समय पछतावा दिखाई पड़ा। उन्होंने जमीन पर लेटकर किरिया खाई कि एक-दूसरे को भाई-बहन की नजरों से देखेंगे।

लेकिन प्यार मुश्किल से दूर होनेवाली बीमारी होती है। मानी कुछ दिनों तक बहुत ही शान्त रही। बरम बोला, 'फसल होने पर तेरी फिर शादी करा दूँगा। तेरा देवर अब जवान पट्ठा हो गया। उसकी तबीयत भी है।'

इस बात पर मानी की आँखों से आँसू बहने लगे। भाई की ममता समझ में आई। भाई की बात से कलेजे में बहुत चोट लगी। वह परसाद को प्यार करती थी। धीरे-से बोली, 'वह देखा जाएगा। फसल तो उठे।'

'फसल! पानी का क्या हाल है?'

'पानी पड़ेगा।'

'पानी पड़ेगा? बादल मँडराते हैं, टिकते नहीं।'

पानी के न होने से भुट्टा, मड़ुआ की खेती बरबाद होने की फिकर में भाई-बहन क्षण-भर के लिए एक-दूसरे के निकट आ गए थे। बाप के मरने पर कामचोर पत्नी और बूढ़ी माँ को लेकर बरम खुशियाँ मनाता रहता था। मानी के आने के बाद भाई-बहन ने गृहस्थी सँभाल ली थी। फसल काटने-उठाने, चक्की में पिसाने, हाट ले जाने में मानी ही सर्वेसर्वा थी।

बरम बोला, 'परसाद की बात भूल जा।'

'भूल जाऊँगी।'

'पड़ोसी का घर उजाड़ना ठीक नहीं।'

'नाहीं।'

मानी ने सारी बातें मान लीं। उसके बाद बोली, 'घर छा डालो। पानी टपकता है।'

'रस्सी है?'

'है। और दो लच्छियाँ डोरी तुझे भूरा के यहाँ से मिल जाएँगी। पिछली बार ली थीं।'

'मैं ले लूँगा।'

घर की बात पर दोनों को एक साथ ध्यान आया कि परसाद बड़ा अच्छा घर छाता है। ढीले पत्तों को सुतली में वह ऐसा बाँध देता था कि छप्पर आसानी से टूटता नहीं था। ठंडी साँस लेकर मानी अपना दाब लेकर जंगल चली गई।

परसाद ने यह लक्ष्य किया। दो-चार दिन बाद वह जंगल में मानी से मिला।

मानी और परसाद जानते थे कि इस तरह मिलना-जुलना ठीक नहीं है। इस प्यार से उन्हें कुछ न मिलेगा। फिर भी हताश होकर एक-दूसरे में डूब गए।

जंगल में पत्तों का बिस्तर। बहुत निराशा में कुछ भी न छोड़ा जाएगा, यह जानकर भी एक-दूसरे से उनका मिलना होता। आँसू भरे मानी घर वापस आती। इन दोनों ने लगभग अँधेरे में देखा कि कुरुडा नदी पर पत्थर पर बैठी प्रायः नंगी भयंकर युवती है। उसके शरीर का मध्य भाग फूला है और वह किसी पक्षी का कच्चा मांस खा रही है। पक्षी जल के किनारे रहनेवाली टिटिहरी है। मांस तेल से खूब भरा हुआ है। उन्हें देखकर युवती बहुत गुस्से की नजर से देखने लगी। उसने दाँत निकाले, उसके बाद हिलते-हिलते चीख उठी–'आँ-आँ-आँ।' भैंस की तरह। भैंस को जलते लोहे से दागने पर वह इसी तरह चीखती है। महाजन गुलबदन की हजार भैंसें हैं। उनको लोहे से दागकर निशान लगाकर रखना पड़ता है। नहीं तो चोर चुराकर टाहाड़ के जानवरों के हाट में बेच देते।

'डाइन!' परसाद और मानी ने डरकर कहा। उसके बाद छिपकर मिलने की सावधानी को भूल गाँव की ओर भागे। अकाल में मुरहाई के लोगों ने गाँव नहीं छोड़ा था। पर कुरुडा और हेसाडी निर्जन हो रहे थे। सभी तोहरी चले गए थे।

यह खबर पाकर गाँव के बुजुर्ग ने नगाड़ा बजाया। नगाड़े की गम्भीर कर्कश आवाज से विपत्ति का संकेत निकल रहा था। इस नगाड़े की पुकार डाइन को लेकर है, यह भी सब लोग रक्त के संकेत से ही समझते थे। कुरुडा नदी में बाढ़ नहीं थी, पानी नहीं था। कहीं आग लगी नहीं है, गाँव के खेतों में जंगली हाथी घुसे नहीं हैं। जरूर यह डाइन होगी।

'डाइन?'

'डाइन।'

'कहाँ?'

'कुरुडा की छाती पर।'

'क्या कर रही है?'

'चिड़िया का कच्चा मांस खा रही है।'

'तब?'

'भगाना होगा।'

'कैसे भगाएँगे?'

'क्या करेंगे?'

'मारेंगे।'

'ना–आ।'

पहान बहुत जोरों से चीखकर बोला, हनुमान मिश्र का रोकना वह नहीं मान सकता, क्योंकि वह हिन्दू नहीं है। फिर वह जानता है कि माने बिना कोई चारा नहीं। हनुमान मिश्र का प्रभाव और सम्मान इतना अधिक है, उनके पास इतने रुपए हैं कि पुलिस और सरकारी कर्मचारी, महाजन और जमींदार सभी उनके कदमों पर हैं, कि उनके रोकने पर डाइन को जलाकर मारने का आदिम अधिकार भूल जाना पड़ता है।

पहान ने डर से काँपते-काँपते सूखे हाथों से नगाड़े पर चोट की। गाँववालों से कहा, 'अब सब दूसरी तरह हो गया है। एक सूखा, ऐसा आसमान कभी नहीं देखा। डाइन भी दूसरी तरह की है।'

'दूसरी तरह की?'

'हाँ।'

पहान ने सतर्क और सन्दिग्ध पशु की तरह सूखी गरदन फेरी। 'डाइन आँखों से खून पीती है, नन्हे बच्चों की जान ले लेती है।'

'जान ले लेती है!'

'इस डाइन के साँस लेने में मौत है। साँस से बादल उड़ते हैं, वे पेड़ों को फलहीन बना देते हैं, मडुआ के खेत को बाँझ कर देते हैं। यह दूसरी जात की डाइन है।'

बरम और परसाद ने अपना झगड़ा भूलकर एक-दूसरे की ओर देखा। सब लोग हमको मार सकते हैं, हम डाइन को क्यों नहीं मार सकते?

'परसाद, मेरी बात मानेगा, या मैं तेरी बात मानूँ?'

'पता नहीं! मैं परसाद हूँ, तुम पहान हो। जो कहोगे, हम वही सुनेंगे किन्तु...।'

'क्या?'

परसाद ने गला साफ करते हुए कहा, 'टाहाड़ के ठाकुर तो हमारे पाप की बात कह गए, हमने सुन ली। न कैसे सुनते! पाप किया, पापी कहा।'

'लेकिन क्यों कहा?'

'लेकिन पाप क्या अकेले मेरा है?'

'तो मेरा पाप है?'

सनीचरी अभी तक सिर की जूँएँ बीन रही थी। वह बोली, 'तुम गलत समझ रहे हो, पहान! तीज-त्योहार पर तुम हो! देउता के साथ तुम्हारी बात होती है। पूजा में कोई भूल हो तो वह तुम्हारी होगी। चूक हुए बिना पाप नहीं होते। अब अपने आप अपने पाप की बात सोचोगे, या डाइन भगाओगे?'

पहान समझता है कि इस समय उसे आगे आना होगा। नहीं तो उसकी सर्वशक्ति-सम्पन्नता के बारे में लोगों के मन में सन्देह पैदा हो जाएगा।

उसने कहा, 'लड़के आएँ। औरतें घर जाएँ। लड़के-लड़कियों को लेकर घर में कुंडी लगा लो। परसाद! तुम दल में आगे जाओ।'

'क्यों?'—मानी लाज-शरम भूल गई।

'उसने देखा है। राह दिखाएगा।'

शाम को रोशनी धीमी हो रही थी। पहान ने आग जला, हाथ जोड़कर फिर मंत्र पढ़े। उसी आग से युवक, प्रौढ़, वृद्ध लोगों ने मशालें जलाईं। टैंट में पत्थर रखे। उसके बाद पहान दोनों हाथ चिपटाकर चक्कर लगा दौड़ते हुए आग लेकर घूम आया। सिर पर और छाती में मिट्टी मल ली, आकाश की ओर हाथ उठाकर चीख उठा, 'हा आबा हरमदेउ, तुम्हारी कृपा से मैं डाइन को भगाता हूँ।'

यह कहकर उसने कान पकड़कर सिर झुकाया। किसी अँधेरे मन की दुनिया में निकाले उसके आदिम और असमर्थ देवता ने उसकी पुकार सुनी और जवाब दिया। पहान का मान एक उल्लू ने रखा। पहान के विकट चीत्कार से डरकर उल्लू नीम के पेड़ के कोटर से क्याँ कर चिल्लाता हुआ बेवक्त उड़ गया। तीसरे पहर और सन्ध्या के ब्याह के वक्त उल्लू उड़ने का वक्त नहीं होता है।

पहान इससे बहुत खुश हुआ और सिर उठाकर बोला, 'देउता ने सुन लिया।'

अब वे कतार बाँधकर चिल्लाते हुए प्राचीन युद्ध-नीति में भागते रहे। गाँव के बाद जंगलों में पगडंडी पकड़कर नदी पर। भागते-भागते पहान बोला, 'सावधान! मशाल सावधान! बन जल जाने से सब पर जरीमाना, जेल। बन न जलना चाहिए।'

परसाद की जंगल जलाने की तबीयत हुई। जंगल विभाग और पुलिस से झगड़ा करने की साध हुई, अपने को निडर समझा। डाइन भगाने के काम ने उसमें दुःसाहस भर दिया था। अचानक मन में आया कि इस तरह भागने का मौका हमेशा नहीं मिलेगा, अभी मिल रहा है। जब मिल रहा है, तो इस भागने की गतिमयता रक्त में रहते ही वह मानी को लेकर भागे। दुःसाहसी बने बिना जात-पाँत की रोक तोड़ना असम्भव है। हमेशा रक्त में दुःसाहस नहीं रहता। इस समय रक्त दुःसाहसी है। वह कह रहा है, वह देखो।

सब लोग मशालें उठाकर खड़े रहे। मशाल की लाल शिखाएँ कुरुडा के काले पानी में काँप रही थीं। हर पत्थर से टकराकर काला जल फेनिल होकर बह रहा था। गाँववालों की डरी हुई आँखों में पानी का गोल चक्कर लग रहा था कि साँप की कुंडली खुल रही हो।

एक बड़ा-सा पत्थर था। उस पर एक भीषण काली युवती नंगी खड़ी थी। उसका शरीर विकृत था, पूरा दिखाई नहीं देता था। मुँह के चारों ओर पंख और खून लगा था। उन लोगों को देखकर युवती ने हाथ उठाया। हाथ में पक्षी का टूटा पंख था।

'डाइन।'—सब एक साथ बोल पड़े।

डाइन की आँखों में प्रत्याशा जल उठी। वह हिलने लगी और बिना आवाज किए हँसने लगी।

'हँस रही है।'

पहान सूखा शरीर और रुग्ण हाथ लिये बढ़ा। डर ने उसे क्रूर बना दिया। उसके साथी भी डर के मारे हिंस्र हो उठे।

पहान बोला, 'हरमदेउ के नाम पर, सारे बोड़ाओं के नाम पर तुमको भगा दूँगा।'

डाइन भी अब आक्रामक हो उठी। वह भी दोनों हाथ उठा सिर को झटककर बालों को पीछे कर वन-नदी-आकाश फाड़ती हुई चीख उठी, 'आँ—आँ—आँ।' पत्थरों पर पैर रखती हुई वह आगे बढ़ी, उसकी आँखें जल रही थीं।

'मारो पत्थर।'

पत्थरों की बौछार होने लगी। डाइन ने भी पत्थर उठाए। उसके शरीर पर पत्थर पड़ रहे थे। तुम लोग खून न बहाना। खून से सैकड़ों डाइन पैदा हो जाएँगी। डाइन का खुला मुँह जरा सी देर में बहुत बड़ा हो जाता है।

'पत्थर मारें?'

'मार पत्थर।'

डाइन जोर से पत्थर फेंकती। पहान के सिर पर लगा। पहान के गाल से खून बहने लगा।

'मार, मार। नहीं तो वह मारेगी।'

पत्थर बरसते रहे। परसाद अपनी मशाल शून्य में फेंककर उछल पड़ा। आकाश में एक के बाद एक मशाल थी। भयंकर चीत्कार हुआ। अँधेरे में पत्थरों की बौछार।

'आँ–आँ–आँ' की चीखों से आकाश फटा जा रहा था। डाइन पानी में उतरती है, और बिजली की तेजी से नदी के उस पार चढ़ती है।

इधर से लोग उसे भगाते हैं, पत्थर फेंकते हैं, चिल्लाते हैं।

डाइन किधर जा रही है, यह समझने के लिए 'आँ–आँ–आँ' शब्द सहायक होता है। भागते-भागते पहान ने कहा, 'डाइन हेसाडी की ओर गई। सो जाए। हम बच गए।'

वह बार-बार माथे का खून पोंछता है और विजय के उल्लास में कहता है, 'आज सभी थान पर जागेंगे। आज सोना नहीं है। नाचेंगे। आज महुआ पिएँगे।'

'कल क्या होगा, हे!'

'क्यों? पूजा होगी।'

पहान फिर हरमदेउ को पुकारता है और भागता है। डाइन की चीखें क्रमशः पूर्व दिशा के अन्धकार में विलीन हो गईं।

जिलाद के मैदान में गई।

जाए! जिलाद के मैदान में अब डाइन-पिशाचों की हवा घूमे। वहीं तो जाएगी।

सब लोग गाँव के किनारे पहुँचकर नदी के किनारे ठिठककर खड़े हो गए और उचक-उचक कर डाइन की क्षीण आवाज सुनने लगे। आवाज अन्धकार में मिल गई। वे लोग फिर भी खड़े रहे। उसके बाद चारों ओर का सन्नाटा मानो पानी की तरह बिना आवाज किए बढ़ता आ रहा था। वे डूबते जा रहे थे, डूब गए।

पानी में डूबे आदमी की तरह वे फिर विवश होने लगे। डाइन भगाने के उन्माद ने इन निरन्न, आतुर, सरकार और प्रशासन से उपेक्षित मनुष्यों को कुछ देर के लिए भेड़िये की तरह हिंस्र बना दिया था।

हिंस्रता समाप्त होने पर वे फिर दीन हो गए। सहसा उन्हें डर लगने लगा।

वे एक-दूसरे की ओर देखने लगे।

पहान इस अँधेरे में ही मन का राडार चलाकर उनके मन के बदलाव को समझता था। इनका दिल बहुत फुसफुसा, बहुत पोला है। उसे दानेदार कर ग्रेनाइट-सा कठोर बना डाइन की ओर उकसा देना होगा। किन्तु डाइन के चले जाने पर फिर नरम और फुसफुसा हो जाता है।

पहान के हृदय में अब स्नेह दिखाई पड़ा। वह इन आतुर रंक लोगों के प्रति बड़ा वात्सल्य अनुभव कर रहा था। उसे यह ध्यान नहीं रहा कि वह भी भूखा और रंक है। उसे लगता है कि वह राजा है।

बड़ी ममता के साथ वह बोला, 'तुम डर क्यों रहे हो? ऐं? अँधेरे में चेहरे नहीं दिखाई देते, आवाजों से डर की साँसों को समझ रहा हूँ।'

'क्या डाइन चली गई?'

'गई, गई। हमारे माथे के खून से समझ में नहीं आ रहा है? लगता है कि शरीर में भी दर्द नहीं है।'

'डाइन गई?'

'हाँ। गई नहीं? हवा से समझ में नहीं आ रहा है?'

वे लोग गाँव की ओर लौटे। चलते-चलते सबके ही मन में आया कि शरीर में व्यथा का विष नहीं है। हवा अच्छी लग रही है। सनीचरी का नाती बोला, 'अब कुरुडा में मछली मिलेंगी! ओ, मछलियाँ छिपा रखी थीं!'

'पानी बरसेगा, जुताई होगी।' गहरे विश्वास के साथ पहान बोला, 'वे बादल रोक देती हैं, खेत की फसल छिपा देती हैं, वन में शिकार का फन्दा लगाने पर साही छिप जाती है।'

'पूजा होगी?'

'कल।'

'आज?'

'नाच-गान-महुआ। बरम छाती फाड़कर गाएगा, घर से ढोलक ले आ।'

'पेट में कपड़ा बाँधकर गुलबदन बनूँगा।'

'धुर! क्या होती है जो स्वाँग करेगा?'

'महुआ?'

'नीमचन्द देगा। मुझसे वादा है, मानती है, बच्चू ने दिया नहीं। जरूर देगा।'

बरम बोला, 'नीमचाँद की भट्ठी हेसाडी की राह पर नहीं है। रात में जाने की जरूरत क्या? महुआ मैं दूँगा।'

पहान के थान पर आग जली। आज रात सोना निरापद नहीं है, यह मानते हुए पहान का यह आयोजन है। डाइन को मारना होगा, यह पहान जानता था। डाइन को भगाने की बात का पहली बार पता चला। अज्ञान के डर का कोई स्वरूप नहीं होता। डाइन लौटकर आ सकती है। इसी से रतजगा अच्छा है।

बरम ने कल ही नीमचाँद की भट्ठी से नीमचन्द की मदद से दस बोतल एक नम्बरी महुआ चुराया था। तीस रुपयों का माल था। हाट में बेचने पर नगद रुपए मिलते। आधे उसके, आधे नौकर के होते। फूस के नीचे छिपाकर बोतलें लाने में उसे बड़ी होशियारी करनी पड़ी थी। आज इस संकट के कारण उस माल को निकालना पड़ा।

माल निकाला, अपनी जाति के लोगों की खातिर करने के लिए भी निकाला। वह जब दस बोतल महुआ दे रहा है, तो जाति वाले भी जिसके यहाँ जो ताड़ी है वह दें। औरों की खातिर के लिए जातिवाले ताड़ी लाएँ। वे अगर ताड़ी ला सकते हैं तो सभी ला सकते हैं। किसके घर में ताड़ी नहीं है, या नहीं रहती है?

सनीचरी दूसरी औरतों के साथ भुने चावल, भुनी मकई, प्याज और मिर्चा ले आई। पहान से बोली, 'घर में बड़ा डर लग रहा है। हमने प्याज, मिर्चा दिया है। हम महुआ न पिएँगे?'

पहान का चेहरा हँसी से खिल उठा। वह बोला, 'तू बड़ी चालाक है रे! मुझसे कबूल करा लिया। पी। तुझे मैं ताड़ी दूँगा।'

महुआ और ताड़ी। मकई भाजा की चाट। नगाड़े पर चोट। बरम ने अब गाना शुरू किया और सबने टेक पकड़ी। बहुत दिनों बाद गाँव में मानो उत्सव का वातावरण हो। महुआ के नशे में सबके कलेजे से पत्थर उतर गया। हनुमान मिश्र की घोषणा के बाद से सब लोग जैसे डाइन के आतंक की चक्की में बन्द हो गए थे।

जब सब लोग जरा नशे और गाने में मतवाले हो रहे थे, सनीचरी की टेढ़ी कमर का नाच देख हँसने में लगे थे तो परसाद और मानी ने आँखों-ही-आँखों में एक-दूसरे को देखा।

इस रात में और इस परिवेश में मानो कुछ था। परसाद ने सिर हिलाकर इशारा किया। दोनों थोड़ा-थोड़ा खिसकते-खिसकते पहान के घर के पिछवाड़े गए।

परसाद ने मानी का हाथ पकड़ा। इस रात में, इस परिवेश में मानो कुछ हो। मानी ने अपने को परसाद के हाथों में छोड़ दिया।

अब दोनों भाग चले। हेसाडी की ओर नहीं, तोहरी की ओर। बहुत अधिक बँधे हुए उनके जीवन में तोहरी बाहरी संसार का द्वार था। तोहरी से लकड़ी ढोनेवाले ट्रक पर राँची, हजारीबाग, धनबाद जाना होता है।

पहान की पत्नी ने उनको जाते देख लिया। वह कुछ न बोली। परसाद की पत्नी बाँझ कहकर उससे घृणा करती थी। उसके हाथों से प्रसाद के लड्डू नहीं लेती थी। पहानी ने उसका बदला अब लिया।

दूसरे दिन गाँव के लोगों से उसने अवश्य बताया। जिन्होंने डाइन को पहले देखा था उनकी क्या सामर्थ्य थी कि अन्याय और दुष्कर्म की पुकार पर उपेक्षा करते? इस प्रकार परसाद और मानी के भागने की घटना ने भी डाइन के किस्से के साथ गुँथकर विशाल परिप्रेक्ष्य पा लिया।

एक अमरीकी पत्रिका में कुरुडा बेल्ट में डाइन का हाल रंगीन तसवीरों के साथ एक चित्ताकर्षक रम्य रचना के रूप में बहुतों ने पढ़ा होगा। सबका पढ़ना तो सम्भव नहीं है, क्योंकि पत्रिका का मूल्य आजकल बारह रुपए है और पत्रिका खरीदकर पढ़ना आजकल शिक्षा का अंग कहा जाता है। जो लोग अपने देश के कल्याण के लिए अंग्रेजी उठाए दे रहे हैं, वे भी छिप-छिपकर तूफान की तेजी से एक मीटिंग से दूसरी मीटिंग का टूर करते-करते पत्रिका आदि पढ़ते हैं और सफाई के तौर पर कहते हैं कि प्रतिपक्ष क्या सोच रहा है, इसको तो जानना ही होगा! लेकिन बात यह है कि जो लोग पत्रिका चलाते हैं, उनको नहीं मालूम, मीटिंग में व्यस्त यह सारे बाबू लोग उनको 'प्रतिपक्ष' सोचते हैं। इस दुनिया में इस प्रकार मतलब की सारी चीजें अज्ञात रह जाती हैं और कवि का यह गीत सत्यता को प्राप्त होता है, 'जय, अजाना की जय।'

यह सारे बाबू लोग बहुत ही प्राचीन-प्रेमी हैं। वे अंग्रेजी हटा देते हैं और समझते हैं कि अंग्रेजी जल्दी ही एक संग्रहालय में प्रदर्शन के लिए रख दी जाएगी।

जिस कारण अंग्रेजी गायब हो जाएगी, या भारतवर्ष में मर जाएगी, उस कारण से वे अपने बाल-बच्चों को अंग्रेजी माध्यम के स्कूल में पढ़ाते हैं। बाबू लोगों की मानसिक प्रक्रिया बहुत ही जटिल और सरल होती है। एक ही मानसिकता के कारण वे ढोकरा कामा या पुरुलिया के मुखौटों के कलाकारों या पकी मिट्टी के घोड़ों के कुम्हारों की जाति की मौत जल्दी करते हैं और उनकी तैयार की हुई कलावस्तु में देखकर 'लोक कला' बताकर शोर मचाते हैं।

कुरुडा की डाइन की बात के अन्तरराष्ट्रीय बनने की खबर भी कम अस्थिर करनेवाली नहीं है। समाचार संग्रह कर जिन लोगों ने उसे लिखा वह पटना स्थित वही श्वेतांग कृष्णभक्त थे जिन्होंने हनुमान मिश्र को आस्ट्रेलिया की गाय का घी देना चाहा था।

एक श्वेतांग का नाम था पीटर भारती। भारत में यह बार-बार आए-गए और नाना रूपों में दिखाई पड़े थे। लोकभारती के पगले छात्र रूप में यह एक बार साल के जंगल की छाया में 'यह तो भला लगा था' गाते फिरते थे।

दूसरे रूप में यह स्वदेश लौट गए और लगभग बरस-भर बाद इतिहास-शोधार्थी के रूप में भारत लौटे और भारत-नेपाल बॉर्डर पर बैठे रहे। उस समय इतिहास छोड़कर वे नेपाल-भारत बॉर्डर का नक्शा खींचते थे। फिर वे स्वदेश को गायब हो गए।

अन्य रूप में वे पर्वत विशेषज्ञ, भूत्तात्विक के रूप में भारत लौटे और यह जानकर भी कि कलकत्ता में कोई पहाड़ नहीं है, कलकत्ता में बैठे रहे और स्वतंत्रता दशक के समय में तरह-तरह के आचरण करते रहे। कलकत्ता की दीवारों पर लिखे हुए की, भिखारियों की, कालीघाट में बलि दिए जानेवाले बकरों की, भरकर बिखरे हुए डस्टबिन की तसवीरें खींचने की-सी सरलता दिखाई। चड़क (चैत्र संक्रान्ति का शैव मेला) के मेले में संन्यासियों के साथ पद्मपूकुर में नाचे। ग्वालों के साथ तारकेश्वर में जल चढ़ाया। यह सब करते-करते सहसा एक दिन वे बहुत से रिपोर्टरों और फोटोग्राफरों के सामने ग्रांड होटल में बेहोश हो गए।

होश आने पर वे एक रूपान्तरित साहब हो गए। तब वे बोले, 'सपने में एक विशालकाय संन्यासी ने उनसे कहा–अरे पागल! अब कब तक पारसमणि ढूँढ़ेगा?'

यह कहकर उन्होंने ताज्जुब से मुँह फाड़ा। उस फटे मुँह में पीटर ने युग-युग में अपना भारतीय रूप देखा। उसके बाद उसी खुले मुँह में पटना स्टेशन की तसवीर देखी। अतएव पटना ही उनके भाग्य का निर्दिष्ट स्थान था।

अन्तिम रूपान्तर में पीटर पटना आए। कृष्ण की कृपा से सब क्षण-भर में हो गया। कृष्ण-चेतना आश्रम, देशी-विदेशी सेवक-सेविकाएँ, कतार-के-कतार स्टेशन वैगन, रुपयों का भी अन्त न था, क्योंकि बहुत से धनी लोग आकर साश्रुनयन ब्लैंक चेक पीटर के हाथों में देकर धन्य हुए। स्वामी आनन्द भारती पीटर को दीक्षा देकर पीटर भारती बना, उसके हाथों में आश्रम सौंप एयरोप्लेन से उड़कर हिमाचल चले गए।

पीटर भारती की भारत-प्रेम की कथा सुविदित है। एक जन्म से दूसरे जन्म में उसके सारे सूत्र बँधे हुए थे। उसका आश्रम लोकभारती का साल वन-प्रेमी पूर्वकालीन छात्र-छात्राओं का, नेपाल के हिप्पियों का था। आश्रम की हवा में छिपे हुए स्टीरियो पर सदा शान्ति-संगीत बजता रहता जिससे कि यहाँ घुसते ही आनन्द आ जाता।

हनुमान मिश्र के साथ मेलजोल होने से पीटर भारती को पहली बार डाइन का समाचार मिला और उसने समाचार में दिलचस्पी ली। जिस कारण से भारतीय देवताओं की पीटर

भारती पर अपार कृपा थी, उसी लिए वह डाइन की खबर का अनुसरण करता रहा। उसे वह खुद न करता। तोहरी में उसे शरण माथुर मिल गया। माथुर स्कूल अध्यापक था। पटना में उसके ससुर एक हिन्दी दैनिक के प्रधान संवाददाता थे, जिससे कि माथुर बीच-बीच में स्थानीय संवाद को छोटे लेख के रूप में लिख भेजता और छपे अक्षरों में अपना नाम देखकर स्वर्ग-सुख पाता।

तोहरी की तरह के बाजार के स्थान से पटना के अखबार में लिखा हुआ छपने से माथुर की स्थानीय प्रतिष्ठा काफी थी। माथुर बहुत धनी ठेकेदार का बेटा होकर भी बहुत भला, मेहनती और उच्चाकांक्षी था। वर्तमान में वह यहाँ के किसी प्राचीन कोल-विद्रोह के इतिहास को लिखने के लिए सामग्री खोज रहा था। यह उसकी डॉक्टरेट की थीसिस होगी।

तथ्यों के संग्रह के कारण वे गाँव में फिरते हैं, इसलिए कुरुडा नदी के बहाव का अंचल उनका परिचित है।

पीटर भारती के साथ माथुर का एक समझौता हुआ। पीटर ने कहा, 'तुम पूरी खबर दोगे। अन्त में क्या होता है, यह देखोगे। मैं तुमको पाँच हजार रुपए दूँगा।'

माथुर यह बात सुनकर हँसा। बोला, 'मेरे पिता इस क्षेत्र के सबसे बड़े लकड़ी के ठेकेदार हैं। उनके पास बहुत रुपए हैं। मैं मास्टरी करता हूँ। इसलिए वे खफा हैं। मैं रुपयों के लिए यह काम न करूँगा।'

'तो फिर?'

'मुझे इस डाइन के मामले में दूसरा सन्देह है। मैं तुमको रिपोर्ताज जरूर भेजूँगा। किन्तु जब लेख छपेगा, मेरा नाम तुम छापे में स्वीकार करोगे।'

'जरूर।'

'अपने रिसर्च के काम के लिए उन सारी जगहों पर जाना ही होता है, इसीलिए तुमको रुपए खर्च नहीं करने होंगे, नाम चाहिए।'

इस तरह बात हुई। अब उक्त अंग्रेजी पत्रिका के पाठक कह सकते हैं कि लेख में शरण माथुर का नाम तो था नहीं।

इसके जवाब में दो बातें हैं :

(1) नाम क्यों रहता? माथुर के साथ तो बात हुई थी पीटर भारती की। लेख प्रकाशित हुआ कुर्ट मूलर के नाम से। कुर्ट मूलर को माथुर का नाम स्वीकार करने की कोई विवशता न थी।

(2) माथुर की रिपोर्ट में अकाल-मुरहाई-हेसाडी, क्रम से विवरण था। छपा लेख जिस स्वरूप में प्रकाशित हुआ उसके साथ माथुर के विवरण का कोई मेल नहीं था।

कुर्ट मूलर ने असाध्य काम किया।

यूरोपीय डाइन को निकाल बाहर करना, नांसी और दूसरे स्नेच्छाचारी शासन में कम्युनिस्ट अथवा यहूदी लोगों का निर्यातन इत्यादि के साथ मिलकर डाइन की तलाश का लोमहर्षक विवरण उसके हाथों से एक फड़कती कहानी बन गया।

लेख में काफी तसवीरें थीं।

सेविका आइलीन भारती को काले रंग में डुबा डाइन बनाकर तसवीर खींची गई। चिड़ियाखाने में लगी डाइन के हाथों में मुर्गी का रोस्ट देखकर माथुर को ताज्जुब हुआ। कहानी

के अन्त में डाइन के क्लोज-अप में मुख की अभिव्यक्ति ऐसी यथातथ्य हुई थी कि आइलीन भारती को उसी चेहरे के आधार पर उक्त कहानी पर बनी 'द विच' फिल्म में नायिका की भूमिका मिली। फिल्म अमरीका के आरिजोना में बनेगी, क्योंकि वहाँ की भूमि पलामू की भूमि के ही समान है। तसवीर की विशिष्टता होगी कि उसमें भारतीय भूमिका में श्वेतांग और श्वेतांगों की भूमिका में भारतीय अभिनय करेंगे।

माथुर ने इतनी घटनाओं की बहुलता की कल्पना भी न की थी। विश्वास के साथ वह अपनी साइकिल लेकर डाइन की कहानी के पीछे भागा।

डाइन का दूसरा पता चला हेसाडी में।

हेसाडी के लोगों को डाइन के मामले में पहले बड़ा डर लगा। हर कोई अपनी छाया देखकर डर के मारे यह देखता कि छाया साथ लगी है या नहीं? रजस्वला और गर्भवती स्त्रियों के स्वजन लोग सन्देह की नजर से देखते। काली गौ, बकरी और कुत्तों पर अपनी चमड़ी के कारण ढेले पड़ते।

डाइन के डर से इस आवश्यक अनुष्ठान का कड़ाई से पालन हुआ। पहान नियमानुसार सावधान रहता और पूजा के फूल धरती में गाड़ देता। मुर्गी का गला काटकर गरम खून सब ओर छिड़कता।

इसके बाद जब डाइन का पता चला तो सब निश्चिन्त हुए।

हेसाडी की सनीचरी आजकल बहुत परेशान थी। बच्चे को माँ के सिर थोपकर उसके बेटे और बहू मर गए थे। वह हेसाडी गाँव की दाई, प्रसूता की भूत झाड़नेवाली और बच्चों की चिकित्सक थी। उसका परिणाम था कि वह हमेशा जंगल-झाड़ी घूमकर जड़ी-बूटी, जड़-पत्ते-कन्द जमा करती रहती। इतने दिनों तक वह डाइन के डर से जंगल में नहीं घुसी थी।

उसका नाती उससे बहुत हिला था। बच्चे को माँ के सिर थोपकर उसके बेटे और बहू मर गए। बच्चा केवल सात बरस का था। घर के काम के लायक न था। सनीचरी ने लाचार होकर अपने को गाँव के जीवन में अपरिहार्य बना लिया। परचून की दुकान का दुकानदार भगत उसकी सामर्थ्य का विश्वास नहीं करता था। एक-एक कर पत्नियों के मर जाने पर उसके लड़के ने तीन शादियाँ कीं। सबका कहना था कि यह सनीचरी का काम है।

दुनिया-भर को सनीचरी का द्वार खटखटना पड़ता था। अन्त में सनीचरी ने मंत्र पढ़ा पानी, मंत्र पढ़ा तेल; मालिश इत्यादि कर भगत की पत्नी का अच्छा प्रसव कराया। भगत के दिए हुए मडुआ या मक्का ने अभी तक उसकी जान बचाई थी। 'बिखिल' या चावल सनीचरी के लिए दूर का स्वप्न था। तीज-त्योहार पर चावल का भात मिलता था। मक्का या मडुआ का घाटो ही उन लोगों का प्रमुख भोजन था।

डाइन को लेकर सनीचरी और पहान के बीच एक गुप्त सलाह हुई।

सनीचरी ने पूछा, 'क्या समझते हो?'

'तू क्या समझती है?'

'तुम्हारे रहते मैं समझूँ? तुम पहान हो। तुम जो कहोगे हम उसी को मानेंगे।'

'पहले तू बता न!'

सनीचरी ने घास का गट्ठर उतारा। हेसाडी बस-जंक्शन पर वे लोग ग्वालों को घास बेचा करते थे। बस के जंक्शन का नाम भी हेसाडी था, लेकिन सनीचरी के लिए वह 'कोहा हेसाडी' या 'बड़ा हेसाडी' था। सात मील के अन्दर उनका गाँव आदि हेसाडी था।

घास का गट्ठर उतारकर सनीचरी ने दूसरी औरतों को पुकारकर कहा, 'तुम जाओ, मैं पहान से बातें कर रही हूँ।'

'पहान को मालूम है?'

औरतें हँसकर चली गईं। पहान ने सनीचरी को एक बीड़ी दी और एक खुद सुलगाई।

सनीचरी बोली, 'किस तरह हुआ? मुरहाई से डाइन अगर हेसाडी की ओर आई तो उसकी आँ नहीं सुनी? जिलाद के मैदान में अगर गई तो वहाँ मैदान के पिसाच की हँसी नहीं सुनी? बिनको (बादल) आए, बदली हुई, यह तो होने की बात नहीं है!'

पहान ने ठंडी साँस ली और आधी बीड़ी बुझाकर टेंट में रख ली। भौंह सिकोड़कर बोला, 'अगर डाइन है, तो उसे जलाएँगे क्यों नहीं? उसके खून से डाइन पैदा होगी, इसलिए उसे काटेंगे नहीं। जलाएँगे क्यों नहीं?'

इस बात पर सनीचरी ने गाल पर हाथ रखा, हाथ फेरा।

पहान बोला, 'याद है?'

'याद है।'

'तू और मैं अपनी माँ के दूध के बने हैं। मैं तब खाद (छोटा बच्चा) था, तू छोटी मुक्काहिकी (नन्ही बच्ची) थी। याद है?'

'याद है। तुम्हारे मुँह पर एक ही बात रहती थी–किस लागेगा (भूख लगी है)।'

'तू कहती थी–भालू कुलार आबगुड़ा (पेट नहीं भरा)। ऐसी बातें हम करते थे। तेरा नाती भी कहेगा। लेकिन वह बात नहीं कहता हूँ।'

सनीचरी ने फिर गालों पर हाथ फिराया। बोली, 'तुम्हारे काका, वह डाइन हो गया।'

'घर में आग लगाकर उसे जलाया।'

'उस आग के छिटकने से मेरा गाल जल गया। दाग है।'

'डाइन को जलाने से पानी हुआ, मडुआ हुआ, नदी में मछली। सारा अकाल दूर हो गया।'

'क्या हुआ, अब समझ में नहीं आता।'

'मुझे लगता है...।'

'क्या?'

पहान ने फिर बड़ी बेचैनी के साथ वह आधी बीड़ी सुलगाई। चकमक, चिनगारी के बाद बीड़ी सुलगाकर वह बोला, 'किसी को बताना मत। मुझे लगता है टाहाड़ का बाँभन देउता तो हम लोगों के घर चलते देखकर पानी न छिड़ककर किरारिग छोड़ देगा, ऐसा प्यार करता है। छोटी जात, तुम लोग जूते के तले की धूल हो–इसको छोड़कर उसके मुँह से कोई और बात नहीं निकलती। मुझे लगता है, उसी ने डाइन-डाइन का शोर मचाया, डाइन है नहीं।'

'डाइन नहीं है?'

'लगता है, नहीं है।'

'मुरहाई में वे...?'

‘आँधिधूका (अँधेरे) में क्या देखा, कौन जानता है! भालू हो सकता है।’

‘डाइन नहीं!’

‘लगता है, नहीं। हवा अच्छी है, जंगल में डर की बात नहीं है। मरते-मरते बुधना का बेटा जी उठा। लड़के की जान नहीं थी, हवा में सनसनाहट नहीं छोड़ी, जंगल के जानवरों को डराया नहीं। यह कैसी डाइन है?’

‘देखो, पूजा करके देखो। हिसाब लगाकर, गुनकर देखो। जानोगे तो तुम जानोगे, हम नहीं जानेंगे।’

‘किसी से कहना मत।’

‘न, न।’

सनीचरी बड़ी चिन्ताकुल हो गई। किन्तु धीरे-धीरे उसके मन में साहस लौटने लगा। पहान ने अगर कहा है, तो पहान बिना जाने नहीं कहता। डाइन नहीं है। और डाइन अगर नहीं है तो वह जिलाद के मैदान में क्यों न जाए?

‘जिलाद का मैदान’ शब्द के साथ याद आई पथरीली जगह में बड़े-बड़े पत्थरों की। पत्थरों के बीच-बीच में कलटुली और गोली के पेड़ थे। गोली-गाछ की जड़ की सनीचरी को बड़ी जरूरत रहती थी। शाम को सूरज डूबेगा। बरसात के आसमान में रोशनी छाई रहेगी। उस समय बाल खोलकर सनीचरी को गोली के गाछ की जड़ खोदनी होगी।

वह जड़ मृतवत्सा की दवा थी। भगत की बहू के फिर सन्तान होगी। एक जीवित रही। किन्तु जिसकी सन्तानें मर जाती हों वह जितनी बार पेट में फल धारण करती थी उतनी बार ही सावधानी बरतनी पड़ती थी।

जिलाद के मैदान में शाम को कोई न जाता था। सनीचरी के समाज में अब मुर्दों को समाधि दी जाती थी, ओल्दा (चिता) जलाकर फूँकना भी चलता। हिन्दुओं के आने के बाद से ओल्दा में जलाना होता है।

आदिम युग में समाधि होती थी। समाधि पर पत्थर रखे जाते थे। वह सारे जनपद कब के समाप्त हो गए। जिलाद के मैदान में अब एक परित्यक्त श्मशान पत्थरों का मैदान है। सब जानते हैं कि शाम होने पर पत्थर जाग उठते हैं और चलते-फिरते, घूमते हैं।

सनीचरी और पहान का डर से काम नहीं चलता। सनीचरी वहाँ जाती है। वहाँ की गीली गाछ की जड़ का गुण अधिक है।

पहान वहाँ जाता है। बीच-बीच में वह मन-ही-मन समझता है कि पत्थरों का फेंकना बहुत बढ़ गया है। आदिम ओराँव लोगों की आत्माएँ बहुत अस्थिर और अशान्त हो गई हैं। अशान्त होने की बात ही है। मृतक को समाधि देने से ही तो नहीं हो जाता है। परिवार में केच्चा (मृत्यु) के प्रवेश होने पर, उल्लोचोत (अशौच) समाप्त होने पर, पुरखों की समाधि के पत्थर पर जल, चावल, नमक रखने का नियम है। जिलाद के मैदान में जिनकी समाधि है, उनके वंशधरों में कौन कहाँ चले गए, क्या पता? लेकिन परलोक में प्रेत भूखे रहकर क्या सूखेंगे?

इसी से आत्माएँ चंचल होती हैं। इसी से बीच-बीच में पहान को भागना पड़ता है। जीवित ग्रामवासी और मृतकों की आत्मा—सबके ही प्रति पहान का कर्तव्य रहता है। जो पहान इसे नहीं मानता, वह पहान बनने का अधिकारी नहीं।

इसी से सनीचरी को पहान की बात से हिम्मत हुई। उसने भगत की बहू से कहा, 'कल दवा ले आऊँगी। आज गोठ ठीक कर रखो, घर-द्वार साफ कर लो।'

'और क्या लगेगा?'

'चावल-सुपारी-तेल, काली बकरी के बाल, गोमूत्र, नई लोहे की एक चाभी।' गर्भ के भार से भगत की पत्नी बहुत परेशान थी। बोली, 'पेट में क्या लोहे का बच्चा है, सनीचरी? बड़ा कष्ट हो रहा है।'

'तेल मालिश कर, चला-फिरा कर, बैठी न रहा कर। बैठे रहने से बाद में कष्ट होगा।'

'बच जाऊँगी?'

'जरूर।'

'भाई ने मुझे शहर के अस्पताल में ले जाने को कहला भेजा है। स्वामी राजी नहीं हैं।'

'अस्पताल में बच्चा बदल देते हैं।'

'तू देख, क्या कर सकती है!'

'देखूँ। पर माँ-बेटा—दोनों अच्छे रहने पर भूल न जाना।'

'दूँगी। अँगूठी दूँगी।'

'अँगूठी नहीं लूँगी। एक बकैन बछिया चाहिए।'

'दूँगी।'

बकैन माने गाय। गाय माने गाभिन गाय। दूध बेचो, बछिया बड़ी हो तो बेचो, कंडे लो। एक गाय रहने पर नाती का जीवन चल जाएगा। सोचते-सोचते सनीचरी ने घर जाकर खन्ती उठाई। जरा झुटपुटा होने पर शाम को जिलाद के मैदान से गोली-गाछ की जड़ लेगी।

नाती बोला, 'किरा लागेंगा (भूख लगी है)।'

सनीचरी ने उसको एक टोकरी भुट्टे की खीलें दीं। भगत की बहू ने दी थीं।

जिलाद के मैदान जाते-जाते सनीचरी के मन में चाँद-सूर्य की तरह दो चिरकालीन संक्षिप्त वाक्य उठे—'किरा लागेंगा' और 'मालू कुलार आरगुड़ा' (पेट नहीं भरा)।

ताका-बेड़े-चान्दो-बिल्को—हवा, आकाश, चाँद, तारे चिरकाल के हैं।

'भूख लगी है' और 'पेट नहीं भरा'—दो बातें चिरकाल की हैं। निश्चय ही आदि अतीत में भी किसी ओराँव का पेट किसी दिन भरा नहीं। निश्चय ही इन दो बातों की सृष्टि इसी कारण हुई थी।

सनीचरी को लगा कि हेसाडी गाँव की बूढ़ी के लिहाज से वह एक बड़े काम की तरह काम करने जा रही है। भगत की पत्नी को खुश कर बकैन बछिया लेकर नाती का भविष्य बनाए दे रही है।

सीधी बात। गोठ में एक गाय। दूधे बेचो, उपले बेचो, भगत की बहू के हाथों बछिया बेचो। हेसाडी से गाँव में एक ओराँव जीवन-भर जिन्दा रहकर अन्त में अपनी कमाई में से देखने लायक समाधि के पत्थर के सिवा कुछ नहीं छोड़ जाता है। और पत्थर तो जड़ और मुर्दा चीज है। सनीचरी एक गाय छोड़ जाएगी। गाय माने जिन्दगी बिताने का एक सहारा।

जो बकैन मिली न हो, उसकी खुशी का सपना देखती हुई मगन सनीचरी मैदान में जा पहुँची। यहाँ बड़े-बड़े पत्थर पड़े थे। देखकर लगता, बीच में ऊँचे-ऊँचे खम्भे से दो पत्थर आदि-जनक-जननी हों। दूसरे पत्थर उनके बाल-बच्चे हों। उन पत्थरों के बीच में से होकर

कुरुडा नदी की शाखा जिलाद निःशब्द बह रही थी। पानी में भीगने से पत्थरों के नीचे की मिट्टी गीली हो रही थी। वहाँ सफेद फूलों से गोली के पौधे प्रकाश फैला रहे थे।

सनीचरी की आँखें अँधेरे में खो गईं। आकाश में प्रकाश की आभा थी। चारों ओर धरती अँधेरी थी। पत्थर की जड़ में अँधेरा और भी घना था। सनीचरी बड़ी उम्र की थी। दिन में भी आँखों में धुँधलापन रहता था। उसने देखा कि एक जगह अँधेरा मानो बिछा पड़ा है, किसी ने वहाँ रख दिया है, उसने वहाँ खन्ती चलाई। उसके साथ-ही-साथ जैसे मोनोलिथ—बड़ा पत्थर—छिटक पड़ा, समाधि का पत्थर गरज उठा हो, आदिम अन्धकार ने उन्मुक्त रमणी रूप धारण कर लिया हो। दोनों हाथ उठाए धुँधले आसमान की ओर बाल फैलाए अन्धकार चीख उठा, 'आँ—आँ—आँ।'

सनीचरी डर के मारे जड़, पत्थर-सी हो गई। डाइन ने पत्थर उठाया और एक हाथ से पत्थर पर टिककर सनीचरी को पत्थर मारा।

सनीचरी उस समय किस तरह भागी—यह भी उसे ज्ञान न रहा। आत्म-रक्षा की प्रवृत्ति सहजात होती है, इसलिए डाइन को देखने के बाद भी खन्ती डाल, पत्थर फेंक भाग खड़ी हुई।

उसके पीछे पैरों की आहट थी। 'आँ—आँ—आँ' भयानक आर्तनाद से चारों ओर की भूमि और आकाश फट रहे थे। प्राचीन उराँव लोगों की समाधि के पत्थर चंचल हो रहे थे। सनीचरी चक्कर खाकर औंधी गिरी और बेहोश होते-होते उसे प्रेत की उँगलियों का स्पर्श लगा। उसके बाद सब अँधेरा हो गया।

वह वहीं पड़ी रही, वहीं पड़ी रहती। बहुत ही आश्चर्यजनक घटना का मेल हुआ। उसी शाम को माथुर हेसाडी आया। पहान उसका पुराना दोस्त था। पहान के लिए वह एक बोतल एक नम्बरी माल लाया था, वह उसे दिया। आदिवासी गाँव में पहान जिसे मान ले, वह वहाँ मान लिया जाता है।

माथुर ने कहा, 'हेसाडी में रात में कहाँ रहूँगा? तुम्हारे ही साथ ठीक होगा।'

'गिधना उराँव और अंग्रेजों की लड़ाई की कहानी बताई थी।'

'पूरी कहानी नहीं कही थी।'

'क्या नहीं कहा?'

'तुम उस गिधना उराँव के नाती के नाती हो, यह नहीं बताया था।'

'बताने से क्या फायदा?'

'तो छिपाया क्यों?'

पहान की आँखें धुँधली हो आईं, सारे गैर-आदिवासियों के प्रति खून में पला अविश्वास आँखों में उतर आया।

उसने कहा, 'बताने से क्या फायदा! गिधना उराँव को फाँसी लगी। उसका भाई कालना गोली खाकर मरा। उसके बाद मेरे पुरखे घर छोड़कर भाग गए। बताकर क्या मरना है?'

'अब कहने में कौन-सा डर है?'

'हमें हमेशा डर रहता है। तुम यह नहीं समझोगे। इतनी बातों से क्या फायदा? शराब पियो। बीड़ी लाए हो, बीड़ी दो।'

'एक बात और है।'

'क्या?'

'सनीचरी को बुलाओ। उसने बताया था कि उसे डाइन-पिशाच का पता है।'

'अभी आएगी।'

'कहाँ गई है?'

'जिलाद के मैदान में।'

'डाइन का डर नहीं है?'

पहान की आँखें धूर्त और सतर्क हो उठीं। वह बोला, 'उसे शायद डाइन का डर नहीं है।'

माथुर ने सामने देख उदासीन स्वर में कहा, 'शायद डाइन होती नहीं। हो सकता है कि हनुमान मिश्र ने किसी पुराने झगड़े को लेकर डाइन की कहानी उड़ा दी हो।'

बाँभन! देउता! पुलिस अफसर, एम.एल.ए.–सभी उसके घर ठहरते हैं, पैरों पर लोटते हैं। उस दिन पटना से साहब आया था। वे झूठा किस्सा फैला सकते हैं?

अब दोनों हँसने लगे। पहान बोला, 'तुम बहुत चालाक सियार हो। खुद जो सोचते हो, वह मुझसे कहला लेना चाहते हो।'

'तुम क्या कम सियार हो?'

'क्या कह रहे हो?'

'शराब पियो।'

'सनीचरी को आने दो।'

लेकिन सनीचरी नहीं आई। तलाश करने पर पता चला कि वह लौटी ही नहीं। पहान बोला, 'तब तो तलाश करने चलना होगा। पत्थरों से तो नहीं टकरा गई?'

जिलाद के मैदान में शाम के बाद कोई जाना नहीं चाहता था। अन्त में पहान और माथुर गए।

उन्होंने ही जिलाद नदी के किनारे सनीचरी को बालू पर बेहोश पड़ा पाया। सनीचरी की पीठ को किसी ने नाखूनों से नोचा था। रेत पर पैरों के दाग थे। दोनों ही घबरा गए और माथुर ने कहा, 'मैं उसे पीठ पर लाद लूँगा। तुम टॉर्च जला कर आगे-आगे चलो।'

उनकी बात समाप्त होते-न-होते सामने जिलाद और कुरुडा के संगम से हँसने की आवाज आई। उसी परिवेश में वह हँसी बिलकुल अमानवीय थी। हँसी के बाद ही मैदान को चीरती हुई 'आँ–आँ–आँ' की आवाज आई। पहान और माथुर को अविश्वास और सन्देह का उत्तर मिल गया। इस तरह माथुर डाइन के मामले में प्रत्यक्षदर्शी हो गया।

किस तरह पहान और माथुर सनीचरी को ले आए, वह उन्हें याद न रहा। वह चीख और हँसी उनके पीछे-पीछे भागी। माथुर के मन में बहुत बार हुआ कि सनीचरी को उतारकर लौट जाए, टॉर्च डालकर देखे। लेकिन उस समय तो बेहोश सनीचरी की चिन्ता सबसे ज्यादा थी।

गाँव में उसे पहान के घर पर ही उतारा। पहान ने उसकी शुश्रूषा का भार लिया। माथुर ने देखा कि सन्देहशील पहान क्षण-भर में हनुमान मिश्र की सर्वशक्तिमत्ता का विश्वासी हो रहा है।

पहान ने अपने को कोसा और कहा, 'कुछ समझ में नहीं आता!'

'क्या समझना है?'

'डाइन थी।'

माथुर की बड़ी तबीयत हुई कि टॉर्च लेकर अकेले चला जाए और डाइन को खोजे। लेकिन इस समय परिस्थिति दूसरी थी। आतंक लोगों को नियंत्रित कर हिंस्र और बर्बर सेना की तरह डाइन को भगाने में लगा रहा है।

डाइन के डर से डर जाने के कुछ नियम हैं। अपनी छाया साथ-साथ है या नहीं यह देखो, रजस्वला और गर्भवती औरतों के ढंगों को सन्देह की नजर से देखो, काली गाय या कुत्ता देखने पर ढेले मारकर देखो कि वह शक्ल बदलते हैं या नहीं?

रात में किसी के पुकारने पर जवाब मत दो। खुली जगह में धूल-भरी भँवर उठने पर हवा से डरो। चील-कौआ-गिद्ध के आगे बातें न करो। वह डाइन के दूत होते हैं। बच्चों को सँभालकर रखो। उनका कोमल रक्त डाइनों को बहुत अच्छा लगता है।

डाइन के भगाने के भी नियम हैं।

संकल्प से कठोर चेहरे से पहान ने नगाड़े पर चोट की। चमड़े के नगाड़े पर, पहान के चमड़े के नगाड़े पर विपत्ति का संकेत अत्यन्त भयंकर हो सकता है, कलेजे को कँपा देने-वाला।

नगाड़े पर चोट पड़ती है। मर्द आकर खड़े होते हैं। उनके हाथों में मशाल है, कमर में पत्थर हैं। औरतें बच्चों को लिये घर-घर चक्कर लगा रही हैं। पहान की ओर कोई भी शिकायत की नजरों से नहीं देखता है। पहान का चेहरा दर्द-भरा है। संकल्प में वह कठोर हो रहा है। आँखें तीखी हो रही हैं।

पीटर भारती को माथुर की रिपोर्ट थी—गाँववालों के इकट्ठा होते ही पहान के नेतृत्व में हम निकल पड़े। हमारे आगे एक आश्चर्यजनक नाटक हो रहा था। मैं उसमें नहीं जा पा रहा था। यह उनका अपना मामला था। मैं सवर्ण हिन्दू हूँ, बाहर का आदमी, दर्शक बना चल रहा था।

जिलाद और कुरुडा के उस पार जंगल है। जंगल घना है। जंगल विभाग ने किसी जमाने में अच्छी जमीन देखकर खैर के पेड़ लगाए थे। खैर के पेड़ बड़ी जल्दी-जल्दी बड़े हो गए और जंगल के दूसरे पेड़ों के बीच की जगहें भर गईं।

लेकिन खैर के पेड़ लगाने का जो उद्देश्य था, कुटीर उद्योग के रूप में कत्था बनाकर आदिवासियों की दशा सुधारना, वह न हुआ। वन विभाग ने देखा कि खर्च बैठाने पर परता नहीं पड़ता था।

बालू पर डाइन के पैरों के निशान देख-देखकर हमने नदी पार की। मशाल उठाए चिल्लाते-चिल्लाते मर्द बढ़ते चल रहे थे। आगे-आगे पहान था। वह दोनों हाथ उठाए चिल्लाता हुआ चल रहा था। उसके पास कोई हथियार न था। वह बहुत घबराया हुआ था। सनीचरी उसकी बचन की बहिन थी।

'वह रही।' कहकर पहान चिल्लाया और ठिठककर खड़ा हो गया। सामने पत्थर के ऊपर कुछ हिल रहा था।

मुझे लगा कि भालू था। भालू दो पैरों पर खड़ा रह सकता है। भालू के नाखून बहुत

तेज होते हैं। सनीचरी की पीठ पर मैंने जो घाव के निशान देखे थे, वे बहुत तेज नाखूनों से मांस नोचने के निशान थे। सत्य तो यह है कि मैंने भालू की सम्भावना को मन से निकाला नहीं।

लेकिन जो पत्थर के ऊपर उठकर खड़ा हो गया, वह भालू नहीं था। उसकी चीख से आसमान फट पड़ा। भैंसे को गरम लोहे से दागने पर वह उसी तरह 'आँ—आँ—आँ' कर चिल्लाता है। लेकिन चीख आदमी के गले की थी। चीत्कार के साथ ही एक क्रुद्ध गर्जन था। उसके बाद वे लोग पत्थर बरसाने लगे।

मर्द लोग मशालें फेंककर भाग रहे थे। पहान बोला, 'अभी जो भागेगा, वह उसकी जान खा जाएगी। कोई भागेगा नहीं। उन लोगों ने उसे मुरहाई से भगाया है, हम भी भगाएँगे।'

मशाल उठाकर वे मौत का-सा साहस लेकर सामने दौड़े, और पत्थर बरसाने लगे। डाइन भगाने का इस बार का ढंग टाहाड़ के हनुमान मिश्र के बताए ढंग-सा था। पत्थर बरसाकर डाइन को भगाना होगा। पत्थरों से इस डाइन को हराना पड़ेगा। डाइन का खून बहने से सत्यानाश है, उसकी जान लेने से भी सर्वनाश हो जाएगा।

मशाल की रोशनी में वे लोग पाषाण युग में लौट गए। मैं उस प्रस्तर युग में पथरों के फेंकनेवाले युद्ध का बीसवीं शताब्दी का दर्शक था। यह लड़ाई मेरी भी लड़ाई थी। जिन्दा रहने के लिए लड़ना होगा। लेकिन मैं किसी तरह भी उनके साथ मन-ही-मन शामिल न हो पा रहा था। इस समय, लड़ाई के समय मेरी तरह के अपने को अलग रखनेवाले, डॉक्टरेट के लोभी लड़के को भी अपनी पहचान हो गई। हमारी तरह जो लोग हैं, वे युद्ध के समय दूर खड़े रहकर युद्ध देखते हैं और दूसरों के युद्ध के कार्य-कारण से उसकी वास्तविकता का पता लगाते हैं।

पत्थरों की लड़ाई में, सबके मिलकर एक को मारने के कारण सबमें प्रतिहिंसा जागने लगी। मैं उनके मन की भयंकर भयजनित तीव्र प्रतिहिंसा की गन्ध नाक में पाता रहा। वायलेंस की गन्ध। और बीच-बीच में उन लोगों ने उस पर मशालें फेंकीं। मशाल के ललछौंहे सुँदकते प्रकाश में सहसा डाइन का फूला और विकृत चेहरा देखा। वह विकृत पतले-से बदन की काली, नग्न युवती थी।

पत्थर समाप्त हो जाने पर वह 'आँ—आँ—आँ' चिल्लाती हुई उतर आई। यह लोग और जोरों से पत्थर फेंकने लगे। कंकड़ियाँ नहीं, बड़े पत्थर। यह पत्थर सिर में लगने पर डाइन का खून बहता, लेकिन इन लोगों को उसका कहाँ ध्यान था?

डाइन जंगल की ओर भागती रही। 'आँ—आँ—आँ' की भयंकर चिल्लाहट थी। वे भाग रहे थे। भागते-भागते उसे जंगल में खदेड़कर लौट आए। मैं खड़ा रहा।

लौटकर पहान बोला, 'आज रात को सोना नहीं है। जो सोएगा, उसका खून पी जाएगी। सब मेरे घर चलो। मद लाओ, जिसके घर में जितनी हो। हल्ला मचाते हुए रात भर जागो। कल पूजा होगी।'

बिलकुल इसी तरह मुरहाई गाँव में हुआ था। यहाँ पहान की पुकार पर सारे गाँववाले जागे थे। उसी रात को वहाँ के दो प्रेमी भाग गए। उन लोगों ने कहा था कि वह भी डाइन के अभिशाप से हुआ, क्योंकि जो भागे, उन्होंने ही डाइन को देखा था।

हम लौट आए। यह लोग मद खुद चुआते हैं। घर-घर, ताड़ी रहती है। यह लोग 'टंक' बनाते हैं। उसका नशा बहुत कड़ा होता है।

सब लोग जब शोर मचाते हुए रात में जाग रहे थे तो पहान ने मुझसे डाइन की एक सच्ची घटना बताई।

पहान के घर के बरामदे में माथुर और पहान बैठे हुए थे। दूर गाँव के आदमी और औरतें शराब पीकर रात को जाग रहे थे। डाइन को भगा देने की मन में एक तरह की खुशी होती है। मुरहाई के लोगों को हुई थी, इन लोगों को भी हुई। यह लोग यहाँ गीत गाकर रात को जाग रहे थे। गीत होली का था। होली इन लोगों का वार्षिक शिकार पर्व का दिन भी होता है। यह गा रहे थे :

होली में गया शिकार करने
लड़का मेरे मन का।
ओ रे वह पूरब गया।
ओ रे वह पच्छिम गया।
साँझ भई, जली होली की अगिन,
वह तो लौटा नहीं।
मैं बनी निरलज्ज, खड़ी कुरुडा के पार,
जब लौटूँ तो, हिरना शिकार का
ढोऊँगी मिल उसके साथ
लौटूँगी चूर-चूर।

माथुर गीत सुन रहा था और सोच रहा था। एक मन लेकर आया था। जो कुछ देखा उससे हेसाडी के लोगों के बारे में नई-नई भावनाएँ हो रही थीं। डाइन की बात सच-झूठ जो भी हो, इनके डर, भयजनित क्रोध और हिंसा बहुत सच्ची चीजें हैं। और भी सच है हनुमान मिश्र का मामला। उनकी बात वक्त पड़ने पर अहिन्दू आदिवासियों के भी काम आती थी, यह प्रमाणित हो गया। सारी जमीनों का क्षरण होता है। हनुमान मिश्र की श्रेष्ठता जिस पर प्रतिष्ठित है वह जमीन धीरे-धीरे ग्रेनाइट-सी कड़ी होती जा रही है।

डाइन भी कम क्रूर नहीं थी। क्यों? वह सचमुच डाइन थी? लोहा-आग, कुछ चीजों से डाइन पराजित मानी जाती है। पत्थर से डाइन पराजित रहती है! डाइन-शास्त्र में यह एक नई बात हुई। डाइन मृत्यु से भी हारती है। अब भी डाइन मानकर किसी पर सन्देह होने से उसकी हत्या कर दी जाती है।

डाइन करती क्या है? दूर से, नजर से चट से दूध में दही छोड़ देती है, बकरी और गायों को मार देती है, खेती नष्ट कर देती है, सूखा बुला देती है, अकाल कर देती है, छोटे बाल-बच्चों की जान ले लेती है, रजस्वला लड़की को अपने दल में खींच लेती है, गर्भिणी के गर्भ में घुस जाती है।

डाइन पर क्या केवल वही लोग विश्वास करते हैं? माथुर की माँ किसी के सामने बाल-बच्चों को खाना नहीं देती, कहती कि नजर लग जाएगी। माथुर की बहू या बहिनें गर्भावस्था में शाम को आँगन में बाल नहीं काढ़तीं। कहतीं, खराब हवा लग जाएगी।

माथुर तो उसे मान लेता। वह खुद एम.ए. पास है। उसके अपने भाई लोग बी.ए. और बी.एल. पास हैं। तोहरी के हिसाब से ही क्यों, उस अंचल के हिसाब से वह बहुत शिक्षित परिवार है। उस पर माथुर के पिता लकड़ी के अच्छे-खासे ठेकेदार हैं। तमाम लॉरियाँ, बड़े गोदाम, लकड़ी की कटाई-चिराई का कारखाना है।

उनके घर पर कौन नजर डालता? कौन बुरी हवा भेजता? इस तरह का विश्वास करने के माने परोक्ष में डाइन पर विश्वास नहीं हुआ? परिवार को भी सतर्क रखे, तो ऐसी डाइन भी है?

माथुर यह सब सोच रहा था और अपनी शिक्षित चेतना में शिक्षा के ऊपरी स्तर पर और नीचे जो अन्धविश्वास का अन्धकार है उसे समझकर निराश हो रहा था।

पहान बोला, 'तुम लोग डाइन-आइन पर विश्वास नहीं करते हो। लेकिन इनसान डाइन बन जाता है। मेरे जीवन की एक कहानी सुनो।'

'कहो।'

'गिधना उराँव का किस्सा जानना चाहते थे। जो गिधना अंग्रेजों से लड़ा था, वह हमारा पुरखा था। अब हम लोगों का कुछ नहीं है। सब लोगों की तरह मैं भी कोहा हेसाडी के गुलबदन की जमीन फसल के दिनों जोतता हूँ, दूसरे वक्त जो काम मिलता है, कर लेता हूँ। और यह पहान का काम है।'

'अच्छा काम है न!'

'अच्छा भी नहीं, बुरा भी नहीं, काम है।'

'कहो।'

'एक गिधना और हुआ। हमारे इसी वंश में। हमारे काका थे। उनका नाम गिधना माँ-बाप ने क्यों रखा, यही सोचता हूँ। गिधना उराँव के बाद इस वंश में वह नाम कोई रखता नहीं। उन्हीं काका के पास मैं आदमी बना। मेरे बाप को बाघ ने मार डाला, यह तुम्हें मालूम है। काका बहुत भले आदमी थे।

'जब तक मुझे जवान नहीं कर दिया तब तक वह भला आदमी था। काका की बहू खचड़ी थी। अपने भाई को पकड़ बेटे को रामगढ़ कोयला खोदने के काम में भेज दिया। उससे काका का मन बहुत टूट गया।

'कोयले के काम में नकद पैसा था। नए मालिक ने जब कोयले की खान ली, तो काका के बेटे ने पक्के मकान में घर लिया। काका की बहू तब गाँव छोड़कर बेटे के पास चली गई।

'तब भला आदमी बुरा हो गया। मैंने कहा—मैं बाप को नहीं जानता, तुमको जानता हूँ। मेरे पास रहो। वह बोला—तेरे भात पर नहीं रहूँगा। मैंने कहा—वह अच्छी बात है। अपना भात खाओ, मेरे पास रहो।

'पता है उसने क्या कहा? बोला—देवी-देवता के पास नहीं रहूँगा। देवी-देवता मानकर चलता रहा। उसी से बूढ़ी बयस में मुझे इतनी शान्ति है। तू चौदह बरस का लड़का है। पहान बनेगा, इसलिए तुझे पहान ने गोद लिया था।

'काका अपने ढंग से रहे, मैं अपने ढंग से रहा। उस साल खूब वर्षा हुई। इस जिलाद में बाढ़, अभी कुरुडा में बाढ़, पानी मानो पागल हाथी की तरह चल रहा हो। पहान ने मुझसे कहा, तू नासमझ है, बिलकुल नन्हा बच्चा, जाकर देख तो आ, काका रात में बत्ती जलाकर क्या करता है?

'मैंने देखा कि काका बत्ती जलाकर किसी को बुला रहा है, भात दे। पानी दे। महुआ निकाल। मुझे छोड़कर मत जाना।

'मैंने कहा—काका? किसे बुला रहे हो?

'काका ने कहा, तेरी काकी को। देखा कि बहुत महुआ पिए हैं।

'पहान से कहा। पहान बहुत सोच में पड़ गया। अन्त में बोला—रात में निकल जाता, भोर को लौटता, उसे क्या हो गया है?

'मैं क्या कहता, मुझे तो कुछ नहीं मालूम था। दिन में तुम्हारे घर में भूत की तरह काम करता हूँ, शाम होते ही सो जाता हूँ।

'इसके बाद ही गाँव में लोग मरने लगे। पहान की पत्नी के पैर में ईंट लग गई। वह बाद में धनुक की तरह मुड़कर मुँह से फेन छोड़ती मर गई। वह भगत की बुआ, कुरुडा के जल में मर गई। और बच्चों का क्या हुआ? हिचकियाँ लेकर हाथ-पैर सिकोड़कर मरे। सात-आठ मरे, उसके बाद पहान ने एक दिन सबको बुलाकर दिखाया कि काका रात में घर छोड़कर निकल जाता है, जिलाद के मैदान में चला जाता है, सवेरे लौट आता है। वह जिस दिन मैदान में जाता है, उसी दिन लोग मरते हैं।'

माथुर साँस रोके सुन रहा था। बोला, 'उसके बाद? तब क्या हुआ?'

'सोचा गया।'

'सोचा गया!'

'पहान ने सोचा। काका ने कहा—जिलाद के मैदान में जाता हूँ, देवी-देवता ने तो सुविचार किया नहीं, भूत-पिशाच से पूछता हूँ, किसके पाप से मेरी पत्नी चली गई? बच्चों ने खोज नहीं ली, मैं भूखा मर रहा हूँ। पहान बोला—तुम्हारे भतीजे ने तुमको रखना चाहा, तुम क्यों नहीं रहे? काका बोले—मैं गरीब हूँ। उनकी देखभाल नहीं कर सकता, काकी खाने को नहीं देती थी, तुमको गोद दिया था। अब वह तुम्हारा बेटा है। वह पहान बनेगा। उसके पास अपने भात पर कैसे रहूँगा? और देवी-देवता की पूजा देखने पर मुझे गुस्सा आता है।'

माथुर को लगा, यह एक भाग्य के मारे आदमी की पीड़ा का कहना है।

'देवी-देवता की पूजा देखने से मन में गुस्सा होता है, इससे ही सब पता चल गया। उसके बाद...।'

'क्या हुआ?'

'रात को सबने काका के घर के दरवाजे पर सूखी झाड़ियों का पहाड़ लगा दिया। मैं कुछ कह न सका, कर भी न सका। कलेजे में कबूतर की तरह फटफटा रहा था।'

पहान ने जल्दी-जल्दी बीड़ी के कश लिये। अतीत की स्मृति से जैसे विचलित हो रहा हो।

'उसके बाद उन्होंने आग लगा दी। उस आग के जलने पर काका चिल्लाया। वह चीख सुनकर मैं आग हटाकर घुसने लगा, मुझे सब लोगों ने हटा दिया। सनीचरी के गाल में आग उड़कर लगी। अभी तक दाग है।'

'उसके बाद?'

'गाँव का सारा शाप दूर हो गया।'

'उसके बाद?'

'पुलिस आई। किसी ने कुछ नहीं बताया। गाँव में तम्बू लगा, दो दिन खोज-खबर लेकर, मुर्गी और महुआ उड़ाकर पुलिस चली गई।'

'काका की पत्नी और बच्चे?'

'कौन जाने उनका हाल!'

'यह तो बहुत दिनों की बात है।'

'सो तो है ही।'

'रात खतम हो गई है।'

'आज मुझे बहुत काम है।'

'पूजा होगी?'

'करनी ही होगी।'

'हेसाडी में डाइन फिर नहीं आएगी?'

'न। वैसा कुछ करना पड़ेगा कि वह फिर न आए। गाँव के लड़के भी कुछ नहीं मानते। गाय, बकरी मैदान में ले जाते हैं। श्मशान के पत्थरों पर बकरियाँ हगती-मूतती हैं। यह अच्छी बात नहीं है।'

'थोड़ा लेट लो।'

'तुम सोओ।'

बरामदे में घास के चबूतरे पर लेटकर माथुर ने अब होली के गीत में लड़कों की बातें सुनीं :

ओ लड़की, ओ पत्थर के कलेजेवाली,
शिकार खेल आया—
तू बन के किनारे नहीं।
तू गाँव के किनारे नहीं।
तू गीले पाँव क्यों आई?
कुरुडा के जल में पाँव भिगोकर?
कोई नया साथी मिल गया क्या?
बालों में कुसुम फूल
तेरा मुँह है लाल।

माथुर सो गया। सोने के पहले पहान से बोला, 'मैं फिर तोहरी घूमकर आ रहा हूँ। डाइन का क्या हुआ, यह मालूम करके जाना है।'

हेसाडी गाँव की जानकारी के बाद एक दिन कोहा हेसाडी में बड़ी हाट में तीन बुड्ढे मिले। कुरुडा, हेसाडी और मुरहाई के पहान थे। मुरहाई का पहान बोला, 'तेरी सनीचरी मर गई?'

'हाँ।'

'अस्पताल में मरी।'

'माथुर लाया।'

'डॉक्टर ने क्या कहा?'

'कुछ बीमारी थी उसे। उस बीमारी में घाव सूखता नहीं, खून बन्द नहीं होता।'

'खून बहना बन्द नहीं होता?'

'न। खून बहा तो बहा, तमाम घाव हो गए। आँखें गड्ढों में धँस गईं।'

कुरुडा का पहान हेसाडी के पहान का शोकार्त और कातर चेहरा देख नहीं पा रहा था। वह बोला, 'बाबा! डॉक्टर को क्या पता? डॉक्टर सुई लगाना, दवा पिलाना, नाक में नली ठूँसना जानते हैं। सनीचरी को केच्चा (मौत) का नाखून लगा था। उसके बाद इनसान जिन्दा रहता है? सनीचरी गई, अच्छी गई।'

'उसका नाती?'

'मेरे पास है। वह मेरी बचपन की बहिन थी। छोटा-सा लड़का है, कहाँ रहेगा?'

'उसका घर?'

'पड़ा रहे।'

'बहुत दवा और मंत्र जानती थी।'

'उसी में मरी।'

हेसाडी का पहान बोला, 'सोमरा, अँधेरा हो रहा है। बताओ, क्यों बुलाया था?'

'बात क्या? डाइन का पता नहीं। उससे डर बहुत है। जब पता चले तब भगाएँगे। मैं कहता हूँ, हमारे लड़के राजी हैं। हम अगर एक साथ तलाश करते।'

हेसाडी का पहान आहिस्ता से बोला, 'न। राजी तो हमारे लड़के भी होंगे। लेकिन सोचकर देख लो।'

'तुम बताओ। तुम उमर में बड़े हो, गियान-मान में बड़े हो।'

हेसाडी के पहान ने समझा कि उसकी तरह लँगोटी पहने, झूलती चमड़ी के और दो बुड्ढों के निकट उसे जो सम्मान मिला है, वह उसके दो पुरखों गिधना और कालना उराँव के कारण है। गिधना की फाँसी और कालना की गोली से मौत पर एक गीत सबको मालूम है :

गिधना, तुम मत डरना
गले में फाँसी पड़ने से।
कालना, तुम मत डरना
आगे बढ़ गोली खाने से।
नाम तुम्हारे हुए गाछ के पत्ते।
झरते जितनी बार टहकते उतने ही।

हेसाडी का पहान बोला, 'जो जाएँगे, वे माँ-बाप के बेटे हैं। डाइन का स्पर्श लगते ही मर जाएँगे। अपने बेटों को हम पहान होकर मरने भेजेंगे?'

'नहीं, ठीक ही कर रहे हो।'

'जैसा जहाँ हो, वैसा वहाँ काम करेंगे। भली बात है, गुलबदन कोलियरी चलाएगा?'

'सुन तो रहे हैं।'

'देखा जाए। अब पेट का काम नहीं चलता।'

'गुलबदन को तब सस्ती मिल गई, कोलियरी खरीद ली। उसके भाई का ईंटों का भट्ठा भी तो बन्द है।'

'बदमाशी से बन्द कर रखे हैं।'

मुरहाई का पहान अब बेचैनी के साथ बोला, 'मेरा बेटा सुनकर आया है कि वह कोलियरी और ईंटों का भट्ठा टाहाड़ के हनुमान मिश्र ने खरीद लिये हैं। पूस के महीने में चालू करेगा।'

'खरीदे। जो भी खरीदेगा, हमें बारह आना रोज से ज्यादा नहीं देगा। या देगा? हमें काम मिलेगा तो काम करेंगे।'

'क्या दिन लगे हैं! समय पर पानी नहीं, हवा में तरावट नहीं।'

'और खराब होगा।'

'तो एक काम करना होगा। आदिवासी दफ्तर से कहना होगा कि हमको कुली का काम मिले।'

हेसाडी के पहान ने माथुर से वही बात कही। बोला, 'तुम तोहरी में अफसर से कहना न!'

'कहूँगा।'

यह सरफेस कोलियरियाँ उस अंचल की खूबी थीं। इन कोलियरियों में जमीन के लगभग ऊपर ही निम्नवर्ग का कोयला मिलता था। राष्ट्रीयकरण कर उस दूर दुर्गम में छोटी-छोटी सतह कोलियरियों को सरकारी अधिकार में नहीं लिया गया। यह सरकार से स्वतंत्र व्यक्तिगत मिल्कियत में मौजूद है।

सत्तर-इकहत्तर में पश्चिमी बंगाल में औद्योगिक संकट का शोर मचाकर जो लोग दक्षिण-पूर्व बिहार में घुस गए, उन्होंने उस वक्त दस-पन्द्रह हजार में ही ऐसी एक-एक कोलियरी खरीद ली। आदिवासी और स्थानीय निम्नवर्ग के कुली पानी के भाव मिलते थे। यह लोग बेलचा और कुदाल से, गैंती से भी, कोयला खोदते थे। कच्ची सड़क से ट्रक इस कोयले को दूर-दूर तक ढोकर ले जाते थे।

ईंटों के भट्ठे भी बहुत फायदे के थे। यहाँ की मिट्टी से जो ईंटें तैयार होतीं उन्हें कच्ची सुखाकर भी उनसे बने मकान बहुत बरस तक खड़े रहते, पकाने पर तो बात ही क्या थी! ईंटों की मिट्टी सब जगह नहीं थी, जहाँ कोलियरी थी वहीं थी। दस या पन्द्रह या तीस हजार में ही कोई कोलियरी का मालिक बन जाता था। दस बरस कोयला खोदने में ही काफी फायदा था। अंचल के मजदूर बारह आना रोज पाकर ही धन्य हो जाते थे, क्योंकि वे किसी भी काम में इतना पैसा नहीं कमाते थे।

पता लगाने पर माथुर को मालूम हुआ कि बात सच थी। टाहाड़ के हनुमान मिश्र मन्दिर बनाकर चुप नहीं बैठे। बहुत से फलों के बगीचे खरीदे, तमाम जमीन खरीदी। कुछ कोलियरियाँ खरीद लेने से निश्चित रूप से अंचल उनके हाथों में आ जाएगा।

हनुमान मिश्र ने उससे बात स्वीकार की। अफसोस के साथ बोले कि यह सब अंग्रेजी पढ़ाने का कुफल है। लड़के मन्दिर लेकर नहीं रहना चाहते। अपने ही को देखो न! तुम क्या अपने बाप के ब्यौसाय में गए? उनके लिए ही यह सब करना पड़ रहा है। मेरा कहना है, करो। तुम एक ही क्यों, दस कोलियरी खरीदो। मैं अपना मन्दिर लेकर रहूँगा।

'अंचल के लेबर को तो लेंगे?'

'तबीयत तो ऐसी ही है, देखें विश्वनाथजी क्या करते हैं? उनकी कृपा के बिना कुछ नहीं होना है।'

माथुर ने हेसाडी आकर सारी बातें कीं। उसके बाद कहा, 'ईंटों का भट्ठा तो जल गया है। सब नए सिरे से करना होगा।'

'गए थे?'

'नहीं, वह तो बहुत दूर है।'

हेसाडी के बाद तीन गाँव पार कर जो गुफा है, उसके बाद ईंटों का भट्ठा है।

'टूरा गाँव में? टूरा के पास। टूरा से और थोड़ा दूर।'

'अच्छा, वहाँ हिरण मिलते हैं?'

'क्या मारना है?'

'पूछ रहा हूँ।'

'पता नहीं। इतनी दूर कौन जाएगा? फिर वह गुफा की जगह ठीक नहीं है।'

'क्यों?'

'रात में वह जगह बहुत खराब है।'

'डाइन का तो पता नहीं है।'

'क्या समझूँ? डाइन है, इस बारे में कुछ मालूम नहीं हुआ। सनीचरी मर गई। उस बात को सोचकर भी दुख होता है।'

'चलो न, शिकार के लिए चलें।'

'फिर शिकार!'

'बन्दूक ले आऊँगा। शिकार करेंगे, परमिट पर।'

'ओः! तुम लोग कितनी परमिट लेते हो!'

'सरकारी कानून तो सब खतम हो गए। गुलदार गाँव में घुसेगा, गाय-बकरी सब मार डालेगा। परमिट आने पर उसे मारेंगे? गुलदार या बड़ा बाघ क्या परमिट जानते हैं?'

'वही तो। तुमको बहुत शौक है?'

'बहुत।'

'कैसे बन्दूक चलाते हो? चाम्पियन।'

'देखा जाएगा। वह गुलदार बहुत खतरनाक होता है। हमारी गायों के लिए कुत्ते पहरे पर रहते हैं। वे गाँव की पुलिस होते हैं। तो गुलदार को अगर कुत्ता मिल जाए, तो फिर कुछ न लेगा। उसी को मार देगा।'

'कुत्ता?'

'गुलदार।'

'ठीक! इस बार आते वक्त थोड़ा-सा किरासिन ला सकते हो? कोहा हेसाडी में परमिट पर किरासिन नहीं मिलता। महुए के तेल में बहुत धुआँ होता है, आँखें जलने लगती हैं।'

'ले आऊँगा। तोहरी से साइकिल पर न आ सकूँगा। दो लड़कों को भेज देना।'

कुछ दिनों के बाद दो लड़के तोहरी पहुँचे। उन्हें दो टीन किरासिन लेना था, और कुछ रस्सी और कीलें। पहान ने कह दिया था, माथुर थोड़ी-सी लाल दवा ले आए। अकेले माथुर को वह दवा मालूम है जिससे जला-कटा सब अच्छा हो जाता है। सनीचरी के नाती का बदन गरम पानी गिरने से जल गया था।

सबके अन्त में वे बोले, 'बन्दूक और गोली लाने को पहान ने कहा है।'

'क्यों?'

'गुलदार कहाँ है?'

'ढाई गाँव के जंगल में।'

'किसने देखा?'

'किसने देखा? गाँव के कुत्ते एक-एक कर तीन गायब हो गए हैं। जंगल के ऊपर गिद्ध उड़ रहे हैं।'

माथुर ने एक बड़ी शीशी मर्क्युरियोक्रोम लिया। पहान को यह बहुत अच्छा लगता था। डॉक्टरी दवाइयाँ, इंजेक्शन—कुछ नहीं मानता, पर माथुर के साथ जो दवाइयों का बैग रहता था उसके मर्क्युरियोक्रोम से उसके पैर का छाला अच्छा हो गया था, उसे याद रहा। माथुर को लगा कि पहान दूसरी मानसिकता का आदमी होने पर भी विज्ञान की उन्नति मानता तो है रत्ती-भर। उस बार माथुर ने उसका दाँत पक जाने पर ऐंटीबायोटिक खिलाया था। सनीचरी अस्पताल जाएगी, यह सुनकर पहान ही ने सबसे अधिक जोश दिखाया था।

शायद डाइन के मामले में भी पहान किसी दिन तर्क का परिचय दे।

लेकिन डाइन के मामले में क्या तर्क हो सकता है? माथुर क्या अबकी ज्ञानबुद्धि से डाइन के मामले में कोई सूत्र पा रहा है?

सात-पाँच सोचकर माथुर ने अपनी पत्नी से कहा, 'दिलीप की कुछ पुरानी कमीज-पैंटें तो दे दो।'

'बरतन खरीदोगे?'

'नहीं।'

दो लड़के-लड़की होने के बाद भी माथुर और उसकी पत्नी के सम्बन्ध बहुत अच्छे थे। मीरा ने उसे बाप का व्यवसाय न कर मास्टरी करने के लिए कभी भी दोष न दिया। मीरा बहुत ही कोमल और शान्त औरत है। पति के सारे परिवार के लिए दुर्बोध्य होने से मीरा के मन में पति के प्रति एक ममत्व का भाव था।

एक पोटली कपड़े, मर्क्यूरियोक्रोम, कील, डोरी, बीड़ी लेकर माथुर रवाना हुआ। बन्दूक और गोलियाँ भी। शिकार करना उसे बड़ा अच्छा लगता था। जाते वक्त उसने देखा कि मीरा का मुँह सूखा था। जरूर किसी व्रत के कारण उसने कोई उपवास रखा था।

'उपवास किया है?'

'हाँ।'

'क्यों?'

'तुम्हारे लिए।'

'क्यों?'

'डाइन है न, जहाँ जा रहे हो!'

'जिसके घर में तुम हो, उसका डाइन क्या करेगी?'

'ऐसी बात मत कहो। चंगे-चंगे लौट आओ। यह साहब सारे झगड़े की जड़ है। खुद तो पटना में बैठा है, और तुमको आग में ढकेल दिया है।'

'नहीं मीरा, डॉक्टरेट करने पर तुमको लेकर अमरीका चला जाऊँगा।'

बात कहते समय शायद माथुर का वैसा कोई सपना नहीं था। कुछ ही दिनों में कठोर यथार्थ के आघात से उसका मन बैठ गया और वह स्वप्न समाप्त हो गया। अब, इस सबके बाद, माथुर सपने नहीं पालता। अब भी वह तोहरी में मास्टरी कर रहा है, और उस इतिहास को लेकर थीसिस नहीं लिखेगा, गिधना के उस इतिहास का माल-मसाला खोजने के बहाने

बार-बार हेसाडी जाता था। पहान को वह प्यार करने लगा था और उनका स्नेह अभी भी रेल लाइन के पास की नदी की तरह समान्तराल है। दोनों के मिलने की कभी सम्भावना नहीं है। माथुर और पहान–रेलपथ और नदी के किसी भी बिन्दु पर मिलने से सर्वनाश अवश्य होगा।

माथुर हेसाडी चला गया। सनीचरी के नाती के फोड़ों और घाव पर दवा लगाई। कीलें ठोंककर आँगन में बैठने के लिए मचान बनाया। पहान के साथ गाँव में, किरासिन बाँटकर सबके धन्यवाद का पात्र बना। उसके दूसरे दिन सवेरे, शिकार मारकर बाघ के साथ गाँववालों की तसवीर खींचने का वादा कर कुछ युवकों को लेकर ढाई के लिए रवाना हो गया।

हेसाडी के बाद तीन गाँव पार कर एक गुफा थी। उसके बाद ईंट-भाटी। उसके बाद टूरा गाँव था। टूरा मुंडा लोगों का गाँव था।

तीन गाँवों के बाद अन्त का गाँव ढाई था। ढाई बहुत ही छोटा गाँव था। वह कुरुडा नदी के पार था। उसके पार जंगल था। आँवला, पलाश, सीधे और छोटे-छोटे पेड़ों का जंगल था। गाँव के कुत्ते नदी के पार हमेशा आया करते थे। एक के बाद एक कुत्ते के गायब होने के मतलब थे–चीते और बाघ। सब जानते थे कि चीते को कुत्तों का मांस बहुत अच्छा लगता है। जंगल के ऊपर गिद्ध उड़ते हैं, जरूर कुत्तों का खाया हुआ शरीर वहाँ पड़ा है। माथुर ने लड़कों से कहा, 'बिलकुल बोलना मत, चीता बहुत खतरनाक होता है। आवाज पाते ही भाग जाएगा।' उन लोगों को बड़ा मजा आ रहा था, बहुत उत्तेजना हो रही थी। जंगल के अन्दर से होकर सावधानी से चलना अच्छा लग रहा था। जंगल के भीतर हरी छाया घनी हो रही थी, चलने में मजा आ रहा था। आशा थी कि साँप नहीं होंगे, पाँव में काट न लें।

उसके बाद जंगल और झीना था। आँधी से कई पेड़ गिरे पड़े थे।

पेड़ के ठूँठ पर बैठ उनकी ओर पीठ किए डाइन ने हाथ उठाए। कुत्ते का पैर मुँह के पास ले गई। माथुर के कलेजे में हथौड़ियाँ चल रही थीं। युवक जान छोड़कर भागे।

डाइन ने मुँह फेरा। उसके बाद 'आँ-आँ-आँ' की चीखों से वन को चीरती हुई उठ खड़ी हुई। फूला हुआ, बीभत्स शरीर था। माथुर ने आँखें बन्द कर लीं, बन्दूक फेंककर पीछे घूमा, फिर भागा।

भागते-भागते उसने पीछे घूमकर देखा। डाइन पीछा करती आ रही थी। लेकिन ढीले कदमों से। माथुर ने फिर भागना शुरू किया।

लड़कों ने समझ लिया था कि डाइन ने माथुर को मार डाला है। डाइन की 'आँ-आँ-आँ' की चीख से वह धारणा और पक्की हो गई। माथुर अच्छा भाग सकता है, इसलिए उसने ही उन्हें आकर पकड़ लिया।

माथुर बोला, 'डाइन नहीं है। आदमी है।' उन्होंने माथुर को एकदम उड़ा दिया! डर, बहुत डर! उसी के साथ भयानक क्रोध।

वे ढाई गाँव के अन्दर से चिल्लाते हुए गए, 'डाइन! डाइन! औरतो, घर में जाओ। मर्दो, बाहर आओ। हम जा रहे हैं।'

वे हेसाडी चले गए। ढाई, तोपा और बुरुडी गाँव के आदमी निकल आए। अब माथुर इस नाटक के मंच पर था। निकलने की राह नहीं थी। और यह उसका नाटक नहीं था, उसकी कोई भूमिका नहीं थी। वह अपेक्षा करने लगा।

अपेक्षा करते-करते, उनकी गुस्से से भरी बातें सुनते-सुनते उसे अचानक एक विस्फोटक सत्य देखने को मिला।

आकाश में बादल मँडराते हैं, पानी नहीं बरसता। जंगल में कन्द नहीं मिलता। नदी में मछलियाँ नहीं हैं। हवा मानो साँस छोड़ रही हो।

बातें ऐसी थीं। सहसा माथुर ने समझा कि मानवरचित आर्थिक संसार में इन लोगों का स्थान नहीं है। ईंटों का भट्ठा, कोलियरी-बोकारो का इस्पात कारखाना, लकड़ी का रोजगार, रेल लाइन, खेत-खेती–सभी ने इन्हें बेकार बना दिया है।

प्रकृति ही इनका एकमात्र सहारा है। बरसात हो तो खेती हो, जंगल हरे-भरे हों, कन्दमूल मिलें, नदी में मछलियाँ हों। अनावृष्टि से प्रकृति के स्तन सूख गए हैं। इसलिए यह डाइन को उसका उत्तरदायी मानकर क्रुद्ध हैं। उसके बाद आदमी को इनकी जरूरत नहीं। प्रकृति के विमुख होने से यह समाप्त हो जाएँगे।

एक-एक कर लोग इकट्ठा हुए। सब सशस्त्र थे। सबके हाथों में लाठियाँ, कमर में पत्थर थे।

यह गुस्सा क्यों है, यह माथुर को पता था। लेकिन यह जानकर भी माथुर उनकी मनोभूमि पर उतरकर उनसे एकात्म नहीं हो पाता था। माथुर और वे एक ही अंचल की सन्तान थे। लेकिन माथुर के हाथों में बन्दूक का कुन्दा था। नली उनकी छाती की ओर थी। सवर्ण हिन्दू बनाम आदिवासी। बन्दूक फेंककर टार्गेट और घातक हाथ मिलकर एक नहीं हो सकते थे।

हेसाडी के पहान के आकर पहुँचने के समय ग्यारह बज गए। उसके बाद सौ से अधिक लोग एक साथ चिल्लाते-चिल्लाते जंगल में घुसे।

डाइन उठ खड़ी हुई। डाइन झुकी जा रही थी, फिर चल रही थी। बार-बार ठोकर खा रही थी। जंगल में पत्थर फेंकना बेकार था। पेड़ों से टकरा जाते। 'आँ-आँ-आँ' कभी गरज और कभी आर्तनाद बन जाता।

'हे! तुम लोग ठहर जाओ। वह नदी पार कर रही है।'

'कहाँ जाएगी?'

'अरे, अरे, गुफा में जा रही है।'

'गुफा में?'

'तुम लोग देखो!'

जंगल का सहारा छोड़ डाइन अब नदी पार कर रही थी। धीमी गति से। बीच-बीच में मुँह फेरकर देख लेती है। हाथों को ऊपर उठाती है, फिर पेट दबा लेती है। उसका हिलना, डुलना, चलना बहुत अजीब था।

'मार पत्थर!'

'खून गिरे तो नहीं जानता।'

डाइन झुकी। उसके बाद पत्थर उठा घूमकर खड़ी हो गई।

लोग ठिठककर खड़े हो गए। माथुर उनके पीछे था। वह अच्छी तरह देख नहीं पा रहा था। सहसा, प्रायः विद्युत-गति से डाइन जान छोड़कर गुफा में भागी।

'गई-गई-गई।'

सभी आकर गुफा के सामने खड़े हो गए। टूरा गाँव के मुंडा लोग भी आए थे। जनता का मिजाज बहुत गरम हो रहा था।

ढाई गाँव का पहान बोला, 'तुमने यह क्या किया?'

'क्या किया?'

'वह हमारे जीवन में घुस गई।'

'हमने घुसाया?'

'वह गुफा से नहीं निकलेगी।'

'हमें पता है।'

'हमें आफत में फँसाकर तुम्हें जाने न देंगे।'

'रोकोगे?'

'काटकर फेंक देंगे।'

'हमें काटना नहीं आता है?'

हेसाडी का पहान बोला, 'यह कोई काम की बातें नहीं हैं। ऐसी मुसीबत है।'

'बताओ, क्या करें?'

'उसे निकालकर भगाना होगा।'

'निकालेगा कौन?'

'हम।'

'कैसे?'

'सियार के भीटे में घुस जाने पर क्या करते हो?'

'आग जलाते हैं।'

'आग जलाओ।'

ढाई का पहान बोला, 'जलाकर मारोगे? ऐं? उसे जलाओगे?'

'न, न, उसे मारने पर अपनी मौत है।'

'तब क्या कह रहे हो?'

'गुफा के मुँह पर आग जलाओ। धुएँ की गर्मी से वह निकलेगी। तब खेदना।' टूरा का पहान बोला, 'खेदेंगे जंगल की ओर। गाँव की ओर नहीं। अपने गाँव में हम अकाल से जल रहे हैं।'

'जल कौन नहीं रहा है?'

'वही कह रहा हूँ।'

अब माथुर जो कुछ देख रहा था वह सब अस्वाभाविक लग रहा था। आश्चर्यजनक तेजी से वे लोग पेड़ों को काट रहे थे, झाड़ियाँ काट रहे थे। जनता खून की प्यासी थी। सैनिकों की तरह वे गुफा के मुँह पर झाड़ियों और डालियों का ढेर कर रहे थे। ढाई गाँव से कोई किरासिन लाया। उन पर छोड़ा। हेसाडी के पहान ने चकमक ठोंका।

आग ही आग। हवा ने झोंके मारे। आग फैल रही थी। धुआँ गुफा में जा रहा था। आग की गर्मी से हरी डालें फट्-फट् की आवाजें कर रही थीं। आग से बचने के लिए लोग पीछे हटे।

सबने गरदनें आगे बढ़ाईं। सब स्तब्ध थे। आँखों में, चेहरों पर भयानक उल्लास था। भयंकर संकल्प था।

'निकल! निकल!'

हेसाडी का पहान हिल क्यों रहा है? क्या मंत्र पढ़ रहा है? क्या यह डाइन को खोंचा मारकर निकालने का कायदा है?

सब हिल रहे थे। सब कह रहे थे, 'निकल! निकल!' माथुर एक होकर इनके साथ हिल रहा था। क्या उसके अन्दर भी कहीं प्रस्तर-युग है? माथुर ने पेड़ की डाल पकड़कर बदन को सँभाला।

'वह! वह देखो।'

धुएँ की कुंडली अचानक साँप की तरह बन गई। अजगर की तरह श्लथ सर्पिलता से वह गुफा में घुसी। धुएँ में सब-कुछ अँधेरा हो रहा थ।

'आँ-आँ-आँ-आँ-आँ-आँ' आर्तनाद, मानव का आर्तनाद, मानवी ही तो डाइन बन जाती है। जब बन जाती है तो मनुष्य ही उसे खोंच-खोंचकर बाहर निकालता है। माथुर के कलेजे में सब टूटा क्यों जा रहा है?

'आँ-आँ-आँ-आँ' अचानक चीखें रुक गईं। सन्नाटा। भयानक सन्नाटा। उसके बाद कातर रुदन। अद्‌भुत और अविश्वसनीय। मानो कोई सद्यःप्रसवा रोई हो।

सभी डरे हुए, खोए से थे। अचानक समस्त दृश्य की अवास्तविकता को भंग कर टूरा का पहान चीख पड़ा, 'ना-आ!'

टूरा का पहान भागा हुआ गया। एक बड़ी-सी डाल खींचते-खींचते वह दोनों हाथों से आग ठेल रहा था। राह बना रहा था।

'क्या कर रहे हो?'

'मुझे जाने दो।'

'न।'

'मैं जाऊँगा, जरूर जाऊँगा।'

'न।'

'छोड़ दो।'

'मरोगे?'

'मरा हूँ, मर गया हूँ। मैं तुम्हारे पैर पड़ता हूँ...।'

टूरा के पहान ने उसका हाथ काटा। लोगों ने उसका हाथ छोड़ दिया। उसके अपने हाथ में खून बह रहा था।

टूरा के पहान ने खून से सना मुँह हथेली से पोंछकर कहा, 'जो आगे बढ़ेगा उसे काट डालूँगा। सब चुपचाप खड़े रहो।'

टूरा का पहान आग को रौंदता हुआ भागा। उसके बाद उसकी आवाज से गुफा रोने लगी। 'सोमरी! सोमरी! सोमरी!'

माथुर आगे बढ़ा। अयथार्थ के दुःस्वप्न से यथार्थ में लौटा। उसने भीड़ की ओर देखा, आग रौंदता अन्दर घुसा।

गुफा के अन्धकार में आँखें काम नहीं कर रही थीं। अबाबीलों की दुर्गन्ध थी। अबाबील धुएँ से पंख फड़फड़ाकर उड़ रहे थे।

गुफा में टूरा का पहान घुटनों के बल जमीन पर बैठा था। जमीन पर एक युवती नंगी पड़ी थी। उसके पैरों की फाँक में नाल-लगा नवजात बच्चा था।

'मेरी बेटी।'

टूरा के पहान ने जमीन से ही कहा। उसके बाद अँधेरे में आँखें उठाकर कहा, 'गूँगी। शरीर बड़ा हुआ। अक्ल नहीं। टाहाड़ के हनुमान मिश्र के घर उपले बनाने में लगाया था। उपलों के काम में।'

'कब?'

'बरस हो गया। आज पाँच महीने हुए उसकी खबर नहीं। मिश्रजी बोले, वहाँ से कहीं चली गई। बहुत खोजा, नहीं मिली। बाद में पता चला कि ठाकुर के बेटे ने उसे खराब किया। खेजने जाने पर जूते खा आया। डाइन, डाइन, ठाकुर ने डाइन की बात फैला दी। सो नहीं मालूम था कि मेरी सोमरी डाइन है। बिलकुल पता नहीं था।'

'डाइन नहीं थी!'

माथुर ने मुँह मोड़ा। हेसाडी और मुरहाई के पहान थे।

टूरा के पहान ने वध्य पशु के समान सिर हिलाया। उसके बाद रुँधे विकृत स्वर में बोला, 'मुझे भी मारो। इस निकम्मे को भी।'

'डाइन नहीं है!'

हेसाडी के पहान की इस प्रसंग में दो बातें थीं। अर्थात् डाइन के प्रसंग में अन्तिम बात। उसके बाद हेसाडी के पहान ने जो कुछ कहा, वह टूरा के पहान की बेटी सोमरी के प्रसंग में पहली बात थी।

'तुम उठ आओ। अरे, औरतों को बुलाओ, यह उनका काम है।'

'क्या काम?'

टूरा के हतबुद्धि, विभ्रान्त पहान ने नजर उठाई। जो मारे गए हों, उन्हें क्या काम रह जाता है? हेसाडी के पहान ने गुफा की दीवार थामकर मुँह घुमाया। बोला, 'ढाई गाँव में औरतें नहीं हैं? नाल नहीं काटेंगी? बुलाओ। उठो।'

उसने माथुर से कहा, 'कमीज उतारो। बाप के हाथों में दे दो। बाप रह सकता है। हम-तुम नहीं रह सकते।'

हेसाडी का पहान निकल आया। चिल्लाकर बोला, 'सारी बातें बाद में होंगी। टूरा के पहान की गूँगी खोई हुई लड़की सोमरी के बच्चा हुआ है। कोई गाँव में जाओ। औरतों को बुलाओ। पहान! तुम्हारे गाँव में आदमी नहीं हैं?'

'डाइन कहाँ है?'

'टाहाड़ में जाकर खोजो। गूँगी-बहरी को लड़कों ने तंग कर भगाया था। सो बाद में धुआँ दिया, डाइन निकाली, पत्थर मारो, जान से मत मारो।'

'तुम यह क्या कह रहे हो?'

'जो कह रहा हूँ ठीक कह रहा हूँ। गिधना–कालना के नाती का नाती, डाइन होने पर यह बातें कहता? जाओ, गाँव में जाओ।'

इस बात के बाद दूसरी बात नहीं थी। गिधना-कालना सबके रक्त में स्वप्न बनकर जीवित हैं, जीवित रहें।

हेसाडी का पहान कभी उनका नाम लेकर कोई अधिकार नहीं जताता। और अगर जताता है तो उनकी ही तरह इस भूखे पहान की बात सारे उराँव मानने को बाध्य होते हैं।

टूरा के मुंडा युवक गाँव की ओर भागे।

ढाई से औरतें आईं। नाल काटा, बच्चे को पोंछकर साफ किया। जिन्होंने डाइन को पत्थर मारकर निकालना चाहा था, जिन्होंने आग जलाकर डाइन को गुफा से निकालना चाहा था, उन्होंने पत्ते और डालें काटकर मचान बनाया।

औरतें सोमरी को पकड़कर बाहर लाईं। माथुर की कमीज से इस समय उसकी नग्नता ढँकी गई। सोमरी ने सबकी ओर देखा। न, उनकी आँखों में प्रतिहिंसा नहीं थी। आदमी लोग उसकी ओर देख नहीं पा रहे थे।

मचान पर उसे और बच्चे को लिटाया गया। ढाई गाँव की पहानी ने बिस्तर-सा बना दिया। उस पर उसको उठाया गया। टूरा का पहान पत्तों सहित एक डाल से सोमरी पर की धूप बचाकर मचान के साथ-साथ पैदल चला।

अब आदमी लोग उलझन में थे। सब अपने-अपने गाँव को लौटेंगे। हेसाडी का पहान और माथुर जंगल में घुसे। माथुर ने बन्दूकें और गोलियाँ ढूँढ़ निकालीं।

चलते-चलते माथुर ने एक बात भी न की। हेसाडी के पहान ने दो बातें कहीं, 'भूख की तड़पन से कच्चा मांस खाया था।'

माथुर कुछ न बोला।

'तुमने हनुमान मिश्र से जो बातें कहीं थीं, उन्हें वापस ले लो। हम लोग उसके कुली के काम पर नहीं जाएँगे। किसी को नहीं जाने दूँगा। बाहर के कुली भी न लाने दूँगा।'

माथुर ने सिर हिलाकर 'अच्छा' कहा, बोला नहीं। शान्ति, आश्चर्यजनक शान्ति थी। हेसाडी का पहान, बीच-बीच में चुप हो जाना चाहता था। लगता था कि जो कुछ देख रहा था सब-कुछ नया था। माथुर समझ रहा था कि हेसाडी का पहान समझ रहा है कि हवा वैसी ही मीठी है, वन वैसे ही हरे हैं। आतंक के दबे बादल उड़ गए थे, इसलिए हेसाडी का पहान समझता है कि सब-कुछ जैसा था, वैसा ही है। आकाश ने कभी रंग नहीं बदला था। हवा रुकी नहीं थी। अनावृष्टि के दूसरे बरसों में प्रकृति जैसी रहती है, वैसी ही है। हेसाडी का पहान ही दूसरी तरह का हो गया था, इसलिए सोच रहा था कि सब-कुछ बदल गया है।

हेसाडी का पहान फिर बोला, 'खुद नहीं जाएँगे। बाहर से किसी को जाने नहीं देंगे।'

माथुर कुछ न बोला। 'हाँ' जताकर सिर हिलाया। उसकी आँखों में आँसू उमड़ रहे थे। पहान बोला, 'रो क्यों रहे हो?'

माथुर कुछ न बोला। पहान और उसके मिलन का तो कोई बिन्दु नहीं है। वे समान्तराल हैं। मिलते नहीं। वह कैसे समझाए कि उसे रुलाई क्यों आ रही है!

जंगल छोड़कर वे नदी पार उतरे। पीछे देखने पर उन्हें बहुत दूर पर टाहाड़ में हनुमान मिश्र के बड़े ऊँचे मन्दिर की पीतल की ध्वजा दिखाई दी।

उन्होंने पीछे न देखा। चलने को सामने अभी लम्बी राह है।

मूर्ति

छातिम ग्राम के शहीद दीनदयाल की काँसे की मूर्ति की स्थापना करने का संकल्प कलकत्ता महाधिकरण ने किया था और मूर्ति-स्थापना काफी धूम-धड़ाके, बाजे-गाजे के साथ होगी, यह बात समाचार-पत्रों में भी छपी। लेकिन छातिम ग्राम के लोग स्वभाववश ही यह नहीं जान पाए। ग्राम तो 'फार फ्रॉम मैडिंग क्राउड' है और सरकारी जंगल-महल के प्रांगण में है। लैटेराइट मिट्टी। कम उपजाऊ। फलतः इस मिट्टी के द्वारा ज्यादा लोगों का भरण-पोषण नहीं हो सकता। छातिम और उसके साथ के सात गाँवों की जनसंख्या तीन हजार से भी कम है। आदिम जातियाँ और उपजातियाँ रहती हैं यहाँ—सन्थाल और मुंडा वगैरह। अनुसूचित जातियाँ भी हैं—भुइयाँ, हाड़ि, मोची, गूँड़ी, बाउरी। यही हैं यहाँ की जनसंख्या। इन आठों गाँवों में साक्षर लोग तीस से ज्यादा नहीं होंगे। जो साक्षर हैं, वे भी निरक्षरों की तरह पेट के धन्धे में व्यस्त हैं। समाचार-पत्र न कोई रखता है, न कोई पढ़ता है। निकटस्थ थाना ग्यारह मील दूर है। महकमा-शहर सात मील दूर। वहीं ब्लॉक डेवेलपमेंट ऑफिस, पोस्ट-ऑफिस, जंगल-ऑफिस, स्वॉयल वर्कर ट्रेनिंग ऑफिस, स्कूल-सब-इंसपेक्टर का ऑफिस, हेल्थ सेंटर, धान-गोला या कोठारी और कृषि कार्यों के लिए स्थापित केन्द्र हैं। यानी पूरा उद्देश्यपूर्ण पेराफरनेलिया है।

सिनेमा-हॉल मौसमी है। शहर के मदन खाँ (अब स्वर्गवासी) खूब नामी-गिरामी थे, बड़े धनी पुरुष थे। लाख के व्यापार में वे काफी धनी हुए। दुष्ट लोग कहते हैं, उग्रवादी दीनू ठाकुर को पकड़वाने पर मदन खाँ के पिता बदन खाँ को साहेब लोगों से काफी पैसे मिले थे। और उसी से उन्होंने लाख का व्यापार शुरू किया। मदन के हाथों पड़कर रुपया दुगुना हो गया। क्यों न होता? '47 के बाद की सरकार ने मदन को देश-सेवी करार दिया। देश-सेवा के पुरस्कार-स्वरूप जैसे छप्पर फाड़कर लाइसेंस-परमिट मिले। दारू की दुकान से लेकर बस-सर्विस तक के परमिट। देश-सेवा न करने पर भी देश-सेवा का पुरस्कार तो मिलता ही है। तभी वह फलाहारी बाबा को आम, सेब, केले इत्यादि की गुँथी मालाएँ पहनाने का सुफल मानता है। उसके मन में अचानक खुद को अमर करने की इच्छा जागी। और इसी वजह से उसने बहुत-से ऐसे काम किए जिनसे शहरवासी लाभ उठाते हैं। जीवितावस्था में ही उसने मदन मेमोरियल ब्वायज स्कूल, मदन स्मृति बालिका विद्यावीथि, मदन खाँ फुटबॉल मैदान इत्यादि बनवाए। एक छह बिस्तरों का अस्पताल भी बनवाया। सब जगह अपनी ही तसवीर को खुद माला पहनाकर वह उद्घाटन करता था। एक बार शहर के चतुर लड़कों ने उसे 'महान देश-नेता' करार देकर फुसलाया और 'रवीन्द्र सदन' बनाने पर राजी किया। मदन खाँ तुरन्त राजी हो गया। पर हॉल के आधा बनते-बनते ही बोला, 'हमारे पैसे से बने हॉल में हमारा नाम नहीं होगा? उसका नाम होना चाहिए—मदन-रवीन्द्र हॉल।'

इस स्टेज पर कुछ लोग आगे आए और मदन खाँ को समझाया कि रवीन्द्रनाथ के नाम के पहले 'मदन खाँ' उचित नहीं है।

मदन बोला, 'ठीक है, अब ज्यादा झिकझिक मत कीजिए। नाम रहे रवीन्द्र-मदन हॉल। ठीक?'

हॉल पर टीन की छत डाल दी गई। छत पड़ते-न-पड़ते उसका दिमाग फिर पलट गया। उसने अपनी मोमेंटरी डिसीजन सुना दिया। बोला, "रवीठाकुर को लेकर तो बहुत-कुछ बना है। मैंने निर्णय किया है कि हॉल का नाम, मेरे नाम पर ही होगा। और जानते हो कि मैंने अपनी मूर्ति बनने के लिए दे दी है। अगले साल 1961 में वैशाख की पूर्णिमा को उसका अनावरण कर दूँगा।'

अब कितनी भी रिमोट जगह हो, है तो वह जगह पश्चिम बंगाल में ही। शहर के बाशिन्दे बड़े चक्कर में पड़े। रवीन्द्र-जन्म शत-वार्षिकी के अवसर पर मदन खाँ के हाथ से 'मदन खाँ-हॉल' का उद्‌घाटन होगा, यह ठीक नहीं है। उनके सिर घूम गए।

मदन खाँ बोला, 'ज्यादा हंगामा किया तो इस हॉल को धान का गोदाम बना दूँगा।' पर उसकी यह इच्छा फलवती नहीं हो सकी। क्योंकि वह अचानक ही मैनेंजाइटिस का शिकार होकर महा-प्रयाण कर गया। यह हॉल ही अब 'रवीन्द्र हॉल' है। इसे ही मौसमी सिनेमा-हॉल भी कहते हैं। धान काटने पर किसानों के हाथ में जब पैसे आते हैं तो वहाँ सिनेमा दिखाया जाता है। बाकी समय में हॉल में शहर की सभा-समितियाँ, जात्रा और अन्यान्य सांस्कृतिक कार्यक्रम होते हैं।

अगर शहर की यह अवस्था है तो छातिम ग्राम में कोई समाचार-पत्र पढ़े, यह आशा करना खामखयाली ही है, वैसे ही जैसे बँगला मोशन पिक्चर में मोशन देखने की दुराशा करना। छातिमवासी नहीं जानते कि उनके गाँव की ठाकुरबाड़ी के दीनदयाल ठाकुर की मूर्ति की स्थापना और उसका अनावरण होने वाला है।

छातिम ग्राम के ठाकुर लोग सरकारे-खास व्यक्ति हैं। कारण है दीनदयाल। 1924 में दीनदयाल खड़गपुर के पास ट्रेन-डकैती में पकड़ा गया और बन्दी बनाया गया। शेष अवधि कटी--फाँसी-घर में। पुलिस ने उसके माँ-बाप, बहन-भाई पर अकथ अत्याचार किए और उन्हें गाँव से निकाल दिया। जमीन-जायदाद भी जब्त कर ली। छातिम के लोग यह भी नहीं जानते कि दीनदयाल की मृत्यु के समय उसकी बहन सिर्फ दो वर्ष की थी और उसका ससुर अब दीनदयाल का एकमात्र जीवित सम्बन्धी होने की वजह से पेंशन पाता है।

वस्तुतः छातिम ग्राम के साथ दीनदयाल का कोई सम्पर्क था—यह छातिमवासी भूल गए हैं। लैटेराइट मिट्टी में किसी तरह धान उगाना, जंगल में साल पेड़ के 'फैलिंग' के ठेके पर काम करना, यदा-कदा मदन खाँ के पुत्र सदन खाँ के खेत में मजूरी करना—इसी तरह के दुखद संग्राम में उनकी जिन्दगी कटती है। आच्छन्न चिरायँधकार में पड़े इस दरिद्र गाँव में कुछ भी नहीं है। करीब में कोई हेल्थ-सेंटर, गाँव में पीने के पानी का कुआँ, हाट वगैरह कुछ भी तो नहीं है। गाँव देखकर यह अनुमान भी नहीं लगता कि इसके केवल सात मील दूर ही उद्धत हाइवे है। बयालीस मील दूर खड़गपुर स्टेशन। पर यहाँ है—आन्दोलित भूमि, छोटे पहाड़, बौने साल के पेड़, बेशुमार गरीबी। हाट भी लगती है सोम और शुक्र को, चार मील दूर। हाट में नमक-मिर्च, चावल, मोटा कपड़ा, झिलमिल गमछा, दाद-मलहम, दाँतशूल की दवा, प्लास्टिक के खिलौने, तेल का सिंघाड़ा और गुड़ की जलेबी मिलती है।

छातिम और दूसरे गाँवों के बूढ़ों की आँखों में जाला उतरने या वयस्कों की आँखों से कम दीखने की स्थितियों में वे हाट पहुँचते हैं। तूफान मुल्ला खुद भी अपनी ही बनाई निकेल की ऐनक पहनता है और दूसरों के लिए भी बनाता है—मात्र चार रुपए में। सूरेन हाती, पदम काँटा और सनारूर काँटे से छैनी काटता है। बीच-बीच में सरकारी आदमी चोंगे पर गला फाड़कर चिल्लाया करते हैं—परिवार-नियोजन के बारे में। बिना मूल्य उक्त विषय पर हिन्दी-बँगला-अंग्रेजी में सरकारी लिटरेचर भी वितरित करते हैं। कागज को ये निरक्षर गोल-गोल तोड़-मोड़कर रख लेते हैं। मोदी की दुकान पर बेच आते हैं। अगर तसवीर हुई तो घर ले जाते हैं, दीवार पर चिपका देते हैं। उनके हिसाब से, माँ-बाप, लड़की-लड़के की सरकारी सुखी परिवार की तसवीर वस्तुतः भारत की प्रधानमंत्री, उनके पति और उनके पुत्र तथा पुत्री की तसवीर है। इसी से समझा जा सकता है कि ये कितने घोर अन्धकार में हैं। वे महिला का फैमिली स्ट्रक्चर भी नहीं जानते। इतने ही ज्ञानी हैं वे!

दीनदयाल ठाकुर शहीद हैं, यह भी छातिमवासी नहीं जानते। हाँ ठाकुरबाड़ी जरूर है। ठाकुर नहीं हैं। वहाँ एक कुआँ है, जिसमें चैत-वैशाख में जल रहता है। पानी कोई लेता नहीं। चारों तरफ झाड़ियों का जंगल हो गया है। एक बड़ा अजगर वहाँ रहता है। एक-दो बकरी के बच्चे खा गया है। क्यों? ठाकुर लोग जाते वक्त इस साँप को चौकीदारी करने को कह गए हैं।

छातिमवासी पहले भी गरीब थे, यह वे भूल गए हैं। गाँव के चिर-अन्धकार की अवस्था-जनित स्थिति के कारण ही वे ठाकुर-परिवार के संत्रास की बात भूल गए हैं। ठाकुर-परिवार का ग्राम-त्याग और दीनदयाल को फाँसी—बात 1924 की है। चौवन साल पहले की घटना अब अन्य लोकगाथाओं की तरह किंवदन्ती होकर रह गई है। लेकिन इस कथा के विभिन्न 'वर्जन' हैं।

छातिम गाँव के बूढ़े सन्थाल, माँझी दासू सोरेन का 'वर्जन' इस प्रकार है—कई चाँद पहले यहाँ से कर्णावती नदी बहती थी। यहाँ था भुइयाँ राजा। राजा के लड़का-लड़की नहीं थे। राजा को सन्तानहीन कहकर एक भिखारी ने भिक्षा नहीं ली, जिससे राजा अत्यन्त दुखी हुआ। राजा ने रानी से कहा, 'चलो, कर्णावती के पानी में ही डूब मरते हैं।' पति-पत्नी दोनों चले, राजपाट छोड़कर मरने। रास्ता तो जैसे खत्म होता ही न था। रानी ने कहा, 'देखो, यह जरूर किसी देवता की माया है। घर की छत से रोज ही नदी का जल देखती हूँ। पूजा-त्योहार के दिन नदी में स्नान करती हूँ। रास्ता तो इतना लम्बा नहीं है।' राजा भी आश्चर्यचकित थे।

हठात् सामने दिखी एक भव्य देवी। देखते ही राजा और रानी ने साष्टांग प्रणाम किया। देवी बोलीं, 'मैं मनसा देवी हूँ। आत्मघाती मत बनो, घर लौट जाओ। तुम्हारे पुत्र होगा। यहाँ मेरा 'थान' बना देना। सावन की संक्रांति में मेरे थान पर घड़े रखना, घर-घर में मेरी पूजा हो। लेकिन तुम बारह महीने मेरे थान पर रोज पूजा करना, ब्राह्मण भी रखना।' राजा बोले, 'यह तो जंगल है, यहीं का राजा हूँ। ब्राह्मण कहाँ से मिलेंगे?' मनसा बोलीं, 'कल सवेरे उत्तर दिशा में लोग भेजना। एक प्रहर लगातार चलने पर तुम्हें एक गरीब ब्राह्मण अपनी पत्नी और बच्चे के साथ बरगद की छाया में सोता मिलेगा। ब्राह्मण का भाग्य इतने दिन खराब रहा, अब मेरी कृपा से ठीक हो जाएगा। उसे खिला-पिलाकर स्वस्थ करो। उसके बाद वह तुम्हारे राज में एक दिन में जितना चल सके उतनी जमीन उसे दे देना। उसकी स्थिति सुधरेगी, तुम्हारी भी बिगड़ेगी

नहीं। ब्राह्मण को सम्मान देना, ऐरा-गैरा नहीं है, काशी-धाम का है।' उसी ब्राह्मण के वंश के थे दीनदयाल ठाकुर। भुइयाँ का राज चला गया। अब गृहस्थी करते हैं ठाकुर। सब ही तो गाँव छोड़ गए।

यह किंवदन्ती अहिंदू सन्थाल के मुँह की बात नहीं है। लेकिन दासू सोरेन कहानी कहता है। उसकी कहानी में अकसर सबकुछ अलौकिक होता है। इस कहानी के साथ दीनदयाल ठाकुर की कलकत्ता में काँसे की मूर्ति स्थापित होने की बात मेल नहीं खाती।

नाई रतनदास का 'वर्जन' इस प्रकार है—कर्णावती ने बहुत दिन देखे हैं। भुइयाँ भी कभी राजा थे, ऐसा सुना है। भुइयाँ के घर में एक कोठाल और एक पट्टा भी है। हमने देखा भी है काफी समय से कि सदानन्द भुइयाँ एक सम्पन्न गृहस्थ हैं। 'सीलिंग' के बाद कुछ भी नहीं बचा। अब साल में चार महीने वे भी धान खरीदते हैं। हाँ, ठाकुर लोग उनके पुजारी थे। उनके घर में मनसा की पूजा करते थे। गाँव छोड़ते समय सदानन्द के बाप महानन्द ने विग्रह साथ ले जाने का आग्रह किया था, लेकिन दीनू ठाकुर के बाप ने कहा, 'तुम्हारे विग्रह की पूजा करके हमारा कुछ भी अच्छा नहीं हुआ। माँ से माफी माँगता हूँ, मैं चला पूजा छोड़कर।' महानन्द भुइयाँ बोला, 'ये जो-सो देवी नहीं है, माँ मनसा है। साँपों की माँ। इन्हें नाखुश करोगे?' ठाकुर बोले, 'इन्हीं की पूजा करके जीवन में पुलिस घुसी है। लड़का फाँसी चढ़ गया। घर छूट गया। पुलिस ने हमारी औरत-बेटी पर हाथ डाला। अब इससे बुरा क्या होगा? चाहे तो माँ नागों को भेज मुझे निर्वंश कर दे। तुम्हारे साथ मेरा कोई सम्बन्ध नहीं है।' तब क्या हुआ, जानते हैं? पूजित-पूजक में झगड़ा। नहीं, वह विवाद तभी शेष हो गया। दीनदयाल जब मरा, सदानन्द आठ बरस का था। अब सदानन्द साठ-बासठ का होगा, लेकिन देखने में नहीं लगता। खाया-पीया बहुत है। शरीर में कान्ति है। सदानन्द खुद बड़ा लिजलिजा है। पर लड़का, नवीन अच्छा है। उसे हम पंचायत में भेजेंगे।

छातिम बड़ा अभागा गाँव है। सरकार भी जैसे नहीं जानती कि छातिम नाम का कोई गाँव भी है। नवीन आठवीं जमात तक पढ़ा है। महकमा-टाउन जाता है। दरखास्त-अर्जी भी देता है। तभी तो इस साल बीज और खाद मिले हैं। वह चेष्टा कर रहा है कि गाँव से होकर बस के लिए एक पक्का रास्ता हो जाए। हमारे इन सात शापित और अभागे गाँवों के लिए एक हेल्थ-सेंटर भी छातिम में बनेगा। धान और अन्य कृषि सेंटर भी यहाँ बिठाएँगे। पचास-साठ-सत्तर हजा...र रुपयों का काम है। लड़का अच्छा है, नाचता है नाचे। मैं जानता हूँ, कुछ भी नहीं होगा। चिरकाल से गाँव ऐसा ही है। बाप, दादा, मैं—यानी किसी ने नहीं देखा कि गाँव की अवस्था कब अच्छी थी। दीनदयाल ठाकुर के फाँसी चढ़ने से, ठाकुर-भुइयाँ के दिमाग पलटने से, क्या गाँव का पतन हुआ? नहीं, नहीं, नहीं। चिरकाल से ही यह पतन चल रहा है, बाबू। मैं तो हाट के दिन हजामत का काम लेकर खड़गपुर जाता हूँ। और पाँच गाँ-ग्राम कैसे बदल गए! वह तेमुखी ग्राम कैसा बदल गया! एम.एल.ए. का गाँव है। वे एम.एल.ए. भी इस अभागे गाँव को नहीं देखते। गाँव अच्छा था, दीनू ठाकुर के कारण बरबाद हुआ, यह बात कोई कहता है तो वह है सदानन्द भुइयाँ। उनका झगड़ा क्यों हुआ, यह मैं नहीं जानता। मैं तब था ही कितना बड़ा!

लेकिन रतनदास के 'वर्जन' में भी यह बात खुलकर सामने नहीं आ पाती कि आखिर ठाकुर पर सरकार की नजर पड़ी क्यों?

सदानन्द भुइयाँ का 'वर्जन' खूब ट्विस्टेड और अहंपूर्ण है। अब 'ताल पुखुर' नाम में जो होता है, वही है। चार खंडों का बड़ा-सा घर, दो गोला-घर, तीन जोड़ी बैल। खूब खींच-खाँच के साथ दुनिया को दिखाते हुए वह बोलता जाता है–

अब यहाँ से जितनी दूर तक आप देखते हैं वहाँ तक का इलाका सारा हमारे पूर्वजों का था। मानसिंह का नाम सुन लीजिएगा। उसके अमले परगना के वजीर की सहायता मेरे पूर्वजों ने की थी। वजीर ने उन्हें राजा का खिताब दिया। और पता नहीं, क्या-क्या! तलवार है उनके पास। सुना है, मूठ सोने की थी। हमने देखा नहीं। पट्टा है, पढ़ना मुश्किल है। राजा ही हैं हम, अब छोटे हो गए हैं। लेकिन अब यह सब कहने से कोई लाभ नहीं। लड़का तक नाराज हो जाता है। राजा थे, इसी वजह से तो इतने कष्ट हैं। पन्द्रह बीघा धूर जमीन का राजा! बेटा बड़ा बिगड़ैल है। दिमाग का तेज। बटाईदारों के साथ खेती करता है। शादी नहीं की अभी। कहता है, उम्र नहीं हुई अभी। उसके बाद वाला तो आदमी हो गया है। अपने हाथ से खेती नहीं करता। शादी भी की है, दो बच्चे भी हो गए हैं। काम? काम क्या करेगा? हमारे लोग हर महीने देवी की पूजा कराते हैं, पुरोहितों के चले जाने के बाद से। प्रत्येक महीने यही छोटा लड़का साइकिल से पाटक गाँव से ब्राह्मण लाकर पूजा कराता है। बड़े लड़के का मन इन सबकी ओर नहीं है। बेटा बड़ा कच्चे दिल का है। बतख मर जाए तो रोएगा।

छोटे लड़के की चले कैसे? क्यों? मनसा का मेला तो हमारा ही है? उस दिन जितने हंस और पाठे चढ़ेंगे, सब में भाग मिलेगा। पन्द्रह दिन मेला चलेगा। उसका रोजगार है। राजा होकर आज हमारी यह अवस्था क्यों है? उसी दीनू ठाकुर के कारण। खूब दबदबा था हमारा। ठाकुर हमारे पुरोहित थे। हमने उन्हें भी पचास बीघा जमीन दी थी। अब तो ठाकुरों का घर जंगल है। पर मैंने अपनी आँखों से देखा है। य...ह दो तल्ला, बड़ा-सा घर। हमारे यहाँ की मिट्टी धीरे-धीरे सूखी है, धूप खाकर। पच्चीस बरस कुछ नहीं हुआ। बड़ा-सा घिरा दालान, बैठक। ऊँचान के ऊपर गोला-मराई। रसोई-घर, पानी का इन्तजाम। सूखी लकड़ी। बड़े भोज का इन्तजाम। गोहाल और घर को घेरते हुए सीकचों का बाड़ा। फूल-बागान। पीछे अमरूद, पपीता और फलों की बाड़ी। उनके द्वारा प्रतिष्ठित राधा-गोविन्द की मूर्ति और ठाकुरबाड़ी।

क्या शोभा थी! सब हमारी दौलत के कारण। क्या इसकी मर्यादा उन्होंने रखी? नहीं। सभी जानते हैं, छपी किताब भी है। बारह आना दाम है, हम ही बेचते हैं। सब जानते हैं, माँ मनसा हमारे पूर्वजों से कहकर उन्हें गाँव में लाई थी। गरीब भिखारी थे। यह क्या सोचा? मेरे पिता 'यह देवता, वह देवता' कहकर चिल्लाए, तब भी वे मूर्तियाँ नहीं ले गए। केवल अपने 'राधा-गोविन्द' को ले गए। पुजारी क्या देवता को फेंक जाते हैं कभी? (यहाँ तक कहानी पहुँचते-पहुँचते सदानन्द उत्तेजित हो उठते हैं, बार-बार पसीना पोंछने लगते हैं।)

तब पिताजी पाटक गए थे। नए पुजारी को लाकर पूजा कराई, माँ से माफी माँगी। सारी व्यवस्था की। ठाकुर-कुल की माँ मनसा उग्र चंडी हैं। उनके क्रोध में ठाकुर बरबाद हुए। फिर हमारे पूर्वज मरे सर्पदंश से। और देखिए, गाँव में पुलिस आई। कितने जुल्म हुए! घर-घर में जुल्म। सिर पर चढ़ बैठे। भुइयाँ लोगों को छोड़कर सभी जंगल में छुप गए थे। बाद में, यह जानते हुए कि ठाकुर का कोई नात-रिश्तेदार नहीं है, ये लोग पाटक के जमींदार से हाथी ले आए और घर धूल में मिला दिया। सब बरबाद कर दिया। ठाकुरों ने एक अजगर को–माँ

का ही जन्तु है—घर की रखवाली के लिए छोड़ दिया था। वह अब भी है। बीच-बीच में घर छोड़कर बाहर निकल आता है। कभी बकरी, कभी मुर्गी पकड़ लेता है। बाप रे, गज-भर मोटा है! मेरे और दीनू ठाकुर के बाप में दुश्मनी की बात कही जाती है। ऐसा कुछ नहीं है। ये सारी बातें कुलकों की मनगढ़ंत बातें हैं। दीनू ठाकुर क्या कोई गाँव में रहते थे, जो उनसे किसी का सम्पर्क होता? दुश्मनी? नहीं, नहीं। अरे, वह जो ठाकुर के लड़के को फाँसी हुई, पुलिस ने जो जुल्म ढाए, सो दीनू ठाकुर के बाप के मन में सन्देह बैठ गया कि शहर के बदन खाँ और मेरे बाप ने दीनू ठाकुर को पकड़वाया है। अगर यह बात सच होती तो मेरे बाप को भी बदन खाँ जितने पैसे मिलते। सब झूठ है। बड़ा लड़का है, तुमने क्यों नहीं अनुशासन में रखा? दूसरों की बात क्या करूँ? मेरा बड़ा लड़का नरेन भी इन सब बातों से परेशान रहता है।

सदानन्द भुइयाँ के 'वर्जन' से दीनदयाल ठाकुर के विषय में कुछ जाना जा सकता है। थोड़ा, सब नहीं।

नवीन भुइयाँ का 'वर्ज़न' बड़ा संक्षिप्त है।

हाँ, दीनदयाल ठाकुर शहीद हैं, जानता हूँ। 1924 में खड़गपुर ट्रेन-डकैती के सिलसिले में पकड़े गए, फिर फाँसी हुई। कहीं लिखी हो किताबों में, तो बात दूसरी है। मैं नहीं जानता। एक रास्ते की जरूरत है हमें। अभी, इसी वक्त। वह हो जाए तो गाँव के साथ बाह्य जगत् का कुछ तो सम्पर्क स्थापित हो सकता है। रास्ते की बात कह-कहकर हमारे हलक सूख गए हैं। कहा है, लेबर की जरूरत नहीं पड़ेगी। बीस-पच्चीस लेबर के चार्ज में ही हम सात गाँव के लोग रास्ता बना लेंगे। सन्थाल लेबर हमेशा खटने जाते हैं। दासू-सोरेन इत्यादि रोड-लेबर की बाबत सब जानते हैं। वे लेबर देंगे। रास्ता जरूरी है। तभी गाँव की कोई चीज, अनाज वगैरह बाहर जल्दी ले जाया जा सकेगा। एक हेल्थ-सेंटर भी चाहिए। अभी भी साँप काटे तो माँ मनसा, हैज़े में बड़ाम माँ, बुखार हो तो जलपड़ा का भरोसा है। उन्हीं को गुहारते हैं। हेल्थ-सेंटर सात मील दूर है। हमारे गाँव से आगे भी कई गाँव हैं। इस गाँव में अगर हेल्थ-सेंटर खुला तो, उनका भी तो उपकार होगा। ज्यादा नहीं, मात्र सत्तर हजार रुपए में, सात मील का रास्ता और हेल्थ-सेंटर बन जाएगा। घर मैं दूँगा। उसमें प्राइमरी बन सकता है। अगर सरकारी मदद मिले तो वह बाँध जो हमारे पूर्वजों ने बाँधा था, हम काट देंगे और सिंचाई करेंगे। दीनू ठाकुर? हमारे परिवार से दुश्मनी? दुश्मनी थी, कारण भी था। लेकिन क्यों और क्या हुआ था, यह मैं बता नहीं पाऊँगा। नहीं।

मुझसे न पूछें। साँप? उनके घर में? अरे, सर्दियों में बाघ-चीता घने जंगल में रहते हैं। साँप नहीं रहेंगे? हमसे घर की देखभाल करने को कह गए हैं? कौन जानता है? जो कहते हैं, शायद वे अजगर के पास जाकर उसी से सुन आए हैं। हमारा राजमहल? देखा नहीं आपने? काफी बड़ा है। राजा कुदाल लेकर मेहनत कर रहे हैं और राजपुत्र अपने बच्चे टहला रहे हैं। हमारे गाँव में सबसे जरूरी चीज है रास्ता, समझे! स्कूल। पढ़ाई-लिखाई। बरसात में तो लड़के पाटक जाते ही नहीं। रास्ता कीचड़ से भर जाता है। रास्ता अगर हो तो स—ब हो जाएगा।

नवीन भुइयाँ की बातों में अतीत नहीं, वर्तमान का आग्रह है। अपने गाँव के शहीद के बारे में कम आग्रह है। ठाकुर और उनके परिवार के बीच वाले झगड़े के बारे में वह बात नहीं

करना चाहता। उसका मुख्य आग्रह है कि सरकार से सत्तर हजार रुपए कैसे लिये जाएँ और मृत गाँव छातिम को प्राचीन और बीसवीं शती की किंवदन्ती तथा अर्धसत्य की दुनिया से निकालकर, एक पक्के रास्ते के सहारे वर्तमान से कैसे जोड़ा जाए? हेल्थ-सेंटर, स्कूल, रास्ता। साइकिल-टेम्पो सभी चलेंगे उस पर। नवीन का आग्रह अतीत के प्रति नहीं।

नवीन का अतीत के प्रति जो आग्रह है, वह एक व्यक्ति के अतीत को लेकर है। वह व्यक्ति है एक वृद्धा। भुइयाँ-बाड़ी की चढ़ाई पार करते ही एक कोठरी है। वहीं वह बैठी रहती है। चेहरा पुराणों वाली मनसा बूढ़ी जैसा। सफेद बाल, फटे कपड़े और क्षीण देह। सिर्फ आँखें ऐसी हैं कि बरबस खींच लेती हैं। उसका कमरा बड़ा है। वहीं एक बड़ा-सा मचान भी है। नवीन इसी घर में आता है। कोई दस साल से। उससे पहले वह भी बुढ़िया को ढेला मारता था और 'डाइन' कहता था। फिर भाग जाता था।

बाद में उसे पता चला कि बुढ़िया डाइन नहीं है। उसी की बुआ है—अपनी बुआ। सुदूर अतीत में इसी बुआ ने विधवा के सफेद कपड़े पहने थे। शिरीष के पेड़ के नीचे खड़े होकर शादी के लिए जाते वर को देखने के फलस्वरूप सारी घटनाएँ घटित हुई थीं। फिर भुइयाँ-बाड़ी में वह अमंगल-कारिणी के रूप में प्रतिष्ठित हुई थी। उसे जान से न मारकर, ऊँचाई पर बनी ऊपर की कोठरी में रख दिया गया था। बुआ के दोनों भाइयों और भाभियों, नवीन की दोनों बड़ी चाचियों ने कहा था, 'इस अशुभ, कुलक्षिणी ननद की छाया पड़ते ही उनके बच्चे मर जाएँगे।'

बुआ सिर्फ बैठकर नहीं खाती। जंगल में से वह इस अठहत्तर वर्ष की उमर में भी जलाने की लकड़ी लताओं से बाँधकर ले आती है और उठान पर रख देती है। नवीन की माँ या बहन महीने के अन्त में चावल-दाल-नमक-तेल दे देती हैं। साल में दो जोड़ी कपड़े। नवीन इतना ही जानता है। नवीन ही उसके लिए सिर में लगाने का तेल और तौलिया दूसरी 'दुनिया' से लाकर देता है। सौ कामों के बीच भी वह बुआ की खबर लेता रहता है। तभी तो घर के सभी लोग उससे काफी क्षुब्ध हैं। नवीन की माँ उसके चले जाने पर कहती है, 'डाइन ने संसार पर राख तो डाली ही, मेरे लड़के पर भी जादू चला दिया है।'

अपने क्रोध को इस तरह जाहिर करने में वे काफी हद तक सफल हैं। नवीन का अपने बाप से झगड़ा है, इस कारण वह ज्यादातर बाहर ही रहता है और शरीक के घर में सोता है। इसलिए चावल-दाल का परिमाण घटने या कोई भी अनियमितता होने पर बुआ को ही कोसा जाता है। बुआ कोई विरोध नहीं करती। बहुत दिन, बहुत समय बीत गया इसी तरह। अपने प्रति दूसरे के द्वारा किए जानेवाले व्यवहार का प्रतिवाद करना भूल गई है। भूख के कारण कष्ट को क्रॉनिक और अमोघ वास्तविकता के तौर पर स्वीकार कर लिया है।

बहुत–बहुत दिन पहले ही वह शायद उनके लिए मर गई है। जितनी भी उसे समझ है, उससे यही लगता है कि घर में वह अवांछित है, कभी-कभी प्रयोजनीय भी है। माँ के तो हरेक साल बच्चा पैदा होता था। संसार बहुत बड़ा था। अब यह सदानन्द, बहू और छोटे लड़के—सब उसके ऊपर अत्याचार करते हैं। इसमें आश्चर्य क्या है? जब सदानन्द पैदा हुआ था तो उसी की गोद में रहा—वहीं जवान हुआ। माँ सूतिका में थी। अब तो सब-कुछ काल्पनिक लगता है। वह क्या इसी घर की कोई है? अगर अपनी है तो च्युत क्यों है? और यदि गैर है तो घर में क्यों है? अगर उसे कुछ देना नहीं तो देते क्यों हैं? और यदि देना है तो इतनी कम मात्रा

में क्यों देते हैं? सब बड़े जटिल प्रश्न हैं। इन सारे प्रश्नों के जाल में वह मानो खुद ही बन्दी हो जाती है। फिर खुद को अपने हाल पर छोड़ देती है।

बीच-बीच में उसे खूब व्यस्त देखा जाता है। आवश्यकता आविष्कार की जननी होती है। सो इसी आवश्यकता के कारण वह यह करती है। उसके घर के एक कोने में एक कुंड बना हुआ है। वहीं वह आग जलाती है। लकड़ी जलाकर कोयला बनाती है। लकड़ी के कोयले जलते हैं और आग भी रहती है। कारण दो हैं—पहला कि दियासलाई की डिब्बी उसके लिए सांसारिक विलासिता है। उसके पास तो कभी पैसे रहते नहीं, सो दियासलाई खरीदने का प्रश्न ही नहीं उठता। नवीन याद आने पर कभी-कभी माचिस और तेल ला देता है। कभी-कभी ही, रेगुलर नहीं। और उसे याद भी कम रहता है। इसी कारण वह यह समझती है कि माचिस का कोटा बरकरार रखते हुए आग जलती रखना ज्यादा फायदेमन्द है।

दूसरा कारण है कि वह भूखी रहती है—या सिंकी पेठा खाती है और फलतः उसके शरीर में कुछ है ही नहीं। आग की आँच उसे अच्छी लगती है। खून तो है नहीं बदन में, इसलिए उसे सर्दी काफी लगती है। जेठ-बैसाख में भी वह आग जलाकर बैठी रहती है।

नवीन कहता है—"तुम पागल हो!"

"क्यों? क्या किया मैंने?"

"इस गरमी में आग जलाकर बैठी हो।"

"गरमी?"

उसके गले से गरमी जैसे शब्द सूखे फूल की पँखुड़ियों-से झड़ जाते हैं।

चक्षु-द्वय निष्पाप होकर चमक उठते हैं और क्षण-भर के लिए वह अद्वितीय सुन्दरी लगने लगती है। नवीन को आश्चर्य और ममत्व का बोध होता है।

बोला, "बहुत गरमी है, बुआ! तुम्हारे बदन में अब कुछ बाकी नहीं है सो तुम्हें सर्दी लगती है।"

बीच-बीच में वह ठाकुरबाड़ी के घने जंगल में घूमती देखी जाती है। 'देखी जाती है' का मतलब—अजगर ने देखा है। एक समय का फलों का बाग अब जंगल ही तो है। लेकिन वह प्राण-रक्षा के लिए इसी जंगल से फल-फूल, अमड़ा और आँवले लाती है। नवीन जानता है, बुआ को जो मिल जाए, वह खा लेगी। यह बात उसके मन में मिश्रित अनुभूतियाँ जगाती है। अगर उसे आज कोई नौकरी-रोजगार मिल गया होता तो बाप को बच्चा देकर वह बुआ को लेकर शहर चला जाता। रोजगार नहीं है, पर क्या कभी न होगा? अभी तो वह आश्रित है। पर हमेशा तो बैठकर नहीं खाएगा। बुआ इतने कष्ट उठाकर भी इतने दिन जिन्दा रही, दूसरा कोई होता तो मर जाता। और, कुछ बरस और। तब तक क्या वह जिन्दा रहेगी?

बीच-बीच में वह मनसा-थान में भी घूमती है। नाना प्रकार से वह जीवन की विविध समस्याओं का समाधान करती है। मनसा-थान में कुछ लोग मनौती मानकर घड़े में दूध-पानी रख जाते हैं। धड़ों को वह जुटाती है। कारण एक ही है। जब उसे अलग किया गया था तो उसे एक हँड़िया और एक कड़ाही दी गई थी। वे अब तक टूट चुके हैं। इसी तरह हाँड़ी-संग्रह करके वह अपनी बरतन-समस्या हल करती है। हँड़िया वगैरह मनसा के हैं और मनसा उसी की कुल-देवी है। पर यह बात उसके मन में नहीं उठती। नवीन ने कहा है कि जब नौकरी होगी तो उसके लिए वह हँड़िया-कड़ाही खरीद देगा।

बीच-बीच में देखा जाता है कि वह चैत मास में सन्ध्या समय गाँव से बहुत दूर किसी के खेत से काली दाल के दाने पटापट तोड़ रही होती है। कारण एक ही है, भोजन-समस्या का समाधान।

तब वह बड़ी अपार्थिव लगती है। क्षीण काया, सफेद बाल, चैत की हवा और आँखों में अद्भुत चमक। सोचता है, बुआ ने जिन्दगी-भर ताड़ना सही है। ये सारी बातें वह समझ पैदा होने के समय से सोचता रहा है।

पर वह अतीत की बात नहीं सोचती। नवीन जिस तरह वर्तमान में विश्वास रखता है, वह भी वर्तमान की ही सोचती है। स्वप्निल आँखों से वह सोचती है, काली दाल के दाने चुनकर, आँचल में बाँधकर रखेगी और फिर बड़ी देर तक बैठकर अँधेरे में खाएगी। वस्तुतः उसकी सारी चिन्ता धारा उदर-केन्द्रित है। वह सपने देखती है, बड़े ही गहरे सपने। सपने में वह सुन्दर कपड़े पहनकर काँसे की थाली में भात खाती है। भर थाली। रोज। सिर्फ भात। दाल नहीं, तरकारी नहीं। सिर्फ भात।

1924 में दीनदयाल का शहीद होना, ठाकुर-परिवार का निष्कासित होना, भुइयों के साथ झगड़ा होना, 1978 में कलकत्ता में दीनदयाल के प्रति जिज्ञासा का जाग्रत् होना—सभी की जड़ वही है। ये बातें उसे याद नहीं रहतीं। इसी तरह जैसे कभी उसका नाम था ब्रजदुलारी और एक समय उसका बदन पूरे फूले चमेली के पेड़ जैसा नरम और गदराया हुआ था।

कोई भी ये बातें उससे नहीं पूछता। लेकिन वह अकेली दीनदयाल की शहीदी की अन्दरूनी बातें कहने में समर्थ है।

कभी-कभी वह मनसा-मेला की भीड़-भाड़ छोड़ चली जाती है—कर्णावती के परित्यक्त सोते की तरफ, श्रावण संक्रांति में। आकाश में काले बादल छाए रहते हैं। सोते के बीच में बन-शिउली के बीच कदम्ब के उन्नत प्रफुल्लित वृक्ष हैं। क्यों जाती है, यह भी वह बता नहीं सकती। घिसे हुए एक बड़े पत्थर पर वह बैठी रहती है। वहाँ उसे देखकर यह नहीं लगता, वह मनुष्य है। छोटी उमर में बाप से सुनी कहानी मन में नहीं ठहरती—"एक समय—यह स—ब हमारे थे। कर्णावती में तमाम वर्ष अगाध जल रहता था।" उसकी क्षीण काया पर कदम्ब के फूल झरते हैं। वह सोचती है, बस सोचती है। फिर वह भुइयाँ लोगों के अतीत का गौरव भूलकर सोचती है, 'कदम्ब पक जाए तो खाने में आनन्द आएगा। भर्ता खाऊँगी। नमक मिलाकर भात के साथ खाऊँगी।'

वह नहीं जानती, उसे पहले किसी ने नहीं बताया कि दीनदयाल ठाकुर की मूर्ति छातिम गाँव में स्थापित होने वाली है।

फाँसी के चौवन साल बाद अचानक प्रशासन का आकर्षण शहीद दीनदयाल ठाकुर में जगने के पीछे एक या अनेक नंगे-बुच्चे चूहों का, या 'एक नहीं काम तो खाएँ शाक' की मानसिकता-सम्पन्न छोकरों का, जेल किरानियों का, समग्र अंग्रेज-विरोधी, बीसवीं सदी के आन्दोलनकारी गवेषकों का योगदान रहा है। उद्देश्य, डॉक्टरेट की प्राप्ति।

एक शोधकर्ता मेदिनीपुर जिले में घटी सम्पूर्ण ऐतिहासिक घटनाओं को लेकर थीसिस लिख रहा है। उसी के साथ ही जेल-रिकॉर्ड भी प्रकाश में आए। उसके एक भाई ने एक

जेल-किरानी का आविष्कार किया। 1920-24 का काफी कुछ रिकॉर्ड चूहों ने खा लिया है। उस भाई के अनुरोध पर उसने चूहे-कटे रिकॉर्ड का उद्धार किया और उसे लिपिबद्ध किया।

इसी तरह से उसने खोज की दीनदयाल ठाकुर की, जो छातिम गाँव का वासी था। उसने एक लम्बी चिट्ठी भी ढूँढ़ निकाली। दीनदयाल की लिखी चिट्ठी, ठीक फाँसी से पहले की चिट्ठी।

चिट्ठी में उसने लिखा था–देश के लिए रक्त-दान की दास्तान, नजरुल की कविता के उद्धरण और अनेक प्रत्याशित बातें। लेकिन आश्चर्य कि चिट्ठी में आधे हिस्से के बाद देश, संत्रासवाद, गीता-वाणी–सब विलुप्त हो जाते हैं।

डेढ़ पन्ने की इन बातों के बाद बाकी साढ़े छह पन्नों में जिसका नाम बार-बार उभरता है, वह है 'दुलाली'। इन पन्नों में है दुलाली के प्रति प्रेम की स्वीकारोक्ति–

"यदि जानता, यदि मुझमें साहस होता तो तुझे ले आता। तुम भी तो डर गई, दुलाली! सारी बातें अस्वीकार कर दीं। आज मैं दूसरी दुनिया के पथ पर जा रहा हूँ। तुम्हें अगर साथ ले जा सकता तो ले जाता। किसने कहा कि विधवा होने पर जिन्दगी खत्म हो जाती है? कौन कहता है कि भुइयाँ-ठाकुर का विवाह नहीं हो सकता? दुलाली, दुलाली! तुम्हें एक बार देख लेता तो कोई खेद नहीं रहता। परसों फाँसी है। अपील नहीं की, करूँगा भी नहीं। लेकिन उस लोक में भी तुम्हारी प्रतीक्षा करूँगा, जब तक हम-तुम नहीं मिलते।"

उसके बाद लिखा है, "तुमने और मैंने तो कुछ नहीं माँगा, सिर्फ एक-दूसरे के सिवाय। वह भी इस हृदयहीन समाज ने नहीं दिया। मैं पुकारता हूँ, दुलाली! दुलाली! सुन रही हो?"

"एक दिन कर्णावती के सोते में पत्थर पर बैठकर तुमने कहा था, 'दीनू दा, चलो, दोनों जहर खा लेते हैं।' लेकिन साहस नहीं हुआ। दोनों परिवार कलंकित होंगे, यह सोच हमने यह नहीं किया। आज सोचता हूँ, क्यों नहीं किया? यह चिट्ठी क्या वह तुम्हें देंगे? कौन जाने? दुलाली...सोचता हूँ, सोचता था, तुम्हें चिरकाल प्यार करता। अपनी ही बात न जानते हुए तुझे इतना कष्ट दिया। कष्ट मुझे भी हुआ।"

चिट्ठी से दो बातें पता चलती हैं। दीनदयाल ठाकुर इस दुलाली से प्रेम करते थे और ग्राम-समाज के तीव्र प्रतिरोध के शिकार हुए थे। फिर भी वह उस लड़की से प्रेम करते रहे। यह असम्भव नहीं कि प्रेम की असफलता और विद्रोह-कार्य में परस्पर सम्बन्ध हो।

शोधकर्ता जिज्ञासु हुआ। उसने दीनदयाल सम्बन्धी सरकारी रिपोर्ट भी पढ़ी।

उम्र चौबीस, पाँच फीट ग्यारह इंच का कद, रंग गोरा, बाल ताँबे जैसे और छोटे कटे हुए। ब्राह्मण, गले में जनेऊ। अंग्रेजी थोड़ी, बंगाली ज्यादा जानता था। अल्प-भाषी। पुलिस थाना, हाजत, लाल बाजार–कहीं उसके बारे में कोई ऐसी-वैसी बात नहीं सुनी गई।

1923 में दिसम्बर की एक शाम को सात बजे दीनदयाल ठाकुर, रमणी साँतरा और शरदेर पांडा ने 313 अप ट्रेन को खडगपुर से कुछ आगे रोक दिया (ट्रेन में डाक के पैसे थे) और 'वंदे मातरम्' बोलते-बोलते गार्ड के कमरे में घुसे।

दीनदयाल बोला, "मातृभूमि के लिए रुपए ले रहे हैं। ये रुपए विदेशी सरकार ने हमारा शोषण करके लिये हैं। सो बाधा मत दो।"

इस संक्षिप्त घोषणा के फलस्वरूप–(1) डकैतों को टेररिस्ट करार कर दिया गया, (2) कुछ समय बीता, (3) सारे सन्तरियों को बन्दूकें छोड़ने का मौका मिला, (4) फलतः

दीनदयाल की गोली से सन्तरी और गार्ड जख्मी हुए। लेकिन इन सबके बीच में ही गड़बड़ी हो गई। उस गाड़ी में कलकत्ता के मर्चेंट ऑफिस के तीन साहेब भी थे। उड़ीसा शिकार करने जा रहे थे, सो उनके पास बन्दूकें भी थीं।

उनके सीन में आने के साथ ही विद्रोहियों को पकड़वाने में सहायता मिली। बड़ी महत्त्वपूर्ण बात हुई। तीनों ने नख-दाँत-प्रहार से बाधा दी। दीनदयाल ने सहसा किसी के कुछ समझने के पूर्व ही रिवॉल्वर की नाल सिर पर रखकर घोड़ा दबाना चाहा। एक साहब ने झपट्टा मारा और गोली से उसकी छाती बिंध गई। जख्मी अवस्था में ही उसे खड़गपुर अस्पताल ले जाया गया। बाकी दोनों को मेदिनीपुर जेल में। बाद में दीनदयाल को कलकत्ता भेज दिया गया। वहाँ उसके घाव का उपचार किया गया। फिर विद्रोहियों के मुँह से स्वीकारोक्ति कराने के लिए तीनों अफसरों ने काफी चेष्टा की, लेकिन दीनदयाल के मुख से कुछ भी नहीं निकाल पाए। बाकी दोनों की उम्र कम थी, उन्हें यथोचित मार-पीट कर बैनेटों से कोंचकर और बूटों से मारकर काफी कुछ उगलवाया गया।

दीनदयाल ठाकुर के बराबर का व्रिदोही दल में कोई नहीं था। 1924 के अगस्त का रंगरूट। अगस्त से दिसम्बर के बीच उसने इस अंचल के दो पोस्ट-ऑफिसों को लूटा और ट्रेजरी-गार्ड की बन्दूक छीन ली। वह अराजनीतिक ग्राम छातिम का लड़का था। इसलिए काफी संक्षिप्त सोच-विचार हुआ। टेररिस्ट आन्दोलन बंगाल में चल रहा है। गोपीनाथ-संहार तथा टेगार्ट व अन्य श्वेतांगों की हत्या प्रमाणित हुई। इस समय दीनदयाल की घटना को प्रचारित होने से रोका टेगार्ट ने। बोले, “एक घटना दूसरी घटनाओं को ट्रिगर करेगी। ट्राई ऐंड हैंग हिम ऐज ऐन ऑर्डिनरी क्रिमिनल।” ‘ट्राई’ करने से पहले ही ‘हैंग’ करने के आदेश ने काम आसान कर दिया। दीनदयाल पकड़ा गया 5 तारीख को और उसे तीस तारीख को फाँसी हुई। वह मृत्युदंड सुनकर स्थिरचित्त हुआ और संत्रासवादियों जैसी सहज भयहीनता से फाँसी चढ़ गया। फ्यूनरल बाई पुलिस। दीनदयाल को फाँसी होने के पश्चात् जनवरी के मध्य में पुलिस छातिम में घुसी।

शोधकर्ता बड़ा प्रफुल्ल हुआ। शहीद, शहीदों को सरकार ढूँढ़ती है। यह तो शहीद ही है। उसने सरकार से भी अनुरोध किया। फलस्वरूप 1977 में एक बहत्तर साल के बूढ़े ने अपने-आपको दीनदयाल का एकमात्र जीवित सम्बन्धी प्रमाणित किया और पेंशन पाने लगा।

शोधकर्ता ने पुस्तक प्रकाशित की और कलकत्ता विश्वविद्यालय के कॉन्वोकेशन में, शादी में सब्जी-पूड़ी वितरित करने के अन्दाज में, उसे भी डी.फिल. प्रदान की गई। उसकी पुस्तक की बिक्री नहीं हुई और वह खुद ही अपनी पुस्तक वितरित करता रहता है। अपने पैसों से पुस्तक छापी। कोई असुविधा नहीं हुई। उसकी किताब मंत्री के दफ्तर में भी पहुँची और मंत्री के पी.ए. साहब पढ़कर एलेक्ट्रिफाइड हो गए। शहीद, जेनुइन शहीद, विद्रोह की मातृभूमि मेदिनीपुर का शहीद, उसे आज तक सम्मान नहीं मिला। उसने मंत्री को समझाया कि दीनदयाल की मूर्ति की स्थापना होनी चाहिए। जैसे मृत व्यक्ति की मूर्ति अन्य जीवन्त समस्याओं से ज्यादा महत्त्वपूर्ण है, उसी अन्दाज में मूर्ति की स्थापना का निर्णय एक मत से लिया गया।

इसी स्टेज पर मदन खाँ प्रविष्ट हुआ। उसके बड़े भाई 1924 की 9 तारीख को 313 अप पैसेंजर में थे। पकड़े जाने के बाद बदन खाँ ने दीनदयाल की शिनाख्त की और बाद में कलकत्ता

जाकर पुलिस की सहायता की। इसी से उसका मान बढ़ा और इसी कारण उसका पुत्र मदन खाँ स्वाधीनता के बाद देश-प्रेमी करार दिया गया। सदन खाँ को भी किसी प्रकार ऐसी खबर मिल गई थी। वह मूर्ति-स्थापना में काफी उत्साह दिखा रहा था।

यह लेकर थोड़ी गड़बड़ी मची कि मूर्ति किस चीज की गढ़ी जाए? पत्थर की नहीं। क्यों? पत्थर की मूर्ति होने से ही वीरसिंह के सिंह-शिशु अपने सिरों की रक्षा नहीं कर पाए।

"पत्थर नहीं तो क्या मिट्टी की बने?"

सदन बोला, "मिट्टी की मूर्ति अगर ढकी नहीं गई तो गल जाएगी। ढकने पर उसमें दीमक लग जाएगी।"

"तो ब्रोंज?"

किसी ने मजाक किया, "हाँ, ब्रोंज ठीक है। तोड़-तोड़ के बेचेंगे तो रुपए मिलेंगे।"

इस बात से सदन खाँ को बड़ा दुख हुआ। "हें! यह क्या कहा आपने? देश का सपूत! उसकी मूर्ति तोड़कर कौन बेचेगा? यह हमारे इलाके का आदमी कहता है या कोई शैतान?"

इसलिए ब्रोंज की मूर्ति की स्थापना की बात बनी। सदन की चेष्टा से पाटक के सुराज मोहिनी ब्वॉयज स्कूल की 1918 में प्रकाशित स्कूल-मैगजीन मिली। उसमें स्कूल से प्रथम श्रेणी में उत्तीर्ण दीनदयाल ठाकुर की फोटो भी मिली। वही फोटो मूर्तिकार को दिखाई गई और निर्देश दिया गया, "यहाँ तो उम्र अठारह है, लेकिन मूर्ति में छह वर्ष बढ़ा दीजिएगा।" इस बात को सुनकर मूर्तिकार का सिर घूम गया। पर कुछ बोला नहीं, क्योंकि कॉन्ट्रेक्ट छूटने पर उसी को घाटा होता। वह 'येस सर' कहकर चला गया।

सदन खाँ लौटकर शहर आया और नवीन को पकड़कर सुसंवाद दिया। बोला, "किताब में दूली बुआ की लिखी चिट्ठी भी छाप दी है। सुना! समाचार-पत्र के लोग पूछेंगे जरूर।"

"क्या पूछेंगे?"

"सोच के देखो। बाप-माँ के रहते दीनू ठाकुर ने तुम्हारी बुआ को चिट्ठी क्यों लिखी?"

नवीन ने गाँव में आकर अपने बाप को यह खबर सुनाई। बाप गरमाया। नवीन भी क्षुब्ध हुआ।

"क्रोधित क्यों हुए?"

"नहीं तो क्या नाचूँ।"

"तो क्रुद्ध क्यों हुए?"

"घर के साथ तो तुम्हारा बस खाने का रिश्ता है। घर की बात बाहर फैलेगी तो मैं नहीं परेशान होऊँगा?"

"बाबा, दिन अब वैसे नहीं हैं।"

"गाँव का बाप, वैसा ही है।"

"नहीं-नहीं, कोई गोलमाल नहीं होगा।"

"नहीं होगा?"

सदानन्द जब शहर गया तो सदन खाँ बोला, "तुम भी तो रहोगे! खबर लेंगे रिपोर्टर। उन्हें बता देना, किसे चिट्ठी लिखी गई—मुझे पता नहीं। दूली बुआ को अलग हटा दो। वे किसी के सामने न जाएँ। सारी बातें दब जाएँगी।"

"घर में विभीषण भी तो है, नवीन चन्दर?"

"उसे समझा दूँगा।"

नवीन सचमुच क्षुब्ध हुआ। बोला, "कुछ नहीं दबाऊँगा। तब कलंकिनी थी, अब यह बात कोई मानेगा भी नहीं। आप शहर में बैठकर हुकुम चलाइए, उससे तो कुछ नहीं होगा। मैं उनके साथ-साथ चलूँगा। एक पक्की सड़क नहीं है, सातों गाँव अन्धकार में पड़े हैं। कुछ लोग साथ नहीं देंगे तो क्या होगा? समाचार-पत्रों में लिखने से ही आजकल काम होता है।"

जिसे लेकर इतनी बातें हुईं, वह उस समय कर्णावती के सूखे स्रोत में पके आँवले ढूँढ़ रही थी। लकड़ी का बंडल लताओं से बाँधकर खींच रही थी। नवीन साइकिल पर ढूँढ़ता-ढूँढ़ता वहाँ पहुँचा।

पुकारा, "बुआ!"

"कौन, नवीन?"

"जंगल में क्या कर रही हो?"

"पके आँवले हैं रे, खाएगा?"

"तुम जरा यहाँ आओ।"

लकड़ी का बोझा खींचते हुए बुआ आई।

नवीन बोला, "यहाँ बैठो।"

"क्यों?"

"बात है।"

"हमारे साथ?"

"तुम्हारे साथ न करके किसके साथ करूँ? वे क्या मनुष्य हैं?"

"क्यूँ रे, बाप बिगड़ता है?"

"जाने दो उनकी बातें। तुम बैठो।"

बुआ को हाथ पकड़कर बैठाया नवीन ने। बोला, "इतनी चेष्टा करता हूँ तो क्या काम नहीं मिलेगा, बुआ? अगर मिल गया तो ठीक, नहीं तो तुम्हारे भाई के मुँह पर चपत लगाकर तुम्हें साथ लेकर यहाँ से चला जाऊँगा।"

"तेरी तो बस यही एक बात है।"

"तुम्हारे लिए क्या लाया हूँ, बोलो तो?"

"सिर का तेल?"

"अरे, वही तो भूल हो गई।"

"तो जाने दे।"

नवीन ने उसके बदन पर एक चादर उढ़ा दी। शहर के बाजार से सात रुपए में खरीदी है। झिलमिल चादर है, धागे नहीं के बराबर। लेकिन बुआ को देने के लिए नवीन के पास है भी तो कुछ नहीं। बुआ को जैसे स्वर्ग मिल गया।

"हाँ नवीन, मेरे लिए है क्या? ओ माँ! कैसा रंग, कैसा रूप, कैसी नई-नई गन्ध! देख।"

"देखा! ये ले।"

"किसकी डिबिया है रे?"

"वात का मलहम है। बस में बेच रहा था। रोज ही तुम घुटने और कमर के दर्द से रोती रहती हो।"

"रुपए कहाँ से मिले? बाप ने दिए?"

"धत्! शहर क्या यूँ ही जाता हूँ? पाटक के मुरारी बाबू का प्रेस है न? वहीं काम सीख रहा हूँ।"

"बाप कुछ नहीं देता?"

"नहीं।"

बुआ धीरे-से बोली, "इतनी सम्पत्ति है। 'सदा' का जितना हिस्सा है, उसमें तुम्हारा भी उतना ही है। तुम्हारे भाई का भी उतना ही।"

"नहीं बुआ, मैं कुछ नहीं चाहता।"

बुआ का हाथ अपने हाथ में लेकर वह कुछ देर बैठा सोचता रहा। सर्दियों के दिन हैं, तीन बजे हैं। नदी में बालू उड़ रही है। दूर कहीं भैंस के गले में बँधी घंटियाँ बज रही हैं। दासू सोरेन सोते में रबी उगाते हैं। चारों तरफ उड़ती लैटेराइट, वामन-शाल के वन में पत्ते झड़ने का शब्द। उदास-उदास। मन खराब कर देने को काफी। नवीन इन विक्षुब्ध उदासी को पक्की सड़क से बाँधकर वर्तमान में ले जाना चाहता है।

बुआ के सफेद बाल, मुख पर कोमल और करुण भाव, झुर्रीदार चेहरा सिर्फ चमड़े की रेखा-भर। दीनदयाल की चिट्ठी में बुआ की पतली कमर टेढ़ी करके खड़े होने की बात लिखी है। नवीन शहर में पढ़ आया है। अब अगर यह बात बुआ से कहे तो वह निष्ठुरता होगी, पर कहनी तो है। लेकिन नवीन जिस समय को छातिम में लाना चाहता है वह भी निर्मम और क्षमाहीन है। रिपोर्टर तो बुआ को छोड़ेंगे नहीं।

"बुआ, एक बात है।"

"बोल।"

"दीनू ठाकुर तुम्हें याद आते हैं?"

बुआ निरुत्तर। असहाय-सी, टकटकी बाँधे नवीन को देखती रही। नवीन ने आज पहली बार लक्ष्य किया कि बुआ की आँखें अठहत्तर वर्ष की उम्र में भी सजीव हैं।

"याद आते हैं, बुआ?"

"हाँ।"

"दीनू ठाकुर का नाम किताब में आया है, बुआ!"

"कहाँ?"

"मेरे पास नहीं है।"

"तब?"

"तुम्हारा नाम भी।"

"मेरा नाम?"

"दीनू ठाकुर ने फाँसी चढ़ने से पहले तुम्हें चिट्ठी लिखी थी। वह चिट्ठी किताब में छपी है।"

"तो क्या होगा, नवीन?"

"किसका क्या होगा?"

"तेरा बाप मुझे भगा देगा तो कहाँ जाऊँगी?"

"कोई भगाएगा नहीं। सुनो!"

"बोल।"

"दीनू ठाकुर की मूर्ति लगेगी गाँव में।"

"कहाँ?"

"उनके घर को साफ करके, वहीं।"

"कब?"

"सुन रहा हूँ, तीन महीने के अन्दर-अन्दर। तब लोग आएँगे। तुमसे भी कुछ पूछ सकते हैं।"

"मैं क्या कहूँगी?"

"जो मन में आए बोल देना।"

"तेरा बाप...!"

"मेरा भी हक है बुआ, तुम्हीं ने तो कहा है। तुमसे कौन कहेगा? अगर किसी ने कुछ कहा तो शहर चले जाएँगे—मैं और तुम। देखेंगे, कैसे रहते हैं!"

"नवीन...!"

"बोलो...।"

"तब तुम्हारे ताऊ मुझसे छोटे...मर चुके हैं अब...उन्होंने मुझे खूब पीटा था। उसके बाद इतनी लांछना...सब तो भूल गए थे। अब फिर से...।"

"बुआ, तब क्या हुआ था, मन में मत रखो।"

"कितने साल हुए?"

"चौवन।"

"चौवन? इतने दिन हो गए!"

"हाँ, बुआ!"

"तेरा बाप तो कुछ जानता ही न था। इत्ता छोटा बच्चा था। वो भी बड़ा होकर...तेरी माँ...एक कोने में पड़ी हूँ। गाय-बकरी से भी अबला होकर।"

"जानता हूँ।"

"आज, इतने दिन बाद...।"

"इस बारे में मत सोचो। कोई कुछ नहीं बोलेगा। मैं पंचायत में हूँ। मेरी बात का कुछ तो मोल है गाँव में! कोई कुछ नहीं बोलेगा। घर चलो।"

"चलो।"

"अरे, यह तो भूल गया। यह लो!"

"क्या हे रे?"

"सत्तू और भेली-गुड़।"

"जीते रहो। राजा बनो।"

"राजा और रानी! तुम्हें हाथ से भात भी नहीं देते। तिस पर भी राजा होने को कहती हो?"

"नहीं, राजा हो तो पहले।"

"बुआ, ठाकुरबाड़ी में पुलिस घुसी थी?"

"हाँ, और...।"

"क्या?"

"ठाकुर जेठ मेरे ऊपर क्रोधित होकर...।"

"छोड़ो, रोओ नहीं।"

"अपने बाप से कहना, नवीन, कि अब और लांछित न करें। नहीं तो मैं इसी नदी के सोते पर जंगल के बीच घर बनाकर रहूँगी।"

"बस एक ही बात। अब छोड़ो भी।"

वह तो यही सोचती थी कि उसे कुछ याद नहीं। लेकिन रात को घर के अन्दर मचान पर लेटे-लेट उसे सारी घटनाएँ याद आने लगीं। क्यों? कैसे? याद रहने की तो कोई बात नहीं। उसी एक घटना के कारण तो आज के तमाम कष्ट हैं। इसीलिए वह शायद कुछ नहीं भूली। कितने दिन, कितने साल! सब दब गए थे, पता नहीं कहाँ? नवीन जैसे उत्तरी हवा की तरह आया और ढेरों सूखे पत्ते उड़ा ले गया।

कब की, कब की बात है।

दोनों का जन्म इसी शती के साथ ही हुआ था। दोनों हमउम्र। बीसवीं शती के हमउम्र। लेकिन इस बीसवीं शती ने उन्हें मित्र नहीं बनाया। उन्हें मध्य युग में धकेलकर खुद आगे बढ़ गया था।

हठात् जैसे उसे सब-कुछ याद हो आया। वह जितनी बातें सोच रही थी—उनका उस समय का मन, उन दिनों का प्रेम—आज की रात उन्हीं यादों में खो जाना, वैसा ही हो जाना शायद सम्भव नहीं। अठहत्तर बरस हो गए। आज यूँ लगता है, जैसे अतीत के उस असफल प्रेम के बजाय पेट की भूख अधिक वास्तविक है। उन दिनों की ब्रजदुलारी बनकर अतीत में लौट जाना शायद सम्भव नहीं। हाँ, यह जरूर सम्भव है कि आज के लड़के-लड़कियाँ अतीत की ब्रजदुलारी और दीनदयाल की याद ताजा करें।

ये सारी बातें उसके मन में उठीं, इसका कारण है नवीन। नवीन उसके साथ बातें करता है और वह नवीन के सहारे वर्तमान को देखती है। दूसरा कारण भी है, इस परिवार में उसकी अद्भुत स्थिति। सारा दिन वह जंगल में घूमती है दासू सोरेन के साथ, बाउरी लोगों के साथ। रतन नाई से भी मिलती है कभी-कभी। बातें भी होती हैं। वह जानती है कि उससे बात करके ये लोग नवीन के बाप, उसके भाई को कुछ नहीं बताएँगे। वह ज्यादातर भुइयाँ लोगों को शत्रु मानती है, केवल नवीन को मित्र। वह खुद भी यही समझती है कि नवीन वही चाहता है, जो वह चाहती है। वही ये भी चाहते हैं—पक्का रास्ता, स्वास्थ्य-केन्द्र, पक्की हाट। ठीक है, इनसे उनका भी भला होगा। उनकी भलाई के साथ उसके भले होने की भी कोई बात जुड़ी हो, यह वह नहीं जानती। वस्तुतः वह खुद को मृत ही मानती है। इस उम्र में भी निरन्तर अन्न-चिन्ता में ग्रस्त है वह। आज सत्तू, कल मूड़ी। इसके अलावा कुछ भी अच्छा नहीं लगता। दासू सोरेन उससे अकसर उलटी-पुलटी बात कहता है। कहता है, "तू बाजारू लड़की हो गई, इससे तो तेरी यह दशा है। भात जुटता नहीं, भीख भी नहीं माँग सकती। बहुत कष्ट है।" राजघराने की लड़की होने के कारण ही उसका सर्वनाश हुआ, दासू सोरेन हमेशा यही कहता है।

उस समय दासू का बाप कानू सोरेन भुइयाँ की जमीन पर बटाई पर खेती करता था। ब्रजदुलाली की बात, उसकी शादी की बात वह चेष्टा करके भी याद नहीं कर पाया। वृथा चेष्टा। चार वर्ष में पाटक के भुइयाँ के घर शादी। छह वर्ष में विधवा। जहाँ तक की याद आती है, वही दुलाली के कपड़ों की बात भी जुड़ जाती है। गले की चूड़ी, झिलमिल कपड़े, चाँदी के गहने, पैरों की पायल—ब्रजदुलाली ने कभी नहीं पहने। भुइयाँ की चलती थी। वे ब्राह्मण ठाकुरों के समकक्ष थे। गाँव में सम्मान था।

दीनू को दुलाली ने कभी 'दादा' नहीं कहा। कहने की बात नहीं है। दस वर्ष की उम्र से ही दुलाली दीनू की माँ के पास जाती रही थी। विधवा लड़की, उस पर खूबसूरत। लड़की की माँ दुलाली से हर साल नाना व्रत कराती थी। हरेक व्रत के बाद आशीष माँगी जाती—

हमारा सुहाग अखंड हो।
स्वामी-पुत्र का संसार अचल हो।
हम सिन्दूर के साथ ही मरें।

इसके बदले में दुलाली कहती—

पिता का संसार बढ़ता रहे,
भाई का संसार अचल रहे,
मेरे सिर में जितने केश हों,
उनकी उम्र इतनी रहे।

दोनों एक-दूसरे से मिलते थे। प्रत्येक दिन। दुलाली राजघराने की लड़की। राजा-रानी अब गृहस्थ हो गए हैं तो क्या, गाँव के लोग सम्मान देते थे। गाँव की लड़की थी। दुलाली सर्वत्र घूमती-फिरती थी। दीनू से सुनी तमाम व्रत-पूजा की सब कथाएँ कंठस्थ हो गई थीं। दीनू की माँ जब काम में व्यस्त रहती तो वह दुलाली से कहती थी, "दीनू की बहन के कुछ कपड़े गन्दे हो गए हैं। बड़े भाई और दूसरे भाइयों के कपड़े रफू करने हैं। दीनू की किताबों पर जिल्द चढ़ानी है।" तब स्याही बनानी भी नहीं आती थी किसी को। ठाकुर-जेठ कहते थे, "दुलाली जैसी स्याही कोई भी नहीं बना सकता।" जेठा-जेठी दोनों ही कहते थे, "हाथ-पैर से तो लक्ष्मी है। रूप-गुण से सम्पन्न इस लड़की का जन्म उस घर में क्यों हुआ? क्यों, इसके भाग्य फूट गए! कौन जाने?"

जेठा बोलते जाते थे, दुलाली सुनती थी। उन्होंने क्या यह नहीं कहा था कि अगर अब शादी की तो लड़की दो मास के बाद ही विधवा हो जाएगी? दुलाली, कैसी शर्म की बात है! बारह बरस की उम्र होने पर वह अपनी सहेली कुसुम के घर गई थी, शादी में। कुसुम की बुआ ने उसे 'दुर-दुर' कहकर घर से निकाल दिया। कुसुम की माँ भुइयाँ लोगों के डर से काँपती हुई बोली, "तुम्हें शादी देखनी नहीं चाहिए। किसी भी काम में तुम्हारी जरूरत नहीं। जब यह डोली में बैठकर जाए तो दूर से देख लेना।"

दुलाली उस दिन घर लौटी थी और रोते हुए गुस्से में माँ से बोली थी, "क्यों मेरी शादी की थी तब? बाद में होती तो विधवा नहीं होती। कुसी की शादी तक नहीं देख पाई।"

उसके चार वर्ष बाद ही एक और शादी हुई। कुसुम की बहन मालती की। घर के सभी शामिल थे, सिर्फ दुलाली घर के पिछवाड़े खड़ी थी और एक डाली के सहारे उचक-उचककर

शादी का गाना-बजाना सुन रही थी। जाने कब दीनू करीब आकर खड़ा हो गया था, उसे पता नहीं चला। दीनू की आवाज सुनकर पहले चौंकी थी, डर भी लगा था।

"क्या सुन रही हो?"

"अरे, तुम?"

"क्या सुन रही हो?"

"शादी का बाजा। तुम गए थे?"

"नहीं।"

"क्यों? दूल्हे को देखने का मन नहीं करता? दूल्हे को तो काका के घर में ही ठहराया गया है, क्यों?"

"नहीं जानता।"

"क्यों, क्या कोई काम है?"

"तुझे ही देखने आया था।"

"मुझे, अचानक!"

"अचानक क्यों? तुझे तो रोज ही देखता हूँ।"

"सो तो है, लेकिन...।"

उसके बाद जो हुआ, अप्रत्याशित था। दीनू ने उसके मुँह पर उँगली रखी, फिर पास खींचकर बोला, "तू तो देखने में सरस्वती लगती है!"

"यह क्या?"

"वाह, तुझे प्यार करता हूँ तो छूकर देख नहीं सकता क्या?"

दुलाली भयभीत हो उठी। चेहरा गरम हो उठा। शरीर काँप गया। फिर बोली, "पाठक के स्कूल में पढ़ते हो, यही सीखते हो?"

"यह क्या स्कूल में सिखाते हैं?"

"तुम जाओ। तुम जाओ यहाँ से अब।"

दुलाली खुद को छुड़ाकर चली गई थी। घर में घुसकर दरवाजा बन्द कर लिया था उसने। बिस्तर पर लेटकर, तकिये में मुँह छुपाकर और काफी देर तक काँपते रहने के बाद ही वह शान्त हुई थी। फिर उठकर उसने आईने में अपना चेहरा देखा था—गोरा रंग, सुन्दर मुख। यह तो वह जानती है। माँ कहती है, "आईना मत देख, बेटी!" दुलाली इसीलिए आईना नहीं देखती, चोटी नहीं बनाती। जूड़ा बनाती है हाथों से। एकादशी का उपवास नहीं करती। सत्तू-फल-दूध खाती है, रात को रोज लावा, दूध और केले खाती है।

'तुझे प्यार करता हूँ।' कितनी भयानक बात है, कितनी भयंकर! इस 'प्यार' से तो बचपन से डरती रही है दुलाली।

बाउरीपाड़ा की चरन बाउरी की बहू अपने देवर से प्रेम करती है। खूब मार-गिटाई हुई थी बाउरीपाड़ा में। पंचायत ने कहा था, गाँव में इस तरह की गड़बड़ नहीं चल सकती। देवाश्रयी गाँव। ब्राह्मणों का गाँव है। चरन अपने ममेरे भाई को निकाल दे। घर में पोसा ही क्यों था—अनाथ, निराश्रय समझकर?

चरन की बहू उनके घर आई थी धान लेने। बहुत दुखी थे। चेहरे पर, आँखों में केवल 'सर्वनाश' लिखा था। उसे घर के सभी लोगों ने कौतूहल से देखा था, दुलाली ने भी। चरन

की बहू सभी को बड़ी तेज नजरों से घूरती थी। फिर धान लेकर चली गई। घर गई, धान पकाया, दालान साफ किया। उसके बाद नहाने चली गई नदी की धार में। सावन का महीना था। नदी में जल था। फिर लौटी नहीं। कनक-फूल के बीज खाकर वह और उसका देवर एक साथ मरे थे। घने वन में। गाँव में खूब बातें हुई थीं। दुलाली के मन में डर बैठ गया। प्यार क्या ऐसा होता है? प्यार का मतलब क्या सामाजिक अशान्ति या मृत्यु है?

'प्यार' में डर है। दुलाली का अपना भाई बहू से प्यार करता था, यह जानकर जेठी ने बहू के ऊपर अत्याचार किया था। दुलाली का बाबा कहता था, "इस प्रेम, प्यार-व्यार में रखा ही क्या है? संसार में आए हो काम करने, काम करो। शादी करना, बच्चे पैदा करना ही काम है। प्रेम से किसी का मंगल नहीं होता।" वह बहू भी बाद में पागल हो गई। उसे बाप के घर भेज, जेठी ने भाई की शादी फिर से कर दी थी।

दीने उसे प्यार करता है। कैसे? उसे हमेशा से देखती आ रही है। क्या प्यार ऐसा होता है? प्यार शादी के बाद होता है। नई जान-पहचान पर होता है। दुलाली काफी सोचकर भी दीनू की बात का मतलब नहीं समझ पाई। प्यार से ही हमेशा देखा है, बहन की तरह। वह तो विधवा है, शादी के उत्सव नहीं देख सकती। यह सोचकर ही शायद वह आया था दुखी होकर।

सावन का महीना आया। दुलाली थान में प्रतिदिन दूध चढ़ाने आती थी।

उस दिन भी वह दूध चढ़ाकर प्रणाम करके जल्दी-जल्दी लौट रही थी। रास्ते में बरसात शुरू हो गई। वह भीग गई और काँपने लगी। दौड़कर एक पेड़ के नीचे खड़ी हो गई। तभी दीनू दिखाई पड़ा। छाता लेकर घर जा रहा था।

"दीनू, एक मिनट रुकना।"

"दुलाली, तुम?"

"थान पर आई थी।"

"आ जाओ, छाते के नीचे।"

"थोड़ी देर रुकते हैं। पानी बहुत तेज है।"

"ठीक है।"

छाते के नीचे दोनों। आकाश में काले मेघ। जैसे शाम को ही रात उतर आई थी। दुलाली अस्थिर हो उठी थी।

हठात् दीनू बोला, "दुलाली!"

"क्या?"

"तुमने यह क्या कर दिया! तुम्हें छोड़कर कोई और बात दिमाग में आती ही नहीं।"

"मत बोलो, चुप रहो।"

"तू क्यों महानन्द भुइयाँ की लड़की हुई, क्यों विधवा हुई?"

डर से काँपती हुई दुलाली ने कहा था, "तुम क्या पुरोहित के लड़के नहीं हो? तुम क्या ब्राह्मण नहीं? ऐसी बातें क्यों कहते हो?"

उस दिन दुलाली भागकर वहाँ से चली गई। लेकिन वह अपने मन को समझा नहीं पा रही थी। माँ के आगे रोती हुई बोली, "थान पर जाती हूँ। एक हाथ में दूध, दूसरे में केले। छाता लेकर साथ में किसी को नहीं भेज सकती?"

उसे काफी परेशानी थी। ठाकुरबाड़ी में वह दिन में दो-चार बार जरूर जाती थी—फल

लेकर, दूध लेकर, जेठी माँ के हाथ की तरकारी लेकर। अब वह कैसे कहे कि वह वहाँ नहीं जाएगी? कहने पर लोग सन्देह करेंगे। कैसी-कैसी बातें निकलेंगी! वह ज्यादा सात-पाँच नहीं सोचती। सबेरे उसे ज्वर चढ़ आया।

काफी तेज ज्वर। इसे न्यूमोनिया कहते हैं। पाटक से दीनू ही डॉक्टर लाया। माँ छाती पर पुलटिस देती और रोती रही। बाप ने कहा, "उठ बेटी! तू मेरे घर का उजाला है। तेरा चेहरा देखकर ही तो मैं सब-कुछ भूल जाता हूँ।"

ज्वर उतर जाने के बाद भी शरीर में बल नहीं रहा काफी दिनों तक। फिर एक बार भाद्र संक्रांति पर छोटे भाई सदानन्द को गोद में लेकर वह गई थी पोखर पर। दीनू आकर खड़ा हो गया। कोई बात नहीं की। दुलाली भी नहीं बोली। छाती धड़कने लगी थी। धान-कुन्नी चुनकर वह किसी तरह लौट आई।

शाम को दीनू फिर हाजिर। दालान में आकर बैठा और कहने लगा, "चाची, अपनी लड़की का व्यवहार देखा! उसे बीमारी हुई, पाटक से लाया। बीमारी ठीक हुई, सो एक बार भी यह पूछने नहीं आई। माँ ने यह जल भिजवाया है। तुलसी में जल दे देना।"

दुलाली, माँ के आवाज लगाने पर सामने आकर खड़ी हो गई। माँ के कहने पर उसने प्रणाम भी किया।

दीनू बोला, "अब चलिए। माँ आपके लिए प्रसाद लेकर बैठी है।"

"जा, दुलाली! छिः-छिः! ठाकुर-दीदी तेरे लिए बैठी हैं, जा जल्दी।"

दुलाली घर से निकली। दीनू कहने लगा, "क्यों? कैसे निकाल लाया?"

"तुमने निकाला है?"

"मैं क्या रोज भगवान को याद नहीं करता?"

"दीनू!"

"क्या?"

"ऐसी बातें मत करो।"

"क्यों?"

"मुझे तकलीफ होती है।"

"मुझे भी तो होती है।"

"मैं ऐसी बातें सुनकर क्या करूँगी? तुम स्वयं भी शान्त रहो। मैं छोटी हूँ, फिर विधवा भी हूँ। तुमने लिखाई-पढ़ाई की है, घर के बड़े लड़के हो, तुम्हारी शादी होगी।"

"देखा जाएगा।"

"जेठा बाबू का सम्बल तुम्हीं हो।"

"देखा जाएगा।"

"बोलो, शान्त रहोगे न?"

"शान्त रहूँ तो क्या तुम खुश होगी?"

"हाँ, शान्ति होगी।"

"शान्ति होगी दुलाली, शान्ति? ठीक है। तब मैं खू—ब शान्त रहूँगा! तुझे और नहीं जलाऊँगा। दुलाली, एक बार खड़ी हो जा। भर-नजर देख लूँ। दुली, दुलाई, दुलाली, तुझे कितना प्यार करता हूँ, किसी दिन कह नहीं पाया।"

भागते हुए, तकरीबन भागते हुए दीनू चला गया था। वहाँ से, गाँव से। बाप से कहा, "मैं आपके जैसा पुरोहित नहीं बनूँगा। पढ़ाई करूँगा। गाँव आने-जाने में तकलीफ होती है। पाटक में रहूँगा। दीदी के ससुर के घर।"

फिर बहुत-बहुत दिनों तक दीनू नहीं लौटा। दुलाली को शान्ति, अपार दुख देकर वह चला गया। आठ महीने के बाद लौटा। मनसा के मेले वाले दिन। उस दिन छातिम में सैकड़ों लोग थे। सबेरे से ही लोग भैंसा-गाड़ी में चले जा रहे थे। दुलाली भी गई थी मेले में। दीनू उसे बुलाकर कर्णावती के सोते की तरफ ले गया। बोला, "यह मुझे क्या हो गया है, दुलाली? तुझे भूल नहीं सकता, किसी भी तरह नहीं। जाने क्या हो गया है मुझे?"

"मैं भी तो नहीं भूली हूँ।" दुलाली बोली थी।

1917 में सत्रह बरस की दुलाली और दीनू, दोनों ही जवान थे। इस बात के कहने का क्या अंजाम होगा, यह जानते हुए भी दुलाली ने कहा था, "मैं भी तो नहीं भूली हूँ।"

तब समय बड़ा अमोघ था। सच बोलने के दिन थे। शाम हुई, आकाश काला हो गया। दूर मनसा-थान पर बाजा-गाजा चल रहा था। रात को 'मनसा-मंगल' का गान होगा। सामने सूखी नदी की तलहटी में ढलाव पर से पानी उतर गया है। हवा में कदम्ब की खुशबू। आकाश-अंचल में मन्थर मेघ न जाने किसकी प्रतीक्षा में थे। हवा भी विद्युत-सी चमत्कृत थी।

"भूली नहीं हो तो मेरे करीब आ जाओ।"

दुलाली दीनू के करीब खिसक गई थी। उसके बाद मुख उठाकर बोली थी, "अब मेरी बात सुन, दीनू!"

खूब गम्भीर होकर, दुलाली ने धीरे-धीरे कहा, "मैं तुम्हें प्यार करती हूँ, पर इससे कुछ फायदा है?"

"हानि क्या है?"

"क्या होगा, दीनू? लोक-समाज से तुम भी कुछ नहीं कह पाओगे और मैं भी कुछ नहीं।"

"नहीं।"

"सिर्फ दुख होगा!"

"हाँ।"

"तब लाभ क्या है?"

"नहीं जानता।"

"दीनू!"

"बोलो?"

"दोनों मर तो सकते हैं।"

"छिः!"

"तब बोलो, मुझे तुम भूल जाओगे?"

"भूल तो नहीं सकता।"

"मैं अब क्या कहूँ, बोलो?"

"कुछ तो कहना बाकी नहीं है रे!"

दोनों काफी देर चुप खड़े रहे। फिर दीनू बोला, "देखते हैं। छातिम ही दुनिया नहीं है। तुम जाओ। एक साथ नहीं देखे जाएँ। देखने पर लोग बातें बनाएँगे।"

फिर दीनू पाटक चला गया। अगले साल उसने मैट्रिक की परीक्षा दी। रिजल्ट निकलने से पहले ही खड़गपुर चला गया। दीनू के बाप भी जानते थे कि वह खड़गपुर में है। लेकिन पाटक के मास्टर के साथ वह कलकत्ता चला गया था। यह मास्टर दीनू को काफी प्रभावित करता था। फिर जब रिजल्ट निकलने के बाद दीनू लौटा तो वह एक दूसरा ही दीनू था। कम बात करता, रुक्ष और गम्भीर। तब वह माँझीपाड़ा या बाउरीपाड़ा में घूमता रहता था। हैजे का मौसम था। हैजा खत्म होने के बाद खड़गपुर में हेल्थ-इंस्पेक्टर आए। उन्होंने दीनू की खूब प्रशंसा की। लौटते समय आंचलिक थाने में बोल गए, "ग्राम-सेवा से शुरू होता है और टेररिज्म पर खत्म—यह देखा है मैंने।" दारोगा ने इन बातों को कोई महत्त्व नहीं दिया। बोले, "विष-झाड़ में विष-वृक्ष होते हैं। ब्राह्मण, पुरोहित और देवभक्त—क्या उनका लड़का खराब हो सकता है?"

दीनू ने दुलाली से मिलने की कोई चेष्टा नहीं की। खुद को निरन्तर व्यस्त न रखने पर शान्ति नहीं मिलती। वह तब मलेरिया-निवारण में लग गया। दुलाली भी अपने आपको काफी सिकोड़कर रखती थी। व्रत वगैरह के लिए अब नहीं जाती वह। सांसारिक काम में ही लगी रहती। लेकिन पूस के महीने में होनेवाली पूजा के समय जब सब मंडप में थे तो वह दुलाली को लेकर अपने बागान में आया। बोला, "दुलाली मैं अब सभी कुछ जान आया हूँ।"

"क्या?"

"मैं तुझसे शादी करूँगा।"

"मुझसे! शादी!"

"तुझसे शादी करूँगा।"

"तुम्हें पाप का भी डर नहीं?"

"कैसा पाप? विधवा की शादी होती है, कानून है। कैसा डर? दोनों कलकत्ता चले जाएँगे। वहाँ लाखों आदमी हैं। विराट शहर! कौन ढूँढ़ पाएगा हमें? तुझसे कहता हूँ दुलाली, मुझसे शादी कर ले। मुझे पकड़कर रख, नहीं तो मैं मर जाऊँगा।"

"तब मैं भी मरूँगी।"

"मरूँगी...मरूँगी..जिन्दा रहूँगी—नहीं कह सकती क्या?"

"कैसे कहूँ? तुम्हारे साथ जाऊँगी तो कलंकिनी होऊँगी। बाबा भी पतित हो जाएँगे।"

"प्रायश्चित्त करके वह फिर जाति में आ जाएँगे।"

"मैं भूल नहीं पाऊँगी, ग्लानि में मरूँगी।"

"तू नहीं चल पाएगी?"

"नहीं।"

"तू मुझे प्यार करती है?"

"हाँ।"

"तब भी...?"

"मुझमें इतना साहस नहीं है।"

"तुझे मैं क्या कहूँ, बोल?"

"कुछ भी कहने को नहीं है। पहले तो जाति बेमेल, उस पर मैं विधवा। गाँव में सभी...बड़ा वंश...कलंक...।"

"तब जाओ।"

"जाऊँ?"

"जाओ और कभी मेरे सामने मत आना, कभी नहीं।"

दुलाली उस दिन मरने चली थी। दुलाली को समझ नहीं आ रहा था कि दीनू किस प्रबल आकर्षण में बँध गया है! वह अपने-आपको स्थिर रखने में असमर्थ था।

दीनू चला गया पाटक में स्कूल-मास्टर होकर। कह गया, "गाँव में भुइयाँ लोगों की पुरोहितगिरी नहीं करूँगा। आप जो भी समझें, समझ लें।"

ठाकुर-जेठ को गहरा आघात लगा। कुल-कर्म नहीं करूँगा, यह कहना क्या उचित है?

"शादी करके जाओ।"

"शादी भी नहीं करूँगा।"

1919 का वर्ष। 19 साल का कोई लड़का, गाँव का लड़का, बाप के सामने इस तरह नहीं बोल सकता था। माँ बोली, "बाप के मन को कष्ट दिया तूने?"

"उनके और लड़के भी तो हैं।"

"तू इस तरह क्यों जा रहा है?"

"नहीं बता सकता।"

दीनू चला गया। नियति ने उन्हें शान्ति से नहीं रहने दिया। उनकी नियति पीड़न में ही थी। पाटक में दीनू बीमार हुआ। उसे गाँव लाना सम्भव न था। माँ चली गई सेवा करने। काफ़ी दिन बाद भैंसा-गाड़ी में बैठकर वापस आई। रोते हुए दुलाली की माँ से बोली, "कादू, तुझसे जो कुछ कहती हूँ, वह अपने लड़के के लिए ही। दीनू हमारा नहीं है अब। वह सिर्फ दुलाली को पुकारता है। सो हमारे-तुम्हारे लिए लज्जा का विषय नहीं है? बीमारी में पुकारता है। तुम्हें, भुइयाँ-देवर को पुकारता है। और क्या बोलेगा!"

दुलाली के बाबा बोले, "चलिए, बैठिए।" दुलाली की माँ से कहने लगे, "तुम भी चलो। नहीं जाने पर यदि दीनू को कुछ हो गया तो ब्राह्मण का शाप लगेगा। अगर ठीक हो गया तो लोग कहेंगे कि देखने नहीं गए।"

दीनू मर जाएगा, इस सम्भावना से वे ज्यादा कातर हो उठे। दुलाली की माँ सीधी है। बोली, "दुली को बुलाएगा नहीं? एक साथ रहे हैं, आज का सम्बन्ध है क्या?"

बाप-माँ और जेठी माँ के साथ दुलाली भीतर घुसी। लाल आँखों से देखता हुआ दीनू बोला, "बैठी रहो। मेरे मरने के बाद उठना।" कुटुम्बी-स्वजनों से भरा घर। उनकी कौतूहल-भरी आँखों ने जैसे दुलाली को नंगी कर दिया। लज्जा-भय-वेदना से दुलाली मूर्तिवत् बैठी रही।

दो दिन बाद ही ज्वर उतर गया। दुलाली और सारे लोग लौट आए। दीनू के परिवार वाले एक मास बाद लौटे। उसके बाद दुलाली के बाप को एक दिन बुलाया दीनू के बाप ने। कहने लगे, "जवान लड़की है, फिर विधवा भी। सावधानी से रहना होता है, महानन्द!"

"क्यों?"

दीनू के बाप की आँखें अप्रकृतिस्थ हैं। किसी कारणवश जीवन का केन्द्र-बिन्दु

विस्थापित हो गया है। बोले, "दीनू ने कहा है कि विधवा-विवाह शास्त्र और कानून-सम्मत है। वह दुलाली से विवाह करेगा।"

दोनों इस बात के आघात से जड़वत् बैठे रहे, बहुत देर तक।

फिर दुलाली के बाप ने कहा, "आप अपने लड़के की शादी कर दीजिए। मैं अपनी लड़की को काबू में रखूँगा। पर आपने यह क्या कहा, ठाकुर दादा? यह अविश्वसनीय बात है। बीमारी में क्या दीनू का दिमाग चल गया था?"

"लड़की से कुछ मत कहना। वह क्या यह सब जानती है? सारा दोष दीनू का ही है। लड़की से कहने पर बात बढ़ेगी।"

"लड़के का क्या करेंगे?"

पिता का आर्त-हृदय विचलित था। वैसे चैलेंज भी था। "मेरी लड़की दोषी नहीं, दोषी नहीं हो सकती। मेरी बेटी ने मेरी जानकारी में एक क्षण के लिए भी कभी रंगीन धागा नहीं बाँधा। कभी ऊँचे गले से बात तक नहीं की।"

"दीनू का ही दोष है। लेकिन महानन्द, लड़कों का दोष चला जाता है। लड़की का दोष नहीं धुलता।"

"लड़के की शादी आप कर दीजिए।"

विचार-विमर्श में पड़े महानन्द घर लौटे। पत्नी को सारी बातें बताईं। दोनों चुपचाप बैठे रहे। फिर दुलाली को बुलाकर बोले, "घर से बागान तक भी न जाना, दुलाली! यह मेरी चेतावनी है।"

"मैं तो कभी जाती नहीं, बाबा!"

"तो ठाकुर-दादा ये सारी बातें क्यों बोल गए मुझ से? क्यों बोले, दीनू...तुझे...?"

"मैं कुछ नहीं जानती, बाबा!"

पता नहीं, कहाँ से दुलाली को साहस मिल गया था। वह जान गई थी कि वह दोषी नहीं। प्रेम पाप नहीं। माँ-बाबा को यह बताना भी सम्भव नहीं।

"कोई दोष तो नहीं किया, बेटी?"

"नहीं बाबा, कोई नहीं।"

"जानता था, जानता था।"

"तब क्या नहीं जाऊँ थान पर?"

महानन्द को कन्या के स्नेह से साहस मिला। बोले, "जाना। जैसे जाती थी वैसे ही जाना। मेरा मन कहता है, तूने कोई दोष नहीं किया।"

"ठाकुर-जेठा को बोलो, लड़के को गाँव से ले जाएँ। कहीं, शादी कर दें। मैं उसके चलते कुछ भी नहीं सुन सकती। तुम्हें अगर कोई कुछ कहेगा तो मैं आत्महत्या कर लूँगी।"

प्रेम करके कोई पाप नहीं किया उसने। प्रेम पूरा नहीं होगा, यह भी वह जानती है। लेकिन निर्लज्ज भाव से सारी बातें कहकर गाँव में बदनामी करवाने के कारण वह दीनू पर क्रुद्ध है। साथ-साथ ही असह्य पीड़ा भी है आनन्द की। दीनू ने साफ-साफ उससे शादी करने की बात की है। थान से लौटते समय रास्ते में दीनू मिला।

"हट जाओ, दीनू!"

"तुमने चाचा से क्या कहा?"

"तुम्हारी शादी की बात कही है।"

"तुम्हें प्यार किया है तो शादी किससे करूँगा?"

"दीनू, अगर तुमने शादी नहीं की तो मैं आत्महत्या करूँगी।"

"तेरे साथ मेरी शादी नहीं हो सकती, दीनू! मैं जब तक जिऊँगी आज बाप के घर का, कल भाई के घर का आसरा लेना होगा, इसी गाँव में। क्या मेरा सहारा छीन लेना चाहते हो तुम?"

"एक बार कह दो, मुझे प्यार करती हो।"

"प्यार करती हूँ, तुम भी जानते हो।"

"फिर से कहो।"

सिर उठाकर रानी जैसे स्वच्छन्द स्वर में दुलाली ने कहा था, "हाँ, प्यार करती हूँ। जब तक जिन्दा रहूँगी, करूँगी। लेकिन इस जीवन में, इस प्यार का कुछ नहीं बनने वाला है। तुम शादी कर लो। तुम्हें प्यार करके, दीनू...तुम्हारे लिए मैं दर्द सह सकती हूँ...। तुम्हारे जाने पर मन नहीं लगता...। तुम्हें प्यार करके यदि मैं तुमसे शादी करने के लिए कह सकती हूँ तो क्या तुम मुझे प्यार करके शादी नहीं कर सकते?"

"कर सकता हूँ या नहीं, दुलाली, देखूँगा।"

"मैं जाती हूँ।"

"रास्ते में सँभलकर जाना। अँधेरा हो गया है।"

दुलाली लौट आई घर। फिर एक दिन सुना गया कि दीनू की शादी होने वाली है, पाटक में ही। उसकी दीदी की ननद के साथ। दीदी के ससुर मरे हैं अभी-अभी। एक बरस का शोक रहेगा। एक साल बाद शादी होगी। फिर सुना गया कि दीनू कलकत्ता जा रहा है। वहाँ छापाखाने में काम सीखेगा। बहन के पति ने सब ठीक किया है।

उस दिन दुलाली संयमित नहीं रह पाई। नदी की धार के पास, टीले पर चढ़कर पेड़ से लिपट गई थी। बैलगाड़ी जा रही थी। दीनू की आँखें गाँव पर लगी थीं। दीनू उसे देख नहीं पाया। उसने आँख भर के देख लिया था। बीमारी के बाद दुबला चेहरा, गोरा रंग, बाल छोटे, मुँह पर एक अद्भुत हँसी। उस हँसी को देखने पर कलेजा फटा पड़ता था।

शादी का दिन सहज ही नहीं मिल पाया। 1924 के नवम्बर में शादी होगी, यही तय हुआ। बाजे बजे। नए बरतन-भाँडे बने। जानने में आया कि बरात के लोग पेड़ के नीचे चाँदनी लगाकर बैठे। शाम को तीन बजे गाँव से निकलेंगे।

सर्दियों के दिन। समय जल्द बीतता है। महानन्द शादी में मछली और भात देंगे। दही-मिठाई भी। बहू को मोहर भी देंगे। पेड़ के नीचे रोशनी थी। दीनू बैठा था। दुलाली नहीं गई कहीं भी, सारे दिन। घर से निकली ही नहीं। किसी से कुछ कह नहीं सकती, कलेजा फटा जा रहा था। अपने सूखे बालों में उँगलियाँ फँसाए, बदन पर आँचल लपेटे वह धीरे-धीरे चलती हुई अपने आँगन में आ खड़ी हुई। दूर है, पर देख तो सकती है। चेली की धोती और गरद का कुरता। बदन पर शॉल, ललाट पर तिलक, कान में कुंडल। यही वंश का नियम है।

दीनू वहीं बैठा है। बैठे-बैठे उसने आँखें खोलीं। उसे देखा। देखा, वह उठ खड़ा हुआ, गले की माला तोड़ दी, शॉल उतारकर फेंक दिया, कपाल का तिलक पोंछ डाला।

कन्या-पक्ष के जो लोग दीनू की अगवानी करने आए थे, उन्हें सम्बोधित करता हुआ वह चीखा, "आप लौट जाइए। मैं शादी नहीं करूँगा।" इस भीषण और प्रचंड स्वर ने आकाश को चीर दिया था, जैसे प्रलय की सूचना दी हो।

बाँस के मचान पर लेटे-लेट आज चौवन बरस बाद भी सब-कुछ याद आ रहा है। जैसे चित्र सँजोकर रखे हों। जैसे उसे किशोरावस्था के चित्र दिखाने के लिए पटवार आता था। धीरे-धीरे पट खोलता, तसवीरें दिखाता, गीत गाता और चित्रों की कहानी सुनाता था। पटवार कौन था, कौन है, कहाँ चले गए सब? उसके कैशोर्य-यौवन के साथ ही जैसे सब गुम हो गए हैं...जाने कहाँ? आज उसके मन में बैठकर कौन पटवार चित्र के बाद चित्र दिखा रहा है? सारी बातें बता रहा है? दर्द है कलेजे में। यादों का बोझ है तो दर्द क्यों न हो? गाँव में जैसे प्रलय आ गई है। अब भी सारे चित्र काँप उठते हैं, थर्राते हैं, टूट जाते हैं।

ठाकुर-जेठा बोले थे, "तू मेरा लड़का नहीं। दूर हो जा अभी मेरे सामने से!"

"जाता हूँ, जाता हूँ।"

दौड़ता हुआ आया था दीनू। चीखता हुआ कहने लगा था, "चल, दुलाली! इसके बाद अगर तू यहाँ रही तो जीवन-भर तुझे यंत्रणा होगी।"

दुलाली बेहोश हो गई थी।

दीनू गाँव छोड़कर चला गया। क्रोध से, अपमान से, लज्जा से ठाकुर-जेठा ने खड़ाऊँ फेंककर मारी थी। ललाट फट गया था उसका। बाद में इसी दाग के जरिये बदन खाँ ने उसकी शिनाख्त की थी।

गाँव गुमसुम था। सब भुइयाँ की प्रजा हैं। वे कुछ नहीं बोलते। राजा-राजा की लड़ाई है। ठाकुर-जेठा ने महानन्द को श्राप दिया। दोनों परिवारों ने परस्पर दोषारोपण किया। दुलाली घर के कोने में पड़ी रही। दीनू की खोज चलती रही।

उसके बाद! ...बाद में वह भयानक–महाभयानक सुबह। ठाकुरबाड़ी से जेठी-माँ का आर्त क्रन्दन, "दीनू ने रेल में डकैती डाली है। पकड़ा गया है, उसे फाँसी होगी। रे दीनू... रे...ए...ए...!"

उसके बाद फाँसी की खबर। ठाकुर-जेठा दालान पर खड़े होकर बोले थे, "घड़ा लौटा दिया, भगवान लौटा दिया। मेरे लड़के को तुम्हारी लड़की ने खा लिया। तुम्हारे भगवान की पूजा नहीं करूँगा। तुम्हारी जमीन पर भी नहीं रहूँगा। शाप देता हूँ–निर्वंश हो जाओ, निर्वंश हो जाओ!"

फिर आई पुलिस, गाँव में। पाटक से हाथी आया था। पुलिस और पुलिस। घर से उन्होंने ठाकुर-जेठा को, जेठी को, औरत-मर्द–सभी को लात मारकर बाहर निकाला। हाथी को अंकुश मारता था महावत और हाथी घर तोड़ देता था। ठाकुर-जेठा बाबा से बोले, "कुछ किसी का नहीं है। माँ का है, सब जाए।"

फिर पुलिस-दारोगा के सामने सिर पटक दिया, बोले–"लड़का गया, घर गया, अब आप दया करके हमारे ऊपर भी हाथी चला जाइए। आपके पैर पड़ता हूँ।"

दारोगा चीख उठा, "क्या करते हैं आप? मैं कायस्थ हूँ।"

"मैं क्या हूँ?" ठाकुर-जेठा ने दोनों हाथों को ऊपर उठाया और जैसे तमाम विश्व को सम्बोधित करते हुए बोले, "मैं क्या हूँ?"

"आप ब्राह्मण हैं।"

"ब्राह्मण...मैं?...तभी लड़के को फाँसी चढ़ाया, डोम ने दाह-संस्कार किया! तुम्हारे सिपाहियों ने हमारे कुटुम्बियों को हाथ पकड़कर खींचा! अब इसके बाद भी ब्राह्मण हूँ?" उनके आर्तनाद से सभी दुखी हो गए और दारोगा भी बगैर कोई बात बढ़ाए चला गया।

बाबा ने ठाकुर-जेठा के पाँव पकड़े थे। ठाकुर-जेठा बोले थे, "तुम्हारी लड़की अभी जिन्दा है, महानन्द! सन्तान-शोक नहीं हुआ। तुम पर कौन-सी विपत्ति टूटेगी, इसी से परेशान हो। तुम्हारा भगवान क्यों लूँ? तुम्हारा विग्रह? होने दो सर्वनाश, होने दो! अब यदि तुम्हारा सर्वनाश हुआ तो मुझे शान्ति ही मिलेगी। लड़की द्वारा हमारा इतना बड़ा सर्वनाश कराया!"

ठाकुर-जेठा जा रहे हैं, जा रहे हैं। बाउरी, माँझी लोग उनके साथ हैं। वे उन्हें पसन्द करते थे। वे जब पेड़ के नीचे रात काटते, तो माँझी पहरा देते थे। चार दिन, बयालीस मील, तब खड़गपुर आता है। रेल-टाउन से कोई आकर चुपचाप रुपया दे गया, टिकट कटा गया। वे तब जगन्नाथ-धाम चले गए। उसके बाद कौन कहाँ गया, कुछ पता नहीं। आदमी भी शायद गुम हो जाते हैं, दुलाली के अभिशप्त यौवन की तरह।

भुइयाँ-बाड़ी में महानन्द ने कहा था, "दुलाली को काटकर फेंक दूँगा।" उनकी भी स्थिति दयनीय थी। उनकी लड़की एक प्रवासी, राजद्रोही, फाँसी-चढ़े दीनू से प्रेम करती है। दीनू के पिता निर्दोष हैं। उनका घर बरबाद हो गया। मनसा के पूजा का कुल-कार्य, पूजा छोड़कर पुजारी चले गए। देव-क्रोध, ब्रह्म-दोष, राज-क्रोध गाँव के ऊपर टूटा। सब इसी दुलाली के कारण। दुलाली की माँ ने पति के हाथ में कटार देकर कहा था, "उसे अकेले काटने से क्या होगा, मुझे भी काटो। उसके बाद तुम, लड़के—सब फिर से संसार बसाओ।"

"तुम्हारे कहने से ही सब-कुछ होता है क्या? समाज नहीं है क्या?"

"समाज ने उसे काट देने को कहा है क्या?"

"समाज ने फेंक देने को कहा है।"

"फेंक दो। मैं भी साथ जाऊँगी। माँ-बेटी भीख माँगकर खा लेंगी।"

"उसके कारण सर्वनाश हुआ, फिर भी तू उसे नहीं छोड़ती!"

"कौन-सा है छातिम का समाज? तुम ही तो समाज हो। तुम जो कहते हो, वही होता है। कौन-सा समाज...किससे डराते हो?"

दुलाली को मार देने से समस्या का समाधान हो सकता था। लेकिन माँ ने बाधा पहुँचाई भीतर से। बाहरी बाधा अप्रत्याशित रूप से एक और तरफ से आई। दासू माँझी के पिता बूलन सोरेन ने कहा, "जाने से पहले दीनू ठाकुर हमसे कह गए थे कि दीदी की देखभाल करते रहना। उसे आप मार नहीं सकेंगे। अगर ऐसा हुआ तो हम सबको फूँक देंगे। दीनू ठाकुर के लोगों को खबर कर देंगे।"

महानन्द गृहस्थ आदमी थे। ऐसी प्रचंड विपर्ययपूर्ण स्थिति के कारण नृशंस हो उठे थे। बाधा पाकर स्थिर हुए। लेकिन वे ही तो गाँव की नाक थे। घर के पाप को दबाना उनका ही काम था। उनकी लड़की के कारण ही गाँव पर देव-क्रोध का प्रकोप हुआ।

घर की ही एक कोठरी में दुलाली को रख दिया गया। नई कोठरी में संसारियों का प्रवेश-निषेध। चावल-दाल, तेल-नमक, लकड़ी-किरासिन, कपड़े-तौलिया—सबकी व्यवस्था कर दी गई। तब से यही जीवन है। माँ जब तक जीती रही, आती थी, बाहर बैठती थी। माँ रोती

थी। दुलाली में रोने की भी शक्ति नहीं। रात-दिन बस एक ही खयाल आता था कि उसकी बात क्यों नहीं मानी, क्यों नहीं चली गई मैं उसके साथ? छातिम के बाहर भी तो दुनिया है। सोचती थी, क्यों...किसके मान-सम्मान की बात सोचकर उसे 'नहीं' कह दिया था? दीनू नहीं है, फिर कभी नहीं लौटेगा—यह बात मानना सम्भव नहीं है।...कितने दिनों तक असीम कष्ट हुआ था! फिर धीरे-धीरे वह कष्ट कम होता गया। सदानन्द तब आठ वर्ष का था। आज सदानन्द बासठ साल का बूढ़ा है। घर का मुखिया। कौन कहाँ गया? कहाँ थी ठाकुरबाड़ी? कब, कौन, दूर से उसे देखकर 'शादी नहीं करूँगा' कहते हुए उठकर चला गया था? सब बीती बातें हैं। सब झूठ हो गया। रह गई सिर्फ उदर की ज्वाला, समय काटने की ग्लानि।

नवीन की नौकरी के बाद उसे कोई कष्ट नहीं होगा।

वह सो गई। सोने से पहले उसने सोचने की चेष्टा की। उस दिन दीनदयाल और दुलाली की अनुभूति...क्या थी? नहीं, कुछ याद नहीं आता। सर्दियों का आकाश, मलिन किरणें, पतले मेघों का जाल, हवा, हवा के साथ पके कदम्ब की खुशबू। कभी-कभी भोंपू बज उठता। ठाकुरबाड़ी के बाहर एक बड़ा पाकड़ का वृक्ष है। उसके नीचे चाँदनी तनी है। ऊँची कुरसी पर वर बैठा है। आग जैसा रंग, सीधी नाक, हलके भूरे बाल, ललाट पर तिलक, कान में कुंडल, गले में गेंदे के फूलों की माला।

उसे ही देखती है और फिर देखती है। एक लड़की शिरीष के पेड़ से लगकर खड़ी है। सफेद धोती पहने हुए। सर्दी के कारण साड़ी लपेटे है, कसकर। मोटे बालों का जूड़ा। लड़की की भौंहें तीखी, खिंची हुई। नाक छोटी, बदन का रंग अलसी के फूल जैसा। आँखें काली, बड़ी-बड़ी।...अपलक देखे जा रही है। वर किसी के साथ बात कर रहा था। फिर उसने अचानक आँखें उठाईं। बातें बन्द हो गईं। मुख खुला, बन्द हुआ। वह उठ खड़ा हुआ। उसने गले से माला खींचकर तोड़ दी, बदन पर से शॉल उतारकर फेंक दिया। बोला, "आप लौट जाएँ! मैं शादी नहीं करूँगा।"

हाँ, कोई और दुलाली, किसी और दीनू की छवि। बस तसवीरें ही मन में हैं। वे ही बातें करती हैं। लेकिन उनके साथ जुड़ना अब सम्भव नहीं। चौवन साल बहुत होते हैं। बहुत जी लिया, बहुत दिन। अठहत्तर बरस काफी उम्र होती है। इतने दिन तक कोई नहीं बचता। माँ कहती थी, "शरीर की शान्ति नहीं हुई, पेट में बच्चा नहीं हुआ। मैं तो मर रही हूँ, दुलाली! तू कितने दिन बचेगी, सोचकर डरती हूँ।"

अब कोई नहीं है इस गाँव में, जिनके साथ छोटी उम्र में खेलते हुए गाती थी दुलाली—

एक पाँव पानी
कदम के तले।
दो पाँव पानी,
रसा तले।

वे अब कहाँ हैं? मर के भूत बन गए हैं! जहाँ खड़ा होकर दीनू दुलाली को तकता था उस बागान में, अब फणि-मनसा का मानक जंगल है। बहुत जी ली वह। समय उसे पीछे छोड़कर, फेंककर आगे निकल गया है। दीनू स्मृति में रह जाएगा, चौबीस साल के रूपवान परुष के रूप में। दुलाली अब अठहत्तर साल की बूढ़ी है। चल-फिर सकती है। इस जीवन में पुरुष का संग नहीं मिला। सदानन्द की लड़की ने कायस्थ से शादी की है, मामा के घर

में रहती है। सदानन्द की पत्नी के किसी भाई ने शायद केवट की लड़की से शादी की है। दुर्गापुर में रहता है। लड़की नर्स है। अब किसी की जाति नहीं जाती, कलंक नहीं लगता। समय का कैसा फेर है! बचना, बचे रहना वृथा है। सिर्फ नवीन, दीनू जैसा ही है। उसके जीवन की सांध्य-वेला में एक ही व्यक्ति आत्मविश्वास से उसे नई जिन्दगी में ले जाएगा। सांध्यवेला! फूल चुनने का समय, रूप-कथा सुनने का समय। दुलाली की यौवनावस्था में दालान के सामने ही वेला फूलते थे खूब। माँ कहती, "चार-पाँच तोड़कर फेंक दे, बेटी! इतने फूल पेड़ की जान ले लेंगे। फल नहीं होगा।"

फूल तोड़कर दुलाली बैठती थी जमीन पर। बूढ़ी दासी और आंदिमणि तब दुलाली के छोटे भाई-बहनों को थपकियाँ देकर सुलाते और रूपकथाएँ सुनाती थीं–"तब चाँद की रोशनी छिटक रही थी। राजकन्या के मुख पर भी चाँद ने रोशनी फेंकी। बोले, ऐ लड़की, मैं तुम्हें चाहता हूँ।"

जीवन की सांध्यवेला में फूल तोड़ने और रूप-कथा सुननेवाली घड़ी में नवीन कुछ बातें कहकर जैसे संजीवनी दे गया है। एक पक्के रास्ते के सहारे वह नए समय को कान पकड़ गाँव तक लाएगा। गाँव में सरकार द्वारा एक स्वास्थ्य-केन्द्र भी खुलवाएगा।

हाँ, उनका भला हो। छातिम ग्राम ने क्या दोष किया है कि चिरकाल तक अँधेरे में पड़ा रहे? रोशनी के नाम पर किरासिन लैंप, बाजे के नाम पर टेम-टेमी, रास्ते के नाम पर एक कच्चा-पथ! साँप काटे तो ओझा, बीमार हो तो रतन नाई की झाड़-फूँक। या फिर पाटक से डॉक्टर लाओ।

उनका भला हो।

कई दिन बाद नवीन आया और उसे बुला ले गया। बोला, "क्या देख रही हो, बोलो तो?"

"देख रही हूँ आगे।"

माँझी पाड़ा और बाउरीपाड़ा के सभी लोग ठाकुरबाड़ी का जंगल काट रहे हैं।

"वहाँ क्या होगा?"

"मूर्ति लगाई जाएगी। मैंने ही पंचायत में अर्जी दी है। उसी खँडहर में मूर्ति लगेगी। गाँव के लेबर से जंगल साफ कराऊँगा।"

"पाकड़ का पेड़ भी कटेगा?"

"नहीं बुआ, इतना बड़ा पेड़ कहीं काटा जाता है? अब, वहाँ पेड़ ही कितने रहे हैं! इमली और कटहल के पेड़ बेच दिए जाएँगे। रुपए पंचायत के काम में लगेंगे।"

"तेरे कहने से वहाँ मूर्ति बिठाई जाएगी क्या?"

"सिर्फ कहने से क्या होता है, बुआ! नौ मन तेल हुआ है तभी तो राधा नाच रही है।"

कई दिनों तक पेड़ों की कटाई चलती रही। शहर के ठेकेदार ने आम, इमली और कटहल के पेड़ खरीदे। लोगों ने भी काफ़ी जलावन जुटा लिया। सूखे पत्तों में आग लगाकर खँडहर को शुद्ध किया गया।

उसके बाद चारों तरफ साफ-सुथरा करने में, पानी ला-लाकर दालान को धोने में ही काफी दिन लग गए। दासू सोरेन ने नवीन से कहा, "लेबर दिया। सफाई हुई। देख, बयालीस लोगों ने सात-दस दिन खटकर काम किया है।"

"खर्चा निकल आएगा रास्ता होने पर। जिन्हें नहीं मिला, उन्हें डबल मिलेगा।"
"रास्ता बनेगा न?"
"बनेगा, यही तो कहा है। पी.डब्ल्यू.डी. की सैंक्शन भी आ गई है।"
"मूर्ति कहाँ लगाई जाएगी?"
"वहीं।"
"किसके ऊपर लगेगी?"
"वेदी बनेगी।"
"यह तो राज-मिस्त्री का काम है।"
"यह काम सरकार करेगी।"
"सरकार?"
"देखूँगा। शहर जाऊँगा।"

सदन खाँ वाह-वाह कर उठा। बोला, "नवीन देश का गौरव है। तुम लोग गरीब गाँव के आदमी होकर इतना कर गए। वेदी मैं बनवा दूँगा। जरा पता कर लूँ कि कितनी बड़ी वेदी बनेगी। राज-मिस्त्री मैं भेज दूँगा।"

"रास्ते की बाबत कुछ पता चला? कब शुरू होगा?"
"मैं नहीं जानता। तुमने क्या सुना है?"
"एम.एल.ए. ने बताया है कि सब हो जाएगा। यही सुना है।"
"तब और क्या रहा? छातिम में रास्ता बन जाने पर पाटक, कन्नति और कान्दोर को भी लाभ है।"

"इसीलिए तो कहा है। रास्ता हो तो हमारा क्या है? पाटक में आपके भी तो खेत हैं। छोटी दुकान। अब तक तो बैलगाड़ी में सामान लाते थे, अब लॉरी लाएगी। मेरा तो कोई कारोबार नहीं है। रास्ता हो जाए तो गाँव में मूँगफली और गेहूँ बोऊँगा।"

"ठीक है, ठीक है। मूँगफली तो कैश क्रॉप है। गेहूँ भी वहाँ अच्छा होगा।"
"हम एक बाँध गाँव के लेबर से बनवा लेंगे।"

"अति उत्तम! सच नवीन, मन से कह रहा हूँ, यह जो तुम दस लोगों की बात सोचते हो, दस का पक्षधर होकर काम करते हो, यह मुझे भी अच्छा लगता है। मैं क्या इसमें कोई खराबी देखता हूँ? बाप जो काम छोड़ गया है, उसी को बढ़ा रहा हूँ।"

नवीन वहाँ से एम.एल.ए. के घर गया। वे बोले, "रास्ता जरूर बनेगा।" अचानक वे मंच पर भाषण देते हुए नेता बन गए। "बनेगा नहीं का क्या मतलब? सारा विकास और जगहों पर होता रहेगा क्या? छातिम दीनू ठाकुर का गाँव है। वह क्या अन्धकार में पड़ा रहेगा? रास्ता बनाना ही पड़ेगा। उसी रास्ते से गाँव के श्रमजीवी बाहर निकलेंगे और मेहनत से अर्जित धन लेकर वापस लौटेंगे।"

नवीन समझता है, बाबू का 'फ्लो' आ गया है और अब स्रोत में बाधा देना ठीक नहीं है। इसके बाद बात घुमाता हुआ बोला, "आपके लिए वोटों से पहले भी बहुत काम किया है। पंचायत का भी काम किया है। अपने लिए कुछ नहीं माँगता।"

"प्रेस में काम क्यों सीखते हो? घर में झगड़ा है क्या?"
"नहीं-नहीं, ऐसे ही। देखिए, रास्ता न होने से बीमारी, दुर्घटना, विपत्ति वगैरह में बड़ा

कष्ट होता है। रास्ता हो तो अच्छा रहेगा। रास्ते के कारण तेमुखी गाँव तक दमकल पहुँच जाती है। एम्बुलेंस जाती है शहर से।"

"हाँ, जाती तो है। पर गाँव भी तो शहर के पास है।"

"हाँ, यह भी जानता हूँ कि छातिम दूर है। यह आशा नहीं कि छातिम में दमकल जाएगी, एम्बुलेंस जाएगी। ऐसा नहीं होगा। पर रास्ता होने पर...।"

"जानता हूँ। रास्ते का महत्त्व बताने की जरूरत नहीं। लेकिन...।"

"क्या?"

"दूसरे गाँव ने यदि 'क्लेम' किया तो?"

"यह आप क्या कह रहे हैं? तीन साल से दौड़-धूप करके मैं मर रहा हूँ। और कोई दूसरा गाँव...।"

"जानते हो, हमारे एम.पी...।"

"वे भी जानते हैं।"

"एम.पी. लोगों ने...अब देखो...अपने इलाके का चेहरा ही बदल दिया है।"

"देखें, क्या होता है!"

प्रेस के मुरारी बाबू ने सारी कहानी सुनी। वे बड़े निराशावादी हैं। बोले, "इतना बोलता है अगर, तो रास्ता नहीं बनेगा।"

"नहीं, नहीं बनेगा? इतनी चेष्टा की है, इतने दिनों से। क्यों नहीं बनेगा?"

"जैसी चेष्टा तुम कर रहे हो, वैसी ही चेष्टा दूसरे नहीं कर रहे हैं क्या? तुम्हें क्या कुछ पता है? इन्होंने यदि चेष्टा नहीं भी की हो तो क्या है? इसके बाद क्या वे इस अंचल में पैसे लगाएँगे?"

"हजारों रुपयों की जरूरत ही क्या है?"

"नवीन, तू बातें चाहे जितनी कर ले, बुद्धि से तेज नहीं है तू। कहता हूँ, मूर्ति आएगी कैसे? ट्रक में। मंत्री-शंत्री, हाकिम-वाकिम कैसे आएँगे? जीप में। जीप और ट्रक कैसे आएँगे? रास्ते से। रास्ता कहाँ है? तो इस तरह चाहे जैसे भी हो, रास्ता बनाना ही होगा। हाइवे से तुम्हारे गाँव तक तो खेत हैं, मैदान हैं, धान के खेत हैं और कर्णावती का पाट भी है। वहाँ तक कच्चा रास्ता बनाने में पैसा नहीं चाहिए क्या?"

"उस रास्ते के लिए अगर फ्री लेबर की जुगाड़ करूँ तो? माल-मसाला तो इतना लगता नहीं।"

"अब इस पचड़े में पड़ने से कोई फायदा नहीं। अरे, दस भुशुंडि काकों के मरने पर यह मुरारी पैदा हुआ है। सब जानता हूँ मैं। यह पी.डब्ल्यू.डी. का झंझट है। उसे निबटने दो। उस एम.एल.ए. से कह दो कि रोड-लेबर के रूप में गाँव के लेबर खटेंगे। उनका रेट दो पैसा होता है।"

"यही कह देता हूँ।"

एक शहर है, लेकिन बड़ा नहीं। लेकिन इस 'टाउन' के लोगों की मानसिकता इस तरह की पेचदार है कि नवीन परेशान हो उठा है। बाद में वह सारी बातें छोड़कर गाँव लौट आया।

गाँव में भी मतैक्य नहीं है। उसके घर में ही लोग बँटे हुए हैं।

सदानन्द बोले, “नवीन, यह जो ‘रास्ते-रास्ते’ की रट लगाकर आनन्दित हो रहे हो, उसका नतीजा जानते हो?”

“क्या नतीजा होगा?”

“रास्ता हो तो क्या होगा?”

“वह तो आप भी जानते हैं, पिताजी!”

“कैसी उन्नति होगी! शहर जाते रहते हो। वहाँ की तरक्की देखी ही होगी। अभी भी गाँव का चाल-चलन शरीफों का-सा है। लड़कियाँ नाइलॉन नहीं पहनतीं। लड़के कानों से ट्रांजिस्टर लगाए नहीं घूमते। वहाँ तो बहुत बदमाशी है। इसीलिए गरीबी भी बढ़ रही है।”

“अब ये बातें रहने दीजिए।”

“तुम्हें यह बातें जहर लग रही हैं, जानता हूँ। फिर भी कहता हूँ कि बाहर कौन-सी अच्छी बात देखी है तुमने? सब तरफ तो ‘हा-भात, हा-भात’ का हाहाकार मचा है। रास्ता बनाने से क्या लाभ होगा? बाहर के बदमाश अन्दर घुसेंगे। इसमें भला क्या है?”

“देखा जाएगा।”

“भला होगा। खेतों में काम करने और घर बनाने के लिए, बहुत से छोटे-मोटे कामों के लिए लोग नहीं मिलेंगे। सारे बेटा लोग भाग जाएँगे। या फिर कहेंगे कि बाहर वालों के समान मजूरी दो।”

“यदि आप उतनी मजूरी दे सकें दीजिए, वरना मत दीजिए। यदि आपकी औकात आठ आना और भात-मूड़ी से आगे की नहीं है, तो मत दीजिएगा। उन्हें दो पैसे जहाँ से ज्यादा मिलें, वहाँ वे नहीं जाएँगे क्या? आपके आसरे बैठे रहें?”

“तुम तो यही कहोगे। अपनी मिट्टी से तुम्हें मोह तो है नहीं।”

“नहीं है, सच में नहीं है। यह जमीन, आपका राज, इससे किसका भला हुआ है?”

“इसी जमीन का अन्न खाते हो तुम।”

नवीन हँसा। बोला, “आपका जो है, वह मेरा भी है। यह तो देवता की जमीन है।”

“अच्छा! यह ज्ञान किसने दिया, जरा सुनूँ तो?”

“जिसे देना चाहिए।”

“उसी डाइन ने?”

“उसकी हालत भी मेरे समान ही है। उस डाइन के पास तीस तोले गहने थे। वह धन भी आपके पास ही गया है न?”

“नवीन, जो नहीं जानते वह...।”

“जानने की जरूरत नहीं। आप अपना हिसाब देखिए। आप लोगों के कारण ही हमारे गाँव की यह हालत है। कुएँ के मेढक बनने से आजकल कोई काम नहीं चलता। रास्ता अगर होता तो पिता जी, आपका छोटा लड़का न्यूमोनिया से नहीं मरता। उसे तुरन्त अस्पताल ले जाया जाता।”

“हाँ, ले जाते। अस्पताल की डॉक्टरी से अगर लोग बचते होते तो शहर में लोग मरते ही नहीं। तुम भी मरोगे, नवीन! ज्यादा अच्छा बनने के फेर में मरोगे।”

“दीनू ठाकुर मरे थे न?”

“किसके साथ किसकी तुलना की आपने? उनके साथ मेरी तुलना हो सकती है क्या?”

सदानन्द अचानक क्रोधित हो उठा। बोला, "यदि चाँद-सूरज सत्य हैं तो श्राप देता हूँ कि रास्ता नहीं बनेगा, नहीं बनेगा, नहीं बनेगा! ऐसे ही लीडर हैं वे! बाहर सज्जन, घर में बाप के सामने अभद्र!"

"बुआ को चावल-दाल-नमक-तेल ठीक से दीजिएगा, वरना मैं हंगामा खड़ा करूँगा। याद रखना, खलिहान बन्द कर दूँगा। मैंने अगर मना कर दिया तो कौन आपकी जमीन पर काम करेगा, देखूँ!"

अब सदानन्द घबराया। बात बढ़ाने से फायदा नहीं। दीनू ठाकुर की मूर्ति के बारे में दीदी कुछ न बके, वह नवीन से यही कहना चाहता था। लेकिन बोला कुछ नहीं। नवीन अच्छा है तो अच्छा रहे, बुरा है तो बुरा रहे। और तो और, गाँव के सभी लोग सदानन्द और उसके छोटे लड़के को नापसन्द करते हैं। नवीन उनका अपना है। नवीन को क्रोधित करना ठीक नहीं।

नवीन की माँ ने सलाह दी, "नवीन से कहने की जरूरत क्या है? चुपचाप जाकर उस डाइन को धमका आओ।"

"उस घर में जाऊँ?"

"बाहर चौखट पर खड़े रहकर कहने में दोष नहीं लगता। देखो, अब ठाकुर का माहात्म्य खत्म हो गया है। उनके चलते ठाकुर-पूजा बन्द हुई, पुरोहित भाग गए। ब्राह्मण का लड़का फाँसी चढ़ गया कि नहीं? इतने व्यक्तियों को काट-पीटकर भी अजर-अमर बनी है। क्या अमर होकर आई है? हमारे लड़के को भी पराया कर दिया।"

"ठीक कहती हो। बाहर, चौखट से ही कहकर आ जाऊँगा। और, जो वह यह कह गया है कि दाल-चावल...।"

"देती नहीं हूँ क्या? कुछ नहीं खाकर जिन्दा है क्या वह?"

"नवीन तो...।"

"बड़ा गँवार हो गया है।"

किन्हीं व्यतिरेकों के वशीभूत होकर मुनष्य कभी-कभी सुख की अनुभूतियाँ खो देता है। काफी दिनों तक अल्पाहार करने से जिस तरह सिर हमेशा झनझनाता रहता है, आँखों के आगे धुआँ-धुआँ दीखता है, उसी तरह इयूफोरिया सहज ही आक्रमण कर सकता है।

उसकी भी यही हालत है। दीनू की मूर्ति लगेगी गाँव में। दीनू के घर का कायाकल्प। ऐसी सारी बातें गाँव में चल रही हैं आजकल। अतीत से वर्तमान में पहुँच रहे हैं लोग। उसका मन भी स्वप्निल नशे में है। न खाने से उसे लगता है कि वह धँसती जा रही है। चल नहीं सकती। उस हालत में भी वह प्रायः ठाकुरबाड़ी पहुँच जाती है। आँखें भरकर उस साफ-सुथरे भू-खंड को देखती है। चारों तरफ बेड़े हैं। देखती है, देखती रहती है। फिर चली आती है।

घर लौटकर पकाने-खाने की इच्छा रोज नहीं होती। थोड़ा-सा सत्तू खाकर सो रहती है। नवीन की दी हुई चादर पर हाथ फेरती है। वह यह चादर पहनकर दीनू के घर में घूमेगी। नवीन कहता है, मूर्ति नहीं, रास्ता ही दीनू ठाकुर की स्मृति होगा, उसके प्रति श्रद्धांजलि होगा। अब किसने सोचा था कि समय इस तरह बदल जाएगा? वह समय और आज का समय!

"रास्ता होगा तो सब-कुछ बदल जाएगा। यही दीनू के प्रति श्रद्धांजलि होगी।" मूर्ति की स्थापना, नवीन के हिसाब से गौण है। मुख्य बात है रास्ता। ये बातें अब उसकी अपनी

बातें हो गई हैं। वह नहीं जानती कि कब से नवीन उसके लिए एक दूसरे चेहरे के साथ दीनू जितना महत्त्वपूर्ण हो उठा है।

नवीन ने कहा है, "रास्ते का नाम होगा—शहीद दीनदयाल ठाकुर रोड। रास्ता होने पर ही धीरे-धीरे गाँव में स्कूल, हेल्थ-सेंटर—सब बनेंगे। स्कूल का नाम होगा—दीनदयाल स्मृति विद्यालय।"

वह खूब हँसती है। सस्नेह। अपने पोपले मुख से, क्षीण शरीर से, सफेद बालों से, रेखाओंवाले ललाट से, ममतामयी आँखों से हँसती है। उसकी हँसी बड़ी ही विद्रूप और वेदनामयी दीखती है। नवीन का कलेजा फट जाता है। बुआ जैसे उपेक्षित जमीन है। अनादरपूर्ण जमीन जैसा फटा चेहरा। तब भी कुछ नहीं होता। प्यासी जमीन जैसे थोड़े से जल से ही खुश हो उठती है, अपने ऊपर घास उगा लेती है, बुआ भी वैसी ही है। नवीन की थोड़ी प्यार-भरी बातें सुनकर गल जाती है। हमेशा हँसती है, जैसे राज-ऐश्वर्य मिल गया हो।

राजवंश की होकर भी वह है तो औरत ही। दासू सोरेन, रतन नाई, सदन खाँ, मुरारी बाबू—सभी लोग अपने बचपन को याद करते हुए कहते हैं, "बुआ कितनी रूपवती थी! देखने पर लगता था कि देवलोक की कन्या है। चाल कैसी थी उसकी! कभी कोई गलत चीज नहीं देख पाया। लेकिन अब क्या से क्या हो गया है! सब नियति-चक्र है।"

नवीन बुआ को और ज्यादा प्यार करता है। बाप की तरह बुआ कभी भी अपने हाथों से उपलों में पका घी नहीं लगाती। बुआ की बात सत्य है। बुआ कहती है, "कब क्या था...मैंने ही क्यों, मेरे बाप ठाकुर दा, परिवार के स्वामी ठाकुर दा, किसी ने नहीं देखा। हाँ, जमीन-जायदाद जरूर देखी है। वैसी जायदाद काफी लोगों के पास थी। मिसिर लोगों के पास तो बहुत ज्यादा।"

नवीन, अगर समय मिला तो बुआ को नरम बिस्तरे पर सुलाएगा। अच्छे कपड़े पहनाएगा। खुद पकाकर खिलाएगा। बिवाई-फटे पैरों में तेल मलेगा। सुगन्धित तेल देगा सिर में लगाने को। घर में किरासिन की लालटेन जला देगा। कब क्या हुआ था, जाति-धर्म के कारण...फिर सबों ने मिलकर बुआ का जीवन बरबाद कर दिया। तमाम जिन्दगी छिन्न-भिन्न हो गई। ठाकुर-परिवार का पतन क्यों-कैसे हुआ? ब्राह्मण-लड़के ने भुइयाँ लड़की से प्रेम किया था। आजकल ऐसी शादियाँ खूब हो रही हैं। कोई परेशान होता है क्या इससे?

बुआ को देखकर कभी-कभी नवीन अत्यन्त क्रोधित हो उठता है। कोई सुनवाई नहीं है बुआ की। बुआ सिर्फ सहती आई है। नवीन के बाप-भाई कैसा दुर्व्यवहार करते हैं! हिसाब बकाया है। सारा हिसाब बुआ ही क्यों चुकाए? और किस हिसाब से?

यह नवीन नहीं जानता। बहुत सोचता है वह। भावना-विभोर होकर शाम को घर लौटता है। यह उसे पता नहीं होता कि शाम की रोशनी कैसी होती है। गाँव-देवी की तरह गाँव की आत्मा है वह। जैसे वह कुछ स्नेह और ममता के साथ वापस समाज में लौटता है। गाँव डूब रहा है। खत्म हो रहा है।

उसके भुरभुरे बाल हवा में उड़े-उड़े जाते हैं।

जब सदानन्द उसकी कोठरी के सामने आकर खड़ा हुआ तो उसे जैसे देखकर विश्वास ही नहीं हुआ।

"दीदी!"

"कौन?"

"मैं, सदा।"

"सदा?"

"सदानन्द, नवीन का बाप।"

"नवीन को कुछ हुआ क्या?"

"नहीं, सुनो!"

"तुम...तुम्हें...जो कहना है, वहीं से कहो। मैं सुन लूँगी।"

"दीनू ठाकुर की मूर्ति लग रही है।"

"जानती हूँ।"

"तुम तो जानोगी ही। नवीन जो है...जाने दो। मुझे एक बात कहनी है। मूर्ति लगती है, लगे। जो होना है, हो। लेकिन तुम सामने नहीं आओगी। किसी को कुछ नहीं बताओगी।"

"मैं क्या बताऊँगी?"

"पहले जो होना था, हो गया। तुम्हारे कारण ही सर्वनाश हुआ। घर का पूजा-पाठ फेंक दिया था ठाकुर-जेठा ने। पिताजी के आग्रह पर भी नहीं ले गए वे विग्रह। देव-क्रोध से वंश-नाश हो गया। हम सिर उठाकर नहीं जी सके। ये सारी बातें याद हैं?"

"हैं।"

"कोई बात नहीं कहोगी किसी से। समाचार-पत्र के लोग आएँगे। पुराने कलंक की बातों को खोदने से फायदा नहीं। अगर कुछ कहा तो घर छोड़ना पड़ेगा। यह बात याद रहे।"

सदानन्द चला गया। वह प्रस्तर होकर बैठ गई। फिर से वही बातें। वही स्मृतियाँ। उसने यंत्रचलित भाव से दरवाजा बन्द किया। पानी पिया। फिर मचान पर चढ़कर सो रही।

1924 में जो हुआ था, वह एक ट्रेजेडी ही थी। एक विस्फोट और सब-कुछ ध्वंस। विस्फोट हुआ दीनू और उसके असफल प्रेम का। उसके बाद यह बात गौण हो गई। मुख्य बातें, बाहर की बातें ही प्रकाशित हुईं, जैसे दीनू को फाँसी, ठाकुरबाड़ी में पुलिस का तांडव, उस पांडव के बाद महानन्द और दीनू के पिता का विवाद।

पुजारी ने पूजित-विग्रह, पूज्य-विग्रह लौटा दिया था। तब से उसका जीवन अभिशप्त हो गया। सारी घटनाएँ इस तरह घटीं कि सोचना असम्भव था। इतना बड़ा सर्वनाश जिसके कारण हुआ, उस लड़की को मारने से भी महानन्द को शान्ति नहीं मिलती शायद।

"याद है।"

"सब-कुछ याद है।"

दीनू के चले जाने के बाद ठाकुर-जेठा का चेहरा ताल-वृक्ष की तरह रुक्ष हो गया था। भुइयाँ का नाम सुनते ही क्रोध। मनसा के पुजारी थे वे। 'नहीं' कभी कह नहीं पाए थे। पीतल की घट के ऊपर गढ़ी हुई मनसा की मुकुट-शोभित मूर्ति से हमेशा पूछते रहते थे, 'तुम्हारी पूजा में कोई त्रुटि की मैंने, कोई भी त्रुटि?'

महानन्द ने बाद में कहा था, “ठाकुर के क्रोध से ही उनकी यह हालत हुई। कोई त्रुटि जरूर हुई होगी। ठाकुर निर्दयी है। गलती हुई, शाप अब फलेगा।”

उसके बाद के वे भीषण दिन। दीनू को फाँसी लगने की खबर। तमाम ग्राम ठाकुरबाड़ी के दालान में। ठाकुर-जेठा मन्दिर में घुसे। पूजा की पोथी, पीतल की देव-मूर्ति को सिर पर उठाया। उसके बाद हाहाकर करते हुए बोले, “कितनी पीढ़ियों से तुम्हारी पूजा की, माँ, लेकिन तुमने मेरे लड़के की बलि ले ली। इस हाथ से अब तुम्हारी पूजा नहीं करूँगा।”

ठाकुर भुइयाँ-बाड़ी में नहीं थे। उस समय महानन्द की भाभी को लड़की हुई थी। सूतक लगा था। मनसा अत्यन्त क्रुद्ध स्वभाव की देवी है। सो सूतक के कारण ठाकुरबाड़ी में ही रहते तो ठीक था।

ठाकुर-जेठा बोले, “नहीं करूँगा पूजा।” और फिर सिर पर मूर्ति उठाकर चले भुइयाँ-बाड़ी की तरफ। चीख रहे थे, “महानन्द! महानन्द!”

महानन्द भागते हुए आए। देखा–सिर पर मूर्ति उठाए पुरोहित खड़े हैं। दीनू को फाँसी की खबर पाकर वे भी पीड़ित थे। अब पुरोहित को घर की चौखट पर खड़े देखकर चीखे, “अशौच! महा अशौच! भगवान को भीतर मत लाइए।”

वे दीनू की बात भूल गए। तभी उन्हें खयाल आया कि उनके घर जन्म का शौच है तो ठाकुर के घर मृत्यु का शौच है। उन्होंने मूर्ति छूकर सर्वनाश कर दिया है। मनसा को पवित्र नहीं रखा उन्होंने।

ये सारी बातें सोचते-न-सोचते ठाकुर-जेठा भीतर घुस गए। दुलाली वहीं थी। दरवाजे से लगकर खड़ी थी। सब देखा उसने।

ठाकुर-जेठा ने दालान में मूर्ति फेंक दी, पोथी भी। बोले, “घर लौटा दिया महानन्द, भगवान लौटा दिया। मेरे लड़के को खा गए तुम, इस लड़की के द्वारा। तुम्हारे भगवान की पूजा मैं नहीं करूँगा। तुम्हारी जमीन पर भी नहीं रहूँगा। श्राप देता हूँ, निर्वंश हो जाओ, निर्वंश हो जाओ, निर्वंश हो जाओ!”

“वंश की मूर्ति तो आपने दालान में फेंक दी।”

“वंश के बड़े लड़के को डोम ने फाँसी नहीं दी क्या?”

“यह आप नहीं कर सकते।”

“कर तो दिया।”

“हमें पानी न बनाएँ, दादा! और खुद भी पानी न बनें। भगवान फेंककर हम कहाँ जाएँगे?”

“पाप में सब डूब गए, महानन्द! इस मूर्ति की पूजा करके अब तुम्हारी रक्षा नहीं हो सकेगी।”

“दादा!”

“नहीं।”

पैर पकड़ते-पकड़ते वह निकल गए। महानन्द हा-हा करते हुए दालान में रोते रहे। फिर घट-मनसा उठाकर बोले, “तुझे फेंक दिया, माँ...फेंक दिया!”

तभी उनकी दृष्टि पड़ी अपनी लड़की पर। “सर्वनाशी!” कहकर वे अचेत हो गए। बड़े लड़के श्यामानन्द ने ठाकुर-घट और पोथी उठाई। भुइयाँ-बाड़ी की औरतें भी रोने लगीं। भीष्म-भीषण सर्वनाश की स्मृति।

महानन्द, ठाकुर-जेठा के पास जाते रहे। ठाकुर-जेठा उन्हें अपने यहाँ घुसने ही नहीं देते थे। उसके बाद पुलिस आई। कर्णावती के सोते को पार करते ही, माँझीपाड़ा के लोगों ने देखा और वे घर छोड़कर जंगल में भाग गए। पुलिस के पीछे-पीछे आया हाथी। इस हाथी को पाटक के जमींदार लोग रैयतों के घर तोड़ने के काम में लाते थे।

पुलिस और हाथी सीधे ठाकुरबाड़ी की तरफ आ रहे थे। असमर्थित रिपोर्ट है कि बदन खाँ ने धीरे-से ठाकुरबाड़ी की ओर इशारा किया और कर्णावती के टीले के ऊपर से भागकर जंगल में घुस गया। पुलिस ने जब तांडव करना शुरू किया तो वह वहाँ से पाटक भाग गया। बदन खाँ के पैर में उस समय नागरा जूते थे।

उसके बाद सभी को स्तम्भित करते हुए दारोगा ने दीनू की मूर्च्छित माँ को खींचकर बाहर निकाला। दो बरस की बहन को गोद में लिये दासी को भी पकड़कर खींचा। दीनू के छोटे भइयों को, ठाकुर-जेठा को खींच-खींचकर बाहर निकाला। ठाकुर-जेठा मुँह के बल गिरे। जब उठे तो ललाट पर रक्त की बूँदें थीं। गौर ललाट पर रक्त का टीका। गाँव के सभी लोगों को ठेलठाल कर महानन्द दौड़े हुए आए।

ठाकुर-जेठा बोले, "दूर रहो! छूना नहीं! मैं अपवित्र हूँ।"

पत्नी को उठाया। फिर बच्चों और बूढ़ी दासी को उठाया। बोले, "कोई रोना नहीं। जो रोएगा उसे काटकर फेंक दूँगा। देखने का समय है, देखते जाओ।"

प्रशिक्षित हाथी महावत के आदेश पर घर तोड़ता रहा। बाहर फेंक दिए गए बरतन, दरी, आलना, बिस्तर, पानी, कुरसियाँ, भगवान की मूर्ति, सिंहासन, चावल का ड्रम और दाल-भरी कलसी।

महानन्द दौड़े दारोगा की तरफ। ठाकुर-जेठा बोले, "कुछ मत कहो। होने दो।"

फूस की छत में आ लगा दी गई। धान के गोलाघर में भी। नया फूस और धान इस महासमारोह में जलते रहे। ग्रामीण अब शान्त नहीं रह सके। "दोष किसका और दंड इसे!" कहकर विलाप करते रहे।

उसके बाद, ठाकुर-जेठा ने दरोगा के सामने सिर पटक दिया। बोले, "लड़का गया, घर गया। हमारे ऊपर भी दया करके हाथी चला दो, तुम्हारे पैर पड़ता हूँ।"

दारोगा जा रहा था। चलता जा रहा था। चेहरा घुमाकर बोला, "सरकार की नौकरी करता हूँ, मैला भी खाना पड़ता है। दोष न दीजिए।"

पेड़ के नीचे थे ठाकुर-जेठा। पत्थर की तरह खड़े थे। महानन्द पैर पकड़कर पड़े रहे। ब्राह्मण के पैर पर अपना सिर, अपना माथा घिसते रहे। बोले, "ठाकुर को ले लो, दादा! नया घर अभी बना देता हूँ। नई जमीन देता हूँ। हमारा सर्वनाश हो जाएगा, दादा! पुजारी मूर्ति फेंक दे, यह अपशकुन है।"

"क्यों? वे मुझे फेंक सकती हैं, मैं नहीं? मेरे हृदय में जीते जी चिता जला दी उसने। मैं उसे नहीं फेंक सकता क्या?"

"देवता तो निर्दोष को भी कष्ट देते हैं, फिर भी आदमी क्या देवता को फेंक देता है?"

"मैंने फेंका है, मैंने दिखा दिया है! मैं अब क्या ब्राह्मण रहा हूँ कि पूजा करूँगा? मेरे दीनू को डोम ने फाँसी दी है। डोम ने जलाया है उसे। अब हम ब्राह्मण कहाँ? तुम्हारे सामने पुलिस ने मेरी पत्नी के बदन पर हाथ लगाया। मुझे खींचकर जमीन पर फेंक दिया। राधा-गोविन्द

की मूर्ति हाथी के मूत में नहाती रही। उसके बाद ब्राह्मण क्या ब्राह्मण रहता है? बोलो... तुम ही कहो?"

"हमारा सर्वनाश हो जाएगा, दादा! पैर पकड़ता हूँ, पग-धूलि चाटता हूँ। दादा, मूर्ति को वापस लीजिए। हमें पानी न बनाएँ।"

ठाकुर-जेठा की आँखें आनन्द से नाच उठीं। वे जानते थे, मूर्ति न लेने पर ही महानन्द के मन को सबसे बड़ी प्रताड़ना पहुँचेगी। वे धीर-गम्भीर, रुक्ष कंठ से बोले, "तुम्हारी लड़की अब तक बची है। महानन्द, तुम्हें सन्तान-शोक नहीं हुआ है। तुम्हारा क्या सर्वनाश होगा, यही सोचते हो न? क्यों लूँ मैं तुम्हारा भगवान? होने दो सर्वनाश, होने दो? इससे यदि तुम्हारा सर्वनाश होता है तो हो। मुझे तिल बराबर ही सही, पर शान्ति तो होगी ही। अपनी लड़की से तुमने हमारा इतना बड़ा सर्वनाश कराया है।"

सब याद है। सब याद रहेगा। ठाकुर-परिवार में दुलाली विष-रूपा थी। उसने दीनू को मार डाला। इस परिवार में भी दुलाली विष-तुल्य है, देव-रोष, ब्रह्म-कोप के कारण! इतने अरसे बाद आज सदानन्द ने आकर सारी बातें जैसे एक बार फिर से याद करा दी हैं।

वेदी तैयार हुई। प्रशस्त, ऊँची। नीचे खोदकर लिखा गया–

"शहीद दीनदयाल ठाकुर"

(1900-1924)

"निःशेषे प्राण जे करि बे दान, क्षय नाई, तार क्षय नाई।"

इसमें 'जे करिबे' हो कि 'करिबे जे' लेकर काफी विवाद हुआ। लेकिन कोई 'चयनिका' या 'संचयिता' सुलभ न होने के कारण इसकी जाँच नहीं की जा सकी।

वेदी बनी। उसके बाद थोड़ा अरसा चलनेवाला कच्चा रास्ता। सदानन्द ने नवीन से पूछा, "क्या यही तुम्हारा दीनदयाल रोड है?"

"नहीं। इससे जीप, ट्रक आएँगे।"

"यही रास्ता दिखाएगी सरकार।"

"देखा जाएगा।"

"उसके बाद बिजली नहीं आएगी?"

"आ सकती है।"

"तुमसे ही गाँव का सर्वनाश होगा। तुम्हारी बुआ के कारण एक बार सर्वनाश हुआ था। अब तुम्हारे कारण होगा।"

"आप हैं, इसलिए छोड़ देता हूँ। आपके छोटे लड़के के मुँह से बुआ का नाम निकलता तो मुँह तोड़ देता।"

"नहीं, बाप का मुँह तोड़ो।"

"यह न सोचें कि इच्छा नहीं होती।"

ऐसी ही बातें नवीन आजकल बोला करता है। वैसे उसे ऐसी बातें कहने के लिए सदानन्द 'प्रवोक' करता है। पिता एक 'सैडिस्ट' आनन्द पाता है और पुत्र को ग्लानि-बोध होता है। यह सुनकर सदानन्द अपने आपको सँभाल नहीं पाता। बोला, "ट्रक टूट जाएगा, नवीन! उसकी मूर्ति गाँव तक नहीं आ पाएगी।"

"तो आप खुश हो लेना। लेकिन ऐसा होगा नहीं। पुलिस आ रही है मूर्ति लेकर। सावधानी से लाएगी, पहरा देगी।"

"पुलिस?"

"निश्चय ही। मूर्ति का अनावरण मंत्री करेंगे।"

"पुलिस! मंत्री! पुरोहित का बेटा...ब्राह्मण...डकैती डाली, फाँसी चढ़ा। उसे लेकर इतना नाच!"

"आपके लिए यह रास्ता जरूरी है। रास्ता बन गया तो आपको दुनिया दिखा लाऊँगा। भुइयाँ राजा के राज के बाहर भी दुनिया है, देख लीजिएगा।"

"हाँ-हाँ, जानता हूँ। मानसिंह की तलवार और पट्टा कितनों के पास है!"

"कल-कारखाने हैं, धान की जमीन में गेहूँ होता है। डोम-चांडाल स्कूल-कॉलेज में पढ़ते हैं, देखने की चीजें और भी हैं। पट्टा और तलवार? मेदिनीपुर में अगर ढूँढ़ा जाए तो आज भी कितनी ही तलवारें और पट्टे मिल जाएँगे।"

बाप के सामने ही नवीन बुआ की कोठरी में चला गया। बाप को सुनाते हुए बोला, "मसूर की दाल और आलू-प्याज रख दो, बुआ! चावल-दाल पका लो! आज तुम्हारे घर में ही खाऊँगा।"

नवीन की माँ पीतल के घट के सामने रो पड़ी। सदानन्द बोले, "तुम्हें फेंककर दीनू के बाप ने इतना अपमान किया। तुमने क्या इस कलियुग में अपनी क्षमता खो दी है? दीनू की मूर्ति लगेगी गाँव में। तुम कुछ नहीं कर सकतीं?"

पीतल की मनसा, ढाई सौ वर्ष से निस्पृह भाव से भक्तों की विनती सुन रही हैं। सुनती रहेंगी।

सदानन्द की प्रार्थना से कुछ नहीं हुआ। मूर्ति की स्थापना का दिन आ गया। उस दिन कच्चे रास्ते के दोनों तरफ छातिम और दूसरे सातों गाँवों के बाशिन्दे खड़े हो गए, लाइन बाँधकर। पी.डब्ल्यू.डी. के ट्रक आए। पुलिस के पहरे में, मृत्यु के चौवन वर्ष बाद, ब्रोंज के दीनदयाल ठाकुर घर लौटे। इतने साल तक विस्मृत, लेकिन पुनराविष्कृत शहीद को फाँसी की डोरी की तरह ही अनेक मजबूत रस्सियों से उठाकर वेदी पर रखा गया।

पैर के नीचे के पाद-पीठ को वेदी के छेद में डालकर कंक्रीट से सुरक्षित किया गया। सदन खाँ द्वारा दी गई स्कूल-मैगजीन की तसवीर विश्वस्त नहीं थी। फलतः दीनू के चेहरे में कई परिवर्तन आ गए थे। उद्धत, कठोर भाव और चमकती आँखें, शान्त-गम्भीर और उदासीन भाव में परिणत हो गए। बीच से माँग-कढ़े बाल, बदन पर कमीज, धोती, कन्धे पर दुशाला। दीनू की मूर्ति जैसे आश्वस्त हुई कि वह जिस गाँव को अन्धकार-निमज्जित छोड़ गया था, वह वैसा ही अज्ञान-दारिद्र्यपूर्ण है अब भी।

उसके बाद प्रतिमा को सेलोफेन से ढक दिया गया।

मशालें जलाकर पुलिस मूर्ति पर पहरा दे रही थी। उन्हें कड़े निर्देश दिए गए हैं। इसलिए वे वहीं खाना पकाते हैं और ड्यूटी बदलकर वहीं ट्रक में सो रहते हैं। दूसरे दिन दस बजते-न-बजते सर्र-से जीपें आनी शुरू हो गईं। नवीन द्वारा लगाए पंचायती पैसे से एक बड़ा शामियाना ताना गया। उसके नीचे एक बड़ी कुर्सी पर बैठा था सदन खाँ। शतरंजी भी बिछी थी। पाटक के स्कूल के लड़के-लड़कियाँ 'जनगन' गाने के लिए आए थे। रिपोर्टर, माइक, मूर्ति और

मंत्री के लिए सारे आयोजन। पहनाने के लिए मालाएँ, अतिथियों के लिए मिठाई। कहीं कोई त्रुटि नहीं थी।

नवीन बोला, "चलोगी नहीं, बुआ?"

वह बोली, "नहीं बेटा, तुम्हारे पैर पड़ती हूँ।"

"क्यों?"

"बाद में देख आऊँगी।"

"तुम रो रही हो?"

"रोऊँगी नहीं क्या? उस दिन सबों ने उसको पागल कुत्ते की तरह दुत्कारकर भगा दिया था...सिर फट गया था उसका...आज उसे ही तू इतना सम्मान...!"

नवीन चला गया। वह यह नहीं बता पाया कि इस सारे समारोह में उसकी भूमिका गौण है। आज का समारोह बाहर से नियंत्रित और संचालित हो रहा है। रिपोर्टर, सरकारी लोग–कोई उसे घास नहीं डाल रहा। एम.एल.ए. और मंत्री उससे बातें कर रहे थे, सिर्फ जन-सहयोग की खातिर।

सबसे पहले शामियाने के नीचे भाषण हुए। नवीन ने गाँव की तरफ से मंत्री, सदन खाँ और एम.एल.ए. का स्वागत किया और उन्हें स्थान ग्रहण करने के लिए आमंत्रित किया।

गान-मंडली शतरंजी के आगे खड़ी थी। बाकी ग्रामवासी शतरंजी के चारों तरफ। एक उल्लेखनीय व्यक्ति अनुपस्थित था–सदानन्द। रतन नाई की छोटी-सी आठ वर्ष की पुत्री मीरा ने, गुलाबी और सस्ते नाइलोन की फ्रॉक पहनकर, खूब चिकने बालों में रिबन बाँधकर, मंत्री जी को माल्यार्पण किया। सदन खाँ ने एम.एल.ए. को हार पहनाया। सो पी.डब्ल्यू.डी. रोड्स के अफसरों के लिए मालाएँ कम पड़ गईं।

इसके बाद मंत्री, एम.एल.ए. और सदन खाँ ने दीनू ठाकुर के बारे में बड़े-बड़े भाषण दिए। नवीन से भी अनुरोध किया गया कि वह भी कुछ कहे। नवीन ने शुरू में लोगों का धन्यवाद किया और बोला, "इसके बाद, इनकी कृपा से हमारे गाँव के लिए रास्ता बनेगा–शहीद दीनदयाल ठाकुर रोड...।" सहसा एम.एल.ए. ने उसकी शर्ट पकड़कर उसे खींचा। नवीन को खींचकर बिठाने के बाद वे बोले, "सड़क-निर्माण का आग्रह हमारा भी है। लेकिन अभी सरकार काफी मुसीबत में चल रही है। इसीलिए किसी तरह से अभी सड़क नहीं बनाई जा सकती। यहाँ सड़क बननी जरूरी है और इसलिए मैंने मंत्री महोदय के पास आवेदन भेजा है। भविष्य में किसी परियोजना के अन्तर्गत सड़क की बात ध्यान में रखी जाएगी।"

नवीन 'प्रोटोकोल' भूलकर चिल्ला उठा, "सड़क होगी...स्कूल होगा। हाट बनेगी, हेल्थ-सेंटर बनेगा–यह आपका वायदा था।"

"घोड़े के आगे गाड़ी मत जोतो, नवीन! सरकार को टिकने तो दो। सब-कुछ होगा।"

यहीं यह प्रमाणित हो गया कि नवीन गँवार है, गाँव का है। वह शहर की मिलिटेंट और तुरन्त बुद्धि में विश्वास नहीं करता। वह अचानक ही रो उठा। ग्रामीणों को लेकर उसने मंत्री को घेर लिया। "हमें सड़क बनाकर देनी ही होगी। हमारी माँग पूरी करनी होगी।" सिर्फ कहकर बात मनवाने की बात उसके मन में नहीं आई।

शहर के मुरारी बाबू और गाँव के रतन नाई ने उसके हाथ पकड़े और बोले, "नवीन,

अभी का काम अभी होने दो। इतने आराम से कोई काम होता है क्या? करेंगे वे! देखा जाएगा। आज नहीं तो कल जरूर होगा।"

नवीन ने अपना हाथ छुड़ा लिया और मंत्री से बोला, "देखिए, दीनू ठाकुर जब गाँव छोड़ गए थे तो गाँव में स्कूल नहीं था, रास्ता नहीं था। हम मौया के तेल में बत्ती जलाते थे। आज भी गाँव में कुछ नहीं है। आज हम किरासिन जलाते हैं। एक भी रास्ता नहीं है। उसकी व्यवस्था अगर नहीं हुई तो...।"

"देखूँगा।"

सब उठ पड़े मूर्ति का अनावरण करने के लिए। जाते वक्त मंत्री सदन खाँ से बोले, "सड़क की बात ठीक है। लेकिन यह बात तो आपने...।"

सदन बोला, "यहाँ दीनू ठाकुर की मूर्ति होना ज्यादा जरूरी है। नहीं तो भूषन नहीं बोलता?"

"हाँ, सो तो है। गाँव का शहीद। देश का गौरव। मूर्ति तो काफी बड़ी बनी है।"

मंत्री वेदी पर चढ़े। अनावरण हुआ। फोटो खींचे गए पटापट। तब हठात् पाटक स्कूल के बच्चों ने गाना शुरू किया, "जन गण मन...।"

नवीन चला गया नदी के सोते की तरफ। आँसू थामे नहीं थम रहे। बच्चों की 'जय हे जय हे' उसे जैसे सलाखों से मार रही थी।

सारा दिन कट गया। सारे दिन वह बुआ के यहाँ सोता रहा। सारे दिन बुआ उसका बदन सहलाती रही, सांत्वना देती रही।

"तुम्हें लेकर शहर चला जाऊँगा। मुरारी बाबू ने कहा है कि प्रेस में ही रह लेना।"

"तेरी पंचायत?"

"आकर काम करूँगा।"

"इसीलिए तो जा रहा है?"

"तुम चलोगी न?"

"जाऊँगी, तेरे साथ नहीं जाऊँगी क्या?"

"यहाँ तुम अकेली आधा पेट खाना खाती हो। वहाँ दोनों भरपेट खाएँगे।"

"ठीक है।"

"मुरारी बाबू कहते हैं कि वे बूढ़े हो चले हैं। अब सब सँभाल नहीं सकते। मैं प्रेस देखूँगा। बहुत काम है। मैं काम करूँगा, वे कमीशन देंगे।"

"यही होगा। और तेरा बाप?"

"इनका अन्न अब नहीं खाऊँगा।"

शाम हुई। नवीन ने देखा—बुआ उठी। साफ कपड़े पहने। बालों में कंघी कर रही है। बदन पर उसी की दी हुई चादर डाल रही है।

"क्या हुआ।"

"उठ।"

"क्यों?"

"मैं एक बार देखूँगी नहीं?"

"तुमसे मिलने की बात उन्होंने एक बार भी नहीं की।"

"तू भी तो है।"

"कितनी बातें कीं उन्होंने, वे क्या उन्हें जानते थे?"

"वही तो कहते हैं रे! तेरा बाप तुझे बुरा कहता है, वह क्या तुझे जानता है?"

इस एक दिन में, इस एक बात से नवीन को जितना शान्ति मिली वह मुरारी बाबू के सैकड़ों आश्वासनों से भी नहीं मिली थी। गाँव के लोग उसे कहते हैं कि 'तुम्हारे कहने पर काम नहीं हुआ तो क्या हुआ? तुम पर हमारा विश्वास ज्यों-का-त्यों है।' फिर भी नवीन शर्म से गड़ा जा रहा है। उनका प्रतिनिधि होकर भी वह कुछ नहीं कर पाया। उसने मन में प्रतिज्ञा की है–यदि मैं नवीन भुइयाँ हूँ तो सड़क बनवाकर रहूँगा। फिर भी दुख, वेदना, मोहभंग की व्यथा कैसे जाए?

नवीन ने टॉर्च उठाई। दोनों घर से बाहर निकले। मूर्ति के सामने आकर बुआ ठहर गई। धीरे-से सिर उठाया। नवीन ने टॉर्च जलाई।

"इतना...बड़ा! इत...ना ऊँचा, नवीन! आकाश दिखता है इसके पीछे से?"

नवीन ने अब बुआ की आँखों से देखा। खूब बड़ी, खूब ऊँची। रात के अँधेरे में। ब्रोंज की मूर्ति की आँखों में वेदना और ममता।

"हमें देख रहे हो! तू भी देख ले, नवीन!"

"हाँ।"

बुआ ने आँखें भरकर देखा। आगे बढ़ी। मूर्ति के पैर सहलाए। अद्‌भुत, अबूझ अनुभूति। वह किसी भी तरह से इस मूर्ति को दीनू के शरीर और चेहरे से मिला नहीं पा रही है, क्यों? दीनू क्या भगवान हो गया, मनसा-थान की तरह?

"बुआ, ठंड लग रही है।"

"हाँ, चल।"

बुआ हठात् रुकी। रुँधे गले से बोली, "पैर के पास पड़े फूल अभी से सूख गए हैं, नवीन! सिर पर कौवे हगेंगे। धूल-गर्द पड़ेगी। मनसा-थान की देवी की दुर्दशा तुमने नहीं देखी?"

बुआ को आहिस्ते से खींचकर नवीन ने उसका हाथ पकड़ लिया। चलते-चलते बोला, "मूर्ति और रास्ते, फंक्शन में चौहत्तर हजार आठ सौ इक्यावन रुपए खर्च हुए, बुआ! इतने रुपयों में ग्राम को सोने में मढ़ा जा सकता था। रास्ता, हेल्थ-सेंटर, स्कूल–सब-कुछ बन जाता। अब तो आदमी बचकर भी मर...।"

उनके पीछे मूर्ति एक ममतामयी भंगिमा में खड़ी रही। वह दीनू नहीं, वह मात्र मूर्ति है। गढ़ने, स्थापित करने तथा विमोचन करने के बाद अब कुछ बाकी नहीं। इस मूर्ति के कारण नवीन का मोहभंग हो सकता था और हुआ भी।

नवीन और बुआ अँधरे रास्ते पर चलते रहे।

पचासवें साल में बदनी

उन्नीस सौ बयालीस के अगस्त महीने में उस आन्दोलन को बहुत ही अवहेलित किया गया था, फासी विरोधी युद्ध में बरतानिया की मदद करने का ही सिद्धान्त लिया गया था, क्योंकि वह युद्ध उस समय का जन-युद्ध था। परन्तु पचास वर्ष होते-होते जो उपलब्धि हुई, वह तो...

जनार्दन कामिल्या ने चीखकर पूछा, 'क्या था रे तोता?'

तोता 'वन-नेम-परसन' था। बड़े नाम की बहुत अधिक छँटाई हो चुकी थी, और इस अंचल अथवा जिले का हरामीपन तो देखो, यहाँ इनसान का अच्छा नाम चाहे जो भी हो, लोग उसे घरेलू नाम से ही बुलाते थे। अगर सियालदह स्टेशन में कोई, 'ओ गुए! सुनो?' बोले तो एफिडेविट करवाकर 'गीतिमय' नाम रखने का क्या लाभ? चूँकि तोता बुद्धिमान था, इसलिए उसका अच्छा नाम तीर्थपति आदक और घरेलू नाम 'तोता' होते हुए भी वह अदालत जाकर अपना 'तीर्थपति' नाम खारिज करवा आया था। उसके सहोदर और सौतेले भाई इस सुख से वंचित थे। वे सब धोना, तुशके, पोना, खोता, मोता इत्यादि नामों से ही सम्बोधित किए जाते थे।

तोता ही जनार्दन का मित्र-दार्शनिक तथा परामर्शदाता था। जनार्दन, हाय! प्राथमिक कक्षा ही नहीं पार कर पाया। इसलिए पंचायत प्रधान के आसन पर बैठकर भी सरकारी सर्कुलर आदि उसकी समझ के बाहर था। 'समाहर्ता कर्तृक पृष्ठांकित (endorsed) उसकी एक प्रतिलिपि जिस पर आदेश जारी करना होगा, उस व्यक्ति अथवा उनके द्वारा नियुक्त (agent) को अर्पण अथवा ग्रहण के माध्यम से' इत्यादि सरकारी भाषा वह बिलकुल नहीं समझता था। उसकी प्राथमिक स्कूल में कार्यरत शिक्षिका पत्नी भी नहीं समझ पाती थी। पहली पत्नी का बेटा शायद समझता हो, पर वह गुओ यहाँ नहीं रहता था। उसे 'लाइपस्टाइल' नाम का कोई रोग लग गया था। जिससे वह और उसकी पत्नी जंगल में हगने को राजी नहीं थे। वे लोग सोनारपुर हाउसिंग में रहने चले गए थे।

वस्तुतः जंगल में हगने की जो परम्परा थी या उसमें जो आनन्द था, पल्लव अथवा गुओ उसे समझ पाने में असमर्थ थे। जनार्दन के हर काम में एक 'पिनसिपिल' रहता था। मेदिनीपुर के तटवर्ती स्थानों से आए उसके पूर्वज भी जंगल में हगा करते थे, वह भी वहीं हगता था। वे निरक्षर थे और जनार्दन के पिता वर्णमाला का प्रथम भाग खत्म किए बिना ही अंचल शिल्प माउला यानी मामले के सफल प्रोमोटर थे।

जनार्दन के भी संयुक्ताक्षर नहीं सीखा। आदि पुरुष से लेकर पिता तक की सभी की एक से अधिक पत्नियाँ थीं, उसकी भी दो थीं। वैसे उसके पूर्वज तो 'उपो', 'ढेमनि' या 'बटफल' (रखैल) भी रखा करते थे। जनार्दन ने नहीं रखा, समय होने पर 'लव' किया था, 'लव' चुक जाने पर खिसक लिया। वस्तुतः पिता की 'बटफल' चन्नूनी आज भी स्नेह से बकरी का शुद्ध

दूध, रासायनिक खाद से रहित भैदाल पत्ता या सहजन डंठल दे जाती थी। जिसे देखकर तोता कहता था 'ओल्ड इज गोल्ड।'

'ओल इज गोल' क्यों कहता है? पूछते हुए जनार्दन को डर लगता था। सभी ओल (जिमीकन्द) तो गोल नहीं होते। तोता से पूछने पर बड़ी हिकारत से कहता, 'वर्णाक्षर द्वितीय भाग तथा इंगलिश मेड ईजी पढ़िए।'

इस तोता के मिल जाने के कारण जनार्दन की चिट्ठी-पत्री, जन-संयोग, आई.आर.डी.पी., बैंक लोन, पब्लिक फंक्शन में बार-बार जाना तथा भाषण पढ़ना सब ठीक-ठाक चल रहा था। यद्यपि तोता हत्या के कई मामलों में 'वांटेड' था, तो भी सरकारी तौर पर वह आज भी 'मिसिंग' था, तथा गैर-सरकारी तौर पर 'वेरी मच एक्जिस्टिंग' था।

इस अंचल में एकमात्र दार्शनिक भुवन मास्टर थे जो पढ़ाते-पढ़ाते एक शिष्या को लेकर भाग गए थे तथा विरोधी राजनीतिक दल में शामिल होने के बाद नौकरी छोड़कर उन्होंने कोचिंग तथा ट्यूटोरियल का अत्यन्त सफल कारोबार चालू कर दिया था। उस शिष्या से उन्होंने विवाह भी रचा लिया था। अब एक ही मकान में उनका कारोबार, दो पत्नियाँ तथा बच्चे-कच्चे भी थे। भुवन थोड़ा दार्शनिक किस्म के थे। वह कहते, 'मिसिंग और एक्जिस्टिंग' दोनों अद्वैत हैं, द्वैत नहीं। तोता के समान पुलिस के खाते में ऐसे कई मिसिंग या 'जम्पड़' या 'एब्स्कॉन्डिंग', या 'एस्केप्ड बिफोर पुलिस कुड...' बोलो? क्या वे मौजूद नहीं हैं?'

'जो-जो नहीं हैं, असल में तो हैं, समझे?'

भुवन के पास तोता ने ज्ञानार्जन किया।

वह जनार्दन यानी कुचेबाबू के पास करता था। भुवन ने ही जनार्दन से कहा था, 'मंत्रियों के पास पी.ए., सी.ए. होते हैं, तुम एक ओ.ए. रखो।'

'वो क्या होता है?'

'ऑफिस असिस्टेन्ट। जो सब समझेगा। समझा देगा। अपनी पार्टी में सात सौ दुश्मन हैं, एक सच्चा माल रखना जरूरी है। नहीं तो यह सब सुन्दरवन विकास, डी.आर.डी.ए., आई.आर.डी.पी. जाति प्रमाण-पत्र, नाना प्रकार के ऋण, यह सब समेटकर तुम घर में ला नहीं पाओगे। पर एक बात! सब मत मार लेना। देना किंचित्, ना करना वंचित।'

'ऐसा कनक-कटोरा कहाँ मिलेगा?'

'तोता आदक।'

'उसने तो तीन-तीन...'

'तुमने कितने किए थे कूचे?'

'वो तो मछली के बँधे के झमेले में...'

'यहाँ खून करना कभी अपराध माना गया है? हमेशा हुआ है, हमेशा होगा। तोता... अच्छा लड़का है।'

'पुलिस का हंगामा?'

'अब और न हँसोओ। सी.आई. उसका बहनोई है। मर्क्यूरिओक्रोम जिस प्रकार जला-कटा-चीरा, घाव-जख्म सबके लिए लाभदायक होता है, ठीक उसी प्रकार तोता भी 'मल्टीपरपज' है।'

जनार्दन अब मन-ही-मन तोता का जय-जयकार किया करता था, क्योंकि तोता के

सम्बन्ध में प्रचार, चीख-पुकार, खिच-खिच, बेचाल आदि से वह अचानक बिफर सकता था। उसे बहुत परेशान कर सकता था।

यह सब सुनकर कूचे की प्रथमा ने अपने दो कमरे वाले घर में तथा द्वितीया ने अपने दो कमरे वाले घर में गृहस्थ शान्ति बरकरार रखी थी। प्रथमा का बेटा पल्लव ही सोनारपुर में रहता था, बेटियाँ, एक को छोड़ बाकी सभी ससुराल में थीं।

द्वितीया की एकमात्र कन्या माँ के स्कूल में नहीं बल्कि राजपुर 'लिटल डेजी' स्कूल में पढ़ने जाती थी। अंग्रेजी मीडियम नर्सरी स्कूल की खेती, फल-फूलों की नर्सरी से कहीं अधिक लाभदायक थी।

इसी तोता को जनार्दन ने अखबार की एक 'कटिंग' तथा उसके साथ एक साइक्लो सर्कुलर देकर कहा, 'तोता! इसमें क्या लिखा है, मेरी कुछ समझ में नहीं आ रहा है।'

'मुझे दीजिए!'

अलग कमरा, खाने-पीने के साथ हजार रुपए मासिक आय जिसकी बदौलत थी, उस तोता को अपने उस मालिक कूचे अथवा जनार्दन से किसी भी तरह की घबड़ाहट नहीं महसूस होती थी। उसने उस कागज को लगभग उसके हाथ से छीन ही लिया।

'यह सब कैसी बातें हैं? बयालीस साल! अगस्त महीना!'

'हाँ, 'भारत छोड़ो' आन्दोलन।'

'तो मैं क्या करूँ? कागज में क्या लिखा है?'

'तब पार्टी ने कहा था ये सब कांग्रेसी चक्कर है। अब समझ में आया कि वो राष्ट्रीय आन्दोलन था।'

'ओह! कांग्रेसी चक्कर!'

'अब पार्टी की इज्जत बचानी हो तो जरा पता लगाइए।'

'क्या पता लगाऊँ? उफ, मेरा सिर तो भाँय-भाँय करने लगा।'

'और केकड़ा खाइए! थाली भरकर भात। और एक बड़ा कटोरा केकड़ा। आपकी राशि भी कर्कट है...'

'कर्कट के साथ केकड़ा का क्या रिश्ता?'

'कर्कट का मतलब केकड़ा।'

'बाप रे! जाने दो, बोलो। क्या पता लगाऊँ? सब स्टेटमेंट भेज रहा हूँ, रिपोर्ट भेज रहा हूँ, तुम जब से आए हो...'

'यह बात नहीं है भैया, आपकी नेकनामी तो है नहीं। दोबारा वोट हुआ तो गच्चा खा जाएँगे। यहाँ लिखा है...यह क्या, नाक क्यों सुड़क रहे हैं?'

'मेरी नेकनामी नहीं है?'

'इतनी सम्पत्ति बटोरने पर नहीं रहती। इसके अलावा वो रोना नहीं, केकड़े के कारण हुई एलर्जी है। सुनिए, बयालीस की उस घटना को कहते हैं अगस्त आन्दोलन।'

'पचास साल! मेरी उम्र तो सिर्फ सैंतालीस है।'

'उस समय बहुतों ने आन्दोलन किया था, और बहुत सारी महिलाओं ने उनकी मदद भी की थी। गोरमेन चाहती है, वैसी कोई महिला इलाके में हो तो उसके नाम-धाम की, पंचायत के माध्यम से, सिफारिश की जाए।'

'ऐसा करने पर क्या होगा?'

'उन्हें रुपए दिए जाएँगे, मासिक भत्ता, मान-पत्तर, उनका नाम अखबार में छपेगा।'

'यहाँ कोई नहीं है।'

'आप कुछ खबर रखते हैं?'

'होती तो नहीं जानता क्या?'

'नहीं। आप तो पार्टी के काका बाबू मुजफ्फर अहमद का नाम ही नहीं जानते थे। खैर!'

'हैं, कह रहे हो?'

'पता लगाना पड़ेगा। ढूँढ़ना पड़ेगा...जरूर ढूँढ़ना पड़ेगा...यस, भुवन'दा!'

'भुवन आजकल बी.जे.पी. की मीटिंग में जाने लगा है। उसकी खबर मान लेना ठीक नहीं होगा।'

'बलापुर में उनसे ज्यादा शिक्षित कहाँ मिलेगा? इसके अलावा भुवन'दा बी.जे.पी. में, बड़ी भाभी कांग्रेस में और छोटी भाभी सी.पी.एम. में ग्यारह महीने होते हैं। वोट के समय सभी सी.पी.एम. के हो जाते हैं। खुद भी हिसाब लगा लीजिए। उनका सारा हिसाब मैंने जोड़ रखा है।'

'थोड़ा सुस्ता लिया जाए।'

'आराम हराम है,' कहते हुए तोता साइकिल लेकर निकल गया। कूचे गहरी साँस लेकर धीरे-धीरे कुर्सी पर जाकर बैठ गया। कर्कट का अर्थ केकड़ा है, भला यह कहाँ पता था? चन्द्र पंडित ने भी कभी नहीं कहा, कूचे, केकड़ा मत खाना?

तोता की बातें सुनकर भुवन अन्यमनस्क हो गया। गहरी साँस लेकर बोला, 'सब मर-खप गए। अब जाकर याद आई है।'

'यहाँ पर थे?'

'थे, यानी एक अभी भी थे—भूपेन माइती...जिन्हें...स्वाधीनता सेनानी पेंशन मिलता था। कूलखाली में रहते थे।'

'वो तो पास का ही इलाका है, दादा!'

'हाँ सत्तर साल के हो चुके हैं। कूलखाली माध्यमिक विद्यालय की स्थापना उन्हीं के कारण समभव हो पाई थी। उन्हें पता होगा।'

'आप पहचानते हैं?'

'मेरे मामा हैं।'

'तब चलिए न।'

भुवन थोड़ा मुसकराया। यह उसकी स्वाभाविक धूर्ततापूर्ण हँसी नहीं थी। वह पीड़ा-भरी असहज हँसी थी।

'गागा गेरा गुँह भी गहीं देखते।'

'ओह!'

'कभी भी नहीं।'

भुवन ने स्मृतियों के कुहासे का जाल छिन्न-भिन्न कर दिया। बदन को हिलाकर सिर के बालों को हाथों से समेटकर बोला, 'वे किसी और जमाने के आदमी हैं! उनकी समझ-बूझ

भी अलग है। मेरे पिता दारोगा थे और मामा कांग्रेसी थे। पुलिस के साथ लड़कर सन् बयालीस में जेल गए थे। पिता पुलिस थे। मामा पुलिस से घृणा करते थे। फिर कोई नाता ही नहीं रखा।'

'पुलिस थे तो क्या हुआ? नाते-रिश्तेदार पुलिस में हों तो कितनी सहूलियत रहती है!'

'जाकर बोलो ना भूपेन माइति से, मारने दौड़ेंगे।'

'पर क्यों?'

'पुलिस लोगों को पीटती है। सरकार का नौकर बनकर लड़कों की पिटाई करती है। आन्दोलन करो तो गोली चलाती है...पिता की क्या कहूँ, माँ तो उनकी सगी बहन थी, जीवन-भर उनका भी मुँह नहीं देखा।'

'आपके माता-पिता हैं?'

'नहीं। दोनों ही आगे-पीछे...'

'उन्हें कैसे पता चला होगा?'

'उन दिनों, बयालीस के आन्दोलन के बाद आजाद तमलुक हुआ था...बहुत लोग जेल गए...बहुत मारे गए...माँ से सब-कुछ सुना था। सरकार ने तो घर-बार, जमीन-जायदाद, सब-कुछ पर कब्जा कर लिया था। कितने ही लोगों को अपना घर-बार छोड़ना पड़ा। मामा जब जेल से रिहा हुए तो परिवार के सब लोग इधर चले आए थे। मामा भी आ गए।'

'वो जानते हैं?'

'शशि बेरा गुजर गया, नगेन मिद्दा भी नहीं रहा। कुल मिलाकर जेल की सजा काटकर लौटनेवालों में से सात लोग इधर आए थे...तुम उन्हीं से पूछो तोता! मैंने तो सब सुनी-सुनाई बातें बता दीं...अगर कोई जानकार है तो वे ही हैं...'

'सुनो। वे हमें बताएँगे तो?'

'कह नहीं सकता।'

'अकेले रहते हैं?'

'सुना था भतीजे को लेकर आए थे।'

'जाऊँगा। कूचे कुछ नहीं समझता। मगर इस इलाके से कम-से-कम एक नाम भी अगर हो जाए तो...'

'इलाका भी तो खिचड़ी हाल में है! यहाँ मेदिनीपुर के लोगों की भरमार है। अब सब मिल-मिलाकर एक हो गए हैं।'

'पर पुलिस से नफरत...'

तोता ने सिर हिलाया।

भूपेन माइती सत्तर पार करने के बाद भी हट्टे-कट्टे जवान थे। उघड़ा बदन, पहनावे में लुंगी, घनी भौंहें, काफी बड़े-बड़े कान, सिर पर अभी भी काफी बाल थे, जो लगभग सफेद हो चुके थे, काफी छोटे-छोटे कटे हुए थे। हाथों, छाती, पीठ तथा उँगलियों की गाँठों पर घने बाल थे। चश्मे के पीछे उनकी आँखें चमक रही थीं। उन आँखों में, बात करने के वक्त एक ही साथ विद्रूप तथा उपहास का भाव झलकता था। जैसे हर चीज में उन्हें तमाशा नजर आ रहा हो।

'क्या देख रहे हो?'

'आपको।'

'उन्नीस सौ इक्कीस में जन्म हुआ था, अभी भी गाड़ी चल रही है। योगासन करता हूँ, मील-भर पैदल चलता हूँ, समझे? तुम्हारी उम्र कितनी है?'

'सत्ताईस।'

'इकहत्तर में क्या हाल होगा, यही सोचने वाली बात है। कंकाल बन जाओगे, कंकाल बना देगा। प्राकृतिक खाद्य सामग्री नहीं मिलेगी। सब-कुछ रासायनिक खाद से बना हुआ होगा, जहर! जहर! देश में खाने-पीने लायक कुछ नहीं बचेगा।'

पहली बार जीवन में तोता 'अपरहैंड' नहीं ले पाया, मानो फिसलता जा रहा था।

'आज मेरे पास कैसे? पुलिस की औलाद ने भेजा है न? बताने की जरूरत नहीं, बलापुर से आ रहे हो, वहाँ वह भी रहता है। पर किसलिए?'

'सर, पंचायत में एक नोटिस आया है...'

'अच्छा, तो आज सबकी समझ में आया। बयालीस की महिमा! तब तो...'

आनन्दातिरेक से वृद्ध हँसने लगे। तोता का बुरा हाल था। यह तो यार चार सौ चौवालीस वोल्ट है रे! अनोखा मॉडल।

'तो, इससे तुम्हें क्या, तोता आदक? स्वजाति माहिष्य?'

'जी, सर।'

'नहीं, बहुत-सी जातियों में एक ही पदवी चलती है! खैर, जाने दो, जात-पाँत में मैं कोई भेदभाव नहीं करता। सभी जातवालों के यहाँ खाया-पीया है। नजरुल की कविता पढ़ी है, शशधर आदक का नाम जानते हो?'

'नहीं, सर।'

'प्रसिद्ध कवि थे, प्रसिद्ध कवि। 'जागा है आज, जागा तमलुक', इसके अलावा 'वर्गभीमा का आह्वान सुनो स्वाधीन भारतवासी'– ये गाने तो उन दिनों...तमलुक में भारत स्वाधीन हुआ था, हुआ था। ओह!'

भूपेन ने विस्मय से सिर हिलाया।

'सोचा कि बाद में भी...तुम लोग नहीं समझोगे। नॉट दिस स्वाधीनता, सैंतालीस के पहले ही बयालीस की स्वाधीनता...'

तोता गच्चा खा रहा था। मँझधार में बहता चल रहा था।

'सर! उन दिनों यहाँ पर आप लोगों में से कितने...कोई महिला अगर रही हो तो...।'

'ओवर, ओवर! पुलिस का अत्याचार...जमीन-जायदाद-मकान सब मटियामेट! सैंतालीस में जेल से छूटकर आया तो देखा ऑल गॉन! परन्तु अपने गाँव में तो रहा नहीं गया। मैंने सुना उन्हीं दिनों बहुत लोगों ने यहाँ...।'

'यहाँ क्यों, सर?'

'क्यों, क्या यह विदेश है?'

'नहीं, सर।'

'लिखाई-पढ़ाई कहाँ तक की है?'

'उच्च माध्यमिक।'

'उच्च माध्यमिक! वैसे आजकल तो ग्रेजुएट की भी झींगुरों की तरह भरमार है! पुलिस की औलाद तो एजुकेशन का बिजनेस कर रही है...'

'बहुत ज्ञानी-गुणी हैं।'

'माँ का खून रगों में बह रहा है न! हाँ, उसके बाप के पास अक्ल तो थी। बद-अक्ल।'

'उस समय का कोई जीवित है?'

'शशि बेरा, नगेन गिद्दा वगैरह! मर गए। गोपाल सामन्त, नेपाल सामन्त तो सुना है, कूचबिहार की तरफ कहीं...श्मानाथ संन्यासी बन गया है, ययाति महापात्र बनगाँव रहता है, पेंशनर है। और मैं!'

'इनमें कोई महिला भी थी क्या?'

'देखो! अखबार में मैंने पढ़ा है। जिन्होंने उन दिनों क्रान्तिकारियों को...दिया था। घोड़ा बाजार की बदनाम मतलब कि बदनाम औरतों ने...गोपाल और ढैंगा कानाई तो वहीं छुपे थे...पुलिस ने उनका घर-बार तोड़कर उन्हें भगा दिया था।'

आँखें मूँदकर एक बार फिर वे सन् बयालीस में लौट गए, 'छरहरे बदन की... नथ पहना करती थी...भात और अरुई का साग दिया था खाने को...दो रुपए....'

'यहाँ कोई आया था?'

'आह! सोचने दो। लगभग पाँच साल पहले किसी ने मेरी खोज-खबर की थी...नाम था उसका! नाम था!'

उन्होंने आँखें खोलीं। तब वो बानबे साल में लौट आए थे। अपने माथे पर हाथ रखा।

'उस समय का सब-कुछ याद है, आज की बातें भूल जाता हूँ। यस! बदनी थी। मतलब! मर-खप न गई हो तो...वह थी!'

'बदनी?'

'हाँ-हाँ, बदनी!'

'मुसलमान?'

'बदना नहीं, बदनी! बदनाम औरत थी...तब उस धन्धे में नई थी...पुलिस को अपने कमरे में घुसाया नहीं था तो खदेड़ दी गई थी...उसने हमारी मदद की थी...उसी का नाम मैं भूल रहा था?'

'वे यहाँ?'

'पहली बार तो स्टेशन में देखा था, करीब दस साल पहले। मैं तो पहचान ही नहीं पाया था, उसी ने पहचाना था।'

'क्या कर रही थी?'

'भीख माँग रही थी।'

'फिर?'

'दस रुपए दिए थे। उससे कहा था, बीच-बीच में बाजारतला आया करना। यहाँ आने से डरती थी...'

वे सिर हिलाते रहे, बार-बार सिर हिलाते रहे।

'जब जो हो सकता था, कुछ रुपए-पैसे दे दिया करता था। पर उस बार जब कुंडु स्टेशन पर भारत भ्रमण के लिए निकला तो उस बार जाने किस कारण से वह आई थी,

मुझसे मुलाकात भी न हो पाई। अपमानित होकर लौट गई थी...ओह! अच्छा किया जो तुम आ गए। अगर कोई बचा है तो वही होगी।'

अब वे जाने कैसे बदल-से गए।

'उसका नाम ही भूल गया मैं?'

तोता बोला, 'कमाल करते हैं! यहाँ आप लोग पेंशन ऐंठ रहे हैं, इज्जत पा रहे हैं, और आप सबकी जिसने मदद की थी, वह भिखारिन बन गई, उसकी कोई खोज-खबर ही नहीं रखते? अरे मैं तो ठहरा चार सौ बीस, मेरे पास भी इतना ईमान है कि आज भी हर महीने नारू की बहन को रुपए भेजता हूँ।'

'नारू! पेंशनर था?'

'नहीं, वो एक और जाली माल था। बम बना रहा था, उड़ गया।'

'तुम भी क्या...?'

'नहीं दादू, अलग लाइन है! बदनी जो थी, यहाँ क्या करती थी?'

'जो वहाँ करती थी। फिर भीख माँगने लगी।'

'तब तो एक और बुड्ढे को ढूँढ़ना पड़ेगा, जो पतुरियों के यहाँ जाया करता था!'

'थाना को पता होगा। थाने को तो सब खबर रखनी पड़ती है।'

'क्यों?'

'पुलिस जानेगी। और...तुम्हारी गालियाँ मुझे सिर झुकाकर सुननी पड़ीं...ओह! पतिताओं का त्याग कोई मामूली त्याग है? शरतचन्द्र को पढ़ा है?'

'नहीं। अब मैं चलूँ।'

तोता पसीना पोंछते हुए बाहर निकल आया।

भूपेन माइती चिल्लाए, 'अगर कुछ कर पाए, तो जरूर बताना...'

'हाँ, जलसे में बुलाकर उसे दस लाख देंगे, आप होंगे चीफ गेस्ट। आप तो भुवन'दा के भी उस्ताद निकले। बेकार की चोंचलेबाजी...उसमें जो भी हो, छल-कपट नहीं है।'

थाना नहीं, कुचे ने ही बताया, बदनी? वेश्या थी?

'थी।'

'भीख माँगा करती थी?'

'सुन तो चुके हैं।'

तोता को बहुत बुरा लगा। सिर भन्नाने लगा। मगर इसका कारण उसकी समझ में नहीं आया। खुद को तो वह हरामी ही मानता था, और उसके लिए जीवन का अर्थ था, जो कर सकते हो कर लो, तुम लाइन में आ चुके हो, यह सदी पार भी कर पाओगे या नहीं, इसमें सन्देह था।

'क्या सोच रहे हो?'

'जो बन पड़े, कीजिए।'

'करना तो मुझे ही पड़ेगा। अगर नाम-पता होता...तुम तो दर-दर भटक रहे हो...'

'अगर नहीं भटकता तो आपको नाम का पता कैसे चल पाता? उफ, लगातार दो दिनों तक...'

'अरे, बदनी तो बेगपुर-नोगाखाल की रहनेवाली है।'

'आप पहचानते हैं?'

'मतलब?'

कुचे खुशी से मुसकराया और बोला, 'कसम से वह ऐसा माल थी, यह नहीं जानता था...सुनो, नोगारखाल में ऐसे कुछ-एक घर थे। वह भी थी। उसके बाद गाँव-प्रमुखों के साथ सरकार का जब जल-बाँध के कारण झगड़ा होने लगा तब तो हरि बाबू प्रधान थे। उसने कहा, पापों का सफाया करो। तब हमने पुलिस बुलवाकर घर-बार तोड़-ताड़कर उन्हें खदेड़ दिया था। सारी पतुरियाँ रो रही थीं, गालियाँ दे रही थीं, सामान बटोर रही थीं, और हम लोग उनकी छीछालेदर कर रहे थे।'

'बहुत महान काम किया था। अब वे सब कहाँ गईं?'

'और पूरब की ओर नदी के किनारे...जहाँ सिंचाई विभाग की जमीन है...'

'धन्धा कर रही हैं?'

'धन्धा तो अब दूर की बात है? जो अब भी जवान थीं, डायमंड हारबर जा बसीं... भोकड़ा माल जो बच गईं, भीख माँगने लगीं...अरे वहीं, जहाँ नमो वगैरह सीप तोड़कर चूरा बनाते हैं!'

'और आप आई.आर.डी.पी, डी.आर.डी.ए. ऐंठते हैं।'

'युधिष्ठिर मत बनो तोता।'

'नहीं बन रहा। वहाँ बदनी रहती है?'

'जरूर रहती है। कुष्ठ होने के कारण एम.डी.टी. मँगवाने के लिए किसी से खत लिखवाया था।'

'भिजवाया था?'

'तुम भी क्या बात करते हो! कुष्ठ की दवा है एम.डी.टी...'

'अगर लिख देते तो उसे मिलता क्या?'

'तुम्हारे आने से पहले तो मैं चिट्ठी-चपाटी फेंक दिया करता था। कभी नहीं लिखा।'

'बहुत अच्छा किया। अब जाइए उसके पास। सरकार को सूचित कीजिए कि खोई हुई दीदी मिल गई हैं। उसके बाद उसे सब-कुछ लाकर दीजिए, समारोह करके...'

'खैर, वो तो मैं चला जाऊँगा। पर तुम लिख देना!'

'सभी पापों की पोटली हैं। अकेले मैं ही निशाना बन बैठा हूँ। धत्! कुछ ऐक्शन लेने का मन हो रहा है!'

'यहाँ कहाँ करोगे?'

'आप तो जबरदस्त मुर्गा ठहरे।'

'हे-हे तोता! मसखरी मत करो। मेरी तो इच्छा होती है कि तुम्हें...'

'पकड़वा दूँ?'

'दामाद बना लूँ। लिलि को भी तुम...तुम्हारी मुसीबत दूर होते ही...'

'मैं सोने जा रहा हूँ। रात को नहीं खाऊँगा।'

कुचे ने कहा, 'कुछ गलत कहा क्या?'

'आपकी बेटी के तो दस-दस 'लवर' हैं। उन्हीं में से किसी को पकड़ लीजिए।'

साबुन मलकर नहाने के बाद तोता ने ट्यूबवेल चलाकर दो गिलास पानी पीया, फिर

सो गया। हरामियों-का-हरामी हूँ मैं, पर गैंग फाइट, वैगन लूट के हिस्से के लिए लड़ाई, तीनों को झाड़कर फेंक चुका हूँ।

जो सुनता आया था, वही सोचा करता था, कि घर-गृहस्थी वाले सीधे-सच्चे रास्ते पर चलते हैं। ये लोग तो मुझसे भी दस कदम आगे हैं। जैसा अंचल-प्रधान है, वैसा ही पेंशनर भी है। वेश्याओं को मार-पीटकर पाप का सफाया कर रहे थे! तुम्हें तो अपने पर ही गुस्सा आता है। खैर, जो होना होगा, होने दो, अब यहाँ से चलता बनूँगा। जिधर दो आँखें ले जाएँगी।

बदनी! बदनी! जाने दो, कुचे को बदनी के पास।

जब जाने का समय आया तो तोता भी उसके साथ चला गया। गए तो और भी थे, क्योंकि नोगारखाल के उस ओर से खदेड़ी गई विध्वस्त परित्यक्ताओं में कोई ऐसी भी थी, जिसने सन् बयालीस में...आदि बातों ने पब्लिक के मन में कौतूहल उत्पन्न कर दिया था।

भूतपूर्व अंचल-प्रधान हरिबाबू जब से अप्रधान हुए थे। तभी से वे कुचे विरोधी समाचार बटोरकर चालान कर रहे थे, जिससे अगले चुनावों में उनका दावा सही साबित हो। डायमंड हारबर से सुकेश पाल यहाँ पहुँच चुका था, जो कई महानगरी अखबारों में फ्री लांस संवाददाता का काम करता था। यद्यपि, पिछले चार सालों में एक ही बार उसका कोई समाचार अखबारों में छपा था। सुकेश का अपना स्टूडियो भी था। वह हमेशा अपना कैमरा लेकर ही आता। इसके अलावा भुवन भी पहुँच गया था। और कुछ नकुल जैसे युवक भी आ चुके थे। कुचे बोला, 'तोता! तुम्हारे बिना तो काम नहीं बनेगा।'

'चलिए, मैं साइकिल पर आता हूँ।'

नोगारखाल एक कृशकाय, सूखा हुआ-सा नाला था जो वर्षा में भर जाता था। तब उसके किनारे बसनेवाले फालतू लोग वहाँ से दूर चले जाते थे। हरि बाबू के तथा जनार्दन के सत्ता में रहते समय दो-दो बार, कृषि कार्य तथा लोगों की आवाजाही की सहूलियत के लिए इस नदी के तट-बन्ध परिकल्पना की योजना बनी थी, पर आखिरकार कुछ भी नहीं हो पाया था। उस तरफ पहुँच पाना बहुत मुश्किल था। वर्षा के कारण नाला लबालब भर गया था, कीचड़ के कारण किनारे पर फिसलन बहुत हो गई थी। गिरते-पड़ते ही वहाँ तक जाना पड़ा।

जनार्दन ने खीझते हुए कहा, 'हरि'दा, उस समय तुमने इतना बखेड़ा किया कि वे सब कहाँ किस मुलुक में जा बसे?'

'कुचे! जो कुछ हुआ था, लोगों की सहमति से ही हुआ था।'

पेट के रोग से ग्रस्त तथा हमेशा क्रुद्ध रहनेवाले सुकेश ने कहा, 'कम-से-कम कभी खोज-खबर तो ली होती? वन्दना तक को...'

'वन्दना कहाँ मिली? बदनी!'

'अरे वही सही। वो क्या! सचमुच हमारे इलाके का गौरव है!'

'कभी बताया उसने?'

कुचे ने शान्ति-जल छिड़का, 'अब दिमाग गरम करके...तोता ने पता लगा तो लिया।'

भुवन ने टिप्पणी की, 'जानकर भी कोई फायदा नहीं था। बयालीस के लोगों को ये दिया जाएगा, वो किया जाएगा, यह निर्णय तो आज लिया गया है।'

'तुम नहीं जानते थे?'

'कैसे जानूँगा?'

हरि बाबू हलके से मुसकराकर बोले, 'शायद बाप-बेटे में कभी बात नहीं होती होगी। अगर हुई होती तो जरूर जानते।'

'मतलब?'

हरि बाबू ने नीची आवाज में कहा, 'वे एक काली बदनी के पास आया करते थे।'

'बापू को गुजरे हुए बीस साल हो गए, जानते हैं?'

'पहले थे तो सही। मेरी उम्र पैंतालीस के करीब है। बचपन से देखा करता था, बदनी औरतों की बीमारियों का इलाज किया करती थी। मैं भी कितनी बार माँ के लिए दवा लाने जाया करता था।'

'आपने उसी को भगा दिया?'

'तब तक दवा-दारू देना उसने बन्द कर दिया था।'

तोता के सिर में नारू ने झनझनाहट-सी पैदा कर दी। नारू! मर गई तू, भाग जा! झिन-झिन चाका-चाका! फूट यहाँ से नारू। नाक में नथ था...छरहरे बदन वाली...पष्टिभात और अरुई का साग!—भूपेन माइती। तोता! सिक्सटी फोर्टी ना हो तो नारू नहीं है।

तोता का पैर अचानक फिसल गया। सुकेश ने उसे सम्हाल लिया।

'सम्हलकर भाई! बड़ा बेईमान कीचड़ है।'

तोता ने स्वयं को सम्हाल लिया। पुलिस को घर में नहीं घुसने दिया था इसलिए यहाँ से भगाई गई थी...हमारी मदद की थी...एक समय था जब वे बदनी के पास आया करते थे...मेरे पिता पुलिस थे...स्टेशन में भीख माँगा करती थी...नाक में नथ पहना करती थी...छरहरे बदन की थी...पाप का सफाया करो...

भात और अरुई का साग...हमारी मदद भी की थी...सारी पतुरियाँ रो रही थीं, गालियाँ दे रही थीं...पुलिस ने जाकर घर-बार तोड़-फोड़कर...हम लोगों ने भी कम बुरा-भला नहीं कहा... कुष्ठ हो गया है, इसलिए मुझे एम.डी.टी. मँगवाकर...हम लोगों ने उसे दुरदुरा दिया...स्त्री रोगों के लिए दवा-दारू...

'बाप रे! इस तट पर से जाना होगा? इधर पानी, उधर ढलान!'

'और कहाँ से जाओगे?'

'अरे, उधर दिखाई दे रहा है ना?'

'हाँ...बाप रे! कितने सारे घर हैं, कुचे?'

'कौन गिनेगा? नमो वगैरह हैं, बागदी लोग हैं, सीप का चूरा बनाते हैं, चूने मालो के आढ़त में बेचते हैं।'

और भी कितने हैं! सिंचाई-विभाग की भूमि है, जिसे देखो, वही यहाँ आकर बसा गया है।

'तो तुमने इन्हें पंचायत से कुछ...?'

'जब आपने खदेड़ा था, तब कुछ किया था?'

हरि बाबू ने ऊँची आवाज में कहा, 'अकेला मैं ही जिम्मेदार हूँ? भुवन की पार्टी के बूढ़े केतन हाल्दार ने मुझे दरखास्त देकर...डिप्टेशन देकर...पाप का सफाया करो...पाप का सफाया करो...नवीन चुप क्यों हो?'

नवीन ने आकाश की ओर देखते हुए कहा, 'आपने हमसे कभी पूछा था? आपके परामर्शदाता तो गौर बाबू हुआ करते थे? वे जो कहेंगे...'

हरि बाबू ने मन-ही-मन नवीन को टिकठी पर चढ़ाकर श्मशान भिजवा दिया। गौर हरि मिद्दा आजकल कांग्रेसी बन गया था, सभी जानते हैं। परन्तु रण-भूमि में रण-भंग? कभी नहीं। क्या हरि बाबू ने फिमेल डिजीजवती माँ का दूध नहीं पीया?

'मेरे जमाने में पंचायत में इतने रुपयों का खेल नहीं था। गरीबों के आवास के लिए रुपए...संडास बनवाने के लिए रुपए...रुपया तो अब बरस रहा है। कुचे ने कुछ किया है?'

'आप बोरिया-बिस्तर समेत भगा देंगे, और मैं उन्हें मकान बनवा दूँ?'

'सुनो, सुनो तुम सब...इस बेईमान की बातें सुनो। देखो कुचे! तुम्हारी सब करतूतें मैं...'

तोता क्रोध को दबाते हुए गरजा, 'चुप!'

वहाँ खड़े लोग उधर देखने लगे।

'बातें कम करके आगे बढ़िए।'

सब चलते रहे। नवीन बोला, 'क्या सड़ायँध है यार! सबने हग-हग कर...'

तोता दोबारा बोला, 'चुप!'

सर्कल इन्स्पेक्टर का साला है तोता आदक, इसीलिए रोब झाड़ रहा था? आँखें क्यों तरेर रहा था? जबड़ा क्यों सख्त था? जनार्दन ने करुण दृष्टि से भुवन को देखा। अंचल-प्रधान तथा इसने अगर बवाल मचाया तो क्या होगा? आज ही कहा है, ऐक्शन लेने को जी चाहता है। आप जैसा अच्छा मुर्गा फँसा है।

हाय! उसे तो उगला भी न जाएगा। आत्म-करुणा से जनार्दन की आँखें छलछलाने लगीं।

हिलहिले से घुन वाले बाँसों पर छेदों से युक्त नायलन की झोंपड़ी। चारों ओर कीचड़ से लथपथ था। अधनंगे नर-नारी, नंग-धड़ंग बच्चों की टोली। उन मनुष्यों ने बहुत दूर से उन्हें देखा।

तोता के दिमाग में फिर से झिन-झिन चाका-चाका। मदारी का खेल! ये सब भी वोट देनेवाले थे। कोई हिलता-डुलता क्यों नहीं? हरि बाबू आगे बढ़े और चमगादड़ के समान एक बच्चे को अपनी गोद से चिपकाए जो युवक बीड़ी के कश ले रहा था, उससे पूछा, 'बदनी कहाँ है, बदनी?'

'क्या कह रहे हैं?'

'बदनी, बदनी!'

'हमें भगाने आए हो? यह सिंचाई विभाग की जमीन है। पंचायत की नहीं।'

हरि बाबू ने फिर पूछा, 'बदनी...दवा-दारू किया करती थी...'

सभी एक-दूसरे की ओर देखने लगे।

कुचे ने कहा, 'चार-पाँच साल पहले उसे कोढ़ हो गया था...'

युवक ने इशारा किया, 'वहाँ पर!'

उसके बाद एक झोंपड़ी के पीछे चला गया। सभी बहुत सावधानी से आगे बढ़ने लगे। तोता भी। कितने घर हैं? कितने लोग हैं?

नदी का कगार जहाँ सबसे ऊँचा था, वहाँ पर जो झोंपड़ी थी, वे सब उसी के सामने जा खड़े हुए। गुदड़ी-लुगड़ी, बोरे की एक ढेरी जरा हिल उठी।

'बदनी है? बदनी?'

'के है रे हेबो?'

एक लिकपिका-सा करीब बारह साल का, या बयासी का एक लड़का बोला, 'बाबू लोग।'

और दूर सरक गया। दूर हटकर खड़ा हो गया। गुदड़ी-लुगड़ी में लिपटी एक मानवी थी और कोई घुटनों के बल सरककर उठ बैठी।

आँखों पर पलकें नदारद, नाक के स्थान पर दो छेद, गली हुई अँगुलियाँ, घाव से सर्वांग सड़ा हुआ, बदनी ने मुँह उठाया। कटे मुँह वाला टीन का एक डिब्बा सामने कर दिया। शायद कुछ कहा, या कुछ भी नहीं कहा होगा।

खाई, जल, मारी, झोंपड़ी, वहाँ बसे लोग तथा बदनी जैसे स्थिर चित्र थे, फ्रीज शॉट, चिरस्थायी और चिरन्तन।

तोता ने एक ही साथ बड़े जोर की आवाज और क्रन्दन करते हुए उवाक् करते हुए हड़हड़ाकर कै कर दिया। सभी के कपड़ों पर छींटे लगे, पर उधर पानी और इधर ढलान थी, लोग हटते तो कहाँ हटते? सामने बदनी बैठी हुई थी।

चिराचरित

टेलीग्राम द्वारा सूचना पहुँची, तार की भाषा भी ऐसी भ्रामक थी कि उसके बहुत से अर्थ निकल सकते थे। बीरू जिस जगह पर गया था, वहाँ तार पहुँचने में भी कई दिन लग जाते थे, कई बार तो पहुँचता ही नहीं। इस बात का प्रमाण भी मिल चुका था।

बाँकुड़ा-पुरुलिया सीमा के निकट एक वीरानी-सी जगह थी। वहाँ तोड़ा नदी पर लघु-सिंचाई योजना का काम बहुत धीमी गति से चल रहा था। बाँध और नहर बन जाने पर पचपन गाँवों को पानी मिलने वाला था। इतने छोटे पैमाने के काम में सरकार की अधिक रुचि नहीं थी।

पिछली बार रिमकी उसके साथ आई थी। तोड़ा का डाक-बँगला उसे बहुत भाया था। यूक्लिप्टस वन में घूमते हुए रिमकी ने कहा था, 'तुम्हारे साथ 'टूर' पर आ ही सकती हूँ, ये वन ही मुझे अच्छे लगते हैं।'

'मगर तुम्हारा तो स्कूल है।'

'ये 'टूर' मेरी छुट्टियों के समय क्यों नहीं आते?'

उस दिन दोपहर में 'अंडा-करी' रिमकी ने ही बनाया था।

अबकी बार रिमकी आएगी तो बहुत खुश होगी। इस साल अच्छी बरसात हुई थी। तोड़ा छोटी-सी पहाड़ी नदी थी। इस साल उसमें बहुत पानी था। पेड़-पौधों पर भी हरियाली छा गई थी। बारिश होने पर एक स्थान पर तोड़ा रास्ता घेरकर बहने लगती थी, इसलिए जीप आ नहीं सकती। जीप के न आने से नदी के उद्‌गम स्थल पर निरीक्षण के लिए जाना सम्भव नहीं था। बीरू इसलिए परेशान था।

रिमकी होती तो...वास्तव में 'टूर' पर एक साथ आने पर रिमकी एकदम बदल-सी जाती है। कोलकाता लौटते ही एक दूसरे प्रकार का बदलाव आ जाता है। स्कूल, घर के कामकाज, आदि-आदि। बाल-बच्चे नहीं थे, बीरू को भी लौटने में देर हो जाती थी, इसलिए रिमकी अपने छोटे-से फ्लैट को झाड़-पोंछकर सजाने-सँवारने में स्वयं को व्यस्त रखती थी।

स्कूल के काम के लिए बीरू ने उसे मना किया था। पर रिमकी घर बैठे-बैठे और कितने साल ग़ुजारती? इस हालत में तब जब उन दोनों के देह-यंत्र दोषरहित होते हुए भी उन्हें सन्तान नहीं हुई।

'इसलिए इतनी दूर सॉल्टलेक जाओगी?'

'आस-पास कहाँ मिली?'

'रुपए-पैसे की तो कोई जरूरत नहीं थी...'

'नहीं! रुपयों की कमी तुमने कभी नहीं होने दी।'

ऐसी बातें करते समय रिमकी के गले का स्वर बदल-सा जाता था। हाँ, बीरू ने उसे आर्थिक सुरक्षा जरूर प्रदान की थी। जादवपुर में पैतृक जमीन पर बना पुराना मकान तोड़कर जो छह-मंजिला फ्लैट बने हैं, वहाँ बीरू के माता-पिता और छोटा भाई, मँझला भाई, एक बहन, सभी को एक-एक फ्लैट मिला था। अगर तुलना की जाए तो बीरू ने छोटा फ्लैट लिया था, वैसे उसे रुपए भी मिले थे।

इसके अलावा, बीरू सिंचाई-विभाग में इंजीनियर था, उसकी माँ ने अपने तीनों पुत्र-वधुओं को सात तोले के हिसाब से सोना दिया था, उसकी भी तो काफी कीमत थी। और बीरू तो तीन सौ रुपए हाथ-खर्च भी देता था।

'मेरी नैकरी करने से तुम्हें कोई आपत्ति है?'

'देख लो! इतनी मेहनत कर सकोगी?'

ये तो मानना ही पड़ेगा कि नौकरी करते ही रिमकी सुन्दर लगने लगी थी, मिजाज भी बदल गया था, उसकी चाल-ढाल में आत्मविश्वास झलकने लगा था। इस बार बीरू ने उससे चलने के लिए कहा था।

'अरे बस-वस के भाड़े को लेकर वैसे ही गड़बड़ चल रहा है। छुट्टी लेकर चलो। अच्छा लगेगा।'

'मैं वहाँ जाकर बैठी रहूँ और बाद में पता चलेगा कि कोई गोलमाल नहीं हुआ। इससे अच्छा, पूजा की छुट्टियों में हजारीबाग चलते हैं। बहुत दिनों से गए नहीं।'

'तुम्हारी मधु'दी जाएगी शायद।'

'उन्होंने ही तो सारा बन्दोबस्त किया है।'

वे एक अन्य निःसन्तान दम्पती थे, जो आजकल बीरू-रिमकी के हमसफर बनते थे। पहले बीरू को लगता था, दोनों का जाना ही ठीक है। पर पिछले दस सालों में बीरू ने भी स्वीकार किया कि, सिर्फ दो जने कुछ दिन ही रह सकते हैं। दस-पन्द्रह दिनों तक सिर्फ दो जने ही रहें तो थकान-सी होने लगती है। शाम को आमने-सामने बैठे बातों का पिटारा खाली हो जाता है। चार जनों में तो बातचीत फिर भी चल सकती है, ताश खेला जा सकता है, वक्त के बोझ को कम किया जा सकता है।

एक दिन वो भी था जब वो बड़ी बेसब्री से इस बात की प्रतीक्षा करते थे कि कब उन दोनों को एकान्त मिलेगा। नए फ्लैट में प्रवेश करते ही रिमकी आनन्द-विभोर हो उठी थी।

तोड़ा के डाक-बँगले में बैठे-बैठे बड़े मनोयोग से बीरू सोच रहा था, अपने सहकर्मी की बात उसे जँची थी, रिमकी को समझाएगा।

'एक बच्चे को गोद ले लो। एक बच्चे को जीवित रहने का मौका मिलेगा, तुम दोनों को भी अच्छा लगेगा।'

आजकल तो बहुत लोग ले रहे हैं, बीरू-रिमकी भी ले सकते हैं। मँझली और छोटी देवरानी अपने बच्चों को रिमकी के मत्थे मढ़ देते थे। 'बेबी सिटिंग' से छुटकारा पाने के लिए ही शायद उसने स्कूल की नौकरी की थी। कुल मिलाकर अब सब-कुछ सुव्यवस्थित हो गया था।

बीरू की नौकरी, रिमकी की नौकरी। हफ्ते में दो दिन बाजार जाकर खरीदारी। बीरू कलकत्ते में हो तो कभी-कभार शाम को घूमने जाना। रविवार को घर की सफाई, पर्दे बदलना,

किचन साफ करना। अब बहसबाजी नहीं होती। इन्वर्टर चलाकर स्कूल की कॉपियाँ जाँची जा सकती थीं, टी.वी. भी चल जाता था। बीरू आराम से अपनी पुस्तक पढ़ सकता था। कई सालों से बीरू ने अपराध-रहस्य-अन्तरराष्ट्रीय जासूसी कहानियाँ पढ़नी शुरू की थीं। रिमकी कहती थी, चलो अच्छा हुआ! सबके जैसा होना ही अच्छा है। सारा जीवन सिर्फ कविता तो पढ़ते नहीं।

हाँ, वर्तमान काल के अनिश्चित, अस्थिर और संशय-युक्त समय को देखते हुए ऐसी कहानियाँ ही उपयुक्त हैं। बीरू जब ये सब सोच रहा था, बारिश की बूँदों की आवाज सुन रहा था, बरामदे से तिरछी नजरों से किचन में मथुरा और मथुरा की पत्नी के नाज-नखरे देख रहा था, ऐसे में कार्तिक चपरासी अपने शरीर को मोमजामे से ढके हुए साइकिल पर वहाँ पहुँचा।

'बाबू, टेलीग्राम है, जरा देखिए क्या खबर है!'

यहाँ पर टेलीग्राम भला कौन भेजेगा? आदमी के मार्फत खबर पहले पहुँच जाती थी। मास्टरजी ने कहा, तुरन्त चला जा। जाने क्या समाचार है। वहाँ पर तो टेलीग्राम मृत्यु या ऐसे ही कोई बुरा समाचार लिये आता था।

'रिमकी सीरियस। विल इन्फॉर्म लेटर। फादर।'

पढ़ते ही बीरू के मन के तार छिन्न-भिन्न हो गए। आते समय रिमकी ने करीब आकर बीरू की कमीज में बटन टाँकते हुए कहा था–'पिछली बार तुम्हारा पेट क्यों खराब हो गया था, कुछ समझ में नहीं आता। ये गोलियाँ पानी में डालकर पानी पीना।'

क्या हो सकता है, 'रिमकी सीरियस?'

बीरू बोला, 'कार्तिक घर में कोई बीमार है। तुम अगर लालू बाबू से कहकर... शायद उनकी जीप आई है यहाँ।'

'कौन बीमार है बाबू?'

'तुम्हारी भाभी।'

'अभी कहता हूँ।'

स्थानीय ठेकेदार और वर्तमान समय के हिन्दू राष्ट्र पुनरुत्थानवादी लालू बाबू बीरू को अपने कृतज्ञता-पाश में बाँधने का कोई मौका खोना नहीं चाहते।

'स्टेशन जाएँगे?'

'नहीं, झिलमिल। वहाँ जीप मिल जाएगी। ऑफिस की जीप।'

बीरू ने जैसे-तैसे अपने बैग में सामान भर लिया। जीप में बैठने के बाद भी उसकी अन्यमनस्कता समाप्त नहीं होती। लालू बाबू ने कहा, 'सब ठीक हो जाएगा। गॉड इज गुड।'

लगभग रात के नौ बजे वह कोलकाता पहुँचा। दौड़कर ऊपर चढ़ा। क्या हुआ? उसके फ्लैट में ताला क्यों लगा था? उसे देखते ही पड़ोस का रतन सिर झुकाकर सीढ़ियाँ क्यों उतर गया?

पिता के फ्लैट में भी क्या रोशनी नहीं है? बीरू ने बेल दबाया। माता-पिता, छोटा भाई, मँझला भाई, बहन-बहनोई। अजीब हैं सब, घर में जीरो पावर का बल्ब जल रहा है।

बीरू बोला, 'ये क्या? लाइट जलाओ, क्या हुआ है रिमकी को? तुम सब-कुछ बोलते क्यों नहीं?'

माँ जोर से रो पड़ीं।

अँधेरा ही ठीक है। हाय रे! ये क्या हो गया!

'क्या हुआ रिमकी को?'

पिता असहाय भाव से दामाद को देखने लगे। वासु ही उद्धार कर सकता है, कुछ ऐसी दृष्टि है।

वासुदेव ने कहा, 'बैग नीचे उतारिए, दादा। चलिए, भीतर चलें। आइए।'

हतबुद्धि बीरू उसके साथ माता-पिता के शयन-कक्ष में चला गया। वासु ने टेबल लैम्प जला दिया, पंखा चला दिया।

'क्या हुआ बताओ? भला ऐसा टेलीग्राम भेजा जाता है? इससे दिमाग ठीक रह सकता है?'

'बैठिए।'

वासु का गला बिलकुल सूख गया था।

'वेरी, वेरी अनफॉरचुनेट। चार दिन पहले...वहाँ अखबार नहीं पहुँचता?'

'कौन पढ़ता है अखबार।'

'जो भी हो, नाम-वाम तो नहीं छपा...उसके लिए बहुत दौड़-भाग करनी पड़ी...।'

वासु ने एक अखबार आगे कर दिया–

'चम्पाहाटी से थोड़ी दूरी पर किसी युवती को बदमाश रिक्शा से उतारकर निकटवर्ती तालाब के किनारे बलात्कार कर चम्पत हो गए। युवती को बेहोशी की हालत में...पुलिस-सूत्रों से जानकारी मिली है कि ये कुकर्मी कहीं भाग गए...'

बीरू को कुछ समझ में नहीं आया। 'महिला अब भी अस्पताल में थी। उसके पति सरकारी अफसर हैं, ऐसा पता चला है।'

'ये...रिमकी?'

'हाँ।' वासु ने दबी आवाज में कहा।

'रिमकी...कहाँ है?'

'प्राइवेट नर्सिंग होम में...'

वासु ने और धीमे स्वर में कहा, जैसे चारों ओर उनकी बातों को 'टेप' किए जाने की व्यवस्था की गई है, 'लोकल थाने में मेरी जान-पहचान के लोग थे, इसलिए सबसे पहले मुझे ही खबर मिली...सबसे पहले इसी बात का बन्दोबस्त किया कि नाम-धाम नहीं छपे...अखबारों का तो...उसके बाद लोकल अस्पताल से कोलकाता ले आया...कैसे टेंशन में दिन बीते हैं! लेकिन दो और दो चार करनेवाले लोगों की तो कोई कमी नहीं। वही खबर! भाभी घर नहीं लौट रही...सब गॉसिप कर रहे हैं...इसमें कैसे पता लगाऊँ बताइए! कोई रतन...'

'हाँ। हीरक बाबू का बेटा। '

'उस नर्सिंग होम में डायटेशियन है।'

बीरू के माथे की नस फड़कने लगी।

'वो कैसी है?'

'स्टेट ऑफ शॉक!'

'जान का खतरा तो नहीं है?'

'लगता तो नहीं। लेकिन शॉक तो...'

'रिमकी चम्पाहाटी गई थी..., अपनी सहेली के घर।'

'लोग जाते हैं, चले भी आते हैं। आजकल तो सब जगह असुरक्षित है! पर वो तो किसी की बात सुनती नहीं। देखिए, अब किस झमेले में फँस गए? हमेशा से ही इतनी जिद्‌दी, बहुत ही दुर्भाग्यपूर्ण है।'

बीरू ने पीड़ा-भरी दृष्टि से वासु को देखा। मँझली भाभी तो हमेशा से ही अमेरिका में बसे अपने प्रवासी भाइयों के कारण घमंड में रहती थी, छोटी भाभी तो कम्प्यूटर सेल्समैन वासु को कोई अहमियत ही नहीं देती, क्योंकि वासु ने उसकी बहन से प्यार किया और विवाह किया उसकी ननद से। वासु हमेशा कहा करता था—'बड़ी भाभी सबसे अच्छी है। कैसा व्यक्तित्व है, घर का कितना ध्यान रखती हैं।

'सिर धोकर आता हूँ।'

'अपने पर काबू रखिए भैया। अभी सामने बहुत सी लड़ाइयाँ...'

'नर्सिंग होम कहाँ है?'

'वहाँ जाएँगे?'

'जाऊँगा। अब हालत कैसी है?'

'फोन पर पता लगाया था।'

'कोई गया नहीं?'

तभी बहन सुप्ति वहाँ आई। रूखी-रूखी-सी, असहज भाव से।

'हाथ-मुँह धो लो दादा...चाय पीयो...।'

'सिर धोऊँगा।'

'नहा लो। उफ! कितनी गरमी है।'

'नहीं। नर्सिंग होम जाऊँगा।'

'तुम जाओगे?'

'न जाऊँ?'

'पता नहीं। ये तो फोन पर हाल पूछ ही रहे हैं। तुम जाओगे, अगर किसी ने देख लिया?'

'देखेगा, तो देखने दे। क्यों'

वासु बोला, 'पहले सिर धो लीजिए।'

बीरू ने सिर धोया। बार-बार धोया। जैसे यह समाचार बहुत ही अपवित्र था। बहुत घृणित था। फिर बीरू बाहर वाले कमरे में आया।

'बैठो बीरू।'

पिता की आवाज में अनजानी-सी सपाटता थी। 'सुनो, बहुत ही दुखदायी घटना है। मगर तुम वहाँ गए तो बात चारों तरफ फैल जाएगी।'

'बाबा, वो कैसी है, यह जानना जरूरी है। मुझे हैरानी हो रही है कि घर से कोई भी...टुबलू, बबलू, एक बार भी कोई नहीं गया।'

छोटा भाई टुबलू ने धीरे-से कहा, 'भैया! रेप केस तो एक स्कैंडल है।'

इसमें फँस गए तो जितने मुँह उतनी बातें, बदनामी, लोगों के मुँह पर तो ताला नहीं लगाया जा सकता।

बबलू ने कहा, 'तुम्हारे ऑफिस में, सहकर्मियों के बीच इस बात पर चर्चा नहीं होगी क्या?'

माँ ने कहा, 'ऐसी शर्मनाक स्थिति में फँस जाएँगे, किसने सोचा था! हमेशा से ही उसकी बड़बोलेपन की आदत थी। माँ ने हमेशा रिमकी की मितभाषिता की प्रशंसा की है। नौकरानी से लेकर सबको बुला-बुलाकर बताया कि चम्पाहाटी जा रही है, वहीं खाऊँगी, शाम को लौटूँगी।'

सुप्ति लगभग फुफकारते हुए बोली, 'उन्होंने कहने-सुनने में कोई कसर छोड़ी है? भाभी क्यों नहीं आई? कहाँ चली गई? ऊपरवाले फ्लैट की रेखा कितने नखरे दिखाकर गई है, अखबार में फोटो छपवा दो, तलाश करो।'

पिता बोले, 'रहने दे, अब तुम आ गए हो। जो ठीक लगे, करो। पर अपराधियों को पकड़वाकर सजा दिलाने की कोशिश मत करना, यह मेरा अनुरोध है।'

'सजा नहीं होगी तो वो दोबारा...'

'बीरू, मेरे पास अभी देश और समाज के बारे में सोचने का समय नहीं है, हालत भी नहीं, मेरी जो कुछ इज्जत बाकी है (पिता अपने कार्यकाल में ईमानदारी के लिए प्रशंसा के पात्र बने रहे और लम्बे समय से नौकरी से अवकाश प्राप्त कर चुके थे), मेरे पिता जो छोड़ गए थे, उसमें से यथासम्भव...हम सबको यहीं रहना पड़ेगा। वो सब सजा दिलाने की बातों का मतलब है पब्लिसिटी...'

'सोचूँगा, घर तो ले आऊँ...'

सब एक-दूसरे की तरफ देखने लगे। उसके बाद बीरू की ओर। बीरू समझ गया कि रिमकी पर बलात्कार हुआ है इसलिए सब उस पर क्रुद्ध हैं।

बबलू बोला, 'सेवा नौकरी कर रही है, ऋतु नौकरी कर रही है, आजकल तो सभी काम करते हैं, तुम्हीं ने भाभी को इतने साल घर बिठाए रखा!'

'रिमकी उनके पारिवारिक स्तर के समकक्ष भी नहीं थी, पढ़ाई-लिखाई में वह केवल एक साधारण ग्रेजुएट थी...क्या कहेगा बीरू? उसका तो इस दीन-दुनिया में कोई नहीं था, बुआ के घर की दासी थी, बीरू ने उसे सुरक्षित जीवन देना चाहा था। विवाह से पूर्व ट्यूशन करती थी, उसके बाद...'

'कोई आतापाड़ा नहीं जाता क्या, किसी और का तो 'रेप' नहीं हुआ?'

'क्या यह न्याय-संगत होगा कि उसे वहीं छोड़ आऊँ?'

'ला सकते हो। हमसे किसी प्रकार के सहयोग की आशा मत करना। हम कुछ नहीं कर सकते। और एक बात, भाभी अगर यहाँ रहेगी तो तुम्हारा फ्लैट...।'

बीरू ने अपना बैग उठा लया। बोला, 'वासु! नर्सिंग होम का पता दे दो, और किसने कितना खर्च किया है बता दो, कल पैसा निकालकर दे दूँगा।'

नर्सिंग होम नाकतला में था। वासु का घर भी मूर एवेन्यू में था। यह वही नर्सिंग होम था जहाँ शतरूपा समाजदार आत्महत्या की असफल कोशिश करने के उपरान्त बारह दिनों तक रही थी पर इस बात को बहुत गोपनीय रखा गया था।

इस समय रिमकी से मुलाकात नहीं हो पाई। कम उम्र का कुशल डॉक्टर और एक सख्त चेहरे की लेडी डॉक्टर ने बीरू को बिठाया। उनकी आवाज बहुत भाव-शून्य थी। वह बहुत बड़ा नर्सिंग होम था। दिन-रात के लिए आपातकालीन सेवा की सुविधा उपलब्ध थी। कमरे में लगे बोर्ड पर पच्चीस डॉक्टरों की सूची दिखाई दे रही थी।

वो विचारक हैं, बीरू क्या अभियुक्त है?

'आपकी पत्नी है?'

'जी।'

'तब कहाँ थे?'

'बाहर, टूर पर। वो...कैसी है?'

'बहुत 'शॉक' में है, स्वाभाविक है।'

'कितने दिन रखेंगे?'

'देखते हैं, चोट तो पहुँची ही है...बड़े दुख की बात है...तीन या चार थे...'

'बस कीजिए।'

बीरू भीतर-ही-भीतर तार-तार हो गया। रिमकी की देह...तीन...चार जन...सोच भी नहीं पाता, जैसे उन आदमियों ने बीरू को ही दिन-दहाड़े जन-पथ पर नंगा करके छोड़ दिया था।

'सॉरी, आकर खबर मिलते ही...'

'हाँ, 'सेडेशन' का असर जाते ही वो आपको ही पूछती हैं, पूछ रही हैं।'

'कितनी 'सीरियस' है?'

'यहाँ शायद कुछ और दिन...कुल मिलाकर महीने-भर रहेंगी...'

लेडी डॉक्टर ने कहा, 'उसके बाद उन्हें जरूरत होगी देखभाल की, सेवा और आश्वासन की।'

'किस बात का आश्वासन?'

'कि आपने उनका त्याग नहीं किया, ग्रहण किया है, मतलब उनके मन को, मानसिक तौर पर उन्हें यह भरोसा दिलाना...'

'छुट्टी लेनी होगी। इस समय...मैं एक बार मिल सकता हूँ?'

'कल आइए।'

'क्या सुबीर चैटर्जी यहाँ काम करते हैं?'

'जी।'

डॉक्टर कलम से 'पैड' पर जल्द ही एक पक्षी या शायद वायुयान रेखांकित करने लगे।

'वासुदेव ने सब बताया है। सुबीर को भी निर्देश दे दिया गया है। यहाँ का 'स्टाफ' बाहर बकवास करे तो नौकरी से निकाल दिया जाता है, सुबीर भी जानता है। चिन्ता मत कीजिए।'

लेडी डॉक्टर ने कहा, 'वो बार-बार उन सबको सजा दिलाने की बात कर रही हैं। कई बार कह चुकी हैं।'

'मैं समझाऊँगा, पहले वो ठीक हो जाए।'

दोनों डॉक्टरों ने ही प्राचीन विज्ञ ऋषियों की भाँति सिर हिलाते हुए अपनी सहमति जताई।

'वो आपका मामला है। पर 'रेप' केस में...'

महिला कड़वाहट से बोली, 'नो जस्टिस। उलटे पब्लिसिटी और हानि पहुँचाती है। सहना स्त्री को ही पड़ता है। उसके बाद उसका जो हाल होता है! समाज की नजरों में तो आज भी बलात्कार के लिए महिलाओं को ही जिम्मेदार ठहराया जाता है।'

'बस, बस, डॉक्टर राय।'

'बस, बस क्या? मेरे पास रेप केस की ऐसी-ऐसी रिपोर्ट हैं। महिलाएँ उद्धार केन्द्र में जाती हैं, वेश्या बन जाती हैं, जानते हैं?'

महिला विद्वेष से दोनों पुरुषों को देखने लगी।

बीरू बोला, 'रिमकी की हालत वैसी नहीं होगी।'

'अब सुनिए, वो यहाँ करवी सेन के नाम से भर्ती है, पता भी वासु बाबू ने हमारे मित्र...वास्तव में उनके बहनोई नर्सिंग होम के एक डायरेक्टर हैं।'

'कल...आऊँगा।'

बीरू ने मन-ही-मन स्वयं को व्यवस्थित कर लिया। माता-पिता, टुबलू-बबलू- वासु-सुप्ति, किसी को दोष देकर फायदा नहीं। बेचारे समाज और संस्कार की बलि-वेदी पर चढ़े हुए हैं। पर बीरू तो उनमें शामिल नहीं हो सकता। बीरू को प्रमाणित करना ही पड़ेगा कि वह उन जैसा नहीं है।

मन के भीतर एक और मन ने कहा—तो फिर 'करवी सेन' नाम क्यों स्वीकार कर लिया? तुम भी गोपनीयता चाहते हो?'

गोपनीयता नहीं, अकारण प्रचार करना नहीं चाहता। बीरू और रिमकी परस्पर निर्भरशील दम्पती हैं। अभी बीरू अकेला है। खुद को चलाना, ऑफिस, रिमकी की देखभाल। रिमकी को बीरू इस घृणित अनुभव को भुलाने में मदद करेगा। अगर रिमकी इस बार बीरू के साथ तोड़ा जाती!

बीरू ब्रेड और केले खरीदकर घर लौटा, ताला खोलकर लाइट जलाई।

सुप्ति बाहर आकर खड़ी हो गई।

'भैया, अभी खाओगे?'

'नहीं, मेरे साथ खाना है।'

'माँ ने कहा है...'

'तुम लोग परेशान मत होना। अब मैं आ गया हूँ।'

'भाभी को यहीं लाओगे?'

'सुप्ति! बहुत देर से सहन कर रहा हूँ, पर अब और नहीं। सुबह से लेकर अब तक... वासु ने जो कुछ किया, कभी नहीं भूलूँगा।'

रिमकी के हाथों सजाया हुआ घर, सँवारा हुआ रसोईघर।

बीरू ने स्नान किया। 'अमूल' पाउडर घोलकर ब्रेड और केले के साथ खा लिया। कल ऑफिस जाएगा, छुट्टी बाद में लेगा, जब रिमकी लौट आएगी। कल पूछ लेगा, नर्सिंग होम में उसे किन चीजों की जरूरत है।

रिमकी ने बहुत से 'स्टिकिंग प्लास्टर' चिपके अपने कटे-फटे चेहरे में से अपनी आँखें खोलकर देखा। बीरू ने उसके सिर पर हाथ रखा।

'बस रिमकी, रोना नहीं।'

'तुम...नहीं थे...।'

रिमकी की आँखें जैसे विस्फारित हो गईं। नर्स ने डॉक्टर को बुलाया। डॉक्टर राय ने प्रवेश किया।

'प्लीज, बाहर जाइए। अभी भी 'शॉक' से बाहर नहीं आईं...।'

बीरू बाहर आ गया। थोड़ी देर बाद डॉक्टर राय भी बाहर निकल आईं।

'देखिए, अभी भी उसी हाल में हैं। मुझे लगता है सात दिन तो लग जाएँगे, उसके बाद आप आकर मिलिएगा। हाल पूछ लिया कीजिए।'

'ऐसा ही करूँगा। उसे किसी चीज की जरूरत है?'

'जरूरत पड़ी तो बता दूँगी।'

'दवाई...इंजेक्शन...'

'बिल में सब रहेगा। आप तो बिल दिखा नहीं पाएँगे। अगर दिखाते तो ऑफिस से काफी कुछ मिल जाता।'

नहीं। यह बिल तो ऑफिस में जमा नहीं कर सकता। गोपनीयता की खातिर। वैसे ही वो 'साइट' छोड़कर क्यों लौट आया, उसके जवाब में उसे कहना पड़ा कि रिमकी लो-प्रेशर से बेहोश हो गई थी, ऐसी ही कितनी बातें। छुट्टी का भी प्रबन्ध करना पड़ेगा। ज्यादा छुट्टियाँ बाकी नहीं थीं। फिर भी लेनी तो पड़ेगी ही।

कहाँ के सिंचाई विभाग का डाक-बँगला सबसे अच्छा होगा, कहाँ जाना ठीक रहेगा, रिमकी ही बताएगी।

पर रिमकी ने कुछ नहीं बताया।

पन्द्रह दिन बीतने पर शायद उसे लगा कि जीना तो होगा ही। धीरे-धीरे 'शॉक' का प्रभाव कम होने लगा।

रिमकी ने एक बार भी नहीं पूछा कि घर से कोई और क्यों नहीं आता। रिमकी ने भी किसी का हाल-चाल नहीं पूछा।

सिर्फ बोली, 'स्कूल में मधुपर्णा'दी को सूचना देनी जरूरी है। वे छुट्टी के बारे में बता सकती हैं।'

'उनका नाम मत लो। उन्हीं के लिए यह सब हुआ। अगर उस दिन तुम्हें पहले जाने देतीं...'

रिमकी बिलकुल अलग ही स्वर में बोली, 'सम्भव नहीं था। दो बजे से मूसलाधार वर्षा शुरू हो चुकी थी। बारिश थमने में काफी समय लगा था।'

'जाने दो, स्कूल-वूल के बारे में मत सोचो। बहुत हो चुका।'

'स्कूल में कौन-कौन जानता है, क्या पता!'

'जानेंगे तो उन्हीं के कारण।'

'नहीं। उन्होंने ही तो पहले...इसके अलावा बकवास नहीं करेंगे।'

'वो तो वहीं रहती है। जिसे रहना होगा...' बीरू को धक्का-सा लगा। चूँकि मधुपर्णा ने आतापाड़ा में मकान बनवाया था, नाम रखा था–'लता वितान', इसलिए वो कभी अपना मुँह खोल नहीं पाएगी। नहीं तो उस पर भी मुसीबत आएगी।

'मत सोचो यह सब। छुट्टी ले रहा हूँ, दोनों कहीं चले जाएँगे। महीना-भर रहेंगे, यही ठीक रहेगा न?'

'हाँ...रहेगा...सुनो, आशा काम पर आती है?'

'हाँ।'

'उससे कहना, वह तुम्हारे लिए खाना पका देगी।'

'कैसे? सुबह उसके पास वक्त नहीं है। शाम को तो आजकल काम पर आती ही नहीं। मैं जो नहीं रहता, अब चाबी तो उसे नहीं दे सकता। तुम ये सब छोटी-छोटी बातें मत सोचा करो।'

'उन सबने तुम्हें भी त्याग दिया। बीरू के रहने पर महीने में एक बार बाबूजी के फ्लैट में सब लोग एक साथ खाया करते थे। सभी एक-एक व्यंजन बनाकर लाते थे। इसके अलावा इसके घर से तरकारी, उसके घर से रसेवाली सब्जी...'

'तुम ठीक तो हो जाओ।'

'हाँ, कोशिश तो कर रही हूँ।'

'यह बहुत अच्छा हुआ कि कोई 'लास्टिंग इफेक्ट' नहीं हुआ...ऐसा नहीं हुआ इसलिए ईश्वर को धन्यवाद देता हूँ, थैंक गॉड!'

'नहीं, मैंने 'कनसीव' नहीं किया।'

'चलो, बहुत कुछ सोचा है मैंने।'

'बच्चा गोद लोगे, यही ना?'

'बाद में बातें होंगी।'

बीरू को उस दिन रिमकी बहुत अकृतज्ञ प्रतीत हुई थी।

परिवार में कोई उसे महान मान रहा था या मूर्ख। ऐसे केस के बाद बीरू अपने परिवार की उपेक्षा कर रिमकी को प्रमुख मानकर अपनी महनता का परिचय दे रहा था। और रिमकी...चाहे जितना भी हो रिमकी की तुलना में तो उसके माता-पिता, भाई-बहन के साथ बीरू का सम्पर्क अधिक पुराना था। आज कितनी सहजता से उसने कह दिया, 'नहीं, कनसीव नहीं किया।' करती तो कितनी संकटपूर्ण स्थिति होती? बलात्कार से जन्मे भ्रूण को अगर रिमकी नष्ट करने न देती तो? कुछ कहा नहीं जा सकता, वो क्या करती? उसी शिशु को अपना मानते हुए बाकी जीवन बिताना पड़ता...रिमकी क्या चाहती है आखिर उससे?

रिमकी ने कुछ नहीं माँगा। सिर ऊँचा किए हुए घर लौट आई, नथने फुलाए हुए। सबकी दृष्टि की उपेक्षा करती हुई।

बीरू से पूछा, 'कितना खर्चा हुआ?'

'करीब दस हजार।'

'दस हजार! लोन लिया क्या?'

'जो भी किया हो, तुम मत सोचो। बाजार से क्या-क्या चाहिए, लिखकर रखो। शाम को जाऊँगा।'

'इन्वर्टर के आदमी को खबर देना। बैटरी सर्विस कर जाएगा।'

'इस पहर खाना मत पकाना।'

'क्यों? दाल-चावल-पापड़ है। तुम्हारे नाहते-नहाते बन जाएगा। यह सब क्या है, इतनी सारी कैसेट?'

'तुम्हें गजल अच्छी लगती है ना, सुनना...'

'अखबार, सब बेच दिए क्या?'

'स–ब। घर की सफाई कर रहा था।'

रिमकी स्वाभाविक रूप से नाराज हो जाएगी, बीरू समझ नहीं पाया था।

शाम को घर चमक रहा था। चाय और बिस्कुट खाने के बाद बीरू के बाजार जाते ही, रिमकी ने दरवाजा बन्द कर दिया।

रात को सोते समय रिमकी ने पूछा, 'नींद की दवाई कब तक खानी होगी, कुछ बताया है?'

बीरू ने उसके सिर पर हाथ फेरा।

'अभी तुम्हारा सोना बहुत जरूरी है।'

बीरू ने उसकी देह पर अपना हाथ रखा। सालों से वे एक-दूसरे के साथ सोते आए हैं। पर एक-दूसरे से सटकर नहीं सोते थे। लेकिन अब उसे यह सब करना पड़ेगा। रिमकी कहीं यह न समझ बैठे कि...

कुछ दिन बाद रिमकी ने फिर कहा, 'स्कूल के बारे में कुछ सोचना पड़ेगा।'

'अब मत जाना रिमकी। बहुत दूर पड़ता है। मैं बहुत चिन्तित रहूँगा। कोई जरूरत नहीं है।'

'कुछ करना तो पड़ेगा!'

'कुछ समय बीत जाने दो, उसके बाद...'

रिमकी ने धीरे-से कहा, 'ठीक है! फिर मैं छुट्टी के लिए दरखास्त तो भेज दूँ। जितने दिन के लिए मिल जाए।'

'ये सब स्कूल तो वैसे नहीं हैं। मुझे नहीं लगता...'

'कुछ करना तो होगा...तुम्हारे इतने सारे रुपए खर्च हो गए!'

'रुपए तो जरूरत पड़ने पर खर्च करने के लिए ही होते हैं।'

'घर बैठे भी पढ़ा सकती हूँ।'

'देखा जाएगा, देखा जाएगा। अभी सिर्फ मेरा खयाल रखो, मुझे बहुत भाग-दौड़ करनी पड़ी है।'

'जरूर!'

रिमकी जरूर समझ गई होगी कि बीरू घर में पढ़ाने की बात को दबा गया। रिमकी क्या प्रमाणित करना चाहती थी? बलात्कार की जो घटना हुई थी, वो केवल उसका व्यक्तिगत दुखदायी अनुभव था। इसके कारण समाज उसको बदली हुई दृष्टि से क्यों देखेगा? बलात्कार की बात कितनों को पता है, कौन जाने? जानेंगे तो कौन अपने बच्चों को पढ़ाने भेजेंगे? सबसे हैरान कर देनेवाली बात तो परिवार की थी। बाबूजी-माँ, टुबलू-बबलू के लिए बीरू और रिमकी जैसे थे ही नहीं।

एक दिन देखा, रिमकी केश फैलाए लेटी थी।

'क्या हुआ, तबीयत ठीक नहीं?'

'नहीं, ऐसी कोई बात नहीं।'

उसी दिन रात को रिमकी ने बताया, 'मधु'दी आई थी।'

'यहाँ?'

'पहले भी तो आ चुकी हैं।'

'लेकिन अब उनका यहाँ आना...'

'मैंने उन्हें मना कर दिया है। जाने दो। उन्होंने बताया, उन्होंने किसी से नहीं कहा,

पर बात एकदम दबी भी नहीं है। वो तो तीन दिनों तक स्कूल ही नहीं गईं...डरी-डरी सी रहीं...कृष्ण-चूड़ा और श्रावणी उनका पता लगाने गई थीं और मेरे बारे में भी।'

'उसने जरूर बकवास की होगी।'

'नहीं। चम्पाहाटी स्टेशन पर, रास्ते में, सब जगह यही सबसे गरम खबर थी। जाने किसने दीवार पर लिख दिया कि अपराधियों को सजा मिलनी चाहिए।'

'तुम्हारा नाम था।'

'पता नहीं। मधु'दी ने कहा है, स्कूल में बात थोड़ी-बहुत 'लीक' हुई है। इसके बाद अधिकारीगण मुझे रखना नहीं चाहते। मैं, इस्तीफा भेज दूँगी।'

'चम्पाहाटी! बहुत लोग तुम्हें पहचानते हैं। मैं तो मर जाऊँगा अगर दीवार पर तुम्हारा नाम लिखा होगा तो...चारों तरफ से तो लोग ऑफिस आते हैं...कोई-न-कोई तो...ऑफिस में पता चल गया तो...क्यों, क्यों तुम देर से निकली थीं, उस दिन, रिमकी?'

'धीरे, चिल्लाओ मत। तुम्हें ही तकलीफ होगी।'

'मुझे तकलीफ होगी। अपने परिवार के विरुद्ध अकेले जूझता हुआ मैं...'

बीरू मुँह ढाँपे बैठा रहता है।

उसके बाद, काफी देर बाद सिर उठाया।

'सॉरी, रिमकी। मेरा दिमाग...'

'कोई बात नहीं। खाना खा लो।'

'इधर...छुट्टी तो मिलेगी...पर उससे पहले दोबारा तोड़ा जाना पड़ेगा।'

'वहीं चलो ना छुट्टी लेकर।'

'छुट्टी मिलने में देर है।'

'कितने दिनों के लिए तोड़ा जाओगे?'

'सात से दस दिनों तक के लिए...नियोगी साला हरामी है। ऑफिस नहीं आ रहा।'

'दिन-चार दिन बाद। आशा रह नहीं सकती तुम्हारे साथ?'

'मैं तो तुम्हारे साथ ही जा रही हूँ।'

'थक जाओगी।'

'नहीं, जरा भी नहीं।'

शाम को रिमकी को बरतन माँजते हुए देखकर बीरू थोड़ा हैरान हुआ। आशा नहीं आई शायद?

'मैं बाहर गई थी, आकर चली गई होगी।'

'कहाँ गई थीं?'

'काम था कुछ। शॉल ठीक करवाने, सिल्क की साड़ियाँ धुलवाने के लिए देने गई थी, टॉर्च की बैटरी भी बदलनी थी, दक्षिणापन भी घूम आई।'

'मत निकला करो बाहर, घर में रहो, कितनी बार कह चुका हूँ...सब जगह कितने प्रकार के लोग रहते हैं...हो सकता है...वहाँ के...हो सकता है पहचान लें...तब? कुछ दिनों की तो बात है!'

'हाँ, अब छोटे-मोटे कामों के लिए बाहर नहीं जाऊँगी। बैठो, चाय बना लाती हूँ। कपड़े बदल लो। चाय, पापड़ और कबाब।'

'इतना कुछ?'

'ले आई, कबाब!'

'शायद बाबा बीमार हैं। डॉक्टर आए थे।'

'जानती हूँ। तुम एक बार हो आओ...'

'जाऊँ, किस मुँह से जाऊँ?'

'मेरे हिसाब से तो जा सकते हो। उन्हें अच्छा लगेगा।'

'बाबा की तबीयत खराब होने का भी तो वही कारण...'

रिमकी हलके से मुसकराती है, 'सच!'

'तुम हँस रही हो?'

'मैं ही तो हँसूँगी। जाओ।'

बाबूजी ने बीरू से कहा, 'वो तो अभागिन है ही, लेकिन हम सबका जीवन भी नष्ट...तेरी भी क्या हालत है! क्या तबादला अपनी इच्छा से हो नहीं सकता, यह फ्लैट बेचकर जो मिलेगा, शहर में कुछ खरीद नहीं पाएगा। फिर...उसके साथ तू...'

बाबूजी ने आँखें मूँद लीं।

बीरू बोला, 'माँ! मैं फिर तोड़ा जा रहा हूँ। बाबूजी को कुछ हो जाए तो खबर भिजवाना, हालत बिगड़ जाए तो...'

'उसे कहीं भेज नहीं सकता?'

कहाँ भेजेगा रिमकी को? जिसका माँ-बाप कोई न हो, बुआ ने तो उससे हाथ धो लिये। बीरू को ही बोझ उठाना पड़ेगा, बीरू को ही।

तोड़ा पहुँचते ही मूसलाधार वर्षा ने उनका स्वागत किया। मथुरा और उसकी बहू ने पूछा, 'भाभी अब तो ठीक हो?'

'हाँ, एकदम ठीक!'

'उस समय हमें कितनी चिन्ता लगी थी।'

'अब ठीक हूँ।'

'सर्दियों में आना, स्वास्थ्य ठीक हो जाएगा?'

'अब भी तो बहुत अच्छा लग रहा है।'

'वही, दाल, आलू, प्याज...'

'छोटी मछली नहीं पकड़ते?'

'कभी-कभार।'

'वही चलेगा।'

दस दिन रहना था, लेकिन रिमकी केवल चार नाइलॉन की साड़ियाँ लाई थी। दोनों डबल बेड वाले कमरे में चले गए।

'बस यही एक बैग लाई हो?'

'ट्रैवल लाइट!'

'अच्छा लग रहा है?'

'तुम्हें?'

'जो भी हो, कोलकाता तो नहीं।'

कई दिन रिमकी खूब उत्साह से घूमी-फिरी। मथुरा के साथ गाँव देख आई। तोड़ा की लहरों में स्नान किया, बारिश में भी भीगी। सात सौ वर्ग फीट की कैद से जैसे उसे छुटकारा मिला था।

खूब खाती थी, खूब घूमती थी, खूब सोती थी, मानो उसे याद ही नहीं, कोलकाता छोड़ने का दिन कितना करीब आता जा रहा था।

आठ दिन बीत गए, और सिर्फ एक दिन।

शाम को लौटकर बीरू ने देखा, मथुरा नहीं था।

'गया कहाँ?'

'मैंने छुट्टी दे दी। कल सुबह आ जाएगा।'

'खाना-वाना।'

'पकाकर कमरे में रख गया है।'

रिमकी बदली हुई-सी लगी है। सोच में डूबी हुई रिमकी।

'नहाओगे?'

'नहीं, बहुत भीग चुका हूँ।'

'फिर जल्दी खा लेते हैं।'

'ठीक है!'

खाने के बाद रिमकी ने दरवाजा बन्द करके लैम्प जला दिया। रात को बिजली जा सकती थी।

'आओ, बैठें, कुछ जरूरी बातें हैं।'

'हाँ...सिगरेट सुलगा लूँ। क्या बातें?'

'तुम्हें भी तो बहुत कुछ कहना था।'

'सोचा तो था...गोद ले लेते तो...'

'नहीं। वो चलता नहीं। सुनो, मैं तुम्हारे साथ लौटूँगी पर घर नहीं जाऊँगी।'

'कहना क्या चाहती हो? कहाँ जाओगी?'

'मुझे डॉ. राय से पता मिला था। बलात्कार के बाद, जिनका कोई आसरा नहीं रहता, पर जो 'कोठे' पर जाने को विवश नहीं होतीं, उनके लिए कौन-सा रास्ता है? उन्होंने एक जगह बताई थी, उस दिन वहाँ गई थी। उन्होंने भी और एक जगह का पता दिया है, वहीं चली जाऊँगी।'

'कहाँ?'

'बाद में बताऊँगी। लिख भेजूँगी। जानने के बाद तुम तलाक का मामला दायर कर देना।'

'यह तुम क्या कह रही हो? वो सब स्थान शायद...'

'छोटा-सा महिला संगठन है। मेरे जैसी महिलाएँ वहाँ काम कर सकती हैं, रह भी सकती हैं।'

'क्या मैंने तुम्हें एक बार भी...'

'नहीं, कुछ नहीं कहा। कह भी नहीं पाओगे। लेकिन मैं जानती हूँ मेरे लिए तुम दुख पा रहे हो। तुम्हारा परिवार, तुम्हारा दफ्तर। तुम्हारा पास-पड़ोस—मेरे साथ बलात्कार हुआ और ऐसी एक महिला के साथ रह रहे हो इसलिए हमेशा घबराए-से रहते हो, हमेशा! तुम्हें

अपनी जानी-पहचानी दुनिया से अलग होकर जीना पड़ रहा है! तुम्हारे मन में प्रतिक्रिया हो रही है, किसे कब पता चल जाए, उसके बाद क्या होगा?'

'क्या यह अस्वाभाविक है?'

'ऐसा होना तो नहीं चाहिए था, लेकिन आज भी जितनी लज्जा केवल लड़की के हिस्से...पुरुषों को कोई डर नहीं। वे बलात्कार करते हैं। आजाद घूमते हैं। वे तो समाज-विरोधी हैं। हमारे घरों में भी लड़कियाँ अगर गर्भवती हो जाएँ तो उसी का दोष होता है, उसे ही नर्सिंग होम जाना पड़ता है। ऐसा होना तो नहीं चाहिए था, लेकिन होता है, यही घटना है।'

'रिमकी! मैं समझ नहीं पा रहा था...'

'तुमने तो बहुत हिम्मत दिखाई है, ऐसा जरूर कहूँगी। लेकिन अब तो तुम्हारे मन में भी...'

'नहीं।'

'नहीं? मेरी देह पर नाखूनों के दाग, दाँतों के निशान, तुम्हारे सामने मुझे स्वयं को कुष्ठ रोगी के समान...'

बीरू ने एक और सिगरेट सुलगाई।

'ज्यदा पी रहे हो, ज्यादा किताबें पढ़ रहे हो। टेंशन। अब सब कम हो जाएगा।'

'मैं...सबसे...क्या कहूँगा?'

'कहना वो चली गई। देखना, कोई कुछ नहीं पूछेगा। जिसका बलात्कार होता है, वह लड़की सब-कुछ कर सकती है, अच्छे पति को भी त्याग सकती है।'

'लौटकर...उसके बाद...'

'अभी जैसा सोच रहे हो, बाद में वैसा लगेगा नहीं और अकेले भी क्यों रहोगे? शादी कर लेना, नया जीवन शुरू करना...'

'और तुम?'

'मैं तो स्वयं को खोजने जा रही हूँ। हरेक को देख लिया। परिवार, स्कूल, मोहल्ला– जैसे मैं एक एड्स से पीड़ित रोगी हूँ। लेकिन बलात्कार क्या मेरी इच्छा से हुआ था। क्या कोई लड़की होती है? लेकिन इसकी कीमत उसे क्यों अदा करनी पड़ती है? मुझसे जो डरते हैं, घृणा करते हैं, मैं तो उन्हें ही घृणित मानती हूँ।'

'तुम्हारा...यह फैसला...'

'फाइनल है। मेरे जैसा अनुभव और किस महिला के पास है। जैसे ये कोई धारावाहिक उपन्यास है। लिखा जा रहा है, लिखा ही जा रहा है। कब समाप्त होगा?'

'तुम्हें रुपयों की जरूरत होगी...'

'मेरी अपनी नौकरी से जो रुपए बचाकर रखे थे, उन्हें लिये जा रही हूँ। और तुम्हारी माँ ने, तुमने, जिसने जो सोना दिया है, 'लॉकर' में ही रखा है। दस हजार से बहुत अधिक ही होगा, ले लेना, जो मन आए करना।'

'वो सब तो तुम्हारा है, रिमकी।'

रिमकी हँसी।

'मेरा सिर्फ 'मैं' हूँ। देखा? मेरी बात कितनी सच है? तुमने कितनी आसानी से मान लिया? प्रतिवाद नहीं कर पाए। और क्यों करोगे? मैंने झूठ तो कहा नहीं।'

'हाँ, सच, सब सच है रिमकी, फिर भी दुखी हूँ।'

'कल अगर तुम्हारी जीप मुझे स्टेशन पहुँचा दे, तो बहुत अच्छा हो।'

'क्या बोलूँगा उनसे?'

'जो मर्जी बोल देना। इतने दिनों तक मेरे लिए बहुत से झूठ बोलने पड़े थे तुम्हें, 'करवी सेन' काटकर 'रिमकी दत्त' तक, पहले ही दिन लिख नहीं पाए थे। जो जी चाहे बोल देना।'

रिमकी ने घड़ी देखकर कहा, 'यह क्या! ग्यारह बज गए? चलो सो जाते हैं।'

'कल ही चली जाओगी?'

'यही ठीक रहेगा। सिर्फ यह मत कहना कि मैंने आत्महत्या की है, क्योंकि मैं जिन्दा रहूँगी।'

बीरू मुग्ध था, सम्मोहित था।

'तुम बहुत बदल गई हो।'

'हाँ, बहुत। मैं सोने जा रही हूँ।'

बीरू अकेला बैठा रहा। रिमकी ने उसे मुक्त कर दिया था, पर अभी वह अनुभव नहीं कर पा रहा था, वह इसी तरह बैठा रहा। बाहर तोड़ा नदी के पानी की झमाझम आवाज सुनाई दे रही थी।

तीर : 1993 अन्तरराष्ट्रीय आदिवासी वर्ष में

एक–1993

5 सितम्बर के दिन शहीद दिवस का पालन करना होगा, यह बात शालकाँद मुर्मु को असम्भव-सी लगी, क्योंकि वह अस्पताल में बुरी तरह बीमार पड़ा हुआ था और डॉक्टर ने शालकाँद के बेटे मंडल से कह दिया था कि उसकी बीमारी झाड़ग्राम के अस्पताल के बस की बात नहीं। पीठ की हड्डी अथवा मेरुदंड की कोमल अस्थियों में 'ऐट्राफी' का प्रकोप हो गया था। कोई पुराना बिना इलाज के बिगड़ा जख्म इसका कारण हो सकता था। मंडल ने सब-कुछ सुनने के पश्चात् पूछा, 'नहीं बचेगा?'

डॉक्टर हॉल उलटकर मौन रहा।

'क्या महसूस कर रहे हैं, मेरा बाप जीएगा?'

'कोई चोट लगी थी क्या?'

चतुर्थ श्रेणी का कर्मचारी द्विज उस वक्त हकलाने लगा तथा बहुत कोशिशों के बाद बोला, 'ये तो शालकाँद मुर्मु हैं, सर।'

मंडल बोला, 'छोड़ो भी बेटा। वह क्या जानेगा? हाँ, चोट तो बहुत जोर की लगी थी।'

'कोई दुर्घटना घटी थी?'

'पुलिस ने पीटा था...'

द्विज ने डॉक्टर की ओर गुस्से से देखा।

नए डॉक्टरों के कारण तो जीना हराम हो गया है। उलटे-सीधे प्रश्न पूछेंगे, अनजाने में ही मन के किसी जख्म को कुरेदने लगेंगे, और तब 'रे-रे' करते हुए लोग उस पर चढ़ आएँगे। कोई जरूरी बात करने से पहले द्विज तुतलाता है, फिर पूरा वाक्य कहता है। मंडल अगर बिगड़ गया तो?

इससे भी अधिक भयंकर सम्भावना थी, कहीं शालकाँद न बिगड़ जाए। बाईस वर्ष पूर्व की स्मृति। द्विज की आयु बीस साल की थी। वह कुछ ही दिन पहले अस्पताल में काम पर लगा था। तभी एक दिन पुलिस से घिरा शालकाँद पुलिस की काली गाड़ी से उतरा था। उन्नत मस्तक, लम्बी-चौड़ी कद-काठी के शालकाँद के चेहरे पर कोई प्रतिक्रिया नहीं थी। सुना है, जब तक उसे पकड़ा नहीं गया, वह तीर चलाता रहा। आखिर उसे पकड़ लिया गया। शालकाँद की झाड़ग्राम थाना तथा मेदिनीपुर जेल के बीच, सुना है, खूब पिटाई हुई थी। चकित भीड़ दूर से भाटगेड़ा के किंवदन्ती पुरुष शालकाँद मुर्मु को पुलिस की गाड़ी में सवार होते देखती रही और जब वह सतहत्तर में वापस लौटा, तब भी लोग उसे सिर-माथे पर बिठाने से पीछे

न रहे। शालकाँद आ गया, शालकाँद! नवीन ने दुकान में बिठाकर उसे भरपेट मछली-भात खिलाई थी। लोगों ने उसकी पान-बीड़ी से खातिर करके बस में चढ़ा दिया था।

यह डॉक्टर भला क्या जाने! शालकाँद जब टाउन में घुसता था, वह किसी की परवाह करता था क्या? इसे अस्पताल में भर्ती करो, एक्सचेंज में इन बेटियों का नाम लिखवाओ, वह छोरा टाइपेंड क्यों नहीं पाता? काम करवाकर वह लौट जाता था। ऐसे इनसान की रीढ़ की हड्डी में ऐट्रॉफी।

द्विज ने पूछा, 'कोलकाता ले जाओगे क्या, मंडल?'

'हाँ, गाड़ी से। गोरमेंट ने तो मुझे ब्याह के समय बैंक दहेज में दिया था न। बैंक खोलूँगा और नोट भरूँगा थैले में। कोलकाता ही तो जाना रह गया।'

बाप से बोला, 'चलो, घर ले जाता हूँ। अस्पताल में नाहक ले आया।'

इसके बाद बैलगाड़ी में पुआल की मोटी परत बिछाकर, उस पर दरी, मोटा गद्दा, तकिया रख दिया गया। शालकाँद ने सहसा कहा, 'मंडल!'

'क्या है?'

'चाँदो को गए हुए आज...'

'बाईस साल!'

'होता तो आज...'

'वो नहीं है बाप!'

'है तो नहीं...पर होता तो आज क्या कहता? रास्ता नहीं था, अब रिलीफ रोड बन रहा है। तुझसे जो नहीं हो पाया, उसी भाटगेड़ा के तीन लड़के, एक लड़की आज नौकरी करते हैं। पर कितने घर उजड़े, मुंडा-पाड़ा की रोहिणी को रौंदा गया...और खाई-खलासी जमीन का कोई फैसला नहीं हो पाया...'

'अब और बात मत करो बाप...'

'वो साला राजन दिखाई देता है?'

'ना, वो तो तब काँथी चला गया था।'

'मंडल।'

'बोलो।'

'अब नहीं बचूँगा।'

'अरे, बहुत दिन जीओगे...शुभ और दिया...उनका ब्याह देखकर ही जाओगे।'

'पहुँचकर मीटिन् करूँगा मंडल! मास्टर को बुला लेना।'

'क्यों, बाप?'

'इस बार शहीद-दिवस मनाऊँगा, मन करता है। चाँदो वगैरह को सपने में देखता हूँ रे, जीते-जागते-से, अस्पताल में...लड़के कहते हैं, मिलने आए हैं...और...और...चाँदो अपने तीर माँगता है।'

मंडल की आँखें धूसर हो जाती हैं, मानो दिगंत खोजती हों, पर जहाँ तक दृष्टि पहुँचती है, केवल धू-धू करता दिगंत, बलखाती ऊबड़-खाबड़ जमीन, छोटे-छोटे गाँव, छोटे-छोटे खेत दिखाई देते हैं। वो दिन अब नहीं रहे। वो टेढ़ी बलखाती पगडंडियाँ अब नहीं हैं, सब पंचायती सड़क हो गई है। पंचायती रास्ता भी कच्चा ही है, परन्तु ज्यामितिक नियमानुसार सँकरे हैं,

एक ही ढर्रे पर बने हुए। गाँव में टीन की छत, दो-मंजिले मकान मिट्टी के बने हैं। 'सैलो' और रासायनिक खाद डाली गई मिट्टी अब साल में तीन बार फसल देती है। मेमने बिआने वाली माटी। माटी की यह कृतघ्नता हृदय को बहुत पीड़ित करती है। जिस खाई-खलासी जमीन के लिए भाटागेड़ा के सन्थाल, मुंडा तथा भूमिज आदि 1968 से महापराक्रान्त चन्द्रकान्त बेरा, उसकी ताबेदार पुलिस तथा भू-राजस्व दफ्तर के विरुद्ध लड़ाई लड़ रहे थे, तब अगर वो जमीन मिल भी जाती तो भी एक-फसली ही रहती। सत्तर के दशक में जमीन एक-फसली थी। कौन जाने शायद माटी आदिवासियों के हाथों में लौटना नहीं चाहती थी। बेरा के हाथों से सामन्त बाबू, उसके बाद माइती बाबू, अब तो जमीन प्रधान की है। देखो! साल में तीन-तीन फसल। यह जो मेड़ से घिरा खेत है, पंचायत अनुमोदित खेत मजूर जिसमें काम करते हैं, फसल काटते हैं, हर बार यही कहते हैं 'मंडल को अच्छी तरह पता है, वो जमीन किसकी थी।'

मंडल बोला, 'हाँ बाप! मास्टर को बुलाऊँगा। मिटिन भी होगी।'

'हर साल मनाना। नहीं तो लड़कों को पता कैसे चलेगा। दँक पार कर गए?'

मंडल ने धीमे स्वर में कहा, 'दँक नहीं बाप! वह तो मूदा-पाड़ा है।'

शालकाँद ने गहरी साँस लेते हुए कहा, 'कालीपुर, गोपाल हाट, सब नया-नया नाम है अब। पहले तो स—ब भाटागेड़ा मौजा हुआ करता था। और लोग! और लोग तो तब...'

'घर पहुँच गए बाप! कालीपद सोरेन, बरेन, भुईंमाली, पीताम्बर हेमब्रम, माखन, हाँसदा, धानुक मुर्मु सब पहुँच गए। शालकाँद ने बुलाया है, शालकाँद ने!'

माखन बोला, 'चाँदाबिला से निकल सकूँ, ऐसा भला कैसे हो सकता है? सना की माँ ने नई बतखें पाली हैं, या कि खाँकी कैम्बेल! बतखें तो नहीं, जी का जंजाल हैं! अभी बन्द करो, फिर चराओ, बहुत झमेला है रे मुर्मु!'

धानुक ने सविनय कहा, 'क्या कहना था, कहिए!'

'कथा सुनाऊँगा रे, मन कर रहा है।'

'तो, उसका प्रबन्ध किया है?'

'तू धानुक है! प्रबन्ध की बात करता है! प्रबन्ध तो तुम सब करोगे, मैं तो कथा सुनाऊँगा।'

कालीपद बोला, 'जरा खुलासा करके बोलो रे शालकाँद!'

'हाँ...बताता हूँ...अस्पताल में लड़के सपने में आया करते थे रे! जीते-जागते-से। सना...तीर ढूँढ़कर...'

सब चुप लगा गए। बरेन भुईंमाली की उमर शालकाँद से कुछ ही महीने कम थी, परन्तु कारावास के दौरान उसके सिर के बाल सफेद हो गए थे, अब भी सफेद ही थे। उसने कहा, 'तीर!'

'हाँ भुईंमाली! तो यह बात किससे कहूँ? किसे याद है? आजकल तो हम हुल-दिवस मनाते हैं, बिरसा-दिवस मनाते हैं...गोरमेन (गवर्नमेंट) मनाती है, हम भी मनाते हैं...परन्तु भाटागेड़ा में तुम सब तो थे...हमने भी तो हुल मनाया था एक बार...

'उस वक्त नक्साली लड़ाई थी, शालकाँद!'

'अरे नक्सल आया कहाँ से? जेहल में सुना नहीं था? शुभ ने बताया तो था! वह सन्थालों की जमीन की लड़ाई थी। जंगल सन्थाल का नाम नहीं सुना क्या?'

माखन पीड़ा-भरी आँखों से, धीमे स्वर में बोला, 'बेटी का ब्याह करके भी घर में रखा है...सना तो।...पर अब भी पुराने लोग कहते हैं सना का बाप! सना की माँ! तुम्हीं बताओ मुर्मु, क्या वह तकलीफ भुलाई जा सकती है?'

'सावन में शुभ के स्कूल में खुदीराम के नाम पर शहीद-दिवस मनाते हैं। तभी से वह एक सवाल मन में बार-बार उठता है। खुदीराम तो कब का मर चुका, अब भी उसे याद करते हैं! और इस भाटागेड़ा के कीचड़-पानी के पास चार-चार लड़के गोली से मार दिए गए...भाटागेड़ा तहस-नहस कर दिया गया...लोग-बाग तितर-बितर हो गए...इतने बड़े आदिवासी मौजा से आदिवासियों को खदेड़ दिया गया, नहीं तो क्या तुम सब अलग-अलग जगह जाकर बसते? और भाटागेड़ा के टुकड़े करके कालीपुर, गोपाल हाट आदि नए गाँव बना दिए गए। अब भाटागेड़ा कहने को बस इतना ही रह गया है। तो आखिर हम लोग शहीद-दिवस क्यों न मनाएँ? नहीं मनाने पर...भैया लोग...शालकाँद मर नहीं पा रहा है।'

धानुक का चेहरा खिल उठा।

'शहीद-दिवस!'

'क्या कहूँगा अपने बेटे-बेटियों से? लड़ाई करते हुए जो मारे गए...वे किसके ताऊ, किसके चाचा, किसके बेटे थे...क्या यह बात भुला दूँ? मैं तो शुभ से भी कहता हूँ, ताऊ की तरह बनना। किसी से मत डरना। कहता है ताऊ का तीर मुझे दे दो! धनुष चलाऊँगा।'

'हाँ मुर्मु...पाप हो गया...जरूर मनाएँगे।'

'परधान की...जमीन जब देखता हूँ...'

दो–1968

1.11.1965 से यह कानून लागू हो गया था कि आदिवासी केवल आदिवासी को ही जमीन बेच सकता है, दान कर सकता है, गिरवी अथवा खाई-खलासी बन्धक रख सकता है। खाई-खलासी प्रथा के अन्तर्गत सात वर्षों तक जमीन को गिरवी रखा जा सकता है। इसकी लिखा-पढ़ी भू-राजस्व विभाग के अधिकारियों के सामने होती है। सात वर्षों तक उस जमीन पर खेती करके महाजन फसल की कीमत से अपना ऋण वसूल करेगा। इसकी समय-सीमा सात वर्ष ही है। सात वर्षों में यदि ऋण की रकम वसूल न हुई तो भी उधार लेनेवाला अधिकारी को सूचित करके इनके जरिये अपनी जमीन वापस प्राप्त कर सकता है।

शालकाँद मुर्मु इतनी बातें नहीं जानता था। 'कट-बन्धक' अथवा 'खाई-खलासी दं.-पिं.-सां. इत्यादि लिखित भाषा भी वह नहीं समझता था। हरिचरण मुंडा या नजर मूदी भी इस बात को नहीं जानते थे। सन्थाल, मुंडा अथवा कोड़ा (मूदी) बस्ती के लोग भी आमतौर पर इन बातों से अनजान थे। रुपए-पैसे आदि का लेन-देन तो प्राचीन परिचय तथा पारस्परिक विश्वास पर आधारित था। सन् छियासठ में चाँदो भुनिया दिगम्बर चरण स्कूल से आठवीं जमात पास करके आया तो भाटागेड़ा में खुशी की बाढ़ आ गई। मातंग सोरेन की चौदह वर्षीया बेटी लवनी चाँदो के पीछे-पीछे इस ठसक से चलती थी मानो वही पास करके आई है।'

तभी हरिचरण ने कहा, 'शालचाँद! आस-पास कोई स्कूल नहीं है। अगर हम लोग एक

स्कूल शुरू करें और तीन साल तक उसे चला लें तो सरकार अपनी सहमति दे देगी। फिर...।'

'फिर?'

'कालीपद कहता है, वह पढ़ाएगा। चाँदो पढ़ाएगा। स्कूल हो जाने पर, शालकाँद! हमारे बच्चे बिना नमक की सब्जी जैसे नहीं रहेंगे।'

'चाँदो? वह साला तो तीर-धनुष लिये घूमता रहता है।'

'मैं उसे समझाऊँगा।'

'क्या कालीपद नहीं पढ़ाएगा?'

'भाटागेड़ा में उसका मकान है। यहाँ स्कूल बनेगा तो वह चला आएगा। और बरेन भुईंमाली भी आएगा।'

'भुईंमाली!'

'भुईंमाली पढ़ा-लिखा आदमी है। उसने और उसके बाप ने कभी मेदिनीपुर के देवेन दास के नेतृत्व में सी.पी.आई. की राजनीति भी की है। पार्टी में बँटवारा हो जाने के बाद भी वह वामपन्थी राजनीति में रुचि रखता है, मगर पार्टीबाजी नहीं करता।'

'शालकाँद ने कहा–'भुईंमाली कहता है, मैं तो हूँ ही। उसने कहा, एक कमरा बनवा दो। नियमित क्लास लिया करूँगा।'

शालकाँद वगैरह तब साल के खूँटे, दरवाज़े, खिड़की, चौखट, बेंच, श्याम-पट्ट आदि से युक्त 'भाटागेड़ा आदिवासी प्राथमिक विद्यालय' का सपना देख रहे थे। नगद रुपए की बात चली तो छाती ठोंककर कहने लगे, जमीन तो है ही, खाई-खलासी कर देंगे। बेरा तो रुपए लेकर बैठा है।'

उन दिनों चन्द्रकान्त बेरा हमेशा छतरी सिर पर लिये भाटागेड़ा–खाँटुली, पिपल बेड़-माहाकाल आदि आदिवासी गाँवों में घूमा करता था। किसके घर में ब्याह होने वाला है, कौन गोहाल बनाएगा, कौन नया गाय-बैल खरीदेगा, कौन अपने घर के पिछवाड़े कुएँ का सपना देखता है, ऐसी सब खोज-खबर मधुर-भाषी, मिलनसार बेरा घर-घर जाकर लिया करता था। कहा करता था, 'नगद पैसा चाहिए, मैं तो हूँ। मेरे पास चले आओ।'

बेरा जैसे लोगों के पास कोई अदृश्य एंटीना होता है। वे समझ जाते हैं, कब किसे रुपयों की जरूरत है। रुपए लेते समय एक कोरे कागज पर अँगूठे की छाप लगाओ और रुपए लो। खाई-खलासी जमीन है बाप! शालकाँद वगैरह यह जान भी नहीं पाते थे कि वे लोग अपनी जमीन किसी भटा सोरेन या महेश सिंह सरदार अथवा उपेन सिंह मुंडा नामक आदिवासी के पास गिरवी रख रहे हैं।

उस कागज पर बेरा बाद में बयान लिख दिया करता था।

स्कूल के लिए कैसा कमरा बनाएँ, दो सौ-तीन सौ-ढाई सौ रुपए के लिए कितनी जमीन अस्तित्वहीन आदिवासियों के पास खाई-खलासी बन्धक रखें, ये सब बातें भुईंमाली नहीं समझता था। सन् 1968 में वह अड़तीस साल का रहा होगा। इक्कीस वर्षों तक कम्युनिस्ट पार्टी में काम करने के बाद जब पार्टी में बँटवारा हुआ तो इस पीड़ा को महसूस करते हुए वोट के लोभी कम्युनिस्ट आन्दोलनों द्वारा गरीबों का कुछ भला होनेवाला नहीं है, यह सत्य भी समझ में आ गया। यह सत्य उसके विवेक को जैसे सूअर को कोंचा जाता है उसी तरह कोंच रहा

था। वह दिशा-निर्देश ढूँढ़ रहा था। यद्यपि वह तृणमूल के बटाईदारों, छोटे किसानों तथा भूमिहीनों के बीच ही सदा रहता आया था, तथापि किसी पुस्तक में, चिंतनशील तत्त्व न मिलने पर वह खुद को असहाय महसूस करता था। ऐसी हालत में भूतनाथ राना, उसका सहकर्मी कॉमरेड, यक्ष्मा से ग्रस्त होकर मरते-मरते बोला था, 'कथामृत' पढ़ा है आपने कॉमरेड?

'मैं धर्म-पुस्तक पढ़ूँगा?'

'वह धर्म-पुस्तक है? मैंने पढ़ा था। आज अचानक वैराग्य कहानी याद आ रही है।'

'रेस्ट, कॉमरेड रेस्ट करो! बातें मत करो।'

भूतनाथ की आँखें अत्यन्त उज्ज्वल थीं। उसकी आवाज जैसे बहुत दूर से लहराती हुई आ रही थी। वह बोला, 'संन्यासी बनूँगा तभी तो घर-गृहस्थी सहेजकर रख जाना चाहता हूँ। बाद में सर्वत्यागी बनने की इच्छा होगी तो संन्यास नहीं ले पाऊँगा। इच्छा होते ही सब-कुछ तुरन्त छोड़-छाड़कर बाहर निकलना पड़ता है। मैं....कॉमरेड...अगर हो सकता तो वही करता...'

'यह सब बातें बाद में कहिएगा, पहले ठीक हो जाइए।'

'आप नहीं समझेंगे। जिनके साथ कृषक-मोर्चा किया, उन्हें जुलूस में शामिल किया... सम्मेलन में...चाबी जेब में रख दिया...किसी को भी नेता नहीं बनने दिया...तेभागा...और भी कितना कुछ...कुछ नहीं मिला उन्हें...अगर सम्भव होता तो कॉमरेड बिना कोई सोच-विचार के उनके बीच रहकर उनकी बातें सुनता। उन्हें मान-सम्मान देता। काम करता...जीवन के साथ जीवन का संयोग नहीं हो पाया...मधु माइती कहता था...कहता था...अचानक वैराग्य...'

भूतनाथ चुप हो गया।

'अचानक संन्यासी' बनने की उसकी इच्छा पूरी नहीं हुई क्योंकि वह तपेदिक से ग्रस्त होकर परलोक सिधार गया। भुईंमाली उस दिन बहुत रोया था। उसके कमरे में 'सोवियत देश' पत्रिका गँजी हुई थी। सोवियत रूस में चिकित्सा की कितनी उन्नत व्यवस्था है, वहाँ ले जाते तो क्या भूतनाथ बचता नहीं? भूतनाथ के पिता, जिनकी बाँहों में तावीज, गले के पदक में गुरुदेव का चित्र, उन्होंने कहा था, 'हरिबोल' की ध्वनि मत देना। मुँह को आग मत देना। छिराद मत करना। तुम्हारे भैया, इन सब संस्कारों में विश्वास नहीं करते थे।

भुईंमाली, भूतनाथ के दमे से युक्त, थके-हारे जीवन से उदासीन बाप को देखकर हैरान हो गया था। उन्होंने ही भुईंमाली से कहा, 'रोते क्यों हो? भूतो जानता था, मैं भी जानता था, वो मर भी जाए तो भी पार्टी नहीं छोड़ेगा।'

ये सभी अनुभव भुईंमाली के मन पर दमादम हथौड़े की चोट करते थे, उसकी समझ में आ गया कि कुछ और करना पड़ेगा। ऐसी ही स्थिति में भाटागेड़ा में वह स्कूल खोलने के लिए प्रेरित हुआ। लम्बे-चौड़े दो नए कमरे देखकर उसका सिर चकरा गया। बगो माइति द्वारा निर्मित टेढ़ी-मेढ़ी बेंचों को भी देखा। श्याम-पट्ट तो हाथी के समान भारी था, ठीक चौकोर भी नहीं था। एक ओर से थोड़ा छोटा था। जनक सिंह मुंडा गर्व से बोला, 'शाल, गामा की लकड़ी से बना है सब, सौ साल तक मजे से चल जाएगा।'

'कितना...खर्चा हुआ।'

'चाँदो ने सब लिख रखा है जी। वैसे...हजार दो सौ के करीब तो होगा ही।'

'बारह सौ रुपए।'

'सबने मिलकर बनाया है।'

भुईंमाली एक बेंच पर बैठ गया। उनके पास आकर स्वयं को बहुत ही दीन-हीन अनुभव कर रहा था। जुलूस में केवल झंडे पकड़ने के लिए उन्हें बुलाया करता था। कोई और जिम्मेदारी तो कभी...

भुईंमाली बोला, 'शालकाँद, मैं कलकत्ता जाकर कुछ किताबें ले आता हूँ। दिन में बच्चे पढ़ेंगे, रात को तुम सब। और मैं...मैं यही रहूँगा। कालीपद, मेरे साथ चलो। जितनी जल्दी होगा लौट आऊँगा।'

दिन में प्रथम भाग, रात को सबको पढ़ाना, इस प्रकार भाटागेड़ा आदिवासी प्राथमिक विद्यालय का जन्म हुआ। जल्द ही जमीन पर किसका अधिकार है ऐसी अनेक चर्चाएँ होने लगीं, कृषक-संघर्ष की बातें, रूस तथा चीन की बातें। चाँदो लड़के-लड़कियों को बेंत मारकर पढ़ाया करता था, दोपहर में तीर चलाने का अभ्यास करवाता था। उस समय जंगल की झाड़ियों में साही, खरगोश आदि की संख्या घटने लगी। चाँदो, सना, हाँसदा, सेवक तथा धानुक मुर्मु–दोनों जुड़वाँ भाई शिकारियों के अगुआ थे। एक दिन चाँदो ने कहा, 'शिकार परब के दिन उस साले बेरा के बेटे का हाथ छेद दूँगा। बेटियाँ गोरो नदी में जाती हैं, साला ताकता है।'

धानुक ने पूछा, 'लवणी को देखता है?'

'देखे तो सही, आँखें फोड़ दूँगा।'

एक दिन शालकाँद ने कहा, 'विभिन्न जगहों की बहुत कथाएँ-बातें सुनाते हो, भुईंमाली, पर इन सबको जरा हुल-काथा भी तो सुनाओ?'

विभिन्न जगहों की 'कथा' तथा हुल प्रसंग में 'काथा' ऐसा क्यों? मगर भुईंमाली को पूछना नहीं पड़ा, शालकाँद ने जैसे खुद से ही कहा, 'मैंने 'काथा' सुनी है। पुरुलिया में एक जन 'काथा' कहते हैं, सब सुनते हैं। मेरी माँ के चाचा भी 'काथा' कहते थे। मैं भी कहूँगा इनसे, तुम मुझे बताओ।'

कालीपद बोला, 'काथा मतलब कहानी। पुरुलिया में इसे कहते थे रात-कहानी!'

भुईंमाली निर्वाक् रहा। किसे सिखाए? शालकाँद वगैरह तो उसे ही सिखा रहे हैं। शालकाँद उससे सुनकर, 'काथा', जो ये लोग सुनते हैं, समझते हैं, उसी ढंग में इन्हें सुनाएगा।

आजकल भाटागेड़ा में नए अथवा पुराने के पुनरुद्धार के माध्यम से वंचित आदिवासी तथा अन्य शोषित जनों में जागृति की लहर तीव्र वेग से आने लगी है। वह सब-कुछ श्रुति-काथा के ढंग से शुरू करता है, जैसे, 'पूर्वज तथा बड़े-बूढ़े कह गए हैं हड़, मनुष्यों के सिरजन से पहले स–ब पानी में डूबा था, धरती भी नीचे थी। ठाकुरजी ने पहले जल के जीवों का सिरजन किया, उसके बाद मनुष्यों का सिरजन किया। मिट्टी से बनाया...उसके बाद...'

तो सुनो सब जन! यह वही माटी है, जिसमें हम जी रहे हैं...यह हमारा था। कब दिकु (बाहरी लोग) आया, हमने उनको बसने दिया, और तब राजा, वजीर, जमींदार, महाजन जाने कितने ही लोग जमा हो गए...

और सुनो...दिकु बहुत कुछ जानता-समझता है! हमारी जमीन हड़पकर तरह-तरह के बन्धनों में जकड़ लिया रे सरकार ने! अभी की बात करो...मेरा बाप, दुर्जन मुर्मु के पास

बहुत-सी जमीन थी, इस पद्मलोचन मुंडा के पास कड़ा, भूमिज, किसके पास नहीं थी? सारी जमीनें बेरा के गर्भ में चली गईं। कैसे गईं?

कोरे कागज पर अँगूठे की छाप लगा-लगाकर! कोरे कागज पर अँगूठा लगा-लगाकर! जैसे ही रुपया लेकर जाओ तो बेरा कागज दिखाता है। मेरे पास तो गिरवी नहीं रखा, बेटा! तुमने दिया था आदिवासी को, भुवन बेसरा को, जिसका घर चन्द्री में है। वह तो मेरे पास यह कागज गिरवी रखकर रुपए ले गया है। तुम कहाँ से टपक पड़े बाप?

बूझो, बूझो सब जन!—इस समय शालकाँद जोर-जोर से ढोलक पर थाप देता है। और लय में गाते हुए कहता है, सरकार ने कहा है आदिवासी की जमीन आदिवासी ही ले सकता है! नहीं तो वह गैर-कानूनी काम होगा! तो बेटा अपने बही-खाते में जाली आदिवासियों का नाम भर लेता है।'

चाँदमनि बेसरा बोली, 'हाय रे! फिर हमारी जमीन हमें वापस नहीं मिलेगी?'

'नहीं मिलेगी मामी! पर इस बार की खाई-खलासी जमीन जरूर वापस लेंगे। तीन साल नहीं हुए हैं, फिर भी रुपए के बदले धान देंगे। ट्राइबल जाएँगे। अफसर के पास! दावा करेंगे, जमीन खलास करो!'

'हाँ, वहीं जाएँगे।'

'इन सालों की जात तो पाखाना लगने पर सड़क पर हगने की है। अभी क्या रे मूरख, निकम्मो? घर जाओ, हाट में जाओ, काथा सुनने के लिए बुलाओ सबको। सिर में जो घी है, वह क्या केवल बालों के फैशन के लिए है? जरा सोच-विचार करो। अब जाओ! आज की काथा यहीं खतम।'

'हूल-काथा फिर से कहो?'

'सिदो-कनहु-चाँदो-भैंरो चारों भाइयों ने हूल बुलाया ही क्यों? यह आदिवासी की जमीन हड़प लेता है, यह दस रुपया कर्ज की खातिर सौ रुपयों का धान उठवा लेता है...ऐसा नहीं करता?'

'करता है, करता है।'

'मर्द-औरतों को पकड़कर बेगार नहीं करवाता। तुम सब भी तो दो रुपए की खातिर दस घंटे खटते हो। यह बेगार नहीं है क्या?'

'हाँ, बेगार तो है।'

'और...हमारे घर की औरतों को...'

'देख-देख ललचाते हैं!'

'और महाजन सब ले जाते हैं।'

'लेता तो बेरा है।'

'आसमान में कितने सूरज हैं?'

'एक।'

'नहीं, भाटागेड़ा के आसमान में बेरा, गगन, कयाली और लहड़े थाने का दारोगा, तीन-तीन सूरज हैं।'

'बाप रे बाप!'

'जाओ, सोचो जाकर। कल से बहू-बेटियाँ और भी अधिक संख्या में आना। और मर्द

लोग शराब थोड़ी कम कर दो। अधिक पीने से बुद्धिनास। बुद्धि जाने से सर्वनास! जाओ रे सब!'

इसी प्रकार सिदो-कनहू वगैरह का हूल, नक्सल-बाड़ी में आदिवासियों का हूल। शलकाँद के लिए सब हूल (डंक) ही हैं। गोरो नदी के बाँध के कारण जमीन अधिग्रहण के विरोध में देबेन दास तथा गोपेन पाँजा का हूल। खाई-खलासी प्रथा। डेबरा थाने में शिशुपाल कुमार ने किस प्रकार सोमरी मांडी की जमीन ले ली। माहापाल गाँव के गड़ाम-थान के पेड़ को बेचते हुए चन्द्र बेरा को किन बाधाओं का सामना करना पड़ा, यह सब शालकाँद की जबान पर काथा बनकर विराज गए हैं।

चाँदो ने उत्सुकता से कहा, 'हाँ, शार, काँड़-बाँस की काथा हो जाए।'

'क्यों नहीं। भुईंमाली लड़े तो हो सकता है।'

'भुईंमाली बता सकेगा कि किताब में क्या लिखा है।'

भुईमाली रोहिणी के निकट रंजितपुर में अमर षड़ेंगी द्वारा स्थापित पुस्तकालय में गया था। वहाँ बहुत-सी दुर्लभ किताबें थीं। जोगेशचन्द्र राय विद्यानिधि की 'धनुर्वेद' नामक पुस्तक से जल्दी-जल्दी सब-कुछ नकल कर लिया था। उसके बाद शालकाँद आदि से कहा—इससे क्या काथा बन सकती है? शरत् काल में जो बाँस मिलता है, उससे उत्तम धनुष बनता है। सन्थालों का धनुष तो बाँस का होता है, धानुकी के कान बराबर। चिटलाड़ पेड़ की छाल के रेशे से बनी रस्सी अच्छी-मजबूत होती है। तीर भी तीन प्रकार के होते हैं, 'आपाड़ीशार, उगलीशार, गानारीशार।'

'जाने दो भुईंमाली!'

उद्विग्नता से शालकाँद ने पूछा, 'कुछ हमारे लिए भी छोड़ेंगे। सब-कुछ किताबों में घुसेड़ते जा रहे हैं।'

'तुम क्या बहुत चिन्तित हो?'

चाँदो ने पूछा, 'आँ शार काथा नहीं होगी?'

'नास हो तेरा। भुईंमाली, हम लोगों वाला हूल इस बार होना ही चाहिए।'

'कहो।'

'खाई-खलासी वाली बात पक्की करनी पड़ेगी।'

उसके बाद ही बेरा के साथ...जाएँगे। टाइबल (ट्राइबल) अफसर के पास जाएँगे।

तीन—1968-1970

भाटागेड़ा आदिवासी प्राथमिक विद्यालय के विषय में लहर थाना के बड़े बाबू नन्ददुलाल राय पूरी चौकसी रखते हैं तथा भेदिये को खबर लेने के लिए भी भेजते हैं। बुढ़िया के सिर के सफेद बालों का विक्रेता घोचू, हाट में आश्चर्य मलहम तथा जयन्ती दन्त-चूर्ण बेचनेवाला दिलीप, इस तरह के भेदिये पुलिस की 'पे-रोल' में हैं।

वे कहते हैं, 'घर तो जैसे इन्द्रपुरी है! सन्थाल बेटियों ने रंग-तूलिका से उसकी शोभा बढ़ा दी है! और...एक मील की दूरी से ही बच्चों की आवाज सुनाई देती है, अ-आ! ई-ई! स—ब पढ़ेंगे महाशय!'

'रात को क्या करते हैं?'

'क्यों? शालकाँद काथा सुनाता है।'

'वह तो सदा से सुनाता आ रहा है। अब रात में ही क्यों?'

'बहू-बेटी-मरद। दिन में खटते हैं, रात में काथा सुनते हैं। मैंने भी कितनी बार सुना है!'

'क्या सुनाता है? जंगली सन्थाल?'

'वही राम-रावण की लड़ाई! कभी चाँद-मयना की काथा! कभी अपने ठाकुर-देवताओं की काथा!'

मँझले बाबू शोभन दत्त, जो कि 'स्टेट्समैन' रखते हैं तथा पढ़ते हैं, जिनकी नाक हमेशा बहुत ऊँची रहती है, हमेशा बड़े बाबू की भूलों को विनम्रतापूर्वक सुधार देते हैं, वे बोले, 'जंगली मत कहिए। समय बहुत खराब है। कौन किस बात पर क्रुद्ध हो जाए क्या पता? हाट के मोची तो पहले से ही नाराज हैं। आप उनसे तू-तड़ाक के बजाय ठीक तरह से बात किया कीजिए।'

'शैर! शालकाँद ने तो नहीं सुना!'

'खोदकर घाव मत बनाइए। वे बहादुर हैं, और टाइम इज बैड़।'

समय कुछ और था, कुछ और ही। इसीलिए नन्ददुलाल ने मन-ही-मन कहा—दत्त! खुद को बहुत चालाक समझते हो, और मुझे समझते हो गधा! अंग्रेजी अखबार पढ़कर काम आगे नहीं बढ़ता।

उसने संतरी से कहा, 'साइकिल मरम्मत की दुकान से ईश्वर को बुलाओ। कहना, क्वार्टर में आकर मिले।'

परिवार दमदम में था और नन्द यहाँ। ईश्वर को उसने साइकिल की दुकान पर लगा दिया था। ईश्वर की युवती जननी उसके घर पर सुबह आठ बजे से साँझ के आठ बजे तक, दस रुपए वेतन पर, माँ-बेटे का दो वक्त का भोजन, कभी-कभार कपड़ा-लत्ता, साबुन-तेल इत्यादि के बदले काम करती थी। इसलिए उसे अकसर बाबू के बिस्तर पर सोना भी पड़ता था। इसलिए ईश्वर घर जाकर माँ से कहता था, 'तेरे लिए मुझे बाबू से बातें सुननी पड़ती हैं।'

ईश्वर जननी अत्यन्त मितभाषी थी। अत्यन्त श्याम वर्ण की होने के कारण आँखों का सफेद रंग तुरन्त दृष्टि को आकर्षित कर लेता था। काली आँखों की मणियों में मूढ़ क्षमा-याचना झलकती थी। जिसका पति खेत में धान-कटाई के समय मार-पीट करते हुई लक्ष्मण सामन्त के कटाईदार के गले पर हँसिये से वार करके दायरा अदालत से अभियुक्त घोषित किए जाने पर पाँच वर्षों तक मुकदमा चलने के बाद ग्यारह वर्षों से 'लाइफर' के तौर पर सजा काट रहा हो, उसकी पत्नी को प्रतिदिन गाँव तथा अपने बेटे के समक्ष असहाय और मूढ़ क्षमा-याचना करनी पड़ती थी। लाइफर की पत्नी को भात-कपड़ा, बेटे को काम देकर उन पर बड़ी कृपा की थी। यह बात दारोगा स्वयं ही कहता था तथा ईश्वर से भी कहता था। ईश्वर अपनी माँ का अपमान करता था। फिर भी वह कहती थी, 'इस मछली को खा ले! इसके पेट में अंडा है।'

इसी ईश्वर को दारोगा ने अपने क्वार्टर में बुलाया। लड़के की बुद्धि तीक्ष्ण और स्मरणशक्ति प्रखर थी। एक बार किसी को देखकर उसके चेहरे को पहचान लेने की क्षमता थी। वह एक

सफल भेदिया बन सकता था। दारोगा के निर्देशानुसार ईश्वर भाटागेड़ा, माँझीपाड़ा घूम आया था। उसने बताया, 'चाँदो, कालीपद, भुईंमाली लड़के-लड़कियों को खूब पढ़ा रहे हैं। चाँदो तो जमकर पिटाई भी करता है! और मुझसे बोला, रात को काथा सुनने आना। चाँदो का बाप बहुत अच्छी काथा सुनाता है। सृष्टि कैसी थी, भगवान ने पृथ्वी का सिरजन कैसे किया!'

'मार-पीट, दंगा-फसाद की बातें नहीं करता?'

'ऐसा तो कुछ भी नहीं।'

भाटागेड़ा में शान्ति थी। शान्ति तो थी ही, पर खबर आई कि आदिवासी लोग अपना 'डेपुटेशन' लेकर मेदिनीपुर गए हैं।

'बैड, वेरी बैड। नन्दुलाल बेरा के पास गए हैं।'

'क्यों? 'डिपूटिशान' देने क्यों गए हैं?

बेरा गौरांग भक्त था, विशुद्ध वैष्णव। गले में तुलसी-माला, स्वर में सदा प्रसन्नता झलकती थी। उसने कहा, 'कमर में जोर नहीं, पतंग चला बैल बनने। इन सालों ने खाई-खलासी जमीन को बन्धक रखा था। अब वापस माँग रहे हैं। उस भुईंमाली ने समझाया कि ट्राइबल ऑफिस जाओ। तो गए। ट्रेन पर चढ़ेंगे, चना-चाय खाएँगे-पीएँगे। भुईंमाली तो घूम-घूम कर यही काम करता है। खैर!'

'आपको किसी और बात का डर तो नहीं है? कोई सन्देह?'

'मैं किसी पर सन्देह नहीं करता। सब साले गधे हैं। कागज देखते ही अफसर समझ जाएगा।'

फिर आँखें मटकाकर बोला, 'भिन्न जात के पास गिरवी नहीं रख सकते। आखिर जमीन किसने ली? खगेश सिंह सरदास, गाँव कूकड़दाँड़ा। भुवन बेसरा, गाँव चन्द्री!'

'क्या, सरदार?'

'सिंह-सरदार, भूमिज आदिवासी हैं।'

'सच, उसी ने लिया है?'

'धत् तेरी की। खगेश सिंह सरदार भी है, कूकड़दाँड़ा गाँव भी है। भुवन भी है।'

'लिया तो आपने है।'

'सबूत दीजिए?'

पर प्रमाणित नहीं हो पाया। प्रमाणित किया नहीं जा सका। ट्राइबल अफसर ने कहा कि खगेश सिंह-सरदार तथा भुवन बेसरा ने अनुमति लेकर ही जमीन गिरवी रखी थी। इन्होंने भी मुहर लगाई है।

भुईंमाली बोला, 'चलो-चलो, खगेश सिंह सरदार! गाँव कूकड़दाँड़ा!'

भाटागेड़ा लौटकर बोला, 'इसी तरह आदिवासी अपनी जमीन से हाथ धो बैठते हैं। खगेश सिंह-सरदार जानता भी नहीं, भुवन बेसरा भी नहीं जानता।'

शालकाँद ने पूछा, 'चन्द्रकान्त बेरा!'

'क्या करोगे शालकाँद?'

'उसके पेट पर पाँव रखकर जीभ खींचकर बाहर निकालूँगा। हाथ काट डालूँगा।'

चाँदो बोला, 'बाप! पहले मेरा ब्याह कर दो, लवनी अब और रुकने को तैयार नहीं है।'

'तू क्या कहता है चाँदो? मैं तो हूल उठाना चाहता हूँ! ना...कालीपद ने 'हड़कोरेन मारे हापड़ा मको रेयाक' काथा का 1916 सन् का संस्करण पढ़ा है। उसने बताया था, हूल के दिनों में बिहार में धूम मची थी, उसमें लिखा है।'

इसी तरह सन् 1970 में 'बाप्ला सेलेत्' अर्थात् विवाह की रस्मों को काँट-छाँटकर चाँदो तथा लवनी का ब्याह कर दिया गया, बीस साल का वर, सोलह साल की वधू। और चाँदो काँड़ बाँस का ढेर जमा करता रहा। यही मौका है जानकर भुईंमाली एक बार घर हो आया। जब लौटा तो उसके साथ मँझले कद-काठी का एक खेतिहर युवक दुलाल सामन्त भी था। भुईंमाली ने शालकाँद से कहा, उन्होंने डेबरा में लड़ाई लड़ी है, गोपीवल्लभपुर में भी लड़े थे।

दुलाल अर्थात् शुभ, भुईंमाली के पास ही आ रहा था। मनीन्द्र साँतरा ने उससे कहा था, तुम पर तो यहाँ ठप्पा लग चुका है। प्रकृतिनन्दन की हत्या के बाद तो और भी अधिक, मेरे एक परिचित के पास भेज रहा हूँ, बरेन भुईंमाली। भाटागेड़ा में स्कूल चला रहा है, राजनीति किया करता था, अब नहीं करता, विश्वस्त आदमी है। और लहर थाना तो बहुत निरापद स्थान है, नो ऐक्शन देयर।'

'क्यों, नो एक्शन क्यों?'

'हम वहाँ पहुँच नहीं पाए थे।'

भुईंमाली के लम्बे समय से खोए गाँव के नौजवान के तौर पर शुभ भाटागेड़ा में सिर पर रंगीन रूमाल बाँधे, माउथ ऑर्गन बजाते हुए बस से उतरा था। रास्ते में भुईंमाली उसे धोबी पछाड़ देते हुए चाय की दुकान पर ले आया।

'शर्म नहीं आती? माँ क्या खाएगी, दादी दमे की मरीज है, कुछ सोचे-समझे बिना ही सिनेमा में 'हीरो' बनने की खातिर माँ का हार चुराकर यहाँ से भाग गया? तुझे ले जाकर कच्चे बाँस की छड़ी से ऐसी पिटाई करूँगा जैसे चोरों की की जाती है। पता है, आजकल चारों तरफ कितना हंगामा मचा हुआ है। तेरी दादी मर गई, जानता है?'

'मैंने माउथ ऑर्गन बजाना सीख लिया है!'

'निकम्मे, जानवर कहना ही ज्यादा ठीक रहेगा। माँ ने तो पैसे खर्च कर अखबार में विज्ञापन भी दिया था, तुझे कुछ पता है?'

'घर में तो नहीं है!'

'उसे तेरी दीदी ले गई है। इलाज करवाने, समझा? दिमाग में तो भूसा भरा है, कोई काम भी नहीं सीखा।'

लहर में उतरते समय शोभन दत्त भी वहाँ उतरा। बोला, 'बाप रे, कितनी गालियाँ देते हैं आप!'

'इसे तो मैं गोहाल में बाँधकर रखूँगा। चाची को लौटने दो, तब लेकर जाऊँगा।'

'उस 'डेपुटेशन' का कोई नतीजा निकला?'

'अरे, आज तक कभी कुछ हुआ है? सब गधे-उजबक हैं, किस पर अँगूठा लगाते हैं, यही नहीं जानते।'

'आप वहाँ क्यों पड़े हुए हैं?'

भुईंमाली आँखें मटकाकर बोला, 'आदिवासी स्कूल तीन साल चल जाए तो सरकारी

अनुमोदन मिल जाता है। इसके अलावा हेडमास्टर भी बन जाऊँगा। गुड इन्वेस्टमेंट है, श्रीमान।'

'सुना है, शालकाँद बहुत ही खतरनाक है?'

'मोटे दिमागवाला है, मरने-मारने को तैयार रहता है पर अच्छा इनसान है। उसकी काथा अगर सुनें तो।'

'उसका बेटा भी तो...'

'हाँ...आठवीं क्लास में पढ़ रहा है, टिक गया तो मास्टर भी बन जाएगा। इस छोकरे को क्लास फोर स्टाफ बना लूँगा।'

'पॉलिटिक्स छोड़ दिया?'

'अब तो घिन आने लगी है, श्रीमान। अब...सेटल करूँ...मेरे बड़े भाई भी कह रहे थे...'

'वे तो सिंचाई विभाग में...आपके पिता भी तो हेड मास्टर थे।'

'मैंने तो अपना जीवन यूँ ही गँवा दिया...देखो! अब कुछ ठिकाने लगाने की कोशिश करता हूँ।'

'विवाह करेंगे?'

'कर सकता हूँ। अच्छा, चलता हूँ!'

'यह क्या माउथ ऑर्गन बजाना जानता है?'

'सब सिनेमा के गाने हैं, छोड़िए भी! चल रे दुलाल! ये थाना के सेकंड अफसर हैं! मँझले बाबू! एक बार भी बदमाशी की तो ...'

इस प्रकार दुलाल के प्रति विश्वसनीयता का वातावरण बनाते हुए भुईंमाली ने इस क्षेत्र में प्रवेश किया। चलते-चलते भुतहा पेड़ के रूप में प्रचलित पीपल के पेड़ के निकट पहुँचकर उसने अपनी भौंहें चढ़ा लीं।

'कौन? ईश्वर की माँ?'

'बेरा बाबू ने शिकायत की है, चाँदो का बाप उसका सिर धड़ से अलग कर देगा... दारोगा साँझ को माँझीपाड़ा जाएँगे...मैं जाती हूँ, बाबू!'

'यही बताने लहर से छह मील पैदल चलकर डूँगर आई हो?'

सब-कुछ सुनने के बाद बिना किसी उद्विग्नता के शालकाँद बोला, 'थाने की खबर वही भुईंमाली दिया करता है! पर यह?'

'चलो, बताता हूँ।'

शुभ असमंजस में पड़ गया। जिस शान्त, निस्तरंग अंचल में वे लोग अपना संगठन नहीं बना सके, वहाँ की हवा में इतना अंडरकरेंट क्यों है? किस घटना की तैयारी हो रही थी?

भुईंमाली बोला, 'जमीन ही इनकी 'रेड बुक' है। एक जमाना था जब इनके पास सब-कुछ था। कुछ सन्थाल-विद्रोह के समय छिन गया, कुछ जंगल महाल विद्रोह के समय। ये लोग तो धरती से अपना पाठ पढ़ते हैं। अब जो जमीन बची थी, खाई-खलासी प्रथा के कारण उससे हाथ धो बैठे। भाटगेड़ा की लड़ाई के लिए यह टाइम बिलकुल सही है, यह तो जमीन पर कब्जा जमाने की लड़ाई है।'

'ये लोग नक्सलपन्थी नहीं हैं?'

'शालकाँद की समझदारी का क्या कहना! वह तो सन्थाली हूल तथा ठेठ नक्सल-बाड़ी के आन्दोलन में कोई अन्तर मानता ही नहीं है। रात को आकर उसकी काथा सुनना।'

'इनके हथियार?'

'तीर इनकी क्षमता का केन्द्र है।'

'तीर!'

'अरे! उसे इतना तुच्छ भी मत समझो। तीर अगर सही निशाने पर लगे तो उसे खींचने पर भी नहीं निकाला जा सकता। उलटी तरफ से दाब-दाब कर उसे निकालना पड़ता है। उस समय खास अंगों के चीर-फाड़ करने पर मृत्यु भी हो सकती है, हुई भी है।'

शुभ चकित हो गया।

'तुम्हें...आज रात कहाँ रखूँ...'

'क्यों, काथा नहीं सुनेंगे?'

शालकाँद की काथा सुनने अब आस-पड़ोस के गाँवों से भी लोग आने लगे थे। भाटागेड़ा की औरतें भी आई थीं। कुछ लालटेनें जल रही थीं। आँगन लीपा हुआ था। घास छीलकर वह जगह साफ कर दी गई थी। शालकाँद एक खटिया पर बैठा हुआ था। उसके दोनों ओर चाँदो और मंडल थे। दोनों लड़के बीच-बीच में ढोलक पर थाप देते थे।

नन्ददुलाल तथा दो कान्सटेबल वहीं आए थे और उन्होंने भुईमाली से पूछा था, 'यह तमाशा कब तक चलेगा?'

'यही कोई दो घंटों तक!'

'हमें कुछ बात करनी थी।'

'जी कहिए!'

शालकाँद दोनों ढोलकों पर दो बार थाप देकर उठ खड़ा हुआ।

'बड़े बाबू हैं न!'

'तुम्हीं शालकाँद मुर्मु हो?'

'जी।'

'चन्द्र बेरा से कहा है, उसका सिर धड़ से अलग कर दोगे, उसे डराया-धमकाया है?'

'बड़े बाबू, तुम यह क्या कह रहे हो?'

'तुमने मुझे 'तुम' कहा?'

'मेरी भाषा में तो 'आप' नहीं है। फिर भी हम लोग 'आप' कहते हैं पर तुमने भी मुझे 'तुम' कहकर क्यों बात किया? मैं अपने समाज का सरदार हूँ! तुम्हारे मँझले बाबू, अस्पताल, अस्पताल के डॉक्टर बाबू भी मुझे 'आप' कहते हैं।'

गुस्से से शालकाँद भड़क गया था। नन्ददुलाल ने सहसा महसूस किया कि इस समय 'तू या बेटा-बेटा' कहने का अवसर नहीं है। लालटेन की मद्धिम रोशनी, बहुत सारे निर्वैयक्तिक काले-काले चेहरे और उनकी स्थिर दृष्टि।

वे बोले, 'खैर, जाने दो! बेरा को आपने 'थ्रेट' किया है। उसे मार डालेंगे?'

'चलिए न? बेरा मेरे सामने कहे तो जरा? यह क्या हुआ भुईमाली? तुम तो पढ़े-लिखे इनसान हो, तुम बताओ। उस दिन 'डिपुटिशान' में गया था, सिर पीटते हुए लौट आया! बेरा के पास मैं कभी गया ही नहीं, वह भी कभी नहीं आया। देखिए बड़े बाबू! पूरा मेदिनीपुर

टाउन मुझे पहचानता है। गोरो नदी के बाँध के बारे में बहुत बार डिपूटिशान लेकर गया हूँ। चलिए, मैं बेरा से पूछूँगा। तुम सब घर जाओ रे। आज ठाकुरजी की काथा नहीं होगी। चाँदो! मेरी लाठी तो देना!'

घटना ऐसा मोड़ ले लेगी, नन्ददुलाल ने सोचा भी नहीं था। वह सूखे गले से बोला, 'आज रहने दो। आप...(हर बार 'आप' कहते हुए उसके गले में कुछ अटक सा जाता है) इन लोगों को क्या सुनाते हैं?'

'काथा। आप नहीं जानते, शालकाँद तो शिलदा के मेले में भी काथा सुनाने जाता है।'

'बहुत अच्छा! बहुत अच्छा! बेरा ने फिर मुझसे क्यों कहा! उससे तो आपकी मुलाकात ही नहीं हुई।'

'ना। चोर-चोट्टे के साथ मैं नहीं मिलता।'

'चोर-चोट्टा किसे कह रहे हैं?'

'बेरा को। कोरे कागज पर छाप लगवाकर हमारी जमीन...हमारी जमीन...'

'आप लोगों की जमीन तो वह ले ही नहीं सकता!'

'खूब ले सकता है। ले चुका है, अब फिर से लिया है।'

नन्ददुलाल लहर वापस लौट आया। कांस्टेबल शालकाँद को नमस्कार कर साइकिल पर सवार हो गए। नन्द ने लहर पहुँचते ही उनसे पूछा, 'उसे सलाम क्यों किया?'

सिंह बोला, 'वह शालकाँद मुर्मु है। एक माँझिन लड़की के साथ छेड़खानी के कारण कैनाल बाबू का हाथ तोड़ दिया था।'

उपीन बोला, 'वह हाँक लगाए तो दो-चार हजार सन्थाल जमा हो जाते हैं। उसे देखकर तो मुझे डर लगता है। लहर नहीं आता पर गाँव की हाट से मुर्गी-बतख, बकरी आदि थाने के द्वारा उठाया जाना बन्द करवा चुका है।'

सिंह बोला, 'तेरी पीठ पर तो दाग भी है।'

नन्द बोला, 'समझा।'

भाटागेड़ा में शालकाँद बोला, 'इस बार भुईंमाली! फसल हम उठाएँगे।'

'उससे तो...'

'हूल होगा, होने दो।'

'लहर थाना का इलाका 'पीसफुल' था। पुलिस नजर रखे हुए थी, खोज-खबर भी ले रही है। नन्ददुलाल राय बिना किसी उकसावे के भाटागेड़ा मौजा में जाकर...'

चारों ओर शान्ति थी, वातावरण बिलकुल शान्त था। परन्तु एक गाँव से दूसरे गाँव तीव्र गति से खबर फैलती चली गई। खाई-खलासी बन्धक रखकर जिस आदिवासी ने भी अपनी जमीन खोई है, अगहन में उस जमीन पर कब्जा कर लो। बेरा-सामन्त-माइती-प्रधान! भूमिहीन सावधान! गाँव-गाँव में, दिशा-दिशा में काथा कहने के नए-नए लोग दिखाई देने लगे।

भुईंमाली ने शुभ से पूछा, 'क्या देखते हो?'

'कहने को कुछ नहीं है। पर ऐसे तत्त्वों का यदि ठीक प्रकार से राजनीतीकरण किया जाता तो...'

'ठीक प्रकार से राजनीतीकरण न होते हुए भी ये सब काम तो ठीक ही कर रहे हैं न?'

'हाँ।'

'फिर उनका सम्मान करो! मैंने तो अब तक जो कुछ सीखा था सब भुलाकर शालकाँद की पाठशाला में नए सिरे से फिर सीख रहा हूँ।'

'आप धनुष चलाना जानते हैं?'

'जानता तो हूँ पर चाँदो जैसा नहीं।'

शुभ ने संकोचपूर्वक परन्तु अत्यन्त गर्व से कहा, 'चाँदो कहता है, मैं अच्छा चला सकता हूँ।'

इस दौरान चाँदो तीर के फल के बीच 'ग्रूव' काटता रहा। स्वप्निल दृष्टि से भुईंमाली से बोला, 'बिंधेगा, अस्पताल ले जाते हुए इस जगह से खून रिसता रहेगा। और जितना दबाओगे, खून उतना ही अधिक बहकर...'

चाँदो अपने तीर किसी को भी नहीं देता था। बहुत से तीर थे। 'शरत्काल में संगृहीत बाँस से बने धनुष सर्वश्रेष्ठ होते हैं। सभी के धनुष को वह खींच-खींचकर देखा करता था। शालकाँद कहा करता था, शर से उसकी नाड़ी काटना तो सार्थक हुआ, क्यों?'

इसी प्रकार धीरे-धीरे अगहन आ गया, धान-कटाई का महीना। चारों ओर से कटनी आने लगे, काले-काले नर-नारी। शिशु, बालक-बालिकाएँ तथा वृद्धाएँ इस बार दिखाई नहीं दिए। औरतों की संख्या भी कुछ कम थी। काली शंकर सामन्त ने पूछा, 'बात क्या है? इस बार बच्चे को पीठ पर बाँधकर नहीं लाए। गिदरा-पिदरा, बूढ़ियों का दल नहीं आया। वे तो छोटे-छोटे बच्चों की देखभाल करते थे तथा दाने बीनते थे।'

काली का पिता हरनाथ बोला, 'काम कर, काम कर! बेकार की बातों में सिर-खपाई मत कर। बहू के पीछे-पीछे घूम-घूमकर तेरा...पर दाने बीनने कोई नहीं आया।'

बेरे ने कहा, 'नक्सलों के डर से हर थाने में हंगामा मचा है। वहीं सब काम पर गए होंगे!'

'पर दाने...'

झरे हुए धान अथवा दाने बीनने का सबको अधिकार था। शुक्ल पक्ष की हिम-शीतल म्लान ज्योत्स्ना में गरीब लोग दाने बीनते थे और धूल से सने धान को पानी से धो लेते थे।

धान-कटाई चलती रही। चलती रही। परन्तु थाने के इलाके को हैरान करते हुए ह-ह-ह आवाज से बैलों को हाँकते हुए धान से लदी गाड़ियाँ गुजरती रहीं।

'यह क्या हो रहा है? तेरे बाप का धान है?'

शालकाँद ने गरजकर कहा, 'तो तेरे बाप का है? बपौती जमीन की धान अब हम लेने नहीं देंगे रे!'

एवं 'सन्थाल धानुक आलीढ़ भाव से' अर्थात् दाहिनी जाँघ यथावत्, बाईं जाँघ थोड़ी-सी आगे की ओर झुकी तथा पंजे जमीन से चिपके हुए–इस मुद्रा में खड़े होकर उसने धनुष उठा लिया।

सामन्त, माइती, बेरा तथा प्रधान को एकबारगी लगा कि दृष्टि-भ्रम है, उनका घेरा सिकुड़ता जा रहा था तथा उसके तुरन्त बाद समझ आया कि चारों ओर से वे धनुष उठाकर उनकी ओर बढ़ रहे हैं। शालकाँद बोला, 'रोकने की कोशिश करोगे तो मरोगे। सुनो भैया,

मारकर भी मरना है, न मारकर भी मरना है, तो हूल करके ही मरें? मैं जाकर बेरा से निपटता हूँ।'

एक दल ने तीर-धनुष चढ़ा रखा था, बाकी शीघ्रता से धान काट रहे थे। इस प्रकार कभी बपौती की पर अब 'खाई खलासी' शब्द द्वारा अपहृत जमीन पर धान की कटाई रात भर चलती रही, रात-भर। थाने में खबर पहुँचाने का कोई उपाय नहीं था। मरता क्या न करता, बेचारा बेरा पौ फटते ही बन्दूक तानकर, साला शालकाँद!—कहता हुआ आगे झपटा, तो चाँदो ने गरजते हुए कहा, 'यह हमारी है!'

परन्तु जमीन पर धान की फसल को माइती, सामन्त तथा प्रधान कैसे छोड़ देते? बन्दूक तो सबके पास मौजूद थी। नक्सली हंगामा नहीं था, पर होने में कितना समय लगता था, ऐसा सोचकर बन्दूक की गोलियाँ चली भी पर जवाब में सिर्फ तीरों की बौछार होने लगी।

शर-बिद्ध बेरा। शर-जर्जर बेरा का गुमाश्ता जो कागज पर लिखता था, छाप लगवाता था, सुबह के लगभग नौ बजे पता चला कि सामन्त शर से घायल है—बेरा तथा गुमाश्ता मर चुके हैं—प्रधान का भतीजा बहुत जख्मी है तथा माइती का दायाँ हाथ आकुलि गोप पेट के नीचे तीर लगने से तड़प-तड़पकर चक्राकार दौड़ रहा है।

बेरा का बेटा शशांक तीर से घायल जाँघ लिये थाने की ओर दौड़ा। उसने बन्दू हाथ से फेंक दी।

धान-वाहक गाड़ियाँ एक-एक कर जब गाँव से बाहर चली गईं तो गाँव-गाँव में ढोलक पर थाप पड़ने लगी। शालकाँद बोला, 'अब ये लोग धावा बोलेंगे, समझे!'

चाँदो ने पूछा, 'कितनी पुलिस है उनके पास? हम लोग कितने हैं? तीर मारेंगे उन सबको...'

गाँव तो सब दूर-दूर बसे थे। भाटागेड़ा-खाँटुलि-पिपलबेड़-माहाकाल, छोटे-बड़े आदिवासी गाँव। बेरा तथा माइति का घर आनन्दपुर में था। सामन्त लहर में रहता था, प्रधान पश्चिम उछापुर में। धान रोपाई अथवा कटाई के समय यहाँ आकर कुछ दिनों तक रह जाते थे। इसलिए खपरैल घर थे। इतने सारे गाँव इस घटना के साथ लिप्त थे। पर भाटागेड़ा ही इस हादसे के लिए चिह्नित हो गया।

लहर थाना कम पुलिस बल लेकर यहाँ प्रवेश करने से, तथा 'रेड' करने से डर रहा था। परन्तु घायल तथा मृतकों को उन्होंने एक ही जगह पर पड़ा हुआ पाया। कुछ लोग जिनकी रगों में प्राचीन सत्य-निष्ठता प्रवाहित थी अथवा युद्धकाल में सुनी किसी बात से प्रभावित थे, वे सात मील, पाँच मील तक उन्हें लादकर लहर के निकटतम स्थान खाँटुलि की हाट में छोड़ गए थे। सामन्त तथा आकुलि गोप के रक्त-स्राव को बन्द नहीं किया जा सका था। स्थानीय डॉक्टर ने मृत्यु की आशंका के कारण तीर निकालने की कोशिश नहीं की।

आखिरकार उन्हें कोलकाता ले जाना पड़ा। पर सामन्त तथा आकुलि की मृत्यु हो गई, प्रधान के भतीजे का दायाँ हाथ कोहनी से काट दिया गया। उसके माता-पिता ने कहा, 'जय त्रिपुरेश्वर। बाएँ हाथ से ही लिखना है, लाठी चलाना है, जन्म से ही प्रदीप बड़ा भक्त था!'

शव की चीर-फाड़ करने के पश्चात् तीर के मुँह के बीच जो खात-कटाव या घाव बने

थे उसे देखकर 'ऑपरेशन भाटागेड़ा' के पुलिस अफसर ने कहा, 'प्रीपास्चरस, डायबॉलिकल मर्डर। पहले से प्लांड होगा। तीर के फलक की खात के कटाव, इसी कारण रक्त-स्राव बन्द नहीं हुआ।'

वास्तव में यह घटना नक्सली विद्रोह के रूप में प्रचारित की गई, और आज भी की जाती है। मँझले बाबू की रिपोर्ट में 'हूल' देखकर अफसर चौंक गए। एक और सन्थाल विद्रोह? परन्तु इस बार तो अन्यान्य 'ट्राइब, नॉन-ट्राइब' भी इसमें लिप्त हैं।

आदिवासी खाई-खलासी जमीन के मालिक अत्यधिक दबाव डालते रहे। बहुत प्रकार से जोड़-घटाकर अफसर ने इस सवाल का हल निकाल ही लिया।

नन्ददुलाल 'डिमोटेड'। यदि वह उसी दिन शालकाँद को पकड़ लेता...

नन्ददुलाल रो पड़ा। जो भी नक्सल-हत्या में तत्पर हैं, वही तेजी से उन्नति कर रहे हैं। खाई-खलासी जमीन की समस्या तो मूलतः नक्सली समस्या ही है। यह वह समझ न पाया, शालकाँद को देखकर डर गया था।

मँझले बाबू को अब केवल थाने की देख-रेख की जिम्मेदारी दे दी गई तथा उपीन और सिंह आजकल केवल चाय-पानी-सिगरेट वगैरह लाते थे। अफसर एक अलग बटालियन लेकर आया था।

नन्ददुलाल का तबादला हुगली के जगत् वल्लभपुर में कर दिया गया। 'प्रोमोशन संस्पेंडेड'। भग्न-हृदय नन्द, दमदम में अपनी पत्नी, सास-ससुर, साला आदि सबसे डाँट सुनेगा, यह सोच-सोचकर ईश्वर की माँ के तन से अपने दुखों से राहत पाना चाहता था। जाने से पहले उसने एक उर्वशी सेंट तथा पैरों के घाव के लिए मलहम खरीदा। कुछ तले हुए पकौड़े भी। पर किवाड़ तो खुला हुआ था। घर अँधेरे में डूबा, खाना-वाना भी नहीं पका, जीवित लेठा मछली फर्श पर तड़प रही थी, यह सब अशुभ लक्षण देखकर वह होशोहवास खो बैठा।

इस डाँवाँडोल स्थिति में ईश्वर की माँ के लापता होने पर किसी को भी चिन्ता नहीं हुई। नक्शा खोलकर साहब निशान लगाते जा रहे थे, जीपों का ताँता लगा हुआ था। ऐसे में दारोगा की रखैल के बारे में कौन सोचे?

ईश्वर की माँ गिरती-पड़ती, भयभीत होकर भागी, शालकाँद के पैरों पर पछाड़ खाकर गिरी और बोली, 'बहुत पुलिस आई है! बेरा का चाचा सबको दिखा-दिखाकर पहचनवाएगा। आप सब यहाँ से भाग जाएँ।'

'तू कहाँ जाएगी हारानी?'

'लहर नहीं जाऊँगी।'

'तेरा बेटा?'

'उसे तो उन लोगों ने खाना पकाने के काम में लगा दिया है।'

'लवनी! इसे अपने साथ रख ले।'

मिट्टी खोदकर, एक लम्बी चादर में चाँदो के तीरों को लपेटकर लवनी और हारानी ने छुपा दिए। शुभ अभी तक दुलाल बेरा ही था। वह बोला, 'हम लोग पहले ही पहुँचकर घेरा क्यों नहीं डालते?'

शालकाँद बोला, 'अपनी ही जमीन से धान लिया! तो मिलिटरी घुसा दिया?'

'इतने सारे जवान।'

'परधान, हरि मुंडा के बाप को बटखरे से पीस रहा था। बन्दूक उठाकर क्यों भगाया उन्होंने?'

शुभ का मन हुआ कि उनसे पूछे—'घायल तथा मृतकों को इन लोगों ने खाँटुलि क्यों पहुँचाया था?'

शालकाँद तथा शुभ के मन की गति बिलकुल पारदर्शी थी, उसमें कोई दुविधा नहीं। शालकाँद मुर्मु बोला, 'जिसको अभी जीना है, वह शायद बच जाएगा। लड़ाई के समय भी धर्म तो नहीं त्याग सकते, समझे?'

शुभ तथा भुईंमाली की अधीत विद्या। सन्थाल विद्रोह। 'हम सब कसाई बन गए थे। पंक्तिबद्ध होकर, ढोलक बजाते हुए, धनुष उठाकर वे आगे बढ़े। सबको गोली से भून दिया। तीर से बन्दूक कहीं अधिक शक्तिशाली है, अगली पंक्ति आगे बढ़ी। फिर गोलियों की बौछार, फिर अगली पंक्ति...' किसी अंग्रेज अफसर की उक्ति थी।

शालकाँद बोला, 'कुछ पेड़ पर चढ़कर नजर रखना। चाँदो और उसके साथी दँक के इर्द-गिर्द, हम भी रहेंगे। हम भी रहेंगे।'

मुंडा, भूमिज, कोड़ा आदि आगे आए। मनोहर सिंह मुंडा खैनी रगड़कर मुँह में दबाकर स्वभावानुसार मन्थर आवाज में बोला, 'धान, शालकाँद।'

'ठाकुरजी ने हमारे लिए नाप रखा होगा तो खाएँगे नहीं तो नहीं खाएँगे।'

'बाल-बच्चे, बड़े-बूढ़े?'

'घर में छुप जाएँ, छुपे रहें। जंगल की ओर भाग जाएँ। मंडल, धानुक, ना-ना, बहू- बेटियाँ, जाओ रे। जाकर बोलना माहाकाल के जंगल में छुप जाएँ। चावल-चिड़वा जो हो सके लादकर ले जाएँ। लवनी, तू भी जा!'

'उसे छोड़कर नहीं जाऊँगी।'

चाँदो गरजकर बोला, 'जा लवनी!'

लवनी उसकी ओर देखती रही। गहरी साँस लेकर बोली, 'जाती हूँ!'

भाटागेड़ा एनकाउन्टर ऐसे ही घटित हुआ था। गाँव में घुसते ही उस कीचड़-पानी के पास। आगे आती हुई जीपें वहीं थम गई थीं। अर्द्ध-सामरिक बल कूदकर उतरे थे। छरहरे बदन का, गम्भीर चेहरे वाला अफसर।

'टेक टू पोजीशन।'

वाहिनी ने पोजीशन ली।

अफसर ने हैंड-माइक मुँह के साथ सटाकर कहा, 'तुम सब सामने आओ, हथियार डाल दो, आत्म-समर्पण करो। गोली नहीं चलेगी। आगे बढ़ो। एक से दस तक गिनूँगा।'

आदिवासी धानुक अटल होकर खड़े रहे। उनकी देह निश्चल थी, चेहरा भावविहीन। शुभ को एक दमामे की आवाज सुनाई दे रही थी। बाद में समझ में आया था कि वह उसके दिल की 'धक्-धक' थी और भाटागेड़ा के बुध चाँद बेसरा 'डम-डम' ढोलक पीट रहा था। बुध चाँद वृद्ध था। एक पैर नहीं था। लाठी लेकर चलता था। और शालकाँद तो ऐसा लग रहा था जैसे धीरे-धीरे 'बोल्डर' बनता जा रहा हो, प्राचीन शिला। शालकाँद की काथा, शालकाँद की काथा, 'हम घूम-घूमकर कह आए हैं सबसे! हिहिडी पिपीड़ि से हाराता, इसके साथ ही सासांड्बेडा, और जारणि, चाँइचाम्पा...पुराकाल में राम जब राजा थे...हम सब, लड़ाकू लंका

पहुँचकर रावण राजा के साथ लड़े थे...दिकू के साथ लड़ाई...हम लोग पहाड़ और जंगल में, दिकू सपाट मैदानी अंचल में, पर हम जंगल काटते हैं, दिकू वह छीन लेता है...प्रतिदिन दिकुओं ने हमें भगा-भगाकर...'

शुभ वर्तमान देख रहा था या प्राचीन अतीत?

'दस! ओपन फायर!'

बन्दूक और तीर। बन्दूक और तीर चलाते-चलाते, चलाते-चलाते...ऑपरेशन भाटागेड़ी ग्यारह घंटों तक जारी रहा। नई बटालियन आई।

बहुत-से चित्र, टुकड़ों में बँटे हुए, बहुत से।

मनोहर सिंह मुंडा पर जिसने गोली चलाई, ठीक उसी क्षण मनोहर का तीर उसके गले में बिंध गया। दोनों एक पल के लिए 'फ्रीज' हो गए और दूसरे ही पल दोनों एक साथ मुँह के बल गिर पड़े। मनोहर के दाएँ कन्धे पर गोली लगी थी।

चाँदेरा के मुँह पर हलकी सी मुसकान थी, धीमी आवाज में, अब उसे, अब इसे...चला, चला बन्दूक! तीर-बिद्ध सैनिक दो हाथ उठाए उनकी तरफ दौड़ा आया, दहाड़ मारकर गिर पड़ा।

शालकाँद का उठा हुआ धनुष। सगर्जन निर्देश, मार, सिर झुका ले। सबको झाँटी-वन में घुसा दे।

राइफल की शुष्क आवाज। बार-बार, बार-बार।

ऑपरेशन भाटागेड़ा ग्यारह घंटों बाद थमा। सुबह दस बजे से शाम के पाँच बजे तक। अँधेरा छा गया था। सुबह पाँच बजे से प्राक्-मध्याह्न ग्यारह बजे तक।

उनके चार लोग मारे गए थे–चाँदो मुर्मु, शुभ, सना हाँसदा तथा धानुक मुर्मु का जुड़वाँ भाई सेवक मुर्मु।

कम, थोड़ा-बहुत, तथा बुरी तरह से लगभग इकतीस लोग जख्मी हो गए थे।

प्रशासन के पाँच लोग मारे गए थे, तथा इक्कीस लोग तीर-बिद्ध हुए थे। अफसर अपनी दाहिनी पसली में बिंधे हुए तीर के निकले हुए अंश की ओर देख भी नहीं पा रहा था। अगर वही भयंकर खत्ती तीर ही हुआ तो? रक्तस्राव तो बन्द नहीं होगा। क्या खतरनाक हथियार है! खींचकर निकाला भी तो नहीं जा सकता। ठेलकर उलटी तरफ से निकालना पड़ता है। खत्ती तीर है, इसलिए नुकीली धार से छिल-छिल कर रक्तपात होने लगता है, होता ही रहता है। क्या वह भी 'हेमोरेज' से मर जाएगा?

लवनी बदहवास होकर भागती आई और चाँदो की लाश पर गिर पड़ी थी।

चार–1993

कालीपद, बरेन, पीताम्बर, माखन, धानुक तथा शुभव्रत का भाई कल्याणव्रत अन्य लोगों की भाँति नीचे ही बैठे थे, शालकाँद चौखट पर बैठा था। शहीद-वेदी पर फूलों की माला, वेदी के चारों ओर तीर गड़े हुए थे, जिनके फल ऊपर उठे हुए थे। रात के आठ बजे थे। आज शालकाँद के प्रांगण में 'जेनरेटर' का प्रकाश था।

...क्यों भुईंमाली! ऐसा कुछ बुरा भी तो नहीं था।

'नहीं शालकाँद...बहुत लोग आए थे। कल्याण का कौतूहल समाप्त ही नहीं हो रहा था। बड़बोलापन नहीं, भाषणबाजी भी नहीं, शालकाँद ने 'तीर-काथा' सुनाई।'

'मैं पहले-पहल आपके पास आया था, आपके जेल से रिहा होने के बाद...उसके बाद.....उसके बाद...'

शालकाँद ने हँसकर कहा, 'तब कौन जानता था शुभ किसका बेटा है! और अब तो शुभ तो तुम्हारा कोई नहीं, अब तो वह हमारा हो गया, क्यों ठीक कहा ना मैंने माखन!'

'ठीक बात।'

'आप सभी...'

'जेहल में!'

'तभी निकले थे?'

'आगे-पीछे...'

'फिर?'

'काथा रे, काथा! क्या दिखाऊँ? वो दँक भी नहीं है, जंगल भी नहीं रहा, गाँव भी अब छोटा हो गया है। पर हम तो हैं।'

'और वो महिला...जो खबर पहुँचाया करती थी?'

'हारानी मर गई।'

'और...लवनी...?'

शालकाँद हँसते हुए बोला, 'तुम लोगों को चाय-पानी-भात कौन परोस रहा है? वही तो लवनी है! हाँ-हाँ, बिटिया तो बच्चे सेने वाली चिड़िया की तरह पंख झपटाती रोती फिरती थी, तो मैंने उससे कहा, माँ! तू मंडल के साथ ब्याह कर ले। समाज में नियम तो है।'

'और वो लड़का?'

'मंडल और लवनी का बेटा है। शुभ!'

'शुभ!'

'हाँ-हाँ, नाम तो जीवित है। और, तुम्हारा भी बेटा है?'

'हाँ।'

'क्या नाम रखा उसका?'

काले-काले चेहरे कल्याण को देखने लगे। शालकाँद बोला, 'शरमा रहे हो? चाँदो तो नहीं रखा। इसलिए? शरमाने...की क्या बात है...'

'शालकाँद!'

'भुईंमाली!'

''तीर-काथा' एक बार और हो जाए?'

'जरूर होगा।'

शालकाँद ने ढोलक पर थाप दी। गर्व से बोला, 'सुन मंडल! यह दिन हम मनाएँगे हर साल...ऐसा काम कर, जिससे मैं नित नई काथा सुना सकूँ। ती–र, काथा!'

'तीर-काथा' शुरू हो गई। पानी बरसने लगा। वेदी के चारों ओर गड़े हुए तीरों के फल रगड़-रगड़कर चकमक-चमक रहे थे। जेनरेटर के प्रकाश में तीरों की खात दिखाई दे रही थी। शालकाँद ने मन-ही-मन पूछा, इस समय तक सब कहाँ हो!

'तीर-काथा' शुरू हो गई। बहुत सारे काले-काले चेहरे। काथा उन लोगों को कभी पुरावृत्त के अतीत में ले जाती थी, कभी इतिहास के अतीत में ले आती थी सन् 1993 में, फिर ले जाती है सत्तर के दशक में।

काथा चलती रही।

अंगनवेदी के चार तीर भी साग्रह सुनते रहे। उनकी काथा, है न?

चोली के पीछे

इसमें क्या है, यही उस वर्ष की राष्ट्रीय समस्या थी। जिस समय यह राष्ट्रीय समस्या के रूप में सामने आई, तब समसामयिक अन्य परेशानियाँ, जैसे–फसल की बरबादी, भूकम्प, हर तरफ तथाकथित संत्रासवादी और राष्ट्र-शक्ति के विरुद्ध संघर्ष और हत्याएँ, हरियाणा में जाति से बाहर ब्याह करने के अपराध में युवक-युवती का सिर कलम, नर्मदा बाँध को लेकर मेधा पाटकर और अन्य लोगों की नासमझ हठ, सैकड़ों बलात्कार-हत्याएँ, लॉक-अप में अत्याचार इत्यादि गैर मुद्दे स्वाभाविक रूप से समाचार-पत्रों की सुर्खियाँ बनते-बनते रह गए–ये सब गौण मुद्दे बनकर ही रह गए। इनसे कहीं अधिक महत्त्वपूर्ण मुद्दा–'चोली के पीछे' था।

राष्ट्रीय स्तर पर ऐसे मुद्दे गैर मुद्दों को रौंदकर आगे बढ़ेंगे–बढ़ भी जाते हैं, यही नियम है। इसीलिए 'इसमें क्या है' इतना महत्त्वपूर्ण हो गया। यह प्रमाणित हो गया कि भारत हमेशा सोया नहीं रहता, जरूरत पड़ने पर जाग भी जाता है।

इसलिए इसमें क्या है यह जानने के लिए राष्ट्र-मीडिया-सेंसर बोर्ड-ब्रा-विरोधी, मुक्त युवतियाँ-राज्य की बहुत-सी संस्थाएँ-संगठन आदि-आदि-दूरदर्शन के 'मल्टी चैनेल'-पलकों पर हरा 'मस्कारा' लगाए हुए महिला-अधिकार संस्था–सभी धार्मिक दल-राजनीतिक लोग बेहद व्यस्त हो गए, इसी कारण 'खलनायक' फिल्म का 'कैसेट' छिप-छिप कर देखना ही 'नॉर्म ऑफ दी डे' बन गया था।

राष्ट्र को इस प्रकार की चिन्ता में लीन देखकर ही शुभचिन्तकों ने देशवासियों के दिमाग को झकझोरने के लिए बम्बई और कलकत्ते में बम-विस्फोट किया–इससे भारत ने सहसा महसूस किया कि चोली के पीछे मध्य-पूर्व का हाथ है। यह जानना भी एक और प्रकार का विस्फोट था, क्योंकि इमारत के ढह जाने पर सहसा पता चला कि मिडल-ईस्ट ही चोली पहनना और खोलना तथा 'गुटुर-गुटुर' आदि को नियंत्रित करता है। जो शक्तिशाली गुट, बम्बइया फिल्मों के जरिये भारतीय लोक-संस्कृति का प्रतिनिधित्व करनेवाले सांस्कृतिक माध्यम के रूप में नौजवानों के मगज में सन्देश भेजने में लगे हैं, वह गुट इससे नाराज हो गया। इनके विरोधी गुट (संख्या में अत्यन्त कम) के अधिकारियों ने (अवैतनिक, सेमिनार में जाने का मौका मिलते ही खुश हो जाने वाले) पर्चे छपवाए जो प्रत्येक समाचार-पत्रों की तह में घुसा दिए गए, जिनमें लिखा था, प्रतिवर्ष बम्बइया-फिल्मों के भंडार में पड़े 'फुटेज' की लम्बाई, जिससे जननी वसुन्धरा को अठारह बार लपेटकर बाँधा जा सकता है, उसके पीछे भी कोई देश जरूर है जो दूर बैठे-बैठे भारतीय जनता को हँसाते, रुलाते, नचाते-गवाते हैं–आदि-आदि। इस खबर को पढ़ते ही बावला हरिपद टाटा बिल्डिंग की छत पर चढ़कर चीखने लगा 'इनवेजन! इनवेजन!' और शीघ्र ही ए.टी.टी.ए.डी.एफ. ऐक्ट, 'ऐंटी टेररिस्टिक एंड डिस्पेरेटिव फोर्सेस एक्ट' (आतंकवादी तथा

अलगाववादी ताकत विरोधी कानून) के तहत बन्दी बनाकर जेल भेज दिया गया। कौन-सा जेल, किसने बन्दी बनाया, कुछ पता नहीं चला। 'इनवेजन' (आक्रमण) शब्द ने राष्ट्र को चिन्ता-ग्रस्त कर दिया। 106 वर्ष के स्वाधीनता सेनानी गोपीकृष्ण बाबू ने कहा, 'क्या अंग्रेज दोबारा भारत पर हमला करके कब्जा जमाने आ रहे हैं?'—उस वक्त पूरे देश के, एक भी भारतीय भाषा न जानने वाले भारतीय बुद्धिजीवियों ने राजधानी में एक गुप्त सेमिनार में भाग लिया तथा यह सुधी सिद्धान्त प्रचारित किया कि कल्चरल रिवोल्यूशन (सांस्कृतिक क्रान्ति) से कल्चरल इनवेजन (सांस्कृतिक आक्रमण) कहीं अधिक खतरनाक है। इस पर रोक लगाने के लिए भारत को जो करना चाहिए, भारत वही कर रहा है। और वह है युद्धास्त्रों का निर्माण और उनका प्रयोग। मुम्बई कारखाना निर्मित जन-संस्कृति ही वास्तविक भारतीय संस्कृति है जो कैसेटों के माध्यम से आधी दुनिया में 'जेट' गति से निरन्तर अग्रसर है। रूस नहीं रहा। मार्क्स-लेनिन-माओत्से तुंग व्यर्थ सिद्ध हो चुके हैं। प्रकृति का शून्यस्थान पाइरेटेड (नकली) कैसेटों से भरना होगा। इस दृष्टि से 'चोली के पीछे' इस समय मृत-संजीवनी का काम कर रहा है। इतना सब-कुछ होने पर भी शौली की माँ अपनी क्रमशः वृद्धि पाने वाली पृथुल देह पर सिर्फ एक साड़ी लपेटती हुई कहती है, जीवन में कभी ब्लाउज तक तो पहना नहीं, चोली कैसे पहनूँ रे! इन सब बातों में राष्ट्र अत्यधिक व्यस्त था इसलिए उपीन की खबर को अखबार में केवल डेढ़ इंच जगह मिली। उस पर राष्ट्र की नजर नहीं पड़ी।

दो

उपीन की खबर केवल उपीन ही की खबर के तौर पर अखबार में नहीं छपी। झरोवा और सेउपुरा के बीच रेल के पहियों से कुचला हुआ एक अज्ञात व्यक्ति का शव उपीन का ही था। यह भी पहले पता नहीं था। इससे पूर्व ही उपीन का दोस्त और पेड़ेदार उजान को चिट्ठी मिली थी, 'कम टु झरोवा वेरी अर्जेंट'—उपीन (झरोवा चले आओ, बहुत जरूरी है—उपीन) यह चिट्ठी ही उजान को उपीन का परिणाम जानने के लिए झरोवा ले गई। पोस्टकार्ड मिलते ही जैसे उजान पर बिजली गिरी। अब उसे याद आया उपीन के लापता होने का पहला अध्याय। इसलिए वह शीतल मालिया के पास चिट्ठी लेकर पहुँचा। साल्ट-लेक की एक कानी गली जिसके दक्षिण में बड़े-बड़े पेड़ों की कतारें थीं और उसके बाद चिर-प्रवाहित केष्टोपुर तालाब। रास्ते के उत्तरी भाग में कतिपय ऊँचे-नीचे मकान थे—वहीं शीतल अपने फ्लैट में आ बसी थी। ऐसी रूपवती, सुगठित, तैंतीस वर्ष की आयु में भी किशोरी लगने वाली रमणी का नाम शीतल क्यों था, यह उजान नहीं जानता। उपीन और शीतल पति-पत्नी थे—पर उपीन एक पहले दर्जे का घुमक्कड़ फोटोग्राफर था, शीतल सुप्रसिद्ध हिमालय पर्वतारोही थी—साल भर में दोनों मुश्किल से एक-डेढ़ महीना ही एक साथ रह पाते थे—पर दोनों प्रेमासक्त क्यों बने रहते थे—यह भी उजान नहीं जानता। उजान बिना कुछ जाने-समझे बहुत बेहतर ढंग से जी सकता है। उजान तो केवल उपीन का परम भक्त था। बीच-बीच में उपीन तस्वीरें खींचने के लिए पिछले पाँच सालों से कोलकाता से बिहार-उड़ीसा चला जाता था, उजान को भी साथ ले जाता था। चूँकि उपीन की तस्वीरें देश-विदेश में ऊँचे दामों पर बिकती थीं, इस कारण उजान भी फायदे में रहता था। साल्ट-लेक का फ्लैट उजान को पसन्द नहीं था। कोई नहीं रहता, अत्यन्त साफ-सुथरा, चमकता

हुआ वह फ्लैट था। कदाचित् ही कभी शीतल आती थी। सब बड़ा गोलमाल-सा था। वैसे उपीन का तो कहना था, इतना सोचकर क्या होगा? शीतल तो प्रकृति-नन्दिनी है। यह कानी गली, यह हरियाली, यह निःशब्द सँकरी नदी, यह सब उसके लिए बहुत जरूरी है।

शीतल का भी दोहरा व्यक्तित्व था। हिंसक और आक्रामक शीतल बार-बार हिमालय पर धावा बोलती थी। शान्त, कोमल शीतल इस नदी और पेड़ों की निर्जनता में निमग्न हो जाती थी। हिमालय और साल्ट-लेक के अलावा भी भारत में कितने ही प्राकृतिक सौंदर्य से युक्त स्थल हैं, मगर शीतल के लिए वे सब दृश्य असहनीय थे। शीतल मन-मिजाज से सन् 2094 की महिला थी या कहा जाए शीतल की सदी अब तक शुरू ही नहीं हुई।

उपीन जोर-जोर से हँसते हुए यह सब बताता था। उपीन की आयु पैंतीस वर्ष की थी या पचपन–कुछ पता नहीं चलता था। उसके चेहरे का आकार चौकोर था, मोटा, मुँह पर दाढ़ी-मूँछ, आँखें अपेक्षा से अधिक चमकती हुईं। वह कई दिनों के बाद एक बार नहाता था, मांस और बियर का सेवन करता था, बीड़ी फूँकता था, उजान के शरीकी मकान के एक कमरे में और दिल्ली के बड़े-से-बड़े होटल में वह बिलकुल 'ऐट होम' अनुभव करता था–एक एसपरेन्टो इनसान।

उस वक्त शीतल बहती हुई नदी की ओर एकटक देखती हुई निश्चल बैठी थी। ऐसे पत्थर बनकर बैठे रहना शायद उसे नगाधिराज हिमालय ने सिखाया था।

उजान ने शीतल को पोस्टकार्ड थमाया।

'ओ, झरोवा।'

'ऐसा ही लिखा है।'

'मुझे तो लिखा नहीं।'

'आप तो इस समय कदमकुरी रहा करती हैं।'

'पर, झरोवा से ही तो वह दिल्ली गया था।'

'हाँ।'

'तुमसे कहा था, उसके साथ लगे रहना। तुम जानते हो इस समय सेबों के बाग में कितना काम है! तुम्हें मैंने रुपया भी दिया था।'

'आप रुपया न भी देतीं तो भी मैं उपीन'दा के साथ ही रहता। पर मैं क्या जानता था कि दिल्ली पहुँचकर उस पर ऐसा पागलपन सवार हो जाएगा! मैं बीड़ी खरीदने गया था, पुलिस उसे...'

उजान का गला रुँध गया।

'हाँ...अखबार में तस्वीर...बदनामी की बातें।'

'हाँ, एक सचित्र बैनर था। उसमें अंग्रेजी में लिखा–उड़ीसा की अर्द्धनग्न पीनोन्नत स्तना नारी-मूर्तियों पर बलात्कार होने जा रहा है। सेव देम! सेव द ब्रेस्ट!'

'मैं पहले कभी दिल्ली नहीं गया। शहर के बारे में कुछ नहीं जानता। घबराकर वापस लौट आया।'

'वाह!'

सहसा उजान ने दुःसाहसपूर्वक कहा, 'मैं जानता था, मुझे ही सबसे पहले खबर भेजेगा। वही किया उसने। लौटकर इसी की ही प्रतीक्षा कर रहा था।'

'कुछ ज्यादा नहीं किया।'

क्रोधित अथवा उत्तेजित हो जाने पर शीतल बार-बार साँस खींचकर और छोड़कर अपने आपको नियंत्रित करने की कोशिश करती थी। मिनट भर में ही स्वयं को शान्त करके उसने पूछा, 'व्हाई झरोवा, उजान?'

'आप तो जानती ही हैं!'

'सिर्फ यह नहीं जानती कि पिछली बार क्यों गया था? हाँ, –उस बार हाथी 'माइग्रेट' कर रहे थे–'

'उसके बाद सूखा,'

'नदी के पानी में 'पेस्टिसाइड',

'अकाल, 'सेमिफेमिन कंडीशन',

'हाँ, हाँ, हाँ! यह सब चित्र तो देश के अखबारों में छप चुके हैं। 'लेन्स' पत्रिका में भी। यह तो चार बार की बात हुई। और पाँचवीं बार?'

उजान चुप।

'पाँचवीं बार?'

'मैं नहीं जानता। मैं तो बेतला चला गया था।'

'उपीन'दा नहीं गए थे।'

'यह सब किसके चित्र हैं?'

सुगठित स्तनों वाली एक देहाती युवती शिशु के मुख में स्तन-वृन्त डाले पसरकर बैठी हुई थी। स्तन आँचल की ओट में था। वही युवती अन्य युवतियों के संग सिर पर पानी की गगरी लिये जा रही थी। भरे-घड़े की तरह छलकते हुए उसके स्तन!

वही युवती पेड़ पर पीठ टिकाए गन्ना चूस रही थी। प्रस्तर मूर्ति के समान उसके स्तन। मुँह पर अल्हड़ आनन्द।

'ये किसकी तस्वीरें हैं, उजान?'

उजान बोला, 'गंगौर! गंगौर का मतलब मैं नहीं जानता।'

शीतल काफी हैरान थी–'गंगौर? यू मीन गंगोर? गणगौरी?'

'इसका मतलब?'

'उजान, तुम तो फ्री-लान्स लेखक हो! नाम तुममें किसी प्रकार की उत्सुकता उत्पन्न नहीं करते?'

'नहीं, नाम में क्या रखा है?'

पल-भर में शीतल पहले वाली 'भारतीय उत्सव डाक्यूमेकर' शीतल माल्या बन गई। आँखों-देखा हाल सुनाने के स्वर में बोली, 'राजस्थान में गणगौर उत्सव मनाया जाता है। गंगा पूजा, गंगा देवी! आश्चर्य! राजस्थान में गंगा कहाँ? कोई बड़ी नदी भी तो...'

'राजे-रजवाड़ों का देश है। शायद कभी गंगा रही हो।'

'सुजान! ओह तो उजान! उजान! तुम 'डिवाइन' हो! कल्चरल अवेयरनेस तुममें इतना कम है। उपीन भी कहता है, बंगाली 'डिवाइन' होते हैं। ये लोग समझते हैं किसी अन्य राज्य के बारे में जानने की जरूरत ही क्या है।'

'ये तस्वीरें आपको कहाँ से मिलीं?'

'उपीन ने छिपाकर रखी थीं। गणगौर के साथ उपीन का क्या...?'

'नहीं।'

'सेमीफेमीन कंडीशन...गंगौर वगैर काम की तलाश में झरोवा चले आए थे। कच्ची ईंट और खपरैल बनाने के भट्ठे में ठेके पर काम करने। उपीन और उजान जब वहाँ गए थे, तब तक उन्हें वहाँ रहते हुए दो-तीन महीने बीत चुके थे। गंगौर काफी हृष्ट-पुष्ट थी। बच्चे को दूध पीते देखकर उसने तस्वीर खींच ली थी, गंगौर ने कोई विरोध नहीं किया था। पर हाथ पसारते हुए कहा था—पइसा बाबू, रुपया! फोटो उतारोगे तो पइसा लूँगी। उजान को जैसे धक्का लगा था। उपीन ने जेब में जितना था, सब दे दिया।'

पी.डब्ल्यू.डी. के बँगले की ओर चलते हुए उजान ने कहा था, 'साठ-सत्तर रुपए दे दिए? वो औरत भी कितनी बेशरम थी।'

उपीन ने कहा था, 'अरे छोड़ो, उजान! तुम्हें इतना अचम्भा क्यों हुआ? अरे बाबा, मैं तो तस्वीर बेचूँगा भला वो रुपए क्यों न ले? वो घास खाकर नहीं जीते, उजान, वो भी समझदार हैं। जब बाबू लोग राहत-सामग्री देते हैं, तो उसके पीछे भी कोई मतलब होता है।'

उसके बाद कहा, 'वाकई, स्टैच्यू की तरह उसकी छाती थी। मैमल प्रोजेक्शन देखा है?'

'मैंने उधर देखा ही नहीं।'

'होता है, ऐसा होता है। मेरे परिचित एक दोस्त के चाचा आजादी के बाद दंडकारण्य गए थे। एन्थ्रोपोलॉजिस्ट थे। आदिवासी लड़कियों के अनावृत स्तनों को देखकर...'

'छि-छि-छि!'

'उन्होंने भी छि-छि-छि कहा था, और उनसे ब्लाउज पहनने को कहा था। अब पहनती हैं। तब नहीं पहनती थीं। वह सज्जन तो धीरे-धीरे पागल ही हो गए।'

'जाने दो, कोई दूसरी बात करो।'

'मैं उसके स्तन देखकर...'

'छि! उपीन'दा! तुम तो शादीशुदा हो।'

'सुन्दर वस्तु की तारीफ और श्रद्धा करना सीखो।'

उपीन'दा के दिमाग में गंगौर घर कर गई। नहीं, वे सब तस्वीरें यहाँ नहीं थीं। रात में उपलों की आग में लिट्टी सेंकती हुई गंगौर सामने की ओर झुकी हुई थी। मैले लाल आँचल के नीचे कोणार्क स्तनों की बीच की रेखा उद्भासित थी।

कोई ट्रेन जा रही थी। गंगौर वगैरह उस ओर देख रही थीं। आकाश के कैनवस पर अजन्ता के गुहा-चित्रों के वक्ष थे। मैली चोली। मैले लाल कपड़े, धोती, बालों में जुएँ, गन्दी... गन्दी...।

दूसरी बार गंगौर बोली थी, 'एक-एक तस्वीर का सौ-सौ रुपया।'

उपीन ने अपनी घड़ी उतारकर दे दी।

गंगौर ने घड़ी फेंक दी। उस समय घड़ी में ग्यारह बजकर दस मिनट हुए थे। घड़ी बन्द हो गई। सुई रुक गई। रुकी ही रहेगी। उपीन ने वह घड़ी ठीक नहीं करवाई।

मंत्र-मुग्ध उपीन को एक भद्दी-सी गाली देते हुए गंगौर जोर से चिल्लाई थी, 'कहाँ के हरामी, बेजन्मा, बदमाश तुम हो? एक हाथ से घड़ी दोगे और दूसरे हाथ से थाने में रपट लिखाओगे कि मैंने घड़ी चुराई है। दूर हो, दूर हो, बुड्ढे!'

गंगौर का मरद आकर उसे मारते-पीटते हुए घर ले गया। उसी दिन उपीन देसी शराब

के ठेके पर चला गया। नहीं, वह मैमल प्रोजेक्शन को भुला नहीं पा रहा था। उसके दिमाग में लातूर का भूकम्प था। उजान! देयर लाइज ऑल द मिस्ट्री। आखिर कैसे ऐसा होता है।

उपीन को साथ ले जाने के लिए उजान कुछ दूरी पर जमी हुई सीमेंट की एक बोरी पर बैठ गया।

उस वक्त उसे गंगौर पर बहुत गुस्सा आ रहा था। और गंगौर उसके पास आ पहुँची थी। 'बाबू! बाबू! उ आदमी मेरा मरद नहीं है। हम लोगों का ठेकेदार है। काम करवाने के लिए लाया है। मेरा मरद घर में नाहीं रहत बाबू। चोर कहकर पुलिस बहुत मारती है। यह बहुत खराब जगह है बाबू।'

उजान ने कहा था, 'निकल जा! यहाँ से चली जा।'

गंगौर मुँह में आँचल ठूँसे धीरे-धीरे रो रही थी, 'कैमरा बाबू से बोलो ना, ...हमका साथ ले चले। कपड़ा-लत्ता-खाना...माँ-बेटा को सोने भर का ठौर...का करे बाबू...न खेती, न जमीन, बहुत ही मुश्किल है जीना...बासन-बर्तन...—चूल्हा-चक्की...कमरा-सफाई...कपड़ा-धुलाई...सब कर दूँगी बाबू।'

'उफ! तुम्हारा मरद तो है।'

'घर में नहीं आ सकता बाबू। रात में छिप-छिपकर आता है। हम उसे रुपया देती हूँ। ठेकेदार लोग अच्छे आदमी नहीं हैं बाबू।'

'चली जा। नहीं तो पुलिस बुलाऊँगा।'

उजान वहाँ से तेजी से चला आया। उपीन को वहाँ से खींचकर ले आना बड़े झमेले का काम था। उपीन तो गंगौर! गंगौर पुकारे जा रहा था। अगले दिन दोनों वहाँ से चले आए।

उपीन ने मौन धारण कर लिया। ऐसे रख नहीं पाएगी...रख नहीं पाएगी उजान....ऐसी 'बॉडी-लाइन' नहीं रख पाएगी...कुछ नहीं रहेगा—पता है, एलोरा की युवतियों का स्तन भी क्षय-ग्रस्त है? गंगौर इज फैंटास्टिक!'

'उजान!'

'यस शीतल, कहिए!'

'उपीन क्या...'

उजान कोलकाता लौट आया। बोला, 'नहीं। उपीन'दा बार-बार कहते थे, 'कंट्री लीकर ओ.के.।' कंट्री वीमेन रिपेल मी (देसी औरत से घृणा होती है)।'

शीतल थोड़ा हँसी।

'इस औरत के बारे में और कुछ नहीं जानते?'

'नहीं, जानना भी नहीं चाहता।'

'जाने दो, दिल्ली जाने से पहले क्या हुआ था?'

'नहीं जानता, उजान नहीं जानता। उपीन अरुणाचल न जाकर कोलकाता चला आया था, वह यह भी नहीं जानता था।'

'अरुणाचल नहीं गया। कोलकाता चला आया, यह भी नहीं पता चला। फिर झरोवा चला गया, यह भी नहीं जानता। अचानक एक दिन हड़बड़ाते हुए मेरे पास आकर हाजिर हो गया।'

'व्हाट?'

'टिपिकल। बेंगाली एक्सप्रेशन।'

'डोन्ट बी सी टिपिकल। मैं बांग्ला उतना नहीं समझती पाती। उपीन के कारण ही थोड़ा-बहुत सीखा था! ऑफकोर्स, हमारे क्लब में बहुत से पर्वतारोही बंगाली हैं। उपीन तो बांग्ला को पूरी तरह...'

'पंजाबी तो वह नाम का ही है। पिछली तीन पीढ़ियों से कोलकाता में ही...'

'उपीन ने अठारह वर्ष की उम्र में कोलकाता छोड़ा था।'

'हाँ, इसके बारे में बताया था।'

'उसके बाद?'

'जैसे कुछ भयानक घट गया हो, ऐसा मुझे लगा। उसने कहा, कई दिनों से बहुत भागमभाग में रहा।'

'हूँ...'

उपीन ने कहा, 'हेल! पैदल चला हूँ, ट्रक पर बैठा हूँ, थाने की जीप में घूमा हूँ—गंगौर और उसके साथी कहीं भी नहीं हैं। किसी ने बताया भी नहीं वे कहाँ चले गए। बँगले के चौकीदार ने कहा, उसे झरोवा आना ही पड़ेगा...बहुत खराब काम करके गई है गंगौर...कुछ पता नहीं चला। एक कांस्पिरेसी ऑफ साइलेंस था।'

उजान ने पूछा, 'मिल जाती तो क्या करते, उपीन'दा?'

'ले आता।'

'कहाँ?'

'कहीं भी।'

'क्यों?'

'उजान नहीं समझोगे...उसे बचाने के लिए।'

'एक विवाहित औरत...'

'मैं क्या उसे...नहीं उजान, नहीं। छोड़ो, मैं सोऊँगा।'

'तुम्हारा सामान?'

'मैं सोना चाहता हूँ।'

'आप तो जानती हैं शीतल। तीन-चार दिनों तक सोता रहा, उसके बाद ही बोला, दिल्ली जाऊँगा। और...'

'अब क्या करोगे?'

'क्यों, झरोवा जाऊँगा? आप नहीं जाएँगी?'

'नहीं। मैं उसके लिए यहीं प्रतीक्षा करूँगी।'

'कहाँ?'

'कदमकुरी में!'

'फिर मैं चलता हूँ। आज ही जाऊँगा।'

'यस।'

'आपका जाना क्या उचित नहीं होता? आप तो उनकी पत्नी...'

'नहीं। हमारे बीच ऐसा सम्पर्क ही नहीं है। उपीन खो जाता है, फिर लौट आता है। वह और उसका कैमरा—मैं और हिमालय—किसी सुदूर भविष्य में शायद कभी...'

'कदमकुरी में ही रहेंगी?'

'शायद।'

'अगर साथ-साथ रहते। एक ऐसा मनुष्य...अकेले रहते-रहते झक्की हो गया।'

'झक्कीपन देखा कहाँ?'

'सेव द ब्रेस्ट क्या झक्कपन नहीं है?'

'उपीन जरूर ऐसा नहीं सोचता होगा। अच्छा उजान! यह रुपए रखो। उपीन के मिलते ही सीधा मुझे फोन करना।'

'रुपयों की जरूरत नहीं है।'

शीतल ने उन तस्वीरों की बड़ी तल्लीनता से देखा। वक्ष, ब्रेस्ट। वक्ष क्या है? फैट, टिशू, वगैरह-वगैरह झूठ-झमेला।

उपीन इतना उद्विग्न क्यों हुआ?

उजान बाहर निकलने लगा, फिर चला गया।

दरवाजा बन्द कर शीतल ने अपने 'लिक्विड सिलिकन इंजेक्टेड' वक्षों पर हाथ रखा। शीतल की चोली के पीछे सिलिकन वक्ष था। उपीन ने कहा था, 'ये स–ब, कृत्रिम हैं, शीतल!'

उपीन क्या जाने इनका रहस्य, –ये स्तन हमेशा उन्नत ही रहेंगे। उपीन कहा करता था, जैसे प्लास्टिक के फूल, शीतल?

'कहा था', –'कहता था'–नहीं, नहीं, उपीन निश्चय ही 'था' में परिणत नहीं हुआ है। शीतल ने जोर-जोर से साँस लिया। शान्त रहो, शान्त रहो मन। उपीन जब सारी तस्वीरें खींच लेगा, शीतल का हिमालय-आरोहण जब समाप्त हो जाएगा, शायद तब कभी किसी दिन कदमकुरी में आराम से रहेंगे।

सुजान कबीर ने प्रवेश किया। तस्वीरें बिखरी पड़ी थीं। देखकर बोला, 'चोली के पीछे क्या है–इसे लेकर उपीन इतना परेशान क्यों है?'

शीतल निरुत्तर रही। उजान ने रुपए नहीं लिये।

तीन

गंगौर एवं उसके स्वाभाविक, अत्यन्त जटिल स्वेदग्रन्थि या पयोधरों ने उपीन को क्यों पागल बना दिया था, वह यह नहीं जानता।

स्तनों को एक जटिल स्वेदग्रन्थि कहा जा सकता है। उसमें चर्बी की बहुतायत होती है। ग्रन्थि-समग्र अत्यन्त मनोहारी होता है। उनमें सत्रह दुग्धदायिनी यूनिट होती है। ग्रन्थियों का गंतव्य स्तन-वृन्त है। शिशु का जन्म होने पर देह का रक्त दूध में परिणत होता है।

उपीन यह सब जानता था। चूँकि वे तरल-सिलिकन युक्त वक्ष नहीं, स्वाभाविक थे, इसलिए अनन्य थे। ऐसा लगा जैसे गंगौर और उसके वक्ष खतरे में हैं।

दिल्ली जाने से पूर्व उसे अरुणाचल जाना था, बीच रास्ते में उसे लगा, उसकी मंजिल झरोवा है। कोलकाता उतरकर किसी तरह ट्रेन से गोमो–उसके बाद बस–आदि रास्तों से होते हुए सेउपुरा पहुँचा। फिर ट्रेन से मधपुरा हाल्ट पर उतरकर झरोवा।

परन्तु झरोवा में दोपहर की धूप में भी सब खामोश थे, जैसे रात उतर आई हो। झरोवा

में रात खामोश होती हैं, दिन शब्द-तरंगित। इस बार दिन भी खामोश था। गंगौर और उसके साथियों की झुग्गी-झोपड़ियों, खपरैल गोदाम-घर के आस-पास पुटुस की झाड़ियों पर उनके कपड़े नहीं सूख रहे थे–कुएँ के पास कोई शोर नहीं था।

'कहाँ चली गई, कहाँ?'

चौकीदार ने पूछा, 'दुकान से चाय ले आऊँ?'

'गंगौर वगैरह कहाँ गए?'

'आप नहाएँगे?'

'वे लोग कहाँ गए?'

ठेकेदार बाजार में उदास घूम रहा था। वह नहीं जानता। न कोई दुकानदार बाजार में कोई न जानता था।

हेसेगाड़ा, लामडीह आदि गाँवों में उपीन भटकता रहा। लामडीह में शाम को ही 'देसी' पीकर नशे में गंगौर का पति 'गंगौर' का नाम सुनते ही थूकते हुए अन्दर चला गया था।

हताश, हताश उपीन के कानों में एक बच्चे के रोने की आवाज आई थी। लगभग बारह वर्ष की एक दुबली-पतली काली-सी लड़की ने साल भर के बच्चे को गोद में ले रखा था। बच्चा रो रहा था।

अचानक उपीन के मस्तिष्क में विचार कौंधा। वह समझ गया कि यह बच्चा गंगौर का ही होगा। कहीं कोई भयानक षड्यंत्र घटित हुआ होगा, इसीलिए सभी लोग इस तरह चुप थे।

चौकीदार ने कहा था, उसे झरोवा आना ही होगा। गंगौर बहुत बुरा काम करके गई है।

झरोवा में पुलिस गश्त लगा रही थी।

उपीन लौट आया। कहीं कुछ भयानक घटित हुआ होगा। देश इसके बारे में नहीं जानता। उपीन के सिर में भूकम्प आ रहा था, धरती फट रही थी, गरम रेत उगलकर दरार फिर जुड़ जाती थी, उजान फट रहा था। ट्रेन में झकर-झकर चलते-चलते उपीन को महसूस हो रहा था, उसे फिर झरोवा आना होगा।

चार

उपीन जब पहुँचा, तब झरोवा अपना मौन-व्रत तोड़ चुका था। उपीन को लगा, वह आज पहली बार यहाँ आया है। वही छोटे-छोटे दुकान-घर, वही बसों की धूल की परत में लिपटी बेस्वाद शकरपारे और नमकीन सेव की दुकान। हाट के दिन गाय-बकरी की खरीद-फरोख्त भी चालू थी। झुग्गी-झोंपड़ी अब दिखाई नहीं दे रहे थे। परन्तु उपीन का अन्तर्मन समझ जाता है, गंगौर यहीं पर होगी। उसके देखते ही इस बार चौकीदार के माथे पर बल पड़ गए। कहीं 'चोली के पीछे' बज रहा है।

'आप पिछली बार अपना बैग छोड़कर चले गए थे?'

'बैग रखा है न?'

'मेरे घर में है। गंगौर को ढूँढ़ते हुए कहाँ चले गए थे?'

'वह कहाँ है?'

'वह...'

चौकीदार कहने लगा, 'उसकी तस्वीरें खींच-खींचकर आपने उसका दिमाग खराब कर दिया। बाबू...नहीं तो उसकी इतनी हिम्मत होती...?'

'क्या किया है गंगौर ने? मर गई?'

'गंगौर वगैरह मरने नहीं बाबू, मारने आते हैं, बेशरम गँवार औरत...हर वक्त महकती फिरती ...बाजार के लोगों से कहती, तेरा फोटो नहीं खींचा, मेरा फोटो तो खींचता था। देख!'

'उसके बाद?'

'सब धरमनास कर दिया उसने।'

'क्या किया?'

'पुलिस से शिकायत की। पिछली बार आप जब आए थे, तब तो वह सेउपुरा में थी।'

'क्यों?'

'क्यों न हो बाबू?'

'सेउपुरा में फाटक, बड़ा थाना, अदालत है। सेउपुरा तो महकमा टाउन है। उसे तो अब वहीं जाना पड़ता है।'

'अब भी वो सेउपुरा में है?'

'और क्या! हफ्ते-हफ्ते जाओ-आओ, जाओ-आओ, पुलिस तो ऐसी पीछे पड़ गई है कि ठेकेदार का 'लेबर' आना भी बन्द हो गया है। बाबूजी, शिउजी की दुनिया में औरत को समझ-बूझकर चलना पड़ता है। जो नहीं समझती, उसे सजा मिलती है। एक औरत के लिए पुलिस यहाँ इतनी बार आई...इतनी बार आई...औरत जब नहीं समझती कि पुलिस भी मरद है, और उसे छेड़ने से खैर नहीं।'

'क्यों– क्यों, क्यों खैर नहीं?'

'पुलिस के नाम पर गन्दगी उछालेगी तो पुलिस उसे छोड़ देगी? कभी छोड़ा है? रेलगाड़ी में चढ़कर भाग तो सकती थी...तू शिकायत करने चली गई...अब हाजिरी तो लगानी ही पड़ेगी, और पुलिस तुझे...'

'गंगौर कहाँ है? उसका बच्चा कहाँ है?'

'बहू तू किसी की ब्याहता है!'

'वह कहाँ है, गाँव में है?'

'गाँव में उसे कोई घुसने देगा? वहाँ अब ठौर नहीं, झरोवा में कोई उससे बात नहीं करता, सेउपुरा से आती है और जो करना है, वही कर रही है।'

'कहाँ है वो?'

'साँझ होने पर बाज़ार में देखना। चुल्लू पी-पीकर...'

'गंगौर चुल्लू पीती है?'

'और क्या करेगी!'

'मैं उसे ले जाऊँगा।'

'छि! छि! छि! बाबू आप नामी-गरामी आदमी हैं! झरोवा को कौन जानता था? आपने बार-बार फोटो खींचा। अखबार में छापा, आप उसे ले जाएँगे?'

'उसे बचाना ही होगा।'

उपीन का दिमाग काम नहीं कर रहा था, चौकीदार क्या बोल रहा है उसकी समझ में नहीं आ रहा था।

'पर पुलिस...'

'क्या करेगी सेउपुरा की पुलिस? बिहार में पुलिस के साथ मैंने बहुत टक्कर लिया है। फोटो खींचकर अखबार में छाप दूँगा।'

'लीजिए, बैग देख लीजिए। पुलिस देख लेती तो हड़प लेती। अस्नान कीजिए। होटल से खाना ले आता हूँ। शाम से पहले तो वह आएगी नहीं।'

उपीन ने स्नान नहीं किया, कैम्प-कॉट पर लेट गया। शाम तक सोया रहा। उजान होता तो जबर्दस्ती कुछ खिला देता। कहता, कितने दिनों से मानसिक उत्तेजना भोग रहे हो...अब मर जाओगे।

उपीन बहुत दिनों से ही मर रहा है उजान। उपीन हार गया है। इतनी बार झरोवा की इतनी तस्वीरें खींचीं, क्या फायदा हुआ? ज़हर मिला पानी पीकर कितने लोग मर गए, फसल बरबाद होने के कारण गाँव से 'माइग्रेट' कर गए–उस बार तो उपीन बनाम राज्य सरकार–ना, इसे अकाल-पीड़ित अवस्था नहीं कहा जा सकता। इतना कुछ हो जाने के बाद भी देखो हाट में दुबली गाय-बकरियाँ, धूल-मिट्टी, मोबिल-गन्ध से युक्त खाद्य-पदार्थ बिक रहे थे। 'वेरी बिजी' वीडियो पैलेस, 'वेरी लाउड' चोली के पीछे, आज का राष्ट्रीय-गीत–पीछे क्या है, यह तो गंगौर जानती होगी। कुछ नहीं बदला। सिर्फ कुछ गोदाम-घर बढ़ गए थे। एक पुलिस-चौकी बनी थी, वो औरतों को हाँकते रहते हैं, अश्लीलता से हँसते हैं, दुकान से मुफ्त में खाते हैं। उपीन क्या ऐसे ही कोलैप्स कर रहा था? आजकल शीतल के बीजाणु-मुक्त चमकते-दमकते आवास में प्रवेश करते ही उपीन की साँस रुकने लगती है। नहीं, जीवन को फिर से नए साँचे में ढालना होगा।

शाम होते-होते उपीन की आँखें खुल गईं। भीतर कहीं एक विवशता का बोध, काफी अर्से से उसे एक 'ऑब्सेशन' लट्टू की तरह घुमा रहा था। सहसा उसे लगा ऐसी जगह में वह अकेला है–वह हर जगह पर अकेला है। इतना अकेलापन, जीवन की स्वाभाविक माँगों को अस्वीकार करके चलना शायद ठीक नहीं हुआ। गंगौर का उन्नत वक्ष तो स्वाभाविक था, कृत्रिम नहीं। उसे उसने अपनी तस्वीरों का विषय क्यों बनाया? उसे क्यों लगा कि उसका वक्ष विवश है–क्या पागलपन कर रहे हो बाबू, चले जाओ, तुम्हारा घर-बार नहीं है? चौकीदार का घर है, बीवी-बच्चे भी हैं। उपीन के लिए प्रतीक्षारत किसी घर का कोना नहीं, बन्दोबस्ती विवाह–जैसा विवाह चारों तरफ नजर आता है। परन्तु अभी तो गंगौर को बचाना होगा। विवशता-बोध उसे ठेके पर ले जाता है...जहाँ मांस की बची-खुची अँतड़ियों से पके खाने की गन्ध, देसी ठर्रे की उग्र गंध, 'पायरिया' से आक्रान्त बदबूदार मसूड़ों की गन्ध, नाले में भरभराते बुदबुदों को चीरकर निकलती सड़ायँध, नाले के उस पार पाखाने की बदबू। उपीन नाक-कान बन्द कर वहाँ बैठ गया। सहसा चोली के पीछे गाना बजने लगा।

और वहीं पर गंगौर आ पहुँची। आज वह लाल-पीले नायलॉन की साड़ी पहने थी। जिसमें गन्दगी की चीकट बदबू, पर अब भी, डरते-डरते उपीन ने आँखें उठाईं–अत्यन्त गहरी चोली, अत्यन्त ऊँचे वक्ष, बालों में तेल और वेणी, आँखें सतत कुछ खोजती हुईं।

उपीन और गंगौर एक-दूसरे की ओर देखते रहे। गंगौर के होंठों पर अभिज्ञता की धारदार

हँसी फूट पड़ी। किसी पुरुष का हाथ उसने धकेल दिया। बोली, 'कैमरा बाबू बहुत दिनों से हमारे लिए भटक रहे हैं ठेकेदार! आज, बाबू हमारे ग्राहक हैं, क्यों बाबू?'

उपीन ने आत्म-समर्पण कर दिया, उसके हवाले छोड़ दिया।

'ठेकेदार गंगौर?'

'का करें बाबू? वह तो ठेकेदारी के अलावा कुछ जानता नहीं। पर भूषण! तोका तो हम पोमोट कर दिया। इस ब्योपार में नफा ही नफा है।'

सब हँसने लगे, सब। एक ने पूछा, 'गंगौर तोहरे चोली के पीछे का है रे?'

'चलो बाबू।'

गंगौर उठ खड़ी हुई। उपीन को उँगली से इशारा करती हुई मानो कह रहो हो, माम-नूसर!

उसके बाद टूटा-फूटा रास्ता, पुटुस की झाड़ियाँ, पसरी हुई रेल-लाइन, एक टूटी-फूटी बस साइड में खड़ी थी—अब तो सब बिकता है चलने लायक बस हो या टूटा-फूटा 'महाबीर'।

उसके बाद कतार में बने टूटे-फूटे गोदाम-घर। गंगौर तेजी से चल रही थी। एक घर के टीन के दरवाजे पर उसने लात मारी।

उस घर में और क्या है, उपीन को कुछ दिखाई नहीं दिया। गंगौर ने लालटेन जला दिया और अपनी 'रनिंग कमेंट्री' स्वयं को ही सुनाती रही।

सेउपुरा चली जाए तो वहाँ इससे ज्यादा रुपए मिलेंगे। परन्तु थाना तो गंगौर को घुसने नहीं देगा। उसे झरोवा में रहना होगा और सेउपुरा जाना होगा, 'केस' की तारीख पड़ेगी, पुलिस तारीख लेगी। इतने रुपए भी तो नहीं जमा हो रहे कि कहीं भाग जाए गंगौर। और भागेगी भी तो कहाँ, सब तो जान गए हैं, गंगौर ने उन सबको पहचान लिया था, और थाने में यह बताया भी था। उँगली उठाकर दिखा भी दिया था, इसी से तो सब तसह-नहस हो गया।

'गंगौर!'

'काफी दिनों तक तुमने मेरी छाती का फोटो खींचा बाबू। मगर मुझे तो तुम्हारा मतलब पता था। नहीं तो भला इतने सारे रुपए देते?'

'गंगौर!'

'कपड़े खोलोगे या सिर्फ उठा देगी, गंगौर? काम खतम करो, बीस रुपया। रात बिताओगे तो पचास रुपया, झटपट बताओ।'

'तुम रंडी का काम कर रही हो गंगौर?'

'इससे तुम्हें क्या, रंडी का बच्चा!'

'तुम चोली खोलो।'

गंगौर की साँस तेज चलने लगी। गुस्से से खनखनाती आवाज में बोली, 'सुन रहे हो? हर वक्त बजाते रहते हैं, गाना गाते हैं, लड़कों को पीछे लगा देते हैं—चोली के पीछे...चोली के...'

'ओह, गंगौर...'

'तुम भी बहुत हरामी हो बाबू। मेरी छाती का फोटो नहीं खींचते थे? तो ठीक है दिखा रही हूँ। पर जेब में जो कुछ है, सब चाहिए, स—ब...'

लालटेन के अँधेर-उजाले में गोदाम की दीवार पर दो परछाइयों का हिंसक आचरण। गंगौर ने चोली उतारकर उपीन के मुँह पर दे मारा। 'देखो, देखो, देखो, भूसी-तिनके और लत्ता–देखो क्या है?'

स्तन नहीं थे। दो सूखे हुए जख्मों के दाग थे। सिकुड़ी हुई चमड़ी, एकदम सपाट। ज्वालामुखी के दो क्षुब्ध 'क्रेटर' गंगौर की आवाज़ में उपीन की ओर पिघला हुआ लावा उछालते रहे, –'गैंग–रेप'...दाँत से काटकर, रौंदकर, सामूहिक बलात्कार...पुलिस...अदालत में केस...दुबारा लॉक-अप में सामूहिक बलात्कार...अब झरोवा से सेउपुरा...सेउपुरा से झरोवा...ठेकेदार ग्राहक पकड़ता है...पब्लिक सताती है...गाना बजाती है...गाना...

उपीन काँपते हुए पैरों से उठ खड़ा हुआ।

गंगौर झट से उसकी जेब में हाथ डालकर टटोलने लगी। उसकी देह में कैसी हिंसक क्षोभ की गन्ध थी। उसके बाद जमीन पर उसने जोर से लात मारी।

उपीन बाहर निकल आया, तब भी गंगौर चीख रही थी, कुछ कह रही थी, टीन की दीवार पर दमादम लात मार रही थी। उपीन दौड़ता रहा। चोली के पीछे कोई गैर मुद्दा नहीं, उसके पीछे सामूहिक बलात्कार छिपा होता है–कोई नॉन इश्यू नहीं, सामूहित बलात्कार रहता है। उपीन अगर जानना चाहता तो जान सकता था, बिल्कुल जान सकता था।

उपीन रेल की पटरियों पर दौड़ने लगा।

पाँच

उजान उसके काफी देर बाद पहुँचा था। तब झरोवा शान्त हो चुका था। गोदाम-घरों के स्थान पर अब नया बस डिपो बन गया था। झरोवा में नया थाना बन गया था। एक लाश की तस्वीर मिली थी, जो कई महीने पुरानी थी।

गंगौर नाम की कोई झरोवा में नहीं रहती थी।

लापता उपीन पुरी की खोज कागजों में अब भी जारी है। ऐसी फाइलें अन्य फाइलों के नीचे जाने क्यों एकदम दब जाती हैं!

शनीचरी

शनीचरी बारह साल की थी, तभी गई थी तोहरी की हाट में। क्यों नहीं जाती, बोलो तो? छुक-छुक रेलगाड़ी पर मजूरों के बीच बैठे जूँ निकालते-निकालते यात्रा की तबीयत किसकी नहीं होती? शनीचरी गई थी अपनी ठाकुर माँ और एंग आज्जी के साथ। एंग आज्जी न जाने कहाँ-कहाँ की कहानियाँ जानती है! उसकी कहानियाँ सुनने के लिए लोग ही नहीं मिलते। बूढ़ी खुद कानों से नहीं सुन सकती, लेकिन कहानी सुनाने का बहुत शौक है।

गाड़ी पर चढ़ने के बाद शनीचरी ने बूढ़ी को ठेल-ठाल कर बैठा दिया। बोली थी, "ओ ठाकुर माँ, उस गधे, बुद्धू दामाद की कहानी सुनाओ ना। सुनते-सुनते चलेंगे।"

"सुनेगी? तो सुन।"

"बोलो ना।"

बुद्धू दामाद ससुराल जा रहा है। जाते-जाते उसने देखा कि उसकी छाया उसके साथ-साथ चल रही है। उसने समझा कि यह कोई कल्पना-लोक की बाढ़ हो रही है, वहीं का आदमी होगा। यह सोचकर उसने पीछे मुड़कर कहा, 'खाँव।'

शनीचरी की हँसी नहीं थम रही है, कितना बुद्धू आदमी है! अपनी छाया से ही बोलता है, खाँव! लेकिन एंग आज्जी ने क्या कभी कोई कहानी पूरी की है? कहानी कहते-कहते वह हमेशा सो जाती है।

"ओ ठाकुर माँ! सो गईं?"

उसके बाद सिंदूर वाला बोला, "मैं इस लड़की से शादी करूँगा। इसको सिंदूर दिया है मैंने। लड़की मेरी है।"

"यह क्या बात हुई?"

"क्यों? बढ़ई ने लड़की बनाई, बाप बना। जुलाहे ने कपड़े बुने तो वह भाई हुआ। सुनार ने गहने दिए तो वह जेठ हुआ। सिंदूर वाले ने सिंदूर दिया तो वह स्वामी हुआ कि नहीं?"

"यह तो चार दोस्तों की कहानी है।"

"तू सुनेगी कहाँ से? यह क्या रद्दी कहानी है? हम जब छोटे थे तो लड़के चढ़ जाते थे जोंखा पर और हम पेल पर। फिर रात-भर कहानियाँ चलती थीं। गाने होते थे। वे और ही दिन थे।"

बूढ़ी फिर से सो गई। शनीचरी खिड़की से बाहर झाँक रही थी। वाह, यही मुक्ति है। आज बकरी चराना नहीं, लकड़ी जुटाना नहीं, भात बनाना नहीं। आज छुट्टी है। आज खिड़की के पास बैठकर वह तेजी से पीछे भागते हुए पेड़, खेत, मैदान पहाड़ देख रही है। आज शनीचरी मस्त है।

"ऐ! खिड़की के बाहर मुँह नहीं निकालना।"

हीरालाल बोला था। हीरालाल रेलगाड़ी पर ही घूमता है। गले में हारमोनियम लटकाकर गाना गाता है। उसकी उम्र कितनी है, कोई नहीं जानता। यही काफी है कि जो आज तीन बच्चों की माँ है, उन्होंने भी इसे ऐसा ही देखा है। हीरालाल का घर है, पथघाट, हाटतला। लाल भभूका चेहरा, गन्दी शर्ट और पैंट और पैर में चप्पल। यही है हीरालाल। शनीचरी चमककर अलग हट गई।

"आँखों में कोयला पड़ जाएगा।"

शनीचरी कुछ नहीं बोलती।

"बैठ। तू मोती लिंडा की बेटी है ना? जानता हूँ, जानता हूँ। उनका गाँव तो चोट्टी तहसील में है?"

"हाँ।"

"सब जानता हूँ। तुम्हारे गाँव के मँगरू को तो जेल हो गई थी। वह क्या लौट आया?"

"हाँ, कभी का।"

"पंचायत नहीं बैठी? जेल गया तो उनका खाना? वह सब हो गया?" शनीचरी ने गरदन झुका ली।

"मँगरू कलकत्ता चला गया। पैसा कमाएगा, लाएगा, तभी तो भोज होगा।"

"कलकत्ता?"

"हाँ, हाँ। काफी लोग चले गए।"

"कहाँ?"

"ईंट-भट्टों पर।"

पीली साड़ी में मुँह छिपाए एक मोटी औरत लड़के को सुला रही थी। उठकर वह बैठ गई। जम्हाई लेते हुए बोली, "अच्छा किया, चले गए। यहाँ रहकर करें क्या, भूखे मरें?"

"कौन? गोहुमन बीबी?"

"तू कौन है रे?"

"आँख उठा के देख। पहचानती है?"

"ओ! हीरालाल।"

"कहाँ जा रही हो तुम?"

"तोहरी की हाट में।"

"मछली पकड़ने?"

"नहीं, रंग-तमाशा मत करो!"

"मजाक नहीं कर रहा। तुमने तो जाल फेंका है। नन्दी को भेजा है, वही खोज कर रखेगा। तुम जब जाओगी नन्दी पूछेगा, किस-किस गाँव में कितनी-कितनी लड़कियाँ हैं? तुम समझ-बूझकर कलकत्ता गई थीं, मालिक ने पैसे दिए। कहा, अरी लड़कियो! क्यों बच्चों को मार रही हो? चलो-चलो, ईंट के भट्टों पर। चलो कलकत्ता। रुपया मिलेगा। कपड़ा मिलेगा।"

"देख लो। ईंट के भट्ठे तुम्हें काम देते हैं कि नहीं?"

"तू गोहुमन है। गोखरू छूते ही विष उगलता है। तेरे छूने में ही विष है। एक लड़की के बदले मालिक देता है–बीस रुपए। एक हजार लड़कियों के बीस हजार रुपए।"

"उस रुपए में से क्या हिस्सा नहीं देना पड़ता है? मैं क्या गोहुमन हूँ? गोहुमन मालिक है। उसके गुंडों को पैसा देना पड़ता है।"

"जो काम तू करती है, वह पाप है। क्या तू यह जानती है?"

गोहुमन ने सिर झुका लिया।

"पाप कैसा? किसका पाप? खूब धर्मात्मा बनते हो?" अँगुली पर गिन-गिनकर वह बोली, "ठहरो, बताती हूँ तुझे! मालिक ईंट-भट्टा चलाता है, हफ्ता लेता है। क्या वह पाप करता है? व्यवसाय करता है, व्यवसाय।"

"हाँ, हाँ, तू तो उसकी पार्टनर है!"

"मैं तो 'रेजा' लाती हूँ। लड़कियों को खाना नहीं मिलता, काम देती हूँ। तो क्या पाप करती हूँ?"

"थू-थू! तुम्हारे धर्म पर थूकता हूँ। शैतान! पहले खुद मालिक की रंडी थी, अब दूसरों को बनाती है।"

"पाप किया है दूसरों ने। तुम्हारे यहाँ के लोगों ने। नहीं तो घरों में इतना अभाव क्यों होता?"

"देश के घरों में अभाव हमसे होता है, क्यों?"

"बस, अब आगे नहीं कह सकती।"

"और कहेगी भी क्या?"

"यह लड़की कौन है?"

शनीचरी मुँह बाए बात सुन रही थी। सुनकर चौंक पड़ी।

हीरालाल ने धमकी दी, "उधर देखना तक नहीं। ऐ लड़की! ठाकुर माँ या दीदी माँ नहीं है यह तेरी। तोहरी भी पहुँच गई। अगर यह गोहुमन बीबी गाँव में घुसे तो लड़कियों को घर से भगा देना।"

गोहुमन हँसी। बोली, "देखा जाएगा। ऐसी बातें बहुत बार सुनी हैं।"

"इसकी छाया में भी गेहूँअन का जहर है।"

"दुर, दुर,! तीन पैसे का बाजा वाला–और मुँह से लम्बी-लम्बी बातें!"

सारी बातें सुनकर शनीचरी की ठाकुर माँ चौंककर उठ बैठी और बोली, "तब राजा ने कहा...।"

शनीचरी बोली, "तोहरी आ गया। उतरो! अब कहानी कहने की जरूरत नहीं है।"

"आ गया?"

"हाँ।"

गोहुमन बीबी ने गाना शुरू किया–

ऐ लड़की! चल चल चल,
कलकत्ता जाएँगे, चल चल,
रेलगाड़ी पे चढ़कर चल चल।

तोहरी हाट का हल्ला-गुल्ला स्टेशन से ही शुरू हो गया। शनीचरी ठाकुर माँ का हाथ

पकड़कर उतर गई। हीरालाल ने बाजा बजाना शुरू कर दिया था। और गोहुमन बीबी पता नहीं किसे ढूँढ़ रही थी!

गोहुमन को पीछे छोड़ते हुए वह तेजी से आगे बढ़ी। पता नहीं क्यों, उसे देखते हुए ही उसे डर लगने लगा है।

"ऐ लड़की! सुन तो! मिठाई खाएगी?" गोहुमन ने पुकारा।

"नहीं, नहीं, कुछ नहीं खाऊँगी।"

अरे बाप रे! उसकी छाया भी गेहुँअन की-सी है, गोखरू-साँप का विष! और विष छूने से शनीचरी मरेगी नहीं, विष की ज्वाला में जल-जलकर?

भाग्य देखिए, शनीचरी का। उस वर्ष ही गोहुमन ने उनके गाँव की कई लड़कियों को पटाया था।

उस साल सूखा पड़ा। खूब लू चली। सूखा पड़ेगा तो अकाल होगा ही। धान, गोंदलि, मडुआ, सरगुंजा—कुछ भी तो नहीं हुआ। ऐसे समय में, जंगल की मिट्टी तक सूख गई। कहीं कन्द-मूल तक नहीं थे।

ऐसे समय में गाँव ही हाट में भीड़-भाड़ में गोहुमन बीबी आई थी। लड़कियों को ताली बजाकर बुलाती थी। सबको भरपेट पूरी-लड्डू खिलाती थी। उसके बाद उसने कहा था, "जो मजूरी करे, कलकत्ता चले। चलने वाली लड़कियों को जानती हो तुम?" लड़कियाँ इधर-उधर देखती थीं।

"देखूँ तो?"

"क्या काम करोगी?"

"हमारे मालिक तो बस देवता हैं। गाँव से मजूर ले जाते हैं। अब इन लोगों ने तो शहर देखा नहीं। सो पहले शहर घुमाते-फिराते हैं। शहर में तो कितने ही तमाशे होते हैं। सब, स—ब दिखाते हैं। उसके बाद ईंट-भट्टों पर काम देते हैं।"

"कलकत्ता में क्या मजूर नहीं हैं?"

"कलकत्ता की लड़कियाँ कपड़े पहनती हैं। गहने छमकाती हैं। लचकती हुई घूमती हैं। उनके घरों में तो पूरी-मिठाई के पहाड़ हैं। वो क्या मजूरी करेंगी? क्यों करेंगी?"

"हाँ, सो तो है।"

"मजूरी सिर्फ चार घंटे की है। दिन में दस रुपये मिलेंगे। खाना-वाना, घर-बिछौना, कपड़ा-लत्ता—सब मालिक देंगे।"

"हम चलेंगे।"

"नहीं, नहीं, मेरी बच्चियो! घर जाओ। माँ-बाप से बातें करो। वे अगर हाँ करेंगे, तभी तुम्हें ले जाऊँगी। मैं दो-नम्बरी कारबार नहीं करती। जाऊँगी कहाँ? यहीं लालपुर में, रेल-लाइन के किनारे तो मेरा घर है।"

पेट की आग भयानक आग होती है। कलकत्ता के ईंट-भट्टों पर काम करेंगे तो झिलमिल कपड़े मिलेंगे, पूरी-मिठाई मिलेगी। शहर में घूम सकेंगे। सो लड़कियों ने सारी कहानी रात में बाप-माँ को सुनाई। सारे माँ-बापों को 50 रुपये एडवांस देकर सादे कागज पर अँगूठा लगवाकर लड़कियों को लेकर गोहुमन बीबी चली गई।

शनीचरी के गाँव की चार लड़कियाँ फिर लौटकर नहीं आईं। अब गोहुमन बीबी क्या

करे? लड़कियाँ काफी पैसा कमा रही हैं। चमकीली साड़ियाँ पहन रही हैं और लचकती घूम रही हैं। उनकी पायल, हँसली, कान की बाली बजती हैं छम-छम। घुरवाहा गाँव, कड़ी मिट्टी, टूटे-फूटे घर-द्वार—अब उन्हें कुछ याद नहीं। माँ की बेटी, भाई की बहन। किशोरी दूसरी लड़कियों को भी कलकत्ता बुला ले गया। माँएँ कुएँ से पानी खींचते-खींचते गाती थीं—

कलकत्ता का ईंट-भट्टा।
बुलाता है मेरी लड़की को।
चली, चली जाती है रेलगाड़ी।

जिन भाइयों की लड़कियाँ छोटा छोड़कर गई थीं वे इंजन के कोयले वाले बेलचों जैसे बड़े हो गए। जिस पेड़ को वे उँगली के बराबर छोड़कर चली गई थीं वे पेड़ बड़े हो गए थे, उन पर फल भी लगने शुरू हो गए। कभी सूखा पड़ा तो फसल जल गई। कभी अतिवृष्टि से फसल सड़ गई। उन चारों लड़कियों के चेहरे भी गाँव वाले भूल गए। जिन्हें कलकत्ते ने बुला लिया, उनके चेहरे कौन याद रखता है? मँगरू ओराँव भी नहीं लौटा। कहाँ है कलकत्ता? कहाँ है ईंट-भट्टा? कौन उसकी खबर लेगा?

शनीचरी बड़ी हुई।

दो

काफी बड़ी हो गयी है शनीचरी। सोलह साल की। अब वह अकेले जाती है करीब की हाट में, दूर वाली हाट में भी। शनीचरी ही अब माँ-बाप का दायाँ हाथ है। अब वह महाजन का माल दूसरों के साथ बेचती है। महाजन की बड़ी जमीन-जायदाद है। आढ़त भी काफी बड़ी है। काफी दूर है यह गाँव धुरवाहा। बड़ी-बड़ी हाटों में माल बेचने से नफा होता है, रोज का दो रुपया।

राजा की हाट में अचानक शनीचरी ठमक कर खड़ी हो गई। हीरालाल के बाल खिचड़ी हो गए हैं और उसकी आँखों पर चश्मा भी चढ़ गया है। तब भी है तो हीरालाल ही। बाजा बजा रहा है और गा रहा है—

लो आ गयी उनकी याद,
वो नहीं आए।

खड़ी हो जाती है शनीचरी।

"तू मोती लिन्डा की बेटी है?"

"हाँ, भई। पहचान लिया!"

"तेरा घर चोट्टी तहसील में है न?"

"हाँ।"

"तेरी वह ठाकुर माँ थी या दादी माँ?"

"मर गई।"

"तू क्या करती है?"

"महाजन की दाल बेचती हूँ।"

"ठीक है, ठीक है। गोहुमन ने तुझे काटा तो नहीं?"

"नहीं। फिर नहीं आई।"

"आएगी जरूर। कुछ लड़कियाँ ले गई है। कुछ साल नहीं आएगी। जब सब भूल जाएँगे, फिर आएगी।"

"उसके बाद?"

"चमकती साड़ी और छनकते गहनों की बात सुनाकर लड़कियाँ ले जाएगी।"

"लड़कियाँ लौटती क्यों नहीं?"

"कलकत्ता शहर क्या, राक्षस है। राँची, पलामू, सिंहभूम—सब जगहों का रस चूस लेता है। किसी को रंडी बनाता है, किसी को बेच देता है।"

"अरे बाप रे!"

"गोहुमन का खेल है इसका नाम। गोहुमन को बुलाकर छुआ-छुई खेल, शनीचरी!"

इसके दो साल बाद ही। तब उसके साथ हुई चाँद तरकी की बात प्रायः ठीक ही थी।

उसी समय देश में पेड़ कटने के विरोध में हुए आन्दोलन 'आदि जाति रक्षा मोर्चे' की लड़ाई का जोर हुआ। हाँ, हाँ, क्यों नहीं होगा? लड़ाई की हवा और जंगल की आग दोनों हा-हा कर जलने शुरू होते हैं। रक्षा-मोर्चे ने तो देहातियों और जंगलियों का हक लेकर खूब लड़ाइयाँ लड़ी थीं। लेकिन धुरवाहा गाँव के आस-पास कोई लड़ाई नहीं हुई। राता गाँव की हाट में रक्षा-मोर्चे ने एक सभा का आयोजन किया। वहाँ तीर-धनुष लिये काफी लोग शामिल हुए। क्यों न हों, बोलो तो? रक्षा-मोर्चा उनके लिए एक नई आजादी लेकर आएगा, ऐसा बताया है।

सब जुल्म बन्द।

जमीन पर हक भूखों-नंगों का है।

जंगल काटना बन्द करो।

परिजा मुर्मू खुद आए थे उस सभा में। और आई थी पुलिस। बड़ी तादाद में मिलिटरी-पुलिस।

अब पुलिस ने पहले गोली चलाई कि परिजा मुर्मू ने पहले तीर चलाने का हुक्म दिया—यह बात साफ-साफ किसी को पता नहीं है। तीर-धनुष तो इनके चिर-संगी हैं। तभी तो इन्हें ले के सभा में भी चले आए थे। उनके हाथों में तीर देखकर ही पुलिस ने गोली चला दी, ऐसा सुना गया। हाँ, हाँ, मिलिटरी-पुलिस भी जानती है, लड़ाई ऐसे ही खत्म होगी। क्यों न हो भला? तीर-धनुष जिनके साथी हैं वो क्या चलाना नहीं जानेंगे?

खूब भगदड़ मची। आदमी लोग तो गोली छूटते ही भागे स्वास्थ्य-केन्द्र की तरफ। मिलिटरी-पुलिस ने उस छोटे से हस्पताल में घुसकर गोली चलाई। ट्रक पर लादकर लाशों को ले गए।

सीधे जाओ मोर्टनगंज कारखाने में। भट्टी में फेंको लाशों को। सारी लाशों को हटा दो। अस्पताल में सिर्फ ग्यारह लाशें रहेंगी। समाचार-पत्र में खबर देते समय ग्यारह लाशों का ही जिक्र होगा।

इसी तरह छोटी सी जगह राता—एक खबर बन गयी। और सारे इलाके में मिलिटरी पुलिस भर गयी। अब समाचार-पत्रों में कोई खबर नहीं आएगी। यह मिलिटरी-पुलिस की इज्जत का प्रश्न है। बाधा मत दीजिए साहब, मिलिटरी-पुलिस विद्रोह की घोषणा कर देगी और विद्रोहियों

के नक्शे बदल के जाएगी। जनता क्रुद्ध है। कहती है, बिहार मिलिटरी-पुलिस बहुत बदमाश है। यह समाचार-पत्रों में आएगा। बी.एम.पी. के विद्रोही पब्लिक विद्रोहियों के साथ सहानुभूति दिखाएँगे। नक्सल और झारखंड—इन दो आन्दोलनों के चलते इस भूखंड में जनता का रुख विद्रोहियों के पक्ष में है।

बाधा मत दीजिए। इलाके को हमारे हाथ में छोड़ दीजिए। पहले आदिवासी के तीर से बी.एम.पी. मरा है। बी.एम.पी. ने मारा है, आदिवासी मरा है। यह बहुत ताज्जुब की बात है। हमें रोकिए मत। आफिसर बोले, "हाँ, हाँ, क्यों नहीं? हम भी बी.एम.पी. हैं, हम भी चलेंगे।" सब इलाके में उतर आए हैं।

समाचार-पत्रों ने बहुत शोर मचाया तो दो केन्द्रीय तथा राज्यमंत्री इलाके में आए। बी.एम.पी. ने उन्हें भी लौटा दिया।

राता संरक्षित क्षेत्र है। राता मतलब लाल। इस लाल राता इलाके को बी.एम.पी. तहस-नहस करके छोड़ गई।

अब शनीचरी ने गोहुमन का छुआ खाया।

आप जो इस कहानी को पढ़ रहे हैं, पूछेंगे जरूर कि, गाँव राता में रक्षा-मोर्चे की मीटिंग में बहुत आग लगी, दनादन गोलियाँ चलीं, हाहाकार करते हुए काले-काले नर-नारी इधर भागे, उधर भागे। अस्पताल की दीवारें लाल करके बी.एम.पी. ने ग्यारह लाशें फेंक दीं। और यह 'हमारी इज्जत की लड़ाई है। इलाके को फूँक दो।' बी.एम.पी. के इस क्रुद्ध कथन से शनीचरी लिंदा—एक पत्ते वाले फूल के पेड़ के जैसी इस सुन्दर उराँव लड़की—का क्या सम्बन्ध है?

आप ये भी पूछेंगे कि कहानीकार सिर्फ पुलिस—लड़ाई—आदिवासी—रक्षा—मोर्चा को ही समझती है या और कुछ भी समझती है?

देखिए, सवाल तो एक ही है। कैसे बचें? क्या उपाय है? तो इस कहानीकार ने सारे रास्तों में से बचने वाला रास्ता ही चुना है। लेखक क्या यही लिखे? उसे यह पता चलता है कि दूर-दूर तक सारे रास्ते, वह पलट-पलट कर देखती है, उसे एक ही जगह पहुँचाते हैं। उसी ठिकाने पर, जहाँ मिलते हैं लड़ाई—पसीना—रक्त—रोना। इसीलिए तो शनीचरी की कहानी कह रही हूँ।

क्या यह सच है? ऐसी बात मत पूछिएगा। आप पढ़े-लिखे, दिमाग वाले लोग हैं। सम्बन्ध तो है ही। उत्तर भारत के चीनी व्यापारी 'वोट' में बहुत पैसा देते हैं तो आप सोने के दाम चीनी खरीदेंगे क्या? भारत में निर्वाचन के साथ आपके चाय के प्याले का सम्बन्ध होता है कि नहीं?

बस, अब रहने दीजिए। चीनी, कोयला, दवा-दारू—इन सबका आपस में नाता-रिश्ता है या नहीं, बताने की जरूरत नहीं। सरकार को नमस्कार। सभी चीजों के दाम मुनाफाखोरों के हक में बढ़ाकर हमें समझाती है कि 'दिल्ली दूरस्त' की बात झूठी है। असल में दिल्ली बहुत करीब है। सबेरे आग जलाइए—दिल्ली। चाय के चम्मच डालिए—दिल्ली।

अन्दर की बात बताती हूँ। शनीचरी को मैंने अपनी आँखों से देखा है। और अब, एक साल होने को आया, जब जानुमसिंह ने सारी बातें मुझे चिट्ठी लिखकर बताई थीं। यह बातें सच हैं, यह कहने-भर से आप विश्वास करना नहीं चाहते। कल्पित कहानियाँ सुनते-सुनते, विश्वास करते-करते अब आप सत्य-कथाओं को पसन्द नहीं करते।

यह सब किसका पाप है? कौन करता है यह पाप?

राता गाँव में और तमाम इलाके में पुलिस और बी.एम.पी. घुस गई और उनका तांडव रोके नहीं रुका। जानुमसिंह ने लिखा, "गाँव-गाँव में बी.एम.पी, सी.आर.पी, बी.एस.एफ., 'कोम्बिंग' करके जुल्म ढा रही है। हत्या, लूट। मकई-धान, तमाम खेत सब नष्ट कर दिए हैं। पाशविक अत्याचार कर रहे हैं। मुर्गी-बकरी सब काटकर खा गए हैं। घर तोड़ दिए हैं। जो कुछ सम्पत्ति थी–हँड़िया-बरतन, लकड़ी के कमरे-तोड़कर धूल में मिला चुके हैं। आदिवासियों ने घर-हीन होकर जंगलों में शरण ली है। उनके खाने के लिए नमक-भात भी नहीं है। कपड़े-लत्ते नहीं हैं। जंगल-पहाड़-कंदराएँ उनके आश्रय-दाता हैं। सारे परिवार छिन्न-भिन्न हो गए हैं। कौन कहाँ गया, कुछ पता नहीं है।"

यह जानुमसिंह बंगाली हैं, शायद आप समझ चुके होंगे। हालाँकि नाम से समझना मुश्किल ही है। नाम तो वह कभी बताना भी नहीं चाहता। 'पथेरदाबी' उपन्यास के सव्यसाची के उद्देश्य की तरह। कैसा महान और उदात्त प्रशस्ति-आह्वान है, आप सभी ने पढ़ा होगा। उनके हिसाब से आदमियों की कहानी साफ-खुलासा लिखने की जरूरत आज नहीं है। यह दुर्दिनों का समय है। उसके नाम का मतलब याद रखिए। 'हो' भाषा में जानुम का मतलब 'काँटा' होता है। यह जानुमसिंह कई लोगों के लिए काँटा है, कई लोगों के लिए वह 'वाह' फूल है।

जानुम की चिट्ठी में लिखे 'कपड़े-लत्ते' शब्द पर गौर कीजिए। यह सिर्फ 'कपड़ा' ही नहीं है, यह एक विराट शक्ति है। यह इस कहानी से भी समझेंगे आप। कैसे समझेंगे? पूजा में आए लोग कितने हजार रुपयों की साड़ियाँ अनायास ही खरीद लेते हैं?

और क्या बोलूँ, कहिए? राता ग्राम में रक्षा-मोर्चे की मीटिंग के बाद जो तांडव हुआ और अब भी हो रहा है–कितनी ही कमसिन, जवान लड़कियाँ जंगलों में भाग गयी हैं। कपड़े तो हैं नहीं उनके पास। दिन-भर जी-तोड़ मेहनत के बाद पैसा जमा करके खरीदे गए मोटे, रंगीन सादे कपड़े सब तो बी.एम.पी. ने घरों के साथ-साथ फूँक दिए।

जंगल में लड़कियों को, मतलब जवान-कच्ची लड़कियों को ले जाकर बी.एम.पी. ने जहाँ मौका मिला, बेइज्जत किया। सोचिए, इतने दिन जो भी कहानी की किताबों में पढ़ा है–उन्हीं हरे जंगलों में, काले रास्तों पर मूर्ति जैसी हो–उराँव–मुंडा लड़कियों के ठट्ठ। सिर्फ बी.एम.पी. के पाशविक चीत्कार की बात आपने अब तक नहीं सुनी होगी।

कपड़ों के बगैर जवानियाँ जंगलों में छिपती फिरीं। और ऐसे समय में गोहुमन बीबी का अवतरण देवी-सरीखा हुआ। बोली, "नए कपड़े पहनाकर तुम्हें ले जाऊँगी कलकत्ते, ईंट-भट्ठों पर। मेहनत करना, खाना, पैसा कमाना। चलो, चलो!" लड़कियों के दल-के-दल ने गोहुमन का जूठा खाया। अब तो गोहुमन अकेली नहीं है। मौका देखकर हजारों साँपिनें घूम रही हैं। अब कुशलता की आशा व्यर्थ है।

थाना पुलिस ने पैसा खाया। जी.आर.पी. ने पैसा खाया।

और जिन लोगों ने हजार-हजार लड़कियों की दुर्गति के व्यापार में गोहुमन के हाथों से पैसे खाए और 'कुछ नहीं देखते', 'कुछ नहीं जानते' कहकर चुप बैठ गए–उनका परिचय मैं नहीं दूँगी।

लेकिन यह बात हजार बार कहूँगी कि यदि ये लोग रोकते तो शायद ये लड़कियाँ नरक में नहीं पड़तीं।

शनीचरी उन्हीं के साथ आई थी।

उसी राता ग्राम में जिस चाँद तिरकी ने गोली खाई थी और ट्रक पर चढ़कर फर्नेस में जल गया था, वह कहानी भी कुछ सोचकर ही मैंने नहीं कही है।

शनीचरी जिसे पसन्द करती थी वह था चाँद।

बी.एम.पी. के डर से भागते-भागते भी शनीचरी चाँद की बात सोचती थी और उसे लगता था कि अन्दर सब-कुछ जल रहा है। सब-कुछ जलने पर भी पेट की ज्वाला तो शान्त नहीं होती। जंगल के कन्द-मूल खाकर ही तो भूख मिटेगी। लेकिन लज्जा ढकने को कपड़े तो जंगल नहीं देगा। इसीलिए शनीचरी ने भी गोहुमन का जूठा खाया और घर-घर में काली-काली माँओं ने गाया—

मेरी बच्ची बच जाती खा के कन्द-मूल।
मेरी बच्ची पहनती कानों में पत्ते के दूल (बाली)।
बन में लेकिन साड़ियाँ नहीं फलतीं,
तभी तो उसने कहा है मुझे—
ईंट-भट्ठे जा रही हूँ, ओ माँ!
ईंट-भट्ठे जा रही हूँ।

तीन

रात के अन्धकार में रेलगाड़ी हावड़ा पहुँची। हावड़ा के बाद बस से पहुँचे पाँचमाथा के मोड़ पर। उसके बाद बारासन, रहमत सरदार के तारकनाथ मार्का ईंट बनाने के भट्ठे पर। आप तो समझेंगे कि ऐसे ईंट-भट्ठों को खड़ा करने में खू–ब कम पैसा लगता है और खू–ब ज्यादा मुनाफा होता है। इसलिए उत्तर बिहार के रहमत, इरफान और शिवलाल इत्यादि ने कलकत्ता के आस-पास ईंटों के भट्ठे खोल रखे हैं। गरीब और छोटे रैयतों को रुपए दिखाकर, नहीं तो गुंडों का डर दिखाकर उन्हें अपनी जमीनें बेचने पर बाध्य किया जाता है।

उसके बाद उसकी फास वाली जमीन को उसका मालिक खुद ही पानी के भाव बेच देता है। हाँ, हाँ, क्यों न बेचे, बोलिए? उसकी जमीन पर से सैकड़ों रेजे व मजूर आवाजाही करेंगे और उसकी फसल नष्ट हो जाएँगी। इसीलिए वह जमीन बेच देता है।

आप लोग छोटे घर, बड़े घर, विलायती फोटो जैसे मकान, दिया-सलाई के बक्से जैसे फ्लैट, मैदानों जैसे फ्लैट, दफतरों की गगनचुम्बी बिल्डिंगें, पता नहीं क्या-क्या बना रहे हैं। ईंट के ऊपर ईंट बैठ रही है।

ईंट भट्ठे में बनती है, लेकिन आस-पास की जमीन कई सौ साल के लिए बन्ध्या हो जाती है। तो ठीक है, धान के खेत जाएँ। आप तो धान की कीमत नहीं जानते, बेशक चावल खाते हैं।

भाद्र मास के अन्त में शनीचरी पहुँची ईंट-भट्ठे पर। हाँ, पन्द्रह सितम्बर को बारिश खत्म होने पर भट्ठा चालू होता है। पन्द्रह जून को बारिश आने पर बन्द। तीन मास बन्द। नौ महीने चालू।

ईंट-भट्ठे के चारों तरफ जेलखाने जैसी दीवारें हैं। वहाँ रहमत और उनके गुंडों के लिए

पक्के मकान हैं। रहमत ने खूब अच्छी तरह गौर से शनीचरी को देखा। उसके बाद उन्हें 'इन्द्रपुरी' ले गया। सुअरों के खोहाड़ जैसे बैरकनुमा घर थे। ताड़ के पत्तों के घर और नारियल के पत्तों के छप्पर। देखते ही शनीचरी का हलक सूख गया। प्यास लगने लगी।

एक चाँपा-कल है। तीन सौ लोग हैं, चाँपा-कल एक।

रहमत बोला, "सब साले और सालियाँ नाम बोलें। तू बोल, तू!"

"शनीचरी लिंडा, बाप मोती लिंडा, घर धुरवाहा, थाना राता ग्राम।"

"अरे उल्लू के पट्ठे, लिख रहा है?"

"हाँ, हुजूर!"

"क्या लिखा?"

"नाम सोमनि उराँव, बाप कामू उराँव, ग्राम बहेड़िया, थाना लोहारदगा।"

"ठीक लिखा। सुनो जानवरो! बही में नाम देखकर कोई भी तुम्हारा पता नहीं पा सकेगा। सो किसी बाहर के आदमी से बात मत करना। कोई फायदा नहीं होगा। काम करोगे, हफ्ता मिलेगा। कोई छुट्टी नहीं। अब सुनो।"

शनीचरी और उसके साथी सुनते हैं।

"हमारे यहाँ नौ महीने काम करने के बाद पता चलेगा कि बी.एम.पी. वाले बहुत अच्छे थे।"

"अरे बाप!"

"हाँ, हाँ, बाप ही। रेजा ईंट बनाएगा, पतरिया ईंट बैठाएगा, कुली मिट्टी काटेगा और भट्ठे सजाएगा, राबिश मैन। समझे?"

"हुजूर!"

"कच्ची ईंटें एक थाक में दस होंगी। एक बार एक थाक बैठने पर मुंशी तुम्हें एक टिकुली देगा। इक्कीस टिकुली जब होगी, दो सौ दस ईंट बैठाने पर एक रुपया मिलेगा। पक्की ईंटें दस बिठाना। चवालिस टिकुली पर, चार सौ चालिस ईंट पर, एक रुपया। अब जाओ, रोटी खाओ, भाजी खाओ और झोंपड़ी में सो जाओ!"

शनीचरी ने इधर-उधर झाँका। फिर स्तब्ध रह गयी। इस अजाने देश, अजाने परिवेश में क्या वह कैद हो गई है?

"जा, जा!"

वे जाना शुरू कर देते हैं। तब ही शनीचरी बोली, "हम काम नहीं करेंगे। हमें वापस भेज दो।"

"हाँ, हाँ, रेल-भाड़ा कौन देगा?"

"कैसा भाड़ा? पुलिस को घूस देकर हमें लाए हो, एक पैसा भाड़ा नहीं दिया।"

"ही, ही, ही...लड़की तो खूब है। जाएगी, ठीक है। पर रास्ता जानती है?"

"पूछ-पूछ कर चली जाऊँगी।"

"जाएगी? वह देख!"

ईंट-भट्ठे के गेट पर ताला पड़ गया था। डरी हुई हिरनियाँ रो उठीं। तब रहमत के गुंडों ने उन्हें खींचना शुरू किया। रहमत ने शनीचरी का बाजू थाम लिया था। बोला, "चल, चल। मेरे साथ मांस-भात खाना। तू मुझे बहुत पसन्द है। ऐसी मिर्च जैसे चटख लड़की न हो तो फिर मजा नहीं आता।"

शनीचरी लिंडा की चीख और रहमत के थप्पड़ साथ-साथ पड़ रहे थे। और गुंडे लड़कियों से खींचतान कर रहे थे।

नहीं, ईंट-भट्ठे के रेजे का जीवन कैसा होता है, वह शनीचरी नहीं जानती पर उसके साथी जानते हैं।

जोशिमा, लुगरी, झिनी, पाई, फूलमणि तो दोतरफा मार खाती हैं। दिन-भर वे ईंट-भट्ठे पर काम करती हैं। जितनी टिकुली जमा करो, हफ्ता में पन्द्रह रुपए लो। सुनो, बाकी रुपया जमा है, जाने के समय हाथ में मिलेंगे।

इस पन्द्रह रुपयों से पूरे सप्ताह के लिए चावल और नमक खरीदो। भात खाओ, मांड में नमक-मिर्च फेंटकर। तेल, खैनी, चाय सब उसी में खरीदो।

फिर जब रात होती है, शरीर थक कर चूर हो जाता है तो हेड-गुंडा तुम्हारी नीलामी करता है। आज तुम उसकी, कल ड्राइवर की, परसों मुंशी की।

तुम्हारे लिए दोल—यात्र या दुर्गा पूजा की छुट्टी नहीं। भट्ठा-मालिक बिहार/बंगाल सरकार का कोई कानून नहीं मानता। क्यों माने भला? क्यों मानेगा? यदि इलाके की पुलिस, गुंडे सब उसके हाथ का पैसा खाते हैं तब कानून मानने की जरूरत ही क्या है?

बसन्त में तुम अपने घर पर 'सार्जोम बाह्' मनाते थे। फूल खिलने का स्वागत करते थे।

यहाँ होली के दिन तुममें आतंक छा जाता है, आँखों में डर। कलकत्ता से भट्ठा-मालिक के दोस्ते आते हैं। तुम्हें दारू पिलाकर बेहोश कर देते हैं, कपड़े खोल देते हैं। फिर क्या होता है, अपने शरीर से पूछो।

शनीचरी यह नहीं जानती कि शरीर की कीमत होती है। वह रहमत की जागीर थी।

गोहुमन को देखते ही थूक देती थी शनीचरी।

गोहुमन कहती, "मैं भी तुम्हारी तरह रेजा थी।"

"थूः थूः!"

"उसके बाद यह काम करती हूँ।"

"तू सचमुच गेहुँअन हो गयी है।"

"न होऊँ तो क्या जिन्दा रहूँगी?"

"थू-थू!"

"किसके पाप से यह होता है, किसके पाप से?"

शनीचरी को रहमत अच्छे कपड़े पहनाता था। अच्छे गहने देता था। सिर में लगाने को तेल और माँग काढ़ने को कंघा।

जब शनीचरी ने कै करनी शुरू की तो रहमत बोला, "कल से रेजा का काम करोगी। जोशिन यहाँ रहेगी। रेजा हो खटोगी और टिकुली लोगी।"

ईंट बिठाओ, ईंट बिठाओ शनीचरी। कहाँ आयी तू, किस देश में—कुछ समझ में आया? रहमत का बच्चा पेट में लेकर दूर-दूर तक फैले धान के खेत को उदास आँखों में आँसू लिये देखती रहती हो। ऐसा बँधुआपन! तुम शायद जानती हो, यह तुम्हारा कैदखाना है। तू जानती नहीं इस देश की भाषा। किस रास्ते से आयी थी, शायद उसका पता भी भूल गई है।

यह बच्चा अगर चाँद तिरकी का होता तो समाज अंगीकृत कर लेता। एक घृणित हरामी का बच्चा लेकर घर लौटेगी?—नहीं।

उदास आँखों के सामने हैं धान के खेत और पास में शाल-वन। दूसरा रास्ता ऊँचा-नीचा होता हुआ टीलों से गुजरता है, पहाड़िया पथ। दूर, कहीं दूर एक शान्त जगह है, धुरवाहा गाँव।

और एक दिन भट्‌ठा बन्द हो गया। बाकी मजूरी के 'जमा' पैसे नहीं मिले किसी को। एक-एक करके 'जनता कपड़े' पहने गए और रहमत ने टिकट कटाकर घर जाने को बैठा दिया। घर जाने को शनीचरी ने नए कपड़े पहने और ट्रक पर बैठ गई।

दूसरी लड़कियों की भी इज्जत लुटी है, पर पेट में बच्चा सिर्फ शनीचरी के ही है। गोहुमन ने दूसरों को दवा दी थी। ट्रेन जब चक्रधरपुर पहुँची तो हठात हीरालाल का स्वर कानों में पड़ा, गा रहा था, "लो आ गई उनकी याद।" गाना सुनते ही शनीचरी फूट-फूटकर रो पड़ी।

चार

नहीं। गाँव के समाज ने शनीचरी को जगह नहीं दी। समाज करे भी तो क्या करे, बोलो? गुडों के अत्याचार से जीवन भस्म हो गया। उस हरामी का पिल्ला पेट में है। इस लड़की को समाज कैसे स्वीकार करे? बोलो, 'नाइगा' पुरोहित?

"प्रायश्चित का भोज देंगे," मोती लिंडा, शनीचरी का बाप बोला।

"कैसा प्रायश्चित?" चाँद तिरकी का भाई बोला, "यह क्या शनीचरी का दोष है?"

"नहीं, समाज का नियम है।"

प्रायश्चित हुआ। भोज भी हुआ। शनीचरी स्वीकृत नहीं हुई। बच्चा पैदा हुआ। नहीं, किसी ने यह नहीं कहा कि बच्चा फेंक दो। हो, उराँव, मुंडा, संथाल—सब समाज बच्चों को पसंद करते हैं।

माँ-बाप ने कहा, "अब तू क्या करेगी, शनीचरी?"

शनीचरी को काफी अरसे तक कुछ समझ में नहीं आता था। दीवार पर से टिककर, उदास आँखों को लिये बैठी रहती थी।

एक दिन साहस कर बोली, "माँ!"

"क्या है री?"

"काफी दिन हुए, ईंट-भट्‌ठे पर जा कर कई लड़कियाँ लौटीं नहीं, याद है न?"

"खूब याद है।"

"उन्हें बेच बिया गया। उन्हीं लोगों ने बेचा।"

"कौन, किसने?"

"मालिक ने।"

"बेच दिया?"

"बेच दिया, रंडी बना दिया। मेरी तरह पेट में बच्चा देकर छोड़ दिया।"

"हमारा भाग्य।"

"मेरे बच्चे की तो शादी भी नहीं होगी, माँ!"

"अभी से शादी की बात क्यों?"

"ऐसे बच्चों की शादी ऐसी ही लड़कियों के साथ होती है। खवासियों की रीति से।"

"ऐसा ही होता है।"

"कितनी घिन करते हैं!"

"ऐसी बातें मत सोच।"

"सोचती नहीं, मन में उठती हैं।"

"हमने तो तुझे फेंक नहीं दिया।"

"माँ, मुझे एक घर बना कर दो।"

"दूँगी।"

"तू लड़के को देखना, मैं रेल-लाइन से कोयला जुटाकर बेचूँगी।"

"यह तो अभी दुधमुँहा है?"

"पीठ पर बाँध लूँगी।"

घर बना शनीचरी का। पेड़ की डालों से बनी दीवारें और छत पत्तों की। बरतन अलग। वह खुद पकाएगी, खाएगी।

चाँद तिरका का भाई बोला, "समाज को यह बात भी सोचनी होगी। शनीचरी अब कितनों के हाथों में पड़ेगी। घर की लड़कियों को इस तरह निकाला जाए तो क्या समाज का भला होगा?"

नाइगा बोला, "हो तो क्या? हुआ तो सोचंगे। यह विपत्ति तो पहले नहीं थी?"

"ईंट-भट्ठे पर लड़कियाँ जाएँगी?"

"जाएँगी।"

"इसके बाद फिर क्या होगा?"

"सोचूँगा, सोचूँगा। कह दिया न—सोचूँगा।"

शनीचरी ने समाज को दोष नहीं दिया। कोई सवाल नहीं किया। लड़के को पीठ पर बाँधकर कोयला जुटाने में लग गई। एक दिन जब वह कोयला बटोरकर, बेच कर, नमक-तेल खरीद रही थी तो हीरालाल बाजे वाले को देख कर रुक गई।

"हीरालाल!"

"बोलो।"

"देखते क्यों नहीं?"

"क्या देखूँ, बोल?"

शनीचरी हँसी। समझाया, "गोहुमन बीबी भी सचमुच गेहुँअन नहीं है। वह कहानी तुम जानते नहीं। मैं बूझ गई हूँ।"

"तब कौन है वह, शनीचरी, कौन है?"

"ये सब-कुछ, स—ब!" हाथ घुमा कर शनीचरी ने तमाम दुनिया दिखा दी। फिर खड़ी हो गयी शान्त।

मैं जानती हूँ, शनीचरी ने दिखाया है, कौन असली गोहुमन है। मैं यह भी जानती हूँ कि शनीचरी को इन्तजार है।

पचास कहानियाँ

1

लेखक

महाश्वेता देवी

अनुवादक

मीता घोष

राधाकृष्ण प्रकाशन

ISBN : 978-93-91950-20-0 (सेट)

पचास कहानियाँ-1

पहला संस्करण : 2013
पहली आवृत्ति : 2022

मूल्य : ₹2400
(दो खंडों का सेट)

प्रकाशक
राधाकृष्ण प्रकाशन प्राइवेट लिमिटेड
जी-15, जगतपुरी, दिल्ली-110 051

शाखाएँ : अशोक राजपथ, साइंस कॉलेज के सामने, पटना-800 006
पहली मंजिल, दरबारी बिल्डिंग, महात्मा गांधी मार्ग, प्रयागराज-211 001
36 ए, शेक्सपियर सरणी, कोलकाता-700 017

मुद्रक
बी.के. ऑफसेट
नवीन शाहदरा, दिल्ली-110 032

PACHAAS KAHANIYAN-1
by Mahashweta Devi

प्रकाशकीय

महाश्वेता देवी की 'पचास कहानियाँ' पुस्तक दो खंडों में प्रकाशित करते हुए राधाकृष्ण प्रकाशन को हर्ष एवं गौरव की अनुभूति हो रही है।

मूलतः बांग्ला में लिखित महाश्वेता देवी का विपुल कथा-साहित्य भारतीय भाषाओं सहित विश्व की विभिन्न भाषाओं में अधिकांशतः अनूदित हो चुका है। वस्तुतः वे विश्व में समकालीन भारतीय कथा-साहित्य की प्रतिबद्ध प्रतिनिधि हैं। अनेकानेक भाषाएँ उनकी रचनाओं के अनुवाद से समृद्ध हुई हैं।

राधाकृष्ण प्रकाशन ने इससे पूर्व भी महाश्वेता देवी की अत्यन्त चर्चित कृतियाँ प्रकाशित की हैं। इन कृतियों को व्यापक पाठक समुदाय की प्रियता प्राप्त हुई है। अग्निगर्भ, चोट्टिमुंडा और उसका तीर, जंगल के दावेदार, झांसी की रानी, 1084वें की माँ, भूख आदि कृतियों ने प्रकाशनोपरान्त एक इतिहास रचा है। महाश्वेता देवी के विशाल पाठक वर्ग को 'पचास कहानियाँ' से यथार्थ के एक अनूठे संसार में प्रवेश करने का अवसर प्राप्त होगा, यह हमारा विश्वास है।

महाश्वेता देवी की रचनाओं में 'जनगणमन' के स्वप्न, संकल्प व संघर्ष प्रतिबिम्बित होते हैं। उनकी कहानियाँ सामाजिक, आर्थिक, राजनीतिक और सांस्कृतिक प्रश्नों से टकराती हैं। मुक्तिबोध का स्मरण करें तो महाश्वेता देवी की रचनाएँ 'सभ्यता-समीक्षा' करती हैं। आदिवासी, वनवासी, किसान, मजदूर, वंचित, उत्पीड़ित और संघर्षरत असंख्य जन उनकी कहानियों में अभिव्यक्ति पाते हैं।

साहित्य का आन्तरिक सच यह है कि जब शब्द न्याय और जीवन के पक्ष में सक्रिय होते हैं तब वे काल व स्थान का अतिक्रमण कर जाते हैं। महाश्वेता देवी के शब्द रचनात्मक साहस के साथ जानना चाहते हैं कि यह संसार...यह जीवन किसका है! मुट्ठी भर पूँजीपतियों का! या असंख्य व्यक्तियों का! या ऐसे व्यक्तियों का जिन्हें जीवन के न्यूनतम संसाधनों से वंचित कर मनुष्य होने की गरिमा से अपदस्थ किया जा रहा है।

महाश्वेता जी के शब्द आज की स्थितियों में एक नवीन प्रासंगिकता प्राप्त करते हैं। 'जल-जंगल-जमीन' की लड़ाई में जब स्थितियाँ

अन्तर्राष्ट्रीय स्तर तक पहुँच रही हैं तब उनकी कहानियाँ कौंधने लगती हैं। उन्होंने अपनी रचनाओं के सन्दर्भ में कहा है–'जमीन के लिए आदिवासियों के दीर्घ समय से क्षोभ तथा आक्रोश के परिणामस्वरूप नक्सल आन्दोलन का जन्म हुआ था। मैं उन लोगों की लड़ाई में काफी यकीन रखती हूँ।' कथा-साहित्य के माध्यम से सामाजिक संघर्ष के इस पक्ष को लिखने वाले थोड़े से लेखकों में महाश्वेता जी सर्वोपरि हैं, यह कहने की आवश्यकता नहीं।

महाश्वेता जी की कहानियों के महत्त्वपूर्ण होने का एक बड़ा कारण सरोकार, संवेदना और संरचना में अद्भुत सामंजस्य है। विचार-रक्त की कान्ति प्रवाहित हैं, वस्त्र की तरह पहने नहीं गए हैं। यही वजह है कि विमर्शों की स्थूल प्रक्रिया से विलग उनका लेखन स्त्रियों और दलितों की पक्षधरता का सशक्त उदाहरण है।

इन कहानियों का बांग्ला से हिन्दी में अनुवाद प्रामाणिक व प्रवाहपूर्ण है। दो कहानियाँ प्रमोद कुमार सिन्हा और आठ जगत शंखधर द्वारा अनूदित हैं। शेष कहानियों का अनुवाद मीता घोष ने किया है।

समग्रतः महाश्वेता देवी की 'पचास कहानियाँ' निश्चित रूप से पाठकों की स्थायी आत्मीयता अर्जित करेंगी, ऐसा विश्वास है।

–अशोक महेश्वरी

दो शब्द

महाश्वेता देवी की पचास कहानियों का अनुवाद करते हुए बार-बार ऐसा अनुभव किया कि मैं अपने देश से, देश के काने-कोने में बिखरे लोगों से, उनकी आशा-आकांक्षाओं, सुख-दुख, क्षोभ-आक्रोश तथा समस्याओं से कितनी अनजान हूँ। यह संकलन भूख और दरिद्रता के अन्तहीन सागर में डूबते-उतराते असंख्य मनुष्यों की अमर-गाथा है, एक ऐसा दस्तावेज है जो हिन्दी के पाठक-वर्ग को सोचने पर विवश कर देगा कि संविधान में मौलिक अधिकार के होते हुए भी भिखारी दुसाध जीवनपर्यन्त उससे क्यों वंचित रह जाता है। हमारे देश के शिक्षित लोग गाँवों से कितनी दूर, अलग-थलग रहकर उन्हीं पर बड़े-बड़े शोध-कार्य करते हैं पर 'बेहुला' के जन-जीवन की वास्तविक समस्याओं को दूर करने में असमर्थ हैं क्योंकि वहाँ साँप से भी अधिक जहरीले प्राणी बसते हैं। अत्याचार और शोषण को उजागर करनेवाली कहानियों में विद्रोह का स्वर भी उभरकर आया है।

महाश्वेता देवी की इन कहानियों का अनुवाद करते हुए मैं इतनी तल्लीन हो जाती थी, मुझे लगता था जैसे ये सभी चरित्र मेरे बहुत अपने हैं। वे आदिवासी, जिन्हें मैंने कभी देखा तक नहीं, मुझे बहुत परिचित लगे। इससे पहले शायद वे मेरे लिए अजनबी रहे हों पर अब इन कहानियों का हर पात्र मेरा निकट आत्मीय है।

महाश्वेता देवी जैसी मूर्धन्य लेखिका की कहानियों का अनुवाद करना मेरे लिए अत्यन्त कठिन कार्य था, फिर भी मैंने अपनी योग्यता अनुसार इसे पूरा करने का बीड़ा उठाया। समय-समय पर भाषागत कठिनाइयों ने मेरा रास्ता रोका पर विभिन्न बाँग्ला तथा हिन्दी के शब्दकोशों तथा विशेष रूप से समान्तर कोश–हिन्दी थिसारस की सहायता से तथा अपने बन्धु-बान्धवों से परिचर्चा के बाद अनुवाद का मार्ग काफी हद तक सहज हो गया। मन में कई बार यह इच्छा जागी कि अनुवाद करते हुए लेखिका से मिलने का सौभाग्य प्राप्त हो। बहरहाल, यह इच्छा आज भी मन में बनी हुई है, शायद कभी भविष्य में फलीभूत हो। लेखिका के विस्तृत ज्ञान तथा अनुभव के सम्मुख मैं नतमस्तक हूँ। उनके साहित्य से अत्यधिक प्रभावित हुई हूँ। प्रस्तुत कहानियाँ पाठकों का केवल

फोटोकॉपी करवाना, वर्तनी की समता के अनुसार उनका संशोधन, इत्यादि सब काम उन्होंने किया, तभी यह सम्भव हुआ। अगर शोभा यह काम न करती तो इतने कम समय में यह पुस्तक प्रकाशित न हो पाती। पुरानी पत्रिकाओं में प्रकाशित कहानियों को ढूँढ़ निकालने में सभी पत्र-पत्रिकाओं के सम्पादक सहायता प्रदान नहीं कर पाए, जाहिर है वे बहुत व्यस्त हैं। लिटिल मैगजिन पुस्तकालय तथा रिसर्च सेंटर के सन्दीप दत्त को बहुत-बहुत धन्यवाद। हजारों काम के बीच उन्होंने बहुत से लेखों को ढूँढ़कर, बहुत ही कम समय में उनकी फोटोकॉपी भी की।

मेरी कहानी-संग्रह की भूमिका यदि मुझसे तरुण युवा लेखक-बन्धुओं में से कोई लिखता तो अधिक समीचीन होता, ऐसा मेरा मानना है। वैसे उनके पास भी समय का अभाव है।

परिस्थिति कुछ ऐसी बन गई कि वही कहावत हुई 'पकड़ो तख्ता, ठोको कील' यानी समय नहीं है, इसलिए मैं स्वयं ही इस संकलन की भूमिका लिख रही हूँ। सम्पादक तथा मैं हम दोनों ही इस संकलन की एक बात पर काफी खुश हैं। वह यह है कि इसमें ऐसी बहुत सी कहानियाँ हैं, जो पहले किसी संकलन में प्रकाशित नहीं हुईं। परिचित तथा पठित कुछ कहानियाँ तो रहेंगी ही। उन सभी कहानियों की ओर मुड़कर देखती हूँ तो दुख का अनुभव करती हूँ। उन दिनों बाहर के कामों में कितना ही भाग-दौड़ करती थी, लिखने का समय निकाल ही लेती थी। उस समय लिखने का एक अजीब-सा नशा छा जाया करता था। 'स्तनदायिनी', 'द्रौपदी', 'बिछन' तीनों कहानियाँ एक-एक दिन में लिख डाली थीं। सुबह बैठी तो रात को डेढ़-दो बजे तक लिखती रही। वो भी क्या समय था, 'हजार चौरासी की माँ' कुल चार दिनों में लिखी थी, 'ऑपरेशन—बसाई टुडू' डेढ़ से दो दिनों में लिखी थी। उस प्रकार की कर्म-क्षमता अब नहीं रही। न रहना स्वाभाविक भी है। पहली पुस्तक सन् 1956 में छपी थी, उस समय मेरी आयु तीस साल थी। और, चालीस या पचास में जो कर पाती थी, वह सत्तर साल की आयु में कैसे कर पाऊँगी, यह भी सोचती हूँ।

'दीवाना, खोईमाला तथा ठाकुरवट की कहानी' में समाज में असहाय नारी का स्थान, अन्धे समाज की अविवेकपूर्ण निष्ठुरता तथा सुरेश्वर की तरह शिक्षित मनुष्य का निरापद दूरी बनाए रखना—ये सब आज भी बदले हुए चेहरों में क्या प्रासंगिक नहीं हैं? 'कैतरी' नाम के विषय में बताती हूँ—सुरो नामक एक विधवा वृद्धा नवारुण के शैशव काल में मेरे पास काम किया करती थी। उसी ने बताया था कि उसका पति उसे प्रेम से 'कैतरी' पुकारा करता था। सुरो ने ही यह नामकरण किया है। 'रोमथा' तो उस मुक्तिकामी मनुष्य की कथा है, जिसे वर्तमान व्यवस्था बेड़ियों में जकड़ना चाहती है। 'एच.एफ. 37 : रिपोर्ताज' आपातकाल के दौरान

एक सुपरिचित परन्तु अधुना मृत विद्वान ने पढ़कर 'सरकार-विरोधी' होने का आरोप लगाया था। 'उर्वशी और जॉनी' आपातकाल के दौरान प्रेस पर जारी किए गए निषेधाज्ञा के विरुद्ध प्रतिवाद-स्वरूप है। यह कहानी 'आकाश-वाणी' पत्रिका में ही पहली बार प्रकाशित हुई थी।

'जगमोहन की मृत्यु', 'रुदाली', 'शिशु', 'नमक', 'बीज' तथा अन्य कहानी-उपन्यास एक विशेष अंचल पर आधारित हैं। उस अंचल को मैं भारतवर्ष मानती हूँ और यही अंचल बार-बार मेरी कहानियों में लौट आता है। इन चरित्रों के प्रति भी मैं जवाबदेह हूँ। इसी कारण 'बीज' कहानी के दुलन गंजू पर बाद में 'आजकल' की शारदीय संख्या में दो अन्य कहानियाँ भी लिखी थीं। उस अंचल के मनुष्यों को अपनी आँखों से चाहे न भी देखा-जाना हो, मानस-चक्षु से उससे भी अधिक देखा है। प्रतिदिन की निकटता रहे तो लिखना सम्भव नहीं। इसी कारण खेड़िया-शबर आदि मेरी सत्ता के साथ, कर्म तथा मानसिक स्तर पर इतने जुड़े हुए हैं कि उनके विषय में लिख पाना सम्भव नहीं। मैं समझती हूँ कि एक-एक मनुष्य एक अनजाने महादेश के समान है। जितना उसे आविष्कार करूँगी, उतना अधिक मुग्ध और विनम्र होऊँगी और, चूँकि इतिहास की निरन्तरता तथा अग्रगति में विश्वास करती हूँ, सभी चरित्र घूम-फिरकर लौट आते हैं। 'द्रौपदी' तथा दुलन तो 'ऑपरेशन—बसाई टुडू' में भी थे। इन सब कहानियों की जड़ें उखाड़कर खींचते-खींचते बीज का सन्धान भी मिल जाता है। जिस जरा व्याध ने कृष्ण का वध किया था, कौवामार नामक यायावर सम्प्रदाय की कहानी जानकर ही 'साँझ-सकाल की माँ' कहानी लिखी थी। मेरे नक्सल-आन्दोलन से असम्बद्ध कहानी-उपन्यासों के प्रति उपेक्षा, मेरी कहानियों के विषय में आलोचकों की आग्रहहीनता, यह सब जानती हूँ और देखती रहती हूँ। लम्बे समय से कुछ भी मुझे स्पर्श नहीं कर पाता। शायद इसीलिए अरुण कुमार मुखोपाध्याय ने कहीं पर 'साँझ-सकालेर माँ' कहानी को खूब सराहा था, यह बात मुझे आज भी याद है।

चाहे 'साँझ-सकालेर माँ' हो या 'बाँयन' अथवा इसी प्रकार की अन्य कहानियाँ लोक-वृत्त के सम्बन्ध में पाठकों की दृष्टि कम ही आकर्षित कर पाई हैं। इतिहास, श्रुतिकथा, पुरा-कथा, मिथ, किंवदन्ती, पुराण इत्यादि घूम-फिरकर मेरी कथाओं में लौट आते हैं। और साथ ही अन्धविश्वासों की बेड़ियों को तोड़ देने की चेष्टा भी बार-बार लौटती है। जो इस अँगूठी—कवच—महापुरुष—महामानवी—ज्योतिष शास्त्री—'ग्रहण काले हँड़िया काली' के युग में एक लड़ाई के समान ही है। संस्कार तथा विज्ञान-विरोधिता शिक्षाप्राप्त समाज को ग्रसित कर रही है। पर इसी के समानान्तर विज्ञान-चेतना से उद्बुद्ध संग्रामी मनुष्य भी सिर उठा रहा है। यह समय राहुग्रास अथवा पूर्णग्रास का है। 'बाँयन' कब लिखी थी!

पचास कहानियाँ

1

सनातन दीघड़ी के मुँह से निकल गया, 'किस चीज के घमंड से दुनिया कँपा रहे हो बाप? जब चिता पर आम की लकड़ियों पर लेटना पड़ेगा और मुँह में मुट्ठी भर सींकें ठूँसकर आग के ताप से तुम्हारी देह फूलती हुई चिटखती रहेगी तब अपने इस घमंड को किसे देकर जाओगे?' चाहे ऐसे समय अथवा 'मैया, जाकर देखो श्मशान में कैसे लोट रहे हैं बाबा!' गाते हुए जब वे बाँसद्रोणी के पीछे घने जंगल के पथ से गुजरते हैं उस वक्त यह साफ समझ में आ जाता है कि इस भरी-पूरी दुनिया में सनातन बेहद अकेले हैं। ऐसे व्यक्ति पर भला गुलाबी की मोहिनी का क्या असर हो सकता है!

आश्चर्य दीन-दुनिया से परे हैं। एक जरा-जीर्ण दुखी वृद्ध। महीसूर के नवाबजादों की मस्जिद के चबूतरे पर एक दिन मरने के सिवा उसका दूसरा भविष्य नहीं है।

मचान के नीचे गोलक, पाटनी का बेटा है। प्रतिदिन नदी तथा जल के सान्निध्य में रहता है इसलिए उसकी किशोर दृष्टि अत्यन्त निष्पाप और उदास है। वृद्ध फकीर और गरीब बालक, ये भी उसकी मोहिनी माया के असर से परे हैं।

उन पुरुषों में से कोई भी उसकी माया के वशीभूत होनेवाले नहीं हैं, इस कारण गुलाबी के भीतर ऊष्मा पैदा हो रही थी, वेश्या का स्वभाव सिर उठा रहा था।

ऐसे में खोईमाला का निष्पाप प्रश्न, 'पोथी नहीं पढ़ोगे तो खाओगे क्या?' सुनते ही वह भड़क गई।

'अरे मेरी फकीर सोहागी! पोथी पढ़े तो तुझे क्या? तू उसे खाना देगी?'

गुलाबी की बात सुनकर खोईमाला अत्यन्त कुंठित हो गई। ऐसी कठोर बातें कभी-कभार ही सुनी होगी। कभी सुनती भी है तो भाग खड़ी होती है। इस समय वह मौन रही। गुलाबी ने सोचा, यह...दुखियारी लड़की भी उससे घृणा करती है।

'जवाब नहीं देती, बहुत ऐंठ है तुझमें!'

'गुलाबी, उसने तुमसे कुछ नहीं कहा!'

आश्चर्य फकीर के कुछ घबराहट में कहे गए विनयी वचन को सुनकर सहसा गुलाबी के मन में न जाने क्या हुआ, उसने कहा, 'मैं सुनूँगी, तुम पोथी पढ़ो।'

अब आश्चर्य लज्जित होकर बोला, 'गुलाबी, मैं अपनी पोथी, इनके सामने नहीं पढ़ सकता।'

'क्यों?' दानी मुखिया ने कर्कश गले से पूछा।

'आज किस्से की अच्छी पोथी नहीं है।'

'क्यों?'

'दीघड़ी जी, अच्छी पोथी पानी में भीगकर नष्ट हो गई है। मेरी आँखों को कुछ सूझता नहीं। अब मुझे कोन उस पोथी की नकल कर देगा?'

खोईमाला की इच्छा हुई कि कहे—अगर मैं लिखना जानती तो नकल कर देती। पर कुछ कहते हुए उसे डर लगा।

'बारिश कम हो गई है। चलिए दीघड़ी ठाकुर।'

दानी मुखिया ने छाता खोल दिया तथा मचान से सनातन दीघड़ी को साथ लेकर पैदल वहाँ से चला गया।

'आश्चर्य, पोथी पढ़ो।' इतनी देर बाद गुलाबी पैर पसारकर बैठी, 'तुम्हें देने के लिए घर में सीधा निकालकर रखा है। मेरे गोहाल में बैठकर भात पका लेना।'

कृतज्ञ होकर आश्चर्य ने पोथी खोल ली तथा पढ़ते हुए बोला, 'कहानी के आरम्भ में ही नायक के दीवाना होने की बात बता दूँ।'

'दीवाना का क्या मतलब?'

'दीवाना मतलब पागल।'

यह सुनकर खोईमाला बेहद चकित हुई। वह कुछ पूछनेवाली थी पर गुलाबी खीझते हुई बोली, 'इतनी बातें क्यों पूछती है, खोईमाला? अपने घर जा ना! घर जाकर देख, तेरी माँ कितनी नाराज हो रही होगी।'

इतनी देर बाद बालिका को माँ की बात याद आई। माँ ने उसे आने से मना किया था और झटपट ही लौटने को कहा था कि इस हाट में बंजारिनों का डर है।

कहीं दूर कोई डुगडुगी बजा रहा था। सुन्दरवन के सँपेरे या कालिका क्षेत्र के बाजीगर होंगे। खोईमाला को साँप का खेल, बन्दर का नाच देखना कितना अच्छा लगता है, परन्तु इस समय उसे ऐसा लगा कि निश्चय ही यह बंजारिनों की डुगडुगी होगी। वे जादू जानती हैं, अकेली, असहाय खोईमाला का पता पाते ही वे तुरन्त पहुँच जाएँगी। माँ कहती है, 'वे वायु के आगे, हवा के साथ-साथ दौड़ सकती हैं। मंत्र-बल से पृथ्वी को वश में कर रखा है।' आज हाट प्यादा नहीं है, जो ढोल-ढिंढोरा पीटकर बताए कि, 'बच्चों की माँ होशियार!'

खोईमाला ने कहा, 'आश्चर्य, मैं जाती हूँ।'

वह नीचे उतरकर भागने लगी। कीचड़ में चलते नहीं बनता। वर्षा का पानी अब भी कल-कल करके नाले में बह रहा है। खोई को पता है कि उस पानी में पूँटी, मया, शोल मछलियाँ तैर रही हैं। वह भी मछली पकड़ सकती है पर मछली पकड़ना नीच जात वालों का खेल है, ब्राह्मण की लड़की, चाहे कितनी भी अभावग्रस्त, अनाथ अथवा दरिद्र क्यों न हो, कभी मछली नहीं पकड़ती। समय होता तो खोईमाला कुछ देर खड़ी होकर मछलियों का खेल देखती।

देर हो गई है, वक्त जरा भी नहीं है। इस बीच बादलों में दिन कब का ढल चुका, पता ही नहीं चला। सूरज के पास भी ठहरने का वक्त नहीं, अब सूरज पश्चिम दिशा में है। सहसा, बादलों के टूटकर बिखरने से आकाश के हर कोने में लाल रश्मियों की धारा बहने लगी। सन्ध्याकालीन सूरज की दृष्टि धुँधली होती है, देखकर डर लगता है। मोती शेख के घोड़े की बात खोईमाला को याद आई। गाड़ी समेत, मोती शेख का घोड़ा जब खन्दक में गिरकर ज़ख्मी हो गया था और जीने की कोई उम्मीद नहीं रही थी, तब यह खयाल आते ही कि अब मोची आकर जीवित घोड़े की खाल खींच लेंगे, इस वक्त अरे भैया, ऐसा निर्दयी काम करते हुए मेरा तो कलेजा फट रहा है, कहकर रोते-रोते मोती शेख ने अपने घोड़े को हलाल कर दिया था। इसलिए आज भी लोग उसे निर्दयी कहते हैं, परन्तु पालतू जीव को इस प्रकार तड़पते हुए कौन देख सकता है? घोड़े की दृष्टि पल-भर में धुँधली हो गई थी, गले से फेनयुक्त खून की तेज धार बहते हुए चारों ओर फैल गई थी।

इस समय आकाश में ग्रहण की सन्ध्या जैसा लग रहा है। खोईमाला तेजी से दौड़ने लगी। पर मेरा पीछा कौन कर रहा है? 'ओ माँ!' आर्त स्वर में चीखती हुई खोईमाला भागने लगी। निर्जन पथ है। पानी फिर से बरसने लगा। खोईमाला के पैरों की पायल बज रही है। इसके अलावा और कोई आवाज सुनाई नहीं देती।

'खोईमाला, डरती क्यों हो?'

पलक झपकते ही गोलक उसके समीप आ पहुँचा। बोला, 'कैतरी, तू इस तरह भागती है?'

वे दोनों ही अब ठाकुरवट के नीचे खड़े हैं। ठाकुरवट के सामने काफी बड़ी झील है। इस ठाकुर झील के पानी का कोई कूल-किनारा नहीं है। अब भरी वर्षा के दिनों में, झील के वक्ष पर लहरें खेल रही हैं।

'कैतरी, तू भागी क्यों?'

'तुम्हें इससे क्या?' खोईमाला को गुस्सा आ रहा है।

'क्या रे! फुफकारती नागिन है रे।'

'गोलक, गाली देकर बात मत करो।'

गोलक ने गमछे से हाथ-मुँह पोंछकर कहा, 'यह ले तेरी कौड़ियाँ।'

सिन्दूरी रंग की सुन्दर कौड़ियाँ, आँचल में बाँधते-बाँधते खोईमाला ने पूछा, 'और नहीं दिए?'

'नहीं।'

'अब साँझ हो चुकी है। कौड़ी लेकर जाऊँ भी तो मुझे चावल कौन देगा?'

गोलक हँसने लगा, बोला, 'चावल कौन देगा! आश्चर्य से पोथी सुनते समय यह बात याद नहीं आई?'

'तूने नहीं सुना?'

'सुना तो क्या हुआ! हम मेहनत करके खाते हैं, हमारे घर पर चावल हमेशा रखा रहता है। जब जाऊँगा, पान्ता-भात खाऊँगा। तुम लोगों की बाभनाई जितनी है, दरिद्रता भी उतनी है।'

बात सच है। इस वक्त तो हेस्टिंग्स साहब कम्पनी के लाट हैं। उधर कहीं पर कोलकाता शहर दिन-प्रतिदिन बढ़ता जा रहा है। इसीलिए लोगों का आना-जाना, खरीद-फरोख्त, लेन-देन, किसी चीज का अन्त नहीं है। लोग लगातार इस गंगा से होकर बड़ी गंगा पार करके उधर जाते हैं। अब पैसा गोलक जैसों के हाथों में है। नाव व्यवसायी आजकल ब्राह्मणों से ज्यादा अच्छा खाते-पहनते हैं। दक्षिण की ओर से लोना-बादा से मछलियाँ, अंडे, हिरण का मांस, शहद, घर के छावन के लिए गोलपाता आदि चीजों की ये लोग लगातार नाव से ढुलाई कर रहे हैं। शहर में इनकी बहुत जरूरत है। सनातन दीघड़ी ने कहा, 'अरे ये सब जुलाहे, तँबोली, नाव व्यवसायी आदि कुछ दिनों के बाद जूते पहनकर चलेंगे, किस चीज के दर्प से भुवन कँपा रहे हो, बाप?'

फिर भी, गोलक की बात सुनकर खोईमाला को दुख हुआ, भात के प्रसंग पर। गरम भात के साथ भुने हुए कटहल के बीज खाए उसे कितने दिन हो गए। गोलक ने इस ओर ध्यान ही नहीं दिया।

'तूने सुना नहीं, कैतरी, मगर मैंने आश्चर्य की पोथी कुछ देर और सुनी थी।'

खोईमाला ठाकुरवट की लटकती जड़ों को पकड़कर रास्ते पर चली आई।

'पहले दीवाना, बाद में महासुख। तब राजपुत्र सोने के सिंहासन पर आसीन हुआ।'

'और क्या सुना?'

‘और नहीं सुना। गुलाबी मौसी आश्चर्य के पास घूँघट काढ़े बैठी न जाने क्या बक-बक किए जा रही थी। मुझे उसने भाग दिया।’

‘अब मैं चलती हूँ।’

इस वक्त खोईमाला के आँचल में कौड़ियाँ बँधी थीं। अगर माँ उसे मारने के लिए लाई भूनने की छोटी सनकाठी की झाड़ू उठाए तो वह उसी क्षण माँ का हाथ पकड़कर कह सकती है, ‘मारती क्यों हो? मेरे आँचल में तुम्हारी कौड़ियाँ हैं, माँ! मैं क्या खाली हाथ आई हूँ?’

यही सब सोचती हुई खोईमाला अपने घर पहुँची।

परन्तु कितने अचरज की बात! आज उनके घर में दिया जल रहा है, माँ के चेहरे पर मुसकान थी, बदन पर सहेजकर रखी हुई साड़ी, सिर पर घूँघट। आज उनके घर अतिथि कुटुम्ब आए हैं। खोईमाला मारे घबराहट के खड़ी हो गई।

‘ऐ लड़की?’ वृद्ध का गला कितना भयंकर है। सुनते ही न जाने क्यों, लगा छाती पर कोई मूसल कूट रहा हो।

‘ऐ लड़की!’

‘सामने आ जा!’

‘इधर सामने आ। गुरु बाबा को परनाम कर!’

माँ के गुरु बाबा का चेहरा अत्यन्त भयानक है। बेहद काला रंग। सन की लटों जैसे बाल। होंठों पर सफेद दाग, चकमक पत्थर से उन्होंने तमाखू सुलगाई। फिर सिर उठाया। आँखों की दृष्टि अत्यन्त उज्ज्वल है। ऐसी दृष्टि के सामने तो बहुत बड़ा घमंडी भी अकपका जाएगा। खोईमाला ने साष्टांग प्रणाम किया, जैसे वह बलि का पशु हो।

‘शुक्रवार शुभ दिन है। सुबह लड़की से उपवास करवाना और जो कुछ बताया—एक कोरी साड़ी, कुछ एक सूप, किसी तरह भीख माँगकर शादी, बताने लायक जो कुछ था, सब बता दिया पर हाँ, पाँच लोगों को गवाह बनाकर दलील देनी होगी।’

‘बाबा, तुम तो देवता हो, सब जानते हो। दलील बनाकर देने के बाद दामाद मुझे झाड़ू मारकर भगा तो नहीं देगा?’

‘इस बात का क्या मतलब है लड़की?’

गुरु बाबा बहुत नाराज हो गए। उनके सिर के दोनों ओर की रूखी जटाएँ जोर-जोर से हिलने लगीं।

‘वह क्या तुम्हारे इन तीन नारियल के पेड़, यह झोंपड़ी और इतनी सी जमीन की परवाह करता है? ऐं? वो कब्जा कर लेगा?’

‘दुहाई बाबा!’ खोईमाला की माँ गले में आँचल डालकर बोली।

‘वह मेरा ऋणी है। अपना पक्का मकान बनवाएगा इसलिए इस बार ब्याह करने की सोच रहा है। उसे जितने पैसों की जरूरत है, वो तो बोड़ाल से ही मिल जाएँगे। मेरे कहने पर तुम्हारी तुम्हारी बेटी का उद्धार करने को राजी हुआ है। मुझ पर अविश्वास, क्यों? इसीलिए कहते हैं, भिखारी का भला नहीं करना चाहिए।’

‘नहीं, बाबा, तुमने जो कहा, मेरे बारे में सोचकर ही कहा है। पर वह तो मेरी दूध-पीती बच्ची है, इसके दूध के दाँत अभी भी सारे गिरे नहीं हैं, छह साल की बेटी है, तभी डरती हूँ, नहीं तो, जो कह रहे हो, ठीक ही तो है।’

'तभी डरती हूँ।'

'क्यों डरती हो?'

गुरु बाबा के मुँह से गालियों की बौछार शुरू हो गई, 'जब बेटी जन्मी थी, नकुड़ की अकाल मृत्यु हुई, तब मुँह में नमक ठूँसकर मार क्यों नहीं डाला? बेटी सोहागी? मेरी छह साल की बेटी क्या करती है? सुरग में दीया-बत्ती जलाएगी? छह साल की गाय दूध देती है, घोड़ा गाड़ी खींचता है, लड़की क्या करती है?'

अब, खोईमाला की माँ ने देखा, गुरु बाबा क्रोधित हो गए तो उसका इहलोक-परलोक सब नष्ट हो जाएँगे। एक लड़की की वह माँ है, जिसे पाल-पोसकर बड़ा किया है। इस पृथ्वी पर वह महापापिन है। अब यदि राह के मेढक-मेढकी भी लात मारें तो उसे सहना होगा। बेटी की माँ होने जैसा महापाप इस संसार में और कोई नहीं। इसलिए उसने 'बाबा जी!' कहकर गुरु बाबा के चरणों को पकड़ लिया। घर के फर्श पर एक स्थान पर कील गड़ा हुआ है। पति नकुड़दास के मरने पर पड़ोसियों ने गाड़ दिया था। उस पर सिर पटककर, खून बहाकर जोर-जोर से रोती हुई वह बोली, 'तुम मुँह फेर लोगे तो मैं सिर पटककर अपनी जान दे दूँगी।'

खोईमाला की माँ के आँसुओं से जब उनके चरण-युगल भीग गए तब गुरु बाबा सन्तुष्ट हुए।

नकुड़दास की विधवा चूल्हा सुलगाने गई। गुरु बाबा क्रोधी जरूर हैं पर सेवा भी बहुत करते हैं। वह बेटी से बोली, 'तू कपड़े बदलकर पानी चढ़ा, मैं कुछ जुगाड़ करने की कोशिश करती हूँ।'

गुरु बाबा के साथ माँ का सम्पर्क बड़ा अनोखा है। ये माँ के गुरु भी हैं और जन्मदाता पिता भी। दूसरी पत्नी के वियोग के बाद उनका चित्त उखड़ गया था। तभी उन्होंने एक संन्यासी पकड़कर उनका शिष्य बनना चाहा था। संन्यासी प्रयाग में कल्पवास करने के लिए प्रस्थान कर रहे थे तो वे रोते हुए बोले थे, 'बाबा जी, मैं अब गृहस्थी के चक्कर में नहीं पड़ना चाहता। मैं अब उस गोहाल में दोबारा नहीं जाऊँगा।'

संन्यासी को कुछ ही दिनों में गृहस्थी के प्रति उनकी प्रबल आसक्ति का परिचय मिल गया था। उन्होंने कहा था, 'तुम्हें संन्यासी बनने की जरूरत नहीं, तू अपने घर में ही मन्तर दे।'

'मैं मन्तर दूँगा, तो कोई क्यों लेगा?'

'अरे जरूर लेगा। आजकल तो सतयुग नहीं है, मेरे बाप, कि साधु-संन्यासी हवा खाकर जीएँगे? आजकल साधु-संन्यासी से मन्तर लेना गृहस्थ के लिए बहुत खर्चे का काम है। पर गुरु-मन्तर के बिना काम भी नहीं चलता, बहुत जरूरी है। इसलिए मेरी राय में तो, तू अपनी बेटियों को मन्तर देकर अपना काम शुरू कर। धीरे-धीरे सभी तुझे मानने लगेंगे। पर एक बात सुन, आज के बाद संसार के माया-मोह से गोंद की तरह चिपके मत रहना। बेटी हो चाहे नाती, कोई भी बाप अथवा बाबा कहकर न पुकारे।'

पूर्व प्रेम के सभी सम्पर्क गुरु बाबा ने इस प्रकार छिन्न-भिन्न कर दिया कि अब बेटियों के पास जाकर उन्हें गृहस्थी की ज्वाला में दग्ध होते देखकर भी कभी 'आह' शब्द का अपव्यय नहीं करते। बल्कि छाती ठोंककर कहते हैं, 'यह कबूतर का कलेजा नहीं है रे, छाती पर पत्थर बाँधकर गेरुआ धारण किया है। तभी तो तारा अपनी मँझली बेटी की छाती से उसके मृत

बेटे को अलग करके हँसते-हँसते उसका दाह करने ले गया। छोटी-मोटी बातों से व्याकुल हो जाना क्या मुझे शोभा देता है?'

इस समय जब उन्होंने खोईमाला की माँ को कुछ अन्न का जुगाड़ करने जाते हुए देखा तो उसे पुकारकर बोले, 'मैं तो अन्न का सेवन नहीं करता, मिष्टान्न तथा दूध से ही काम चलेगा।'

मूसलाधार वर्षा के इस भयानक रात में रोग से जर्जर शरीर लिये हतभागिनी परान्न पालिता विधवा दूध-मिष्टान्न कहाँ से लाएगी, यह सोचकर उनका मन जरा भी विचलित न हुआ।

दूध-पीती बच्ची खोईमाला को मँझधार में डालने आए हैं, इस बात से उनके मन में जरा भी करुणा नहीं उपजी। उनके संन्यास धर्म में क्या कोई दया नहीं, प्रेम नहीं? सिर्फ रूखी, भयानक उदासीनता है?

दो

बरसात की भयंकर रात में नकुड़दास की विधवा 'कुछ जुगाड़ करके लाती हूँ' कहती हुई घर से बड़े विश्वास के साथ निकली जरूर, मगर रास्ते पर खड़ी होकर वह पल में समझ गई कि वह कितनी असहाय है।

आकाश पर बादल का पर्दा पड़ा हुआ है, ये बादल न जाने कितने अलौकिक, अशरीरी प्राणियों की भाँति भयानक आकार धारण कर भागे चले जा रहे हैं। कोतवाली महावत जिस तरह हाथी के सिर पर अंकुश मारता है, ठीक वैसे ही पुरवैया हवा बड़े वेग से मारते-मारते मेघरूपी अतिकाय जन्तुओं को न जाने कहाँ भगाए लिये जा रही है। बीच-बीच में विद्युत की नीरव तथा भयंकर हँसी से पथ-घाट चकाचौंध हो जाते हैं।

ऐसी रात में आकाश का चेहरा बादलों से ढका हुआ है। हर घर के दरवाजे बन्द हैं। वैष्णव घाट अत्यन्त समृद्ध मोहल्ला है, परन्तु इस भयावह रात में कौन द्वार खोलकर रखेगा? उधर हाट तला के पास कुछ दुकान आदि जरूर हैं, परन्तु सुन्दरवन की बंजारिनें, कालिका क्षेत्र के तीर्थयात्रियों का धन-सम्पत्ति लूटनेवाले मलंगी यायावर ऐसे समय में शराब पीकर बहुत हुल्लड़ मचाते हैं तथा 'हम तो कम्पनी के कुटुम्ब हैं, कम्पनी माल का पैसा देगी,' यह कहकर दुकानों से माल लूटकर उन्हें उछालकर मजे लेते हैं।

इस भय से दुकानदार शीघ्र ही दुकान बन्द कर देते हैं, और जब श्मशान यात्री आकर उनके बन्द पटों को ठेलते हैं तभी वे खोलते हैं। रात-बिरात आनेवाले श्मशान यात्री शवदाह के काम को बेकार का झमेला मानकर और कुछ प्रेत-भय से भी अपनी खीज को कम करने के लिए गाँजे का दम लगाने बैठ जाते हैं। उसके बाद वे अपने होश-हवास खोकर, दुकानों पर धक्का मारते हुए कहते हैं, 'जल्दी कुछ जलपान दो। तमाखू चकमक भी दो, नहीं तो तुम्हारी दुकान में आग लगाकर बैंगन की तरह भून देंगे।'

इस डर से दुकानदार दुकान के पट खोल देते हैं। आज कोई श्मशान यात्री नहीं है, पुरवैया हवा श्मशान में तीव्र हाहाकार के साथ लाशों के सिरों को गेंद बनाकर खेल रही है, ऐसे में नकुड़दास की विधवा के लिए कौन दुकानदार अपनी दुकान खोलकर बैठा रहेगा?

परन्तु शीघ्र आहार लेकर न पहुँच पाई तो गुरु बाबा अभिशाप देंगे। खोईमाला की माँ को इतनी देर बाद समझ आया कि वह जिस आशा से बाहर निकली है, वह आशा पूरी होना असम्भव है। देव-दानव के लिए भी सम्भव नहीं। यह घोर कलियुग है। कलि देवता का युग है, कम्पनी का बहुत रोब-दाब है। इस युग में हेस्टिंग्स कम्पनी के लाट हैं। विलायत से मय दानव आकर अट्टालिकाएँ बना रहा है। इस युग में देवताओं की शक्ति क्षीण हो गई है।

देवताओं के पास शक्ति नहीं है, मनुष्यों के मन में दया-माया नहीं है, घोर कलियुग, उस पर मूसलाधार वर्षा। खोईमाला की माँ खुद ही समझ गई, इस विपत्ति में उसके साथ कोई नहीं है। वह अकेली है। स्वयं को अकेला जानकर अपनी पूरी ताकत से परिस्थितियों के साथ जूझने की क्षमता उसमें नहीं है। वह अनाथ, विधवा है। खोईमाला उसकी एकमात्र सन्तान है, इसलिए अभी देह ढीली नहीं पड़ी। यह भी एक अलग डर है–'मेरी बेटी कहाँ रहेगी, सोचकर तब व्याकुल हो गई थी, अब सोचती हूँ इस देह को चिता में झोंक देती तभी अच्छा होता।' वह बड़बड़ाते हुए बोली, 'ओ माँ!' अपने आर्तनाद से वह सहसा चौंक गई। थोड़ी ही दूर पर कोई आता हुआ नजर आया, उसे देखकर वह हाथ क्यों ऊपर उठा रहा है?

खोईमाला की माँ के माथे पर एक ढेला लगा। 'ओ माँ, मर गई!' कहती हुई दुखियारी नीचे बैठ गई। उसके बाद उसे होश न रहा।

'अरे, यह तो खोईमाला की माँ है! हे भगवान, नारी का खून बहा दिया!' सनातन दीघड़ी ने इस दुखियारी का हाथ पकड़कर उठाया।

'बेटी! मैं तुम्हें पहचान न पाया, मैंने सोचा...'

'जानती हूँ बाबा! अपदेवता के अलावा और कौन ऐसी भयानक रात में बाहर निकलेगा? आपका कोई दोष नहीं है।'

'इस मैदान में अपदेवताओं का बहुत डर है, समय देखकर मनुष्य भी तो अपदेवताओं से भी बुरा बन जाता है। जाने दो! ऐसे में तुम बाहर क्यों निकली हो?'

खोईमाला की माँ ने धीरे-धीरे सब बता दिया।

'ऐसी रात में तुम्हें दूध-मिठाई के लिए बाहर भेजनेवाला कैसा गुरु है, ऐं? दस हाथों से अन्न उठाकर अपना पेट भरनेवाले तुष्टुपद का पुराना स्वभाव बदला नहीं, ऐं?'

खोईमाला की माँ ने जवाब नहीं दिया।

'तुष्टुपद गुरु बन गया है। मगर वह ब्याह कैसे करवाएगा? कैसा ब्याह होगा, यह मैं खूब समझ रहा हूँ। खैर, चलो, देखें तुम्हारे गुरु-सेवा के लिए कुछ कर पाता हूँ या नहीं।'

ठाकुर पाटबाड़ी में प्रतिदिन सन्देश-बताशों का सन्ध्या भोग चढ़ाया जाता है। इस समय सनातन दीघड़ी वहीं गए।

ठाकुर पाटबाड़ी उन्हीं लोगों की है। यद्यपि वे संन्यासियों की भाँति रहते हैं, मन्दिर के आय-व्यय की खोज-खबर नहीं लेते, फिर भी सेवक-नौकर सभी जानते हैं, वे भी मालिकों में से एक हैं। मन्दिर में कभी-कभार ही आते हैं। कहते हैं, 'जिस दिन से देखा कि सँझले-कर्ता भोग के आतण चावल अपनी ससुराल भेज रहे हैं, और घर-खुराकी के मोटे आतण चावलों से ठाकुरजी को भोग लगा रहे हैं, उसी दिन समझ गया कि अब दीघड़ी परिवार की शीघ्र उन्नति को कोई रोक नहीं सकता। इस घोर कलियुग में उन्नति करना हो तो पहले देवता

को वंचित करना होगा। वे तो पीतल की मूर्ति ही हैं। उसके पश्चात् अतिथि, कंगाल, बूढ़ी माँ, आश्रित परिजनों आदि को ऐसा करते रहने पर एक दिन लाट साहब का मुंशी हो जाएगा।'

सुनने में आया है कि उसी दिन से ही वे सँझले भाई के साथ बातचीत कम ही करते हैं। प्रतिदिन सुबह एक बार अपनी माँ के चरणों का जल पीने अन्दर जाया करते थे, लेकिन जिस दिन उन्होंने माँ के पैरों की अंगुलियों में दाद का घाव देखा, उस दिन बोले, 'माँ, मेरी प्रवृत्ति नहीं होती, अब से मैं तुम्हारा पदोदक न पी सकूँगा, माँ, मैं तुम्हारा अधम पुत्र हूँ।'

सुना है तभी से उनकी माँ मन की पीड़ा से रोती रहती हैं तथा कहती हैं, 'उसे उसका बाप, बड़ा भाई, भाई, कोई नहीं समझ पाता। बहू भी अभागिन है, उसके पास नहीं जाती। मैं अकेली ही उसकी देखभाल करती थी, परन्तु अपनी कोख की सन्तान, कैसी भाषा बोलता है, मेरी तो समझ में नहीं आता।'

अब सनातन दीघड़ी जल्दी-जल्दी खोईमाला की माँ को लेकर ठाकुर पाटबाड़ी में आए और साँकुल खटखटाते हुए बोले, 'बाँडुज्जे दरवाजा खोलो।'

'कौन, न-कर्ता?'

बाँडुज्जे पुरोहित ने दरवाजा खोल दिया। सनातन को देखकर उनका मुँह सूख गया। वे सनातन से बहुत डरते हैं, क्योंकि बासी कपड़े पहनकर एक दिन फूल तोड़ने पर सनातन ने उन्हें खड़ाऊँ फेंककर मारा था। अब उन्हें लगा, अवश्य ही उनसे कोई अपराध हो गया है इसीलिए इतनी रात गए सनातन उन्हें दंड देने आए हैं। पुरोहित को लगता है कि सनातन निश्चय ही अलौकिक मंत्र-तंत्र जानते हैं, नहीं तो इतनी निर्भयता से वन-जंगल में कैसे घूमते-फिरते हैं?

'आज की सन्ध्या-आरती का फल-मिष्टान्न कहाँ है?'

'जी?'

सनातन का प्रश्न सुनकर पुरोहित का मुँह इतना खुल गया कि मुँह के भीतर का सब-कुछ नजर आने लगा। ऐसी भयानक रात में फल-मिष्टान्न की क्या जरूरत आ पड़ी? उन्होंने तुरन्त पलटकर दीवार की ओर देखा। मन-ही-मन सोचा, 'बाप रे, परछाईं न दिखे तो समझ जाऊँगा कोई अपदेवता है।' क्योंकि यह मन्दिर विशाल बगीचे के मध्य स्थित है, निकट ही बाँस-वन है, समुद्र-तट से प्रवाहित आँधी तथा बवंडर के कारण बाँसों के परस्पर घर्षण से अत्यन्त भीषण सीत्कार सुनाई देती है, तिस पर लगातार बीमार रहने से बाँडुज्जे का मस्तिष्क दुर्बल हो गया है। उसका मन नाना प्रकार के कुसंस्कारों की आढ़त है।

'फल-मिष्टान्न चाहिए, दूध चाहिए।'

'जी।'

बाँडुज्जे ने लगभग काँपते हुए पीतल का भगोना निकाला। सकभारती की फल-मिठाई तो मन्दिर में ही बाँट देने का नियम है। परन्तु पुरोहित प्रतिदिन अत्यन्त भक्ति भाव से 'गोविन्दा-गोविन्दा' भजन करते हुए केवल बताशा और मीठे लावे ही भिखारी, कंगालों तथा गाँववासियों को बाँटते हैं। वे तीन सेवक तथा नौकर मिलकर अच्छे-अच्छे फल तथा मिठाई आपस में बाँट लेते हैं। आज मानो भगवान ने उनकी रक्षा हेतु ही भगोने को इस कक्ष में लाने की सुबुद्धि उन्हें दी थी।

'जी, क्या यहाँ बैठकर खाएँगे?' अचानक पुरोहित के मुँह से यह सवाल निकल गया। मति भ्रष्ट हो गई थी। मन में यह आशा थी कि वे लोग प्रतिदिन जो धन्धा करते हैं, न-कर्ता उसे नहीं भाँप सकेंगे। सनातन का उत्तर सुनकर यह भ्रम धूलिसात् हो गया, वे आसन्न विपत्ति के प्रति सजग हो गए।

'इससे तुम्हें क्या, सुमुन्दि?' सनातन ने हुंकार लगाई, 'खुद तो बारहों मास खा रहे हो और पेट की व्याधि से बाँस-वन अपवित्र कर रहे हो। ठाकुर को कूड़े में छोड़ रखा है। मेरे पास कैफियत माँग रहे हो, क्यों?'

'न-कर्ता' पुराहित काँपने लगे।

'तुम्हारी तरह ही एक और पिशाच के भोग के लिए लेकर जा रहा हूँ।'

पुरोहित के दरवाजे पर लात मारकर सनातन भगोना हाथ में उठाए निकल आए। खोईमाला की माँ निकट ही छिपकर खड़ी सब देखती हुई भय से काँप रही थी। अब वह चुपचाप सनातन दीघड़ी के पीछे-पीछे चलने लगी।

'चलो, मैं ले जाता हूँ, यह बर्तन बहुत भारी है।'

जाते-जाते सनातन ने जाने क्या सोचकर पूछा, 'तुष्टुराम ने खोईमाला का ब्याह कहाँ तय किया है? वर ब्याह करने कहाँ आएगा?'

'बोड़ाल में आएगा, बाबा। रामराम चक्रवर्ती का घर है।'

'ओह, समझ गया।'

'बाबा, आप वर को पहचानते हैं?'

खोईमाला की माँ, यद्यपि दीन-हीन थी तथा परिस्थितियों पर उसका वश नहीं था, ऐसी अवस्था में जात में दास, पात्र यदि अत्यन्त बुरा भी हो तो भी वह ब्याह करने के लिए विवश थी। इसके बिना और कोई उपाय नहीं था, फिर भी इस क्षण उसका मन कौतूहल से भर गया। किसके हाथों में बेटी सौंप रही हूँ, इस चिन्ता से उसका मन अधीर हो गया। रोग की ज्वाला, दरिद्रता का लांछन, इस संसार में उसकी अवस्था बलि के लिए पोषित पशु से भिन्न नहीं है। फिर भी सम्भवतः कौतूहल खून में रचा-बसा रहता है, अन्त तक नहीं जाता। बलि का पशु भी जिस प्रकार कौतूहल से बलि-स्तम्भ के आसपास खोदी गई मिट्टी को सूँघता है, समझने की कोशिश करता है कि कहाँ जा रहा है, खोईमाला की माँ ने भी उसी कौतूहल से जानना चाहा कि सनातन वर को पहचानते हैं कि नहीं। यह कौतूहल जितना करुण है उतना ही हास्यास्पद भी। खोईमाला की माँ का प्रश्न सुनकर सनातन दीघड़ी दुखी हो गए। इस पृथ्वी पर कई चीजें ऐसी हैं, जैसे कि मनुष्य की सहजात अनुभूति, प्रवृत्ति, कौतूहल आदि, यदि जानने-बूझने की कोशिश की जाए तो एक ओर वह हृदय-विदारक क्रन्दन उत्पन्न करता है तो दूसरी ओर अट्टहास।

'हाँ, मैं उसे बहुत अच्छी तरह से जानता हूँ।'

'बाबा, पात्र कैसा है, मेरी तो वही एक बेटी है।'

'वह भी एक पिशाच है।'

खोईमाला की माँ मौन रही। कौतूहल जितनी तीव्रता से जगा था, उसी तीव्रता से बुझ भी गया। उसका घर समीप आ गया है। बिजली की चमक से गले हुए पत्रों का छप्पर, सड़े हुए सरकंडे, टूटे-फूटे बाँसों के सहारे टिकी हुई झोंपड़ी दिखाई दे गई। ऐसा घर देखकर

तो सियार भी पेशाब करने उधर नहीं आता, देखने से ही घृणा होती है, पर मेरा घर ऐसा है तो जमाई-भाग्य इससे अच्छा कैसे होगा! दुखियारी ने सोचा।

सनातन दीघड़ी गृहस्थ मनुष्यों के दुख-दर्द से दूर रहेंगे, इसलिए बहुत समय से अपने कलेजे पर पत्थर रखे हुए हैं। धीरे-धीरे उदासीन हो गए हैं। उनकी बात से खोईमाला की माँ के मन को चोट लगी या नहीं, इस बात का उन्होंने खयाल ही नहीं किया। वास्तव में उनका मन करुणा-रहित नहीं है परन्तु खयाल कम करते हैं, उदासीन, अपने में भाव-विभोर रहते हैं। जैसे आँधी में उड़ती बच्चों की ताड़ के पत्ते की बाँसुरी, जो कभी हवा में उड़ती कभी मिट्टी में लोटती रहती है।

'यह भगोना थामो।'

भगोना हाथ में थामकर खोईमाला की माँ ने देखा कि सनातन वहाँ से जा रहे हैं। सहसा उसे लगा कि वह अत्यन्त असहाय है। इस संसार में उसे देखनेवाला एकमात्र व्यक्ति वे ही हैं, जो चले जा रहे हैं। विपत्ति के समय स्वयं फल-मिष्टान्न से भरा भगोना उठाकर यहाँ तक ले आए। घर में प्रवेश करते ही उसे अपने पिता, जन्मदाता भी अत्यन्त हीन प्रतीत होने लगे। मन घृणा से भर गया, चुपचाप भगोना रखकर वह कपड़े बदलने चली गई।

खोईमाला चौके में नींद में बेहोश थी। खोईमाला की माँ को अब महसूस हुआ कि वह इस वक्त बेहद थक गई थी। सिर में दर्द हो रहा था। दाँत बज रहे थे, कहीं फिर से बुखार न आ जाए।

काँपते-काँपते जाकर उसने गुरु बाबा के लिए हाथ-मुँह धोने का पानी रखा। और दूसरी ओर देखकर सोचने लगी–खोईमाला के लिए वे अपने विवेक से कुछ भी नहीं बचाएँगे। ऐसे फल और मिष्टान्न तो उसकी खोईमाला ने जीवन में कभी नहीं खाया। परन्तु उनसे कहने में घृणा का बोध हुआ। ज्वर के ताप से मस्तिष्क में कितनी असम्भव कल्पनाएँ, दीये के सामने वर्षा के कीड़ों की तरह चक्राकार में उड़ने लगीं। आज सनातन ने दिया, कल भी वे ही खोईमाला को देंगे। टोकरी भर-भरकर मिठाइयाँ, और भी कितना कुछ, उनकी असीम दया है।

वह अपनी बेटी के पास गई और दरवाजे पर साँकल चढ़ाकर लेटे-लेटे सोचने लगी कि यदि आज रात वह मर गई तो अशौच के कारण कोई खोईमाला से विवाह नहीं करेगा, परन्तु क्या भगवान उस पर कृपा करके ऐसी रात में उसके पास मृत्यु देवता को भेजेंगे, गरीब का कोई पुण्य-फल होता है क्या, कि इच्छा-मृत्यु हो सके? फिर तो सभी, काने, लँगड़े, प्रसूति के बच्चे मरकर रिहाई पा जाते।

बाहर फिर से वर्षा होने लगती है, हवा गरज रही है। खोईमाला की माँ ने बेटी को अपनी गोद के करीब खींचकर सोने की कोशिश की। दुख-भरी रात जल्दी काटे नहीं कटती, शायद इसीलिए उसे नींद में चौंकाते हुए बीच-बीच में सियार रोने लगे। ऐसी रात में आश्रयहीन होकर सभी जीव रोते हैं।

तीन

बादलों का बरसना जो शुरू हुआ, तो अगले दिन भी कोई विराम नहीं, उसके अगले दिन भी नहीं। आनेवाले खतरे की बात सोचकर माँझियों ने गंगा से नाव हटाकर बाँसद्रोणी के घाट

पर बाँध दिया। 'बँधी हुई नाव भी केले के फूलों को ढकनेवाले पत्ते की तरह उठा-पटक करती है, रे?' गोलक के पिता ईश्वर पाटनी के मित्र आबिद मियाँ ने हैरानी से कहा। आबिद मियाँ बढ़ई हैं। वह काठ के तख्तों की चिराई करके बेचते हैं, इसलिए माँझी-मल्लाहों के साथ आदान-प्रदान कुछ ज्यादा है। इसके अलावा सुन्दरवन के गरान काठ (एक किस्म की लकड़ी) का चालान लेने जाते हैं, समुद्र से खुलना, बरीसाल, जगह-जगह आते-जाते हैं। उनकी बातों के ढंग से लगता है कि उन्होंने घाट-घाट का पानी पिया है। इस घोर वर्षा में लोगों के घरों में भी पानी घुस आता है। चूल्हा गीला हो जाता है। बोड़ाल, बाँसद्रोणी, जंगददल, वैष्णव-घाटा, गड़िया आदि सभी गाँवों के लोगों के कष्टों का अन्त नहीं। ठाकुर झील का पानी भी 'कल-कल' करके तट तोड़कर बह निकला। केवल छोटे बच्चे ही खुश होकर कहते हैं, 'काई मछली चली, मागुर चली, खलसी भी बोली मैं भी चली।' यह कहकर वे सभी मछली पकड़ने में जुट जाते हैं।

मछली पकड़ भी लिया तो क्या, माँ की अँगीठी में आग नहीं जो उसे पका दे। जो बहुएँ हमेशा अपने मायके का गुणगान करती रहती हैं, वे सब घूँघट की आड़ से कहने लगीं, 'ऐसे दिन में मायके में रहती तो चावल-चने भून कर खाती, काई मछली का गरमागरम रसा बनता।' बहू को फूटी आँख न देखनेवाली सास-ननद बोलीं, 'जरा अपनी चालू माँ से आग माँग ला। हम भी गरमागरम रसा बनाना जानती हैं।'

ऐसी बरसात में सूतिका की कोठरी और मरणासन्न रोगी की कोठरी के दीये तथा श्मशान की चिता के अलावा कहीं भी आग नजर नहीं आती। भुने हुए बासी चावल काई-चिउड़ा खा-खाकर लोगों की तबीयत खराब हो गई। वैद्य को घर में नहाने-खाने का भी समय नहीं मिला, दिनभर इस घर से उस घर दौड़ते रहना पड़ता है। जितनी भी बूढ़ी औरतें, वयस्क दासियाँ तथा आदिवासी जात की औरतें टोटका-दवाइयाँ जानती थीं, उनके पास लोगों का ताँता लग गया। बारिश में कितनों के घर भी ढह गए।

पहली बरसात देखकर किसानों ने कहा, 'कोई कुछ भी कहे, इस बार आऊस आमन की फसल ज्यादा होगी। ओ मुंशीजी, इस बार बहू की करधनी में चाँदी का गोट चाहिए,' कहकर वे खुश हुए थे। पर अतिवृष्टि के कारण धान नष्ट हो गया, ईख, सरसों, तीसी, सन सभी कुछ आँखों के सामने बहते देखकर वे लोग हाहाकार करने लगे।

ऐसी परिस्थिति में सब आनेवाली विपत्ति की घड़ियाँ गिनने लगे। बड़से के सावर्ण चौधरी, उधर गोविन्दराम मितिर, जो दयावान के रूप में प्रसिद्ध हैं, वे सोचने लगे—क्या फिर से अन्न सत्र खोलना पड़ेगा? अब उनकी हालत पहले जैसी नहीं रही, वास्तव में, पैसा तो अब कम्पनी के हाथ में है, पर गाँववालों को यह समझाना बहुत कठिन है, वे तो उन्हीं को वट-वृक्ष की छाया मानते आए हैं। धीरे-धीरे, थोड़े-बहुत गरीब किसान जो अच्छी फसल के दिनों में भी भूखे रहते हैं, वे कालिका क्षेत्र में आकर मन्दिर के चारों ओर जमा होने लगे। भिखारियों की संख्या बढ़ने लगी।

इसी बीच, घनघोर बरसात में, खोईमाला का ब्याह हो गया। उसका उद्धार करने के पश्चात् नीलमणि घोषाल ने लाठी ठोंककर देखा कि घर की नींव मजबूत है कि नहीं। उन्होंने पूछा भी, 'नारियल पेड़ों में करीब कितने फल लगते हैं?' इसके बाद पालकी में बैठकर वे रवाना हो गए। नीलमणि घोषाल की आय काफी है। शरीर में लोभ के अलावा और कोई चीज बाकी नहीं है।

बरसात रुक जाने के बाद घोर अकाल पड़ गया। दक्षिणी हिस्सों में हाहाकार मच गया। वैष्णवघाटा, गड़िया आदि जगहों के लोग खेती पर ही निर्भर हैं। परन्तु फसल की बुरी अवस्था देखकर गृहस्थी चलाने की चिन्ता से गृह-स्वामियों के सिर पर आसमान फट पड़ा। जिनकी बेटियों के विवाह का पहला साल था जिन्हें साल में आठ-दस बार समधियाने में भेंट की चीजें भेजनी पड़ती थीं, वे नाइन को वहाँ पास भेजकर इस बार के लिए क्षमा-प्रार्थना करने लगे। जो समधी उनके दुख में दुखी थे, उन्होंने कहा, 'हाँ भाई, इस वर्ष न भी भेज सको तो कोई बात नहीं।' मगर जो स्वार्थी थे, वे बातें सुनाने लगे।

सभी अपने-अपने भाग्य को लेकर व्यस्त थे, खोईमाला के विवाह पर किसी का ध्यान नहीं गया। जिन काई बेचनेवालियों, धान-चावल कूटनेवालियों के साथ खोईमाला की माँ का लेन-देन था, केवल उन्होंने ही कहा, 'यह तो झट मँगनी, पट ब्याह जैसी बात हो गई री?'

खोईमाला तो अपने ब्याह के बारे में कुछ समझ ही न पाई। केवल मटमैला सिन्दूर तथा लाल चूड़ी पहनकर बहुत खुश हुई। एक और उन्नति भी हुई। अब एकादशी के दिन माँ चुनरी बाड़ी से मछली लाकर उसे खिलाती थी। चुनरी लोग तो पोखर में से सीप लाकर चून जलाते हैं।

उनके घर में सभी पोखर से मछली पकड़ने में उस्ताद हैं। शायद चौके की बिल्ली भी मौका मिले तो मछली पकड़कर ले आए। इस मछली के लिए उन्होंने कोई कीमत नहीं ली। ब्राह्मण की सधवा लड़की को एकदशी के दिन मछली खिलाने से पुण्य होता है। इसके अलावा दुखियारी की बेटी खोईमाला के सुन्दर मुख के कारण सभी उससे स्नेह करते हैं। इसी प्रकार और भी बहुत दिन बीत गए।

खोईमाला अब किशोरी है। पन्द्रह वर्ष की होते हुए भी वह बालिका जैसी लगती है। आधा पेट खाने के कारण उसका बदन इकहरा है, सिर के बालों में तेल नहीं तथा हमेशा मटमैला सिन्दूर और लाल चूड़ियाँ भी नहीं मिल पातीं। इसलिए खोईमाला माथे से बालों को उलटकर, माँग को ढकते हुए जूड़ा बनाती है। हाथों में लाल धागा बाँधकर रखती है।

शैशव में वह अकेली थी, अब भी अकेली है। उसकी माँ के रोगों का कोई अन्त नहीं, परिश्रम का भी कोई अन्त नहीं, शायद आयु का भी कोई अन्त नहीं। इतने दुखों के होते हुए भी वह आज भी जिन्दा है।

आज भी खोईमाला भुवन मौसी के पास लाई-लावा लेकर जाती है। आज भी गोलक उसके लिए कौड़ियाँ लेकर आता है। बचपन में यद्यपि गोलक मन के भावों को समझ नहीं पाता था, परन्तु यौवन में पदार्पण करते ही ऐसा हुआ कि, 'कैतरि' के अलावा उसकी आँखों को कुछ और नहीं सूझता।

गोलक माँझी का बेटा है। ईश्वर पाटनी बूढ़ा हो गया है। गोलक अब भी गंगा में नाव चलाता है, लोगों को इधर से उधर ले जाता है। पाटनी का काम ही ऐसा है, विशेष रूप से गोलक जैसे मालवाही पाटनी (नाव व्यवसायी) का काम ऐसा है कि बहुत बार उसे अकेले ही रहना पड़ता है। निपट अकेला। गड़िया से इधर कालिका क्षेत्र तक। नाव में भूसा, लकड़ी के तख्ते, सुपारी, कच्चा गुड़, पान, तम्बाकू, मिट्टी के बरतन, तरह-तरह की अन्य वस्तुएँ लादकर नाव खेता रहता है।

गड़िया में जो हाट लगती है, वह धीरे-धीरे बढ़ती ही जा रही है। यहाँ कभी महाप्रभु अथवा उनके पार्षद ठाकुर बरगद की छाया-तले बैठे थे, उसी की याद में रथ के मेले में वृक्षारोपण, वृक्ष-पूजा आदि होता है तथा नाना प्रकार के वृक्ष मँगवाए जाते हैं। गोलक इन्हें भी ढोकर लाता है।

गोलक की नाव में बंजारे-बंजारिनें, बाजीगर, सँपेरे, जो नदी-पथ के द्वारा एक मेले से दूसरे मेले की खोज में घूमते फिरते रहते हैं, वे भी आया करते हैं। इसके अलावा वर्षा के दिनों में मलंगी, नुलिया आदि उड़ीसा से मेदिनीपुर होते हुए गेंउखाली के रास्ते से गोलक की नाव से इधर आते हैं तथा बड़ी गंगा के घाट पर जो सैकड़ों चट्टगाँव तथा बरीसाल के मल्लाह रहते हैं उनके लिए सूखी मछली लाकर बेचते हैं।

इस काम के कारण गोलक को कई बार अकेले ही रहना पड़ता है। गोलक चढ़ती उम्र का युवक है। वह अठारह या उन्नीस का होगा। उसके सम्पूर्ण शरीर में यौवन की सुन्दरता है, आँखों की दृष्टि कोमल है, उसे देख-देखकर बंजारिनें कई बार चंचल हो जाती हैं। माँझी समाज में अधिकांश लोग यही सोचते हैं कि वह जिससे ब्याह करेगा, उस लड़की ने न जाने कितनी तपस्या की होगी। सब जानते हैं कि गोलक के पिता को माँझी समाज की सर्वाधिक रूपवती कुसुम के पिता अधर दास ने बहुत रुपए अग्रिम दे रखे हैं। अधर दास के प्राण रुपयों में ही बसे हैं, फिर भी वह कभी ईश्वर से तगादा नहीं करता। इस गोलक को दामाद बनाने के लोभ में ही वह ऐसा नहीं करता।

परन्तु गोलक को कुछ भी नहीं पता।

एक दिन सुन्दरवन की बिहारी नदी में आबिद मियाँ को पहुँचाकर लौटते हुए वह गड़िया के कुछ पहले से ही मन्थर गति में लौट रहा था। दोनों ओर पेड़-पौधे, पानी में बाँस-वन की छाया झलक रही थी। अलसाई आँखों से गोलक पारदर्शी पानी की सतह पर सिवारों को तैरते हुए देख रहा था। उस समय चारों ओर निस्तब्धता थी, हवा मन्थर गति से बह रही थी। अचानक गोलक को महसूस हुआ कि खोईमाला को देखे बिना उसकी दुनिया अँधेरी हो जाएगी।

'हाँ! कैतरी!' उसने अस्फुट स्वर में कहा। पहले उसे यकीन नहीं आया। अब उसे लगा कि यदि ऐसा नहीं है तो वह हमेशा खोईमाला के बारे में ही क्यों सोचता रहता है?

और कुछ दिन बीत गए।

मन की पीड़ा गोलक से सहते नहीं बनती, इसे वह छिपा भी नहीं पाता। खोईमाला दुखी-विवश, जो भी हो, उसकी कामना करना गोलक के लिए पाप है। मैं क्या करूँ, कहाँ जाऊँ, ऐसा सोच-सोचकर वह कई दिनों तक अत्यन्त व्याकुल रहा। आश्चर्य फकीर अब और बूढ़ा हो गया है। वह अब शायद ही कभी पोथी बाँचता है। अब तो अधिकतर समय वह गुलाबी के गोशाला के साथ लगी कुटिया में ही दिन बिताता है। गुलाबी आज भी साधु-साव की चरणाश्रिता है। आश्चर्य फकीर के रहने से साधु-साव कोई ईर्ष्या या विवाद नहीं करता। वरन् बाहर कहता फिरता है कि फकीर-साधु जैसे लोगों को तो आश्रय देना ही चाहिए।

एक दिन गोलक आश्चर्य फकीर के पास गया। पोथी सुनकर शायद मन शान्त हो। पर अब आश्चर्य को दिन में दो बार सीधा मिल जाता है। अब वह पोथी क्यों बाँचे? अब वह अपने साथ पोथी नहीं रखता।

'पोथी नहीं पढ़ोगे तो कुछ ऐसे ही सुना दो।'

'कहानी की शुरुआत में नायक दीवाना,' इसके अलावा अब आश्चर्य को कुछ याद नहीं। पोथी हाथ में होती तो अगले खंडों में कहानी का विस्तार किस प्रकार हुआ है, वह बता सकता था।

गुलाबी भी क्रोधित हुई। बोली, 'फकीर अब हमारा है। उसे क्यों परेशान करते हो, ओ पाटनी के पूत?'

आश्चर्य फकीर के पास से लौटते हुए अचानक गोलक को बहुत डर लगने लगा। न रात को नींद, न दिन को चैन, प्रतिपल केवल खोईमाला की याद। क्या वह इसी तरह सोच-सोचकर पागल हो जाएगा? दीवाना बनकर इधर-उधर भटकेगा?

कातर होकर गोलक एक दिन ठाकुरवट के पास गया। मन-ही-मन कहने लगा, 'हे ठाकुरवट, तुम्हें बचपन से देवता के रूप में मानता हूँ। रथमेले के दिन तुम्हारी शाख पर चम्पा फूलों की माला चढ़ाया करता था, जाड़े में धतूरे की माला चढ़ाकर प्रणाम किया करता था। तुम्हीं देवता हो। सनातन ठाकुर कहते हैं, तुम्हारी छाया में पुण्यवान आकर बैठे थे, यह ठाकुर-झील तब से गंगा के सामने बनी हुई है, तुम देवता हुए हो, तुम्हारी छाया जितनी दूर तक फैलती है उतनी दूर तक काशी-धाम है, हमारा वैष्णव घाट बहुत ही पवित्र स्थान है। ये सब तुम्हारी ही लीला है, हे ठाकुर-बट, तुम मुझे, कैतरी को भुलाने में, मदद करो।'

मन-ही-मन ऐसा कहते हुए गोलक की आँखों से आँसुओं की धारा बहती रही। उसके बाद दंडवत् करते हुए उसकी कमर में कुछ बँधा हुआ सा लगा। उसकी कमर में तो कौड़ियाँ बँधी थीं।

अब इन कौड़ियों का स्पर्श उसके शरीर को जलाने लगा। भुवन मौसी की दी हुई कौड़ियाँ वह कैसे देने जाए? जाएगा तो खोईमाला से भेंट हो जाएगी, पर उससे न मिलना ही अच्छा होगा।

बहुत सोचने के बाद वह हाट में चला गया। उसके शरीर में ताकत की कमी नहीं। गोलक सोचने लगा कि अब मन को भी ताकतवर बनाना होगा। मैं तो भँवर में फँस गया हूँ। टोकरी भरकर चावल ले जाऊँगा, बाभन-मौसी के सामने पलटकर कहूँगा, 'आज के बाद मैं तुम्हारा सौदा पहुँचाने नहीं आ पाऊँगा, मौसी।' अब दूर का कोई काम पकड़ना होगा। नहीं तो बड़ा अनर्थ हो जाएगा। कैतरी ब्राह्मण की बेटी है, बाप रे! बाभन चाहे कितना भी मरगिल्ला क्यों न हो, जात में गोखरू साँप होता है। मेरी चौदह पुश्तें डूब जाएँगी?

उसने बड़ा टोकरा कन्धे पर उठा लिया जैसे टोकरे में बंजारे साँप लाते हैं। टोकरे में चावल खरीदा, गमछे में दाल, नमक, मसाला सब बाँध लिया। कोल्हू घर से तेल का कुल्हड़ लेकर एक हाथ में थाम लिया और तुरन्त सारा सामान लेकर खोईमाला के यहाँ पहुँच गया।

जहाँ बाघ का भय होता है वहीं शाम होती है। इस वक्त दोपहर थी। ओसारे में खोईमाला बैठी थी। जनेऊ का धागा कात रही थी।

'ये क्या गोलक, इतना सारा सामान?' वह मुसकराती हुई आगे बढ़ी और तेल का कुल्हड़ ले लिया।

गोलक ने टोकरा उतारकर, कमर से पेटी खोलकर कौड़ियाँ गिरा दीं और मर्दाने स्वर

में बोला, 'कैतरी! आज के बाद स्वयं सामान लाने का प्रबन्ध कर लेना। मुझे और भी बहुत से काम हैं। घड़ी-घड़ी मैं आ नहीं पाऊँगा।'

खोईमाला का उत्तर सुनने के लिए गोलक रुका नहीं।

'ऐसे अजगरी जंगल में रहती हो यहाँ कोई नहीं आता, इसलिए आता हूँ, नहीं तो मेरा समय बरबाद होता है।' कहते हुए वह कदम बढ़ाकर चला गया।

और भी कुछ दिन ऐसे ही बीते।

खोईमाला को पता चला कि गोलक यहीं है, परन्तु अब वह यहाँ नहीं आता। उसके मन में भी तरह-तरह के विचार आने लगे। चाहे जो भी हो, वे माँ-बेटी तो निर्वासित जीवन ही जीती हैं। माँ के गुरु बाबा, उसके नाना जितने दिनों तक थे, तब तक कभी-कभार यहाँ आकर हल्ला मचा जाया करते थे। अब वे नहीं रहे। अब उनके घर के पास सियार के अलावा कोई जीव नहीं आता। कौओं के अलावा, कोई मनुष्य खबर नहीं लेता! इस निर्जन वनवास में गोलक ही अब तक बीच-बीच में 'कैतरी!' पुकारते हुए आ धमकता था। अब वह भरोसा भी न रहा।

खोईमाला को सब-कुछ फीका लगने लगा, बिलकुल बेस्वाद। 'क्यों, गोलक मेरा कौन है?' खोईमाला ने खुद हीं से पूछा। उसके बाद सोचा—गोलक के अलावा किसी ने हम पर दया नहीं की, इसीलिए शायद उसकी बात प्रतिदिन याद आती है। माँ कहती है, काम में लगे रहो तो मन सब-कुछ भूल जाता है। तो ठीक है, मैं काम में व्यस्त हो जाती हूँ।

नारियल-पत्रों का एक गट्ठर लेकर वह उन्हें छीलने बैठ गई। इतनी सारी नारियल की तीलियों से झाड़ू बन सकती है। उस झाड़ू से दीघड़ी के ठाकुरपाट बाड़ी का आँगन, अनाज के गोले आदि बुहारे जाते हैं। रथ-तले से रथ निकलने के पूर्व आज भी नए झाड़ू से बुहारकर पानी छिड़का जाता है। दीघड़ी परिवार के मन में यदि दया उपजे तो वे खोईमाला की माँ से झाड़ू खरीदते हैं, यद्यपि उनके अपने पास अस्सी-पिचासी नारियल के पेड़ हैं, राजाओं जैसी सम्पत्ति।

परन्तु गोलक को देखे बिना खोईमाला का मन हर काम से उचाट हो गया। व्याकुलता के कारण वह एक दिन ठाकुरपाट बाड़ी की नौकरानी के लड़के के साथ हाट चली गई। घर में चावल नहीं था। भुवन को ढूँढ़ना होगा। इसके अलावा शायद गोलक दिखाई दे जाए। अब वे दिन नहीं रहे कि खोईमाला आश्चर्य फकीर के मचान पर अकेली चली जाए। तब भी फटी-पुरानी धोती पहनती थी, आज भी चीथड़ों में रहती है। गरीब का दुख दूर करने की चिन्ता किसी को नहीं रहती, पर बदनाम करने में क्षण-भर की देर नहीं लगाते।

हाट अब और बड़ी हो चुकी है। गंगा से नाव द्वारा निरन्तर लोगों का ताँता इस ओर लगा रहता है। इस हाट में भुवन को ढूँढ़ना व्यर्थ है। बहुत दूर तक इधर-उधर व्यर्थ की आस लिये भटकते हुए खोईमाला ने दानी मुखिया को देखा। दानी मुखिया के साथ ईश्वर पाटनी बातें करता हुआ इसी ओर आ रहा था। प्रतिदिन गरम भात खाने का कुछ और ही असर होता है, खोईमाला ने देखा कि ईश्वर के बदन पर काफी चर्बी चढ़ गई थी। त्वचा तेल से चिकनी थी। ईश्वर दानी मुखिया से बातें करते हुए आ रहा था। 'मैं चिकित्सा करता हूँ, वहम का रोग नहीं ठीक कर सकता।' दानी मुखिया ईश्वर पाटनी का हाथ हटाकर आगे बढ़ गया। रास्ते पर खड़ा होकर ईश्वर ने, 'ओ दानी दादा!' कहकर पुकारा भी, पर उसे कोई

उत्तर न मिला। तब खोईमाला की ओर देखकर हैरान होते हुए उसने पूछा, 'कौन? खोईमाला हो क्या?'

'हाँ चाचा, मैं हूँ।'

'अरे, ऐसे समय में रास्ते पर क्यों है बेटी? संझा होने को है। अब झींगा फूल खिलने का वक्त है।'

'हाट में गई थी, पर भुवन मौसी कहीं दिखाई नहीं दी। वह नहीं मिलेगी, तो बड़ी मुश्किल होगी।'

'अच्छा, दिखाई देगी तो उससे कह दूँगा।'

'वह कौड़ी नहीं देगी तो बहुत दिक्कत हो जाएगी।'

'अरे झाड़ू मारो ऐसे बाभन के भाग को! नकुड़ ठाकुर के मरते ही तुम लोगों की दुर्दशा शुरू हो गई। इससे तो माँ-बेटी मिलकर भीख माँगते तो सुख से रहते। चलो, फिर हाट हो आएँ।'

'फिर से हाट चलोगे?'

'न जाऊँ तो क्या करूँ? तुम भूखी-प्यासी इधर-उधर भटक रही हो, मैं उस औरत की तलाश में जा रहा हूँ। दीदी, तुम घर चली जाओ। मैं उसके गले में गमछा डालकर उसे तुम्हारे घर भिजवा दूँगा।'

ईश्वर के चेहरे पर किसी बात की चिन्ता थी। परन्तु खोईमाला का मुख देखकर भुवन पर क्रोध करते हुए वह अपना दुख भूल गया। चलते हुए उसने कहा, 'छोटी जात के पास पैसा आ जाए तो भी चमार ही रहते हैं! बाभन की बेटी भूखी बैठी है और तू जाकर हाट के तमोलियों के साथ नाज-नखरों में रमी हुई है।'

'गोलक नहीं आता इसलिए भुवन मौसी की खबर भी नहीं मिलती।' इस सहज बात को कहते हुए खोईमाला के चेहरे पर शर्म की लाली छा गई।

'उसकी तो बात ही निराली है, मुझे बिना बताए सागर तक जाना चाहता है। अरे, वही कर्णफुली के मुहाने पर, यही ऊल-जलूल बातें दिमाग में भरी रहती हैं। किसी के साथ बात नहीं करता। अपने में ही खोया रहता है। इन दिनों तो हाटतले में ही रहता है। घर भी नहीं आना चाहता।'

खोईमाला ने केवल इतना ही सुना कि गोलक सागर तक जाएगा। इतना सुनते ही उसे लगा कि अपार समुद्र में गोलक की नाव केले के फूलों को ढकनेवाले पत्ते की भाँति डूबती-उतराती बह रही है।

नौकरानी के लड़के को घर की ओर रवाना कर वह धीरे-धीरे ठाकुरवट की ओर चली। ठाकुर झील के घाट पर इस ठाकुरवट को वह जाग्रत देवता के रूप में मानती है। उसने सुना है कि बहुत समय पहले, जब लोगों में असीम भक्ति-भाव था, इस सरोवर के देवता लोगों को यज्ञ कर्म के लिए बर्तन आदि देकर सहायता किया करते थे। चड़क वृक्ष की लकड़ी, वे तो स्वयं माँ दुर्गा हैं। इस झील में डुबोकर रख दो तो सुना है, निकालते समय लकड़ी के सिरे पर घनी केशराशि के मध्य लाल सिन्दूर चमकता दिखाई देता था।

अब तो घोर कलियुग है। परन्तु देवता के रूप में जिस पेड़ को इतने समय से मानती आई है, उसके निकट आकर खोईमाला ने प्रणाम किया। इस स्थान की यही महिमा है कि अन्धकार रात्रि में भी यहाँ डर नहीं लगता।

प्रणाम करने के बाद अपने आँचल का सिरा फाड़कर लटकती हुई एक जड़ पर गाँठ बाँधकर वह मन-ही-मन कहने लगी, 'हे देवता, मेरा मन शान्त कर दो। मेरी माँ को जीवित रखना। माँ के मरने पर मेरा कोई ठौर नहीं। और देखो, गोलक सागर की ओर न जाए, नहीं तो मुझे बहुत कष्ट होगा।'

ऐसे में खोईमाला चौंक गई क्योंकि सामने ही, कुछ दूरी पर, सरकंडों के वन से आच्छादित घाट के किनारे कोई बैठा हुआ था। गालों पर हाथ रखे हुए, चिन्ता में मग्न। ऐसी साँझ में, ऐसे निर्जन स्थल पर, ठाकुर झील के तट पर बैठे-बैठे गोलक क्या सोच रहा है? आज की साँझ कितनी निःशब्द, कितनी निर्जन है। जिस प्रकार धीरे-धीरे वट-वृक्ष के पत्तों पर सन्ध्या का अन्धकार छा गया, ठीक उसी प्रकार खोईमाला के मन पर भी अन्धकार गहराने लगा। पूरी दुनिया खामोश थी। पानी पर इधर-उधर कुछ जुगनुओं के अलावा सर्वत्र अन्धकार का साम्राज्य था। ऐसी जगह पर, ऐसे समय में गोलक!

'कैतरी!'

गोलक की आवाज में पीड़ा, हताशा और विस्मय था। अभागा गोलक मानो इस नाम के अलावा और कुछ जानता ही नहीं, जिसे बोलकर वह अपने मन के बोझ को हलका कर सके। इस एक आवाज से जैसे उसके घाव के मुख से खून की धार उछलकर बाहर आ गई। वह पुकार इतनी मर्म-भेदी थी।

'मैं दीवाना नहीं होना चाहता, देवता। मुझे पागल मत होने देना!'

यह कातर, करुण प्रार्थना खोईमाला के हृदय में शूल की भाँति बिंधने लगी। 'ओ माँ!' मन-ही-मन पुकारकर, वह पीछे मुड़ने ही वाली थी, उसी क्षण 'वहाँ कौन है?' कहकर गोलक पीछे मुड़ा।

खोईमाला लौट नहीं पाई।

'कौन है, कैतरी?'

खोईमाला ने अस्फुट स्वर में कहा, 'हाँ, गोलक, तुम इस समय यहाँ?'

'मैं तो रोज आता हूँ।'

'क्यों?'

'ठाकुरवट में मैंने ढेला बाँधा है। मैं तो रोज ही यहाँ मन्नत माँगता हूँ।'

'क्यों?' यह सवाल न पूछकर खोईमाला के मुँह से असावधानी से निकल गया, 'किस आशा से?'

'किसी आशा से नहीं कैतरी! देवता को पुकारता हूँ, क्योंकि आजकल बहुत डरने लगा हूँ, कहीं पागल ही न हो जाऊँ।'

'ऐसा मत कहो, गोलक!'

'पागलपन से मुझे डर लगता है, कैतरी। तब तो किसी को दया नहीं आएगी। सब मुझे बाँधकर दानी मुखिया के पास ले जाएँगे। अगर, अगर तब मन की बात जबान पर आ गई?'

'मन की कौन-सी बात, गोलक?'

खोईमाला की बात जैसे साँझ के फूल हैं। वही मानो एकाधिक जुगनू बनकर अन्धकार में यहाँ-वहाँ चमकने लगे हैं। दूर कहीं किसी मस्जिद से अजान सुनाई देने लगी। आहा,

खोईमाला और गोलक, जब दोनों छोटे थे तब उन दोनों को ही अजान की आवाज कितनी अच्छी लगती थी।

'बचपन की याद आती है, कैतरी?'

'हाँ।'

और भी बहुत कुछ याद आता है उसे। परन्तु लोगों को वो बातें बता नहीं सकती!

'एक बार जब तुम तालाब में डूब रही थी!'

'तब तुम्हीं मुझे उठाकर लाए थे, गोलक।'

'उस दिन अगर हम दोनों ही डूब जाते?'

खोईमाला की आँखें नम हो गईं, 'गोलक, क्या तुम मेरे मन की बात जानते हो?'

'मेरा मन बहुत दुखी है, कैतरी। कहीं लोगों को पता चल गया तो कलंक का अन्त नहीं रहेगा।'

'गोलक, तुम ठाकुरवट से क्या माँगते हो?'

'तुम क्या माँगती हो?'

'गोलक, तुम सागर की ओर मत जाना।' यह बात कहते हुए खोईमाला का कलेजा मुँह को आने को हुआ। परन्तु जाने क्यों ऐसा लगा कि आज के बाद फिर कभी वह गोलक के साथ इस प्रकार बात नहीं कर पाएगी। 'गोलक, क्यों तुमने आश्चर्य फकीर से कहानी सुनी थी।'

'मेरे सागर जाने से तुम्हें दुख होगा, कैतरी?'

खोईमाला ने सिर हिलाया। अब भला किससे लाज-शर्म? ठाकुरवट, तुम मेरी लाज रखना। आज गोलक को यह बात बताए बिना चैन नहीं।

'नहीं कैतरी, ऐसा नहीं हो सकता। ऐसी बात भी जबान पर मत लाना। मैं, मैं तो माँझी का बेटा हूँ!'

'गोलक, मेरी तो जान निकलती है।'

'ऐसा नहीं हो सकता, कैतरी, ऐसा होना नहीं चाहिए।' गोलक ने खोईमाला का हाथ पकड़ लिया। बोला, 'इस जन्म में तो हो नहीं सकता, कैतरी।'

दोनों ही स्तब्ध, मौन रहे। अन्धकार में जुगनू उड़ते रहे।

'ओ माँ!' गोलक की छाती जैसे फटने लगी। वह भागने लगा। खोईमाला का तन चंचल है, उसके हाथ जैसे जल रहे हैं। गोलक, तुम्हारे लिए मैं पथ पर बिछ जाती, तुम्हारे सारे दुख मैं अपने आँसुओं से धो देती, पर इस जन्म में तो सम्भव नहीं।

सोचते-सोचते, एक छोटी-सी साँस लेकर खोईमाला ठाकुरवट के किनारे से उतरकर धीरे-धीरे घर की ओर चलने लगी।

सामने काली-तला के मैदान से सनातन दीघड़ी जा रहे थे। अब भी उनकी आवाज में गीत के नाम पर वही सुर-विहीन हाहाकार है, 'काशी-काँची कौन चाहे।' पर अब उनकी आयु बढ़ चुकी है, हाहाकार में पूर्ववत् शक्ति नहीं रही। मनुष्य देखकर अभ्यासवश 'किस दम्भ से धरती कँपाते हो, बाप? स्त्री-पुत्र कोई तुम्हारा अपना नहीं।'—बड़बड़ाने लगे। उसके बाद ठीक से देखकर पूछा, 'कौन है, खोईमाला?'

'जी।'

'ऐसे में यहाँ?'

'आई थी।'

'गोलक को भी देखा, ईश्वर पाटनी का मँझला बेटा।'

कोई और होता तो इसका गलत अर्थ निकालता। सनातन दीघड़ी संसार की मलिनता से बहुत घृणा करते हैं। उनके मन में, इन दोनों को क्रमशः देख लेने पर भी किसी कुव्याख्या ने प्रवेश नहीं किया। उन्होंने कहा, 'तुम घर जाओ, बेटी, साँझ हो गई है। इस समय बाहर नहीं निकलना चाहिए।'

घर लौटते ही बाहर के बेड़े के इस पार से ही उसे कई लोगों की आवाज सुनाई देने लगी। सुनते ही किसी अनजाने भय से उसका शरीर भीतर तक काँप उठा। बहुत दिनों पहले, उस बार जब मूसलाधार वर्षा हुई थी, उस बार ठाकुरवट के नीचे गोलक के हाथ से कौड़ियाँ लेकर घर लौटते ही खोईमाला ने किसी की आवाज सुनी थी, प्रकाश देखा था, उसी दिन उसका ब्याह तय हुआ था।

उसका वर कैसा है, क्या वृत्तान्त है, कुछ भी वह नहीं जानती। पर पिछले तीन वर्षों से उसकी विधवा भानजी आकर, 'अरे, मामा को ही सब-कुछ मिलेगा!' कहते हुए पेड़ से नारियल तोड़कर ले जाती है। इससे खोईमाला को आश्चर्य होता है।

विधवा भानजी कहती है, 'तुम्हारे घर का भी क्या कहना, मामी! ऐसे घर में तो मेरे मामा के नौकर-मजूर भी न रहना चाहें।' इसीलिए खोईमाला सोचती है, जिनके पास इतना कुछ है वे दुखियारी की साधारण सम्पत्ति को भी क्यों छीन लेते हैं? परन्तु इस विचार को कभी व्यक्त नहीं करती क्योंकि वैष्णवघाट पर गृहस्थ परिवार की अन्य स्त्रियाँ कहती हैं, 'नकुड़दास की बहू! तुम्हारा जमाई—भाग बुरा होते हुए भी उतना बुरा भी नहीं है! जमाई को लाने के लिए कुलीन परिवारों में लेन-देन का कोई अन्त नहीं होता, और तुम तो अपने पेड़ों के फल-मूल से ही काम चला रही हो।' इसके बाद भी यदि खोईमाला कुछ कहेगी तो उसकी निन्दा होगी। खोईमाला को जीवन में यही शिक्षा दी गई है।

उसे अपने हाथों से ही रिहाई नहीं मिलती। माँ कहती है, औरत जात की निन्दा सर्वत्र की जाती है। फिर भी, गंगा पास ही बहती है, इसलिए नाव-डोंगी आते-जाते रहते हैं, शहर की हवा गड़िया तथा वैष्णवघाट तक पहुँचती ही रहती है। शहर की हवा के कारण यहाँ निन्दा का प्रचलन कुछ कम है, फिर भी क्या प्रति वर्ष दो-चार बहू-बेटियाँ निन्दा से कलंकित होकर आत्मघाती नहीं होतीं। 'उससे भी क्या लाभ!' खोईमाला की माँ कहती है, 'औरत जात को आत्महत्या से भी मुक्ति नहीं मिलती बेटी, श्मशान की भूतनी बनकर भटकते रहना पड़ता है।'

खोईमाला धीरे-से, चबूतरे पर न चढ़कर, घर के पिछवाड़े चली गई और पैर के अँगूठों के बल खड़ी होकर टट्टर के छेद में से देखने लगी।

भुवन मौसी और उसके साथ जयहरि पुरोहित है। घाट का ब्राह्मण है, घाट—कारज करवाता है, वह ऐसे में यहाँ क्यों? खोईमाला हैरान हुई। उसके बाद उसे याद आया कि उसका ब्याह भी तो इसी जयहरि ठाकुर ने ही करवाया था।

जयहरि तो पैसों का कंगाल है। ठाकुर-सेवा में घंटी बजाना या भोग के थान में जुगाड़ देना, ये काम भी उसे नहीं मिल पाते। धान, कौड़ी, गुड़, घाट-कपड़ा ही मिलता है इसलिए

यदि कोई कहे कि ताँबा, चाँदी अथवा सोना दक्षिणा में देगा तो वह तुरन्त (कोसा) तसर की धोती पहन, हाथ-पैरों में गंगा-जल छिड़ककर पल भर में तैयार हो जाता है। घाट की लाश के साथ किसी बालिका का ब्याह करवाने में, किसी कच्ची उम्र की लड़की को बाँधकर जीवित ही चिता में झोंक देने में उसे रंचमात्र दुख नहीं होता।

सनातन दीघड़ी तो उसे 'ब्रह्म-पिशाच' कहते हैं। यह सुनकर वह कहता है, 'आप महान व्यक्ति हैं, जो कहेंगे, सिर झुकाकर स्वीकार करूँगा, पर मिथ्या आरोप क्यों सहन करूँ? जयहरि कोई गलत काम नहीं करता। शास्त्रों में जो कहा गया है, वही करूँगा। शास्त्र बदल दीजिए, नहीं करूँगा।'

जयहरि का गर्जन सुनकर गंगा तट के हरिसभा के वृद्ध उसे साधुवाद देते हैं, तथा कहते हैं, 'बाबा जयहरि, इस कलियुग में तुम्हारे जैसे युवकों के कारण ही धर्म टिका हुआ है।'

उसी जयहरि को माँ के साथ बातचीत करते देख खोईमाला ध्यान से उनकी बातें सुनने लगी। भाग्य पर उसका बस नहीं, कभी गुरु बाबा, कभी जयहरि, जब जो चाहे आकर उसके भाग्य को जिधर चाहे धकेल देते हैं।

'और क्या बता रहा हू!' जयहरि ने कहा, 'मैं पता लगाकर आया हूँ, नीलमणि घोषाल का यह रोग शिव के लिए भी असाध्य है। भानजी ने विष देना चाहा था, इसका प्रमाण मिलते ही उसे वहाँ से भगा दिया है। मुझसे कहा, 'वैष्णवघाट की बहू जो अब जवान हो गई होगी, वह यदि आकर सेवा करे तो शायद मैं बच जाऊँ। मैं अब थोड़े दिनों का ही मेहमान हूँ। उसके बाद तो गहने, रुपए सब इन सबको ही मिलेगा। वो गरीब की बेटी है, शायद राजी हो जाए। बोड़ाल, धबधबा, जगद्दल, जहाँ भी सँदेसा भिजवाया वहीं से दो-टूक जवाब मिला।'

'मेरी तो एक ही बेटी है उसे बिना देखे तो मैं जी न पाऊँगी!' खोईमाला की माँ नीचे बैठकर ईख काटते हुए बोली।

'तुम तो सोलह वर्षों से देख रही हो! अब उसके पति को भी तो दो-चार दिन देखने दो!'

भुवन भी खरी-खोटी सुनाने लगी। भुवन का ऊपरी होंठ काफी खुला हुआ है, दाँत दिखाई देते हैं। इसलिए उसके पति ने उसे नहीं अपनाया। आजकल हाट में लाई मीठे लावे बचेती है, यदा-कदा कुटनी का काम करके बहुत पैसा भी जमा कर रखा है। गाय-गोरू, ईंट की पक्की दीवार पर सरकंडों का छप्पर। सब-कुछ सजा-सँवार रखा है। परन्तु जो पाया उससे भुवन सन्तुष्ट नहीं है। पति, घर-गृहस्थी आदि इनके बारे में सोचते ही उसे लगता है, जो नहीं मिला, शायद स्वर्ग के समान है। खोईमाला की माँ की अनिच्छा को देखकर वह बिफर पड़ी। कहने लगी, 'बेटी पति के घर जाएगी, अभी जरा इसके नखरे देखो! वह मर्दुआ तो कुछ दिनों में ही आँखें मूँदेगा। तब सोना-चाँदी लेकर माँ-बेटी पकवान खाना, मजे लूटना, तब कोई देखने नहीं आएगा।'

'सोना-चाँदी का लोभ मैं नहीं करती, मौसी, मेहनत करके एक मुट्ठी अन्न मिल जाए तो अपने आपको धन्य मानती हूँ, किसी और सुख की आस नहीं।'

'यह तो तेरी बात है, बाभन बेटी, उस लड़की के भाग में जो सुख लिखे हैं, उसे तो भोगने दे।'

मिट्टी के बाँध में दरार पड़ने पर बाढ़ का पानी घुसकर सर्वनाश कर देता है। खोईमाला के प्रति स्नेह उसकी माँ के मन का सबसे दुर्बल स्थान है। उस स्थान पर आघात करते हुए भुवन अपनी बातों से विधवा के मन को नरम करने लगी।

'इसके अलावा उनकी भरी-पूरी गृहस्थी भी देख आया हूँ। बासन-बर्तन, गाय–गोरू से सब भरा हुआ-सा लगता है।' जयहरि की आँखों में जैसे उस गृहस्थी की छवि चित्रित है।

'कल बताऊँगी।'

यह कहकर खोईमाला की माँ ने भुवन वगैरह को विदा किया तथा खोईमाला को 'किवाड़ बन्द रखना' कहते हुए स्वयं बाहर निकल गई। ऐसे में उसे लगा कि सनातन दीघड़ी मिल जाते तो उनसे परामर्श कर सकती थी। वे कभी अनुचित बात नहीं कहेंगे।

पर सनातन दीघड़ी उस रात वैष्णवघाट में नहीं थे। अकेले ही डोंगी पर जा रहे थे; इस तरह प्रायः वे घूमने जाया करते हैं।

बाद में सब-कुछ सुनने के बाद कहा था, 'नीलमणि तो एक नर-पिशाच है। जयहरि एक ब्रह्म-पिशाच है। दोनों पिशाच मिलकर यज्ञ करेंगे तो भला किसी का कुछ भला हो सकता है? इसके अलावा वह लड़की उसकी भानजी थी ही नहीं। वह तो बहुत ही पाजी थी, सम्पत्ति के लालच में नीलमणि की 'हाँ में हाँ' मिलाकर खुशामद किया करती थी।

यह सुनकर उद्भ्रान्त गोलक ने कहा था, 'ओह ठाकुर, फिर बाभन-मौसी को सारी बातें बताई क्यों नहीं? इस पाप के तो आप भी भागीदार हुए।'

सनातन बहुत हैरान हुए थे। वे जानते थे कि वे आधे-संन्यासी हैं, जबर्दस्ती किसी का उपकार करना उनका कर्तव्य नहीं है। मनुष्य रूप में जन्म लेने पर कुछ कर्तव्य भी हुआ करते हैं, यह बात कहने में गुलाबी भी पीछे न रही। एक आधा-पागल और एक वेश्या, इन दोनों से सच बात सुनकर वे आश्चर्यचकित हो गए। उस दिन वे 'किस दम्भ से धरती कँपाते हो' यह गीत ऊँची आवाज में गा ही नहीं पाए। वे 'खोईमाला का भाग्य!' अस्फुट स्वर में बोलकर चुप हो गए।

होनी को कौन टाल सकता है! बाढ़ को कोई बाँध सका है! वैष्णवघाट के किसी को कानोकान खबर भी न मिली, भुवन और जयहरि, दोनों ने खोईमाला को नाव से एड़ाची पहुँचा दिया।

उस दिन गोलक भी घाट पर न था। भय और शंका से खोईमाला ने उसे इधर-उधर कितना ढूँढ़ा पर गोलक कहीं दिखाई न दिया।

बाद में खोईमाला को अब कभी देख न पाएगा यह जानने के बाद गोलक 'कैतरी-कैतरी' कहते हुए अपने सिर पर चप्पू मारकर रोने लगा।

उसके पश्चात्, एक दिन एड़ाची में रहते हुए, भुवन से खोईमाला ने सुना, 'अहा, ईश्वर पाटनी के दुख में तो वन के पशु भी रोते हैं! इतना सुन्दर लड़का पागल हो गया रे! गोलक जैसे युवक का पागल हो जाना तो बाप की छाती पर शूल बिंधने के समान है। जरूर किसी ने कुछ खिला दिया है। कच्ची उम्र के लड़के को कोई दूर के देशों में भेजता है?'

पहली बार, ठाकुरवट पर से खोईमाला का विश्वास उठ गया। जो लोग देवता का मुख देखकर जीते हैं, देवता उन्हें नहीं देखते। फिर मनुष्य जाए तो कहाँ जाए?

चार

सुख के दिन पलक झपकते बीत जाते हैं। दुख के दिन जल्दी बीतना ही नहीं चाहते। खोईमाला के जीवन में अकले चार वर्ष कैसे बीते, यह भी सोचने की बात है।

रोते-कलपते उसकी माँ का शरीर थक गया था। जयहरि तथा भुवन के कहने पर बेटी को भेजकर वह बड़ी मुसीबत में फँस गई। एड़ाची में, नीलमणि घोषाल ने इतने दिनों तक विवाह की प्राप्य मर्यादा के फलस्वरूप सम्पत्ति को बढ़ाया था। उम्र के अन्तिम पड़ाव पर खाँसी का रोग लगने के कारण उन्होंने अपने विवाह के बारे में चारों ओर समाचार भिजवाया था। अन्ततः गाँव के मंडल के घर विराज-होम के समय 'यज्ञ-जुगाड़ी' के रूप में आए जयहरि से उन्हें खोईमाला की खबर मिली।

विराज-होम सब नहीं कर पाते। इसके लिए मंडल-परिवार गड़िया के महाश्मशान से आगम वागीश तांत्रिक को लेकर आए थे। आगम वागीश जब भी यज्ञ करते हैं, तब 'यज्ञ-जुगाड़ी' ब्राह्मण को भी बुलाते हैं। वह उन्हें सब जुगाड़ कर देता है। इस होम में तो और भी अधिक आवश्यकता है। मंडल-परिवार तो ब्राह्मण नहीं है। उनसे तो यज्ञ-स्थल लीपने का काम भी नहीं करवाया जा सकता। इसलिए उन्होंने कहा, 'जयहरि, तू मेरे साथ चल। पूजा के बर्तन, एक तसर का कपड़ा तथा एक रुपया भी मिलेगा। इसके अलावा अगर होम ठीक-ठाक सम्पन्न हो जाए तथा लड़का भी जीवित रहे तो जाड़े में तेरे लिए मलीदा भी तय रहा।'

आगम वागीश कहे अनुसार देते तो सब-कुछ हैं, पर बहुत ही तिरस्कारपूर्ण ढंग से बात करते हैं। ले बेटा, घी खा ले। इस जन्म में तो कभी खाया न होगा!...अरे बाभन के बैल, बेल-पत्र में कीड़ा लगा है, दिखाई नहीं देता? उनके वचन का यही रंग-ढंग है।

एड़ाची में मंडल के बेटे के जी जाने पर वे और भी शान्ति-स्वस्त्ययन करने में लगे रहे। उसी समय जयहरि को नीलमणि घोषाल के विषय में पता चला तथा उसने खोईमाला के विषय में उसे बताया। नीलमणि के चरित्र में गुणों का अभाव नहीं। एक पत्नी को तो पेट में लात मारकर मार ही डाला था। उस तथाकथित भानजी को अचानक कहाँ विदा कर दिया, कोई भी न जान पाया।

पर जो ग्वालिन सुबह-सवेरे उठकर गाय का दूध दुहती है, उसने बताया, 'भोर रात में दीदी नाक को आँचल से दबाकर रोते-रोते नदी की ओर जा रही थी। मुझसे कहने लगी, 'मेरा नाम चंडी है, जो कहती हूँ, करके दिखाती हूँ। घोषाल ने मुझे ठगा है। मैं भी अपने भाइयों को लाकर उसका सिर फोडूँगी।'

ग्वालिन की बात पर किसी ने ज्यादा ध्यान न दिया, पर जयहरि चार रुपयों के लालच में खोईमाला को पहुँचाने के लिए राजी हो गया। नीलमणि ने कहा था, 'सुनो, बारुईपुर में मेरे दो बेटे रहते जरूर हैं। मेरे मरने पर वे दोनों जरूर आएँगे, मेरे जिन्दा रहते, वे एक बार मुझे देखने भी न आएँगे। वैष्णवघाट की वो गरीब घर की लड़की आकर मुझे समय पर खाना खिलाए, पानी पिलाए तो जान बचे। उसे जो देना होगा मैं दूँगा, उसे खाने, पहनने-ओढ़ने की कोई चिन्ता नहीं रहेगी।'

जयहरि मूर्ख, लोभी और हृदयहीन था, भुवन की सहायता से उसने खोईमाला को एड़ाची पहुँचा दिया। बाद में धीरे-धीरे, बेटी के दुर्भाग्य के विषय में जानने के बाद खोईमाला की

माँ कितने दिनों तक रोती-कलपती रही पर वह दोबारा कभी वैष्णवघाट के रास्ते पर दिखाई नहीं दिया। यह कहते हुए जरूर सुना गया था कि, 'खोईमाला के भाग में लिखा है, इसीलिए दुर्गति हो रही है। मैं क्या करूँ बताओ, इसीलिए तो मनु ने लिखा है कि कलियुग में पुरोहित कुछ न कर पाएगा।' आजकल इन सब इलाकों में शहर की हवा लगने लगी है। जब शहर की हवा लगती है तो ऐरे-गैरों के हाथों में भी रुपया-पैसा आ जाता है। ऐसे लोगों के सामने जयहरि बात-बात पर खूब बढ़ा-चढ़ाकर मनु-वात्स्यायन आदि ऋषियों का नाम लेता रहता है।

असल बात तो यह है कि जयहरि सनातन दीघड़ी के डर से इस ओर आता ही नहीं था। उन्होंने कहा था, 'सब पशुओं को मारना नहीं चाहिए, परन्तु जयहरि का वध करके भी मेरा क्रोध शान्त नहीं होगा। जान-बूझकर उसने ऐसा पाप किया।'

इन चार वर्षों में सनातन दीघड़ी का स्वभाव भी काफी बदल गया है। अब वे बेसुरे राग में हाहाकार करते हुए काली-तला का मैदान, हाट-तला या गंगा-तट पर अकेले-अकेले नहीं घूमते। अब वे सवेरे-साँझ ठाकुरपाट बाड़ी के चबूतरे पर बैठकर गाते हैं, सभी सुनते हैं। कभी-कभार भागवत भी पढ़ते हैं। इसके साथ ही ठाकुरपाट बाड़ी में कंगाल तथा अतिथियों की सेवा होती है, देवता के भोग में कोई चालाकी तो नहीं की जाती, इन सब पर नजर भी रखते हैं।

उनके बड़े भाई देह त्यागने से पूर्व, बाकी साझे की सम्पूर्ण सम्पत्ति देवता के नाम कर गए। सनातन की बाँह पकड़कर बोले, 'भाई, ठाकुरपाट बाड़ी के आय-व्यय का सम्पूर्ण दायित्व तुम ले लो। तुम्हारे बिना किसी और सत्यनिष्ठ व्यक्ति को मैं नहीं जानता।'

अब तो सनातन ने बहुत-सा कर्तव्य स्वीकार कर लिया है। जो लोग भागवत–पाठ सुनने आते हैं, वे उनके शान्त मुख को देखकर मन-ही-मन सोचते हैं, ठाकुर को अवश्य कुछ प्राप्त हुआ है। दैवी कृपा के बिना मतवाले हाथी की भाँति अशान्त स्वभाव भला लुप्त हो पाता।

शहर की सीमा के पास रहने पर मनुष्य के मन में वाणिज्य-बुद्धि चलने लगती है तथा सदा मन में यही विचार आता है कि किस प्रकार धन कमाया जाए। कुछ ऐसे लोग भी होते हैं, जैसे—कागज के व्यापारी नसीराम अथवा मछलियों का व्यापारी साधु साव, जो एक डाब खाते समय भी, डाब कहाँ होता है, कहाँ निर्यात करने पर लाभ कमाया जा सकता है, पान मुँह में दबाते हुए पान के बरज में नफा है या नुकसान, ऐसे प्रसंगों पर काफी चर्चा करते हैं। परन्तु वास्तव में समय आने पर देखा गया है कि ये बहुत ही हिसाबी और भीरु होते हैं, जितना जानते हैं, उससे परे कोई नया व्यापार शुरू करने के पक्ष में बिलकुल नहीं होते।

अपनी दुकानों की चौखट पर बैठे-बैठे दिन में दस बार ये लोग बरीसाल से सुपारी, सिलहट से चूना, सुन्दरवन से होगला लाने जाते हैं, पर काम पड़ने पर देखा गया है कि इनके लिए तो 'घर से बाहर अँगना बिदेस' होता है। ऐसे लोग सनातन दीघड़ी का परिवर्तित चेहरा देखकर कहने लगे, 'ठाकुर को क्या मिला है, पता चलता तो अच्छा होता।'

सनातन इनके मन की बात जान जाते तो बहुत आश्चर्यचकित हो जाते। कुछ पाकर उनका मन शान्त नहीं हुआ था। पाया ही नहीं, कुछ भी तो नहीं पाया। भगवान-भगवान रटते हुए भटकते रहे, बाद में उन्होंने सोचा कि और अधिक भटकने से बहुत देर हो जाएगी इसलिए

भगवान को बाहर न ढूँढ़कर अपने अन्तर्मन में उसे पाने के लिए एक स्थान पर स्थिर होकर बैठ गए। जो नहीं मिल सकता उसकी ओर टकटकी न लगाकर, जिनके साथ रहते हैं, उनके मन को थोड़ी-बहुत शान्ति प्रदान करने की कोशिश करते हैं।

खोईमाला की माँ भी कभी-कभी भागवत सुनने आती है। सबके चले जाने के बाद भी वह जड़वत् बैठी रहती है। पिछले चार वर्षों के लम्बे अन्तराल में उसकी दो नीरव आँखें सनातन का तिरस्कार करती रही हैं। जो साधारण लोग थे, उनसे कोई प्रत्याशा न थी। परन्तु जिसे असाधारण माना था, उसने दुखियारी की बेटी को क्यों नहीं बचाया? विवेक के निर्देशानुसार यदि काम न करो तो स्वयं को विवेकशील के रूप में क्यों प्रचारित करते हो?

खोईमाला की माँ की आँखों में अपने प्रति तिरस्कार को देखकर सनातन बहुधा सोचते हैं, तो क्या वे बाकी लोगों से अलग हैं? क्या इसलिए सब उनसे कुछ पाने की आशा रखते हैं? विवेक, नैतिकता तथा व्यवहार की दृष्टि से क्या केवल उन्हें ही एक आदर्श मनुष्य बनना था?

जब कभी ऐसा सोचते हैं, तब खोईमाला की माँ की दृष्टि को देखते ही वे क्रोधित हो जाते हैं। देवता नहीं बन पाए इसलिए खोईमाला की माँ उनको अपराधी मानती है। क्यों, वे भी तो दोष-गुण युक्त एक मनुष्य हैं, वह इस बात को समझ क्यों नहीं लेती?

सनातन नहीं जानते कि इतने दिनों बाद उन्हें सबके समान एक साधारण मनुष्य मान लेना, ऐसा तो ये लोग सोच भी नहीं सकते। इसलिए अब कभी क्रोधित होने पर वे हेस्टिंग्स के मुंशी की बात नहीं दोहराते। कहते हैं, 'कोई कितना भी महान पंडित हो, साधक हो, चिता पर चढ़ाने पर सब एक समान हो जाते हैं। संन्यासी, शिव-साधक स्वामी शिवानन्द और वो महापापी हारान शराबी चिता की आग में समान रूप से झुलस गए, किसी के चेहरे में कोई अन्तर न रहा। फिर इतना घमंड किस बात का, हाँ?'

उनके मुख से पापी की प्रशंसा सुनकर दुष्ट लोग पूछते हैं कि क्या उन्होंने भी इतने दिनों में कोई पाप किया है?

इन चार वर्षों में गुलाबी ने साधु साव का आश्रय त्याग दिया है। वह अब स्वयं ही तम्बाकू की गोली और टिकिया बेचती है। जो मिलता है उससे अपना तथा आश्चर्य फकीर का प्रतिपालन हो जाता है। साधु साव उसे आसानी से छोड़ना नहीं चाहता था, परन्तु गुलाबी ने कहा था, 'मन था तभी तो घर बाँधा था, अब मन उचट गया है, अब तुम जोर-जबर्दस्ती मत करो! आश्चर्य फकीर अब काना हो चुका है, आँखों से कुछ दिखाई नहीं देता। तिस पर खून की खाँसी के कारण मेरे घर की छाया को भी नहीं छूता। वे पोथी बाँचेंगे, मैं सुनूँगी, यही ठीक रहेगा। तुम भी अपनी पत्नी और बच्चों को क्यों नहीं ले आते, जीवन की सन्ध्या में सेवा-जतन के लिए अपनों को पास बुला लो। एक पापिन के हाथों का बना भोजन और पानी क्यों पीते हो? नरक का यमदूत आकर चाबुक नहीं मारेगा?'

ढलती उम्र में, जीवन के शेष पड़ाव पर पहुँचकर, झींगा फूल खिलने के समय, गुलाबी को शुचिता का ऐसा रोग लगा। वेश्या से कोई अच्छी बात नहीं करता। वेश्या के घर के चौखट पर पाँव धरते ही अच्छे-बुरे सभी लोग एक समान हो जाते हैं। सभी मजा लूटना चाहते हैं। अब जब अच्छी बातें कहने-सुनने वाला कोई नहीं है, तब गुलाबी ने तय किया कि वह

स्वयं ही भली बनेगी। वैसे देखा जाए तो इन चार सालों में वह काफी खुश है। आश्चर्य भी ठीक ही है। खोईमाला को वे हमेशा देख तो नहीं पाते, फिर भी वे दोनों उसकी चर्चा करते हैं। गोलक को देखते ही बोलते हैं। गोलक किसके कारण पागल हुआ है, गुलाबी जानती है, कभी-कभी मन-ही-मन कहती है, 'दीवानेपन की ऐसी कहानी सुनाई थी उसे!'

कभी-कभार, बाकी समय तो वे दोनों अपने ही विषय में बातचीत करते हैं। आश्चर्य की जीर्ण देह गलने लगी है। परन्तु देहातीत प्रेम के कारण वह कभी-कभी व्याकुल होकर पूछता है, 'मुझे कब्र देगी या जलाएगी, गुलाबी? तू कलमा पढ़कर फकीरनी क्यों नहीं बन जाती?'

यह सुनते ही गुलाबी क्रोधित हो जाती है। कहती है, 'तुम्हारा समाज और मेरा समाज क्या है? तुम कब्र में जाओगे, मैं गड़ के मसान में जाऊँगी। मैं अब सुधर चुकी हूँ, इसलिए तुम्हारी सेवा करती हूँ। इसलिए कलमा क्यों पढ़ूँ?'

ये दोनों अपने आप में ही मग्न हैं। और सब-कुछ तो परिवर्तन के लिए तत्पर है। गंगा-तट की समृद्धि दिनोदिन वृद्धि पर है। गड़िया के हाट में अब कभी-कभी साहने लोग भी दिखाई दे जाते हैं। रथ-तला के मैदान में रथ के मेले की रौनक भी बढ़ गई है। अब यहाँ कितने ही लोगों का आना-जाना लगा रहता है तथा वैष्णवघाट तथा गड़िया के चारों ओर लोगों के आवास-स्थान इस प्रकार से बढ़ते जा रहे हैं कि जो लोग शायद ही कभी बाहर निकलते हैं, यदि वे इन स्थानों को देखेंगे तो सहसा पहचान पाएँगे या नहीं इसमें काफी सन्देह है। जाने-पहचाने चेहरों में केवल भुवन ही दिखाई नहीं देती। पिछले वर्ष साँप के डसने से वह परलोक सिधार गई। मरने से पूर्व उसकी इतनी लम्बी जीभ बाहर लटक गई थी। ताँबे के सिक्के से जीभ को ठेलकर भी ओझा उसे अन्दर नहीं कर पाया था।

परन्तु चाहे भुवन की मृत्यु-यन्त्रणा हो या फिर कोई और पीड़ा, गोलक के उन्माद के दुख के साथ किसी अन्य दुख की तुलना नहीं की जा सकती।

गोलक को देखकर सबकी छाती फटती है, क्योंकि उसे देखकर कौन कहेगा कि उसमें चेतना नहीं है? उसकी दृष्टि अब भी वैसे ही भाव-विभोर, गहरी है। होंठों पर मृदु मुसकान बनी रहती है। घाट के चबूतरे पर, हाट-तला पर, ठाकुरवट के चबूतरे पर दिखाई दे जाता है। वह सदा ही अपने विचारों में खोया रहता है। कभी-कभी जाने किस खयाल से ठाकुरवट की शाखों में डोरी बाँधकर धीरे-से कहता है, 'देवता, मुझे दीवाना मत कर देना! पागलपन से मुझे डर लगता है।'

उसकी बात सुनकर पत्थर दिल इनसान की आँखों से भी आँसू निकल आएँगे। उसके मुख से निकलती साँस के साथ 'कैतरी' सुनकर सभी गहरी साँस लेते हैं। 'ऐसा राजपुत्र-सा चेहरा, ऐसे बेटे के पागल होने पर माँ बिचारी कैसे जीएगी, रे?' राह चलते लोग भी ऐसा कहा करते हैं।

किसी ने कुछ टोना-टोटका किया। हाँ, पहले तो सब यही कहते थे, अब नहीं कहते। क्योंकि रोजा, साधु-संन्यासी, झाड़-फूँक, तंत्र-मंत्र आदि बातें सुनकर गोलक बहुत घबराता है। कहता है, 'सब बातें बाहर आ जाएँगी तो उसकी बहुत बदनामी होगी' तथा 'ओ माँ, मुझे उनके पास मत ले जाना।' कहते हुए जोर-जोर से रोने लगता है।

गोलक के माता-पिता अब कुछ नहीं करना चाहते। विशेष तौर पर गोलक के पिता।

गोलक की माँ को आज भी बहुत लोग बहुत-सी बातें कहते हैं। देश भर में कितने ही देवी-देवताओं के मन्दिर हैं, इन सबके होते हुए भी बेटे को पागल ही रहने दोगे? यह कहते हुए बार-बार गोलक की माँ मूर्छित हो जाती है।

गोलक की माँ के कहने पर ईश्वर पाटनी पहले बहुत दौड़-भाग करता था।

किसी ने कहा, 'अरी ओ, पाटनी की बहू! तिरोल काली-बाड़ी से कड़ा लाकर बेटे को पहना दो। उससे तो पागल हाथी भी अच्छा हो जाता है।'

ईश्वर ने तिरोल काली-बाड़ी से कड़ा लाकर गोलक को दिया। गोलक ने कड़े को घुमा-फिराकर देखा। उसके बाद हैरान होकर पूछा, 'लोहे का कड़ा क्यों लाए हो, पिताजी? मैं क्या सचमुच पागल हो गया हूँ?' 'नहीं मेरे बाप, ई तुम्हार बाय (वायु) का रोग है, कड़ा पहनकर ठीक हो जाओगे।'

गोलक ने कड़ा पहन लिया, बाद में उसे न जाने कब कहाँ फेंक दिया।

गोलक की ऐसी अवस्था देखकर एक दिन गुलाबी ईश्वर के घर आई। खुद सुधर जाने के बाद से गुलाबी के मन में आजकल अच्छे विचार ही उठते हैं। आश्चर्य को खिला-पिलाकर, उसके खून के बलगम वाले गमले को माँज-धोकर, स्वयं गंगा स्नान करके गुलाबी इनके घर चली आई।

'ओ पाटनी की बहू, क्या पका रही हो, दीदी?'

'कौन, गुलाबी? क्या बताऊँ, दीदी, मया-माछ का झोल जैसे-तैसे पका रही हूँ।'

'यह क्या, थाली में राख क्यों रखी है?'

'क्या बताऊँ दीदी, बाउड़ी की शेतला ने कहा गोलक पर किसी की नजर पड़ी है। भात की थाली में राख रख देना। अपदेवता उसे छोड़ देंगे।'

गुलाबी के दोनों हाथ थामकर गोलक की माँ रोते हुए बोली, 'दीदी, तुम तो कितना कुछ खोज-खबर रखती हो। मोर बेटा ठीक हो जाए ऐसे किसी फकीर रोजा को नहीं जानती?'

गुलाबी ने ऐसे एक रोजा का पता बताया था। रोजा का देस कहीं दूर बरीसाल में या कहीं और था शायद। सुपारी लदी नाव में बैठकर इस तरफ आ पहुँचा था। गोलक को देखकर उसने कहा, 'ई पूत पागल ना हुआ, ना मियाँ, मैं कहूँ, इसे कोई दीवाना कर दिया। सुनिए, ई सब चीज लाय देओ।'

सब चीजें मँगवाई गईं। रोजा के घर पर केवल गोलक और ईश्वर ही थे। साँझ का समय था। रोजा ने जैसे ही कहा, 'लीजिए मसान के सती के गले में पड़ी खोईमाला (लावे की बनी माला) उसके हाथ में दीजिए!' सुनते ही गोलक चंचल हो उठा।

'लीजिए, खोईमाला को पानी में बहा दीजिए!'

यह सुनते ही गोलक आसन छोड़कर उठ खड़ा हुआ।

'ओ, बाबा! कैतरी को पानी में न डालो, बाबा!' खोईमाला को उठाकर गोलक ने अपने बालों की जटाओं में लपेट लिया और बोला, 'डर किस बात का कैतरी?'

'अरे-अरे, यह तो जबर्दस्त दीवाना है, किसका नाम लेता है?' रोजा चीख उठा।

ईश्वर बेटे का हाथ पकड़कर बाहर निकल आया।

उसके मन में सन्देह उत्पन्न हुआ। पहले तो मन हुआ कि गोलक की खूब पिटाई करे।

उसके बाद उसे लगा कि मार-पीटकर भी क्या होगा, यहाँ तो भाग्य का दोष है। 'रोज ठाकुरवट को प्रणाम करके ही काम पर जाता हूँ, ठाकुर मन्दिर में बिना बताशा चढ़ाए नाव नहीं चलाता। मुझे ठाकुरवट ने इतनी बड़ी सजा क्यों दी?'

ईश्वर बहुत दुखी हो गया था। उस दिन के बाद से बेटा भी कहता है, 'मुझे रोजा के पास मत ले जाना।' बाप भी कहता है, 'उसे रोजा के पास न ले जाऊँगा।'

दोनों ही डरते हैं, कहीं मन की बात मुँह पर न आ जाए।

ईश्वर जानता है, बाभन की बेटी को माँझी का बेटा चाहता है, इस बात के फैलते ही बदनामी का अन्त नहीं होगा।

दानी मुखिया ने उससे कहा था, 'ईश्वर, मेरे पास आकर कितने ही लोग ठीक हो गए। पर तुम उसे एक बार भी यहाँ नहीं लाए? एक बार उसे फकीर खम्भे से बाँधने नहीं दिया। आखिर तुम्हारा बेटा है, बाप होकर उसे रोगमुक्त नहीं करना चाहते। यह क्या अच्छी बात है?'

ईश्वर चुपचाप बैठा रहा।

'मेरे ऊपर भरोसा नहीं तो किसी और पहुँचे हुए फकीर के पास ले जाऊँ। पेट से सारी बात खींचकर निकाल लेगा, बेटा ठीक हो जाएगा। मुझे तो लगता है गोलक को कोई बाय रोग नहीं है भाई, उसकी दवा-दारू कौन कर रहा है।'

ईश्वर सिर झुकाकर रोने लगा। मैली चादर से आँसू पोंछकर बोला, 'गोलक को आराम मिले, ऐसी कोई दवा किसी फकीर, किसी रोजा के पास नहीं है, दादा! हम दोनों भला क्या कर सकते हैं? लड़के के भाग ही खराब हैं!'

'कैसी बातें करते हो, ईश्वर?'

'सच बात! मैं सब जानता हूँ। जानता तो हूँ, पर बता नहीं सकता, मुझसे और कुछ मत पूछना।'

अब दानी मुखिया के मन में तरह-तरह की शंकाएँ उभरने लगीं। गोलक के पागलपन के पीछे ईश्वर का कोई हाथ तो नहीं, ऐसा सोचना भी बुरा लगता है। पर, दूसरी ओर देखा जाए तो, ईश्वर ही उसके स्वस्थ होने में बाधक बन रहा है। यह भी कोई कम हैरानी की बात तो नहीं।

सात-पाँच सोचकर उसने ईश्वर के अड़े बेटे से कहा, 'गगन, तुम्हारे मामा-ससुर ही फकीर हैं, यह तो मैंने ईश्वर को नहीं बताया। किसी को कुछ बताए बिना ही तुम यज्ञ करो। इसमें गोलक को तो रहना नहीं पड़ेगा, केवल तुम्हारी माँ काठ के अंगारे पर पाँच सेर चावल भूँजेगी। बस इतना ही!'

'जी, अगर चावल काला हो जाए तो समझ लेना कि वह अब ठीक नहीं हो सकता। और अगर सफेद ही रहेगा तो गोलक अच्छा हो जाएगा।'

'ऐसा ही करके देखो। दुर्गा, दुर्गा! मेरी भी क्या इच्छा नहीं होती कि उस लड़के को स्वस्थ होते देखूँ?'

गगन बड़ी गंगा में बड़ी नाव चलाता है। राहदारी तय करके यात्री उसकी नाव में त्रिवेणी, हुगली, जगह-जगह जाते हैं। कुछ साल हुए गगन ने बड़े पेड़ के साथ नाव को बाँध दिया है। गोलक के साथ जिसका ब्याह होना निश्चित हुआ था, वही कुसुम अब उसकी दूसरी पत्नी है। कुसुम के पिता अधर दास माँझी सामज के प्रतिष्ठित पुरुष हैं। आजकल गगन ससुराल

की बात पर उठता-बैठता है। वह गोलक का इलाज करना चाहता है, पर यह उसकी अपनी इच्छा नहीं है।

'अरे, ये सब तो उस खूसट माँ के कारण हो रहा है, समझे मुखिया काका? नहीं तो, वे लोग चाहे उसका कितना भी गुणगान करें, मेरा विश्वास है कि गोलक उतना अच्छा भी नहीं है। बुरे चरित्र के कारण दिमाग खराब हो गया है। माँ भी तो ओझा-रोजा आदि के पीछे कम पैसा नहीं डाल रही। इधर मैं भी तो हूँ, मेरा परिवार है, तुम्हारा एक ही तो बेटा नहीं, और भी हैं, यह भी तो सोचना चाहिए, आपकी क्या राय है?'

'जरूर।' संक्षिप्त उत्तर देकर दानी मुखिया ने उसे विदा कर दिया और अपने चेले से कहा, 'क्या समझे? हाँ? हम कहा करते थे ईश्वर के चार लड़के हैं, उसके भाग खुलते देर नहीं। अब जो दिखाई दे रहा है, आसार कुछ ठीक नहीं लगते, क्यों?'

'भाई-भाई में ईर्ष्या-द्वेष, इसमें भला क्या और बुरा क्या, रावण-विभीषण में, कार्तिक-गणेश में, ऐसा कब नहीं था, बोलो?' चेले ने निस्पृह भाव से उत्तर दिया। जब दानी मुखिया की अच्छी कमाई हुआ करती थी, उसकी कौड़ियों का फेंटा भी भारी होता था, तब वह भी उस्ताद की हाँ में हाँ मिलाया करता था। अब तो दानी मुखिया के दिन बीतने को हैं, पागल का इलाज करने पीर-मजार पर जाता है, इसलिए वह कभी-कभार ही दानी की बात पर सहमति प्रकट करता है।

परन्तु गगन के ममिया ससुर यथासमय ईश्वर के घर पहुँच गए। पुत्र ठीक हो जाएगा, इस आशा से ईश्वर भी अन्त में राजी हो गया था। ईश्वर के घर पर सब जात के लोगों की भीड़ जमा हो गई, यज्ञ-स्थल पर तिल धरने को भी स्थान न रहा। यहाँ तक कि सनातन दीघड़ी भी ईश्वर के अनुरोध पर आकर बैठ गए। यह भी तो एक सामाजिक कार्य ही है। पड़ोसी के हर काम में साथ देना उचित है, चाहे वह ब्याह, श्राद्ध, शवयात्रा, मुंडन-संस्कार, होम-यज्ञ, कुछ भी क्यों न हो।

दीघड़ी के ठाकुरपाट बाड़ी से बड़े-बड़े ताम्र-कुंड लाए गए। एक बड़ा दीपक भी। रात-भर उसे जलाए रखना होगा।

सब आयोजन सम्पूर्ण हो जाने पर ओझा ने कहा, 'एक बार लड़के को बुलवा लीजिए, अपनी आँखों से उसे देखना चाहता हूँ। सिर्फ एक बार, बस!'

परन्तु गोलक कहीं न मिला। उसे ढूँढ़ने जाए, इतना साहस इस समय किसी में नहीं था। क्योंकि बाहर आँधी-पानी-तूफान का दुर्योग प्रारम्भ हो चुका था। 'श्रावण मास का ऐसा दिन ही ठीक रहेगा,' ओझा ने कहा था।

पाँच

आज बहुत समय बाद फिर वैसा ही दुर्दिन आया है।

ऐसी विपत्ति खोईमाला के ब्याह के समय आई थी, और आज फिर आई है। इस विपत्ति में कोई बाहर नहीं निकला। जंगल का सियार भी शायद जंगल में ही छिपा बैठा है।

ऐसी घोर विपत्ति में, श्मशान-यात्री भी शव को बाहर नहीं निकालते, घर में ही उसे बासी होने देते हैं। चाहते हुए भी बाहर निकलने का कोई उपाय नहीं। काकद्वीप, गेडँरखाली भला

कितनी दूर है। सागर के वक्ष पर सावन-भादों में जो चक्रवात उठता है, वह दक्षिण बंगाल के हर क्षेत्र पर विध्वंस मचाता है। आज बहुत दिनों के बाद फिर से सोनारपुर, लक्ष्मीकान्तपुर, बारुईपुर, उधर घबघबा-गोबिन्दपुर, इधर एड़ाची, राजपुर, कामडहरी सर्वत्र चक्रवात का मदोन्मत्त नृत्य, महादुर्योग शुरू हो चुका था। मनुष्य का जन्म और मृत्यु किसी की प्रतीक्षा नहीं करती, पर प्रसूति के लिए दाई बुलाना असम्भव है, कोई मरे तो बाहर, बाहर ले जाना असम्भव है, पूरी दुनिया असहाय हो जाती है।

इस घोर विपत्ति में अकेली खोईमाला ही घर से बाहर है।

इन चार वर्षों में पति की सेवा करके भी वह उन्हें बचा नहीं पाई। धीरे-धीरे नीलमणि ने बिस्तर पकड़ लिया। उसके पश्चात् उनके रोग-शय्या की सूचना पाते ही दूसरे गाँव से वही विधवा आ पहुँची। उसके भाई भी साथ में आए थे। उन्होंने खोईमाला पर तरह-तरह के अत्याचार किए। और नीलमणि तो खोईमाला के रूप-यौवन को, खोईमाला के ही नारियल वृक्ष तथा खपरैले घर की भाँति निजी सम्पत्ति समझते थे। सम्पत्ति है, पर भोग नहीं कर पा रहे, इसलिए आँखों से ओझल होते ही उस पर कुत्सित सन्देह करने लगते हैं। बिस्तर पर पड़े हुए हैं तो क्या, पैरों में शक्ति काफी दिनों तक थी। उस शक्ति के चिह्न खोईमाला के शरीर पर कहीं-कहीं आज भी विद्यमान हैं।

अपने अन्तिम दिनों में उन्हें घोर सन्देह हुआ कि खोईमाला उन्हें जहर दे देगी। उसके हाथों से कुछ खाना नहीं चाहते थे। अपनी उस भानजी पर भी अब भरोसा न रहा था। सभी यह मानते थे कि खोईमाला को अपने पति की सम्पत्ति का ठौर-ठिकाना पता चल चुका है। फलस्वरूप खोईमाला को बहुत कष्ट सहने पड़े। इस अंचल में पत्नी-उत्पीड़न कोई नई बात नहीं। परन्तु इन सब घटनाओं के बीच यह बात भी चर्चा का विषय बन गई कि नीलमणि घोषाल की वैष्णवघाट वाली पत्नी के समान सहनशक्ति इस युग में कहीं और ढूँढ़ने पर भी नहीं मिल सकती।

इधर, उसे निकाल बाहर करने को भी कोई राजी न था। क्योंकि रोग के प्रकोप के कारण नीलमणि के श्वास से, बलगम से, समस्त देह से बड़ी दुर्गन्ध आती थी। खोईमाला के बिना कोई उनके निकट नहीं जा पाता था। परसों उनकी नाक बैठने लगी थी, उसे देखकर नीलमणि के आत्मीय गुणमणि घोषाल कविराज से बोले, 'अब और क्या देखना! अब तो आम का पेड़ काटने के लिए कहना पड़ेगा।'

आज साँझ के समय नीलमणि ने आँखें मूँद लीं। मृत्यु से पूर्व, संज्ञाहीन होने से पहले उन्होंने आधे विकार के स्वर में कहा था, 'मेरे जनेऊ में बँधी चाबी सन्दूक के नीचे है।' परन्तु और कुछ नहीं बोल पाए। नीलमणि घोषाल आज सन्ध्या के समय स्वर्ग सिधार गए। खोईमाला को वे लोग शव के पास बिठा गए थे। इतनी रात गए, ऐसी घोर विपत्ति में लाश के दाह-संस्कार में आने के लिए कोई राजी नहीं था। इसलिए यही तय किया गया कि प्रातःकाल प्रायश्चित्त करने के बाद शव-दाह किया जाएगा।

वे लोग आपस में कुछ कानाफूसी कर रहे थे, खोईमाला कुछ सुन न पाई, उन्होंने कहा, 'शव को छुए रहना।' वह भी शव को छूकर बैठी रही।

उन्होंने किवाड़ की साँकल चढ़ाने को कहा था। उस कमरे में बैठकर वे लोग जाने क्या सलाह-परामर्श करने लगे थे।

नीलमणि का बड़ा बेटा जोर-जोर से बातें करता है। वह बोला, 'पन्द्रह रुपए, पाँच आने, तीन पैसे का खर्चा है। हम तीनों खर्चे का हिस्सा बाँट लेंगे। अब तुम्हारा कहना है सती-वस्त्र नहीं दोगे, पालकी वाले को आठ पैसे नहीं दोगे। पंडित तीन रुपए लेगा, वह भी नहीं दोगे। अरे बाबा, इससे कम में कैसे काम होगा, बताना जरा।'

भानजी कह रही थी, 'तुझे तो बस एक ही बार खर्च करना है, हरीश! उसके बाद क्या है, तू चाहे तो सब-कुछ हजम कर ले!'

खोईमाला के कानों में उनकी बातें तो अस्पष्ट-सी पहुँच रही थीं पर समझने में कुछ कठिनाई भी हो रही थी।

रात कुछ और गहराने पर सबने अपने-अपने कमरों की साँकल बन्द कर दी। उस वक्त पता नहीं कौन दरवाजे की साँकल खटखटाने लगा। वह उनके घर की नौकरानी थी। वह घर का आँगन लीपती थी, धान साफ करती थी, बासन माँजती थी। वही खोईमाला की थोड़ी-बहुत देखभाल भी करती थी। आज कमरे में घुसकर वह खोईमाला के निकट आकर बैठ गई और फुसफुसाकर बोलने लगी, 'कल तुम्हारे पास नहीं आ पाऊँगी रांगा-बहू, कल तुम्हें लेकर सब छीना-झपटी करेंगे। अपने हाथों का लाल कंगन मुझे दे सकती हो बेटी? मेरा बेटा कहीं बाहर चला गया है, बहू का रो-रोकर बुरा हाल हो गया। कल तुम सती हो जाओगी। सती के पहने गहनों से मनुष्य का भला होता है, बेटी!'

कुछ क्षणों तक खोईमाला उसकी ओर अपनी सुन्दर, काली, आश्चर्यचकित आँखों से देखती रही। वह समझ सकती है, सब समझती है। कल उसी को नीलमणि के साथ बाँधकर जलाएँगे। इसीलिए सती-वस्त्र, पंडित और पालकी वाले की बात हो रही थी। सहसा खोईमाला को लगा कि क्या ये लोग जानते हैं, इन चार वर्षों में वह केवल गोलक के बारे में सोचती रही है? इसलिए उसे सती करना चाहते हैं? रुपया-पैसा, सोना-चाँदी, किसी भी बात का ध्यान उसके मन में नहीं आया, क्योंकि नीलमणि की सम्पत्ति पर उसका कोई अधिकार भी हो सकता है, ऐसा उसे कभी महसूस ही नहीं हुआ।

नौकरानी असमंजस में उसे निहार रही थी। रांगा-बहू का रूप कितना अनोखा है—मानो चित्रांकित देवी हो। इतने अनादर, इतने अत्याचारों को सहन कर भी इतना रूप!

इस आग की चिनगारी को कहाँ रखेंगे, यही सोचकर शायद वे उसे सती बनाना चाहते हैं। नौकरानी ने मन-ही-मन सोचा।

खोईमाला ने अपने हाथों से लाल कंगन, सोने की पतली चूड़ी, सब-कुछ उतारकर नौकरानी को दे दिया।

'यह क्या रांगा-बहू! यह तो सोना है!'

'तुम ले लो।'

'ले लूँ?'

'हाँ।'

'तुम सुरग-बासी बनो, माँ, जीती रहो!'

कहीं कोई देखकर छीन न ले, इस डर से नौकरानी जल्दी ही वहाँ से चली गई। जाते हुए सोचने लगी कल जिसे सती करेंगे, क्या आज उसे इस तरह अकेले छोड़ देना चाहिए? इस घर का तो सब-कुछ बेढंगा है।

खोईमाला धीरे-से खड़ी हो गई। आँधी के प्रकोप से पेड़-पौधे साँय-साँय कर रहे हैं। अचानक खोईमाला के मन में जीवित रहने की प्रबल इच्छा जाग उठी, भीषण इच्छा। दरवाजे के चौखट पर पाँव धरने के बाद उसने रुककर सोचा कि नहीं, ऐसा काम नहीं करूँगी।

पर क्षण-भर बाद उसने देखा कि नहीं, उसके मन में कहीं भी उसके पति के लिए स्थान नहीं है। गोलक उसके बचपन का साथी है, कितने दिनों का सखा है। गोलक के अलावा किसी अन्य पुरुष के विषय में उसने कभी सोचा ही नहीं।

खोईमाला ने दरवाजे के बाहर कदम रखा। जैसे भी हो वह मीरकाजी के घाट पर जाकर वहाँ से होगला के लिए नाव में बैठेगी। होगला जानेवाली नावें दिन-रात गंगा नदी पर बहती हैं, उसके गाँव भी जाती हैं। होगला नाव के माँझियों के मन में फिर भी कुछ करुणा बाकी है। उनके पैर पकड़कर खोईमाला कहेगी, 'जैसे भी हो सके, मुझे मेरी माँ के गाँव में पहुँचा दो।' वहाँ भी अगर ये लोग उसे पकड़ने पहुँच गए तो वह और भी दूर चली जाएगी!

घोर विपत्ति से भरी रात है तो क्या, है तो शुक्ल पक्ष। इसी कारण अन्धकार भी स्वच्छ है। बादलों से भरी रात शायद ऐसी ही स्वच्छ होती है। खोईमाला को अब लगा कि सिर के बालों को पीछे की ओर करते हुए बालों में कुछ फँस रहा है। हाथों में पतली चूड़ी, लोहा। किसका चिह्न है? नीलमणि घोषाल का चिह्न?

हाथ से निकालकर उसने चूड़ी और सुहागिन होने के चिह्न को फेंक दिया। गुलाबी को नरक से बड़ा डर लगता था। खोईमाला इन चार वर्षों में नरकवास करती रही है। पक्के मकान में सोने तथा भरपेट अन्न मिलने पर भी सुख नहीं मिलता। नीलमणि ने उसे बहुत कष्ट दिया है। विकारग्रस्त अवस्था में उसके हाथ को दाँतों से काट लिया था, वहाँ अब भी दर्द है।

सामने ही नदी है। नदी में नाव भी है। एड़ाची के नाव वाले बहुत डरपोक हैं, उन्होंने नाव को ऊपर क्यों नहीं किया? इस तरह के तेज थपेड़ों से तो नाव कुछ ही देर में टूट जाएगी। काश! एक चप्पू मिल जाए तो खोईमाला इस तूफान में भी नाव चला सकती है। उसे लगा कि इस समय उसकी देह में हाथी का बल समा गया है, भोर होने से पहले ही, अँधेरे में वह अकेली ही माँ के पास पहुँच सकती है। असाध्य साधन कर सकती है। परन्तु सामने की नाव में गोलक था। खोईमाला क्षण-भर के लिए चौंक गई। इस दुर्योग में भला गोलक कैसे यहाँ आ पहुँचा? या कि गोलक अब जीवित ही नहीं है, इसलिए प्रेत बनकर प्रेत-नौका चला रहा है? वह वहीं ठिठक गई।

'कैतरी? तुम रुक क्यों गई?'

'गोलक, वाकई तुम हो?' खोईमाला का मन एक अनोखे आनन्द से भर गया। मानो ठाकुरवट ने उसकी सब बातें सुन ली हैं, इसीलिए गोलक उसे लेने आया है। जैसे कोई समाज नहीं, कोई संसार नहीं, लोक-निन्दा नहीं। केवल गोलक तथा खोईमाला के अलावा और कोई नहीं है।

वर्षों पहले बचपन में दोनों ने ठाकुरवट की छाया-तले बैठकर एक खेल खेला था। गोलक को वह बात अब भी याद है, इसलिए वह खोईमाला को लेने आया है।

'हाँ, मैं।'

'तुम यहाँ कैसे आए?'

'तुम्हें लेने। साँझ को भैया ने कहा, ओझा आएगा। ओझा से मैं बहुत डरता हूँ, मेरे मन में पाप जो है। पाप रहे तो ओझा से डर लगता है। इसीलिए मैं नाव लेकर जा रहा था। राजपुर के जयहरि पंडित ने बताया था कि, 'एड़ाची के घोषाल की अन्तिम घड़ी आ चुकी है, शायद प्राण-पखेरू उड़ ही चुके हैं। नकुड़दास की बेटी अब राँड़ हो गई है। इसीलिए कैतरी, तुम्हें लेने आया हूँ। जयहरि ने बताया कि भोर होते ही वे तुम्हें जिन्दा जला देंगे, बहुत कष्ट होगा। इससे तो अच्छा बाभन मौसी के पास लौट चलो।'

गोलक की सारी बातें उसे प्रलाप के समान प्रतीत हुईं। पर वह फिर भी नाव पर सवार हो गई।

बहुत तेज आँधी चल रही है। हवा ने भी खूब जोर पकड़ा है। इसके अलावा गंगा यहाँ पर बहुत सँकरी है, इधर से धक्का लगने पर नाव उधर जाकर टकराती है। गोलक किनारे-किनारे चलने लगा।

वर्षा के छींटों से खोईमाला के केश तथा वस्त्र भीगने लगे। उसने ऊँची आवाज में पूछा, 'गोलक, सब तो कहते थे कि तुम पागल हो गए हो?'

गोलक ने कुछ क्षणों तक उत्तर न दिया। उसके बाद बोला, 'कैतरी, ऐसा क्यों कहती हो? मैंने ठाकुरवट से मन्नत माँगी थी, पागल होने से मैं बहुत डरता हूँ।'

खोईमाला को धुँधली-धुँधली सी कुछ बातें याद आईं। कभी धीरे, कभी वेग से, हवा तथा नदी की लहरों की इच्छानुसार नाव बहती रही।

'गोलक, मुझे लेकर कहाँ जा रहे हो?'

'बहुत दूर जाऊँगा, कैतरी।'

'वहाँ पहुँचकर किसी तरह का डर तो नहीं रहेगा?'

'कैसा डर?'

'लोगों का।'

'नहीं कैतरी। चलो, कालिका क्षेत्र चलते हैं। वहाँ से हम और दूर चले जाएँगे।'

बहुत दूर जाना ही ठीक रहेगा। अब खोईमाला को लगने लगा कि वह किसी अनोखे देश में है। उस देश में कोई नहीं कहता कि खोईमाला ने नीची जात से मिलकर अपनी जात क्यों खोई? कोई यह नहीं कहता कि तेरे मन में पाप भरा है।

अब ऐसा लगा जैसे वही बातें सच थीं। जुगनुओं की जलती-बुझती सन्ध्या में बालिका खोईमाला गोलक के साथ ठाकुर-पोखर में दीया बहाने जाया करती थी। ठाकुरवट की शाख पर माला डालकर किसने किससे कहा था कि अगले जन्म में भी मैं तुम्हें याद रखूँगा?

'आश्चर्य फकीर ने अच्छी कहानी क्यों नहीं सुनाई, गोलक? शुरू में ही नायक के दीवाना होने की बात क्यों कह दी?'

'आश्चर्य कुछ नहीं जानता कैतरी।'

'अगले अध्याय में क्या था?'

'यह मैं नहीं जानता।'

'फिर कौन जानता है?'

'कोई नहीं।'

'तुम्हारे लिए मैं बहुत दुखी रहती थी, गोलक।'

'ऐसा क्यों, कैतरी?'

'डरती थी।'

'डरो मत कैतरी। अब तुम्हें कोई डर नहीं।'

'तुम मेरे बारे में सोचते थे?'

गोलक मुसकराया। इस समय आकाश में बादल हवा के वेग से उड़ रहे हैं। दिक्भ्रष्ट हाथियों के झुंड की भाँति काले-काले बादल।

'गोलक, कालिका क्षेत्र जाओगे, वहाँ तो गंगा जाकर खाड़ी में गिरती हैं, वहाँ जाने से नाव टूट जाएगी न?'

'कौन-सी खाड़ी में?'

'क्यों, बाँसद्रोणी खाड़ी में? या अब वहाँ कोई डर नहीं है?'

'नहीं।' गोलक ने अस्फुट स्वर में कहा, 'वो देखो, पूरब में लाली फैलने लगी है।'

खोईमाला ने देखा, पूर्व दिशा में आकाश धीरे-धीरे तरल होने लगा था। कुछ दूरी पर ही हाटतला के छप्पर नजर आ रहे थे। सुबह-सवेरे भी यहाँ कितनी भीड़ है।

'गोलक, यह तो हमारा घाट है?'

'हाँ, कैतरी।'

'यहाँ क्यों चले आए?'

गोलक ने इस बात का उत्तर नहीं दिया।

'गोलक, नाव चलाओ।'

'नहीं कैतरी, सुबह हो चुकी है।'

'इससे क्या?'

'तुम्हारा कलंक?'

'कलंक से मैं नहीं डरती, गोलक, तुम मुझे संग ले चलो।' खोईमाला की आँखों से आँसू बहने लगे।

'कैतरी, इतने दिनों तक सोचता था कि ठाकुरवट मिथ्या है, यहाँ कोई देवता नहीं, क्यों सोचता था जानती हो?'

खोईमाला ने सिर हिलाया।

'यदि मेरे मन में सचमुच पाप है, यदि मैं सचमुच पागल ही हो गया हूँ, तब मैं मानूँगा कि ठाकुर मिथ्या है।'

'ऐसा कभी हो सकता है गोलक? तुमने सुना नहीं, जिस दिन देवता चले जाएँगे, उसी दिन से वट-वृक्ष का मूल सूखने लगेगा, धीरे-धीरे वह एक दिन गिर जाएगा! उसी दिन से गंगा नदी की महिमा भी जाती रहेगी, नदी भी मर जाएगी।'

'हाँ, सुना था! तुमने बताया तो मुझे याद आया, नहीं तो अब कुछ याद नहीं आता।'

'मुझे याद आता है। तुम और मैं, एक साथ ही दोनों सुना करते थे। उन दिनों जब आश्चर्य फकीर हमें पोथी सुनाया करता था!'

'आश्चर्य की पोथी, हाँ ठीक कहते हो!'

आज, खोईमाला के मन में अतीत का सौरभ फिर से जागने लगा, शायद कोशिश करने पर बहुत-सी बातें याद आ जाएँगी। परन्तु नहीं, याद आने पर भी सभी बातें याद नहीं करनी चाहिए। कुछ बातें हृदय के किसी कोने में दबी रह जाती हैं, मृत देह के साथ जलकर राख हो जाती हैं। परन्तु गोलक ने मुँह फेर रखा है। खोईमाला की ओर देखने में क्या दोष है?

'कैतरी! घाट दिखाई देने लगा है। मैं नाव किनारे पर लगाता हूँ, तुम उतर जाना।'

'गोलक, तुम नहीं आओगे?'

'नहीं कैतरी। इन कुछ पलों में, तुम्हारे चेहरे को देखकर मैंने निश्चित रूप से जान लिया है कि मेरे मन में कोई पाप नहीं है। परन्तु, वे लोग तो नहीं जानते। तुम उन्हें बता देना।'

मगर गोलक के हाथ में लोहे का ऐसा कड़ा क्यों? ऐसा नुकीला कड़ा तो दानी मुखिया हाथों में पहनाया करता है, यह क्यों?

खोईमाला के विस्मय भरे मुख से कोई आवाज न निकली, वह विस्मय से देखती रह गई।

सनातन दीघड़ी, ईश्वर पाटनी, गगन, जयहरि, जाने-अनजाने कितने ही लोग, लाल वस्त्र पहने ओझा, ओझा के हाथ के कसोरे में क्या है?

'हाय, गोलक!'

ईश्वर की आवाज में दुख, कातरता, शोक समाया था। गोलक की जो बात अब तक छिपी थी, अब सभी जान गए थे। खोईमाला के लिए आज तक गोलक पागल था, अब यह बात कैसे छिपी रह सकती थी।

गोलक शीघ्रता से नाव चलाकर मँझधार में चला गया। क्षण-भर में ही उसके मुख की प्रशान्ति ओझल हो गई। शायद खोईमाला को वहाँ से लिवा लाने के लिए ही भगवान ने उसे वह शान्ति प्रदान की थी, अब उन्होंने उसे छीन लिया।

'चावल सफेद रहे या काला, मैंने कहा था ना कि गोलक पागल है। यह भी कहा था कि यह रोग ठीक होनेवाला नहीं है?'

गगन भागता हुआ आगे बढ़ा, चीखकर बोला, 'पकड़, गोलक की नाव को पकड़। गोलक भाग रहा है।'

खोईमाला असहाय-सी खड़ी रही। उसकी जीभ जैसे गोंद से चिपक गई थी। वह कुछ न कह पाई।

'कैतरी! तुम उनसे कह दो मेरे मन में कोई पाप नहीं है, मैं पागल नहीं हूँ। ओ भैया! तुम पानी में क्यों तैर रहे हो? तुम कैतरी से पूछो। ओ भैया!'

'ईश्वर चाचा, गोलक पागल नहीं है। तुम लोग उसे मत पकड़ो।' खोईमाला ने आर्त स्वर में कहा। खोईमाला जानती है, पीछा करने से, धर-पकड़ करने से, बाँधने से कैसा लगता है, आहा, ये कैसे समझ पाएँगे! गोलक को ऐसे क्यों पकड़ रहे हैं? गोलक क्या जंगली पशु है?

'कैतरी! भैया मुझे पकड़ना चाहते हैं। मैं क्या पागल हूँ? हा भगवान! यदि मैं पागल हूँ, यदि मेरे मन में पाप है तो ठाकुरवट जड़ से उखड़ जाए, यह गंगा अपनी महिमा खो दे, खबरदार! मुझे पागल मत करो!'

'गोलक!'

खोईमाला पल-भर में लोक-लज्जा भूल गई। गोलक का दुख वह समझती है, इनमें से किसने उनके समान पीड़ा सही है?

('गोलक, चप्पू मत फेंकना, जोर-जोर से चलाओ, सामने ही खाड़ी का मुहाना है।')

'हे भगवान! अपना देवत्व बचाना चाहते हो तो मुझे पागल मत बनाना। नहीं तो तुम्हारी महिमा चली जाएगी।'

मजा लेने के लिए अब बहुत से लोग नदी में कूद गए। उनमें गगन सबसे आगे था।

'क्यों इतने कष्ट सहे तूने, कैतरी! नहीं, भगवान नहीं है। यह गंगा नहीं है, केवल पानी है, केवल पानी!'

गोलक ने चप्पू फेंक दिए, नाव को उलटते हुए वह पानी में कूद पड़ा।

'मत जा गोलक, सामने भँवर...।' ईश्वर की करुण पुकार दूर-दूर तक फैल गई।

आश्चर्य फकीर के अन्तिम खंड में क्या लिखा था, खोईमाला नहीं जानती।

'गोलक! मुझे भी साथ ले लो।' उसकी करुण पुकार गले में ही फँसकर रह गई। उसने देखा कि ठाकुरवट में या गंगा में, कहीं भी देवता नहीं है। गोलक, खोईमाला तथा नाव को जो खींच रहा था वह केवल नदी का प्रवाह ही था। गोलक तथा खोईमाला को उस प्रवाह ने केले के फूल को ढकनेवाले पत्ते की तरह अवहेलना से नाव सहित हवा में उछालकर चक्के की तरह घुमाते हुए सामने के फेनिल जल में डाल दिया।

उसके बाद तीव्र प्रवाह और बड़ी गंगा थी। गोलक और खोईमाला, दोनों बहते हुए नजरों से ओझल हो गए।

शिकार

जगह है गोमो–डाल्टनगंज लाइन पर पड़ता है। कभी इस स्टेशन पर ट्रेन ठहरती थी। कई ट्रेनों के रुकने का खर्च पूरा नहीं पड़ता था। इसीलिए स्टेशन का कमरा, रहने के क्वार्टर और कुली-बस्ती की कोठरियों में बीच-बीच में गाय और बकरियाँ दिखाई पड़ती थीं। 'कुरुडा आउट-स्टेशन, एबैनडंड' का बोर्ड लगा था। यहाँ आकर ट्रेन की गति धीमी पड़ जाती थी। हाँफती हुई ट्रेन ऊपर चढ़ती थी। थोड़ा-थोड़ा कर यहीं से ट्रेन कुरुडा पहाड़ चढ़ती। पहाड़ ढालू था। कुछ दूर चढ़कर ट्रेन एक पहाड़ी घाटी में घुसती थी। आधा मील लम्बी पहाड़ी घाटी के दोनों ओर ब्लास्ट किए हुए पत्थर थे। पहाड़ के ऊपर बाँस के जंगल थे और बीच-बीच में बाँस के पेड़ हवा से झुक ट्रेन की छतों पर थपेड़ा मारते। उसके बाद ट्रेन ढलान पर उतरती और उसकी रफ्तार बढ़ जाती। अब तोहरी स्टेशन आता। यह इस अंचल का सबसे अधिक व्यस्त स्टेशन था। तमाम बस के रास्तों का जंक्शन था। तोहरी कोल-हाल्ट भी था। ट्रेनों में कोयला लादा जाता था। चारों ओर सरफेस कोलियरी थी। इस अंचल में जमीन के करीब-करीब ऊपर ही घटिया किस्म का कोयला मिलता था। लेकिन तोहरी की असली सम्पत्ति ठेकेदार थे। साल का अंचल था। ट्रकों में रात-दिन साल के लट्ठे आते। लकड़ी के कारखानों में उनकी चिराई होती और वे चारों ओर चले जाते। कुरुडा के सन्नाटे के बाद तोहरी की चहल-पहल अपने-आपमें एक तरह का अनुभव था।

दूर-दूर के गाँवों से पहाड़ों के ऊपर से ट्रेन जाने का दृश्य एक अनुभव था। ग्रामवासी रोज देखते, फिर भी उनका आश्चर्य समाप्त नहीं होता था। ट्रेन जा रही है, चली जा रही है, इंजन हाँफ रहा है, अब घाटी ने ट्रेन को निगल लिया। दौड़कर आगे जाने पर दिखाई पड़ेगा कि कहाँ पर ट्रेन को उसने उगल दिया। एक दिन पहाड़ के ऊपर कई हाथी भी दिखाई पड़े थे। बाँस के पेड़ों को खाते-खाते हाथी खड़े हो गए। दूर से वे खिलौनों-से दिखाई दे रहे थे। ट्रेन के आते ही वे सूँड़ उठाकर चिल्लाते हुए भागे थे।

कुरुडा गाँव स्टेशन के बहुत पीछे है। दो पहाड़ और एक मैदान पार कर। स्टेशन के थोड़ा और नजदीक होने से हो सकता था कि गाँव के आदमी ही इन खाली पक्के मकानों में रहने लगते।

कुरुडा के-से गाँव में जो लोग रहते हैं, उनके जीवन में साल में आनेवाले पूजा-पर्व के सिवा बहुत ही कम वैचित्र्य रहता है। इसीलिए कुरुडा पहाड़ के ऊपर के दृश्य इस तरह उनकी आँखों को भुलाए रहते।

मेरी ओराँव जब आई तो वह ट्रेन को जिस तरह देखती थी, यात्री भी नजर पड़ने पर उसे देखते थे। उसकी उम्र अठारह थी, दीर्घांगी थी, चेहरा और नाक चपटे, रंग ताँबे के

रंग-सा साफ। सामान्यतः वह सफेद साड़ी पहनती थी। दूर से वह बहुत मोहक लगती थी, लेकिन पास जाने पर समझ में आता था कि उसकी आँखों की भाषा में बहुत कठोर उपेक्षा है।

उसे देखकर कोई उसे आदिवासी नहीं कहता। लेकिन वह आदिवासी थी। कभी कुरुडा में अंग्रेजों का टिम्बर प्लांटेशन था। स्वतंत्रता के बाद अंग्रेज धीरे-धीरे चले गए। डिक्सन के बँगले और घर की देखभाल मेरी की माँ करती थी। डिक्सन का बेटा 1959 में आकर घर, जंगल सब-कुछ बेचकर चला गया। जाने के पहले भिकनी के गर्भ में मेरी को दे दिया। वह आस्ट्रेलिया चला गया। मेरी का नाम गिरजे के पादरी ने रखा। उस समय भी भिकनी क्रिस्तान थी। उसके बाद जब राँची के प्रसादजी डिक्सन के बँगले में रहने आए तो भिकनी को काम में फिर से लेनी को राजी नहीं थे। भिकनी ने फिर क्रिस्तान धर्म छोड़ दिया। मेरी प्रसाद की गाय-भैंस चराती थी। गाय चराने में वह बहुत होशियार थी। उसके अलावा फलों के थोक खरीदारों और कुँजड़ों आदि से वह सारे सम्भव-असम्भव यत्न कर फलों के बगीचे के शरीफे और अमरूद बेचती थी। खेत की सब्जी लेकर ट्रेन से तोहरी चली जाती।

सब लोगों का कहना था कि प्रसादजी बड़े भाग्यशाली हैं। मिश्रजी से उनका वेतन का हिसाब था। मेरी के साथ खाना-पीना, कपड़े-लत्ते का करार था। डिक्सन-बँगला अंग्रेजों के रहने के लिए बना था। भिकनी का कहना था कि साहब लोग आया-नौकर-जमादार–सब मिलाकर बारह लोगों को रखते थे। अब प्रसादजी के जमाने में इस विशाल बँगले को मेरी ही साफ-सुथरा रखती थी।

तोहरी के बाजार में मेरी के अनगित भक्त थे। वह रानी की तरह स्टेशन पर उतरती थी। बाजार में अपने अधिकार से जाकर अपनी जगह बैठ जाती। बाजार के दूसरे लोगों से बीड़ी लेती, उनके पैसों से चाय और पान लेती, लेकिन किसी को मुँह नहीं लगाती थी। बाजारवालों का सरदार जालिम गुंडा उसका प्रेमी था। जालिम या उसके–किसी एक के पास सौ रुपए जमा हो जाने पर वे शादी कर लेंगे।

शादी करेगा–इसी बात के आधार पर उसने जालिम को नजदीक आने दिया था। ओराँव माँ की लड़की, देखने में और तरह की, लम्बी भी ज्यादा थी। इसीलिए उसकी जात में उसके लिए लड़का नहीं मिला। आदिवासी युवकों के लिए मेरी के शरीर का रंग एक रुकावट की दीवार था। प्रसाद की पत्नी ने लड़का देखा था। उनके माली का लड़का था। बोलीं, 'यहीं रहना।' भिकनी खुश हो जाती। मेरी कहती, 'नहीं। माँजी ने इसलिए यह सब कहा है कि उनके काम के लिए आदमी लगा रहेगा।'

'रहने को कोठरी देंगी।'

'झोंपड़ी।'

'लड़का अच्छा है।'

'न, झोंपड़ी में रहूँगी, घाटो खाऊँगी, मर्द शराब पिएगा, तेल-साबुन नहीं मिलेगा, साफ कपड़े पहनने को नहीं मिलेंगे। मैं ऐसा जीवन नहीं चाहती।'

मेरी राजी नहीं हुई। गाँव-समाज उसे मानता था। औरतों से उसकी दोस्ती थी, तीज-त्योहार में वह नाचने में बेजोड़ थी। इसीलिए उन लोगों के जीवन से वह अलग नहीं होना चाहती थी।

बहुत लोगों ने बहुत बार उसका प्रेमी बनना चाहा था। मेरी ने दाब उठाकर उन्हें दिखाया था। वे लोग बाहरी आदमी थे। भिकनी की तरह उसके पेट में भी बच्चा देकर वे भाग खड़े नहीं होंगे, यह कौन कह सकता था?

उसके लिए एक बार तो तोहरी बाजार में दंगा हो गया था। टिम्बर लॉरी का ड्राइवर रतनसिंह शराब पीकर उसे उठाकर लिये जा रहा था। तभी जालिम ने आकर रोका और रतनसिंह के साथ उसकी मारपीट हो गई। उसके बाद ही देखा गया कि मेरी जालिम के पास बैठकर सब्जी या चीनाबदाम या भुट्टा बेचती थी। वह किसी दिन भी जालिम के घर नहीं गई। न, पहले शादी होनी चाहिए। जालिम उसे बहुत मानता था। हाँ, मेरी में सचाई है, आस्ट्रेलियन खून का तेज है।

मेरी में कहीं-न-कहीं अविश्वास था। वह जालिम पर भी पूरी तरह विश्वास नहीं करती थी। सौ रुपए जमा होते ही वे शादी कर लेंगे, यह तोहरी के बाजारवालों को भी मालूम था। जालिम का कहना था कि सौ रुपए वही जमा करेगा। मेरी कुछ ले आए तो अच्छा ही है। इसीलिए उसने रुपए जमा करने की जिम्मेदारी जालिम पर ही छोड़ दी थी। जालिम के लिए यह काम आसान नहीं था। गाँव में उसके माँ-बाप, भाई-बहन हैं। यहाँ किराये का मकान लेना होगा, बर्तन-भाँडे मोल लेने होंगे। सारा खर्च पूरा न पड़ेगा। उसके सिवा मेरी को कपड़े-लत्ते साबुन देने की तबीयत होती।

मेरी ने उसे पहले एक उपहार जरूर दिया, रंगीन सूती बनियान।

'तू ही दे रही है?' जालिम बहुत खुश था।

'न। तेरी भौजी ने भेजी है।'

इसके बाद जालिम ने उसे यह दिया, वह दिया। साड़ी-आड़ी मेरी पहनती न थी। ब्याह के बाद पहनेगी।

मेरी जानती थी कि जालिम रुपए इकट्ठा करने के लिए बहुत मुसीबतें उठाता है। समझकर भी कुछ नहीं कहती थी। सौ न सही, बानबे रुपए उसके इकट्ठा हैं।

रुपए उसकी कमाई थे, प्रसाद के घर से। सरकारी कानून था कि जंगल के अंचल में किसी के घर में भी अगर महुआ का पेड़ हो तो उसे जो ले, महुआ के पेड़ पर उसका अधिकार हो जाता है। महुआ नकद पैसे दिलानेवाला फल होता है। महुआ से शराब बनती है, महुआ के काले बीजों के तेल से गन्दे कपड़े धोने का साबुन बनता है। प्रसाद के घर के चारों महुआ के पेड़ों के फल मेरी बटोरती थी। गाँव में कोई और मजाक में भी फलों को हाथ नहीं लगा सकता। मेरी दाब उठा लेती। वह उसके हक की चीज थे। इसी के लिए वह प्रसाद के घर बिना वेतन के ही इतनी मेहनत करती थी।

प्रसाद की पत्नी को यह काम बहुत अच्छा नहीं लगता था, लेकिन लछमन प्रसाद कहते, 'उधर मत देखो। कौन इस तरह मकान साफ करेगा, गायें चराएगा? तोहरी जाकर फायदे से फल, सब्जी, बदाम कौन बेच आएगा?'

मेरी भूत की तरह मेहनत करती थी, लेकिन प्रसादजी से वह कोई अन्तरंगता बर्दाश्त नहीं करती थी।

'क्यों रे मेरी, महुआ बेचकर कितने रुपए हो गए?'

'आपको जरूरत है?'

'महाजनी काराबार शुरू कर दे।'

'हाँ, वही करूँगी।'

'देख, मैं इसीलिए तुझे महुआ लेने देता हूँ। नहीं तो सरकारी हवा है। नौकर लगाकर उठवा सकता था। नहीं लेता हूँ न?'

'नौकर आकर देखें तो। दाब नहीं है?' मेरी की आवाज बहुत रूखी और गम्भीर हुआ करती थी।

प्रसादजी कहते, 'होना न? साहबी खून है।'

प्रसाद-पत्नी मेरी से तेल मलवाकर बदन दबवातीं। चर्बी छाए शरीर से मेरी का चिकना और कठोर शरीर देखतीं। कहतीं, 'क्यों रे, शादी कितनी दूर है? जालिम क्या कहता है?'

'आप गरीब आदमी की बात सुनकर क्या करेंगी? आप शादी करा देंगी?'

'राम-राम! मुसलमान के साथ? मैं शादी कराऊँगी?'

'क्यों? मुसलमान ने तो शादी करने को कहा है। आपके भाई ने तो रखैल बनाकर रखना चाहा था।'

मुँह पर सीधे जूता खाकर मालकिन चुप हो गईं। जो लड़की भूत की तरह मेहनत करे, आधे मन का बोरा पीठ पर लादकर ट्रेन पकड़कर चली जाए, आधा घंटे में पूरा मकान साफ कर दे, उसकी बात तो बर्दाश्त करनी ही पड़ेगी।

मेरी से सभी डरते थे। मेरी अपना अच्छा स्वास्थ्य, असीम कार्यक्षमता, तेज बुद्धि लेकर घर साफ करती, गाय चराती। चराते-चराते भुना मक्का खाकर कलेवा कर लेती। खड़े-खड़े फल तोड़ती। कुँजड़ों को खुद तौलकर देती। चिड़ियों और चमगादड़ों के खाए फल बोरे में उठाकर ले जाती और अपनी माँ की पाली हुई मुर्गियों को खिलाती। वर्षा आने पर बीजों से उत्पन्न चारे को उखाड़-उखाड़कर रोपती। चारों ओर उसकी कड़ी नजर रहती। प्रसाद की जरूरत के चावल—तेल-घी-मसाला तोहरी बाजार से खरीद लोती। खुद ही कहती, 'आपका जितना पैसा बचाती हूँ, और फायदा करा देती हूँ, उससे आपका बरस में कितना रुपया जमा हो जाता है, माँजी? सस्ती-साड़ी क्यों लूँ? अच्छे कपड़े पहनूँगी, तेल-साबुन लगाऊँगी, सब-कुछ देना होगा।'

प्रसाद-पत्नी लाचार उसे अच्छे कपड़े पहनातीं।

बीच-बीच में वह गाँव में अड्डा मारने जाती। अबेर-सबेर। वहाँ जाकर पेट में कपड़ा लपेटकर प्रसाद-गिन्नी बनती, एक पैर लँगड़ाकर प्रसादजी बनती और सबको हँसाती। वहाँ वह बहुत सहज हो जाती थी। जवान लड़के जब कहते, 'मुसलमानी बीवी यहाँ?'

'तुममें किसी ने ब्याह किया है?'

'तूने किया?'

'मेरी तरह लम्बा होकर, इतना गोरा होकर क्यों नहीं आया?'

'तू तो साहब की लड़की है।'

'बड़ा साहब! औरत के पेट में बच्चा देकर चूहे की तरह भाग जाए। मेरी माँ तो बदमाश थी। जब देखा कि लड़की गोरी है, तभी मार डालती। तब क्या इतना शोर होता?'

'मार डालती तो तेरा क्या होता?'

'मैं रहती ही नहीं।'

'बेकार की बात छोड़। मुसलमानिन बनेगी तो बनेगी। बनने के पहले हमें किसी दिन...।'

'क्या?'

'भात-मुर्गी-खसी और मद।'

'खिलाऊँ। खू–ब खिलाऊँगी। कब नहीं खिलाया? बताओ न?'

'सो तो खिलाया।'

जो मेरी प्रसादजी का फायदा कराने के लिए मन-मन भर का बोझा उठाती, फल बेचकर कुँजड़ों से झगड़ती, एक चीनाबदाम किसी को न देती, वही मेरी घर से चोरी कर मूँगफली का तेल, आटा, गुड़, नमक और मसाला ले आती।

टोली में सारे ओराँव घर में बैठकर मिट्टी की कड़ाही में आटे के पीठे तलते। सबके साथ खाते। जिस तरह यह मालूम था कि जालिम से शादी करेगी, उसी तरह यह भी मालूम था कि यदि वह देखने में ओराँव की किसी भी लड़की की तरह होती और कहीं जो उसके पिता सोमरा या बुधना या मंगला ओराँव होते–तो ओराँव यह ब्याह न होने देते। श्वेत रंग पिता की जारज बेटी होने से ओराँव लोग असली खून न मानते थे और अपने समाज के कड़े रीति-रिवाज उस पर आरोपित नहीं करते थे।

करने पर वह विद्रोह करती। नहीं करते, इसलिए उसे दुख होता था। उसके अन्तर्मन में बहुत गहरे कहीं मानो ओराँव समाज का आदमी होने की आकांक्षा थी। वह बहुत खुश हुई होती, अगर तेरह-चौदह बरस की उम्र में कोई साहसी ओराँव लड़का उसे खींच ले जाकर शादी कर लेता! मेरी ने तोहरी में दो-तीन हिन्दी फिल्में देखी थीं। आमर–जड़हन–की फसल में तोहरी में चलता-फिरता सिनेमा आता। वे खुले मैदान में सिनेमा दिखाते थे। कुरुडा गाँव की औरतें ही क्यों, लड़कों में से भी किसी ने सिनेमा नहीं देखा था। सिनेमा नहीं देखा, अच्छे कपड़े नहीं पहने, न कभी भरपेट खा पाए। इनके ऊपर देवी का एक प्रकार का आकर्षण भी था।

इसी तरह मेरी का जीवन चल रहा था। एक दिन अचानक ट्रेन रुकने पर प्रसादजी के बेटे के साथ ठेकेदार तहसीलदारसिंह उतरे, और मेरी के जीवन में उलट-पुलट हो गई। कुरुडा के शान्त और दरिद्र अस्तित्व में तूफान उठ आया।

दो

प्रसादजी के बँगले से लगी जमीन पचहत्तर एकड़ या दो सौ पच्चीस बीघा थी। उस अंचल में कोई सीलिंग नहीं मानता था। दूर-दूर पर कभी टिम्बर-प्लांटरों के जो बँगले थे सबके साथ लम्बी-चौड़ी जमीनें थीं। डिक्सन साहब ने पचास एकड़ में साल के पेड़ लगाए थे। उस अंचल के बौने साल नहीं थे, वे जायंट साल थे। कुछ दिनों में पेड़ लम्बे महीरुह बन गए। कटने के लिए तैयार। साल के पेड़ न होने पर प्रसादजी इस जमीन पर क्या-क्या उगा सकते, इस पर बहस करते। अब साल के पेड़ों की कीमत जानकर अच्छे दामों पर पेड़ों को बेचना उनका लक्ष्य था। इस प्रस्ताव पर लालचन्द और मुलनीजी, अंचल के दूसरे दो जंगल-मालिक भी

खुश हुए। प्रसाद का लड़का बनवारी सक्रिय हुआ और डाल्टनगंज-छीपाडोर में खेती करने लगा। सुननेवाले थे तहसीलदारसिंह।

तहसीलदारसिंह ने आते ही पहले कटनेवाले पेड़ों को देखा। उसके बाद मौके की बहस शुरू हुई। प्रसाद बोले, 'इस तरह की साल की लकड़ी! इन दामों पर बेची जाएगी?'

'क्यों बेची जाए? जहाँ नफा मिले, वहीं बेचिए।'

'कुछ दाम की तरह दाम कहिए।'

'प्रसादजी, बनवारी मेरा पक्का दोस्त है। वह छीपाडोर में सर्विस करता है और मैं ठेकेदारी करता हूँ। झूठ नहीं कहूँगा। पेड़ मेच्योर और लकड़ी भी पक्की है।'

'साहब लोग लगा गए हैं।'

'हाँ, पर यहाँ पेड़ कटाने पर टुकड़े कराने होंगे। ट्रक यहाँ तक नहीं आ पाएगा। साहब लोगों का जमाना नहीं है कि फारेस डिपाट से हाथी ले आए और तोहरी तक लकड़ी घसिटवा कर ले गए। हमें मुरहाई तक ले जाना पड़ेगा। कच्चे रास्ते में ट्रक के टायर फँस जाएँगे। उसके पहले पेड़ कटाएँ। अब सोचिए, मेरा कितना खर्च होगा?'

'फायदा तो होगा?'

'जरूर, फायदे के बिना कोई काम करता है? फिर भी नफा आपका ज्यादा है। पानी के भाव बँगला मोल लिया, लगा-लगाया साल का फारेस मिला। जो होगा, वह सारा फायदा ही होगा, क्योंकि इसके लिए तो आपको कोई लागत नहीं आई है। मकई नहीं है कि भैंसे ने पूँछ खींच ली, नौकर काटकर ले गए। शरीफा या अमरूद भी नहीं कि चिड़िया-चमगादड़ भगाएँ। फारेस एरिया, साल एरिया, पेड़ हैं, फटाफट बेच दें।'

लालचन्द और मुलनी भी बोले, 'इतनी तकरार न करो, भैया! उनके चले जाने पर क्या करेंगे? साल गाछ में जब बतास चलती है, दरिया गरजता है, तो वही सुनेगा। फूल होते हैं, फल नहीं होते। वही देखेगा। खरीदना चाहे तो बेच दूँगा।'

ठेकेदार भी वही चाहता था। साहब कैसे पेड़ लगवा गया था! सिरे आसमान में जा रहे हैं, तने रेल के इंजन की तरह मोटे हैं। सिर्फ प्रसादजी के पेड़ ही क्यों खरीदे जाएँगे? इस अंचल के सारे पेड़ वह खरीदेगा।

हर पाँच-सात बरस में कुछ पेड़ तैयार होंगे, और मैं ही खरीदूँगा। फटाफट। जो अभी तक वर्जित एरिया है, हम ही मानोपली गाछ फैलिंग करेगा। पेड़ों के काटने का मेरा ही एकाधिकार होगा।

ठीक वही हुआ। प्रसादजी ने बाद में समझा कि पेड़ों की ढुलाई के खर्च की बात पूरी-पूरी सच नहीं थी, क्योंकि मुरहाई के बाद ट्रक कुरुडा के नजदीक चला आया। उधर की ओर भूमि समतल और पथरीली थी। ट्रक आने में रुकावट न थी। वहाँ ठेकेदार का तम्बू लगा। पेड़ों को काटने के लिए दो होशियार आदमी आए।

ठेकेदार आदमियों की भरती करने बैठ गया। कुरुडा, मुरहाई, सिद्दो, थपारी, घूमा, चीनाडोहा—छह गाँवों के ओराँव, मुंडा औरत-मरद आए। विश्वास करने योग्य बात न थी। घर बैठे पैसा। गाछ काटेंगे दूसरे लोग, उनके डाल-पत्तों की छँटाई, कटे पेड़ों के टुकड़े करने के बाद उन्हें उठाकर ट्रकों में लादना। आदमियों को दिन में बारह आना, औरतों को आठ आना। उसके बाद दोपहर को मकई के सत्तू का टिफिन। सारा अविश्वसनीय! सत्तू के साथ नमक

और मिर्चा। ग्राम पहान और गाँव के बूढ़े औरत-मरद लाएँगे। गाँव पीछे हर हफ्ते एक बोरा नमक। गाँव के बूढ़े बोले, 'औरतें सिरम करेंगी, तो उनकी इज्जत?'

ठेकेदार बोला, 'हर कोई हर एक की माँ-बहन हैं। जो गलती करेगा उसे भगा दूँगा।'

ट्रक की गतिमयता, ठेकेदार की बातचीत की स्पीड, फौरन काम की व्यवस्था की तेजी–इन सबसे गाँव के बूढ़ों का दिमाग चकरा गया। इससे उनको लगा ही नहीं कि ठेकेदार की बात ठीक नहीं है। सब हर एक की माँ-बहन नहीं हो सकतीं। बात पक्की होते ही ठेकेदार ने गाँव के बुजुर्गों के हाथ में एक नम्बर की चुआई दो बोतलें पकड़ा दीं। कुरुडा गाँव के बुजुर्गों ने और लोगों से कहा, 'गाँव जाकर पहान से कहकर थान पर पूजा देना। हमारे अच्छे दिन आ गए हैं।'

ठेकेदार ने ट्रक के ड्राइवर से भी बातें कर लीं। मुरहाई पर ट्रेन पकड़ते हैं। वहाँ के लिए बात कर ली, जरूरत होने पर कुरुडा में गाड़ी पकड़ी जाएगी। वैगन मिलेगा। ठेकेदार ने ड्राइवर को भी बोतल दी। साल के एक-एक पके पेड़ का दाम वह पन्द्रह रुपए दे रहा था। किसी भी खर्च से उसका बेतहाशा मुनाफा कम नहीं हो रहा था। वह घनफुट के हिसाब से बेचेगा। उसने बनवारी को एक ट्रांजिस्टर दिया। बनवारी न बताता तो उसे पता भी न चलता कि बौने साल के देश में इस क्वालिटी के साल के पेड़ हैं। सारा रोजगार बड़े फायदे का है।

ठेकेदार ने अपनी जात के प्रसाद और मुलनी और लालचन्द की बर्बर अशिक्षा और अज्ञता की तारीफ की। बेचारों को पता ही नहीं, क्या माल दिए दे रहे हैं! बनवारी को उसने पेड़ पीछे एक रुपया चुपचाप दे दिया था। उसके बाद भी उसे काफी मुनाफा था। बहुतेरे पेड़ पाँच-सात बरस में काटने लायक हो जाएँगे। प्रसाद को हाथ में रखने की जरूरत है। जल्दी ही यह सब अंचल उधर तोहरी में और इधर निरला घाट में जुड़ जाएँगे। सड़क बन रही थी। सड़क बन जाने पर भविष्य में ट्रांसपोर्ट का खर्च बच जाएगा।

कुछ दिनों के बाद ठेकेदार तोहरी से एक डिब्बा मिठाई, एक हाँड़ी घी लेकर प्रसाद के घर आया। प्रसाद बोले, 'मेरी, मेहमान आए हैं। कुछ चाय-वाय ले आ।'

मेरी आज ही नहाई थी, जिससे खूब रगड़-पोंछकर साफ की हुई शक्ल चमक रही थी। बालों में तेल डालकर चोटी की हुई थी। छपी साड़ी आगे पल्ला डालकर पहनी हुई थी। हाथों और कानों में पीतल के गहने थे। ट्रे में चाय और खाने की चीज लेकर मेरी आई। तहसीलदारसिंह सीधा होकर बैठ गया। 'अरे बाब्बा! यह क्या लड़की है! इस जंगल में?'

प्रसादजी समझ गए। मेरी के बाहर जाते ही वे बोले, 'मेरी नौकरानी की लड़की है। उसकी माँ जब उसकी तरह जवान थी, उस समय...।'

मेरी के रूप का गोपनीय रहस्य बताकर वे उपसंहार में बोले, 'मेरा परिवार उसे बेटी मानता है, हम पर वह माँ-बाप की तरह भक्ति करती है।'

'सो तो होगा ही,' तहसीलदारसिंह बोला, 'नहीं तो सब लोग आपको बड़ा आदमी कैसे कहते हैं? बड़ा वही होता है जिसका कलेजा बड़ा हो।'

उसने मन-ही-मन सोचा कि इस जंगल में पेड़ काटने का रोजगार बड़े फायदे का है। मेरी उसके जंगल-प्रवास को और भी लाभप्रद बना सकती है।

मेरी तोहरी, कुरुडा और बाहर की दुनिया के नियमित मेलजोल का सेतु थी। रात में

जब प्रसादजी को वह दवा के लिए गरम पानी देने आई तो बोली, 'इस हरामी ने तो आपको धोखा दिया है। नफा पीट लिया। तोहरी से छीपाडोर तक सब हँस रहे हैं।'

प्रसादजी ने नकली दाँतों की पट्टी निकालकर पानी में रख दी। उसके बाद दवा खाई। थोड़ी देर बाद बोले, 'क्या करें, मेरी? रोड है नहीं, हमारी क्या सामर्थ्य है कि हम मुनाफे पर किसी को बेचें? जंगल में रहने पर यही होता है। बनवारी उसे ले आया। बनवारी गँवार है, बिलकुल अपनी माँ की तरह है। मैंने पहले 'न' कह दिया। उस पर लालचन्द और मुलनी गुस्सा हो गए। घर में भी बहुत आपत्ति हुई।'

'बनवारी ने भी रुपए लिये हैं।'

'तुझे पता है?'

'हमनी के मालूम है।'

'देख, कैसे दुख की बात है।'

ठंडी साँस लेकर प्रसादजी ने उसे एक रुपया दिया। इस तरह वे बीच-बीच में कुछ पैसे देते रहते थे। बोले, 'मेरा एक फल, भुट्टे का एक दाना न जाए उसके लिए तूने कितनी तकलीफ उठाई और अपना बेटा कुछ नहीं समझता। बता तो क्या किया जाए? मैं क्या जानता नहीं हूँ? मेरे मरने पर बेटा यह सब बेच-बाचकर भाग जाएगा।'

'बाद में जब पेड़ बेचेंगे, तो उतने दिनों में रोड बन जाएगी। उसको मत देना। खुद छीपाडोर जाना। बड़ी कम्पनी से बात कर काम कीजिएगा। उस समय नरम मत पड़िएगा।'

'ठीक कह रही है।'

मेरी ने कुरुडा में गाँव के बुजुर्गों से कहा, 'बारह आना और आठ आना! इतनी मजदूरी पर तोहरी या छीपाडोर में कोई कुली बाबू लोगों के बैग भी नहीं उठाता।'

गाँव के बूढ़े बोले, 'का करें, मेरी? मेरे ना कहने से गाँव के लोग बिगड़ जाते। कहते, कौन हमें यह पैसे देगा?'

मेरी बोली, 'उसे लालच हो गया है। पाँच-सात बरस में वह फिर आएगा। तब भाव कस के तीन रुपए, दो रुपए लेना। उसे देना पड़ेगा। नहीं तो यहाँ बाहर के आदमी वह कहाँ से लाएगा?'

'रोड नहीं है। काम मिलता नहीं, सब-कुछ जानती तो है।'

मेरी को लगा कि ठेकेदार की लोलुप नजर के हिसाब से उसने भी अपनी अक्ल के मुताबिक सब लोगों को उसका असली रूप बता दिया है।

लेकिन तहसीलदारसिंह उसकी बात नहीं भूला। कई दिन बाद मेरी जब भैंस की पीठ पर बैठ दूसरे जानवरों को हाँकती घर लौट रही थी, तब तहसीलदार आकर खड़ा हो गया। बोला, 'कैसी खूबसूरत है रे! तू तो हेमामालिनी-सी लग रही है।'

'का बोला?'

'तू तो हेमामालिनी-सी लग रही है।'

'तुम उल्लू की तरह लग रहे हो।'

तहसीलदारसिंह को इस बात से जैसे बड़ा सहारा मिला हो और वह नजदीक आया। मेरी ने भैंस को रोका नहीं। चलते-चलते उसने एक तेज किया हुआ दाब तेजी से निकाला और अलस स्वर में बोली, 'तुम्हारी तरह तंग पैंट, काला चश्मा लगाए ठेकेदार तोहरी की सड़कों

पर रुपए में दस मिलते हैं। उनको मैं यह दाब दिखा देती हूँ। विश्वास न हो तो जाकर पता लगा लो।'

तहसीलदार को उसके बात करने का ढंग बहुत आकर्षक लगा।

रात को खाने के लिए बैठने पर बनवारी बोला, 'मेरी ने मेरे दोस्त का अपमान किया है।'

'बात कहो भी बाप,' जवाब दिया मेरी ने, 'क्या अपमान किया तुम्हारे दोस्त का?'

'गुस्से में बात की थी।'

'इस बार बात कहकर छोड़ दिया। बाद में उस तरह की बदमाशी पर नाक काट लूँगी।'

बनवारी भी घबरा गया। बोला, 'क्या कोई बुरा किया?'

'मेरे लिए वह बुरी बात है। तुम्हारे लिए वह अच्छी बात हो सकती है।'

प्रसादजी बोले, 'तू उसे रोक देना। पेड़ खरीदने आया है। यह सब झगड़ा ठीक नहीं।'

मेरी ने भी तोहरी के बाजार में साल-गाछ बेचने की बात नहीं कही। घर की जमीन होने पर भी साल के पेड़ बेचना गैरकानूनी था। साल सरकारी पेड़ हैं।

'रख अपना कानून। कानून के हिसाब से कौन जमीन रखता है, इस अंचल में साल-गाछ कौन नहीं बचेता?'

मेरी ने बनवारी से सीधे-सीधे कहा, 'मैंने तुम लोगों की पेड़ों के बेचने की बात तोहरी बाजार में कही है।'

'कह रही है कि कही है? कहने को मना किया था?'

'मुझे होशियार करना पड़ेगा न।'

मेरी चली गई। प्रसादजी बोले, 'यह अच्छी बात नहीं है। अपने दोस्त से कह देना। घर पर लड़की की तरह रहती है। उससे उसका कुछ ऐसा-वैसा कहना मेरा अपमान है।'

बनवारी ने तहसीलदार से कहा, 'यह बहुत खचड़ी और गुस्सावर लड़की है। किसी को हाथ नहीं रखने देती।'

'कौन हाथ रखना चाहता है?'

'उसके सिवा उसकी शादी भी ठीक हो गई है।'

'कहाँ?'

'मुसलमान के घर।'

'राम-राम! क्या समाज में लड़का नहीं है?'

'उसकी पसन्द।'

तहसीलदार को यकीन ही नहीं हुआ कि कुरुडा से जंगली गाँव की मेरी ओराँव उसे उड़ा दे सकती है। पेड़ों पर निशान लगाना और कटाना, उनके टुकड़े करवाना और चालान करने के साथ-साथ ही वह मेरी के साथ लगा रहा। मेरी उसे हाथ नहीं रखने देगी, मुसलमान से ब्याह करेगी–इससे उसकी जिद बढ़ गई।

इसके बाद ही वह डाल्टनगंज से मेरी के लिए एक नाइलॉन की साड़ी खरीद ले आया और प्रसादजी के लिए मिठाई। प्रसादजी से बोला, 'बहुत आता-जाता रहता हूँ। चाय पिलाती है। एक कपड़ा दे रहा हूँ।' प्रसादजी लेने को राजी नहीं हुए, लेकिन तहसीलदार माना नहीं।

मेरी तोहरी गई हुई थी। लौटकर उसने कपड़े की बात सुनी। पहले उसने प्रसादजी को पैसों का हिसाब समझा दिया। उसके बाद साड़ी लेकर निकली।

तहसीलदार तम्बू में बैठा आदमी-औरतों को पैसे बाँट रहा था। काफी लोगों की भीड़ थी। उसी के बीच मेरी घुस गई और गन्दी गाली देकर साड़ी फेंक दी। बोली, 'मुझे सहरी रंडी समझ लिया है? कपड़ा देकर फुसलाना चाहता है? फिर बदमासी करेगा तो नाक काट लूँगी।' हाथों को हिलाती हुई वह गर्व के साथ निकल गई।

उन लोगों के सामने तहसीलदार का चेहरा उतर गया। कहनेवाला था कि अच्छे मन से एक चीज दी थी।

गाँव के बूढ़े बोले, 'फिर मत देना।'

'क्या कहा?'

'फिर मत देना।'

'ऊ का अच्छा औरत है? कोई अच्छी औरत मुसलमान के साथ सादी करेगा?'

'फिर मत कहना।'

सहसा तहसीलदार की समझ में आया कि वह और उसके आदमी संख्या में कम हैं। यही लोग ज्यादा हैं। सबके पास बलोया, कुल्हाड़ी या दाब है। वह चुप रहा।

रात को ड्राइवर ने भी उससे कहा, 'यह सब बेकार बात मत उठाइएगा। ये आदिवासी लोग खचड़े होते हैं। कोई थाने में पता करे तो मुश्किल होगी।'

ड्राइवर को मालूम था कि तहसीलदार के घर में पत्नी और बेटा थे। जानता था कि इसके बावजूद तहसीलदार औरतों के लिए मरता था। मेरी बहुत मोहनिया जरूर थी लेकिन उसके कारण आदिवासी लोगों को बिगाड़कर थाना-पुलिस करना बेवकूफी थी। मेरी अगर राजी होती तो कोई बात ही न थी। पर मेरी राजी न थी। तहसीलदार को यह ध्यान में रखना ही होगा।

इसके बाद प्रसादजी भी गम्भीर हो गए। भिकनी चाय लाने लगी। तहसीलदार ने उस घर में जाना छोड़ दिया। लेकिन मेरी की बात न छोड़ी।

मेरी जब गाय चराकर लौटती, तोहरी से लौटती, तोहरी वाले को कहकर तीन मील दूर मुरहाई स्टेशन जाती, हाट करने घूमने जाती तो तहसीलदार दूर-दूर रहकर उसका पीछा करता।

लड़कियाँ कहतीं, 'मेरी, वह ठेकेदार तुझे प्यार करता है।'

'हाथ नहीं आ रही हूँ, इसलिए। पाते ही प्यार उड़ जाएगा। मेरी माँ से भी तो साहब ने प्यार किया था।'

'तुझसे सादी करेगा।'

'उसकी औरत है।'

'तो उससे क्या?'

'छोड़ो उसकी बातें।'

पेड़ों की कटाई चलती रही। धीरे-धीरे जाड़ा कम हुआ। यहाँ ढाक के पेड़ मीलों में थे। पेड़ों में नई कोंपलें फूटी थीं। उसके बाद एक दिन पहान के घर नगाड़ा बजा। पता चला कि होली के दिन आदिवासियों का जो शिकार खेलने का नियम है, इस बार वह शिकार औरतें

करेंगी। बारह बरस तक आदमी लोग इस शिकार पर जाते रहे। उसके बाद आती है औरतों की पारी। आदमियों की तरह उन्होंने भी बलोया निकाले और तीर-कमान लिये। जंगलों और पहाड़ों पर गईं। साही, खरगोश, चिड़िया–जो मिलता वही मारतीं। उसके बाद सब मिलकर वन-भोजन करतीं, शराब पीतीं, गाने गातीं, शाम को घर लौटतीं। मर्द लोग जो कुछ करते, वे भी बिलकुल वही करतीं। बारह बरस में एक दिन मिलता। तब होली की आग जलाकर वे बातें करने बैठ जातीं। बुधनी ने कहा, 'उस बार हमने गुलदार मारा था। उन दिनों मैं जवान थी।'

बूढ़ियाँ गप्पें सुनतीं, प्रौढ़ाएँ खाना पकातीं, जवान लड़कियाँ गाना गातीं।

वे शिकार क्यों करती थीं, यह उन्हें पता न था। मरदों को मालूम था। हजारों-लाखों चाँदों से वे इस दिन शिकार खेलती थीं। एक दिन वन में जानवर थे, जीवन वन्य था, शिकार खेलने के अर्थ थे। अब वन शून्य हैं, जीवन का क्षय हो गया है और वह समाप्त हो गया है। शिकार खेलना अर्थहीन है। सचमुच, केवल एक दिन का आनन्द रह गया है।

तहसीलदार के बराबर एकाग्र पीछा करने से मेरी का धीरज छूटा जा रहा था। जालिम को भी पता चल सकता था। पता चलने से वह बिगड़ उठेगा। हो सकता है कि मौका मिलने पर तोहरी बाजार में तहसीलदार को मार बैठे। तहसीलदार के पास बहुत रुपए हैं, बहुत आदमी हैं। शहरी तिकड़में। कोई चोरी का मामला बनाकर अन्त में जालिम को फँसा सकता है।

इसके साथ ही तहसीलदार भी धीरज खोता जा रहा था। पेड़ों की कटाई जल्दी ही हो जाएगी। कारोबार समेटकर चले जाना होगा। तब क्या होगा? तहसीलदार ने एक दिन मेरी का हाथ पकड़ लिया।

अवसर अनुकूल था। इस बार मरदों को शिकार खेलना नहीं था। मर्द शराब पिएँगे, होली के नए-नए गाने बनाएँगे। साथ होकर गाने निकलेंगे, पैसे लेंगे। तहसीलदार ने उन्हें होली के लिए शराब देने को कहा था।

पेड़ काटने की जगह से घर लौटते हुए गाना, रोज गाना। एकरस वैचित्र्यहीन सुरों में। मेरी वही सुन रही थी। हाट से लौटी थी। सुनते-सुनते शाम हो गई। वह घर की ओर चली।

तहसीलदार जानता था कि वह आएगी। उसका हाथ पकड़कर तहसीलदार बोला, 'आज नहीं छोडूँगा।'

मेरी पहले तो घबरा गई। धर-पकड़ में दाब अलग जा पड़ा। बड़ी कोशिशों से, चुपचाप बहुत धक्कामुक्की के बाद मेरी छिटककर अलग हो सकी। दोनों ही उठकर खड़े हो गए। तहसीलदार की आँखों पर इस वक्त काला चश्मा नहीं था। लम्बी जुल्फें, लम्बे बाल, टेरीक्लाथ की पैंट, नुकीले जूते, बदन पर गहरे लाल रंग का कपड़ा। होली-गान की पृष्ठभूमि में मेरी को वह जानवर लगा। जा–न–व–र। इस शब्द ने मन में कहीं आघात किया। अचानक मेरी हँस पड़ी।

'मेरी!'

'ब्बस वहीं खड़ा रह। आगे न बढ़ना।'

'क्या देख रही है?'

'तुझे।'

'मैं तुझे...।'

'मुझे तुम बहुत चाहते हो। यही न?'

'बहुत।'

'अच्छा।'

'अच्छा क्या?'

'समझ गई कि सचमुच चाहते हो।'

'सचमुच चाहता हूँ। तुझ-सी लड़की मैंने नहीं देखी। तू लाख टके की है। वह बाजारी आदमी तेरी कदर करेगा? वह मुसलमान?'

'तुम तो करोगे?'

'जरूर। कपड़े दूँगा। गहने दूँगा...।'

'अच्छा!'

'सब-कुछ दूँगा।'

मेरी ने बहुत जोर से साँसें लीं। फिर बोली, 'आज नहीं। आज मैं अशुच हूँ।'

'कब, मेरी, कब?'

मेरी की आँखें और चेहरा कोमल पड़ गए। बोली, 'होली के दिन। तुम उस टीले के पास रहना। सब औरतें शिकार खेलने दूर-दूर जाएँगी। मैं तुम्हारे पास आऊँगी। तुम्हें पता तो है टीले का! तुम उसी पत्थर की ओट से मुझे देखा करते हो।'

'समझ गया।'

'तो उस रात ठीक रहा?'

'हाँ, मेरी!'

'लेकिन किसी को बताना मत। मरद को तो दोष नहीं लगता, औरत को दोष लगता है। मैं तो दूसरे बाप से हूँ इसीलिए मुसलमान से सादी कर रही थी।'

'अब तो नहीं करेगी?'

'अब करूँगी? तुम भी थोड़ा धीरज रखो। इस तरह मेरे पीछे मत घूमो।'

'तेरे लिए बहुत तकलीफें उठाईं...।'

'सब ठीक कर दूँगी। होली के दिन।'

मेरी ने उसके गाल पर हाथ फेरा। बोली, 'तुम बड़े अच्छे हो, पहले नहीं समझी थी।' झूमती हुई मेरी चली गई। उसे मालूम था कि आज तहसीलदार दूसरी बार उसे पीछे से नहीं दबोचेगा।

तीन

पिछली रात आग जली थी। आज भी जलेगी। कल रात होली की आग बहुत ऊपर उठकर बड़ी देर तक आकाश लाल किए रही। आज सवेरे से ही मर्द लोग मद में, गान में, अबीर में मत्त हो रहे थे। जो बहुत बूढ़े थे, उन्होंने रखवाली के लिए कुछ बच्चों को ले लिया था।

सब औरतें जंगल चली गई थीं। सब आदमी अपने-अपने घरों के आगे बलोया, कुल्हाड़ी, तीर-कमान लेकर जोश में तने खड़े थे। पहान के नगाड़े पर चोट मारते ही वे कुलकुली की तीखी आवाजों से आसमान चीरते हुए भागे। भिकनी प्रसादजी की एक कमीज और उनकी पत्नी का साया पहनकर भागी।

बुधनी, मुँगरी, सोमरी, सनीचरी—इनकी भागदौड़ का जमाना बीत गया था। वे शराब की बोतल, पकाने को दाल-चावल, बर्तन, नशे की चाट, मकई की खीलें, प्याज-मिर्चा लेकर खाली पड़े बम्फील्ड बँगले में गईं। वहाँ कुएँ का पानी था। मर्द भी शिकार के बाद वहीं पकाते-खाते थे। बुधनी ने औरतों से कहा, 'अपने जमाने में हम खरगोश-साही-तीतर कुछ-न-कुछ लिये बिना नहीं लौटते थे। देखें, तुम क्या करती हो? कैसा शिकार करती हो?'

मेरी ने आज जालिम की दी हुई नई साड़ी और पोत की माला पहनी थी। नाचते-नाचते बुधनी को पकड़कर वह बोली थी, 'सिकार खेलकर आने बाद तुझसे सादी कर लूँगी। तब मैं वर और तू बहू बनेंगे।'

'ऐसा ही होगा।'

'तुझे नचाऊँगी।'

'नाचूँगी।'

मेरी आज खुशी के मारे उछली पड़ रही थी। माँ के हाथ पर नकद दस रुपए रखकर उसने माँ की पाली हुई चार मुर्गियाँ मोल ली थीं। इस समय मुर्गियाँ सनीचरी के हाथों में थीं। मेरी ने दो बोतल शराब भी दी थी। यह अलग से था। औरतों ने पहले ही तहसीलदार से शराब माँग ली थी। तहसीलदार ने आदमियों को शराब के सिवा एक बकरा भी दिया था। कहा था, 'वह शाम को आकर सबको शहर का ट्विस नाच दिखाएगा। बोतल-पर-बोतल शराब पिएगा।' उसकी पेड़ों की कटाई हो गई थी। कटे पेड़ के टुकड़े पड़े हुए थे। बहुत थे। तहसीलदार ने बड़ी उदारता से उन्हें कुरुडा के लोगों को ईंधन के लिए दे दिया था। कहा था, 'फिर आऊँगा, तुम्हीं लोगों से पेड़ कटाऊँगा। उस वक्त तुम्हें शराब में डुबो दूँगा।'

बुधनी आदि के साथ चुहल करके मेरी भी भाग गई। सनीचरी बोली, 'ओह, आज मेरी कैसी लग रही है! जैसे मुलनीजी के बेटे की बहू हो।'

बुधनी बोली, 'वह ब्याह कर चली जाएगी तो कुरुडा अँधेरा हो जाएगा।'

मुँगरी बोली, 'टोली में कभी खाली हाथ नहीं आई। तुमने उसे देखा था, भूल गई, जवानी में भिकनी कैसी सुन्दर थी!'

सोमरी झूम रही थी और चल रही थी। सहसा वह आँखें मूँदकर गा उठी :

होली में अगिन रे होली में अगिन।
तुम देख-देख घर आना, भूले न रहना... ।

औरों ने उसके साथ टेक पकड़ी। विगतयौवना, प्रौढ़ा, चार पिलंक बूढ़ियाँ प्रेम के गीत गा रही थीं, धूप तेज हो रही थी, नशा जम रहा था। दूर-दूर पर नगाड़े और भोंपू की आवाजें थीं।

मेरी भाग चली। औरतें कुरुडा पहाड़ पर चढ़ रही थीं, जंगल में घुस रही थीं, नाले के किनारे जा रही थीं। मेरी मुसकराई। उन्हें शिकार नहीं मिलेगा। सारे खेलों की तरह शिकार के भी नियम होते हैं। साही-खरगोश-तीतर मारकर क्या होगा? चारा फेंककर बड़ा शिकार मारना होता है।

रंगीन साड़ी और लाल कुर्ती में मेरी इस समय चलते हुए पलाश गाछ-सी लग रही थी। जैसे हवा में पलाश के ढेर सारे फूल भागे जा रहे हों। चारों ओर पलाश-ही-पलाश थे। सारे लाल-लाल हो रहे थे। एक खरगोश भागता हुआ निकला। मेरी हँसी। उसे पता था कि वह

किस भिटे में रहता था। भाग जा। डर मत। मेरी ने हँसकर कहा, 'ओ शराब के नशे में कैसी मस्ती है! तहसीलदार, तहसीलदार, मैं आ गई।' स्वर ऊँचा होकर तेज प्यास में नाच रहा था। तहसीलदार उसे बहुत चाहता था। इस समय उसके निकट जालिम कुछ न था। तहसीलदार उसे कितनी उग्रता से चाह सकता है? कितनी डिग्री फॉरेनहाइट? मेरी की तरह उसका वन्य रक्त है? ऐसा साहस?

एक साही निकली। जा, चली जा। आज का दिन न होता तो मेरी उसे मारती, उसका मांस खाती। आज अधिक छोटे-से उसकी तबीयत नहीं भरेगी। शिकार चाहिए, बड़ा शिकार! मानुस चाहिए, तहसीलदार। दूर से टीला दिखाई दिया। सीधा, खड़ा पत्थर। ऊपर से कार्निस की तरह निकला हुआ पत्थर। वहाँ से गिटगिन्दा लता ने उतरकर लता-जाल बना लिया था। जालों के ऊपर पीले गिटगिन्दा के फूल थे। जाल के पीछे ओट थी। उसे सोचते ही मेरी का खून चौंक उठा। उसके बाद आगे बढ़कर लता-जाल के पीछे गड्ढा था, गड्ढे के किनारे अलग पत्थर था। गड्ढा कितना गहरा था, यह किसी को मालूम न था। किसी ने उसमें उतरकर नहीं देखा था। उसी अतल और शीतल अन्धकर में अगर उतरा जाए? वह तहसीलदार है। तहसीलदार की गहरे लाल रंग की शर्ट दिखाई दी।

विलायती शराब, सिगरेट, तहसीलदार।

'चलो जी, अन्दर चलो।'

'अन्दर कहाँ? तेरे अन्दर घुसें?'

'हाँ जी, हाँ।'

'गड्ढे के किनारे। लता-जाल की ओट।'

'पहले दारू पियो।'

'खाली दारू क्यों? सिगरेट दो।'

'कैसी लगी?'

'बहुत बढ़िया।'

'इतनी जल्दी-जल्दी मत पी।'

'नशा चाहिए न!'

'कितना?'

'बहुत-बहुत नशा चाहिए। और मद।' नशा हो रहा है। दिमाग में तारे चमक रहे हैं, बुझ रहे हैं। आह! नशे में आँखों के आगे झालर हो रही है। झालर झिलमिली है। झालर के उस पार तहसीलदार का चेहरा है। और मद। बोतल लुढ़क गई—गड्ढे की गहराई में—आवाज भी नहीं हुई। गड्ढा कितना गहरा है? अब चेहरा, हाँ अब बिलकुल शिकार की तरह हो रहा है।

मेरी ने दुलार से तहसीलदार के चेहरे पर हाथ फेरा, ओठों पर चुम्मी ली। तहसीलदार की आँखों में आग थी, मुँह फैला हुआ था, ओठों पर लार थी, दाँत झलक रहे थे। मेरी ने देखा। देखा, अब चेहरा बदलने लगा। अब! हाँ, जानवर हो गया।

'अब मुझको ले।'

मेरी ने हँसकर उसको जकड़ लिया, जमीन पर लिटा दिया। तहसीलदार हँस रहा था। मेरी ने दाब उठाया-नीचा किया, उठाया-नीचा किया।

कई लाख चाँद बीत गए। मेरी उठ खड़ी हुई। खून? कपड़ों पर? कपड़े? नाले में धो लेगी। तेजी की होशियारी से उसने तहसीलदार की जेब से पर्स लिया। बहुत से रुपए थे। कमर की गुथनी खोल अपने जमा किए रुपयों में उन रुपयों को रख लिया।

उसके बाद पहले तहसीलदार को गड्ढे में फेंका, उसका पर्स, सिगरेट और रूमाल भी। एक के बाद एक पत्थर। खून की गन्ध से रात को ही लकड़बग्घा चला आएगा, भेड़िया चाहे न आए।

मेरी निकल आई। नाले की ओर चली। नाले में उतर नंगी होकर नहाते-नहाते उसका चेहरा गहरे सन्तोष से भर गया। मानो पुरुष-संग करने के बाद उसे अन्तहीन तृप्ति मिली हो।

औरतों में सबसे अधिक मद मेरी ने पी थी, गान गाए, नाची, सबसे ले-लेकर मांस-भात खाया। शिकार नहीं मिला, इसलिए पहले तो सबने उसे चिढ़ाया। उसके बाद बुधनी बोली, 'देखो, कैसे खा रही है? मानो उसने सबसे बड़ा शिकार मारा हो।'

मेरी ने जूठे मुँह से ही बुधनी की एक चुम्मी ली। उसके बाद दो खाली बोतलें हाथ में ले उन्हें बजा-बजाकर नाचना शुरू किया। शाम की हवा ठंडी थी। सनीचरी ने आग जलाई।

मद और गान, मद और नाच। सभी जब आग को घेरकर चक्कर लगा-लगाकर नाच रहे थे, जब गा रहे थे–

हे हरमदेउ,
ऐसन होली बरिस-बरिस होय–
ऐसन सिकार बरिस-बरिस करी–
मद देहौं तोय,
मद देहौं...।

तब नाचते-नाचते मेरी पीछे हटने लगी। पीछे होते-होते अँधेरे में। वे लोग नाच रहे थे, खूब नाच रहे थे। मेरी अँधेरे में भाग चली। रास्ते उसके नाखूनों पर थे। कुरुडा पहाड़ पर होकर वह आज रात को पैदल सात मील तोहरी जाएगी। जालिम को बुलाएगी। तोहरी से बस जाती थी, लकड़ी के ट्रक जाते थे। वे लोग कहीं चले जाएँगे–राँची-हजारी बाग-गोमो-पटना। आज बड़े शिकार के बाद, उसे जालिम की जरूरत है।

दूर-दूर होली की आग थी। अँधेरे में, तारों की छाँह में रेल-लाइन देखकर राह चलते-चलते मेरी के मन में कोई डर न आया, किसी जानवर का डर। आज उसने सबसे बड़ा जानवर मारा है, इसलिए जंगली चौपायों के बारे में उसका रोज का, मन में समाया डर निकल चुका है।

तलाक

कुलसूम के निकाह के बाद कुलसूम ने अपने बाप से पूछा था, 'क्या देखा था उसमें? जर-जमीन कुछ नहीं, मांस–मुर्गी, कुछ नहीं? या कि तुम्हारे घर में कोई पालतू नहीं, इसलिए पालने का साध हो आया?'

लेकिन कुलसूम को बाद में समझ आया कि असगर बहुत ही ठंडे स्वभाव का इनसान था। झुककर रहना जानता था। कुलसूम से उसने कहा था, 'तेरा बाप तो रुपया देगा। मुर्गी पालकर, अंडे बेचकर अपना पेट नहीं चलेगा?'

कुलसूम के बाप ने रुपए बेटी के हाथों में दिया था। मुर्गी पालकर, बतख पालकर, अंडे बेचकर कुलसूम को जो मिलता, अपने ही पास रखती थी। असगर दिन-रात भूत की तरह खटता रहता। डायमंड हारबर पर अंडे-मुर्गी आदि बेचकर जो मिलता, सब बीवी को दे देता।

कुलसूम के मन में अब कोई दुख नहीं था। बड़ी बहन की तरह उसके पास पान के खेत नहीं थे। छोटी की तरह तीन-तीन हल। पर सुख था, शान्ति थी।

असगर ने कभी किसी दिन कुलसूम को शर्म-हया बेचकर गोबर उठाने या जलावन लाने को नहीं भेजा। जिन्दगी में कभी आज तक कुलसूम दुकान से सौदा नहीं लाई। सब जलते थे उससे। उसका बाप गनु अकसर एक-दो दिनों के लिए बेटी के पास रह जाया करता था। कहता, 'यहाँ बड़ी शान्ति है बेटी! फूली-दूली की गृहस्थी में पैसा तो बहुत है पर झगड़ा-फसाद भी कुछ कम नहीं।'

बहुत-बहुत दिनों तक तो शान्ति बनी रही। कुलसूम का बेटा स्कूल में पढ़-लिखकर जहाज में नौकरी करने लगा। बेटे की शादी हो गई। बेटा खिदिरपुर चला गया। सब कहते, 'गनु ने तीन बेटियों की तीन तरह से शादी की, मगर कूली ज्यादा सुखी हुई। देख, बेटा भी कैसे अपने पैरों पर खड़ा हो गया। क्यों न हो! बाप अपने बेटे को स्कूल पहुँचाने जाता था फिर लिवाने भी। खुद कुछ नहीं जानता, पर रोज चटाई बिछाकर, लालटेन जलाकर बेटे को पढ़ने बिठाता था। कूली के अच्छे भाग।'

सब कहते कूली का भाग्य अच्छा है। कूली बेटे का पैसा मिट्टी के नीचे लोटे में जमा करती थी, खुद अंडे बेचकर गृहस्थी चलाती थी। इस बरसात से पहले ही कूली छप्पर डालेगी, एक और कमरा बनाएगी, पर अचानक उसके सुख-सपनों पर किसी ने धूल डाल दी।

असगर ने मोहल्लेवालों के सामने उसे तीन तलाक दे दिया। यह असगर ही कहा करता था, 'नरमी से, झुककर नहीं रह सकते? कुछ-न-कुछ बोलना जरूरी है क्या? एक बात के

चलते भाई-भाई में खून-खराबा हो जाता है, एक तिनके से परलय की अगिन जल जाती है, नहीं जानती?'

वही असगर बीमार नाती को होमियोपैथी के डॉक्टर को दिखाए या बड़े डॉक्टर को इसी को लेकर कूली के साथ जोरदार बहस हो गई।

कूली ने कहा, 'यहीं पर तो है, निताई डॉक्टर सम्हाल लेगा। उसे छोड़कर ये लोग कलकत्ते जाकर बड़े डॉक्टर को दिखाएँगे।'

कूली की पुत्र-वधू असगर के चचेरे भाई की लड़की थी। बहू के बाप ने कहा, 'क्यों? पैसे की कमी नहीं फिर निताई डॉक्टर क्यों?'

असगर बोला, 'उस हरामजादी की बात मैं नहीं सुनता। मेरे खून का खून है। उसे मैं डायमंड हारबर ले जाऊँगा।'

कूली ने कहा, 'बहुत पैसों की गर्मी दिखा रहे हो?' असगर बोला, 'किसके लिए रुपया गाड़ रही है घर में?'

'तुम्हारे नाती के लिए गाय-बैल खरीदूँगी। बताया नहीं था?'

'पहले जान या दूध का बन्दोबस्त पहले, बता?'

'तुम ले जाकर दिखाओ, अगर पैसा हो तो?'

'तेरा रुपया है, इसलिए गरम हो रही है?'

'समझ ले ऐसा ही है, मुर्दाखोर?'

असगर गुस्से से पागल होकर गरजने लगा। कूली ने भी चीख-पुकारकर पड़ोसियों को जमा कर लिया। तब असगर ने रोब से कहा, 'जा, तुझे मैंने तलाक दिया।'

'तलाक दिया?'

'दिया।'

असगर ने चिल्लाते हुए कहा, 'तलाक! तलाक! तलाक!'

'ये तुमने क्या किया रे?'

कूली बेहोश हो गई।

होश तो आया पर, अभिमान न टूटा।

'पड़ा रहने दे सब-कुछ,' कहकर कूली पीतल के लोटे से चार-सौ रुपए लेकर, सोने की पेटी, चाँदी की करधनी लेकर पेट के फेंटे में बाँधकर सुबह-सवेरे बड़ी बहन फूली के घर पहुँच गई। बोली, 'जहाँ दो आँखें ले जाएँ, चली जाऊँगी। बेटा आकर फैसला करेगा। उस मुर्दाखोर का मुँह भी न देखूँगी।'

फूली ने कहा, 'तेरी उम्र पचास हो गई, उसकी भी उम्र लगभग साठ के करीब ही होगी? कहाँ जाएगी बता? यहीं रह जा। तेरे पास रुपए-पैसे हैं, तुझे क्या चिन्ता?'

कूली बोली, 'ऐसी नमकहरामी? रतौंधी है, तुम्हें ठीक से दिखाई नहीं देता। लालटेन लेकर मैं खड़ी बाट जोहती हूँ, तुम बहन के घर से जाने कब लौटकर आओगे? मोटी कथरी बिछाकर सोना चाहता है, इसलिए साड़ी फटने से पहले ही मैं कथरी बनाती हूँ। दालान में बेड़ा बाँधती हूँ, आँगन में साग-मिर्च उगाती, मिर्च के बिना खा नहीं पाते। उस बार मेडिकल पाइंट से तुम्हें नया चश्मा बनवा दिया। उसे भी तुमने खो दिया। दोबारा बनवा देती इस बार। किसलिए तलाक दे बैठे? नाती के खातिर? छोटे बच्चे को खाँसी नहीं होती? बुखार नहीं आता? निताई

डॉक्टर के इलाज से मेरा सन्निपात तक ठीक हो गया था उस बार, तो उसकी बीमारी ठीक नहीं होती क्या?'

'अब यह सब मत सोच।'

फूली अपने कामों में लग गई। मन-ही-मन बहुत खुश थी। दो-दो सौत लेकर गृहस्थी चलाती थी। रोज पति के साथ झगड़ती थी। कूली के पति-भाग्य से हमेशा फूली ईर्ष्या करती रही। खुशी से लबालब भरे दिल से फूली ने अपने छोटे बेटे से कहा, 'कँटिया फेंक जाकर। वो मछली के बिना खाती नहीं। और देख, उसके पास ही रहना। मौका देखकर बोलना, एक छाता खरीद दोगी।'

बड़ी बहन के घर रहते हुए ही उसे खबर मिली कि असगर का वही चचेरा भाई उसके घर आकर ठहरा है।

रोज मुर्गी पक रही थी। कूली का बेटा छुट्टी पर अब तक नहीं आया।

फूली ने कहा, 'कितने साल से गृहस्थी बनाई थी तूने! वहाँ अब दूसरा भोग लगा रहा है। जरूर अनजाने में तुझसे कोई गुनाह हुआ होगा। नहीं तो अल्लाह ने तुझे ऐसी सजा क्यों दी?'

कूली फूली को दस बातें सुनाकर छोटी बहन के घर रवाना हो गई। बहन-बहनोई ने कहा, 'हमेशा के लिए रह जा। हाथ में पैसा रहे तो तुम्हें क्या चिन्ता? दोबारा मुर्गी-बतख खरीद ले, एक कमरा डाल ले।'

'गृहस्थी पर थूक आई, दोबारा नहीं निगलूँगी।' कहकर कूली गुमसुम बैठी रही। सीने में जैसे लकड़ी के कोयले के अंगार धधक रहे थे। तिल-तिल कर बनाई गृहस्थी को पीछे छोड़कर क्या फिर से वही काम कर सकती थी? धान की बाली आने पर, उसे उबालकर बतखों को खिला पाएगी? शाम के नीम-अँधेरे में फिर से 'आ-ती-ती-ती' कहकर मुर्गी-बतखों को दड़बे में बन्द कर पाएगी?

बेटे ने आकर कहा, 'तुम वहाँ चलो माँ। सब बरबाद हो रहा है।'

'जाऊँ कैसे, पराये मर्द के साथ रहने? तेरा बाप अब पराया मर्द नहीं है?'

'बाप ने कहा...'

'क्या कहा?'

'जो हो गया सो हो गया। इसका उपाय हो सकता है, यही कह रहा था। उसके अलावा...'

'क्या?'

'बाप तो भात-पानी मुँह से नहीं लगाता। दिन-रात रोता है। कहता है ये मैंने क्या किया।'

कूली का मन अनजानी खुशी से भर गया।

'और क्या बोला?'

'जिसके कारण जिन्दा हूँ, उसे ही तलाक दे दिया। बहू का नाना कहता है, इसका रास्ता निकल सकता है।'

'कौन-सा रास्ता?'

बेटा पैर से मिट्टी खुरचने लगा। बोला, 'यह तो वही बताएँगे।'

वो सब दूली के घर आए। कूली के पैसों से पाँच जनों ने चाय-बिस्कुट-पान

खाया। बहू के नाना बुद्धिमान, विद्वान, प्राथमिक स्कूल के शिक्षक हैं। सब उन्हें मानते हैं।

कूली घर के भीतर खड़ी सब सुनती रही। गला खखारकर बहू के नाना कहने लगे, 'हारा, तो बेटी क्या अपनी गृहस्थी वापसी चाहती है? पति को पाना चाहती है?'

कूली की आँखों में आँसू आ गए। हारा ने कहा, 'जरूर चाहती है।'

'फिर क्या बात? कुल बीस रुपयों का मामला है।' दोबारा कुलसूम निकाह में बैठेगी। गाँव का इरफान मंडल राजी था। साथ रहने के, कई रात बिताने पर इरफान कूली को तलाक दे देगा। तब असगर उसे ब्याह कर घर ले जाएगा।

सुनते ही कूली छि-छि-छि! करने लगी। पैंतीस सालों के विवाहित जीवन में एक बार भी किसी दूसरे की तरफ देखा तक नहीं। बेटे को सामने बिठाकर बहनोई को भात परोसा है। आज, इस उम्र में, सत्ताईस साल के बेटे के सामने यह काम करना पड़ेगा?

'तब जा मर।' कहते हुए पाँचों गुस्से से उठकर चले गए।

अगले दिन असगर रोते-रोते आ पहुँचा। बोला, 'फूली, उससे बोल ऐसा नहीं करेगी तो गौना कैसे होगा। नहीं तो मैं इस बात पर हामी भरूँगा।'

'अरे बाबा, मैं ना सुनती पाँच जनों की बात।'

'बोल जाकर, मैं आत्महत्या करूँगा। फॉलीडल खा लूँगा।'

कूली ने भीतर से पुकारते हुए कहा, 'दूली, बोल दे जाकर, जो आदमी मुझे सौदा खरीदने नहीं देता था, बाहर निकलने नहीं देता था, वो मुझसे ऐसी बात कैसे कह रहा है?'

रोते-राते असगर लौट गया।

कई दिनों बाद खबर मिली कि सब-कुछ बेच-बाचकर असगर फकीर हो रहा था। बत्तख-मुर्गी, घर-बार, सब निताई डॉक्टर ने पाँच सौ रुपए में खरीद लिया था।

कूली दिन-भर तो चुप रही। उसके बाद बोली, 'हाथ की चूड़ियाँ, चाँदी के बिछुए, सब-कुछ तो छोड़ आई थी, दूली। सहजन तले दबा रखा था, ले आती हूँ।'

'हारा का बाप घर में होगा, तू जाएगी?'

'गई और आई। निताई डॉक्टर के घर मुझे क्यों जाने देंगे?'

दूली और बहनोई आँखों ही आँखों में मुसकराए। सब-कुछ चाहे उनका न भी हो, कुछ तो होगा।

'अकेली जाएगी?'

'बूढ़ी हो गई। डर किस बात का?'

रात-रात में पाँच मील पैदल चलकर कूली अपने घर पहुँची। सब सुनसान था। बड़ी चटाई बिछाकर असगर लेटा हुआ था।

कूली ने उसके पास जाकर धरती पर अपने पैरों से आवाज की।

'बहू आई है क्या?'

'मर मुर्दाखोर। मैं तेरी बीवी कैसे रे! सुन, मेरे पेट से बँधे फेंटे में सब रुपया-गहना है। दूली को धोखा देकर छोड़ आई हूँ। चल, रात-रात ही में निकल भागें दोनों?'

'कैसे?'

'रेलगाड़ी से? उस बार देखा था ना? कोलकाता जाएँगे, बेक-बागान में रहेंगे। घर ले

लेंगे। तुम एक तरफ रहना मैं दूसरी तरफ। नहीं तो कुछ काम करेंगे। नहीं तो तुम बीड़ी बाँधना। मैं तुम्हारे लिए भात पका दिया करूँगी? तुम परोस लेना। कोई गौना नहीं होगा!'

'एक घर में ऐसे?'

'मुझे दमे के रोगी इरफान के घर धकेलने से तो यह अच्छा है कि नहीं?'

'हारा क्या सोचेगा?'

'जो मन आए सोचे। कह देंगे हम मर्द-औरत की तरह नहीं रहते, भैया। बुढ़ा गए, पर आदत हो गई है, इसलिए कोई कहे गौना किया है तो कहना किया है।'

'लोगों को पता चलेगा तब?'

'जो मर्जी बोलें। चलो, उठो।'

रात को दोनों चोरों की भाँति रेलवे स्टेशन की ओर चलने लगे। कल गाँव-भर में सब छि-छि करेंगे। पर कूली को कुछ परवाह नहीं।

असगर ने कहा, 'कुछ दिखाई नहीं देता रे? हाथ तो पकड़ ले।'

'लाठी आगे करो, एक सिरा पकड़ लेती हूँ। अब क्या मैं तुम्हारा हाथ पकड़ सकती हूँ? देखकर पाँव धरना। पगडंडी पर ठोकर लगेगी।'

बाढ़

भादों के महीने में चौका-पूजन का दिन आया है। ऐसे समय में प्रत्येक गृहस्थ मनसा-पेड़ ढूँढ़ता है। रूपसी बागदी का बेटा चिनीबास मनसा पेड़ ढूँढ़ने गया। मनसा-पेड़ को पूर्वस्थली के गृहस्थ आँगन में रोपते हैं। मनसा वास्तु है। मनसा खेतों में धान, गाय के थनों में दूध, पोखर में माछ, गृहस्थ स्त्री की गोद में बेटा देता है। परन्तु घर-घर में मनसा-पेड़ नहीं होता। चौका-पूजन के अगले दिन चूल्हा नहीं जलता।

'माँ, चौका-पूजन नहीं करेगी?' चिनीबास ने पूछा।

'नहीं बाप, इस बार हमारी पूजा नहीं होगी।'

'क्यों माँ?'

'इस सन् में तेरे कटोआ के ताया गुजर गए ना?'

'तुझसे किसने कहा?'

'मैं जानती हूँ।'

चिनीबास हैरान होकर सोचने लगा–यह कैसी बात हुई? पिछले साल तो चौका-पूजन के दिन माँ ने कुप्पी जलाकर, बैठे-बैठे न जाने क्या-क्या पकाया था। शोल मछली की चटनी, नारियल-से अरुई के साग की तरकारी, तीता-पूँटी, मछली की भुजिया, सरल-पूँटी का शोरबा, मया-मछली और बैंगन की तरी, पिसे चावल के साथ ढेंकी का साग, पाट के पत्ते में पिसे दाल को भरकर पकौड़े और ताल के बड़े। अगले दिन सुबह-शाम चिनीबास यही खाता रहा था।

यह साल बहुत दुर्दिनों से भरा है। इधर गंगा में बाढ़ और उधर छोटी नदी भी लबालब भरी है। चिनीबास ने सुना है अंजना नदी में तीन बाँस अगर एक के ऊपर एक खड़ा किया जाए तो भी डूब जाएँ, ऐसा बहाव है। सब कहते हैं बाढ़ आने वाली है। बाढ़ कैसी होती है यह तो चिनीबास ने कभी देखा नहीं। चिनीबास की माँ जब छोटी थी, सुना है, तब कटोआ के गंगा में बाढ़ आई थी।

चिनीबास की माँ ने नारियल-पत्रों का रेशा छीलकर तिनके निकाले थे। कम-से-कम दस नए झाड़ू बाँधकर देने होंगे, नहीं तो आचार्य-बाड़ी का काम नहीं चलेगा।

'माँ, बाढ़ कैसे आती है रे?'

चिनीबास की बात सुनकर रूपसी बहुत झुंझला उठी। बोली, 'देखना कभी।'

रूपसी की माँ गाब-पेड़ के गोंद से बाँस की मछली पकड़नेवाले कँटिये की पॉलिश कर रही थी, वह बोली, 'अरे देखेगा, जरूर देखेगा, बाढ़ आएगी, लाशें सड़ेंगी, सियार-गिद्ध मनुष्य को फाड़-फाड़कर खाएँगे।'

‘उफ, कैसी बातें करती हो माँ?’ रूपसी ने मृदु स्वर में डाँटते हुए कहा।

‘सच बात है रे, सच बात! कीट-पतंग बह जाएँगे, हाथी-घोड़े जीएँगे, यह तो शास्त्र में लिखा है।’

‘सब तो कह रहे हैं, इस बाढ़ में कोई नहीं मरेगा?’ चिनीबास ने फिर पूछा।

‘वो तो गोरा-प्रेम की बाढ़ की बात? उतो मैं नहीं जानती बाबू। मैंने तो सुना शान्तिपुर-कटोआ के जन-मनुष्य के मुँह में कोई और बात ही नहीं। सुनकर मैं हँसते-हँसते लोटपोट हो गई। हाट में पहुँची तो देखा वहाँ भी सभी एक ही बात कह रहे थे। मैंने जिससे भी पूछा, बात क्या है? उसी ने कहा, अरी बागदी-बहू, बात क्या है, ये तो हम भी नहीं समझ पा रहे। केवल सुना है, गौरांग संन्यासी ऊँचे को नीचा और नीचे को ऊँचा कर देंगे कहते हुए नाच-नाच कर इधर-उधर घूम रहे हैं। सुनकर मैंने पूछा—हाँ भाई, फिर क्या हम लोग भी ठाकुर के तालाब से पानी लेंगे, उनकी तरह पलंग पर सोएँगे, लावा-लाई जो मन में आए वही खाएँगे? अगर ऐसा न हुआ तो मैं गोरा-प्रेम की बाढ़ में क्यों बहूँ? मुझे सब कोसने लगे, मैं तो बछिये को ढूँढ़कर चली आई। इ कौन-सी बाढ़ है रे बाबा?’

‘माँ!’ रूपसी ने ऊँची आवाज में कहा।

‘अरी ओ देखना! अंग तो जैसे भस्म हो गया।’

‘तूने तो माँ, गौरांग को देखा नहीं?’

‘क्यों देखूँ भला? गौरांग क्या मुझे राज-पाट देंगे?’

‘जा फिर, मछली पकड़ जाकर!’

‘अरी ओ, रूप पर मत इतरा। मछली पकड़ना आज बुरा काम हो गया। यही मछलियाँ पकड़-पकड़कर तुझे इतना बड़ा किया है।’

चिनीबास ने देखा हवा उलटी बहने लगी है। मनसा-पेड़ ले या नहीं यह जानने की खातिर वह हवा से भी आगे दौड़ता हुआ आचार्य-बाड़ी चला गया।

पूर्वस्थली का आचार्य परिवार बहुत ही धार्मिक, भरा-पूरा गृहस्थ है। इस समय ऐसे कम ही गृहस्थ होंगे जो नित्य कंगाली भोजन कराने में समर्थ हैं। परन्तु बड़े आचार्य के आँगन में दोपहर ढले तक अब भी एक सौ पत्ते डाले जाते हैं। नवद्वीप के गौरांग संन्यासी का समाचार तो अब हवा से पहले पहुँच जाता है। आजकल वे गौड़ से शान्तिपुर जाकर मातृ-दर्शन करके पुनः नीलाचल की ओर जा रहे हैं। बड़े आचार्य की इच्छा है कि इस पथ से निमाई अगर जाएँ तो उनके घर दो दिन रहें।

‘अजी ऐसा क्यों?’ उनकी आचार्यानी ने पूछा, ‘बड़े आचार्य तो भूपति, महाजन और धनी-मानी मनुष्य देखकर ही उनका सम्मान करते हैं। युवक संन्यासी को यह सम्मान क्यों?’

‘क्यों! क्यों क्या जी? मैं दस जनों को खिलाता क्यों हूँ?’

‘पुण्य कमाते हो।’

‘पुण्य कमाता हूँ! इसे ही कहते हैं—स्त्री-बुद्धि। दस जनों को भात दो, कपड़ा दो, तो सब तुम्हें सिर पर उठाकर रखेंगे।’

‘गौरांग का सम्मान क्यों करते हो?’

‘अजी, गौरांग अभी नया-नया है! मनुष्य अभी गौरांग के नाम पर शीघ्र ही बस में हो

जाता है। जो व्यक्ति गौरांग को भजता है, समाज में उसी का सम्मान है। शान्तिपुर के बुनकरों ने भी, जब गौरांग नगर में गए थे, तब कंगालों को कपड़े बाँटकर नाम कमाया था। अगर मैं भी कुछ करूँ तो मेरा भी नाम होगा।'

'अजी, आप तो अधिक व्यय करने से घबराते हो। मैं तो गौरांग संन्यासी आएँगे, उसके चेले-चामुंडे भी इतने सारे! कितना खर्चा हो जाएगा, यही सोच-सोचकर मर रही हूँ।'

'अरे स्त्री-बुद्धि! गौरांग अभी कृष्ण-नाम का मतवाला है। वह मनुष्य तो एक ही बार आएगा, एक बार थोड़ा खर्चा हो ही जाएगा। तुम समझती नहीं हो। इससे मेरा यश दसों दिशाओं में फैल जाएगा।'

'सुना है वे लोगों को बुला-बुलाकर चंडालों तक से गले मिलते हैं। इस बात को जानकर तो मैं हैरान रह गई, जी!'

'गले मिले तो क्या? गला तो उन्हीं के साथ ही चला जाएगा। उनके जाने के बाद चंडाल-बागदी जैसे थे, फिर वैसे ही रहेंगे। तुम्हें इन सब बातों से क्या काम? जाओ रसोई पूजा के काम में लग जाओ!'

बड़ी आचार्यानी दीर्घ श्वास लेती हुई बाहर आ गईं। आचार्य तो बोलकर ही छुटकारा पा गए। बैठे-बैठे सौ-दो सौ लोगों का खाना पकाएँ, अब क्या वो दिन रहे हैं? सबके लिए भोजन पकाकर भात खाते-खाते साँझ हो जाती है। अँगीठी पर रात के लिए दाल-भात चढ़ाकर तब वे खाने बैठती हैं।

'कौन हे रे?'

आँगन के एक कोने में चिनीबास खड़ा हुआ था।

'मैं चिनीबास हूँ जी!'

'कौन?'

'रूपसी बागदिन का बेटा। माँ ने पूछा है, आपको क्या मनसा-गाछ ला दूँ!'

बड़ी आचार्यानी की पूरी देह जल उठी। कितना अपशकुन, कितना अशुभ है देखो! अभी ठाकुर का भोग लगाने जाऊँगी, इसी समय, इस बागदी के बेटे ने अपना मुँह दिखा दिया?

'इतना बड़ा पेड़ है जी!'

चिनीबास ने दोनों हाथों को फैलाते हुए दिखाया। रसोई के दुआर से गरम-गरम भात की महक आ रही है। बाभन-माँ दाल की हँड़िया में न जाने कितना सारा तो घी डालती है। दूध मिलाकर लौकी का साफ-सफेद 'शुक्तो' बनाती है और भूली-बड़ी नारियल की तरकारी। सब घी से चपाचप, घी के तड़के की सुगन्ध से भरे-भरे। कितने दिन हुए चिनीबास ने गरम भात नहीं खाया। कितने दिन हो गए बाभन-बाड़ी भी नहीं गया।

'ठीक है, बाद में बताऊँगी, जा घर जा।'

'बाभन-माँ, चौका-पूजन कब है जी?'

'सोमवार को।'

'अरुई का साग ला दूँ?'

'नहीं बाबा, जा यहाँ से।'

यह लड़का जब बाभन-माँ कहता है तो आचार्यानी सिर से पैर तक सुलग उठती है। रूपसी बागदिन की तरह गरीब इस पूर्वस्थली में कोई नहीं है। पेट-भर खाने को नहीं, सिर

के बालों में जटाएँ बँध गई हैं, फिर भी उसका रूप नहीं मरता। बेटा भी चाँद का टुकड़ा है। आचार्यानी ने बेटे की रट लगाकर इतनी बार व्रत-पूजा किए पर हर बार कलौंजी की भाँति कई लड़कियाँ मिलीं, तभी तो कर्ता-बाबू छोटी आचार्यानी को ले आए!

'जैसे आँखों से ही निगल लेगा।'

आचार्यानी ने तिरछी नजरों से देखा कि चिनीबास कहाँ खड़ा है। आँगन के कोने में वो शरीफा का पेड़ ही लक्ष्मण-रेखा है। बागदी हो या मछुआरा, गृहस्थ के परिवार में तो सबकी जरूरत पड़ती है, पर, सभी उस शरीफे के पेड़ के उस पार से ही बात करके चले जाते हैं। चिनीबास अँगूठे के बल ऊँचा होकर जाने क्या देखने की कोशिश कर रहा है।

छोटी आचार्यानी बेटे को गोद में लिये चौखट तक आकर खड़ी हुई पर फिर उसी क्षण घर में घुस गई। बच्चा बहुत ही बीमार रहता है। चिनीबास की नजर लगेगी तो फिर बीमार हो जाएगा।

'उसे एक पाव लाई दे देना दीदी!' छोटी आचार्यानी ने घर के भीतर से पुकारते हुए कहा, 'लाई लेकर खुश होकर चला जा बाबा! मेरे बेटे की तरफ मत देख।' चिनीबास की दोनों आँखें जैसे हमेशा कुछ खाने की वस्तु खोजती हैं। कहाँ से इतनी भूख लगती है, कौन जाने!

'ले लाई लेकर चला जा।'

चिनीबास के सिर पर कौन-सा भूत सवार हुआ कौन जाने! उसने अचानक बड़ी आचार्यानी से पूछा, 'हाँ जी, बाभन-माँ, सोना के गौरांग आने पर सुना है हम सब एक ही चबूतरे पर बैठकर प्रसाद लेंगे।'

'क्या कहा?'

बड़ी आचार्यानी ने ऊँची आवाज में चीखना शुरू किया। इस चीख-पुकार का बहुत सा हिस्सा अपने पति के विरुद्ध आक्षेप था।

'अजी सुनो, वे चंडाल—बागदी को लेकर नाच रहे हैं, नाचने दो! मनुष्य हैं या देउता या वे क्या वस्तु हैं, हम क्या जाने? वे बाढ़ ला रहे हैं, बाढ़ के साथ बहकर चले जाएँगे। हमें तो इस गाँव में पूरा जीवन बिताना है। हम क्यों उसके साथ नाचें?'

रूपसी बागदी के विरुद्ध भी अनेक जहर उगला था। बुरी औरत है। उसका बेटा भी बुरा है, गाँव-भर का कलंक है।

छोटी आचार्यानी जल्दी से एक लोटा पानी और एक मिसरी का टुकड़ा ले आई। कारण-अकारण बड़ी आचार्यानी इसी तरह चिल्लाती हैं। चीखते-चीखते उसके मुँह से थूक निकलने लगती है। तब मिसरी का एक टुकड़ा और एक लोटा पानी पीकर शान्त होती हैं।

चिनीबास तो खूँटे में लाई बाँधकर दौड़ा। दौड़ते-दौड़ते आखिरकार नदी के तट पर पहुँच गया। नदी का पानी तीर को छू रहा था। इतने पानी में मछली नहीं पकड़ी जाती। पर घोंघा-गुगली बहुत मिल जाते हैं। चिनीबास की नानी शायद नारियल के पत्ते छीलकर गुगली इकट्ठा करने आई है। बुढ़िया ने चैन से बैठना तो सीखा ही नहीं।

'गुगली बटोरकर क्या करेगी आई?'

चिनीबास ने बड़ी आशा से पूछा। कविराज महाशय के ससुर की आँख में मोतियाबिन्द हो गया है। गुगली का शोरबा खाने से आँखें ठीक रहती हैं, इसलिए कविराज-पत्नी

कभी-कभी बापू के लिए गुगली रख देती हैं। कभी मुट्ठी भर चावल देती हैं, कभी एक कुम्हड़ा। नानी ने नाती की बात सुनकर कहा, 'अरे, ऐसे ही! कोई अगर ले तो ठीक है। नहीं तो गुगली के गूदे और अरुई साग से तरकारी बनाऊँगी। तुझे लाई किसने दिया? आचार्य की बहू ने?'

'हाँ,' चिनीबास जल्दी-जल्दी गालों में लाई डालने में व्यस्त रहा।

रूपसी की माँ, चिनीबास की नानी ने जाने इस समय किसे याद करते हुए मुँह चिढ़ाकर गाली दी। बोली, 'तब तो कितनी बातें, यह देंगे, वो देंगे, कपड़ा देंगे, सब जिम्मेदारी उठाएँगे। अब क्या सब-कुछ भूल गए?'

'कौन आई?'

'तेरा शत्रु, तेरी माँ का शत्रु!'

चिनीबास बहुत देर तक अपनी नानी के साथ गुगली बटोरता रहा, जब तक कि हाथ-पाँव पानी में भीग-भीगकर सुन्न नहीं हो गए। फिर घर लौटते हुए चिनीबास बोला, 'इस बाढ़ के बारे में नहीं, उस बाढ़ के बारे में कुछ बता आई!'

'परलय बाढ़!' बुढ़िया ने तभी सिर हिलाया।

'कैसा था?'

'तेरी माँ तब जवान लड़की थी। रूप-रंग जैसे फूट-फूटकर बाहर आ रहा था। सुबह से ही हलकी बूँदाबाँदी हो रही थी, जैसे हवा में तुष उड़ रहा हो। और हवा की कैसी आवाज थी!'

'उसके बाद?'

'बाढ़ आते-आते हम सब बड़े आचार्य के दालान में खड़े हो गए। कितने ही लोग पेड़ों पर चढ़ गए, कितने लोग तो बह गए। लोगों को कीट-पतंगों की भाँति मरते देखकर ब्राह्मण ने सबको दालान-आँगन में शरण दे दिया।'

'उसके बाद?'

कहानी का यह स्थल चिनीबास को बहुत प्रिय है। बार-बार वह यह किस्सा सुन सकता है, ताकि यह बातें सुनने को मिलें। परी-कथा से भी आश्चर्यजनक कथा है। बाढ़ के समय सभी मनुष्य निश्चय ही देवता बन गए थे, नहीं तो ऐसी घटना कैसे घट सकती थी?

'अन्न के बिना प्राणियों को मरते देखकर ब्राह्मण ने टोकरी भर-भरकर चिड़वा-लाई-बतासा देकर सबके प्राण बचाए! जिन्हें पकाने का स्थान मिला, उन्हें दाल-चावल भी दिया था।'

'मेरी माँ को?'

'ब्राह्मणों ने रंगीन साड़ी दी। तन का कपड़ा तो तार-तार हो गया था।'

'उसके बाद?'

'नई गोशाला में हमें रहने की जगह दी।'

'उसके बाद?'

'मचान से सूखी लकड़ी, दाल-चावल-तेल-नमक-सीधा भरकर, अनाज-तरकारी, माछ—सब दिया था। पानी उतर जाने पर जो जहाँ से आया था, अपने घर लौट गया परन्तु रूपसी और उसकी माँ के लिए बड़े आचार्य की चिन्ता का पारावार न था, कितने चिन्तित रहते थे! उनके समान दुखी और कौन है? कौन है जो इस तरह गाँव के कोने में पड़ा रहता है?

कितने दिनों तक उन्हें अपने पास शरण दी, उसके बाद अपने मुलाजिम के साथ रूपसी का ब्याह कर दिया, ब्याह के बाद बरस पूरा होने से पहले ही चिनीबास का जन्म हुआ। परन्तु रूपसी का पति बुखार में तपकर मर गया।'

'ओ आई, उसके बाद?'

'तेरे होने तक भी दया थी मन में। अब जैसे सिर्फ लाई देकर ही विदा कर देते हैं, ऐसे निर्मोही नहीं थे।'

चिनीबास की नानी और भी कुछ बोलने वाली थी, पर चुप हो गई। और तभी उन्हें ढाक की आवाज सुनाई दी। ढोलकर बजाकर बड़े आचार्य सबको अपने घर जाने का न्योता दे रहे थे। कीर्तन, ठाकुर-सेवा, प्रसाद-वितरण, और गौरांग-दर्शन होगा। सब जाएँगे। दिवाकर चक्रवर्ती जैसे ब्राह्मण और चिनीबास जैसे बागदी, सभी जाएँगे।

अरे बाप रे! सचमुच ब्राह्मण सभी को बुला रहे हैं, सबको खिलाएँगे? चिनीबास की नानी कुछ समझी, कुछ नासमझी में जोर-जोर से सिर हिलाने लगी। यह बाढ़ भी तो उस गंगा की बाढ़ की तरह ही लग रहा है। सभी एक ही स्थान पर खड़े होंगे, बैठेंगे, एक साथ चिड़वा-लाई बाँटकर खाएँगे?

'अरे आई, चिड़वा-लाई नहीं! भात पकेगा, परमान्न, घी के तड़केवाली दाल, और नारियल कुम्हड़े की तरकारी! ग्वाले की बहू ने बहुत अच्छी दही जमाई है, जानती है?'

'जा माँ से जाकर बोल कि कपड़े-लत्ते साबुन में उबालकर साफ करे। थोड़ा-सा तेल ला सकता है? सिर तो जैसे संन्यासी की जटाएँ बन चुका है, हे माँ! ऐसा सिर लेकर कैसे जाऊँगी?'

चिनीबास तो जैसे हवा से भी तीव्र वेग से उड़ते हुए माँ को खबर सुनाने चल दिया। रूपसी ने बारम्बार हाथ जोड़कर माथे से लगाया। यह कोई आसान बात है? ओह, अगर वे चिनीबास के सिर पर हाथ रखकर, आशीर्वाद दें! तब तो सभी समझ जाएँगे कि चिनीबास भी इनसान है, रूपसी भी इनसान है। एक और मनुष्य हैं इस गाँव में, अहंकार से सिर ऊँचा किए घूमते हैं। रूपसी के मन में तीव्र इच्छा जागती है, गौरांग से पूछे अथवा किसी से पुछवाए, एक अहंकारी पुरुष की एक सन्तान बागदी है, सिर्फ इसी कारण हमेशा गरीब ही रहेगा, उनके घर के इस लड़के को सौ हिस्से का एक हिस्सा भी न मिलेगा, यह कैसा न्याय है?

रूपसी को ऐसा प्रतीत होने लगा जैसे गौरांग आ गए हैं, मानो उन्होंने चिनीबास को अपने सीने से लगा लिया है। जैसे, रूपसी के सब दुख, सब दरिद्रता दूर हो गए हैं।

परन्तु गौरांग नहीं आए।

शान्तिपुर-कटोआ होते हुए कुमारहट्ट के रास्ते पर चले गए। संन्यास लेने के कुछ ही वर्षों में लोग मधुमक्खियों की तरह उनके चारों ओर मँडराते रहते हैं। मनुष्य के केवल सिर-ही-सिर दिखाई देते हैं। सब उनके दर्शन चाहते हैं, सब उनके पैर छूना चाहते हैं। अन्धा कहता है, मुझे छुओ, दृष्टि मिल जाए। लँगड़ा कहता है, हे ठाकुर, मेरे पैर लौटा दो। मरणासन्न पुत्र को गोद में उठाए माता आकर उनके चरणों में रख देना चाहती है, पुत्र-सन्तान जन्म लेकर जीवित क्यों नहीं रहता, यह तो बता दो।

ऐसी ही हजारों लोगों की हजारों प्रार्थनाएँ। लोगों का रेला आता ही रहा, आता ही रहा। तीव्र इच्छा होते हुए भी इस यात्रा में वे चिनीबास के गाँव के निकट भी न पहुँच पाए।

लोगों की भीड़, आचार्य-बाड़ी के सामने कितनी देर तक बैठी रही। केवल गौरांग-दर्शन के कारण नहीं। पेट की ज्वाला सबसे बड़ी ज्वाला होती है। भरपेट खाएँगे, इसलिए माँ-बेटे, बूढ़े-बूढ़ी, काने-लँगड़े, अनाथ-अस्वस्थ सभी आकर बैठे रहे। और वैसी ही हलकी बूँदाबाँदी! आकाश को जाने किसने सिर की सौगन्ध देते हुए कहा है, 'जल बरसाओ रे, तुम किसी भी तरह थमना नहीं।' उस बरसात में ही बाढ़ आती है, लगातार एक पहर के बाद पहर भीगते रहने के बाद किसी ने किसी से कहा। सभी बड़ी आशा लिये बैठे रहे कि किसी-न-किसी समय तो परसाद के लिए बुलावा आएगा।

साँझ होते ही लाई-बतासा की टोकरी लिये नौकर लोगों की भीड़ के बीच पहुँच गए। चिनीबास वगैरह में से कोई भी आँगन तक नहीं गए थे, परन्तु एक नौकर ने मधुर स्वर में कहा, 'अगर वे आते, तो तुम जरूर आँगन पर चढ़ सकते थे, हम बुला-बुलाकर तुम सबको बिठाते। पर वे तो आए नहीं, अब आँगन में चढ़कर कीचड़ से गन्दा करने का कोई लाभ तो होगा नहीं?'

'तो...लाई-बतासा क्यों देते हो? परसाद मिलेगा, कहा था न?'

'यदि वे आते तो परसाद जरूर पकता। इधर कीर्तन होता, होते-होते परसाद भी बनता। तुम सबको परसाद मिलता। जुगाड़ भी था, सब-कुछ था रे! पर जब वे आए ही नहीं, तब परसाद कैसे बनेगा, जरा बताओ?'

'पर हम तो खाने की आस लेकर आए हैं, भाई!'

'लो सुनो बात! आए तो थे संन्यासी के दर्शन करने, खाना खाने आए थे क्या?'

'हाँ भाई।'

'अब ले लो, तुम्हारे साथ बकवास करना मेरे बस का नहीं। ठाकुर-दर्शन से ज्यादा तुम्हें खाने की पड़ी है। इसीलिए तो तुम्हारे दुख दूर नहीं होते, समझे लो, लाई-बतासा ले लो।'

कितनी करारी रंगदार लाई है, बड़े-बड़े बतासे, परन्तु चिनीबास की आँखों से आँसू बहने लगे। वो तो जानता है, सुबह से ही थोड़ (केले के पेड़ का तना), मोचा (केले का फूल), लौकी, साग, दूध, दही कितना कुछ टोकरी भर-भरकर आया है। भगवान ही जानता है, किसके लिए! ऐसे में, अचानक चिनीबास अपनी माँ रूपसी पर क्रोधित हो गया।

'इस बार क्यों चौका-पूजन नहीं किया, राक्षसी? क्यों, मुझे पेट भरकर खाने की साध नहीं होती?' माँ को मार-पीट कर अधमरा करके मूड़ी-बतासा फेंककर चिनीबास वहाँ से भाग गया। बहुत समय बीत गया। साँझ के समय चारों ओर जुगनू चमकने लगे, घना अन्धकार धीरे-धीरे उतर रहा है, चिनीबास की नानी उसे ढूँढ़ते हुए मैदान के किनारे पर पहुँची। पानी में डूबे ताड़ के पेड़ से टिककर वह चुपचाप बैठा था। रो-धोकर थका-हारा, अवसन्न, नींद भी आ रही थी, उसे भूतों का डर भी सता रहा था।

'आई मेरा हाथ थाम लो।'

दोनों पानी में छप-छप चलते-चलते घर की ओर जाने लगे। जाते-जाते चिनीबास बोला, 'गौरांग की बाढ़ से वो बाढ़ अच्छी थी रे आई! वैसी बाढ़ दोबारा क्यों नहीं आती? वही, जिस बाढ़ में चिड़वा-मूड़ी-चावल इतना सारा दिया करते हैं? सब दुख दूर हो जाते हैं।'

साँझ-सकाल की माँ

वैशाख के ताप से मैदान-सा सीना दरक गया था। उन्हीं दिनों साधन कान्दोरी की माँ जटी ठकुरानी की भी मौत हुई थी।

मरने से पहले जटी ठकुरानी का पेट-गला फूलकर ढोल हो गया था। बाँस का डोला बाँधकर साधन कान्दोरी अपनी माँ को अस्पताल ले गया था।

'मोका अस्पताल नाहीं भर्ती कर साधन, अस्पताल मा डोम चीर-फाड़ कर आँत निकार देगा।'

'डॉक्टर कहिस अस्पताल मा ले जाव।'

'ओ बेटा, मोर साधन बेटा, डोम से आँत ना खिंचवैयो बेटा।'

'आँत कोई न निकारता माँ।'

'निकारता है बेटा। तू का जाने बेटा! दुधमुँहा छोरा तू। डोम सब निकात लेहै। डॉक्टर बोतल में आँत रख देत है, बेटा।'

'ऐसा काहे करेगा माँ?'

'तू का जाने बेटा! दुधमुँहा छोरा तू। इ मानुष सरीर इ कलिकाल मा न जलावत हैं न गाड़त हैं। समझा?'

'हे इ माँ! इ का बात भला?'

'हक बात बेटा! मगर आत्मीय, बन्धु, मालिक मरे त समाज देत है, चिता मा जरत है, है कि ना बोल!'

'हक बात।'

'ऊ डॉक्टर-हकीम डोम-धाई सबे गिद्ध जइसन देखत बा?'

'माँ।'

'गिद्ध जइसन देखत रहत। ओकरे बाद जब लावारिस लाश मिला त ऊ सब भागीदार बन जात, बेटा। डोम नाड़ी-आँत डॉक्टर को दै देत। धाई कपड़ा-लत्ता लै लेत। डोम लाश सड़ा कर हाड़ बेचकर पइसा कमा लेत।'

'अरे धत्, अइसन हम भला होइ देब?'

'हाँ, बेटा, हम तोहार साँझ-सकाल की माँ! मोका तू अस्पताल मा ना मार।'

'चुप हो जा माँ।'

साधन कान्दोरी ने धमकाया। जटी ठकुरानी ने एक दिन उसे अपनी कोख से जना था। बहुत प्राचीन जात है उनकी, जरा व्याध के वंशधर हैं। उनकी सम्प्रदाय का नाम है पाखमार सम्प्रदाय। उस वंश की बेटी जटेश्वरी ने साधन को दस मास तक अपनी कोख में धरकर प्रसव किया था।

गर्भधारिणी माँ कैसे साँझ-सकाल की माँ बन गई, यह भी एक आश्चर्यजनक विषय है। साधन जब डेढ़ साल का था तब से, जटेश्वरी पर देवता विराजते हैं। तभी से जटी दिन के समय जटी ठकुरानी होती है। सूरज उगने से लेकर सूरज डूबने तक ठकुरानी की माँ-पत्नी-बहन के तौर पर सोचने पर भी निषेध है। पुकारने की भी मनाही है।

साधन को जटी ने मना किया था।

'माँ कहकर न पुकारना बेटा, मोर बेटा।'

'कभी ना?'

'ना बेटा, खूब भोर मा, सूरज उगने से पहले ही माँ पुकार लेना। फिर सूरज डूबे त माँ कहना।'

'बस साँझ और सकाल (सुबह), है न माँ?'

'हाँ, बेटा।'

'साँझ और सकाल में तू माँ! और दिन-भर तू ठकुरानी?'

'हाँ बेटा, हम तोहार साँझ-सकाल की माँ।'

यह साँझ-सकाल की माँ जटेश्वरी कैसे जादवपुर रेल लाइन के पार पहुँची, किस तरह अपने बेटे को रिक्शा करवा दिया—बहुत लम्बी कहानी है।

माँ के अलावा, साधन कान्दोरी कुछ नहीं जानता। साधन अबोध था, तीस साल की उम्र में भी उसकी बुद्धि अपरिपक्व थी। भैंसे के समान उसके शरीर में पेटी के अलावा और कुछ नहीं था। फुफ्फुस, रक्तजवा की पँखुड़ी की तरह, हृद-यंत्र, साँप की तरह पिच्छल नाड़ी, भोर के दोपटिया फूल की तरह कुसुम कोमल जीवकोष कुछ नहीं था उसके शरीर में, सिर्फ एक पेट था।

और थी भूख। सिर्फ खाने का लालच देकर उसके मालिक की युवा पत्नी उससे लकड़ी चिरवाती थी। हैंडपम्प से पानी खिंचवाती थी। मन-मन कोयला तुड़वा लेती थी।

मालिक की घूँघटवाली पत्नी बहुत सुन्दर थी।

'मालिकिन को कभी ना देखा, साधन।'

'ना माँ।'

'जब देखना, महतारी मानकर देखना, समझा बेटा!'

'हाँ माँ।'

माँ जो भी कहती, साधन उसी की हामी भरता था। माँ ही उसका जगत्-संसार थी, माँ ही उसका चाँद-सूरज थी। वही माँ जब बुखार से, अतिसार, पित्तरस से, कफ से पीड़ित होते-होते फूलने लगी, तब साधन ने मालिक से कहा, 'थोड़ा रुपया दीजिए मालिक, मुझे रुपया दीजिए।'

'क्यों साधन?'

'मोर माँ मर जात मालिक।'

'क्या हुआ, बीमार है?'

'हाँ मालिक! माँ दिन की बेला छैंया देखत है, लून खाकर कहे बतासा। आज दोपहरी माँ बोली मोके माँ कहके बुला साधन।'

'ऐसा कहा!'

'हाँ मालिक। डॉक्टर बुलाना है। आप रुपया दीजिए।'

साधन कान्दोरी के मालिक ने उसे सिर्फ दस रुपया हाथ में थमाते हुए कहा, 'माँ का इलाज करवा साधन। आखिर गर्भधारिणी है।'

'मेरी माँ मानुष नहीं मालिक। मा ठकुरानी है।'

'तू डॉक्टर बुला।'

अनादि डॉक्टर जिसका इलाज करता था वही मर जाता था इसलिए मुहल्ले के लोगों ने उसे मार-पीटकर भगा दिया था। अनादि डॉक्टर ने अब रेललाइन के पार ढलान पर दुकान खोली थी। आजकल उसके पास बहुत काम था। कुछ दिनों से खून-जख्मी हुए बहुत से लोगों की लाशों को मोटी रकम के बदले में 'डायड ऑफ हार्ट फेलिओर' ('हृदय गति रुकने से मृत्यु') लिखकर श्मशान में चालान करवा देता था। श्मशान के लोगों को भी आजकल रुपए से खरीदा जा सकता है, यह भी गनीमत है।

अनादि डॉक्टर का काम खूब चलेगा, ऐसा जटी ठकुरानी ने कहा था। शायद इसीलिए, शायद बहुत से भ्रूण-हत्या, गर्भपात, जाली सर्टिफिकेट के पाप के डर से, ब्राह्मण अनादि डॉक्टर ने जटी ठकुरानी के चरण छूकर तेल-नारियल-चावल-नमक देकर प्रणाम किया।

अनादि डॉक्टर इसलिए तुरन्त ही जटी ठकुरानी को देखने चला गया। जटी के कमरे में भीषण दुर्गन्ध थी। तख्तपोश पर गहरे लाल रंग का मैला वस्त्र पहने जटी ठकुरानी परी-कथा की राक्षसी के समान चित पड़ी हुई थी। पेट फूलकर ढोल हो गया था। हाथ-पैर फैला रखे थे। जटी ठकुरानी की दृष्टि में केवल आश्चर्य था, अतीन्द्रिय दृष्टि थी। कीच-भरी रक्ताभ आँखों की दृष्टि भी इतनी सुन्दर हो सकती थी अनादि डॉक्टर को यह पता नहीं था।

अनादि डॉक्टर की मेज पर बीच-बीच में जो युवतियाँ असहनीय पीड़ा से पड़ी रहती थीं, उनकी आँखों से भी ज्यादा जटी ठकुरानी की आँखें सुन्दर थीं। आसन्न मृत्यु के अलावा कोई और मनुष्य की आँखों को इतनी सुन्दरता प्रदान नहीं कर सकता।

अनादि ठिठक गया। नाड़ी देखकर, पेट देखकर अनादि की आँखों में आँसू आ गए।

आहा, जटी ठकुरानी के पास वो साल में एक-दो बार अपने पाप धोने आया करता था।

'माँ, पाप हो गया माँ।'

दिन में जटी ठकुरानी को कोई माँ नहीं कहता था, ठकुरानी कहना पड़ता था। अनादि रात के अँधेरे में मुँह छिपाकर आता था।

'कइसा पाप, ओ मोर बेटा, कइसा पाप?'

'लड़की मर गई माँ।'

जटी ठकुरानी दीर्घ श्वास लेकर कहती, 'महापापिन थी ऊ, तुम का जानत बेटा, ओकरे आत्मा लैकर यमदूत अइसन डंडा बरसाई, महापाप से बाप के मुँह मा कालिख नाहीं लगाई ऊ? ऊँचे घर की कुमारी तू, तेरी अइसन लीला?'

'अब क्या होगा माँ?'

'गे लो बेटा, गोसाँप का कंठ-हाड़ इस कवच मा है। तकियो कै नीचे रखकर सोना। अउर ते–संझा घर माँ गंगा-जल छिड़कना, समझा?'

अनादि की भाँति पापी-तापी के लिए नवजात मृत शिशु का नाखून, गोसाँप का कंठहाड़,

धनेश पक्षी का तेल कौन संग्रह करेगा? रुपया नहीं, पैसा नहीं, सिर्फ एक सकोरा चावल लेती थी जटी ठकुरानी। साँझ होते ही ठकुरानी साधन की माँ बन जाती थी। ठकुरानी के रूप में जो चावल मिलता था, माँ बनकर उसका भात पकाकर अपने अबोध बेटे को खिलाती थी।

अब अनादि को कौन देखेगा? दुखी अनादि की आँखों से आँसू बह निकले। अनादि ने कहा, 'साधन, अस्पताल में ले जाकर दिखा दे। ठकुरानी का हाल कुछ ठीक नहीं लगता।'

अनादि ने रुपया दिया। कहा, 'टैक्सी में ले जाना।'

साधन का महाप्राणी भय न जाने कहाँ उड़ गया। रुपया मिलते ही वो तुरन्त मिठाई की दुकान में गया। दुखी मन से मुड़की-बताशा-गजा खरीदकर दुकान में बैठे-बैठे ही साधन ने खा लिया। लोटा भर-भर पानी पिया।

टैक्सी-चालक ने जटी को नहीं लिया। कहा, 'मुर्दा है। गाड़ी में मर जाएगी।'

तब साधन के मालिक ने बाँस झाड़ से बाँस दिया। खटोला तैयार कर जटी ठकुरानी को लेकर साधन बांगुर अस्पताल चला गया।

अस्पताल बड़ी अनजान जगह थी। इतना बड़ा भवन, इतने लोग, साधन बोला, 'भाई बलराम! डर से मोर हाथ-पाँव पेट की आँत में सिंधा जात है। उस अस्पताल मा एतना दरवाजा, किन्तु कौन पथ से ठकुरानी को भीतर लै जाई बता तो?'

'तू भी अजब मानुष है रे साधन।'

बलराम, जगदीश और उद्धव ने डॉक्टर को बुलाया। जटी ठकुरानी को भर्ती कराकर ही दम लेंगे। डॉक्टर जितनी बार कहता है, 'बुढ़िया अभी मरने वाली है,' साधन उतना ही रोते हुए कहता है, 'ठकुरानी को बचाय लेओ, ठकुरानी बिन मोर जगत् अँधार! आहा! ठकुरानी सँझा होत ही माँ बन जात है। मोरे सिर पर सफेद बाल, तो भी मोका लेकर कितना सोहाग करत रही ठकुरानी। आपन न खाय के मोका खिलात रही!'

'क्या कह रहे हो तुम? मैं तो तुम्हारी कोई बात नहीं समझ पा रहा।'

'ओ डॉक्टर बाबू!'

साधन सिर-कटे बाल के भैंसे की तरह धरती पर गिरकर छटपटाने लगा।

बलराम ने नावों के चुंगी घाट में विवाह किया था। कॉलोनी का रहनेवाला था। वो पढ़े-लिखे लोगों को देखकर घबराता नहीं था। जब तक बलराम गरीब था तब तक संभ्रांत लोगों को देखकर उसे क्रोध नहीं आता था। तब भी उसकी देह में धलेश्वरी नदी की शीतलता थी, स्वभाव में धान-खेत की नम्र श्यामलता थी।

अब कॉलोनी में घर, अपनी रिक्शा और बारुईपुर में धानी-जमीन खरीदने के बाद से ही बलराम बदल गया था। संभ्रांत इनसान दिखाई दे, विनम्र व्यवहार मिलने पर, मीठी बातें सुनाई दे तो उसे थूकने को जी चाहता था। बलराम जानता था कि वर्तमान बंगाल बाप का नहीं, प्रताप का है।

बलराम आगे होकर बड़े कड़वेपन से बोला, 'वो साधारण मनुष्य नहीं, समझे? वो देवांशी महिला हैं, हम उनको बहुत मानते हैं, परब-पूजा में उनको भेंट चढ़ाते हैं। बेड है तो भर्ती कर लीजिए सिर, बेड मेरी भी नहीं, आपकी भी नहीं, सर्वसाधारण की है, है ना?'

अन्ततः जटी ठकुरानी भर्ती हो गई। साधन का रोना-धोना देखकर डॉक्टर को दुख हुआ था। डॉक्टर लज्जित भी हुआ था। इतने बड़े जवान आदमी को डॉक्टर ने माँ के लिए इस प्रकार कभी रोते नहीं देखा था।

'डॉक्टर बाबू, ठकुरानी नहीं बचेगी?'

'कोशिश करता हूँ साधन। परेशान मत हो।'

'ओकरे कोई रोग नाहीं मालिक! वो मानुस नाहीं, वो देउता बा! रोग ओकरे पास आने में डरात है।'

'वो तो है ही।'

'अब जइसे वो दिन में ठकुरानी रहत बा मालिक! साँझ-सकाल में हमार माँ होत है। गंगा-जल में अस्नान करत, लाल कपड़ा पहिनकर वो ठकुरानी बन जात। तब सबके जइसे हम भी उसको मान देत बा!'

'अच्छा?'

'किन्तु माँ बोलबे खातिर मोर जीउ तो फाटत जात बा मालिक! तबहि न! जभी संझा होत है, हम जाकर ओकरे गोद मा माथा राखब अउर माँ! माँ! माँ बोलकर आपन साध मिटाब।'

डॉक्टर अवाक् होकर साधन को देख रहा था। नर्स थोड़ा हँसकर बोली, 'तुम अपना इतना बड़ा सिर उसकी गोद में रखते हो?'

साधन गहरी आन्तरिकता से बोला, 'अपना माथा रखन, माँ कहकर बुलाब, अउर केतना ठिठोली करत हम! ओकरे त दिन में केतना भक्तजन रहबे करी। किन्तु रात की बेला मोर बिना ओकरे कोई नाहीं।'

'दिन में तुम्हारी माँ क्या खाती थी?'

'मैं का जानूँ मालिक? ये ही समझो, चाह पियत, गाँजा पियत, गंगा-जल पियत। देवांशी सरीर मा का भात-जल खात है?'

'सन्ध्या बेला?'

'भात पकात, मोको देत, आपन खात रही एतना-सा। जइसन छोट बालक खावत है।'

'इसीलिए ये रोग हुआ है साधन।'

'नाहीं। रोग ओकरे न होइ। रोग का देवांशी सरीर मा पसत है? कोई रिस के मारे मारण-मन्तर किया है, अइसन लगत बा।'

'देखें, हम क्या कर सकते हैं।'

'डॉक्टर बाबू!'

'बोलो?'

साधन पैर से मिट्टी कुरेदते हुए बोला, 'आपका घर मा त लछमी बँधी है। भात का पहाड़, दाल का सागर है। त ओकरे भाग का भात मोको दै सकत हैं? ऊ त अब नाहीं खात!'

'ऐसा नहीं हो सकता साधन।'

डॉक्टर अवाक् होकर साधन को देखते रह गए। मनुष्य के शरीर में पशु के समान सरल प्रवृत्ति इस प्रकार डॉक्टर ने अब तक नहीं देखा था।

लेकिन जटी ठकुरानी का इलाज नहीं हो सका। 'ओकरे का भया, बोलिए मालिक,' कहकर साधन ने डॉक्टर का दिमाग चाट लिया।

डॉक्टर क्या कहेगा? जटी ठकुरानी को उन्होंने ग्लूकोज दिया, सेलाइन दिया, गले की नली सूख चुकी थी इसलिए यंत्र द्वारा पेट में भोजन पहुँचाने की कोशिश की। कोशिश करने में कोई त्रुटि नहीं की।

जटी ठकुरानी की हालत नहीं सुधरी। बीच-बीच में जब भी उसे होश आता था तभी वो कहने लगती थी—'अस्पताल मा मोको ना रखो मोर बेटा, मोर साधन बेटा। ऊ डॉक्टर मोर नाड़ी खैंच लेई। डोम मोर कपाल-माथे के हाड़ का फरसा बनाकर बेच देई। मोका घर लै जाव।'

तीन दिनों के उपरान्त डॉक्टर को जटी के रोग का पता चला। जटी का रोग बड़ा संक्रामक था। आज भी भारत-भूमि पर इसका कोई इलाज नहीं निकला। इस रोग का नाम था—भूख। भूखे पेट रहते-रहते, चावल की कनकी साधन को खिलाकर जटी ठकुरानी की नाड़ी सूख गई थी।

'ये देव-रोग है साधन, इसका इलाज मैं नहीं जानता।'

डॉक्टर ने किंचित् मजाक किया।

'फिर लै जाऊँ?'

'ले जा।'

जटी ठकुरानी ने भी आँखें खोलते हुए कहा, 'अरे मरे, अरे मूरख साधन! मोर जनम बृतान्त तू न जानत? न जानत हम कौन समाज की कन्या हैं? मोको घर लै जाव, घरे मा देह राखव।'

बलराम, जगदीश, साधन और कुछ जन मिलकर बड़े समारोह के साथ जटी ठकुरानी को घर ले आए। जटी के घर के आगे एक नीम का पेड़ था। उसकी छाया में जटी को लिटाया गया।

'नीम गाछ की छाया अच्छी होती है साधन। हम पाँचजन सब यहाँ हैं। तू जाकर उनके पास बैठ।' बलराम के कहने पर साधन जटी ठकुरानी के पास जाकर बैठ गया।

'किसी बाभन को बुलाओ रे।'

'है, बाभन है।'

'कौन हे रे?'

'अनादि डॉक्टर।'

'उन्हीं को बुला। ठकुरानी के पास बिठा।'

अनादि डॉक्टर जटी ठकुरानी के पास आकर बैठ गया। साधन अभिभूत था, कातर था।

'ओ मोर साँझ-सकाल की मैया, कुछ बात बोल के जाव रे!'

'बोलब।'

इन अन्तिम क्षणों में जटी की चेतना लौट आई थी।

'बोल री!'

'तोहार बाप कान्दोरी। तोहार जात बेदिया। बन-जंगल मा घूमत, अउर कैसी कमाल की चटाई बुनता था।'

'तुम?'

'हम?'

अभी आसमान में सूरज था, दिन के दस बजे थे। जटी जब स्वस्थ थी, इस समय तक वो ठकुरानी बनकर घर में आसन जमा लेती थी, भक्तजनों की पूजा ग्रहण करती थी। इस समय साधन की बहुत इच्छा होती थी कि जटी माँ बन जाए और कहे–'साधन मेरे पास आ।'

जटी की भी इच्छा हुई कि साधन को पास बुलाए। कहे, 'ओ साधन, पास आ जा।'

जटी ऐसा कह सकती थी। जटी ने ऐसा कहा नहीं। इस समय उसे चारों ओर से घेरे कितने भक्त थे, कितने लोग थे। ये सब उसके पास आते थे, प्रणाम करते थे, मान देते थे। यही लोग तो साल-भर रोज चावल का जुगाड़ करके साधन को जीवित रखते हैं। अपनी इच्छा से एक दिन जटी ठकुरानी बनी थी। आज उसे ठकुरानी के रूप में ही मरना होगा।

'तू कौन है रे?'

साधन ने सहज भक्तिभाव से पूछा। माँ कौन है? जटी कौन है? अगर साधन का पिता कान्दोर था, जटी क्या दूसरे समाज की लड़की थी? साधन, बलराम, जगदीश सभी ने और पास आकर उसे घेर लिया।

'तू छोट नाहीं, तोहार ऊँचा जात, बहुत ऊँचा।'

'तू?'

'हमार बृतान्त बड़ा अचरज का है रे! मोर आदि पुरुष जरा बैद्य था। नाम जानत है?'

'जरा बैद्य?'

'हम बोलत हैं जारा बैद्य। हमारा जीभ मा तोहार जइसन घोर विकार जान नाहीं डॉक्टर।'

अनादि डॉक्टर भयभीत होकर बोला, 'ऐसे विकार के रोगी को अस्पताल ने क्यों छोड़ दिया? ऐसे रोगी को घेरकर इतने लोगों की भीड़ क्यों है? जरा व्याध तो महाभारत के समान ही प्राचीन है, कथा-कहानी है।'

'बिकार नाहीं डॉक्टर। हमार बात सच कि झूठ ऊ बतावत हैं। सुने हैं...'

जटी एक आश्चर्यजनक बात बताने लगी।

'कौन देस मा सागर, कहाँ होत द्वारकापुरी। जारा बैद्य ऊ देस मा जाए के बाण मार दिया।'

'किसे।'

'किसन के। पोथी नाहीं पढ़े हो का?'

'सब जानत हैं।'

'इ तो पाप का राजा महापाप! भगबान जी को बाण मारा, इससे बड़ा पाप नाहीं हो सकत। ओकरे बाद मा जारा बंस ऊ देस छोड़कर ई देस मा आ गया।'

'कहाँ?'

'हिजलि-काँयी-तमलूक-मेदिनीपुर।'

'ओकरे बाद?'

'हमार समाज बहुत छोटा बा। हमें श्मशान-मसान में सब घूमते रहते, साँप पकड़ते, मसान की कलसी मा जल पीते।'

'छि!'

'मोरा चिड़िया पकड़ती। हमे कहते पाखमार।'

'पाखमार कौन जात है रे? नाम तो सुनबै ना किए।'

'भिन्न समाज मा हमार संगत ना होई। किन्तु मोर मन जाए के ऊ साधनवा के बाप पर बैठ गइल। समाज मा बहुत बात होई, एकों खातिर हम इहाँ से चल गइल, तब संगत करत रहे।'

जटी ठीक से बोल नहीं पाई। पहला विवाह, विवाह था। द्वितीय विवाह का नाम संगत था। पाखमारों के जात-धर्म के अनुसार जन्म के साथ ही हरेक लड़की का उनके देवता के साथ ब्याह हो जाता था। पहले देवता को जल-नारियल चढ़ाकर तब वो मनुष्य की गृहस्थी बसाने आती थी।

'ओकरे बाद, बहुत-बहुत दिन का बाद मा हम ठकुरानी भयल रे। हम पर साँझ-सकाले देवता आते हैं।'

'जटी ठकुरानी पानी पियोगी?'

'ना बेटा सकल। हम अब महानन्द से सरग जाब किन्तु साधन...?'

जटी ने हिचकी ली।

'क्या? मोका बोल तू?'

'हम ठकुरानी भयल। देख, माथा पर सूरज।'

'अभी त दिन है।'

'तोहार माँ नाहीं साधन, ठकुरानी सरग जाए रही। तोके बहुत चीजें देनी पड़ेगी।'

'कैसी चीजें?'

सबके मन में तीव्र कौतूहल था। साधन के कच्चे आँगन में आस-पड़ोस के लोगों की भीड़ जमा थी। जैसे एक चांडालिनी, गरीब, बहुत सम्मानित हतभागिनी नहीं मर रही, जैसे कोई दामी मनुष्य मर रहा हो, इतनी भीड़ थी वहाँ।

सभी चुप लगा गए। गहरी साँस खींचने लगे। अन्तिम समय में क्या माँगेगी उनकी जटी ठकुरानी, 'साँझे मरत, बिहाने मरत त तोहार कानी-कौड़ी न लागत। अब त तू मोको हाथी देब। छिराद मा हाथी देब।'

'हम बचन देत हैं।'

शोक-दुख से पागल, घटना की अस्वाभाविकता से हतबुद्धि साधन ने कहा, 'सभै सुनो, ओकरे छिराद मा हम हाथी-दान करब।'

'घो...घो...घो...घोड़ा देय के परी।'

'देबय?'

'अन्न-बस्त्र-भूँई-सोना-रूपा अजस्र देय के परी।'

'देबय।'

साधन ने विलाप करते हुए कहा, 'सब-कुछ देबय रे! तू मोका न छोड़ के जा। मोका कोई नाहीं!'

'तोहार ब...ब...ब...'

जटी के कंठ में ही शब्द अटक गए। साधन की जो औरत बाप के घर भाग गई थी

उसको लिवा लाने की बात जटी जाते-जाते नहीं बोल पाई। उससे पहले ही उसका सिर एक ओर लुढ़क गया।

कोरे कपड़े में सजाकर, फूल-चन्दन से ढककर, ढाक-ढोल बजाते हुए वे जटी ठकुरानी को जलाने ले गए। अनादि डॉक्टर ने पूरा खर्चा उठाया। जटी के चेहरे को निहारते हुए अनादि को सबसे पहले यह खयाल आया कि, चलो, अब रोज-रोज चावल देने के दायित्व से मुक्ति मिली। चावल का दाम जब आसमान छू रहा था तब भी अनादि जटी ठकुरानी को चावल का भेंट लेकर ही प्रणाम करने जाता था। अनादि की बहू बहुत नाराज होती थी, कहती, 'देवांशी मनुष्य हैं, लेकिन उनके भक्तजनों को जो कष्ट है, वो समझती नहीं।'

अनादि को बहुत दुख हुआ। बलराम के हाथ में रुपया खोंसते हुए अनादि ने कहा, 'तुम जो खाना चाहते हो खाना लेकिन ठकुरानी को चन्दन की लकड़ी से जलाना। हाँ, काठ सूँघन लेना। फूल चढ़ाना, खील बिखेरना, पैसा लुटाना, ठीक है? तेरे बहनोई का कीर्तन-दल था ना?'

जटी की मृत्यु अब बलराम आदि के लिए एक अलौकिक घटना थी। मृत्यु के समय घोर विकार में, तेज बुखार में जटी ने जो-जो कहा सब-कुछ अब बलराम आदि के लिए देव-वाणी थी। इसलिए बलराम ने कहा, 'नाहीं आएगा तो सिर ना फोड़ देब।'

बलराम कदाचित् ही ऐसी बात करता था। यह बात सुनते ही उसके बहनोई हाजिर हो गए। नाम सदानन्द था। स्वभाव भी अनुरूप था। सरकारी दफ्तर में चपरासी था।

'गोली मार नौकरी को, कैजुअल लीव नहीं है। गैर-हाजिरी से भला कभी सरकारी दफ्तर में नौकरी जाती है?'

ऐसा कहते हुए उसने कमर पर गमछा बाँधा। सिर के बाल ठीक किए, गले में कागज से बनी वनमाला पहने सदानन्द और उसके साथी 'हरिनाम अंग में लिखकर हरि चरणों में जाओ' गाते-गाते जटी ठकुरानी को ले गए।

दो

साधन की साँझ-सकाल की माँ कैसे मानवी से देवी बनी, यह भी बड़े आश्चर्य की कहानी है। वे मेदिनीपुर के पाखमार हैं, वे यायावर हैं। कहते हैं वे जरा व्याध के वंशधर हैं। ईश्वर की हत्या की थी इसलिए वे अभिशप्त थे। सुदूर द्वारका से उन्हें चले आना पड़ा था।

उनका घर नहीं होता। वे पक्षी पकड़ते हैं, पक्षी बेचते हैं। श्मशान के पेड़ पर भोजन पकाने की हँड़िया टाँगकर वे गृहस्थी चलाते हैं। शव-शय्या पर उनके वर-वधू निश्चिन्तता से सोते हैं, प्यार करते हैं। चिता की लपटें देखकर उनके मन में देह-तत्त्व नहीं जागता। माँ बेटे को दुलारती है, पति-पत्नी बैठकर गाना गाते हैं।

मेदिनीपुर के नमक के कारखाने में, काजू-बादाम के बाग में, दक्षिण भारत के ऐसे बहुत से लोग आते-जाते हैं, काम करते हैं।

वे अपने समाज के बाहर विवाह नहीं कर सकते। लेकिन जटी के शरीर में अद्वितीय रूप था। ताँबे जैसा रंग, नीली आँखें, भूरे बाल। सिर के ऊपर बालों का जूड़ा बाँधकर उसमें

लाल पत्थर की माला लगाती थी। नदी के पानी में अपनी परछाईं देखना उसे खूब भाता था, और गाढ़े नीले रंग की साड़ी से अपनी देह को सजाना अच्छा लगता था।

जाड़ों में जटी और उसकी जाति के लोग सुवर्णरिखा के तट पर डेरा डाले हुए थे। तट की रेत पर तब यायावर पक्षियों की भीड़ जमा थी। सरकंडों के वन में जटी सीटी बजा-बजाकर पक्षियों को पकड़ती थी।

वहीं पर एक दिन उत्सव से उसकी मुलाकात हो गई। उत्सव जात का कान्दोरी था। चिकनपाटी महीन चटाई बुनना उसकी जात का पेशा था। उत्सव की आयु उस समय लगभग तीस के करीब थी। ठिगना, बलिष्ठ, श्याम वर्ण चेहरा। कन्धों तक लम्बे घुँघराले केश। उत्सव गीत के बोल बनाता और गाता था।

जटी को देखकर उसने गीत बनाया था–

ओ नील साड़ी, मन-मोहिनी,
देख पलटकर
तेरे लिए मेरा जिया जले।

जटी के हाथों में तब जाल में फँसा नीलकंठ पक्षी छटपटा रहा था। जटी उसके सामने आ खड़ी हुई थी। मुँह चिढ़ाते हुए कहा था, 'जिया जले! निकम्मे का गाना तो सुनो जरा। मेरे पक्षियों को उड़ा दिया न?'

वो पाखी पकड़कर, धरकर क्या होगा सखी, मेरा प्राणपाखी।
तेरे चरणों में आ गिरेगा।
हा तेरे कारण मेरा जिया जले।

उत्सव ने गाया था। उसे खूब मजा आ रहा था। उसके समाज की लड़कियाँ तो ऐसी तेज-तर्रार नहीं होतीं। ऐसी तिरछी नजरों से नहीं देखतीं। इस लड़की की आँखें, होंठ, नाक जैसे पत्थर पर तराशे गए थे।

'निकम्मा।'

जटी गाली देकर चलने लगी थी। उत्सव ने लम्बे डग भरते हुए उसका हाथ पकड़ लिया था।

'तूने मुझे गाली क्यों दी?'

'तूने गीत क्यों गाया? मेरी चिड़िया क्यों उड़ाए?'

उत्सव जोर-जोर से हँसा था। उसके बाद अचानक जटी के हाथ से जाल छीनकर नीलकंठ को मुक्त कर दिया था। हतबुद्धि, क्रुद्ध जटी के ऊपर जाल फेंकते हुए उसने कहा था, 'तू मेरी चिड़िया है। भागेगी? तू मेरी प्राणपाखी है।'

जटी रोने लगी थी। जाल फेंककर जटी वहाँ से भाग गई थी। उत्सव की हँसी बहुत देर तक उसका पीछा करती रही।

अगले दिन उत्सव उनके डेरे पर चला आया था। जटी की दादी के चरण छूकर उसने कहा था, 'थोड़ी-सी दवा देना। जंगल-जंगल घूमता रहता हूँ, सीने में बहुत दर्द होता है। आप लोग तो बहुत गुणी हैं, दवा-दारू के कारोबारी, मुझे भी थोड़ी-सी दवा देना।'

जटी फुफकारकर बोली थी–'ऊ निकम्मे को पिटाई की दवा मिले तो अच्छा हो। ऊ मोरा चिड़िया उड़ाय दिहिस, जानत हौ?'

जटी की दादी हँस पड़ी। जटी को गाली देती हुई वह बोली थी, 'जा अपना काम कर। इस समाज के लड़के-लड़कियों को बाहर ताक-झाँक करने की मनाही है, अपने ही समाज में रहना पड़ता है।' जटी के चंचल स्वभाव को देखकर दादी सहम गई थी।

उत्सव उनके डेरे पर दोबारा नहीं आया। जटी जहाँ भी जाती, उसका पीछा करते हुए उसने जटी को नए-निराले सपने दिखाए थे।

एक घर का सपना, धान से भरा खलिहान, बेंत के झूले में शिशु-सन्तान। उस घर में जटी आईने में अपना मुख निहारती थी। चाँदी के गहने पहनती थी। लाल-नीले रंगों की साड़ियाँ उस घर के आँगन में सूखती थीं।

चिकनपाटी से भी मनोहारी चित्रों के सपनों का जाल बुनकर उत्सव ने जटी को कैद कर लिया था।

जटी ने भी जाल से निकल भागने की कोशिश नहीं की।

वे दोनों भाग गए थे।

खड़गपुर से दीघा। काजू-बादाम के मौसम में दिनभर मजूरी करते, मछली के मौसम में मछली सुखाने का काम करते थे।

अगर बहुत दूर न भाग जाते तो कौवामार लोग इन अभिशप्तों को समाज छोड़ने के अपराध में तीरों से छलनी कर देते।

उत्सव सपने को पूरी तरह से सच तो नहीं कर पाया पर जटी बहुत सुखी थी। सुन्दर जीवन! केवल थोड़ा-बहुत पकाओ और खाओ और प्रेम में मगन रहो। हाथों में रुपया आते ही कपड़े खरीदो। गुंजाफल की माला, लाख की चूड़ियाँ, चाँदी की करधनी। अलग ढंग से केश सँवारो, अलग ढंग से साड़ी पहनो। अब तो तुम कौवामार नहीं रहे। अब तुम जात के ऊँचे हो, श्रेणी बदल गई है।

'मोर जात छोटा ना है जटी! हम तो दहेज देकर लड़की लेत हैं, समाज को भात-गोश्त देत हैं।'

'ऊ बात रहने दो!'

जटी भयभीत होकर कह उठती थी। वह डरते हुए सोचती–यह घर, यह प्रीति सदा ऐसी ही रहे! वो तो चिरकाल से अभिशप्त हैं, जिन्होंने एड़ी पर बाज मारकर ईश्वर की हत्या कर दी थी, उन्हें तो शायद जीवन भर बंजारों-सा घूमना पड़ेगा।

लेकिन जटी ने तो ऐसा नहीं किया!

अगर इसी से गुस्से में आकर दादी उसे मंत्र पढ़कर बाण मारे तो! और माँ जटी और उत्सव की पुतलियाँ बनाकर काँटे से बींध दे!

जटी बहुत आतंकित रहती थी, धीमे स्वर में कहती थी, 'ओकर बात छोड़ तू, मोर साथ और बातें कर।'

'तू डरती है का?'

'निकम्मे!'

कोमल स्वर में जटी उससे कहती। उसकी ओर पीठ फिराकर बाल सँवारने लगती। क्या इसी को जात खोना कहते हैं, नीचे से ऊँचा उठना? लेकिन, जटी के गले में वो रोब नहीं आ पाया था! बेखबर होकर कह नहीं पाती थी–'जा, मर जा!'

बीच-बीच में ढोलक की डम-डम, डम-डम आवाज सुनाई देती तो जटी घबरा जाती।

पाखमार भी ऐसे ही ढोलक पर हलकी थाप देते हुए आते थे। एकजुट होकर घूमते थे। मधुमक्खियों की तरह एक जगह पर छत्ता बनाकर रहते थे।

उनके लिए सबसे महत्त्वपूर्ण था, एक साथ रहना। वे कोई मामूली लोग नहीं थे, जरा व्याध के वंशज थे। व्याध भी तो कोई साधारण नहीं था, उसने जिन्हें मारा था वे तो स्वयं कृष्ण भगवान थे। आत्मीय-स्वजन सभी मनुष्यों ने इतने पाप किए थे, इतने दंड भुगत रहे थे कि मन का दुख भुलाने को कृष्ण भगवान निर्जन स्थान पर थोड़ी देर आराम करने गए थे। सुस्ता रहे थे। कमल के फूल की तरह सुन्दर उनके चरण लाल रंग के थे।

'बिलकुल लाल कमल जैसे सुन्दर पैर।' जटी की दादी सिर हिलाते हुए कहती, 'पेड़ की झुरमुट से देखते ही ओकरे बुद्धि हेराय गइल! बहुत जोर के बाण मार दिहिस! बस! फिर का हुआ जानत हौ?'

आसमान में अन्धकार छा गया, सूरज ने मुँह छिपाया। समुद्र ने तड़पकर जल के प्राणियों को बाहर उगल दिया। जो मछुआरों की नावों में डूबकर अतल गहराइयों में खो गए थे वो भी प्राण पाकर रोने लगे। ग्वालों ने दूध दुहते हुए देखा कि दूध की जगह खून की धार बह रही है। सुबह का समय था पर रात की भाँति काले आसमान में तारे चमकने लगे।

तभी देववाणी सुनाई देने लगी।

'भगवान को जो मारते हैं, उनका घरबार नहीं हो सकता।' आगे देववाणी ने कहा, 'जारा हे जारा! व्याध रे! व्याध ई भुवन मा भगवान बार-बार आत हैं। तोहार जइसन कोई कसाई भगवान को बाण से बींधत है। जो ई काम करत है, ओकरे घर मा रहने की मनाही है। तू अब अपन लोगों का लैकर जहाँ जी चाहे चला जा। निरुद्देश्य। आँखों से ओझल हो जा। समझे?'

'कहाँ जाई हम?'

'जिधर दुइ आँख लै जाय।'

'समाज लैकर जाब?'

'समाज लैकर जाब ना तो का छोड़कर जाब? तोहार समाज अब महापापी का समाज है। ऊ समाज मा जो अपना लड़की-लड़का का ब्याह करेंगे ओकरा नाश निश्चित है। ब्याह-सादी जो भी होगा सब अपना समाज मा। समाज देखना। और देखो, जारा हे जारा! व्याध रे व्याध! मोर आवाज सुनाई देत है?'

'देत है।'

'और देखो, तोहार समाज का हरेक, चाहे लड़की या लड़का, समाज नाहीं छोड़ सकता। तोहार पाप से ऊ सब भी पापी बने, इसी कारण। जनमते ही ओकर साथ देउता का ब्याह रचाय देब।'

'हाँ।'

जरा ने बिलखते हुए कहा था। अहा! द्वारका छोड़कर कौन जाना चाहता है! द्वारकापुरी कितनी सुन्दर है। नीले समुद्र के तट पर सोने से मढ़े शिखर वाले घर-द्वार। जरा तो वन-जंगल में रहता था, दूर से ही देखता था, लेकिन दूसरे का सुख, दूसरे का विलास, चमक-दमक, देखने में भी क्या कम सुख है?

इसके बाद जरा को क्या कम सजा मिली थी? अपनी जात के लोगों को लेकर, पोटले-पोटलियों समेत, शिकारी कुत्तों के साथ, लदे-फँदे कहाँ-कहाँ नहीं भटकना पड़ा था?

कहाँ सत्यपुर, कहाँ केवलपुत्र, कहाँ चोल, और कभी पांड्य, भटकते-भटकते थक गया था जरा। उसे कहीं जगह नहीं मिली।

'हाँ! भगवान को बाण से मारकर अब हमार देस का सत्यानास करने को आए हो। अरे ओ! मेरे चतुर सियार! द्वारकापुरी को मसान बनाया, अब हमका मरबै?'

जरा को कहीं सिर छिपाने की जगह नहीं मिली। कहीं ठहर नहीं पाया। इधर स्वर्ग में बैठे देवाधिदेव दीर्घ निःश्वास लेते हैं। द्वापर युग बीता, कलियुग आया। भटकते-भटकते जरा की आयु अयुत-नियुत हो गई, पाँवों में छाले। अंग-अंग में पीड़ा। एक दिन किसी ने दया से भरकर कहा, 'राढ़ जानत हो? बंग जानत हो? गौड़ जानत हो? वहाँ जाओ! गंगा जहाँ सागर से मिलती है, उस देश में जाओ। उस देश में सभी पापी-तापी-लोभी-प्रवंचक-शैतान को आसरा मिलता है। वो देश किसी को लौटाता नहीं है। उस देश में जाओ तुम।'

जरा इस देश में आया।

अपने समाज में ब्याह रचाना, श्मशान-शय्या पर सुहागरात, श्मशान की कलसी में बहू भात पकाती है, गाँव-बिरादरी को परोसती है। उनकी जात के स्त्री-पुरुष बहुत स्वच्छन्द हैं। उनकी लड़कियों के रूप का कोई अन्त नहीं। भूरे बालों का सिर के ऊपर जूड़ा बाँधकर वो रंगीन फूलों की माला से सजाती हैं। उनके चेहरे पर पाषाण-मूर्ति का-सा स्वच्छ सौन्दर्य है। बहुत युगों से उन्होंने कुल के नेम-धरम को नहीं छोड़ा। स्वजाति में ब्याह किया। उनके खून की पवित्रता बहुत प्राचीन है। इसी से उनका सौन्दर्य अनुपम है।

घटते-घटते, मरते-मरते वो लोग अब सिर्फ सौ के लगभग रह गए हैं। ये लोग कभी भी अपनी बिरादरी छोड़कर नहीं जाते।

शहरी रास्ते से, गाँव की पगडंडी से वो डम-डम-डम-डम ढोलक बजाते हुए गुजर जाते हैं।

पाखमार जा रहे हैं! पाखमार जा रहे हैं!

जहाँ तक सम्भव हो, शहर में तो वे आते ही नहीं।

कभी-कभार, साल में एक या दो बार, आदिवासी वेलफेयर के ऑफिस में नाम लिखाने आते हैं। किसी के गुजर जाने पर नाम लिखा जाते हैं।

सरकारी खाते में शायद वो लोग आरक्षित उपजाति हैं।

इसीलिए जटी एक कान से, आधे मन से उत्सव की बातें सुनती थी। दूसरे कान से, आधे मन से ढोलक की थाप सुनती—डम-डम-डम-डम।

अगर वो आ धमके?

माँ-बाबा, दादी, गाँव-जमात के लोग?

अगर कहें, 'चल हमरे संग? जंगल मा, समाज मा लौट जा?'

जटी क्या करेंगी?

उत्सव उसका डर देखकर हँसता था। गीत बाँधता था।

'ओ रे, तोर झूठा भय।
प्रीत-जाल में फँसने में क्यों इतना भय!

जटी कहती, 'निकम्मा।'

उत्सव कहता, 'मेरी जान रहते तुझे कौन ले जाएगा? तोहार ऊ जंगली लोग? ऊ उत्सव को जानत हैं? एक बार दारोगा को बोल देई तो सब साला को सजा मिली।'

फिर भी जटी के मन में डर समाया रहा। लेकिन धीरे-धीरे, उत्सव ने उसके डर को बहुत हद तक मिटा दिया। जटी की गोद में एक हृष्ट-पुष्ट, काला-काला, घने बालोंवाला बेटा आ गया। देखते ही लोग बता देते कि यह उत्सव का बेटा है। बिलकुल बाप पर गया है। सिर्फ आँखें माँ की तरह हैं। स्वच्छ, नीलाभ, तरल।

ऊँची जात में उठने की आकांक्षा उत्सव के मन में समा गई। जटी को तो उसने अपनी जात का बना लिया था। उत्सव मन-ही-मन जानता था कि वह महीन चटाई बुनता था। वह पाखमारा-पाखघारा से ऊँची जात का था। और अब जो मजूरी करता था–इससे भी एक सीढ़ी ऊपर चढ़ गया था।

बेटे का बाप बन जाने पर उसे लगा कि वह और ऊँची जात में जाना चाहता था। वह गरीब-गुरबों के बृहत् समाज का नहीं बना रहना चाहता। सभ्य लोगों के छोटे समाज के एक कोने में स्थान प्राप्त करना चाहता था।

जटी से भी उत्सव ने यही कहा था।

'जटी रे जटी, जटेश्वरी! बिड्डी ऑफिस गया था, तो बि.डि.ओ बाबुओं ने क्या कहा, पता है?'

'क्या?'

'अब कोई रोक-टोक नहीं है। हम रुपया खरच करके कोरट मा जायके तुरन्त नाम बदली कर सकत हैं। कान्दोरी-मान्दोरी जो भी सुनत है वही समझ जात है हम छोट जात हैं!'

'नाम बदली करेगा?'

'काहे नाहीं? उत्सव कान्दोरी कैसन लगत है सुनने में? उत्सव दास, साधन चन्द्र दास कैसन लगत है सुनने में? ओकरे बाद दूसर काम लैके बड़ा सहर मा चला जाई अगर, तो काम बन जाई!'

'क्यों!'

'बड़ा शहर तो जगन्नाथ जी का छेत्र है। वहाँ कोई किसी का खोज नहीं लेवत है। नाम सुनते ही समझ लेई कि हम ऊँची जात का हैं, नहीं तो नाम के पीछे दास क्यों लगा है?'

उत्सव की बात सुनते-सुनते जटी अचानक बड़ी खुश हो गई। कमर पर हाथ रखकर वह नाचने लगी। 'चल, चल, ऐसा ही करते हैं। अबहिन जात मा बड़ी हो जाई।'

उत्सव ने सस्नेह कहा था, 'पगली! अबहिन का? बेटा को बड़ा होय दै! मुँह मा अन्नप्रसाद देकर! देउता के मन्दिर मा पूजा देकर!'

जटी को एकबारगी लगा कि जिसके पूर्वजों ने भगवान की हत्या की थी, वो क्या अपने समाज के निर्दिष्ट देवता के अलावा किसी और को पूज सकता है? अगर पाप लगे? अगर कोई हानि पहुँचे?

उसके बाद सोचा कि उत्सव ने ठीक ही तो कहा है। सब छोड़-छाड़कर भाग निकलने पर, सरकारी कोर्ट में लिखा-पढ़ी कर जात बदलने पर उसकी माँ और दादी उसको पकड़ नहीं पाएँगी।

'यही ठीक है!' जटी ने आँखें मूँदते हुए कहा था।

पाखमारों के पूर्वपुरुष जरा व्याध को जिस देवता ने देववाणी की थी, वे मन-ही-मन मुसकराए थे शायद!

साधन का मुखप्रसार हुआ। उत्सव उस समय खड़गपुर स्टेशन पर कुली का काम करता था। कुली समाज को भी उसने भात-बकरे का भोज दिया। उसके बाद चोरी से खरीदी देसी ठर्रा पीकर उलटी करते हुए अस्पताल में मर गया।

खुद के दिखाए हुए सपने, ढेर सारा प्रेम, सुरीले कंठ के गीत—सब लेकर चला गया उत्सव। जटी फिर अकेली हो गई। जटी अब आजाद थी। जटी अब चाहे तो जहाँ मन चाहे जा सकती थी। पर पालने में लेटा वो बच्चा जो रोता था और टुकुर-टुकुर देखता था, उसका क्या?

जटी समझ गई, अब उसे क्या करना है? उसे जाना होगा अपने समाज के पास।

हे भगवान! कहाँ मिलेंगे उसे अपने गाँव-जमात के लोग? कहाँ हैं वो विचित्र-वर्ण की पोशाकें, कुत्ते-बकरी, गधों की पीठ पर लदा सामान, दादी की खिलखिलाती हँसी?

श्मशान में नहीं, मसान में नहीं, कहीं नहीं हैं वे लोग। जटी भागते-भागते शहर के ट्राइबल-बोर्ड के दफ्तर में जा पहुँची।

'पाखमारों का पता दो बाबू, आपके पैर पड़त हैं।' जटी चपरासी के पैर पकड़ने लगी।

'श्मशान-मसान में देख जाकर! कहीं पर पड़े होंगे, जाकर देख!'

जटी की आँखों से गंगा-यमुना बह निकली। ये समाज छोड़कर वो समाज, ये जात छोड़कर वो जात, कितने सब्जबाग दिखाकर उत्सव तो सारे सपने छीन-छान कर चल दिया।

जटी अब क्या करे!

ढेर सारा रूप, ढेर सारा स्वास्थ्य, ढेर सारा यौवन लेकर जटी स्टेशन पर जा बैठी। गोद में बेटा। जटी गालों पर हाथ धरे आकाश-पाताल सोचती रही, सोचती ही रही।

जटी अपने बेटे के बारे में सोचने लगी और दूसरे लोग सोचने लगे जटी के बारे में।

जटी अब क्या करे, कहाँ जाए! कुली लाइन के हनुमान तले के संन्यासी से जटी ने सुझाव माँगा।

'यहाँ रह जा।'

आँखें मूँदे संन्यासी ने कहा। प्रौढ़ संन्यासी। बहुत से ठाकुर-देवताओं के बाद हनुमान जी को पकड़े बैठा था। शायद इसलिए उसकी हालत कुछ सुधरी थी।

जटी के यहाँ आकर बैठते ही हनुमान तले में भीड़ बढ़ने लगी। संन्यासी को मन-ही-मन खतरे की घंटी सुनाई दी।

कुछ दिनों बाद तीन-चार लोग जटी के पास आए और कहा, 'उस बुड्ढे के पास तुझे क्या मिलेगा? चल हमारे साथ। हम तुझे शहर दिखाएँगे।'

जटी की शिराओं में वर्षों का पुराना खून ऐसे ही नहीं बह रहा था। वन-जंगल, वन्य प्राणी जैसे उसके जाने-पहचाने थे, अनजाने मनुष्यों से वो उतनी ही डरती थी।

'दूर हो जा, निकम्मे,' कहते हुए जटी ने उन्हें गालियाँ दी थीं।

हो सकता है उन्होंने ही जाकर शिकायत की हो। कई दिनों बाद पुलिस ने आकर संन्यासी को कठोरता के साथ धमकाया और कहा, 'सब खबर मिल चुकी है।'

'खबर, कैसी खबर महाशय? मैं संन्यासी हूँ। ठाकुरजी की पूजा करता हूँ।'

'ठाकुरजी को भजते हो या ठकुरानी को?'

'छि! छि! तुम्हारे मुँह में कीड़े पड़ेंगे...।'

'यहाँ औरत बिठा ली है। बदजात, यहाँ बदमाशी होती है। देसी ठर्रा बनता है, ताश से जुआ खेला जाता है।'

'सब झूठ है।'

संन्यासी का गोरा चेहरा सुर्ख़ हो गया।

पुलिस का आदमी घर-गृहस्थी वाला था। उसने कहा, 'सारी बातें झूठी हैं, तुम भी जानते हो, मैं भी जानता हूँ। उस औरत के चलते सब बखेड़ा हो रहा है! उसको यहाँ से हटा क्यों नहीं देते!'

'हटाते ही उनके चंगुल में फँस जाएगी। यही तो चाहते हैं वो सब।'

'तो फिर जाकर मर।'

पुलिस का आदमी नाराज होकर चला गया था। जाते-जाते बोल गया, 'उन गुण्डे-बदजातों को क्यों छेड़ रहे हो? जब तक गुड़ तुम्हारे पास है, तब तक मक्खियाँ भिनभिनाएँगी। वो औरत जब तक यहाँ रहेगी, तब तक लोग आते रहेंगे। इन्हीं का तो राज है। किसी दिन आकर अगर उस औरत को खींचकर ले गए तो कौन बाप का बेटा आकर बचाएगा?'

संन्यासी गहरी चिन्ता में पड़ गया। लेकिन जटी समझ गई थी कि यहाँ और रहना खतरे से खाली नहीं, न संन्यासी के लिए, न उसके लिए।

'ये रखो, जब मेरी गिरस्ती थी, ये सब बासन-वासन। सब गिरवी रख लो ठाकुर, मुझे कुछ रुपया दे दो!'

'कहाँ जाएगी? बच्चे का क्या होगा?'

'क्या मालूम?'

'तेरा कोई नहीं?'

'कुछ पता नहीं।'

संन्यासी ने आखिरकार गहरी साँस लेते हुए उसे एक लाल कोरा कपड़ा दिया। ऐसे लाल कोरे कपड़े से बिहार में लोग मुर्दों को ढकते हैं।

संन्यासी ने लाल कपड़ा और एक छोटा त्रिशूल दिया था। उसने कहा था, 'मैं जानता हूँ कि एक दिन सियार और गिद्ध तुझे नोच-नोच कर खाएँगे। फिर भी तू इस वस्त्र को अपना ले, माँ। इस घोर कलियुग में भी थर्ड क्लास में साधु-संन्यासी जा सकते हैं, कोई उनके सिर को रौंदता नहीं।'

'अगर कुछ पूछें तो।'

'कहना मैं जटी ठकुरानी हूँ।'

'ठकुरानी।'

'ओ हो बोल देना, बोलने में क्या हर्ज़ है?'

'ठकुरानी!'

ट्रेन में किसी ने जटी से कुछ नहीं कहा। उसका रूप, उसका लाल कपड़ा, पीठ की पोटली में बच्चा, हाथ में त्रिशूल देखकर सभी हैरान हो रहे थे।

जटी खिड़की के बाहर एकटक देखती रही। दोनों आँखों से आँसुओं की अविरल धार बह रही थी। आज सबने उसे सम्मान दिया, उससे डरे। इसी को क्या जात में उठना कहते हैं? अहा! आज अगर उत्सव जीवित होता, तो देखता कोरट में नहीं, अदालत में नहीं, केवल एक कपड़े और त्रिशूल के जोर पर जटी कैसे ऊँची जात की हो गई थी।

एक और आदमी भी उसे देख रहा था। ट्रेन में गाता था वो, कभी श्यामा संगीत, कभी हरिनाम। काफी उम्र थी उसकी, दुबला-सा, दुनिया में उसका कोई नहीं था।

जटी को देखकर उसने कहा, 'हावड़ा तो पहुँच गई बेटी, पर अब जाएगी कहाँ?'

जटी ने कुछ नहीं कहा।

जटी आँखें फाड़-फाड़कर हावड़ा स्टेशन, जन-अरण्य देख रही थी। शायद यही श्री छेत्र (क्षेत्र) है, जिसके बारे में उत्सव ने बताया था। इतने सारे लोग, असंख्य, अनगिनत। जंगल में शायद एक पेड़ में इतने पत्ते न हों। इतने सारे लोगों में अब जटी कहाँ जाएगी?

'भला कहाँ जाओगी?' उस आदमी ने फिर पूछा था।

जटी ने कहा, 'ये तो हम नाहीं जानत।'

आदमी ने पूछा, 'मेरे साथ चलेगी?'

'कहाँ?'

जटी उससे नहीं डरी। तब भी जटी के भीतर वो सब आदिम सहजात प्रवृत्ति सक्रिय थी। इनसान को देखते ही वह पलक झपकते समझ जाती कि किससे डरना है और किससे नहीं। इस आदमी से उसे डर नहीं लगा। इसके अलावा सामने के आश्चर्यजनक दृश्यों ने उसकी आँखें चौंधिया रखी थीं।

'मेरे साथ।'

'कहाँ पर?'

'मेरे डेरे पर। मैं गाड़ी में गाना गाता हूँ।'

'गाना गावत हो?'

'हाँ!'

उसने सब समझा दिया था। गाना गाकर वो भीख माँगता है। अगर जटी साधन को गोद में लिये उसके साथ-साथ घूमेगी तो भीख और आसानी से मिल जाया करेगी।

'तोहार घर किधर है?'

'अरे बाप! ये सब ना पूछ, जाना है तो चल।'

एक साल ठीक-ठीक बीत गया। जटी साथ-साथ घूमती थी और वो आदमी गाना गाता था। पैसे लेकर डेरे पर पहुँचकर साँझ की वेला चावल खरीदकर भात पकाती थी। आदमी आँगन में सो जाता था। जटी दरवाजा बन्द करके अन्दर सो जाती।

'साधन रे साधन! बापो रे बापो!'

जटी वन्य-वात्सल्य से बेटे को परेशान कर देती थी। इसके अलावा स्टेशन के करीब नेपाली और तिब्बती बुढ़ियों को माला-तावीज-जड़ी-बूटी-पंछी के पंजे-मेढक की छाल बेचते हुए देखकर उसकी भी बुद्धि पर शहरी असर होने लगा था।

जब कोई पूछता, 'अरे, तुम साधिका बन गई हो तो जोड़ों के दरद का कोई टोटका जानती हो?'

जटी मुँह चिढ़ाकर गाली नहीं देती। दादी के पास देखे हुए टोटका-वोटका मन में याद करने की कोशिश करती थी, कभी-कभार दवाई भी देती थी।

अच्छा-भला चल रहा था, अच्छे ढंग से चल भी सकता था, लेकिन उस आदमी ने एक दिन आँगन छोड़कर अन्दर आकर सोना चाहा। और कितने दिन भला वो आँगन में सोता? जटी कैसे जानेगी, आँगन में सोने की पीड़ा?

जटी ने त्रिशूल उठा लिया। कहा, 'जानत हो हम कौन हैं? कौन समाज है हमार? जानत हो मोर बाप कौन, माँ कौन, गाँव-जमात के लोग कौन? तू हमनी से खराब बात करत हो? बान मारकर फेंकब!'

अगले ही दिन जटी उस डेरे को छोड़कर चली गई। बहुत सोच-विचार के बाद वो ठकुरानी बन गई। अगर ठकुरानी न बनती तो अपने गोबर-गणेश बालक को जीवित नहीं रख पाती। और मनुष्यों की नजरों से खुद को भी न बचा पाती।

जटी समझ गई थी कि अपने चारों और अलौकिकता का कवच धारण किए बिना वह जी नहीं पाएगी।

'मुसीबतों की जड़ था भरा सुन्दर चेहरा।' जटी ने अस्फुट स्वर में कहा।

तीन

'साधन! अब तो तुम्हें छराद करना होगा भैया।' लोगों ने कहा।

'जरूर करूँगा। माँ को हम हाथी देबय, घोड़ा देबय, भुईं देबय, सोना-दान सब देबय। प्रतिज्ञा किया है।'

सबने एक-दूसरे का मुँह देखा। साधन की बातें जैसे पागल का प्रलाप। लेकिन साधन ने जो प्रतिज्ञा की है वो भी तो झूठ नहीं।

इसके अलावा, जटी तो कोई साधारण मनुष्य नहीं थी। वो तो ठकुरानी थी, अलौकिक, आधिभौतिक जगत् के द्वार पर पहुँची हुई।

'ये क्या किया तूने साधन! तूने जो कहा वह कितने रुपयों का खेल है, जानत है तू?' बलराम ने गहरी आन्तरिकता से कहा।

'प्रतिज्ञा जो की है।'

'अब जा, भीख माँग जाकर। दर-दर पर भीख माँग जाकर।'

साधन गले में झोला लटकाए भीख माँगने निकला। माँ नहीं थी। अब साँझ होने पर कोई गरम भात नहीं पकाती। शोल माछ भूनकर, छीनकर, अदरक के रस से, नींबू के रस से, नमक, तेल से मिलाकर कोई नहीं कहती, 'बेटा, मोरी गोद के पास बैठकर खाओ।'

आँखों में आँसू, गले में झोला, कमर में फटा कम्बल डाले साधन भीख माँगने निकला।

कोई नहीं देता भीख। दर-दर भटककर, पैरों की एड़ी घिसकर साधन को कुल इक्कीस रुपए ही मिल पाए। और एक सकोरा चावल। एक सकोरे चावल की बदौलत अनादि डॉक्टर ने जटी के साथ जन्म-भर का रिश्ता निभाया।

अन्ततः बलराम कालीघाट गया। सबसे दरिद्र, सबसे अभागे चेहरे वाले एक पंडित को

साष्टांग प्रणाम ठोंककर उसने कहा, 'बहुत मुसीबत में हूँ, ठाकुर। मैं नहीं, मेरा दोस्त। ऐसा कोई उपाय बतलाओ जरा, जिससे साँप मरे न लाठी टूटे।'

'कैसे? भला मुसीबत क्या है?'

विपत्ति का वर्णन सुनकर तो बाम्हन हँसते-हँसते बेदम हो गया। बलराम ने कहा, 'आप लोगन तो चिरकाल से मधु की जगह गुड़ और सोने की जगह पाँच सिक्के देते आए हैं। देखिए न, शास्तर में कौनो बिधान है या नहीं?'

बाम्हन ने नाक में नसवार की चुटकी लेते हुए कहा, 'मूल्य दोगे, दे सकोगे भला?'

'कितना मोल!'

'यही समझो सौ रुपया!'

'सौ रुपए का जुगाड़ यदि होता तो तोहार जइसन चवन्नी-छाप बाभन के पास आते हम?'

'अस्सी रुपया?'

बाम्हन ने लोभातुर नजरों से देखा। इस समय पेंच कसने पर कितने रुपए कमाए जा सकते हैं। लेकिन किस साहस से बाम्हन मोल-भाव कर सकता है? कालीघाट के ब्राह्मण आजकल उपवासी भूखे खटमलों की तरह हैं। हाथों में पाँच रुपए आते ही सागर-सहित भारत-भूमि दान करा देंगे। बलराम ने थोड़ी देर सोचा। आने-जाने का खरच, थोड़ा खरचा नशे का, कितना काटे, कितना रक्खे। उसके बाद कड़ाई से बोला, 'देखो ठाकुर, तोहार हाथ मा हम अठारह रुपया देब। तुम कारज कराओगे। नहीं तो हम दूसरे के पास चल जाइब। पैसा देई तो का बाम्हन का कौनो कमी होई? गुड़ फेंकब तो का चींटी न आई? 'हाँ' बोलोगे कि 'ना', सोचो। हमरा पास टेम ना है। तोहार संग फालतू बात करै का हमरे पास टेम ना है।'

'तो ले आओ तुम्हारे दोस्त को। अरे बाबा! मार्कण्डेय कपड़ा, पितृ-पुरुष के लिए कपड़ा, घी, फूल, काठ, तिल, पंचशस्य, पंचगव्य—सब तुम लोग लाओगे ना?'

'ओ रे मोर चालाक माधाई! यही सब अगर हम ही लै आई तो फिर तोहार मैला गमछा का बदबू सूँघने हम आए हैं का?'

बलराम साधन को ले आया।

पंडित ने सब जुगाड़ कर रखा था। पंडित घर के बरामदे में सब जुगाड़ करके बैठे थे।

'दक्खिन की ओर मुँह करो मोरे बाप!' पंडित ने कहा।

दूसरी ओर छोटे बालों वाला, लाल आँखें, छतरी की तरह काले रंग का एक आदमी बैठा था।

'वो अग्रदानी है, दान लेगा।'

अग्रदानी ने आँखें खोलते हुए कहा, 'सुनो मामा! हजार रुपयों का छिराद है ना? दस मिनटों में खतम करो, एक बार चाकद भी जाना है।'

'अभी लो! लो बाप, आचमन करो।'

आचमन हो गया। श्राद्ध शुरू हुआ। एक-एक कर सभी वस्तुएँ साधन के हाथों में छुआकर छीन लेता। एक रुपए के अठारह नोट लिये बलराम बैठा था। बीच-बीच में इधर देख लेता था।

बहुत जल्द ही प्रेतक्रिया समाप्त हो गई। चार आने के एक गमछे से एक-एक धागा निकालते हुए साधन ने अनजाने सब लोक और लोकातीत को अजस्र वस्त्र दान किए। तत्पश्चात् पंडित ने कहा, 'बोलो, माँ को क्या-क्या देना चाहते थे?'

'जी, हाथी!'

'लाओ बाप, पाँच सिक्के फेंको। इससे तुम्हें हाथी-दान का पुण्य मिला, जानते हो? विकल्प में मूल्य दिया जाए तो इसी प्रकार दान किया जा सकता है, जानते हो?'

बलराम ने कागज पर लिखा हाथी, उसके साथ लिखा पाँच सिक्के।

साधन का चेहरा भाव-विह्वल विमूढ़ था। ई का अचरज की बात! पाँच चवन्नी मूल्य देने से प्रतिज्ञानुसार गज-दान का फल मिलत है? अइसन जानत तो का साधन...।

'पाँच चवन्नी निकालो, अश्वदान हो गया।'

तब एक अद्‌भुत प्रतियोगिता शुरू हो गई। साधन कहता गया—अश्व-भुंई-सोना-धान-वस्त्र-तैजस। पंडित कहता रहा—पाँच चवन्नी-पाँच चवन्नी। बलराम सिर्फ ध्यान रखता रहा कि ये अपरिमित दान-यज्ञ अठारह रुपयों के अन्दर ही हो रहा है या नहीं।

'बाम्हन को गो-दान पाँच आने में करवा दो, ठाकुरजी, बलराम ने हाँक लगाई।'

पटुआ के धुएँ से आँखें मींचते हुए अग्रदानी ने कहा, 'पाँच आने में गाय-गोरू आता है क्या?'

'अगर न आए तो मामा-भानजा को अँगूठा चूसकर मरना पड़ेगा। दक्षिणा नहीं देना है का?'

अपनी माँ का एक फटा-पुराना लाल चोला साधन का पहनावा था। साधन अभी एक बिदके हुए भैंसे की तरह दिखाई दे रहा था। मुट्ठी भर पुआल की आग में मिट्टी के छोटे-से सकोरे में चावल के थोड़े-से दाने पकाए गए थे। श्राद्धान्न के रूप में। भात की गन्ध नथुनों में जाते ही साधन अब भीतर-ही-भीतर बड़ा बेचैन हो गया था।

'चल साधन, आचमन करके, बाभन को परनाम करके उठ जा।'

साधन उठ खड़ा हुआ। साधन की आँखें जमीन पर लगी हुई थीं। साधन के गमछे में अनादि डॉक्टर का दिया हुआ एक सकोरा चावल था। बाम्हन ने पूरा चावल क्यों नहीं पकाया? ये सारा चावल तो माँ को ही समर्पित है, तो थोड़े-से दाने पकाने का क्या अर्थ? साधन को सन्देह हुआ। वह नाक से घों-घों की आवाज करने लगा।

'साला तू हमरा हाथ मा अठारह रुपया थमाय के हरिश्चन्दर गया?'

बलराम हँसते हुए चुप हो गया। साधन उकड़ूँ बैठकर गमछे में चावल बटोर रहा था।

'का करत हो, का करत हो बाप? ऊ चावल तो हमार है।'

'चुप्प साला!'

साधन ने बाम्हन को गाली दी। इसी बाम्हन ने उसके हाथों से जटी ठकुरानी को अगाध, अतुलनीय ऐश्वर्य दान करवाया था? जटी ठकुरानी इस समय सर्र-सर्र करती हुई स्वर्ग जा रही थी। जिस देवता को उसके पूर्वजों ने मारा था, उसी के चरणों में। गोलोकधाम। साधन यह सब क्यों भूल गया?

'साधन, का करत हो?'

'चावल लैकर जात हैं, भात पकाऊँगा।'

'अरे ऊ त छिराद का चावल है रे, तोहार न खाय कै चाही?'

'चुप्प बलराम!'

मत्त हाथी की तरह साधन चीख उठा। बोला, 'घर मा कानी-कौड़ी नहीं है जो चावल खरीदकर बनाई। ई चावल हम हाथों से न छोड़ी।'

'अरे मूरख गधा, गज मूरख!'

'चावल हमार है! बलराम! हमार पीछा मत कर।'

पंडित ने निष्फल आक्रोश से कहा, 'श्राद्ध का चावल पकाकर खाना? ये श्राद्ध तेरा भ्रष्ट हो गया है रे।'

'काहे भ्रष्ट होई, हम हाथी दिया कि ना? गाय दिया कि ना? सोना-चाँदी दिया कि ना? कौन साला हमरे माई का छिराद भ्रष्ट कर सकत है?'

अपने सीने से चावल की पोटली लगाए, साधन झूमते हुए घर की ओर चल पड़ा। साधन घर जाएगा, अँगीठी जलाएगा, भात पकाएगा।

भात की सुगन्ध बड़ी अच्छी लगती है। भात की गन्ध में उसे अपनी माँ मिल जाती है। साधन जितने दिनों तक भात पकाएगा, गरम भात खाएगा, उतने दिनों तक उसके पास साँझ-सकाल की माँ साथ रहेगी।

माँ को याद रकते हुए पंडित से किए गए दुर्व्यवहार के कारण पश्चात्ताप से साधन की आँखों से आँसू बह निकले। 'माँ, तू जैसे-तैसे हो सके स्वर्ग चली जा। साधन अभी भात पकाकर खाएगा। तू नाराज मत होना।'

भीष्म की प्यास

माघ के अन्त में वर्षा होती तो फसल अच्छी होती, परन्तु माघ के अन्त में इस वर्ष आकाश में बादल ही नहीं थे। फिर भी भीष्म गरानी पीतल के लोटे में पानी लेकर खेत में जाकर बैठा रहता था।

बैठे-बैठे कभी आकाश को देखता कभी मैदान को। रबी की फसल नहीं रही, कहीं भी नहीं रही। अरहर, उड़द के पौधे दुर्बल भिखारी बालक के समान डर-डरकर सिर हिलाते हैं।

'वो पानी माँगते हैं अर्जुन! समझे दादा, पानी के लिए सिर हिलाते हैं।'

कहते हुए भीष्म ने गटागट पानी पी लिया। बहुत प्यासा है भीष्म, अर्जुन तो उसे पानी पिलाते-पिलाते थक जाता है। पानी उसकी देह में टिकता नहीं, फिर भी उसका पेट, पित्त, पाकस्थली, फुफ्फुस, कंठनाली हर समय पानी की माँग करते हैं।

'उफ! उन्हें भी क्या तुम जैसा रोग लगा है?'

'वे पानी माँगते हैं!'

'वे पानी माँगते हैं, पानी दे सकते हो?'

'वे पानी माँगते हैं!'

भीष्म ने अत्यन्त करुण भाव से कहा और अपने लोटे की तरफ देखने लगा। अहा, भीष्म गरानी जब जवान था तब वो पानी का आवाहन करता था। घर-द्वार छोड़कर भीष्म तब दावाल (फसल की कटाई करनेवाले) की बेटी परानबाला के पीछे दीवाना था। दावाल पुरखों के जमाने से खेल मजदूर थे। वे दूसरों के घरों में काम नहीं करते। जमींदारों से जमीन लेते हैं। खानाबदोशों की तरह घूमते रहते हैं।

बाँकुड़ा में धान की कटाई के बाद वे वर्धमान में जाकर रबी की बुआई करते हैं। रबी की बुआई के बाद वे सब मुर्शिदाबाद पाट के खेत गोड़ने चले जाते हैं। पर खेत की निराई का समय आने पर वे फिर लौट आते हैं।

परानबाला का बाप वर्षा को बुलाया करता था। भीष्म उनके संग बैसाख में बाँकुड़ा की लाल मिट्टी में, चैत में बीरभूम के अजय पहाड़ पर, पूजा करता था, वर्षा को बुलाया करता था।

अर्जुन इन सब बातों पर विश्वास नहीं करता इसलिए भीष्म बहुत दुखी हो जाता है, कहता है, तू क्या जानेगा अर्जुन? मेरे मन्तर से दस दिसाओं से आकर आसमान में बादल छा जाते थे। पवन की वह कैसी गर्जन होती थी। अर्जुन! सायँ-सायँ करती हवा जैसे हुंकारते हुए चली आती थी।

अर्जुन उसकी बातें ठीक से सुनता भी नहीं। पेड़ के नीचे बैठकर हलधर से जलती हुई बीड़ी माँगकर अपनी बीड़ी सुलगा लेता है। फिर, दूर मंडल के खेत की ओर एकटक निहारता रहता है। रूखा मैदान, शीर्ण, तृषित पौधों की मरुभूमि के बीच मंडल के खेत में लहराती हरियाली।

इस गाँव में न नदी है, न नहर, भरोसा है तो केवल ट्यूबवेल पर। इस बार ट्यूबवेल से भी पानी नहीं आ रहा। शायद धरती का सारा पानी सूख गया है।

भीष्म बोला, 'माटी तले गंगा बहती है, जानता है अर्जुन!'

'बहती है तो पानी गया कहाँ?'

'अब नहीं बहती।'

क्यों नहीं बहती, अगर वह पूछ ले तो भीष्म पाप-पुण्य की सूची खोलकर बैठ जाएगा। बुड्ढे की बातें सुनते ही अर्जुन का दिमाग गरम हो जाता है। हाँ, माटी के नीचे पानी था। ट्यूबवेल की डेढ़ सौ फीट पाइप डालने पर सबको पानी मिल रहा था। पर मंडलों ने एक के बाद कई बड़े-बड़े ट्यूबवेल लगवाकर सारा पानी खींच लिया है।

'बुड्ढा क्या कहता है रे, अर्जुन!'

'पानी के अलावा उनकी जबान से कोई और बात निकली है क्या?'

अपने खेत की ओर देखकर भीष्म को बहुत तकलीफ होती है। उसे काफी प्यास लगती है। कई बार बाहर भी जाना पड़ता है। पीतल का लोटा वह हमेशा अपने साथ लिये रहता है। बहुत बार रात-बिरात बाहर, तारों से भरे आकाश के नीचे खड़े होकर उसने वर्षा बुलाने का मंत्र याद करने की कोशिश की है। पर उसे कुछ याद नहीं आता।

परानबाला के प्रेम में पागल होकर जब वह यहाँ-वहाँ भटका करता था, तब उसे सब-कुछ याद रहता था। परन्तु अर्जुन का बाप मर गया, दादा भी मर गया। अर्जुन तब नवजात था। अपनी माँ के पेट में रहने की अजीब-सी गन्ध थी उसकी नन्ही सी देह में। उनकी देखभाल करने के लिए भीष्म लौट आया था।

परानबाला फूट-फूटकर रोई थी। भीष्म भी बहुत रोया था। उसने कहा था, 'मुझे दोष न देना, परान! इस जीवन में मैं गृहस्थी नहीं बसाऊँगा, इतना जान लो!'

अब तो परानबाला का चेहरा भी याद नहीं।

बस बीमारी से परेशान होकर बाहर आकर अँधियारे मैदान और तारों भरे आकाश की ओर देखकर उसे लगता है जैसे कभी किसी के साथ मिलकर भीष्म ने बादल-आसमान-पवन-धान-धूप इन सबके साथ मित्रता की थी। भीष्म ही उस खेल का अन्त करके चला आया। तब बादलों को पुकारने पर वो पानी दे जाते थे। भीष्म के कहने पर हवा चलने लगती थी। ऐसे में बूढ़े वट-वृक्ष की भाँति सफेद बालों से भरा सिर लिये भीष्म बैठा-बैठा हर वक्त रोता रहता है। उसे कुछ याद क्यों नहीं आता? क्यों उसके हाथ के लोटे में गंगा निरन्तर बनी रहती? अगर ऐसा होता तो भीष्म पृथ्वी के समस्त धान-खेतों में सूखा पड़ने पर पानी दे आता। पूरे विश्व-संसार में एक भी धान का गोला ख़ाली न रहता।

अर्जुन की गृहस्थी में गाय-बैल-ढेंकी-बाल-बच्चे-बतख-कुत्ते सब-कुछ हैं। भीष्म भी एक झोंपड़ी में पड़ा रहता है। उसकी देह में जिस रोग ने घर कर रखा है, वह चिन्ता का रोग है, सुखी मनुष्यों का रोग।

डॉक्टर ने पूछा था, 'क्यों, बहुत चिन्ता करते हो क्या?'

'जी, चिन्ता करते-करते तो अपना जीवन बिगाड़ने पर तुले हैं।' अर्जुन गुस्से से बोला।

कहाँ गाँव और कहाँ स्वास्थ्य-केन्द्र। बाँसों के बीच बड़े काँवर में उसे बिठाकर, कन्धों पर उठाए हुए चलते-चलते अर्जुन के कन्धे छिल गए थे।

डॉक्टर ने भीष्म को ज्यादा दवाइयाँ नहीं दीं, बोले, 'अब इन्हें क्या दूँ? जितने दिन तक हैं, अच्छी तरह देखभाल करना!'

भीष्म बहुत खुश था। काँवर में बैठकर, झूलते हुए आने-जाने में बड़ा मजा आ रहा था। उस दिन घर लौटते ही उसने अर्जुन को अपना चाँदी का तावीज दे दिया।

'पर ये क्यों दे रहे हो?'

'जमीन-जायदाद सभी कुछ तो दे दिया, अब छोटा-सा तावीज न दूँ, ददुआ?'

अर्जुन ने कहा था, 'उस ढलवाँ जमीन के लिए तुम्हारे प्राण कसकते हैं, है ना कर्ता दादा?'

'बड़ी मेहनत से हासिल किया था रे!'

भीष्म ने बात को खींचकर कहते हुए पूरा किया। फिर असहज होकर हँसने लगा था।

'इस बार धान अच्छा हो तो छुड़ा लूँगा।'

'क्या होता है सुनो ददुआ!'

'क्या?'

'हल जिसका, जमीन उसका कहकर बाबू लोग तुम्हें नचाते हैं, और तुम सब नाचते हो। देख, हल-बैल-बीज-बीजन-हँसिया सब मालिकों का होता है, तुम लोगों के घर में है क्या, बता? सिर्फ जमीन के बल पर...?'

'लगता है, तुम्हीं सब-कुछ जानते हो।'

भीष्म चुप हो गया। पर इस बार तो मेरी जमीन, तुम्हारी जमीन, सबकी जमीन बंजर हो गई। माघ से ही आकाश की आँखें सूखी हैं, चैत-बैसाख ही क्यों, जेठ में भी पानी नहीं बरसा। सब धूल में मिल गया।

इन दो-चार महीनों में भीष्म और अधिक बूढ़ा हो गया। मरने की उसे जरा भी इच्छा नहीं होती। पर प्यास इतनी बढ़ चुकी है कि लगता है पाताल फोड़कर जितना पानी है सब पी ले, जितनी नदियाँ हैं, जितने सागर हैं, सब गटककर बैठ जाए। जब जो दिखाई दे जाता है, उसी से बालकों की भाँति पूछता है, 'गला-छाती सब सूखता है, बाप! बड़ी प्यास लगी है।'

अब कौन है जो उसे लोटा-भर पानी दे सके। अर्जुन ही क्यों, इधर ब्लॉक-पर-ब्लॉक खेत सूखे से जलकर राख हो चुके हैं। जेठ के शुरू में दवाल इस बार आए ही नहीं। इस बार लोग वर्धमान में ही पड़े रहेंगे।

'नदी-नहर के देस में पितृ-भूमि होती तो जरूर पानी मिलता रे! इस देस में तो ट्यूबवेल के बिना कोई चारा नहीं!' कहते हुए एक दिन अर्जुन ने अपना हँसिया उठाकर आँगन में फेंक दिया। हँसिया मिट्टी में धँस गया और अपनी आदत के अनुसार भीष्म बरामदे में बैठा बोल उठा, 'हे किशन-कन्हैया! माटी में तो कीट-पतंग-केंचुए वगैरह रहते ही हैं, आदमी यदि पैरों से दबाए, हँसिया-खुरपी बेखयाली से फेंक दे तो किशनजी के एक-दो जीव जरूर मर जाते हैं। इसीलिए भीष्म के मुँह से निकला, 'हे किशन-कन्हैया!'

'तुम चुप रहो।' अर्जुन इतनी जोर से चिल्लाया कि भीष्म के कानों में आवाज की कर्कशता ने पहुँचकर ही उसे चौंका दिया।

'नाराज हो गया? ओ, अर्जुन! तू नाराज हो गया?'

'नाराज!' अर्जुन उसके कानों के पास आकर चीखा, 'सब जाकर चन्दा दे आए, दरख्वास्त कर आए, बी.डी. ऑफिस तक पैदल चलते हुए पैर घिस गए, कहा गया, इस बार और बड़ा ट्यूबवेल बिठाया जाएगा, पानी की कमी नहीं रहेगी!'

'फिर क्या हुआ?'

'हुआ क्या मेरा सिर! कहाँ पर ट्यूबवेल लग रहा है, जानते हो? विश्व बाबू की जमीन में। वे लोग इस बार गोरमेन्ट के घर से बीज लाए हैं। नया धान उगाएँगे जिसके लिए खूब पानी चाहिए!'

'इस समय चारा लगाएँगे क्या? इस समय?' अर्जुन की औरत रुआँसी होकर बोली। दूर वटतला से पानी लाने में उसकी कमर टूट जाती है, उसे रोना आता है। अभी भी वह रुआँसी है।

'जाओ न, जाकर जरा कह दो।'

'ओ अर्जुन! तू ऑफिस गया था?'

ऑफिस का मतलब है ब्लॉक ऑफिस। पक्की इमारत, दीवार पर नाम का बोर्ड लगा है। खाकी वर्दी, इन सब पर भीष्म को बड़ा भरोसा है।

'गया था। उन्होंने कहा, चाहे बीजन हो या पौधों की दवा–सब-कुछ विश्व बाबू ले गए हैं, तुम गरानी लोग यह सन्देश ले जाकर पेट भर लो।'

भीष्म अर्जुन की बात समझ नहीं पाया। हारकर बोला, 'जो भी जाए, यह लोटा जरा भर दे। बड़ी प्यास लगी है!'

'कर्ता दादा के लोटे में पानी दे दे!'

अर्जुन सिर पर अँगोछा बाँधने लगा। अब हलधर के पास जाना पड़ेगा। क्यों जाना होगा, जाकर क्या लाभ होगा, यह तो अर्जुन नहीं जानता, पर इस समय उन्हें हलधर के पास ही जाना पड़ता है। हलधर जो कहेगा, वही सुनना पड़ता है। न सुनें तो बड़ी विपत्ति से घिर जाएँगे।

उसकी औरत ने भौंहों पर बल डालते हुए कहा, 'दिन-रात कितना पानी खींचूँ?'

'जितना वो माँगेंगे!'

'सर्वनाशी प्यास है रे बाबा!'

अर्जुन चला गया। बड़ी मुसीबत है, दुख-भरा जीवन, पर अब भी अर्जुन इस जीवन के अलावा किसी अन्य जीवन की बात सोच भी नहीं पाता। भीष्म को एकाएक सब-कुछ समझ आ गया। बड़ा ट्यूबवेल चौराहे पर नहीं लगा। पानी की किल्लत जैसी थी, वैसी ही रह गई। अर्जुन बहुत दुखी है। अर्जुन को जब पहली बार देखा था, इतना-सा रक्त-मांस का पिंड था। गोद में उठाते ही अवाक् दृष्टि से भीष्म की ओर देखने लगा था। तब भीष्म के एक कान में पीतल का एक कुंडल हुआ करता था। अर्जुन की देह में तब भी गाँ के गर्भ में रहने की खास गन्ध थी। उसका मुख देखकर ही तो उसने परानबाला को वचन दिया था, उस वचन को याद रखते हुए कितने दिनों तक भीष्म ने अपने रक्त को सुला दिया था। सोते-सोते उसका रक्त एक दिन पानी की तरह शान्त हो गया।

यह वही अर्जुन है!

अगले दिन सुबह से ही भीष्म ने कुछ नहीं खाया। पहले तो न जाने क्या-क्या नियम माना करता था, संकल्प किया करता था। अब तो सब बातें याद भी नहीं आतीं। उपवासी भीष्म बैठे-बैठे भौंहें सिकोड़कर धुँधली दृष्टि से धान-खेतों की ओर देखता रहा। भीष्म के अन्दर बेहद प्यास है, पानी की प्यास। परन्तु भीष्म ने पानी भी कम पिया।

'हालत ठीक नहीं लगती? सुनते हो?'

'तू अपने काम पर जा!'

उबला हुआ उड़द-दाल, उबले हुए अरवी, तेल-हरी मिर्च-भात के मन लुभानेवाली गन्ध से भी भीष्म ने अपना मन फेर लिया। बोला, 'उपवास से भला बुढ़ापे में शरीर कमजोर होता है? अब तो तुम लोगों के खाने-पहनने के दिन हैं।'

दिन-भर भीष्म ने कितनी ही बातें याद करने की कोशिश की। कौन-सा मंत्र बोलता था, कौन-सी कविता सुनाता था, कौन से नियम मानता था? जितनी बार भी याद करने की कोशिश की, केवल पानी की बात ही उसके दिमाग में घूमती रही।

उसने अजय का लाल पानी देखा था जैसे वर्षा में मदमस्त हाथी हो। कहाँ देखा था, कितना प्राचीन सरोवर था, सुना था वहाँ पानी के नीचे कुआँ था, इसलिए उस सरोवर में पानी कभी समाप्त नहीं होता था। वह क्या सतयुग की बात थी? जब भीष्म बादलों का आवाहन कर पानी लाता था, आसमान की ओर मुँह उठाकर वर्षा का पानी पीता था?

भीष्म क्या सतयुग में जीवित रहता था? शायद ऐसा ही हो। अन्यथा कभी-कभी उसे क्यों लगता है कि वह पृथ्वी से भी पुराना है? इस मिट्टी से भी वह अधिक उम्र का है। क्यों उसे पानी न होने, धान के न होने की बात भूलती नहीं? मनुष्यों के लोभ और अनाचार के सब गोपन रहस्य—वह भीष्म गरानी के अलावा कोई नहीं जानता? क्या इसलिए वह इतना प्यासा है?

भीष्म ने गटागट पानी पिया। इतनी प्यास है उसकी देह में! इस प्रकार शीतलता धीरे-धीरे उसके गले से नीचे उतरती जाती है। मानो गंगा उसके भीतर उतरती जा रही है। भीष्म ने सुना है जाने कहाँ, किसी बर्फीले देश में गंगा रहती है, उस देश में ऊपर से नदी नीचे की ओर उतरी तो उतरी ही जा रही है।

परानबाला का बाप कहा करता था, 'समझे बाबा! रात की वेला गंगा तुषार बन जाती हैं। नीचे नहीं उतरतीं। रात को भगीरथ जाकर माँ को पुकारता ही रहता है। भोर की वेला चेहरे पर धूप की गरमाई से उनकी आँख खुलती है, तब नीचे उतरती हैं।'

'माँ एक बार उतर आओ! आकाश पर छा जाओ, जमकर बरसो!' भीष्म कातर स्वर में बोला। उसके बाद पीतल का लोटा लेकर खेत की ओर चल पड़ा। तारों भरा आकाश जगमग कर रहा है। कौन ऐसी सुहानी रात में उससे नखरे किया करती थी? कहती थी, 'एक थाल सुपारी, गिन न सके व्यापारी, इस बात का माने क्या है? बोलो तो समझें!' भीष्म को क्यों उसका नाम तक याद नहीं आता?

'सब विस्मृत हो गया!' भीष्म ने सिर हिलाया। उसके बाद अर्जुन की हासिल की हुई नई जमीन पर जाकर बैठ गया। सिर्फ जमीन लेकर क्या करेगा? तेरे पास हल नहीं, बैल नहीं, बीज नहीं। ट्यूबवेल नहीं जो खेत में पानी दे सको, आकाश का पानी तेरे लिए नहीं है। तभी

तो इस साल तेरी जमीन, गुड़ाई वाली जमीन सब बंजर, बाँझ जमीन बनकर रह गई रे। तेरी जमीन जितनी प्यासी है, तेरा कर्ता दादा भी उतना ही प्यासा है।

'पानी दो माँ भद्रेश्वरी!' भीष्म ने धान-खेत में बैठकर हाथ जोड़ लिये। कौन-सी दिशा पूरब दिशा है? पूरब के आकाश में बादल भर दो। मेरा नाम भीष्म गरानी है। किसी समय मैं भी इस माटी के पेट में रहा था। मेरी देह में वह गन्ध अब भी बाकी है। मेरी देह भी प्यासी है।

भीष्म को लगा कि उसकी आवाज आकाश और माटी को चीरती हुई चली जा रही है, 'पानी दे! मैं प्यासा हूँ!'

आषाढ़ के अन्त में जाकर पानी बरसा। जब धान की पौध सूख गई तब इतना पानी। धान-खेत घास से भर गया। निराई करते-करते, घास उखाड़ते-उखाड़ते अर्जुन वगैरह थककर चूर-चूर हो गए। आकाश अब मानो परानबाला है। कब हँसेगी, कब रोएगी, कुछ पता नहीं।

भीष्म को वे लोग धान-खेत से अगली सुबह उठा लाए थे। तभी से भीष्म बिस्तर से उठ नहीं पाता। लेटे-लेटे वह केवल आकाश की ओर देखता है और पानी पीता है। उसकी आँखों से आँसू बहते रहते हैं। अर्जुन से अनुनय भरे स्वर में उसने कहा, 'मुझे एक बार तेरी नई जमीन पर ले जाएगा, अर्जुन?'

'क्या देखोगे? पानी को बुलाकर ऊँची जमीन को भी ढलवाँ बना दिया, यही देखोगे? शर्म नहीं आती?'

खेतों में धान की पौध तो बिलकुल खराब हो गई, इसी आक्रोश से अर्जुन बैठे-बैठे भीष्म को गालियाँ दिया करता है।

'मेरा जीवन तो अब खत्म ही होने वाला है भैया, अब मेरे जाने की बारी है।'

'तुम मरकर भी, सबको खाकर ही जाओगे।'

'गाली देता है?'

'हाँ, दिया।'

अत्यधिक क्रोध से भरकर अर्जुन ने अपनी खुर्पी घर के कोने में दे मारी।

'बाबा रे!' भीष्म चीख उठा, 'रक्तपात कर दिया? मेरे रोग में खून बन्द होता है? डॉक्टर ने कहा नहीं था?'

'हाँ, कर्ता दादा, यह मैंने क्या किया?'

अर्जुन बहुत रोया। पाथर-कूची का पत्ता पीसकर भीष्म के पैर पर लगाया। फिर खटोले पर बिठाकर उसे स्वास्थ्य-केन्द्र ले गए। डॉक्टर क्रोधित होकर जब तक अर्जुन को डाँटता रहा तब तक भीष्म आँखें बन्द करके चुपचाप पड़ा रहा। उसके पश्चात् बोला, 'घर चल। घर जाकर ही मरूँगा।'

घर पहुँचने से पहले ही उन्होंने अर्जुन की नई जमीन पर काँवर को उतारा। भीष्म की देह बेजान होने लगी है, उसमें कोई हरकत नहीं है। हलधर गाँव में खबर देने दौड़ा। गरानियों के कई परिवार हैं, उनके समाज का सिरमौर, सबसे वृद्ध सदस्य, सबका दादा भीष्म धान-खेत में मर रहा है। समय की मृत्यु, काल की मृत्यु, सबको साक्षी रहना होगा।

'पानी दे अर्जुन, गंगा दे।'

अर्जुन ने भीष्म को पानी पिलाया। उसके बाद उकड़ूँ बैठकर अपना मुँह भीष्म के पास

ले जाकर बोला, 'ओ कर्ता दादा! तुम्हारे बिना तो मैं जी ही नहीं सकता था। मुँह से कुछ तो बोलो। मुझे पापी बना के मत जाओ!'

भीष्म तो इस वक्त वर्षा का आवाहन कर रहा है। उसके साथ परानबाला भी है। उसे सब मंत्र याद आ गया। पूरी धरती की माटी को पैरों से रौंदते हुए भीष्म वर्षा के मेघों को लिये यहाँ से वहाँ घूम रहा है। ले बेटा पानी ले! सब कृषक भीष्म के बादल से पानी ले रहे हैं। समस्त धान-खेत शस्य से परिपूर्ण हो गए। खेत, सुप्रसविनी बनो! खेत भीष्म की बात को स्वीकार कर लेते हैं। धान ले लो। सारे लोग धान ले लो!

तय किए गए, बिना तय किए गए लाखों लोग आकर धान काटने लगे, धान उठाकर रखने लगे। उनमें अर्जुन कहाँ है? या सभी अर्जुन ही हैं?

भीष्म ने आँखें खोलीं। लहलहाते धान-खेत। परन्तु यह धान किसी के गोले में नहीं रखा जाएगा। धान और घास मिलकर एकाकार हो गए हैं।

अर्जुन तू मुझसे क्या कहने को कहा रहा है? 'प्—या—स!' भीष्म ने कष्टपूर्वक कहा। 'पानी पिओगे?'

भीष्म ने 'ना' कहते हुए सिर हिलाया। आँखें मूँद लीं। यह प्यास पानी के लिए नहीं है, यह तो धान की प्यास है। इतनी सी बात अन्त समय में भीष्म अर्जुन से कह न पाया।

अर्जुन हाहाकार करने लगा। भीष्म मर गया। अर्जुन उसकी प्यास नहीं मिटा पाया।

हलधर अन्य गरानियों को लेकर अब गाँव की ओर जा रहा है। वे पिटुली पेड़ काटेंगे, बाँस काटेंगे। धान-खेत में भीष्म के शव के पास अर्जुन अकेले बैठा रहा।

चारों ओर धरती के सारे धान-खेत अपने सब्ज सिर हिलाकर हाहाकार करते रहे। भीष्म का सिर अर्जुन की गोद में है परन्तु उसकी प्यास तो कभी न बुझ पाई। सबकी प्यास शायद नहीं बुझती।

सिन्धुबाला

सिन्धुबाला देखने में जितनी सुन्दर है, रंग उतना ही काला है। फिर भी सिन्धुबाला के आँगन में औरतें छोटे बच्चों के बीमार होने पर चली आती हैं। मनुष्य जन्म के समय, पहले धरती से सिर छुआता है पर सुना है सिन्धु पैर छुआकर धरती पर आई थी। तभी से सिन्धु के दोनों चरण बहुत ही शुभ हैं। आज भी बहुतों का यह विश्वास है कि छोटे शिशु की देह से उन चरणों के छुआने-भर से उसका मंगल होता है।

गड़िया का नहर कहीं उथला है तो कहीं उस पर बाँस का पुल बना है। पुल के उस पार सिन्धुबाला का घर है। उसका बाप मिस्त्री था। दिन में राज-मिस्त्री का काम किया करता था। रात को इसके यहाँ से दो-चार ईंट, तो उसके यहाँ से रेत चुराया करता था।

सिन्धु के बाप ने अपने घर के चारों ओर एक मजबूत दीवार खड़ी की थी। उसकी बहुत-सी उच्चाकांक्षाएँ थीं। आज का मजूर कर मिस्त्री बन जाता है। मिस्त्री से 'राज'। राज बनकर मिस्त्री से काम करवाओ। सिन्धु का बाप कहता था–

'मिस्त्री से राज बनूँगा। दालान, कोठी, स्कूल बनाऊँगा।'

'हाँ, इमारत बनाओगे तुम!'

सिन्धु का बाप हँसा करता था। पत्नी से कहता, 'बेटी काली है इसलिए गाली न दे बहू। बेटे से बेटी भली।'

'कैसी भली? जिन्दा माँ-बाप को भात देती है! मरने पर मुखाग्नि देती है!'

'तू क्या जानेगी?'

'बेटी की सूरत देखी है? चौड़ा माथा, चपटी नाक, काली-कलूटी।'

'अरे रुपए के बूते पर दामाद ले आऊँगा। बड़ा मकान बनवा दूँगा, दोनों रहेंगे।' सिन्धु के लिए बड़ा मकान बनवाने के बहुत पहले ही सिन्धु का बाप मचान से गिरकर मर गया।

तब तक सिन्धु के चरण की महिमा कोई नहीं जानता था। सिन्धु की माँ ने मूड़ी-लावा भूँजकर बेटी को पाला। उसके बाद रामदास मिस्त्री के बेटे सन्नेसी के साथ उसे ब्याह दिया।

ऐसा-वैसा ब्याह नहीं हुआ। बर्तन-वस्त्र, बिस्तर-चटाई सब दे-दिलाकर ब्याह हुआ था। पाँच जनों ने आँगन में बैठकर शोल मछली, भात और उड़द की दाल से भोजन किया था। चौदह वर्ष की लड़की सिन्धु ससुराल चली गई।

तीन साल पूरे होने के पहले ही सास आकर सिन्धु को छोड़ गई। बोली, 'सन्नेसी इसे बिलकुल नहीं चाहता। कभी काम से वह कहीं चला जाता है तो कभी कहीं। सब कहते हैं, सन्नेसी की माँ, सुन्दर लड़की नहीं लाओगे तो सन्नेसी घर में नहीं टिकेगा।'

'तेरे बेटे ने यह कहा है?'

'बेटा कभी माँ के मुँह पर ऐसी बात कहता है? उस पर कितनी घृणा की बात है, तेरी बेटी तावीज पहनने चली थी।'

सिन्धु रोते-रोते बोली, 'तुम्हारे बेटे ने ही दिया था।'

'क्यों?'

'मैंने कहा था।'

'क्यों?'

'बच्चा सुन्दर होगा।'

सन्नेसी की माँ ने उसकी बात को अनसुना कर दिया। सिन्धु की माँ ने समधिन को बहुत गालियाँ दी थीं। बेटी से कहा था, 'तू चिन्ता मत कर। दामाद को मैं वापस लाऊँगी।'

कुछ दिनों तक तो सन्नेसी आता-जाता रहा। सन्नेसी बहुत ही शान्त और भीरु इनसान था। कुछ दिनों बाद सन्नेसी ने आना बन्द कर दिया। धीरे-धीरे, इस घर में सन्नेसी का नाम लेना भी बन्द हो गया। सिन्धु की माँ उस पर क्रोधित हो जाया करती थी। कहती, 'आखिर भगवान हैं! उसने ब्याह तो कर लिया पर एक भी बेटा जिन्दा रहा? मेरी सिन्धु को बिना कारण निकाल भगा दिया। उसकी सजा नहीं मिलेगी?'

उसके बाद फिर कभी सिन्धु की माँ ने दामाद के बारे में नहीं सोचा। खाने-ओढ़ने की बात सोच-सोचकर उसके दिन कटे नहीं कटते थे।

इसी बीच एक दिन मनुदासी उसके पास काठ-गोले की एक हिन्दीभाषी औरत को लेकर आई। वह सिन्धु जैसी ही किसी की खोज में थी। गया-नौगाँव में ऐसी एक बुढ़िया रहती थी। वह बच्चों को अपने पैर के स्पर्श से स्वस्थ कर दिया करती थी। सिन्धु की बात सुनकर वह अपने गोद के बेटे को लेकर आई थी।

उस छोटे-से बेटे की देह में पैर छुआते हुए सिन्धु का पूरा शरीर सिहर उठा था। पर उस औरत ने तो बदले में उसे एक गमछा दिया। इसके अलावा रुपया और बतासा देकर प्रणाम कर गई।

मनुदासी पहले इस इलाके में दाई का काम किया करती थी। अब वह लोगों के घरों में जाकर कंडे बेचती थी। मनुदासी ने ही सिन्धु की अलौकिक शक्ति के बारे में लोगों को बताया था।

सिन्धु की माँ ने बेटी से कहा, 'भगवान है कि नहीं देखा? अब सुन, जो भी आएगा, मैं उससे बात करूँगी। तू पहले ही कहीं कुछ बोल मत देना।'

सिन्धु के मन में कोई गहरी अनुभूति होने पर उसकी आँखें भर आती थीं। उसकी एक आँख टेढ़ी थी। वह इससे और भी कुरूप लगती थी पर सिन्धु बहुत ही निरीह थी। छोटी सी बात से भी डर जाती थी।

'पाप नहीं लगेगा, माँ?' सिन्धु ने भयभीत होकर पूछा।

'क्यों?'

'जिसके शरीर को पैरों से छूऊँ, अगर उस बच्चे की बीमारी बढ़ जाए या भला-बुरा कुछ हो जाए तो?'

मनुदासी की जब तक उम्र थी तब तक उसने लड़कियाँ बेचीं, मोहल्ले की लड़कियाँ मुसीबत में फँसतीं तो उन्हें दवा भी देती थी। काफी दिनों तक वह काफी कुछ खरीदती-बेचती रही। मनुदासी बोली, 'यह चिन्ता तुम्हारी नहीं है बेटी। पतला-दुबला बहुत बीमार बच्चा देखा तो बोल देना आज मैं द्वार नहीं खोलूँगी, ठाकुरजी की मनाही है।'

'ठाकुर? कौन ठाकुर?'

'अरे, यह कौन पूछेगा?'

आखिर वही हुआ। सिन्धु की माँ अब पहले ही रुपया वगैरह माँग लेती थी। अगर कोई कहती, 'बेटी के चरण का दाम बढ़ा दिया पंचुमी?'

सिन्धु की माँ कहती, 'तुम सब धन्य हो, धन्य हो तुम सब। तीन रुपए में मन-भर मिलनेवाला चावल तीन रुपए किलो में खरीद रहे हो। आँख मूँदकर खरीद रहे हो। कौन-सी चीज सस्ती है बेटी, बताना जरा।'

सिन्धु के माँ-बाप को मोल-भाव की समझ नहीं थी। सिन्धु की माँ समय की गति को समझती थी। आँगन के एक कोने में दीवार तोड़कर उसने एक दुकान खोली थी। वहाँ बैठकर वह लावा, लाई, चने भूनती थी। भुट्टा के दाने भूनकर भुजियावाले को देती थी।

देह को मत दो आराम
तो गिरस्ती फलेगी-फूलेगी
मजे से कटेगी जिन्दगी।

सिन्धु की माँ बात-बात पर यह कहती थी। सिन्धु भी कभी-कभार माँ की मदद करती थी और गालों पर हथेली टिकाकर बरामदे में बैठी रहती थी। बाप ने भी एक अच्छी-खासी दीवार खड़ी की थी। किवाड़ बन्द कर लो तो लगता है बिलकुल एकाकी, किसी अलग ही जगत् में बैठी है।

किवाड़ के बाहर से शोर-गुल करते हुए बच्चे बुनियादी स्कूल की ओर जाते हैं। सिन्धु किवाड़ की दरार में से कितनी बार उन्हें निहारती है। अरे वो लड़का तो राम तिवारी का है। उस लड़के का बाप तो रिक्शा चलाता है। उन सबको उनकी माँ ज्येष्ठ मास के षष्ठी के दिन सिन्धु के पास लेकर आई थीं। सिन्धु ने उन्हें छुआ था शायद इसीलिए वे जीवित हैं, बड़े हो गए हैं। अगर आना हो तो यही लोग आते हैं। सिन्धुबाला आदि जिन्हें बाबू कहते हैं, वे कभी नहीं आते।

पर एक दिन हृष्ट-पुष्ट स्त्री मनुदासी के साथ आई थी। साथ में उनकी पोती भी थी। बेटी-दामाद सुनेंगे तो छिः-छिः करेंगे। वे दोनों घर पर नहीं थे, इसीलिए वे चोरी-छिपे पोती को लेकर आई थीं।

इतनी सी लड़की, जैसे बिलकुल रुई की गुड़िया हो। तन से मनमोहक सुगन्ध। उस बच्ची को देखकर सिन्धु संकोच से गड़ गई थी। उसके दोनों पैर फटे-फटे से, काले-काले; देखते ही घृणा होती थी।

उस महिला ने कहा था, 'क्या करोगी बेटी! देवत्व लेकर जन्मी हो, इसीलिए बाभन की पोती को पैर से छू रही हो। पर एक बात कहूँ बेटी! तुम्हारी माँ तो पैसे भी लेती है, मुफ्त में तो नहीं। अपने पैरों को साफ भी तो कर सकती हो?'

संकोच से सिन्धु जैसे धरती में समा गई। उसके बाद ही तो मनुदासी ने उसे एक जोड़ी

रबर की चप्पलें लाकर दी थीं। बोली, 'बाबू लोगों की लड़कियाँ पहना करती हैं, सिन्धु तू भी घर में पहना कर। पैर नरम रहेंगे।'

फिर वह पैरों को पत्थर से रगड़कर, तेल चुपड़कर, नाखून काटकर साफ रखने लगी। हमेशा साफ-सुथरे कपड़े पहनती थी। माथे पर सिन्दूर लगाती थी।

'तुम विवाहिता हो?'

ऐसी बात कोई पूछे तो सिन्धु की माँ कहती थी, 'देवांशी कन्या है न? पहले तो समझी नहीं। खेल-खेल में ब्याह तो दिया पर बेटी बोली माँ, मुझसे गृहस्थी नहीं होगी।'

सिन्धु को प्रायः ये बातें स्मरण हो आती हैं। विशेषतः दोपहर के अकेलेपन में, सुनसान आँगन की निर्जनता में घूमते हुए। सिन्धु क्या यही सब करेगी, भगवान की ऐसी इच्छा थी? तो फिर ब्याह क्यों हुआ था? सन्नेसी तो उसके बाप के पास काम करने आया करता था। छिप-छिपकर सिन्धु से मिला करता था। विवाह के बाद सन्नेसी ने कहा था कि सिन्धु के साथ उसका ब्याह होगा, यह तो सन्नेसी ने चोरी-छिपे अपना हाथ दिखाकर ही जान लिया था।

क्यों कहा था? उसके बाद धीरे-धीरे सन्नेसी ने आना क्यों बन्द कर दिया? उसकी देह अब भी इतनी गठी हुई क्यों है? फागुन मास की सूखी हवा में आज भी देह बेचैन-सी हो जाती है?

सिन्धु सोच-सोचकर हैरान हो जाती है। उसके सिरहाने पर चौकी के नीचे उसने एक ईंट थोड़ी ढीली कर रखी थी। उसके नीचे वह पैसे जमाती है। किसके लिए जमा कर रही है? किसके लिए हैं ये रुपए-पैसे? रुपए-गहने पाने के लालच में तो सास सिन्धु को भगाकर दूसरी बहू ले आई थी। सोचकर सिन्धु दुखी हो जाती है, सुना है आजकल मिस्त्री की हैसियत से सन्नेसी का काफी नाम है, काफी पैसा है।

अगर न होता तो शायद सन्नेसी आकर उसका हाथ पकड़ता।

यह सब सोचने में सिन्धु को बड़ी पीड़ा होती है। तब वह जाकर कमरे के खाली फर्श पर पेट के बल लेट जाती है।

कैसा हो सिन्धु अगर रुपए-पैसे लेकर उसके पास चली जाए? या जहाँ जी चाहे चली जाए? घर में बाल-बच्चे हों तो, गृहस्थी के लिए काम करने की इच्छा होती है। सिन्धु की गृहस्थी आवश्यकता से अधिक साफ-सुथरी, चमकती हुई थी। फलहीन, बाँझ गृहस्थी। निष्फल पेड़ के समान भरी-पूरी देह। बेटा नहीं, बेटी नहीं, शरीर टूटे तो कैसे? एक अटूट, तेजयुक्त शरीर लिये देवांशी कन्या के रूप में बैठे रहना सिन्धु को हर समय नहीं भाता। उसे लगता है कि आखिरकार क्या मनुदासी जिनकी बातें सुनाती थी उनकी भी वैसी दशा होगी? उनमें से एक तो इस मोहल्ले में ही रहती थी। चढ़ती उम्र में कौन थी, कौन जाने! जब मर गई तो घर भर में केवल काकातुआ और बुलबुलों की भीड़ जमा थी।

'पानी-पानी' वो चिल्लाई तो थी, पर सारे पक्षी भी चीं-चीं कर चिल्लाए थे, इसीलिए उसकी आवाज कोई नहीं सुन पाया था। चीख-चीखकर केवल एक पक्षी 'किसन-किसन-किसन' बोल उठा था।

यह सब सोचती है तो सिन्धु के तन में आग लग जाती है, परन्तु कुछ क्षणों में ही माँ पुकारती है, 'सिन्धु शनिवार की साँझ है, उठ जा।'

सिन्धु उठती है। कपड़े बदलकर, बाल सँवारती है। पैरों में आलता, माँग में सिन्दूर लगाती है। आँगन के कोने में पेड़ तले दीया जलाकर चौकी पर आसन जमाती है।

शनि-मंगलवार के दिन कोई-न-कोई अवश्य आता है। सिन्धु नमस्कार कर उसे बैठने को चटाई देती है। उसके बाद माँ से कहती है, 'थाली ला माँ, पैर रखूँगी।'

थाली पर पैर रखते हुए आँख मूँदकर ठाकुरजी को नमस्कार कर सिन्धु कहती है, 'लाओ, बेटे को पास लाओ। क्या मेरे दाँत देखकर डर रहे हैं? डरो नहीं बेटा, डरने की बात नहीं। लड्डू खाओगे?'

कहते-कहते उसे एक नशा-सा चढ़ जाता है। लगता है, वास्तव में ऐसा लगता है उसके पैरों में अनोखी शक्ति है। मनुदासी श्लोक गाने के स्वर में कहती है, 'मरने वाले, धरने वाले सब बच जाएँगे माँ, सबका भला होगा।' ये सब बातें नशे के समान हैं। सिन्धु सुनते-सुनते नशे से धुत्त हो जाती है। हलके-हलके मुसकराती है और थोड़ा-थोड़ा झूमती है। उसकी माँ फुसफुसाती है, 'देवी चढ़ रही है। देख रही हो?'

अनोखा, भयंकर नशा। अलौकिकता का नशा सत्ता के नशे की भाँति ही सर्वनाशी होता है। इस नशे में सराबोर सिन्धु के जीवन के बहुत से वर्ष बीत गए। यह नशा एक अदृश्य मंत्र-पूत दीवार था। सिन्धु और जीवन की अन्यान्य वास्तविकताओं के बीच यह दीवार खड़ी थी।

एक दिन दीवार ढह गई।

सिन्धु की मौसी एक दिन गोरी-सी एक लड़की को लेकर आई। सिन्धु के देवांशी होने के बाद से ही उसके नाते-रिश्तेदार उससे ईर्ष्या करते थे। सिन्धु की मौसी भी उससे जलती थी। उसके बेटे रिक्शा खींचते थे। यूनियन-बाजी करते थे। सिन्धु के प्रपंच पर वे विश्वास नहीं करते थे। झाड़-फूँक की आवश्यकता पड़ने पर वे अन्यत्र जाते थे।

गोरी-सी उस लड़की की गोद में एक छोटा-सा बच्चा था।

'इसे पहचानती है, सिन्धु?'

'कैसे पहचानूँ?'

'तीन-तीन बेटों का ब्याह किया है, पर तुम्हारे पास नहीं आई बेटी। फूली की माँ एक बार पहले इसे तुम्हारे पास लेकर आई थी। रेणु को जानती हो?'

'अरे वही लड़की? इतनी बड़ी हो गई?'

'नहीं होगी! वही लड़की बड़ी हो गई है, मेरी बहू बनी है। उसकी माँ ने कहा है तुझसे मिल लूँ।'

'इतनी बड़ी हो गई रेणु की लड़की?'

'तुम कैसे जानोगी भला? तुम्हारी उम्र भी क्या कम है? अब तुम तो देवांशी हो इसीलिए बाल सफेद नहीं हुए। गृहस्थी में रहने से हजार झंझट रहते हैं, समझी? लाओ, पैरों से छुओ। फूली तुमसे एक बात कहने आई है।'

फूली की माँ रेणु है। उसी रेणु की बहन के साथ सन्नेसी का फिर से ब्याह हुआ है। इस बात को लगभग बीस-बाईस वर्ष हो गए होंगे। अभिभूत होकर सिन्धु ने सिर हिलाया। फूली के बेटे के शरीर को पैरों से छुआ। और कितने आश्चर्य की बात! झट से जाकर एक रुपया ले आई और बेटे के हाथों में रख दिया।

मौसी चारों तरफ ईर्ष्या से जलती हुई दृष्टि डालकर चौकी के नीचे पीतल के बासन, आलना में टँगे कपड़े, सिन्धु के हाथों में सोने की चूड़ियाँ देख रही थी।

'अच्छा कारोबार जमाया है, सिन्धु!'

'ऐसी बात न करो मौसी। तुम भी तो नाती को लेकर आई हो!'

सिन्धु मधुर हँसी हँसकर बोली, चाहे शनि हो या मंगलवार, चाहे कुछ घंटों के लिए ही सही, फिर भी सिन्धु देवता का अंश तो होती थी। कितने अविश्वासी, कितने ही संशयी आते हैं। ऐसे ही मीठी बातों से उन्हें बहलाती थी।

मधुर मुसकान बिखेरते हुए उसने पूछा, 'क्या कहना चाहती हो, बेटी?'

सिन्धु की मुसकान में जाने क्या था। फूली का मन सम्भ्रम से भर उठा। फूली बोली, 'मेरी मौसी की बात।'

'कौन-सी मौसी?'

'मेरे मौसा तुम्हारे पति हैं।'

'मौसी की कौन-सी बात?'

'उसे न जाने क्या रोग था। बच्चे मर जाते थे। कोई जीवित नहीं रहता था। मौसी का दिमाग जाने कैसा हो गया था। बहुत इलाज करने पर अब मौसी अच्छी हो गई है। उसका एक बेटा है, चार साल का।'

'मैं क्या करूँ?'

'मौसी हमेशा कहती है, तुम निर्दोष हो। तुम्हारे हाथ लगने से ऐसा हुआ है, हमेशा कहती है।'

'मैं किसी को शाप नहीं देती।'

मौसी कह रही थी, 'अगर, अगर एक दिन हमारे घर पर तुम आ सको, बेटे को जरा...।'

क्रोध, दुख, अभिमान, फिर क्रोधित हुई सिन्धु। पर सिन्धु क्या कोई साधारण मनुष्य है जो पल भर में क्रोधित हो जाए?

'तुम्हारे मौसा क्यों आने देंगे भला?'

'उन्हें पता नहीं चलेगा।'

मौसी परेशान होकर बोली, 'राजी हो जा सिन्धु। देख, अपनी माँ से मत कहना। तेरी माँ मुझे सहन नहीं कर पाती। और पसन्द करेगी भी क्यों? कई वर्ष पहले सन्नेसी मेरे घर आया था न? तेरे साथ बात करने, मिलने, तुझे वापस लेना चाहता था।'

'मौसी, क्या कह रही हो?'

'माँ से पूछना। तब तेरी माँ ने कहा था, देवांशी कन्या है, किसी का घर-संसार नहीं बसाएगी। मेरी बेटी अब घर बैठे महीने-भर में कपड़ा-लत्ता और रुपए मिलाकर सौ रुपए कमा लेती है। वो सब पानी में बहा दूँ?'

सिन्धु ने पूछा, 'कितने साल पहले?'

'करीब दस साल पहले। तू मेरे घर तो जाएगी?'

'मेरा थान तो यहीं है मौसी। वरन् ऐसा करना, तुम किसी से न कहना, किसका बेटा है। बच्चे को ले आओ। यहाँ न लाने पर पता नहीं असर हो न हो! बच्चा कैसा है?'

सिन्धु ने जानना चाहा, देखने में किसके जैसा है। मौसी बोली, 'पतला-दुबला, कँगला-सा। हमेशा कुछ-न-कुछ रोग लगा ही रहता है। तुम्हारे यहाँ की हरी मिर्च बड़ी ताजी लग रही है, सिन्धु। कुछ लेकर जाती हूँ।'

मौसी बच्चे को लेकर आई और छुआकर ले गई।

वैसे तो सिन्धु केवल पैर छुआती है और भक्तों को विदा कर देती है, इस बच्चे की पूरी देह को हाथों से सहलाकर उसने बहुत बार आशीर्वाद दिया। कल्याण हो, कल्याण हो, बार-बार कहा।

पर बच्चा ठीक नहीं हुआ। मौसी बरसात से पहले आई थी। बरसात का मौसम बीतने भी नहीं पाया।

'यह क्या किया? सिन्धु, तूने यह क्या किया?'

सिन्धु के आँगन में पहुँचकर सन्नेसी आग-बबूला होने लगा, 'तूने शाप दिया है, तूने मन्तर पढ़ा है?'

सन्नेसी को देखकर सिन्धु आश्चर्यचकित हो गई। सिर पर गंगा-जमुनी बाल, गाल भीतर धँसे हुए, बूढ़ा-सा यह आदमी वही सन्नेसी है?

'मैंने तुम्हारे बेटे को शाप नहीं दिया।'

'तूने उसे मारा है, मैं तुझे जेल की चक्की पिसवाऊँगा। खोकन की माँ ने उसे क्यों तेरे पास भेजा?' सन्नेसी रोते-रोते चला गया। जाते-जाते कह गया, छल-कपट करके लोगों को ठगने के लिए वह सिन्धु को पकड़वाने के लिए पुलिस भेजेगा।

सिन्धु का संसार जैसे टूटकर बिखर गया। सन्नेसी के चेहरे पर आक्रोश, उसकी गालियाँ वह भुला नहीं पा रही थी।

सन्नेसी ने जैसे उसके घर की दीवार तोड़कर उसे भरे बाजार में बिठा दिया।

'माँ! तेरा दामाद एक बार मुझे लेने आया था?'

'आया था।'

'तूने मुझे जाने नहीं दिया था?'

'नहीं, सिन्धु ...।'

बहुत सोचने पर भी सिन्धु को इस बात का उत्तर नहीं मिला कि तब भी तो सन्नेसी की बीवी थी, उसकी गृहस्थी थी, तब वह उसे क्यों लेने आया था। सन्नेसी क्या जानता था कि उसने सिन्धु के साथ अन्याय किया है और सिन्धु को घर लिवा लाने पर उसका दोष कट जाएगा? अब क्या वह एक बार चली जाए, माँ?

'सिन्धु, तू क्या पागल हो गई है? शीशे में कभी मुँह देखा है, बेटी? कम उम्र में उस चेहरे को देखता था तो सन्नेसी का सिर चकरा जाता था और अब तो तेरी उम्र चालीस हो चुकी है कि नहीं!'

'फिर मैं मौसी को भेजूँगी। वो ऐसा क्यों कह गया कि मैंने उसके बेटे को मारा है?'

सन्नेसी ने सुनते ही भयभीत होकर कहा, 'अरे बाप रे, उस औरत के साथ कोई घर बसा सकता है? देवांशी कन्या के साथ कुछ दिनों तक गृहस्थी की थी, उसी पाप से तो मेरी गृहस्थी का सर्वनाश हो गया।'

कुछ दिनों बाद सब बहुत हैरान हो गए। जो भी जाता था उसे ही सिन्धु भगा देती

थी। सिन्धु अब पैरों से छूकर किसी का भला नहीं करेगी। सिन्धु तो अब केवल लाई-लावा भूनेगी और बैठे-बैठे बुढ़ाएगी।

माँ बोली, 'छि!'

मनुदासी बोली, 'छि!'

पड़ोसी बोले, 'छि!'

सिन्धु ने सबकी अनसुनी कर दी। मनुष्य होकर भी जलना पड़ता है। देवी होकर भी जलना पड़ता है। जब जीवन दोनों ही स्थितियों में एक समान ही है तो सिन्धु व्यर्थ ही देवी क्यों बने?

जलसत्र

जलसत्र बैसाख-ज्येष्ठ में करना चाहिए। कुसुम भी तभी किया करती थी। पर इस वर्ष तो चारों ओर अकाल, सूखा पड़ा है। धरती छाती फाड़कर रो रही है।

मनुष्य का क्रन्दन सुना जा सकता है। धरती का विलाप भिन्न प्रकार का होता है। कुसुम के घर में माचे पर लेटे-लेटे उस युवक को धरती का क्रन्दन सुनाई देता था। कहता था, बरसात के समय पानी नहीं बरसा। आमन धान की बुआई नहीं हुई तभी धरती रो रही है।

वह युवक कहा करता था, चारों ओर की धरती, इस लाल मिट्टी वाली धरती का क्रन्दन भी उसे सुनाई देता है। सोचने बैठती है तो कुसुम की छाती फटने लगती है। तुमने जो कुछ भी कहा था, अब मैं सभी बातों पर विश्वास करती हूँ। तुमने मेरी आँखें खोल दी थीं। कुसुम का मन अब बदल सा गया है। इस लाल मिट्टी के जले देस की तरह।

जाने से पहले वह इतनी सी बात जान न पाया।

वह तो यही समझकर गया कि कुसुम उसकी दुश्मन है। इस मिट्टी की दुश्मन है। और वह युवक कितने गाने सुनाया करता था, कितनी कविताएँ सुनाया करता था। कहा करता था कि उसकी नजरों में कुसुम और माटी धीरे-धीरे एकाकार होते जा रहे हैं। कहता था, 'इस माटी के लिए मर सकता हूँ। तेरे लिए भी मर सकता हूँ।'

कुसुम का हृदय आनन्द और भय से धक्-धक् करता रहता था। उसे इलम बाजार की सौरभी, मालती और गोलाप ने ऐसे ही तो नहीं कहा था कि बाबुओं के बेटे जैसी प्रेम की बातें काली सिकदार किसी जन्म में नहीं कर पाएगा।

कुसुम के मन में तब कुछ और था। सब-कुछ बटोरने-समेटने का मन था। काली सिकदार जितने गहने रुपए दिया करता था, बाबुओं के बेटे क्या दे पाएँगे?

इसी उधेड़बुन में कुसुम ने इस बार जलसत्र किया। कुछ लोगों ने यह जरूर कहा था कि तेरे जैसी औरत के हाथों पानी पीकर हम मरें क्या? कलसी लेकर पसारा करके बैठ भी गई तो क्या तेरे जैसी खूनी औरत बाभन हो जाएगी?

कुसुम ने कोई जवाब नहीं दिया। उनकी ओर आँख उठाकर देखा फिर सिहरकर आँखें झुका लीं।

लोगों ने कहा, 'उस नौजवान को पकड़वा दिया, कितने रुपए खाए हैं?'

कुसुम ने इस बात का भी कोई जवाब न दिया। उसे लगा कि वह सूअर है। सूअर को जाल से घेरकर, काली सिकदार उसके चारों पैर बाँध देता है। फिर मोटे बाँस पर लटकाकर नीचे आग जला देता है। एक तरफ जिन्दा सूअर आग में झुलसता है, दूसरी ओर काली

सिकदार धारदार सींक से सूअर को कोंचता रहता है। सूअर को जितनी यंत्रणा दी जाए, मांस उतना ही स्वादिष्ट होता है।

वह युवक कहा करता था, 'काली सिकदार भी किसी दिन इसी तरह मरेगा।' बुखार की बेहोशी में वह केवल सपने देखा करता था, हाँ, सपने ही देखता था।

काली सिकदार जैसा था, वैसा ही है। कुसुम के घर में जब उस युवक को गिरफ्तार किया गया था तब इलम बाजार की सौरभी, मालती और गोलाप वगैरह को बहुत झमेला सहना पड़ा था। उनके घर को तोड़कर उन्हें मारकर उनका हाल-बेहाल कर दिया था। उन लड़कियों ने कुसुम को बहुत गालियाँ दी थीं।

सब-कुछ वैसा ही चल रहा है, जैसा था। वही काली सिकदार फिर से अपने मकान की तीसरी मंजिल बनवाने के लिए फिर से ईंटें पका रहा है। साँझ होते ही सौरभी वगैरह पाउडर लगाकर द्वार पर खड़ी हो जाती हैं, बाजार के कसाइयों के साथ मसखरी करती हैं। सब-कुछ ज्यों-का-त्यों ही है।

सौरभी वगैरह कसाइयों को अपने घर में नहीं घुसाती थीं। कुसुम से कहतीं, तू पिशाची है क्या? कुसुम ने कभी उनसे 'ना' नहीं कहा। उनकी देह से खून-गोश्त और चर्बी की गन्ध जरूर आती थी, पर वे पैसा भी तो कितना दिया करते थे।

उसे पैसों का बहुत लालच था। तभी तो सब सोचते हैं कि वह युवक, जो माचे पर कुसुम के मैले बिस्तर पर सोया करता था, वही जिसके कारण कुसुम कुछ दिनों तक श्रीपुर की बहूरानी की तरह गर्व से भरी-भरी रहा करती थी, वही युवक कुसुम को रानी बना गया है।

अब सोचती है तो उसकी छाती फटने लगती है। देखो, सब-कुछ तो पहले जैसा ही चल रहा है ज्यों-का-त्यों। वह बोला करता था, 'हमेशा एक-सा नहीं रहता। सब-कुछ एक-सा है भी नहीं। कुसुम नहीं समझती पर सब-कुछ बदलता जा रहा है।'

उन दिनों वही कुसुम का विधाता बन गया था। फर्श पर लेटे-लेटे, उसका ज्वर-ग्रस्त प्रलाप सुनते-सुनते कुसुम को लगता, 'अहा! सपनों में कितना सुख मिलता है। हो न हो, यह युवक सच ही बोल रहा होगा।'

सब बदल जाएगा, सब बदल रहा है, यह बात इतनी सच प्रतीत होती थी कि कुसुम सोचती, शायद सुबह उठकर देखेगी, यह ऊबड़-खाबड़ बाँझ धरती समतल हो गई है, हरियाले धान-खेत लहलहा रहे हैं।

शायद कोपाई नदी अब वैसी नहीं रही। अब इसमें कहीं बालू के टीले दिखाई नहीं देते। कोपाई अब जल से भरी हुई, लबालब नदी है।

कुसुम को ऐसा ही लगता था। जितने दिन वह युवक माचे पर लेटा रहा उतने दिनों तक कुसुम को ऐसा ही लगता रहा कि वह सुबह आँख खोलने पर देखेगी, सब-कुछ बदल गया है।

परन्तु प्रातःकाल उठकर उसने कभी भी अपने चिर-परिचित बाजार के अलावा कोई बदलाव नहीं देखा।

वही थोड़ी दूर हाटतला, वही बसर-रास्ते के दोनों ओर बिना पत्तों के खड़े पीपल के पेड़ हैं। चारों ओर धूल-धूसरित और रूखापन।

कोपाई के तट पर जाकर वही परिचित प्रेतों का जुलूस नजर आया।

रात के अँधियारे में वो लड़कियाँ बालू खोद रही हैं। जलसोता खनिया रही हैं।

लड़कियाँ धरती से बातें करती हैं। वे लगातार नाखूनों से बालू खोदती रहती हैं। उसके बाद सारी रात बूँद-बूँद कर पानी इकट्ठा होता रहता है। भोर-रात लड़कियाँ वही पानी भरकर ले जाती हैं। पौ फटने पर पानी नहीं मिलता। धूप के ताप से पानी सूख जाता है।

जब तक वह युवक था, कुसुम को लगता था, 'अहा! सब-कुछ बदल जाएगा, सब बदल रहा है, बाबुओं के लड़कों की बबुआनी बातें भी।'

पर अब जैसे ऐसा लगता है, प्रत्येक वस्तु का रूप बदल गया है, रंग बदल गया है।

रातें कितनी घुप्प अँधेरी लगती हैं, भोर का सूरज, साँझ का सूरज नवोढ़ा की ओढ़नी जैसा लाल दिखाई देता है। इस बार जब शिरीष खिले थे तब क्या कुसुम को ऐसा नहीं लगा था कि फूलों की गन्ध बेहद तीखी है, फूलों के केसर, कुसुम के रक्त से भर रहे हैं?

ऐसे में कुसुम को वही बीती बातें याद आने लगती हैं। उसे लगता है जैसे वह स्वयं भी उस माटी की तरह होती जा रही है–शुष्क, तृषार्त, क्षुधार्त।

माटी को भी भूख लगती है। माटी खून की प्यासी हो जाती है। इस बार उसने बहुत खून माँगा था, तभी तो काली सिकदार भी जैसे खून के लिए दीवाना होकर काफी दिनों तक हुल्लड़ मचाता रहा। कितनी बार उन्होंने गाँव-गाँव में, खेतों में, गोले में, गोशालों में, हाटों को तहस-नहस किया जैसे कोई मल्ल हस्ती हो। श्रीपुर के राजाओं का मल्ल हाथी जैसा किया करता था!

कितनी ही बार वे लोग नदी पार कर कभी इधर, कभी उधर गए और हर बार निर्ममता से हँसते-हँसते पैरों से रेत को ठेल-ठेलकर जलसोतों को दबा दिया। पौ फटने से पहले देखता हूँ अब आकर कैसे पानी भरती है। अब देखें कितना पानी है!–ऐसा कहकर वे हँसे थे।

इतना खून पीकर भी माटी की भूख नहीं मिटी। तभी तो आकाश धुआँ-धुआँ सा, वर्षा भी कृपण हो गई है, आमन में अकाल पड़ा है।

कुसुम आगे कुछ सोच नहीं पाती। अब उसे ईर्ष्या होती है अन्धकार की उन प्रेतनियों से। मन की पीड़ा मन में दबाकर, चीथड़े पहने, अँधियारे को देह पर लपेटकर, लज्जावरण की तरह जो रात में आती हैं और रेत खनियाती हैं।

कुसुम को क्यों ऐसा लगता है कि बचपन की तरह वह अब भी केवल सूखे बालू-तट को निरन्तर अपने नाखूनों से कुरेद रही है, परन्तु उसके जलसोते में कभी अँजुरी-भर पानी भी जमा नहीं हुआ? क्यों ऐसा लगता है कि काली सिकदार प्रदत्त रुपया, काली सिकदार के द्वारा दिया हुआ नकबेसर, हाथों के कड़े, कर्ण-कुंडल सब-कुछ तो है, फिर भी कुसुम हत-भागिनी है?

उसे लगता है, सबने पानी भर लिया है, अकेली कुसुम खड़ी है, खड़ी रहेगी।

कोपाई की छाती हाहाकार करती है, मिट्टी का बवंडर उठता है, सूखे अश्वत्थ की डाल पर बैठा हुआ कौआ कर्कश स्वर में 'काँव-काँव' करता है। चारों ओर आकाश और जली हुई परती भूमि का रंग एक जैसा हो जाता है।

और कुसुम निपट अकेली खड़ी है। अकेली, बहुत अकेली है वह। उसके हाथों में पानी का बर्तन है। उसके जलसोते में कभी पानी नहीं जमा हुआ।

इसीलिए कुसुम ने बैसाख या ज्येष्ठ में नहीं, आषाढ़ के धूमिल आकाश के नीचे जलसत्र का आयोजन किया।

'कोई नहीं जाएगा, न पानी पीएगा!'–सिकदार गरजा।

'कोई बात नहीं।'

'जल-सत्तर! जल-सत्तर करना होता तो मैं न करता?'

'नहीं।'

'क्या कहा?'

'नहीं करते।'

काली सिकदार का कंठ अवरुद्ध हो गया था। उसे इतना गुस्सा। कुसुम रुपए नहीं लेती, बुला भेजने पर आती भी नहीं। मारे गुस्से के वह लाल-पीला हो रहा था। काली ने पूछा था–'तू बख़्शीश नहीं लेगी?'

'नहीं।'

'तूने मदन से कहा था कि बख्शीश के रुपए गो-रक्त के समान हैं?'

'नहीं।'

'नहीं कहा था?'

'कहा था, तुम्हारा खून है।'

काली सिकदार ने इसके बाद भी पूछा था, 'फिर उसे पकड़वाया क्यों?'

'तुमने जो कहा था कि अस्पताल में इलाज करवाओगे? कहा था कि वह धनी का बेटा है, उसकी जान की काफी कीमत है। तुमने कहा था कि उसका पता बताऊँगी तो लड़का जान से बच जाएगा। इसीलिए!'

'इसीलिए?'

'हाँ।'

'और बहूरानी ने तुझसे क्या कहा?'

'कुछ नहीं।'

कुसुम ने हैरान होकर काली सिकदार के घर में लगे हैंडपम्प को देखा था, कितना अच्छा था। ये सब हैंडपम्प सरकार किसानों को खेतों की सिंचाई के लिए देती है। काली सिकदारों के माध्यम से देती है। तभी तो काली सिकदार के घर एक हैंडपम्प लगा है, एक उसके दामाद के घर।

ये सब हैंडपम्प, मिट्टी के नीचे हजार फीट तक चले जाते हैं और पानी को सतह पर खींच लाते हैं।

कुसुम ने देखा, दो-दो कुएँ, एक हैंडपम्प। काली सिकदार का नौकर गाय को नहला रहा है। गाय की देह पर कितना पानी डाल रहा है?

कुछ क्षणों तक कुसुम एकटक देखती रही फिर बोली, 'मैं जा रही हूँ!'

दारोगा ने सिकदार को आँख दबाकर कुसुम को और परेशान न करने के लिए कहा था। कुछ भी हो, कुसुम की मदद के बिना दारोगा उस युवक को गिरफ्तार नहीं कर सकता

था। कौन जानता था कि पैर इतना सड़ चुका है कि अस्पताल ले जाने के दौरान ही वह दम तोड़ देगा?

कुसुम ने जाते-जाते पूछा था, 'दारोगा बाबू! इसका अस्पताल में इलाज करवाया था?'

दारोगा ने अपनी जाँघ खुजलाते हुए कहा था, 'अरी बदजात, तेरे घर ही तो उसका पैर सड़ने लगा था कि नहीं! ऐसे में भला कोई बचता है? नहीं, वह अस्पताल नहीं पहुँच पाया।'

तब कुसुम ने राहत की साँस ली। खैर! अच्छा ही हुआ कि पैर के घाव ने ही उसकी जान ली। अस्पताल ले जाकर दवा कराने के बाद फिर कहीं वे उसे मार डालते तो?

कुसुम वहाँ से लौट आई थी।

नहीं, सब बातें बताने लायक नहीं होतीं। कितने सवाल, कितनी जिरह करने पर भी वे उससे कुछ नहीं उगलवा पाए थे। कुसुम के घर वह बाबू का लड़का गया क्यों? उसे किसने वहाँ पहुँचाया?

कोई नहीं जानता, उस दिन क्या हुआ था। वही आँधी, तेज अन्धड़। सभी को पता है कि बहूरानी स्वयं गाड़ी चलाकर कलकत्ता आती-जाती थी। वह दुबली, गोरी, बुआनी चाल की है। उसका पति यहाँ कभी नहीं आता। उसके ससुराल का भी कोई यहाँ नहीं रहता। बहूरानी क्यों आया-जाया करती थी, कौन जाने?

बहूरानी सभा-समिति करने, नेक काम करने के उद्देश्य से स्वयं गाड़ी चलाकर आया करती और उनके घरों में जा-जाकर सबसे मिलती थी, कुसुम को क्या वह पहचानने लगी थी? नहीं तो उसी के घर पर क्यों उस दिन आई थी?

क्यों बोली थी—इन्हें कुछ दिन अपने घर में रखना होगा, रख सकोगी?

बहूरानी की आँखों में आँसू नहीं थे। बहूरानी ने कहा था, कुछ दिनों के बाद वह उसे यहाँ से ले जाएगी।

कुसुम क्यों राजी हुई थी?

भाग्य! भाग्य और अपना स्वभाव। सब जानते-बूझते हुए भी कुसुम जैसे मूर्ख बन गई थी। अपना स्वभाव, बहूरानी के आकर कहने और वैसा अनुनय-विनय करने पर आज भी कुसुम वगैरह उनके मुँह पर 'ना' नहीं कह सकतीं।

बहूरानी थोड़ी-बहुत दवाई देकर चली गई। कहा था, कलकत्ता से डॉक्टर लेकर आएगी।

बहूरानी फिर नहीं आई।

वह युवक जानता था कि बहूरानी अब कभी नहीं आएगी। माचे पर लेटे हुए वह धीरे-धीरे मर रहा था, सड़-गल कर मर रहा था। खून और सीसा अगर एक हो जाए तो क्या शरीर सह सकता है?

अन्तिम दिनों में कितनी बातें किया करता था। बस उसी के बारे में।

सब विकारग्रस्त बातें थीं। किसी और से कहा करता होगा। उस युवक ने भूल से भी 'कुसुम' नाम का उच्चारण नहीं किया था। शीला को पुकारता था। शीला तो बहूरानी का नाम था।

इसीलिए हाट में घूमते हुए सिकदार के घर जाते जब कुसुम ने सुना कि उसे अस्पताल में भर्ती कराया जाएगा तभी...। तो भी क्या कुसुम हिम्मत जुटा पाती?

वही जब कुसुम ने उस युवक से पूछा था, 'तुम किसकी बात करते हो जी! मैं तो कुसुम हूँ। मैं...।'

तब उस युवक ने कहा था, 'जानता हूँ तुम कुसुम हो। तुम्हीं से कह रहा हूँ।' इसी से तो कुसुम हिम्मत कर पाई थी।

वह काली सिकदार के पास गई थी। उसने वचन लिया कि उससे मारपीट नहीं करेंगे। उसका इलाज कराएँगे। उसे स्वस्थ करेंगे, उसके सिर से भूत उतारेंगे। फिर उसे छोड़ देंगे, जरूर छोड़ देंगे।

इसीलिए तो...

परन्तु गद्दार! रंडी! गद्दार! उस युवक ने विकारग्रस्त स्वर में कुसुम से क्या नहीं कहा?

'तुम ठीक हो जाओगे, जी।' कहते हुए वह ज्यों ही उसके पास गई थी त्यों ही उसने जिस पैर में घाव नहीं था उस पैर से क्या उसे लात मारने की कोशिश नहीं की थी?

दारोगा उसके सड़े हुए पैर को जिसका रंग बैंगनी हो गया था, जो फूला हुआ था, पके आम की तरह फूले पैर को खींचते हुए क्या उसे ले नहीं गया था? क्या उसी क्षण कुसुम को खयाल नहीं आया था कि उसने उस युवक का सर्वनाश कर दिया है?

इस बार आषाढ़ में जलसत्र करेगी। प्रति वर्ष कुसुम एक बार जलसत्र करती है।

पापों से भरा जीवन है उसका। पापों से भरा जीवन। नहीं तो अँधेरे में बाकी सब तट के बालू नाखूनों से खोदती है, उधर कुसुम के आँगन में पक्का कुआँ कैसे है, कहो जरा।

कुसुम नहीं गई, उसने इनाम भी नहीं लिया। अब सब कुसुम को शाप देते हैं, धिक्कारते हैं। कहते हैं—इतना लालच। वह पैसा तेरे पास हमेशा रहेगा?

कुसुम ने किसी की बात का विरोध नहीं किया। अब वह जलसत्र में बैठी है। कुछ दूर हाट लगी है, गाजा-बाजा, शोर, हो-हल्ला सब-कुछ सुनाई दे रहा है। आज नौ दिन हो गए हैं। कुसुम की आँखों से आँसू की एक बूँद भी नहीं निकली। उससे रोते नहीं बना।

फिर भी तो हाट आने-जाने वाले आते-जाते सुस्ता रहे हैं, पानी पी रहे हैं। मगर कुसुम ने उन दोनों आदमियों को पानी नहीं पिलाया था—उस दारोगा और उसके साथी को।

जाने कहाँ उनकी जीप का पहिया खराब हो गया था। काफी दूर से वे दोनों पैदल चलते हुए आए हैं। सब-कुछ सुनकर भी कुसुम ने उन्हें पानी नहीं पिलाया। बोली, 'मैं नहीं पिलाऊँगी। तुम्हें जहाँ मिले, वहाँ जाओ।'

दोनों कब लौट गए, कुसुम को खयाल नहीं। कुसुम बैठी-बैठी सिर्फ सड़क की धूल देखती रहती है। उसके सीने में जैसे कुछ दरक गया है जो दरकता ही जा रहा है।

जब दारोगा उसे खींचते हुए ले गया, उसी क्षण वह समझ गई थी कि उन्होंने जो कुछ कहा था, सब झूठ था।

ऐसे में कुसुम उसे पानी कैसे पिला देती?

कुसुम ने नजर उठाकर सामने देखा। सामने बस धूल-मिट्टी ही थी। हाट कितनी दूर है, वह आदमी विपरीत दिशा से क्यों आ रहा है?

अब कुसुम को लगा कि शायद वे दूसरे गाँव जा रहे थे। हाट की ओर नहीं, विपरीत दिशा में। धूप लग गई है।

'थोड़ा-सा पानी दे दो।'

'पानी नहीं है।'

'बाबू उधर बैठे हैं। थोड़ा-सा पानी दे दो।'

उस आदमी ने पानी की बोतल निकाली।

'पानी नहीं है।'

कुसुम ने निस्पृह स्वर में कहा—हे भगवान! हे भगवान! तुम कुसुम को छोड़कर नहीं गए? इतनी शक्ति तो कुसुम को दे ही दी कि उस आदमी को पानी न देकर वह उसे कष्ट पहुँचा रही है।

वह आदमी हताश होकर लौट गया।

अब कुसुम ने उस युवक के बारे में सोचने की कोशिश की। पिछले कई दिनों में उसने एक बार भी उसके बारे में सोचना नहीं चाहा था। जरा भी सोचना नहीं चाहा था।

असह्य कड़ी गर्मी। कुसुम ने पानी पीया, पंखे से हवा झलने लगी।

'कुसुम! दो घूँट पानी पिला दे कुसुम!'

दारोगा फिर लौट आया है। देह से जैसे कुछ निकला जा रहा हो, जैसे प्यास से तड़पकर सिकुड़ता जा रहा हो। कुसुम ने पूछा, 'न दूँ तो क्या करोगे बाबू? मारोगे?'

'नहीं।'

'नहीं मारोगे?'

'नहीं रे!'

न जाने कुसुम को क्या हुआ। दारोगा की कातर, दयनीय दृष्टि की प्रार्थना ने, उसे कहीं भीतर तक झकझोर दिया, 'लो पानी, पी लो।' कहते हुए वह पानी पिलाने लगी।

दारोगा पानी पीने लगा। उस आदमी ने टीन की बोतल आगे कर दी। इस समय न जाने कुसुम को क्या हुआ, वह रोने लगी। आषाढ़ का सूखा, जिधर देखो धूसर-ही-धूसर, लाल मिट्टी, धूमिल आकाश।!

जलसत्र में पुलिस को जल देती हुई एक वेश्या रो रही थी। ऐसा दृश्य क्या कभी किसी ने देखा है?

जगन्नाथ का रथ

भीख में मिली कथरी को पुण्यदासी खुद ही सिलने लगी। अपनी कथरी, मागनदास की थैली भी। पर कई दिनों के बुखार के बाद दीवार पर टेक लगाकर सुई में धागा पिरोने लगी तो लगा कि आँखों के आगे सुई का छेद, कथरी का किनारा, धागा सब जैसे गड्ड-मड्ड हो गया हो। कुछ दिखाई नहीं दे रहा था। उसे याद आया, एक बार मागनदास उससे नाराज होकर बाउल बनने चला गया था।

उसने कहा था, 'उस काम में पैसा है।' पुण्यदासी चाहे जिस हाल में भी रहे, अपने कामडहरी का घर और हालत के निवास की बात कभी नहीं भूल पाती। वहाँ से छोड़कर आते समय माथा टेकते हुए बोली थी, 'माँ, जहाँ भी जाऊँ, तुम्हें नहीं भूलूँगी, हमेशा याद रखूँगी। जिसने मेरे पूर्वजों को अन्न दिया, उनका पालन-पोषण किया, उसे मैं कैसे भुला सकती हूँ!'

इसलिए मागनदास ने जब 'बाउल' बनने को 'व्यापार' कहा तो वह क्रुद्ध हो गई थी। उसने कहा था, 'मुझसे घृणा करते हो, जहाँ तुम्हारा जी चाहे, जरूर जाओ। पर, इसलिए बाउल-संन्यासी का व्यापार करूँगा, यह भला कैसी बात हुई!'

'व्यापार नहीं तो क्या! जिससे दो पैसों की आमदनी हो जाए, वही तो व्यापार है, ठीक है न!'

'अरे महापापी! हमने जोगी को भीख दिया तो वह भी व्यापार करता था, बोलो?'

'अरे, उसमें और इसमें कोई बराबरी नहीं। तेरे जैसी लुगाइयाँ होती ही कूढ़ मगज हैं। आजकल तो सब-कुछ व्यापार ही है रे! यहाँ-वहाँ घूमते-घामते बाउल-संन्यासी बाबुओं के सामने गाना गाते हैं, नाचते हैं, पैसा लेते हैं, देखा नहीं क्या?'

जो भी हो, कामडहरी छोड़ने के बाद पिछले पन्द्रह-सोलह वर्षों में कम-से-कम सात-आठ बार मागनदास इस प्रकार घर छोड़कर गया था और फिर वापस भी लौटा था।

उस बार तो बाउल की संगत करते-करते रह गया। पर कुछ अच्छी-अच्छी बातें सीख आया था—'भगवान का कोई रंग नहीं, समझी बहू! गुरु की संगत में रहते-रहते ही भगवान मिल जाते हैं। और सब-कुछ में तो भगवान ने रंग भरा है ना? फूल में, फल में, संसार में सर्वत्र; इसलिए अपने लिए कोई रंग रखा ही नहीं। सब रंग खत्म करके वे स्वयं एकाकार हो गए हैं।'

परन्तु कुछ दिनों में ही बहू बाजार की सोना-पट्टी में कोयला बीनने का काम मिलते ही वह सीखी हुई सब बातें भूल गया। तब तो कुछ दिनों तक वह नए कारोबार की बातें ही बताया करता था—'कोयला बीनते-बीनते सोने के कण मिल जाते हैं। थोड़ा-सा मिलते ही, समझी बहू, हालतू की जमीन मैं जरूर छुड़ा लूँगा।'

काफी जोर-जोर से बोलता था। तब तक उसके बेटे की बहू, घर की बहू के समान ही रहती थी। अस्पताल की दाई नहीं बनी थी। थान छोड़कर किनारीदार साड़ी तक नहीं पहुँची थी। पोती भी छोटी थी। इसलिए, मागनदास की बातों में, घर के स्वामी होने के नाते काफी रोब था। तब भी, वे सभी इस बात पर विश्वास करते थे कि हालतू की जमीन पर से मागनदास के रिश्ते की बहन-बहनोई वगैरह को हटाया जा सकता है। एक-न-एक दिन वे लोग वहाँ जरूर लौटेंगे। उनका बेटा मरते समय खाकर यही तो कह गया था।

इसलिए, मागनदास एक के बाद एक काम पकड़ता रहता था, वह जब जो काम करता, उसी के बारे में बातें करता था। जब बाउल बनने चला तो भगवान की ही बातें किया करता था और कोयला बीनने का काम करते हुए सोने की रेत की बातें किया करता था। सोना-पट्टी के सुनारों की दुकान बन्द होने से पहले ही मागनदास फिर से इमारती काम की मजदूरी पर लग गया था। इसलिए ज्यादा दिनों तक इस बात से भी उसका नाता नहीं रहा।

केवल, पुण्यदासी को कभी-कभी, दिन के वक्त, सब बातें याद आने लगती थीं। जैसे याद आती थीं, बीते दिनों की तरह-तरह की आवाज़ें। काँसे-पीतल के बर्तनों की ठन्-ठन् आवाज। उसके हाथों की चाँदी की चूड़ियों की रिन्-रिन् ध्वनि, धान उबालकर आँगन में फैलाने के बाद धान की हाँड़ी माँजने की आवाज। और साथ ही याद आती थी मागनदास के मुख से निकली एक-एक बात।

'भगवान का कोई रंग नहीं, समझी, सब धुल-पुँछकर साफ हो गया है।'

अब बुखार उतरने के बाद, रथ के मेले के कुछ ही दिन पहले पुण्यदासी को लगा कि उसकी कथरी, मागनदास की भीख की झोली सिलने लायक ताकत उसमें नहीं रही। सब धुल-पुँछकर साफ हो चुकी है। अपनी आँखों के भरोसे ही तो वह कमा-खा लेती थी, 'अब वह नजर भी भगवान ने छीन ली।' कहते हुए भी भयभीत होकर पुण्यदासी ने अपनी जबान को रोक लिया। अपने मुँह को हाथ से दबा लिया। रथ के मेले में, उलटे रथ के समय, विपत्तारिणी व्रत-स्नान के पर्व पर, अब भी वह ठीक-ठाक कमा लेती थी। इसी के चलते तो उसकी बहू उसे झेल रही थी। रथ का समय जैसे-जैसे निकट आता था, पुण्यदासी की गृहस्थी में किसी प्रत्याशा का ज्वार आ जाता था। जैसे बुखार चढ़ने पर होता है ठीक वैसे ही उत्साह से भी शरीर तप्त हो जाता है। उन दिनों, सभी दुकानदार प्रतिदिन उसे एक-एक पैसा देते थे। यह तो बँधा रोजगार था। उससे आगे जो किस्मत से मिल जाए।

'दादी, तुमने अपना मुँह क्यों ढक लिया?'

पोती उसे तीव्र दृष्टि से देखने लगी।

'ऐसे ही।'

पुण्यदासी ने मन-ही-मन कहा, 'इन आँखों ज्योति जाती रही। यह जानते ही तुम दोनों माँ-बेटी मेरा न जाने क्या हाल करोगी। असलियत बताकर मरना है क्या! बुड्ढे की तो आँखें जाती रहीं, उसे तो मैं ही लाकर बिठा देती हूँ, फिर वहाँ से उठाकर ले आती हूँ। मुझे कौन देखेगा!'

'कथरी नहीं सीएगी?'

'अभी रहने दे!'

पुण्यदासी का गला सूखने लगा। किसी जमाने में इसके अंग-अंग से स्वास्थ्य झलकता

था। कामडहरी के लोग कहा करते थे, 'उनकी बहू तो भैंस की तरह दिन-भर खटती रहती थी!' अरे, इस तन के कारण ही तो सब खातिर किया करते थे।

बाद में तो इसी तन के हर अंग में रोग घुस गया। पोती तो गा-गाकर बोलती थी, 'क्या गोबर उबाल दूँ? पैरों में लगाएगी? क्यों, गठिया हुआ है शायद? ओ माँ, एक अंग में इतने रोग, तेरी जैसी तो कहीं देखा नहीं।'

'अरे, रोग तो लक्ष्मी है,' पुण्यदासी गम्भीरता से कहती, 'लोग क्या मुँह देखकर पैसा देते हैं, बेटा? पैरों में गठिया, हाथ में घाव, टूटती कमर, यही सब देखते हैं, तभी पैसा फेंकते हैं।'

'अंग-अंग में रोग की बाढ़ आई है,' पोती पीक फेंकती हुई कहती और हाथ वाले आईने में देख-देखकर जूड़ा थपकाती।

परन्तु इस क्षण आँखों के आगे सुई-धागा, कथरी, झोली सब एकाकार होते देख पुण्यदासी की छाती के नीचे धप्-धप् कर ढेंकी का पाट गिरने लगा, विश्व-संसार में अन्धकार छा गया, कँपकँपाते हुए वह कमरे के कोने में आ बैठी।

'तो क्या रथ के तले मरना होगा?' सोचते ही मन की आँखों में इसका चित्र सजीव हो जाता था। अब भी वैसा ही हुआ। इन आँखों से तो कभी नहीं देखा पर कानों से सुना जरूर है, आसमान में सिर, भू-तल पर पहिया, किसी भयानक लक्ष्य की ओर तेजी से अग्रसर होता हुआ जगन्नाथ का रथ, लाखों कंठों से 'जय जगन्नाथ, जय जगत्नाथो, जय जगन्नाथ, जग्तो नाथो, जय जगन्नाथ, जय जगन्नाथो' की ध्वनि। लोगों की ठेलम-ठेल से साँसों की हवा ही रुद्ध थी, परन्तु जगन्नाथ का रथ फिर भी आगे बढ़ता आ रहा था।

सहसा, मानमूम में, बिहार में ग्वालों के 'कौवाडोर' परब में उन्मत्त गाय के टेढ़े सींगों के सामने चारों पैरों को बाँधकर जैसे सूअर को फेंक देते हैं उसी तरह कुछ लोग अन्धे, लूले-लँगड़े, कुष्ठ-रोगियों को भी रथ के पहिये के सामने लुढ़का देते थे।

जगन्नाथ के रूप के सामने सब लाचार थे, 'इस प्रकार मरने पर मनुष्य को मुक्ति मिलती है रे! रथ-यात्रा का पुण्य प्राप्त करके दिव्य-देह धारण कर स्वर्ग को जाता है।' उनके मालिक-मकान के कुल-गुरु का गुरु-गम्भीर कंठ-स्वर इस क्षण पुण्यदासी के कानों में जैसे गूँजने लगा। वह नहीं भूलती, कोई भी बात हो, वह कभी नहीं भूलती। पुण्यदासी ने अपना सिर इधर से उधर दो-एक बार हिलाया। भूल नहीं पाती, तभी तो अपने को बहुत असहाय महसूस करती थी। 'दुहाई ठाकुर, दुहाई ठाकुर' उसने अस्फुट स्वर में कहा। उसके बाद अपनी आँखें उठाकर आसमान को देखने की कोशिश करने लगी। खिड़की से आँखें सटाकर बाहर की ओर देखने की कोशिश करते ही वह भय से जड़ हो गई, अस्फुट आर्तनाद करती हुई वह पसीने-पसीने हो गई।

उसकी आँखों के सामने केवल दो गज की दूरी पर टीन के निशान, बड़ी-बड़ी ध्वजाओं के नीचे दशावतार, देव-देवी, मुनि-ऋषियों की मूर्तियों की कतारें नजर आ रही थीं। उन्हीं के बीचोबीच काष्ठनिर्मित जगन्नाथ की भयंकर मूर्ति रथ पर आसीन थी। प्रतिवर्ष उनकी बस्ती के पीछे, काठगोले के आँगन में पाल-चौधरियों का रथ सजाया जाता था, रंग-पॉलिश किया जाता था, न जाने क्यों यह बात उसे बिलकुल याद नहीं रही।

अब याद आया, फिर भी सीने की तेज धक्-धक् कम ही नहीं हो रही थी। 'ऐसे समय

रथ को जो भी देखता हो उसमें उसे जरूर कोई छिपी दैवी शक्ति नजर आती है।' उसने मन-ही-मन दो-एक बार इस बात को दोहराया भी। कोई दैवी शक्ति नहीं, कोई अलौकिकता नहीं, इस बात को पुण्यदासी के अलावा और कौन जान सकता था? उसने किसी अन्धे को दृष्टि पाते नहीं देखा, मृत को जीवित होते नहीं देखा। फिर भी उस वक्त उसे दैवी और अलौकिकता की बेहद जरूरत थी। नहीं तो उसकी देह के समान ही उसका मन भी विस्थापित-सा महसूस करता था। अपने पुरखों का मकान छोड़ने पर भी देह तो किसी प्रकार जीवित थी। परन्तु देव-दैव-अलौकिक का सहारा न हो तो मन को कैसे तसल्ली मिलती? अब छोटी-छोटी बातों में भी पुण्यदासी को अलौकिकता दिखाई देती थी। देखकर डर भी जाती थी। परन्तु इस भय में भी आनन्द था। इस क्षण, जहाँ पर हर वर्ष रथ खड़ा रहता था, ठीक वहीं उसे रथ दिखाई दिया, आँखों की दृष्टि खोने के डर से जड़भरत पुण्यदासी को लगा कि यह कोई दैवी घटना है। देवता ही उसे बता रहे हैं–'पुण्य, तू रथ के नीचे मरेगी।'

'अरे, मैं कहूँ, रथ कभी देखा नहीं क्या? अजीब औरत हो! कब से चिल्ला रहा हूँ, किवाड़ बन्द करके जाओ। इसीलिए मैं किसी काम पर लगना नहीं चाहती थी। जब टाइम से पहुँच ही नहीं पाऊँगी तो जाने का क्या फायदा। उन्होंने पैसा देकर काम पर रखा है, बे-टाइम से जाऊँगी तो क्यों बर्दाश्त करेंगे?'

पुण्यदासी झटपट आकर किवाड़ पकड़कर खड़ी हो गई। नरमी से बोली, 'बेटा, किवाड़ बन्द कर दूँगी! तू जा!'

पोती तेज कदम बढ़ाती हुई चली गई। वह अस्पताल में दाई थी। यानी रोगी की सेवा करती थी। पुण्यदासी यही समझती थी। वहाँ जाने के लिए इतना बड़ा जूड़ा, प्लास्टिक का बैग भला किस काम का, कौन जाने! उसने दो-एक बार अपनी बहू से कहा भी, 'जवान लड़की है। आज नहीं तो कल दामाद ले ही जाएगा। काम पर भेज रही हो, कोई बात नहीं, पर इतना फैसन तो ठीक नहीं।'

'अब तुम्हारा वाला जमाना नहीं रहा, एक कपड़ा लपेटा और भाग निकले। भले घर के लोगों का काम है, साफ-सुथरी होकर न जाए तो वे हमारे हाथों की सेवा क्यों लेंगे?' बहू रूखे गले से बोली, 'नहीं तो मुझे भी भला किनारीदार रंगीन साड़ी पहनने की क्या पड़ी थी?'

पुण्यदासी ने और कुछ नहीं कहा। ज्यादा बोलने से क्या फायदा, कौन सुनेगा! जबकि बहू को इस काम पर उसी ने लगवाया था। उसकी उड़िया मकानवाली ने अस्पताल में दाई का काम कर-करके ये मकान बनवाए थे। पुण्यदासी से उसे बहुत प्यार हो गया था।

'तू मेरी बहन है।' वह बार-बार कहा करती थी। पुण्यदासी ने उसी के हाथ-पाँव पकड़े। 'औरत जात रोगी की देखभाल करेगी, सेवा करेगी, इस काम में कोई बुराई नहीं है माँ, तुम इस काम पर बहू को लगवा दो।'

वैसे स्वेच्छा से तो नहीं कहा था। बहू उसका सिर खा रही थी। दिन-रात कहा करती, 'वे आज कोई कारोबार करते हैं तो उसे छोड़कर कल कोई दूसरा, हमारे-तुम्हारे घर-घर हाड़ तोड़ने से ही बात नहीं बननेवाली। तुम जरा मुझे दाई का काम दिलवा दो!'

'रोगी की सेवा! पुण्य का काम!' मागनदास ने भारी गले से कहा था। यद्यपि रोगी की सेवा करने के लिए बहू के मन में रत्ती-भर भी इच्छा नहीं थी। वह तो अलग ही प्रकार की

संगत में रम गई थी। मकानवाली के घर में मेज-घड़ी की टिक्-टिक् आवाज, स्टोव की 'गों-गों' फुफकार, लोकल रेडियो का समय सूचित करनेवाला संगीत। उसे लगा था कि काम मिलते ही छू-मन्तर से उसके पास भी सब-कुछ हो जाएगा।

रोगी सन्तान की भाँति होता है। मकानवाली ने उसे सिखा दिया था, 'रोगी का मैल साफ करते हुए, कै साफ करते हुए घिन मत करना। घिन करते हुए पकड़ी गई तो वो तुझे काम से हटा देंगे।' उसके बाद, इस काम के बल पर ही बहू ने बेटी को पाल-पोसकर बड़ा किया, ब्याह दिया, तिस पर दामाद ने कारखाने का काम और क्वार्टर पाते समय बेटी को भी काम पर लगवा दिया। अब उनके कमरे में भी घड़ी की आवाज सुनाई देती थी, स्टोव जलता था। माँ-बेटी में जब जिसकी रात-ड्यूटी होती थी, रोटी-सब्जी साथ लेकर जाती थी। दिन की ड्यूटी होने पर भात लेकर जाती थी। खाना पकाते हुए छौंकने की आवाज, घड़ी की टिक्-टिक्, उनके घर में भी अब तरह-तरह की आवाजें सम्मिलित हो गई थीं।

पुण्यदासी ने पोती को विदा करके अपनी बहू की प्रतीक्षा करते हुए सोचा—आँखों के बारे में बताऊँ तो क्या बहू अस्पताल ले जाकर जाँच करवाएगी! या फिर हुज्जत करेगी! कहीं घर से बेघर कर दे तो? यह सोचते हुए भी डर लगता था।

फिर भी तो बहू और पोती उन्हें भात नहीं देती थी। 'इस रोजगार में चार जन खाने लगे तो कुछ और नहीं हो सकता।' अलग कर देने की धमकी भी बहू ने दी थी।

'कुछ और नहीं हो सकता!'

बात को दोहराकर पुण्यदासी का मुँह खुला-का-खुला रह गया था।

'दो-चार पैसे जमाए बिना कमाऊ दामाद कहाँ से जुटा पाऊँगी?'

'कमाऊ दामाद लाएगी!'

पुण्यदासी ने फिर मूरख की तरह इसे दोहराया था।

'जरूर लाऊँगी।' मुर्गी की भाँति सीना फुलाकर, आँचल फटकारते हुए, ऊँची आवाज में बहू बोली थी। सक्षम कमाऊ मनुष्य जिस प्रकार अपनी शक्ति के बल पर बर्बरता से दुर्बल पर प्रहार करता है, उसी निष्ठुरता से बहू ने दोबारा कहा था, 'हाँ कमाऊ दामाद। खेत-मजूर के हाथों मेरा जो हाल हुआ है, उसका भी हो, यही तुम चाहती हो?'

'बहू!' पुण्यदासी ने व्याकुलता से कहा था, 'कैसे हमारी जमीन छिन गई, मकान चला गया, जानती तो है सब-कुछ। गोरमेन्ट ने ले लिया, शिकायत करने पर भी कोई फायदा नहीं हुआ! मामूली-सा कुछ रुपया थमा दिया था, तेरे से कुछ भी तो छिपा नहीं है। अकेले हमारी ही किस्मत तो ऐसी नहीं थी, सभी का यह हाल हुआ था।'

पर तभी उसे याद आया कि यह बात सुनने के लिए बहू ने बात नहीं चलाई थी। चूल्हा अलग करने की बात से इतनी बातें निकली थीं।

'देखो, इसीलिए कहती हूँ, मुझे अभी रुपयों की जरूरत है। दो जनों की कमाई से चार खाने लगें तो हाथ में कुछ बचेगा नहीं। कम-से-कम चावल अगर अपना अलग-अलग होता...'

बहू ने हिसाब लगाकर देखा था, चावल का खर्चा ही ज्यादा था। विशेष रूप से उसके सास-ससुर का।

पर, कहते हुए उसे शायद थोड़ा संकोच भी अनुभव हो रहा था, और उसी संकोच को

छिपाने के लिए उसने रूखे स्वर में कहा था, 'जानती हूँ, यह मेरी जिम्मेदारी है, पर अब हालत पहले जैसी नहीं रही।' दूसरी ओर देखते हुए लालटेन की चिमनी को साफ करते हुए उसने कहा था, 'रसोई एक साथ ही होगी, जैसे होता आया है।'

असल में, इस बात को कहते हुए उसने स्वयं को बहुत छोटा महसूस किया। संकोच होता था। कहीं कोई रोकता था। अस्पताल की दाइयाँ उसे काफी दिनों से समझाती आ रही थीं कि अगर स्वार्थी नहीं बनोगी तो तुम्हारा भविष्य अन्धकारमय है। तो भी क्या उनके कहने से ही बूढ़े सास-ससुर को अलग किया जा सकता था?

पुण्यदासी ने तब बहू की ओर देखते हुए मन-ही-मन सोचा, इस समय का शास्त्र ही अलग है। आज के शास्त्र के अनुसार अपनी कमाई के अन्न से सास-ससुर को पालते हुए शायद वह वास्तव में ही बहुत महान कार्य कर रही थी। बीस साल पहले धान साफ करके, गोबर-गोले बनाकर सास-ससुर के लिए रसोई पकाना घर-घर में स्वाभाविक-सी बात थी। परन्तु बहू का नाम वही था। स्वभाव में भी कोई बुराई नहीं। परन्तु चाल-चलन में क्या वह अब पहले जैसी रह गई थी?

'सुनती हो, चूल्हा-चौका एक ही साथ होगा!' बहू ने उसे चुप देखकर कहा।

'चावल अपना-अपना, पकेगा एक साथ।'

'सिर्फ चावल से ही क्या रसोई पकती है। तेल, मसाला, अनाज वगैरह, कोयला, उपले, ये सब झमेले भी तो कम नहीं। इसलिए, जो ठीक समझा, वही कह दिया!'

कहते-कहते अचानक बहू का गला भर आया। सास के विस्फारित आहत दृष्टि से उसे देखते रहने से उसे सहसा सास के बेटे की याद आ गई थी। काफी दिनों पहले, एक दिन उससे कहा था, 'बहू, मेरी माँ ने, समझी, मुझे बहुत मुश्किल से बचाया था। मियादी बुखार ने तो मेरे प्राण ले ही लिये थे।'

उसी सास को उसने अलग हो जाने के लिए कह दिया। इसके अलावा चारा भी क्या था। अब उसे कुछ बचाकर रखना ही होगा। समय रहते नहीं रखेगी तो बाद में कौन देखेगा?

फिर धीरे-धीरे, बूढ़े-बुढ़िया की गृहस्थी अलग ही हो गई थी। उनकी रसोई हो जाने के बाद पुण्यदासी अपना भात चढ़ाती थी। एक जून गरम खाती थी, तो दूसरे जून ठंडा। दोनों कमरों का किराया आज भी बहू ही देती थी। बस इतना ही। जरा भी बीमारी के आसार दिखाई देते ही वह भुनभुनाने लगती थी, 'ठीक-ठाक रहना बाबा, ठीक-ठाक रहना। बिस्तर पकड़ लिया और मैं देख-भाल करूँ, इतना टाइम मेरे पास नहीं है। फिर तो नौकरी से हाथ धोना पड़ेगा। अब क्या दाई सिर्फ एक-दो ही हैं? झुंड-के-झुंड चले आ रहे हैं, घूम रहे हैं। कितने ही बड़े-बड़े घरों की बहू-बेटियाँ, सब आ रही हैं। उनके भी अब पहले वाले दिन लद गए! नित नई मैट्रन, नित नई सिस्टर, हमें अब ड्यूटी पर रखना ही नहीं चाहतीं।'

आज रथ-यात्रा के कुछ दिन पूर्व, आँखों की मद्धिम होती ज्योति लिये बहू की प्रतीक्षा करते-करते पुण्यदासी ने सोचा आजकल तो बहू बात-बात पर उलाहना देते हुए कहती है, 'दामाद को रहने को घर मिल जाए तो मैं भी वहाँ जाकर रह सकती हूँ, बेटी। पर यह घर तो इनके कारण छोड़ना नहीं चाहती।'

भात नहीं देना पड़ता था, फिर भी इतने ताने कसती थी। आँखें खराब हो चुकी हैं जानते

ही क्या बहू-दामाद की गृहस्थी में वह बसने नहीं चली जाएगी? पुण्यदासी तो अब भी भीख का काम निपटाकर हाथ-पैरों को धोकर चूल्हा जलाती थी, बर्तन माँजती थी, पानी भरती थी। बहू की तबीयत खराब होने पर कपड़े बदलकर खाना भी पकाती थी। यह भी मदद नहीं करती तो बहू उन्हें यहाँ टिकने देगी?

'रथ के नीचे लेटना होगा, जगन्नाथ का रथ!' पुण्यदासी बड़बड़ाने लगी। बहू के आते ही उसने दरवाजा खोल दिया।

अन्य दिन तो वह रात की ड्यूटी खत्म करके बाजार से खरीदारी करके घर लौटती थी। पुण्यदासी पूछती थी, 'क्या लाई हो?'

अथवा बहू ही कहती, 'ये थोड़ा झींगा मछली साफ कर दो जरा!'

आज बहू बिलकुल चुपचाप थी। किसी चिन्ता में मग्न। पुण्यदासी की ओर उसने ठीक से देखा तक नहीं, 'लाबी चली गई?' इतना पूछकर वह अन्दर चली गई।

अब पुण्यदासी धीरे-धीरे मागनदास के पास गई। मागनदास, जिस प्रकार उत्साह से भरकर एक के बाद एक 'कारोबार' करने जाया करता था, आजकल ठीक उसी उत्साह से भीख माँगने जाता था। वह कहता था, 'काम तो लछमी है, जिसे काम से प्यार नहीं, उसे जीवन में सुख नहीं मिलता।' जिस उत्साह से कभी वह हल-बैल लेकर निकलता था, उसी उत्साह से वह बाउल-संन्यासी बनने चला था, बेलेघाटा में मजूरी का काम, बहू बाजार में कोयला बीनना, कोल-बाजार में मछली-पट्टी में बर्फ तोड़ना, यहाँ तक कि दुकान के सामने फुटपाथ बुहारने का काम, हर काम में उसे वही आनन्द मिलता था।

अब भीख के लिए जाते समय भी उसके चेहरे पर वही खुशी झलकती थी। छोटी धोती, पाँवों में कपड़े का जूता, हाथ में कथरी का झोला, सूरज की ओर मुँह उठाए बैठे-बैठे वह बेचैन हो गया था। अब पुण्यदासी के आते ही बोला, 'देर हो गई, अब आज केष्टो नगर का लोकल मिलने से रहा। सब लाइनों में ही हद से ज्यादा ठेलम-ठेल है, मेरी जगह पर कोई और भगत कब्जा न कर ले। जगन्नाथ!'

इस समय पुण्यदासी ने अपने पति का चेहरा गौर से देखा। सहसा याद आया, सावित्री व्रत-कथा में सुना था, 'जो सुहागिन नित्य अपने पति का चेहरा देखती है, वह बहुत पुण्यवती होती है।' पुण्यदासी, न जाने कब से मागनदास का चेहरा देख रही थी। शायद कुछ पुण्य भी हुआ हो, अब उस सौभाग्य से भगवान उसे वंचित करने जा रहे थे। उसने गहरी साँस ली।

'जल्दी-जल्दी चल!' मागनदास ने खीझते हुए कहा। उसके भीख माँगने में भी एक गृहस्थ का-सा भाव झलकता था। गृहस्थ मनुष्य जिस प्रकार से बँधे दुकान से ही सामान खरीदता है, चलने-फिरने में भी एक बँधी-बँधाई चाल का अनुसरण करता है, मागनदास भी उसी प्रकार एक ही जगह पर बैठता था। लोकल गाड़ी के कुछ पैसेंजर बँधे हुए थे। वह धक्का-मुक्की नहीं करता था। दुख-कष्ट की भयंकर बातें बताकर दूसरों की करुणा आकर्षित नहीं करता था। काफी प्रसन्नचित्त होकर बैठा रहता था। फिर भी, इतने दिनों बाद भी काफी लोगों को विश्वास हो गया था। यहाँ तक कि पुलिस कांस्टेबल को भी कि मागनदास शुभ व्यक्ति था, उसका चेहरा देखकर दिन अच्छा ही बीतता था। सियालदह स्टेशन के सामने मागनदास को खड़ा करके पुण्यदासी ने आदतन कहा, 'पानी बरसे तो ऊपर चढ़ जाना।'

फिर सहसा कुछ याद आने पर बोली, 'झोला फाड़कर मत लाना! रोज-रोज इसकी सिलाई नहीं कर पाती।'

'धप् से किसी ने उस दिन एक ताड़ फेंक दिया था। उसी से फट गया होगा।'

'ताड़ दिया था? जो लोग ताड़ देते हैं, वो तेल क्यों नहीं देते? बिना तेल के क्या कभी ताड़ के पकौड़े बनते हैं?'

पुण्य मन्थर गति से बाईं ओर के फुटपाथ के किनारे-किनारे चलने लगी। उसकी जुबान मीठी थी, हाथ में पीतल की थाली, उसमें थोड़े-से फूल, बेल-पत्र, एक छोटे-से लोटे में गंगा-जल।

वह कहती हुई चलती रही—'जिन्होंने इतने कष्ट सहकर दुकान लगाई है, उनका भला हो, भगवान। जो, जो भी आस लिये रास्ते पर निकला है, उनकी आस पूरी करना! संसार में सबका भला करना, भगवान!'

इन थोड़ी-सी बातों के लिए, दुकानदार उसे भली नजर से देखते थे। लगभग सभी उसे एक-एक पैसा दे देते थे। रथ के दिनों में उसके रोजगार में और बढ़ोतरी हो जाती थी।

'इस बार तुम्हारी क्या इच्छा है, भगवान? तुम्हारा रथ सभी देखेंगे, केवल मेरी ही दृष्टि तुमने छीन ली?' राह पर चलती हुई पैसा लेते-लेते वह बोलती रही।

आश्चर्य! भगवान के मन में क्या था कौन जाने, क्योंकि अचानक उसी रात बिस्तर पर लेटे-लेटे मागनदास ने उसी जगन्नाथ रथ की बात छेड़ी।

'बहुत दिनों बाद हलधारी आया था, सुना बहू?'

'कौन?'

'हलधारी भुईमाली, याद नहीं, वही जिसका बाप माहेश में रथ के नीचे दबकर मर गया था?'

'क्यों मरा था?'

'भला और क्यों, रोग से परेशान था। शूल के दर्द से पागल हो गया था। इसके अलावा तारकेश्वर में मन्नत माँगकर भी कुछ नहीं हुआ था। आखिरकार 'दुकान लगाऊँगा' ऐसा कहकर माहेश पहुँचा और स्वयं को रथ के नीचे डाल दिया।'

'ओ माँ! जरा भी डर नहीं लगा!'

'डर किस बात का! रथ के नीचे आकर जो मरता है उसे रथ के दिन का पूरा पुण्य मिल जाता है।'

'तुमसे कहा है!'

'उन दिनों देवता का बड़ा माहात्म्य था।'

'सुनो जी, तब लोग यह क्यों कहते हैं कि रथ के नीचे कूदने पर पुलिस पकड़कर ले जाती है?'

'पकड़ने दो, उससे कुछ होनेवाला नहीं! कुछ गलत काम तो नहीं कर रहे?'

'फिर पकड़ते क्यों हैं?'

इस बात का जवाब न देते हुए मागनदास बोला, 'इस पुण्य से वंचित करने का कोई मतलब नहीं। इसीलिए तो पहले हर साल जगन्नाथ-धाम में रथ के नीचे लेटकर लोग अपनी जान दे देते थे।'

'लोग जान दे देते थे!'

'कतार में लगकर।' पत्नी के सामने सर्वज्ञ होने का झूठा रोब गाँठते हुए बड़ी-बड़ी बातें हाँकने की आदत से मागनदास आज भी मजबूर था। 'काने-लँगड़े, रोगी-भोगी सभी ऐसा करने जाते थे।'

सोचकर ही पुण्यदासी का हृदय काँप गया। 'रथ के पहिये के नीचे गिरे तो मरोगे ही, नहीं गिरे तो भी राहगीरों के लाखों पैरों के नीचे कुचलकर मर जाओगे।'

कौन जाने भगवान के मन में इस बार क्या छिपा था। करवट बदलकर पुण्यदासी ने आकाश की ओर देखा। नींद में जैसे उसकी घिग्घी बँध जाती थी, वैसे ही जागते हुए उसके सीने में चिन्ता का बोझ बढ़ता जाता था। अन्न-चिन्ता, वस्त्र की चिन्ता, तिस पर अब चक्षु-चिन्ता भी दे डाला भगवान ने, उसने मन-ही-मन कहा। फिर खिड़की से बाहर देखते हुए उसे लगा अगर आकाश दिखाई दे जाए तो समझेगी कि उसकी आँखें उतनी भी खराब नहीं हुई थीं, यह तो केवल उसके मन का भ्रम था।

देखकर वह फिर से चौंक गई। उसके चार कोनों वाले छोटे-से आकाश को घेरकर रथ का शिखर, जगन्नाथ का रथ दिखाई दे रहा था।

जैसे मेले के लिए दुकानदार अपनी दुकान खड़ी करने के लिए पहले से ही वहाँ पहुँचकर भीड़ लगाते थे वैसे ही भिखारी भी करते थे। तारकेश्वर के लूले को देखकर पुण्यदासी ने कहा, 'तू कैसा भगत है रे! साल-भर तो बाबा के चरणों में पड़ा रहता है, रथ के समय कोलकता?'

'यहाँ न आऊँ मौसी तो तुम लोगों से मिलना-मिलाना कैसे हो भला?' लूला हँसा। ये सभी जात-भिखारी थे। गृहस्थ थे मगर अब भिखारी हो गए थे। गन्दे, कुष्ठरोगी, लड़कियों के साथ अथवा अचानक प्रकट होनेवाली 'माँ मर गई', 'पति छोड़कर भाग गया', 'बेटा तपेदिक का रोगी है'—ऐसों के साथ उनकी बातचीत नहीं होती। गृहस्थ बहू-बेटियाँ हिजड़ों को देखकर जैसा महसूस करती हैं, ठीक वैसा ही पुण्यदासी वगैरह भी उनकी निर्लज्जता देखकर लज्जा अनुभव करती थीं। पुण्यदासी वगैरह की अलग दुनिया थी, अनाथों की, रोगियों की दुनिया। पुण्यदासी इस बात को बड़ी कोमलता से कहती थी, मानो उनकी यह दुनिया किसी के आश्रय में थी, भगवान के आश्रय में।

दक्षिणेश्वर की भामिनी, नैहाटी स्टेशन का मोना बूढ़ा और चेतला का भव, सभी से मुलाकात हो गई। मोना बूढ़ा बोला, 'दीदी, तुम्हें तो जैसे आँखों से कुछ दिखाई ही नहीं दे रहा। मैं कब से यहाँ बैठा हूँ।'

'अरे, तुम यहाँ हो बाबा! कैसे हो?'

'ऊपरवाले की दया है!' फिर चारों ओर सिर घुमाकर हवा को सूँघकर मोना बूढ़ा बोला, 'इस बार रथ के मेले में खूब रौनक रहेगी।'

'तुम्हारे देस की तरह तो नहीं, बाबा!'

मोना बूढ़ा उड़ीसा का रहनेवाला था मगर यह बात अब उसे भी याद नहीं रहती। उसने हँसकर कहा, 'जब जहाँ रहूँ, वहीं परदेस हौ रे! जैसे अब सियालदह है!'

जाते-जाते पुण्यदासी ने कहा, 'चड़कडाँगा का जय हो' वाला लड़का कहाँ है? इस बार उसकी आवाज नहीं सुनाई दे रही?

भव बोला, 'वह तो नहीं रहा!'

'दुर्गा श्रीहरि!' अभ्यासवश बोलती हुई पुण्यदासी आगे निकल गई। तीरथ में जैसे साथी बन जाते हैं, उसी प्रकार यहाँ भी वे सुख-दुख में एक साथ रहते थे, परन्तु मरने पर कोई दुख नहीं। पुण्यदासी वगैरह जानती हैं, जो चला गया वह गया।

अब मन-ही-मन 'दुर्गा' नाम जपते हुए वह नीलरतन अस्पताल जा पहुँची। अगर यहाँ उसकी बहू काम करती होती तो वह यहाँ आने का साहस नहीं कर पाती। गनीमत थी कि बहू इडेन में दाई थी। 'अरे भाई, आँखों का डिपाट कहाँ है?' पुण्यदासी ने एक व्यक्ति से पूछा।

आँखों की जहाँ जाँच हो रही थी वहाँ बहुत भीड़ थी जैसे छोटा-मोटा रथ का मेला ही हो।

'ओ माँ, यह तो वही भिखारिन है रे!' एक गोरी-सी दाई ने दूसरे से कहा। दूसरी ने कोई उत्तर न दिया। एक बूढ़ा आँखों में मोटा चश्मा चढ़ाए हुए बैठा-बैठा सिर हिला रहा था। उसने कहा, 'ओहो, भिखारी तो हम भी हैं। तीरथ के कौओं की तरह कब से बैठे हैं, देखते नहीं हो?'

अस्पताल में सब बराबर होते हैं, पुण्य इतना समझती थी। हाथ में टिकट लेकर वह एक ओर बैठ गई। बहुत देर बाद अंटी में टिकट तथा दवाई की शीशी बाँधकर वह घर लौट आई। इस समय उसका मन प्रफुल्लित था। शरीर उत्साह से भरा हुआ था। उसे उम्मीद थी भले ही वह हलकी हो, फिर भी उम्मीद तो थी ही। घर लौटकर वह मन-ही-मन मन्नत माँगने लगी, 'हे बाबा जगन्नाथ, तुम्हारी दया से ही हर साल मेरा रोजगार बँधा हुआ है, मेरी इन आँखों को तुम बनाए रखना! एक रुपए की चीनी और केला चढ़ाऊँगी। मेरी आँखें बनाए रखना ठाकुरजी, आँख-भर तुम्हें देखा करूँगी।'

भीतर घुसते ही रेडियो का गाना उस पर झपट पड़ा। बहू दौड़ती हुई आई और बोली, 'इतनी देर लगा दी? तुम्हारा नातू-जमाई आया है। मैंने सोचा था खा-पीकर तुम्हारे आसरे घर छोड़कर तुरन्त अस्पताल पहुँच जाऊँगी। 'पेशेन' से कहूँगी बाकी की ड्यूटी मैं कर देती हूँ, लाबी को जाने दीजिए!'

'ओ!' पुण्यदासी घबरा गई, 'मैं क्या करूँ? अभी रसोई करनी है, तेरे ससुर को भी लेने जाना है!'

'मैंने तुम लोगों का खाना पकाकर रख दिया है!' बहू ने धीमे स्वर में कहा। स्वयं जल्दी में न हो तो ऐसा निःस्वार्थ व्यवहार वह आजकल कम ही करती थी।

'खाना पकाकर रखा है। तुम दोनों का अलग रख दिया है। ससुर को अभी ही लेने जाओगी, वैसे तो साँझ ढले जाती हो! उस वक्त दामान और लाबी घर में रहेंगे! ओ क्या कर रही हो?'

'चूल्हा देख रही हूँ। और थोड़े-से चावल न बनाऊँ तो रात के लिए भात, सुबह के लिए भात?'

'सब बना दिया है बाबा!' बहू ने बदन को झटका दिया। फिर बोली, 'दामाद के सामने जाना हो तो कपड़े बदल के जाना! वह सफाई का काफी खयाल रखता है।'

बहू कुछ ज्यादा ही बेचैन दिखाई दे रही थी, उत्साह से चंचल थी शायद। पुण्यदासी अपनी ही खुशी में मगन थी, इस ओर उसका ध्यान ही नहीं गया।

बोली, 'हाँ-हाँ, नहा-धोकर ही जाऊँगी। नातू-जमाई पास हुआ कि नहीं?'

'हुआ है।'

'नौकरी पक्की हो गई?'

'हाँ, हो गई।'

'तब तो मिठाई खिलानी पड़ेगी।' पुण्यदासी अपने पोपले मुँह से हँसने लगी। उसका काला छोटा-सा खुला हुआ मुँह देखकर बहू सिर से पाँव तक घृणा से सिहर उठी। इन्हें छोड़ना पड़ेगा, पीछे की ओर खींचनेवालों को त्यागना ही पड़ेगा। मैली कथरी की दबी-सी दुर्गन्ध, खोखले कोटर वाले वट-वृक्ष का आश्रय। भुवन बहुत ही रंगीन-मिजाज का नौजवान था। अपने माँ-बाप, सबको छोड़-छाड़कर अपनी पत्नी और सास को क्वार्टर में ले जाएगा, क्योंकि उसके माँ-बाप बहुत गरीब थे। उनके साथ रहा तो कभी उन्नति नहीं हो सकती।

'मेरे माँ-बाप तो फिर भी कुछ ठीक-ठाक हैं, ये लोग तो जात-भिखारी हैं, अरे, छिः-छिः, राम कहो!'

माँ-बेटी के बीच अन्तरंग बातें अस्पताल में ही पूरी हो गईं। एक की ड्यूटी खत्म हुई और दूसरी की शुरू होने का समय हुआ।

लाबी ने इसलिए माँ से कहा, 'क्या करोगी, जरा सोचकर देखना।' माँ को सोचने में जरा भी समय नहीं लगा।

'फिर', उसने लाबी से कहा, 'जो करना है, सो रथ के मेले के समय। उन्हें पता भी न लगने दूँगी।'

'उन्हें बताओगी नहीं?'

'नहीं। तीन महीने का भाड़ा मकान-मालकिन को दे जाऊँगी। तीन महीने के भीतर ये दोनों अपने लिए कोई ठौर-ठिकाना ढूँढ़ नहीं लेंगे? भगवान ही जानता है ऐसा काम करते हुए मेरे दिल पर क्या बीत रही है। पर मैं भी क्या कर सकती हूँ?'

'बहुत कर चुकी बाबा!' लाबी झल्लाती हुई मरीज के बाल बाँधने चली गई।

रथ-यात्रा के दिन पुण्यदासी आग्रहपूर्वक सुबह-सुबह रवाना हो गई। मागनदास से बोली, 'एक मन्नत माँगी है। तुम दुकान से कुछ खा-पी लेना। मुझे लौटते-लौटते साँझ हो जाएगी।'

मूसलाधार वर्षा में पुण्यदासी चुपचाप घर के एक कोने में बैठी थी। दबे पैरों आई थी, किसी को पता भी नहीं चलने दिया। उसकी दृष्टि अब कभी नहीं लौटेगी क्योंकि आँखों की नस सूखती जा रही थी। इसे जाने हुए उसे कई घंटे बीत चुके थे।

चूँकि वह अचानक घर लौट आई थी, इसलिए उनकी सभी बातें भी जान गई थी। जानकर भी, बहू की निष्ठुरता ने नए सिरे से उसके मन को दुखी नहीं किया। भगवान की निष्ठुरता से उसकी आँखें जा रही थीं। बहू की निष्ठुरता से उनका आश्रय भी चला जाएगा।

'इनके जैसे कितने ही काने, लँगड़े राह चलते इधर-उधर...' नातू-जमाई की बात कानों में पड़ी, 'आप तो फिर भी तीन महीने का किराया....'

'देने की जरूरत नहीं।' इस कमरे से पुण्यदासी ने कहा।

'तुम!' बहू किवाड़ पकड़कर खड़ी हो गई, उसके चेहरे पर खिन्नता तथा अप्रसन्नता की रेखाएँ थीं।

'माँ कुछ गलत तो नहीं कर रही।' लाबी ने झनझनाते हुए कहा।

'और यह जो तुम हमसे छुपाकर अस्पताल के चक्कर लगा रही हो, तो क्या कोई रोग-वोग लगाकर हम सब मर जाएँ?'

'मुझे कोई रोग नहीं लगा है।'

'तो क्या अस्पताल घूमने गई थी?'

'आँखें दिखाने गई थी। अब आँखें ठीक नहीं होंगी, आज ही यह बात पता चली। बाप रे!' पुण्यदासी हाँफ रही थी। उसे साँस लेने में तकलीफ हो रही थी।

'तब?'

'अन्धी हो जाऊँगी। तेरे ससुर की तरह!' पुण्यदासी ने सिर झटककर उस सम्भावना को परे सरका दिया। उसके बाद उठ खड़ी हुई।

'कहाँ जा रही हो?' बहू की आवाज किंचित् क्षीण थी, 'इस बरसात में, पागल हो गई हो क्या?'

पुण्यदासी ने पानी में पैर रखा। नहीं, अभी पानी घुटनों तक नहीं चढ़ा था।

'अरे सुनो, कहाँ जा रही हो?'

'रथ के चक्के तले मरूँगी। विश्व-भुवन भले ही रुक जाए, रथ तो चलेगा।'

'जरा देखो, रथ कहाँ मिलेगा तुम्हें?'

पुण्यदासी ने किसी बात पर ध्यान नहीं दिया। आसमान से लगातार पानी बरस रहा था, शहर में पानी भर गया था। लोग-बाग, गाड़ी-घोड़े कहीं कुछ नहीं। पानी में चलती हुई वह काठगोले के आँगन में जा पहुँची। वहाँ पालचौधुरी के परिवार का कोई भी नहीं था। रथ का शिखर तिरपाल से ढका हुआ था। काठगोले में मजदूर लोग दरवाजा बन्द करके बैठे हुए थे।

'दरवाजा खोलो भैया!' पुण्यदासी दरवाजा पीटने लगी।

'कौन?' लोहे के गुस्सैल घंटे की तरह टन्न से भीतर से किसी ने पूछा।

'मैं हूँ रे, पुण्यदासी, रथ नहीं चलेगा?'

'नहीं।'

'यह क्या कह रहा है, रथ नहीं चलेगा?'

कोई जवाब नहीं आया।

अब पुण्यदासी अत्यन्त डर गई। बेहद डर गई। सामने देखा तो चारों ओर पानी-ही-पानी, उसकी आँखों की तरह अस्पष्ट, मटमैला। वो रहा सामने ही उसका घर था। इतने दिनों का आश्रय। पर उसकी दृष्टि समाप्त होती जा रही थी, रास्ते से जैसे बरसात का पानी सूखेगा वैसे ही उसकी दृष्टि भी जल्दी ही चली जाएगी। बहू चली जाएगी, उसका इतने दिनों का आश्रय भी छिन जाएगा। तो क्या वह अभी मागनदास के पास चली जाए? बरसात का भी रूप तो देखो, जैसे प्रलयवाली बाढ़ आने वाली हो। पर सामने वह क्या था? बिलकुल उसके सामने? पुण्यदासी ने हाथ पसारा। भले ही वह बच्चों के खेल-घर से बहकर आया हुआ ही क्यों न हो, है तो फिर भी रथ, जगन्नाथ का रथ।

'हा दैव!' पुण्यदासी को अब समझ में आया कि जगन्नाथ के रथ ने उसे बहुत पहले ही रौंद डाला है। माहेश में हलधारी का बाप मरा था। उससे भी पहले जगन्नाथ में कतार-के-कतार—परन्तु सबसे पहले उसे ही कुचला था, रथ की पहली बलि होने की अलौकिकता से उसकी धुँधली आँखें विस्फारित हो गईं।

बरसों पहले जब वह जोतदार के घर गई थी, बरसों पहले जब बात-की-बात में मागनदास आदि ने अपनी जमीन, हल, मकान सब खोया था, वह तो तभी से रथ के नीचे दबी हुई थी। उसके बाद उसका यह लम्बा जीवन, बेटे की मौत, घर-घर झाड़ू-बर्तन का काम, रास्तों पर भीख माँगना। सरकते-सरकते घर के एक कोने में सट गई, वहाँ भी रथ का पहिया उसका पीछे करता हुआ पहुँच गया। यह जो उसकी आँखों की रोशनी चली गई, उसकी बहू जो उन्हें छोड़कर चली जा रही थी, यह कुछ और नहीं, जगन्नाथ का रथ ही तो है।

'ओ मौसी, ऊपर आ जाओ।'

जाने कब वह बड़े रास्ते पर पहुँच गई थी। सड़क पर चली जा रही थी, पीछे से दक्षिणेश्वर की भामिनी की आवाज सुनाई पड़ी।

'मौसी, रथ चल पड़ा है! पानी में हड़हड़ाकर चल रहा है, देखो तो! ऊपर आ जाओ!'

अच्छा, तो फिर रथ चल पड़ा है। पहिये की गड़गड़ाहट, उसकी गूँज सुनाई पड़ रही थी। पुण्यदासी, कमर तक पानी में डूबे इतने सारे लोगों की चीख-पुकार जैसे सुन ही नहीं पाई, हाथ में छोटा-सा रथ थामे बीच-रास्ते में खड़ी हो गई। ऊपर आ जाओ। भामिनी भी क्या समझ पाएगी कि जगन्नाथ के रथ के पहियों से तो पुण्यदासी कब से बँधी पड़ी थी?

'अरी, आ जाओ!'

'हा! देखो भमिनी?' पुण्यदासी ने बोलने का प्रयास किया, 'एक तो मैं चिरकाल से रथ के पहियों से बँधी हूँ, उस जगन्नाथ का रथ तो आकाश-पाताल को घेरकर चलता है, उठकर कहाँ जाऊँ?'

पर 'हा देखो'—बात मुँह में ही रह गई और पानी के धक्के से, हाथ में छोटे रथ को थामे पुण्यदासी मुँह के बल गिरते-गिरते दुकान की खूँटी को पकड़कर सँभलने की कोशिश करने लगी।

'जय जगन्नाथ' की ध्वनि, पानी की लहरें, और रथ के पहिये, सब-कुछ जैसे उस पर चढ़ने के लिए उतावले थे। उस धक्के से पुण्यदासी खूँटी समेत पानी में मुँह के बल गिर गई।

'मैं तो रथ के पहिये से पहले ही बँधी थी रे!' उसकी व्याकुल पुकार किसी के कानों में नहीं पहुँची, केवल रथ का पहिया थरथराकर कुछ क्षण काँपा, थोड़ा रुका, फिर चलने लगा।

एच.एफ. 37 : रिपोर्ताज

शुक्रवार 4 जून को पद्ममणि कलकत्ता पहुँच गई। उसके साथ पति, देवर, चार बेटे और तीन बेटियाँ भी थीं। इतने सारे लोगों को लेकर आज के जमाने में कोई अपनी दीदी के घर नहीं जाता, और जब दीदी दूसरों के घरों में दो वक्त काम करके अपना गुजारा चलाती है। हुआ यह कि पद्ममणि के पति को अचानक बस्ती के उस पार अपनी बहन की जायदाद मिल गई। गाँव की गृहस्थी समेटकर वहाँ जाने से पहले पद्ममणि ने हठ किया कि वह तारामणि से मिलने एक बार कोलकाता जरूर जाएगी। उसकी बात सुनकर उसके पति ने कहा, 'कलकत्ता आने-जाने में खर्च भी तो कितना है।'

'मैंने बकरियों का दूध बेचकर जो कमाया है, उसी से कोलकाता आने-जाने का खर्च निकल आएगा।'

यह सुनकर उसके पति ने और कुछ नहीं कहा। उसका देवर बोला, 'आज के जमाने में दस-बारह आदमी किसी के यहाँ जाकर रहते हैं? जरा सोचो तो, तुम्हारी दीदी हम सबको खिलाएगी क्या?'

पद्ममणि ने कहा था, 'इतनी समझ है मुझमें।' पद्ममणि बालीगंज स्टेशन पर उतरी थी। वहाँ से लेक की रेल बस्ती तक पैदल चलकर ही पहुँची। विश्वास करने योग्य तो नहीं है, पर सच बात यह है कि पद्ममणि इससे पहले कभी कोलकाता नहीं आई थी। उसका पति या देवर बीच-बीच में आए थे। कोलकाता के गली-रास्ते देखकर तो उसकी आँखें चौंधिया गईं। उसे लगा था कि उसकी दीदी बहुत सुखी है। परन्तु उसका घर-बार देखते ही तारामणि की हालत समझने में उसे देर नहीं लगी। उसी क्षण उसे लगा कि वह तारामणि से कहीं अधिक सुखी है।

पद्ममणि ने तत्काल पेट पर बँधी चावल की पोटली तथा पिछले साल की जौ से इस साल पिसी हुई सत्तू दीदी के सामने रख दी। इसके अलावा बड़ा, ताड़का, गुड़ और एक कुम्हड़ा भी उसे दिया। पति की अंटी से ग्यारह रुपए भी निकलवाकर दिए।

'अरे, इतना सब-कुछ क्यों दे रही है?'

'तू ही खुद को दे रही है, ऐसा बोल?'

पद्ममणि और तारामणि, दोनों हँस पड़े थे। तारामणि ने ही अपनी बहन का ब्याह किया था। निबारण की स्थिति देखकर उसने कहा था, पद्मा, तू खूब खुशहाल रहेगी। जब ऐसा होगा, मन-ही-मन याद करना कि दीदी के कारण ही यह सब हो पाया।

'ओ पद्मा, कितने दिन रहेगी?'

'सोमवार चली जाऊँगी।'

'सोमवार को मत जा। न जाने कौन-सा जुलूस निकलेगा। कुछ-न-कुछ हंगामा तो होगा ही।'

'तो फिर उसके अगले दिन?'

दो

शनिवार, 5 जून तारामणि की पड़ोसिन के शब्दों में, 'अन्त निकट आ गया तो यम ने आकर कहा, 'उठ, छेमरी चल।''

आती-जाती रेलगाड़ियों को देखकर पद्ममणि का जी नहीं भरा। उस दिन रेलगाड़ियों और ट्रकों में लोगों का बाहर से आना लगा हुआ था। पद्ममणि उन्हें देखती रही। लाइन के दाईं ओर तारामणि का घर था। रेलगाड़ी के आने-जाने से उसके घर के बर्तन-भाँडे सब थरथराने लगते थे। लाइन के उत्तरी ओर लेक है। पद्ममणि के बेटे, उसका पति, देवर सब नहा रहे थे। हाथ में कपड़े और गमछा लिये पद्ममणि लाइन पार करने को हुई कि तभी कोई रेलगाड़ी आती नजर आई।

हरे-मक्खनी रंग की सुन्दर, उद्धत, वेगवान रेल। रेल को देखकर पद्ममणि वहीं खड़ी रह गई। परन्तु तारामणि की पड़ोसिन के शब्दों में, 'अचानक सिर चकराकर छेमरी गिर पड़ी।' पड़ोसिन उम्र में तो रावण की माँ निकषा है। सात बच्चों की माँ पद्मा को वह कल से ही छेमरी कह रही थी। पद्ममणि चकराकर लाइन के पास पड़े पत्थरों पर सिर के बल जा गिरी और इसी हालत में घर गई। माथे की हड्डी में बहुत चोट लगने के कारण सिर के भीतर सँभालकर रखे हुए मस्तिष्क को मानो दमकल ने घंटी बजाकर उसे डरा दिया। पद्ममणि के मस्तिष्क की रक्त-संवहनकारी व्यवस्था इतनी भयभीत हो गई कि नाक-कान से अविरल रक्त की धारा बह निकली। यह दुर्घटना सुबह नौ बजे घटी थी।

उसके पश्चात् भयभीत विपन्न तारामणि तथा पद्ममणि का दिक्भ्रमित पति पद्ममणि को दक्षिण के अस्पताल ले गए पर 'यहाँ यह सब केस नहीं लिये जाते' कहकर दुत्कारे जाने पर पहले तो वे 'दया करो रे बाबू' कहते हुए सिर कूटते रहे, फिर पद्ममणि को लेकर धर्मपिता के अस्पताल में दोपहर ढले तीन बजे पहुँचे। रात के नौ बजे तक पद्ममणि पद्ममणि न रही। एच.एफ. आयु 37, हिन्दू फीमेल, 37 भर्ती हुई। हर दवा और इंजेक्शन के लिए रुपए माँगे गए और यह भी बता दिया गया कि 'बेड' का रुपया कम करवाना हो तो सुबह आकर अधिकारियों को पकड़ना होगा।

तीन

रविवार, 6 जून, सुबह, एच.एफ. 37 को चीरा-फाड़ा गया, सुइयाँ लगाई गईं और उधर तारामणि अपने मालिकों के घर-घर जाकर दवा-इंजेक्शन के पैसे इकट्ठे करती रही। पद्ममणि के आदमी को छाती और माथा पीटते देख अधिकारियों ने 'बेड' का किराया कम कर दिया। तारामणि और पद्ममणि के पति से पद्ममणि के चोट लगने का विवरण सुनकर लिखा गया—एच.एफ. 37 एडमिटेड। एमरजेंसी केस। ट्रेन द्वारा दुर्घटनाग्रस्त।

'अरे, ट्रेन से तो धक्का नहीं लगा था, ओ बाबू। शरीर में तो एक खरोंच भी नहीं है–' तारामणि का विलाप सुनकर भर्ती-बाबू जरा भी विचलित नहीं हुए। धमकाकर बोले, 'अगर ट्रेन न आती तो क्या सिर चकराकर यूँ ही गिर जाती?' परन्तु जैसे ही तारामणि फुटपाथ पर थक-हारकर आ बैठी तो उसका मिस्त्री बेटा बोला, 'माँ, तू तो सर्वनाश कर आई। अगर मौसी मर गई तो कितना हंगामा होगा, कभी सोचा है? ऐसी बात कोई लिखाता है? तुझे कहना चाहिए था कि केले के छिलके पर पैर फिसलकर गिर गई थी, या फिर ठोकर खाकर गिर पड़ी थी।'

तारामणि यह बात सुनकर जोर-जोर से रोती हुई बोली, 'मेरी तो बुद्धि काम नहीं करती बेटा! वह मर जाएगी ऐसा क्यों कह रहा है?'

पद्ममणि का पति, 'ऊ का बोलत है' कहते हुए और भी भद्दे और गँवारपन से रोने लगा। जैसे कि पद्मा के भानजे के 'मरेगी' कहने से ही पद्ममणि मर जाएगी, अस्पताल के सामने के फुटपाथ पर वह और पद्ममणि, दोनों ही सिर पीटते हुए रोते रहे। तारामणि का बेटा डॉक्टर द्वारा लिखे नुस्खे को हाथ में लिये दवा खरीदने के लिये भाग-दौड़ कर रहा था पर किसी भी प्रकार से बयालीस रुपयों का जुगाड़ नहीं कर पाया। वह तय नहीं कर पाता कि बिना दवा लिये अस्पताल लौट जाना ठीक होगा या नहीं। उसकी उम्र केवल सत्रह साल है। वह दोबारा एक-एक कदम चलता हुआ डॉक्टर के पास लौट आया और एक अन्य डॉक्टर ने उसके हाथ में एक और नुस्खा पकड़ा दिया। तेईस रुपयों का जुगाड़ करके वह एक बार दवा लेकर वापस लौट आया। तारामणि ने रोना-धोना बन्द करके पद्मा के पति से कहा, 'इत्ते रुपयों की दवा दे रहे हैं। जरूर अच्छी हो जाएगी।' दोनों फुटपाथ पर साये में लेट गए, लेटे ही रहे। तारामणि का मिस्त्री बेटा उनके पास आकर बैठा जरूर पर उसने कोई बात नहीं की।

समय बीतता रहा, बीच-बीच में पद्मा का भानजा भीतर जाकर मौसी के बारे में खोज-खबर लेता रहा। इसी तरह दिन ढला, रात का अन्धकार छा गया।

रात के डेढ़ बजे पद्मा मर गई। एच.एफ. 37 एक्सपायर्ड वन ए.एम. ऑफ...। यह प्रमाण-पत्र अगले दिन लिखकर भेज दिया गया।

चार

रविवार 6 जून, उसी रात भानजे से डॉक्टर ने कहा, 'कल लाश मिल जाएगी। पुलिस केस नहीं है।' पर सोमवार, 7 जून को पता चला कि जाँच किए बिना लाश उनके सुपुर्द नहीं की जा सकती। सुबह-सवेरे ही यह खबर मिल चुकी थी और यह भी कि थाना से कोई निर्देश न आने तक कुछ कर पाना सम्भव नहीं होगा। इसलिए डॉक्टर ने भानजे को वहाँ से भगा दिया।

रात को जिसने कहा था कि लाश मिल जाएगी, वह भी डॉक्टर था। अब जो कह रहा है लाश नहीं मिलेगी, वह भी डॉक्टर है। शाम को जिसने बयालीस रुपए का नुस्खा लिख दिया था, वह भी डॉक्टर था। सब-कुछ देख-सुनकर पद्मा का भानजा किंकर्तव्यविमूढ़ हो गया। यद्यपि उसने लम्बे बाल और गालों पर जुल्फें रखी हुई थीं तथा अत्यन्त मैली बनियान को नकली टेरेलिन की कमीज से ढक रखा था, फिर भी सभ्य लोगों से, बाबुओं से, डरकर दूर रहना उसके खून की आदत बन चुकी है।

साथ ही थाना-पुलिस से घबराकर जीना भी उसकी आदत बन चुकी है। एकाएक उसे याद हो आया कि जब गोपाल आलूवाला ने सुबासी के प्यार में निराश होकर 'फॉलीडल' खा लिया था तब लाश निकलवाने में, उसकी भाषा में, 'डोम को' रिश्वत देना पड़ा था। इस वक्त तो रुपए-पैसे के मामले में उसकी हालत पतली है। माँ तारामणि भी अपने मालिकों के यहाँ जहाँ काम करती है, उनके घरों में ऐसा 'गुडविल' नहीं बना पाई कि उनसे रिश्वत देने के पैसे इकट्ठा कर पाए। मौसा ने अपना यथा-सर्वस्व यानी तीस रुपए निकालकर देते हुए कहा, 'मेरे बाप, इससे जो बन पड़े करो। तुम तो शहरी लड़के हो। हम तो गँवई-गँवार हैं, मूरख हैं। साँझ से पहले अगर दाह न किया तो सर्वनाश होगा।'

'सर्वनाश!' तारामणि की पड़ोसिन ने गहरे सन्तोष के साथ खींच-खींचकर कहा। पद्मा की मृत्यु का समाचार पाते ही वह सुबह-सुबह उसके बेटे-बेटियों तथा देवर को लेकर आ पहुँची। तारामणि के देस-गाँव की जितनी कामवालियाँ आसपास काम करती थीं, सभी आ पहुँचीं। पड़ोसिन तो उम्र में निकषा है ही, ज्ञान और अनुभव भी अधिक है। इसके अलावा कालीघाट के एक धनी पुरोहित के घर की बहुएँ अपने उरोजों की सुन्दरता बनाए रखने के लिए, बच्चों को दूध नहीं पिलाती थीं। उनके दूध से पले वे बेटे अब दलपति, नेता, 'मीसा' में बन्दी, बेनामी देसी ठेके के मालिक हैं। अतएव मृत्योपरान्त अशौच से सम्बन्धित सब नियम वह भली-भाँति जानती है।

उसने कहा, 'सर्वनाश! दाह न होने पर तो छेमरी तुम्हारे पीछे घूमेगी। बाल-बच्चों के आस-पास भटकेगी।' यह सुनकर सभी रोने लगे। छाती पीटते हुए भानजे से बोले, 'कुछ बन्दोबस्त करो भैया।' भानजा थाना गया। मौसा और उसका भाई थाने के बाहर ही बैठे रहे। भानजा अन्दर घुस गया।

पाँच

सोमवार 7 जून, थाना बाबू के चेहरे पर प्रसन्नता, दया, मानवीय भावों का मिला-जुला रूप स्पष्ट दिखाई दे रहा था, क्योंकि वे जानते हैं, जो वचन वे दे रहे हैं, उन्हें निभाना नहीं पड़ेगा, कुछ ही समय बाद उनकी ड्यूटी खत्म होने वाली है। आठ बजे के बाद ड्यूटी बदल जाएगी। आज सब मंत्री और सम्मानित लोग जलूस में शामिल होंगे। दिन-भर कोलकाता में शान्तिपूर्ण जलूस निकलता रहेगा। अतएव सम्पूर्ण पुलिस-बल, लाश ले जानेवाली गाड़ियाँ, दमकल आज अर्जुन है, उनकी एकाग्र दृष्टि और मन के सामने जुलूस मछली की आँख सदृश है।

वे यह भी जानते हैं कि दो बजे के बाद पहुँचने पर सरकारी नियमानुसार लाश की चीर-फाड़ नहीं की जाती, डॉक्टर भी तो आखिर एक इनसान है। शहर की कृपा से डॉक्टर को प्रतिदिन बहुत-सी लाशों की चीर-फाड़ करनी पड़ती है! हिम-कोठरी में लाशें पड़ी रहती हैं। वे जानते हैं, एच.एफ. 37 की डॉक्टरी परीक्षा आज सम्भव नहीं। इसलिए उन्होंने स्नेह—विगलित कंठ से पद्मा के भानजे को सांत्वना दी और पहले ही अनुमान लगा लिया कि इसके द्वारा अपद से काम निकालना सम्भव नहीं। वैसे आजकल ऐसे दरिद्र दिखाई देनेवालों पर विश्वास करना खतरे से खाली नहीं। ऐसे ही लोग दस-बीस युवक और एम.एल.ए. की चिट्ठी लेकर हाजिर हो जाते हैं।

इसलिए वे कानूनी बातों से बचते हुए इधर-उधर की बातें करते रहे। अब वे खतरनाक दिन नहीं रहे जब मेज के सामने किसी अपरिचित युवक की छाया पड़ते ही भय से चौंकते हुए जेब में हाथ डालना पड़े। उन दिनों युवकों के साथ मीठी बातें करते हुए भी उनमें अन्तरंगता नहीं होती थी। आज उनकी बातें कायदे-कानून वाली होते हुए भी, उनमें आन्तरिकता है। वे भले इनसान हैं। इसके अलावा, आजकल, नए ज्योतिषी से भवन-निर्माण के समय को जन्म का समय मानते हुए, इस थाने की इमारत की जन्म-पत्री बनवाने के बाद से ही—इस थाने की बृहस्पति इस समय उच्च पर है, यह जानने के बाद से ही—अब थाने में प्रवेश करते हुए हवा में पसीना-खून-पेशाब-सिगेरट आदि की बदबू में भी अपने अस्तित्व को परम शान्ति से घिरा हुआ पाते हैं। आश्चर्य तो इस बात का है कि यह अदृश्य प्रभा-मंडल वात्सल्यमयी जननी बनकर उनके अन्तरतम को जाने कैसे शान्त कर देता है।

मन के भीतर वह परम शान्ति बूँद-बूँद छलकती रही। आँखें उठाकर देखते ही धूल सनी फाइलों के चारों ओर तथा काने-कोने से लक्ष्मी, गणेश तथा माँ काली की तस्वीर उन्हें दिखाई दी। उन्होंने पद्मा के भानजे से पूछा, 'क्या कह रहे थे तुम?'

'जी, चीर-फाड़ नहीं हो तो....'

'ऐसा कभी होता है, बाबा? चीर-फाड़ तो करना ही होगा। नहीं तो हम मुसीबत में फँस जाएँगे।'

'मुआयना करने में तो टेम चला जाएगा।'

'ओहो, अस्पताल की खबर हमें मिल ही गई है। टाइम क्यों चला जाएगा? और अगर गया भी तो मरा हुआ इनसान तो लौटकर नहीं आएगा। इतनी जल्दबाजी क्यों? मंगलवार को लाश मिल जाएगी।'

'जी, रविवार को मरी है, मंगलवार को पूरे तीन दिन हो जाएँगे।'

'हाँ, वो तो हो ही जाएँगे।'

'दुर्घटना से मौत हुई है ना! लाश बासी हो जाए तो दोष लगता है, श्राद्ध आदि कर्म जल्दी करना जरूरी है।'

'अरे क्या कहते हो! ब्राह्मण की लाश है क्या!'

'मेरे मौसा हरि-संकीर्तन करते हैं। उनके सब काम ब्राह्मणों के नियम अनुसार होते हैं।'

थाना-बाबू समझ गए, यह लड़का निहायत लाचार और दिशाहीन है। उन्हें न जाने क्यों लगा कि इसके पीछे कोई दल-बल नहीं है। शायद बिचारा अकेला ही है। उनके मन में फिर से दया का सागर उमड़ने लगा। सहृदय ममता-भरे स्वर में बोले, 'देखो, पुलिस हैं तो क्या हुआ! ऐसी हालत में तो सभी का दिल पसीज जाता है। झटपट चीर-फाड़ करवाना मेरे हाथों में है? पहले तो रेल-पुलिस की अनुमति चाहिए।'

'रेल-पुलिस क्यों?'

'वाह, लाश तो अब रेल-पुलिस की सम्पति है। सुनो, तुम सियालदह चले जाओ। रेल-पुलिस से लिखवाकर लाओ। इधर हम अस्पताल में सूचना भेज देंगे। तुम्हारे हाथों में रेल-पुलिस की चिट्ठी आ जाने के बाद ही हम लोग घटना-स्थल पर तहकीकात करके लाश को काँटापुकुर भेजेंगे।'

'आज सब-कुछ हो जाएगा?'

'जरूर-जरूर। देखना, शाम होते-होते लाश की चीर-फाड़ हो जाएगी और तुम्हें दे भी दी जाएगी।'

पद्मा का भानजा कल सुबह से लेकर चौबीस घंटे हुए चकरघिन्नी की तरह घूम रहा है। अब उसका शरीर सुन्न होने लगा है, पेट के भीतर अँतड़ियाँ ऐंठकर जकड़ जाती हैं, फिर ढीली पड़ने लगती हैं। अगर अभी थोड़ी देर के लिए सो पाता तो शरीर को थोड़ा आराम मिलता पर मौसा और उसके भाई के असीम विश्वास से भरे वचन ने 'तुम शहरी लड़के हो, तुम सब जानते हो,' उसके कन्धों पर और भी अधिक जिम्मेदारी का बोझ रख दिया है। एच.एफ. 37 मानो नाटक-मंडली का अधिकारी है। एक वयस्क, अनुभवी, छल-बल युक्त, चालू, तीन को तेरह करनेवाले सामर्थ्यवान पुरुष की भूमिका, निर्देशक ने, उसे दे दी है। अतएव वह एक मामूली नौकरानी का अभागा, आधा-पेट खाकर रहने वाला, हाफ-मिस्त्री बेटा है, इस बात को भुलाकर आरोपित भूमिका के अनुसार काम करता रहा। मौसा वगैरह को उसने घर भेज दिया। बोला, 'मैं जो हूँ, चिन्ता क्यों करते हो? जाकर नहा-धोकर मुँह में कुछ डालो।'

वह स्वयं एक कप चाय और दो रस्क-बिस्कुट खाकर सियालदह चला गया। पर पहली बात तो यह कि वह जगह ही पहचान नहीं पाया, तिस पर ट्रेन के बाद ट्रेन में केवल जुलूस में भाग लेनेवाली जनता की भीड़ आती रही, धकेलकर घुसने में भी उसे देर हो गई। ऐसे में बिजली भी बन्द हो गई।

रेल-पुलिस का थाना-बाबू तो पहले, 'क्या...?' कहकर गरज उठे, परन्तु इस गर्जन से होनेवाले परिश्रम के कारण पसीने की धारा बह निकली इसलिए पार्वती की भूमिका में तमिल अभिनेत्री के मुखड़े वाले कैलेंडर की ओर देखकर फिर से सो गए, सोते ही रहे। उसके बाद बोले, 'बत्ती जलने दो, पंखा चलने दो, नहीं तो कुछ नहीं कर पाऊँगा।'

पद्मा का भानजा बोला, 'पर मुझे तो थाने से यहाँ भेजा गया है।'

'भेजने दो। यह क्या उनकी लाश है? हमारी लाश है, हमारी सहूलियत से काम होगा। समझे, बाप मेरे?'

'लाश बासी हो रही है, बाबू।'

'जाओ, जाओ, बाहर जाओ।'

'दो बजे के बाद काँटापुकुर में लाश नहीं लेंगे।'

'किसने कहा? थाने में किसी ने कहा है, शायद काँटापुकुर का टाइम सिखा रहे हो मुझे? हफ्ते में कितनी लाशें काँटापुकुर भेजता हूँ, जानते हो? मुझे काँटापुकुर के बारे में बताने चला है।'

एक बजे के करीब बिजली आई। डेढ़ बजे उस लड़के को एक कागज मिला : चीर-फाड़ हो जाने के बाद ही एच.एफ. 37 की लाश उसके रिश्तेदार बैरागीचरण नाइया के सुपुर्द किया जा सकता है! मे बी हैंडेड ओवर....

ढाई बजे उस लड़के ने थाने में पहुँचकर कागज जमा करवा दिया। ड्यूटी बदल चुकी थी, दूसरे थाना-बाबू, थाना में सभी बहुत व्यस्त हैं। शान्तिपूर्ण जुलूस शुरू हो चुका है। इस समय सबके मन-प्राण-कान-आँखें अर्जुन हैं। जुलूस की खबर मीन-चक्षु है। थाना-बाबू बोले, 'कागज लाए हो, छोड़ जाओ। मंगलवार को आकर पता कर लेना।'

लड़का समझ गया कि एच.एफ. 37 द्वारा आरोपित भूमिका के प्रति वह न्याय नहीं कर पाया। सहसा वह रो पड़ा। सत्रह वर्ष का वयःसन्धि पार किया हुआ, दुबले चेहरे का लड़का रोते हुए बहुत भद्दा दिखाई देता है।

थाना-बाबू, 'तले बाबाः' कहते हुए कुर्सी से टेक लगाकर बैठ गए।

बोले, 'देखो! कुछ होने वाला नहीं है। पर हाँ, एक काम कर सकते हो।'

'क्या काम?'

'अलीपुर के पुलिस केस अस्पताल में लेडी डॉक्टर के हाथ-पैर पकड़ लो। इस समय चीर-फाड़ तो होता नहीं। पर अगर वो राजी हो जाती हैं, तो हम कल सुबह नौ बजे तक लाश को काँटापुकुर भिजवा देंगे।'

'जी, आज नहीं हो सकता?'

'नहीं, नहीं, हमारे आदमी जाएँगे, घटना-स्थल पर तहकीकात करेंगे तब तो...'

'सुबह बाबू ने कहा था...'

'जाओ, जाओ, अब देर न करो। और सुनो, डॉक्टर ने क्या कहा, हमें यहाँ आकर बता जाना। तुम लोगों का क्या! जितने झमेले...'

लड़का अब समझ गया, तीन बजने वाले हैं, अलीपुर उसे पैदल ही जाना पड़ेगा। एक तरफ पैदल गया तो वापसी पर वह बस में आ सकेगा। दोनों तरफ का भाड़ा देने लायक पैसे उसके पास नहीं थे। इसलिए वह प्रचंड धूप में, पिघलते तारकोल पर सस्ती हवाई चप्पलें चटकाता चलता रहा। उसके दिमग और शरीर में मानो बिजली की करन्ट कभी आ जाती थी, कभी मस्तिष्क में बार-बार लोड्शेडिंग होने लगता। कल से पेट में एक दाना भी नहीं गया था, सिर्फ कई बार चाय और रस्क-बिस्कुट खाया था, पर किसी भी प्रकार वह उससे बाहर न निकल पाया। चक्रव्यूह में फँसा रहा। उसे भीतर घुसना ही पड़ा, वह घुसता ही चला गया।

पुलिस-केस अस्पताल में पहले तो उसे कोई दिखाई ही नहीं दिया, गन्दे, फूल से भरे बरामदे पर कुछ लोग बैठे ताश पीट रहे थे। चारों ओर कूड़ा-करकट। पर बराबर केस आते रहे, सिर पर चोट, टूटे हाथ, पसलियों में चोट। इतने सारे केस कहाँ से आ रहे हैं, पूछते ही उसे फटकार सुननी पड़ी। खम्भे पर पीठ टिकाकर चुपचाप खड़ा रहा और देखता रहा तथा गोपाल आलूवाला की मृत्यु से सम्बन्धित घटना के समय डॉक्टर से मुलाकात हुई थी इसलिए डॉक्टर का चेहरा कुछ पहचाना-सा था, इस विश्वास से वह बार-बार इधर-उधर देख रहा था। डॉक्टर को देखते ही वह जाकर सामने बैठ गया और कातर स्वर में बोला, 'बाबू! डॉक्टर बाबू!'

पोस्टमार्टम पार्टी के लोगों को देखते-देखते डॉक्टर-बाबू मनुष्यों से मानवीय व्यवहार की आशा नहीं करते। उन्होंने लड़के को कुछ देर रोने दिया। उसके बाद उसकी प्रार्थना सुनते रहे। सब-कुछ सुन लेने के बाद धीरे-से, जैसे बच्चे को भुलावा दे रहे हों, बोले, 'इस समय चीर-फाड़, डोम की तो छुट्टी है! समझे, डोम को खबर देना होगा, शराब के लिए पचास रुपए अलग से देना पड़ेगा!'

'गोपाल के लिए तो डोम को हमने पन्द्रह रुपए दिए थे।'

'कितने दिनों पहले?'

'साल-भर पहले।'

'अब क्या उतने से मानेंगे? बेकार ही किसी गरीब का पैसा बरबाद नहीं करना चाहता, मुझे पसन्द नहीं है। अभी दाह करना है, श्राद्ध-कर्म बाकी है। सुनो! थाने में जाकर बोल दो! लाश को यहाँ जरूर पहुँचा दें। मंगलवार के दिन मुझे अदालत से लौटने में दोपहर के एक बज जाएँगे। उस समय तुम यहाँ रहना। तब मैं जाऊँगा। नहीं तो, करीब दो बजे, सबसे पहले तुम लोगों की लाश का चीर-फाड़ कर दूँगा। जिससे कि साँझ तक तुम उसका अन्तिम-संस्कार कर सको। दुर्घटना से मृत्यु हुई थी ना!'

'जी, इससे पहले नहीं हो सकता?'

'अगर डोम राजी हो जाए। सुनो! अगर रुपए का जुगाड़ हो जाए तो शाम से पहले ही मुझे काँटापुकुर में बता जाना। डोम को भी तो बताना पड़ेगा।'

लड़का फिर थाना लौटा। वापस आते-आते पाँच बज गए। उसकी बात सुनकर थाना-बाबू ने कहा, 'कल नौ बजे तक लाश मिल जाए तो डॉक्टर चीर-फाड़ कर देगा! ठीक है? जीतेन! ओ जीतेन!'

एक हट्टा-कट्टा, चिन्ताशील चेहरे का युवक आकर खड़ा हो गया। गहरे नीले रंग की कमीज पसीने से उसकी देह से चिपक गई है, आँखें लाल हैं, दृष्टि उद्धत है।

'क्या कह रहे हैं?'

'कल सुबह दो नहीं, तीन लाशें लानी होंगी।'

'नहीं हो पाएगा।'

'क्यों?'

'डॉक्टर चीर-फाड़ नहीं करेगा।'

'करेंगे, बाबू ने कहा है करेंगे।'

'आज तो अब तक लाश-वहन करनेवाली गाड़ी उधर रुकी हुई थी। और मेरी कल ड्यूटी भी नहीं है।'

थाना-बाबू जाने क्या बोलते रहे, जीतेन से। लड़का बेहोशी की-सी हालत में था, उसके कानों में रेल-बस्ती...का इलाका...

—मित्तिर आज नहीं, जुलूस में व्यस्त हैं, क्या...उस बार सितम्बर में...जैसे शब्द उसके साथ लुका-छिपी खेलते रहे। अचानक जीतेन ने कहा, 'ठीक है चला जाऊँगा, कल काँटापुकुर में लाशें चली जाएँगी। पर इसका क्या?'

'इसका केस रेल-पुलिस का है, एक पानी में डूबनेवाली, और वही जहरीली शराब वाली लाश, तीन ही तो हुईं।'

जीतेन ने कहा, 'लाश तो जाएगी, अस्पताल के मुर्दाघर ठंडक में रहती तो अच्छा होता। मान लो अगर कल न हुआ तो काँटापुकुर में लाशों के ढेर में पड़ी रहेगी, चूहे आँखें निकालकर खा लेंगे, जानते हो?'

'ना बाबू! अगर ऐसा ही है तो ...'

'लाश बाद में जाती तो अच्छा होता, यही ना?'

'नहीं,' जीतेन दो लुई का एक ही जवाब।

'लाश कल ही जाएगी।'

छह बजे के बाद लड़का थाने से बाहर आया। अब वह दक्षिणी ऐवेन्यू के सुख-विलसित,

ऐश्वर्यशाली, अलस तथा सुन्दर जनता के लिए बनाए गए चौड़े सीने जैसे मार्ग पर चलता रहा। अब देसी शराब के ठेके पर जाकर मोहल्ले के कर्ता-धर्ता-त्राता अर्थात् वहाँ के 'दादा' के पास धरना देना पड़ेगा ताकि एच.एफ. 37 का लावारिस भिखारी की भाँति बिना किसी खर्च के दाह-संस्कार किया जा सके, घाट-बाबू के नाम पर एक सिफारिशी चिट्ठी लिखवा लेगा।

घर लौटने से पहले तक वह वहीं धरना देकर बैठा रहा। वह तो एक चक्रव्यूह के भीतर फँसा हुआ है, एक ट्रेन—अस्पताल में डॉक्टरों की कतार—थाना-बाबू—रेल पुलिस-मुआयना डॉक्टर-जीतेन दो लुई, ये सब कौरव हैं।

घर लौटते ही वह समझ गया कि कौरवों की दलबद्धता में एक बुनियादी दृढ़ता है, क्योंकि उसने जैसे ही कहा, 'मंगलवार से पहले कुछ न हो पाएगा'—तभी सब-के-सब जोर-जोर से रोने लगे।

तारामणि की पड़ोसिन ने कहा, 'तेरे तो सब लड़के जान-पहचान वाले थे ना? इतवार को मरी थी, सद्‌गति होते-होते मंगलवार?'

लड़के की माँ, मौसा, मौसा के भाई, सबने उस पर क्षमाहीन निमर्मता से आक्रमण किया। अवसन्न क्लान्ति से अभागे में क्रोधित होने की शक्ति भी न रही। आज जुलूस के कारण वैन रास्ते में कहीं अटक गई थी। रेल-पुलिस के पास भी काफी देर हो गई थी। ये सब बताने की इच्छा मर चुकी थी। एच.एफ. 37 ने उसे जिस दायित्वपूर्ण भूमिका में प्रतिष्ठित किया है, लड़के को लगा, कि ये सब सोच रहे हैं कि वह उस भूमिका को निभाने में असफल रहा है। दिन-भर लड़का भी यही सोचता रहा था कि वह असफल हो गया है। पर, इस समय, इन शोकग्रस्त, मूढ़, निर्बोध, प्रेत-भीत मनुष्यों को देखकर उसे लगा कि नहीं, उसने अपनी भूमिका को बड़ी जिम्मेदारी के साथ निभाया है। उसने जो कुछ किया है, वह कर्मवीर के योग्य कर्म है। जितना रास्ता उसने पैदल पार किया, जरूरत के अनुसार जो कुछ किया, जितने दरवाजे खटखटाए, वह कोई साधारण मनुष्य नहीं कर सकता। उसकी भूखी, अवसन्न चेतना को ऐसा लगा जैसे एच.एफ. 37 शायद सर्वशक्तिमान है। उसने ही उसके द्वारा इतने सारे काम करवा लिये। उसे लगा कि, कम-से-कम माँ तो 'कुछ खा ले बेटा, हाथ-मुँह धो ले', कह सकती थी। परन्तु माँ ने कुछ भी न कहा। उसे लगा कि उससे अब तक जो भी काम न हो पाए थे, उन सभी असफल कार्यों के प्रति एक अन्धे आक्रोश से उसकी माँ उसे बींध रही है। पर इतना होते हुए भी वह अपनी माँ के लिए, बहनों के लिए, रुपए-पैसे सब-कुछ लाकर देता है। इस जन्म में उसकी इक-तरफा भूमिका है। कुछ बोले बिना वह उठ गया। 'सी दैट एच.एफ. 37 हैज ए प्रॉपर फ्यूबरल' लिखा हुआ कागज किसी भी तरह निकलवाना ही पड़ेगा। कल दाह-संस्कार करने के बाद आराम से सोएगा।

'कहाँ जाता है, रुपए दे जा!'

तारामणि चिल्लाई। लड़के को सहसा याद आया, इतना रास्ता पैदल चलता रहा, पर, मौसा के दिए हुए तीस रुपए उसकी कमीज की भीतरी जेब में पॉलिथिन के पैकेट में मुड़े तथा पिन से लगाए हुए ज्यों-के-त्यों पड़े हैं, उसे याद भी नहीं था।

उसने कहा, 'रुपया अभी रहने दो, मंगलवार को खटिया भी तो खरीदनी है।'

'रुपए दे दे!'

उसने चुपचाप रुपए निकालकर दे दिए और एक गिलास पानी पीकर बाहर चला गया। बहन चिल्लाकर बोली, 'भैया, मिस्त्री ने आदमी भेजा था, पूछ रहा था, तू क्यों नहीं गया?'

लड़के ने कोई उत्तर न दिया।

छः

सोमवार 7 जून तक पद्ममणि और तारामणि के देस-गाँव के नाते-रिश्तेदार तथा और भी कुछ लोग पहुँच गए। लोगों की बातचीत, आलोचना, वाद-प्रतिवाद से क्रमशः सबके मन में लड़के के विषय में गहरे अविश्वास ने जन्म लिया। मौसा का भाई बोला, 'जो कुछ कर रहा है, सब अकेले ही कर रहा है। हमसे कुछ क्यों नहीं कहता?'

तारामणि बोली, 'वो तो हमेशा से ही ऐसा है।'

मौसा बोला, 'डॉक्टर ने कहा है, एक बजे पहुँचेगा, ऐसा कैसे चलेगा? एक बजे पहुँचेगा? इतनी देर में पहुँचकर इतनी सारी लाशों का चीर-फाड़ कब करेगा?'

तारामणि की पड़ोसिन ने कहा, 'हाँ, ऐसा कैसे होगा? बाबा, लाश-घर का नियम है, बत्ती जलने के बाद लाश नहीं कटेगा। सूरज के रहते-रहते सब काम खतम करना पड़ेगा। अब एक कहा था या आठ, कौन बता सकता है? मैं कहती हूँ, तुम लोग सुबह से जाकर बैठे रहो। छोकरे की बात का क्या भरोसा?'

सोमवार 7 जून, बिना खर्च के दाह करने की सिफारिशी चिट्ठी का जुगाड़ करने के लिए वह और भी बहुत से रास्तों पर पैदल चलता रहा और आखिरकार उसने जुगाड़ कर ही लिया।

सात

मंगलवार 8 जून, भोर होते ही पद्मा का पति, देवर, बड़ा तथा मँझला—दोनों बेटे, नाते-रिश्तेदार, तारामणि, उसकी पड़ोसिन, सब काँटापुकुर पहुँचकर वहीं प्रतीक्षा करते रहे। लड़का उन्हें किसी भी प्रकार रोक नहीं पाया, गुस्से से भरकर वह घर से निकलकर लेक के किनारे पेड़ तले सोता रहा। उस पर पुष्पित बकुल-वृक्ष ने पुष्प वर्षा की, गगनविहारी चील उसे प्रेम सहित निहारती रही, तथा जल-गन्धी वायु उसके माथे को सहलाती रही।

बारह बजे जागकर लेक के पानी से हाथ-मुँह धोकर, पतलून पर अँगोछा बाँधकर वह अस्पताल पहुँचा। एक बजे के स्थान पर, डॉक्टर साहब साढ़े तीन बजे पहुँचे। उसके बाद काँटापुकुर। एच.एफ. 37 की लाश ही पहले निकाली गई। 'विदिन सन्सेट्!' डॉक्टर ने किसी व्यक्ति विशेष से न कहते हुए, शून्य में घोषणा की! उसके बाद भीतर जाकर दरवाजा बन्द कर दिया। दरवाजे की दरार से न देखकर उसे तो विफल युद्धरत कर्ण की भाँति अस्ताचलगामी सूर्य को देखना चाहिए था, मगर वह अन्दर देखने की कोशिश करता रहा। एच.एफ. 37 की लाश का चेहरा अत्यन्त सुन्दर प्रतीत हुआ। बहुत सुन्दर। केवल पैरों के नीचे सफेद चूने से लगी लकीरों जैसा कुछ दिखाई दे रहा था।

लाश हाथ में आने के बाद समझ में आया कि चींटियों ने आँख नहीं कुरेदा, पर

मुर्दा-घर के चूहों ने अपना अधिकार समझते हुए पाँव तले का मांस यत्न सहित कुरेद-कुरेद कर खाया था और अस्थिजाल को उघाड़कर छोड़ गए थे। लाश को खटिया पर लिटाया गया।

एच.एफ. 37 की लाश आखिरकार बिना किसी खर्चे के विद्युत चूल्हे के भीतर चली गई। लड़का अब उत्तर की ओर चलने लगा। कार्तिक घाट का कोई पंडित, दाह के तुरन्त बाद दुर्घटनाग्रस्त मृत्यु का प्रायश्चित्त श्राद्ध सम्पन्न कर देगा। उसके साथ भी मोल-भाव करना पड़ेगा।

सब-कुछ समाप्त करके लौटने में रात के दस बज गए।

बुधवार 9 जून, स्वर्णिम भोर के होते ही पद्मा का पति, देवर तथा बाकी सभी देस जाने-वाली ट्रेन में बैठ गए। दिन चढ़ने पर अपने काम पर पहुँचकर लड़के को पता चला कि बिना नोटिस के काम पर न आने के कारण उसे नौकरी से बरखास्त कर दिया गया है।

उर्वशी व जॉनी

उर्वशी को गोद में लिये बैठा था जॉनी, जॉनी की गोद के अलावा उर्वशी बैठ नहीं पाती। बार-बार मुँह के बल गिर पड़ती थी। ये क्या नखरे हैं, उसके? डॉक्टर के सामने भी जॉनी की गोद में बैठेगी उर्वशी। डॉक्टर को बिलकुल अच्छा नहीं लग रहा था। आखिरकार उसने कहा, 'इधर आओ।'

उर्वशी को बड़े जतन से कुर्सी पर बिठाकर जॉनी उठकर गया। डॉक्टर उर्वशी की ओर देखते हुए जॉनी से बात करने लगा। यह जानी हुई बात थी कि उर्वशी मुँह नहीं खोलेगी। उसकी जितनी बातें होती थीं, सब जॉनी के साथ।

'पहले गले में तकलीफ होती थी?'

'गला बैठ जाता था।'

'उसके बाद?'

'खाँसी होती थी।'

डॉक्टर जब उर्वशी को देखता था तब जॉनी की आँखें ईर्ष्या से पीली हो जाती थीं, फिर भी डॉक्टर ने उर्वशी की तरफ देखते हुए कहा, 'उससे पहले कुछ पता नहीं चला? किसी डॉक्टर के पास नहीं गए?'

जॉनी हँसकर बोला, 'मेरी जान, समझे डॉक्टर बाबू, ये औरत खा गई। औरत को तो जानते हैं, कुछ होने पर बताएगी नहीं। अब भी देखिए क्या सूरत है, देखकर सिर चकरा जाए। गया था डॉक्टर के पास।'

'किसके पास?'

'हकीमी, कविराजी, सब करवाया था?'

'हुसैन डॉक्टर की चिट्ठी लाए हो। उन्होंने भी देखा है?'

'उन्होंने ही तो भेजा है। कहा, कुछ ठीक नहीं लग रहा जॉनी। तुझे इस उर्वशी ने ही खा लिया। उसके लिए जनम-भर तेरे इतने क्लेश हैं।'

'क्या हुआ है? कुछ बताया?'

जॉनी के चेहरे पर उदासी छा गई। जैसे आँधी-पानी से बदरंग हुआ-सा, टूटी-फूटी कोई जानी-पहचानी गुड़िया अथवा किसी मूर्ति का प्राचीन मुख हो। जॉनी बोला, 'आप तो जानते ही हैं डॉक्टर बाबू, उर्वशी के बिना सब खेल नीरस हो जाता है। वो गाना गाएगी, बातचीत करेगी, नाचेगी, ठुमके लगाएगी, हँसेगी। पब्लिक बोलेगी, हाँ, उर्वशी, कैसी हो? वह बोलेगी, बड़े सुख में हूँ रे! मैं सुख की रानी हूँ! जॉनी ने हमको बड़े सुख में रक्खा है।'

'अरे, काम की बात करो।'

जॉनी फुसफुसाते हुए कहता है, 'हुसैन डॉक्टर ने जो कहा, वो सुनते ही मेरे हाथ-पाँव पेट में घुसे जा रहे हैं, डॉक्टर बाबू।'

'क्या कहा उन्होंने?'

'कहा, सब बन्द हो जाएगा, जॉनी। तेरी उर्वशी हँस नहीं पाएगी, गा नहीं पाएगी, बात नहीं करेगी।'

'ऐसा क्यों कहा, कुछ समझा तू?'

'गले में न जाने क्या हुआ है?'

'क्या हुआ है?'

'क्या पता क्या हुआ है।'–जॉनी ने सिर एक तरफ से दूसरी तरफ हिलाया, जैसे बलि के बकरे को पता चला हो कि समीप ही बलिवेदी है।

'गले में कैंसर हो गया है, जॉनी।'

'दवाई दीजिए, सूई लगाइए।'

'अब कोई फायदा नहीं। कैंसर अस्पताल भी तो गए थे। उन्होंने कुछ बताया नहीं?'

'बताया था।'

जॉनी का कंठ अवरुद्ध हो गया, गले में रुका हुआ रुदन का वेग सहसा साँस को धकेलता हुआ बाहर आ गया। बोला, 'वही बात कही है, सिर। आपके पाँव पड़ता हूँ। उर्वशी यदि नाच-गाना बन्द कर दे तो मैं भूखों मर जाऊँगा।'

जॉनी रो रहा था। उर्वशी निर्विकार भाव से बैठी थी। डॉक्टर अचानक भयभीत हो गया। कैसा भय, इसकी व्याख्या वे नहीं कर सकते। उन्होंने मृत्युदंड दिया है, मृत्यु कितने प्रकार की होती है? मरण, निधन, अन्त। एंड ऑफ लाइफ। बीइंग किल्ड। सिजींग टु बी। वो मृत वस्तु है, दैट हैज सीज्ड टु बी। उर्वशी मृत, निहत, बरबाद हो गई थी क्योंकि जिस गले से उर्वशी बातें करती थी, गाना गाती थी, हँसती थी, उस गले में ग्रासनली, स्वरग्रन्थि, झिल्ली, गलबिल, स्वर-कक्ष, सर्वत्र कैंसर सिंहासन स्थापित कर स्थायी रूप से अपना राज्य चलाने लगा था।

लेकिन उर्वशी निर्लिप्त थी। भुवनमोहिनी, अपरूपा, पीनोन्नत वक्ष, लाल होंठ, स्थिर दृष्टि। रोता है तो केवल जॉनी। जॉनी की आकुलता और उर्वशी की निर्लिप्तता देखकर युवा डॉक्टर के हृदय में हिमशीतलता छा गई। जैसे वे स्वयं मर गए, हिम-शीतल हो गए हों। लेकिन डर क्यों लग रहा था? मरने के बाद तो कोई भय-निर्भयता का प्रश्न ही नहीं उठता?

'कुछ बोलिए डॉक्टर बाबू!'

'जॉनी, अस्पताल में, कैंसर अस्पताल में...'

'कैंसर अस्पताल में कोई कुछ नहीं जानता डॉक्टर बाबू, पेट की आँतों में कैंसर होता है, सीने में हो सकता है, गले में भी भला कभी कैंसर होता है?'

'शायद वहाँ भर्ती होने पर कुछ...'

'उर्वशी तो अकेली नहीं रह सकती!'

'जॉनी क्या पागलपन है। उर्वशी को क्या नुकसान होगा?'

'वो आप नहीं समझेंगे।'

एक गहरी साँस लेकर जॉनी उठ खड़ा हुआ। आँखें पोंछते हुए बोला, 'चल उर्वशी, घर चलें।'

'जॉनी, तुम्हें बहुत दिनों से जानता हूँ, इसलिए तुम्हारे भले के लिए कह रहा हूँ। अस्पताल में जो हो सकता है, घर में वो ही नहीं पाएगा।'

'वहाँ जाऊँ तो उर्वशी फिर से नाचेगी-गाएगी, बातें करेगी?'

'नहीं जॉनी।'

'जिस गले से वो गाना गाती है—कर ले मोहब्बत, ललिता—वो गला ठीक हो जाएगा?'

'नहीं जॉनी।'

'फिर?'

अचानक जॉनी झुँझला उठा। बोला, 'सब साले कानी के साथ मिल गए हो। मुझे उर्वशी से अलग करना चाहते हो। चुप रहो साले, दोबारा अस्पताल-अस्पताल किया तो चाकू भोंक दूँगा।'

जॉनी चिल्लाने लगा। साला से शुरुआत करके गालियों की बौछार कर दी। नर्स, अर्दली, अस्पताल के अन्य लोग सब भागे आए। सभी सहम गए।

सब साले हट जाओ—हाँ बाब्बा, दूर हट के, नहीं तो दनादन मार दूँगा। सब-के-सब कानी मोती के यार बन गए। मैं सब समझता हूँ। चल उर्वशी, तुझे मुझसे कोई अलग नहीं कर सकता। साला डॉक्टर बनता है! हम दोनों को अलग करके ही दम लेगा।

डॉक्टर ने कहा, 'जाने दो, जाने दो, दिमाग खराब हो गया है।'

'तेरा दिमाग खराब हो गया है। इतनी देर से उसे ही निहार रहा था न? साला बीमारी की बात करता है तो उसकी छाती क्यों देख रहा था? मैं कुछ समझता नहीं हूँ?'

डॉक्टर उठकर उसके पास आया। जॉनी के कन्धों पर हाथ रखते हुए बोला, 'चिल्लाओ मत, जॉनी। एकदम मत चिल्लाओ। धीरे बात करो, चले जाओ यहाँ से।'

'उर्वशी की आवाज रुक जाएगी, और मैं चिल्लाऊँ भी नहीं?'

'नहीं, चिल्लाओ मत।'

जॉनी ने भयभीत होकर आवाज धीमी करते हुए पूछा, 'चिल्लाऊँ नहीं?'

'नहीं।'

जॉनी रोने लगा। बूढ़ा, ढीला, पैबन्द लगा पतलून पहने, तन पर रंगीन बनियान, गले में रंगीन रूमाल बाँधे, ढीला-ढाला जूता, सिर पर पंखवाली टोपी पहने वह रोते हुए बन्दर-सा दिखाई दे रहा था। जैसे घर की दीवार पर लगे पोस्टर में सर्कस का जोकर रो रहा हो। रोते-रोते वो उर्वशी को बड़े प्यार से उठाते हुए बाहर चला गया।

अस्पताल के बाहर, जहाँ दवाइयों की शीशियाँ बिकती हैं, वहाँ टुंडा रामन्ना चाय बेच रहा था। जॉनी उसके सामने बैठ गया और उर्वशी को बिठाया पैकिंग बक्से पर।

रामन्ना ने पूछा, 'क्या मेरी जान! चाय पीएगी? आज तो लाल घाघरा पहने है!'

जॉनी ने धमकाया, 'चुप हो जा टुंडे।'

'ले, तू खा।'

'दे।'

'क्या बोला डॉक्टर?'

'कैंसर।'

'कहाँ?'

'गले में।'

'ओह!'

तिरस्कार मिश्रित आवाज में रामन्ना बोला, 'गले में भी कैंसर होता है? मुझे कैंसर मत दिखा जॉनी। मुर्दे देखते-देखते मैंने हद कर दी। अरे बाबा, कैंसर हो तो जीते-जी मुर्दे की सड़ायँध आती है। अरे उस आदमी की बात याद नहीं है। साले को गाड़ी से उतार रहे थे तो यहाँ तक बदबू आ रही थी। मरने पर, सुन जॉनी, साले को अगरु में डुबोने पर भी, सड़ायँध नहीं गई।'

'याद है।'

'उसके मरने पर सबने पैसे लुटाए थे, साला!'

'जब उठाने गया था तो तू फिसलकर गिरा था।'

'और तू साला मौके का फायदा उठाकर मेरे पैसों का डब्बा लेकर भागा था। दो रुपए साठ पैसे!'

'अगले दिन किसके रोकड़े से माल चढ़ाया था?'

'अरे नहीं।'

जॉनी ने चाय पीकर पूछा, 'क्या करूँ, कुछ बता तो यार?'

'लँगड़ी के पास जा।'

'क्यों?'

'अरे बाबा, ये कानी मोती का काम नहीं। लँगड़ी बता देगी।'

'ऐसा काहे को कहता है?'

रामन्ना अपनी टूटी हुई कुहनी से पेट खुजलाते हुए बोला, 'मैं गया था लँगड़ी के पास। बड़ी लालची औरत है। उसने कहा अच्छी बीड़ी ले आ, आलू की टिक्की। किसी मुर्दे का तकिया भी माँगा था। किसी सधवा का तकिया। कहा तो है, ला दूँगा। फिर, उसे बीड़ी पिलाई, टिक्की खिलाया...'

'अपने पैसों से?'

'अरे बाबा, पैसा भी कभी किसी का अपना होता है? पैसा तुम किसके? जिसके पास, उसी का! ना, अपने पैसों से नहीं। उस दिन क्या हुआ पता है?'

'क्या?'

'भगीरथ ने दवाई बेची थी। पार्टी की दवाई। पेशेंट के मरने पर पार्टी खाट लेने गया था। भगीरथ मौका मिलते ही दवाई-हॉरलिक्स, सब लेकर चम्पत हो गया। उसने पैसे दिए थे।'

'लँगड़ी क्या कहती है?'

रामन्ना गम्भीर हो गया। कहा, 'कानी को तू बेकार ही दोष दे रहा है जॉनी। वो तुझसे मोहब्बत करती है।'

'धत्, कानी, मोटी। उसकी मोहब्बत कौन चाहता है?'

'ना रे! सच्ची मोहब्बत बहुत अच्छी चीज है रे! तुझे खिलाती-पिलाती है, देखभाल करती है, कई बार तो घर का भाड़ा भी नहीं लेती। अरे उस दिन तो मेरे पास बैठकर कितना रोई थी। कहने लगी, जॉनी अगर एक बार हाँ कहे तो जनम-भर उसे पालूँगी। लेकिन एक शर्त पर, उर्वशी को छोड़ना होगा।'

'तूने क्या कहा?'

'मैं बोला, वह बात तो तू अपने खयाल से निकाल दे कानी। जॉनी उर्वशी को नहीं छोड़ेगा, दूसरी बात कर।'

'लँगड़ी क्या कहती है?'

'बोलती है, शायद कोई उर्वशी को चाहता है, इसलिए मन्तर किया है। नहीं तो गले में कैंसर नहीं होता। मैंने भी कहा, जॉनी मेरा जिगरी दोस्त है। लँगड़ी, उसकी सब बातें मैं जानता हूँ। मुझे बता।'

'फिर क्या कहा?'

'बोली, कहना, रात को आए।'

'आज जाऊँ?'

'अरे, आज तो उस आदमी का चौथा है। लँगड़ी तो जूठन इकट्ठा करनेवाली की कप्तान है। पूरी टोली के साथ वहीं रहेगी। साला! सब जगह पर बहुत लफड़ा है, हमेशा से जानी हुई बात है। लक्कड़ मैदान के बाईं और शादी-छिराद, जनेऊ-खीर, चटाई पर जूठन उठाएगी लँगड़ी की टोली। दाहिने मागनदास का दल। ये साले भिखमंगों का धरम-करम सब-कुछ गया, समझे? लँगड़ी कभी दाईं तरफ नहीं जाती। मागनदास का दल बाईं तरफ आएगा तो हंगामा हो जाएगा। लँगड़ी को नहीं जानता! आज लँगड़ी बद्री और हमीजा के साथ जा रही है। हंगामा करेगा तो मागनदास अपने बाप का नाम भूल जाएगा।'

'बद्री और हमीजा?'

'क्यों न आए भला?...जो जिसके टोले में रहे कोई हंगामा नहीं। बद्री को लेक-बाजार का। फुटपाथ हमीजा को। कमलाबाड़ी का फुटपाथ किसने दिया है? लँगड़ी ने दिया न! बद्री आजकल कितना खाता है। बाजार से बकरे और मछली की आँत, नाड़ी कुम्हड़ा, बद्री का जांगर खूब है। बद्री ने कहा, मासी, बद्री के रहते तुम्हारे डस्सबिन के पत्तल मागनदास किसी हालत में नहीं ले सकता।'

'आज तो सब खूब पेट-पूजा करेंगे!'

'अरे धत्! बंगाली का छिराद है। मांस-मछली खाएँगे भला? लेकिन लँगड़ी ने कहा, ये हक की लड़ाई है। छोड़ देंगे तो इज्जत जाएगी। लँगड़ी लड़ाई के पैंतरे खूब समझती है। वह चली जाएगी तो भी लड़ाकू के नाम से सब उसे याद करेंगे साला! मैं तो ये फुटपाथ उसके नाम कर दूँगा।'

'तो आज न जाऊ?'

'कल जाना। पूर्णिमा है, अच्छा दिन है।'

'दवाई देगी?'

'नहीं तो क्या!' लँगड़ी जबान के खिलाफ नहीं जाती। कहीं सुबह मत चले जाना। आजकल सुबह हाफ-पैंट पहने टैक्सी पोंछती है। दोनों हाथों से कमा रही है। रात को जाना। जो खाती है, ले लेना, साथ में बोतल जरूर ले जाना।

'कानी मोती बेकसूर है?'

'हाँ यार।'

'चल एक रिक्शा बुला दे।'

'घर जाएगा?'

'हाँ, इस गर्मी में उर्वशी को लेकर...'

'जॉनी!'

'बोल?'

'मैं तेरा जिगरी दोस्त हूँ, मानता है?'

'जरूर।'

'तब से जब हम नंग-धड़ंग रहते थे।'

'जरूर।'

'उर्वशी को तू छोड़ दे।'

घबराहट से जॉनी का दिल बैठ गया! कितना पुराना यार है उसका रामन्ना! रामन्ना! उसके मुँह से ऐसी बात! जॉनी के सीने में मुर्दाघर का ठंडापन छा गया। डर से कहीं जॉनी की जान न निकल जाए? मर भी जाए तो क्या! लेकिन मरने के बाद क्या इतना डर लगता है, इतनी दहशत? मरने के बाद तो आदमी डर और निडरता के परे चला जाता है? बात तो कुछ ऐसी ही है?

'ऐसी बात क्यों कहता है रामन्ना?'

'वो तुझे खा जाएगी।'

'जानता हूँ।'

जॉनी का चेहरा बुझ-सा गया। जैसे घर की दीवार पर चिपके हुए पोस्टर से घूरनेवाले जोकर ने तय किया है कि शहर को अब अपना हँसमुख चेहरा नहीं दिखाएगा। हताश, वृद्ध, बन्दर की तरह शोकाकुल मुख से जॉनी ने कहा, 'जानता हूँ रामन्ना। लेकिन तू बता रामन्ना, उसे, मेरे सनम को मोहब्बत करते, हँसते-रोते इतनी जिन्दगी बीत गई। अब उसकी आँख, बदन, हँसी देखे बिना तो मैं मर जाऊँगा।'

'जानता हूँ।'

'कोई बचेगा, तू बता? तू तो जानता है, कितनी सुन्दर जिन्दगी है, सब सुख चाहते हैं। पब्लिक उससे पूछती है, 'कैसी है उर्वशी?' वो बोलती है, 'बहुत सुख में।' पब्लिक पूछती है, 'हम लोग कैसा है?' वो बोलती है, 'बहुत सुख में।' पब्लिक बोलती है, 'तब तू सुख का गाना गा!' वो गाती है, 'ओ जीने वाले, हँसते-हँसते जीना!'

'जानता हूँ।'

रामन्ना भी उदास हो गया। उसने कहा, 'उर्वशी जादूगरनी, शैतान की बाँदी, जिन्न है। वो जिसके पास गई उसे खा गई। तुझे भी खाएगी। उसके बाद किसे खाएगी क्या पता?'

जॉनी बोला, 'इससे पहले मैं ही उसे खतम कर दूँगा।'

'तू।'

'हाँ रे।'

रामन्ना ने गहरी साँस ली। बोला, 'रात को लँगड़ी के पास जाना। जो खाती है, ले जाना। नहीं तो कुछ नहीं बताएगी।'

'जरूर ले जाऊँगा। उर्वशी नाचेगी-गाएगी, बरेली के बाजार में झुमका गिरा रे। लँगड़ी दवा देगी। नहीं तो अपने सीने में भी चाकू भोंक लूँगा और उसके सीने में भी।'

रामन्ना ने तरस खाते हुए 'च्च-चच' आवाज करते हुए कहा, 'उसके सीने में चक्कू चलाएगा? जा साले! फिर तेरा छिराद मैं नहीं करूँगा।'

जॉनी ने धुँधली नजरों से हँसकर कहा, 'छिराद बाद में, कबर देगा या लाश जलाएगा? सोचा है कुछ?'

'धत् साले, धरम का कोई अता-पता तो नहीं है।'

'कबर भी देना, जला भी देना।'

'धत् साले, तेरी क्या दो लाशें होंगी?'

'मुझे और उर्वशी को, समझा, बैंड, बैगपाइप बजाकर, एसेटिलीन बाती का चिराग जलाकर ले जाना, फूलों से ढककर, शहर का सा–रा फूल खरीद लेना। उसके बाद पहले जला देना। उसके बाद राख को कबर में डाल देना। छिराद करना खूब धूम-धाम से। लँगड़ी की टोली, मागनदास का दल, बद्री और हमीजा की टोली, हरे–क को फुटपाथ पर बिठाकर खिलाना। कैटरिंग से वर्दीधारी बैरे ले आना।'

'पैसा कौन देगा?'

'अरे सब फ्री में हो जाएगा। जॉनी मर गया, उर्वशी मर गई, देखना सब बिन माँगे, फ्री! साला, लैला-मजनूँ की अन्तिम-यात्रा। कोई पैसा माँगेगा भला? हम मर जाएँगे तो देखना और कोई हँसी-खेल नहीं होगा। गाना नहीं गाएगा, सब आ जा! हमें गम–दिल! ऐ! हमें गम दिल–दिल! कहकर छाती पीटकर रोते-रोते मरेंगे। साला, शहर का सब हँसी-खेल लिये चला जाऊँगा।'

लूला रामन्ना और जॉनी हँसने लगे। हँसते-हँसते जॉनी ने उर्वशी को रिक्शे में बिठाया। उर्वशी के रेशम से बालों को बचाते हुए जॉनी ने बीड़ी सुलगाई। रामन्ना की ओर देखकर आँखें मटकाते हुए धुआँ छोड़ा।

रास पूर्णिमा की अचरज-भरी चाँदनी कलकत्ते को बड़े प्रेम से नहला रही थी। जैसे चाँदनी खुद लैला हो, कोलकाता दीवाना मजनूँ, चाँदनी के प्यार में पागल होकर मैला हो गया था। तभी तो प्रेममयी चाँदनी का गंगावतरण हुआ था।

रात बहुत हो चुकी थी। समय अब प्रहर-चेतना हीन था। चाँदनी से उन्मत्त कुछ कुत्तों के अलावा कोई और इस प्रेम-वर्षा का लाभ नहीं उठा रहा क्योंकि सोए हुए अथवा नशे की खोज में घूमते हुए, अथवा चाँदनी के प्रवेश-पथ खिड़कियों को बन्द करके प्रेमहीनता के केवल शरीर को टटोलते थे।

ऐसी चाँदनी में, प्रेम-वर्षा में भीगते हुए जॉनी खम्भे से पीठ टिकाए रो रहा था। उसका मन बहुत दुखी था। इस समय वही लैला, वही मजनूँ था। 'ओ आसमाँ वाले तेरी दुनिया में हम घबरा गए, सारी दुनिया में चाँदनी क्यों मेरे लिए बादल हो गई?'

बहुत दुखी था जॉनी। उसके दुख से लँगड़ी भी 'च्च-च्च' कर रही थी। सत्तर की होते-होते लँगड़ी को जिस दिन समझ में आया कि उसे फुटपाथ पर कब्जा जमाने के लिए चंडिका बनना पड़ेगा, उस दिन से उसने साड़ी उतार दी।

उसी समय से हाफ-पैंट और बनियान धारण कर लिया, लम्बे सफेद केश काट-छाँट कर बिलकुल छोटे कर लिये। कमर में एक लम्बा फेंटा लपेटे रहती थी, गले में एक काली डोरी में बँधा आईना लटकता था।

हाथ में आरसी। कमर में बँधे फेंटे में से नवजात शिशु का नाखून, धनेश पाखी की चोंच, गर्भवती लाश के केश, गर्भवती लाश का सिन्दूर, सब लेकर-गिनकर उसने कहा, 'मेरे लाल, अब कुछ नहीं हो सकता। किसी पिशाच ने बाण मारा है। मेरे वो दिन अब नहीं रहे कि उसके बाण को उलटा बाण मारकर बेअसर कर दूँ। अपनी बोतल वापस ले ले बेटा। तेरे दुख से मेरी छाती फटी जाती है मेरे बेटे! जब आए ही हो, तो पहले ही क्यों न आए, उर्वशी जिस गले से गाना गाती है, बातें करती है, उस गले में जखम होते ही क्यों नहीं आए?'

जॉनी बिना आवाज किए रोए जा रहा था। ढीला-ढाला पतलून पहने, रंगीन बनियान और गले में रंगीन रूमाल लपेटे, पैरों में ढीले-ढाले जूते, सिर पर पंख लगी टोपी पहने वह आदमजात नहीं लग रहा था जैसे घर की दीवार पर चिपके किसी पोस्टर से कोई जोकर उतर आया था। अब वह न हँसेगा, न हँसाएगा, इसलिए उतर आया था। विद्रोह करेगा क्योंकि उसका दिल टूट चुका था।

टूटे हुए दिल का, जिस दिल में बड़ी दरार पड़ चुकी हो, उसका दुख बहुत अधिक होता है! सीने में आग लगी रहती है। चिता की आग से चिन्ता की लपटों में बहुत ज्यादा ज्वाला थी। बुरी तरह से झुलसाती थी। जॉनी पोस्टर का जोकर बना रो रहा था। अब क्यों हँसे वो? चाँदनी की प्रेम-धारा उसके हृदय को शीतल नहीं कर पा रही थी। टूटा हुआ दिल लिये वह कहाँ जाए अब? ये दिल कहाँ ले जाऊँ, अब कौन ठिकाना है?

जिस गले से उर्वशी, आकुल-अंचला, विद्युत-चंचला, उल्लसित, अनन्त-रंगिनी, वन-संगिनी गीत गाती थी, दुखिया जियरा, रोए नैना—गाती थी, लव मी डार्लिंग—गाती थी, तोमार गलाय गान छिलो—आमार गलाय सुर छिलो—गाती थी, बाँस की खिड़की, बाँस का दुआरा, आओ बनाएँ घर प्यारा, वो गला बन्द हो जाएगा। वो गौरव-राशि अस्त हो जाएगी—मुझे भी ले चल सपनों के पार—जॉनी इसलिए रो रहा था।

उसका रोना देखकर चाँदनी हँस रही थी, कुत्ते आपस में प्यार कर रहे थे। लँगड़ी भी पूर्णिमा के चाँद की ओर अपनी धुँधली-सी दृष्टि डालते हुए रोने लगी और बोली, 'मेरे बाप, तू तो रामन्ना का जिगरी दोस्त है। तेरे लिए उलट बाण मारूँ इतनी हिम्मत मुझमें नहीं है। आँखों से भी कुछ ठीक-ठाक दिखाई नहीं देता। इसलिए आरसी में उसकी छाया दिखाई नहीं दी।'

'तो फिर कानी मोती नहीं है?'

'नहीं, वो तुझे बहुत चाहती है।'

'उसके प्यार से डर लगता है।'

'डर किस बात का? उर्वशी को छोड़ दे, उसके साथ घर बसा। वो पकाएगी-परोसेगी, तू भी बूढ़ा हो चला है।'

'लेकिन उर्वशी को कैसे छोड़ दूँ? वो कहाँ जाएगी?'

'कोई खरीद लेगा।'

'कौन?'

'यही तो दिखाई नहीं दिया, बेटा। शायद कोई चाहता है, अरे इसलिए तुझ पर मन्तर छोड़ा है।'

'मुझे भी ऐसा ही शक है। उर्वशी के चेहरे से सब जलते हैं।'

'तू पागल हो गया है।'

'पागल तो नहीं था मौसी, उसने मुझे पागल बना दिया। तब तो मैं जवान था। उसे गोद में बिठाकर ताँगे पर इधर-उधर कितना घूमा हूँ। धौलपुर, बाँदा, झाँसी, ललितपुर, हमीरपुर। वो खेल भी क्या खेल हुआ करता था, मौसी। तब वो गाती थी, अँखिया मिलाके, जिया भरमा के, चले नहीं जाना! मैं बोलता था, कभी नहीं प्यारी! वो गाती थी, जान से न जाने दूँगी, जाके रास्ता रोक लूँगी, सइयाँ के पैयाँ पड़-पड़ जाऊँगी, रोके कहूँगी—अँखिया मिलाके!'

'सब जानती हूँ, बेटा।'

'हमारे ताँगे के पीछे बच्चे भागते थे, कागज उठाते थे। पीछे बैठे वह रामन्ना ढोल पीटता था, उर्वशी का खेल! जॉनी का खेल! तब का वक्त! कुछ और ही बात थी। धौलपुर के एक सेठ के बेटे ने कहा, 'हजार रुपया दूँगा, इसे तू बेच दे। साटिन की कुर्सी पर उसे बिठाए रखूँगा।''

'सब जानती हूँ।'

'लेकिन सब लाश बन गया, मौसी। जिस गले वो गाना गाती है, बात करती है, वहाँ कैंसर है।'

'कैंसर नहीं, राजा, बाण मारा है किसी ने।'

'किसी को जानती हो?'

'किसे जानूँगी?'

'उलटबाण मार सके?'

'नहीं। टेरिटी बाजार में एक अंसारी हुआ करता था–'

'मर गया।'

'अब जाकर खुदा से दुआ माँग।'

'हाय खुदा!'

जॉनी ने एक बार चाँद को देखा फिर सिर झुकाकर चलने लगा। कानी मोती उससे प्यार करती है? प्यार करती है? मोहब्बत करती है? प्यार से क्यूँ घबराता है दिल? उर्वशी के लिए, उर्वशी के लिए। अचानक उसे लगा उर्वशी अकेली है। कानी मोती जॉनी को देखती है और दोनों पहर उर्वशी को श्मशान भेजती है। जॉनी दौड़ने लगा। दौड़ते-दौड़ते वो अनाथाश्रम से भागा हुआ छोटा जॉनी हो गया।

अनाथाश्रम की दहलीज पर कौन उसे डाल गया था? कुछ याद नहीं आता। अनाथाश्रम पूरनचन्द जी का था। आश्रम के अन्य लड़कों के साथ जॉनी भी बैन्डल के रास्तों पर 'दीनों पर दया करो' का गाना गाते हुए भटका करता था। उसका गाना सुनकर ही तो दलीप सिंह उसे भगाकर ले गया था। दलीप कहता था, 'चल तुझे दुनिया दिखाऊँगा।' दलीप भी दूसरा पूरनचन्द है, ये तो जॉनी समझ नहीं पाया था। भीख में मिले चावल और पैसे पूरनचन्दजी ले लेते थे। बच्चों को लँगड़ा-लूला-पंगु कर देते थे। रामन्ना को पूरनचन्द ने ही लूला बनाया था। जॉनी गाता अच्छा था, इसलिए उसे छोड़ दिया।

रामन्ना और जॉनी दोनों एक ही साथ निकल भागे थे। दलीप ने रामन्ना के हाथ में मिट्टी का एक घड़ा दिया था। रामन्ना अपने टूटे हाथ से घड़े को अपने से सटाकर पकड़ता था और दूसरे हाथ से उस पर टका-टक बजाता था। जॉनी गाता था ट्रेन में।

बचपन में ही जॉनी समझ गया था कि मनुष्य को सुखों से प्यार है। रास्तों में देखता था, मनुष्य को खुश रखने के लिए कितने आयोजन किए जाते थे। राज-ज्योतिषी-बिना अस्त्र के क्षत-आरोग्य–सिनेमा के बारे में लिखा पर्चा बाँटते हुए घोड़ागाड़ी गुजर जाती थी। गाड़ी की छत पर गाने-बजाने वाले बैठे गाना बजाते थे। सब सुखी स्वर के गीत।

खुशी के गाने बजाते हुए घोड़ागाड़ी सरपट दौड़ती थी, लड़के पीछा करते हुए रंगीन कागज इकट्ठा करते थे। जॉनी का पता था, सबको सुखों से ही प्यार है। अनाथाश्रम के पूरनचन्दजी को भी सुखों से ही लगाव था। अपने माता-पिता के जन्मदिन पर वो जॉनी और उसके साथियों को मिठाई देता था। जिन्हें लूला-लँगड़ा-पंगु कर देता था, उन्हें भी मिलता था। पूरनचन्द जी एक बड़ी मेज पर आसन जमाते थे। शिव-पूजा किए बिना पानी तक नहीं पीते थे, माथे पर चन्दन का त्रिशूल हमेशा बना रहता था। लड्डू और मीठी मठरी से भरे एक टोकरे में से वह लड़कों की भीड़ में मिठाई दूर से ही फेंकता था और कहता, 'ले! उठा! खा! हँस! उठा, गाना गा, नाच।'

जॉनी और उसके साथी भी खूब हँसते, नाचते और गाते। लँगड़े-लूले और काने सबसे अधिक हँसते। जॉनी जान गया था कि आदमी असल में सुख ही चाहता है। शहर की हवा तब गुलाबी कागजों से गुलाबी हो चली थी। कोई कागज बोलता, ज्योतिषी सुखों के भंडार का भंडारी है। कोई कागज कहता, कोई कष्ट दिए बिना बुरे से बुरा घाव भी भर सकता है। रास्ते के किनारे तोतापाखी लिये बैठा अब्दुल्ला भी सुख बाँटता था। सिनेमा में जाओ तो मज़े-ही-मज़े। आखिरकार सब नायक सब नायिकाओं को पा ही जाते हैं।

जब दलीप एक और पूरनचन्द जी बनकर, ट्रेन के डिब्बे में गाना गा-गाकर रामन्ना और जॉनी को जो पैसे मिलते थे, सब हड़प लेता था, तब भी जॉनी सुख के गाने ही गाता था। वो जानता था इनसान सुख चाहता है इसलिए सिनेमा देखता है। जितने कंगाल क्लर्क, वोट माँगने वाले, फेरी वाले, परचून व्यापारी सभी सिनेमा देखते थे, सुख की खोज में। दुख-भरे दृश्य, दुख-भरा गीत वो सह लेते हैं इसी आशा से कि बाद में सब दुख सुख में बदल जाएगा।

इसलिए दुख-भरा गीत, ये दिल कहाँ ले जाऊँ पहले ही गाता था जॉनी, बाद में मैं बन की चिड़िया गाकर सबको सुख देता था। बहुत आसानी से इनसान को खुश किया जा सकता है। जो लोग सिनेमा नहीं देखते, पैसे नहीं होते जिनके पास, वे दर्शकों की लाइन देखकर सुख पाते थे। जो कंगाल मिठाई की दुकानों के अन्दर नहीं जा पाते, वे फेंके हुए जूठे कुल्हड़ और सकोरे चाटकर ही खुश हो जाते हैं। हाथ-पैर टूटे लँगड़े-लूले भिखारी चौरंगी के तपते-पिघलते कोलतार पर लुढ़कते हुए पूरनचन्द जी के लिए पैसा माँगते-माँगते सेब-नुमा मेमों को देखकर खुश हो जाते थे।

तभी वो समझ गया था दलीप के पंजे से बचकर निकलना ही होगा। वो देश-भर में अकेले ही खुशियाँ बेचेगा।

रामन्ना कहीं नहीं गया, कोलकाता में ही बस गया। कानी मोती तब तक कानी नहीं हुई थी। वो तब मकान-मालकिन की भानजी थी। रामन्ना और जॉनी कुछ दिनों तक फुटपाथ से चाँदनी, रेशमी, अनार आदि दासियों के लिए ग्राहक लाया करते थे।

जॉनी दिनकर सिनेमा के टिकट ब्लैक में बेचता था। फुटपाथ पर सोता था। जेब गरम

होती तो हबीब की दुकान से सीक-कबाब खाता था। कभी-कभार ग्रैंड, ग्रेट इस्टर्न होटल के सामने साहब-मेमों को टैक्सी लाकर देता था। रामन्ना कहता, 'तू मजे में है जॉनी।'

फुटपाथ पर सोकर, सिनेमा का टिकट ब्लैक करके, बहुत सुख में जीया जा सकता है। जेब में चार आने आते ही जो भिखारी पूरे कोलकाता को दिन और रात में खरीद लेते हैं, जॉनी उन्हीं की जमात का था। हमेशा खुश और आजाद। इसीलिए वो मकान-मालकिन की बात पर अमल नहीं करता था। मोती से ब्याह कर, गृहस्थी बसा ले, ये सब बातें उसे बिलकुल पसन्द नहीं थीं। मोती से कौन शादी रचाए? वह एक ओर पूरनचन्द जी, या दलीप की तरह अनार-चाँदनी के देह-व्यापार के रोजगार के पैसे से धनी होना नहीं चाहता था।

कोलकाता की हवा में ही खुशियाँ उड़ती थीं। जॉनी ने कहा था, 'तू यहीं पड़ा रह।'

'और तू क्या करेगा?'

'दुनिया लूटकर खुशियाँ लेकर आऊँगा, हरेक को दूँगा'—झोली भर-भर दूँगा, साला! कितनी खुशियाँ चाहते हो, सबको दूँगा। बोलूँगा, सब साला फुटपाथ पर सो, सत्तू खा, गले में रूमाल बाँधकर लड़की देख। गाना गा, हँसता रह। जिन्दगी में सुख सबसे बड़ा हीरा है। सबकी मुट्ठी में एक-एक हीरा दे दूँगा, साला।'

'और साले मैं क्या यहीं पड़ा रहूँगा?'

'नहीं रे। पहले मैं तो सुख ढूँढ़ लूँ, उसके बाद तुझे भी ले जाऊँगा।'

'तू फिर मोती से शादी नहीं करेगा?'

'धत् साले—'

'वह तो मेरे साथ सादी नहीं करेगी।'

'तू तो लूला है!'

'तू चला गया तो मेरा दिल टूट जाएगा।'

'अरे! तू हमारा जिगरी दोस्त है। चला गया तो वापस बुला लूँगा।'

'तू यहाँ रह जा?'

'सच बोल रहा है!'

'सच्ची जबान।'

'सब याद है ना?'

'स—ब!'

'मैं मरूँगा तो तू हमारा छिराद करेगा। तू मरे तो मैं तेरा छिराद करूँगा।'

'खून से बात पक्का कर।'

'ले स्साला!'

चाकू से, एक ही चाकू से दोनों ने अपने हाथ में चीरा लगाया था। बहुत हँसे थे दोनों। दोनों ने एक साथ सिनेमा देखा था। हबीब की दुकान से सीक-कबाब खाए थे। उसके बाद जॉनी हावड़ा चला गया था। जो ट्रेन सामने दिखाई दी, उसी में चढ़ गया था। टिकट नहीं लिया था, बेंच के नीचे लेट गया था।

भोर होने से पहले ही राँची पहुँच गया। जॉनी ने तभी तय कर लिया था कि जीवन का नक्शा कैसा होगा। मास्टर जॉनी का वन मैन शो। राँची, डाल्टनगंज, और उत्तर की तरफ जाकर पश्चिम की ओर काशी, इलाहाबाद, लखनऊ।

जितने प्रकार के जीवन, उतने ही प्रकार के खेल। जीवन का नक्शा भी खेल के नक्शे की तरह अलग-अलग किस्म का होता है। जब जो सिनेमा चलता, उसी सिनेमा का नक्शा देखता था जॉनी।

हाट में, चौरस्ते में, चौक में मजनूँ की आवाज में गाता था, चलता है कारवाँ। लैला की आवाज में गाता, आसमाँवाले तेरी दुनिया में मैं घबरा गई। खलनायक बनकर कहता, 'बच्चू, अपने चक्कू से तेरा कलेजा निकाल दूँगा।' भाँड़ बनकर पैंट के पीछे तकिया घुसाकर नाचता था।

थाली पर झमाझम पैसे गिरते थे। जिन्हें खुशियों की सबसे ज्यादा जरूरत होती है, उनकी जेब में टिकट खरीदने के पैसे नहीं होते। वो सब जॉनी का ही खेल देखते थे। जॉनी कहता, 'दुनियावालो! दुनिया में सुख की चिड़िया उड़ते-उड़ते फिरती है। हम चिड़िया पकड़कर तुम लोगों को देते हैं।' तानसेन बनकर सहगल की आवाज में गाता था, 'बिना पंख के पंछी हूँ मैं!' अकबर की आवाज में कहता, 'तानसेन! तुमने ये गाना क्यों गाया?' तानसेन की आवाज में कहता, 'ये गाना नहीं शहनशाह! ये टूटे हुए दिल की पुकार है!' तानसेन बनकर वो लेट जाता और कहता, 'मेरी प्यास बुझाओ!' उसके बाद उठकर तानी बन जाता। आसमान की ओर हाथ पसारकर गाने लगता, 'बरसो रे! काली बदरिया, पिया पर बरसो!'

सबको खुशियाँ बाँटकर वह स्टेशन के प्लेटफॉर्म पर लौट आता। बेंच पर अकेला पड़ा रहता। जिस जीवन का जैसा नक्शा होता है। साहब-मेम तो कुत्ते लेकर शिमला जाते हैं। उसकी बड़ी इच्छा थी कि अपने इस एकाकी जीवन में एक अदद देसी कुत्ता पाले। उसका नाम रक्खेगा, रोवर। कुत्ते के गले में चेन बाँधकर इधर-उधर घूमे। सबसे कहे, एलसेशियन है। मांस नहीं खिला पाता इसलिए ठिगना ही रहा।

और भी बहुत-सी इच्छाएँ थीं। नौटंकी की फुलकलियाँ को ताँगे पर अपने साथ बिठाकर घूमे। बाजार की अनारो को अपने साथ ले जाकर नाच दिखाए। चायवाली पन्ना के साथ रात बिताए।

लेकिन जीवन का नक्शा बड़ा विचित्र है। फुलकलियाँ-अनारो-पन्ना ने ये सब बातें जॉनी से भी बड़े-बड़े रईसों से सुन रखी थीं और वो सब काम करते-करते बेजार हो गई थीं। सब कहतीं, 'सादी बनाएगा? घर-बार देगा?'

जॉनी कहता, 'धत्। आजाद इनसान किसी की चाकरी नहीं करता। सादी बनाकर गधे मरते हैं। मैं कहता हूँ, दुनिया लूटकर तेरे हाथों में खुशियाँ ला दूँगा।'

लड़कियाँ हँसते-हँसते लोटपोट हो जातीं। कहतीं, 'फोकट में इतना सुख नहीं मिलता जॉनी!'

'फोकट में क्यों? मैं उनको चूड़ियाँ दूँगा, कपड़ा-लत्ता दूँगा, रोज होटल ले जाकर गोश्त खिलाऊँगा।'

'ऐसा तो सभी कहते हैं। पर करते भी हैं क्या?'

नौटंकी की फुलकलियाँ की गौरी बिसात बिछाकर कड़ियाँ गिनती। कहती, 'तू बेकार ही उसे बाँधना चाहती है। उसकी एक लैला है कहीं जो उसे जरूर ढूँढ़ लेगी। उसे मजनूँ बना देगी।'

जवानी की गर्मी के कारण जॉनी आजाद तबीयत का था वो इसी खुशी में ठहाका

लगाकर हँसता। कहता, 'छोरियाँ तो नाराज हैं मौसी। तब तू चली चल। तू मेरी लैला बनेगी?'

'अरे मरे, जा भाग!'

'मरेगी तो तू।'

'तू पहले मरेगा।'

'मैं मरूँगा तो मेरा जिगरी दोस्त छिराद करेगा। खून में खून मिलाकर पक्की बात। मेरी लाश के आगे-पीछे गैस-लाइट की रोशनी होगी, बैंड बजेगा, जितने लोगों को मैंने सुख दिया है, सभी छाती पीटकर, 'हाय! गमे दिल! हाय! दुनिया में खुशी की रोशनी बुझ गई।' कहते हुए रोते-बिलखते जाएँगे। तू मरेगी तो मेहतर उठाकर फेंक आएगा।'

बुढ़िया उसे मारने दौड़ती। जॉनी हँसकर भाग जाता। लेकिन एक दिन फुलकलियाँ ने उसके पैरों पर गिरकर कहा था, 'तुझसे मेरी मोहब्बत हो गई है जॉनी। तेरे बिना कुछ सोच नहीं सकती। घर-बार नहीं चाहती, सादी नहीं चाहती, तू मुझे यहाँ से ले चल।'

'कहाँ?'

'जहाँ भी तू जाए?'

फुलकलियाँ बहुत भरी-पूरी लड़की थी। चेहरे पर चेचक के दाग, मँजा हुआ रंग, माथे पर गुदना, जैसे देह न हो, दूध से भरी कलसी हो, चलती तो छलक-छलक जाती।

जॉनी समझ गया था, फुलकलियाँ की आँखों को देखते ही समझ गया था, लड़की के कलेजे पर छुरी चल चुकी है। शादी किए बिना जो जॉनी के साथ ताँगे पर बैठकर शहर घूमने तक को राजी न हो, वो जहाँ जॉनी ले जाए, जाने को तैयार थी?

जॉनी सहम गया। क्या बात करती है लड़की? जॉनी ठहरा घुमक्कड़ खानाबदोश। आज यहाँ तो कल वहाँ घूमता रहता है। आजाद होने का कोई सपना जॉनी नहीं देखता। वो तो जन्म से ही आजाद है। जॉनी जानता है कि सुख एक चिड़िया का नाम है। उस चिड़िया के रंगीन पंख सूरज की किरणों में चमकते हुए उड़ते फिरते हैं। जॉनी बारम्बार उस पंछी को पकड़कर कँगले-अधनंगे लोगों के हाथों में थमा देता है। जॉनी कैसे नौटंकी की फुलकलियाँ की भरी-पूरी जवानी, प्रेम से भरे हृदय की जिम्मेदारी ले सकता है?

जॉनी भाग गया था। फुलकलियाँ की मौसी के अभिशाप ने शायद उसका पीछा किया था। नहीं तो वो बम्बई क्यों जाता? क्यों भूलेश्वर के चौक पर हमीद उससे कहता, 'जॉनी का वन मैन शो भला किस चीज का मास्टर है? मेरी उर्वशी का खेल देखा है?'

'दिखाएगा तो देखूँगा।'

'देखने से पहले पीर का मन्तर पढ़ा हुआ फिरोजा का तावीज पहन लेना, जॉनी। नहीं तो उर्वशी तुझे दीवाना बना देगी।'

'अरे हटाओ, ऐसे बहुत उर्वशी देख रखे हैं।'

'पर ऐसी नहीं देखी।'

'क्या है उसके पास?'

'क्या नहीं है?'

'होः ऐसी बातें सभी करते हैं।'

उर्वशी ने उस दिन लहँगा-अँगिया-ओढ़नी पहना था। बालों में माँग के पास सीसफूल,

गले में माला, कानों में झुमके। हमीद की गोद में बैठी उर्वशी गाना गा रही थी। बातें कर रही थी। सेब की तरह उर्वशी का रंग था, छाती जैसे पके नाशपाती, आँखें कमल की पँखुड़ियाँ, भौंहें आकाश में उड़ती हुई चील, होंठ जैसे खिलता हुआ गुलाब–

जॉनी का सिर तो देखते ही चकरा गया। ऐसी थी उर्वशी, फिर भी उसके खेल में भीड़ नहीं जमती थी। उर्वशी घिसी हुई-सी आवाज में गा रही थी, बातें कर रही थी, मजाक कर रही थी।

खेल खत्म होने पर हमीद ने जॉनी से कहा, 'मेरे साथ चल।'

'क्यों?'

'उर्वशी मीठा गाएगी।'

'मेरी गोद में बैठेगी?'

'हाँ, मेरी भी गोद में, तेरी भी गोद में।'

जॉनी ने ही नए-निराले खेलों के नक्शे बनाए। अनाथाश्रम में जॉनी ने थोड़ी-बहुत लिखाई-पढ़ाई सीखी थी। उसके बाद तो सुख की चिड़िया को पकड़ने के नशे में जगह-जगह घूमते-घामते कामचलाऊ हिन्दी, अंग्रेजी, मराठी, गुजराती सीख ली। हरदम सिनेमा की किताबें खरीदता था। कहता, 'अबे हमीद, इन्वेस्ट किए बिना क्या बिजनेस होता है?'

कहता, 'खेल का नक्शा होगा कॉमेडी फिनिस। हैप्पी एंडिंग। देख, बरसात में पहला हीरो और पहला हिरोइन में कॉमेडी। दूसरा पार्टी में टैजेडी। टैजेडी फिनिस में लोगों का मन भारी हो जाता है। कॉमेडी फिनिस में आदमी के हाथों में सुख की चिड़िया आ जाती है। कामेडी फिनिस में ही तो मजा है।'

अब भी आधी नींद में, उर्वशी के पास लेटे हुए जॉनी को हमीद दिखाई देता था। हमीद जोर-जोर से रो रहा था। कह रहा था, 'शराब के नशे में मैंने उसे तेरे पास बेच दिया। उसको मत ले। उसका मुँह देखे बिना मैं मर जाऊँगा। तम्बे बेचकर तुझे रुपया चुका दूँगा। उसको मत ले जा रे।'

'भाग साला, रुपया कौन चाहता है?'

'तेरे सीने में चक्कू भोंक दूँगा, जॉनी। वह जादूगरनी, जिन्न है। मैंने उसे लाहोरी से लिया था। मुझसे तूने उसे ले लिया। मेरी जान खा गई जादूगरनी, अब तुझे सजा देगी रे।'

जॉनी को क्या पता था? अहा, हा! कितनी सुन्दर है, कितनी सुन्दर! तेरे गोरे बदन पर गोरी काली-काली अँखिया।

उर्वशी को लेकर जॉनी उसी दिन बम्बई छोड़कर भाग गया।

कानपुर, झाँसी, आगरा, दिल्ली, पेशावर, लाहौर, कराची, भोपाल, और भी कितनी जगहों में घूमा। सब जगहों पर कंगाल–अधनंगे लोग चौक-बाजार में, फुटपाथ और रास्तों पर सुख की चिड़िया पाना चाहते थे। सब खोटे सिक्कों के कारोबारी। जेब में पैसा आते ही 'माल' पीते थे, गाँजा पीते और जॉनी का खेल देखते। पैसा न हो तो दुनिया के नाम कोई मामला दायर किए बिना ही रास्ते पर दम तोड़ देते।

लेकिन सब दिन होत न एक समाना। तब जवानी में जॉनी ने रामन्ना को बुला लिया था। रामन्ना एक हाथ से ही बाजा बजाता था। अपने टूटे हाथ से बाजे को दबाकर पकड़ता

था। ताँगे पर बैठकर जॉनी और उर्वशी शहर घूमा करते। जॉनी गुलाबी इश्तहार हवा में उड़ाकर हवा को सुख की चिड़िया के गुलाबी पंखों से रंगीन कर देता। उन दिनों सब जान गए थे कि जॉनी उर्वशी के मोहब्बत में दीवाना हो चुका है। उर्वशी गुलिस्ताँ है तो जॉनी उसका बुलबुल। सुख के लिए बावले लड़के गाड़ी के पीछे दौड़ते हुए इश्तहार उठाते।

रास पूर्णिमा की प्रेममयी चाँदनी में निर्जन पथ पर दौड़ते-दौड़ते जॉनी बूढ़ा होने लगा। उसके चारों ओर से अच्छे दिन धीरे-धीरे पपड़ी बनकर झरने लगे। जैसे हेमन्त की ठंडी हवा से झरे हुए पत्तों का ठूँठ हो। सब पत्तों के झर जाने पर एक समय ऐसा आता है जब सिर्फ ठूँठा शाख ही रह जाता है, उसी प्रकार सुख के दिन निकल चुके थे और जॉनी का जीवन एकांकी और शून्यता से भर चुका था।

उसके सुख के दिन एक ही दिन में गायब नहीं हुए थे। धीरे-धीरे जॉनी का खेल लोगों को आकर्षित नहीं कर पा रहा था। तब बड़े-बड़े चमक-दमक से भरे शहर छोड़कर वर्धमान, केष्टो नगर, शिऊड़ी, बोलपुर, बहरमपुर, रामपुर हाट चला गया। फटा हुआ तम्बू, ढबढब करता बाजा। जॉनी का ढीला-ढाला पैंट, रंगीन बनियान, ढीला जूता, पंख लगे कागज की टोपी से भला काम चलता था?

लेकिन यह खेल तो प्यार-मोहब्बत का खेल था। जॉनी तो तीस साल से उर्वशी के प्यार में दीवाना मजनूँ बन गया था। लेकिन लैला को तो नकली मोतियों का हार, सुन्दर काँच की चूड़ियाँ, साटिन का घाघरा चाहिए। उसके बाद वह पहुँचा कोलकाता।

तम्बू के भीतर जाकर उन्नीस पैसों में खेल देखो। चड़क के मेले में, रास के मेले में, तारकेश्वर के मेले में, गाँजा पार्क में, घापा के मैदान में।

मोती शीतला माता को एक आँख दान में देकर अब कानी मोती हो गई थी। मोती की हालत भी खराब हो गई थी। रेशमी-चाँदनी-अनारो भी एक-एक कर श्मशान की प्यारी हो गई।

कानी मोती ही उन्हें बेकबागान के पिछवाड़े की बस्ती में ले आई।

जॉनी ने दुख जताते हुए कहा, 'तेरा भी ये हाल है?'

'किस्मत।'

'पर ऐसा?'

'क्या करूँ?'

कानी मोती की कोशिशों से रामन्ना ने अस्पताल के सामने फुटपाथ पर चाय की दुकान लगा ली। पैकिंग बक्सों की दुकान, पैकिंग बक्से के तख्ते के नीचे ईंट बिछाकर बेंच बना दिया था। गरमागरम चाय और सस्ती बिस्कुट कुल्हड़ में पीओ और फेंक दो।

कानी मोती ने जॉनी और उर्वशी को रहने की जगह दी। गत्ते के टुकड़ों से और सड़े पैकिंग बक्सों की लकड़ी से पार्टीशन किए गए तीन कमरे। कानी मोती ने कहा, 'दस रुपया किराया देना होगा, जॉनी।'

बस्ती का सड़ा-गला कमरा। एक देसी संडास जिसे बाईस परिवार इस्तेमाल करते थे। उस बस्ती में मोती की तरह और भी बहुत से घर और घरवालियाँ थीं। छोटे बच्चे, बूढ़े-खूसट दरवाज़े पर बैठते थे। मल की दुर्गन्ध से हवा भी भारी हो गई थी।

जॉनी का मन भी भारी हो गया। यहाँ पर उर्वशी रहेगी? उर्वशी निर्विकार है। जॉनी

के मन को कानी मोती ने और भारी कर दिया। खेल दिखाने के बाद खाँसते-खाँसते जॉनी का दम निकल गया।

कानी मोती ने मिसरी का काढ़ा बनाकर दिया। हकीम की दवाई, सच्चे पीर की तावीज।

'इतनी सेवा क्यों करती है मोती?'

कानी मोती बोली, 'वो उर्वशी तुझे खा गई, जॉनी। उसे तू छोड़ दे।'

'क्यूँ, क्या मतलब?'

'मेरे साथ रह।'

'दूर हो जा डायन।'

कानी मोती रोते-रोते चली गई। लेकिन आज सात साल हो गए वह जॉनी से किराया नहीं माँगती थी। देता था तो ले लेती थी। चाय-बिस्कुट-ब्रेड-मिसरी और काढ़ा बनाकर ले आती थी। जॉनी उसे डायन कहता था। मोती कहती, 'एक दिन मैं उस डायन को भस्म करूँगी।'

कानी मोती जब गुस्से से बात करती है तो जॉनी को डर नहीं लगता। लेकिन कभी-कभी जब कानी मोती का दिल रोता था, तब वो गाती थी। ऐसी रातों में कानी मोती पैर पसारकर बैठ जाती थी, गाती थी और उसे हजार औषध देती थी। जिस तरह जॉनी के सब गाने पुराने हो चुके थे, कानी मोती के भी सभी गाने उतने ही प्राचीन और आदिम थे। सब पतित-पतिताओं का हृदय-विदारक क्रन्दन। कानी मोती बेसुरे राग में गाती थी,

चाँदनी समान सुन्दर
तेरे जैसा रंग रे!
पहनती थी मैं बनारसी साड़ी
दुआरे खड़े कितने घोड़ागाड़ी
बाबू सब थे आते
कितनी प्रीत बरसाते
चाँदनी कहकर बुलाते थे रे!

ऐसा गाना सुनकर जॉनी का दिल टूट जाता था। कानी आजीवन कोलकाता में ही रही। सुखों की कीमत नहीं समझ पाई।

जॉनी घर पहुँच गया।

हवा में बदबू फैली थी। इस बस्ती में चाँदनी और धूप को आने की मनाही थी। जॉनी ने बत्ती जलाई। उर्वशी तकिये पर टेक लगाए बिस्तर पर बैठी उसे एकटक देख रही थी। सिर्फ जॉनी ही ये समझ पाया कि उर्वशी रूठी हुई थी।

'आ गया मेरी जान!'

जॉनी ने उर्वशी को प्यार से चूम लिया। उर्वशी ने कोई जवाब नहीं दिया। एकदम चुपचाप थी।

जॉनी समझ गया, उर्वशी की आँखों में कौन-सा सवाल झलक रहा था।

'लँगड़ी कुछ नहीं जानती है रे। कहती है तुझ पर किसी ने मन्तर छोड़ दिया है। चल, गोली मार फिजूल बातों पर। कल खेल है। आज तुझे खूब प्यार करूँगा।'

लँगड़ी ने जो बोतल लौटा दी थी, उसका ढक्कन खोलकर जॉनी ने उर्वशी की ओर

उठाते हुए कहा, 'चीयर्स! आज रात सिर्फ प्यार करूँगा। क्या चाँदनी लैला। मुझे तो दीवाना बना दिया।'

केवड़े की अगरबत्ती का एक गुच्छा जला दिया। लाल पैंट और हरा कोट पहना। पूरी बोतल गले में उड़ेल चुका था। दिमाग में विश्व-ब्रह्मांड चकरघिन्नी की तरह घूम रहा था। सिर पर टोपी पहनते हुए आँख मारकर जॉनी ने कहा, 'लँगड़ी क्या जाने! डॉक्टर क्या जाने! मेरी कोट-पतलून पुरानी है, टूटी-फूटी तू, तेरे लिए कितने दिनों से नया घाघरा नहीं खरीदा। किस दिल से नया कपड़ा खरीदूँ बता?'

उर्वशी के उरोजों को सहलाते हुए जॉनी ने कहा, 'देखना, कल से सब बदल जाएगा। ऐसा खेल दिखाना, ऐसा गाना सुनाना, लोग कहेंगे फिर खेल दिखा!'

'उर्वशी ने कुछ नहीं कहा।'

'आज रिहर्सल करते हैं। कल फिर से शहर को जीत लेंगे उर्वशी, बोल, तू मुझे छोड़ के नहीं जाएगी?'

उर्वशी निरुत्तर रही।

'कल वो गाना गाएँगे। शुरू में मैं बोलूँगा, उर्वशी का खेल। वो मेरी लैला, मैं उसका मजनूँ। आप सब उसके लिए लछमी हैं। आप सब जो पूछेंगे, वो जवाब देगी। जो गाना कहेंगे, वो गाएगी। जो जैसा कहेगा, स–ब करेगी।'

उर्वशी निर्विकार थी।

जॉनी की आँखों के आगे सब धुआँ-धुआँ सा था। दिमाग में विश्व-ब्रह्मांड चक्कर खा रहा था। पूरनचन्द जी, दलीप, रामन्ना, हमीद, फुलकलियाँ, मोती, लँगड़ी, डॉक्टर सब हँस रहे थे। उँगली उठाकर कह रहे थे, 'तू हार गया जॉनी।'

'कभी नहीं!' जॉनी गरज उठा। रंगीन कोट-पतलून, ढीला जूता, सिर पर टोपी पहने जॉनी ने कहा, 'मुझे कौन हराएगा? बताओ। हाँ, हम जॉनी है। लावारिस, बिना धरम के। मैंने तुम लोगों को सुख की चिड़िया लाकर नहीं दिया था?'

सब हँस रहे थे, अविश्वास-भरी हँसी।

जॉनी ने कहा, 'अरे, हम कौन? उर्वशी मेरा मालिक, मैं उसका बन्दा। उर्वशी गाती है, आएगा आनेवाला! तुम लोग नहीं जानते। वह गाती है फॉल इन लव एगेन! तुम सब नहीं जानते? खेल खतम होने पर तुम सब उससे नहीं पूछते? तू कैसी है उर्वशी? अरे, वो बताती नहीं। सुख से हूँ? मैं खुश हूँ, अच्छी हूँ रे! जॉनी ने मुझे रानी बनाकर रखा है। तुम सब नहीं पूछते, हम कैसे हैं उर्वशी? वो बोलती नहीं, तुम सुख से हो रे, अच्छे हो?'

वो चले गए। अचानक उसने देखा कमरे में सिर्फ वो है और उर्वशी। जॉनी ने उर्वशी को अपने आलिंगन में ले लिया और कहा, 'बोल, मुझे छोड़कर नहीं जाएगी? बोल उर्वशी, तुझे बिना देखे तो मैं मर जाऊँगा।'

उर्वशी खामोश रही।

'बत्ती बुझाऊँ? अँधेरे में तो मेरे साथ बातें करती है? सब सुनाई देता है मुझे। बत्ती बुझाऊँ?' उर्वशी कुछ नहीं कहती।

जॉनी रोने लगा। सड़ा-गला कमरा, बत्ती और अगरबत्ती का धुआँ। अकेली उर्वशी भुवनमोहिनी मुसकान बिखेर रही थी।

जॉनी रोने लगा।

उर्वशी का खेल! जॉनी और उर्वशी का खेल। इस सीजन का लास्ट शो! उन्नीस पैसा टिकट। खरीदो और घुस जाओ।

पर्दा उठने पर जॉनी सामने आया, कुर्सी पर बैठा, गोद में उर्वशी थी।

आज जॉनी ने अपना चेहरा रँगा था। सुबह टोपी में नया पंख लगाया था।

उर्वशी ने आज रोलेक्स की बनारसी पहनी थी। सिर पर नकली मोतियों का मुकुट, अंगों में रोलेक्स जरी के गहने।

जॉनी ने कहा, 'आज उर्वशी ऐसा खेल दिखाएगी, जैसा आपने देखा ही नहीं। उर्वशी, पब्लिक से हैलो बोल।'

'हैलो, हैलो, हैलो पब्लिक। मैं उर्वशी हूँ। आइ ऐम उर्वशी। मैं हूँ उर्वशी।'

'गाना गाती हूँ, नाचती हूँ, बातचीत करती हूँ।'

पब्लिक ने कहा, 'और क्या-क्या कर सकती हो?'

'गला खराब-सा क्यों है रे।'

'तुमने तो प्रेमिका बनकर आइसक्रीम खिला दिया।'

सब जोर से हँसने लगे।

'उर्वशी, एक गाना सुना।'

'क्या गाना? की गान? व्हीच साँग?'

'एक हिन्दी, एक बँगला, एक अंग्रेजी।'

उर्वशी ने हँसकर सिर झुका लिया।

कन्धे उचकाकर जॉनी से न जाने क्या बोली। जॉनी ने सिर हिलाकर स्वीकृति दी।

उर्वशी ने कहा, 'एक प्रेमिका ने आइसक्रीम खिलाया है तो, एक प्रेमी ठंडई शरबत, गला कुछ ठीक नहीं है। नरम-नरम गीत गाऊँगी?'

'ना, ना, गरम-गरम गाओ।'

उर्वशी गाने लगी,

चलते-चलते अलविदा मत बोलो!
झिलमिल काँच की चूड़ियाँ
सोहाग रानी रे!
डो रे मी!

'वाह रे वाह! गला तो बिलकुल बैठ गया है रे, आज।'

'प्रेमियों के उत्पात से।'

'फिर बातें करो।'

'तुम पूछो।'

'अरे उर्वशी! हजार रुपए मिलें तो क्या करेगी?'

'मैं और जॉनी मौज-मस्ती करेंगे।'

'लाख मिलें तो?'

'तुम सबके साथ मैं और जॉनी मस्ती करेंगे।'

'दस लाख मिलें तो?'

'उर्वशी ने फुसफुसाते हुए कहा, 'सुख की चिड़िया पकड़कर तुम्हारे हाथों में थमा दूँगी।'

'क्या हुआ? चुप क्यों है?'

'तुम बोलो न?'

'आवाज इतनी धीमी क्यों है? लाज आ रही है?'

'जॉनी रोता क्यों है?'

'अरे ओ मूरख, बूढ़े भाँड़!'

'उर्वशी, तुम कैसी हो? हम कैसे हैं? तुम कैसा है? हम लोग कैसा है? जोर से बताओ, जैसे बताती हो। पैसे देकर आए हैं, तुम्हारी बात सुनाई नहीं दे रही, जानती हो?'

उर्वशी चुप रही। जॉनी की आँखों में दहशत थी।

उर्वशी बात क्यों नहीं करती?

'क्या हुआ उर्वशी?'

उर्वशी निरुत्तर थी।

'क्या हुआ? खेल खतम करो।'

उर्वशी अपना कोमल-मधुर स्वर भूल गई। सहसा उर्वशी चीख उठी। बहुत कर्कश, घिसा हुआ, क्रन्दन-युक्त आर्त स्वर में चीख उठी उर्वशी।

'मैं ठीक नहीं हूँ रे? मेरा गला बन्द हो गया है। अब मैं न हँस सकती हूँ न गा सकती हूँ। अरे पब्लिक, अब मैं बातचीत भी न कर पाऊँगी। जो तुम सबको सुख की चिड़िया लाकर देती थी, जो पकड़कर लाती थी सुख की चिड़िया को, वो उर्वशी अब सुख में नहीं है रे! पता है क्यों? मेरा गला बन्द हो गया, गले से अब आवाज नहीं निकलती! सब बन्द हो गया है रे पब्लिक? मैं अच्छी नहीं हूँ, सुख से नहीं हूँ। तुम सब कैसे खुश रहोगे, बताओ? तुम्हारा सब सुख, मेरे गले ने छीन लिया।'

पब्लिक भौचक्की खड़ी सुन रही थी।

अवरुद्ध कंठ के बेसुरे आवाज में उर्वशी ने कहा, 'मेरा गला खराब हो गया, मैं ठीक नहीं हूँ। ठीक नहीं हूँ। ठीक नहीं हूँ।'

'ठीक नहीं हूँ!' कहकर उर्वशी ने आर्तनाद किया। लेकिन अचानक उसका रोना-चीखना थम गया। पर्दा गिर गया। सन्त्रस्त, आतंकित, पब्लिक की धक्का-मुक्की, चीख-पुकार। भीषण, भीषण, भीषण, जोर से चीखे सब, 'क्या हुआ? क्या हुआ?'

अन्दर न जाने क्या तोड़-फोड़ हो रहा था। दड़ाम-दड़ाम आवाज। विभ्रान्त कौतूहल से पूर्ण जनता मंच पर चढ़ गई, पर्दे को खींचकर फाड़ दिया। उसके बाद सब कोलाहल थम गया।

खामोशी! खामोशी! खामोशी!

पब्लिक ने भयभीत होकर देखा, वेन्ट्रीलोकुइस्ट जॉनी, अपनी बात करनेवाली गुड़िया उर्वशी को मरोड़ कर, कुचलकर तोड़ रहा था और हाहाकार कर रो रहा था।

जॉनी का मुँह और सीना आँसुओं से आप्लावित था, होंठ हिल रहे थे। होंठ कह रहे थे, 'मैं ठीक नहीं हूँ। क्योंकि मेरा गला बन्द हो चुका है।'

लेकिन गले से जरा-सी भी आवाज नहीं निकल रही थी।

स्तनदायिनी

मौसी बुआ बनगाँ-वासी, वन के भीतर घर।
कभी मौसी ने नहीं कहा, लावा-लड्डू पकड़।

यशोदा की मौसी कभी प्यार करती थी, या नहीं यशोदा को कुछ भी याद नहीं आता। वो तो जैसे जन्म से ही कंगालीचरण की औरत थी, उँगलियों पर गिनकर जिन्दा-मुर्दा बीस बच्चों की माँ थी। यशोदा को याद ही नहीं आता कि कब उसकी गर्भ खाली न थी। सुबह आकर सिर कभी चकराया नहीं। गरीबी की देह कुप्पी के अँधेरे-उजाले में किसी भू-तात्विक की तरह ड्रिल नहीं करती थी। वह मातृत्व सहन कर पाएगी या नहीं कर पाएगी, भली-भाँति हिसाब करने का समय कभी उसे नहीं मिल पाया। निरन्तर मातृत्व ही उसके जीवित रहने का और असंख्य जीवों के संसार को जिन्दा रखने का एकमात्र उपाय था। यशोदा पेशे से जननी थी, प्रोफेशनल मदर। बाबुओं के परिवारों की बहुओं के समान एमेच्योर (अपरिपक्व) माँ नहीं थी यशोदा। यह जीवन पेशेवरों की बपौती है। एमेच्योर भिखारी-पॉकेटमार-गणिका के लिए इस शहर में स्थान नहीं था। यहाँ तक कि इस राज्य में भी नहीं। यहाँ तक कि फुटपाथ और रास्ते के देसी कुत्ते, कूड़ेदान के लोभी कौए–वो भी नए आए हुए अनाड़ियों को टिकने नहीं देते, यशोदा ने भी मातृत्व को पेशे के रूप में अपना लिया था।

इसके लिए जिम्मेदार थी हालदार-बाबू के नए दामाद की स्टूडिबेकर मोटरगाड़ी और बाबू-परिवार के छोटे बेटे की भरी दोपहरी में चालक बनने की आकांक्षा। यह आकांक्षा अचानक ही उसके मन में जाग उठी थी। उस लड़के के मन और शरीर में अचानक ही जो इच्छाएँ जाग उठती थीं, उन्हें तुरन्त परितृप्त किए बिना उसे चैन नहीं मिलता था। ये अचानक जागनेवाले पागलपन दोपहर की निःसंगता में ही सिर उठाते थे और बगदाद के खलीफा की तरह उससे दासत्व करवाते थे। अब तक इस कारण उसने जो कुछ किया उसके चलते यशोदा को मातृत्व का पेशा अपनाना नहीं पड़ा था।

एक दिन दोपहर में काम की लिप्सा से उसने अपनी महाराजिन पर आक्रमण किया। उस समय महाराजिन का पेट भात से भरा हुआ था, चुराई हुई मछली का सिर और अरवी के साग की सब्जी का भार इतना था कि आलस्य से शरीर मन्थर पड़ा था, उस स्त्री ने कहा, 'ले, जो करना है कर'–कहकर चित होकर लेट गई। इस पर लड़के के सिर से बगदादी भूत उतर गया और वो 'किसी से न कहना मौसी' कहकर अनुताप के आँसू गिराने लगा। रसोई बनानेवाली ने उससे कहा, 'इसमें भला कहने-बोलने को क्या है?' कहकर जल्द ही सो गई। उसने कभी किसी से कुछ कहा भी नहीं। क्योंकि उसकी देह ने लड़के को आकर्षित किया, इसके लिए वह काफी गर्वित हो गई थी। लेकिन चोर का मन तो पोटली की ओर होता है,

लड़का अपनी थाली में मछली और भुजिया के बहुत अधिक टुकड़े देखकर मन-ही-मन आसन्न विपत्ति के प्रति सजग हो गया। सोचने लगा कि महाराजिन ने अगर उसे फँसाया तो बड़ी बदनामी हो जाएगी। अतएव एक दोपहर उसने बगदादी जिह्वा की मार से प्रेरित होकर अपनी माँ की अँगूठी चुराकर, उसे महाराजिन के तकिए के लिहाफ में घुसा दिया और शोर मचाकर उसे भगाकर ही चैन की साँस ली।

और एक दिन दोपहर में उसने अपने पिता के कमरे से रेडियो उठाकर बेच दिया था। दोपहर के साथ उस लड़के के इस प्रकार के आचरणों का तालमेल ढूँढ़ पाना उसके माँ-बाप के लिए भी मुश्किल हो गया था, क्योंकि उसके पिता ने पंचांग देखकर हरिसाल के हालदारों की परम्परा के अनुसार अपनी सन्तानों की सृष्टि गहरी रात में की थी। वस्तुतः इस मकान की चौखट पार करते ही सोलहवीं शताब्दी शुरू हो जाती है। पंचांग और स्त्री-ग्रहण इस परिवार में आज भी प्रचलित है। लेकिन ये सब बातें तो गौण हैं। दोपहर के इन सब पागलपनों के कारण यशोदा ने मातृत्व का पेशा नहीं अपनाया था।

ऐसी ही एक दोपहरी में कंगालीचरण मालिक को दुकान में बिठाकर अपनी धोती के खूँट में चुराए गए चार समोसे और जलेबी लिये घर लौट रहा था। रोज ऐसे ही आता है। यशोदा और वो दोनों एक साथ भात खाते हैं। शाम को तीनों बच्चे बासी समोसे और जलेबी खाते हैं। कंगालीचरण हलवाई की दुकान में कड़छी चलाता है और सिंहवाहिनी मन्दिर के यात्रियों में जो केवल दिखावे-भर के लिए कुलीन नहीं थे ऐसे सभी जात के अभिमानी ब्राह्मणों को 'सद्‌ब्राह्मणों के लिए प्रस्तुत पूरी-तरकारी' खिलाने के लिए पूरियाँ तलता है। रोज ही वो मैदा-चावल आदि सरकाता और अपनी गृहस्थी चलाने का प्रबन्ध करता। दोपहर होते-होते उसके पेट में भात जाते ही यशोदा के प्रति उसका वात्सल्य-भाव जाग उठता और यशोदा के स्फीत स्तनों से खिलवाड़ करके वह सो जाता। ऐसे ही एक दिन दोपहर के समय घर लौटते हुए कंगालीचरण आसन्न सुख की कल्पना कर रहा था तथा अपनी पत्नी के सुवर्तुल स्तनों के बारे में सोचकर स्वर्ग-सुख की प्राप्ति कर रहा था। कमसिन लड़की से ब्याह कर यदि उससे ज्यादा मेहनत न करवाकर, उसे पर्याप्त खिलाया-पिलाया जाए तो आखिरकार यह दोपहर-सुख मिलता है, इस बारे में सोचते हुए वह स्वयं को दूरदर्शी नर-पुंगव मान रहा था। ठीक ऐसे में बाबुओं के लड़के ने स्टुडिबेकर गाड़ी समेत जोर से ब्रेक दबाकर किसी तरह कंगालीचरण को बचाया पर उसके पैर और एड़ी को बुरी तरह से कुचल दिया।

पलक झपकते ही भीड़ जमा हो गई। खैरियत थी कि उनके मकान के सामने ही यह दुर्घटना हुई थी, नहीं तो नवीन पंडा 'रक्त-दर्शन कर मैं छोड़ देता' कहकर चिल्लाने लगता। शक्ति स्वरूपिणी माँ का पंडा था। भरी दोपहरी में रौद्र-रस से तप्त रहता था। नवीन के गरजते ही हालदार के घर में जो-जो थे, सब बाहर आ गए। अब हालदार कर्ता गरजे, 'साले निठल्ले बैल, तू ब्रह्म-हत्या करेगा?' कहते हुए अपने बेटे को मारने लगे। छोटे दामाद उस समय अपनी स्टुडिबेकर गाड़ी को मामूली-सी चोट लगी देखकर निश्चिन्तता की साँस ले रहे थे और इस पैसे के धनी, कल्चर (सभ्यता) के पट्ठों के अपने ससुराल के कुनबे से वे स्वयं उच्चस्तर के इनसान थे, इसे प्रमाणित करने के लिए महीन मलमल के कुर्ते-सी चिनचिनाती आवाज में बोले, 'अरे, वो आदमी क्या मर जाएगा? अस्पताल नहीं ले जाओगे?'—कंगाली का मालिक भी उस भीड़ में मौजूद था और रास्ते में बिखरे पड़े समोसे और जलेबियों को देखकर कहने ही वाला

था, 'छिः ठाकुर! तुम्हारे ये करम!'—पर उसने तुरन्त अपनी जीभ को रोक लिया और कहा, 'वही करना चाहिए, सर।' —छोटे दामाद और हालदार-कर्ता कंगालीचरण को तुरन्त अस्पताल ले गए। हालदार-कर्ता का अन्तर्मन वास्तव में अत्यन्त व्यथित था। द्वितीय विश्वयुद्ध के समय, जब वो लोहा-लक्कड़ के टुकड़े खरीद-बेचकर मित्र-शक्तियों के फासिस्ट विरोधी संग्राम में सहायता कर रहे थे, तब कंगालीचरण किशोर बालक था। ब्राह्मण के प्रति भक्ति-श्रद्धा उनके खून में कीट की तरह विद्यमान थी और इसी कारण से भोर की वेला चाटुज्जे बाबू के अनुपस्थित रहने पर बेटे की उम्र के कंगाली को प्रणाम करके उसके कटे पैरों की धूल अपनी जीभ पर लगाते थे। कंगाली और यशोदा उसके घर पर्व-त्योहारों पर आते-जाते थे और बहुओं के गर्भवती होने पर यशोदा को धोती-सिन्दूर आदि भेजा जाता था। इस समय उन्होंने कंगाली से कहा, 'कंगाली! चिन्ता की कोई बात नहीं, मेरे बाप! मेरे रहते तुम्हें कोई दुख नहीं होगा।' इसी समय उन्हें यह भी याद आया कि कंगाली के दोनों पैर कीमा बन चुके हैं, जरूरत पड़ने पर पैरों की धूल नहीं ले पाएगा। यह सोचकर वे बड़े दुखी हुए, और 'हरामजादे ने ये क्या किया' कहकर जोर से रोने लगे। अस्पताल के डॉक्टर से बोले, 'जो बन पड़े कीजिए! रुपयों की चिन्ता मत कीजिए।'

परन्तु डॉक्टर उसके पैर सही-सलामत नहीं कर पाए। कंगाली अपंग ब्राह्मण बनकर लौट आया। हालदार-कर्ता ने दो बैसाखियाँ दिलवा दीं। बैसाखी बगल में टिकाए कंगाली जिस दिन घर लौटा, उसी दिन उसे पता चला, हालदार-बाड़ी से यशोदा के लिए दैनिक सीधा आया है। नवीन-पांडा पांडा-कुल में तीसरे नम्बर पर था। माँ के भोग के ढाई आने का भागीदार था और इसी दुख से दबा रहता था। सिनेमा में रामकृष्ण को कई बार देखकर, उनसे अनुप्राणित होकर देवी को 'तू तो बेटी पागल है' कहने लगा है और शाक्त-मत के अनुसार कारण वारि द्वारा अपनी चेतना को आच्छन्न किए रखता था। उसने कंगाली से कहा, 'तेरे लिए बेटी से मन्नत माँगी थी।' पगली ने कहा, 'कंगाली के घर में मेरा अंश है, उसके भाग्य से वह जी उठेगा।' यशोदा को ये बात बताते हुए कंगाली ने कहा, 'क्या? जब मैं नहीं था, तू उस नवीन के साथ लटर-पटर कर रही थी?' यशोदा उसी समय पृथ्वी के दो गोलार्द्धों के बीच कंगाली के सन्देही मुख को दबाते हुए बोली, 'रोज बाबुओं की दो दासियाँ मुझ पर पहरा देने के लिए यहीं सोती थीं। नवीन को मैं घास डालूँगी? मैं तो तुम्हारी सती-सावित्री हूँ।'

वास्तव में हालदार-बाड़ी जाकर भी कंगाली ने उसकी ज्वलन्त सतीत्व-महिमा के कई बखान सुने। यशोदा ने माँ के मन्दिर में बलि चढ़ाने की मन्नत की थी। सुवचनी का व्रत रखा था, चेतला जाकर सिद्ध-बाबा के चरण पकड़े थे। अन्त में सिंहवाहिनी ने धाई के वेश में बगल में बैग दबाए आकर उससे कहा, 'सोच मत, तेरा पति वापस आएगा।' कंगाली यह सुनकर अभिभूत हो गया। हालदार-कर्ता ने कहा, 'समझे कंगाली। साले नास्तिक कहते हैं, माँ सपने में आई, तो धाई बनकर क्यों? मैं कहता हूँ, वो सृष्टि करती है माँ बनकर, धात्री बनकर पालन करती है।'

इसके बाद कंगाली ने कहा, 'बाबू! अब हलवाई की दुकान में कैसे काम करूँ? बैसाखी का सहारा लेकर तो कड़छी नहीं चला पाऊँगा। आप भगवान हैं, कितने के लिए दो वक्त की रोटी का जुगाड़ कर देते हैं। भीख नहीं माँगता, किसी काम का प्रबन्ध कर दीजिए।'

हालदार-बाबू बोले, 'हाँ कंगाली! तेरे लिए जगह देख रखी है। अपने बरामदे पर छाजन डालकर एक दुकान बनवा देता हूँ। सामने सिंहवाहिनी है। यात्री आते-जाते रहते हैं। तू लाई-मिठाई, चिवड़ा-बताशे बेच। अभी तो परिवार में ब्याह की बात चल रही है, मेरे सातवें बेटे, उसी निकम्मे की शादी है। जब तक दुकान नहीं लग जाता, मेरे घर से सीधा जाया करेगा।'

ये सुनते ही कंगाली का मन बरसाती कीड़े की तरह उड़ने लगा। घर लौटते ही उसने यशोदा से कहा, 'कालिदास के श्लोक में ठीक ही कहा है, कुछ नहीं है इसलिए खा-पी रहे हो, अगर होता तो यह कहाँ मिलता? मेरे नसीब में भी वही हुआ रे! बाबू ने कहा है, बेटे के ब्याह के बाद बरामदे पर दुकान करवा देंगे। तब तक सीधा भेजते रहेंगे। पैर सलामत रहते तो क्या ऐसा होता? सब माँ की इच्छा है री!'

बैसाखी खटखटाते हुए कंगाली ने ये शुभ-समाचार सबको पहुँचा दिया। फलस्वरूप उसका भूतपूर्व मालिक, नवीन पांडा, फूलों के दुकानवाला केष्टो मोहन्ती, माँ का भक्त चाकी उल्लास, सबने कहा, 'आहा! कलियुग कहने से क्या होगा? माँ की कृपा से पाप का पतन और पुण्य की जीत, यह तो होना ही था। नहीं तो कंगाली को अपने पैर क्यों खोने पड़े? और हालदार-बाबू भी ब्राह्मण के शाप के डर से इतनी बातें क्यों स्वीकार करते? और सबसे बड़ी बात यशोदा को भला माँ धाई बनकर क्यों दिखाई देती? सब माँ की इच्छा।'

इस घोर कलियुग के पाँचवें दशक में कंगालीचरण पति तुंड के चारों ओर डेढ़-सौ वर्षों पूर्व स्वप्नादेश से प्राप्त देवी सिंहवाहिनी की इच्छाएँ इस प्रकार से चक्कर खा रही थीं, यह देखकर सभी बहुत विस्मित थे। हालदार-कर्ता का हृदय-परिवर्तन, वो भी माँ की इच्छा। हालदार-कर्ता तो बिना सोचे-समझे किसी पर दया नहीं करते। वो तो आजाद भारत के निवासी हैं, जिस भारत में मनुष्य-मनुष्य में राज्यों में, विभिन्न भाषाओं में, राढ़ी-बारीन्द्र-वैदिक, उत्तर राढ़ी, कायस्थ और दक्षिण राढ़ी कायस्थ में, काप-कुलीन में कोई भेदभाव नहीं किया जाता। लेकिन उन्होंने तो अंग्रेजों के शासनकाल में जब 'डिवाइड एंड रूल' पॉलिसी चलती थी, तब पैसा कमाया था। हालदार-कर्ता की मानसिकता का गठन तो तभी हो चुका था। फलतः वे पंजाबी, उड़िया, बिहारी, गुजराती, मराठी, मुसलमान, किसी पर विश्वास नहीं करते थे तथा दीन-हीन बिहारी शिशु अथवा भूख से बिलबिलाते उड़िया भिखारी को देखकर उनके बयालीस इंच वाले गोपाल मार्का बनियान के नीचे स्थित चर्बी द्वारा सुरक्षित हृत-पिंड में करुणा की घमोरियों में जरा भी खुजली नहीं होती थी। वो तो हरिसाल के सुपुत्र थे इसलिए पश्चिम बंगाल की मक्खी भी दिख जाए तो कहते, 'आः! अपने देस की मक्खियाँ कितनी हृष्ट-पुष्ट हुआ करती थीं और पश्चिम की मक्खियाँ तो सूखी अदरक की तरह लगती हैं।' वही हालदार-कर्ता गांगेय कंगालीचरण के लिए करुणा के सागर बन रहे थे, यह देखकर मन्दिर के चारों ओर सभी बहुत विस्मित हुए और कुछ दिनों तक लोक-मुख में इसी की चर्चा चलती रही। हालदार-कर्ता ऐसे घोर देशभक्त हैं कि नाती-पोते, भतीजे, भानजे आदि जब अपनी पाठ्य-पुस्तकों में देश-नेताओं की जीवनी पढ़ते थे तो अपने कर्मचारियों से कहते, 'हाँ! ढाका का सपूत, मैमनसिंह का सपूत, जसोर का सपूत, इन सबकी जीवनी क्यों पढ़ाते हैं? हरिसाल तो दधीचि की अस्थियों से बना है। वेद और उपनिषद् भी हरिसाल में ही लिखे गए थे, ये भी एक न एक दिन जरूर प्रमाणित होगा।' उनके कर्मचारी अब उनसे कहते थे, 'आपका तो हृदय परिवर्तन

हो रहा है, पश्चिम-बंग वाले के प्रति आपके मन में यह दया, इसके पीछे भी देखना ईश्वर का कोई विशेष उद्‌देश्य होगा।' बाबू भी इस बात से आह्लादित होकर कहने लगे, 'अरे ब्राह्मण में भी क्या कोई पूर्व-बंग और पश्चिम-बंग का भेद होता है? गले में जनेऊ रहे तो अगर वो पाखाना में भी बैठा हो तो भी मान देना होगा।' कहकर उच्च स्वर में हँसने लगे।

इस प्रकार चारों ओर माँ की इच्छा के प्रभाव से करुणा-माया-ममता-दया से युक्त हवा प्रवाहित होने लगी। नवीन पांडा कई दिनों से जब भी सिंहवाहिनी का ध्यान करने लगा, यशोदा के पीनोन्नत पयोधर, भारी नितम्बों वाली देह उसकी आँखों के सामने घूमने लगती और माँ जैसे धाई बनकर यशोदा के सपने में आई थी वैसे ही उसके सपने में यशोदा बनकर आ रही होगी, सोचकर उसके मन में धीमी उत्तेजना जागने लगती थी। आठ आने का भागीदार पंडा उससे बोला, 'औरतों में इस रोग को पोंद (नितम्ब) रोग कहते हैं और मर्दों में मेद रोग। तू पेशाब करते समय श्वेत अपराजिता की जड़ी अपने कानों में बाँधा कर।'

नवीन ने उसकी बात को महत्त्व नहीं दिया। एक दिन उसने कंगाली से कहा, 'माँ का सपूत होकर शक्ति से प्रपंच नहीं करूँगा। पर एक बात दिमाग में आई है। वैष्णव भाव से आडम्बर करने में कोई बाधा नहीं। सुन, सपने में एक गोपाल प्राप्त कर। मेरी बुआ श्री क्षेत्र से पत्थर का गोपाल लाई थी, तुझे दे देता हूँ। सबको बता कि सपने में मिला है। देखना, दो दिन में धूम मच जाएगी, झमाझम पैसा बरसेगा। तू पैसों के लिए शुरू तो कर, बाद में मन में गोपाल के लिए भक्ति भी आ जाएगी।'

कंगाली ने कहा, 'छिः दादा! ठाकुर-देवता के साथ ऐसा तमाशा करना चाहिए?'

नवीन ने कहा, 'तो फिर मर जाकर!' और उसे भगा दिया। बाद में देखा गया, नवीन की बात सुन लेता तो शायद कंगाली का भला होता। क्योंकि हालदार-कर्ता अचानक एक दिन हृदय-गति रुक जाने से मर गए। कंगाली और यशोदा के सिर पर जैसे गाज गिरी।

दो

हालदार-बाबू ने तो कंगाली को बिलकुल रास्ते का भिखारी बना दिया। कंगाली को माध्यम बनाकर हालदार-कर्ता की सिंहवाहिनी की जो इच्छाएँ प्रकट हो रही थीं, वो चुनावों से पहले राजनीतिक-दलों द्वारा किए गए लम्बे-चौड़े वायदों की तरह शून्य में गायब हो गईं और निरुद्‌देश्य–जाता (नाटक) की नायिका की तरह रहस्यजाल की माया में अदृश्य हो गई। कंगाली और यशोदा के सपनों के रंगीन गुब्बारे में यूरोपीय डायर का 'बॉडी-किन' चुभ गया। पति-पत्नी घोर विपत्ति में पड़ गए। घर में गोपाल, नेपाल और राधारानी खाने के लिए हठ करते और मचलते थे और माँ की फटकार सुनते थे। शिशुओं का भात खाने के लिए रोना-धोना बहुत ही स्वाभाविक है। जब से कंगालीचरण ने अपने चरण-युगल खोए थे तभी से प्रतिदिन हालदार-बाड़ी से भेजा गया तरह-तरह का सीधा खाया था। कंगाली भी भात के लिए कातर हो जाता था और मन में गोपाल-भाव जगाकर यशोदा के वक्ष में मुँह छुपाते हुए फटकार सुनता था। यशोदा विशुद्ध भारतीय-नारी थी। जिस नारी की युक्ति-बुद्धि-विचारहीन स्वामी-भक्ति और सन्तान-प्रेम की गाथाएँ, असाधारण त्याग-सहिष्णुता की गाथाएँ, सती-सावित्री-सीता से शुरू करके निरूपा राय और चाँद उस्मानी तक सभी भारतीय नारियों ने जन-मानस में जगा

रखी थीं, ऐसी नारियों को देखकर ही दुनिया के लोलुप नर जान जाते हैं कि भारत में वही परम्परा आज भी प्रवाहित है–समझ जाते हैं कि इनकी बातें याद रखने के लिए ही यह सब आप्त-वाक्य रचे गए हैं–

स्त्री के प्राण जैसे कछुए की जान
दिल टूटे पर मुख से न फूटे
झुलसी नारी उड़े जो राख
करें हम ऐसी नारी का गुण-गान।

वास्तव में, वर्तमान दुर्दशा के कारण एक बार भी यशोदा अपने पति पर आरोप नहीं लगाती। जैसे अपनी सन्तानों के लिए ठीक वैसे ही कंगाली के लिए उसका हृदय ममता से भर जाता था। धरती बनकर, शस्य उपजाने में अपने अक्षम पति और निर्बोध सन्तों की भूख मिटाने की इच्छा होती थी। अपने पति के प्रति यशोदा के इस वात्सल्य-भाव के विषय में ज्ञानी-मुनि कुछ लिखकर नहीं गए। उन्होंने तो प्रकृति-पुरुष के रूप में नारी-पुरुष की व्याख्या की है। लेकिन ऐसा तो उन्होंने आदिकाल में किया था–जब उन्होंने इस प्रायद्वीप में पदार्पण किया था। भारत की मिट्टी में ऐसा गुण है कि यहाँ की नारियाँ सब जननी हो जाती हैं और पुरुष कृष्ण-भाव से आप्लावित रहते हैं। सभी पुरुष कृष्ण हैं और सभी नारियाँ नन्द-रानी, इस भाव को जो लोग अस्वीकार कर 'इंटर्नल शी'–'मोनालिसा'–'ला पासिओनारिया'–'सिमॉन द बोउआ'–इत्यादि अपनी पसन्द के अनुसार चालू पोस्टर पुराने पोस्टरों पर चिपकाना चाहते हैं और नारी को उस रूप में देखना चाहते हैं, वो भी इसी भारतवर्ष के ही बच्चे हैं। इसलिए देखा गया है कि शिक्षित बाबुओं की ये सब इच्छाएँ बाहर की नारियों के लिए हैं। घर में प्रवेश करते ही वे विद्रोहिणी नारी की केवल मौखिक-स्तुति करते हैं परन्तु व्यावहारिक तौर पर नन्द-रानियों को ही चाहते हैं। ये पूरी प्रक्रिया बहुत ही जटिल है। शरत्चन्द्र की नायिकाओं ने इसे समझ लिया था इसलिए अपने नायकों को वे हमेशा प्रेमवश थोड़ा अधिक भोजन करवाती थीं। शरत्चन्द्र एवं उन्हीं की भाँति लिखनेवाले अन्यान्य लेखकों की प्रकट रूप में दिखाई देनेवाली सरलता वास्तव में बहुत जटिल है जिस पर सन्ध्या समय शान्त मन से बेल का शरबत पीकर सोचा जा सकता है। पश्चिम बंगाल में जो लोग पढ़ाई-लिखाई तथा सोचने-विचारने का कारोबार करते हैं, उनके जीवन में पेचिश का बहुत अधिक प्रभाव है और इसी कारण से बेल-फल को उन्हें अत्यधिक महत्त्व देना उचित ही है। बेल-फल, थानकूनी और वासक पत्ते को समुचित महत्त्व नहीं देते इसलिए हम कितना कुछ खोते चले जा रहे हैं, इसे हम आज समझ ही नहीं पा रहे।

खैर, यशोदा की जीवन-कथा सुनाते हुए बारम्बार बाई-लेन में प्रवेश करने की आदत ठीक नहीं। पाठकों का धैर्य कलकत्ते के रास्ते में पड़ी दरारें नहीं हैं जो हर दशक में बढ़ती ही चली जाएँ। असल बात तो यह है कि यशोदा बहुत बड़ी मुसीबत में फँस गई। हालदार-बाबू का श्राद्ध जितने दिन चला उन्होंने भरपेट खाया जरूर। सब चुक जाने पर यशोदा राधारानी को छाती से सटाए उस मकान में गई। इच्छा थी कि गृह-लक्ष्मी से अनुनय-विनय कर उसकी निरामिष रसोई में खाना पकाने का काम माँग लेगी।

गृह-स्वामिनी का हृदय पति की मृत्यु से बहुत शोकसंतप्त था। लेकिन वकील बाबू बता गए थे कि पति इस मकान का मालिकाना, और चावल की आढ़त उन्हीं के नाम कर गए

थे। इसलिए दुखी हृदय पर पत्थर रखकर पुनः गृहस्थी के साम्राज्य की बागडोर सँभालने लगी थी। मछली का सिर आदि नहीं खा पाएँगी अब, इसलिए बहुत दुखी हो गई थीं। लेकिन अब उत्कृष्ट गाय का घी, गंगूराम का दही और सन्देश, गाढ़ी खीर और बड़े-बड़े केले खाकर किसी तरह अपने शरीर को स्वस्थ रख रही थी। गृह-स्वामिनी चौकी पर विराजमान थी। गोद में छह महीने का एक शिशु था, जो उनका पोता था। अब तक छह बेटों का विवाह हो चुका था और चूँकि पंचांग में प्रायः प्रत्येक माह ही स्त्री-ग्रहण की अनुमति दी गई है, इसी कारण गृह-स्वामिनी के मकान के निचले हिस्से में एक पंक्ति से बने हुए सौर-घर अक्सर खाली नहीं रहते थे। लेडी-डॉक्टर और सरला दाई, इस मकान से कभी निकल नहीं पाते। उनकी छह बेटियाँ भी थीं। वो भी साल-डेढ़ साल में गर्भवती हो जाती थीं। इसलि कथरी, गुदड़ी, सुतुई, बोतल, रबर-क्लॉथ, बेबी जॉनसन पाउडर, नहलाने के गमले की महामारी हमेशा लगी रहती थी।

गृह-स्वामिनी अपने पोते को दूध पिलाने की कोशिश में बेहाल थीं। यशोदा को देखते ही चैन की साँस लेते हुए बोलीं, 'बेटी, तू तो मेरे लिए भगवान का रूप धारण करके आई है! तेरे पैर पड़ती हूँ, इसे दूध पिला। इसकी माँ बीमार है—यह ऐसा दुष्ट है कि बोतल को मुँह नहीं लगाता।' यशोदा ने उसी समय शिशु को दूध पिला कर शान्त कर दिया। गृह-स्वामिनी के साग्रह अनुरोध से यशोदा नौ बजे रात तक उस घर में रही और उनके पोते को कुछ-कुछ देर बाद दूध पिलाती रही। उसके परिवार के लिए महाराजिन ढेर सारा भात-तरकारी दे आई। बच्चे को दूध पिलाते हुए यशोदा कहने लगी, 'माँ, बाबू ने तो कितना कुछ कहा था। आज वो नहीं हैं इसलिए वो सब नहीं सोचती। लेकिन माँ! तुम्हारे ब्राह्मण बेटे के दोनों पैर नहीं हैं। अपने लिए कुछ नहीं चाहती। लेकिन पति और बच्चों की बात सोचकर कहती हूँ, कोई भी काम दे दीजिए। कुछ नहीं तो, खाना ही पका दिया करूँगी।'

'बेटी! सोचकर देखूँगी।' गृह-स्वामिनी अपने पति की तरह ब्राह्मण-भक्त नहीं थीं। वो पूरी तरह से इस बात को कभी नहीं मान सकीं कि उनके बेटे के दोपहर-रोग के कारण कंगाली के पैर चले गए। ये तो कंगाल का भाग्य है, नहीं तो चिलचिलाती धूप में फिक्-फिक् कर हँसता-मुसकराता रास्ते पर से क्यों गुजर रहा था? वो मुग्ध भाव से, ईर्ष्यायुक्त होकर यशोदा के उन्नत स्तनों को देखकर कहने लगीं, 'विधाता ने तो तुम्हें कामधेनु बनाकर भेजा है। दूध की धार बह रही है। मेरे घर में जो लाई गई हैं उनकी छाती में तो धेला भर दूध भी नहीं है।'

जशोदा बोली, 'माँ, ये बात तो सोलह आने सच है। गोपाल को दूध छोड़े तीन साल हुए। ये तब कोख में नहीं आई थी। तिस पर भी दूध की बाढ़-सी आ जाती थी। जाने कहाँ से आता है? खाती-पीती तो जरा भी नहीं!'

रात में औरतों में इसकी काफी चर्चा होती थी और रात गहराने पर पुरुष भी इस बात से अवगत होते थे। मँझला बेटा, जिसकी पत्नी अस्वस्थ थी, वही जिसके बच्चे ने यशोदा का दूध पीया था, वे विशेष रूप से स्त्रैण थे। अन्य भाइयों से वह कुछ इस प्रकार अलग थे कि बाकी भाई पंचांग देखकर शुभ दिन मिलते ही प्रेम से या प्रेमहीनता से अथवा विरक्त मन से या कारोबार के नफा नुकसान के बारे में सोचते-सोचते सन्तान सृजन करते थे। मँझला बेटा भी उसी तेजी से पत्नी को गर्भवती करते थे, लेकिन बड़े प्रेम से। पत्नी बार-बार गर्भवती हो जाती थी, यह तो भगवान के हाथों में है। लेकिन साथ ही पत्नी सुन्दर बनी रहे, इसके प्रति भी मँझला बेटा काफी ध्यान देता था। गर्भाधान और सौन्दर्य का तालमेल क्रम से किस प्रकार

रखा जा सकता है, इस बारे में वे बहुत सोचते थे पर कोई सुराग नहीं मिलता था। आज पत्नी के मुख से मँझले पुत्र यशोदा के 'सरप्लस' दूध के विषय में सुनते हुए अचानक बोल उठे, 'मिल गया उपाय।'

'कैसा उपाय?'

'यही, तुम्हारा दुख दूर करने का उपाय।'

'कैसे? मेरा दुख तो मेरी चिता जलने पर ही जाएगा। हर साल बियानेवाली का शरीर कभी ठीक हो सकता है?'

'अरे बिलकुल ठीक हो जाओगी, ईश्वर का दिया यंत्र मेरे हाथों में आ गया है! हर साल बियाओगी और देह भी सुन्दर रहेगी।'

पति-पत्नी ने परामर्श किया। पति प्रातःकाल उठते ही माँ के कमरे में घुस गए और न जाने क्या फुसफुसाकर कहते रहे।

गृह-स्वामिनी पहले तो ना-नुकर करती रहीं। लेकिन फिर काफी सोच-विचार करने के पश्चात् समझ गई कि प्रस्ताव तो लाख टके का है। बहुएँ आई हैं, बहुएँ माँ बनेंगी। माँ बनकर बेटों को दूध भी पिलाएँगी। चूँकि जब तक सम्भव है, तब तक ही माँ बन पाएँगी—इसलिए उस क्रम से यदि दूध भी पिलाएँगी तो सेहत पर असर पड़ेगा। तब यदि बेटे बहिर्मुखी हो गए, अथवा घर की दासियों को परेशान करने लगें, गृह-स्वामिनी तब कुछ भी नहीं कह पाएँगी। घर में नहीं मिलेगा तो बाहर भागेंगे—सच्ची बात। इसीलिए अगर यशोदा बच्चों-कच्चों की दूध-माँ बन जाती है, तो प्रतिदिन सीधा, पर्व-त्योहारों पर धोती-कपड़ा, प्रति माह कुछ रुपए देकर काम चलाया जा सकता था। गृह-स्वामिनी के घर में आज चापड़ा षष्ठी, कल सुवचनी, परसों मंगल-चंडी आदि का व्रत चलता ही रहता था। इनमें भी यशोदा को ब्राह्मण स्त्री के रूप में काम में लगाया जा सकता था। उसके बेटे के चलते यशोदा ने सब-कुछ खोया, इससे उसके पाप भी धुलेंगे।

इस प्रस्ताव से तो जैसे यशोदा को मंत्री-पद मिल गया। अपने दोनों स्तन उसे बहुत बहुमूल्य लगे। रात में जब कंगालीचरण काम-केलि करने लगा तब उसने कहा, 'देखो! अब इनके ही बल पर गृहस्थी चलाऊँगी। समझ-बूझकर इस्तेमाल करना।'

कंगालीचरण ने उस रात थोड़ी ना-नुकर जरूर की लेकिन जब चढ़ावे में चावल दाल- तेल-अनाज का ढेर देखा तो उसके मन से कृष्ण-भाव पल भर में गायब हो गया। ब्रह्मा-भाव से वह उद्दीप्त हुआ और यशोदा को समझाते हुए बोला, 'पेट में सन्तान होगी तभी तो तेरी छाती में दूध आएगा। अब यही सोचकर तुझे ये दुख उठाने होंगे। तू तो सती लक्ष्मी है। खुद भी गर्भवती होगी, कोख में बच्चे धारण करेगी, अपने दूध से उनका पालन करेगी, ये जानकर ही देवी माँ धाय माँ बनकर तेरे सपने में आई थी।'

यशोदा इस बात की वास्तविकता समझ गई और अश्रुपूरित आँखों से बोली, 'तुम स्वामी हो, तुम गुरु हो, अगर भूलकर कभी ना-ना कहूँ, तो तुम सुधार देना। इसमें दुख की भला क्या बात है? माँजी ने क्या तेरह बच्चे नहीं बिआए? फल लगने पर क्या पेड़ को कोई कष्ट होता है?'

अतएव यही नियम चालू किया गया। कंगालीचरण पेशेवर पिता बना। और यशोदा बनी प्रोफेशनल माता। वस्तुतः यशोदा को देखकर घोर नास्तिक के मन में भी साधक मार्ग का यह गीत याद आता था—

माँ बनना क्या इतना है आसाँ
केवल प्रसव से ही कोई नहीं बनती माँ।

हालदार-बाड़ी के चतुष्कोण आँगन के चारों ओर बड़े-बड़े कमरों में बारह चौदह सुलक्षणा गायें हमेशा हर हाल में मौजूद रहती थीं। दो भोजपुरिया लोग अपने गोमाता ज्ञान के बल पर उनकी सेवा करते थे। खीली-भूसी-घास-गुड़ आदि पहाड़ के समान आता था। हालदार-पत्नी की राय थी कि गाय जितना खाएगी, उतना ही दूध देगी। यशोदा का स्थान अब इस घर में गोमाता से भी ऊपर था। गृह-स्वामिनी के बेटे ब्रह्मावतार बनकर प्रजा की सृष्टि करते थे। यशोदा प्रजा-पालिका है। उसका दुग्ध संचय निरन्तर बना रहे, इस ओर हालदार-पत्नी ने कड़ी नजर रखी। कंगालीचरण को बुलवाकर कहा, 'हाँ तो बाभन बेटे, दुकान में तो कड़छी चलाते थे, अब घर में पाक साग का भार लेकर उसे कुछ आराम करने दो। अपने दो, यहाँ तीन, पाँच-पाँच को दिनभर दूध पिलाकर वह क्या खाना बनाएगी?'

इस प्रकार कंगालीचरण के ज्ञान-चक्षु खुल गए। नीचे दोनों भोजपुरी आदमियों ने उसे खैनी देते हुए कहा, 'माँजी ने बिलकुल ठीक ही कहा है। हम तो गऊ माता की इतना सेवा करते हैं तो तू भी करो, तोहार बहू त जगत्-माता भयल।'

तत्पश्चात् कंगालीचरण ने अपने घर का खाना पकाने की जिम्मेदारी उठा ली। अपने बच्चों को अपना शागिर्द बना लिया। धीरे-धीरे वह तरह-तरह के व्यंजन पकाने में बहुत ही सयाना हो गया और सिंहवाहिनी के प्रसाद के बकरे का सिर पकाकर नवीन को खिला-खिलाकर उस गँजेड़ी-मदकची को अपने वशीभूत कर लिया। फलतः नवीन ने कंगाली को नकुलेश्वर शिव के मन्दिर में घुसा दिया। प्रतिदिन पका हुआ भात और व्यंजन खा-खाकर यशोदा पी.डब्ल्यू.डी. अफसर के बैंक एकाउंट की तरह फूलकर कुप्पा हो गई। तिस पर गृह-स्वामिनी ने उसके लिए दूध का भी प्रबन्ध कर दिया। गर्भवती होने पर उसके लिए अचार, नारियल के लड्डू, मुरब्बा आदि भी देने लगीं।

इस तरह नास्तिकों के मन में भी विश्वास पनपा कि यशोदा की सिंहवाहिनी इसी कारण से बगल में बैग दबाए, धाय बनकर सपने में प्रकट हुई थीं। नहीं तो निरन्तर गर्भधारण, सन्तान प्रसव, दूसरों के शिशुओं को गाभिन की तरह उदारता से दुग्ध दान करना किसने कब देखा या सुना है? नवीन के मन से भी पापपूर्ण विचार निकल गए। बकरे का सिर, कारण-सुधा, गाँजा, जैसी उग्र वस्तुओं का सेवन करके भी उसकी देह तप्त नहीं हुई। मन में स्वतः ही भक्ति-भाव जाग गया। यशोदा से मिलते ही, 'माँ! माँ! माँ रे!' कहकर पुकारने लगा। चारों तरफ सिंहवाहिनी के माहात्म्य के प्रति विश्वास पुनर्जाग्रत होने लगा और उस अंचल की हवा में देवी की महिमा बिजली के करन्ट की तरह प्रवाहित होने लगी।

यशोदा के प्रति सबका भक्ति-भाव इतने प्रखर रूप में प्रकट हुआ कि विवाह, गोद-भराई, अन्न प्राशन, जनेऊ आदि में सभी उसे प्रमुख सधवा स्त्री का सम्मान देने लगे।

यशोदा के बेटों, नेपाल, गोपाल, नैनो, बोंचा, पटल आदि को भी सब इसी दृष्टि से देखने लगे और सब जैसे-जैसे बड़े हुए, जनेऊ धारण करते ही मन्दिर के लिए यात्री पकड़कर लाते रहे। राधारानी, आलतारानी, पद्मारानी इत्यादि बेटियों के लिए कंगाली को वर नहीं ढूँढ़ना पड़ा। नवीन ने बड़ी आश्चर्यजनक तत्परता से लड़कियों के लिए वर ढूँढ़ दिए और सती माँ की सती कन्याएँ अपने-अपने शिव का घर बसाने चली गईं।

हालदार-बाड़ी में यशोदा का सम्मान बढ़ गया। पति भी खुश है, क्योंकि अब पंचांग के पन्ने उलटते देखकर बहुओं के घुटने काँपने नहीं लगते थे। उनके बाल-गोपाल यशोदा के स्तनों से पालित हो रहे थे। इसलिए वो जब चाहे बिस्तर पर गोपाल बन सकते थे। पत्नियों के पास 'ना' कहने का कोई कारण नहीं रहा। पत्नियाँ भी खुश थीं क्योंकि उनकी देह का गठन भी अच्छा बना रहा। वो भी 'मेम-कट' के ब्लाउज और ब्रेजियर अपनी इच्छानुसार पहन पाती थीं। रात-भर सिनेमा देखकर शिव-रात्रि का व्रत पालन करते समय बच्चे को दूध नहीं पिलाना पड़ा। ये सब-कुछ केवल यशोदा के कारण ही सम्भव हो पाया था। फलतः यशोदा की जबान भी चलने लगी तथा शिशुओं को निरन्तर स्तन देते-देते गृह-स्वामिनी के कमरे में बैठी वह व्यंग्य बाण छोड़ने लगी—'अरे, औरत जात बिआएगी, उसके लिए दवा लाओ, ब्लड प्रेशर जाँचवाओ, डॉक्टर को दिखाओ, कितने नखरे! और एक मैं! हर साल बियाती हूँ, उससे क्या देह ढल गई या दूध कम हुआ? हुँ, मुझे तो घिन आती है! सुना है, इंजेक्शन लगाकर दूध सुखा दिया। ऐसी बात तो पहले कभी नहीं सुनी थी!'

हालदार-बाड़ी के लड़कों में जो किशोर हो चुके थे, उनके बाप-ताऊ-चाचा तो मूँछें निकलते ही दासियों को आवाज दिया करते थे। ये तो दूध-माँ के दूध से पलकर बड़े हुए हैं, इसलिए दूध-माँ की सहेलियों अर्थात् दासी और महाराजिन को वे अब मातृ भाव से देखने लगे और लड़कियों के स्कूल का चक्कर लगाना शुरू कर दिया। दासियों ने कहा, 'यशो! तू साक्षात् भगवती बनकर आई है! इसी से इस घर की हवा बदल गई है।'

एक दिन जब छोटा बेटा उकड़ूँ बैठकर यशोदा का दुग्ध-दान देख रहा था तब यशोदा बोली, 'बेटा, तू तो मेरा राजा है! बाभन का पैर टूटा इसी से तो इतना कुछ हुआ। बता तो किसकी इच्छा से हुआ?'

छोटे हालदार ने कहा, 'सिंहवाहिनी की इच्छा से!' वह जानना चाहता था कि पैर नहीं हैं, फिर भी कंगालीचरण किस उपाय से ब्रह्मा बनता है? पर चर्चा ठाकुर-देवताओं की ओर चली गई, इसलिए वह भी यह प्रश्न भूल गया।

सब सिंहवाहिनी की इच्छा!

तीन

हमारी कहानी उस समय में प्रवेश कर चुकी है, जब पचास के दशक में कंगाली के पैर कटे थे। पच्चीस वर्षों में, नहीं, तीस वर्षों में, यशोदा बीस बार सौर-घर में गई। अन्त में उसके मातृत्व बेकार चले गए, क्योंकि न जाने कैसे हालदार-बाड़ी में नई हवा का झोंका प्रवेश कर गया। उसी पच्चीस या तीस साल के गड़बड़ को जरा सुधार लूँ। कहानी जब शुरू हुई थी तभी यशोदा तीन बच्चों की माँ थी। इसके बाद वह सत्रह बार सन्तान-सम्भवा हुई थी। हालदार-पत्नी की भी मृत्यु हो गई थी। उनकी बड़ी इच्छा थी कि उनके सास की जैसे हुई थी, वैसे ही उनकी किसी बहू की भी हो। बीस सन्तान होने पर दोबारा पति-पत्नी के विवाह का इस वंश में नियम था परन्तु बहुओं ने तेरह-चौदह पर ही रोक लगा दी। दुर्बुद्धि के वशीभूत होकर उन्होंने अपने पतियों को समझाया और अस्पताल जाकर उचित बन्दोबस्त कर आईं। यह सभी कुछ नई हवा के असर से हुआ। किसी भी युग में ज्ञानी-पुरुष घर में नई हवा को प्रवेश नहीं करने

देते थे। नानी से सुना था कि कोई एक सज्जन उनके घर आकर 'शनिबारेर चिठी' पढ़कर सुना जाते थे। घर के भीतर उस पत्रिका को कभी भी प्रवेशाधिकार नहीं मिल पाया। कहतीं, 'बहू, माँ, बहन—जो भी उस पत्रिका को पढ़ेगी, वही कहेगी—मैं नारी हूँ! माँ नहीं, बहन नहीं, बहू नहीं।' इसका परिणाम क्या होगा पूछने पर कहतीं—'चप्पल पहनकर भात पकाएगी।'

नई हवा के प्रकोप से अन्तःपुर में अशान्ति होती थी, यह तो प्राचीन काल से होता आया है।

हालदार-बाड़ी में चिरकाल से षोडश-शतक चल रहा था। लेकिन सहसा परिवार में सदस्यों की संख्या अगणित होने लगी थी, शायद इसीलिए बेटों ने अपने लिए नए मकान बनवाए और वहाँ से सरक गए। सबसे आपत्तिजनक बात यह थी कि मातृत्व के विषय में गृह-स्वामिनी के पोतों की बहुएँ एकदम विपरीत हवा लेकर घर में आईं। गृह-स्वामिनी ने वृथा ही कहा, चावल की कमी जरूर है पर रुपयों की तो नहीं। हालदार-बाबू की इच्छा थी कि कम-से-कम आधा कलकत्ता हालदारों से भर जाए पर नात-बहुएँ ऐसा नहीं चाहती थीं। वृद्धा की फटकार को अनसुनी कर, वे पति को लेकर अपने कर्मक्षेत्र की ओर दौड़ने लगीं। इसी बीच सिंहवाहिनी मन्दिर के पंडों में भीषण झगड़े के कारण किसी ने या कुछ लोगों ने देवी की मूर्ति का मुँह घुमाकर रख दिया। माँ ने मुख मोड़ लिया, यह सुनते ही गृह-स्वामिनी का दिल टूट गया और ज्येष्ठ मास की गर्मी में दुखी मन से अत्यधिक परिमाण में कटहल खाकर दस्त और कै करते हुए भगवान को प्यारी हो गई।

चार

गृह-स्वामिनी को तो मरकर मुक्ति मिल गई, पर जिन्दा रहने के दुख तो मरने से कहीं ज्यादा हैं। गृह-स्वामिनी की मृत्यु से यशोदा वास्तव में ही दुखी थी। मोहल्ले में किसी वृद्ध के मरने पर वासिनी की तरह शायद कोई विलाप नहीं कर पाता, वासिनी इस घर की पुरानी दासी थी। परन्तु यशोदा के भात की थाली तो गृह-स्वामिनी के साथ ही विसर्जित हो गई, इसलिए यशोदा ने और भी अधिक करुण रस का संचार करते हुए विलाप किया और सबको अचरज में डाल दिया।

वासिनी रोई, 'ओ भाग्यमणि माँ! कर्ता-बाबू के जाते ही कर्ता बनकर सबकी देखभाल करती रही माँ! किसके पाप से चली गई माँ जी! अरे, मैंने जो कहा, इतना कटहल न खाओ, तो मेरी बात नहीं सुनी माँ जी!'

यशोदा ने वासिनी को साँस लेने का मौका दिया और उसी बीच रो उठी, 'क्यों रहेगी तू माँ! भाग्यमणि तू, पापी-संसार में क्यों रहेगी तू, ओ माँ रे! सिंहासन रखा था तेरे लिए, उसे तो भाभियाँ हटा देंगी। पेड़ जब कहे, फल नहीं दूँगा, वो तो पाप है रे। इतना पाप क्या तुम सहन कर पातीं, माँ। तिस पर सिंहवाहिनी ने भी मुँह मोड़ा। देवी भी जान गई कि पुण्यों की नगरी पाप की नगरी बन गई, इस नगरी में तुम कैसे रहती? कर्ता-बाबू के जाते ही तुम्हारा भी मन उठ गया था, ओ माँ! इस गृहस्थी के चलते देह धारण कर रखा था। ओ भाभियो, आलता लगाकर पैरों की छाप रख लो रे! उन पैरों की छाप घर में रहे तो लछमी बँधी रहेगी! सुबह आकर उस पर माथा टेकोगे तो परिवार में रोग, दुख नहीं होंगे!'

शव-देह के पीछे-पीछे रोते-रोते यशोदा भी श्मशान पहुँची और लौटकर बोली, 'अपनी आँखों से देखा, सरग से रथ उतर आया और चिता की लपटों में से माँ को लेकर ऊपर चला गया।'

गृह-स्वामिनी का श्राद्ध आदि चुक जाने पर बड़ी बहू ने यशोदा से कहा, 'बाभन दीदी। परिवार तो अब टूटने लगा है। मँझले-सँझले तो बेलेघाटा के मकान में जा रहे हैं। राँगा और नूतन जा रहे हैं माणिकतला-बागमारी। छोटा मेरे दक्षिणेश्वर वाले मकान में जा रहा है।'

'तो यहाँ कौन रहेगा?'

'मैं रहूँगी। लेकिन अब नीचे की मंजिल किराये पर चढ़ा दूँगी। अब गृहस्थी को समेटना होगा। तूने अपने दूध से सबको पाला है, प्रतिदिन सीधा गया है। सन्तानों ने दूध छोड़ा फिर भी आठ सालों तक माँ ने सीधा भेजा। जो उनके मन आया उन्होंने किया। बेटे कुछ नहीं बोले पर अब तो ऐसे चल नहीं सकता।'

'मेरा क्या होगा बड़ी भाभी?'

'तू यदि मेरे घर में खाना पकाएगी तो तेरा पेट भर जाएगा पर तेरे घर में बाकी क्या करेंगे?'

'क्या करूँ?'

'तू ही बोल। तू बारह जीवित सन्तानों की माँ है! बेटियों का ब्याह हो चुका, बेटे तो सुना है, यात्री बुलाकर लाते हैं, मन्दिर में भोग खाते हैं, चबूतरे पर पड़े रहते हैं। बाभन भी तो सुना है नुकेलेश्वर मन्दिर में जमकर बैठा है। तुझे किस बात की कमी है?'

यशोदा ने आँसू पोंछते हुए कहा, 'देखो! बाभन से कहकर देखती हूँ।'

कंगालीचरण के मन्दिर में आजकल खूब भीड़ होती है। कंगाली ने कहा, 'मेरे मन्दिर में तू क्या करेगी?'

'क्यों, नवीन की भतीजी क्या करती है?'

'वह मन्दिर का सब-कुछ सम्हालती है, पकाती-परोसती है। तूने तो कितने दिनों से घर में ही नहीं पकाया, मन्दिर का काम तुझसे होगा भला?'

'अरे उस घर से सीधा तो बन्द हो गया। ये बात भेजे में घुसी कि नहीं? खाएगा क्या?'

नवीन ने कहा, 'तुझे सोचने की जरूरत नहीं। मुझ पर छोड़ दे।'

'अब तक क्यों मुझ पर छोड़ा था? मन्दिर में खूब दो पैसे कमा रहे हो, है ना? मेरे खून-पसीने की कमाई बैठे-बैठे खाते रहे हो और यहाँ सब जमाते रहे।'

'अरे, बैठे-बैठे कौन पकाता था?'

यशोदा ने हाथ हिलाते हुए कहा, 'आदमी लाकर देता है तब औरत पकाती है। मेरे भाग में तो सब-कुछ उलटा-ही-उलटा हुआ। मेरा दिया हुआ भात खाया है तो अब मुझे भी देना होगा। सच्ची बात।'

कंगाली ने जलकर कहा, 'अरे भात का जुगाड़ तूने कहाँ से किया? तेरे भाग में हालदार-बाड़ी लिखा हुआ था। मेरे पैर कट गए, तभी तो तेरे भाग में हालदार-बाड़ी के द्वार खुले। बाबू को तो सब-कुछ मुझे ही देना था। सब भूल गई, हरामजादी!'

'मैं हरामजादी कि तू नामर्द है। बैठे-बैठे औरत की कमाई खाता है, मरद है तू?'

इस बात पर दोनों में घमासान कलह होने लगी। दोनों ने एक-दूसरे को शाप देकर भस्म कर देना चाहा। अन्त में कंगाली ने कहा, 'जा, तेरा मुँह अब नहीं देखूँगा!'

'ना, तो ना सही।'

यशोदा ने भी गुस्से में आकर घर छोड़ा। इसी बीच पंडों में साँठ-गाँठ हुई कि ठाकुरजी का मुँह फिराना होगा, नहीं तो पूरे समूह का सर्वनाश होगा। इसलिए मन्दिर में धूमधाम से प्रायश्चित्त पूजा हो रही थी। यशोदा वहाँ मन्नत माँगने गई। दुख के आधिक्य से उसके प्रौढ़, दुग्धहीन, स्थूल दोनों स्तन फटे जा रहे थे। सिंहवाहिनी माँ उसका दुख समझकर रास्ता दिखा देंगी।

तीन दिनों तक यशोदा चबूतरे पर पड़ी रही। सम्भवतः सिंहवाहिनी भी नई हवा से प्रभावित थीं। वो सपने में बिलकुल भी नहीं आईं। तिस पर तीन दिनों तक उपवासी रहकर काँपते-काँपते जब यशोदा अपने घर पहुँची, छोटे बेटे ने आकर कहा, 'अब बाबू मन्दिर में ही रहेगा। मुझे और नवा से कहा है, तुम दोनों घंटी बजाना, रोज प्रसाद मिलेगा, पैसा मिलेगा।'

'अच्छा! तो बाप है कहाँ!'

'लेटा हुआ है। गुलाबी मौसी बापू के पीठ की घमोरियाँ खुजा रही है, हमसे कहा, पैसे ले ले और मीठी गोलियाँ खा! इसलिए हम तुझसे बताने आए हैं।'

यशोदा को लगा कि सिर्फ हालदार-बाड़ी में ही नहीं, कंगाली को भी अब उसकी जरूरत नहीं रही। बताशा और पानी पीकर वह नवीन से शिकायत करने गई। नवीन ने ही सिंहवाहिनी की प्रतिमा को धकेलकर विमुख किया था और अन्य पंडों के साथ वासन्ती पूजा, जगद्धात्री पूजा और शारदीय दुर्गा पूजा की विशेष कमाई के बारे में फैसला हो जाने पर दोबारा प्रतिमा को धकेलकर उसका मुख घुमा दिया था और इसी से पीड़ित होकर खालिस शराब की मालिश करवाकर गाँजे का दम लगाकर बैठा था और स्थानीय चुनावी उम्मीदवार को चेतावनी देने लगा, 'पूजा नहीं की तूने? माँ का माहात्म्य फिर बढ़ गया है। अबकी देखूँ कैसे जीतेगा तू?'

मन्दिर के अहाते में रहने पर आज के दशक में भी जो अलौकिक घटनाएँ घटती हैं, नवीन उसी का प्रमाण है। देवी का मुख उसने स्वयं ही घुमाया था और खुद स्वयं ही विश्वास करने लगा था कि पंडे चुनावी उम्मीदवारों के समान दलबद्ध नहीं हो रहे, इसलिए माँ विमुख हो गई हैं। अब माँ का मुख दोबारा घुमाने के बाद फिर से यह धारणा बना ली कि माँ ने स्वयं ही इधर मुख घुमाया है।

यशोदा ने कहा, 'क्या बक रहे हो?'

नवीन बोला, 'माँ की महिमा का बखान कर रहा हूँ।'

यशोदा बोली, 'तुम समझते हो मैं जानती नहीं कि खुद तुमने देवी माँ का मुख घुमा दिया था?'

नवीन बोला, 'चुप कर यशो। देवी ने शक्ति दी, बुद्धि दी, तब जाकर मेरे हाथों से यह काम हो पाया?'

'तुम्हारे हाथों पड़कर तो माँ की महिमा भी गई!'

'महिमा गई! जाती तो ऊपर ये पंखा घूमता, बैठी जो है इस पंखे के नीचे, ये हुआ कैसे? चबूतरे की छत पर बिजली का पंखा इससे पहले कभी लगा था?'

'ये तो ठीक है। अब बता, मेरा यह हाल क्यों किया? मैंने तेरा क्या बिगाड़ा है?'

'क्यों? कंगाली मरा तो नहीं?'

'मरेगा क्यों? वो तो जी उठा है।'

'क्या हुआ?'

यशोदा ने आँसू पोंछते हुए भारी गले से कहा, 'इतनों को कोख में पाला, तभी तो बाबुओं के घर में दूध-माँ बनी रही। सब-कुछ तो जानते हो। कभी कुमार्ग पर नहीं गई।'

'अरे बाप! तू तो स्वयं देवी माँ का अंश है।'

'अरे माँ तो अब भी भोग-योग में रमी है और उसका ये अंश तो अन्न बिना मरने वाली है। हालदार-बाड़ी ने तो अपने हाथ खींच लिये।'

'तू कंगाली से क्यों लड़ी थी? मरद जात कभी रोजी-रोटी का ताना सहता है?'

'और तूने अपनी भतीजी को उसके पल्ले क्यों बाँधा?'

'वो तो ठाकुरजी की लीला है रे। गुलाबी मन्दिर में रोज धरना देती थी। तो धीरे-धीरे कंगाली को लगा कि वो ठाकुरजी का भैरव है और गुलाबी उसकी भैरवी।'

'भैरवी! झाड़ू मारकर उसके हाथों से अपने आदमी को अभी छुड़ाकर ला सकती हूँ।'

नवीन ने कहा, 'नहीं! अब वो होने का नहीं! कंगाली मरद है, उसका मन अब तेरे पर नहीं। और गुलाबी का भाई तो पूरा गुंडा है, वो तो उधर पहरा देता है। मुझे ही 'गेट-आउट' कर दिया। मैं अगर दस चिलम पीता हूँ तो वह पीता है बीस। कुछ बोला तो लात जमा दी। गया था तेरी बात कहने। कंगाली ने कहा, उसकी बात मुझसे न कर। अपने मरद को नहीं जानती, वो तो सिर्फ बाबुओं का घर जानती है। बाबुओं का घर ही उसका इष्ट देव है, वहीं रहे जाकर।'

'वहीं जाऊँगी।' कहती हुई इस दुनिया के अन्याय से बावली यशोदा घर लौट आई। पर खाली घर में मन नहीं टिकता। दूध पीए चाहे न पीए, गोद में एक बच्चा न हो तो नींद नहीं आती। माँ होने का भी अजब नशा है। दूध सूख जाने पर भी वो नशा नहीं घटता। आखिरकार, अपने स्वाभिमान को ताक पर रखकर यशोदा हालदारनी के पास जाकर बोली, 'महाराजिन का काम करूँगी, जी चाहे पैसे देना नहीं तो ना सही। रहने की जगह देनी होगी। भड़ुआ अपने मन्दिर में रहने लगा है। बेटे भी ऐसे बेईमान निकले! सब उसके पास जाकर जुटे हैं। फिर किसके लिए घर सम्हालूँ?'

'हाँ, ऐसे तो रह सकती हो। तुमने बच्चों को दूध पिलाया, तिस पर ब्राह्मण हो। रह तो सकती हो दीदी, पर जरा तकलीफ होगी। वासिनी वगैरह के साथ एक कमरे में रहना होगा। किसी के साथ झगड़ा-वगड़ा मत करना। बाबू गरम दिमाग के हैं। तिस पर तीसरा बेटा बम्बई जाकर वहाँ की लड़की से ब्याह कर बैठा है इसलिए मिजाज भी गरम है। बहसबाजी होगी तो खैर नहीं।'

सन्तान-धारण करने की क्षमता से ही यशोदा साक्षात् लक्ष्मी थी। उसके जाते ही भाग्य में ऐसी दुर्गति भी लिखी थी। मोहल्ले की माँ के भक्तजनों की श्रद्धेया दुग्धवती सती-साध्वी यशोदा के अब बुरे दिन आ गए थे। मनुष्य के स्वभाव का यह धर्म है कि उन्नति के समय अत्यधिक अहंकार से भर जाता है और अवनति के समय हालत के अनुसार झुकने को मन नहीं मानता। फलतः वह तुच्छ वस्तुओं के लिए भी पहले की तरह अहंकार से भरा रहता है और मेढकी की भी लात खाता है।

यशोदा की किस्मत में भी यही लिखा था। वासिनी वगैरह तो उसके चरण धो-धोकर पीती थी। उसी वासिनी ने बड़ी सहजता से आज कह दिया, 'तुम अपने बर्तन खुद माँज लेना। तुम क्या मालकिन हो, तुम्हारे जूठे बर्तन मैं माँजूँ? तुम भी नौकर, मैं भी नौकर।'

'जानती है, मैं कौन हूँ?'—यशोदा के गरजते ही बड़ी बहू की आवाज सुनाई दी, 'इसी बात का डर था मुझे। माँ ने तो उसको सिर चढ़ा रखा था। देखो बाभन दीदी! न्योता नहीं भेजा था, खुद चलकर आई हो, झंझट मत करो।'

यशोदा समझ गई कि अब उसकी जरा सी बात भी कोई नहीं सुनेगा। वह चुपचाप खाना पकाने का काम करने लगी। साँझ की वेला मन्दिर के चबूतरे पर बैठकर रोने लगी। दिल खोलकर रो भी न पाई। नकुलेश्वर मन्दिर से आरती की घंटियाँ सुनकर आँसू पोंछते हुए उठ खड़ी हुई। मन-ही-मन बोली, 'अब कृपा करो माँ! अन्त में क्या टीन का कटोरा लिये हाथ फैलाए रास्ते पर बैठना पड़ेगा? यही चाहती हो?'

हालदार-बाड़ी का भात पकाकर और माँ के पास अपने मन का दुख प्रकट कर वह अपने दिन बिता सकती थी। परन्तु यशोदा के भाग्य को यह भी सहन नहीं हुआ। यशोदा की देह जैसे बिलकुल ढीली पड़ गई। न जाने क्यों कुछ अच्छा नहीं लगता, यशोदा कुछ समझ नहीं पाती थी। दिमाग में सब-कुछ उलट-पुलट हो जाता था। रसोई में बैठती थी तो लगता वह तो इस घर की दूध-माँ है। लाल किनारी वाली साड़ी पहनकर वह सीधा लेकर घर जा रही है। स्तन-द्वय बड़े शून्य-से लगते थे। जैसे बरबाद हो गए। स्तन-वृन्त पर किसी शिशु का मुख नहीं, ऐसा दिन भी जीवन में आएगा, उसने सोचा न था।

यशोदा बहुत अन्यमनस्क रहने लगी। भात-तरकारी सबको परोसती थी पर स्वयं खाना भूल जाती थी। कभी-कभार नकुलेश्वर शिव से कहती, 'माँ से नहीं होता तो तू ही मुझे उठा ले। अब और नहीं सहा जाता।'

आखिरकार बड़ी बहू के बेटों ने ही पूछा, 'माँ! दूध-माँ बीमार है क्या? जाने कैसी हो गई है?'

बड़ी बहू ने कहा, 'देखूँगी।'

बड़े बाबू ने कहा, 'देखना! बाभन की बेटी है, कुछ ऊँच-नीच हो जाए तो हमें पाप लगेगा।'

बड़ी बहू पूछने गई। भात चढ़ाकर यशोदा रसोई में ही आँचल बिछाए लेटी थी। बड़ी बहू ने उसकी अनावृत देह देखकर कहा, 'बाभन दीदी! तुम्हारे बाएँ स्तन के ऊपर लाल क्यों हैं? ओफ! बिलकुल सिन्दूरी लाल!'

'क्या जाने! भीतर से जैसे कोई ठोस पत्थर-सा बाहर निकल रहा है। खूब सख्त, ढेले की तरह।'

'हुआ क्या है?'

'क्या पता? इतनों को दूध पिलाया है, उसी से शायद ऐसा हो गया है।'

'धत्! ऐसा होता है कभी। दूध रहने पर स्तन ठोस रहते हैं। तुम्हारा गोद का तो दस साल का हो गया।'

'वो तो बचा ही नहीं! उससे ऊपर का है। वो तो सौरी में ही गुजर गया। चला गया, अच्छा हुआ! पापी संसार से!'

'कल डॉक्टर आएगा नाती को देखने, उससे पूछूँगी। मुझे कुछ ठीक नहीं लग रहा।'

यशोदा आँखें मूँदकर कहने लगी, 'जैसे पत्थर की छाती है रे, पत्थर भरा, पहले ये सख्त गिल्टी इधर-उधर सरकती-हिलती थी, अब तो वो भी नहीं।'

'डॉक्टर को दिखाऊँगी।'

'ना, बहू-दीदी, मरद डॉक्टर के सामने में अपना तन उघाड़ नहीं पाऊँगी।'

रात को डॉक्टर के आने पर बेटे के सामने बड़ी बहू ने पूछा, 'दर्द नहीं, जलन नहीं, लेकिन वो तो कैसे बेजान होती जा रही है।'

डॉक्टर ने कहा, 'जरा पूछकर आइए, निपल सिकुड़ गया है कि नहीं, बगल के नीचे गिलटी की तरह कुछ है कि नहीं।'

सुनकर बड़ी बहू को लगा, छिः! कितना असभ्य है। उसके पश्चात् खुद जाकर जाँच कर आने के बाद बोली, 'कहती है, आपने जो-जो कहा, बहुत दिनों से वो सब-कुछ हुआ है।'

'उम्र क्या है?'

'बड़े बेटे की उम्र के हिसाब से तो वह पचपन की होगी।'

डॉक्टर ने कहा, 'दवा भेज दूँगा।'

बाहर निकलकर बड़े बाबू ने कहा, 'आपके कुक के ब्रेस्ट में कुछ हुआ है, सुनकर लगता है, कैंसर है। एक बार कैंसर अस्पताल में दिखा लेते तो अच्छा होता। आँखों से देखा तो नहीं मगर जितना सुना है, उससे लगता है मैमरी ग्लैंड में कैंसर हुआ है।'

बड़े बाबू तो अभी कल तक सोलहवें शतक में थे। अब वे बीसवें शतक में आए थे। तेरह सन्तानों में लड़कियों का विवाह कर चुके थे और बेटे अपनी इच्छानुसार बड़े हो रहे थे, बड़े हुए हैं। लेकिन अब भी उनके मगज का बुद्धि कोष अठारहवीं और रेनेसाँ पूर्व उन्नीसवीं शताब्दी के अज्ञान के अन्धकार से ढका हुआ था। आज भी वे चेचक का टीका नहीं लगवाते और कहते हैं, 'नीच लोगों को चेचक हुआ करता है। मुझे टीका लगवाने की आवश्यकता नहीं है। उच्च वंश, देव-द्विज के प्रति भक्ति वाले वंश में यह रोग नहीं होता।'

कैंसर सुनकर उन्होंने हवा में बात को उड़ाते हुए कहा, 'हाँ, ऐसे ही हो गया कैंसर। इतना आसान है क्या! बात का बतंगड़ बना दिया, जाइए, मलहम दे दीजिए, ठीक हो जाएगा। आपके कहने पर बाभन की बेटी को मैं अस्पताल नहीं भेज सकता।'

यशोदा ने भी सुनकर कहा, 'अस्पताल कभी नहीं जाऊँगी, चाहे अभी मर जाऊँ। बच्चे जनने तो अस्पताल गई नहीं कभी, अब जाऊँगी? अस्पताल गया था, इसलिए तो मरा अपने पैर कटवाकर लौट आया।'

बड़ी बहू ने कहा, 'सिद्ध मलहम भिजवाती हूँ। उससे जरूर आराम मिलेगा। गुप्त फोड़े का मुँह निकल आएगा।'

सिद्ध मलहम से कुछ भी नहीं हुआ बल्कि धीरे-धीरे यशोदा ने खाना-पीना छोड़ दिया और बहुत दुर्बल हो गई। बाईं ओर आँचल तक नहीं दे पाती थी। कभी लगता जलन हो रही है, कभी दर्द। अन्त में त्वचा फटकर घाव बाहर दिखाई देने लगा। यशोदा ने बिस्तर पकड़ लिया।

बड़े बाबू उसकी यह हालत देखकर बहुत घबराए, सोचा, कहीं उनके घर में ब्राह्मण की

मृत्यु न हो जाए। यशोदा के बेटों को बुलवा भेजा। उन्हें फटकारते हुए कहा, 'आखिर माँ है, इतने दिनों तक तुम्हें खिलाया-पिलाया, अब तो रोग से बेबस है। ले जा इसे, यहाँ रहकर क्या कायस्थों के घर में मरेगी?'

सब-कुछ सुनकर कंगाली बहुत रोया और यशोदा के घुप्प अँधेरे कमरे में आकर बोला, 'बहू! तू तो सती लक्ष्मी है! तुझे छोड़ने के दो सालों के अन्दर ही मन्दिर के सब बर्तन चोरी हो गए, मेरी पीठ पर हुए फोड़े से बहुत कष्ट भोगा, गुलाबी हरामजादी नेपाल को बहला-फुसलाकर बक्सा तोड़कर सर्वस्व लेकर तारकेश्वर में दुकान लगाकर बैठी है। चल, तुझे मैं सिर पर बिठाकर रखूँगा।'

यशोदा ने कहा, 'बत्ती जलाओ।'

कंगाली ने बत्ती जलाई।

यशोदा ने अपने अनावृत घाव से भरे बाएँ स्तन को दिखाते हुए कहा, 'घाव देखा है? इस घाव की बदबू कैसी है, जानते हो? अब ले जाकर क्या करोगे? आए ही क्यों हो लेने?'

'बाबू ने बुलवाया था।'

'अच्छा, तो बाबू भी अब रखना नहीं चाहते।' यशोदा ने ठंडी साँस ली और बोली, 'मेरे जाने से किसी का भला नहीं होगा। क्या करोगे ले जाकर?'

'कुछ भी हो। कल ले जाऊँगा। आज जाकर घर की सफाई करता हूँ। कल जरूर ले जाऊँगा।'

'बच्चे ठीक हैं? कभी-कभार नबू और गौर आते थे, अब वो भी नहीं आते।'

'सब साले मतलबी हैं। मेरे वीर्य से जन्मे हैं ना? इसलिए मेरे जैसे ही हैवान हैं।'

'कल आओगे?'

'हाँ-हाँ, आऊँगा-आऊँगा-आऊँगा।'

सहसा यशोदा हँसने लगी। बहुत पुरानी यादें ताजा होने पर और बहुत बार ठगे जाने पर ऐसी हँसी फूटती है।

यशोदा ने पूछा, 'सुनते हो, तुम्हें याद है?'

'क्या याद रहेगा, बहू?'

'मेरे इन दोनों स्तनों से तुम कितना प्यार करते थे? नहीं तो तुम्हें नींद नहीं आती थी। मेरी गोद कभी खाली नहीं होती थी। एक छोड़ता, तो दूसरा आ जाता, तिस पर बाबुओं के परिवार के बच्चे। कैसे इतनों को पिलाती थी, अब यही सोचती हूँ!'

'सब याद है बहू।'

इस पल कंगाली ने बिलकुल अपने दिल की बात कही थी। यशोदा के दुर्बल, और करुण चेहरे को देखकर कंगाली की स्वार्थी देह, प्रवृत्ति, उदर और उसकी सर्वस्व चेतना भी अतीत का स्मरण कर उसके प्रति ममता से भर उठी। उसने यशोदा का हाथ पकड़कर कहा, 'तुझे ब़ुखार है?'

'बुखार तो रहता ही है। मुझे लगता है, घाव के दर्द से है।'

'ऐसी सड़ायँध कहाँ से आ रही है?'

'इसी घाव से।' कहते हुए यशोदा ने आँखें मूँद लीं।

उसके बाद कहा, 'तुम जरा उस संन्यासी डॉक्टर को दिखाना। उन्होंने होमियोपैथी से गोपाल का मियादी बुखार ठीक कर दिया था।'

'बुलाऊँगा। कल ही ले जाऊँगा तुझे।'

कंगाली चला गया। उसके चले जाने की, उसकी बैसाखियों की खट-खट आवाज यशोदा को सुनाई भी न दी। आँखें मूँदे, कंगाली वहीं है ऐसा सोचते हुए निस्तेज भाव से बोली, 'दूध पिलाने से माँ बनती है, स—ब झूठी बातें। ना तो नेपाल-गोपाल देखते हैं, ना बाबुओं के बेटे कभी झाँककर मेरा हाल पूछते हैं।'

यशोदा का घाव जैसे सहस्र मुख लिये और सहस्र आँखें लिये उस पर व्यंग्य करने लगे। यशोदा ने आँखें खोलकर कहा, 'सुनते हो?'

इसके बाद ही समझ गई कि कंगाली चला गया है। रात को ही उसने वासिनी से लाइफबॉय साबुन मँगवाया और भोर होते ही साबुन लेकर नहाने चली गई। बदबू, कितनी बदबू थी। कुत्ते-बिल्ली अगर कूड़ेदान में सड़ जाएँ तो ऐसी बदबू आती है। बाबुओं के बेटे उसके स्तन-वृन्त मुँह से लगाएँगे, इसलिए यशोदा हमेशा कितने यत्न से तेल-साबुन से अपने दोनों स्तनों को धोया करती थी। उन्हीं स्तनों ने उसके साथ ऐसी बेईमानी की? साबुन के खारेपन से त्वचा जलने लगी। फिर भी यशोदा ने साबुन मलकर स्नान किया। सिर चकरा रहा था। चारों ओर अँधेरा-ही-अँधेरा। यशोदा का तन जल रहा था, मन जल रहा था। काला फर्श बहुत शीतल था। यशोदा आँचल बिछाकर लेट गई। खड़ी होकर वह अपने स्तनों का भार सह नहीं पा रही थी।

लेटते ही यशोदा बुखार में बेहोश और विवश हो गई। कंगाली ठीक समय पर पहुँच गया था, पर यशोदा की हालत देखकर वह हतबुद्धि हो गया। आखिर नवीन ने आकर उसे फटकारते हुए कहा, 'ये इनसान हैं? सब बेटों को दूध पिला-पिलाकर जीवन दिया, और ये एक डॉक्टर तक नहीं बुला सकते? मैं अभी हरि डॉक्टर को बुलाकर लाता हूँ।'

हरि डॉक्टर ने आते ही कहा, 'अस्पताल।' ऐसे रोगी को अस्पताल भी नहीं लेता। पर बड़े बाबू की कोशिशों और सिफारिश से यशोदा अस्पताल में भर्ती हो गई।

'क्या हुआ? ओ डॉक्टर बाबू, क्या हुआ?'—बच्चों की तरह बिलख-बिलख कर कंगाली पूछने लगा।

'कैंसर।'

'छाती में, कैंसर होता है?'

'नहीं तो हुआ कैसे?'

'अपने बीस, बाबुओं के तीस बच्चे—बहुत दूध था डॉक्टर बाबू—'

'क्या कहा? कितनों को 'फीड' किया है?'

'कम-से-कम पचास तो होंगे ही।'

'प—चा—स ब—च्चे?'

'हाँ बाबू!'

'गॉड!'

'बाबू!'

'क्या?'

'इतना दूध पिलाती थी इसलिए क्या–?'

'कुछ कह नहीं सकता, कैंसर क्यों होता है, कुछ कह नहीं सकता। पर जो अपना दूध बहुत अधिक पिलाते हैं–पहले पता नहीं चला? एक दिन में तो ये हाल नहीं हुआ होगा।'

'मेरे पास नहीं रहती थी, बाबू। झगड़कर–'

'समझ गया!'

'कैसी हालत है? ठीक हो जाएगी ना?'

'ठीक हो जाएगी! कितने दिन की मेहमान है, ये देखो। आखिरी साँसें गिन रही है, तब लाए हो। इस हालत में कोई जिन्दा रहता है?'

कंगाली रोते-रोते चला गया। शाम को, कंगाली के रोने-धोने से मजबूर होकर बड़े बाबू का मँझला बेटा डॉक्टर के पास आया। यशोदा की हालत के बारे में उसके मन में कोई उत्कंठा नहीं थी, पर पिता की धमकी के कारण–आखिर बाप के पैसों का मुहताज था।

डॉक्टर ने विस्तार से उसे सब समझा दिया। एक दिन में नहीं हुआ, ये तो बहुत दिनों पहले का रोग है। क्यों हुआ? ये कोई नहीं बता सकता। छाती का कैंसर कैसे पता चलेगा? स्तन के ऊपर के हिस्से में, भीतर-ही-भीतर सख्त गिलटी-सी बन जाती है, जो इधर-उधर सरकती भी है। उसके बाद धीरे-धीरे भीतर बनी गिलटी और भी सख्त, बड़ी और पत्थर की तरह जम-सी जाती है। त्वचा का लाल हो जाना अवश्यम्भावी है, जैसा अवश्यम्भावी है स्तन-वृन्तों का संकोचन। बगल के नीचे गिलटी सूज कर लाल हो जाती है। 'अलसरेशन', अर्थात् जब घाव दिखाई देने लगा, कहा जा सकता है कि वह अन्तिम अवस्था है। बुखार? वो तो दूसरे या तीसरे दर्जे पर होता है, इस हालत की गम्भीरता को देखते हुए।

शरीर में घाव जैसा कुछ हो जाए तो बुखार तो हो ही सकता है। वो तो जानी हुई बात है।

विशेषज्ञ से इतनी सारी बातें सुनकर मँझले बेटे का सिर चकरा गया। उसने पूछा, 'बच जाएगी?'

'नहीं।'

'कितने दिनों तक तकलीफ में रहेगी?'

'ज्यादा दिन नहीं।'

'जब करने को कुछ है ही नहीं, तो क्या इलाज करेंगे?'

'पेन किलर, सेडेटिव, बुखार के लिए ऐंटीबायोटिक।'

'हालत तो बहुत-बहुत खराब हो चुकी है।'

'खाना-पीना तो छोड़ ही दिया था।'

'कोई डॉक्टर नहीं दिखलाया?'

'दिखाया था।'

'कुछ कहा नहीं।'

'कहा था।'

'क्या कहा था?'

'कैंसर हो सकता है। अस्पताल ले जाने को कहा था। ये गई ही नहीं।'

'क्यों जाएगी? मरना जो है!'

मँझले बेटे ने घर लौटकर कहा, 'तब जब डॉक्टर अरुण ने कहा था, कैंसर हुआ है, तब ले जाते तो शायद बच जाती।'

उसकी माँ बोली, 'इतना समझदार है तू तो लेकर क्यों नहीं गया? मैंने रोका था?'

मँझले बेटे और उसके मन के कहीं किसी कोने में एक अनजाना पाप-बोध और पश्चात्ताप सड़े-रुके पानी में बुद-बुद की तरह उभर रहा था और दूसरे ही पल विलीन भी हो रहा था।

पाप-बोध कह रहा था—हमारे ही साथ रहती थी, कभी झाँककर भी तो नहीं देखा, कब से शुरू हुआ ये रोग, कोई अहमियत ही नहीं दी उसे। वो तो अबोध थी, हम सबको पाला, उसकी देखभाल नहीं की हमने। अब वो अस्पताल में मर रही है, इतने सारे बेटे, पति भी है, जब हमारे ही सहारे जी रही थी, तब हमें—! इतना ताजा शरीर था उसका, दूध की ऐसी तेज धार बहती थी, कभी सोचा नहीं था, उसे ये रोग भी हो सकता है।

विलीन होता हुआ पाप-बोध कह रहा था—होनी को कौन टाल सकता है! इसके भाग्य में कैंसर से मरना लिखा था—कौन रोक सकता है! हमारे यहाँ मरती तो दोष लगता, इसके पति-पुत्र कहते कैसे मरी? अब उस दोष से तो बच गए। कोई उँगली तो नहीं उठा पाएगा।

बड़े बाबू ने सबको आश्वस्त करते हुए कहा, 'अरुण डॉक्टर ने कहा है कैंसर होने पर कोई नहीं बचता। बाभन-दीदी को जब कैंसर हुआ था, तभी स्तन कटवा देते, जरायु निकाल देते, तो भी वह कैंसर से मरती। देखो, पिता बाभन के प्रति बहुत भक्ति छोड़ गए, उन्हीं की दया से हम जीवित हैं। घर में बाभन दीदी मर जाती तो प्रायश्चित्त करना पड़ता।'

यशोदा से कम आक्रान्त रोगी, कितनी जल्दी मर जाते हैं, डॉक्टरों को हैरानी में डालते हुए, यशोदा महीने-भर अस्पताल में टिकी रही। पहले-पहल कंगाली, नवीन, और बेटे आते-जाते रहते थे, लेकिन यशोदा की हालत एक जैसी ही रही। अर्ध चेतना में, ज्वरग्रस्त, आच्छन्न। स्तन के घावों के मुँह धीरे-धीरे और खुल चुके थे और पूरा स्तन ही अब एक नग्न घाव के समान प्रतीत होता था। ऐंटीसेप्टिक लोशन से युक्त महीन बैंडेज से वह ढका हुआ था। परन्तु सड़े-गले मांस की तेज दुर्गन्ध अगरबत्ती के धुएँ की तरह नीरवता से चक्कर खाती हुई हर पल कमरे में फैलती जा रही थी। उसकी हालत देखकर कंगाली का उत्साह भी कम होने लगा। डॉक्टर ने भी कहा, 'जवाब नहीं देती? ना दे तो ही अच्छा। बेहोशी में ही दर्द सहा नहीं जाता, होश में कोई इस मरण-यातना को सह सकता है?'

'उसे कुछ पता है, हम जो उसे देखने आते हैं?'

'कहना मुश्किल है।'

'कुछ खाती है?'

'ट्यूब से।'

'उससे मनुष्य जीवित रहता है?'

'अब तो बहुत—'

डॉक्टर को लगा, यशोदा की इस हालत के कारण उसका मन क्रोध से बेबस हो गया है। यशोदा पर, कंगाली पर, जो औरतें ब्रेस्ट कैंसर के लक्षणों की उपेक्षा कर देती हैं और अन्त में बीभत्स नरक यन्त्रणा भोगकर मर जाती हैं, उन पर भी। कैंसर रोगी और डॉक्टर को प्रतिदिन पराजित करता है। एक कैंसरग्रस्त रोगी का अर्थ है उस रोगी की मृत्यु और विज्ञान की पराजय,

निश्चित तौर पर डॉक्टर की पराजय तो है ही। 'सेकंडरी सिम्पटम' के लिए दवा-दारू दिया जा सकता है, खाना-पीना बन्द हो जाए तो 'ड्रिप' लगाकर शरीर को ग्लूकोज दिया जा सकता है। फेफड़े यदि साँस लेने में असमर्थ हो जाएँ तो ऑक्सीजन–लेकिन कैंसर का अग्रगमन, प्रसारण, व्याप्ति, हत्या निरन्तर चलती रहती है। 'कैंसर' शब्द एक साधारण संज्ञा है, इस संज्ञा द्वारा शरीर के विभिन्न अंगों में विभिन्न 'मैलिग्नेंट ग्रोथ' समझ में आते हैं। 'दी ग्रोथ इज परपजलेस, पैरासिटिक, एंड फ्लरिशेज एट दी एक्सपेंस ऑफ दी ह्यूमन होस्ट।' इसका चारित्रिक वैशिष्ट्य है, संक्रमित शरीरांश का ध्वंसीकरण, मेटस्टाशिया द्वारा व्याप्ति, रिमूवल के बाद प्रत्यावर्तन, टॉक्सिमिया का संघटन।

अपने प्रश्न का कंगाली को जब कोई सटीक उत्तर नहीं मिला तो वह बाहर आ गया। मन्दिर में पहुँचकर नवीन और अपने बेटों से कहा, 'अब जाकर कोई फायदा नहीं। न तो पहचान पाती है, न आँखें खोलती है, न कुछ जानती है! डॉक्टर से जो बन पड़े, कर रहा है।'

नवीन ने कहा, 'अगर मर गई तो?'

'बड़े बाबू का टेलीफोन नम्बर है वहाँ, बता देंगे।'

'मान लो, तुम्हें देखना चाहे। सती-लक्ष्मी बहू है तुम्हारी, कंगाली! कौन कहेगा इतनों की माँ है! ऐसी देह थी–फिर भी न किसी की ओर झुकी, न किसी की ओर देखा।'

कहते-कहते नवीन चुप हो गया। वास्तव में, बेहोश यशोदा के घाव से जर्जरित स्तन को देखने के बाद उसके गाँजा-चरस-शराब के नशे से धुत्त दिमाग में अनेकों दार्शनिक विचार और देह-तत्त्व की बातें मिथुनमत्त विषरहित साँप की तरह मन्थर गति से विचरण कर रहे थे। जैसे इसी के लिए मन इतना व्याकुल रहता था?–उस पागल कर देनेवाले स्तनों का यह परिणाम है? होः! मानव देह कुछ नहीं। उसके पीछे जो पागल हो जाए वह खुद भी पागल है।

कंगाली को यह सब बातें नहीं भाईं। उसके मन ने अब यशोदा को 'रिजेक्ट' कर दिया था। उस दिन हालदार-बाड़ी में यशोदा को देखकर उसका मन वास्तव में बेचैन हो गया था और अस्पताल में भर्ती कराने के बाद भी कैसी व्याकुलता थी। पर वह अनुभूति अब ठंडी पड़ती जा रही थी। डॉक्टर ने जब कह दिया कि यशोदा अब नहीं बचेगी, तो उसने अपने मन से यशोदा को लगभग बिना किसी दुख के निकाल सा दिया। उसके बेटे भी आखिर उसी के बेटे थे। इसके अलावा उनकी माँ तो बहुत पहले ही उनके लिए परायी हो चुकी थी। उनके लिए माँ का मतलब था सिर के ऊपर ऊँचा बाँधा गया जूड़ा, चकाचक साफ कपड़े, प्रबल व्यक्तित्व। अस्पताल में जो लेटी हुई थी, वो तो कोई और थी, माँ नहीं।

स्तन के कैंसर में ब्रेन कोमाटोज हो जाता है, यशोदा के लिए यह मुश्किल भी आसान हो गई। निद्रा से विवश, औषध-जनित निद्रा। इससे बहुत राहत मिली उसे। उसके दुर्बल, आक्रान्त, आच्छन्न मस्तिष्क को लगा कि हालदार-बाड़ी का ही कोई लड़का शायद डॉक्टर बन गया है। उसका दूध पीया है इसलिए जरूर उसका ऋण चुका रहा है। पर उस परिवार के लड़के तो स्कूल की पढ़ाई खत्म होते ही कारोबार सम्हालने लगते हैं! जो भी हो, जो इतनी सेवा कर रहे हैं वो उसकी छाती की दुर्गन्धमय उपस्थिति से उसे मुक्ति क्यों नहीं दिलवाते? कितनी दुर्गन्ध है, ये क्या बेईमानी है? भात का जुगाड़ करनेवाले इन स्तनों को वह हमेशा

गर्भधारण कर दूध से भर देती थी। स्तनों का काम ही है दूध धारण करना। कितने सुगन्धित साबुनों से स्तनों को धोकर हमेशा साफ रखती थी, बहुत भारी थे इसलिए यौवन काल में भी कभी चोली नहीं पहनी।

'सेडेशन' कम होते ही यशोदा चीखने लगती, 'आह! आह! आह!'—पीड़ा से व्याकुल धुँधली दृष्टि से नर्स और डॉक्टर को देखती थी। डॉक्टर के आने पर रूठकर बड़बड़ाती थी, 'मेरा दूध पीकर इतने बड़े हुए हो, अब मुझे इतना दुख दे रहे हो?'

डॉक्टर कहता, 'ये तो पूरे विश्व में दूध-पुत्र देख रही है!'

फिर एक इंजेक्शन और फिर वही बेहोशी। यन्त्रणा, भीषण यन्त्रणा, एट दी एक्सपेन्स ऑफ दी ह्यूमन होस्ट—कैंसर फैलता जा रहा था। धीरे-धीरे, कुछ दिनों बाद यशोदा का बायाँ स्तन फटकर ज्वालामुखी के 'क्रेटर' के समान हो गया। सड़ी हुई दुर्गन्ध के कारण पास जाना ही मुश्किल है।

आखिर एक रात, यशोदा को लगा, उसके हाथ-पैर ठंडे होते जा रहे हैं। यशोदा अपनी आँखें खोल नहीं पाई, पर उसे अनुभव हुआ कि शायद कोई उसकी नब्ज देख रहा है। किसी ने बाजू में एक सूई चुभोई। साँस लेने में बहुत कष्ट हो रहा था। ये तो होगा ही। कौन देख रहे हैं? क्या वो उसके अपने हैं? जिन्हें कोख में धारण कर दूध पिलाया या जिन्हें भात के लिए दूध पिलाया था, यशोदा को लगा, उसने तो पूरे विश्व-संसार को दूध पिलाया था, उसे क्या सब अकेले मरने देंगे? जो डॉक्टर उसे देख रहा है वो, जो उसके चेहरे पर चादर डालेगा वो, जो उसे ट्रॉली पर चढ़ाएगा वो, जो उसे श्मशान तक पहुँचाएगा वो, जो उसे जलाएगा वो डोम, सब उसके दूध-पुत्र हैं। विश्व-संसार को यदि दूध से पालना हो तो यशोदा बनना पड़ता है। बिना सगे-सम्बन्धियों के अकेले मरना पड़ता है, मुँह में पानी देनेवाला कोई नहीं होता। पर अन्तिम समय में, किसी के यहाँ होने की बात तो थी। वो कौन है? वो कौन है? वो कौन है?

रात के ग्यारह बजे यशोदा की मृत्यु हो गई। बड़े बाबू के घर पर फोन किया गया। रात में उनका फोन 'डिसकनेक्ट' कर दिया जाता है।

अस्पताल के 'मुर्दा-घर' में विधि अनुसार पड़ी रही यशोदा देवी, हिन्दू फीमेल। उचित समय पर उसे गाड़ी में श्मशान पहुँचाकर उसका दाह-संस्कार किया गया। डोम ने ही उसे दाह किया। यशोदा ने जैसा सोचा था ठीक वैसा ही हुआ! यशोदा तो ईश्वर स्वरूपिणी थी। वो जैसा सोचती थी, दूसरे बिलकुल वैसा ही करते थे और किया भी। यशोदा की मृत्यु जैसे ईश्वर की मृत्यु थी। इस संसार में अगर मनुष्य ईश्वर बन बैठे तो सभी उसका त्याग कर देते हैं और उसे सतत अकेले ही मरना पड़ता है।

नमक

'हाथ से नहीं, रोटी से नहीं, निमक से मारेगा'–उत्तमचन्द बनिये ने कहा था। वह बनिया है, महाजन है और कई पीढ़ियों से उसके वंश ने ही झुझार बेल्ट को अधिकार में रखा है। स्थानीय उराँव और कोल किसी दिन उसकी बात पर 'न' कहेंगे, यह उसने नहीं सोचा था।

वही अशोचनीय घटना हो गई इस सरकार के राज में। इसके पहले सरकारें आईं, सरकारें गईं, ऐसा कभी नहीं हुआ।

पलामू अभय वन के पास आदिवासी गाँव झुझार है। गाँव के निवासी जंगल में गाय, बकरी, भैंस चराते, गिरे हुए काठ से ईंधन जमा कर सकते थे। घर छाने के लिए पत्ते भी ले सकते थे, इसके सिवा वे बाँस के अंकुर, कन्द और इमली के पत्ते भी चुराते थे। जंगल विभाग आँखें मूँदे रहता। साही, खरगोश और चिड़ियों को भी मारते। इन सारे जंगली प्राणियों और पक्षियों की मर्दुमशुमारी सही-सही और बिलकुल ठीक न थी। इसी से वन-विभाग इस मामले में भी आँखें बन्द किए रहता। पर शिकार करने से इनको मांस कम ही मिलता था, क्योंकि जंगल के प्राणी भी होशियार हो गए थे। वे आसानी से फँसते नहीं थे।

अभय वन के पास गाँव था। कोइल नदी से लगती हुई साधारण-सी नदी थी। लेकिन जमीन उत्तमचन्द की थी। 1831 ई. के कोल विद्रोह के बाद इस अंचल में हिन्दू बनिये नए सिरे से आए। उत्तमचन्द के पुरखे उनमें से ही थे। जंगल में आबादी वाली आदिवासियों की जमीनों को उन्होंने खुले हाथों मोल लिया था। जमीन खरीदकर आदिवासियों को उखाड़ फेंकना उन दिनों बहुत सहज था, आजकल की ही तरह। उन दिनों के आदिवासी भी हिसाब-दस्तावेज-पट्‌टा-कानून–सबसे डरते थे। आजकल के ही आदिवासियों की तरह। उसके परिणामस्वरूप अब झुझार के आदिवासी जानते भी नहीं कि कभी उनकी अपनी जमीन थी। कभी वे मेहनत की फसल को अपने घरों में रखते थे।

इसी उत्तमचन्द के पास बेगारी की डंडाबेड़ी में सारा गाँव बँधा था कई पीढ़ियों से। पुरखों का उलिखित ऋण चुकाने ये लोग हर बरस फसल के समय बारह मील पैदल चलकर उत्तमचन्द के गाँव टाहाड़ जाते, खुराकी और मामूली-सी फसल के बदले में बेगारी दे आते। जो फसल मिलती वह भी कर्ज के खाते में जुड़ जाती। बेगारी गैरकानूनी है–इस बात को भी वे नहीं जानते थे। इसका पता चला था आदिवासी दफ्तर के इंस्पेक्टर के सौजन्य से। जानकर भी उन्होंने बेगारी बन्द नहीं की, क्योंकि बेगारी लेनेवाले उत्तमचन्द के विरुद्ध अदालत में नालिश करना उनसे हो नहीं सकता था, इसे वे जानते थे। इसके लिए क्या डाल्टनगंज जाना सम्भव था? वकील कहाँ है? उनको समझकर सलाह देनेवाले कहाँ थे? आदिवासी कल्याण दफ्तर भी उनकी पहुँच के बाहर था। दफ्तर शहर में था। वे गाँव में थे। रेल या

बस-मार्ग पर पड़नेवाला गाँव नहीं था। केवल सत्रह परिवारों के छिहत्तर लोगों के आदमियों का गाँव था। स्वतंत्रता के बाद तीसरे चुनाव तक तो उसके अस्तित्व का ही सरकार को पता न था। वे चौथे चुनाव से वोट दे रहे थे। चुनाव का समय अच्छा रहता। उत्तमचन्द कहता, 'जंगल के लिए वह वोट दे आएगा। जाओ, एक-एक रुपया कर ले जाओ, सब बाप-माँ लोगो। मैं ही वोट दे दूँगा।'

चौथे चुनाव से यही व्यवस्था चल रही थी। इस सतहत्तर में सब उलट गया। झुझार गाँव में निकटतम प्राइमरी स्कूल का एक मास्टर बालकिशन सिंह आता रहा। उसी ने उन्हें समझा-बुझाकर गाँव से तीन लड़कों को स्कूल में ले लिया। उसी ने समझाया कि छठा चुनाव बहुत महत्त्वपूर्ण है। वे खुद वोट दे आएँ। हर एक का रुपया? उससे कहीं ज्यादा रुपयों का काम बालकिशन की मेहनत से हुआ। झुझार गाँव में पंचायती कुआँ बना। अच्छा-सा कुआँ था, बहुत पानी था। अब तक नदी से पानी लेना पड़ता था, और गर्मियों में पानी लाने में जान निकल जाती थी।

उत्तमचन्द पहले वोट के मामले में बिगड़ा।

चुनाव के बाद नया मंत्रिमंडल बना। पुराने दफ्तर और पुराने अफसरों को नई भूमिका में आना पड़ा। झुझार गाँव तक पैदल रास्ता छोड़कर कोई रास्ता ही न था। उसी राह से संगठित युवकों का दल आया, और झुझार का कौन-सा परिवार क्या ऋण चुकाने के लिए बेगार देता है, उसने यह लिख दिया। पूर्ति मुंडा गाँव का सबसे अधिक बोलनेवाला व्यक्ति और व्यक्तित्व था। गाँव-भर में वही एक आदमी था जिसने राँची और डाल्टनगंज देखा था और धनबाद में कुलीगीरी कर आया था। सब जगह उसकी आर्थिक अवस्था एक ही रही, इसलिए वह बाहरी दुनिया पर थूककर झुझार लौट आया।

वह बोला, 'हमसे पूछने से क्या फायदा? उत्तमचन्द के खाते में सब लिखा है। तुम लोग उससे पूछो।'

'बेगार गैरकानूनी है, यह मालूम है?'

'हमारे मालूम होने से क्या फायदा? बेगार न करने से महाजन उधार न देगा।'

'अबकी महाजन को पता चलेगा।'

'तुम लोग देखो।'

'तुम हमारे साथ चलो।'

'चलो।'

पूर्ति मुंडा के सामने उत्तमचन्द से लड़कों ने कहा, 'इस साल से इस अंचल में कोई आदिवासी बेगारी न देगा। अगर किसी को दबाया गया तो उसे कानून के मारफत कैसे छुटकारा मिले, वह हम देखेंगे।'

'वही होगा।'

उत्तमचन्द बोला, और काम में भी यह अनुशासन मानने पर लाचार हुआ। उसकी जमीन जोतने से भी झुझारवासियों को रोका नहीं गया। युवकों का दल कह गया, 'बारह बरस से ज्यादा समय से यह जमीन जोत रहे हैं। आधे हिस्से का उनका हक है।'

'आधा भाग मेरा है।'

'फसल खड़ी होने पर आपके सामने हमारी समिति फसल का भाग कर देगी।'

'वही होगा।'

पूर्ति मुंडा लड़कों से कह बैठा, 'दो रुपए दो। ताड़ी पीकर घर जाऊँ। यह कैसा दिन रहा? किसका मुँह देखकर उठा था?'

युवक बोले, 'नहीं। नशा करना छोड़ो। इस नशे से हम आदिवासियों का सर्वनाश हो गया है।'

पूर्ति मुंडा ने लौटने के वक्त टेंट में से आठ आने की ताड़ी पी और हँड़िया में हाथ डालकर बोला, 'सर्वनाश! बाबू लोग क्या समझें? तुझसे हम पेट की आग भूले रहते हैं!'

उत्तमचन्द हार मानकर भी कमर कसकर तैयार हो गया। बोला, 'उनको नोन से मारूँगा।'

उनकी ऐसी उद्धत घोषणा उसको ठीक ही थी, क्योंकि झुझार के लोग बाजार करने पलानी या मुरू आते। दोनों हाटों में परचून सौदे की दुकानें उत्तमचन्द की ही थीं।

उत्तमचन्द बोला, 'नोन बिना घाटो खाने में कैसा लगता है, देखो? इतने दिनों तक हमारा खा-पहिन कर ऐसी निमकहरामी!'

हाट में नमक न मिलने की बात को पहले तो पूर्ति ने महत्त्व नहीं दिया। जब दिया, तब वे डाल्टनगंज भागे। युवक दल के ऑफिस में। ऑफिस में बैठा एक युवक ट्रांजिस्टर सुन रहा था। उसने सब-कुछ सुनकर कहा, 'यह हमारे अख्तियार में नहीं आता। जिसकी दुकान है वह न बेचे तो बताओ, हम क्या कर सकते हैं?' अब चारों ओर भागना पड़ा। और भी बहुत बड़ी समस्या लेकर।

पूर्ति और बाबू लोगों के स्वभाव में कोई संवाद न था, हो भी नहीं सकता। पूर्ति किसी तरह समझा न सका कि नोन के बिना उनका जीवन बेकार है। नोन का सहारा लेकर ही वे घाटो खाते हैं।

जोश में उन्होंने बस का किराया बचाकर दस किलो नमक खरीदा। फिर अठारह मील पैदल चलकर गाँव लौटे। गाँव में घर-घर नमक बाँट कर कहा, 'बचा-बचा कर खाना।'

किन्तु दस किलो नमक अजर-अमर तो होता नहीं। अबकी पूर्ति ने वन विभाग के ठेकेदार को पकड़ा। 'हमें काम दो। पैसा मत देना, नोन देना।'

'नोन दूँगा?'

अब भी इतना दाम बढ़ने पर भी चूँकि नमक ही आज भी भारत में सबसे सस्ती चीज है, इसलिए नमक की मजूरी पर काम करने के प्रस्ताव पर ठेकेदार को चक्कर आ गया। तभी उसे लगा कि इन लोगों के बारे में जानना जरूरी है। उत्तमचन्द की जमीन जोतते हैं, इसलिए ठेकेदार उत्तमचन्द के पास ही गया। जाकर जो सुना उससे लगा कि ये लोग बिलकुल खचड़े हैं। शहर के झगड़ालू लड़कों के साथ होकर सदा के जाने हुए बनिये से झगड़े का फैसला कर बैठे हैं। इन्हें काम देने से ठेकेदार जरूर फँस जाएगा। इसलिए ठेकेदार ने पूर्ति आदि को भगा दिया और काले-काले आदमी सिर झुकाए सफेद बालू पार कर चले गए।

इसके बाद इन्होंने फसल के वक्त फसल से नमक खरीदने की कोशिश की। नतीजा हुआ कि फसल बीत गई, नमक मामूली सा ही मिला। अब पूर्ति को सभी ने दोषी बताया और कहा, 'महाजन के पास उनके कहने से तुम गए। अब हमें नमक दिलाने की व्यवस्था करो। उस समय तो अपने को मरद मानकर बहुत भरोसा दिलाने गए थे! लीडर बनने चले थे!'

'बिना गए बेगारी बन्द होती?'

'नहीं होती तो देते।'

'फसल में हक होता?'

'नहीं होता तो उपवास करते।'

झुझार गाँववालों को अब बेगार देने के फसल न मिलने के दिन बहुत सुख के दिन लगते थे। उन्होंने मन-ही-मन डंडी और पल्ले का हिसाब लगाया। काला-काला सा ढेला नमक ही वजन में भारी पड़ा। उनके लिए बेगार के बन्द होने और फसल में हिस्से का अधिकार हलका पड़ गया।

गाँव के बूढ़े बोले, 'नहीं, अलोना घाटो खाया। लेकिन कलेजे में हँफनी क्यों होती है? हाथ-पाँव हिलना नहीं चाहते।'

सबको ही लगता कि इसका कारण नमक है, असल में देवी-देवता रूठे हैं। गाँव के बुड्ढे साँस छोड़कर कहते, 'सबका ही हो रहा है। अबकी हरमू देउ के धान पर पूजा देनी होगी। मेरी घर पली दो मुर्गियाँ हैं, फारेस गाड के पास बेचकर नोन ले आ, पूर्ति! किसी दिन हमें नोन का तो स्वाद मिले।'

फॉरेस्ट गार्ड ऐसे आश्चर्यजनक प्रस्ताव से बहुत खुश हुआ। बोला, 'स्टोर से नोन ला दूँगा, ठहरो।'

'दो मुर्गी सस्ती भी खरीदने से आठ रुपए से कम में नहीं मिलेंगी।'

'वह तो है।'

'आठ रुपए का कितना नोन होता है?'

'सोलह किलो।'

'वही लाओ।'

बहुत ही काला समुद्री नमक था।

'इतना काला?'

'हाथी खाते हैं, हिरन खाते हैं, वे सफेद को काला समझते हैं?'

'नोन खाते हैं? नोन?'

'हाँ रे बेटा! उनके लिए नोनी माटी देनी होती है।'

'नहीं तो क्या हो?'

'सूख जाएँगे।'

'कहाँ देते हो?'

'जगह है।'

पूर्ति सोचते-सोचते नमक लेकर गाँव लौटा। हाथी और हिरन साल्ट-लिक से नमक खाते हैं। इस खबर से वह बहुत परेशान होने से समझ नहीं पा रहा था, पीठ पर के बोरे के नमक का वजन किसी तरह भी सोलह किलो नहीं है। पूजा के दिन खसी काटकर खूब खाना-पीना हुआ। बाद में पूर्ति आकर नदी के किनारे बैठ गया। अकेले में वह शराब पीते-पीते जंगल की ओर ताकता है। बड़े सवेरे और शाम को हाथी खाते-फिरते नदी की बालू पर घूमते हैं। दिन में वे नहीं दिखाई देते। नोनमाटी वे कब खाते हैं और कहाँ? जंगल बहुत बड़ा है। पूर्ति जंगल को चीर-चीर कर देखेगा, नमक कहाँ मिलेगा?

हाट की दुकान उनको नमक नहीं बेचती। इस खबर को संगठित युवकदल ने एकदम छोड़ नहीं दिया। उनके मन में यह बात कहीं लगी रह गई और एक ने किसी मेडिकल रिप्रेजेंटेटिव को पकड़कर पूछा, 'मानव देह में लवण कितना आम्निपोटेंट है?' मेडिकल रिप्रेजेंटेटिव हाल ही में काम में लगा था और जो सारा इल्म सीखा था उसे उद्धरण का कोई मौका नहीं मिल रहा था। उसने जो कुछ कहा, उसे सुनकर युवक को चक्कर आ गया।

वक्तव्य इस प्रकार था : नमक और पानी शरीर के इनार्गेनिक या मिनरल उपादान हैं। जीने के लिए ये अनिवार्य हैं और शरीरकोष के फंक्शन में यह विशेष भूमिका का पालन करते रहते हैं। प्रमुख लवण हैं क्लोराइड, कार्बोनेट, बाइकार्बोनेट, सल्फेट और फास्फेट। यह सोडियम पोटाशियम, कैल्सियम, मैग्नेशियम, क्लोराइड के साथ लोहा, सीओ टू, सल्फर और फास्फोरस के यौगिक हैं। साधारण रूप से कहा जाता है कि लवण पूरे जीव-शरीर में ये सब काम करते हैं–(1) शरीर की आस्रवण अवस्था को देखभाल कर ठीक रखना। (2) देह में जल का सन्तुलन और रक्त का वॉल्यूम ठीक रखना। (3) शरीर का एसिड बेस-भार साम्य ठीक बनाए रखना। (4) शारीरिक चुस्ती के लिए आवश्यक सामग्रियों को जुटाना, विशेष रूप से अस्थि और दाँतों को। मांसपेशी और नर्वसेल की प्रॉपर इरिटेबिलिटी के रखरखाव के लिए भी लवण आवश्यक है। आवश्यक है रक्त तंचन या कोआगुलेशन के क्षेत्र में। (5) लवण कई एंजाइम सिस्टम, श्वास-प्रश्वास के पिगमेंट और हार्मोन की आवश्यक सामग्री है। (6) लवण जीव-देह में सेल-मेम्ब्रेन और कैपिलरी पर्मियेबिलिटी नियंत्रण में रखता है और उनको चलाता है।

इतनी कठिन बातें जानकर युवक और भी चक्कर खा गया और बोला, 'क्या यार, मैंने क्या इम्तहान के लिए पूछा था?'

'तब क्यों पूछा?'

'नमक न खाने से क्या-क्या नुकसान हो सकते हैं?'

'नुकसान क्या होगा? हाई कैलोरी मिला खाना मत खाओ, मामूली नमक से ही काम बन जाएगा।'

'अरे, ऐसे लोग भी तो हैं, जो किसी भी कैलोरी के पास नहीं फटकते!'

'हाँ-हाँ, भारतीय लोगों की फूड हैबिट ठीक नहीं है।'

'अरे, मैं जिनकी बात कह रहा हूँ...।'

युवक समझ गया कि वह छाया के साथ कुश्ती लड़कर मन के शरीर में दर्द पैदा कर रहा है। डाल्टनगंज की चाय की दुकान, झुझार गाँव से कोई लाखों योजन की दूरी पर नहीं है। लेकिन ये दो जगहें महान विश्व या नक्षत्रों पर स्थापित हैं, और किसे नहीं मालूम, आकाश के तारों पर तमाम कविताएँ और गीत क्यों न लिखे गए हों, यह करोड़ों सूर्यों से भी विशिष्ट ताप हैं और उनका मध्यवर्ती काला आकाश वास्तव में करोड़ों मील के व्यवधान पर उक्त क्रुद्ध और घूमते हुए नक्षत्रों में अन्तर रखा है। डाल्टनगंज गरम है, लकड़ी के रोजगार की गर्मी से। झुझार गरम है, अभागे और आधुनिक भारत से निर्वासित कुछ आदिवासियों की वंचना के उत्ताप से। पूर्ति मुंडा की समस्या इस टेरीक्लॉथ और पाउडर से शोभित चटक-मटक वाले लड़के को समझाना छायाचित्रों की-सी एक बेकार कोशिश है।

'किसकी बात कर रहे हो?'

'वे लोग खाते हैं केवल घाटो या मडुवा या उबाले भुट्टे। तरकारी या फल या मछली या मांस...।'

'वे नमक नहीं खाते? क्यों?'

'मिलता नहीं।'

'गप है। नमक सबसे सस्ती चीज है।'

'उन्हें नमक नहीं बेचते...।'

'झूठ।'

'जो लोग लो कैलोरी के सिरियल खाते हैं, उनको नमक न मिले तो क्या होगा?'

'किन्हें? नई फिल्म देखी थी?'

'नहीं। बताओ न।'

'अरे, अनाड़ी को समझाऊँ कैसे?'

'नहीं तो तुम पंडित क्यों हुए?'

'लवण शरीर के फ्लुइड को कंट्रोल करता है, रक्त को भी। लवण न मिलने से खून का कोआगुलेशन–खून का जमना–बहुत गाढ़ा हो जाएगा। हार्ट को गाढ़ा रक्त पम्प करने में कष्ट होगा, साँस में दबाव आएगा। मसिल में–स्नायुओं में–क्रैम्प यानी ऐंठन होगी। शरीर चलाने में भी बहुत स्ट्रेन पड़ेगा। शरीर के हाड़ और दाँतों का क्षय तो होगा ही। बॉडी में जनरल डिके–सब तरह का क्षय–होगा। छोड़ो फिजूल बात। चलो फिल्म देख आएँ।'

फिल्म में दुर्धर्ष गनमैन, बन्दूकबाजी, उत्तुंग यौवना टाँगेवाली और अमिताभ बच्चन थे। किन्तु अमजद खाँ के कानून के हाथों सजा पाकर बनारसी पान खाकर घर लौटने के बाद भी युवक झुझार की समस्या को उसके दिमाग से अलग न कर सका। दूसरे दिन वह टाहाड़ में उत्तमचन्द के घर गया।

उसकी शिकायत सुनकर उत्तमचन्द बोला, 'आदिवासी पहले झूठी बातें नहीं कहते थे। अब बहुत खचड़े हो गए हैं।'

'क्यों?'

'मैं गन्दे लोगों को नमक नहीं बेचता।'

'नहीं।'

'अरे मैं किसी को नमक नहीं बेचता। नमक में कुछ भी मुनाफा नहीं है। मैं पिछली हाट से हाट में नमक नहीं ले जाता। इसके पहले उन्हें नमक नहीं बेचा? कैसी अजीब बात है! थोड़ा नमक नहीं बेचा? क्या अजीब बात है! थोड़ा नमक, शायद दुकान से उठ गया।'

'नमक नहीं बेचते? क्यों?'

'नफा नहीं है।'

'यह क्या ठीक हो रहा है?'

'मैं जब उत्तमचन्द हूँ, बनिया, जब पहले कांग्रेस को मदद दी थी, तब तो मेरी सब बात ही खराब है, सब काम ही गलत है।'

'उलटा समझ रहे हो।'

'नहीं बाबू साहब! कांग्रेस को मदद दी, जब जो सरकार चलाए, उसे मदद न देने से हमारी तरह गरीब गाँव का बनिया जिन्दा नहीं रह सकता। आप लोगों ने कहा, मैंने बेगार बन्द कर

दी, फसल में हक भी छोड़ दिया। कांग्रेस के लड़कों ने ये सब बातें नहीं कही थीं। कहते तो तब भी देता। पर अब जो कह रहे हैं, सो कैसे करूँ? जिस चीज में नफा नहीं, उसे बेचने को कहना तो जबर्दस्ती है।'

'वे उधार लेने आते हैं?'

'न, न, उधार वे क्यों लेंगे? फसल मिल रही है। और हमें तो झाड़-पोंछकर जरा-सा दिया।'

'उस जमीन में क्या होता है, बताइए?'

'न होता हो तो क्या करूँ? जमीन कम पैदावार की हो तो वह भी क्या मेरा दोष है? और जानते हैं? वह उधार चाहें भी तो मैं उधार न दूँगा।'

'क्यों?'

'यही देखिए! उधार देने पर उधार चुकाया जाता है, और वह आपकी सरकार में गैरकानूनी है। देखिए, ज्यादा नाचने से गणेश पूजा नहीं होती। यह आईन–कानून–पहले भी था। कांग्रेसी सरकार आँखें बन्द किए रहती थी, क्योंकि कांग्रेसी सरकार आदमी का दुख समझती थी। वे लोग जानते थे कि महाजन उधार न दे तो आदिवासी जंगली लोग भूखे मर जाएँगे। आप लोग तो समझते नहीं। अच्छा है! जो कर रहे हैं वह अच्छे के लिए ही कर रहे हैं। अन्त भला तो सब भला। उन्हें उधार नहीं दूँगा।'

युवक हार मानकर लौट आया और शुभ संकल्प किया कि पहला मौका मिलने पर झुझार बेल्ट में जनता-दुकान खुलवाने की व्यवस्था करेगा। संकल्प कुछ दिनों मन में रहा। उसके बाद शराब की गैरकानूनी दुकान के लिए गड़बड़ दूर करने वह दूसरी जगह चला गया और झुझार की बात भूल गया।

युवकों की सारी शुभेच्छा रहने पर भी पूर्ति आदि अलोने अँधियारे में पड़े रहे। पूर्ति अवश्य ही नहीं रहता था। रोजाना वह चुपचाप जंगल छानता था। हिरनों का साल्टलिक जंगल ऑफिस के आसपास था। इसके बाद उसने एक दिन खरगोश का पीछा करने जाकर हाथियों का साल्टलिक खोज लिया। दृश्य बहुत ही व्यंजक था। प्राणों के भय से पूर्ति पेड़ की डाल पर था। थोड़ी ही दूर पर हाथियों का गोल नोनहरी मिट्टी चाट रहा था। पथरीला नमक। पत्थर के ऊपर मामूली-सा मिट्टी मिलाकर फैलाया हुआ था।

'नमक का खेत बना दिया है।'

पूर्ति ने मन-ही-मन कहा। उसके बाद अँधेरा घना होने पर हाथी वह जगह छोड़ देते। बेतला के हाथी 'शो बिजनेस' समझते हैं। शाम के वक्त जीप पर चढ़कर टूरिस्ट जीव-जन्तु देखने निकलते। वे बाँस के पेड़ों को कुतरने में लगे हाथियों के झुंड को देखने के अभ्यस्त थे। हाथी उस ओर जाते।

सारे हाथियों के चले जाने पर एक दाँत वाला बुड्ढा हाथी आता। उसके चलने-फिरने से गिरस्त ढंग नहीं लगता था, यद्यपि हाथी बहुत ही घरेलू जानवर है। 'अकेला!' पूर्ति ने मन-ही-मन कहा, और डर के मारे पेड़ पर चिपका रहा। कोई युवक हाथी किसी दल से निकाला जाकर यूथपति बन जाए ऐसे हाथी को 'अकेला' कहते हैं और 'अकेला' सबके लिए ही अवॉयडेबल–दूर रहनेवाला–होता है। 'अकेला' क्या करे, इसका पता नहीं। यूथपतित्व और दल से निर्वासन के कारण इसका व्यवहार भी और आचरण भी इर्रेसपांसिबल–गैर-जिम्मेदारी का होता है।

'अकेला' साल्टलिक को मूत से भिगोकर चला गया। पूर्ति समझा कि वह अपनी समझ के मुताबिक खचड़ई करके चला गया।

हाथी का पेशाब बचाकर नोनी माटी को पल्ले में बाँधकर वह घर लौटा। पानी गरम कर उसमें नोनी माटी छोड़ दी। पत्नी से बोला, 'कल देखना होगा, मिट्टी नीचे थिर जाने पर कितना निमक रहता है?'

'पानी में निमक?'

'हाँ।'

सवेरे देखा गया कि मिट्टी और नमक एक साथ नीचे पड़े हैं। पूर्ति ने ठंडी साँस लेकर कहा, 'फिर भी नमक तो है! साले अब हाट में नमक बेचते ही नहीं।'

उस नोनखरे गन्दे पानी को ही कपड़े से छानकर पूर्ति पीता, औरों को खबर दी, और 'अकेला' हाथी के बारे में सबको सावधान किया। अब गाँव वाले बूढ़ों ने कहा, 'बहुत सावधान! उस बार क्या हुआ?'

सबको ही याद आया। हर बरस सारांडा फॉरेस्ट में हाथियों का एक झुंड बेतला आता और लौट जाता। कई बरस पहले किसी नासमझ आदिवासी युवक ने तीर मारकर एक बच्चा हाथी मार डाला। उससे हाथी खफा हो गए और मरे बच्चे को घेरकर आदमी की समझ में आनेवाली प्रतिज्ञा में चलते रहे।

उसके बाद वे प्रतिहिंसा की लड़ाई में उतर पड़े। झुझार और कोलना गाँव के रहनेवाले भाग गए। पहले बरस गाँव को उलट-पलट कर वे चले गए।

दूसरे बरस सारांडा से आकर उन्होंने काम में लगे जंगल के कुलियों में से दो आदमियों को मार डाला।

तीसरे बरस बेतला के जंगल-बँगले के नीचे एक बस और गाड़ी को उन्होंने तोड़-ताड़कर उलट दिया।

तीन बरस में आदमियों से बदला लेने की इच्छा को तृप्त कर तभी वे शान्त हुए। उनको बदमाश घोषित कर मारा न जा सका। क्योंकि वे हमेशा झुंड में घूमते और वयस्क हाथी रिट्रीब्यूशन–प्रतिशोध–का काम करते। आजकल बेतला में सब जगह काँटेदार तारों का घेरा है। हाथियों को बुद्धि बहुत होती है और इन काँटेदार तारों का निषेध उन्होंने समझा और मान लिया।

गाँव के बूढ़े बोले, 'और जो भी करना, हाथी को गुस्सा मत करना। और वह भी 'अकेले' को। वे भूलते नहीं।'

युवक लोग अवसन्न शरीर से और सहन न कर पा रहे थे। वे सूखे मुँह से बोले, 'सावधानी से ही जाएँगे। पूजा देकर भी कुछ नहीं हुआ। दम निकल जाता है। बोझा खींचने में हाथ-पाँव दुखने लगते हैं।'

वे लोग सावधानी से ही गए। सावधानी से नोनी मिट्टी चोरी की। 'गाछ से पहले न उतरना, देख लेना कि सब हाथी चले गए हैं या नहीं।' पूर्ति की बात याद रखी।

उसके बाद, सम्भवतः 'अकेले' के कारण ही साल्टलिक शिफ्ट की गई। दो-तीन जगह साल्टलिकें बनाई गईं। बहुत दूर पर अकेला, झुझार के आदिवासी साल्टलिक–इन कठिन अंकों के उत्तर लेने के बाद वन विभाग की हालत बड़ी होशियारी की थी।

अकेले या झुंड में, एलीफैंट पॉपुलेशन की जिम्मेदारी वन विभाग की थी। यह 'अकेला' खचड़ा था। यह साल्टलिक से नोनी मिट्टी चाटने के बाद मूतकर चला जाता। जगह-जगह साल्टलिक बनाने पर वन विभाग को आशा थी कि अकेला एक जगह जाएगा तो दूसरी जगह हाथियों का झुंड होगा।

'अकेले' ने बड़े हिसाब से गड़बड़ की थी। एक बार यहाँ, तो दूसरी बार वहाँ जाता था। झुंड में न रहने से उसके समय का ज्ञान भी बदल गया था। सन्ध्या या सवेरे के सिवा वह बेटाइम भी साल्टलिक पर चला जाता था। स्वभाव बदल गया था। शायद वह सोच रहा था कि नोनी मिट्टी चोरी हो रही है। बीच-बीच में सड़क पर आकर खड़ा हो जाता। जीप की रोशनी पड़ने पर भी न हिलता। जीप लौटा देनी पड़ती। वह क्या आदमियों पर सन्देह कर रहा था? सूँड़ के राडार हिलाकर क्या वह आदमी की गन्ध खोज रहा था?

वन विभाग में हाथियों के बारे में एक टेंशन बन और बढ़ रहा था। क्या इस तरह 'अकेला' अचानक बिगड़ैल आचरण कर सकता है? वन विभाग की मुसीबत थी कि 'मैन-किलर या रोग' कहकर प्रसिद्ध हुए बिना, उस बारे में प्रमाण मिले बिना, संरक्षित हाथी को मारा नहीं जाता था।

मन-ही-मन सभी इस तनावपूर्ण स्थिति के फलस्वरूप किसी विस्फोट के होने की अपेक्षा कर रहे थे। वन विभाग में कुली कह रहे थे, 'अकेले' के होने पर उन्हें काम पर जाने में डर लगता है। उन्होंने देखा कि 'अकेला' दूर खड़ा उनको लक्ष्य कर रहा है और वे काम छोड़कर भाग आए। 'अकेले' के मन में सन्देह घुस गया था। साल्टलिक पर जो नमक रखने आते, उनके मन में भी शक था। नोनी माटी खुरच-खुरचकर खतम कर दी गई है, ऐसी बात उन्होंने कभी नहीं देखी थी। नोनी माटी जैसी चीज कोई चोरी करेगा? न। उन्होंने रिपोर्ट नहीं की। रिपोर्ट के लायक महत्त्वपूर्ण घटना सी लगी नहीं। नमक जैसी चीज? स्टोर में बहुत-सा है।

एलिफैंट पॉपुलेशन भी संशय में था और असन्तुष्ट था। साल्टलिक है, नोनी मिट्टी नहीं रहती है, इसे वे भी कुछ नहीं समझ पा रहे थे। सब ही अजीब गड़बड़ था।

इसका कारण, इस सारी हालत का कारण, पूर्ति और दूसरे दो युवक थे।

पहले वे सावधान रहे, बहुत ही सावधान। शाम से पेड़ से चिमटकर चुपचाप फुनगी पर रहते। हाथियों के झुंड और 'अकेले' के चले जाने पर नोनी मिट्टी लेते। सम्भवतः इस नमक के जमा करने से उनकी मांसपेशियाँ तेज और स्वाभाविक गति में समर्थ हो गई थीं, शरीर की ऑस्मोसिस–स्थितावस्था– लौटाकर, खून में पानी की बढ़ती होने से हृद-यंत्र अधिक दबाव न डालकर स्वाभाविक चाव से ही शरीर में रक्त भेजेगा और शरीर की इलेक्ट्रोलाइट अवस्था ठीक हो जाएगी।

सम्भवतः! इसके फौरन बाद आदमी की धूर्त बुद्धि फिर दिमाग में भर गई। वे सतर्कता भूल गए। शाम को हाथियों के आने के पहले ही नोनी मिट्टी लेकर चले जाते। वे जान भी न पाए कि 'अकेला' उन्हें देख रहा है।

अचानक जंगल में 'अकेले' को कम देखा जाता। पता लगा कि शाम के शुरू होने पर नदी की सफेद बालू पर खड़े-खड़े जैसे दूर पर कुछ देख रहा हो।

'क्या देख रहा है?'

'नदी पार कर आदिवासी जा रहे हैं।'

यह समाचार कुछ अच्छा नहीं था। किन्तु 'अकेले' ने अपने मनोयोग का टार्गेट बदल दिया है, इससे ही वन विभाग का तनाव ढीला पड़ गया। पर कहा गया कि हाथी क्या करेगा, यह जान पाने पर ही जानना होता है।

कुछ दिन बाद फिर कत्थे के पेड़ों का काम छोड़ देना पड़ा। 'खैर' के पेड़ों का जंगल, प्राचीन पलामू किले की राह में जंगल के बिलकुल भीतर स्थित है। पता लगा कि प्राचीन पलामू किले के पास 'अकेला' घूमता-फिरता है।

यह प्राचीन पलामू का किला किसी समय पलामू के स्वाधीन राजाओं का दुर्ग था। बेतला के घने जंगल में इस विशाल, पहाड़-से ऊँचे पत्थरों और ईंटों के टूटे किले का दृश्य बहुत ही डरावना था। प्रकृति के उत्पन्न किए वनस्पतियों के जंगल में, ऊँचे से ऊँचे साल के पेड़ों से भी बहुत ऊँचा था। मनुष्य के बनाए इतने बड़े स्ट्रक्चर के लिए आँखें तैयार नहीं रहतीं। नहीं रहतीं, इसीलिए किले को देखकर डर लगता है।

जंगल के कुली देखते हैं कि बाघ से भी अधिक निःशब्द-सा, सूखे पत्तों को बचाता हुआ 'अकेला' किले के पास से चला जा रहा है और सूँड़ बढ़ाकर कुछ खोज रहा है। देखते ही वे लोग चले आए।

पूर्ति मुंडा को स्वभावतः ही ये सारी बातें जानने का मौका नहीं था, क्योंकि वन विभाग के लोगों का आभास पाते ही वे जंगल में छिपने जा रहे थे। वन विभाग के लोगों के लिए यह नमक कुछ भी नहीं था। लेकिन इस नमक के लिए ही पूर्ति सोच रहा था कि कभी भी दिखाई न पड़ें। देखते ही वन विभाग के लोग उनको 'नोन चोर' कहकर पकड़ लेंगे। यह सब गलत अन्दाज हो रहा था और 'अकेला' अपने चाटने के और मूत कर बहाने के नमक से वंचित होकर अपराधी तय करने पर उतर आया था–उसने ठीक ही समझा था, साल्टलिक और झुझार में एक बन्धन-सूत्र है। इसी से वह सफेद बालू पर खड़े-खड़े झुझार की ओर देखता रहता। दृश्य बहुत ही लाक्षणिक था। नदी, बालू, आकाश, रात, पलामू किले की पृष्ठभूमि, खामोश हाथी। बहुत ही प्रशान्त और चिरकालीन। केवल अन्तर था कि इस हाथी के दिमाग में जो इरादे हो रहे थे, वे सफेद कबूतर उड़ाने की तरह नहीं थे।

इसी तरह कई दिन बीत गए। उसके बाद एक रात को किसी को बिना गवाह बनाए हाथी पानी और बालू को पार करता झुझार चला गया और कुएँ के पास खड़ा रहा। सवेरे सब लोग दरवाजा खोलकर प्रातःकालीन नित्यक्रिया के लिए अलग-अलग गए और कुएँ के पास खड़े 'अकेले' के पीछे से सूर्य को निकलते देख उन्होंने अपने-अपने दरवाजे बन्द कर लिये और डर के मारे पत्थर-से चुपचाप बैठे रहे। खिड़की की झिरझिरी से उसे पूर्ति मुंडा ने देखा और मन-ही-मन रटने लगा, 'हेई आबा! कोई तीर न मार दे, हेई आबा!'

किसी ने तीर नहीं मारा और हाथी मानो किसी सन्देह का जवाब पाकर गाँव छोड़ नदी पार चला गया। उसके जंगल में गायब होने पर ही सब लोग घरों से निकले और गाँव के बुजुर्ग ने कहा, 'जो कहा था वही हुआ न? जरूर तुम लोग असावधानी से गए थे। उसने देख लिया। नहीं तो क्यों आया?'

'देखा नहीं। देखता तो हमें पता चलता न, और हम उसे देखते न? हाथी क्या खरगोश होता है?'

'हाथी चींटी होता है–हाथी तितली होता है–हाथी हवा होता है। इतना बड़ा शरीर, जब

चाहे तब अलखा बन आकर सिर-पैर रख सकता है, तुझे पता न चलेगा। अरे बुद्धू! अरे गू के कीड़े! तूने उसे देखा नहीं, उसने तुमको देख लिया है। नहीं तो आया क्यों?'

'जो हो गया हो गया, अब इलाज बताओ।'

'पूर्ति, तुझे कौन-सी सजा देने से मन भरेगा, पता नहीं। गैर-आदिवासी कोयले के काम में, कुली के काम में जो शहर जाता है, वह वहीं रह जाता है। तू नहीं रहा। लात खाकर चला आया। सोचा, बड़ा ज्ञानी बनकर आ गया है। उससे उत्तमचन्द से विवाद किया। वह बाघ है। उसके बाद हाथी बुलाकर गाँव में घुसा दिया।'

'इलाज बताओ।'

'कोई नोन लेने न जाएगा। अपने-अपने छप्पर में बैठो। हाथी दिखाई पड़े तो भागो।'

पूर्ति बोला, 'काँटेदार झाड़ी काटकर बाड़ा बना लें? जंगल में लगाते हैं। उससे हाथी डरता है।'

'हा-हा, पथरीला धरती का गाँव है! कहाँ बेड़ा लगाएगा? किधर से अटकाएगा?'

'तब?'

'नोन लेने मत जा। उससे शायद वह भूल जाए।'

पूर्ति ने गाँव के बुजुर्ग की बातें सुनीं। फिर वे नमक लेने न गए। एक दिन पूर्ति ने जंगल के बीट अफसर से कहा, 'अकेला उस दिन गाँव गया था। हम बहुत डर गए।'

'हमें भी डर लगा था। अब साला कहीं दिखाई नहीं पड़ता। लगता है, चला गया।'

सबको ही लगा कि वह चला गया। मानो हरे जंगल में वह धूसर प्राणी गायब हो गया। जलाशय के पास जानवर के पैरों के छाप देखे गए, जीव-जन्तुओं की संगणना बनी। जलाशय या कमलताल देखकर या बिना देखे ही वन विभाग ने कहा दिया कि 'अकेला' गायब हो गया।

अकेला ने नदी के मोड़ पर जहाँ कि बाँसों का जंगल झुका पड़ा था, वहाँ से सब देखा था और समझने की कोशिश की थी। साल्टलिक पर अब किसी का हाथ न पड़े, आसपास आदमी की अपवित्र गन्ध न रहे। यह क्या कोई नया आक्रमण-कौशल है? उसे मानो पता था कि आदमी बेसिकली इर्रैशनल प्राणी है। 'अकेला' को खफा कर नोनी मिट्टी लेना इर्रैशनल काम था। न लेना रैशनल था। लेकिन आदमी बहुत दिनों तक अकल से काम नहीं कर सकता है। पूर्ति आदि भी नहीं कर सकेंगे, इसे जैसे 'अकेला' जानता था।

पूर्ति ने वही इर्रैशनल काम किया। सबसे बड़ी आश्चर्य की घटना हुई कि जब किया, तो उसके एक सप्ताह पहले से 'एनफ इज एनफ' स्थिर कर उत्तमचन्द ने हाट में काफी नमक बेचना शुरू किया था। पूर्ति को यह पता था या नहीं, यह भी मालूम नहीं हुआ। शायद पता न था। अगर जानता, फिर भी विश्वास नहीं करता कि उत्तमचन्द उसे नमक बेचेगा। हो सकता है कि 'अकेला' की नाक के सिरे से या 'अकेला' को धोखा देकर उन लोगों की नोनी माटी चोरी करने की तबीयत हुई हो। वे भी मर्द और काम करनेवाले हैं, इसे प्रमाणित करने के लिए वही काम करना उनके लिए बड़ी बहादुरी का काम लगा था। शायद! या वन विभाग को छकाने की इच्छा हुई थी। पूर्ति के मन में क्या आया था, उसका पता नहीं चला। पर बहुत जिरह करने के बाद पता चला कि भोर रात में पूर्ति और दो युवक बोरा लेकर निकले। कह गए,

'बहू, सावधान, सावधान, चिल्लाना मत। सावधानी से ही जाएँगे और आएँगे। सूरज निकलने पर हाथी चले जाएँगे, तब जाएँगे।'

वे भी गए और 'अकेला' भी बढ़ा। हाथी विशालकाय भूमिचर प्राणी होता है। लेकिन खफा हाथी जब आदमी के साथ अक्ल की लड़ाई में उतरता है, तो चाहे तो चींटी से भी निःशब्द चल सकता है। हर सूखे पत्ते को हटाकर होशियारी से कदम रखता है, अविश्वसनीय सतर्कता के साथ। इसलिए गरदन घुमाते ही पूर्ति आदि को लगा था कि शायद प्राचीन पलामू का किला ही बढ़ आया है। हाथी जितना बड़ा होता है बहुत पास से उससे भी बड़ा दिखाई देता है।

हाथी ने बिना कोई आवाज किए सूँड़ और पैर चलाए थे, लेकिन तीन आदमी जोरों से, बड़े जोरों से चीखने लगे। उनके आर्तनाद से दूर-दूर के हाथियों के झुड भी चंचल हो गए, हिरन उछलकर भाग निकले। इनसान का आर्तनाद झटपट निकलकर चुप हो जाता है। उसके बाद हाथी प्रायः मानुषी उल्लास में तेज चीत्कार से आकाश फाड़ते हुए जंगल को रौंदता हुआ चला जाता है।

'ऐसा क्यों हुआ, इसका ठीक से पता नहीं चला,' पूर्ति का कहना था। दलित और पिसे मानव-शरीर कोई गवाही या इजहार नहीं दे सकते।

नोनी माटी चुराने आकर मरे? नोनामाटी?

सबके मन में यही बात उठती और पूर्ति आदि का सारा आचरण बहुत दुर्बोध लगा। अन्त में दारोगा ने कहा, 'जरूर शराब के नशे में मतवाला रहा होगा।'

सवेरे शराब पीकर आदिवासियों का मतवाले रहने का समय होता है या नहीं, इस बात को उठाकर, किसी ने मामले को उलझाया नहीं। यह नोनी माटी की चोरी का मामला है, यह समझना मुश्किल है। नोन ऐसी सस्ती चीज है! शराब पीकर मतवाले हुए बिना ऐसा इर्रैशनल—नासमझी का—काम पूर्ति आदि क्यों करते?

हाथी की नोनी माटी चोरी करने जाकर मरे! दारोगा की कुछ बातें पूर्ति आदि की एपिटाफ बन गईं और झुझारवासी किसी भी तरह विश्वास योग्य नहीं हैं, यह प्रमाणित हो गया। तृणभोजी जीवों को नमक की जरूरत होती है, और उस नमक को भी आदमी चुरा ले! मनुष्य के हाथों वन्य प्राणियों का संरक्षण कितना कठिन होता है, वह जैसे पूर्ति आदि के अस्वाभाविक काम से फिर याद हो आया।

'अकेला' की जानकारी के बिना वह 'रोग' (बदमाश) डिक्लेयर कर दिया गया और इसलिए उसके मरने से हाथियों का झुंड खफा न होगा। वह अकेला है, इसलिए कुछ कमीशन्ड शिकारी लोगों ने उसे गोली से मार डाला। घटना अखबार में छोटा-सा समाचार बनी और मृत 'अकेला' को देखने झुझारवासी भी आए। गाँव के बुजुर्गों को हाथी देखकर बुरा लगा कि यह ठीक नहीं हुआ। प्रत्यक्ष सत्य था कि हाथी ने पूर्ति आदि को मार डाला, जिसके परिणामस्वरूप वह मरा। परोक्ष सत्य मानो कुछ और था। नमक के लिए इतना कुछ! उन्हें नमक नहीं मिलता। नमक खरीद सकते तो तीन आदमी और एक हाथी न मरते। इसके लिए कोई और जिम्मेदार है, कोई और। जिसने नमक नहीं बेचा वह, या कोई और नियम? कोई और व्यवस्था? जिस नियम और व्यवस्था के अन्तर्गत रहने पर नमक न बेचने पर उत्तमचन्द का कोई अपराध नहीं? उसका विचार गन्दा है और बातों के लिए शब्द भंडार बहुत सीमित होने से किसी को कुछ समझाया नहीं जा सकता।

'यह काम ठीक नहीं हुआ जी!' बाबुओं के लिए इतनी सी बात कहते हुए वे गाँववालों को लेकर चले गए और कतार बाँधकर सफेद बालू पार कर सिर हिलाते-हिलाते झुझार लौट गए। नमक जान लड़ा देनेवाली समस्या हो सकती है, इसे बाबू लोग कभी न समझ सकेंगे और यह मामला उनके निकट अवास्तविक रह जाएगा, इसे वे जानते हैं। जानते हैं, इसीलिए एक बार भी पीछे घूमकर नहीं देखा। बालू की छाती पर उनकी शकलें क्रमशः छोटी होती गईं। वे जल्दी-जल्दी चल रहे थे। अपने जीवन में लौटकर ही उनको चैन मिलेगा। जिस जीवन में अविश्वास नहीं है, पूर्ति आदि की मृत्यु की सहज व्याख्या नहीं, सहज व्याख्या देकर अपने अस्तित्व के वास्तविक सत्य को अस्वीकार नहीं करना है—उसी जीवन की ओर।

बीज

कुरुडा और हेसारी गाँव के उत्तर में जमीन लहरदार है, बिलकुल सूखी, धूप में जली हुई। बरसात होने के बाद भी यहाँ घास नहीं पैदा होती। बीच-बीच में नागफनी के जंगल फन उठाए रहते हैं। कुछ नीम के पेड़ भी थे। यह जला और नीचा-ऊँचा मैदान जहाँ कि भेड़ें चरती नहीं दिखाई पड़तीं उन्हीं के बीचोबीच एक डोंगे की शकल की नीची जमीन थी। जमीन आधा बीघा होगी। ऊँचे किनारे पर चढ़ने पर ही जमीन नजर आती और हरियाली की छटा देखकर सब भुतहा-सा लगता।

और भी अधिक भुतहा लगता था जमीन के बीच में लकड़ी के खम्भों पर मचान और छाया हुआ घर देखकर। इस जमीन पर मकान बहुत अशुभ था। देखनेवालों की नजरों में, क्योंकि ऐसा मकान खेती का पहरा देने के लिए होता है। इस जमीन में सिर्फ अनन्नास के-से काँटेदार बिखरे पौधे थे जिन्हें भेड़ें भी नहीं खाती थीं। इन पौधों के रेशों से दुनिया में सबसे मजबूत रस्सी बनती है। भारत में ये पौधे जंगली झाड़ी माने जाते हैं।

सबसे भुतहा दृश्य सन्ध्या के समय देखा जाता है। कुरुडा गाँव की ओर से लम्बे-लम्बे डग भरता हुआ एक आदमी इस ओर आ रहा है। पास आने पर देखा गया कि वह बूढ़ा है, उसकी खाल झुर्रियों से भरी, कमर में लँगोटी है जिसमें एक पैबन्ददार बटुआ लटक रहा था। उसके हाथ में लाठी और उन झाड़ियों में लाठी। पौधों की डालियों से बनी बहुत ही लपलपी सीढ़ी को पकड़कर वह ऊपर चढ़ता है। चकमक ठोंककर बीड़ी सुलगाता है और मचान पर बैठा रहता। हर रोज। अँधेरा घना होने पर किसी समय वह सो जाता। हर रोज।

हर रोज कुरुडा गाँव में दूलन गंजू की बुढ़िया पत्नी उसे उस समय गालियाँ देती। अपने अधिकार से, क्योंकि बुड्ढे का नाम था दूलन गंजू। यह गालियाँ देने का मामला उनके लड़के-बहू-नाती-नातिन को अच्छा नहीं लगता था। लेकिन उनके कुछ करने का भी नहीं था। कुछ कहने पर बुढ़िया उन्हें भी गाली देती। और धतुआ की मैया की गाली देने की, झगड़ा करने की सामर्थ्य बस्ती-भर में सबको मालूम थी। झगड़ा करने पर उसकी दक्षता और पेशेवर झगड़ालू सामर्थ्य को आह्वान देना होता था। वह जाकर विरोधियों की पिछली सात पीढ़ियों में से पहली पीढ़ी के पुरखों से गाली देना शुरू करती। सामान्यतः उसके तीसरी पीढ़ी तक पहुँचते ही विरोधी मैदान छोड़ भाग खड़े होते।

सभी उसका मान करते थे। आपतकाल में जब तामाड़ी में शोर हुआ, तो इस गाँव में भी पूछताछ करने पुलिस आई थी। धतुआ की माँ ने आग बरसाते हुए पुलिस को गाली देकर गाँव से बाहर कर दिया। पुलिस जिनकी तलाश में आई थी उनमें से एक गोठ के मचान

में छिपा हुआ था। धतुआ की माँ 'आ, सारा घर देख, आ मुर्दाखोर' कहकर ऐसा चीखी कि उस चीख से ही साबित हो गया कि गाँव बिलकुल निरापद है।

वह उस पर भी शान्त न हुई। बोली, 'देखो, अभी तुम्हें गाँव में मिलेगी बुढ़िया और बच्चे। उन्हें देखोगे? उन्हें पकड़ोगे?'

पुलिस के चले जाने के बाद धतुआ की माँ ने भगोड़े लड़के को बातों के बाण से बींध दिया। 'रतनी, सदा से तेरी उलटी अकल रही है। एक बूढ़ी बकरी में तुझसे अधिक बुद्धि होती है। उस राजपूत महाजन के पैर में कुल्हाड़ी मार दी, अच्छा किया। गले में मारता तो पापी विदा हो जाता। सो जंगल में भागेगा न? जंगल में भागकर रहेगा न? गाँव को कौन मूरख लौटेगा? जा, जंगल को जा।'

धतुआ की क्षमता भी न थी, उसने और लटुआ ने माँ से कहा, 'बाप को गाली मत दो।'

उस पर माँ भभक उठी, 'बूढ़ा अब बेटों का बड़ा प्यारा बन गया! माँ तो बूढ़ी बकरी है, निकम्मी। बाप का हाल बच्चे समझेंगे? माँ को पता है।'

चार बरस की उमर में माँ का ब्याह हुआ था। चौदह होने पर माँ 'गौने' में गृहस्थी चलाने आई। माँ का पोर-पोर उस बुड्ढे का स्वभाव जानता है। काँटेदार जमीन के जमींदार के राज्य में जो अकेला पहरा दे, उसे साँप काटने या बाघ खाने पर कौन विधवा होगा? धतुआ या लटुआ? बुड्ढे के मरने पर घर कौन चलाएगा? लटुआ या धतुआ? उनकी मुराद है, वह बंजर जमीन दिखाकर हर बरस बीज ले आना और सरकारी खाद बेच देना; पहान के हल के बैल को दिखाकर हर बरस हल के बैल के लिए रुपए लेना।

लड़के चुप हो गए। माँ जल्दी-जल्दी हुक्के में दम लगाने लगी और बोली, 'मेरे मरे बिना तुम मेरी कीमत नहीं समझोगे', असगुन की ऐसी कोई बात कहकर लेट जाती। बहुएँ फुसफुसाकर लड़कों से कहती, 'चलो, एक दिन बीत गया।'

माँ अँधेरे में से कहती कि वह किसी दिन वहाँ मरी पड़ी रहेगी। देखने को भी न मिलेगी।

लड़के जानते थे कि सूने जंगल का पहरा देने के लिए मचान पर रात को रहना बहुत ही मुश्किल है, स्वाभाविक नहीं है। लेकिन पिता को उन्होंने स्वाभाविक आदमी नहीं माना। पिता बहुत ही उलझे हुए, गहरी आदत के, दुर्बोध्य थे। गंजू का काम था मरे पशुओं की खाल छीलना। पिता ने कभी के बड़े जोरदार राजपूत, महाजन और दस बन्दूकों के मालिक लछमनसिंह की कई भेड़ों को संख्यिा देकर मार डाला। वह लछमनसिंह के तामाड़ी गाँव में रहता था। लछमनसिंह ने स्वभावतः ही अपने भागीदार भाई दैतारीसिंह पर शक किया, जिसका नतीजा हुआ कि घरेलू झगड़ा शुरू हो गया। वह अभी तक पूरी तरह से खतम नहीं हुआ है।

उसके बाद भी पिता टिके हुए हैं। इससे प्रमाणित हुआ कि पिता दूसरे ढंग के आदमी हैं। जिन्दा रहने का कौशल सोचते रहने में पिता को किसी दिन लड़कों या नाती के साथ बात करने का समय न मिला।

माँ भी कम नहीं थी। माँ के पोढ़े शरीर में मेहनत करने की सामर्थ्य इतनी अधिक थी, साहस, जिद, गुस्सा ऐसा ज्यादा था कि माँ भी मामूली ढंग के इनसानों से अलग थीं।

पिता और माँ को उन्होंने जिन्दगी-भर में कभी बैठकर बातें करते नहीं देखा। लेकिन पिता जब कभी कोई महत्त्वपूर्ण काम करते, तो माँ को बुलाकर आँगन में बैठा लेते। हुक्का सुलगा लेते, कहते, 'ए धतुआ की माँ! एक सलाह दे। तेरी सलाह गाँव में सभी लेते हैं, पुलिस तुझसे डरती है।'

'क्या खचड़ा बात सोचते हो? बोलो, किसे क्या धोखा देना है?'

माँ का स्वर ऊँचा था, पर उसमें उस समय गर्मी न थी। दोनों धीमी आवाज में सलाह-मशविरा कर रहे थे। इस तरह की घटना बरस-डेढ़ बरस में एक बार हुआ करती थी।

दूसरे समय पिता माँ के साथ भी बातें न करते थे। माँ कहा करती, 'इससे अच्छा है कि मैं बाप के घर चली जाऊँ।'

पिता धूर्त हँसी हँसकर धीरे-से हवा में कहते, 'हाँ, टूरा गाँव में तेरे बाबा का बड़ा मकान है!'

माँ के बाप-माँ-भाई कोई नहीं था। माँ यह जानती थी। फिर भी कहती और पिता को धूर्त हँसी हँसकर चुटकी लेने का मौका देती रहती।

इस तरह पिता और माँ, धतुआ और लटुआ को कुछ करने को न था। पहाड़ पच्छिम में क्यों है, कुरुडा नदी क्यों बहती रहती है, यह लेकर भी जैसे कुछ करने को नहीं है। सनीचरी कहती, 'तेरे माँ और बाबा दोनों ही पगले हैं। तेरा बाबा पूरा पागल है। पागल न होता तो जब से जमीन मिली है, पहरा देता रहता है, और धान नहीं बोता।'

बात चौदह आना ठीक थी। वह जमीन मिली हुई जमीन थी, लेकिन उससे चौदह पैसों का फायदा भी नहीं होता था।

वह जमीन लछमनसिंह की थी। कुछ बरस पहले सर्वोदय कार्यकर्ता उस क्षेत्र में जमीनों के मालिकों के दरवाजों का चक्कर लगाते थे। उनके वक्त भी सनीचरी का कहना था, 'ये बाबू लोग पागल हैं। जमीन मालिकों के दिलों को यह अफसोस में डाल देंगे। जमीन के मालिक कहेंगे, ओह! हमारी इतनी जमीन है, और इनके पास बिलकुल जमीन नहीं है! तब वे जमीन दे देंगे। जिस दिन देंगे उस दिन मैं चौकी पर बैठूँगा, मट्ठा-मक्खन खाऊँगा, दोनों बेला भात राँधूँगा।'

किन्तु जमीन के मालिक तब अपने वर्ग के जमीन के मालिकों को भुलावा देने के लिए थोड़ी-थोड़ी बेकार पथरीली बंजर जमीन देते रहे। पाँच सौ, सात सौ, हजार-दो हजार बीघा खेती के योग्य जमीन सभी के पास है। धान-मकई-गेहूँ-मडुआ-सरसों-अरहर की खेती सभी करते हैं। चीना-बदाम की खेती आजकल बड़े फायदे की है। लेकिन परती जमीन दे देने से कुछ आता-जाता नहीं।

जमीन देने का काम सर्वार्थसाधक था। जमीन दे दी गई। सर्वोदयी नेता और कार्यकर्ता भारत में उपहासास्पद बन गए। उनकी बात पूरी हुई। कुरुडा बेल्ट के राजपूत-कायस्थ जमींदार-महाजनों ने क्या जमीनें नहीं दीं? तो उससे उनका हृदय परिवर्तन हो गया? निश्चय ही। बस, सर्वोदयी मिशन सार्थक हो गया। उसके बाद ही वे मध्य प्रदेश में डाकुओं का हृदय-परिवर्तन करने गए। जमीनों के मालिक और डाकू—इन दो वर्गों के हृदयों में पश्चात्ताप न होने तक उनका मिशन पूरा होने को न था।

जमीन देने का काम सर्वार्थसाधक था। बंजर जमीन निकल गई। लेनेवालों को खरीद लिया गया। सरकार में अपना खूँटा और मजबूत हुआ। अन्त में रसगुल्ले की तरह सबसे बढ़कर रह गया अपने को करुणामय जानने का सुख।

उस समय दूलन और गंजू को वह जमीन मिली। जमीन को वे खुद नहीं चाहते थे। किन्तु लछमनसिंह का प्रताप बहुत अधिक था। वह आँखें लाल कर बोला, 'इसी को कहते हैं छोटा आदमी। आज मेरे मन में भला भाव आया है, दे रहा हूँ। साले, कल क्या फिर भला बना रहूँगा?'

दूलन बोला, 'हुजूर माई-बाप हैं।'

'तब? नीची जमीन है, बरसात में पानी हरहराकर भर जाता है। जो बोएगा वही होगा।'

बरसात में किनारों का बहा हुआ लाल पानी आता और जमा हो जाता। लेकिन चारों ओर बाँझ पत्थर थे। सो किस मुलुक में जाकर कौन-सी जमीन में खेती करें? उपजाऊ जमीन होने पर लछमनसिंह यों ही डाले रखता? दूलन गया था रुपया उधार लेने। जमीन का मालिक बनकर लौटा।

गाँव में सबने कहा, 'बड़े आदमी बदनीयत होते हैं। घी के पराँठे खा-खाकर उनका दिमाग गरम हो गया है। कल भूल जाएँगे।'

'अगर न भूलें?'

'अरे, छोड़े रखेंगे। आरा-छपरा में, सर्वोदयी लोगों की बातों पर ऐसी जमीनें ही सब लोगों ने दी हैं। जिन्होंने ली हैं, उन्होंने फिर महाजन को बेच दीं, गिरवी रख दीं। तुम भी रख दोगे।'

'वह जमीन लेगा कौन? महाजन तो अपना नाम खरीद रहा है, उसे गरदन से उतार रहा है।'

दूलन और भी बातें कहता। पहान ने उसे बड़ा धमकाया। उनकी बड़ी समस्याएँ हैं। दूलन की गरदन पर वह रद्दी जमीन थोपने की समस्या उसके लिए कुछ नहीं है।

दूलन बड़बड़ाने लगा।

उसकी बहू बोली, 'ओहः! जमीन से फायदा कैसे उठाएगा, वही सोच रहा है। बोल तो बड़े हैं। कभी किसी को उसका पता नहीं चला।'

इस जमीन से—और फायदा?

सनीचरी ने दूसरे दिन सब सुन-सुनाकर कहा, 'क्यों? ए धतुआ की अम्माँ! जमीन पाकर धतुआ का बाप चला जाएगा तोहरी! बिड्डी ऑफिस।[1] जमीन जोतने का खरच, बीज—स—ब सरकार देगी!'

यह बात सुनकर दूलन के चेहरे पर मुसकान छा गई। उसकी आँखें सपना देखने में धूमिल हो गईं।

किसी-किसी परीकथा में गाय गाभिन हुए बिना भी दूध देती है। दूलन का-सा आदमी भी नहीं समझता कि बंजर जमीन किस तरह से उसकी गृहस्थी चलाने में सहायक होगी?

एक दिन जमीन का पट्टा-अट्टा उसके हाथों में आ गया। गंजूपाड़ा में दो उठी हुई कोठरियों में एक दालान के निकट थी। उसी कोठरी में रहना, खाना पकाना—सब-कुछ होता था। यही उसकी दुनिया थी। दालान के एक ओर ओट लगाकर पति-पत्नी सोते थे। वह जैसे

बेसहारा लोगों की टूटी कमर हो। उसके चारों ओर राजपूत, जमींदार और महाजन थे। टाहाड़ के हनुमान मिश्र ब्राह्मण थे। वे इस अंचल के विशेष प्रतापी व्यक्ति थे। ऐसी जगह रहकर, हमेशा ऊँची जाति के शासन में रहकर, दूलन की कमर का टूटना ही स्वाभाविक था।

लेकिन जिन्दा रहने के लिए वह, जबर्दस्ती नहीं, जानकर हमेशा हर परिस्थिति से फायदा उठा लेता। कहता कुछ नहीं, होशियारी और चालाकी से उसे सारे शक्तिशाली विरोधियों को बेवकूफ बनाकर चलना पड़ता, इसलिए चालाकी उसके पोर-पोर में थी।

धतुआ की माँ बोली, 'ओ धतुआ! बहुत बड़ी जमीन है, बहुत उपजाऊ जमीन है। उपज को रखने के लिए बाप से खलिहान बनाने को कह। लटुआ रे, तेरा बाप जमींदार बन गइल, जमींदार।'

यह सारी बातें कहीं तो, लेकिन गाँव के लोग और वह दोनों ही आसरा देखते रहे। दूलन क्या करेगा, इसलिए।

दूलन की अकेली और होशियारी की लड़ाई को गाँव के लोग बड़ी तारीफ की आँखों से देखते रहे। लछमनसिंह की भैंसों का मामला सब जानते थे, किसी ने कहा नहीं। दैतारीसिंह के घर उसने एक बार दैतारी की बहू को कुम्हड़ा बेचा, फिर दैतारी की माँ से दाम वसूल किए। लछमनसिंह के घर से, जब छठ परब था, केला-मूली-सब्जी-फल बैलगाड़ी पर लादकर कुरुडा नदी के पार लाना हुआ, और पास जाकर खुद-ब-खुद साथ में चलने लगा और काल्पनिक चिड़ियों को चिल्ला-चिल्लाकर उड़ाया और बराबर थोड़ा-थोड़ा खिसकाता रहा। उसने जिन्दगी-भर गाँववालों को कुछ न दिया। फिर भी गाँववाले उसकी खातिर करते थे। वे जो न कर सकते, उसे वह कर देता।

जमीन मिलते ही दूलन ने लछमनसिंह के घुटने छूकर कहा, 'गरीबपरवर! जमीन तो दी पर खेती कैसे करूँगा? बी.डी. ऑफिस से कुछ मिलेगा नहीं। आ हा हा, ऐसी जमीन, मिलकर भी काम में न आएगी।'

'क्यों? बी.डी. ऑफिस तुझे सब देगा।'

'न हुजूर! छोटी जात हूँ।'

'छोटी जात तो है ही। तेरे मन में यह रहता है, उसी से तो जूते और डंडे खाता है। वह तो है ही। लेकिन मैं जिसे जमीन दे रहा हूँ, उसे मदद नहीं देगा? कौन है बी.डी. बाबू?'

'कायस्थ हुजूर! कहता है, राजपूत गँवार हैं, मूर्ख। खूब रेडियो सुनते हैं और बाएँ हाथ से पानी पीते हैं, चाय पीते हैं।'

'राम, राम! छी-छी-छी!'

'देख आया, हुजूर!'

'मैं लिखे दे रहा हूँ।'

लछमनसिंह लिखाई-पढ़ाई में महापंडित थे। वे वकील रखते थे। वकील ने दूलन को हल-बैल खरीदने के लिए किस्तों में कर्ज, खाद और बीज पाने के कायदों के बारे में कैथी हिन्दी में एक बहुत जबर्दस्त अर्जी लिख दी। बी.डी.ओ. तोहरी में रहते थे—तोहरी लछमनसिंह के गाँव तामाड़ी से दूर तो था, लेकिन उनके धड़ पर एक सिर था। लछमन के साथ और हनुमान मिश्र के साथ कोई झगड़ा न करने को स्वयं एस.डी.ओ. ने उनसे कहा था।

तभी उन्होंने सब मान लिया। लँगोटी पहने हुए दूलन को बड़ी मुलायमियत से उन्होंने

समझाया कि दूलन को बीज मिलेंगे, खाद भी मिलेगी। हल-बैल के रुपए एक बार में न मिलेंगे। थोड़ा रुपया पेशगी लेकर हल-बैल लाकर दिखाने पर बाकी रुपए मिलेंगे।

दूलन ने गाँव में आकर पहान से कहा, 'सरकार कानून करती है, लेकिन समझती कुछ नहीं है। लोग हल-बैल रुपए लेकर खरीदते हैं। किस्तों में रुपए लेकर कौन बेचता है? अपना हल-बैल दो।'

वही हल-बैल दिखाकर दूलन ने रुपए लिये। एक-एक बरस के अन्तर पर। जिस बार रुपए लेता, उसी बार कहता, 'मर गया, हुजूर!'

वह रुपए लेता। खाद लेकर तोहरी में बेच आता। बिजावन का बोरा कन्धे पर उठाकर लाता।

बिजावन वह खा डालता।

बिजावन का धान सिझाकर चावल बनाना छोटी बात नहीं। वही वह करता था। पहली ही बार बहू ने कहा, 'इतना बिजावन! तुम्हारे पास कितनी जमीन है?'

'वह जमीन नापने से नापी नहीं जा सकती।'

'ऐसी क्या है?'

'हमारा पेट। भूख की क्या माप होती है? पेट की जमीन बढ़ती रहती है। उस भुतही जमीन पर जाकर धान बोऊँगा? तू पागल है!'

'क्या करोगे?'

'सिझा-कूटकर खाएँगे।'

'बिजावन खाकर मरना है?'

'इतनी चीजों से नहीं मरे। अकाल में कितने चूहे खाए। बिजावन खाकर मर जाएँगे? मरने पर पता तो चलेगा कि धान का भात खाकर मरे। स्वर्ग जाएँगे।'

एक बार बिजावन का भात खाने पर ही धतुआ की माँ की समझ में आया कि इससे अधिक मीठी चीज उसने जिन्दगी में नहीं खाई।

अच्छे भोजन की बात वह गर्व के साथ गाँव में कहती फिरी। गाँव में ऐसी कौन-सी सधवा है जो कह सके कि उसके मरद के पास इतनी अकल है कि ऐसी होशियारी से गौरमेन को बुद्धू बनाकर बिजावन का भात परिवार को खिलाए?

गाँव के सब लोग बहुत खुश हुए। गौरमेन ने उनकी किसी दिन कोई देखभाल नहीं की। गौरमेन के बी.डी.ओ. ने उनको कभी खेती में मदद नहीं दी। गौरमेन के बुनियादी स्कूल में उनके बच्चे कभी घुस नहीं पाते। लछमनसिंह या दैतारीसिंह उनकी ओर बन्दूक तानकर खुराकी पर या चार आना रोज पर फसल कटा लेते। इसको लेकर बड़ा तनाव चल रहा है, क्योंकि पास के ब्लॉक के गंजू-दुसाध-धोबी लोगों को लात और भात दोनों मिलते हैं। आठ आना रोज। पच्चीस पैसे बढ़ाने के लिए गाँववाले बहुत यत्नशील हैं। सब जानकर भी शोर करने पर एस.डी.ओ. पुलिस लेकर आने पर जानवरों को ही पकड़ ले जाते। लछमनसिंह या दैतारी से कुछ न कहते।

गौरमेन लछमनसिंह की थी। गौरमेन लछमनसिंह, दैतारीसिंह, हनुमान मिश्र की थी। ऐसी गौरमेन को जो बुद्धू बनाता है वह अगर दूलन गंजू है तो गाँव के लोग उसकी तारीफ करेंगे ही।

धरती कामधेनु की तरह दूलन को साल में छह सौ रुपए देती। लेकिन फिर भी दूलन घर में ही सोता रहता, बरामदे के कोने में, मचान पर, धतुआ की माँ के पास। धतुआ की माँ को खाँसी और हँफनी थी। मचान के नीचे बड़ी-सी बकरी बाँधकर सोती। दोनों कोठरियों में दो लड़के रहते। बहू बाल-बच्चों को लेकर रहती। गेहूँ, मक्का, मडुआ के बोरे, हँड़िया और घड़े, ईंधन–सब दोनों कोठरियों में रहता। मगर उस जमीन की आमदनी से हमेशा तो काम नहीं चलता था। तब बाप और दोनों बेटे मेहनत करते, आलू की खोज में जंगल जाते, तोहरी जाकर माल ढोते, मिश्रजी के फलों के बगीचे में जाते, औरों की ही तरह।

इसी बीच तामाड़ी का करण दुसाध चला आया। वह बहुत ही शानदार आदमी था। लछमन के खेत में मजूरी करता था। गरीबपरवर से मजूरी की लड़ाई करके जेल चला गया। जेल में, हजारीबाग जेल में उसे और बिहार के बहुतेरे कैदियों का साथ मिला।

वे 'दुसाध' होने के कारण उससे घृणा नहीं करते थे। लड़ाकू होने से उसका सम्मान करते थे। उसे ताज्जुब के साथ पता चला कि किसी संगठन की कोई मदद नहीं। दूर-दूर तक घूमकर उन दो सौ किसानों ने अत्यन्त प्रबल लछमनसिंह के पके गेहूँ जला दिए थे। उन्होंने उसे समझाया कि इस तरह लड़ाई करना सबसे जरूरी है। लड़ाई के लिए लड़ाई करना। इसके लिए अपने केन्द्र-बिन्दु पर रहकर लड़ाई करनी चाहिए।

जो कहते उनको सजाएँ मिलतीं, वे बीच-बीच में अनशन करते। तब अधिकारी वर्ग उनकी पिटाई करता। पीटते-पीटते कितनों ही को मार डाला जाता। फिर भी, उसके बाद भी वे करण से कहते, 'लड़ाकू, तुमने ठीक काम किया, लड़ना कभी मत भूलना।'

इसका परिणाम हुआ कि करण दुसाध के मन का स्तर-भेद काफी टूट गया था। जिस करण ने लछमनसिंह की हालत मुर्दे की-सी कर दी थी उसी करण ने लड़ाई की बात सोची थी, बाहर आने के बाद सबको बताया कि लड़ाई की परिस्थिति आज भी है। वह हालत को संगीन बना देगा।

'गुस्से में आ जाऊँगा, तब गोली खाऊँगा, फिर जेल क्यों जाऊँगा? पहले से ही संगठन करूँगा। उससे सब-कुछ कह-सुन लूँगा। फसल काटने के समय पुलिस को मौजूद रहने को कहूँगा। हमारी माँग तो बहुत ही मामूली है। हम हरिजन और आदिवासी हैं। इस जंगली जगह में हमें अच्छी मजूरी नहीं मिलेगी। आठ आने की लड़ाई करूँगा। आदमी, औरत, छोटे-छोटे लड़के-लड़कियाँ–सबको आठ-आठ आने दो। वह चार आना दे रहा है। चार आने ज्यादा पाने के लिए यह हमारी 'पच्चीस पैसों की लड़ाई' है।'

खबर सुनते ही दूलन ने करण को कुरुडा बुलाया। उसका मन शक्की था। अपनी उसी जमीन के किनारे बैठकर लोगों से बात करता। करण दुसाध उम्र में अधेड़, बीमार-सा, छोटा-मोटा आदमी था। हजारीबाग में कैदियों के साथ दो बरस रहने से उसका व्यक्तित्व नया हो गया था।

'जात-पाँत सब झूठी बातें हैं। छूतछात बरामन और बड़े आदमियों की बनाई हुई होती है।'

यह बात कहकर वह दूलन को घबराहट में डाल देता है। दूलन पलक झपकते मन-ही-मन घबरा जाता है। यों तो वह घाघ आदमी है। कहता है, 'वह तो लिखे-पढ़े बाबू लोग कहते ही रहते हैं। अब काम की बात सुनो। लछमनसिंह, बी.डी.ओ., एस.डी.ओ. और दारोगा–

चारों गिलास के यार हैं। पहले तू तोहरी के आदिवासी दफ्तर और हरिजन सेवा संघ में जा। उन्हें बता दे। वे भी तेरे साथ थाना-एस.डी.ओ. करें।'

'क्यों? हम क्या कमजोर हैं?'

'बहुत कमजोर, करण! गलती मत करना। सभी सरकारी आदमी लछमन की मदद करेंगे। उसके बन्दूक छोड़ने पर नहीं देखेंगे, तेरे लाठी उठाने पर पकड़ लेंगे। हरिजन सेवा संघ में मदनलालजी हैं। सच्चा आदमी है। सबको पहचानता है। साथ में रखना।'

करण ने बात मान ली। मदनलाल का वोटों का पुल बहुत ही जोरदार था। इसलिए एस.डी.ओ. और दारोगा ने पहले लछमन के साथ गुप्त बैठक की। बाद में मदनलाल की बात पर राजी हुए।

बड़े ही निर्विघ्न रूप से भुट्टे काटना और उठाना सम्पन्न हुआ। आठ आना मजूरी मिली। करण दुसाध हीरो बन गया। परियों की कहानी सच हुई।

उसके बाद लछमन ने अचानक दूलन से कहा, 'कल जमीन पर रहना। किसी को अगर पता चलेगा कि मैंने यह बात कही, तो तेरी लाश गिरा दूँगा।'

जब रात बीती और नया दिन निकला तो एस.डी.ओ. राँची चले गए और दारोगा डाकुओं को पकड़ने दूर बुरुडिहा निकल गए।

तीसरा पहर बीतते-न-बीतने, अस्त होते सूर्य की आभा में लछमनसिंह ने दूसरे राजपूत भाइयों को लेकर तामाडी के दुसाधपाड़ा पर हमला कर दिया।

आग जलने लगी, उसमें आदमी जल गए, घर ढह गए।

रात में दूलन के सामने नवोदित चन्द्रमा ने एक अपार्थिव नीरव चलचित्र उपस्थित किया। घोड़े की पीठ पर लछमनसिंह था। दो घोड़े आसपास लिये, उनकी पीठों पर, मचान पर कई लाशें थीं। लछमन के बहुत से नौकर थे।

करण और उसके निरीह भाई बुलाकी की लाशें, लछमन की बन्दूक के आतंक से दूलन जमीन में गाड़ता है। डर के मारे सिर नीचा किए हुए कुदाल से गहरा गड्ढा खोदता है। लछमन मेड़ पर खड़ा देखता और पान चबाता रहता है। उसके बाद कहता है, 'एक भी बात कहीं मुँह से निकाली तो कुत्ते, करण दुसाध बना दूँगा। सियारों-लकड़बग्घों का ठीक नहीं, लाश निकाल लें। कल ही यहाँ चबूतरा बना देना। रात में रहना। करण ने आग लगाई थी न, मैं राजपूत का बच्चा हूँ, अब से लाशें गिरेंगी।' दूलन सिर हिलाता है। जिन्दा रहने के लिए कहता है, जैसा वह चाहें वैसा ही होगा।

दूसरे दिन पुलिस आई। बहुत शोक हुआ। अन्त में पता चला कि घटना के समय करण वहाँ न था। रिपोर्टर लोग किसी तरह 'ए ट्रू हरिजन स्टोरी' लिखने में समर्थ न हुए। लछमन के विरुद्ध किसी ने कोई बात नहीं कहीं। आग लगाने के अपराध में लछमन के एक नौकर को कुछ दिनों के लिए जेल की सजा हो गई। बेघर परिवारों को सरकार से गृह-निर्माण के लिए थोड़ी बहुत आर्थिक सहायता मिली।

तभी से दूलन उस जमीन पर रहता है। पहले यह पागलपन समझा गया और लड़कों ने उसे रोकने की कोशिश की। इस अवस्था में कोई बात दूलन के कानों में नहीं गई। 'क्या हुआ?' पूछने पर वह ओठ दबाकर लाल-लाल आँखों से देखता। उसके बाद सिर हिलाकर हाथ का डंडा उठाकर कहता, 'बात न कर, धतुआ! तेरा सिर फोड़ दूँगा।'

उसके मन में बड़ा भारी विस्फोट हुआ, वह धँस गया, स्तर बदल गया। सीधा, लछमन के निकट ऐसा सीधा था? दूलन जानता था कि इनसान के लिए और आचार-नियमों की तरह ही मृत्यु भी है। किन्तु लछमनसिंह ने यह प्रमाणित कर दिया कि यह सब पुरानी और चली आ रही रीति-नीति कैसी निकम्मी चीजें हैं! कैसी सीधी बात है! घोड़े की पीठ पर दो लाशें और निश्चय ही तामाड़ी के दुसाधों की ऐन नाक के नीचे, बड़े अक्खड़पन से लाशें आई हैं। लछमन को मालूम है कि लाशों को लाने के मामले को छिपाने की जरूरत नहीं है। जिन्होंने देखा है, वे कुछ न कहेंगे। उन्होंने लछमन की खामोश और तीखी नजरों में यह परवाना पढ़ा था—जो मुँह खोलेगा वह भी लाश बनेगा। ऐसा पहले भी हुआ था। फिर होगा। आसमान में आर्त और मरते हुओं का चीत्कार भरकर बीच-बीच में हरिजन और अछूतों को सरकारी कानून समझा दिया जाता था—अफसरों की तैनाती और सरकारी घोषणा कुछ नहीं होतीं। राजपूत राजपूत ही रहेगा, ब्राह्मण ब्राह्मण ही रहेगा। दुसाध-चमार-गंजू-धोबी—ये ब्राह्मण, कायस्थ, राजपूत, भुइँहार, कुर्मियों के नीचे हैं। राजपूत या ब्राह्मण या कायस्थ या भुइँहार या यादव या कुर्मी स्थान-विशेष से हरिजनों की ही तरह हैं, हरिजन से भी गरीब हो सकते हैं। किन्तु जाति के कारण उन्हें जलती आग में फेंका नहीं जाता। खांडव वन के जलने में कुछ अरण्यवासी शस्य कृष्णांग के भक्षण से अग्निदेव अछूतों के नर-मांस पर आज भी आसक्त हैं।

सारी बातों ने दूलन के मन में उथल-पुथल मचा दी। इसके पहले उसमें ऊपरी धूर्तता थी। जिन्दा रहने के लिए। अब उसे मन के नीचे दो लाशें छिपाकर रखनी पड़तीं। लाशें मन के नीचे सड़ती रहतीं। जमीन में मिट्टी के नीचे गड़े करण और बुलाकी के मांस का भार हलका पड़कर क्रमशः भार रहित हो गया, लेकिन दूलन के मन के संसार का वजन बढ़ने लगा। दूलन का चेहरा विवर्ण हो गया, मुँह से बोली और भी कम हो गई। वह किसी से बात न कर पाता। बराबर मन पर एक बड़ा भार ढोता रहता। बाँधकर मार खानी पड़ती। मुँह खोलने पर कुरुडा की दुसाध पट्टी में भी आग लगेगी, हवा में राख उड़ेगी, जलते मांस की दुर्गन्ध फैलेगी।

धीरे-धीरे दिन बीतते गए। करण और बुलाकी गायब हो गए, और सब लाचारी में उन्हें भूल गए। तोहरी से इधर बुरुडिहा, उधर फूलझर तक रेल-पथ बैठाया गया। आदिवासी और हरिजनों पर अत्याचार कम हुए—इस बारे में तभी जाँच और इन्तजाम करने के लिए, केस तैयारी कर अदालत में पेश करने के लिए थाने और एस.डी.ओ. को अंचल का ध्यान रखकर विशेष क्षमता दी गई। ढाई गाँव पर पंचायती कुआँ खोदा गया। ढाई नीच जात और आदिवासी गाँव था। इस प्रकार उस अंचल ने लँगड़े पैरों से आधुनिक समय के निकट आने का प्रयत्न किया।

उसका परिणाम हुआ कि लछमनसिंह का प्रताप और भी अधिक हो गया। सरकारी आदेश उड़ाकर वह खेत-मजूरों को चालीस पैसे मजूरी देता था। उसने हनुमान मिश्र के मन्दिर में शिव के मस्तक पर सोने का गोखरू साँप बनवा दिया। बी.डी.ओ. को स्कूटर, दारोगा को ट्रांजिस्टर खरीद दिया और करण और बुलाकी की निजी जमीन पुराने कर्ज के बदले में दखल कर ली।

इस व्यवस्था से सभी सन्तुष्ट थे। लेकिन अचानक खेत-मजूरों के बारे में सरकारी सर्कुलर आया और कई नए एस.डी.ओ. आए। ये वामपन्थी अभियुक्त कहे जाते थे और इन्हें अन्तिम दंड के रूप में सस्पेंड करने की प्रशासन की जैसी शुभेच्छा थी, उसके मुताबिक फसल कटने से डेढ़ महीना पहले इनकी बदली तोहरी कर दी गई।

तोहरी अंचल के खेत-मजूर वर्ग हरिजन और आदिवासी थे। जमीन के मालिक, जमींदार और महाजन ऊँची जाति के थे। अंचल की विशेष समस्या थी—मालिकों पर खेत-मजूरों का गहरा अविश्वास। उसी कारण से खेती में मनचाही उन्नति नहीं हो रही थी और प्रति व्यक्ति आय बढ़ नहीं रही थी। आय-व्यय-स्वास्थ्य-शिक्षा-सामाजिक चेतना—सभी सब-नार्मल स्तर पर रुकी हुई थीं। यहाँ वस्तुतः आवश्यकता थी प्रतिभावान, सहानुभूतिपरक और मानवीय अफसर की।

एस.डी.ओ. समझ गए कि इस प्रकार उन्हें दंड दिया गया है। उन्होंने ससुर से कहा, 'आपकी जीत हुई। बैंक का काम देखिए। एग्रो-इकोनॉमिक्स के छात्र हैं, मिल जाए तो जा सकते हैं। नहीं तो जहाँ भेज रहे हैं, वहाँ रहने पर आपकी एकमात्र लड़की अवश्य विधवा हो जाएगी।'

दूसरे काम का ठिकाना कर आने पर एस.डी.ओ. ने खेत-मजूरों से कहा कि तुम पाँच रुपए अस्सी पैसे मजूरी पाने के अधिकारी हो। इस बात को उन्होंने जमींदारों को भी बताया। लछमनसिंह की जमीनें, उपज और खेत-मजूर विस्तृत तामाड़ी-बुरुडिहा-कुरुडा-हेसाड़ी-चामा-ढाई—सारे गाँवों में थे। अशरफी महतो नाम का बुरुडिहा के गाँव के मुखिया का लड़का था। करण की बात उसे याद थी। तीन बरस में भी भूला न था। लेकिन एस.डी.ओ. अब भला आदमी था। तब वह क्यों चालीस पैसा पेट-भत्ता पर फसल काटें? पाँच रुपया अस्सी पैसा? पेट-भत्ता नहीं चाहिए। पाँच रुपया चालीस पैसा पूरी मजूरी दे।

कभी जिस तरह करण को बड़ी कोशिश से समझाया था, उसी तरह आज दूलन अशरफी को भी समझाने लगा। बोला, 'करण शोर बहुत मचाता था। उससे तामाड़ी की दुसाधपट्टी जल गई।'

'करण कहाँ है? बुलाकी कहाँ है?'

'पता नहीं।'

'जिन्दा नहीं हैं?'

'ऐसी बातें क्यों कह रहा है?'

'मारकर जंगल में गड्ढे में फेंक दिया है?'

'पता नहीं। पर हाकिम को सामने समझकर काम करना।'

'करूँगा।'

'जिससे हाकिम बाद में मदद दे। उस बार मजूरी दी। बाद में आग लगा दी।'

'कहूँगा।'

हर अंचल में हर संघर्ष उस अंचल की विशेषता के अनुसार होता है। लछमनसिंह कहता है, 'इतना नहीं दूँगा। दो रुपया लो, जलपान लो।'

'मजूरी दीजिए, गरीबपरवर, हुजूर!'

'दूँगा।'

लछमनसिंह की आँखें बहुत कोमल और दयालु हो गईं। वह बोला, 'सोच लूँ! तुम भी सोचो! जो उचित है, वह तो गधा भी समझता है। पर जानते हो? तुम तो एस.डी.ओ. की बात कहते हो? उनसे कहना, इस अंचल में मक्खनसिंह, दैतारीसिंह, रामलगनसिंह, हुजूरीप्रसाद महतो कोई नहीं देता। मैं अकेला मार खाऊँ?'

अशरफी डरते हुए पर जिद में हँसकर बोला, 'मार खाएँगे, हुजूर? आटे की चक्की आपकी है, आपका मकान कितनी दूर से दिखाई देता है। आप मार खाएँगे?'

हँसने को लछमनसिंह ने शोख हेकड़ी समझा और बोला, 'जो दो रुपए बताए सो आखिरी हैं। जमीन रखकर हम सरकार की नजरों में जैसे चोर बन गए हैं। तुम लोगों में जिसकी जितनी जमीन है, उसके लिए सरकारी मदद मिलती है। मैंने अपनी जमीन दूलन को दी। वह हरामी खेती नहीं करता, और हर बरस बिजावन ले लेता है। जानवर! बिजावन खा जाता है। उसे छोड़ो। हमें कोई मदद मिलती है? खाद-बिजावन, फसल के कीड़ों को मारने की दवा–सब-कुछ मोल लेना पड़ता है। हमारी बात एस.डी.ओ. से कहो।'

अशरफी ने दूलन से कहा, 'होशियार! चाचा, उस हरामी को पता है कि तुम खेती नहीं करते हो, फसल नहीं काटते हो।'

दूलन के दिल पर लाशों का भार और भी भारी हो गया। लछमनसिंह ने उससे कहा है कि उस जमीन पर बीज बोकर कई बरस दूलन ने खेती नहीं की है।

दूलन ने बड़े अफसोस में अशरफी से चिन्ता के साथ कहा, 'उस पर विश्वास मत करना, बेटा! तोहार बाबा हमनी के धतुआ-लटुआ को जनम-काम का था।'

'नहीं चाचा!'

अशरफी एस.डी.ओ. और लछमनसिंह के बीच बहुत चक्कर लगाता रहा। दूलन और भी उदास हो गया और किसी मुसीबत की आशंका से लड़के से चिढ़कर बोला, 'छोटे आदमी का लड़का छोटा ही रहता है। जमीन से बूढ़ा बाप जो कुछ लाता है वही खाता है। कोई और लड़का होता तो आसपास की कोलियरी में चला जाता। क्यों जमीन के पीछे मरा जा रहा है?'

धतुआ धुँधली-धुँधली शान्त आँखें उठाकर ताज्जुब से बोला, 'बाबा, इस बार हमें डबल मजूरी मिलेगी।'

दूलन और कुछ न बोला। तोहरी ब्लॉक ऑफिस चला गया। बोला, 'इस बार रबी की खेती करूँगा। मदद चाहिए।'

बी.डी.ओ. ने शायद जिस जमीन पर खेती नहीं होती उसके लिए बीज देते रहने का पक्का कारण जान लिया है। वे भी इस षड्यन्त्र में लछमन और दूलन के दल में चले आए और जोरों से हँसकर बोले, 'देखूँगा।'

दूलन ने देखा कि उनके घर में एक ऊँचा-सा पपीते का पेड़ है। इतना ऊँचा पपीते का पेड़ देखने में नहीं आता।

वह बोला, 'जे पपीता का गाछ इत्ता ऊँचा कैसे हुआ? हाँ बाबू?'

बी.डी.ओ. अपनी गहरी खुशी में हँसे नहीं। बोले, 'यह जगह बाद में ऑफिस के कम्पाउन्ड में मिली है। गर्मी के दिनों में पागल कुत्ता मारकर गड्ढे में डालते थे। सड़े हाड़-मांस की खाद मिली है तो पेड़ बड़ा नहीं होगा!'

'वह खाद अच्छी होती है!'

'बहुत अच्छी। गरीब मुसलमान लोगों की कच्ची कब्रों पर फूल के पौधे कितने घने होते हैं!'

बातों ने दूलन के मन के लाशों के बोझ को कुछ हलका कर दिया। गाँव लौटकर दूलन

भरी दुपहरी में जमीन को देखने गया। हाँ, सच ही तो है। तो करण और बुलाकी पूटुस की झाड़ी और पेड़ हैं। उसकी आँखों से आँसू बहने लगे। 'करण, तू मरकर भी नहीं मरा। लेकिन यह पूटुस के पेड़ तो किसी के काम नहीं आते। भेड़-बकरी भी नहीं खातीं। हम लोगों के हक के लिए लड़ने गए। गेहूँ बनकर, मडुआ बनकर क्यों नहीं रहे? नहीं तो चीना घास ही होते। चीना घास का दाना उबालकर घाटो खाते।'

बड़े अफसोस के साथ वह तामाड़ी गया और लछमनसिंह के सब्जी के बगीचे में किसी को न देखकर मैदान की ओर का बेड़ा उखाड़कर फेंक दिया। हुर-हुर-हुर करके कई भेड़ों को खेत में घुसा दिया। उसके बाद घुमाव की राह से आकर सदर डेवढ़ी से जाकर लछमनसिंह से कहा, 'गरीबपरवर! एक खत लिख दीजिए। अस्पताल में भर्ती होऊँगा। खाँसी और छाती में दरद है।'

'फसल कटाई हो जाने पर खत दे दूँगा।'

'बहुत अच्छा, गरीबपरवर!'

फिर दूलन की छाती पर लाशों का बोझ बढ़ गया। अपने मन की गहराई को चिन्ता की खन्ती से खोदते हुए लौटा। करण और बुलाकी से वह जगह छोड़ देने को कहा।

क्या फसल कट जाने पर करण और बुलाकी का साथी बनकर कोई आएगा?

धान की कटाई चलने लगी। बहुत बहस के बाद ढाई रुपया रोज और जलपान ठीक हुआ। घोड़े पर चढ़कर लछमन खुद देखभाल करता था। कायदे के मुताबिक पुलिस देख गई कि धान शान्तिपूर्वक काटे जा रहे हैं। सात दिनों पर सबको मजदूरी मिली।

चैन की साँस लेकर एस.डी.ओ. पुलिस लेकर लौट गए।

आठ दिनों के बाद आँधी आई। बाहर के मजूरों को लेकर लछमनसिंह धान कटवा रहा था। अशरफी और दूसरे लोग दपट, डर और जिद में मन-ही-मन खफा थे।

'आप यह नहीं कर सकते।'

'कौन कहता है, नहीं कर सकता? कर तो रहा हूँ। कुत्ते के बच्चो, देख लो, कर रहा हूँ।'

'लेकिन...'

'फसल काटने दी, मजूरी दी। बस—खेल खतम!'

मारने को तैयार अशरफी आदि को देखकर बाहरी मजदूरों ने हँसुए रोक दिए और वे एक जगह इकट्ठा हो गए। गोली की आवाज हुई। बाहरी मजदूर भाग खड़े हुए। फिर गोली की आवाज हुई।

गोली से कितनी लाशें गिरीं, उसका हिसाब न था। दूलन के हिसाब से ग्यारह थीं। लछमनसिंह और पुलिस के अनुसार सात थीं। अशरफी का बाप बिलकुल निपूता हो गया। दो बेटे—मोहर और अशरफी, दोनों गायब थे। चामा गाँव के महुअन कैरी और बुरुडिहा के परस धोबी का पता नहीं चला। घर-घर रोना मच गया। एस.डी.ओ. के आने पर उनके पैरों पर मरे और लापता लोगों के बाप-माँ-पत्नी-लड़के-लड़कियाँ लोटने लगे। एस.डी.ओ. का चेहरा पत्थर-सा कठोर था। लछमनसिंह के खिलाफ पुलिस केस करेंगे—ऐसा गाँववालों से कहा। रिपोर्टरों से सब बता रहे थे, घूम-घूमकर दिखा रहे थे। वारंट न आने तक लछमनसिंह इज नॉट टु लीव होम।

और चाँदनी रात में, ठंडी हवा में, मधुमय परिवेश में लछमनसिंह आता है। इस अंचल में सभी पैटर्निस्टिक–पितृभक्त–हैं, और बड़ा पशु चौपाया घोड़ा है। चार घोड़े चार लाशें लाते हैं। इस बार दूलन के साथ लछमन के नौकरों ने भी हाथ लगाए। बहुत गहरे गड्ढे की जरूरत है। जमीन बरसात के पानी और शरत के पाले से मुलायम है। चार लाशें झपाझप डाल दी गईं। दूलन के कलेजे का भारी बोझ और भी भारी हो गया।

दूलन और भी अजीब आदमी बन गया। बी.डी.ओ. ऑफिस से झगड़ा कर और भी बीज ले आया। हल-बैल के रुपए लाया। उसके बाद एक महीना बीतते-न-बीतते कई टेढ़े-मेढ़े पेड़ों को देखकर सांत्वना मिली। बहुत चटकीले, बहुत हरे कई पेड़ भारत की आपातकालीन स्थिति में दक्षिण-पूर्व बिहार के एक उपेक्षित, मानहीन अंचल में खेत-मजूर के काम में हरिजनों के नीरव दस्तावेज बनकर प्रतिदिन सूर्य को प्रणाम करते। लछमन बेकसूर छूट गया। आपात स्थिति थी। खेत-मजूरों को भड़काने और उत्तेजित करने के लिए एस.डी.ओ. डिमोट–पदच्युत–हुए। लछमन और दूसरे जमींदार-महाजनों ने हनुमान मिश्र के मन्दिर में बहुत ही धूमधाम से पूजा की। चाँदी के एक सौ आठ बिल्व-पत्र चढ़ाए और घोषणा की कि जो रुपया–रुपया मजूरी पर, बिना जलपान के फसल काटें वही कुत्तों और कुत्तियों के बच्चे आएँ। नहीं तो बाहरी किसान आएँगे। आपातकाल से सब जगह हाय-हाय मची हुई थी। कांग्रेसी गुंडों ने बाहरी किसान ले आने का ठेका ले लिया है। इस बार खेल और भी बड़े मजे का है। हर एक की मजदूरी में से इस ठेकेदार को चार आना प्रतिदिन देना होगा। फिर वे ठेकेदार के आदमी हों या न हों। इन गुंडों ने कहा है कि बन्दूक लेकर वे फसल काट लेंगे और जो कोई टें-पें करेगा उसकी देह पर पेट्रोल छिड़क आग लगाकर इस अंचल में बदमाशी हमेशा के लिए खतम हो जाएगी।

दूलन कलेजे पर पत्थर रखे घूमता-फिरता और धतुआ-लटुआ के चेहरों की ओर देखकर सोचता कि लड़कों को लेकर भाग जाए! लेकिन जाएगा कहाँ? दक्खिन-पूरब बिहार में दूलन गंजू कहाँ सुरक्षित है? बाहर जाने पर कहाँ लछमनसिंह नहीं हैं?

होली के दिन उसने कान लगाकर गाना भी नहीं सुना। लेकिन अचानक होली का कोई बढ़िया गाना सुनकर होली का शोर रुक गया। महुआ पीकर नशे में धतुआ टुइला बजा आँखें बन्द कर गा रहा था :

कहाँ गइल करण?
और बुलाकी कहाँ?
कोई उनके पता देत काहे नहीं?
ओह पुलिस का खाता मा हेराय गयन।
कहाँ अशरफी हज्जाम?
ओकर भाई मोहर कहाँ?
महुबन और पारस कहाँ?
कोई उनके पता देत काहे नहीं?
ओह पुलिस का खाता मा हेराय गयन।
करण लड़ेला पच्चीस पइसा क लड़ाई।
अशरफी लड़ेला पाँच रुपैया चालिस पैसा क लड़ाई
बुलाकी औ' मोहर

दादा लोगन के साथ बढ़ गयल
महुबन जानत नसा महुआ बनाय के
पारस जानत होली के दिन नाचै,
ओ' सब पुलिस का खाता मा हेराय गयन।

गाना समाप्त हुआ। सब खामोश थे। होली का रंग बिगड़ गया। होली का नशा उतर गया। दूलन उठ खड़ा हुआ।

'किसने यह गाना बनाया?'

'बाबा, मैंने।'

दूलन अचानक फूट-फूट कर रो पड़ा। बोला, 'यह गाना भूल जा। तू भी पुलिस के खाते में खो जाएगा।'

दूलन अपनी जमीन पर चला आया। जमीन के बीच जाकर बहुत धीमी आवाज में फुसफुसाकर बोला, 'तुम लोग गीत बन गए। सुना? गीत बन गए। मेरे लड़के धतुआ के बनाए गीत में आ गए। गान बन गए। गान बन गए, धान नहीं बने, बने नहीं चीना घास—अब हमारे कलेजे से उतर जा रे, अब मुझसे नहीं हो सकता।'

होल पूर्णिमा-होली—के चाँद के आलोक में पेड़ के चटक पत्ते और पूटुस फूलों के गुच्छे हँस-हँसकर लोटपोट हो गए। ऐसी मजेदार बात उन्होंने कभी नहीं सुनी थी। दूलन के कलेजे के नीचे धतुआ के लिए अज्ञात भय था। मचान पर चढ़ते ही उसने धतुआ का गाना सुना। अब सब लोग गा रहे थे। लेकिन वे पुलिस के खाते में खो नहीं गए। दूलन किसी दिन सारी बातें नहीं बता सकेगा। लछमनसिंह का पंजा जो था।

एक दिन आपातकाल समाप्त हुआ।

एक दिन भारत के मुक्ति-सूर्य मजा लेने के लिए गद्दी से नीचे उतरे और कुछ देर साँस लेकर फिर गद्दी पर चढ़ने के लिए भाग-दौड़ करने लगे। एक दिन फिर लछमन की फसल पककर खड़ी हुई।

दो बरस अकाल-सूखा के कारण खेती न होने के बाद इस बरस धान निकले। दूर-दूर तक धान के खेतों में मचान लग गए। पखेरू रात-दिन पके धानों पर आकर पड़ते।

दो बरस पहले जो कांग्रेसी और गुंडे और खेत-मजूर जमा करनेवाले ठेकेदार थे—वे ही इस बार नाम से 'कांग्रेसी और गुंडे' दो डॉक्टरेट हटाकर खेत-मजूर देनेवाले ठेकेदार बनकर दिखाई पड़े। उनके साथ उनकी ही तरह टेरीक्लॉथ-शोभित, काला चश्मा लगाए, बन्दूक लिये चार साथी थे। अमिताभ बच्चन की आवाज में इन भाड़े के टट्टे लोगों ने लछमन से कहा कि 'अब आपके दिन खतम हो गए। स्ट्राइक तोड़ना, खेत-मजूर इकट्ठा करना और फसल कटाना—सारा कुछ पेशेवर लोगों के हाथों में चला गया है। दक्षिण-पूर्व बिहार में हम पैसे पर काम करते हैं—मर्सिनरी सेवा। आप न चाहें तो भी हम सेवा देंगे। पाँच हजार रुपए पेशगी पर।'

'पाँच हजार?'

'नहीं तो सरकारी मजदूरी दीजिए।'

'न, न।'

'सरकारी मजदूरी न देकर नफा कमाएँगे अस्सी हजार! और पाँच हजार नहीं देंगे?'

'दूँगा।'

'बस। गाँव के नाम, मजदूरों के नाम बताइए। कोई हंगामा करने वाला है?'

'न।'

'ठीक है। हमें मक्खनसिंह और रामलगनसिंह को भी सर्विस देना होगा। मैं ठीक वक्त पर चला आऊँगा। और हाँ, उन्हें मजूरी देंगे सवा रुपया। हमारा बट्टा होगा चार आना।'

'रुपया, रुपया!'

'सवा रुपया! मैं, अमरनाथ मिश्र, ज्यादा बात नहीं करता हूँ।'

'टाहाड़ के मिश्रजी के आप कौन लगते हैं?'

'भतीजा। मेरी सर्विस की पहली पूँजी चाचाजी ने ही दी थी।' इसी तरह सब बात हो गई। बाद में हनुमान मिश्र ने लछमनसिंह से कहा, 'हाँ, हाँ, मेरा ही भतीजा है। लड़के को सर्फेस कोलियरी खरीद दी थी, कहा कि तुझे भी दूँ? बड़ा इलमदार लड़का है। उसकी सर्विस इलेक्शन के कैंडिडेट लेते हैं, हड़ताली कारखाने के मालिक लेते हैं, वह सर्फेस कोलियरी में लेबर जुटाता है। बड़ा इलमदार है। तीन शादियाँ की हैं। तीन टाउन में तीन को रखा है। सबको मकान दे दिया है। पिछली सरकार में उसकी बड़ी कदर थी। मेरा एक भी लड़का उसकी तरह इलमदार न हुआ।'

लछमनसिंह बहुत ही अक्खड़ राजपूत था। अपने राज्य में संजय था। लेकिन लछमन भी समझता था कि भाड़े के मर्सिनरी जब अपनी सर्विस थोपें तो उन्हें भी मान लेना होगा। नहीं तो लछमन मक्खन और रामलगन के आगे बेवकूफ बनेगा।

धानों की कटाई शुरू हुई। बाहरी मजूर नहीं, धतुआ आदि खुद ही काट रहे थे। सवा रुपया रोज के ऊपर जलपान के लिए मकई का सत्तू-मिर्चा-नमक। धतुआ की माँ दोनों लड़कों के लिए जंगली करौंदा का अचार साथ में दे देती थी।

दूलन मचान पर बैठा रहता था। बैठा रहता था किसी की प्रतीक्षा में। धान कटाई चल रही थी। औरतें गीत गाते हुए धान काट रही थीं। दूर से उनका गाना लोरी के गीत-सा एकरस सुनाई पड़ता। लेकिन दूलन को नींद न आती।

के छीन लिहिस दूलन क नींद?
नींद पुलिस क खाता माँ खोइ गयल।

धतुआ और लटुआ लौटानी तक दूलन के घर रहते। उसके बाद जमीन पर आए। बरसात में मेड़ पर से बहा पानी पाकर और शरद् के पाले से भीगकर नम मिट्टी में जंगली पेड़ और भी भरभराकर निकल पड़े। पूटुस फूल से पेड़ फटा पड़ रहा था। लेकिन दूलन की आँखों में नींद नहीं थी।

मजूरी चुकानेवाले दिन अपेक्षित गड़बड़ी हुई। अमरनाथ ने उस दिन अपने हिस्से की माँग की। लछमन बोला, 'कोई खूनखराबी न करना। मेरे साथ बट्टा काट लेने की बात नहीं है। उनसे फैसला कर लो।'

'कितने लोगों के साथ? अमरनाथ लकड़बग्घे की तरह हँसा, 'आप दे दीजिए।''

सबसे अधिक बिगड़ उठा धतुआ–दूलन का लड़का। लछमनसिंह बट्टे के मामले में पड़ना नहीं चाहता था। वह अछूतों को बन्दूक उठाकर ही काबू में लाना जानता था। इस एक आदमी को वह गोली नहीं मारना चाहता था। दूलन उसके लिए काम का था।

अमरनाथ बोला, 'कुत्तों से मैं बात करूँ? पाँच सौ आदमियों के सवा रुपए से रोजाना चवन्नी के हिसाब से पन्द्रह दिनों में होते हैं अठारह सौ पचहत्तर रुपए। दे दीजिए।'

'न हुजूर! हम नहीं देंगे।' धतुआ चिल्ला पड़ा। लछमन ने गहरी साँस ली। उसे फिर पैटर्निस्टिक–पिता के समान–बनना पड़ेगा। फिर बन्दूक उठानी पड़ेगी। करण गया, अशरफी आया, अशरफी गया, अब धतुआ।

'पन्द्रह दिन के पन्द्रह रुपए लेकर घर जाऊँगा? अठारह रुपए बारह आने नहीं मिलेंगे? ऐसी बात तो नहीं हुई थी। हमने ज्यादा दिन तो नहीं लगाए?'

'धतुआ, समझकर बात कर।'

लछमनसिंह ने अमरनाथ को रुपए दिए। उसके बाद बोला, 'बात मत कर, धतुआ! चला जा।'

करण हक जतानेवाला आदमी था, अशरफी अक्खड़ था। धतुआ को कभी यह पता न था कि उनकी मजूरी काटकर अमरनाथ का बट्टा देने के मामले में इस तरह जिद के साथ हक बता सकेगा। बाहर निकलकर वह बोला, 'तुम जाओ! मैं फैसला करके आऊँगा।'

वह फिर लछमनसिंह के सामने आया। बोला, उन पच्चीस पैसों का हिसाब चुकाए बिना हम कल से धान नहीं काटेंगे। अच्छे खेत रह गए हैं। हम खुद नहीं काटेंगे और औरों को काटने नहीं देंगे।'

'पुलिस अपना हिस्सा लेने आई थी। इसलिए उस वक्त बच गया, धतुआ!'

'पुलिस से आप डरते हैं?'

धतुआ चला गया, लेकिन उसकी आखिरी बात लछमन को बुरी लग गई। फिर भी धतुआ दूलन का बेटा था और दूलन लछमन के बहुत ही छिपाने लायक काम में मददगार था, इसलिए लछमन छोटे लोगों के लिए एक दिन टाल गया।

दूसरे दिन सब लोग आए और किसी ने काम न किया। लछमन बेकार ही गुस्से में फुफकारता रहा। किराये के लोगों का पता न था। वे मक्खनसिंह और रामलगनसिंह को मदद देने गए थे। फौरन बाहर की लेबर का मिलना भी आसान न था। शाम को अँधेरा होने पर लछमन ने अपने साथियों को जरूरी निर्देश दिए। धमकाने से अगर काम हो सकता है तो गोली मत चलाओ। पके धानों में से होकर लछमन के नौकर घोड़े पर सवार होकर चले। चंबल के डाकुओं का सिनेमा देख-देखकर वे भी खाकी यूनीफार्म पहने हुए थे। वे आगे बढ़कर आए। ये लोग उठ खड़े हुए और राह देखने लगे।

'कुत्ते के बच्चो और कुत्तिया के बच्चो, सुनो!'

'तू है कुत्ता का बच्चा।'

कौन चिल्लाकर बोला! उन्होंने बन्दूकें उठाईं। वे आश्चर्यजनक फुर्ती से खेत में घुस गए। धानों की ओट में छिप गए। कुछ देर तक बातों के मिसाइल–अस्त्र–चलते रहे। उसके बाद गोली अनिवार्य हो गई। कई बार। धान खाना छोड़कर चिड़ियों के झुंड आसमान में उड़ गए। खेत में किसी के गरारे की-सी आवाज हुई। पहचानी आवाज थी।

उसके बाद धारदार हँसुए और दराँती घोड़ों के पैरों पर लगे। घोड़े सवार लिये-दिए भागे। वे निकलकर भागे। लटुआ और परम तोहरी की ओर भागे।

दूलन बहुत ही अधिक कष्टकर प्रतीक्षा करता रहा। शाम बीत जाने पर, रात होने पर लटुआ आया।

'धतुआ कहाँ है?'

'मैंने तो नहीं देखा। दादा आए नहीं? मैं तो थाने गया था।'

'धतुआ कहाँ है?'

'हम पुलिस ले आए हैं। पुलिस यहाँ भी आएगी। वही एस.डी.ओ. है, बाबा! वह फिर आ गया है। वह भी आएगा।'

'धतुआ!'

दूलन के कलेजे के भीतर लाशें क्यों हिल रही हैं? किसके लिए जगह बना रही हैं? किसके लिए? दूलन सब समझता है और उठ खड़ा होता है।

'कहाँ जा रहे हो?'

'जमीन पर।'

'लड़का आया नहीं, तुम, तुम पागल हो या पिसाच?'

'चुप रह, हरामजादी!'

दूलन निकला, भागता चला। धतुआ का गीत, धतुआ का गीत।

कहाँ गयल करण?
बुलाकी कहाँ?
ओह पुलिस का खाता मा खोय गयल।

भीगी-भीगी आँखें। हाथों में जरूल था। तू मत खो जइयो धतुआ, मत खो जइयो। छितरे पेड़ पूटुस गाछ, तुम आज रात मत हँसना।

धतुआ है। धतुआ है।

लछमनसिंह है। एक और आदमी है। आदमी का चेहरा और आँखें खून से भरी हैं। लछमन उसे मार रहा है। लाठी मार रहा है। आदमी गिर पड़ता है।

वे दो हैं, घोड़े तीन हैं।

लछमन उनकी ओर देखता है। पास आता है, कहता है :

'दूलन?'

'धतुआ?'

'अफसोस, अफसोस दूलन! मना किया तो भी इस जानवर ने गोली चला दी।'

लछमन फिर उस आदमी को लाठी मारता है। कहता है, 'गोली चलानेवाले गुंडे!'

'धतुआ?'

'जमीन में।'

'कौन डाला?'

'वही जानवर।'

'ओ?'

'हाँ, किन्तु जबान मत खोलना, दूलन! नहीं तो तेरी बहू, बेटा, बेटे की बहू, नाती—कोई नहीं बचेगा। और, और रुपए ले जाना। तेरे लड़के ने पुलिस बुलाई है। पुलिस को मैं

खरीद लूँगा। लेकिन पता है, तेरा लड़का होने से ही लटुआ को छोड़ दिया है। अपनी बन्दूक की एक गोली भी तो आज नहीं खरच की। लटुआ को एक गोली से ढेर कर सकता था। किया नहीं।'

वे लोग चले गए। सात लाशें लेकर दूलन और न खड़ा रह सका। मेड़ पर गिर पड़ा। जमीन पर लोट गया। जंगली और नुकीले पत्तों के काँटों से घायल होते-होते लुढ़कते-लुढ़कते रुक गया।

इस बार हमेशा की तरह जाँच खतम नहीं हुई। एस.डी.ओ. ने हस्तक्षेप किया। गोली चलानेवाले अमरनाथ और गुंडे जेल गए।

धतुआ फिर न लौटा।

दूलन सोचता-ही-सोचता रहता। अन्त में उसने पूरी तरह से पागल होने का फ़ैसला किया। वैशाखी वर्षा पड़ते ही जमीन से एलो और पूटुस के पेड़ों का नाम-निशान मिटाने में लग गया।

'कहाँ गया? भरी दुपहरी में?' उसकी पत्नी खोज रही है। लटुआ की बहू बताती है, 'हँसुआ और खन्ती लेकर ससुर जमीन पर गए हैं।'

'मना नहीं किया?'

'मैं बात करती?'

सारा रंज भूलकर पत्नी भागी। मेड़ पर चढ़कर चिल्लाने लगी, 'हाँ, तुम पागल हो गए हो? वह जंगल साफ करने चले हो?'

'घर जा।'

'घर क्या जाऊँ?'

'घर जा।'

बहू रोते-रोते मुखिया के पास गई। मुखिया ने आकर कहा, 'धतुआ आएगा, दूलन! लड़के के शोक में पागलपन मत कर। गरम लगेगा!'

दूलन बोला, 'घर जाओ, पहान! तुम्हारा बेटा गायब हो गया है या मेरा?'

'तेरा।'

'यह जमीन तुम्हारी है या मेरी?'

'तेरी।'

'तब? पागल हुआ तो हुआ, नहीं हुआ तो हुआ। साली जमीन को मैं देखूँगा।'

'तो लटुआ को बुला ले।'

'न। मैं अकेले सब करूँगा।'

खेती का काम किया नहीं था। लेकिन करने में उसका हाथ बहुत अच्छा था। यह मुखिया को याद आया। मुखिया ने दूलन की बहू से कहा, 'चल, घर चल। उसके मन में जो आए सो करे। तुझे तो तोहरी जाना होगा।'

दूलन की पत्नी लटुआ के साथ बार-बार तोहरी जाती और थाने पर धतुआ की तलाश के बारे में खबर लेती।

दूलन कई दिन जंगल साफ करने में लगा रहा। जमीन तैयार करता रहा। उसके बाद बिजावन लाकर बोला, 'इस बिजावन का भात नहीं बनेगा, जमीन में बोऊँगा।'

'उस जमीन में?'

'हाँ।'

बिजावन छींटते-छींटते दूलन मंत्र की तरह कहता जाता था, 'तुमको एलो और पूटुस बनाए नहीं रहूँगा। धान बना दूँगा। धतुआ! धान बना दूँगा।'

पौध जब तैयार हुई तो सब झुंड बनाकर देखने आए। कहाँ रही लछमन, मक्खन और रामलगन की सुधारी जमीन की पौध? यह पौध जैसी तेज थी वैसी ही पुष्ट।

'जली धरती, नई पौध।' सभी ने कहा। दूलन बहुत परेशान हुआ। सबको भगा दिया। वह अकेला खेती करेगा, अकेला बोएगा, अकेला पौध की हरियाली की शोभा देखेगा।

पहान बोला, 'लछमनसिंह देखता तो कुढ़कर मर जाता।'

'कौन?' दूलन निस्पृह था।

'लछमनसिंह।'

'वह कहाँ है?'

'गया जाकर बैठा है। ससुराल में।'

'ओ!'

उसके बाद धान के पौधे बड़े हुए। ऊँचे, मजबूत, खड़े पौधे। गुच्छे-गुच्छे धान हुए। धान पके। अब दूलन के पागलपन की हद हो गई।

वह बोला, 'धान काटूँगा नहीं।'

'काटेगा नहीं! यह बरसात बीत गई। कितनी तकलीफ उठा मेड़ काटकर इकट्ठा पानी निकाला, रात-दिन वहीं रहा, घर से घाटो और पानी ला-लाकर मैं मर गई, धान काटेगा नहीं?'

'न। और तुम भी कोई जमीन पर नहीं आओगे। मेरा काम है।'

'क्या काम है? बैठे रहना?'

'हाँ, बैठे रहना।'

जिस लिए बैठे रहना था, वह हो गया। फसल काटने के समय लछमन लौटा। दूलन की धान की खेती की बात उसके कानों में पड़ी। धतुआ के खून के बाद एक बरस बीत गया था। फिर लछमन अपने में डूब गया।

लछमन दूलन के पास आया। दूलन जानता था कि वह आएगा। दूलन को मालूम था।

'दूलन!'

'गरीबपरवर!'

'उठकर इधर आ।'

'यह क्या, आज अकेले?'

'बेकार बात छोड़। यह क्या है?'

'क्या?'

'जमीन पर धान क्यों?'

'खेती की है।'

'क्या बात थी?'

'आप बताइए।'

'कुत्ते के पिल्ले, यही बात तय हुई थी कि तुम जमीन पर खेती करोगे? झाड़-झंखाड़ रहेगा...।'

दूलन नीचे और लछमन घोड़े की पीठ पर था। दूलन ने अचानक लछमन का पैर पकड़कर जोरों से खींचा। लछमन गिर पड़ा। बन्दूक छिटक गई। दूलन के हाथ में बन्दूक आ गई। लछमनसिंह कुछ समझ पाता कि उसके पहले ही उसके सिर पर बन्दूक का कुन्दा पड़ा। लछमन चीख पड़ा। दूलन ने बन्दूक का कुन्दा लछमन के गले की हड्डी पर मारा। तड़ाक् की आवाज हुई।

'कुत्ते का पिल्ला, जानवर!' लछमन ने डरते हुए देखा कि दूलन के आगे वह रो रहा है। दर्द और डर के मारे उसकी आँखों में आँसू थे। वह, लछमनसिंह, जमीन पर पड़ा था और दूलन गंजू खड़ा था। वह दूलन का पैर पकड़ने चला। वह सुबकने लगा। दूलन ने उसके हाथ पर भारी पत्थर मारा। लछमन समझ गया कि उसका दाहिना हाथ बहुत दिनों के लिए बेकार हो गया है।

'जानवर, कुत्ते!'

'क्या बात थी, मालिक? खेती नहीं करूँगा। क्यों नहीं करूँगा? तुम लासें गाड़ोगे, मैं बनूँगा लासों का जिम्मेदार। क्यों बनूँ? नहीं तो तुम गाँव जला दोगे, मुझे निर्बंस कर दोगे। बहुत अच्छा है। लेकिन मालिक, सात-सात बेटे। उनकी कब्रों पर सिर्फ जंगली झाड़ियाँ और काँटेदार पेड़ होंगे? इसीलिए धान बोए हैं, समझे? सभी लोग कहते हैं, मैं पागल ही हो गया हूँ। आज तुमको जाने न दूँगा मालिक, फिर फसल कटाने न दूँगा। अब तुम्हें गोली चलाने, घर जलाने और आदमियों को जलाने न दूँगा। बहुत फसलें तुमने काटी हैं।'

'तुझे पुलिस छोड़ देगी?'

'न छोड़े तो न सही। तुम्हारे आदमी हैं। वे भी शायद मारें। कब नहीं मारा, मालिक? या पुलिस ने ही कब नहीं मारा? फिर मारेंगे तो इस बार मरना हुआ तो मर जाऊँगा। कभी तो सभी मरेंगे। धतुआ क्या अपनी मौत से पहले मरा था?'

इस वक्त अपने को बिलकुल बेबस समझकर लछमन के मन में मौत का डर समाया। मौत का डर होने पर भी राजपूत कभी दक्षिण-पूर्व बिहार की नीची जाति के आदमी के आगे झुक नहीं सकता। शायद अगर झुकता तब भी नीची जाति हमेशा राजपूत को प्राणदान नहीं कर सकती। दूलन प्राणदान न कर सका।

लछमन पूरे जोर से उठा और चिल्लाने लगा। वह बाएँ हाथ से पत्थर उठाने लगा। दूलन बोला, 'क्या, अफसोस है मालिक? गंजू के हाथों मरने का?'

वह पत्थर से लछमन का सिर फोड़ने लगा। मारता रहा। लछमन हत्या करने का आदी था, गोली की कीमत जानता था, हत्या उसके मन को विचिलित नहीं करती थी। वह होता तो एक गोली से दूलन को मार देता।

दूलन हत्या करने का अभ्यस्त न था, पत्थर की कोई कीमत न थी, यह हत्या उसके बहुत दिनों के अन्तःसंघर्ष का परिणाम थी। वह पत्थर पटकता रहा।

अब और पत्थर मारने की जरूरत न रही। दूलन उठ खड़ा हुआ। एक-एक कर काम निबटाना होगा। घोड़े की लगाम पकड़कर हाँका और पिछाड़ी पर लाठी मारकर उसने घोड़े को भगा दिया। जहाँ चाहे जाए। उसके बाद बन्दूक सहित लछमन को रस्सी से बाँधकर

खींचते-खींचते बहूत दूर ले गया। उसको एक गड्ढे में फेंक दिया। उसके बाद पत्थरों-पर-पत्थर के ढेर लगाने लगा। पत्थर-पर-पत्थर। अन्दर से हँसी निकल रही थी। घृणा ओराँव-मुंडा बन गई। गरीबपरवर! पत्थर से दबकर पत्थर की समाधि बन गया।

पत्थरों की मेड़ पर कँकरीली जमीन पर कोई निशान रहने का सवाल ही नहीं। लेकिन पूटुस पेड़ की पत्तों सहित डाल तोड़कर उसने हाथापाई की जगह पर झाडू लगाई। उसके बाद मचान पर चढ़ गया।

लछमन की तलाश कई दिनों तक होती रही। जिस कारण से वह किसी से बात करने के पक्ष में न था, उसी कारण से उसने दूलन के पास आने की बात किसी से नहीं कही थी। न कहना ही स्वाभाविक था, क्योंकि वह जिस लिए दूलन पर निर्भर करता था वह छिपाकर रखने की बात थी। उसके शागिर्दों में जिन-जिन को मालूम था वे भी चुप रह गए। गरीबपरवर जब खुद गायब हो गए, घोड़ा जब दैतारी के धान के खेतों में चर रहा था तब खोंचा मारकर चोट लगाने से क्या फायदा? लछमन का नौकर बोला, 'हर रोज की तरह दूध-मिसरी पीकर घोड़े पर घूमने गए थे। कहाँ गए, यह कैसे बताऊँ?'

बहुत ही ताज्जुब की बात हुई। लकड़बग्घों का शोरगुल सुनकर लोगों में सुगबुग हुई। वह भी पाँच दिन बाद। पाँच दिन तक मांस-भक्षी पशु पत्थरों की दरार से मांस की गन्ध पाकर चिल्लाते थे और बड़ी कोशिश के बाद कुछ पत्थरों को हटाकर वे केवल सिर खा पाए थे। मृत देह को छिपाने की चालाक तरकीब और धान के खेत में घोड़ा इत्यादि कारणों से दैतारीसिंह पर शक हुआ। लछमन के लड़के ने उसमें मदद दी और पुराने झगड़े का इतिहास रहने से दैतारी कुछ दिनों तक परेशान रहा। सबूत न रहने से पुलिस हट गई और दैतारी और लछमन का बेटा पुराने झगड़े का इतिहास लिये चले। किसी भी तरह दूलन पर शक न हुआ। रहना स्वाभाविक न था। किसी भी हालत में दूलन लछमन को मारेगा, यह सोचा भी नहीं जा सकता था।

उधर लछमन को लेकर खोज-खबर चलती रही इधर मचान से एक प्रसन्न, नया दूलन उतरा। उसने मुखिया से कुछ कहा। उसके परिणामस्वरूप एक दिन शाम को पहान के आँगन में कुरुडा के सारे लोग जमा हुए। दूलन बोला, 'किसी दिन किसी को उठाकर कुछ नहीं दिया।'

सब ताज्जुब में पड़ गए।

दूलन बोला, 'मेरा धान देखकर तुम सब लोगों ने अच्छा कहा। वही धान नहीं काटा तो सबने कहा मैं पागल हूँ। खेती करते समय भी ऐसा ही कहा था। पागल को पागल कहा था, सो अब पागल की बात मानो।'

'कहो।'

लछमन की मौत से सबको एक तरह से चैन मिल रहा है। उसका बेटा बाप के ढंग पर चलेगा या नहीं, वह सोचने की तबीयत अब आज नहीं हो रही है।

'हमारा धान तुम्हारे लिए बिजावन है। यह बीज लो।'

'दिए दे रहे हो?'

'हाँ लो। काट लो। ऐसा क्यों हुआ, वह लम्बी बातें हैं।'

'खाद दी थी?'

'हाँ, खाद, बहुत दामी खाद थी।' दूलन की आवाज जैसे कटी पतंग के सूत की तरह खो गई। उसके बाद खखारकर दूलन बोला, 'तुम काट लो, मुझे भी थोड़ा-सा दे देना। फिर बोऊँगा, फिर।'

समय आने पर वे खेत में उतरेंगे, धान काटेंगे, यह वचन लेकर दूलन अपनी जमीन की ओर लौटा। आज कलेजा बड़ा हलका हो रहा था। मेड़ पर खड़े होकर फसल को देखने लगा।

करण, अशरफी, मोहर, बुलाकी, महुबन, पारस और धतुआ के मांस-मज्जा की खाद से पुष्ट पके धान बड़े साफ थे। बीज होंगे। बिजावन माने जिन्दा रहना। दूलन धीरे-धीरे मचान पर चढ़ा। रह-रहकर मन में एक सुर उठ रहा था। बार-बार उठ रहा था। धतुआ ने गीत बनाया था। 'धतुआ' कहने में दूलन की आवाज काँप उठी। 'धतुआ, हमने तेरा बिजावन बना दिया!'

निशात माँझी की भूटान-यात्रा

अलीपुर दुआर से जयन्ती के रास्ते में विस्तृत वन पड़ता है। वन के पश्चात् भूमि तथा चारों ओर से घिरे वन। भूमि पर काफी ऊँचा मचान। धान पकने के मौसम में मचान पर बैठे रहना पड़ता था। सिर्फ यही अन्धकार में आँखें वेधकर बैठे रहने पर पके धान की गन्ध से हाथियों का झुंड इधर आ रहा है या नहीं नजर आता था। देखने की यह बात केवल प्रतीक रूप में ही थी। जो देख रहे थे, वे उन्नीस शतक से चाय बागान की कृषि योग्य भूमि पर इसी प्रकार पहरा दे रहे थे। जिस भूमि पर उन्हें अपना अधिकार जताने के लिए बार-बार खून बहाना पड़ा था और आज भी यह प्रश्न अनुत्तरित ही था। वे पहरे पर तैनात थे। हाथी आने पर वे आग जलाते थे। टीन बजाते थे। पर हाथी आगे बढ़ते रहते थे। मादा हाथी और उनके बच्चे। तब उन्हें विपत्ति अपने सामने महसूस होने लगती थी। सभी लोग भाग खड़े होते। हाथी धान खा जाते थे। तीर चलाना खतरे से खाली नहीं था। हाथी भड़क जाएँ तो एक बार नहीं, बार-बार बदला लेने आते हैं। तब वे सब, उन्हें खाने दो, हाथियों को ही खाने दो—कहकर भाग खड़े होते थे। ठीक है, हाथी ही खा लें नहीं तो ये धान जोतदारों और महाजनों के गोले में पहुँच जाएँगे।

अगले वर्ष वे फिर मचान पर बैठ जाते थे। हाथियों का 'रैम्पेज' और जमीन-मालिकों की निरन्तर बढ़नेवाली भूख उनके जीवन का चिरन्तन सत्य है। जब और सहा नहीं जाता, तब उनमें से कोई-कोई 'भूटान जा रहा हूँ' कहकर चल देता था। यह बात भी प्रतीक-स्वरूप ही थी। भूटान के सीमान्त पर रहते हुए भी वे भूटान नहीं जाते थे। जाते थे भाग्य की खोज में।

न जाने कब, किसी सुदूर अतीत में, उत्तर बंगाल के किसी उत्तरतम सीमान्त के लोग वास्तव में ही, नए जीवन की खोज में भूटान चले जाया करते थे—तब से 'भूटान जा रहा हूँ' वाली बात भाग्यान्वेषण के लिए निकल पड़ने का पर्याय बन चुकी है। इनके लिए भूटान किसी दूसरे चाय बागान का मालिकाना, जमीन बटाईदारी अथवा खेत-मजूर का काम था। मिल भी जाता था। कभी नहीं भी मिलता था। भूटान तो सभी जाते हैं, सीमान्त पार करते ही तो भूटान शुरू हो जाता था। पर क्या सभी लोग भूटान पहुँच पाते थे?

निशात माँझी चिलमारा चाय-एस्टेट की जमीन का राजा रैकत के कई सौ न बटाईदार, न खेत-मजूरों में से एक था। सन् 1967 में जहाँ राजा रैकत की अधिकांश जमीन थी, वहाँ घास में आग लग गई थी। उसके दोनों बेटों, सना और उपा ने सोचा था, तृणभूमि की आग से जंगल में आग लग जाएगी और वे अपने बाप की अनुमति लेकर तीर-धनुष हाथ में लिये निकले और अन्धकार में विलीन हो गए। उनकी माँ ने रोकना चाहा था मगर निशात ने कहा था, 'मैं तेभागा में लड़ा नहीं था? बेटों से भी कहूँगा, क्या हक की लड़ाई नहीं लड़ोगे?'

'उसी के चलते तो भगाए गए। सब-कुछ खोकर उस चमार के पास आ बैठे हो।' ठीक बात। मुझे नहीं मिला ते–भागा। मैं मार खा गया। उन्हें लड़कर देखने दो? अब तो चारों ओर हवा गरम थी। सन्थाल भी इस लड़ाई के राजा थे, लीडर थे। अगर मैं 'ना' भी कहूँ, सना-उपा मानेंगे?

'तुम जेल गए, मैं बैठी रही। भूखी रही, पुलिस ने खदेड़ा। अब बेटों के कारण भूखी रहूँ, पुलिस से खदेड़ी जाऊँ?'

'भूखे कब नहीं रहते? हलवाही-मजूरी करते तुम भी रैकत पुलिस की धमकियाँ दिया करता है।'

सना और उपा चले गए। वही उनकी अन्तिम यात्रा थी। निशात ने फिर कभी उन्हें नहीं देखा। सन्थाल राजा के नेतृत्व में सदस्य बनकर सुना था वे जेल गए थे। वह जेल भी बहुत दूर था। कहीं बहरमपुर में था। औरत के रोने-धोने के कारण एक बार निशात ने उनसे मिलने की कोशिश की थी। बाद में मिलने के नियम और ट्रेन-भाड़ा के बारे में सुनकर पीछे हट गया। अत्यन्त भग्न-हृदय से, हृदय की पीड़ा को दिल में दबाए वह मचान पर आकर बैठा करता था। सना और उपा को देखे बिना दिन बिताए जा सकते थे, राजा रैकत की सुदूर स्थित इस भूमि को पहरा दिए बिना काम नहीं चल सकता। उस दिन भी वह मचान पर बैठे हुए तारों के प्रकाश में तीक्ष्ण दृष्टि से देख रहा था कि कहीं हाथियों का झुंड तो नहीं आ रहा?

सन् 1971 में लकड़ी ढोनेवाले ट्रक से थाना का सिपाही उतरा। हाथ में एक बादामी कागज। बोला, 'निशात कहाँ है? घर में नहीं है?'

'जयन्ती गया है।'

'घर में कोई मरद नहीं है?'

'कहाँ से होंगे? सना-उपा तो जेल में हैं। जानता नहीं क्या? या जान-बूझकर तमाशा कर रहा है?'

सिपाही को कुछ नहीं सूझा कि क्या करें। निशात से मामूली-सी जान-पहचान थी, वैसे निशात की मेझेन से भी थोड़ी पहचान थी। कुछ क्षण इधर-उधर की सोचकर उसने पूछा, 'थोड़ी देर बैठ जाऊँ?'

'मुझे पता था।'

मेझेन कुल्हाड़ी से लकड़ियाँ चीरती रही और नीची आवाज में बकबक करती रही।

सिपाही की इच्छा हुई कि उससे ताड़ी माँगे, परन्तु उसकी समस्याएँ बहुत प्रकार की थीं। ताड़ी बनाने के लिए पहले वे लोग लाइसेंस माँगा करते थे। अब लाइसेंस की कोई परवाह भी नहीं करता था। सब अपने-अपने घरों में गैरकानूनी देसी शराब बनाते थे। थाने के सिपाही अगर वो शराब पीते हैं, तो वे इस बात से अनजान नहीं, इसका प्रमाण रह जाता है। सन् 1967 से सन् 1971 तक, पुलिस के पास अधिकारों की कमी नहीं थी, इसके बावजूद पुलिस कहाँ चूक गई, इसे लेकर बाल की खाल निकालनेवालों की भी कमी नहीं। क्यों? 'ट्रबल-बेल्ट' की पुलिस आम जनता से दोस्ती करने की कोशिश करेगी। और अगर वे दोस्त हुए तो एक साथ शराब क्यों नहीं पीएँगे? यह तो प्रशासन समझ नहीं पाता। निशात की मेझेन अगर इस बात को फैला दे तो सिपाही बड़ी मुसीबत में फँस जाएगा। दारोगा, स्पेशल पुलिस,

राइफल-वाहिनी, अर्द्ध-सामरिक बल, ये लोग अगर 'ट्रबल-बेल्ट' में लड़कियों को नंगा भी कर दें तो भी इनके सात खून माफ। सिपाही, निशात के बेटे उपा माझी की बहरमपुर जेल में हुई मौत का समाचार देकर, उपा की माँ से देसी माँगकर पीए तो फँस जाएगा। सिपाही बिचारा इसलिए बैठा रहा।

दिन ढलते निशात लौटा। उसे बुलाकर, जरूरी बात बताकर, हाथ में बादामी कागज थमाकर सिपाही निकल गया। रास्ते के एक ओर खड़ा हो गया। किसी लौटते हुए ट्रक की प्रतीक्षा करने लगा।

निशात कागज को हाथ में लेकर भीतर आया। मेझेन ने उसे देखा पर कुछ बोली नहीं। निशात खड़ा रहा। फिर धीरे-धीरे बैठ गया, अँगोछे से मुँह पोंछने लगा। बीड़ी सुलगाई। उसके हाथ काँप रहे थे।

'कौन मरा है? सना या उपा?'

मेझेन की आवाज जरा भी विचलित नहीं थी। वह क्या पहले ही समझ गई थी?

'उपा।'

'कैसे? पुलिस ने मारा?'

'बताया नहीं।'

अन्धकार से भी अधिक अन्धकारमय आँखों से मेझेन बाहर देखती रही। दोनों ही चुप थे। निशात उकड़ूँ बैठा था। हाथ सिर पर। बाहर खड़े सिपाही को इतनी देर बाद ट्रक मिला। ट्रक में चढ़ने के बाद उसने सोचा, 'इतनी देर तक खड़ा रहा, रोना-धोना नहीं सुना। साला, जंगली जात इसे ही कहते हैं। बेटा चल बसा, फिर भी आँखों में आँसू नहीं, गले में रुलाई नहीं।'

धीरे-धीरे आस-पड़ोस के लोगों को भी पता चला। वे सब आए। इस वृद्ध असहाय दम्पती को सान्त्वना देने का किसी में भी साहस नहीं था। सब चुप्पी साधकर बैठे रहे, फिर उठकर चले गए। जाते-जाते बोले, 'आज चार सालों में कितने चले गए! जाने और कितने जाएँगे!'

निशात बोला, 'बहुत सारे।'

उसके बाद भी वह मचान पर जाकर बैठा। जाने कहाँ किस अज्ञात बहरमपुर के जेल में उपा मर सकता है, परन्तु कोई भी घटना निशात के जीवन में इतनी बड़ी नहीं कि अगहन में वह मचान पर नहीं बैठे। राजा रैकत का भतीजा लक्ष्मण रैकत आएगा, धान काटेगा। हिस्सा देगा, हिस्सा लेगा। पहले लिये गए ऋण के कारण धान का हिस्सा काटा जाएगा। ऋण-माफी कानून लक्ष्मण पर लागू नहीं होता।

रात को, आज रात को हाथियों ने धावा बोला। निशात ने तीर के फल पर कपड़ा लपेटकर मिट्टी के तेल में डुबोया, जलाया, जलता हुआ तीर छोड़ा। 'हाथी!' ऊँची आवाज में चिल्लाया, बाकियों ने भी जलते हुए तीर छोड़े। झुंड में बच्चे नहीं थे, इसलिए हाथी हिंस्र और उन्मत्त नहीं हुए। वापस लौट गए। निशात आदि बहुत देर तक चिल्लाते रहे। हाथियों के चले जाने पर अब सहसा वह उपा के लिए तड़प उठा। रोने लगा। शिथिल त्वचा पर लोना पानी। उसका तेभागा। परिणामस्वरूप जेल और जमीन से बेदखली। उपा का आन्दोलन, वो नक्सली आन्दोलन क्या और भी भयंकर था? जेल एवं जीवन दोनों से ही उपा को बेदखल कर दिया गया?

उस आन्दोलन के कारण ही अब किसी के पास बन्दूक नहीं थी। नहीं तो गणेश कुर्मी के पास लाइसेंस और बन्दूक, दोनों ही थे। बन्दूक चलाकर हाथियों को भगाया करता था।

इसी प्रकार दिन बीतते रहे। मेझेन बोली, 'सना भी नहीं लौटेगा।'

'जरूर लौटेगा।'

'नहीं, नहीं लौटेगा।'

'नहीं तो फिर रहा क्या, बूढ़ा-बूढ़ी भूटान चले जाएँगे। कहीं भी नहीं, किसी के पास भी नहीं, घूमते-घामते, बोलते-बतियाते मर जाएँगे।'

मेझेन ने गहरी साँस लेकर कहा, 'उपा भी चला गया, अगर हमारी भूख भी ले जाता, फिर तो चिन्ता की कोई बात ही नहीं थी।'

इसी प्रकार सन् अठहत्तर भी आ पहुँचा। निशात और उसकी मेझेन आजकल उत्कंठा से भरे हुए थे। जेल से बन्दी रिहा किए जा रहे थे, एक के बाद एक रिहा हो रहे थे। वे बार-बार थाने में जाकर खबर लेते थे। थाना बाबू ने कहा, 'तेरा बेटा भी आएगा। जिन पर कई मामले दर्ज हैं, उन्हें देर लगेगी।'

'सना के नाम पर बहुत से केस हैं?'

'बहुत!'

'बाबू?'

'क्या?'

'उपा कैसे मरा?'

'उपा ने दूसरों के साथ मिलकर जेल में अनशन, और हड़ताल किया था। ऐसा बहुत दिनों तक चला।'

'इतना तो सुना था।'

'उसके बाद जबर्दस्ती खिलाते हुए...सबके शरीर में तो एक जैसी ताकत नहीं होती...जबर्दस्ती खिलाना चाहा...तो सना बच गया, उपा नहीं सह पाया। उसकी देह ने लिया नहीं।'

'गोली लगने से तो नहीं मरा था?'

'ना-ना। अब यह सब सोचने से क्या फायदा, निशात! देख तो लिया बेकार उछलने-कूदने से काम नहीं बनता। क्या मिला तुम लोगों को? बेटा भी चला गया। सना लौटे तो उसे समझ-बूझकर रहने के लिए कहना।'

'कहूँगा।'

निशात ने सिर हिलाया। वह यही कहेगा, यहाँ पर सौ बीघा जमीन है, वे पचास-पचपन लोग हैं। ना अधियार, ना खेत-मजूर। एक-चौथाई धान, दो रुपया मजूरी। कानून, कानून, इतना कानून। फिर भी आज तक जमीन पर या धान की फसल पर उनका पूरा अधिकार कायम न हो पाया। न भी हो। सना घर तो लौटे। निशात अंग्रेजों की जेल में कैद रहा था। बहुत अत्याचार सहे हैं, परन्तु तब जेल में इतनी गोलियाँ तो नहीं चली थीं, इतने नौजवान भी नहीं मरे थे। उपा और सना ने ऐसा कौन-सा आन्दोलन किया था? निशात तो यही जानता था कि तेभागा से बड़ा कोई आन्दोलन हो ही नहीं सकता। वह आन्दोलन तो बटाईदारों का था। पाखाबाड़ी चाय बागान के खेत-मजूर निशात वगैरह देवी बाबू के झंडे तले बटाईदारों

को मदद देने गए थे। बटाईदार मरे, मरे तो खेत-मजूर भी थे। तभी से बटाईदारों को इस पॉकेट में कुछ ज्यादा ही मिला था। निशात आदि को नहीं मिला, जेल काटने चले गए, परिणामतः रिहायशी जमीन से भी बेदखल कर दिए गए। अब लगता है, सना आए तो सही। सना आकर, इस दुख और उपवास का उत्तराधिकार समझ ले। मचान पर बैठे। निशात और मेझेन अब विश्राम चाहते हैं।

सना नहीं आया, आई पुलिस। थाना बाबू ने कहा, 'तेरा बेटा जेल से भाग गया है निशात। उसके साथ दो लोग और भी हैं।'

'कहाँ? किस जेल से?'

'बताऊँ तो समझेगा? अगर तेरे पास पहुँचा तो हैंडओवर कर देना।'

'मार डालोगे, बाबू?'

'नहीं। तुम लोग तो सिर्फ मारना ही देखते हो। दोबारा जेल जाएगा। मूर्ख। निपट मूर्ख है। हमेशा बाबुओं की बात पर नाचता रहा।'

निशात ने सिर हिलाया, वापस लौट आया। आकर फिर से उकड़ूँ बैठकर सिर पर हाथ टिका दिया। सिर से घास का बोझा उतारकर मेझेन तेज स्वर में बोली, 'सना!'

'हाँ।'

'सना नहीं है?'

'है। सरकार तो सबको छोड़ रही है, वो मूरख जेल से भाग गया है।'

'तब?'

थाना बाबू ने कहा, 'वह आए तो पकड़वा देना। वह दोबारा जेल जाएगा।'

'अबकी गया तो छोड़ देंगे?'

'मैं क्या जानूँ? कहाँ का जेल, कैसा जेल, जाएगा तो कितने दिनों तक रहेगा, कुछ नहीं जानता। लक्ष्मण की जमीन पर खेती करता हूँ, हाथी खदेड़ता हूँ, क्या जानूँ मैं, बूढ़ा, मूरख, सन्थाल!'

'फिर?'

'न तेरे पास कुछ करने को है, न मेरे पास। अब पत्ता भी खड़के तो डरूँगा कि कहीं सना न आया हो।'

वह अपना सिर किसी गहरे दुख से हिलाता रहा। परिस्थिति अत्यन्त आधुनिक, जटिल, और सोफिस्टीकेटेड थी। वह अत्यन्त पुराना आदिम ग्रामीण था। सोच-सोचकर उसे कोई सूरत नजर नहीं आई।

अगले दिन लक्ष्मण रैकत जीप से वहाँ आया। छँटे हुए बाल, पहनावे में डेनिम तथा जैकेट, गले में मफलर, आँखों पर काला चश्मा। उसने कहा, 'निशात, तुम्हारा बेटा आए तो थाने को खबर कर देना। इस जंगल में कौन आकर पहरा देगा? तुम्हारा बेटा कबूल करेगा, उसने गलती की है। बस। कुछ और दिनों तक कैद की सजा काटकर रिहा कर दिया जाएगा।'

'बाबू, वह कौन-से जेल से निकल भागा है, वहाँ से यहाँ पहुँचेगा भी तो कैसे...।'

'वैसे ही कई झंझटों में फँसा हुआ हूँ, निशात। तुम्हारे बेटे को शरण दी तो यहाँ से बेदखल होना होगा।'

'हाँ, बाबू।'

अब यह समस्या बड़ा आकार धारण करती रही। लक्ष्मण ने अन्य लोगों को भी इस बात की सूचना दे दी। फलतः गणेश कुर्मी ने उसे बुला भेजा। गणेश नाम लिखना जानता था। निशात तथा बाकी सन्थालों को उसी ने शरण दी थी, उसने राजा रैकत को समझा-बुझाकर उन लोगों को यहाँ बसाया था। तब यह जगह और भी अधिक जंगल था, यह रास्ता भी नहीं था। अलीपुर दुआर भी छोटी-सी जगह थी। गणेश कुछ दिनों पहले तक भी सम्मानित बन्दूकधारी व्यक्ति था। उसे सभी बहुत मानते थे।

निशात ने वहाँ दलु माझी, राँगा सोरेन, तथा अन्यान्य लोगों को भी देखा। उसे लगा कि वह मुलजिम है। गणेश ने उसे बैठने को कहा, वह बैठ गया।

'सब-कुछ सुन लिया निशात।'

'सुना।'

'सना...ऐसा किया! धीरज धरता तो जरूर कभी-न-कभी रिहा हो जाता। सभी हो रहे हैं।'

निशात ने पूछा, 'मुझे क्यों बुलाया? मैं क्या कहूँ?'

'लक्ष्मण...'

'जो कह गया, वह तो जान ही गए। जो करना है, कर लेना। जैसा ठीक समझो।'

दलु माझी ने कहा, 'अच्छी बात कहने के लिए बुलाया था, इतना गरम क्यों हो रहे हो?'

'अच्छी बात! बेटा आए तो पकड़वा देना। यह है तुम्हारी अच्छी बात।'

गणेश ने कहा, 'निशात! एक बात है।'

'बोलो।'

'मैं तुम लोगों में शामिल हूँ या अलग?'

'शामिल।'

'जात अलग, पूजा अलग, जनम-मरण में रीति-रिवाज अलग, पर काम में तो शामिल हूँ।'

'लक्ष्मण की जमीन पर खेती करता हूँ। आधा दे तो हमें रिकॉर्ड करवाना पड़ता है, हम अधियार होते हैं, तो भी नहीं देता। देता है एक-चौथाई हिस्सा। आधे हिस्से की बात समझता हूँ, हिस्से में तीन की बात भी समझता हूँ, चौथाई हिस्से की बात तो समझ में नहीं आती। उसने समझाया। हम समझ गए। समझकर भी चुप बैठे हैं। दो रुपए मजूरी किसी भी रिकॉर्ड में नहीं है, पर वो देता है।'

'यह तो पुरानी बात हो गई है।'

'जान लड़ाकर हाथी भगाते हैं, उसके धान की रखवाली करते हैं। तिस पर भी जाँच करके मेरी बन्दूक छुड़वाई नहीं। और बाघ गाय को ले गया, मैं खड़ा-खड़ा देखता रहा।'

'खूब दुधारू गाय थी।'

'निशात! तुम्हारा एक बेटा गुजर गया। सना कहाँ है, जिन्दा है या नहीं, कौन जाने! अगर कहीं है, अगर लौट आए, तो तुम अपनी समझ से जो ठीक समझो, वही करना, हम कुछ नहीं कहेंगे।'

'ऐं, उसे नहीं पकड़वाओगे?'

गणेश कुर्मी ने बीड़ी का कश खींचकर सिर झटका और कहा, 'नहीं। हम नहीं पकड़वाएँगे। पर तुम उसे यहाँ नहीं रख सकते। यहाँ रहेगा तो जिन्दा नहीं बचेगा, तुम भी नहीं जी जाओगे, हम भी नहीं बचेंगे। फिर चारों तरफ नक्सलवादी भी हैं, निशात, कुछ ऊँच-नीच हो जाए तो बहुत बुरा होगा। हमारी करनेवाला कोई नहीं है। ना-अधियार, ना-खेत मजूर, कोई यूनियन भी नहीं है।'

निशात अत्यन्त अभिभूत हो गया। वह बारम्बार सिर हिलाता रहा। उसके बाद वहाँ से चला आया।

अब मचान पर बैठे हुए सामने फैला जंगल तथा पहाड़ उसे अत्यन्त द्योतक लगने लगा। कौन कहाँ चला गया? भूटान गया है। भूटा–न। भूटान चले गए तो, सचमुच के भूटान में, क्या होता है? उम्र हो गई है? जंगल बड़ा दुर्गम है? हाथी का डर सताता है? पर सुरक्षा कहाँ है? सना कहाँ सुरक्षित होगा, सना के माँ-बाप भी क्या सुरक्षित हैं?

सोचता रहा और तीक्ष्ण दृष्टि से अन्धकार को बेधता रहा। अगहन की गन्ध, अगहन की गन्ध, इस गन्ध में ही नशा था। ताड़ी में भी ऐसा नशा कहाँ?

एक दिन साँझ को गणेश अत्यन्त उत्तेजित होकर आया और उसे पुकारने लगा।

'क्या हुआ?'

'जल्दी सुनो।'

'क्या?'

'बन्दूक की अर्जी लेकर थाना जाया करता हूँ, काम बननेवाला नहीं है जानते हुए भी जाता हूँ, गया था।'

'क्या सुना? सना नहीं रहा?'

'ओफ, हमेशा बुरा ही सोचते हो, निशात। बड़ी मुसीबत का समय है।'

'बोलो।'

'मेझेन कहाँ है?'

'पानी लेने गई है।'

'सुनो, शायद सना की कोई खबर उन्हें मिली होगी। साँझ से ही यहाँ दो सिपाही तैनात करने वाले हैं। मुझसे कहा, जरूरत पड़े तो रात को उनके सोने का बन्दोबस्त कर देना। और, और सना को पकड़वाने पर दो सौ रुपए दिए जाएँगे।'

'तुमने क्या कहा?'

'निशात, मेरी तो जिन्दगी यहीं पर बीत गई। पर नक्सली करते हुए मेरे चाचा का बेटा नहीं गया था? मरा नहीं था? बन्दूक क्या यूँ ही ले गए? मैं सभी बातों पर 'हाँ' कहकर लौट आया।'

'सिपाही मेरे घर के सामने ही रहेगा। क्या, बोलो ना? कहीं सना आ गया तो, सना।'

'थाने का सिपाही, यह जंगल! हाथियों का डर! उन्हें मरना है! वो सब मैं सम्हाल लूँगा। पर खूब चौकन्ना रहना।'

'और भी चौकन्ना।'

निशात तुरन्त घर पहुँचा, मेझेन से सब बताया। बोली, 'अँधेरे में तू मचान पर रहना, मैं नीचे।'

'ना, मेरी आँखें नहीं चलतीं। दूर से वो आए तो तुम देख लोगे, मुझे दिखाई नहीं देता।'

'फिर?'

'तुम मचान पर ही रहना। मैं रास्ते के किनारे पर जो धँसान है, वहाँ चली जाऊँगी, आना होगा तो वहीं से आएगा, क्यों? रात के इन्तजार में होगा, रात को सीधा ही आएगा।'

'ठीक है, ऐसा ही करना।'

वह रात होते ही मचान पर बैठ गया। दोनों सिपाही रात के दस बजे तक किसी प्रकार इस अगहन की ठंड में बाहर पहरे पर रहे। हाथी का डर और सर्दी के डर की ही जीत हुई। वे दोनों गणेश के घर चले गए। दाँत निकालकर हँसे और बोले, 'थाने में मत बताना, गणेश, बाहर बहुत ठंड है।'

'मैं तो कब से कह रहा हूँ, भीतर ही रहो। अरे सना आ भी जाए तो हम किसलिए हैं? साला फिर कोई हंगामा खड़ा करेगा, फिर कोई हंगामा।'

'अबकी बार कोई हंगामा नहीं होने देंगे।'

'क्या करोगे?'

'मार डालेंगे।'

'ऑर्डर है?'

'अरे ऑर्डर को कौन पूछता है? ऑर्डर तो है उसे पकड़वाने का। लाश गिरा देंगे। कहेंगे उसने हँसिया उठाया था।'

'ऐसा करोगे?'

'नहीं तो क्या? यह साला गोरमेन भी सिर्फ पुलिस पर जुलुम ढाना जानती है। किसने घूस लिया! उसने किसे मारा! खाली जुलुम!'

'अरे, आग के नजदीक आकर बैठो।'

आग की गरमाई से दोनों सिपाही ऊँघने लगे।

चौखट से सटकर गणेश लेटा रहा। चौखट के उस पार सिर्फ बकरियाँ थीं। पुलिस घर के भीतर भी रह सकती थी, उसकी बहू-बेटियाँ कुछ दिनों के लिए बिहारी कुर्मी के घर सोने जा रही थीं।

मचान पर बैठे-बैठे निशात की विनिद्र आँखें फटने को हो आईं। एक दिन, दो दिन, तीन दिन, चार दिन। मचान पर। बाघ को तुच्छ मानते हुए मेझेन रास्ते पर। कहाँ है सना? सना क्या जानता नहीं कि शुक्ल पक्ष आने वाला है? इधर सुबह की पुलिस रात की पुलिस को रिलीव करती है, दोपहर की पुलिस रिलीव करती है सुबह की पुलिस को, रात की पुलिस रिलीव करती है दोपहर की पुलिस को। पेड़ की छाँव तले पुलिस उसी के घर के सामने बैठी है। जंगल-मजूर भी एक बात तक नहीं पूछते। हरेक आँखें नीची किए चला जाता है। सना क्यों नहीं आता? आए भी कैसे? ट्रेन के अलावा कोई रास्ता है क्या? कहाँ पर स्टेशन, और कहाँ यह जंगल, इतना रास्ता कैसे तय करेगा? इसी बीच दो एक मील की दूरी पर, लक्ष्मण की ही एक और जमीन पर हाथी उतर आए। उनका टीन बजाना, आग की लपटोंवाले तीर चलाना, हो-हल्ला। हाथियों का तीक्ष्ण और तीव्र चिंघाड़ भी सुनाई दिया। निशात आदि ने भी चिल्लाना तथा टीन बजाना शुरू कर दिया, सुबह पता चला कि काफी बड़ा झुंड आया

था। धान की पकी फसल को तहस-नहस कर गया। निशात और उसके साथी बोले, 'जब वहाँ तक पहुँच गए, तो यहाँ की भी खैर नहीं। रात को हल्ला करना पड़ेगा।'

सिपाहियों का हाथी-मिनेस (उपद्रव) के साथ साक्षात् परिचय नहीं है। उन्होंने पूछा, 'दिन में तो नहीं आते?'

हाथी इस समय उसके लिए आपातकालीन समस्या था। निशात, जेल से भागे हुए का बाप था, यह भूलकर वह तुनककर बोला, 'न, नहीं आते! धान की गन्ध पाते हैं, तो नहीं आते।'

'लोगों को मार डालते हैं?'

'न, मारते कहाँ हैं? थाने में हाथी से रौंदी गई लाशों को नहीं देखा। अस्पताल में नहीं देखा।'

'कभी नहीं देखा! अरे भाई! हमारे मुलुक गया में, हाथी तो होते ही नहीं।'

'अबकी देखना।'

हाथियों का झुंड काफी बड़ा था। मादा हाथी एक से अधिक थीं। बच्चे भी तीन थे। डर की बात तो थी। इतने ध्यान से निशात निगरानी करता था कि कभी-कभी तो सना के बारे में भी भूल जाता था। कृष्णा द्वादशी की रात में करीब एक बजे, उसे लगा, हाथी आ रहा है। 'हाथी' कहकर वह चिल्लाया। टीन बजाने लगा। तभी उसे समझ में आया कि मेझेन उसे पुकार रही है।

'क्यों बुलाती है?' वह चीखा।

'हा, तुम क्या सना को मरवाओगे?'

'सना?'

'वो उधर।'

'तू जा, मैं आ रहा हूँ।'

हाथियों ने धावा बोल दिया था, खेतों में घुस गए थे। निशात चिल्लाता, टीन बजाता रहा। गणेश उसके मचान से चिल्लाने लगा, 'सब भागो रे, बहुत बड़ा झुंड है। बच्चे भी हैं। गोली मत चलाना रे सिपाही। कोई नहीं बचेगा।'

सब अपने-अपने मचानों से कूद रहे थे, पीछे जंगल की ओर भाग रहे थे, अपने घरों से औरतों को, बूढ़े-बुढ़ियों को, बच्चों-कच्चों को खींच-खींचकर भाग रहे थे। इतने सारे हाथी एक साथ आज तक किसी ने कभी नहीं देखा। सिपाही भी भागने लगे।

गणेश ने उनके कन्धों पर लाठी से मारा, 'भागो!'

'स्साले बन्दूक लेकर'–

'साले बन्दूक फेंक। बारह-चौदह हाथियों को बन्दूक दिखाने चला है।'

बन्दूक फेंकते-फेंकते सिपाही सरपट भागे।

हाथी जाने किसका मचान तोड़ रहे थे। चरमराते हुए मचान गिर गया। भागते-भागते गणेश बोला, 'शायद उस दिन किसी बच्चे को तीर लगा होगा? उसी गुस्से से मचान तोड़ रहे हैं?'

निशात भागा उलटी तरफ। अँधियारी रात की बूढ़ी भूतनी की तरह मेझेन अपने बाल उड़ाती हुई दौड़ रही थी। भागते-भागते मेझेन रुकी। रास्ते के किनारे के गड्ढे से सना बाहर आ खड़ा हुआ। अँधेरे में निशात ने उसके तन पर हाथ रखा। कुछ नहीं है तन में।

'यहाँ खड़े नहीं रहना है सना, भाग सकेगा?'

'कहाँ जाएँगे?'

'भूटान चले जाएँगे।'

'भूटान?'

'हाँ रे सना, वह जो बात है न–भूटान जाएँगे। अबकी सचमुच जाएँगे!'

'जंगल, पहाड़, बाबा...'

'पुलिस नहीं है।'

'चलो।'

वे भागने लगे। सना को लगा था, इतना लम्बा रास्ता तय करने के बाद वह और नहीं चल पाएगा। भागते-भागते वह बोला, 'डिमा में पानी पी लेंगे। कूचबिहार में उतरकर, वहाँ से चलते हुए...दिन में छिपकर रात में चलते हुए...'

निशात ने उसके मुँह पर हाथ रख दिया। बोला, 'साँस फूल जाएगी।' इस समय वह तेभागा के दौरान भागता हुआ निशात माझी था। कुछ समय बाद निशात बोला, 'वो रहा डिमा। पैर धोएगा, पानी पिएगा।' उसके पश्चात् अचानक वह हँसने लगा। मेझेन से बोला, 'सना कितना अक्लमन्द है! हाथी आनेवाली रात में चला आया। हाँ? कितना अक्लमन्द है?'

वे तीनों फिर भागते रहे। जयन्ति फॉरेस्ट रेस्ट-हाउस दाईं ओर छूट गया। जयन्ति रेल स्टेशन बाईं ओर। धीरे-धीरे वे सूखी और पथरीली नदी पर से होते हुए जंगल के भीतर चले गए, घने जंगल में।

मेझेन बोली, 'यह भूटान का रास्ता तो नहीं है।' निशात ने दबे स्वर में कहा, 'सभी रास्ते भूटान को जाते हैं। तूने क्या सोचा था भूटान देस जाएगी?'

सना ने कुछ नहीं कहा। वह जानता था, भूटान जाने का मतलब है इस विश्व-संसार में खो जाना। माँ का हाथ पकड़कर दबाते हुए फुसाफुसाकर उसने कहा, 'पत्थर बजेंगे, धीरे चलो।'

जंगल और भी घना और भयानक होता गया। पत्थर धीरे-धीरे नुकीले और धारदार होते गए। निशात ने सोचा–भूटान का पथ सदैव दुर्गम ही क्यों बना रहा? केवल निशात वगैरह ही भूटान जाते हैं, इसी कारण? उन्हें ही हर बार जाना पड़ता है, इसलिए?

बेहुला

उस नदी का नाम बेहुला है, गाँव का नाम भी बेहुला, ब्लॉक इरफानपुर, ब्लॉक ऑफिस–हेल्थ सेन्टर–कृषि-समवाय-ऑफिस, सभी कुछ इरफानपुर में; बालीगंज स्टेशन से ढाई घंटा ट्रेन में सफर करने पर इरफानपुर स्टेशन आता है। वहाँ उतरकर सिर्फ पैदल ही जाना पड़ता है। सर्दी-गर्मी में धान-खेत की मेड़ या खेत के बीच पगडंडी पर चलते हुए जाया जा सकता है। बरसात के दिनों में तो पहुँचना मुश्किल हो जाता है। तब चारों ओर कीचड़-ही-कीचड़, फिसलन-भरी चिकनी मिट्टी का दलदल। गाँव के लोग कहते हैं–रोते-पीटते बेहुला पहुँचो और रोते-पीटते ही वापस लौटो। यहीं आ पहुँचा वसन्त कुमार। वह हॉफकिन इंस्टीट्यूट में था। बंगाली युवक है। उसके शोध-कार्य का विषय है–अपुष्ट, निराहार-जनित क्षय-युक्त, प्रतिरोध-हीन मानव शरीर में कलाज अथवा साधारण करैत सर्प की विष क्रिया। इसीलिए वह 24 परगना की इस देहात में आया है। यहाँ अपुष्ट, क्षय-युक्त, प्रतिरोधहीन मानव शरीर तथा कलाज बहुसंख्या में विद्यमान हैं। कलाज सर्प की आबादी के लिए यह ग्राम प्रदेश अत्यधिक उर्वर है। समग्र अंचल में जीर्ण-शीर्ण, भूखे मनुष्यों की भी बहुतायत है। वर्षा-बाढ़-सूखा, हर स्थिति में इन दोनों प्रकार की उर्वरता वहाँ अक्षुण्ण रहती है। कलाज इस अंचल में शियड़चाँदा या शियड़चाँदा के नाम से प्रसिद्ध है। कलाज के काटने से होनेवाली मृत्यु की संख्या भी यहाँ कुछ कम नहीं।

कलाज या बांगरेस कैरुलियस भारत में सर्वत्र मिलते हैं। समतल भूमि पर। इस्पात की तरह उज्ज्वल, नीले चमड़े पर पतली सफेद धरियों के जोड़े। लम्बाई 1500 मिलीमीटर। नर अधिक लम्बे होते हैं। यह सर्प निशाचर है। गोखरा के बाद कलाज के दंशन से ही सर्वाधिक लोग मरते हैं। पुरुलिया में यह सर्प 'डोमनचिति' नाम से परिचित है। वहाँ एक लोकोक्ति प्रचलित है, अगर काटे डोमना, पकड़ ला बाभना। अर्थात् मृत्यु अनिवार्य है। शवाचार के लिए ब्राह्मण को बुलाओ। गोखरा या चन्द्रबोड़ा का विष 12 या 15 मिलीग्राम तक ही देह में प्रवेश करे तो 'स्नेक वेनम ऐंटीसीरम' असर करता है। पर कलाज का विष यदि 6 मिलीग्राम से अधिक देह में प्रवेश कर जाए तो एंटीसीरम काम नहीं करता। यह सर्प सूखी जगह में रहता है, जैसे ईंटों की भट्ठी।

बेहुला गाँव पहुँचकर वसन्त कुमार ने जिस जोतदार के मकान में किराये पर कमरा लिया (क्योंकि किसी और के पास पक्का मकान या अतिरिक्त कमरा नहीं था), वही हृदय या हेदो नस्कर कलाज सर्प की खेती किया करते हैं। एक बार उन्होंने ईंटों का भट्ठा लगाने का शुभ संकल्प किया था। काम भी शुरू करवाया था। एक लाख से भी अधिक ईंटों को पकाया था। पर बाद में हिसाब लगाकर देखा कि ईंटों के चालान का खर्चा निकालने के बाद अधिक लाभ

नहीं हो रहा है। तब उन्होंने इस संकल्प को त्याग दिया। उपरोक्त ईंटों के ढेर, ईंटों को पकाने की भट्ठी, कलाज की खेती के लिए बिलकुल उपयुक्त जगह है। कुछ ईंटें वहाँ से लाकर उन्होंने अपने मकान की दूसरी मंजिल बनवा ली। उसके पश्चात् जब बेटे का कोलकाता निवासिनी कन्या के साथ विवाह हुआ तो कुएँ के पास पक्के स्नानघर की जरूरत पड़ी। इस परिवार के पुराने मिस्त्री ने आकर नाप-जोख लिया और मजदूर लेकर वहाँ से ईंट लाने गया। गया तो पैदल ही था पर उलटे पैरों हाँफते-दौड़ते लौटा। बोला, 'बाबू? साँपों की खेती कर रखी है? बाब्बा रे! इतने कलाज तो इस जन्म में कभी नहीं देखे। नमस्कार बाबू! शियड़चाँदा के काटे का कोई इलाज नहीं बाबू।'

हेदो नस्कर गरज उठे, 'कितने रुपयों का ईंट है वहाँ, जानता है कुछ?'

'वो तुम जानो, बाबू। मुझसे नहीं होगा।'

'छिरिमाल को बुलवाकर दिखाता हूँ।'

'छिरिमाल क्यों, स्वयं धन्वंतरि भी साथ चले तो भी न जाऊँ। शियड़चाँद की खेती!'

श्रीपद माल इस अंचल में साँप का ओझा तथा विच डॉक्टर (भूत-प्रेत उतारने का ओझा) है। इसके अलावा बच्चों को बहलाने के लिए काठ की झुनझुनी बनाना उसका शौक है। आजकल वह गाँव में नहीं है। ससुर से मिले आधे बीघा जमीन की देख-रेख करने बियाड़ गया हुआ है। वापस लौटकर वह घटना-स्थल पर जाँच के लिए गया और लौटते ही बोला, 'क्या किया है आपने? इतने सारे ईंटों का ढेर, गाँव के बीच, ये तो मानुष मारने का यंत्र है! पहले ही साला साँप के उत्पात के कारण लोगों का जीना दूभर था।'

'तू भी यही बोल रहा है?'

'जाइए, स्वयं जाकर देख आइए न!'

हेदो नस्कर ने तुरन्त कोलकाता से कार्बोलिक एसिड मँगवाया और स्वगृह में सुरक्षित किया! परन्तु उस गाँव में कलाज-दर्शन-जनित मौतें होती रहीं। महीने-भर में एक-दो को तो साँप डस ही लेते। श्रीपद सारे केस अपने हाथ में नहीं लेता। जिन्हें नहीं लेता उन्हें कसकर बाँधकर इरफानपुर स्वास्थ्य-केन्द्र में भिजवा देता है। स्वास्थ्य-केन्द्र को देखकर लगता नहीं कि वह कोलकाता के इतने पास है। डॉक्टर को यहाँ कुछ सल्फरडायजिन, इंट्रोकुइनोल तथा खाँसी की मिक्सचर पर ही निर्भर रहना पड़ता है। वे पोटाशियम परमैगनेट से धाव को बाँधकर श्रीपद द्वारा प्रदत्त बन्धन का परीक्षण करने के उपरान्त कहते हैं, 'कोलकाता ले जाओ।' साधारणतया श्रीपद साथ ही आता है। वह मूर्ख नहीं है। विषधर साँप अगर ठीक से न काटे तो वह चिकित्सा करता है और रोगी को बचा भी लेता है। अन्यथा स्वास्थ्य-केन्द्र में ले आता है। यही नियम है। चूँकि इस अंचल में सर्प-दंशन एक नियमित घटना है, इसीलिए इन सब स्वास्थ्य-केन्द्रों में सर्प-दंशन का एकमात्र औषध 'स्नेक वेनम एंटीसीरम' कभी भी नहीं भेजा जाता। डॉक्टर रोगी को कोलकाता ले जाने का निर्देश देते हैं। श्रीपद कहता है, 'बाबू! नींद से सुस्त पड़ता जा रहा है, आँखों से धुँधला नजर आ रहा है, मुँह से आवाज नहीं निकल रही, गर्दन टेढ़ी होती जा रही है, कोलकाता तक पहुँचते-पहुँचते टिकेगा नहीं। इस वक्त तो ट्रेन भी नहीं है।'

रोगी के आत्मीय-स्वजनों से कहता है, 'कुछ नहीं किया जा सकता। बचने की आशा नहीं है। उसे यमदेवता ने पुकारा है।'

'सुई नहीं लगाएँगे?'
'साँप का इंजेक्शन नहीं है।'
'यहाँ नहीं आता?'
'नहीं।'

रोगी को खटोले में उठाकर रोते-रोते उसके घर के लोग उसे लेकर गाँव लौट जाते हैं। श्रीपद मिट्टी पर लकीरें खींचते हुए कहता है, 'वोट के साल तो वोट लेने पहुँच जाते हैं, स्साले, जो जीतते हैं, सबसे कहता हूँ, यहाँ इंजेक्शन भिजवाना। वो इंजेक्शन पड़े तो आदमी झट से मरता नहीं है। मगर सब साले मथुरा पहुँचकर कृष्ण बन जाते हैं।'

डॉक्टर पुनः 'स्नेक वेनम एंटीसीरम' मँगवाते हैं। फलतः गर्भ-निरोधक गोलियाँ और अधिक मात्रा में सल्फरडायजिन प्राप्त करते हैं। यही दवाइयाँ, निराश और हताश होकर वे टाइफायड, निमोनिया, अतिसार, कृमि—सभी रोगों के निदान-स्वरूप रोगियों को देते रहते हैं और कोलकाता तबादले की कोशिश करते रहते हैं। यहाँ पहुँचने के बाद से ही ईश्वर पर उनकी आस्था बढ़ गई है, भगवान ही सब परिस्थितियों में मनुष्य की रक्षा करता है। नहीं तो निमोनिया का रोगी गर्भ-निरोधक गोलियाँ खाकर कैसे ठीक हो सकता है? ये गोलियाँ निश्चय ही दैवी आशीर्वाद से युक्त हैं।

साँप द्वारा डसा गया रोगी कुछ समय बाद मर जाता है। अन्तिम कार्य करके आज भी ये लोग मृतक को बेहुला के पानी में बहा देते हैं। नदी अपने नाम के लिए अभिशप्त है। साँप के काटने से मरे व्यक्ति की लाश का वहन उसे करना ही पड़ता है। चूँकि बेहुला का पानी कम होता जा रहा है, इसलिए वर्षा के बिना उसके स्रोत में गति नहीं है। वह इस तरह कराहती हुई लाशों को ले जाती है कि लगता है जैसे वृद्धा बेहुला निरन्न लखिन्दर की लाश ले जा रही है। प्रबल वेगमयी विशाल तामली में गिरने से पहले एक भँवर है। वहाँ पहुँचकर केले के तने से बना भेला चक्राकार घूमने लगता है, धीरे-धीरे डूबने लगता है, उसके बाद तामली नदी में एकाएक सतह पर बहता दिखाई देने लगता है।

श्रीपद को यहाँ, इस ग्राम्य-जीवन में काफी सम्मान मिलता है। पर चूँकि कलाज के काटने पर, अच्छी तरह से विष-दन्त गड़ाने पर फिर कुछ करने को रह नहीं जाता; कलाज के काटे को घंटे-भर के अन्दर प्राथमिक उपचार के बावजूद अगर एंटीवेनम न दिया जाए, तो उसके बचने की कोई आशा नहीं रहती, और अगर बिलकुल ही न दो तो आशा और भी कम हो जाती है—यह सब देख-देखकर, धीरे-धीरे श्रीपद अपनी योग्यता पर आस्था खोने लगा है। स्वास्थ्य-केन्द्र में यदि इंजेक्शन आ जाए तो वही सर्वाधिक खुश होगा। यदि वह कहीं गाँव से बाहर जाता है तो घर-घर में आशंका की छाया फैल जाती है। श्रीपद स्वयं भी अनुभव करता है कि गाँववासियों को वह निश्चित मृत्यु के हाथों सौंपकर जा रहा है। सोते-सोते बिस्तर से नीचे अगर हाथ लटक जाए तो साँप डस लेता है, रात के समय बाहर दिशा-मैदान में जाने पर साँप डस लेता है। सर्वत्र कलाज का साम्राज्य है, हेदो नस्कर की ईंट-भट्ठी ने सर्प-दंशन जनित मृत्यु में काफी वृद्धि की है।

साँप डसेगा, मनुष्य मरेगा, इससे लोगों के मन में एक पराजित मानसिकता ने घर कर लिया है। नदी का नाम भी मानो इस पराजय में सहायक है। नदी का नाम यदि बेहुला हो तो, तो स्त्री-पुरुष लखिन्दर होंगे ही। मनसा-पूजा के साथ इसका कोई सम्बन्ध नहीं। यहाँ

पर मनसा वास्तुरूप में घट और मनसा पेड़ की डाल के रूप में पूजी जाती है। पूजा के दिन नाना प्रकार के व्यंजन पकाए जाते हैं। अगले दिन अँगीठी नहीं जलती। बहुत लोग इसे 'चौका-पूजन' के नाम से भी मानते हैं। ईंटों के ढेरवाली जमीन पर कलाज की खेती ने जब से जोर पकड़ा है तब से हेदो नस्कर ने मनसा-पूजा की धूम लगाई है। अब भी वह यही कहता है कि 'तुम सालों के मन में कोई श्रद्धा नहीं है। इसीलिए साँप तुम लोगों को डसता है। मेरी ईंटों की भट्ठी से साँपों की खेती हो रही है तो वे मुझे क्यों नहीं काटते?'

यही बात उसने वसन्त से भी कही। वसन्त भिन्न मानसिकता तथा भिन्न पृथ्वी का मनुष्य है। अनुसन्धान करने आया है, हेदो नस्कर की सर्वशक्तिमानता उसके पास अस्तित्वहीन है। एस.डी.ओ. उसका जीजा है। उसके रहने का प्रबन्ध इसी माध्यम से हुआ है। हाकिम पर अनुग्रह करने का अवसर पाकर हेदो नस्कर भी बहुत खुश है। शासन चाहे जैसा भी हो, हाकिम-हुक्काम रहें तो थोड़ा फायदा तो वह उठाएगा ही।

हेदो की बातें सुनकर तथा ग्रामीण मनुष्यों की संस्कार-बद्धता देखकर मुसकराते हुए उसने कहा, 'आप घर में कार्बोलिक डाल रहे हैं, आपके यहाँ बिजली की रोशनी है, आसपास जंगली झाड़-झंखाड़ साफ करवा रखा है, जूतों के बिना कभी बाहर नहीं निकलते, इसलिए साँप आपको नहीं काटता।'

'नहीं महाशय। ईंट-भट्ठा, ईंट-भट्ठा की रट लगा रखी है सबने। जब ये ढेर नहीं थे, तब क्या साँपों ने नहीं डसा। मेरी तो जब से आँखें खुलीं, तब से देख रहा हूँ, बेहुला में भेला प्रवाहित है। छिरिपद के पास भी हाथ-यश नहीं है। नहीं तो, ओझा हो तुम, गुणी मनुष्य, इंजेक्शन लगाने की बात क्यों करते हो?'

'ऐसा कहता है?'

'अरे बाप रे! मेरा तो जीना दूभर कर दिया है। इंजेक्शन लाने का प्रबन्ध करो। अरे अगर तुम इंजेक्शन की बात करते हो, तो समझ लो तुम अपनी हार भी स्वीकार कर लेते हो।'

'स्वास्थ्य-केन्द्र स्नेक वेनम एंटीसीरम नहीं रखता? क्या कह रहे हैं आप?'

'आज तक कभी रखा है? इस दक्षिण अंचल में कहाँ पर साँप का प्रकोप नहीं है? महाशय सर्वत्र साँप हैं। सैकड़ों लोग मारे जाते हैं। नर-नाग का साथ-साथ वास, मुहावरा ही है। स्वास्थ्य-केन्द्र तो बना दिया। वहाँ इंजेक्शन कहाँ? जिस साल बहुत लोग मरते हैं, उस साल थोड़ा-बहुत भेज देते हैं। और भेजें भी क्यों? साँप का काटना तो भाग्य की बात है। क्या आज तक कभी कोई भाग्य के लिखे से बच पाया है?'

वसन्त के मन में जिज्ञासा उत्पन्न हुई। साँप के सम्बन्ध में ऐसी पराजित मानसिकता क्यों है? फिर उसे लगा, जहाँ सर्प-दंशन से मृत्यु पुराना रोग बन चुका है, उस अंचल में, स्नेक वेनम एंटीसीरम क्यों नहीं रहता? सरकारी स्वास्थ्य-केन्द्र भी क्या यही सोचता है, 'साँप का डसना भाग्य में लिखा है?'

'साँप काटे तो?'

'छिरिपद।'

'ठीक कर देता है?'

'चाहे कर पाए या नहीं, एक वही है गाँव में। पर यदि वह मर जाए तो बहुत चिन्ता की बात होगी। उसके बेटे ने तो कुछ सीखा ही नहीं।'

'उसका बाप भी यही काम करता था?'

'वह तो बहुत गुणी मनुष्य था। रामपद माल का नाम इस पूरे अंचल में सब जानते थे। कल मरा था, आज लाश को बहाने लाए, रामपद बोला—दारोगा बाबू, बेटा तो जीवित है रे! जीवित बेटे को बहाओगे क्या?—दारोगा बोला, तू जीवनदान दे, तुझे पाँच सौ रुपए दूँगा। उसके बेटे को रामपद ने बचा लिया, रुपए लिये, अपनी आँखों देखी घटना है। तब मैं छोटा था।'

'अब श्रीपद को देखना पड़ता है।'

'वो सब क्या है? शीशी में?'

'इंजेक्शन।'

'इंजेक्शन?'

'साँप का कारोबार करता हूँ ना!'

'असरदार है।'

'मुझे तो दो बार काटा है। जी तो रहा हूँ। असर तो जरूर होता होगा।'

'सफेद पाउडर जैसा क्या है?'

'पाउडर-सीरम।'

'असर होता है? ऐं? उस सफेद पाउडर का इंजेक्शन लगने पर मनुष्य बचेगा?'

'मैं जिन्दा हूँ कि नहीं?'

अब हेदो नस्कर ने बात बदल दी। बोला, 'हाकिम के सम्बन्धी हो, नीच लोगों के काम में क्यों हाथ डाला? यह क्या सज्जनों का काम है?'

वसन्त ने इस बात का उत्तर नहीं दिया। उसने पूछा, 'नल कहाँ है?'

'वो रहा। हैंड-पम्प, 'सेप्टिक' संडास।'

मानी-धनी कोई आए तो यही हेदो नस्कर का घर!

'अच्छा, स्टोव, बर्तन भी आप साथ लाए हैं।'

'खाना नहीं बनाऊँगा? खाऊँगा क्या?'

'मेरे घर में रहते हुए स्वयं पकाकर खाएँगे?'

'जी, सुनिए, घर का किराया दूँगा, खाने-पीने का खर्चा, सब मुझे मिलेगा। तो आप लेने में ऐतराज क्यों कर रहे हैं?'

'खैर, दूध मत खरीदिएगा।'

'डब्बेवाला पाउडर-दूध मेरे पास है।'

हेदो हँसने लगा और बोला, 'समझा। जीजाजी ने मना किया है। खैर, कोई जरूरत हो तो बताइएगा।'

कुछ दिनों में ही श्रीपद और वसन्त की मुलाकात हुई और दोनों में दोस्ती भी हो गई। एक युद्ध के माध्यम से। चरण बेरा की जवान सुहागिन गर्भवती बेटी को जिस दिन साँप ने काटा था।

वसन्त चाय पीकर कप-प्लेट धो रहा था। अचानक लम्बा-सा एक आदमी दौड़ता हुआ आया। बोला, 'आप इंजेक्सन लेकर चलो बाबू, छिरिपद बुला रहा है।'

'क्यों?'

'मालती को साँप ने डस लिया रे, गर्भवती लड़की!'

वसन्त ने इंजेक्शन लेते हुए पूछा, 'बाँधा है?'

'हाँ-हाँ।– छिरपद ने...।'

चरण बेरा ने घर के आँगन में बेटी को लिटा रखा है। वसन्त ने देखा, एकदम नियमानुसार जाँघ के ऊपर तीन बन्धन हैं। बन्धन के नीचे नियमानुसार चीरा और काटा गया है। दुबला, गाँठयुक्त हड्डियोंवाला। घुँघराले बिखरे बालोंवाले श्रीपद ने सधे हाथों से बन्धन खोला, थोड़ा ऊपर बाँधा। बाँधते-बाँधते बोला, 'बाबू, आइए आप? इंजेक्सन लगाइए, इंजेक्सन, ठीक से काट नहीं पाया, तो भी शियरचाँदा का विष-दाँत है!'

वसन्त ने इंजेक्शन लगाया। हाँड़ी देखकर पूछा, 'गरम पानी का ताप दे रहे थे?'

'हाँ।'

घाव के पास, एड़ी पर श्रीपद ने चीरा लगाया, लड़की अस्फुट स्वर में बोली, 'आः'। श्रीपद बोला, 'जब आवाज निकली है तो बचने की आशा है।'

'शुभ-शुभ बोलो, श्रीपद! दामाद छोड़कर गाँव गया। और यह क्या हो गया, बेटी?'

श्रीपद ने चिढ़कर कहा, 'जमीन पर हाँड़ी-कलसी रख छोड़ा है, याद नहीं रहता? कहाँ वास कर रहे हो? कलसी के पेंदे से लिपटा था। समझे बाबू? जैसे ही पास गई!'

'साँप कहाँ है?'

'वे बाभन हैं न! अभी काल-निद्रा में हैं। बाद में दाह होंगे।'

घंटे-भर बाद लड़की विपत्ति-मुक्त हुई। चरण और उसकी स्त्री श्रीपद के पैरों पर गिर पड़े। श्रीपद ने उनका प्रणाम ग्रहण किया और मजाक करते हुए कहा, 'बचाया तो उन्होंने।'

वसन्त को भी उन लोगों ने प्रणाम किया। श्रीपद ने कहा, 'गाँव से जमाई लौट आए तो एक दिन मनसा-मंगल मनाओ, चरण। बहुत दिन हुए दावत नहीं हुई। गरान की नौका चलाकर दो-चार रुपए भी तो जमा किए हैं।'

'हाँ-हाँ, क्यों नहीं?'

श्रीपद बोला, 'चलिए बाबू, जाते-जाते बातें करेंगे। इस बार तो विपत्ति टल गई।'

चरण के घर से निकलकर श्रीपद बोला, 'आइए, साँप की खेती कहाँ हो रही है, देखिए।'

दूर से उन्होंने ईंटों के भट्ठे को देखा। श्रीपद ने बीड़ी सुलगा ली, जमीन पर थूकते हुए कहा, 'वही गू-खोर साला हेदो नस्कर!'

'उसी का भट्ठा है?'

'और नहीं तो और किसका होगा। ये तो साँपों का मोहल्ला है। साँप के डसे हुए लाशों को खींचते-खींचते बेहुला का पानी सूखता जा रहा है। वर्षा के बिना पानी में वेग नहीं, तिस पर नस्कर ने साँप की खेती शुरू कर दी।'

'अच्छा, साँप के डसे हुए लाश को जलाते क्यों नहीं?'

श्रीपद उदास स्वर में मुसकराया। बोला, 'बोलकर तो देखिए, मारने दौड़ेंगे। नदी में बहाव होता है, लाश खींचकर तामली में डाल देती है, लाश जाकर सागर में मिल जाती है! बेहुला तो मरनेवाली है। ये क्या बियाड़ है? कि जितने नदी-नाले हैं सब जाकर झपाझप सागर में गिर रहे हैं। लाश को जला दे, कपड़े को बहा दे, यह सब कहकर तो देखे कोई?'

इन बातों के पीछे एक परिष्कृत और तर्कसंगत मन झलकता है, वसन्त चौंक गया।

'ईंट के भट्ठे को तोड़ा नहीं जा सकता?'

श्रीपद बोला, 'चलिए, मेरे घर चलिए। बैठकर बातें करेंगे।'

वसन्त साँप के विषय में शोध कर तो रहा है, परन्तु सँपेरा अथवा साँप का ओझा—इन दोनों के विषय में ही उसकी धारणा शरत्चन्द्र कृत 'श्रीकान्त : प्रथम पर्व' उपन्यास पर आधारित है। श्रीपद कहीं से भी 'शाहजी' के समान दिखाई नहीं देता। मन-ही-मन उसे धक्का-सा लगा। श्रीपद की स्त्री चाय बना लाई। उसका चेहरा कहीं से भी अन्नदा दीदी जैसा नहीं है, यह देखकर उसे दोबारा धक्का लगा। फिर उसकी समझ में आया, उपरोक्त उपन्यास पर बनी फिल्म ने उसकी धारणा बनाई थी। अन्यथा पश्चिम-बंग के सँपेरे और मिसस सँपेरे के लिए, मंच या पर्दे पर दिखाए जानेवाले कुशल नट-नटी के समान होना बहुत ही कठिन कार्य है। बहुत सारा दूध, मक्खन, मछली, मांस, सुखी जीवन हो तो मंच पर या पर्दे पर दुर्गति को प्राप्त निराहारी चरित्रों का अभिनय करना सम्भव है।

श्रीपद ने पूछा, 'यहाँ कहाँ से आ पहुँचे? इरफानपुर के डॉक्टर ने बताया तो था कि आप आएँगे। मगर इस जहन्नुम में ही क्यों?'

'यहाँ साँप के डसने से मृत्यु अधिक होती हैं, सर्प-दंश ही मेरे शोध का विषय है, इसीलिए आया हूँ।'

'डॉक्टर? इंजेक्शन देंगे?'

'डॉक्टर तो नहीं हूँ पर इंजेक्शन, जब तक रहूँगा, दिया करूँगा।'

'कब तक रहेंगे?'

'तीन महीने।'

'ओह। तो ईंट के भट्ठे के बारे में क्या कह रहे थे?'

'उसे तोड़कर साफ करना ही अच्छा है।'

'यह बताने लगूँ तो पूरी रामकथा सुननी पड़ेगी। हेदो नस्कर ने जब ईंट भट्ठे से खर्चा पूरा नहीं निकलेगा, यह तय किया था, तब एक ठेकेदार आया था। ईंट लेकर बियाड़ जाना था। बेहुला से तामली होते हुए नाव से जाने की बात सोची थी।'

'उसके बाद?'

'वह पिशाच है न? मैंने कहा, बेच दो बाबू, वहाँ साँपों का शहर बनेगा। बोला, कीमत न मिले तो भी बेच दूँ? ईंटों का ढेर पड़ा रहा। धीरे-धीरे साँपों का शहर बन गया। जब उनके मन माफिक कीमत मिला तो उसके पास जाए कौन? साँप के साथ खिलवाड़ कोई आसान काम है? पिछले साल मैंने कहा, बैसाख में मिट्टी सूख गई है, ढेर के चारों ओर गड्ढा खोदकर आग लगा दो। दो-चार कनस्तर मिट्टी का तेल ढेरों पर डालना पड़ेगा, गड्ढे में भी झाड़-झँखाड़, लकड़ी, भूसा डालकर मिट्टी का तेल डालना होगा। इससे साँप मर जाएँगे, मैं मेदिनीपुर में देख आया हूँ। एक पुराने गड्ढे में साँपों का बिल बना था। इस प्रकार आग लगाकर साँपों को जलाकर गोरमेंट ने उनका सफाया किया था। उस स्थान के निकट अब स्कूल बन गया है।'

'राजी नहीं हुआ?'

'नहीं। ईंटों का ढेर क्या मेरे घर के सामने है? बीस कनस्तर मिट्टी के तेल की माँग करते हो, पैसा तुम दोगे? और वे तो केरासिन के डिपो के मालिक हैं। मिट्टी का तेल उसे खरीदना भी नहीं पड़ता। फिर भी उसने मिट्टी का तेल नहीं दिया।'

'आपके साथ बहुत-सी बातें करनी हैं। इस तरह से घाव पर बाँधना, बन्धन हटाना, चीरना, आपने अपने पिताजी से सीखा था?'

'हाँ बाबू! मैं इंजेक्शन की बात करता हूँ, इसलिए सब समझते हैं छिरिपद असल में झाँसा देता है, कुछ जानता नहीं। पर...'

'क्या?'

'आप तो सब जानते हैं।'

'बोलिए ना।'

श्रीपद दुविधा में पड़ा रहा, फिर बोला, 'वो बात बाद में करूँगा। अब आप जाइए। नहा-धोकर खाना खाइए। मैं भी यहीं हूँ और आप भी हैं।'

वसन्त लौट आया। उसके घर के भीतर प्रवेश करते ही हेदो नस्कर की नौकरानी थाली में कटोरियाँ सजाकर, उन्हें भली प्रकार से ढाँपकर ले आई। बोली, 'माँजी ने कहा है आप ऊँचे खानदान के लड़के हैं, अपने लिए बस भात बना लीजिएगा। तरकारी वगैरह बनाने की आवश्यकता नहीं है।'

वसन्त ने ढक्कन हटाकर मछली के बड़े-बड़े टुकड़े देखे तो उसका सिर चकरा गया, बोला, 'माँजी से कहना, आज भेजा है, मैंने ले लिया। कल से न भेजें। मैं इतना कुछ खाता नहीं हूँ।'

हेदो नस्कर के ईंट-भट्ठे की कहानी सुनने के पश्चात् उसके मन में एक दूरी-सी आ गई है। वैसे, वह बहुत ही शान्त स्वभाव का है। किसी घटना के कारण अत्यन्त क्षुब्ध हो जाने पर भी वह अपने मन की भावना को प्रकट नहीं करता। और फिर, मध्यमवर्गीय स्वभावानुसार, परायी उलझनों में फँसने से बचता है। तो भी, उसका काम तो साँपों के विषय में ही है, और सर्प-दंशन से होनेवाली मृत्यु कितनी भयावह होती है, यह वह जानता है। इस आदमी के ईंट-भट्ठे में पड़े ईंटों के ढेरों के कारण इतने लोग गाँव में मर जाएँगे? साल-भर में पच्चीस से तीस लोग?

यह बात उसने अपने जीजा को भी बताई जब एक दिन उन्होंने उसे खाने पर पर बुलाया था। एस.डी.ओ. ने उस बात को अधिक महत्त्व न देते हुए कहा, 'तो क्या इससे पहले वहाँ के लोग साँप के डसने से मरते नहीं थे? ईंट-भट्ठे के कारण ही मर रहे हैं?'

'डेथ-रेट में वृद्धि हुई है।'

'जो भी हो, तुम इसमें सिर मत खपाओ। वो आदमी ठीक नहीं है।'

'असल बात तो यह है कि यहाँ के हेल्थ-सेंटर में एंटीसीरम की जरूरत है।'

'यह तो मैं भी समझता हूँ। डॉक्टर है, वह अपनी माँग लिख भेजे, आगे देखा जाएगा।'

जीजा ने वसन्त से अपनी व्यक्तिगत समस्या के विषय में बताया। आजकल बेहुला ब्लॉक काफी शान्त है। जोतदारों की समस्या का एक प्रकार से समाधान हो ही चुका है। वैसे सब खुश तो नहीं हैं। पर क्या कभी ऐसा हुआ है, जिससे सभी को खुश किया जा सके? पंचायती-निर्वाचन भी बिना किसी बाधा के सम्पन्न हो गया। हेदो नस्कर पंचायत-प्रधान बना है। किसी भी कारण से अब उसके साथ गाँववालों के सम्बन्ध में कड़वाहट नहीं आनी चाहिए। जोतदार पंचायत-प्रधान हो जाए तो गाँववालों के साथ उसके सम्बन्ध कभी अच्छे नहीं रहते। वैसे न रहना ही स्वाभाविक है। परन्तु मेरा कहना यह है कि अगर सम्बन्ध बिगाड़ना ही है

तो अपने आप होने दो। तुम्हारे कारण कोई ऐसी परिस्थिति उत्पन्न न हो, जो इनके सम्बन्धों में विस्फोट पैदा करे। गाँव में कोई शिक्षित, बाहर से आया हुआ युवक हो तो सभी घटनाएँ राजनीतिक चेहरा धारण कर लेती हैं।

वसन्त ज्ञान प्राप्त करके गाँव लौट आया। श्रीपद उसे बुलाने आया। चरण बेरा के घर पर मनसा-मंगल होगा। 'जमकर नाच-गाना होगा। चरण मनसा का भोग देगा। आप तो कुछ ही दिनों के लिए यहाँ आए हैं, चलिए, देख आइए।' वसन्त ने सहमति जताई।

हेदो नस्कर के मन में यह बात चुभ सी गई। बोला, 'हाकिम का साला होते हुए भी आप वहाँ जाएँगे? वे साले माँ को सिर्फ खिचड़ी भोग देते हैं, वही खाएँगे?'

'साँप के विषय में काम करने आया हूँ! मना कर सकता हूँ?'

हेदो नस्कर ने इस घटना को अच्छी नजरों से नहीं देखा और अपनी पत्नी से कहा, 'तरह-तरह के व्यंजन पका-पकाकर भेजने की जरूरत नहीं है। ऊँचे लोग! एक काम के बहाने आया है, क्या जाने क्या मतलब है? नहीं तो यारी की तो किससे? उस छिरिमाल से!'

'तुमसे टक्कर ले पाएगा?'

'कोई ले पाया है आज तक? पर यह तो हाकिम का साला लगता है! उसके काम में अड़ंगा नहीं डालना चाहता। शान्ति से ये दो-तीन महीने बिताकर चला जाए तो चैन की साँस लूँ। हाकिम बोला, नस्कर उसे अपने पास रखना। नहीं तो मैं इन सब झूठ-झमेले में भला पड़नेवाला हूँ?'

'मछलीवाला घर के अन्दर आ रहा है, मछली बेचने बागदी घर में आकर तरकारी बेच जाता है, सब छू-छाकर भ्रष्ट कर दिया।'

'ऐसी बात मत करो। अभी ऐसी बातें मन में लाओगी तो अपने ही मुँह पर थप्पड़ पड़ेगा, थप्पड़ हजम कर लो।'

वसन्त इन सब बातों से अनजान बना रहा। वह तो बड़ी से मनसा-मंगल का गान सुनने चला गया। चरण के घर का आँगन लिपा-पुँछा, साफ-सुथरा है। गैस-बाती की रोशनी में मनसा-ध्वज हाथ में लिये श्रीपद आ खड़ा हुआ। एक पैर में घुंघरू, एक हाथ में घुंघरूओंवाला कड़ा पहनकर वह ताल दे-देकर गाना गाने लगा। उसके साथ स्वर मिलाया उसके एक साथी और उसके बेटे ने। मनसा का गाना अर्थात् बेहुला की कथा। वसन्त गाना सुनकर समझ गया कि इन्होंने कहानी को आंचलिक रूप प्रदान कर दिया है।

श्रीपद के गाने में, बेहुला और लखिन्दर गृहस्थी बसा लेते हैं। अन्ततः लखिन्दर स्वर्ग जाता है। बेहुला अभिशापग्रस्त हो जाती है। देवताओं ने कहा—देवसभा में बेहुला ने लास्ययुक्त नृत्य किया था। इससे जो पाप हुआ, उस पाप से मुक्त होने के लिए बेहुला, कलियुग में बेहुला नदी के रूप में बहती रहेगी। सर्प-दष्ट शव उसकी लहरों में बहकर सद्‌गति को प्राप्त होंगे। बेहुला पूछती है—मुझे कब सद्‌गति मिलेगी? देवता उसके प्रश्न का कोई उत्तर नहीं देते। तब से बेहुला नदी बनकर बह रही है। गाना समाप्त होने पर मनसा वन्दना हुई और आँगन में झंडे को गाड़ दिया गया।

बहुत मूल्यवान अनुभव था। साबुत मसूर दाल की खिचड़ी, पाँच प्रकार की भुजिया माँ के भोग में चढ़ाई गई थी। खाते-खाते श्रीपद गहरे विश्वास से बोला, 'यहाँ सब-कुछ घटा

था। चम्पाई नगरी अब बेहुला के गर्भ में समा गया है। बेहुला जहाँ खड़ी-खड़ी नदी में परिवर्तित हो गई थी, वहाँ एक अनोखा कदम्ब का पेड़ है। बैसाख में कदम्ब के फूल खिलते हैं।'

चरण बोला, 'बैसाख तक रुक जाएँ तो देखना, बेहुला का मेला लगता है। वहाँ जगह-जगह से चीजें जाकर बेची जाती हैं, साँप का खेल दिखाया जाएगा, देखने लायक मेला है।'

श्रीपद ने बताया, 'साँप पकड़ने भी लोग आते हैं।'

'साँप पकड़ने?'

'और नहीं तो क्या? साँप के कारोबार में तो अब मुनाफा-ही-मुनाफा है। फटाफट साँप पकड़ते हैं। कोलकाता में उनकी चमड़ी अच्छे दामों में बिक जाती है। जीवित गोखरा पकड़ ले तो कविराजी दुकान में औषध बनाने के लिए उसका विष ले लेते हैं।'

'आप ये काम नहीं करते?'

'नहीं! बाप ने मना किया था। करना नहीं चाहिए।'

'गुजर-बसर कैसे करते हैं?'

'गुजारा कहाँ होता है! चेहरा देखकर पता नहीं चल रहा? नस्कर की जमीन का ही सहारा है। जिसे कहते हैं, बेसहारा।'

'कितनी जमीन है?'

'सरकारी सीलिंग को घेंचू दिखाकर हद से ज्यादा जमीन ले रखी है। कोई देवत्र है, किसी पर कारखाना चालू करेंगे, इसलिए रखी है, और किसी को फल-सब्जी के बाग के तौर पर दिखा रखा है और किसी पर मछली के लिए बाँध बनेगा–पर सब जमीनों पर खेती होती है। धान-उड़द-पाट, लम्बी-चौड़ी खेती है।'

'अगर वे कोशिश करें तो इंजेक्शन आ सकता है।'

'पर करेंगे क्यों? आज तक कुछ किया है। और फिर वही तो पंचायत का मुखिया भी है, हम तो हमेशा से ही उसके पाश में बँधे हैं।'

खाना-पीना समाप्त हुआ। श्रीपद बोला, 'चलिए, आपको पहुँचा दूँ। रात हो चुकी है, अब उनके निकलने का भी समय हो गया है। रुकिए, लाठी ले लूँ। यही लाठी की ठक-ठक पर ही भरोसा है। टारच-बाती खरीदूँगा, पर हाथ में पैसे ही नहीं रहते।'

'रहने दो, मैं चला जाऊँगा। पर आपके साथ फिर बैठना पड़ेगा। आपकी मदद के बिना मेरा काम पूरा नहीं होगा।'

'हाँ, जरूर बैठूँगा, पर एक बात। इस इंजेक्सन से आदमी बच जाता है न!'

'समय पर लगाया जाए तो। मगर विष की मात्रा अधिक हो तो असर नहीं होगा।'

'दवाई की कम्पनियाँ यह इंजेक्शन क्यों नहीं बनातीं? बाकी तो सब-कुछ बन रहा है?'

'जिस रोग से साल-भर में केवल बीस हजार लोग मरते हैं, उसकी दवा तैयार करने में कोई लाभ नहीं होता। चार लाख के करीब लोगों को साँप काटते हैं पर मरते तो केवल बीस हजार ही हैं। उस पर भी बिना विष वाले साँप के काटने से भयभीत होकर ही कुछ मर जाते हैं, कुछ ओझा के हाथों मारे जाते हैं। आप मेरी बातों से नाराज मत होइएगा।'

'नहीं, नाराज नहीं हूँ। मैं अपनी शक्ति के बारे में क्या जानता नहीं? कल बात होगी, अभी आप जाइए।'

अगले दिन वसन्त श्रीपद के घर गया। अपने काम के बारे में बताया। श्रीपद ने अत्यन्त स्वाभाविक और तर्कसंगत बात कहकर उसे चौंका दिया। श्रीपद बोला, 'उपयुक्त स्थान पर आए हैं। उपवासी कंगालों के शरीर में, हम तो शियरचाँदा कहते हैं, उसके विष का क्या असर होता है! ये तो मैं अभी मौखिक ही बता सकता हूँ। यहाँ तो सब-के-सब भूखे-कँगले हैं।'

'लगता है अपनी आँखों से ही देख पाऊँगा।'

'हाँ, जरूर, है न यहाँ, हेदो नस्कर के ईंटों का भट्ठा! आपके जीजा ने क्या कहा? चौंकते क्यों हैं? यहाँ कोई बात छिपी नहीं रहती? हाकिम के सम्बन्धी हैं, इसीलिए हेदो चुपचाप है। नहीं तो आप नीच लोगों के साथ घुलमिल रहे हैं, वो क्या चुप रहनेवाला था? रुपया-पैसा बहुत है न! उसके ताऊ का बेटा परान नस्कर खेती करता है, हेदो उसे भी स्वयं से नीच ही समझता है। सन् 1970 में साले को अच्छा सबक मिला था। यहाँ तो एक पटाखा भी न फूटा, और ये साला डरकर ऐसा भागा था, जाते-जाते कह गया, धान कटाई के बाद आपस में बाँट लेना।'

'कलाज के काटे के क्या लक्षण होते हैं?'

'बाबू, वो तो यमराज है! उनके काटने से शिराएँ बोझिल हो जाती हैं, जैसे अंग-अंग सुन्न होता जा रहा हो, पर गोखरा के काटने पर जलन होती है, चन्दरबोड़ा के काटने से वो स्थान जल-सा जाता है, इनके काटने से तो तुरन्त कोई पीड़ा नहीं होती। विष-दाँत तो इतने से होते हैं। पर हड्डियों तक कँपकँपी छूटने लगती है, काटे के स्थान पर दर्द बढ़ने लगता है, और पूरा शरीर ढीला पड़ जाता है, नींद और नशे की हालत में, आँखों के सामने सब-कुछ धुँधला दिखाई देने लगता है।'

'आप तो सब-कुछ जानते हैं।'

'किताब में लिखा है?'

'बिलकुल, यही सब लिखा है।'

'गुस्सा मत होना, आप का ज्ञान तो किताबी है, और वही जिसे कहते हैं लाइब्रेरी...'

'लेबोरेटरी।'

'एक ही बात है। वहाँ साँप को देख-जाँचकर सीखते हैं। हम तो नर-नाग एक साथ वास करते हैं। तिस पर साँप का ओझा हूँ! माल!'

'अच्छा, आप जो इलाज करते हैं, यह आपका पुश्तैनी पेशा है। और आपको इंजेक्शन पर भी विश्वास है। साधारणतया तो सँपेरे या माल वगैरह डॉक्टरी इलाज या इंजेक्शन से बहुत चिढ़ते हैं।'

'देखिए, अब आपसे खुलकर बात करूँगा। बाकियों की बात मैं नहीं करता। मैं उनकी जात का माल नहीं हूँ। रुकिए, एक चीज दिखाता हूँ। ओ राधा! सर्टिफिकेट तो लाना, बेटी!'

श्रीपद की भतीजी एक विवर्ण और फीकी स्याही की लिखावटवाला कागज ले आई। उस पर लिखा था, तामली स्कूल से श्रीपति माल छात्रवृत्ति परीक्षा में पूरे जिले में द्वितीय स्थान प्राप्त कर उत्तीर्ण हुआ है।

नीरस स्वर में श्रीपद ने उसे वापस ले जाने को कहा। बीड़ी पीता रहा। आँखों में किसी

सुदूर अतीत की छवि तैर रही थी। व्यथा। उसके बाद बोला, 'उन दिनों, आसपास कोई स्कूल नहीं था। महीने में दो रुपए का जुगाड़ कर पाता तो इरफानपुर के स्कूल में पढ़ सकता था। हेदो के बाप के पास मेरे बाप ने कितनी बार कहा था।'

'नहीं दिया?'

'नहीं। कहा, आज माल का बेटा पढ़ेगा, कल मछुआरे का बेटा पढ़ेगा, परसों तुम सब हमारे सिर पर पैर रखकर चलोगे। इसी से नहीं हो पाया।'

'तब से यही पेशा अपना लिया?'

'इस पेशे में तो पैसा नहीं है। जब खेती होती है, हेदो के खेतों में काम करता हूँ, जब पेट भरने लायक गुजारा नहीं होता तो बियाड़ चला जाता हूँ। खैर, यही थोड़ी-सी विद्या है। बाप के साथ कोलकाता गया था, वहाँ अस्पताल देखा था। अस्पताल अच्छा होता है, बाबू, डॉक्टर भी अच्छे होते हैं। पहले जब टाइफायेड या हैजा होता था तो लोग मर जाते थे। अभी अगर समय रहते डायमंड हारबर अस्पताल ले जाऊँ तो, जान बच जाती है। वहाँ या इरफानपुर ले जाने पर बच्चा जनते समय औरतें मरती नहीं।'

'इसी कारण यह विश्वास बढ़ा?'

'नहीं, और भी बातें हैं। अगर सच ही जात का माल हूँ, तो मुझ पर विश्वास करना होगा।'

'जैसे?'

'ज्यादातर मनुष्य तो डर से ही मर जाते हैं। पहले तो मैं घाव देखता हूँ। देखकर अगर विश्वास हो जाए कि विषरहित साँप का काटा है तो रोगी को दिलासा दूँगा, उछल-कूद करूँगा, मन्तर बोलूँगा, काटे पर झाड़-फूँक करूँगा, दवा दूँगा, रोगी बच जाएगा तो मेरा यश बढ़ेगा। अकसर तो मनुष्य डर से ही मर जाता है, बाबू! घोणस, दाँड़ास, चीतल सर्प, पनस, अन्धाहि सब विषरहित हैं। सब जानते हैं। परन्तु काटते ही सोचते हैं कि गोखरा या शियर-चाँदा ने काट लिया।'

'विषैला साँप काटे तो?'

'हर समय ठीक से नहीं काट पाता। पहले घाव को देखता हूँ। तब समझ आएगा किसने काटा। जब विश्वास हो जाएगा कि ठीक से दाँत नहीं गड़ा पाया, तब बाँधूँगा, कोशिश करूँगा। औषध दूँगा। मन्तर पढ़ूँगा, झाड़-फूँक करूँगा।'

'दवा से काम होता है?'

'होता है बाबू! शरीर में यदि ठीक से विष न पहुँचे तो असर होता है। इमली-कायफल-टाबा, नींबू-सफेद और नील अपराजिता-चीनी-काटाँसाग को पकाकर दवा देता हूँ। पहले बाँधूँगा, चीरा लगाऊँगा, मुँह में कपड़ा डालकर, अथवा मिट्‌टी डालकर कटे स्थान को चूस लूँगा, और भी कितने प्रकार के औषध हैं।'

'बच जाते हैं?'

'बच जाते हैं, क्या बोलते हो बाबू? इसी से तो जी रहे हैं। तुम लोग कहोगे नीम-हकीम का टोटका। देखा न, है कोलकाता से इतनी-सी दूर! पर न इंजेक्सन है, न डॉक्टर, इसी पर तो भरोसा है।'

'अगर किसी ऐसे स्थल पर काटे जहाँ...'

'बाबू! अँधेरे में चलनेवाला जीव है, पैरों में ही अधिकतर काटता है। घर के अन्दर जब काटता है, नींद में हाथ नीचे लटक जाए तो हाथ में काट लेता है। तब तो बाँधने से काम चलता है। गले, छाती और कमर पर तो कम ही काटता है। अगर काटे तो मर जाते हैं! कहाँ बाँधें? सब जगह क्या बन्धन दिया जा सकता है?'

'और अगर पूरी तरह से जहर फैल जाए?'

'बाँधूँगा, चीरूँगा, चूसूँगा, इरफानपुर ले जाने को कहूँगा। वहाँ जाकर, पिछले सात सालों में केवल दो-बार इंजेक्सन मिला था, रोगी बच गए थे। जहर फैल जाए तो माल के बस की बात नहीं, बाबू। जो झाँसा देते हैं, वो तो ऐसे रोगी का बन्धन खोलकर, मन्तर बड़बड़ाएँगे, पर तुम तो जानते हो, जहर ज्यादा चला जाए तो देह में इंजेक्सन भी किसी काम का नहीं। कोलकाता में डॉक्टर ने बताया था। इसी से तो मेरा बाप बचा नहीं।'

'साँप ने काटा था?'

'शियरचाँदा ने।'

यह तो वसन्त भी जानता है। बारह मिलीग्राम से अधिक गोखरे का विष, पन्द्रह मिलीग्राम से अधिक चन्द्रबोड़ा का विष, छह मिलीग्राम से अधिक कलाज का विष यदि शरीर में फैल जाए तो स्नेक वेनम एंटीसीरम विफल सिद्ध होगा। चन्द्रबोड़ा का जहर फैले तो शरीर के रक्त की लाल-कमिका टूट जाती है, नाक-मुँह-मूत्र तथा मलाशय से रक्तस्राव होने लगता है। तात्कालिक मृत्यु तो भाग्यवानों को मिलती है। नहीं तो शरीर का मांस गल-सड़कर गिरने लगता है, मृत्यु असह्य होती है। गोखरा और कलाज का विष तो 'न्यूरोटाक्सिन' है। स्नायु अवश होना, पेशी संकोचन, लार निष्क्रमण, नींद आना, साँस कम लेना, मृत्यु।

श्रीपद बोला, 'मैं अपनी योग्यता के बारे में अच्छी तरह से जानता हूँ। और इंजेक्सन जब है ही, तब लोग मरें क्यों?'

'दुर्बल शरीर पर भी एक जैसी प्रतिक्रिया होती है?'

'एक जैसी। भूखे-कंगालों के मन में शक्ति नहीं होती, थोड़ा-सा विष भी देह में चला जाए तो मर जाते हैं।'

वसन्त अत्यन्त चिन्ताग्रस्त होकर घर लौट आया। थोड़ा-सा विष देह में जाने पर भी मनुष्य मर जाता है? दुर्बल और प्रतिरोधहीन शरीर है, इसलिए?

सहसा उसे लगा, सब-कुछ सिर्फ शोध-कार्य और ज्ञान-लाभ की दृष्टि से देखना ठीक नहीं। दुर्बल शरीर में कलाज-विष की प्रतिक्रिया कैसी होती है, यह वह देख भी सकता है और लिपिबद्ध भी कर सकता है। परन्तु महानगर के इतने समीप के एक गाँव में इतना अन्धकार क्यों है?

मुनाफा नहीं मिलेगा इसलिए नस्कर ईंटें नहीं बेचेगा। परिणामतः कलाज की वंश-वृद्धि और लोगों की मृत्यु। ये लोग अनाहार से शीर्ण क्यों हैं? नस्कर इनकी भूख और दुर्बलता में कौन-सी भूमिका निभा रहा है? स्वास्थ्य-केन्द्र में एंटीसीरम क्यों नहीं रहता?

स्वास्थ्य-केन्द्र का युवा डॉक्टर सिर हिलाता है। नहीं, उन्हें जानकारी नहीं है, किसी 'क्यों' का उत्तर उनके पास नहीं है। कोलकाता का स्वास्थ्य-दफ्तर मतलब मंत्री-अमला-फाइल। मनुष्य और मानवीय समस्याएँ वहाँ फाइलों में लिखे हुए अक्षर मात्र हैं।

उन्होंने बताया, 'मेटा अस्पताल देखेंगे तो समझ जाएँगे। एक बेड पर छह औरतें अपने

नवजात शिशुओं को लेकर पड़ी हैं, ऐसा भी होता है। एंटीसीरम? माँगा एंटीसीरम, भेजा इन्ट्रोकुइनोल। सरकारी खबर के अनुसार तो मलेरिया का प्रकोप है ही नहीं। इसलिए, अगर सूचना भेज भी दूँ कि मलेरिया हो रहा है, तो भी दवा नहीं भेजेंगे। भेजते हैं तो ढेर-के-ढेर गर्भ-निरोधक गोलियाँ और एक मिक्सचर।'

'क्या कह रहे हैं?'

'डेटॉल नहीं है, रूई नहीं, सिरिंज नहीं, लैब-टेस्ट का कोई प्रबन्ध नहीं, मरक्यूरी-क्रोम तक नहीं देते, श्रीमान। क्वार्टर नहीं है, कोई महिला-नर्स नहीं है। जमादार तक नियुक्त नहीं करते। तो भी इनसान यहाँ से जीवित लौटता है। जानते हैं क्यों? शायद ये लोग यम को भी नहीं भाते। सभी 'केस' कोलकाता या डायमंड-हार्बर भेज देता हूँ। क्या करूँ!'

'आप एंटीसीरम मँगवाइए।'

'मँगवाया है महाशय, बहुत बार मँगवाया है।'

'नहीं मिला?'

'नहीं। सुना है आपके पास है!'

'मामूली-सा।'

'देंगे?'

'देखता हूँ। आपको तो ज्यादा जरूरत है।'

'मन बिलकुल हताश हो जाता है। जानता हूँ, इंजेक्शन लगाने पर बच जाएगा, मगर..., श्रीपद जब 'केस' लेकर आता है...तब मुझे लगता है...

'क्या?'

'इन्ट्रावेनस तो लगा नहीं पाएगा, परन्तु ट्रेनिंग दे पाते तो श्रीपद जैसा बुद्धिमान आदमी बड़ी आसानी से 'इन्ट्रामस्कूलर' या 'सबक्यूटेनस' इंजेक्शन लगा सकता था। बहुत ही बुद्धिमान है। 'लिगेचर', 'सक्शन' सब करके तब लाता है। वही बचाता है, पर कहते हैं 'क्वैक' और मैं डॉक्टर हूँ।'

'सक्शन' करना ठीक है?'

'उसके दाँत और मसूड़े अच्छे हैं। सीरम देंगे?'

'देखता हूँ।'

'अपने जीजाजी से जरा कहिए।'

वसन्त मुसकराया। बोला, 'सब जान गए हैं, है न? जबकि हिमाद्रि दा तो यहाँ आए ही नहीं, मैंने भी किसी को बताया नहीं, फिर भी सब जानते हैं।'

'छोटी जगह है न!'

'बोलूँगा।'

जीजा वसन्त से खुश नहीं हैं। बोले, 'लिखकर दे रहा हूँ, कोलकाता जाने पर मिलेगा। वो भी थोड़ा-सा, ज्यादा नहीं। पर मेरा नाम वहाँ मत लेना। स्वास्थ्य-निदेशालय कुछ काम नहीं करता। कोलकाता के अस्पताल ही किसी सभ्य देश के लिए लज्जा का कारण बन गए हैं। कस्बों में तो स्वास्थ्य जैसा विषय अभी सर्वथा आदिम रूप में है। स्वास्थ्य-केन्द्र में दवा भेजेंगे! स्वास्थ्य-केन्द्र! कितने जिलों के सदर-अस्पतालों में 'ओ.टी.' वातानुकूलित है, एक्स-रे मशीन काम करता है, रोगी का बिस्तर साफ है? 'वार्ड' में तो कुत्ते घूमते हैं! इस बार लिखकर

दे रहा हूँ, पर इस विषय को लेकर अधिक माथापच्ची मत करना। मैं यहाँ नौकरी करने आया हूँ, नौकरी शान्तिपूर्वक करना चाहता हूँ। बाप के घर में गीदड़ घुस गया है। तुम्हारे दो दिन के जोश से कुछ होने वाला नहीं है।'

वसन्त कोलकाता चला गया और एंटीसीरम लेकर लौटा। जिनके पास गया था, उन्होंने, 'ओ! एंटीसीरम!' कहते हुए दे दिया और फिर सोने लगे। उसके बाद, कुछ सोचकर कहा, 'इसकी प्रतिक्रिया भी होती है।'

'जानता हूँ।'

'क्या जानते हैं?'

'यह तो हमारी संस्था में ही तैयार किया जाता है। अच्छा, यह दवाएँ यहीं पड़ी रहती हैं?'

'मैं तो जब से आया हूँ, यहीं देख रहा हूँ। दीवार की शोभा बढ़ा रहे हैं!'

वसन्त ने फिर सोचा, अगर यह बाजार की दवा होती तो! उसके बाद इसके विपक्ष में जो तर्क दिए जाते हैं, वो मन में पनपने लगे और वह हताश हो गया। सर्प-दंशन की समस्या किसी दवाई की कम्पनी को इस दवा के उत्पादन के लिए प्रेरित नहीं करता। क्योंकि साँप चार लाख के करीब लोगों को काटते हैं, पर मरते हैं बीस हजार के लगभग। अचरज की बात तो यह है कि सालोसाल से बीस हजार लोगों की मृत्यु की संख्या में कोई घटत-बढ़त नहीं है। भारत में क्या साँप और मनुष्यों में कोई समझौता है?

ठीक है, दवा-कम्पनी नहीं बनाती, ना सही, सरकार तो बना रही है। गोखरा-कलाज-चन्द्रबोड़ा और अहिराज के विष से घोड़ों को 'हाइपर-इम्यूनाइज' करके, घोड़े की 'प्लाज्मा' से। 'प्लाज्मा' को रासायनिक प्रक्रिया से सुखाकर। सूखी अवस्था में एंटीवेनम बहुत दिनों तक ठीक रहता है।

सरकार जब तैयार करती ही है, तो बाँटती क्यों नहीं? कोलकाता के गोदामों में इस औषध को भरकर रखने का क्या लाभ?

सर्प-दंश की वैज्ञानिक चिकित्सा-व्यवस्था कोलकाता में ही क्यों है? कोलकाता की चौखट पर होते हुए भी इरफानपुर स्वास्थ्य-केन्द्र तथा बेहुला-ब्लॉक कलाजा की दवा पर जीने को क्यों बाध्य है?

हेदो नस्कर ने ईंटें क्यों नहीं बेचीं? हेदो नस्कर जैसे लोगों को दंड देने का कोई उपाय प्रशासन के हाथों में क्यों नहीं है?

इस समय उसे स्वास्थ्य-केन्द्र के डॉक्टर की कही हुई एक बात याद आई। स्टेराइल-पाइरोजन मुक्त-फिजियोलॉजिकल सॉल्ट सोल्यूशन खरीदते समय उसने दो सिरिंज भी खरीदे, एक टॉर्च तथा अन्दाज से, फुटपाथ से कृत्रिम सैंडक के जूते भी खरीदे।

जान-बूझकर साँझ की ट्रेन से गाँव लौटा। स्वास्थ्य-केन्द्र के डॉक्टर के घर जाकर उसे एंटीवेनम सीरम देते हुए कहा—'मैंने दिया है इसकी कानोकान खबर न हो। नहीं तो, हम दोनों फँस जाएँगे।'

डॉक्टर अभिभूत होकर बोला, 'आपका उपकार कभी न भूलूँगा, मेरे भाई! साँप का काटा हुआ रोगी इंजेक्शन के अभाव में मुँह से झाग निकालते-निकालते दम तोड़ देते हैं, अपनी आँखों के सामने यह सब होते देखना कितना दुखदायी है, क्या बताऊँ?'

वसन्त को याद आया, स्वास्थ्य-केन्द्र के मलिन, बदरंग, दरारों वाली दीवार पर कैलेंडर के आकार की साईंबाबा—माँ काली, माँ शारदामणि—रामकृष्ण की तस्वीरें। विज्ञान-सम्मत चिकित्सा, प्रशासन की निर्मम उदासीनता के कारण विफल होने पर अभागा डॉक्टर शायद उपरोक्त महान पुरुषों और रमणियों की मुलगाँवकर अंकित प्रतिकृति में आश्वासन ढूँढ़ते हैं। परन्तु अगर कलाज डस ले तो साईंबाबा की विभूति तथा शहद भी किसी काम की नहीं।

उसने पूछा, 'आपने जरूर प्रशिक्षण लिया होगा?'

'किसके लिए?'

'एंटीवेनम इंजेक्शन देने के लिए?'

'हाँ-हाँ।'

'एंटीवेनम प्रतिक्रिया की दवाएँ भी जैसे भी हो सके, आप जरूर जुगाड़ कीजिएगा।'

'करूँगा।'

'मैं चलता हूँ।'

'बाकी आप ले रहे हैं?'

'हाँ, कुछ रख लिया है।'

'बहुत लोग मरते हैं, जानते हैं आप?'

'जानता हूँ।'

'बहुत अँधेरा है।'

'टॉर्च है।'

अँधेरे में टॉर्च जलाकर बेहुला की ओर चलते हुए वसन्त आज काफी आनन्दित था। जिस कारण से वह आनन्दित था, वह जिस काम के लिए गाँव आया है, उसके साथ उसका कोई सम्बन्ध नहीं था।

अगले दिन उसने श्रीपद को टॉर्च और जूतों की जोड़ी दे दी और बोला, 'ऐसे ही नहीं दे रहा, काम करवाऊँगा।'

'मुझसे?'—श्रीपद जूतों को सहलाने लगा, उनकी गन्ध को सूँघा और भाषातीत कृतज्ञता से भरकर बारम्बार वसन्त की ओर देखने लगा।

'अच्छा, अब याद कीजिए और बताइए, कोई ऐसा रोगी मिला था जिसे कलाज ने काटा था, पर ज्यादा विष नहीं जा पाया, आपने हर सम्भव कोशिश की पर रोगी कुछ दिनों बाद मर गया?'

'भूनिदासी।'

'वो कौन थी?'

'श्मशान का डोम, सागर की औरत।'

'केस को जरा खोलकर बताइए।'

'लिखेंगे?'

'हाँ।'

'चाय के लिए बोल दूँ?'

'बोल दीजिए।'

'राधा, चाय चढ़ा दे, बेटी।'

'बताइए।'

'भूनिदासी सो रही थी। यहाँ तो सब लोग जमीन पर सोते हैं, चटाई बिछाकर, आप तो सब जानते ही हैं। तो उसके हाथ की छोटी उँगली पर काटा था। मुझे बुलवा भेजा, तो मैं पहुँचा। जाकर बाँधा, चीरा, खून चूसा। रात-भर वहीं रहा। सुबह होते-होते विपत्ति टल गई। फिर भी मैंने बन्धन नहीं खोला था। जगह बदल दी थी। साँझ की बेला उसने बातें भी कीं, आँखों से साफ नजर आ रहा था, देखा खून निकलने पर, हवा के लगने से जम रहा है। हाथों में अनुभूति थी, सुई चुभाते ही गाली देने लगी। मैं चला आया।'

राधा चाय ले आई। दोनों ने चाय पी। दूध-रहित गुड़ की चाय परम तृप्ति के साथ पीकर गिलास नीचे रखते हुए श्रीपद बोला, 'अगले दिन सागर ने बुलाया। जाकर देखा, हाँ, बन्धन तो खोल दिया था, तो जाकर देखा, जिस दिन साँप ने काटा था, उस दिन पैर में बाँस की नोक चुभी थी, उससे दर्द भी था, वही पैर सूज गया था, सीने में हलका-हलका दर्द हो रहा था, और बीच-बीच में बेहोशी। होश आया तो कहने लगी, साँस लेते नहीं बन रहा, छाती में बहुत दर्द है! तुरन्त इरफानपुर ले गए पर बिचारी बच न पाई।'

'डॉक्टर ने क्या कहा?'

'बोले, तुमने तो साँपों के काटे का ठीक ही इलाज किया था, छिरिपद, पर उसकी देह में तो कुछ बाकी नहीं था, तिस पर वह बाँस की नोक, उसी से विष-क्रिया हुई।' श्रीपद ने निष्फल क्रोध से जमीन पर थूका। बोला, 'डाक्टर के पास भी तो जरूरत के इंजेक्शन नहीं थे। जवान औरत, तीन बच्चों की माँ थी, धनुषटंकार से टेढ़ी हो गई थी। और मुँह से कैसी झाग निकल रहा था। बच्चों को पालने के लिए सागर ने हाल ही में ब्याह कर लिया है। पिछले सात महीनों से वह बिचारा रो-धोकर जी रहा था।'

'बस यही एक केस हुआ था।'

'और भी हैं। अपनी आँखों से देख लीजिएगा। अभी तो आप यहीं हैं? देख ही लेंगे। अच्छा, साँप का विष उतर गया, तिस पर भी विष-क्रिया क्यों हुई?'

'होता है।'

'उसका क्या इलाज है?'

'उस समय डॉक्टर के बिना कोई उपाय नहीं।'

'जब दवा ही नहीं, इंजेक्शन नहीं, तो डॉक्टर क्या करे?'

'रोगी मरेगा और क्या!'

'हम लोग तो हर हाल में मरते हैं।'

'अब सुनिए। इंजेक्शन की सुई, दवा सब लाया हूँ। आपको भी सिखाऊँगा।'

'मुझे।'

'हाँ, आपको।'

'आप कह तो रहे हैं, मुझसे होगा?'

'क्यों नहीं? अब कोई 'केस' हो तो मैं कैसे क्या करता हूँ, ध्यान से देख लीजिएगा।'

'बेटा तो पढ़ता है, वह देखता तो...'

'वह भी देख लेगा। आप तो हमेशा नहीं रहेंगे।'

'मुझसे हो पाएगा?'

'हाँ-हाँ। मैं जानता हूँ, इसलिए रगों में इंजेक्शन लगाता हूँ। आप हाथ या पैरों पर ऐसी जगह पर लगाइएगा, चमड़ी के नीचे। कितना देंगे, कैसे मिलाएँगे, मैं सब समझा दूँगा। जितनी दवाई है, उससे काफी दिन चल जाएगा।'

'खराब तो नहीं हो जाएगा?'

'नहीं।'

'मैं इंजेक्शन लगाकर बचा पाऊँगा?'

'जरूर।'

श्रीपद दोनों हाथों से अपना सिर पकड़कर बैठा रहा। उसके बाद आँसू पोंछते हुए बोला, 'पितृ-पुरुष क्रोधित होंगे। होने दो। मुझे सब भगवान मानकर, मेरे पास आते हैं। और मैं कुछ नहीं कर पाता। वे लोग, जो विद्या मुझे दे गए हैं, वह तो अब एक भारी बोझ बन गया है। बुरा बनूँ, चाहे विपथ में जाऊँ, मनुष्यों को बचा तो लूँगा!'

'हाँ, बचेंगे।'

'तो फिर सिखाइए मुझे?'

'सिखाऊँगा, जरूर सिखाऊँगा।'

श्रीपद के सीखने की क्षमता को देखकर वसन्त विस्मित हो गया। पहले-पहल तो वसन्त ने उसे, अपने कमरे में बिठाकर उसके हाथ और पैर की पेशी में, चमड़े के ठीक नीचे 'डिस्टिल वाटर' सिरिंज से डालकर दिखाया। उसके बाद श्रीपद ने वसन्त पर भी इसकी प्रैक्टिस की। फलतः दोनों के ही हाथ-पैरों में दर्द होने लगा। परन्तु श्रीपद ने बहुत जल्द ही सीख लिया।

वसन्त ने उसे ऐमोनियम क्लोराइड और गर्म पानी का प्रयोग करना भी सिखाया। उबलते हुए पानी से सेंक लगाना सिखाया। दोनों ही अत्यधिक उत्तेजित और आनन्दित थे। श्रीपद बोला, 'आपने मुझे जो सिखाया, उससे मनुष्य जीएगा। मनुष्य अगर जीए तो विषहर का प्रकोप नहीं रहेगा।'

'किसका प्रकोप?'

'यही तो मैं कहता हूँ। जिस युग का जो मन्तर! साले! बच्चा जनने के लिए औरत को अस्पताल नहीं भेजते? टाइफायड हो तो वहाँ नहीं जाते? साँप काटे तो डॉक्टर इंजेक्शन लगाने लगता है तो लगाने नहीं देते।'

वसन्त हँस पड़ा। कोलकाता के पास, बेहुला जैसे मित्रहीन स्थान पर रहना श्रीपद के कारण अत्यन्त चित्राकर्षक अनुभव बन गया। श्रीपद बोला, 'पौष-माघ के महीनों में शियरचाँदा स्त्री-पुरुष ब्याह करते हैं। इस बार, साला! अगहन में धान काटने के बाद, सब मिलकर चन्दा इकट्ठा करके मिट्टी का तेल खरीदेंगे। ईंटों के ढेर में आग लगाकर उनका वंश ही उजाड़ दूँगा। उफ, साँप की आढ़त हो जैसे, जैसे मनसापुरी!'

कुछ दिनों बाद हेदो नस्कर का बालक नौकर शशि साँपों के डर से अनजान ईंटों के ढेर से चार ईंटें लेने गया था और क्रुद्ध कलाज ने उसकी जाँघ पर डस लिया। श्रीपद ने वसन्त को बुलवा भेजा। बोला, 'दाँत गड़ा नहीं पाया, सिर्फ थोड़ा-सा निशान लगा है।'

शशि ने मान ही लिया कि वह मर रहा है और मानसिक विकलता के कारण कलाज

के जोर से डसने के सभी लक्षण दिखाई देने लगे। श्रीपद ने जोर से चीखते हुए गाली दी और बोला, 'नौटंकी मत कर, शशि!'

वसन्त ने पहुँचकर देखा कि बन्धन वगैरह सब हो चुका था। पानी गरम हो रहा था, आमोनियम सॉल्ट तैयार था। वह बोला, 'लगाइए इंजेक्शन, जैसा सिखाया था।'

'छिरिपद? इंजेक्सन लगाएगा?' सब बहुत घबरा गए। श्रीपद अब प्रख्यात बालक को एंटीरेबिड इंजेक्शन लगाते समय लुई पास्तर के आत्म-विश्वास से गरज उठा, 'विष हरि की आज्ञा से जो कर रहा हूँ, अगर उस पर विश्वास न हो तो सालो, भागो यहाँ से!'

इंजेक्शन लगाकर वह चिल्लाता रहा–

माँ मनसा दया करो, तोर चरण गहि,
भुजंग जननी ने भुजंग का विष लिया हर।
विष गया सप्त स्वर्ग के ऊपर,
माँ मनसा ने दुहाई दी शंकर पिता की।
विष जाकर बना शंकर का कंठहार,
जय-जय शुभंकर शंकर की दुहाई।

विज्ञान और विषहरि, श्रीपद बड़ी कुशलता से दोनों की साधना करता रहा। गरम पानी में अमोनियम मिलाकर उसने घाव को धोया। गरम पानी का सेंक लगाया। इंजेक्शन देने के घंटे-भर बाद बन्धन खोलकर अन्यत्र बाँधा और चिल्लाता रहा–

ध्वनि, ध्वनि, ध्वनि है जिसकी।
ध्वनि है तो विष नहीं और।
हाड़-मांस से ध्वनि फूटे।
ध्वनि उड़े तो विष न फैले।

वसन्त ने जब कहा, शशि के प्राणों को अब कोई खतरा नहीं है, तब श्रीपद ने अपना झोला समेटा। शशि की माँ से कहा, 'नस्कर से दाल-चावल माँगकर माँ का भोग लगा। वहाँ जाकर खूब चीख-चीखकर रोना। बोलना, 'तुम्हारे ईंटों की ढेरी से साँप ने काटा, तुम्हें देना पड़ेगा।'

'अरे, मैं क्या छोड़ दूँगी? दुर्गा केओरानी हेदो नस्कर को छोड़ देगी? उसी ढेर से तो मेरा सर्वनाश होने जा रहा था! पर छिरिपद! माँ की आज्ञा से इंजेक्शन लगाया था?'

'बाप रे, उनकी आज्ञा के बिना लगा सकता था? अरे इतना अविश्वास क्यों है तेरे मन में? जान देकर तुम लोगों की जान बचाता हूँ, अच्छा, कभी, किसी दिन तुमसे कुछ माँगा है? तुम सबके सब गू-खोर हो, जब बुला भेजा था, न आता तो अच्छा होता।'

शशि की माँ श्रीपद के पैरों पर गिर पड़ी। वहाँ पर जमा सभी लोग शशि की माँ को गाली देने लगे। श्रीपद कुशल अभिनेता है। वह समझ गया, मंच उसके हवाले है। इसलिए बोला, 'और भी कुछ कहना है, सब ध्यान से सुनो।'

'बोलो भाई, मरे हुए को जिला दिया तुमने!'

'माँ का सेवक हूँ, माँ का सेवक हूँ। वे न कहें तो मैं कर सकता था? उन्होंने सपने में बताया था कि वसन्त को भेज रही हूँ। वह तुझे सब-कुछ सिखाएगा। बोली बेहुला की हालत से मैं बहुत दुखी हूँ!'

'हाँ-हाँ, आगे बोलो!'

'हेदो नस्कर के घर में सरकारी मिट्टी का तेल पड़ा सड़ रहा है। उसकी ईंटों से सर्वनाश हो रहा है फिर भी वह तेल नहीं देता! इस बार अगहन में धान काटने के बाद हम सब चन्दा इकट्ठा करके मिट्टी का तेल खरीदेंगे।'

'उसके बाद?'

'ईंट-भट्ठे में आग लगाकर शियरचाँदा के वंश को निर्वंश करेंगे। नहीं तो, जी न पाएँगे।'

'ऐसा ही होगा! ऐसा ही होगा!'

बाहर आकर श्रीपद बोला, 'अभी तो सब नाच रहे हैं! तब देखना सब मुँह फेर लेंगे। अपना भला खुद नहीं समझते। सबके सब गू-खोर हैं।'

उसके बाद बोला, 'आज कमाल का दिन है! मैंने इंजेक्सन लगाया, शशि बच गया? वाह!'

'पर वो सपना-वपना, वो सब क्या कह रहे थे?'

'सच!' श्रीपद ने वसन्त का हाथ कसकर थाम लिया। बोला, 'मुझ पर माँ की बहुत दया है! आपसे 'हाँ' कहने के बाद बहुत विचलित हो गया था। तो उस रात माँ शियरचाँदा के गहने पहनकर मेरे सपने में आई थी। बोली, तू जा, उसे मैंने ही भेजा है।'

वसन्त समझ गया कि यह सपना देखने की बात करके वह अपने संस्कारयुक्त मन को स्वयं ही दिलासा दे रहा है। इस प्रकार से वह अपने आदिम विश्वास के प्रति अविश्वास प्रकट करने के कारण तथा विज्ञान के प्रति आस्था दिखाने के कारण क्षमा माँग रहा है। वह यह भी समझ गया कि श्रीपद के मन में छिपे इन संस्कारों को उखाड़ फेंकना उसके बस की बात नहीं है। श्रीपद के लिए अन्धकार त्यागकर ज्योतिर्गमय होना सम्भव नहीं है। अन्धकार और प्रकाश एक साथ ही रहेंगे। क्योंकि, केवल कहने-भर को ही श्रीपद बीसवीं शताब्दी में जी रहा है। वास्तव में तो हर प्रकार की नागरिक सुविधाओं से वंचित अन्धकार में वह वास करता है। विषहरि को वर्जित करना, उसके द्वारा सम्भव नहीं हो पाएगा।

श्रीपद बोला, 'कल हाट में जाऊँगा। कल रात मेरे घर खाना खाना पड़ेगा। यह मेरी गुरु-दक्षिणा होगी।'

'खर्चा करेंगे?'

'क्यों नहीं, साला, माछ लाऊँगा, आलू लाऊँगा, मेरी औरत सरा–पीठे (एक प्रकार का व्यंजन) बनाएगी। जमकर खाएँगे।'

वसन्त सुबह इरफानपुर से मिठाई खरीद लाया। साँझ को जब निकलने लगा तो हेदो नस्कर ने कहा, 'छिरि के यहाँ खाने जा रहे हैं! इससे नीच लोगों की हिम्मत बढ़ जाएगी।'

वसन्त हँसकर बोला, 'वो मेरा दोस्त है।'

'दोस्त!'

'हाँ। और, मैं तो यहाँ सदा नहीं रहूँगा। मेरे कारण यह कोई धृष्टता नहीं करेगा।'

हेदो, वास्तव में ही अत्यन्त परेशान था। उसने कहा, 'नक्सलपन्थी भी ऐसी बातें किया करते थे। आप तो नहीं हैं न?'

'नहीं-नहीं, बिलकुल नहीं।'

'यह गाँव-देहात है! समाज को मानना पड़ता है।'

'अब मैं चलता हूँ।'

'छिरि ने इंजेक्सन दिया था?'

'हाँ।'

'विषहरि की आज्ञा से?'

'कहा तो यही है।'

'माँ ने आज्ञा दे दी?'

'क्या पता? वही पूजा करता है, वही जानता है, झूठ तो नहीं बोलेगा!'

'नहीं-नहीं! जीभ कट जाएगी, झूठ कहेगा तो!'

'ठीक है। गाँव का भला हो।'

'हाँ, भला ही होगा।'

'मैंने तो शशि की माँ को दाल-चावल-मसाला दे दिया था। माँ का भोग लगाए। बेटा बच गया।'

'वो तो बच गया पर आपने उन ईंटों के ढेर का कुछ बन्दोबस्त नहीं किया तो सब नहीं बच पाएँगे।'

'देखता हूँ। अच्छा दाम मिलते ही निकाल दूँगा।'

श्रीपद के घर कुप्पी की रोशनी में बत्तख का मांस, अरवी की तरकारी, और भात खाने के बाद रसगुल्ला खाकर श्रीपद बोला, 'माँ का भजन सुनेंगे?'

'जरूर।'

मनसा-मंगल का गाना। रात बढ़ने लगी। सियार पुकारने लगे। चारों ओर निस्तब्धता। वसन्त का मन भाव-विभोर हो गया।

कई दिनों बाद श्रीपद का तामली से बुलावा आया। स्कूल-मास्टर को साँप ने काटा है। श्रीपद ने जाकर बहुत कोशिश की पर साँप के काटने के बाद आठ घंटे बीत चुके थे, इसलिए लगभग मृत देह पर ही हर-सम्भव प्रयास करना पड़ा। वसन्त को लगा कि आसपास के गाँवों में श्रीपद का नया परिचय लोगों को मिल चुका है। तामली में भी साँप का ओझा—भूषण माल है। भूषण ने ही श्रीपद को बुलवाया था। यह ध्यान देने योग्य बात है! भूषण ने अपने गाँव में श्रीपद को बुला भेजा अर्थात् वह जानता है कि श्रीपद आजकल इंजेक्शन भी लगाता है।

दिन बीतने लगे। श्रीपद और स्वास्थ्य-केन्द्र के डॉक्टर की सहायता से स्वयं वसन्त अपना शोध-कार्य करता रहा। घोड़े की 'प्लाज्मा-सीरम' के प्रति जो 'एलर्जिक' नहीं है, वे भी प्रतिरोधहीन शरीर में सेकंडरी सिम्पटम डेवलप करके अपनी जान गँवा सकते हैं। खाद्यहीन, पुष्टिहीन शरीर। जलोदर, बढ़ी तिल्ली, पेट रोग, दाँतों की सड़न, अन्य घाव इनके नित्य संगी हैं। अतएव इसके लक्षण दिखाई देने लगते हैं!

मरते हैं, लोग तो मरते ही हैं। परन्तु जो रोगी बच जाते हैं, वे डॉक्टर के आत्मविश्वास को बढ़ाते हैं अर्थात् श्रीपद के। श्रीपद के पास, वसन्त नए तौर पर, फिर से सब-कुछ सीखता है। साँप का डसा रोगी डर से भी मरता है, यह तो वसन्त ने पढ़ रखा है।

उस डर का वास्तविक चेहरा, रक्त-मांस का चेहरा, श्रीपद ने उसे दिखा दिया। बोला,

'राजीव धोबी की मौत देखी? मैं हाट गया था। उसे ढैमना ने काटा था। बुला भेजा बाभना को। डर से छाती की धुकधुकी थम गई। औरत रोई, 'कहाँ चले गए थे बाबाजी, तुम रहते तो उसे कुछ न होता।' ढैमना ने काटा पर मन ने माना कि 'उन्होंने' काटा। बस! इसी से हमारे शास्तरों में लिखा है, रोगी को कभी अकेले मत रखना, डाँट-डपटकर या मार-पीटकर उसके मन की शक्ति को बनाए रखना।'

'डर से दिल का दौरा पड़ा था।'

'इस डर का उपाय क्या है, बताओ?'

'बेटा सीख रहा है?'

'हाँ, पर बेटा मन्तर-वन्तर सीखने नहीं आता था। अब इंजेक्सन सीखने का बड़ा जोश है। पर सब लक्षण समझ नहीं पाता। अभी इस पर भरोसा नहीं करता।'

'बाँधन न बदलने पर 'गैंग्रीन' और झप से खोलो तो मृत्यु, यह अवश्य सिखा देना।'

'सब, सब सिखा रहा हूँ। पैसा तो नहीं लिया, इसलिए निशिकांत मछुआरा कटहल-काठ से बना एक बक्सा दे गया है। उसकी माँ को बचाया था न? बोला, इसमें दवा और इंजेक्सन रखना। माँ की सौगन्ध। आप पर और आपके इंजेक्सन पर ही अब भरोसा है। अच्छा, आपका काम चल रहा है?'

'जरूर। यहाँ न आता तो पता ही न चलता कि अनाहारी शरीर में इंजेक्शन लगाने से कितने लक्षण दिखाई देने लगते हैं, मनुष्य कैसे-कैसे कष्ट भोगता है!'

'हेदो को तो साँप काटेगा नहीं। नहीं तो जान पाते कि हाथी का आहार करनेवाले शरीर में क्या-क्या लक्षण दिखाई देते हैं। उसे तो साँप भी नहीं काटेगा। काटे तो शायद साँप ही मर जाएगा! बाप रे! नस्कर जैसा इनसान!'

'मेरे जाने का समय आ चुका है।'

'सोचता हूँ तो दुखी हो जाता हूँ!'

'दोबारा आना पड़े, शायद।'

'देखिए! एक बार काम में लग गए तो आ नहीं पाएँगे। और एक बार इस गोशाला से छुटकारा मिले तो कोई गाय अन्दर नहीं आना चाहेगी।'

'आपकी मनसा देवी पर भी कलाज के चमड़े के गहने हैं? देखने में बड़ा अच्छा लग रहा है!'

'हाँ, मारना पड़ता है, चमड़ी उधेड़कर गहना बनाना पड़ता है। हमारे यहाँ यही रिवाज है।'

माल लोग तो अब सब नियम मानते भी नहीं हैं। आजकल तो दाँड़ास मार रहे हैं, चमड़ी कोलकाता जाकर बेच आते हैं। गोखरा मिले तो लाभ दुगुना होता है।

वसन्त के चले जाने की सम्भावना से हेदो नस्कर बहुत ही खुश होता है। इरफानपुर थाने में बैठकर मन की बात बताकर आता है। बोला, 'हाकिम का साला है, इसी से कुछ नहीं कहा। नहीं तो, साला, यह तो नक्सलों के सिर पर हग रहा है। छिरिपद के साथ उठना-बैठना। छोटी जात के लोगों को इंजेक्सन लगा रहा है, उनके यहाँ खा रहा है। धान की फसल कटाई के समय सालों को बस में करना मुश्किल हो जाएगा। वो दो दिन के लिए आया था, मेरी नाक में दम करके जा रहा है।'

'किसी हंगामे का अन्देशा है क्या?'

'है तो नहीं, पर गाँव की हवा तो पलट गई है। छिरिमाल पैरों में जूते चढ़ाए, टारच–बाती लेकर घूम रहा है? छोटी जात जब जूते पहनने लगे तो समझ लेना घोर कलियुग आ गया है।'

'क्या? साँप काटेगा, जब काटेगा, तब क्या जूते पहनकर रोक पाएगा? है तुझमें हिम्मत?'

विषहरि ने सम्भवतः हेदो नस्कर की बातें सुन ली थीं।

रात में, सोते हुए नींद में ही वसन्त ने दरवाजे पर आवाज सुनी। कोई कातर स्वर में उसे पुकार रहा था। वह हड़बड़ाकर उठा, दरवाजा खोला। स्वयं हेदो नस्कर, और भी कई लोग खड़े थे। साथ में श्रीपद का बेटा पतित। पतित रोते हुए बोला, 'इंजेक्सन लेकर चलिए बाबू! बाबू को...बाबू को...!'

'श्रीपद को?'

'हाँ बाबू, नींद में ही बगल में .....'

अचानक उस जगह तीव्र प्रकाश की झलक दिखाई देने लगी! शशि के हाथों में गैस-बत्ती जल रही थी। हेदो नस्कर भी अत्यन्त भयभीत है। श्रीपद को साँप काटने का नतीजा वह भी समझता है। बोला, 'रोशनी लेकर आता हूँ।'

'आप जाएँगे?'

'छिरिपद...!'

वसन्त टॉर्च लेकर दौड़ा। कन्धे पर झोला लटक रहा था। श्रीपद को साँप ने काटा है। श्रीपद को?

पूरे आँगन और घर में भीड़ जमा है। सबको धकेलते हुए वसन्त भीतर घुसा। कुछ लोग रोने लगे।

'माल को बचाओ रे, बाबू। उसके बिना हम कैसे जिएँगे!'

श्रीपद दीवार पर टेक लगाकर बैठा है। सामने एक मृत कलाज पड़ा हुआ है। श्रीपद का एक हाथ उसकी स्त्री के कन्धे पर रखा हुआ है। उसकी आँखों से गंगा-यमुना बह रही है। बगल में चीरा लगाया गया है, घाव दिखाई दे रहा है। श्रीपद की आँखें नींद से बोझिल हैं। बार-बार आँखों की पलकें झपक रही हैं, उन्हें खोलने की बहुत कोशिश कर रहा है।

'श्रीपद?'

'बाबू! वसन्त बाबू?'

'गरम पानी उबालो कोई, ढेर सारा पानी। गैस-बाती यहाँ रखो। श्रीपद! मैं इंजेक्शन दे रहा हूँ।'

इंजेक्शन लगाते हुए वसन्त के हाथ काँपने लगे। श्रीपद के चेहरे पर क्षीण-सी मुसकराहट आई।

बहुत दूर चले जाते हुए जैसे हवा की लहरों के साथ उसकी आवाज सुदूर से बहकर आई हुई सुनाई दी, 'पतित ने बाँधने की कोशिश की थी। पर बाँधे कहाँ?'

'श्रीपद! सबसे ज्यादा 'डोज' दिया है।'

'अच्छा!'

वसन्त निर्ममता से श्रीपद के बगल को चीरता रहा। श्रीपद मुसकराकर बोला, 'सुन्न हो चुका है, कुछ पता नहीं चल रहा। अब कुछ असर नहीं होगा। बाबू, तुम बैठ जाओ!'

गरम पानी। अमोनियम क्लोराइड। हर कोशिश व्यर्थ है, जानते-समझते हुए भी श्रीपद जूझता रहा।

श्रीपद ने जैसे बहुत दूर से कहा, 'वहाँ काटे तो क्या करोगे, बाबू? बगल और हार्ट में अन्तर नहीं है, तुम जो कहा करते थे?'

'श्रीपद, मेरी तरफ देखो!'

'कुछ दिखाई नहीं दे रहा, बाबू! नींद आ रही है। बहुत नींद है आँखों में!'

गरम पानी की हाँड़ी? कम्बल का आसन दो। पूजा करनेवाले कम्बल के आसन को बगल में लपेटकर उसने गरम पानी का भाप दिया। पर शरीर में तो जैसे कोई जान ही नहीं है, रह भी कैसे सकती है। वसन्त ने श्रीपद की नाड़ी देखी, छाती पर कान लगाकर सुना।

श्रीपद ने अमानवीय चेष्टा से देखने का प्रयास किया और रुक-रुककर बड़ी कठिनाई से बोला, 'नस्कर ने ईंटें नहीं बेचीं!'

वसन्त छाती पर कान लगाकर उसकी धड़कनें सुनता रहा। उसके बाद धीरे-धीरे उठा।

श्रीपद को धीरे-से लिटा दिया। फिर मुँह ढककर जोर-जोर से रोने लगा। वहाँ पर खड़े सौ से भी अधिक बेहुला-वासी रोने लगे। रात चौंक गई। कलाज के पुराने चमड़े से बने शिराभूषण धारण किए पीतल की मनसा एकटक सस्नेह विस्फारित नेत्रों से देखती रही।

सुबह हुई। मानो वह सर्वनाश की सुबह थी। जाने कैसे खबर पहुँची। तामली, बकुलपुर, गाङ्टी और फूले गाँवों से सभी माल वहाँ आ पहुँचे। अब वसन्त दर्शक मात्र बन गया। इसमें उसकी कोई भूमिका नहीं। केले के तने का भेला बनाया गया। उस पर बिस्तर बिछाया गया। श्रीपद के धूसर शरीर को लिटाया गया। मालों ने एक-एक करके भेले पर छोटे-छोटे सकोरे रखे। चावल और तुलसी पत्ता। सबने श्रीपद को प्रणाम किया।

विशाल गाँव के अनुरूप ही शवयात्रा भी विशाल थी। सब हरि-ध्वनि देते रहे और आँसू पोंछते रहे। पुरुष भी बिना किसी शर्म के रो रहे थे। भेला को बेहुला में बहा दिया गया। अब सब नदी के किनारे-किनारे चलने लगे। उस भेला को खींचते हुए वृद्धा बेहुला की कमर टूटने लगी। अभिशप्त है वह, अभिशप्त है। धीरे, बहुत धीरे भेला बहने लगा। वसन्त चलता रहा। भुतहा इनसान की तरह। चलते-चलते एक स्थान पर पहुँचकर सभी एकाएक रुक गए। भँवर, नदी का मोड़। यहीं भेला चक्कर काटने लगा। यही नियम है। भेला को निहारते हुए जो खड़े थे, उनकी आँखों के आगे अन्धकार था, इस धूप और दिन के दृश्य भी अन्धकारयुक्त थे।

जाने किसने कहा, 'सात बार भेला को घुमाकर, पानी के नीचे डुबोकर फिर तामली में ले जाएगी।'

पर सबने विस्मय से अस्फुट आर्तनाद किया। क्योंकि भेला सबको चकित और भयभीत करते हुए मन्थर गति से घूग रहा था, केपल घूमता ही जा रहा था। हवा से श्रीपद के मुख पर से चादर उड़ गया और भयभीत वसन्त को लगा कि श्रीपद के अर्द्ध-निमीलित नेत्रों में सिर्फ उसके प्रति शिकायत है। तिरस्कार है। मनुष्य, सर्प-दंशन से भीत मनुष्य रिसर्च का पेपर नहीं है, बि.बा.दी. बाग के दफ्तर में सिर्फ एक क्रमबद्ध परिगणन संख्या नहीं है। मनुष्य नश्वर

है, इसलिए उसे सहायता की आवश्यकता है, डर को दूर भगाने की आवश्यकता है, आवश्यकता है उसे बचाने की।

शशि की माँ फफक उठी, 'अनाथ करके जा रहे हो बाबा, इसी से जा नहीं पा रहे? तभी बार-बार घूमकर हमें देख रहे हो?'

फिर ऐसा लगा जैसे मृत श्रीपद समझ गया कि जो पिता द्वारा प्रदत्त दायित्व उसने लिया था, उसे लेनेवाला अब कोई नहीं। पतित ने तो कुछ सीखा नहीं था। वसन्त भी लौट जाएगा। पिंड-दान का अधिकार तो वह पतित को दे गया पर उसका उत्तराधिकार लेनेवाला कोई नहीं रहा।

श्रीपद का उत्तराधिकारी केवल मात्र पिंड-दान करने से ही नहीं बना जा सकता! मानो गहरी हताशा से श्रीपद ने नदी से कुछ कहा। बेहुला के भँवर ने अब उसे पूरी तरह खींच लिया था।

वसन्त लौट आया। दिन-भर बिना नहाए, बिना खाए बिस्तर पर पड़ा रहा। रात-भर। सुबह होते ही उसने हेदो नस्कर को बुलाकर कहा, 'केरोसिन का तेल निकालिए। सरकारी केरोसिन।'

'क्या करेंगे?'

'देख लीजिएगा।'

'पर, क्या करेंगे, अगर न बताएँ तो...' हेदो नस्कर आगे और भी कुछ कहने वाला था। श्रीपद की मृत्यु से वह भी मर्माहत हुआ था परन्तु केरोसिन अपने हाथों में रखने का मतलब है अधिकार अपने हाथों में रखना। वसन्त ने उसे कोई भी बात पूरी न करने दी।

'पहले तो मैं गाँव के सभी लोगों को बुलाऊँगा, नस्कर बाबू, केरोसिन मैं जरूर निकलवाऊँगा। उसके बाद एस.डी.ओ. को सूचित करूँगा। फिर कोलकाता जाकर जो करना है करूँगा। आपकी ईंटों का भट्ठा...एस.डी.ओ. केवल मेरे जीजा ही नहीं हैं, बहुत जबर्दस्त अधिकारी हैं। इनके पास परमिट होते हुए भी आप इन लोगों को केरोसिन नहीं देते, जमाखोरी करते हैं। जमाखोरी करते हैं आप, क्या मैं नहीं जानता? पंचायत-प्रधान बने हैं! सबको आपकी कारगुजारियों के बारे में पता चलेगा तो आपके प्रधान-पद का क्या होगा?'

हेदो नस्कर ने, शान्त और निर्विरोधी वसन्त की आँखों में अपनी आसन्न पराजय की सूचना पढ़ ली। उसे भी आज अनुभव हुआ, गाँव बहुत ही अलग-थलग जगह पर स्थित है, थाना इरफानपुर में है। मन में एक बेबुनियाद डर बैठ गया। सत्रर-इकहत्तर में इसी डर के कारण ही वह भाग गया था।

'ले लीजिए, कितने कनस्तर लेंगे।' उसने सूखे गले से पूछा।

'एक छोड़कर सारा लूँगा। शशि! चरण, सागर, रावण, निशिकान्त सबको बुला लीजिए। कम-से-कम बीस लोग चाहिए।' वसन्त की आवाज और मन में एक हिंस्र आनन्द झलकने लगा। नस्कर के मुरझाए चेहरे को देखकर वह इतना आनन्दित होगा, यह उसने कभी सोचा भी न था।

'हौज पाईप भी दीजिए। गाँव में आग लग़ने पर बुझाने के लिए सरकार ने आपको दिया था और आप बैंगन की क्यारी में उससे पानी डालते हैं।'

चरण वगैरह सब आ पहुँचे। वसन्त बोला, 'कनस्तर उठाओ, पाइप लो, फिर जो जितना भूसा ला सकता है, ले आए।'

चरण और उसके साथी वसन्त को देखने लगे। श्रीपद की मृत्यु के प्रचंड आघात, शोक, विमूढ़ता के बावजूद वसन्त उन्हें जीवन के ऊर्ध्वगामी प्रवाह की ओर उन्मुख करने का प्रयास करता है।

'बड़े-बड़े बाँस ले चलो। औरतें और बच्चे पास न आने पाएँ।'

पुआल के गट्ठरों का ढेर लगाकर, ईंटों के ढेरों पर फेंका जाने लगा, सभी उठाकर फेंकते रहे। धीरे-धीरे भूसे के नीचे ईंटों का ढेर ढक गया। जैसे ईंटों के ढेर को घेरकर भूसे की दीवार खड़ी थी। आग के विषय में अनुभवी श्मशान के डोम सागर ने कहा, 'तुम सब जाकर बेरी के झाड़ काटकर लाओ। श्मशान के आसपास उनकी भरमार है। एक बार आग लगने पर बुझनी नहीं चाहिए।'

चरण ने कहा, 'घर-घर से तुष माँग लाओ। जाड़ों में आग सेंकने के लिए सबने इकट्ठा कर रखा है।'

भूसे की दीवार और भूसे से ढके ईंटों के ढेर पर मिट्टी का तेल छिड़का गया। वसन्त ने कहा, 'एक साथ चारों तरफ आग लगाना। तेल में भीगे कपड़े को जलाकर उस पर फेंक दो! भूसे की दीवार बुझनी नहीं चाहिए। लगातार भूसा डालते रहना। साँप निकलते ही लाठी से पीटना।'

'यह बताना न होगा, बाबू। छिरिपद को जब खा लिया, तब उनका बचना मुश्किल है।'

आग जलने लगी। धू-धू लपटें। सब आग्रहपूर्वक देखने लगे। अब दूर से ही, अभ्यस्त कुशलता से बाँस से धकेलते हुए सागर डोम ने ढेर से ईंटों को गिराना शुरू किया और बोला, 'सब मिलकर धकेलो रे। सब-के-सब नीचे छिपे हैं। वो देखो! वो देखो!'

आग की गर्मी से कलाज इधर-उधर छिटककर गिरने लगे। सब चिल्ला उठे, उनमें नया जोश उभर आया। भूसे की दीवार पर लकड़ियाँ गिरने लगीं, हौज पाइप से केरोसिन की पिचकारी। साँप निकलते रहे। मरते रहे। गाँव के सब लोगों का शोक, कलाज के विषय में डर, हेदो नस्कर के प्रति आक्रोश, सब मिलकर प्रज्वलित क्रोध में परिवर्तित हो गया। इसीलिए आग की लपटें लपलपाती रहीं।

जगमोहन की मृत्यु

कहानी का नाम 'जगमोहन की मृत्यु' होने पर भी जगमोहन, सोमरा गंजू और बुलाकी–तीनों ही मृत्यु के असम्भव अथवा सदैव सम्भव परिणामों पर पहुँचे थे। घटना सतहत्तर के अक्टूबर में हुई। कहानी का एक अलौकिक छोर भी है। वह इस समय बुरुडिहा गाँव के हनुमान मिश्र के कब्जे में है। यथार्थतः उस अक्टूबर के देवी-पक्ष में बुरुडिहा के समीप जो अविश्वसनीय घटनाएँ हुईं, उनसे उव अंचल में हनुमान मिश्र की श्रेष्ठता और ईश्वर की इच्छा को स्थायी प्रतिष्ठा मिल गई। भारत और भारतवासियों के मन से छुआछूत मिटाने और छोटी जाति पर होनेवाले अत्याचारों को कानून द्वारा बन्द करवाने को जो कमर कसे हैं, उन्हें शिक्षा देने के लिए ही यह घटना हुई थी–ऐसा मिश्र के समर्थक कहते हैं। उसी प्रकरण पर 'जगमोहन की अमर कहानी' पुस्तिका पटना में छपी और गोमो-डाल्टनगंज लाइन के स्टेशनों पर कहीं-कहीं बिकी भी। 'जगमोहन' के मन्दिरों में स्वभावतः सबसे अधिक बिकी। यह लाइन किताबों की बिक्री की लाइन नहीं है। इधर के गाँव प्रागैतिहासिक हैं। यहाँ के निवासी भारत सरकार के सिरदर्द के प्रमुख कारण हैं। उराँव, मुंडा, हो इत्यादि की कोई लिखित भाषा या लिपि नहीं है। वे दिन के अन्त में चीना घास के दानों की तलाश में हजारों बरस से फिरते आए हैं। जगमोहन की किताब वे भूखे-नंगे नहीं पढ़ेंगे। इसलिए किताब भुरकुंडा, खलाड़ी, पत्रातू इत्यादि नए बने धनी औद्योगिक अंचलों में बिकती। यह सारे आदिवासी भारत सरकार को अनजाने ही तरह-तरह के कष्ट देते हैं। विकास कार्यालय की उपेक्षा कर यह अविकसित रहते हैं। सरकार को छुआछूत पसन्द नहीं है, यह बात जानते हुए भी ये लोग ऊँची जाति वालों से डरते हैं। देश की धन-संपदा में इनका अधिकार रहे, यही सरकार की घोषित इच्छा है। फिर भी मैंगनीज, बॉक्साइट, माइका, लोहा, ताँबा, सीमेंट, कोयला सब गैर-आदिवासी लोगों के हाथों में देकर ये अनाहार से सूखा शरीर लिये दूर से कल-कारखाने की शोभा देखते हैं। सबसे गन्दी बात है कि अकाल के दिनों में देशी और विदेशी फोटोग्राफरों के आने पर यह कैसे तसवीर खींचने देते हैं और आदमी के कैरिकेचर की तरह इन सारी शक्लों की तसवीरें बाहर प्रचारित होकर भारत की छवि नष्ट करती हैं। असल में यह दोगले खच्चर हैं। पिछली सरकार में आपातकाल की डाँट से इनके जीवन में अकाल और सूखे का मामला लाद दिया गया था। वर्तमान सरकार ढीली होने से यह निरन्तर अपनी गरीबी बताने की सुविधा ले रहे हैं। आश्चर्य क्या है, इन जातों के लोप होने से सरकार जीवित रहेगी? भारत के बाहर की दुनिया के खाद्य निर्यात का मामला बदमाशी नहीं लगता? जो हो, आजकल बुरुडिहा अंचल में जगमोहन का विदेही प्रभाव अत्यन्त संक्रामक है। किताब में सब लिखा है। इस अठहत्तर में कर्पूरी ठाकुर की जॉब रिजर्वेशन की सदेच्छा भी घूमकर अपने ही ऊपर चोट करने के बाद जगमोहन की

किताब में जुड़ गई है। जगमोहन की घटना से ही प्रमाणित हो गया कि छोटे लोग सदा छोटे ही रहेंगे। ऐब्सट्रैक्ट—अमूर्त—ईश्वर, समूर्त काशी विश्वनाथ, हनुमानजी, रामजी—सबकी वही इच्छा है। इसके बाद भी कर्पूरी ठाकुर उछल-कूद करने गए और हिन्दू देवता वर्ग के हाथों दुरुस्त हुए। किताब लाखो-लाख बिकी और बुरुडिहा अंचल की सवर्ण हिन्दी स्त्रियाँ उसे साईंबाबा और सन्तोषी माँ की तसवीरों के साथ रखकर उसकी पूजा करने लगीं। इस तरह जगमोहन की मृत्यु क्रमशः बहु-उद्देश्यीय साबित हुई, किन्तु वह बाद में विचार करने की बात है। जगमोहन का मामला राष्ट्र के जीवन में कितनी बड़ी घटना है, पिछली सरकार को लौटा लाने के पक्ष में कितना बड़ा दिग्दर्शक है, उसे कलकत्ता के आदमी नहीं समझेंगे, क्योंकि वे कलकत्ता को और अपने को पूरा भारतवर्ष मानते हैं। उन्हें यह खबर भी नहीं है कि जगमोहन के मामले में सरकार के ऊपर के स्तर के व्यक्तियों में बहुतों ने नए मार्ग का प्रकाश देख लिया है और सरकारी सहायता से शीघ्र ही जगमोहन की कहानी चित्ररूप पा सकती है। सेकुलर इंडिया—धर्मनिरपेक्ष भारत—के माने हैं कि इंडिया उच्चवर्ण शासित है, इस सत्य को सब जानते हैं; जबान से नहीं कहते, काम में कर दिखाते हैं। सिनेमा से दिखा देने पर आइडिया सर्वसाधारण की स्वीकृति पा जाएगा, क्योंकि बिना फिल्म देखे भारत की जनता कुछ सीखना नहीं चाहती। देशप्रेम, शराबी पति के प्रति पत्नी का अनुगत भाव और प्रतीक्षा की आवश्यकता, पुलिस की भलमनसाहत, गरीबों के लिए अमीरों के हृदय की पीड़ा—यह सब देश में है और रहेगा। किन्तु धर्मेन्द्र या हेमामालिनी या लता मंगेशकर की सहायता के बिना भारतीय लोग भारतीयता की ए-बी-सी-डी भी नहीं सीख सकते। सुना जाता है कि इस चित्र में स्वयं तैलंग स्वामी और काठियाबाबा जगमोहन हाथी के शरीर में मिलेंगे और उसकी देह से निकलेंगे। जगमोहन मात्र चौपाया, बड़ा भारी, स्तनपायी नहीं है। यह उक्त महापुरुषों का गजरूप है, यह इसी से प्रमाणित हो जाएगा। भूखा सोमरा, महावत बुलाकी इत्यादि के चरित्रों में सर्वभारतीय स्टार कास्ट रहेगा। जगमोहन के चरित्र के लिए अभिनेता मिलते ही चित्र शुरू हो गया। लेकिन हाथी के चरित्र में अभिनय करने के लिए किसी भारतीय के तैयार न होने पर अमरीका में फीलर भेजा जाएगा। जो हो, भविष्य की बात अपनी जगह रहे, जगमोहन की कहानी का उसके मूल में लौटना आवश्यक है।

सतहत्तर के अक्टूबर में, दूसरे अक्टूबरों की तरह, पलामू का जंगल सरस बाँस के झाड़ और कभी-कभी बरगद के पेड़ों से सुशोभित था। बाँस कहते ही बंगाली मुहावरे का 'बाँस घुसेड़ना' समझते हैं। लेकिन बाँस और बरगद, दोनों पेड़ों के पत्ते और कोमल डालें, हाथी के प्रिय खाद्य होते हैं—यह सबको नहीं मालूम है। जो सोचते हैं कि यह जानना जरूरी नहीं है, उनको जान रखना अच्छा है। वे लोग जो कुछ जानते हैं, उससे भारत की श्रेष्ठ जाति और राजनीति में झगड़ा है, किन्तु उससे धनबाद का गुंडा-राज या आचार्य भावे का गो-हत्या के विरुद्ध अनशन प्रभावी नहीं होता। जगमोहन जाति एक बड़ा मैमल—स्तनपायी जन्तु—उनकी तुलना में बहुत क्षमताशाली है और भारत में फिर से आपातकाल स्थापित होने में सहायक है। हाथी का बाँस के पेड़ और बरगद के पत्तों के प्रति प्रेम भारत में फिर से पिछला राज लाने के वातावरण के सृजन में सहायक हुआ था। इसका कारण था, काशीवासी चरणदास महन्त का कंजूस स्वभाव। उससे ही यह सब हो गया और एक नूतन, इमर्जेंसी-उज्ज्वल एशिया से मुक्ति के सूर्य से आलोकित भारत-भूमि का उदय हुआ।

चरणदास बहुतेरे महन्तों में एक था। बनारस में उसकी हवेलियों-पर-हवेलियाँ थीं। इसके सिवा बस-टैक्सियाँ, दास-दासी, भैंसें, देहात में जमीन और चार हाथी थे। हाथी उसकी हैसियत की निशानी थे। लेकिन हाथियों की खुराक के प्रति उसके मन में आश्चर्यजनक वैराग्य था। बनारस के समीप गाँव के मकान (पक्का चौमंजिला) में स्थापित लक्ष्मी-जनार्दन ही हाथी के कारण थे—या उनका कारण ही हाथी थे। होली, जन्माष्टमी और दशहरा में लक्ष्मी और जनार्दन हाथी की पीठ पर सवार होकर गाँव और शहर जाते और प्याला लेते। उसके लिए मादा-हाथी मोती थी। महन्त के हाथियों की खुराक उनकी प्रजा ही देती। बाकी तीन नर-हाथियों की महन्त को एक बार ही जरूरत पड़ती। रथयात्रा पर जगन्नाथ-दर्शन के लिए अठारोनला से हाथी पर सवार होकर शहर में घुसते। जगमोहन, गणेश और घनश्याम—इन तीन हाथियों पर महन्त और उनके हाली-मवाली बैठते। इसके सिवा साल-भर हाथी उनके किसी काम न आते। 'ह्यूज फोर-फुटेड पैकिडर्म'— विशाल मोटी खाल का चौपाया देखकर उनका महन्तगीरी का-सा फायदे का कारोबार बेकार लगता। उनका खाना वे कभी न देते, फिर भी 'हाथी की खुराक' सोचते ही उनका कलेजा काँप जाता। गाय-भैंसें तो थीं नहीं जो खिलाने पर दूध देतीं। टैक्सी या बस भी नहीं, जो पेट्रोल भरने से पैसे ला दें। पाले हुए लड़के-लड़कियाँ नहीं जो खिलाने-पिलाने पर सोने के समय देह-सुख दें। बिना फायदे के कारोबार को 'हाथी पालना' कहा जाता है। यह तो सचमुच का हाथी पालना है। हाय! वे दिन नहीं रहे कि आपातकाल में आराम के साथ हाथी से देहाती भंगी प्रजा के घर रौंद डालें, उनके छप्पर से फूस निकालकर हाथी खा ले, कोठे का धान खाए। फिर महन्त बनने की मुसीबत है कि चार हाथी रखने ही पड़ेंगे। इसीलिए हाथी के मर जाने पर सोनपुर के मेले से फिर भी हाथी खरीदना पड़ता। न रखने से बदनामी होती। चरणदास बहुत ही मॉडर्न महन्त था। लेकिन पुरखों से चली आ रही प्रथा को अस्वीकार नहीं कर सकता था।

लेकिन हाथी हवा खाकर तो जिन्दा रह नहीं सकता। चरणदास के दादा नियमित रूप से हाथी को सिंघाड़े के आटे की जलेबी खिलाते थे। चरणदास जिन्दगी-भर हाथियों को जलेबियाँ खिला सके, इसके लिए वे हवेली-पर-हवेली बनवाकर गए। चरणदास ने उनकी इच्छा पूरी नहीं की, क्योंकि उच्च वर्ण के रोब के सिवा काशी माहात्म्य नाम में अब कुछ नहीं है। वह है इसीलिए निम्न वर्ग के मंत्री के विश्वविद्यालय में आने पर वे तमाशा बनकर जाते हैं। लेकिन दूसरी ओर सब डाँवाँडोल है। जलेबियाँ आजकल ऊँचे दामों पर बिकती हैं।

हाथियों के खाने का हिसाब महन्त ने बड़ी होशियारी से ठीक किया है। वे दो हाथी बनारस में रखते हैं। दो बेटों की शादियाँ हो गई हैं। महन्त के समधी उनका खाना जुटाते हैं। इस शर्त पर ही शादी हुई थी। वह दो गणेश और घनश्याम बच्चा हाथी हैं। अभी भी खींचकर नहीं खाते।

जगमोहन बूढ़ा हाथी है। उसका महावत बुलाकी भी बुड्ढा है। बुलाकी हर जगह जगमोहन को लेकर बनारस से पुरी जाता है। बरस-भर उसे जहाँ जंगल मिलता, वहाँ हाथी चराकर बाँस के पत्ते और मुलायम डालें और बरगद के पत्ते खिलाता। पुरी से दूसरे हाथी बनारस लौट जाते। जगमोहन नहीं लौटता। मेदिनीपुर के रास्ते में चलते-चलते वह फिर पलामू या चाईबासा के जंगल में खो जाता। चरणदास जिस तरह जगमोहन को खाना नहीं देते थे, उसी तरह बुलाकी को भी वेतन नहीं देते थे। बुलाकी जगमोहन को गाँव के जमींदारों के ब्याह में बरात में किराये

पर देता, राँची शहर में बच्चों को पैसे लेकर सवारी कराता। उससे जो भी मिलता वह उसका होता। चरणदास का खयाल था कि बहुत मिलता था। बुलाकी जानता था कि कुछ भी नहीं मिलता। जगमोहन और बुलाकी–दोनों ही की उम्र सत्तावन थी। अठारह बरस की उम्र में बुलाकी जगमोहन का महावत रखा गया था। वेतन निश्चित हुआ दो रुपए, खुराकी और बरस में तीन बार कपड़ा-लत्ता। वेतन कम है, कहने से नहीं चलता। 1939 के वर्ष में कलकत्ते में दो रुपए के मन-भर चावल मिलते थे। बनारस में दो रुपए की बड़ी कीमत थी।

लेकिन फिर बुलाकी का वेतन दिया जाना बन्द होने लगा। बुलाकी भी माँग न पाता और चरणदास भी नहीं देते। हाथी लेकर उन दिनों शहर में जाना होता और जो उत्सव होता, बुलाकी को भी उसमें हिस्सा मिलता। जगमोहन का पौरुष प्रसिद्ध था और आसपास के ग्रामीण रईस लोग मादा हाथी खरीदने पर गर्भाधान के लिए जगमोहन को ले जाते। उससे चरणदास को बहुत कुछ मिलता, क्योंकि रईस लोग हाथी के बच्चों को अच्छे दामों पर बेचते। जगमोहन मेहनत कर मरता और रईस लोग बच्चे बेचते। चरणदास को रुपए मिलते। बुलाकी को बख्शिश और कपड़े मिलते। जगमोहन को जाड़ा रोकने के लिए कम्बल मिलता।

पैकिडर्मो–बड़े पशुओं–को परिवार लेकर रहना अच्छा लगता है। हाथी बहुत ही घरेलू जानवर होता है। जगमोहन की मुसीबत थी कि हाथी होकर उसे हथिनियों का गर्भाधान करना पड़ता था। लेकिन हथिनी की गर्भावस्था, उसका बच्चा पैदा होने पर उसकी देखभाल करना–यह सारे स्वाभाविक काम वह नहीं कर पाता। मनुष्य की जरूरत में उसके हस्तित्व का पूरा उपयोग नहीं हो पाता। बुलाकी उसका दर्द समझता और छुटकी-उटकी नौकरानी या सस्ती रंडी के सिवा उसकी स्वाभाविक यौनाकांक्षा की स्थायी व्यवस्था जैसे नहीं हुई, उसके कारण वह जगमोहन के साथ एक आश्चर्यजनक बन्धन में बँध गया। वह बीच-बीच में किस्से कह-कर जगमोहन को सान्त्वना देता रहता।

जैसे, 'पता है, तुझे तकलीफ है। बता, क्या करूँ? तू भी मालिक का नौकर, मैं भी। बता, तुझसे क्या कहूँ? मालिक क्या खुद नामरद है! बचपन से एक रंडी के साथ लटर-पटर किया कि रात का काम कर सके, लेकिन उसकी गर्मी से कभी बेटा नहीं पैदा हुआ। एक के बाद एक तीन शादियाँ कर लीं। कुछ भी पैदा नहीं हुआ। तब साधू-सन्त, डागदर-इलाज खूब किया। अरे गर्मी में जब जीउ नहीं, तो हकीम क्या करेगा? उससे बनारस में बड़ी हँसी हुई। तब मालिक ने भाई से कहा–घर की लाज है, तू भिड़ना। भाई भी भिड़ गया। बस। आठ बरस में तीन बहुओं के सात बेटा-बेटी पैदा हुए। जगमोहन। तू मरद है! मैं मरद हूँ! लेकिन उस नामरद ने हम दोनों को खरीद लिया था। तेरा दुख मैं समझता हूँ। यह समझ ले, और दुख मत कर।'

सच्ची कहानी को वह किस्सा कहता। जगमोहन इस कहानी में कितना समझता, कौन जाने! पर बुलाकी उसका आत्मीय था। चरणदास के काम से एक अवास्तविक संसार में जी रहा था, इसलिए जगमोहन बुलाकी की जरा देर की गैरहाजिरी से वास्तविकता खो जाने पर बहुत डरता। बुलाकी के रंडी के घर जाकर बीच-बीच में डुबकी लगा जाने पर वह खाना छोड़ देता। चरणदास कहता, 'उसे छोड़कर कभी न जाना।' और सुना जाता था कि एक बार हाथी पर चढ़कर बुलाकी किसी चवन्निया रंडी के यहाँ गया था। हुआ क्या कि उस दिन बनारस की सस्ती रंडियों ने अपना सारा काम भूलकर जगमोहन की सूँड़ में गेंदे की माला पहनाई और

ढोलकर बजाकर 'गोकुलवारे साँवरिया' नामक भक्तिगीत गाया। बुलाकी को उन्होंने उस दिन संग-कामी पुरुष के रूप में न देख भगवान के प्रतिनिधि के रूप में देखा और रंडियों की मालकिन बूढ़ी गुलाबी सहसा, 'बुलाकी कहाँ है? यह तो बाबा विश्वनाथ है' कहकर भावावेश में बेहोश हो गई।

इस घटना का बनारस में व्यापक प्रचार हुआ और ऊँची रंडियों, गानेवाली बाईजी—सबके यहाँ बुलाकी ने जगमोहन को घुमाकर बहुतेरी वेश्याओं का उद्धार किया। उद्धार का पुण्यकर्म स्थायी नहीं हुआ, जिसका कारण बहुत गम्भीर था। स्थायी होने पर इन स्त्रियों को शरीर बेचने का काम छोड़ना पड़ता। छोड़ देतीं तो वे खातीं क्या? खरीदार आदमी भी कहाँ जाते? इस घटना के फलस्वरूप बुलाकी के जीवन में भी फोर्स्ड ऐब्स्टिनेंस हो गया, क्योंकि रंडियों की नजरों में वह सदा के लिए भगवान का प्रतिनिधि हो गया। भगवान के प्रतिनिधि के साथ सुरापान, कलेजी के भोजन और शयन-रमण के लिए वे राजी न होतीं, 'नहीं-नहीं, देवता' कहकर प्रणाम ठोकती रहतीं। चरणदास की छुटकी दासियाँ भी इस चर्चा के फैलने से भागने लगीं और बुलाकी फूलकर स्वाभाविक इच्छा-पूर्ति का जब-तब का सुख भी खो बैठा। दो-हजारी हाथी लेकर चार आनेवाली रंडी के घर जाने का पहले कभी का न सोचा यह सुदूरगामी फल मिला।

इसका परिणाम यह हुआ कि बुलाकी और जगमोहन दोनों पोटेंट मेल—मर्दाने मर्द—और भी दुर्बोध्य व्याख्या और असाध्य मेल के बन्धन में बँध गए। रइसों की हथिनियों के गर्भाधान कराने के काम में जगमोहन जब मतवाला होता, तो बुलाकी अपनी अक्ल लगाकर उन सारे अंचलों में अपनी आदिम प्रवृत्ति का निवारण कर आता। इसके नतीजे से जगमोहन और बुलाकी के आत्मज और आत्मजाओं का सिरजन होता रहा। लेकिन सन् सैंतालीस के वर्ष के बाद रइसों की हालत गिर गई। हाथियों का पालना कम हो गया, जगमोहन और बुलाकी ने अचानक देखा कि वे बेकार हो गए हैं। इसी समय चरणदास ने जगमोहन और बुलाकी को चलता-फिरता चिड़ियाघर बनाकर बनारस छुड़ा दिया। वे निकल जरूर पड़े, लेकिन चरणदास के दास के ही रूप में। लिबरेटेड बुलाकी ने लिबरेटेड जगमोहन की पीठ पर बैठ बनारस-त्याग किया। साधारण मानव और यांत्रिक संसार में परित्यक्त पैकिडर्म की वह यात्रा एक किंवदन्ती बन गई। सेवा के समय वह न होता। बुलाकी को वेतन नहीं मिलता था, जगमोहन को खाना नहीं मिलता था। लेकिन कुछ दिए बिना ही उनको सदा के लिए दास बनाकर चरणदास ने उन्हें फिर भगा भी दिया। आषाढ़ में पुरीधाम में तीन दिन सर्विस देगा और बाकी तीन सौ बासठ दिन अपना इन्तजाम अपने-आप करें—चरणदास की इस व्यवस्था में बुलाकी या जगमोहन ने कोई गलत बात नहीं देखी। इस हिसाब को मान लिया और खिसक गए।

बरस-भर में तमाम जगह घूमते-फिरते रहे। क्रम से जंगल कटे, राह-घाट बने, बस-मोटरें चलीं। पैकिडर्म और मनुष्यों के विचरण-क्षेत्र भी सीमित हुए। अब बुलाकी और जगमोहन पलामू-चाइबासा बेल्ट ही अधिक पसन्द करते थे। अल्पाहार से जगमोहन प्रायः कंकाल हो गया था। हमेशा के अनाहार से बुलाकी मनुष्य का कैरिकेचर बनकर रह गया था। किन्तु जंगल-जंगल घूमने से जगमोहन ने अपना मार्ग खोज लिया था। उसके मस्तिष्क का कोई अंश जंगल को अपना निजी घर समझकर मानो अब पहचान रहा था। जंगली हाथी देखकर उसे डर लगता। वह नग्नप्राय आदिवासियों की उपेक्षा करता। फिर भी अरण्य में उसे चैन

मिलता। बुलाकी को भी चैन आता। जंगल के गाँवों में जाने पर जगमोहन को भी खाना मिलता, वह भी घाटो, बथुआ का साग, भेली-गुड़ आदि खाकर जी रहा था। आदिवासियों से बरस-भर उसे यही स्वीकृति मिली है।

जगमोहन पहले राँची या खलारी या हटिया में बच्चों को 'जॉय राइड' करने देता। अब उसे शहर या आदमी पसन्द नहीं हैं। बुलाकी यह समझता है। बहुत दिनों तक अल्पाहार और अनियमित आहार से जगमोहन टूट गया। अपना शरीर ढोने में भी उसे कष्ट होता। बुलाकी को बहुत डर लगता। जगमोहन के मर जाने पर वह किसके सहारे रहेगा? जलाशय देखते ही वह जगमोहन को स्नान कराता था। पैसा मिलने पर उसे नमक, केला और धान खिलाता। लेकिन उससे भी जगमोहन की आँखों से उस तरह देखना न जाना। उसकी आँखें बहुत ही मानवीय वेदना से भरी और करुणापूर्ण थीं। वैसी ही नजर से जगमोहन उससे कहता, 'अब मेरी छुट्टी कर दे, भैया।' बुलाकी नजर फेर लेता। जगमोहन ही इस असम्भव अवास्तविक संसार में उसके लिए एकमात्र वास्तविकता था। अवास्तविक संसार! जिस संसार में बुलाकी वेतन पाए बिना भी चरणदास का गुलाम बना घूमता-घूमता बुड्ढा और क्षीण हो गया। उसे अनाहार से शीर्ण हाथी के साथ से अधिक कुछ नहीं मिलता। आदमी, मामूली आदमी-सा स्वाभाविक जीवन हो गया था। वह संसार क्या अवास्तविक ही है! वास्तविकता एकमात्र जगमोहन और जगमोहन की बीमार साँसें हैं। जगमोहन के मर जाने पर बुलाकी क्या करेगा?

पलामू और चाईबासा के बहुत ही गरीब इलाके में भी धनी रईस हैं। महाजन-जमींदार-बनिये-कलाल हैं। बुलाकी ने उनसे बात की। पर जगमोहन को लेकर उनके पास रहने के प्रस्ताव पर कोई तैयार न हुआ। जगमोहन जो कुछ खाता, उन बाँस और बरगद के पत्तों पर उनको कुछ खर्च न करना था। फिर भी वे तैयार न हुए। आज बरगद के पत्ते खाएगा, कल अगर पके धान खा जाए तो! 'नहीं, जी, ऐसन बेईमानी ऊ नहीं जानता' कहने पर भी कोई फायदा न होता।

किसी गाँव में दो दिन रहने पर तीसरे दिन चले जाना पड़ता। 'ऊ थोड़ा आराम माँगता' कहने पर भी फायदा न होता। कोई भी न सुनता। बुलाकी जानता था कि और ज्यादा न चलने पर जगमोहन जीवित रहेगा। लेकिन फिर भी चलना पड़ता। गाँव, प्रान्तर, धूल, जंगल, गाँव। 'हाथी चढ़ेगा? दस-दस पैसा!' बात प्रायः बेकार हो जाती। गरीब आदिवासियों का आधुनिक और गतिमान भारत में जीवित रहने का संघर्ष आवारा पैकिडर्म–मोटी चमड़ी के पशु–के संग्राम के समान ही भयानक और हिंस्र है। हर क्षण वे समाप्त हो जाने के भय में जी रहे हैं। फालतू दस पैसे या हाथी की सवारी की चाह उनमें नहीं होती। क्यों नहीं रहती, वह एक बातचीत से समझ में आ जाता है। बातचीत बुलाकी और किसी आदिवासी में हुई थी। आदिवासी गाँव का बुजुर्ग भी हो सकता था, पहान या कोई भी। आदिवासियों के आदमियों और औरतों के नाम सामान्यतः जन्मदिन के अनुसार होते हैं। परिणामस्वरूप आदमियों के नाम एतोया, सोमाई या सोमना या सोमरा, मंगला, बुधना, बिरसा, सुकिया या सुकचर या सुकदेव, सनीचर इत्यादि में सीमित रहते हैं। लड़कियों के अवसर पर वह इतवारी, सूमी या। सोमनी, मुंगली, बुधनी, बिशी, सुकनी या सुकचरी, सनीचरी। जन्मदिन के हिसाब से नाम रखना सामान्य नियम है।

बातचीत इस तरह शुरू हुई। वृद्ध, अशक्त, क्लान्त और भूखे रहने से क्षीण जगमोहन

झूलती खाल, धुँधली और कीचड़-भरी आँखों, सिकुड़ा और सूखा पुरुष-अंग, धूल-भरा शरीर लिये गाँव में घुसता। ललचायी नजरों से जलाशय तलाश करता। उसके बाद बाँस की पत्तियाँ या नमकीन-सा पानी भी न पाकर किसी पेड़ की छाया में खड़ा हो जाता। बेला दोपहर की होती।

ऐसे समय सारे समर्थ शरीर के लोग—आदमी, औरत और लड़के-लड़कियाँ पत्थर फोड़ने, बकरी चराने, जमींदार का खेत जोतने, जंगल में ठेके का काम करने यानी किसी-न-किसी काम से बाहर होते। अत्यन्त परिचित दृश्य होता कि निर्बल बूढ़े-बूढ़ियाँ और बहुत छोटे लड़के-लड़कियाँ धूल-भरे पत्थरों के समान आदिम स्वरूप लिये चीना घास के दाने निकलाते। चिरचिटे से भी जरा बड़ी घास के सिरे पर दाने होते हैं। उसका छिलका उतारकर निकालना उनका काम रहता। दिन-भर की मेहनत के बाद डलिया-भर दाने मिलें या न मिलें। उसके बाद उन्हें पकाने पर घाटो तैयार होता। पनीला। उसमें नमक मिलाने पर वह लक्जरी—ऐश की चीज—बन जाता।

वृद्ध, अशक्त, क्लान्त, उपवास-शीर्ण बुलाकी हाथी से उतरता और इनके पास आता। ऐसे परिवेश में, ऐसी दोपहरी में, ठीक ऐसे लोगों के पास वह बहुत बार आया था। आने के बाद, छोटे बच्चे और बूढ़े-बूढ़ियाँ हाथी देखकर आकर्षित होंगे या नहीं, यह कई दूसरी चीजों पर निर्भर करता है। यथार्थ में इस पृथ्वी पर सब-कुछ इसके-उसके ऊपर निर्भर करता है। नंगे गरीब गाँव में हाथी आया। सबके भागकर भीड़ लगाने की बात होती।

पहले वे भीड़ लगाते थे। तब बुलाकी को भी बहुत खुशी होती और हाथी की पीठ से ही हाथ हिलाते हुए उतरता। जान-पहचान का गाँव होने से वह चिल्लाकर कहता, 'आ रे एतोया! तोहार ललुआ गैया जंगल माँ घुसत है रे!' जिस तरह बुलाकी फटी धोती पहने पगलैट-सा रहता वैसा ही इन लोगों में उसे सहज लगता। टेंट में पैसे रहने पर वह इनके साथ महुआ पीता, कुछ दिन ठहर जाता। बिन पैसे लिये ही सबको जगमोहन के ऊपर बैठाता।

इस तरह का स्वागत उसे तभी मिलता, जब एक के बाद एक कर कई बरस 'काले वर्षतु पर्जन्यः पलामू शस्यशालिनी' होती। वर्षा होने पर खेती होती। खेती जाती जमींदार या महाजन के खलिहान में। आदिवासी खेत-मजूरों को मजूरी नहीं मिलती, कुछ को मिलती—मड़ुआ-मक्का मिलते। खेतों की मिट्टी और दँवाई के ओसारे की धूल को पानी से साफ कर धोने पर उन्हें खेती में से कुछ मिल जाता। इसके सिवा बरसात होने पर जंगल में फल-कन्द होते, चीना घास की झाड़ियाँ उग आतीं, पानी में मछलियाँ आ जातीं। बरसात होने के बाद किसी फॉरेस्ट बेल्ट के गाँव में आने पर बुलाकी को गाँववालों की आँखों में स्वागत मिला था। यही उराँव, कोल, हो उपजाति के लोगों को बहुत दिनों से मालूम था कि उनका खेती करने का अधिकार है, जमीन पर या उपज पर नहीं। श्रम का अधिकार है, पारिश्रमिक का नहीं। इसका नतीजा होता है कि वर्षा होने पर वे खुश हो जाते हैं। कम-से-कम चीना दाना तो मिलेगा। तब बुलाकी से कहा जाता, 'हाँ, बहुत दिन बाद आए। तीन सन नहीं आए। सुना है, राँची जिला में घूम रहे थे। हाथी सूख गया है, तुम्हारी शकल भी अच्छी नहीं दिखाई पड़ रही है। बताओ तो जरा, किधर-किधर घूमकर आए हो? बैठो। आराम करो। जरा मद पियो। अच्छे दिन आए। आज ही तीन साही मारी हैं। हाथी को कुंड में नहलाओ। उसके लिए नमक भी देंगे।'

यह सानन्द स्वागतम् वातावरण में संचारित होता और जगमोहन आनन्द के साथ कुंड में उतरता, बरगद के पत्ते खाता, सूँड़ से उठाकर बच्चों को पीठ पर बैठाता।

अब पाँच बरस से बुलाकी को वह स्वागत न मिलता, बरसात के बाद भी नहीं। नक्सल और जे.पी. का आन्दोलन–दोनों कारणों से पुलिस ने इन दूर-दुर्गम गाँवों को भी जीत लिया। दिकू-बाहरी महाजन-जमींदारों का अत्याचार बहुत अधिक हो गया है। सूखे के प्रकोप से अकाल भी हुआ। आदिवासी विकास ऑफिस शहर में था। शहर बहुत दूर था। उसमें नियन रोशनी और घूमनेवाली मेज-कुर्सी तक अरण्य-ग्रामवासी जा नहीं सकते। जाने का कोई कारण भी उन्हें ढूँढ़े नहीं मिलता, क्योंकि आदिवासी जब विकास ऑफिस में जाते, तब जैसे उनमें और उसी कुर्सी में योजन-योजन की दूरी हो जाती। कम नहीं होती। बीच-बीच में उनमें से कोई-कोई किसी ग्रामीण प्राइमरी के मास्टर, या फॉरेस्ट बीट ऑफिसर या दूसरे किसी प्रशासन में विश्वास करनेवालों के उपदेश से राँची गया। बिना टिकिट ट्रेन में माँडर, वहाँ से राँची। राँची बहुत दूर है, जंगल के गाँव से सैंतीस मील नहीं, सैंतीस लाख मील है। वहीं आदिवासी विकास ऑफिस है।

'कुछ किया नहीं, कुछ पता नहीं, गाँव में पुलिस है। पुलिस का खाना-खर्चा जुटा नहीं सकते।'

'पुलिस ने हमारी बेटियों की इज्जत ले ली। कहने से कोई मानता नहीं।'

'महाजन बेगार लेता है। कानून नहीं मानता।'

'महाजन करज निकालता है। मडुआ नहीं देता।'

'जंगल में गाय चराता हूँ, ईंधन बटोरता हूँ। हमारा हक है।'

'जंगल के महुओं के पेड़ पर हमारा हक है। फारेस गाड सुनता नहीं, पैसा लेता है।'

'महाजन पानी नहीं देता। कुआँ पंचायती है।'

शिकायत। शिकायत। शिकायत। कहते-कहते डरी हुई नजरों से ऑफिस के कमरे और अफसर को देखना। अदृश्य दीवार में सिर टकराना। लौट आना। आते वक्त बहुत से औद्योगिक कारखानों के कारण नए रईस बने राँची शहर को देखना। रोशनी और सवारियों और सिनेमाहाउस और शराब के बार और सजे-बजे नर-नारी। मांसल स्वर में 'महबूबा, महबूबा' गाने का अश्लील आक्रमण। हटिया के रास्ते में 'बिरसा मुंडा' की काँसे की मूर्ति। ऊँची वेदी पर रखी मूर्ति की आँखें भावहीन थीं। 'जंगल के दावेदार' की भावना से वंचित थी। दिकू-पुलिस-महाजन-सरकार और जुडीशियरी से पिसी अपनी सन्तानों को देखती है और काँसे की गूँगी भाषा में कह रही है, 'घर लौट जाओ, बाप लोगो! उलगुलान हुए बिना तुम्हारा निस्तार नहीं है।'

शब्दहीन कंठ निराश है। जीवित बिरसा जानता था कि उस उलगुलान (मुंडा लोगों का आन्दोलन) होगा। मूर्ति को मालूम है कि उलगुलान न होगा।

आज पाँच बरस के राँची-पलामू-सिंहभूम की आदिम सन्तानों का जीवन कष्ट में है। आदिवासियों का जीवन प्राणदंड के अभियुक्त-सा है। महाजन, जमींदार, प्रशासन, जुडीशिगरी–उसके चार हाथ-पाँव हैं, चार घोड़ों में बाँध घोड़ों का चाबुक लगा चारों ओर भगा दिया। जीवन का धड़ जंजीर से बँधा पड़ा है। चारों हाथ-पाँव टूटकर उखड़ गए हैं। धड़ से खून बह रहा है और धीमे-धीमे मौत हो रही है।

लेकिन ऐसा होने की बात न की, क्योंकि भारत के संविधान में लिखा है कि इन सारी उपजतियों और आदिवासियों की संख्या तीस मिलियन है।...दे शुड बी मेड टु एनजॉय द प्रिविलेजेज ऑफ सिटिजनशिप ऐंड शुड बी एबल टु टेक पार्ट इन द मेकिंग ऐंड स्ट्रेंगदनिंग द डेमॉक्रेटिक इन्स्टीट्यूशंस इन द कंट्री। दे शुड रियलाइज द फुल ऐडवांटेज ऑफ एडल्ट फ्रैंचाइज। दे शुड एन्जॉय द फ्रूट्स ऑफ लिबर्टी, इक्वलिटी ऐंड फैटर्निटी। (उन्हें नागरिकता के अधिकारों का उपभोग करने योग्य बनाना चाहिए और वे देश में प्रजातांत्रिक संस्थाओं के निर्माण और सशक्त बनाने में भाग लेने के योग्य हों। उनको वयस्क मताधिकार के पूरे लाभों का अनुभव करना चाहिए। उन्हें स्वाधीनता, समानता, भ्रातृत्व के लाभों का उपयोग करने में समर्थ होना चाहिए।)

तब से दशक के बाद दशक तक ये शब्द संविधान की शोभा बने रहे और आदिवासियों के कष्ट चक्रवृद्धि दर से बढ़ते रहे। ट्राइबल वेलफेयर दफ्तर से निराशा लिये लौटकर आने पर आदिवासी स्टेशन पर उकड़ू बैठे रहते, फिर ट्रेन पकड़ते, सैंतीस लाख मील चलकर गाँव लौटते और अपरिचित, हिंस्र रोशनी से चमकते नए भारत से अपने परिवेश के असीम अन्धकार में लौटकर चैन की साँस लेते।

इसी कारण से वे लोग बाहर की सब चीजों पर अविश्वास करते थे। किन्तु आदिवासी अरण्य जीवन में बाहरी एन्क्रोचमेंट–अनधिकृत प्रवेश–अनिवार्य था। उन्हें मालूम था कि दिकू–बाहरी लोग–जमींदार–नक्सली या जे.पी. का पता लगानेवाली पुलिस उनके जीवन में घुसेगी, घुस गई है। वे उसी पर विश्वास कर सकते हैं जो गरीबी और शोषण में उनका समगोत्री हो। खाद्य से वंचित और मृतप्राय हाथी और वेतन से वंचित अधमरे बुलाकी पर उन्होंने इसीलिए विश्वास किया था। लेकिन अब नहीं करते थे। शक्ति नहीं थी। इमर्जेंसी में जमींदार और पुलिस ने उन्हें समाप्त कर दिया था। उनकी आँखों में मृतक की-सी निष्प्राणता ला दी थी। शिशु–उनके बच्चे, अपुष्टि से–अनाहार में, रोग में बुड्ढे से हो गए थे। बुलाकी को अब आदिवासी बच्चों को देखकर डर लगता था।

आदिवासी गाँव में घुसने पर एक तरह की ईर्ष्या की करंट भी बुलाकी को चौंका देती। बुलाकी के पास उसका हाथी जगमोहन सबसे अधिक मूल्यवान था। चरणदास ने जगमोहन पर मालिकाना अधिकार नहीं छोड़ा था, पर सब तरह की जिम्मेदारियों पर लात मार दी थी, उसके बारे में भी वही किया था। पैकिडर्म–मोटी चमड़ी के पशु–आदिवासियों के ही समान लोप होने के मार्ग पर थे। किसी दिन वे भी झुंडों में अरण्य भारत में घूमते-फिरते थे, आज वे लुप्तप्राय हैं। लेकिन बुलाकी को लगता, आदिवासियों का कहना था, 'हम भी भारत के नक्शे से मिटे जा रहे हैं। अपने परिचय की रक्षा नहीं कर सकते। चाय बागान या कोयला खान के मजदूर बनकर हम आदिवासी नहीं रहते। मजदूर बने जा रहे हैं। मानव की विलुप्ति में एक हाथी की विलुप्ति का क्या मूल्य हो सकता है? उसकी और हमारी मृत्यु अच्छी ही है। सबके लिए। जमींदार और महाजन, काफी बाँस के पत्ते, धान, केले के वृक्षों से उसे जिन्दा रखा जा सकता है। हमें कर्ज और बेगार का पंजा उठा लेने से बचाया जा सकता है। हमें भूखों मारना ही शक्तिशालियों को इच्छित है। यह हम जानते हैं। उसे मान लिया है। अपने अस्तित्व को समेटते-समेटते हम लुप्त होते जा रहे हैं। तुम और तुम्हारा वह 'हाथी' नाम का बहाना है, जीवन के हिंस्र नियम को जितनी जल्दी समझ लो, उतना ही अच्छा है तुम्हारे लिए।'

यह क्रूर, उदासीन और तेज विद्वेष आजकल बुलाकी को घबरा देता। चरणदास उसे और जगमोहन को रिजेक्ट कर देगा, इस बात को वह समझता था। लेकिन ये लोग? उसे तो कुछ चाहिए नहीं। पानी—बाँस की पत्तियाँ—बरगद की पत्तियाँ। इनमें से कोई भी पैसों से नहीं आतीं। नमक? हाँ, तृणभोजी प्राणी को नमक की जरूरत होती हैं। जगमोहन संरक्षित जंगली हाथी नहीं है कि फारेस डिपाट उसे नेचुरल साल्टलेक से नमक दे। बुलाकी नमक तो खरीदना चाहता है। जंगल के आदिवासियों के जीवन में नमक ऐसी कीमती चीज है कि बुलाकी उनसे माँग नहीं सकता। 'अपने आप दे दें, तो अच्छा है। न दें तो? कोई हरजा नहीं, खरीद लूँगा। लेकिन आँखों में थोड़ा-सा स्वागत तो दिखाओ। इस तरह से तिरस्कृत मत करो। अगर तुम भी तिरस्कार करोगे, तो मेरे कलेजे में बहुत चोट लगेगी। बहुत दिनों से मैं और जगमोहन, सारे मौलिक अधिकारों से वंचित हैं। हमारा पुरुषत्व भी तिरस्कृत है। इसीलिए तो मैं तुम्हारे गाँव-गाँव फिरता हूँ। तुम लोगों के साथ ही मैं अपने को बराबरी का सहज-स्वच्छंद समझता हूँ। अपने अस्तित्व के लिए संकोच नहीं होता। अब क्यों रिजेक्ट कर रहे हो? मैं नुकसान पहुँचानेवाला नहीं हूँ। मेरा हाथी तुम्हारे घर नहीं तोड़ता। मैं आदिवासी नहीं हूँ, अवांछित दिकू भी नहीं हूँ, मैं तुम्हारे जीवन में महाजन और पुलिस नहीं घुसाता हूँ।'

इस पृष्ठभूमि से बुलाकी गाँव में घुसता। इस संलाप से उसका अस्तित्व कितना विपन्न था, वह समझ में आता था।

संलाप! बुलाकी और कोई ग्रामवासी। दोपहर का समय। धूलि-धूसर पत्थर, चीना घास के दाने चुन रहे हैं। बुलाकी उतरता है, जगमोहन उसकी ओर देखता है। स्वागत और बातचीत क्या होगी, जगमोहन यह जानता है। वह जानता है कि बुलाकी को खरी-खोटी सुनने को मिलेंगी। गहरी सहानुभूति से वह धुँधली नजरों से ममता भरकर बुलाकी को नहलाता। उसके बाद अलग हटकर स्थिर खड़ा हो जाता। अपने को और हटा सकने पर उसे चैन आता। लेकिन पैकिडर्म—मोटी खाल का जन्तु—चींटी नहीं है। अपना अस्तित्व आँखों की ओट कर लेना उसके वश में नहीं है। उसका अस्तित्व अब बहुत ही अवांछित है और सबकी आँखों में खटकनेवाला है—यह जगमोहन सूँड़ का राडार चलाकर हवा से ही समझ गया। जगमोहन चुपचाप रहता, मानो विवर्ण पत्थर का हाथी हो जिसे सब भूल गए हों।

बुलाकी आगे बढ़ता है। मोनोलिथ—पत्थर के-से आदमी—चीना के दाने चुनते रहते हैं, सिर नहीं उठाते। दुबले-पतले, कीड़े, तिल्ली और खून की कमी से आक्रान्त बच्चे अपने-अपने काम में लगे हैं। सब नंगे हैं। प्रायः सबके पेट या गले में तागे बँधे हैं। जिनकी उम्र पाँच बरस से आठ बरस तक है, वे चीना के दाने चुन रहे हैं। चार बरस के बच्चे तीन और दो बरस के बच्चों की रखवाली कर रहे हैं। एक बरस और उससे कम उम्र के बच्चे माँओं के सूखे, सिकुड़े चमड़े से किलनी की तरह चिपके पड़े हैं। सबमें एक ही समान चीज दिखती है कि प्रत्येक शिशु की आँखें निरुत्तर और मृत हैं। आठ बरस से ऊपर जिनकी उम्र है वे कमाने योग्य सदस्य हैं। आज दोपहर को धूप में सब जंगल गए हैं। काम है—बकरी या गाय चराना, ईंधन लाना, आलू की जाति के कन्द या सरस जड़ों की तलाश। अन्न के दो काम प्रायः व्यर्थ रहते हैं। उस हालत में वे इमली के पत्ते लेकर लौटते हैं। जंगली लोगों की तरह ही ये लोग इमली के पत्तों के कई उपयोग जानते हैं। घाटो में इमली के पत्ते और नमक मिलाने से घाटो स्वादिष्ट हो जाता है।

बुलाकी काम में लगे मोनोलिथों के पास खड़ा रहता है। उसकी छाया आदमियों पर पड़ती है। समय बीतता है। छाया लम्बी होती है।

छया लम्बी होने का समय बहुत करुण होता है। दोपहर भी नहीं, तीसरा पहर भी नहीं, सूर्य पश्चिम की ओर खिसक रहा है। आरण्य ग्राम है। सब सन्नाटा है, थकी धूप में तपी धरती ताप बिखेरती है। ऐसे समय गाँव के बुजुर्ग या पहान को भी चुप रहने से, बुलाकी की उपेक्षा करने से थकान आती है। वह बात करता है। बाहर से आए की उपेक्षा की जाए, यह क्या आदिवासियों के बस की बात है? हाथी भी तो बाहर से गाँव में आया है! बाहर से आए हुए को स्वीकार करना भारत के आदिवासियों की नियति है।

'क्या चाहिए?'

'पहान तुम?'

'उधर चलो।'

बुड्ढा बुलाकी को लेकर खिसक जाता है। लँगोटी लगाए सूखे शरीर में उपयुक्त मर्यादा लाने का प्रयत्न कर रहा है। प्रयत्न ही भारत-भूमि में एक व्यक्ति के समय सम्भव हुआ था। जाति के जनक के समय। ओराँव, या हो, या मुंडा गाँव के बुजुर्ग की क्या यह सामर्थ्य है कि उनकी तरह इस काम में सफल हो? जनश्रुति है कि कौतुकमयी और मातृभाव से परिपूर्ण सरोजिनी नायडू ने स्नेह से राष्ट्रपिता से मजाक में कहा था, 'उनकी गरीबी बनाकर चलने में हमारा कितना खर्च होता है, काश वे इस बात को जानते!' उद्दिष्ट व्यक्ति के सम्बन्ध में ब्रिटिश शासकों की सुरक्षावाहिनी के खर्च की बात उन्होंने कही थी। हमारी बात का विशेष अर्थ है। अन्त तक सारा खर्च-वर्च, टैक्स आदि जनता की गरदन तोड़कर ही वसूल होता है।

बुलाकी के साथ बातों में लगे गाँव के बूढ़े की लँगोटी के सहारेवाली गरीबी में भारत सरकार का कम खर्च नहीं होता। कानून बनाने के लिए संसद के चुनाव का खर्च, जुडीशियरी का खर्च, महाजन को, धनी और जमींदार को सर्वशक्तिमान बनाए रखने का खर्च, आदिवासी विकास के दफ्तर चलाने का खर्च, इनको मार-पीटकर ठीक रखने का पुलिस या सेना का खर्च—इतना खर्च करने के बाद ये गरीब हैं, या गरीब रहना ही ठीक है। इससे तो इनको धनी बना देने में कम खर्च होता। लेकिन, उस तरह के परम्परा-विरोधी काम की परम्परा-प्रेमी भारत से आशा नहीं की जाती। अधिकांश लोगों को भूखा और नंगा रखने में विदेश के करोड़ों रुपए कर्ज हैं।

'उधर चल' कहकर बूढ़ा बुलाकी को लिये चला गया। उसका कारण महान था। औरतों की इज्जत बचाना। आदिवासी जीवन में घुसकर बाहर का आदमी सामान्यतः आदिवासी औरतों की इज्जत लेकर चला जाता है। यही नियम है। जन्मजात अधिकार का ढंग है। जब आदिवासी औरतें हैं, और उनके शरीर भी हैं, तो वह बाहर से आनेवालों के लिए हैं।

बुलाकी बहुत पहले से ही शरीर के पुरुषत्व का अधिकार जताना भूल गया था और गाँव का बूढ़ा इस बात को नहीं जानता था।

बुलाकी और बूढ़ा किसी पेड़ के नीचे बैठ गए। बुलाकी ने बीड़ी दी, वृद्ध ने नहीं ली। अपनी टेंट से पत्ता निकालकर चकमक ठोंककर उसे जलाया।

'तुम कौन हो?'

'बुलाकी।'
'हाथी लेकर यहाँ क्यों?'
'उसे थोड़ा पत्ता-अत्ता खिलाऊँगा। थोड़ा-सा नमक खरीदूँगा।'
'नहीं है।'
'क्या?'
'नमक।'
'दुकान में नहीं है?'
'गाँव की दुकान में नहीं है।'
'हाट में?'
'हमें नहीं बेचा जाता।'
'क्यों?'

'कहीं बन्दूकें छिनीं, जमींदार के खलिहान में आग लगी, पुलिस को किसी ने बम मारे। जंगल में कुछ लोग छिपे। पुलिस ने हमारे साथ बुराई की। उसी से नमक नहीं बिकता। सजा दी है।'

'नमक नहीं बेचते?'

'दो हाट, तीन हाट नहीं बिका, एक बार बिका। फिर बन्द कर दिया।'

भागे हुए विद्रोहियों की सहायता के सन्देह में नमक बन्द करने के माने कि यह बहुत ही चालाकी-भरा उत्पीड़न है। सोचकर बुलाकी को बड़ा ताज्जुब हुआ।

'कौन नहीं बेचता? पुलिस ने हुकुम दिया है?'

'न। महाजन, जमींदार सभी सोचते हैं कि हम उनको उखाड़ने में मदद कर रहे हैं। इसी से हमको नमक नहीं बेचते।'

'हाट में?'
'हाट जमींदार कंट्रोल करता है।'
'मैंने सोचा...।'
'क्या?'
'यहाँ तीन दिन आराम करूँगा।'
'न।'
'क्यों?'

'रिजर्व फॉरेस में हाथी को, हिरनों को नोनखरी मिट्टी दी जाती है। लोग मिट्टी चुराते हैं। तुम बाहर के आदमी हो। तुम से बात फैलेगी। इससे मार डालेंगे।'

'मैं किसी से नहीं कहूँगा। बहुत दिनों से घूम रहा हूँ। हाथी बूढ़ा हो गया है। बहुत थक गया है। थोड़ा आराम कर लेने...।'

'न।'

'तुम तो गाँव के बुजुर्ग हो।'

'न, हाथी जल पिएगा, तुम नहाओगे। पानी कहाँ है? कुंड में जरा-सा पानी है। हाथी सोख लेगा।'

'कहाँ जाएँ?'

'फॉरेस–जंगल–जाओ। कोमांडी जाओ। सरभुजा जाओ, यहाँ से जाओ।'

अँधेरे वन की छाया में बुलाकी सूखी चोटी नदी के किनारे चला गया। बहुत खोज के बाद जगमोहन की राडार की-सी सूँड़ ने कीचड़ से भरा एक पानी का गड्ढा ढूँढ़ निकाला और उसमें उतर गया। बुलाकी समतल पत्थर पर लेटा जगमोहन की लम्बी-लम्बी फों-फों की- सी साँसें सुनता रहा। कब तक इस तरह चलता रहेगा, सोच रहा था। और इसी बीच सो गया। नदी की सूखी छाती पर से हवा के झोंकों से बालू के कण उड़ रहे थे। बालू के झोंकों से जगमोहन की चमड़ी फटने लगी और वह हिलने-डुलने लगा। इस तरह लेटे रहने में बहुत बैचेनी हो रही थी। फिर भी शत्रुतापूर्ण आदिवासी गाँव के मुकाबले यहाँ लेटकर बुलाकी को चैन आ रहा था।

सवेरे फिर क्लान्त-क्लान्त यात्रा शुरू हुई। जगमोहन के साथ रहते-रहते बुलाकी खुद भी आधा जगमोहन हो गया था। जगमोहन को उत्साह देने के लिए वह आम महावतों के शब्दों का व्यवहार वैसे ही नहीं करता था जैसे दल को छोड़नेवाले दल का एम्ब्लेम-बैज-पताका का व्यवहार नहीं करते।

अब जगमोहन और वह, हाथी और महावत नहीं रह गए थे। वे फोर्स्ड रेनीगेड–जबर्दस्ती के कारण दल छोड़नेवाले बन गए थे। जगमोहन जंगली हाथी नहीं था। चरणदास का गुलाम बनने के बाद उसका आदिम चरित्र खो गया था। अरण्य हाथी होने से वह अरण्य पैकिडर्मो के नियम के अनुसार पुत्र-पति-पिता होता। यूथपति बना घूमता। अन्तकाल होने पर सम्मान के साथ मरता। पर वह अरण्य हाथी तो न था।

और वह सही आदमी का पाला हुआ हाथी भी न था। उस तरह के हाथी व्यक्तिगत फीलखाने में या सर्कस के तम्बू में या चिड़ियाघर के घेरे में खाए-पिए सन्तुष्ट चेहरे से विराजते हैं। आदमी के साथ उसकी कमाडरी–उसका साथ–नहीं होता।

हाथी के रूप में जगमोहन के व्यवहार अनुचित थे। वह बुलाकी के सिवा किसी और आदमी पर विश्वास नहीं करता था। जंगली हाथी देख डरकर भागता। गाँव के कुत्ते भूँकने से भी उसे डर लगता। इसीलिए जमींदार उसे खरीदते नहीं थे। हाथी हैसियत की निशानी जरूर होता है। ब्याह-शादी में हाथी पर बैठा जाता है। लेकिन हाथी माने जरूरत भी होती है। प्रजा या कर्ज़दार के घर या धान के ढेर को खूँदने-खाँदने, गाँव को उलट-पलट करने के बहुत काम आता है। जगमोहन को देखते ही जमींदार जाति के अपेक्षित खरीदार समझ जाते हैं कि जगमोहन से ऐसे जरूरत के काम न होंगे। चरणदास द्वारा मर्दानगी अस्वीकृत होने के फलस्वरूप जगमोहन का नामर्दी का यह हाल हो गया है। इस दुनिया में निरीह कर्जदार का घर और ढेर खूँदने-खाँदने के लिए पौरुष की जरूरत होती है। क्योंकि जिसका कोई बचाव न हो उसे अत्याचार से पीसने की सारी शक्ति पौरुष के पूर्ण परिचय में लगानी पड़ती है। उन्नत देशों में मनुष्य के पौरुष के सहायक उन्नत अस्त्र रहते हैं। उपनिवेशपूर्वक भारत-भूमि में ग्रामवासियों को तंग करने में हाथी बहुत सहायक होता था। हाथी के रूप में जगमोहन असफल है।

पुरुषत्व से वंचित बुलाकी भी महावत के हिसाब से बेकार था। चिड़ियाघर या सर्कस या संरक्षित जंगल में घूमनेवाले पालतू हाथी का महावत भी वह नहीं था। व्यक्तिगत मालिक का महावत भी वह नहीं रहा। सारे महावतों के जीवन में नियत वेतन और सन्तुष्ट पुरुषत्व के परिणामस्वरूप चेहरे पर आत्मविश्वास रहता है। वे सारे महावत जानते हैं कि पुरुषों के

मानचित्र पर वे कहाँ पर हैं। बुलाकी को देखते ही मालूम हो जाता है कि वह डरपोक है, अपने अस्तित्व के लिए क्षमाप्रार्थी है और वह कहीं का नहीं है।

किस विश्वास पर, विफल होकर चलने पर बुलाकी महावत की बोली बोलता? वह महावत होकर भी महावत नहीं है। जगमोहन हाथी होकर भी हाथी नहीं है। इसलिए बुलाकी कई अजीब शब्द बोलता–कोमांडी। कोमांडी जगमोहन! हेहेगड़ा मेरे लाल! जुजूभातू जुजूभातू मेरे यार!

आदमियों के मानचित्र से बुलाकी कितना निकल गया था, उल्लिखित शब्दावली ही उसका प्रमाण थी। कोमांडी-भुरकुंडा-हेहेगड़ा-जुजूभातू कई जगहों के नाम थे। इन सारे विकट नामों से वह हाथी हाँकता था। साथ ही हाथी को 'लाल' और 'दुलारा' कहता। फिर दोस्त वाला शब्द 'यार' भी कहता। 'लाल' और 'दुलारा' कहना उसके पागलपन का परिचय था, क्योंकि वह और जगमोहन एक उम्र के नहीं थे। किसी हमउम्र बुड्ढे को दारू के नशे में बैठ हँसी-मजाक में ठोड़ी पकड़कर 'दुलारा' और 'लाल' कहना तो बेमानी न होता। महुए के नशे में आदमी बोतल को भी 'प्यारी' कहकर चूम लेता है। सुनसान रास्ते पर मृतप्राय समवयस हाथी को हाँकने के लिए 'दुलारा' और 'लाल' कहना बहुत ही व्यंजक होता है। इस सम्बोधन को केवल आसमान, पेड़ और सड़क सुनते। जगमोहन भट्ठी की तरह फों-फों कर साँस छोड़ते हुए चलता रहता।

बड़हाई रेल का स्टेशन है। वह कुलियों की बस्ती है। वहाँ बरगद के पेड़ हैं। 'थोड़ा पानी मिलेगा, भैया? थोड़ा पानी! हाथी के लिए?'

'इंजन का पानी लो।'

'गरम है?'

'नहीं, लेकिन...।'

धातु के स्वाद का बेस्वाद पानी चहबच्चों में भरा था। स्टेशन में आग लगने पर बुझाने के लिए था। जगमोहन ने पानी पिया।

'यहाँ क्या नदी या ताल है?'

'कहाँ? पानी मिलता ही नहीं।'

'क्या धारा भी नहीं है?'

'पतरा में देखो।'

'ये पीपल का पेड़ किसका है?'

'टीसन के जमीन में है।'

जगमोहन का लंच बड़हाई में बरगद के पत्तों का हुआ। चार मील दूर पतरा के नाले में स्नान हुआ। डिनर के लिए बड़हाई लौटना हुआ। लेकिन डीजल इंजन की सीटी से जगमोहन थर्रा गया। फिर चलना हुआ। टाहाड़ा-नालिगातू-जुझारो-सांगु-मोचरा–एक के बाद एक जगह।

इस तरह यह चलते-चलते ही एक दिन सहसा और कोई राह न रहने पर, सब रास्ते समाप्त होने पर जगमोहन मर जाएगा। बुलाकी यह जानता था। वही डर अब उस पर छाया रहता। वह मौत भी बिलकुल चुपचाप आएगी। प्रायः मिटे हुए दो बिन्दुओं में एक की अन्तिम विलुप्ति। भय। उसके बाद? शून्यता, शून्यता, शून्यता? चलो जगमोहन, मेरे लाल, मेरे यार! हेहेगड़ा-हेहेगड़ा जगमोहन–कोमांडी, 'कोमांडी'।

बुलाकी जान भी न सका कि जगमोहन क्या घटनावली उत्पन्न कर देगा और सतहत्तर के अक्टूबर में वह बुरुडिहा नामक गाँव के पास के जंगल में घुसा।

दो

बुरुडिहा गाँव के मानव मानचित्र और प्राकृतिक विवरणवृत्त की इस कहानी के लिए बहुत जरूरत है।

गाँव के नाम से ही प्रमाणित होता है कि गाँव आदिवासी है। आदिवासियों से कभी बसे ग्राम के मानव मानचित्र में परिवर्तन बहुत समय पहले हो गया। गाँव में रहनेवाले आदिवासियों की जमीन पर अधिकार प्रायः गरीबों का था। गाँव में सात सौ लोग रहते हैं। एक सौ चार परिवार हैं। अधिकांश परिवार गंजू जाति के लोगों के हैं। गाँव वास्तव में गंजू लोगों का था। उसके बाद पारसनाथ और बनारसीदास—दो लाला आ गए। धीरे-धीरे कुछ और लाला आकर रहने लगे। कुछ रैदास थे। दो घर धोबी और नाई थे। लाला लोगों ने स्वभावतः ही गंजू लोगों की जमीन-जायदाद हथियाकर गाँव को अपने सहारे कर दिया। गाँव में उनका महाजनी कारोबार था और सरकारी लाइसेंस का ताड़ीखाना भी उनका था। कपड़ों और परचून का रोजगार था।

बुरुडिहा दुकान चलाने लायक ठीक गाँव न था। लेकिन बुरुडिहा इस अंचल की सबसे बड़ी हाट की जगह थी। यहाँ सोमवार और शुक्रवार को बड़ी हाट लगती। मिर्च, प्याज, धनिया आदि की बिक्री होती। मौसम के साग-सब्जी और फल बिकते। बुरुडिहा के पास ही, केवल मील-भर दूर, भालातोड़ था। वह गल्ले का बड़ा बाजार था। वहाँ वैष्णव मंडली का मठ और अस्पताल है। आदिवासी विकास दफ्तर की शाखा और पुलिस स्टेशन है। बुरुडिहा, भालातोड़—ये सब जगहें रोडवेज से जुड़ी हुई हैं, रेलवे से नहीं।

इन लाला लोगों ने मिश्र को लाकर जमीन देकर बसाया। धीरे-धीरे हनुमान मिश्र आसपास की खेती की जमीन और फलों के बगीचे खरीदकर काफी पैसेवाला हो गया। यथार्थ में इस जंगली जगह में हनुमान मिश्र के-से ऊँची जाति के ब्राह्मण का आना और बस्ती बसाने का काम कितना बहुमुखी है, यह कलकत्ते के लोग किसी तरह न समझ सकेंगे। कलकत्ता शहर में बत्ती और आराम से प्रेम रहता है, इसलिए रैदास जाकर चाटुज्जे के घर भात पकाता है। इससे शहर के लोग समझ लेते हैं कि भारत से जात-पाँत की समस्या मिट गई है। शहरी और शिक्षित क्रान्तिकारी भी यह गलती करते हैं। उनकी नीयत में कोई सन्देह नहीं है, मारे जाते हैं भलाई के दस्तावेज। लेकिन वे भी जब गाँव-गिराँव गए, तो जात-पाँत, छुआछूत और धर्म के तिगड्ढे विरोध को नगण्य कर उन्होंने दूसरे बस-स्टॉप से काम किया।

यह गलत है। इस भारत-भूमि में नंगे फटेहालों को लड़ाकू बनाने पर, कुरुक्षेत्र में उतरने के पहले जान लेना होगा, जरूरत पड़ने पर गंजू और दुसाध लोग गुलबदन साहु को क्षेत्रपाल देवता और सूर्यदेव के प्रति उत्सर्ग कर केनान्द्रा पहाड़ से नीचे ढकेलकर मार सकते हैं। लेकिन हनुमान मिश्र के मन्दिर से लगे कुएँ से पानी लेने के लिए उनके हाथ नहीं उठेंगे।

उनको जानना चाहिए कि आर्थिक शोषण जिस प्रकार एक लक्ष्य है, उसी तरह दूसरा लक्ष्य है जात-पाँत, छुआछूत और धर्म। यह त्रिमूर्ति भवन की तरह ही भारतीयों के हृदय में पक्का घर किए हुए है। भवन रहने पर उसमें परिचित मूर्ति की स्थापना करना चाहेंगे।

जो लोग इस पर विश्वास नहीं करते, उन्हें बुरुडिहा गाँव देखना जरूरी है। बुरुडिहा एक आणविक भारत-कॉसमॉस है। रैदास-धोबी-गंजू-दुसाध में कौन किससे छोटा-बड़ा है, यह इन्होंने निश्चय नहीं किया है। किसी समय बाभन ही सत्कर्म करते रहे होंगे। निश्चय ही उन लोगों ने समस्त पतित जातियों को विभाजित कर शासन करना चाहा था। उसी से बुरुडिहा की इन जातियों के रक्त में एक विश्वास बैठ गया है। वह विश्वास इस प्रकार है—हर एक के साथ भोजन करना, पानी पीना नहीं हो सकता। कलवरिया में बैठकर माल पीते-पीते इसके-उसके पास से चरपरा चना खा सकते हो, तली चीज नहीं खा सकते हो। उसके साथ चाय पी सकते हो, मुरमुरे नहीं खा सकते।

मनुष्य लोग बहुत सरल, डरपोक, ब्राह्मणत्व और उच्चवर्ण की श्रेष्ठता में विश्वास करनेवाले होते हैं। उसका परिणाम होता कि छुआछूत की गड़बड़ करने पर 'जात गई पाँत गई' कहकर वे हनुमान मिश्रजी के पास ही भागते।

हनुमान मिश्र महापाप की बात सुनकर कान में उँगली देते और रोते। छाती पीटते और जल्दी-जल्दी मन्दिर की ओर देखते। उसके बाद वे विधान देते—पूजा, प्रायश्चित्त, सिर मुँड़ाना, जात भाइयों को अन्नदान। इससे फिर उधार लेना पड़ता। धर्म के पतन के घोर प्रायश्चित्त के काम में जो रुपए लगते, वह हनुमान मिश्र खुद ही उधार देते।

उराँव, मुंडा या हो—ये हनुमान मिश्र की आँखों के काँटे थे जिनके सृजन-कार्य में ब्रह्मा का कोई हाथ न था, कहीं के किसी सिंबोड़ा या हड़ामदेउ ने उन्हें उत्पन्न किया था, उनके अस्तित्व की वे बिलकुल उपेक्षा करते। वे इतने पतित थे कि जात-पाँत, छुआछूत समझते ही नहीं। पहले ही बताया है कि इन हनुमान मिश्र का बुरुडिहा रहने का काम गहरे मतलब से था। स्वतंत्रता के तुरन्त बाद बुरुडिहा में एक अशान्ति की घटना हो गई। बुरुडिहा में जंगल के किनारे कई घर उराँव के थे। एतोया उराँव की बहू बिखनी लालाबाबू के यहाँ मजूरनी थी। वह कुएँ से पानी भरकर अन्दर औरतों के नहाने के लिए चहबच्चा भरा करती थी, खलिहान साफ करती, रसोई की लकड़ी के चैले फाड़ती। एक वक्त का जलपान, और महीने पर चार रुपए वेतन मिलता। इससे अधिक रुपए उन दिनों बुरुडिहा में कोई भी नहीं देता था। आज भी उस अंचल में बँधे हुए वेतन पर आदिवासी महीने में पन्द्रह-बीस रुपए और एक बेला जलपान पाकर काम करते हैं। जलपान का मतलब मडुआ का सत्तू या घाटो होता है। उसमें भी बिखनी की बेडौल-सी उग्र देह थी। एतोया उस बात में बहुत ही सचेत था, और अगर बिखनी के ब्याह का भोज देने में लाला लोगों का कर्ज़दार न होता तो वह बिखनी को काम न करने देता।

हर महीने वह हिसाब करता, बिखनी का वेतन लाला लोगों के काट लेने पर मूल-ऋण का क्या चुकता हुआ! स्वभावतः असल और सूद में हिसाब उलझ गया और उलझा हिसाब किसी आदिवासी की समझ से बाहर की बात है। एतोया को लगता कि वह देता जा रहा है और उधार चुक नहीं रहा है। उसका नतीजा था कि उसके मन में लाला पर गुस्सा बढ़ता रहा।

एक दिन उसने जाकर लाला के बड़े लड़के को पकड़ा, 'कितना रुपया चुकती हुआ, कितना बाकी है, समझकर बता। बहू कितने दिन और काम करे कि उधार चुक जाए?'

जवाब उसके मन के मुताबिक न मिला। उसने कहा, 'तू जरूर झूठा हिसाब दिखा रहा है। यह नहीं है।'

वह गाली देकर उठ आया और मन का दुख भूलने के लिए हाट में मिर्च बेचने गया। वहाँ जाकर महुआ पीने बैठ गया। तब महुए में मस्त एक दूसरे उराँव ने उसे समझाकर कहा, 'तेरा उधार चुकने का नहीं है। इस जन्म में नहीं।'

'क्यों?'

'दिकू से उराँव के उधार लेने पर चुकता नहीं। किसी का नहीं चुकता और... ।'

'और क्या?'

'सनीचरी से पूछ।'

सनीचरी एक ओर बैठी महुआ पी रही थी और जीभ पर तली हुई मिर्च लगा रही थी। उसने दारू पीकर ओठ पोंछ जो कुछ कहा उसका सारांश यह है : बिखनी की देह में जवानी रहते वह उधार नहीं चुकेगा! सनीचरी के आदमी ने लाला से बीस रुपए उधार लिये थे। महीने में दो रुपए वेतन और जलपान पर इन लाला के बाप के पास जवान सनीचरी लगी। यह पच्चीस बरस पहले की बात है। दस बरस काम करने पर भी वह उधार नहीं चुका। सनीचरी का आदमी उस कर्ज के दो बरस के भीतर मर गया। सनीचरी को बचानेवाला कोई रह नहीं गया। उसकी जवानी भी बहुत दिनों तक रही। जब तक जवानी रही, तब तक सनीचरी ने बुड्ढे लाला को शरीर और परिवार को मेहनत देकर कर्ज़ चुकाने का प्रयत्न किया। उसकी जवानी और बुड्ढे लाला की जिन्दगी एक दिन समाप्त हुई। उधार आज तक नहीं चुका। सनीचरी अब काम करने नहीं जाती, और अब उसने कह दिया है कि 'अब काम नहीं करूँगी। जेहल भेजना हो तो भेज दे।'

इसके बाद सनीचरी ने महुए के जोश में आए आकुल हृदय से एतोया से कहा, 'बिखनी को लेकर भाग जा। लाला का छोटा लड़का शैतान है। वह बिखनी को छोड़ेगा नहीं।'

एतोया जानना चाहता था कि बिखनी ने क्या खुद धोखेबाजी की है?

सनीचरी सांसारिक दार्शनिकता के साथ बोली, 'आज नहीं तो कल करेगी।'

बातों का नतीजा अच्छा नहीं हुआ। दारू पीकर एतोया ने लाला के छोटे बेटे को काट डाला और भालातोड़ जाकर थाने में दारोगा से कहा कि उसने बुरुडिहा के गोविन्द लाला को मार डाला है। जो करना हो कर ले।

उक्त हत्याकांड के असामी के खुद इकबाल करने पर भी दारोगा को मौके पर जाना पड़ता। आकर तीन दिन बुरुडिहा रहना पड़ा। दारोगा की पदवी पांडे थी। वह सदाचारी मैथिल ब्राह्मण था और बुरुडिहा में तीन दिन रहने के समय उसने लाला के यहाँ अन्न-जल नहीं लिया। पुत्र-शोक के ऊपर ब्राह्मण के भूखे रहने के शोक से लाला-जननी का कलेजा फट गया। इसका फल दूरव्यापी हुआ। परिणामस्वरूप एतोया को काला पानी हुआ और वह जेल में ही मर गया। बिखनी को मृत गोविन्द के बड़े भाई ने जबर्दस्ती दखल कर लिया। लाला लोगों ने भालातोड़ के वैष्णव समाज के गुरु की सहायता से हनुमानप्रसाद मिश्र को लाकर गाँव में बसा दिया। आदिवासी और अन्त्यज बेल्ट के गाँवों की शान्ति रक्षा के काम में ऊँची जाति के हिन्दू को नियुक्त करने की प्रशासन की इच्छा न थी। उससे आदिवासियों और अन्त्यजों को न्याय न मिलता। किन्तु कार्यरूप में उक्त व्याख्या के सारे ग्रामरक्षक थानों में पांडे-ठाकुर-मिसिर नियुक्त हुए, और बुरुडिहा के आसपास सारे गाँवों में मौके पर जाँच या जाँच के आदेश आने पर वे हनुमान मिश्र के घर वैष्णव भोजन करते।

दस के करीब गंजू परिवारों की जमीन पर कब्जा कर लाला लोगों ने वह सारी जमीन मिश्र को दे दी थी। हनुमान मिश्र लाला लोगों के भात में हाथ न डालकर अपना ही वैभव बढ़ाते रहे। वह अंचल चोटी, तिरुही, कुहला और झिठरी—चार नदियों से घिरा, वनों से समृद्ध और नरम धरती का था। मालाहातू के जमींदार-वंश के अधिकार के गाँवों में फल के काफी बगीचे थे। अमरूद, शरीफा, आम, लीची, पपीता और जामुन के पेड़ बहुत थे। कुँजड़े या थोक खरीदार बगीचे के फलों का अन्दाज लगाकर फारवर्ड ट्रेडिंग कर बगीचे के मालिक को पेशगी थोक रुपए देकर भविष्य में होनेवाले फलों को खरीद लेते।

हनुमान मिश्र लाला लोगों के हिस्से में हाथ न डालते थे। वे एक के बाद दूसरा बगीचा खरीदते रहते। हर बगीचे में मिश्र-वंश के किसी बेकार आदमी को बसा देते। कुँजड़ों से तय होता कि हर बगीचे से घर के लोगों को खाने के लिए फल देने होंगे। इस तरह फलों के बगीचे खरीदे जाते। यथार्थ में मिश्रजी ने दूर-दूर तक अपना घेरा डाल दिया। वह अंचल ऐसा अजब था कि यहाँ का प्राकृतिक भूगोल भी सोचने में बुरा था। बुरुडिहा, पालानी, टाहाड़ इत्यादि जगहों में रहना बेकार था। दो मील दूर बस स्टेशन पर खाने के नाम भीगे चने और प्याज मिलते थे। मिश्रजी के आदमी दूसरे बस स्टेशनों पर फल बेचनेवालों से मारपीट कर उन्हें हटाकर अपनी बिक्री करते। भालातोड़ थाने को वे हर साल इतने फल भेजते कि फलों से भरे थाने पर मिश्रजी के विरोध की कोई रिपोर्ट ली ही नहीं जाती थी। उनके आदमी औरतों, बुड्ढे-बूढ़ियों और बच्चों को खासतौर पर पीटते और उन्होंने एक आतंक का राज्य कायम कर दिया था। ब्राह्मणों, देवताओं के खिलाफ कोई भी शिकायत सुनी नहीं जाती थी।

आसपास किसी झगड़े की जमीन की खबर वे भालातोड़ के थाना और पटुलिहा की कचरी से पा जाते और जमीन-जयदाद खरीदते रहते। मिश्र-परिवार की नीयत साफ न थी। इससे ऐसी जमीन-जायदाद में मिश्र लोग घुस पड़ते। इस पर स्थानीय कांग्रेसी पंचायत के प्रधान ब्रजभूषण खत्री का खयाल गया। उसने खुद आकर मिश्रजी से मुलाकात की और कहा, 'आपने जो किया वही देश की सेवा है।'

'कैसे?'

ब्रजभूषण खत्री बड़ा प्रतापी और जबर्दस्त आदमी था। उसके शासन में पंचायती कुआँ और प्राइमरी स्कूल सवर्ण हिन्दुओं के अधिकार में थे। उसका कहना था कि ब्राह्मण के सामने रहने पर हिन्दुओं के कलेजे में ताकत आ जाती है। मिश्रजी की दूरदर्शिता के कारण अंचल में सब जगह ब्राह्मणों का केन्द्रस्थल बन गया है। खत्री, भुइँहार, लाला—इनमें ब्राह्मण सबसे बड़ा देवता है। अंचल में दुसाध-रैदास-गंजू-आदिवासी की प्रधानता बहुत है। इनको दबाए रखने की बहुत जरूरत है।

मिश्रजी बहुत हँसकर बोले, 'लेकिन इनको देख-भाल करने के लिए सरकार बहुत मदद भी देती है, और इन्दिराजी भी वही चाहती हैं।'

'देवता, ऐसा चाहने के बाद वे नसबन्दी क्यों करा रही हैं? इनकी संख्या न बढ़े, इसलिए? सरकारी दफ्तर, अमला हैं? कानून जो भी कहे, अदालत, पंचायती दफ्तर, बी.टी. ऑफिस, थाना—सभी हमें मदद देते हैं। अब तक मैं अकेले लड़ता था। अब देवताओं को सामने पा गया हूँ। किस तरह इनको काबू में रखा जाए, वह दिखा दूँगा।'

'आपने जो कुछ कहा, वह ठीक नहीं है, खत्रीजी! आप और हम पढ़े-लिखे लोग हैं।

यह समझना चाहिए कि हम दोनों भारतीय हैं। आपको मालूम है कि अछूत और आदिवासियों के लिए सरकार ने बहुत से कानून बनाए हैं।'

'कानून से क्या होता है देवता, कानून तो कागज पर स्याही से लिखा रहता है। कानून को बलवान बनाता है आदमी। पढ़ा-लिखा आदमी। मैंने क्या कहा? उन्हें जान से मार दूँगा? नहीं, नहीं। लेकिन आप जो जूतों के नीचे मिट्टी मसलते हैं, उसका तो माथे पर तिलक नहीं लगाते? यह भी ठीक नहीं। जूते के नीचे की मिट्टी से यह बात कहना ठीक नहीं कि तुम तिलक की मिट्टी बन सकते हो।'

'यह तो ठीक बात है।'

'मेरी पंचायत में एक ही नीति है। सरकार ने स्कूल भी बनवाया। किन्तु मैं बताए देता हूँ, लिखाई-पढ़ाई करने से तुम्हें कोई लाभ नहीं। मरे जानवर का चमड़ा कौन साफ करेगा, कौन जूते बनाएगा, कौन कुली का काम करेगा—यह सब सोचकर भगवान ने तुम लोगों को बनाया है। पढ़ाई का तुम क्या करोगे? तुम्हारे पढ़ने के लिए आने पर ऊँची जाति के मास्टर पढ़ाएँगे नहीं, लड़के भी नहीं पढ़ेंगे। देवता! यह सब जगह जंगली जगह हैं। शहर की हवा यहाँ नहीं आती। राजा की तरह रहें, कुछ फिकर न करें।'

बात कहते समय ब्रजभूषण की आँखें और चेहरा पवित्र दीप्ति से चमकने लगा। हनुमान मिश्र को यह समझना बाकी न रह गया कि ब्रजभूषण धर्मान्ध व्यक्ति है। उन्हें बहुत खुशी हुई। धर्मान्ध आदमी और धर्मान्धता बड़ी अच्छी चीजें हैं। वह अगर अछूतों और आदिवासियों को दबाकर रखने में सहायक हों तो और भी अच्छा है, क्योंकि वे फलों के बगीचे, जमीनें और दूसरी तमाम पार्थिव सम्पत्ति बढ़ाना चाहते हैं, उसमें मेहनत-मजूरी के लिए इन अभागों की जरूरत होती है। वे अगर लिखे-पढ़े हों, अपने हकों के बारे में जानकार हों, तो हवा बिगड़ जाएगी। यथार्थ में पटना, राँची, गया, आरा, छपरा में छोटी जात के रिक्शेवाले जिस ढंग से बात करते हैं, उससे बाभन के खून में आग लग जाती है।

हनुमान मिश्र समझते हैं कि ब्रजभूषण खत्री उनकी भरसक मदद करेंगे। वे बहुत खुश हुए और बोले, 'आजकल के जमाने में आप-सा आदमी होता है, यह नहीं जानता था।'

ब्रजभूषण खत्री भी बहुत जोश में भरे अपने गाँव को लौट गए। इसके बाद उस अंचल में असाधारण रूप से कई महत्त्वपूर्ण घटनाएँ हुईं।

बड़े आश्चर्य की बात थी कि बुलाकी या जगमोहन कुछ जाने बिना भी हर महत्त्वपूर्ण घटना के समय किसी-न-किसी तरह से घटनाओं के घेरे में रहे।

अपने गाँव लौट जाने के बाद ब्रजभूषण खत्री ने अपने बेटे की शादी की और बेटे-बहू को हाथी की पीठ पर बैठाकर बरात को हनुमान मिश्र के मन्दिर में ले जाकर देवता का आशीर्वाद लेने का निश्चय किया। यह प्रस्ताव सबके मन के मुताबिक था और तभी भयंकर घटना ने खेल दिखाया। गाँव में जिस तरह सब लोग खेतों में जाकर मल-त्याग करते हैं और 'घर के पास संडास नहीं बनाते'—वैसे ही शिक्षित और आलोक प्राप्त ब्रजभूषण भी जौ का खेत उपजाऊ बनाने गया—और अचानक देखा कि जौ के खेत के बीच की राह पकड़कर एक निकम्मा हाथी और निकम्मा महावत आ रहे हैं। ब्रजभूषण का व्यक्तित्व तेज था। इसी से मल-त्याग करते-करते उसने पूछ लिया :

'किसका हाथी है?'

'महन्त का।'

'महन्त कहाँ है?'

'बनारस में।'

'यहाँ हाथी लेकर क्यों घूम रहे हो?'

'हुजूर...!'

'अगर जौ खा जाए तो?'

'नहीं हुजूर!'

'यहाँ क्या कर रहा है?'

'भाड़ा मिलने पर, सवारी मिले...इसी तरह हाथी की खुराक चलाता हूँ, हुजूर!'

'ठहरो, आ रहा हूँ।'

ब्रजभूषण ने जरूरी काम निबटाया। उसके बाद बुलाकी के साथ भाव-ताव हुआ। अन्त में हाथी की खुराक और दस रुपए देना तय हुआ। बुलाकी को जलपान भी।

बहुत खुश होकर बुलाकी ने जगमोहन को नहलाया और बरगद के पत्ते खिलाए। इसके बाद धुले रंग से जगमोहन के माथे पर और सूँड़ पर अल्पना आँकी। खुद भी भरपेट सत्तू, मट्ठा और भेली गुड़ खाया।

लेकिन भाग्य का फेर। खबर आई कि देवता धनबाद चले गए। दस दिन के पहले लौटेंगे नहीं। दस दिन बाद कोई शुभ दिन पंचांग में निकलता नहीं था। इसलिए ब्रजभूषण ने बुलाकी को विदा कर दिया। जगमोहन को भी। बुलाकी झुझार की ओर चला गया। बुरुडिहा जाते-जाते जाना न हो सका।

अब उस ओर एक महत्त्वपूर्ण घटनावली घटती रही।

(एक) झुझार गाँव के प्राइमरी स्कूल के मास्टर बालकृष्ण सोशलिस्ट पार्टी के आदमी थे। उन्होंने आते ही ब्रजभूषण खत्री का कट्टर वर्ण-विद्वेष पकड़ा और ब्रजभूषण के हर सार्वजनिक काम के पीछे इस मानसिकता को देखा। उसकी ऐसी धारणा इसलिए हुई कि उसे खूँटे का जोर था। लगा कि राँची में म्याऊँ पकड़ानेवाला आदमी है। लेकिन वन-विभाग का जंगल, जमींदार की जमीन और बाँझ पथरीले पत्थरों के क्षेत्र के अलग-थलग आदिवासी गाँव जो असल में राँची से सौ लाख योजन दूर हैं, इसे उसने न समझा। बस-रूट से दूरी नहीं है, यह दूसरी दूरी है। राँची नया भारत है। गाँवों में नियनडर्थल युग चल रहा है। पानी नहीं, महुए के तेल की लाल रोशनी ही एकमात्र बत्ती है, महुआ या मक्का या चीनादाना का घाटो एकमात्र स्टेप्ल फूड (मुख्य भोजन) है। नमक विलासिता है। रोग में, कष्ट में नए भारत में घृणित मिशनरी एकमात्र सहारा है। बरस-भर उधार-कर्ज के लिए जमींदार या महाजन एकमात्र सहायक होता है। ये लोग ऐसे तुच्छ और नगण्य हैं कि चुनाव के समय इन्हें कोई प्रति व्यक्ति एक रुपया देकर भी वोट न दिलाता। महाजन या जमींदार या ब्रजभूषण आँखें लाल कर जिसे वोट देने को कहें, ये लोग उसे ही वोट दे आते हैं।

नासमझ बालकृष्ण को लगा कि इनके प्रति अन्याय हो रहा है। उसने बीच-बीच में भालातोड़ थाने में रिपोर्ट भी की। ब्रजभूषण समझ गया कि इस छोकरे को टाइट करना होगा।

मामले का अभाव नहीं होता। कॉलरा की महामारी में इंजेक्शन देने के लिए आई हुई सरकारी जीप झुझार ग्राम की उपेक्षा कर चली गई। इसका कारण जानना चाहने पर

ब्रजभूषण घमंड के साथ बोला, 'जो सुई सवर्ण हिन्दू को इंजेक्शन देगी वही सुई अछूत और आदिवासियों के लगेगी?'

'नहीं, नहीं, मास्टर साहब! यह नहीं हो सकता है। इस जली आजादी के बाद ऊँची जाति के हिन्दुओं का इन अछूत और आदिवासियों के दबाव में लोप हो रहा है। बस अब खून की पवित्रता रह गई है। शरीर में खून रहते ब्रजभूषण उसे नष्ट नहीं होने देगा।'

बालकृष्ण सिंह आवाज में यथासाध्य व्यंग्य लाते हुए बोला, 'इन्हें कॉलरा होने पर कौन देखेगा?'

ब्रजभूषण खत्री कठोर गम्भीरता के साथ बोला, 'बुरुडिहा में जीते-जागते देवता हैं– हनुमान मिश्र। वे भगवान को पुकारेंगे। जीवन और मृत्यु लिख-पढ़कर नापने की चीज नहीं होती। जब इंजेक्शन नहीं थे, तब क्या सब लोग कॉलरा से मर जाते थे?'

स्वास्थ्य-केन्द्र पर बालकृष्ण सिंह के भागदौड़ करने पर भी कुछ न हुआ। वह समझ गया कि ब्रजभूषण और हनुमान मिश्र को खफा कर सरकारी कर्मचारी भी कुछ करने को तैयार नहीं हैं। ब्रजभूषण केवल पंचायत का ही प्रधान नहीं, इस अंचल का सबसे प्रतापी और प्रभावशाली व्यक्ति है।

बालकृष्ण सिंह पर भी बेकार की जिद सवार हो गई। कॉलरा फैलने लगा। आसपास के गाँव में लोग मरने लगे। इसके बाद उस झुझार गाँव में लोग मरे। इसके बाद उसने समझाया और कहा, 'मैं झुझार में हैजे की सुई दिलाऊँगा। राँची जा रहा हूँ। राँची से डॉक्टरों की गाड़ी लाकर सुई लगवाऊँगा।'

गाँव के बूढ़े ने अपनी सहिष्णु, शान्त और पीले रंग की आँखें उठाकर बालकृष्ण की ओर देखा। वह बोला, 'कुछ नहीं होगा रे!'

'क्यों?'

'झुझार में हैजा फैल रहा है।'

'किसने कहा?'

'मिश्रजी ने कहा।'

'किससे कहा?'

'खत्रीजी से।'

'कब कहा?'

'रोज कहते हैं।'

'न, न, डरा दिया था।'

'कहा था कि सुई लगवाने से मर्दों को खाँसी हो जाएगी। सरकार नसबन्दी कराना चाहती है। मरद लोग खाँसी होने के डर से नसबन्दी नहीं कराते। इसलिए हैजे की सुई लगाते हैं और मर्दों को खाँसी, औरतों को बाँझ किए दे रही है। वही कहते हैं।'

'वह अगर होगा तो खत्रीजी, मिश्रजी ने खुद सुई क्यों लगवाई? सुनो, यह सब चालाकी है। तुमको हैजा होने पर तुम मर जाओगे। वे खुद चंगे रहेंगे। उसके बाद देखो, किसी मर्द के मरने पर उसकी जमीन निकल जाती है या नहीं!'

'वह तो हैजे से मरे बिना भी चली जाती है। कभी हमको यह पता न था कि जमीन खत्रीजी ले लेंगे, हम उनके चाकर बनेंगे। वही तो हुआ।'

'सुनो, सुईवाले के आने पर पहले मैं सुई लगवाऊँगा। तुम लोग देखना, कुछ होता है या नहीं।'

'तुझे मार देंगे।'

'कौन?'

'खत्रीजी।'

'मार देना ऐसा आसान है?'

'तेरे लिए डर लगता है। तू यहाँ रहता है। हम लोगों के लिए सोचता है।'

बालकृष्ण ने कहा, 'इस बार शहर से अपनी बहू और बच्चे को ले आऊँगा। तुम्हें दिखाऊँगा।'

'तेरी बहू सुई लेगी?'

'बहू लेगी। बच्चा लेगा।'

सवेरे यह मीटिंग हुई। शाम को ब्रजभूषण खत्री साइकिल से झुझार चला गया। बालकृष्ण से बोला, 'हाट से दस किलो चावल और दो किलो गुड़ देना होगा।'

'क्यों?'

'हैजे की महामारी चल रही है, पता नहीं है?'

'किस तरह पता होता?'

'यह तो आपकी खफा होने की बात है। सुईवाले चले गए। इससे खफा हो रहे हैं।'

'चावल और गुड़ का क्या होगा?'

'हैजा शान्त करने के लिए यज्ञ होगा। मिश्रजी खुद यज्ञ करेंगे। सब गाँवों से चावल और गुड़ ले रहा हूँ। सुई का इलाज कुछ कहता है, मास्टर साहब? आप मास्टर आदमी हैं, आपको ब्राह्मण देवता पर विश्वास नहीं है?'

'झुझार आपका राज्य हो सकता है, राँची नहीं। राँची जाकर मैं सुई-गाड़ी और दवा लाऊँगा।'

'यह तो बड़ी अच्छी बात है। अब जो आए वह उन्हें सुई दे। सरकारी बन्दोबस्त है, मैं पंचायत का प्रधान हूँ, क्या 'नहीं' कहने जाऊँगा? अब चावल और गुड़ की बात बताइए।'

'आप कहिए।'

ब्रजभूषण खत्री ने तुरन्त गाँव के बूढ़े को बुलाया। कहा, 'दस किलो चावल देगा, दो किलो गुड़। बुरुडिहा ले जाएगा। मिश्रजी तुम लोगों का हैजा भगाने के लिए यज्ञ कर रहे हैं।'

'कहाँ मिलेगा? चावल किसके घर हैं?'

'वह मुझे पता है?'

'मास्टर साहब कहते हैं कि सुई लगवाने से हैजा जाएगा। जाग-जग्य करने से हमारा क्या? हमें क्या कोई खाना देगा? मिश्रजी के जाग-जग्य में बेगार और चावल तो कितनी दफा दिया। अबकी बहुत अकाल है।'

'न दे तो मत दे।'

ब्रजभूषण हँसते हुए चले गए। गाँव से जाने के पहले बालकृष्ण को रुपए देकर खुशामद के साथ अपने रेडियो की बैटरी लाने का अनुरोध कर गए। कह गए, 'देखकर बहुत अच्छा लगा, मास्टर साहब! वे लोग आपकी बात पर बहुत भक्ति करते हैं।'

इसके बाद बालकृष्ण सवेरे की बस से राँची चले गए। अधिकारियों को बताते और इन्तजाम करते उन्हें दो दिन लग गए। दो दिन झुझार के लोग डर के मारे दूर-ही-दूर से हैजे से मरे लोगों की चिता देखते थे, मास्टर पर आस्था रखकर ब्रजभूषण को चावल न देना नासमझी हुई या नहीं, यह सोच रहे थे। इस बीच मिश्रजी के यहाँ महायज्ञ आरम्भ हो गया। उस यज्ञ में दूसरे अछूतों को प्रसाद न मिलेगा, यह जानकर भी वे चावल और बेगार दे रहे हैं, सिर्फ वे ही बाकी रह गए। यह कैसे हुआ? इसे सोचकर सब परेशान थे।

इस बीच देखा गया कि जहाँ सबसे अधम, दीनों-के-दीन रहते हैं, वहाँ 'उनके' चरण पड़ने की कोई इच्छा ही नहीं। वह श्रद्धालु और भले कवि की इच्छामात्र थी। क्योंकि वही 'वे' मिश्रजी के यज्ञ में पूजा ले रहे थे। प्रत्यक्षतया सारे गुंडों के यज्ञ की जगह उपस्थित होने के बावजूद मास्टर का जनहीन कमरा और स्कूल का छप्पर जल गया। झुझार के एकमात्र जलस्रोत पंचायती ताल में एक आदमी ने हैजे से मरे व्यक्ति का शरीर डाल दिया और दोनों ओर के गाँववाले लाश से इनकार करने लगे। लोगों को 'अविश्वासी, हरामी' कहकर उन्होंने गाली देकर अपने कुएँ से पानी नहीं लेने दिया। लाश को खींचकर दूर फेंका और बुरुडिहावालों ने वही पानी पिया। उसका नतीजा हुआ कि बुरुडिहा में हैजे की महामारी फैली।

मास्टर कभी झुझार न पहुँचे, जिससे झुझार वालों का डर के मारे विश्वास उठ गया। वे ब्रजभूषण के पास भागे और घर-द्वार बेच मिश्रजी को प्रायश्चित्त में पूजा भेजनी चाही। ब्रजभूषण बोला, 'न, न, तुम लोगों ने ब्राह्मण देवता का अपमान किया है। तुम्हारी पूजा वे न लेंगे।'

क्षमा-मधुर मुसकान लिये हुए मिश्रजी स्वयं ही झुझार चले आए। सब लोगों को प्रसाद के पेड़े और सड़े पपीते दिए। बोले, 'ब्राह्मण क्षमा करना भी जानते हैं।'

उससे ब्राह्मणों का जो सुप्रीम फोर्स होता है वह झुझारवासियों के और दूसरे गाँववालों के मन में प्रतिष्ठित हो गया।

मास्टर के न आने से हेल्थ डिपार्टमेंट ने गाड़ी नहीं भेजी। बाद में हाटियार के रास्ते में मास्टर का गाड़ी के नीचे आया शव मिला। उसकी मौत का सही जवाब शहर में न मिला। किन्तु जंगलों में महाजन के चरणों का सहारा पानेवाले गाँवों में इस मृत्यु के प्रतीक वाले आयाम ने फायदा पहुँचाया। भालातोड़ थाने के अफसर ने गोपनीय रिपोर्ट में लिखा, 'आदमी एजिटेटर था। गाँववालों के साथ उसका मेल-जोल देखकर समझा जाता था कि वह असल में कम्युनिस्ट या सोशलिस्ट था।'

इसके बाद एक के बाद एक जो घटनाएँ घटीं वे बहुत ही व्यंजक थीं। समय, अर्थात् काल हर दशक में आगे बढ़ता रहता है और अंचल में कहीं थर्मल पॉवर स्टेशन की स्थापना करने आए सम्बन्धित मंत्री प्रेस के द्वारा भारत और बहिर्भारत को बताते, 'वी रीच द मॉडर्न टाइम्स।' इससे राँची और दूसरी जगहों में यह कथन काफी प्रचारित होता।

(दो) मॉडर्न टाइम्स में अंचल में कदम रखने के बाद, साठ के दशकों के अन्तिम वर्ष में, जो घटना घटी वह शिक्षकों पर केन्द्रित नहीं, छात्र-केन्द्रित है। टाहाड़ का गाँव फल के बगीचों के लिए प्रसिद्ध है। वहाँ के अमरूद, शरीफे, जामुन, लीची, पपीते और आम देखने योग्य बड़े होते हैं। गाँव मूलतः भालातोड़ एस्टेट के अन्तर्गत था। आजकल मिश्रजी के चचेरे

भाई कुन्दनजी के अधिकार में हैं। कुन्दनजी की उम्र चालीस बरस है। वह बहुत बलिष्ठ हैं और गलत काम करनेवालों को साइकिल की चेन से पीटने में दक्ष हैं। मिश्रजी का ब्राह्मणोचित धर्म और ब्रजभूषण की मिश्र-भक्ति—दोनों ही कुन्दन में मूर्त हुई हैं। टाहाड़ ग्राम का स्कूल अच्छा है। वह मिश्र-परिवार के पक्के मकान में है जिससे कि गाँव के अछूत जातियों के लड़के पढ़ने के लिए पालानी गाँव के स्कूल जाते हैं। जाते ही नहीं, यही कहना ठीक होगा क्योंकि आठ बरस के स्कूल जाने से इन्हें ठीक नहीं रहता। इनके हिसाब से आठ बरस का लड़का बालिग हो जाता है। गायें चराना या दूसरे काम कर वह घर की मदद करता है। ऐसे ही कारणों से टाहाड़ गाँव के लड़के कभी स्कूल नहीं जाते। पालानी गाँव और टाहाड़ गाँव के बीच बड़े-बड़े पत्थरों से भरा एक ऊँचा-नीचा-रूखा सा हिस्सा है। कोई-कोई पत्थर मोनोलिथ-सा है जिससे चाँदनी रात में उधर देखने पर सहसा लगता कि विभिन्न माप के और आकार के बहुत से आदमी चुपचाप खड़े हैं। एक खास पत्थर बहुत अजीब है। लम्बा, चौकोर, मोटा। उस पत्थर के बारे में प्रवाद है कि वह जीवित हो उठता है और हर रोज थोड़ी-थोड़ी जगह बदलता रहता है। यह पत्थर नहीं, प्रेतात्मा है और उसका कोई अभिप्राय है। इस प्रवाद की सचाई को परखने कोई नहीं गया, किन्तु निर्जन समय में कोई पत्थर के समीप अकेले नहीं जाता। कुन्दन मिश्र ने एक दिन घोड़े पर चढ़कर गाँव को लौटते-लौटते अचानक देखा कि लगभग दस बरस की उम्र का एक लड़का पत्थर के नीचे कुछ लेकर छिप गया है। कुन्दन ने डर के मारे आँखें फेर घोड़ा भगा दिया। कुछ दूर आने पर सुना कि उसे कोई पुकार रहा है, 'हुजूर! हुजूर साहब! मैं हूँ!'

कुन्दन किसान सुखिया गंजू का बेटा एतोया था। कुन्दन की जमीन पर हुए दंगे में सुखिया छह बरस की जेल काट रहा था। कुन्दन ही ने उसे भरोसा दिलाकर जेल भेजा था। सुखिया की पत्नी झालो बड़ी गठी औरत थी। वह कुन्दन की कृपाभाजन थी। यह सुखिया के जेल जाने के बहुत पहले से था। कुन्दन ने झालो को कच्ची ईंटों का पक्का मकान बनवा दिया था। इस क्षेत्र में कच्ची ईंटें धूप में सुखाकर खपरैल की छत डालकर मकान बनाने से वह बहुत दिनों तक टिकता है और कोई गंजू परिवार ऐसे घर में रहनेवाला होने से जाति की नजरों में ऊँचा हो जाता है।

झालो ऐसे मकान में रहे, यह बिलकुल स्वाभाविक था। कुन्दन घर में आता-जाता रहता तो घर अच्छा होना ही चाहिए। कुन्दन का जाना-आना सुखिया या झालो की राय से था या नहीं, यह सवाल किसी से नहीं उठाया। झालो के आगे और पीछे के उभारों का गैरवाजिब ढंग से ऊँचे और थिरकते होने से कुन्दन मिश्र दूसरी की नाँद में मुँह मारेंगे ही, ऐसा बड़ों का कहना है।

झालो का बड़ा लड़का एतोया कुन्दन की तरह था, यह झालो के लिए बहुत ही भाग्य की बात थी। कुन्दन की घरवाली के पेट से पैदा सन्तान बाप के कपूत थे। उनकी जैसी शक्ल थी, उसी तरह रोगी थे। स्कूल में पढ़ते तो पढ़ते ही, रगड़ते तो रगड़ते ही रहते, जरा भी अक्ल नहीं थी।

एतोया कहलाने को तो सुखिया का बेटा था मगर वह कुन्दन को बहुत प्रिय था। कुन्दन उससे घोड़े की देखभाल कराता था। उसे घोड़े पर चढ़ने भी देता था। साइकिल भी चलाने देता।

'इतने प्यार से वह बिगड़ जाएगा। गरीब दुखी का लड़का है...।' झालो कहती।

'तू एतोया को कुछ मत कह। मैं उसे बाद में बगीचे की देखभाल के काम में लगाऊँगा।'

'उसे लिखना-पढ़ना नहीं आता है।'

'तो पलानी के स्कूल में जाए न।'

कुन्दन ने बात को उचित महत्त्व नहीं दिया। एतोया के बारे में उसके मन में बहुत दुर्बलता है। इस तरह का एक लड़का भी उसकी घरवाली के पेट से नहीं हुआ। ऐसी अक्ल, ऐसी तेजी और ऐसा दुःसाहस! इसे मर्द-बच्चा कहते हैं।

अभी एतोया को आते देखकर वह बड़े ताज्जुब में पड़ गया और उसने घोड़ा रोक दिया। प्यार से उसके बालों पर हाथ फेरकर बोला, 'दोपहरी में यहाँ क्या कर रहा है?'

'हुजूर के लिए खड़ा था।'

'क्यों?'

'मास्टर ने यह चिट्ठी दी है।'

'मास्टर ने? चिट्ठी?'

'हाँ हुजूर! मैं पास हो गया।'

'पास हो गया?'

'हाँ हुजूर, पाँच किलास हो गए। भालातोड़ जाकर पढ़ना पड़ेगा। और मुझे वजीफा भी मिलेगा।'

'किस बात का?'

'गंजू लोगों को वजीफा मिलता है।'

'वजीफा मिलता है?'

'हाँ हुजूर, अछूतों को वजीफा मिलता है।'

यहाँ तक कुन्दन ने एतोया की बातें बहुत ध्यान से नहीं सुनीं। 'अछूत' शब्द उसके कानों को जा लगा, और तभी ध्यान आया कि उसके औरस से पैदा होने पर भी एतोया 'अछूत' है। एतोया उसका बेटा है, इस बात को जब सभी जानते हैं और वह खुद भी जरूर जानता है, लेकिन कभी भी उसे 'हुजूर' के सिवा कुछ और कहकर नहीं पुकारा। कुन्दन के अवैध बेटे के रूप में बस्ती में उसे काफी प्रसिद्धि मिली है। लड़का अच्छा है। कुन्दन को असमंजस में नहीं डालता। गाँव में दूरी रखकर ही चलता है। लेकिन लोगों की नजरों की ओट करके दुलार में थोड़ा पास आ जाता है। आकर नीचे ही रहता है, जैसे अभी था। कुन्दन घोड़े की पीठ पर चल रहा था, और वह पैदल था। माँ के प्यार और देख-भाल से उसकी शक्ल भी निखर रही थी। जो बेटे कुन्दन मिश्र के वंश को कायम रखेंगे, वे दूध-घी में डूबे रहकर भी दुबले-पतले और रोगी थे।

'मुझे क्या करना होगा?'

'भालातोड़ में रहूँगा, जरा कह दीजिएगा।'

'देखा जाएगा।'

गाँव नजर आते ही कुन्दन ने घोड़ा तेज कर दिया।

एतोया पैदल-पैदल चल रहा था।

पालानी के स्कूल में एतोया के पास होने और वजीफा मिलने की बातों की बड़ी प्रतिक्रिया हुई। यह बात इतनी दूर तक पहुँचेगी, यह कुन्दन भी नहीं समझा था।

रात हुए बिना कुन्दन घर के अन्दर नहीं जाता था। बाहर की बैठक में ही उसका रहना होता था। रात को एक बार अन्दर खाने-भर को जाता था। उसी वक्त उसके साथ घरवाली की सारी बातें होती थीं। इस व्यवस्था से घरवाली भी खुश थी। सूक्ष्म नितम्ब, चिपटी छातियाँ और दुबला-पतला शरीर लेकर पाँच बार सौर के लिए जाकर उसे आदमी से डर लगने लगा था। उर्वरा लड़कियाँ उसे अच्छी नहीं लगती थीं। बाल-बच्चों की देखभाल कई बुढ़िया दाइयाँ और नौकर करते थे। वह ठाकुरद्वारे में रहा करती। बड़े जमींदार की पत्नी और पति के साथ वह काफी रोब से बातें करती। हनुमान मिश्र इस परिवार के बड़े थे। वे उसे 'साक्षात् लक्ष्मी' कहा करते थे।

कुन्दन को घरवाली की बातों में एतोया की बात याद न रही। कपड़े उतार, जवान दाइयों से तेल मलवा, नहाकर सोने के बाद शाम को वह झालो के यहाँ गया। एक आटा-चक्की मोल लेकर बस-रूट पर तिजिहाट गाँव में लगवा देगा, यह झालो को बताने और अपना प्राप्य सुख पाने वह गया।

हुजूर को आते देखकर झालो के बच्चे दादी की कोठरी में चले गए। कुन्दन ने कुछ देर तक झालो के शरीर को उलटा-पलटा। उसके बाद आटा-चक्की की बात कही।

झालो बोली, 'एक बात थी!'

'क्या?'

'एतोया...।'

'क्या?'

'वह पढ़ना चाहता है।'

'पढ़ेगा? बहुत-सी पढ़ाई तो कर चुका। जितना पढ़ा है, हिसाब रख सकता है?'

'वह पढ़ाई करना चाहता है।'

'अरे, छोटी जात का लड़का पढ़कर क्या करेगा? एतोया था, इसलिए मैंने उसे पालानी के स्कूल में जाने दिया। इसके आगे किस गंजू, किस दुसाध, किस धोबी के लड़के को स्कूल में जाने दिया?'

'मास्टर कहता था कि उसका दिमाग बहुत अच्छा है।'

'किससे कहा? तुझसे?'

'हाँ, उससे बाप को भेजने को कहा था। सो उसने कह दिया कि पिता जेल में है। मास्टर ने कहा—तब माँ को भेजो।'

'तू गई थी?'

'हाँ।'

'कब गई थी?'

'कल।'

'न, न। और मत बोल। इस मास्टर को भी भागना होगा। गंजू-दुसाध सब पढ़ेंगे, तो फलों के बगीचे और खेतों पर काम कौन करेगा?'

'सरकार, मैं आपसे कुछ नहीं माँग रही हूँ। बिना माँगे आपने सब दिया। इस बार मैं

यह भीख माँग रही हूँ। मैंने भी उसे बहुत समझाया-बुझाया है। वह नहीं मान रहा है। बहुत जिद्दी है। आप जानते हैं कि वह किस तरह और क्यों ऐसे करता है। दुलार करके आपने उसकी आसाओं को बढ़ा दिया है।'

'जा, जा, मैं बाद में उसे एक साइकिल खरीद दूँगा। अभी वक्त खराब है। अरे जानती नहीं? जो मास्टर इस तरह गंजू-दुसाध को पढ़ने के लिए भड़काता है वह जरूर नक्सल होगा। पुलिस को भी बता दूँगा।'

झालो चुप हो गई। उसके बाद बोली, 'ऐसा ही कह दूँगी। गंजू लड़का, पढ़कर वह भी मास्टर बन जाएगा, बड़ी बातें कर रहा था।'

'न, न, यह ठीक नहीं है। पता होता कि इस तरह दिमाग बिगड़ जाएगा तो मैं क्या उसे स्कूल जाने देता? उसके सिवा यहाँ सबको मालूम है कि वह किसका बेटा है, मेरे डर से कोई कुछ कहता नहीं। भालातोड़ में उसे पढ़ने देने पर सब कहेंगे कि कुन्दन मिश्र अपने गंजू बेटे को पढ़ाकर ऊपर उठाना चाहते हैं। सब लोग वहाँ मजाक उड़ाएँगे। चारों ओर मेरे जितने दुश्मन हैं सभी को तुरुप चाल मिल जाएगी। वह खत्री, बहुत खचड़ा है, मुझे...।'

ब्रजभूषण खत्री उनका विरोधी था। जो हनुमान मिश्र के कारण ब्राह्मण धर्म में श्रेष्ठता पा रहे हैं, उनका ही चचेरा भाई कुन्दन है। झालो के पेट में कुन्दन को सन्तान पैदा करने का अधिकार है। लेकिन उस सन्तान को स्कूल में पढ़ाकर सिर चढ़ाने का अधिकार नहीं है। कुन्दन को नीचा दिखाने का मौका मिलने पर ब्रजभूषण उसे छोड़ न देगा। कुन्दन का भाग्य ही कुछ ऐसा है कि हनुमान मिश्र उसकी बात से ज्यादा ब्रजभूषण की बात पर विश्वास करते थे। एतोया को किसी तरह भालातोड़ जाकर ऊँचे क्लास में न पढ़ने देगा, इस बारे में कुन्दन का मन अडिग है। लेकिन एतोया के सम्बन्ध में बातें करते-करते कुन्दन के मन में कई बातें असम्बद्ध रूप से उठकर पानी की तसवीरों की तरह एक-दूसरे से घुल-मिल गईं, जैसे—

वह एतोया को बहुत अधिक प्यार करता है। केवल जबर्दस्ती या जोर लगाकर नहीं, उसके साथ ही सन्तान के प्रति उसे तीव्र स्नेह और ममता थी। सम्भव होता तो वह शायद एतोया को पढ़ने देता। लेकिन क्या यह सम्भव था?

झालो उसके लिए बहुत जरूरी थी और झालो के चुप हो जाने में, कुन्दन का हुक्म मान लेने में यह भाव स्पष्ट था कि झालो हुजूर-सरकार का हुक्म बहुत खुशी से नहीं मान रही है। स्वगत सोचकर भी झालो उसके विरुद्ध जा सकती है। सोचने से भी अधिक असहनीय और निष्फल क्रोध होता है। झालो को भी वह बहुत प्यार करता था, बहुत ही चाहता था।

एतोया की पढ़ने की इच्छा और पालानी के मास्टर के इस मामले में मदद देने में जैसे एक बदली हवा की आँच हो। क्या कुन्दन को सावधान हो जाना चाहिए! सावधान? किसके विरुद्ध या किस बारे में? मन में डर क्यों पैदा हुआ? कल ही कुन्दन दोनों बन्दूकें साफ करेगा।

कुन्दन झालो से बोला, 'इस अंचल के छत्तीस गाँवों में हमने किसी दिन गंजू-दुसाध को सरकारी स्कूल में पढ़ने नहीं दिया, न पढ़ने देंगे। वह बेकार बात भूल जा, गंजू पढ़ेगा। तब तो जूती का छाता बनेगा और आदमी के सिर पर लगेगा।'

तभी बन्द दरवाजे के बाहर अजीब-सी आवाज हुई, जैसे कि बहुत देर तक किसी ने

साँस रोकने के बाद साँस ली हो। नन्हे-नन्हे पैरों की आवाज थी। झालो का मुँह उतर गया। लेकिन कुन्दन मुसकराया और बोला, 'जरूर यह एतोया है। अच्छा ही हुआ कि बेटे ने अपने कानों सब सुन लिया।'

उसके बाद बोला, 'आज जल्दी-जल्दी चला आया। यह कहने के लिए कि एतोया को कुछ दिनों बाद ले जाऊँगा। कितने दिन बाद—यह ठीक से नहीं बता सकता। अब लगा कि उसे पढ़ने का इतना शौक है, रामगढ़ की दुकान में झाड़ू-पानी देगा...काहनू उसे हिसाब-किताब सिखाएगा। तेरी आटा-चक्की में भी तो हिसाब रखना होगा।'

झालो और कुन्दन ने गहरे ताज्जुब से एक-दूसरे की ओर देखा। इस तरह आवाज को इतना इधर-उधर कर कुन्दन कभी बात न करता था। एतोया के सिवा भी जैसे उसकी और दो सन्तानें थीं, उसी तरह यह भी सच था कि कल ही यदि कुन्दन उसे भगा दे तो घर-बाहर उसे कोई कायदे के खिलाफ न देखेगा, झालो तो नहीं ही देखेगी। दीवार पर रंगों में बने विचित्र अनुपात के पक्षी और बन्दरों की आँखें भी आश्चर्य में बड़ी-बड़ी हो गईं।

रात को खाने के लिए जब कुन्दन घर गया तो उसे पहली बार पता चला कि हवा सचमुच बदल गई है। कहीं बन में आग लग गई है, क्योंकि हवा में दावानल की तपन थी।

घरवाली का मुँह भारी हो रहा था, आँखें लाल थीं, रोने से और गुस्से से आवाज भारी हो रही थी। वह कुन्दन के आगे बैठकर पंखे से हवा करने लगी। लेकिन बोली नहीं।

'क्या हुआ है?'

'मैं बाप के घर जाऊँगी।'

'क्यों?'

'इस अपमान के बाद टाहाड़ में न रहूँगी।'

'कैसा अपमान?'

'मेरे गोपाल-गोविन्द स्कूल में पास नहीं हुए, और वह झालो का बेटा... ।'

'ओह!'

'एतोया की देख-भाल करने के लिए लोग हैं और मेरे बच्चे बाप रहते अनाथ हैं। अब एतोया हमारे मुँह पर ठोकर मारकर बड़े स्कूल में जाएगा! ब्राह्मण के लड़के गाँव के स्कूल में रहेंगे और गंजू का बेटा...!'

'न।'

कुन्दन अचानक बहुत जोर से चीख उठा। गरज उठा, 'उसके पहले मैं उसे मार डालूँगा।'

बात कुन्दन ने बहुत जोरों से कही और अन्दर-बाहर के सारे नौकर-नौकरानियों ने सुनी। बाद में बात को लेकर कानाफूसी भी हुई।

कुन्दन की आवाज में बहुत तेजी थी, लेकिन घरवाली को उससे भी डर न लगा। बोली, 'इसका इन्तजाम न हुआ तो मैं देउता के पास चली जाऊँगी। झालो को घर के सामने कोठरी बनाए बिना नहीं चलता था? देउता ने कितनी बार बाहर का जंजाल बाहर रखने को कहा था।'

इस बात में छिपी धमकी कुन्दन के कानों में जाकर लगी और वह बोला, 'उसका भी इन्तजाम हो जाएगा।'

'इन्तजाम हो जाएगा। मेरे मरने के बाद?'

'तू मरेगी? तू तो पाँच सौ बरस तक जिन्दा रहेगी।'

कुन्दन तेजी से दूध और मिसरी का कटोरा ठेलकर उठ गया।

कुन्दन ने सवेरे एतोया को और झालो को भी बुलाकर बहुत डाँटा, लेकिन उसके बाद बात को और नहीं बढ़ाया। वह नहीं समझता था कि पास होने और मास्टर की बहुत प्रशंसा से एतोया की मानसिकता में क्या रूपान्तर हो गया है। मनुष्य का मन, एक गंजू बच्चे का मन धरती के स्तर के समान होता है। उसमें निरन्तर स्तर-परिवर्तन होता रहता है—विचूर्ण-संभेद-अवक्षति के चलते-चलते एक पोली शिला स्फटिक-सी होते-होते हीरे-सी कठोर हो सकती है। एतोया के मन में यह सब जल्दी हो गया। जो करोड़ों बरसों में होने की बात थी उसके दो-तीन दिन में होने के परिणामस्वरूप वह मनुष्य के लिए विध्वंसकारक और विनाशकारी हो सकता है। एतोया के मामले में यही हुआ था।

तीन दिन के बाद झालो पीतल की एक रकाबी में कई पपीते, फूल और तिलकुट रखकर कुन्दन के गोठ में गई। पूजा का प्रसाद गंजू और दुसाध गोठ में ही रख जाते थे। किसकी पूजा और क्यों पूजा हुई—इसका पता नहीं होता था।

एतोया गाँव में नहीं था। पता चला कि पालानी के मास्टर ने भी उसकी मदद करना अस्वीकार कर दिया था। बुरुडिहा के सोमरा गंजू ने टाहाड़ में लड़की के घर सोशल विजिट पर आकर गंजुओं के निकट एतोया का केस काफी सहानुभूति के साथ सुना। एक नम्बर की चुआई की महिमा से उसके सूखे शरीर, गुदना गुदी छाती में असंगत उदारता जाग पड़ी। उसने कहा, 'एतोया क्यों नहीं जाएगा? भालातोड़ में मेरी चाची है। उसके घर रहेगा। खाने-पीने के लिए उसे दो रुपए दे देना, बकरियाँ चरा देगा। हाँ, मैं कह दूँगा।'

सोमरा की मानसिकता ने यथारीति गाँव के घुमाव-फिराव वाले तरीके से काम किया। जिस काम के करने में कुन्दन की अनिच्छा थी, उसी काम को करना उसे अच्छा लगा।

क्यों अच्छा लगा? क्योंकि कुन्दन हनुमान मिश्र का चचेरा भाई था। हनुमान मिश्र ने सोमरा का क्या किया, क्या करता है?

खचड़ापन।

किस तरह?

सोमरा की कुल मिलाकर एक बीघा जमीन थी। जमीन उसकी थी, इसकी कबूलियत का पट्टा उसके पास था। हनुमान मिश्र और लाला लोगों ने सारे गंजू लोगों की जमीनें तरह-तरह के उधार और कर्ज के नाम पर वैध और कानून-सम्मत प्रशासन-अनुमोदित तरीकों से हथिया ली थी। सोमरा अपनी जमीन अपने दामाद को देना चाहता था। जमाई अक्ल के हिसाब से जमीन का लगान देता आया और लिखा हुआ लेता आया है। इसी एक कारण से जमीन ली नहीं जा सकी है।

सोमरा की जमीन के सिवा किसी भी गंजू की जमीन कागज-पत्तरों पर साफ नहीं है। यह खाई लाला लोगों की अपनी ही खोदी हुई है। लाला बाबू लोगों में एक का शौक है कि बगीचे में जाकर शिकार खेले। शौक के पीछे सफेद विलायती घोड़ा था। अश्वशक्ति से अतिरिक्त उत्साह से भरकर लाला बाबू ने कूड़े-कचड़े में गोली मारकर एक क्रान्तिकारी गड़बड़ कर दी। जुगाली करती बूढ़ी गाय के कूल्हे में गोली लगी। गौ-हत्या हो जाती तो भयंकर पाप करने के कारण लाला का घर अँधेरा हो जाता।

सोमरा के बाप ने अपनी देसी दवा से गौ को बचा लिया। उसके बदले में जाला की जननी ने उसे एक बछड़ा दिया और लड़के से उसकी जमीन न लेने को और लिखा-पढ़ी कर देने को कहा। आसन्न नरक से छुटकारा पाकर बेटे ने खुश-खुश माँ की बात सुनी।

अब मिश्रजी के बुरुडिहा में स्थापित होने के बाद से उनके शिवमन्दिर से लगे रहने के स्थान के पास नागफनी से घिरी सोमरा की जमीन बहुत खराब लगती थी। गंजू लोग सारी जमीनें खोदकर जंगल को दखल कर बस्ती बनाकर रहते थे। सोमरा प्रायः ऊसर, मडुआ या जई देनेवाली जमीन का मालिक था। जमाने के खिलाफ यह एक असहनीय सी बात थी। फिर पानी के भर जाने के बाद इतना समय बिताकर उसने अचानक ब्याह करने का राग उठाया। दामाद को उसने अँगूठा निशानी लगाकर जमीन दे दी थी। इसलिए उसके ब्याह के मामले में बेटी-दामाद की अलग राय न थी।

हनुमान मिश्र की बाकायदा राय न थी। वे सोमरा के पीछे लगे हुए थे। इस कारण से सोमरा भी देउता पर चिढ़ गया था। एतोया के बड़े स्कूल में पढ़ने से कुन्दन ही क्यों, देउता भी चिढ़ जाएँगे, यह उसे मालूम था। इसलिए उसने एतोया को मदद दी।

झालो समझी कि कुन्दन खफा हो जाएगा। लेकिन सभी ने चेताया, 'हमारे घर में कोई पढ़ता नहीं, एतोया पढ़ेगा, तो उससे हमारी छाती चौड़ी होगी।'

'लेकिन हुजूर सरकार?'

सबने कहा, 'हुजूर सरकार खफा हो जाएँगे तो क्या तेरा सिर काट लेंगे? सुखिया जेल से लौटेगा, उसके लौटने पर तुझे फिर इसी गंजू टोली में रहना पड़ेगा न?'

अन्त में निश्चय हुआ कि पालानी के मन्दिर में पूजा करने पर कोई मुसीबत न आएगी। झालो वही पूजा का प्रसाद कुन्दन की गोठ में रख आई। झालो बहुत खुशी से तैयार न हुई थी, पर नाखुश भी न थी। उसका विश्वास था कि एतोया की उम्र का खयाल कर कुन्दन जब उसे चाहता है, तो इसके लिए भी वह माफ कर ही देगा। झालो ने कुन्दन को कभी भी निर्दयी या निठुर काम करते नहीं देखा था। कुन्दन बहुत बड़ी सजा देगा, उसका यह डर कम होता जा रहा था। कई लोगों ने उसे विश्वास दिलाया कि ठीक है टाहाड़ से जाकर एतोया पालानी में गंजू टोली में रह जाएगा और शाम को जो सरकारी बस डाक-थैला लेती है उससे चढ़कर भालातोड़ चला जाएगा। सोमरा पहले से ही भालातोड़ जाकर राह देखेगा।

कुन्दन यह सब किस तरह जान सकता है, या बिलकुल जान भी सका या नहीं, इसे लेकर तरह-तरह के अनुमान थे। कुछ बातें जाननी जरूरी थीं :

(1) बुरुडिहा में हनुमान मिश्र सन्ध्या की आरती करते-करते अचानक चीख उठे और गिर पड़े। स्वस्थ होने के बाद बोले कि उन्होंने अचानक देखा कि वहाँ मन्दिर-अन्दिर कुछ नहीं है। वे टाहाड़ और पालानी के बीचोबीच उस मैदान को देख रहे हैं। वही प्रेतों वाला मैदान। वह अशान्त और अस्थिर पत्थर जैसे राह की ओर झुका कुछ देख रहा हो।

अब सबको याद आया कि झुझार गाँव में कॉलरा की महामारी और बालकृष्ण मास्टर की मौत सब कुछ उन्होंने दिव्यदृष्टि से देखा था। सभी डर गए और एक-दूसरे की ओर देखने लगे। भारत मुंडा बोला, 'सारा समय का दोष है। किसी जमाने में यह मुंडा जनपद था। यह मुंडा लोगों के कोंसान बुरू हैं, समाधि के पत्थर। अब वह गाँव नहीं रहा। फिर भी उन सब पत्थरों के नीचे पिसाब करना, उन पर गाय-बकरी को हगाना क्या ठीक है?'

किसी अशुभ घटना का पूर्वाभास काले, स्थिर-लक्ष्य, मंत्रपूत मेघ के समान टाहाड़ की ओर चला।

(2) सन्ध्या के बाद घोड़े के खुरों के नीचे रेत की थैली बाँधकर चलने से जैसी आवाज होती है, वैसी दबी आवाज घोड़े के जोड़ी खुरों की सुनाई पड़ी। आवाज सुनकर टाहाड़ के लोगों को डाकुओं का डर हुआ और वे घर के कपड़े-लत्ते लपेटकर लेट गए।

(3) तड़के टाहाड़ गाँव के सब लोगों ने एक अद्भुत तीखी चीख फैलते सुनी। चीख में जो व्याकुलता और आतंक था वह रात में उड़नेवाले पक्षियों का-सा नहीं लगता था। ऐसा लगता था कि इनसान चीखा हो।

सवेरा हुआ। दोपहर हुई। तीसरे पहर झालो ने पालानी जानेवाले ग्वालों से कह दिया कि एतोया चंगा-चंगा गया था, वह खबर ले आएँ। ग्वालों ने सन्ध्या के बाद लौटकर जो बताया उससे झालो के ननद-ननदोई बहुत चिढ़ गए। बस-स्टॉप पर उसे बैठाकर ननदोई दुकान चला गया था। आकर देखा कि लौंडा गायब है। दुकान में बैठने में, चाय पीने में, बात करने में, बीड़ी पीने में वक्त जरूर लगा था, पर इतने में लौंडा बिना कहे चला गया? लड़का टाहाड़ जरूर लौटेगा। झालो ने भोलापन कर उसे तलाश करने को क्यों भेजा?

अब झालो के मन में खतरे की घंटी बजी। किसी की बात न सुनकर उसने धुँधली लालटेन उठाई। सबसे कहा, 'लड़का छोटा है। अन्त में उसकी दूर जाने की हिम्मत नहीं हुई। शायद लौट न सका।'

सब लोग बोले, 'लौट नहीं सका तो गया कहाँ?'

झालो परेशान होकर पहले कुन्दन के पास गई, लेकिन कुन्दन रामगढ़ से दो दिन बाद लौटकर तभी लेटा था। उसने झालो की परेशान प्रार्थना पर बिलकुल ध्यान न दिया और बहुत डाँटकर बोला, 'हरामी लौंडा, लिखने-पढ़ने के नाम पर कहाँ भाग गया है, वह मुझे पता है? घर आकर बताया था? जूते को सहारा हो तो छाता बनकर सिर चढ़ जाता है। देखता हूँ कि यह कहावत नहीं, सच बात है।'

तब झालो लालटेन लेकर अकेली ही निकल पड़ी। मैदान के अपवाद पर उसने ध्यान न दिया। लाचार और भी दो-चार लोग उसके साथ चले। चलते-चलते झालो व्याकुल होकर पुकारती, 'एतोया! बोलत काहे नहीं? कहाँ है एतोया?' और लालटेन को उठाकर चाँदनी की अस्पष्टता भेदती वह देखने का प्रयत्न करती। कोशिश करते-करते उसी की आँखों को उस अस्थिर प्यासे पत्थर के नीचे कुछ सफेद-सा दिखाई पड़ा। आदमी लोग प्रेत के डर से भागे, लेकिन झालो तेजी से आगे बढ़ी, टीले पर चढ़ी, और आगे हाहाकार से मैदान के प्रत्येक सुषुप्त पत्थर की नींद को उसने चौंका दिया। भूगर्भ में गड़े न रहने पर वे भी आगे-आगे आकर भारतीय दंड विधान की धारा 299 के अनुसार 'कल्पेबल होमिसाइड अमाउंटिंग टु मर्डर' का केस देखते।

एतोया ने पढ़ना चाहा था, इसलिए उसकी लिखनेवाली उँगलियाँ, तर्जनी और अँगूठा किसी ने काट दिए। खून बहने से उसकी मृत्यु हो गई।

पुलिस-केस था। कुन्दन ही अपराधी की गिरफ्तारी के लिए प्रयत्नशील था। अज्ञात कारणों से नामालूम दुश्मन ने...जाँच चलती रही।

झालो रोती नहीं थी और गुमसुम रहती थी। उसके बाद मरघट से लौटकर बाल-बच्चों

को लेकर पहले गंजू टोली चली गई। फिर मरघट गई। बहुत ही असम्बद्ध उसका आचरण था। उसके बाद गाँव लौटी। उसका अस्वाभाविक चलना-फिरना देखकर कुतूहल में भरकर गंजू, मर्द-औरतें, लड़के-लड़कियाँ थोड़ा फासला रखकर उसके पीछे-पीछे जाते। एतोया की मौत से गाँव में एक और ही परिवेश उत्पन्न हो गया। एक अस्वाभाविक मृत्यु दूसरे कई अस्वाभाविक सामाजिक अथवा समाज-विरोधी आचरणों को सक्रिय करती है। मिश्र घराने के नौकर-चाकर भी मौन दर्शक बने देखते रहे। झालो अपनी सूखी लाल आँखें, भयंकर चेहरा लिये कुन्दन के घर की बैठक में घुसी और मुट्ठी-भर राख कुन्दन के चेहरे पर फेंकी। बोली, 'यह तेरे बेटे की राख है। बेटे को मार नंगा होकर दाई से नहाकर गद्दी पर बैठा है? सिर नहीं मुँड़ाएगा? अशौच नहीं करेगा? नहीं किया तो तुझे निर्वंश कर दूँगी, तू वंशहीन हो जाएगा।'

गंजू की लाश की राख से ब्राह्मण का कमरा अपवित्र कर वह तेजी से चली गई और मुँह फेरकर कह गई, 'निर्वंश होओ! कोढ़ से सड़कर मरोगे! अपने बेटे को खाकर जो रक्त पिया है।'

इसके बदले में कुन्दन ने कोई बदला नहीं लिया और हनुमान मिश्र ने घोषणा की कि अब बड़ा पत्थर स्थिर रहेगा। अछूत जात के पापरहित बालक का रक्त शुद्धतम रक्त था। उससे एकाकार पत्थर, या मानव की बनाई मूर्ति, या सेतु-बन्ध वाली अनिच्छुक नदी—सभी तृप्त और शान्त होते हैं।

लेकिन पत्थर को खून पिलाना अच्छा नहीं। एक बार स्वाद मिल जाए तो पत्थर भी बाघ की तरह खून पीना चाहता है। आदमी का खून तलाश कर पीता है। बाघ झपट्टा मार सकता है। पत्थर आदमी को झुलसा-झुलसा अपना काम पूरा कर लेता है।

जिस तरह झुझार और टाहाड़ की दो घटनाएँ समय की धारा में फेंके डाइनामाइट की चार्जर बन गईं, उसी तरह समय के निम्न स्तर पर बहुत-सी एक-दूसरे को काटती धाराएँ बहती रहीं। जिस तरह सत्तर का दशक आ पहुँचा और तीन बरस बीत गए, उसी तरह घटनावली भी नए-नए रूपों में प्रकट होती रही, विकसित होती रही।

बुरुडिहा के पार जंगल था। जंगल के पूरब में केनान्द्रा गाँव और पहाड़ था। हर दीवाली को आदिवासी लोग अपनी निःशोषित सत्ता लेकर प्रेत भगाने का उत्सव करते। इस दिन केनान्द्रा पहाड़ के ऊपर समतल लम्बे-चौड़े पत्थर के मैदान पर मेला लगता। आदिवासी लोग प्रेतात्माओं की ध्वजाएँ लाते। उनको पत्थरों की दरारों में खोंसते। उसके बाद सूअर के एक बच्चे को घास की रस्सी से बाँधकर क्षेत्रपाल देवता और सूर्यदेव को निवेदित कर पहाड़ के किनारे भाग जाते। नीचे, बहुत नीचे एक बड़ा-सा पत्थर था। वह जैसे कछुए की पीठ हो। वह साल-भर पत्थर ही रहता। किन्तु इस सवेरे क्षेत्रपालों और सूर्यदेव का प्रतिनिधि बन जाता। प्रतिनिधि बनकर पत्थर बलि लेता।

तिहत्तर के साल में इन सब जगहों और जीवन में पुलिस घुस गई। मामले को बहुत ही उलटा कहना होगा, क्योंकि अंचल ऐसा था कि वहाँ टाइम, स्पीड, मोशन इत्यादि चीजों के कोई माने नहीं होते थे। प्रान्तर-पहाड़-वृक्ष-वन आदिवासियों के अन्न या घाटों के लिए आदिम संग्राम—पत्थर के पहरुए होते। रास्ता कहने को बस के कई रास्ते थे। नहीं तो सब पैदल चलने के रास्ते थे। गाँव बहुत जन-विरल, ऐसे दूर-दूर थे कि चारों ओर सन्नाटा-ही-सन्नाटा था। 'समय' शब्द यहाँ आकर रुक गया था। सवेरे के नौ बजे, या दोपहर के दो, शाम के सात

या रात के दस, सोचने पर यह लगता कि मानो यहाँ रहने पर समय खो गया हो। जीवन-मानव-प्रकृति—यहाँ सब-कुछ ज्यों आदिम स्वरूप में ठहर गए हों।

पुलिस बिलकुल मानव-निर्मित चीज थी। यह ऐसे परिवेश में बूट-वर्दी-हेलमेट-बन्दूक के साथ घुस पड़ती और उग्रपन्थी पलातकों की तलाश में गाँव-के-गाँव तहस-नहस कर देती। यह चलता रहता। कोम्बिंग ऑपरेशन चलता ही रहता। इसके कारण तरह-तरह के रहते। सत्तर-इकहत्तर का सहारा लेकर जमींदार-महाजन के अत्याचार बहुत अधिक हो गए, प्रशासन की नजर में जमींदार-महाजनों पर अत्याचार और कष्ट होते। आर्गुमेंट होता, कहा जाता—क्यों? उग्रपन्थियों का निशाना क्या जमींदारी और महाजनी नहीं है? तर्क बहुत विश्वास योग्य था। उससे होता यह कि पुलिस जमींदारों-महाजनों को बहुत मदद देती। जमींदार-महाजन अत्याचार करेंगे, बेगार लेंगे, दिवालिया बनाकर छोड़ देंगे—आदिवासियों के जीवन में यह नई बात नहीं थी। वे लोग इस सबको न्याय और प्रचलित देनदारी के हिसाब से समझते, लेकिन सत्तर-इकहत्तर में अत्याचार और शोषण अपनी हद पार कर गए। उसके परिणामस्वरूप जब-तब जमींदार-महाजन काट डाले जाते, बन्दूक वालों की बन्दूकें छीन ली जातीं और बन्दूकों के छिनने के साथ नक्सलियों को नहीं जोड़ा जा सकता, क्योंकि तमाम क्षेत्रों में बन्दूकें तोड़ उनके टुकड़े कर छीननेवाले दल उसे फेंक जाते। जिससे होता यह कि भड़कानेवाले लोगों को तकलीफ होती। यह क्या जंगलीपन और बेवकूफी है? बन्दूक क्यों तोड़ डाली? बन्दूक का बिक्री-मूल्य बहुत होता है। फिर कोम्बिंग चलती। धीरे-धीरे चारों ओर की छिटपुट होनेवाली घटनाओं से बुरुडिहा के आसपास के आदिवासियों की मानसिकता में एक आश्चर्यजनक उपलब्धि पैदा होती। वे समझते कि जमींदार और महाजन भी गला काटने पर मर जाते हैं, डरते हैं।

वे बातें करते। छिपकर, अन्धकार की भाषा में। अब मन की पृष्ठभूमि में बुड्ढे-बूढ़ियों से सुना कोल-विद्रोह-खरुआ का विद्रोह, हूल, उलगुलान वाला बिरसा मुंडा (लेखिका की पुस्तक 'जंगल के दावेदार' में वर्णित घटना और उनका नेता।)—ये सब कहानियाँ मानो सच हो उठतीं। नतीजा होता गुलबदन साहू।

गुलबदन साहू बड़े महाजन थे। केनान्द्रा-केन्द्रित सारी भूसम्पत्ति की वे साल-भर बँधुआ मजदूरों से खेती कराते। लेकिन इस कारण से उनकी मृत्यु नहीं हुई।

इस बार साल 1973 के अगहन में अचानक भालातोड़ थाने और रामगढ़ आर्मी कैम्प की सहायता से केनान्द्रा में पुलिस और सेना का एक अड्डा खोलने का ऑफर होता है। बँधुआ मजदूर जान भी नहीं पाते कि वे जंगल काटकर क्यों साफ कर रहे हैं, एक के बाद एक मकान बना रहे हैं, सड़के बना रहे हैं, कुएँ खोद रहे हैं!

उसके बाद थाने के दारोगा और आर्मी अफसर मौके का मुआयना करने आए। वे लोग देखकर सन्तुष्ट हुए और जो बातें कीं उसे कई पोरम ओराँव जैसे-का-तैसा बताते।

'इन्तजाम तो अच्छा है। लेकिन शराब?'

'बार खोल दूँगा।'

'अगर एक रंडी-पट्टी खोल देते...।'

'इनके बाल-बच्चे हैं। देखिए, सेंटर खोलने में खर्च है। उसे हम उनसे वसूल कर लेंगे। यहाँ एक सेंटर होने से मेरी तरह के महाजनों की जान बचेगी। कुछ हो जाता है तो भालातोड़ थाना जाने के सिवा और कोई चारा नहीं है।'

आदिवासी लोग सब जानते हैं। इसके बाद सब सोच-समझकर उन लोगों ने कई हाट के दिनों गुलबदन के देनदार दूसरे गाँववालों के साथ बातें कीं। तय हुआ कि त्योहार-पर्व के दिन वे लोग गुलबदन साहू को निमंत्रण देंगे।

गुलबदन निमंत्रण पाकर खुश ही हुआ। इससे यह समझा गया कि उनको कुछ भी पता नहीं। यह भी समझा गया कि वे गुलबदन पर विश्वास करते हैं। गुलबदन की भी इच्छा उनसे अच्छे सम्बन्ध रखने की थी। वह हँसकर बोला, 'आऊँगा, आऊँगा। मेला देखने को, पूजा देखने को चला आऊँगा, तुम लोग नशा करोगे न? जाओ, उस दिन के लिए मैं तुम लोगों को एक पीपा शराब दूँगा। लकड़ी का पीपा, सिपाहियों की रम। वैसी चीज तुम लोगों को नहीं मिलती।'

केनान्द्रा पहाड़ पर दीवाली के सुन्दर सवेरे दस के लगभग तमाम गाँव के नर-नारी, शिशु, बालक-बालिकाएँ, बूढ़े-बूढ़ियाँ साफ कपड़े पहनकर प्रेतों के निशान वाली झंडियाँ लेकर आते हैं। वे लोग खूब शराब पीते हैं। भयानक कसमें खा-खाकर कठोर चेहरे से सूर्य की ओर छलाँग लगाकर नाचते, ध्वजाओं को विशेष अस्त्रों से काटते हैं। इसके बाद एक आदमी पहाड़ के ऊपर झूल जाता है और बलिदान रुक जाता है।

वह झूल जाता है। एक सूखा दुबला-पतला वृद्ध खड़े होकर हाथ उठा चुप रहता है और हिलता जाता है। गुलबदन साहू कहता है, 'ले बाबा, आ गया, पूजा देखी। इस बार तो तुम लोग सूअर की बलि दोगे? वह नहीं देखा।'

कर्जदार लोग आर्मी रम पीकर नशे के आनन्द में करीब आ जाते हैं और कुछ बोलते नहीं। गुलबदन को कॉर्डन कर लेते हैं—चारों ओर से घेर लेते हैं।

'ले, सिर तोरा...।'

गुलबदन की बात पूरी नहीं हो पाती। पहान को आकाश से कुछ आदेश मिलता है और वह चिल्लाता है। 'राहो राहो रा...हो' कहकर पत्थर पर से उतरता है। घबराए चौकन्ने गुलबदन को सब दबाए रहते हैं, नंगा करते हैं। घास की रस्सी से उसे घेरकर बाँधते हैं, उसके सिर पर शराब उँडेलते हैं, माथे पर सिन्दूर लगाते हैं। उसके बाद उसे ऊपर उठाकर पहाड़ के किनारे चले जाते हैं। पहान चिल्लाकर कहता है, 'सूर्यदेव! क्षेत्रपाल! अबकी बड़ी बलि लाया हूँ, बड़ी बलि!'

वे लोग गुलबदन को सूर्य की ओर फेंक देते हैं। नीचे पत्थर उत्सुकता से उसकी राह देखता है। धप्प! एक भयंकर आवाज हुई। सब लोग झुककर देखते हैं। गुलबदन का नौकर भाग खड़ा होता है।

आदिवासियों को जिस आर्मी और पुलिस के जीवन में घुस आने का डर था, उसी आर्मी, उसी पुलिस ने पहान और उन छह आदिमयों, जिन्होंने गुलबदन को पकड़ा था, की खोज में गाँव-के-गाँव उथल-पुथल किए, घर रौंद डाले, उपद्रव-दंड लगाया, जवान लड़कियों को रंडी बना डाला।

सात ओराँन भागे, बस भागे ही। उन्हें केनान्द्रा केन्द्रित जंगल ही सबसे निरापद जगह लगी। पहान बोला, 'पानी है। चल, खोज लेंगे।'

'कहाँ?'

'जंगल के भीतर।'

जंगल के बीच कहीं पानी है, यह जानकर वे भागे और अँधेरे में कल-कल आवाज सुनकर समझे कि पास में झरना है। पानी तक पहुँचकर वे झुककर लुढ़क गए और पानी पिया कि तभी क्रुद्ध फुफकार सुनी। सिर उठाकर देखा कि पानी पीता हुआ हाथी है।

'हाथी, हाथी!'

बहुत डर से बिना पानी पिए वे उठे और तभी सुना—'डरो मत। हाथी कुछ नहीं करेगा। जगमोहन है। और लोग भी पानी पिएँगे। हट के आओ, भैया!'

आदमी की आवाज से भगोड़े लोग और भी डर गए और छींकते-छाँकते पानी से निकलकर भागे। बुलाकी बहुत ताज्जुब में पड़ गया। उसने जगमोहन को शान्त किया और सोचने लगा कि बात क्या हुई? रात घनी होने पर आदिवासी लोग जंगल में से होकर शॉर्ट-कट रास्ता ले सकते थे। लेकिन उनके हाथों में लालटेन और गले में बातचीत होगी या गाना होगा। इस तरह से वे लोग चुपचाप क्यों आए, और बुलाकी की आवाज सुनकर डर क्यों गए?

सवेरा होने पर बुलाकी ने पेड़ पर चढ़कर दूर बुरुडिहा गाँव के शिवमन्दिर की ध्वजा देखकर जाने की बात सोची थी।

लेकिन सवेरे उसने देखा पुलिस। जंगल में पुलिस को देखकर वह घबरा गया और पुलिस भी उसे देखकर घबरा गई।

'तुम कौन हो?'

'बनारस के महन्त का महावत। यह हाथी भी महन्त महाराज का है।'

'सरकारी जंगल में कैसे घुसे हो?'

'पता नहीं, हुजूर!'

'सात ओराँव को देखा है?'

मुसीबत का संकेत लगा था। बुलाकी अब उस मुसीबत को देख रहा था।

'नहीं, हुजूर!'

'सही कह रहे हो?'

'सही कह रहा हूँ। महन्त का हाथी लेकर मैं बहुत दिनों से वनों-जंगलों में घूम रहा हूँ। सब लोग जानते हैं। झूठ क्यों कहूँगा?'

'जंगल से निकल जाओ।'

बुलाकी बहुत डर गया और वह 'कोमांडी—कोमांडी जगमोहन' कह बुरुडिहा पीछे छोड़कर चला गया। उसने सोचा कि वह तीसरी महत्त्वपूर्ण घटना की छाया में आ पड़ा है। वह और जगमोहन। और यह सोचते ही वह आदमी की बनाई पुलिस और फरार होनेवालों की घटना को पीछे छोड़ फिर किसी मंजिल की ओर चल पड़ता है। बुरुडिहा और जगमोहन का मेल इस बार भी न हुआ।

सात ओराँव भागे, और बस भागते रहे। पाँच दिन बाद भूखे, प्यासे, परेशान साँझ के समय बुरुडिहा में घुस गए। डर के मारे चुपचाप रहे और रात होने पर पानी की तलाश में गाँव में घुसे। चूँकि लाला लोगों से गुलबदन की बहुत दिनों की दुश्मनी थी और तमाम बहुत दिनों से चले आ रहे मुकदमे थे, इसलिए बुरुडिहा निरापद लगा। उन्होंने सोमरा गंजू को बुलाया और पानी माँगा। सोमरा ने घड़े में ठोकर मारी और देखा कि पानी नहीं था। वह बोला, 'घड़ा और डोर ले रहा हूँ। चलो, पानी दूँगा।'

वह फरार लोगों को हनुमान मिश्र के शिवमन्दिर के सामने ले आया। लेकिन डर के मारे पहान चिल्ला पड़ा, 'देउता का कुआँ हम नहीं छुएँगे।'

'चुप, चुप!'

'न, तू पानी ला दे।'

'अरे, मैं तो गंजू हूँ।'

'हम नहीं छुएँगे।'

'पानी चोरी से पिएँगे। डरने की क्या बात है?'

'न।'

आवाज सुनकर मिश्रजी निकल आए। उनको बुलाया। बैठने को कहा। अपने हाथ से पानी निकाल उनके छूने से बचकर उन्हे अँजुली से पानी दे दिया। उसके बाद बोले, 'रात में जंगल में रहना। सवेरे भाग जाना।'

रात में ही उन्होंने थाने में खबर दी, इमर्जेंसी आउटपोस्ट में। बोले, 'बहुत पानी पिया है। भाग न सकेंगे। जरूर सो रहे होंगे।'

देवता की बात झूठ न हुई। वे लोग पकड़े गए। हनुमान मिश्र की दिली कोशिश से भी सोमरा को उनके साथ नहीं जोड़ा गया। लेकिन अछूत होकर मन्दिर के कुएँ से पानी चुराने की नीयत हुई थी, इसलिए दारोगा ने सोमरा को बहुत भला-बुरा कहा।

इसके बाद माघ के महीने में सोमरा ने शिवरात्रि का प्रसाद लेने से इनकार कर दिया और महुआ पीकर चीखते हुए बोला, 'ब्राह्मण, देउता! उन्होंने मन्दिर में आश्रय लिया था। उन्हें पकड़ा दिया। यह देउता का काम हुआ?'

बात हनुमान मिश्र के कानों में पड़ी। वे गुस्से से भर गए। लाला लोगों से बोले, 'छोटी जात की जमीन मन्दिर के पड़ोस में है। उसके पास अदालत का कागज है। उसे लिये बिना मुझे शान्ति न मिलेगी।'

लाला लोगों के बस की बात न थी। माँ से वादा किया हुआ था।

आपातकाल का वक्त अच्छा था। उस समय सोमरा को जमीन से हटाया जा सकता था। लेकिन यह बरस-भर से ज्यादा वक्त मिश्रजी ने आर्मी की ठेकेदारी में रामगढ़ और राँची में बिता दिया। आपातकाल निकल गया। भारत के मुक्तिसूर्य को राजनारायण ने होम कांस्टिट्यूएंसी में लँगड़ी मारकर गिरा दिया। अचानक हनुमान मिश्र के पैरों के नीचे से जमीन खिसक गई। नई सरकारी आई। पुराने प्रशासन के लोग शुरू में कुछ दिनों तक यह नहीं समझ पाए कि क्या हो गया, लेकिन अचानक सब घबरा गए, क्योंकि जिला के कमिश्नर-मजिस्ट्रेट से लेकर भालातोड़ थाने के ओ.सी. तक सबकी बदली होने लगी। इस तरह के समरी ट्रांसफर से थाना, बी.डी.ओ. दफ्तर, कृषि ऑफिस—सब जगह लोग मुसीबत में पड़ गए। ब्रजभूषण खत्री तक घबरा गया, क्योंकि अचानक चुन-चुनकर अनुसूचित जाति का एक आदमी इन सब बेल्टों में आता रहा। स्कूल-इंसपेक्टर ब्रजभूषण से कह गए कि आदिवासी और अनुसूचित बेल्ट में आदिवासी और अनुसूचित लड़के-लड़कियाँ अगर स्कूल में नहीं आते, तो स्कूल का पर्पज बेकार है। सरकार ऐसे स्कूल नहीं रखेगी। समझे?

'हमारे लड़के-लड़कियाँ?'

'आप हुए सुपरमैन। तीन गाँवों में तीन औरतें, ग्यारह लड़के, पाँच लड़कियाँ। आपके

लड़के-लड़कियाँ तो पढ़ेंगे ही। उसके लिए क्या नीच जात, ट्राइबल लड़के-लड़कियों के नाम स्कूल के रोल में नहीं रह सकेंगे?'

'यह क्या कह रहे हैं?'

'पसन्द न हो तो सरकार से कहकर ऊँची जात के लिए स्कूल बनवा लें। हमारे अंडर जो सब स्कूल हैं, मैं उनमें उनके नाम देखना चाहता हूँ। नहीं तो मेरी नौकरी चली जाएगी। आपके लिए क्या मैं नौकरी खो दूँगा?'

'वे स्कूल आ सकते हैं।'

'आपके और आपके देवता के रहते? एतोया गंजू की बात क्या सब भूल गए हैं?'

'यह देखिए! उसमें मुझको मत फँसाइएगा।'

'जो कहना था कह दिया। आपका बहुत-सा फल-दूध-घी खाया। अच्छी बात कह दी।'

'आपकी भी बदली हो रही है?'

'होने में कितनी देर लगती है? नया एम.एल.ए. है, नया एम.पी. है। इनके साथ मेलजोल की लाइन निकालने का टाइम भी नहीं मिलता। सब गड़बड़ हो गया है।'

'तब?'

'आएँगे, लाइन पर आएँगे। लेकिन टाइम तो लेंगे न? जनता की भलाई करने के पागलपन में कितने दिन लगेंगे, यह सब समझकर लाइन लगाऊँगा। आपका भालातोड़ थाना है, आपकी ससुराल तो गई। सब नए लोग हैं। पूरा खचड़ापन है।'

'अफसर?'

'जो भी है। थाना अफसर जब लाला लोगों के फलों की भेंट लौटा देगा, तो पता चलेगा कि लक्षण बहुत खराब है। बहु—त खराब!'

धीरे-धीरे दिखाई देता कि सब गड़बड़ है। और-तो-और, मिश्रजी के फलों के बगीचे पर बकाया लगान बैठा दिया गया। बी.डी.ओ. बुरुडिहा पर, गंजू लोगों को सड़क बनाने के काम में लेबर के लिए भर्ती के लिए दबाव डाला गया। उससे गंजू लोगों के मन में अकारण विश्वास उत्पन्न हुआ कि उनके लिए भी राज आया है।

इस वक्त हनुमान मिश्र का दिमाग खराब हुआ। अब डबल फैनेटिक होकर उन्होंने घोषणा की कि जो हो रहा है, सब झूठ है। कलियुग का खेल है। उन्होंने अगर सच्चाई से ईश्वर की सेवा की है, तो सत्य की विजय होगी।

यह कहकर वे सहसा बोल पड़े, 'सोमरा को वह जमीन छोड़नी पड़ेगी। मन्दिर की हद में गंजू के घर नहीं रहेंगे।'

सोमरा बहुत घबराया और बी.डी.ओ. बाबू के पास चला गया। बी.डी.ओ. नया छोकरा था। उसने सोमरा का केस सुनकर कहा, 'कागज-पत्र रहने से तुमको कौन उठा सकता है?'

'मिश्रजी।'

'न, न, वे महात्मा हैं।'

'तो मेरी जमीन के लिए बुरी नीयत क्यों है?'

'बुरी नीयत होने से ही क्या जमीन ले ली जाती है?'

'अगर... ।'

'क्या?'

'बाड़ा तोड़कर ले लें?'

'अदालत जाना।'

सोमरा की छाती पर उड़ती हुई परी का गोदना होने से क्या होता है, उसका कॉमनसेन्स धरती पर आधारित था। वह बोला, 'गंजू लोग मुकदमा कर सकते हैं?'

बी.डी.ओ. को उसके केस में उत्सुकता हुई और वे बोले, 'तुम्हारी बात सच है, इसका क्या सबूत है?'

सड़क पर मजदूरी करनेवाले गंजू लोग खुशी के साथ काम छोड़ बीड़ी सुलगा, आकर बैठ गए और बड़े विस्तार से समझा दिया, 'मिश्रजी बहुत जमाने से सोमरा की जमीन लेना चाहते हैं। खरीदना नहीं चाहते, लेना चाहते हैं।'

'वह कैसे?'

'सच बात है, हुजूर!'

सोमरा का केस ट्राइबल वेलफयर अफसर को भी बताया गया। गंजू भी एक ट्राइब है। अफसर बोले, 'मैं थाने को कह दूँगा। कोई भी अत्याचार होने पर तुम्हें न्याय मिलेगा।'

थाने के अफसर बोले, 'जरूर मिलेगा। जबर्दस्ती जमीन लेने से वह सब पुलिस-मैटर बन जाएगा। अब सरकार बहुत सख्त है। हरिजनों के मामले में...तुम क्या हरिजन हो?'

'हाँ हुजूर!'

'ट्राइबल नहीं हो?'

'हाँ हुजूर!'

'गंजू जाति के हो न?'

'हाँ हुजूर!'

'वह क्या?'

'कुछ नहीं, हुजूर! मैं गंजू हूँ, सब जानते हैं कि गंजू अछूत होते हैं। जिसे कोई न छुए वह अगर हरिजन होता है, तो मैं गंजू भी हूँ, हरिजन भी हूँ। वह मूँछवाला अफसर, ट्राइबल अफसर बोला–'गंजू लोगों का नाम उनके रेकड में है, तो देखते क्यों नहीं, मैं ट्राइब भी हूँ!'

'ओफ! क्या मुसीबत है?'

'क्या करूँ, हुजूर! देउता खफा हो गए हैं। आँखें निकालकर फेरते हैं। धूनी का पात्र लेकर नाचते हैं और कहते हैं कि सात दिन में धरमराज-करम होगा। वह मेरी जमीन ले लेंगे।'

'लेने से हो गया? अदालत नहीं है?'

'गंजू मुकदमा-कचहरी नहीं करते।'

'सरकार तुम लोगों को वकील देगी।'

'ऐं?'

'वकील, वकील–मामला-मुकदमा करनेवाले।'

'तो डर नहीं है, हुजूर?'

'नहीं।'

'देउता को देखकर डर लगने लगता है। वे हर समय शिव को पुकारते रहते हैं।'

'वह तो पुकारेंगे ही।'

'आपको नहीं मालूम, हुजूर! देउता के चचेरा भाई कुन्दन हैं, उसके गंजू बेटे एतोया को... ।'

'मालूम है, मालूम है। जो तुम्हारे अधिकार में नहीं है, उसे लेकर बकवास मत करो। पुलिस है, थाना है। अफसर किसलिए हैं?'

सोमरा कहनेवाला था–घूस खाने और गरीबों को ठगने के लिए। लेकिन वह बोला नहीं। पूछा, 'देउता मेरी जमीन नहीं लेंगे न?'

'न, न, न।'

इसके बाद सोमरा टाहाड़ गया। लड़की के घर। उसका दामाद गंजू सम्प्रदाय में इलमदार युवक था। स्थानीय जनता एम.एल.ए. को अच्छी तरह पहचानता था। भालातोड़ में एक ठेकेदार के माल पर पहरा देने का काम मिला था।

उसने ससुर का मामला ध्यान से सुना और बोला, 'मेरा घर टाहाड़ में है, और जमीन लेने से मुझे कोई खास फायदा नहीं है। फिर भी आपके हक की जमीन किसी बाँभन–आँभन को नहीं लेने दूँगा। इतने दिनों तक बाँभनों का बहुत तमाशा हुआ। अब जनता राज है, हमारा सवाल भी सुना जाएगा।'

बाद में पता चला कि एम.एल.ए. खुद अनुसूचित जाति के थे। उन्होंने ध्यान से सब सुना और सोमरा से कहा, 'पहले मेरी जान लेगा, बाद में तुम्हारी जमीन। इस अंचल को मिश्रों के पंजों से छुड़ाना होगा। क्या तुम अकेले हो? ऐसे सैकड़ों गंजू हैं... ।'

अब एम.एल.ए. ने सोमरा को ही एक भड़कता हुआ भाषण सुनाकर और आश्वस्त कर लौटा दिया। इससे सोमरा की छाती की परी के पंखों में हवा लगी। वह घर लौट गया।

अभी भी जोश में होने से उन्होंने जनश्रुति पर निर्भर कर झुझार के बालकृष्ण मास्टर की मौत, टाहाड़ के एतोया की मौत–दोनों को जोड़ा। जवाब मिला गुलबदन साहू की मृत्यु।

एम.एल.ए. खुद एक बार अंचल में भ्रमण पर गए और जीप से धुआँधार भ्रमण के बीच ही बुरुडिहा के हनुमान मिश्र को देख आए। ऋषि-तुल्य, मुँड़ा हुआ सिर, बलिष्ठ शरीर मिश्रजी को देखकर उन्हें अन्दर-ही-अन्दर डर लगा। इसीलिए उन्होंने खखारकर हाट में एकत्रित हुई जनता से वर्तमान सरकार की अस्पृश्य, अनुसूचित जातियों और आदिवासियों के सम्बन्ध में नीति की ज्यादा व्याख्या न कर सिर्फ भरोसा दिलाया। अपने-आप सोमरा की जमीन पर जाकर खड़े हुए और बोले, 'अब सरकार गंजू, दुसाध या रैदास पर अत्याचार होने से किसी को माफ न करेगी। तुम्हारी जमीन कोई नहीं ले सकेगा, बेफिकर रहो।'

हनुमान मिश्र ने मन्दिर के छज्जे पर खड़े होकर बातें सुनीं।

धीरे-धीरे अक्टूबर आया। सतहत्तर का अक्टूबर। इस बरस अचानक क्वार के शुरू में ही काफी बरसात हुई थी। उससे अब हवा में ठंडक थी। इस बार सोमरा को मक्का की अच्छी फसल मिली थी। मक्का को बोरों में भरकर रखा था। काफी दिनों तक देवता की ओर से कोई उत्पात नहीं हुआ। एक सन्ध्या को सोमरा ने घर लौटकर घाटो खाया और सोने को कहकर चबूतरे पर बोरा बिछा ड्योढ़ी पर बैठकर बीड़ी सुलगाई।

'सोमरा!'

सोमरा ने चौंककर सिर उठाया। थोड़ी ही दूर पर हलके अँधेरे में मिश्रजी थे।

'देउता! गोड़ लागों देउता!'

सोमरा ने जमीन पर झुककर प्रणाम किया। देवता की शकल, उनका चेहरा बहुत ही अनचीन्हा लगा। आवाज में भी दीन याचना थी।

'सोमरा, तू मुझे जमीन दे दे। मैं देउता के नाम पर तुझसे माँग रहा हूँ।'

'देउता!'

'मैं देउता नहीं हूँ, सोमरा! मैं तो मामूली आदमी हूँ। देउता होता तो बगीचे पर लगान लगता? कंट्रैक्टरी छूट जाती? लड़की विधवा हो जाती?'

'मैं क्या करूँ, देउता?'

'देउता मैं नहीं। उस मन्दिर में जो है, वही देउता हैं। मैं उनके नाम पर माँग रहा हूँ, तू जमीन दे दे। मेरी इज्जत रख लो।'

'आपकी इज्जत? मैं रखूँ?'

'दे दे।'

'हम का खाएगा?'

'तुझे रोज परसाद भेज दूँगा। तेरा नाम रह जाएगा, सब नाम लेंगे।'

'मैं...मैं कुछ नहीं कह सकता। अपने जमाई से बिना पूछे...।'

'नहीं देगा?'

सोमरा ने हिम्मत बटोरकर कह ही दिया कि जमीन देने से दूसरे गंजू लोग उसे मारेंगे, मार डालेंगे। 'एतोया के लिए सबके मन में दाग है, गहरा दाग है। आप सब जानते थे, फिर भी कुछ नहीं बोले। मन्दिर में जो बात उठाई...माँ का दुलारा, दुधमुँहा बच्चा मर गया...।'

हनुमान मिश्र अस्वाभाविक आवाज में तीखे स्वर से हँसे। बोले, 'तू नहीं मानता, मैं दिव्य आँखों से सब देख रहा हूँ।'

'हम क्या जानें, देउता!'

'सब देख सकता हूँ। यह सारी जमीन छोड़कर तुझे कुत्ते की तरह भाग जाना पड़ेगा।'

गहरी बेचैनी के साथ सोमरा सोने गया। इसके कई दिन बाद बुलाकी और जगमोहन बुरुडिहा के जंगल में घुसे।

तीन

बुलाकी और जगमोहन सन्ध्या के समय जंगल में घुसे। जंगल के पूरब की ओर एक बरगद का पेड़ है, यह बुलाकी ने राह में ही पता लगा लिया। जंगल में घुसकर बुलाकी जगमोहन को उस ओर ले जाने लगा।

जगमोहन अचानक रुक गया। उसका शरीर थर-थर काँपने लगा।

बुलाकी के मन में अज्ञात भय था। मानो सब अशुभ हो। जगमोहन रुक क्यों गया? और रुक ही गया तो काँप क्यों रहा है? उसने जगमोहन से कहा–'कोमान्डि, कोमान्डि जगमोहन! भुरकुंडा बेटा! हेहेगड़ा, हेहेगड़ा, मेरे लाल!'

जगमोहन का काँपना थम गया। वह फिर चलने लगा। जंगल अँधेरा था। मानो

अलौकिक क्षमता से रास्ता पकड़कर जगमोहन बरगद के पेड़ के पास जाकर खड़ा हो गया। उसके बाद धरती के धँसने की आवाज की तरह वह चुपचाप बैठ गया।

बुलाकी ने देखा कि दूर पर रोशनी टिमटिमा रही है। तो वही जंगल का अंचल काटकर बनाई हुई गंजू टोली की बस्ती है।

बुलाकी ने बरगद के पत्ते तोड़े। उन्हें जगमोहन के सामने रखा। उसके बाद गंजू टोली में गया। 'पानी चाहिए, थोड़ा-सा पानी।'

गंजू टोली के लोग बहुत आश्चर्य में पड़ गए। बूढ़ा पारस गंजू बोला, 'तुमको तो मैंने देखा है। रामगढ़ में।'

'पानी कहाँ है? पानी मिलेगा?'

'पियो न।'

'मेरे लिए नहीं। हाथी के लिए...।'

'हाथी कहाँ है?'

'बरगद के पेड़ के पास।'

'वहीं तो पानी मिलेगा। इस बार अचानक बरखा हो गई, वहीं तो है।'

डर के मारे बुलाकी का चेहरा सफेद पड़ गया। पानी के पास आकर भी जगमोहन को पानी के अस्तित्व का पता क्यों न चला? वह अचानक खड़ा होकर काँपने क्यों लगा? बैठते वक्त जैसे चुपचाप धँस गया है, ऐसे क्यों बैठा?

पारस गंजू बोला, 'चलो, मैं बत्ती लिये चल रहा हूँ। तुम्हारा चेहरा डर से सूख क्यों गया है? वहाँ कोई डर नहीं है।'

मिट्टी के कमंडल में बत्ती रखकर पारस आगे-आगे चला, बुलाकी पीछे-पीछे। पारस बोला, 'देखो न, तुम्हारा हाथी पानी के पास चला गया है। लेकिन पानी तो नहीं पी रहा है?'

कच्ची ढलान थी। पत्थर के ऊपर पानी था। लेकिन जगमोहन अचल था, हिलडुल न रहा था।

बुलाकी के कलेजे के नीचे भी बड़ा भार था। साँस लेने में भी कष्ट हो रहा था।

'जगमोहन! पानी, पानी जगमोहन! जा, आगे, जुजुभातू, जुजुभातू जगमोहना, कोमान्डि। कोमान्डि। पानी पी।'

जगमोहन जैसे चिन्ना की समाधि से हिलडुल कर जाग उठा हो और उसने सिर फेरा। सूँड़ फैलाकर सहसा उसने बुलाकी के सिर और कन्धे पर फेरी। उसके बाद धीरे-धीरे मिट्टी के धँसने की तरह बैठ गया। उसके बाद लेट गया। पारस गंजू बहुत ही कौतूहल के साथ रोशनी लेकर थोड़ा आगे बढ़ा और बोला, 'अरे तुम्हारा हाथी तो रो रहा है। उसकी आँखों में आँसू हैं। सूँड़ के छेद में होकर उसके शरीर से कीड़े निकल रहे हैं। तुम्हारा हाथी तो मर रहा है।'

पारस की बात मानो गोली-सी लगी। बुलाकी को लगा कि उसके फेफड़ों में खून से भरे झाग हों। वह जगमोहन के सिर के पास बैठ गया। जगमोहन के सिर पर अपना सिर रखा। उसके बाद सिर उठाकर पारस से बोला, 'भाई एक टीन दे सकते हो? पानी भरूँगा?'

पानी भरकर बुलाकी ने सूँड़ में डाला। डालता ही रहा। बुलाकी का कलेजा मानो टूटकर टुकड़े-टुकड़े हुआ जा रहा हो। 'कोमान्डि-कोमान्डि जगमोहन!' कोमान्डि-सारान्डा-राइ—जुजुहातू-हेहेगड़ा-भुरकुंडा और कितनी जगह हैं? बहुत राह नहीं चले—पत्तों वाले प्यारे

छायादार बरगद के पेड़ों के पत्ते नहीं खाए गए—कितने हरे-भरे बाँसों के झुरमुट की कच्ची कोंपलें राह देख रही हैं—जंगल के अन्दर और बाहर तमाम गढ़ैए और झरने हैं—आदिवासी शिशु हाथी देखकर तालियाँ बजाते हैं।

जगमोहन सारे रास्ते समाप्त क्यों किए दे रहा है? बुलाकी रोते-रोते अन्धा होकर बैठ गया। जगमोहन बीच-बीच में सूँड़ उठाकर उसके बदन पर फेर रहा है। बुलाकी! मरने पर खेल खतम पैसा हजम। तुमको अकेला छोड़े जा रहा हूँ। अफसोस है। चरणदास न होता तो तुम और मैं शायद अपने-अपने ढंग से अच्छा-बुरा स्वतंत्र जीवन जी सकते थे। वह नहीं हो सका। चरणदास ने सब-कुछ कब्जे में कर लिया है, हमेशा-हमेशा के लिए। चरणदास ने समझ लिया था कि हमारा और तुम्हारा विनाश नहीं होगा। लेकिन हम तो बहुत ही नाशवान हैं। वह तुमको वेतन नहीं देता था, और न मुझे खाना। फिर हम पर से अपना पंजा भी नहीं हटाया। मेरी और तुम्हारी जवानी में हम पर थपेड़ा मारकर बाघ झूल गया था। उसके थपेड़े को झकझोरकर हटा दिया। उसे कुचलकर मार डाला। लेकिन चरणदास का पंजा! अभी तक हम उसके पंजे की पकड़ में हैं। तुम तो रहोगे ही।

चरणदास ने जब हमें पुरी में घुसते देखा तो मैं नाममात्र का हाथी था, तुम नाममात्र के आदमी थे। उसने किसी दिन नहीं पूछा कि हम क्या खाकर जी रहे हैं?

हाथी और आदमी में समानता की बातें हैं—पच्चीस में जवानी, पचास में बुढ़ापा। सामान्यतः एक बार में एक बच्चा पैदा होता है। उस हिसाब से तुम और मैं अपना समय बिता चुके हैं। लेकिन चरणदास न रहता तो? सिर्फ मैं और तुम रहते तो कितना अच्छा होता! मुझे मालूम है कि तुम मुझे बुरुडिहा के जंगल में मुँह लटकाकर मरने नहीं देते।

लेकिन चरणदास न होता तो? तुम अपने से इनसानों के संसार में—मैं अपने से जंगल के संसार में रहते तो कैसा अच्छा होता! सबसे अच्छा होता, है न? लेकिन चरणदासों ने सब पर कब्जा कर लिया, हमेशा-हमेशा के लिए। किसी बुलाकी को वे लोग अभागे गरीब की तरह अपने ही ढंग से जीने नहीं देते। मुझे वनचारी यूथपति बनकर रहने नहीं देते। कोमान्डि-कोमान्डि-कोमान्डि कहकर रोओ मत। और कोई राह नहीं है। लेकिन इतने आदमी किसलिए हैं?

गंजू टोली के सब लोग आए। दूर खड़े रहे। इस ठंडी रात में, बुरुडिहा के जंगल के एक हाथी की आसन्न मृत्यु पर एक मनुष्य के शोक का बहुत ही दुर्लभ और भयानक दृश्य था। दृश्य के पीछे जो रक्तमय निर्दयता का इतिहास था, उसके भार से वायु भारी हो रही थी।

जगमोहन हिला। जमीन में पैर रगड़ते-रगड़ते वह उठ रहा था। सहसा बुलाकी की समझ में आया कि मौत आ गई है, यह जानकर हाथी निर्जन स्थान खोजता है। इस तरह की जो किंवदन्ती है, वह मिथक—वह धारणा अब वास्तविकता बन रही थी। उसका शोक-विमूढ़, अँधेरा और अशिक्षित मन इतना समझा कि मिथक जब वास्तविकता हो जाए, तो उस सार्थक क्षण में मनुष्य का दूर हट जाना उचित है। वह हटकर गंजू लोगों के दल में खड़ा हो गया।

जगमोहन बहुत अधिक प्रयत्न के बाद उठ खड़ा हुआ और हाल ही में अन्धे हुए आदमी की तरह टटोलता-सा राह पहचान कर सही राह पर आगे चला। वह डरा हुआ था। विचलित था। डरी हुई जनता कुछ दूरी रखकर उसके पीछे-पीछे चली।

वन का अंचल समाप्त हुआ। गंजू टोली आई। फिर खेत। जगमोहन ने हवा में सूँड़ घुमाई

और आगे चला। सोमरा की जमीन आई। नागफनी का घेरा पार किया। कोई भी जंगली हाथी काँटेदार तारों को या नागफनी के बेड़े को होश में पार न करता। बेतला के जंगल में काँटेदार तारों का घेरा देखकर जंगली हाथी अगर पागल न हो तो कभी उसे पार न करता, न खूँटे उखाड़ता। वह बहुत ही समझदार और सेंटिमेंटल पशु होता है। लेकिन जगमोहन तो जंगली या बिगड़ैल हाथी की परिभाषा से बाहर का हाथी था। जंगली वह था नहीं और पालतू होने पर भी उसे वनवासी बनकर रहना पड़ता था। अब तो वह यही सोचकर चला था कि सारी परिभाषाओं के बाहर चला जाएगा।

सोमरा की जमीन। जगमोहन रुका, हिला-डुलाकर, सूँड़ को आसमान की ओर उठाया। उसे दोनों ओर हिलाया। उसके बाद एक आर्त निष्फल चिंघाड़ हवा में छोड़ डग-मगाकर घुटने मोड़कर पहले तो बैठ गया, फिर लेट गया।

जगमोहन की चिंघाड़ के बाद के सन्नाटे को टुकड़े-टुकड़े करती बुलाकी की चीखें थीं, 'ज–ग–मो–ह–न!'

बहुत गड़बड़ी थी। जनता की चीख-पुकार थी। सोमरा विमूढ़-सा दर्शक बना था। हनुमान मिश्र आगे बढ़े। शून्य में दोनों हाथों को उठाकर धरती को साष्टांग प्रणाम किया।

'जगमोहन! जगमोहन!'

रोते हुए बुलाकी को हनुमान मिश्र ने ठोकर लगाई। बोले, 'हट जा अविश्वासी! छूना मत। आकाश में ज्योति देख रहा है!'

जगमोहन? हाथी? वह हाथी नहीं था, किसी दिन भी नहीं था। कलियुग में ब्राह्मण और देवता का माहात्म्य लौटा लाने के लिए दो महापुरुषों ने गजरूप धारण मात्र किया है। वे हैं तैलंग स्वामी और काठिया-बाबा। एक शरीर और दूसरा मन। आज कार्य समाप्त कर वे स्वर्ग लौट गए। यहाँ इस गजरूप का मन्दिर बनेगा, और जब तक धरती रहेगी तब तक मनुष्य उस मन्दिर को देखकर समझेगा :

ब्राह्मण कितना भी भ्रष्ट
तीनों भुवनों में श्रेष्ठ।
ब्राह्मण कितना भी निकृष्ट
तीनों भुवनों में श्रेष्ठ।

चार

सवेरा होते-होते सैकड़ों लोग दाबा-कुदाल लेकर आ पहुँचे और जगमोहन के शव को काटकर देह के टुकड़ों को लेकर अपने घरों में वेदी बनाने के लिए चले गए। मृतवात्सा स्त्रियाँ जगमोहन के नाखूनों को तावीज बनाने के लिए ले गईं। अन्धे और लँगड़े ने उसका शरीर छुआ। कोढ़ के रोगियों ने जगमोहन की चर्बी बदन पर मली। लाला बाबू लोगों ने पुरुषांग ले उसकी भस्म बना घी में खाई।

मन्दिर के लिए सारा रुपया देने के लिए लाला राजी हुए और मांस लगे कंकाल को सोमरा की जमीन में विशाल चिता में भस्म कर उसकी राख जमीन पर ऊँची की गई। सोमरा का घर भी जलकर राख हो गया।

सोमरा ने बड़ी भाग-दौड़ की। एम.एल.ए., बी.डी.ओ. ट्राइबल वेलफेयर ऑफिसर, थाने के ओ.सी.–सभी के पास गया।

कोई भी ठिकाना नहीं मिला। सब लोगों ने जो कुछ कहा, या नहीं कहा, उसका सारांश यों है :

हनुमान मिश्र अगर सोमरा की जमीन पर कब्जा करते तब तो आदमी के लिए बने कानून के शिकंजे में आते और सोमरा को न्याय मिलता। हरिजन की जमीन ब्राह्मण ले, इस बात को सरकार किसी तरह बर्दाश्त नहीं करती।

जो हुआ है, वह कानून के या पुलिस के अधिकार की बात नहीं है। भारतवर्ष अलौकिकता का देश है। हर युग में अविश्वासी लोगों को शिक्षा देने के लिए महापुरुष मानव-रूप में अवतीर्ण होते हैं। आजकल भी साईंबाबा, बाल ब्रह्मचारी, माँ आनन्दमयी, मोहनानन्द इत्यादि संस्थाएँ विद्यमान हैं। महापुरुषों की लीला समझना कठिन है। तैलंग स्वामी बहुत अधिक मोटे थे। काठिया बाबा बहुत दुबले। लेकिन पलामू बेल्ट में अविश्वासी ब्राह्मणों को शिक्षा देने के लिए वे एकरूप हो गए और गजरूप धारण किया। चरणदास भी महापुरुष है। उसे मालूम था कि जगमोहन दो महापुरुषों का महाकाय–पैकिडर्म–संस्करण है। महापुरुष हवा खाते हैं। जगमोहन को भोजन देना अन्याय करना होता, इसीलिए उसने हाथी को जीवन-भर अनाहार रखने की व्यवस्था की थी। बुलाकी को भी। महापुरुष जब प्रायः अनाहारी रहते हैं, तो उनके सेवक को भी अनाहारी रखना ही धर्म है।

यह स्पष्ट है कि जगमोहन का मन्दिर बनने से पामरों तक लोग ब्राह्मण और देवता की महिमा समझेंगे। इसमें प्रशासन का कोई भी अफसर बाधा नहीं दे सकेगा। उसके बाद जो धर्म की महिमा स्थापित होती रहेगी उसमें वे बाधा नहीं देंगे।

सोमरा बोला, 'हमनी के काँय होगा? जमीन चली गई।'

'तोर जमीन! तू तो धन्य हो गइल रे।'

सोमरा रोते-रोते चला गया। अब धार्मिक विश्वास की पवित्र अग्नि में प्रज्वलित चेहरे से दारोगा बोले, 'ब्राह्मण सबसे बड़ा है। ये, छोटे लोग भी कुछ कम नहीं हैं, यह प्रमाणित हो गया! सुनने में आ रहा है कि अनुसूचित जाति के लिए जॉब रिजर्वेशन होगा। इसके बाद वह करने से आग लग जाएगी। जो सरकार ईश्वर की महिमा, ईश्वर का उद्‌देश्य देखकर भी नहीं देखती, वह आगामी चुनाव में हार जाएगी।'

'कौन आएगा?'

'मत पूछिए बी.डी. बाबू!...जिसका चुनाव होने से धर्म रहेगा, ब्राह्मण रहेगा। अछूत फिर पैरों की जूती बनेंगे, वही सरकार आएगी। यह तो सीधी बात है।'

'कब?'

'वह कौन कह सकता है? जगमोहन को लीजिए। बन गया, वह एक दर्पण बन गया। उस दर्पण में आप, जो होने वाला है, उसे देखने की कोशिश कीजिए।'

'एक हाथी आया, और मर गया...।'

'हाथी नहीं।'

'तो चमत्कारों का युग अभी समाप्त नहीं हुआ है?'

'होता तो आप खुश होते? जिसे आप चमत्कार कहते हैं, वह भी जरूरी चीज है न?

वेतन से क्या होता है? मुझे पैसा चाहिए, आपको पैसा चाहिए, सबसे गरीब एम.एल.ए. और एम.पी. लोग हैं। पाँच बरस में जीवन-भर की कमाई होनी चाहिए। चमत्कार होते रहने से सबको सुविधा है।'

बड़े जोर-शोर के साथ जगमोहन का मन्दिर बना। चरणदास महन्त भी बनारस से आए और हनुमान मिश्र को एक लाख रुपए मन्दिर बनाने के लिए दिए। उनका कलेजा जल गया। जगमोहन महापुरुष था—इसका यू.पी. में पता नहीं चला, उसको खोजा बिहार ने। सारा फायदा इन मिश्रजी को हुआ। बुलाकी भी लापता था। वह मिलता तो बाकी दो महावतों को ट्रेनिंग दिलाते और बुलाकी के साथ वे दोनों और तीन हाथियों को बिना खाने के घुमा-घुमाकर मार सकते। उनमें सोई स्वामी—भोलागिरि, अनुकूल ठाकुर, बरदा योगी—दूधिया बाबा—तुलसी गिरि जो जिसे पसन्द होता जोड़ा-जोड़ा कर रहते और निकलते। ठंडी साँस लेकर चरणदास ने मिश्रजी से कहा कि 'मन्दिर के उद्‌बोधन के समय जरा सूचना दीजिएगा।'

'जरूर।'

'कौन उद्‌बोधन करेगा?'

'हिमालय से सारस्वत स्वामी आएँगे।'

'वे उतर आएँगे?'

'इस बार आएँगे।'

महन्त चरणदाए चले गए।

बुरुडिहा में जगमोहन की मृत्यु की खबर अब पूरे भारत की घटना थी। किसी विदेशी स्टार के जगमोहन बनकर अभिनय करने को राजी होने से घटना अन्तर्राष्ट्रीय प्रसिद्धि पाएगी।

उस अंचल में अलौकिकता का प्रभामंडल बिराजने लगा। गुलबदन की विधवा ने सपने में जगमोहन से सुना कि मिश्रजी के शिव को हर रोज दस लीटर दूध से नहलाए बिना गुलबदन की मुक्ति न होगी।

बुलाकी और सोमरा दोनों ही कहाँ चले गए, किसी को पता नहीं। वे लोग गंजू टोली में भी नहीं रह पाए। बुलाकी का पाप था कि उसने जगमोहन को हाथी के सिवा और कुछ नहीं समझा।

सोमरा का पाप था कि चमत्कार के बाद भी उसने जमीन वापस चाही थी।

इन लोगों को रहने देने से गंजू टोली पर मिश्रजी का शाप पड़ता।

गोमो स्टेशन के प्लेटफॉर्म पर दो नए आए शरणार्थी दिखाई दिए। दीन-दुखी, दुबले- पतले, सूखे। आँखें पीली पड़ गई थीं। उनको रोज कुली का काम भी नहीं मिलता था और वे भूखे पड़े रहते।

बीच-बीच में जब कुली का काम मिल जाता, उस दिन वे दोनों आठ आने के टिकट में 'हाथी मेरा साथी' फिल्म देखने जाते।

तसवीर समाप्त होने पर देखा जाता कि उनमें से एक बेतहाशा रोता और दूसरा उसकी पीठ थपक-थपक कर सान्त्वना देता।

उसके बाद पैसा रहने पर वे शराब पीते, या प्लेटफॉर्म पर आकर लेट जाते। एक की छाती पर दिखाई पड़ा कि उड़ती परी की तसवीर का गोदना गुदा था। दोनों एक-दूसरे का

हाथ थामकर प्रेमियों की तरह लेटते, जैसे कि दोनों का एक-दूसरे के सिवा और कोई, या कुछ न हो। उनका नाम न तो किसी को मालूम था, न किसी ने जानने की कोशिश ही की। जिनका एकमात्र ठिकाना स्टेशन का प्लेटफॉर्म हो, उनका नाम बिना जाने भी भारतवर्ष में चलता है, क्योंकि वे बहुत ही एक्सपेंडेबल–उपेक्षा–योग्य थे।

शून्य स्थान भर दो

दिल्ली से जिस संस्था ने सुकुल को भेजा है, उन्होंने कोई भरोसा नहीं दिया। बिलकुल नहीं। सिंहभूम के जिस क्षेत्र में तुम्हें भेज रहे हैं, वह स्थान कुछ ज्यादा ही कटा हुआ है। तथ्यान्वेषी दल सिंहभूम के बारे में मोटे तौर से कुछ जानकारी ले आया है। इसके बारे में तुमने पढ़ा ही होगा।

'फिर दुबारा क्यों जाना पड़ रहा है?'

'चक्रधरपुर तो तुम्हें जाना ही था। वहाँ से चाईबासा जाने में कोई दिक्कत नहीं है। ज्यादा दूर भी नहीं।'

'चक्रधरपुर और चाईबासा नजदीक हैं क्या इसीलिए जा रहा हूँ?'

'नहीं सुकुल। चाईबासा से गोइलकेरा के रास्ते में हल्दी गाँव पड़ता है। वही हल्दी गाँव।'

'शशि महतो का गाँव।'

'हाँ। शशि और भुजंग लापता हैं। शशि की माँ बस रास्ते के किनारे एक चाय की दुकान चलाती है। किसी भी तरह वह मुँह नहीं खोल रही। जबकि घटना उसके सामने ही घटी थी। उसके मुँह से घटना का विवरण मिले तो यह रिपोर्ट पूरी हो।'

'मैं क्यों जा रहा हूँ?'

'हम तो तुम्हें राह-खर्च भी नहीं दे रहे। कोई जोर-जबर्दस्ती भी नहीं है। फिर भी तुमसे अनुरोध कर रहे हैं।'

'आपके दल के लोग तो गए थे, उसमें स्त्रियाँ भी थीं।'

'शशि की माँ मुँह ही नहीं खोलती। शहर के लोगों को देखकर डर से सहम गई है।'

'मुझसे हो पाएगा?'

'उन लोगों ने असम्भव प्रतिरोध के विरुद्ध काम किया है। तुम तो कई बार अकेले ही पुलिस और प्रशासन के अत्याचारों की रिपोर्ट लाए हो, मुंडारी बोली भी जानते हो। वे लोग तो दुभाषिया को लेकर गए थे। जब जा ही रहे हो, तब जरा इसे भी देख लो।'

'कोशिश करूँगा।'

'चक्रधरपुर किससे मिलने जा रहे हो?'

'मोती बाबू। मोतीलाल कोआर। पुराने राजनीतिक कार्यकर्ता हैं। आजकल आदिवासियों के 'साल बचाओ, सागौन हटाओ' आन्दोलन से जुड़े हैं।'

'हाँ-हाँ, साल और सागौन। उनकी रिपोर्ट में भी बार-बार इन्हीं दो नामों की चर्चा है।

आखिर बात क्या है? जो भी हो, सागौन तो बहुत कीमती लकड़ी है। जंगल विभाग को तो इससे काफी लाभ होता है। इससे तो वह क्षेत्र धनी होगा।'

'आपको कुछ भी नहीं पता?'

'नहीं, सुकुल।'

'शाल-वृक्ष आदिवासियों के लिए एक धार्मिक देवता के समान है। राज्य एवं राष्ट्रीय अर्थव्यवस्था के लिए सागौन मूल्यवान है, शाल की आदिवासियों की अर्थव्यवस्था में महत्त्वपूर्ण भूमिका है। शाल की लकड़ी, बीज, पत्ते आदि उन्हें नाना प्रकार से सहायता करते हैं। उसी तरह महुआ भी है। सरकार अब शाल और महुआ काटकर सागौन लगवा रही है। आदिवासियों का नाराज होना स्वाभाविक ही है। गर्मियों में अनाज की कमी हो जाती है। महुआ के फूल तो ये लोग कच्चा ही खा जाते हैं। उसकी पपड़ी सुखाकर, पीसकर उसकी रोटी बनाते हैं। तलकर भी खाते हैं। फूल से शराब तो बनती ही है तथा फल तथा बीज से तेल निकालते हैं।'

'अरे, तुम तो सब जानते ही हो।'

'मोती बाबू के साथ कभी वहाँ घूमा करता था।'

'तब तो हल्दी गाँव के बारे में भी जानते होगे।'

'नाम याद नहीं पड़ता। बहुत अरसा हो गया।'

'अब क्यों जा रहे हो?'

'शाल-सागौन की लड़ाई देखने।'

'मगर सागौन बहुत ही मूल्यवान है।'

कई दिनों बाद मोती बाबू बोले, 'हाँ-हाँ, सागौन बहुत कीमती है, यह हम जानते हैं। जंगल विभाग रोज ही हमें बता रहा है। आदिवासियों का जो अपना जंगल है, उस छोटे-से जंगल में भी सागौन लगाया जा रहा है। सागौन से कई करोड़ रुपयों का मुनाफा हो भी तो क्या?'

'यह कैसी बात हुई? राज्य का राजस्व बढ़ेगा।'

'हाँ-हाँ, खूब जानता हूँ। सिंहभूम तो छोटा नागपुर का हिस्सा है। बिहार सरकार के राजस्व के तीन भाग में से दो भाग की कमाई छोटा नागपुर के खानों तथा जंगलों से ही होती है। उसके पाँच भाग में से केवल एक भाग ही उस जिले पर खर्च करती है। वे रुपए भी अफसर-अमला-पुलिस के पीछे खर्च हो जाते हैं। उससे हमें क्या लाभ?'

'क्या आप भी आदिवासी बन गए?'

'क्यों?'

'फिर 'हमें' क्यों कहा?'

'मैं अब 'शाल या सागौन' की लड़ाई में शामिल हो गया हूँ।'

'तब यहाँ बैठे-बैठे क्या कर रहे हैं?'

मोती बाबू कुचक्री की तरह हँसते हुए बोले, 'क्यों? समाचार-साप्ताहिक छाप रहा हूँ।'

'इसे बन्द नहीं करवाया?'

'साइक्लोस्टाइल करवा रहा हूँ। तुमसे पहले जो लोग आए थे, उन्हें भी काफी खबरें दी थीं।'

'आप जेल क्यों गए थे?'

'पिछले नवम्बर में हाट में गोली चलाने के विरुद्ध धरने के कारण। वैसे गोली चलाने की खबर भी हमीं ने छापी थी।'

'बहुत अच्छा।'

'चाईबासा क्यों जा रहे हो?'

'हल्दी जाना है।'

'हल्दी! क्यों?'

'आप चुप क्यों हो गए?'

'शशि महतो, भुजंग महतो।'

'बात क्या है, जरा बताइए तो?'

'अरे, वही धरना! चलो, चाय पीएँ।'

मोती बाबू ने लड़के को पुकारा। लड़का केतली में चाय ले आया। दो गिलासों में चाय डालकर उन्हें थमा दिया। चाय पीते-पीते मोती बाबू ने कहा, 'वही एक खबर है जो मैं छाप नहीं पाया।'

'क्यों?'

'वास्तव में क्या हुआ था, यह तो नहीं जानता, पर केवल अनुमान लगा सकता हूँ। परन्तु प्रत्यक्षदर्शी कौन था? शशि की माँ।'

'उसने आपको कुछ बताया नहीं?'

'मेरा उस अंचल में जाना मना है।'

'पुलिस ने रोक लगाई है?'

'हाँ।'

'आपकी राय में वहाँ क्या हुआ था?'

मोती बाबू चुप रहे। कुछ देर बाद बोले, 'अब मेरी उम्र भी काफी हो चुकी है।'

'कितनी होगी?'

'बहुत।'—मोती बाबू झुककर बैठ गए, घुटनों पर कोहनियाँ रखकर बोले, 'क्या जरूरत है! तुम, चन्द्रकान्त सुकुल, काम हो जाने के बाद दिल्ली लौट जाओगे। शाल हो या सागौन, हाँ, जो भी ठीक है।'

'कैसे?'

'कैसे नहीं?'

'हल्दी में जो कुछ हुआ, वह भी तो शाल या सागौन आन्दोलन का ही एक अध्याय है, है न?'

'तो क्या हुआ? हल्दी में कुछ घटित हुआ है, पुलिस तो मानने को तैयार ही नहीं है।'

'मतलब?'

'कैसे समझाऊँ?'

'कहिए न।'

'बात क्या है जानते हो? सन् 74 की बात याद करो। उन दिनों आदिवासियों के बीच एम.एल. लोग काम कर रहे थे। उन दिनों गोढ़ा में 'हाटतोला' आन्दोलन हुआ था, और वह

आन्दोलन चारों ओर फैल भी चुका था। तब मार्च के महीने में क्या हुआ? गोढ़ा में गोलियाँ चली थीं और पाँच आदिवासी मारे गए। पाँच लोग।'

'वो तो कोई और आन्दोलन था।'

'फालतू बात नहीं करता, कारण है। हम, यानी, मैं मोती कोआर और प्राथमिक शिक्षक यूनियन के दिलीप तथा अखंड झाड़खंड आन्दोलन के रवि, हम सबने बहुत दबाव डाला। एक जाँच कमीशन बिठाने की बात भी हुई थी, पर नहीं हुई। परन्तु शुरू से अन्त तक पुलिस यही बयान देती रही—'दो लोग मारे गए हैं।' ताज्जुब की बात। फिर मुझे वे धमकाने लगे कि मैंने अखबार में क्यों छापा कि पाँच आदिवासी मारे गए। मैंने कहा, मुझे पता है। जो मारे गए हैं उन्हें पहचानता हूँ। उनके माता-पिता-पत्नी के साथ मिलकर आया हूँ। उनका बयान छापा है। बस! एक मूर्ख की जरूरत होती है। उन्होंने मोती कोआर को पकड़ लिया। उस इलाके में एक साल तक नहीं जाओगे। झूठी खबरें छापते हो।'

'उसके बाद?'

'नथुनी महतो ठेकेदार, वही हाट बिठाता था और हफ्ता वसूल करता था। उसी के साथ लड़ाई थी। नथुनी ही पुलिस लेकर आया था। उसने गुंडों के साथ मेरे अखबार के दफ्तर में हमला बोला। मैं उन दिनों वहीं सोया करता था।'

'हमला किया था?'

'हाँ, यह देखो न।'

मोती बाबू ने गर्दन घुमाई और अपने कन्धे से मैले कुर्ते को नीचे सरकाया। अनगिनत घावों के निशान।

'पीछे से वार किया था। खैर, मैं दूसरी बात बता रहा था। पाँच जन मरे थे। गोलियाँ चली थीं, इसे तो पुलिस ने भी अस्वीकार नहीं किया। परन्तु मृतकों की संख्या दो तक ही सीमित रखी। बाद में इस सम्बन्ध में बहुत-सी रिपोर्ट छपी थी। पर सुकुल, तुम्हीं बताओ, अगर पुलिस की रिपोर्ट में यह बताया जाए कि दो व्यक्ति मारे गए हैं और गैर सरकारी सूत्रों के द्वारा छापा जाए कि मृतकों की संख्या पाँच है, तो कैसा लगता है?'

'पुलिस की रिपोर्ट पर किसी को विश्वास है?'

'है क्यों नहीं? नहीं तो, छोटा नागपुर में पुलिस राज कैसे चलता है? बिहार में चलता है पुलिस राज। पुलिस में ऊँची जाति के लोग होते हैं, जिन्हें हरिजन-आदिवासियों पर गोली चलाने में विशेष आनन्द प्राप्त होता है। यह इस राज्य की विशिष्टता है।'

'समझ गया।'

'नहीं, अब भी नहीं समझे। सिगरेट है?'

'आप पीएँगे?'

'का करें भैया! एक फेफड़ा तो खत्म! एक से इंजन चला रहा हूँ। हल्दी जाने पर मनाही है, सिगरेट पीना मना है। छापाखाना नहीं चलाना है तो फिलहाल 'शाल या सागौन' यही कर सकता हूँ। मैं समझ रहा हूँ कि इस आन्दोलन में मैं भी शामिल हूँ, पर यह तो केवल अपनी पीठ सहलानेवाली बात है। असल में लड़ाई जिनकी है, वे लड़ रहे हैं। मैंने समाचार छापा या नहीं, इससे उनका क्या आता-जाता है!'

'ऐसा मत सोचिए।'

'सच, कुछ फर्क नहीं पड़ता। मैंने कैसी राजनीति की। अब सोचता हूँ तो मन मसोसकर रह जाता हूँ। साफ-साफ दिखाई दे रहा है कि जिला प्रशासन कुछ नहीं करेगा, कभी किया भी नहीं। समस्या तो शोषण की है। जो सीखा है, वही बता रहा हूँ। अर्जी भेजो, 'डेपुटेशन' ले जाओ, विरोध जताओ—अखबार में छपवाऊँगा। जिस बात से बात शुरू हुई थी... कभी-कभी बड़ा खोखलापन महसूस होता है। अब उम्र हो गई है। हाँ, इतनी बातें क्यों भला? गोली चलाई है, इसे स्वीकार करने पर भी शून्यस्थान भरने नहीं देते। शून्य ही छोड़ देते हैं। हल्दी का मामला तो अलग है, सुकुल।'

'क्या मामला है?'

'चाहे पुलिस हो या एस.डी.ओ. कोई मानता ही नहीं कि हल्दी में कुछ हुआ है। शशि कहाँ है? वे कहते हैं, वो लोग चोर-डाकू-दगाबाज थे, दोनों के नाम के साथ बहुत से 'केस' जुड़े हैं, इसी से भाग गए।'

'ऐसा कहा है?'

'हाँ-हाँ!'

उत्तेजित होकर मोती बाबू जमीन पर थूकने लगे। मुँह पोंछकर बोले, 'पर मैं दोनों को जानता हूँ। शशि को ज्यादा अच्छी तरह से जानता हूँ। शशि की बहन का पति, पलुस महतो। बहन ने ईसाई से शादी की थी, पलुस को नक्सल कहा गया।'

'पलुस कौन?'

'सागौन आन्दोलन में शशि का साथी।'

'नक्सल नहीं था?'

'सुकुल, सच्ची वामपन्थी पार्टी तो यहाँ सिर्फ हमारी ही है। सभी दल के सभी लोग यही कहेंगे। लेकिन 'सागौन आन्दोलन' से जुड़े सब एक हैं। तो जो हक बात उठाएगा, पुलिस अलग से उसके नाम फाइल खोलेगी। उसके बाद घोषणा कर देगी वे नक्सल हैं। चोर-डाकू-दगाबाजों के संग जेल में रहना पड़ेगा, इस डर से वे भाग खड़े हुए। लोगों का कहना है 'सागौन आन्दोलन' में ये हुआ, वो हुआ, पर हल्दी का नाम आते ही चुप लगा जाते हैं।'

'फाइल खोलते हैं!'

'हाँ-हाँ क्यों नहीं खोलेंगे? और तारीख मिलाने की कोशिश भी नहीं करेंगे। 25 नवम्बर से शशि और भुजंग लापता हैं। उन्होंने फाइल में लिखा है, 27 नवम्बर, 6 दिसम्बर, 15 जनवरी के दिन दोनों ने कई जगह डाके डाले।'

'फिर?'

'क्यों जाएँगे। पुलिस ने वहाँ जो कारनामा किया, और हल्दी तो अब पुलिस के लिए एक शून्य स्थान है। बच्चों की कॉपियों का शून्य स्थान।'

'क्या हुआ था?'

'यह मेरा अनुमान है।'

'कैसा अनुमान?'

'सागौन आन्दोलन तो शुरू हो गया, जोर भी पकड़ लिया। शशि महतो पहले हमारी पार्टी में था, पर धान-कटाई आन्दोलन के समय पार्टी के खेत-मजूर फ्रंट में शामिल नहीं

हुआ। अब सुनने में आ रहा है, रोटास में सम्मेलन भी हुआ और खेत-मजूर तथा छोटे किसान मिलकर संयुक्त मोर्चा बनाएँगे। भैया! मोती कोआर बहुत बुरा हो गया है। उसके मन में बहुत शंकाएँ हैं।'

'कैसा सन्देह?'

मोती बाबू, एक कमजोर गरीब बूढ़ा, जीवन के सर्वथा पश्चिम दिगन्त पर पहुँचकर इतने पुराने राजनीतिक दल को सन्देह की दृष्टि से देखने के कारण कुछ क्षणों के लिए स्वयं को मीर जाफर समझते रहे। फिर बोले–'मैं तो उन दिनों पूर्णिया में था। फिर भी शामिल हुआ था। 'तेभागा आन्दोलन' के समय खेत-मजूर भी बटाईदारों के साथ मिलकर लड़े थे, पर जान देकर भी उन्हें कोई न्याय नहीं मिला था। आज खेत-मजूरों से मदद क्यों माँग रहे हैं, हाँ? सुकुल? छोटे किसानों का उपकार होगा। परन्तु खेत-मजूर क्या फिर मार खाएँगे? अब तक तो कोई मानता ही नहीं था कि खेत-मजूर किसानों के साथ हैं?'

'बिलकुल ठीक कहा आपने।'

'शशि महतो को मैं जानता था। उसका बाप बलराम महतो भी दबंग आदमी था, और उसी 'हाटतोला' के विरुद्ध प्रतिवाद करते हुए नथुनी के बाप के जमाने में गोली खाकर अस्पताल भी पहुँचा था। शशि तो बहुत अच्छा लड़का था। मैं ही उसे पार्टी में लाया था। कुछ खेत-मजूरों को धान-कटाई आन्दोलन में पार्टी की मदद क्यों नहीं मिलेगी, इसी दुख से वह बैठ गया था।

'उन दिनों शशि घर में ही रहता था। परन्तु कहीं भी कुछ हो, बीच-बचाव करने की उसे आदत पड़ चुकी थी। इसी से वह सागौन आन्दोलन में लिप्त हो गया था। सरकार भी उन दिनों सागौन के पेड़ लगाने के लिए कटिबद्ध थी। शशि थोड़ा-बहुत पढ़ना-लिखना भी जानता था। उसने गाँव-भर के लोगों को समझाया कि सागौन से सरकार जितना मुनाफा कमाएगी, उससे मंत्री-हाकिम-अमला-पुलिस आदि का पोषण करेगी। शाल और महुआ तो गरीब और आदिवासियों के जीवन-रक्षक हैं।

'शशि ने यह भी बताया था कि उसका जीजा पलुस भी सागौन आन्दोलन में शामिल है। 'सागौन हटाओ'–यह आन्दोलन जारी रखना होगा। पलुस और भुजंग ऐसे समय हल्दी आ पहुँचे, और अभागे, जंगल पर आश्रित मनुष्यों के मन में आशा की किरण फूटने लगी। जंगल-विभाग ने जब आदिवासियों के नितान्त व्यक्तिगत उनके पेड़ों के स्थान पर सागौन के पौधे रोपने की योजना बनाई तब आदिवासी लोगों को लगा कि हर तरफ से उनका दमन किया जा रहा है। पलुस, शशि, भुजंग तथा अन्य सागौन आन्दोलनकारियों के हस्तक्षेप के कारण ही यह योजना सफल नहीं हो पाई। इससे हल्दी गाँव में खुशियों की बाढ़ आ गई।

इन्हीं दिनों शशि की माँ ने हल्दी से आधे मील की दूरी पर बस रास्ते के किनारे एक चाय की दुकान लगाई थी। दुकान बहुत ही छोटी थी। दिनभर में तीन रुपए से अधिक की बिक्री नहीं होती थी। यह काम पलुस के कारण ही सम्भव हो पाया था। बहू और बेटे को तह हल्दी छोड़ गया तथा पूरी तरह से 'सागौन हटाओ' आन्दोलन में शामिल हो गया।

'सागौन हटाओ' कोई अलग तरह का आन्दोलन नहीं था। इसकी विशिष्टता थी कि आदिवासी स्वयं ही इस आन्दोलन का नेतृत्व कर रहे थे। बहुत से राजनीतिक दलों ने इस समय अपना दल और मत-विरोध भुलाते हुए अथवा उसे दरकिनार करके आदिवासियों के

स्वतंत्र राज्य की माँग को लेकर एक आन्दोलन प्रारम्भ कर दिया। पलुस ने इस आन्दोलन के नारे शशि तक पहुँचा दिए थे।

'हल्दी गाँव के सामने एक खाली डूँगरी है। ऊपर चट्टानें हैं, चट्टानों के बीच सूखी घास दिखाई देती है। उसके पीछे एक और ऊँची डूँगरी है। दोनों के बीच एक गार है। उसके दोनों ओर चट्टान हैं। गार में एक विशाल शाल वृक्ष खड़ा था। इस बूढ़े शाल वृक्ष को हल्दी के लोग हमेशा से देखते आ रहे हैं, शशि भी। परन्तु एक अद्भुत परिस्थिति में दीर्घकाल से जाना-पहचाना वह पेड़ गाँववालों का प्रिय देवता बूढ़ा शाल बन गया। वास्तव में वह पेड़ आसमान को छू रहा था। शशि और उसके साथियों की दृष्टि में मेघों को भेदता हुआ वह पेड़ और भी ऊँचा उठ गया था। शशि ने इस पेड़ को यह विशालता दी थी।'

मोती बाबू ने यहाँ तक कहानी सुनाने के पश्चात् थोड़ा दम लिया। पानी पीकर, किंचित् विस्मय से कहा, 'सुकुल, मेरा पूरा जीवन यहीं कट गया, फिर भी मैं आदिवासी नहीं हूँ। मेरी दृष्टि में शाल का ऊँचा वृक्ष और सागौन का वृक्ष देखने में एक ही जैसे लगते हैं। शाल-वृक्ष किस प्रकार देवता बनता है, मैं कभी भी नहीं जान पाऊँगा। जब भी सोचता हूँ, मुझे ताज्जुब होता है, सीने में पीड़ा होती है। हम आदिवासी नहीं हैं। पर तस्लीम तो इसे समझता है।'

'तस्लीम कौन है?'

'मेरा ही कामरेड था। अब सागौन मामले में लड़ते हुए उसी पार्टी में चला गया—एम.सी.सी.—और अब तो शहर में आता ही नहीं। शुरू में जब मैं गया था, तब साला आदिवासियों जैसा छोटा-सा कपड़ा बाँधे अधनंगा होकर मुझे लेने आया था। उस साले ने ही तो मुझे कहीं का नहीं रखा। क्योंकि वही समाचार-पत्र के लिए काफी रिपोर्टें भेजता था।'

'अब नहीं भेजता?'

'नहीं।'

'उसके बाद क्या हुआ?'

'हाँ, शाल-वन का देवता।'

शशि के गाँव के सामने जो ऊसर डूँगरी थी शाल के पेड़ को देवता बनाने का प्रारम्भिक काम वहीं सम्पन्न हुआ। डूँगरी के नीचे काफी जगह है। वहाँ जंगली बेर और आँवला के पेड़ हैं। जाड़ों में और शरद ऋतु में आदिवासी वहाँ से फल लेते हैं। कभी-कभी भालू भी आ जाते हैं तो भगाना पड़ता है।

हल्दी से दो मील की दूरी पर बिहार राज्य उन्नयन कारपोरेशन की सागौन-नर्सरी है। शाल काटकर वहाँ पर सागौन के पौधे रोपे गए हैं। बरसात का पानी मिलते ही ये पौधे आलस त्यागकर अँगड़ाई लेने लगे हैं। हरे चिकने पौधे। उद्धत, तरुण सैनिकों की सशस्त्र सेना हों जैसे।

एक दिन हल्दी गाँव की मिट्टी और हवा को थरथराते हुए यह सैन्य दल हल्दी पर कब्जा जमाने ट्रक पर चढ़कर वहाँ पहुँच गए। जंगल कारपोरेशन के कर्मचारियों ने आँवले और बेर के पेड़ काट डाले। उद्धत सेनानी असीम नीरवता से प्रतीक्षा करते रहे। जगह साफ हो जाने पर वे कतारों में खड़े हो गए। आदिवासी अंचल में पुलिस के समान क्षमताशाली, दम्भ से भरे हुए ये जंगल-अफसर वहाँ खड़े हो गए। शासन और सत्ता के मद में चूर होकर

क्षमतावान अफसर बोला, 'कूटकट्टी फारेस ना है। एक सागौन खतम, एक आदमी खतम। का शशि, सुना तूने?'

'सुना।'

अफसर चला गया। पलुस ने कहा, 'शशि, क्या किया जाय? क्या खड़े-खड़े देखते रहें?'

शशि की आँखों में सपने तैरने लगे। वह एक पेड़ से टिककर खड़ा हो गया। बोला, 'बैठे-बैठे देखो। उससे भी मन न भरे तो लेटे-लेटे देख सकता है। जैसा मन चाहे।'

सुकुल ने अब मोती बाबू को रोकते हुए पूछा, 'आपको इन सब बातों का कैसे पता चला?'

'भैया, तब तो मैं हर समय वहाँ जाया ही करता था। तब तो वहाँ कुछ हुआ भी नहीं था, और मेरे वहाँ जाने पर कोई रोक भी नहीं थी। तुम्हें बताया तो था, शशि जब इत्ता-सा था, तब से मैं उसे जानता हूँ।'

'आगे कहिए।'

'तभी से सब-कुछ लिखते जा रहे हो।'

'शून्य स्थान भर रहा हूँ। आगे बताइए।'

'पलुस को उसकी बात समझ में नहीं आई। शशि बोला, 'अभी भादों का महीना है। पानी बरसने दो, आश्विन के हिम में पौधों को बढ़ने दो। तब करामात दिखाएँगे। अगर अभी पौधे उखाड़ेंगे तो उन्हें उतना क्रोध नहीं आएगा। उनका सीना जल-भुन कर राख हो जाए, ऐसा कुछ करना पड़ेगा कि नहीं, बोल?'

'इतनी देर करेगा?'

'पलुस, यह तो काम की जगह नहीं है। महुली को देखने आया है, बेटे को देखने आया है, देखकर चला जा। अभी और भी कई काम पड़े हैं।'

'क्या काम?'

शशि धीरे-से बोला, 'जो कुछ करूँगा, उससे पुलिस तो आएगी ही। लोगों को समझाना पड़ेगा। और, वो नर्सरी भी खतम करनी होगी, जिसका नाम उन्होंने 'सागौन-सूतिका-गृह' रखा है। वहाँ पर गाँव के लोगों के साथ बातचीत करनी होगी।'

उन्हीं दिनों भुजंग भी शशि के गाँव चला आया था। भुजंग और शशि बहुत व्यस्त रहे, बेहद व्यस्त रहे। भुजंग तो झाड़खंडी आन्दोलन का सदस्य था, शशि भी अब सदस्य बन गया। प्रशासन इन लोगों के क्रिया-कलापों को लेकर सिर नहीं खपाता क्योंकि बुनियादी तौर पर इनका आन्दोलन शान्तिपूर्ण तथा गणतंत्रात्मक था। इस आन्दोलन ने आदिवासियों को स्वतःस्फूर्त रूप से आकर्षित किया था क्योंकि इस आन्दोलन में उनके नितान्त व्यक्तिगत माँगों का उत्तर निहित था। बुनियादी तौर पर गाँववासियों का समर्थन प्राप्त करने के कारण ही इस संगठनमूलक आन्दोलन का गठन किया जा सका था।

भादों की धाराप्रवाह मूसलाधार वर्षा से, आश्विन मास की ठंडक से सागौन के पौधे बहुत हरे-भरे, लहलहाते, सुन्दर दिखाई देने लगे। उसके बाद नवम्बर आ पहुँचा। हवा में शीत लहर, आदिवासियों के घर-घर में तुष का बोरा निकाला गया। उस बोरे के बीच घुसकर सोने पर बच्चों के शरीर में गरमाई रहती थी। आग तापने के दिन आ गए। इन दिनों सूरज

ढलते ही दिन उदास-सा हो जाता है, गाय-भैसों के गले में घंटियाँ बजने लगती हैं, धान-कटाई का काम पूरा हो जाता है। खेतों के झरे हुए धान के दानों को बीनने के दिन आ गए।

पच्चीस नवम्बर का दिन। सुबह होते ही हल्दी गाँव के औरत-मर्द कुदाली हाथ में लिये निकल पड़े। नारे बुलन्द हुए। झारखंडी आन्दोलन से सीखे हुए नारे, पलुस और भुजंग के मार्फत उस गाँव के लोगों की जबान पर चढ़ चुके थे।

'सागौन रोपाई नहीं चलेगी।'

'सागौन रोपाई बन्द करो'—वे लोग बोलते ही रहे, लगातार बोलते रहे। बोलते-बोलते ही सागौन के पौधों का चेहरा आँखों के सामने बदलता रहा। जैसे-जैसे उनकी रगों का खून गरमाने लगा, ठीक वैसे ही धीरे-धीरे, वो पेड़, पेड़ न रहे। उनकी देह पर सब्ज वर्दी, सिर पर सूर्यकिरणों से बना हेलमेट, शाखा-प्रशाखाओं में बन्दूक बैनट दिखाई देने लगा।

'निकल जा सागौन' कहते हुए शशि और उसके साथी हिंस्र आक्रोश से बेतहाशा उन पेड़ों को काटकर फेंकते गए। पुरुष काटते रहे और औरतें, बालक-बालिकाओं ने पेड़ों को खींचते हुए एक स्थान पर ला पटका, ढेर-सा बन गया। जब सूखेगा तो जलाएँगे। उसके पश्चात् वे लोग सागौन-सूतिका-गृह की ओर चले। धीरे-धीरे गाँव के आदिवासी भी वहाँ पहुँच गए।

'सागौन रोपाई नहीं चलेगी।'

'सागौन रोपाई बन्द करो'—यह नारा डेढ़ सौ लोगों के गले से जब फूटा तो बहुत भयंकर सुनाई देने लगा। लोहे की टाँगी पर धूप चमकने लगी। दूर से उन्हें आते देखकर नर्सरी के रखवाले जान बचाकर भागे। पुलिस बुलाओ। आदिवासियों ने बलवा कर दिया है।

काँटेदार तार की बाड़ उन्होंने उखाड़ फेंकी। रखवालों को भागते देखकर नारे और भी बुलन्द हो गए।

'इस पार से उस पार

जाओ बिहारी गंगा पार'—बिहार के आदिवासी अंचल में पुलिस-प्रशासन-जंगल अधिकारी और कर्मचारी, सब-के-सब। बहिरागत। जाओ, जाओ तुम सब। और शशि वगैरह काटते रहे, सागौन के पौधे काटते रहे। उखाड़ फेंका सब-कुछ! बिहार अरण्य उन्नयन कारपोरेशन के करोड़ों रुपयों के राजस्व का सपना इस प्रकार वहाँ कटता रहा। उन रुपयों से बिहार सरकार छोटा नागपुर पर जितना पैसा खर्च करती, उससे पुलिस और अफसरों की संख्या ही बढ़ती, उनमें कोई आदिवासी नहीं होते, सवर्ण होते। जिनके लिए आदिवासी और हरिजन स्वाधीनता के हर दशक में बन्दूक के निशाने पर रहे हैं। शशि यही सब बोलता रहा। शशि और भुजंग, दोनों ही।

फिर वे हल्दी लौट आए। ढोल की थाप पर नाचते-गाते वे सब उस बूढ़े शाल के पास जा पहुँचे। शशि बोला—यह शाल देवता है। आज से। इसका मान रखने के लिए हमने सब सागौन खतम कर दिए हैं।

'शाल देवता! सागौन दुश्मन!'

बोलो तुम सब, 'शाल आदिवासी, सागौन दुश्मन।'

'शाल आदिवासी, सागौन दुश्मन।'

औरतों ने लम्बे भालों से शाल वृक्ष को घेर दिया। उसकी देह पर सिन्दूर लेप दिया। उसके बाद नाच-गान चलता रहा। उत्सव।

पुलिस आई थी। जंगल उन्नयन अधिकारी। सागौन में सौ फीसदी मुनाफा होता है। सागौन की देह से निकलनेवाली गोंद पानी और कीट का प्रतिरोध करती है। सागौन सभी स्थायी कामों में आनेवाला पेड़ है। महाराष्ट्र के कार्ला-गुफाओं के भीतर दो हजार वर्षों से सागौन की सीलिंग आज भी ज्यों-की-त्यों बनी हुई। पुलिस शशि महतो और भुजंग महतो को ढूँढ़ रही थी।

टाँगी और तीर। बन्दूक। साँझ की धुँधली रोशनी। ऊसर डूँगरी पर शशि और भुजंग। हाथों में धनुष! एक पुलिस जख़्मी, जंगल अधिकारी भी जख़्मी। हल्दी के लोगों की मदद करने कोमे गाँव के लोग भी जमा हो गए। अन्धाधुन्ध गोलियाँ चलीं। तीर के निशाने से बन्दूकें नीचे गिर गईं! टाँगी की चोट। पुलिस उलटे पाँव भागी। इस पार से उस पार। जाओ बिहारी गंगा पार—इस नारे ने भागते हुए, भीत, भगोड़े जीप का तीर की तरह पीछा किया। बहुत, बहुत दूर तक।

'उसके बाद? मोती बाबू, उसके बाद?'

'अगले दिन पुलिस की बड़ी टुकड़ी आ पहुँची।'

'फिर?'

'उसके बाद से हल्दी एक वर्जित नाम है। शशि और भुजंग लापता हैं। शून्य स्थान, तुमसे कहा था न?'

'कुछ पता नहीं चला?'

'नहीं सुकुल। मेरी राय क्या है, जानते हो?'

'क्या?'

मोती बाबू बोले, 'पुलिस को तो बहुत अरसे से देख रहा हूँ। पुलिस का चाल-चलन भी समझता हूँ। मैं समझता हूँ कि शशि और भुजंग पच्चीस नवम्बर को ही वहाँ से भाग खड़े हुए थे।'

'भाग गए?'

'पलुस के पास चले गए होंगे। पुलिस का मानना है कि वे दोनों जीवित हैं तभी तो पच्चीस तारीख के बाद इतनी तारीखें डालकर उनके खिलाफ मुकदमा कर दिया है।'

'यह तो पुराना खेल है। आन्ध्र के नक्सल जब जेल में बन्द थे, उस समय बाद की तारीखें डालकर उन पर 'केस' चला दिया था। बहुत पुराना खेल है।'

'नए पैतरे की जरूरत भी क्या है! दवाई या कॉस्मेटिक जो भी हो, पहले उसका परीक्षण करके देखते हैं, उसके बाद 'पेटेंट' करके बाजार में छोड़ देते हैं। नक्सल-पन्थियों के विरुद्ध आन्ध्र में और पश्चिम-बंगाल में इसी प्रकार से 'षड्यंत्रकारी मामले' बनाकर तारीख पलटकर परीक्षण किया गया था। अब उसी को 'पेटेंट' बना लिया गया है। हर प्रकार के विद्रोह का दमन करने के लिए यही 'पेटेंट' चलाया जा रहा है।'

'क्या कह रहे थे आप?'

'पुलिस को शक है कि शशि और भुजंग भाग गए हैं। तभी हल्दी में दोबारा सागौन नहीं लगाया। हल्दी के आने-जाने के रास्ते पर पुलिस हमेशा नजर रखती है। कोमे गाँव में पुलिस चौकी बनाई गई है, पर सूतिका-गृह में दोबारा सागौन के नए पौधे नहीं लगाए गए।

पलुस को भी ढूँढ़ रही है। इसी से लगता है, पुलिस भी सोचती है कि वो मरा नहीं है। जंगल का कोई अधिकारी तो उस तरफ जाता ही नहीं है।'

'हल्दी को आपने क्या कहा था?'

'शून्य स्थान। शब्द डालकर शून्य स्थान भरने के लिए बच्चों से कहा जाता है ना? हल्दी में क्या हुआ था? कुछ नहीं हुआ था। कुछ भी नहीं? क्यों परेशान करते हैं मोती बाबू? जंगली लोगों ने जहाँ भी गोलमाल किया, आपने उसकी रिपोर्ट छापी है, बम्बई-दिल्ली-पटना, सब स्थानों के अखबारों ने खबरें छापी हैं। दिल्ली की एक बहुत भारी टीम भी यहाँ आई थी, पुलिस ने उनसे कुछ भी नहीं छिपाया। पूरा सहयोग किया। और क्यों न करती? छिपाने को कुछ था ही नहीं ना शरमाने को। सहयोग करने पर भी अखबार के लोग समझते हैं, पुलिस हताहतों की संख्या छिपा रही है। ताज्जुब की बात है।'

'समझ गया।'

'मोती बाबू, आप किसी हालत में भी वहाँ नहीं जाएँगे। सागौन की लड़ाई बदमाशों की लड़ाई है। हल्दी में तो कुछ भी नहीं हुआ, वहाँ जाकर क्या करेंगे? आप बूढ़े हो गए हैं, घरवाली सिधार गई है, बाप-बेटे खुद पकाकर खाते हैं, गिरते-पड़ते वहाँ जाने की जरूरत क्या है? खबरों के लिए? और इस प्रकार सभी ने सरकारी रिपोर्ट को मान लिया है। आप इस इलाके को जानते हैं, लोगों को पहचानते हैं, भाषा समझते हैं, आपके जाने से ही तो गैर सरकारी खबरें चारों ओर फैलने लगती हैं। खचड़ाई कागजिया लोग! आपका विवरण भी मुम्बई-दिल्ली-पटना के अखबारों में छाप देते हैं। पुलिस ने आपका क्या बिगाड़ा है? जितनी बार जेल भेजा है, उतनी बार यह भी तो कहा है कि, नहा लीजिए, खा लीजिए। आपको यह सब याद नहीं रहता? नहीं, अब आप वहाँ नहीं जाएँगे।'

'इतनी बातें कहीं?'

'हाँ। और सुकुल, अब रोज तिल-तिलकर मर रहा हूँ। इतनी जल्दी क्यों बुढ़ा गया? इतना अस्वस्थ? आँखों से धुँधला दिखाई देने लगा है, साँस लेने में तकलीफ होती है, खाँसी तो रुकने का नाम ही नहीं लेती। हल्दी जा नहीं पाता, इस डर से नहीं कि जेल भेज देंगे। परन्तु बस से जाने की, पैदल चलने की हिम्मत नहीं होती, अब मुझमें दम नहीं है।'

'मैं ही जाऊँगा।'

'जाओ। शून्य स्थान भर दो। मैं तुम्हें हल्दी गाँव की कहानी लिखकर दे दूँगा।'

'वहाँ कहाँ रहूँगा?'

'पेड़ के नीचे। अगर रात को रुको तो खाना लेकर जाना। पुलिस गई थी वहाँ, गाँव में एक दाना मड़ुवा भी कोई नहीं देगा और जहाँ बस से उतरोगे, वहाँ शशि की माँ झारी महतो की चाय की दुकान है। पलुस और महुली का बेटा बुढ़िया की मदद करते हैं।'

'देखूँ, शून्य स्थान भरने के लिए शब्द मिलते हैं या नहीं। मुझसे पहले और लोग भी तो वहाँ जा चुके हैं।'

'नहीं।'

'शशि ने ब्याह नहीं किया था?'

'बचपन में ब्याह हुआ था, पत्नी मर गई थी। तुम बस से जाना, समझे? जीप का जुगाड़ शायद कर सकूँ। मेरे मकान-मालिक के बेटे पास जीप है, पता करता हूँ।'

'जीप से नहीं जाऊँगा। शायद, जीप के साथ पुलिस की यादें जुड़ी हुई होंगी।'

मोती बाबू हल्के से मुसकराए। बोले, 'तुम्हारा मगज तो अब काम करने लगा है। चलो, नहा लो।'

सुकुल के सम्मान में आज मोती बाबू और उनके बेटे की खाना बनाने की छुट्टी। नहा-धोकर वे तीनों होटल में गए। वहाँ खाते हुए मोती बाबू का बेटा बोला, 'शशि और भुजंग रोज कहीं-न-कहीं डाका डाल रहे हैं। आज सुना है, सोलह मील दूर लहाता सागौन-नर्सरी पर हमला बोला था।'

मोती बाबू चुपचाप खाते रहे। बाद में सुकुल से कहा, 'लहाता में इस तरह की घटना घटी जरूर है, परन्तु शशि और भुजंग का नाम क्यों लिया जा रहा है?—असीम आशा के साथ वे बोले, 'शायद उस समय वे जख्मी नहीं हुए थे।'

'पुलिस क्या कहती है?'

'जख्मी तो हुए थे। परन्तु कुछ अता-पता नहीं है।'

'मुझसे कुछ हो पाएगा?'

'नहीं कर पाओगे तो शून्य स्थान शून्य ही रहेगा।'

हल्दी में पहुँचकर, कुछ घंटों में ही सुकुल समझ गया, उसके द्वारा शून्य स्थान को भर पाने की कोई उम्मीद ही नहीं है। इतना समय बीत गया, किसी ने उससे एक बात तक नहीं की। उनकी खामोशी ही एक जबर्दस्त प्रतिरोध था। हिंस्र। मन-ही-मन टूट जाने पर भी। जीवन में पहली बार उसे ऐसा अनुभव हुआ।

बस से उतरते ही उसे वह चाय की दुकान दिखाई दी जिसे शशि की माँ चलाती थी। बड़े-बड़े पत्थरों से बनी नीची दीवार पर पेड़ की डाल और पत्तों आदि से ढककर छत बनाई गई थी। बाहर ग्राहकों के बैठने के लिए पत्थर रखे गए थे। दुकान में कुल मिलाकर तीन गिलास थे। बेचने के नाम पर कुछ बीड़ी के बंडल और दियासलाई। चाय। लगभग दस साल का एक लड़का और एक वृद्धा।

सुकुल को देखते ही लड़का चौंक गया। उसे चाय देने के बाद उससे पैसे के बारे में कुछ नहीं कहा। पैसा लेने के लिए हाथ भी नहीं पसारा। सुकुल उस वक्त उनसे बातें कर रहा था—

'माँ, बूढ़ी माँ, तुम्हीं झारी महतो हो, है न?'

वृद्धा ने चौंककर नजरें उठाईं, देखती रही।

सुकुल बोलता रहा, 'मोती बाबू, मोती कोआर ने तुम्हें सलाम भेजा है। वे आ नहीं पाए। बहुत बीमार हैं। मैं तो दिल्ली से आया हूँ। माँ, तुम्हारा बेटा और भुजंग...'

झारी सुनती रही। उसकी दृष्टि धीरे-धीरे दुर्बोध्य होते हुए, कहीं दूर चली गई। सुकुल बोलता रहा। झारी ने मुँह खोला। सुकुल असीम उत्सुकता से उसकी ओर देखने लगा। झारी बोली, 'नन्दुआ, अँगीठी में लकड़ी डाल दे, आग बुझ गई है।'

दिन ढलने पर वह हल्दी गाँव में आया था। एक छोटी बच्ची ने उसे केवल शशि का घर दिखा दिया था। उसके तुरन्त बाद बच्ची की माँ उसे एक चाँटा लगाते हुए घर के अन्दर खींचती हुई ले गई थी। शशि की बहन महुली ओखली में भुट्टा कूट रही थी। सुकुल ने उससे कहा, 'बहन, मैं पुलिस का आदमी नहीं हूँ। मोती बाबू...।'

महुली ने उसकी किसी बात का उत्तर नहीं दिया।

इसी प्रकार सात दिन बीत गए। उसकी बातें सुनकर न उन्होंने कुछ कहा, न ही उसकी तरफ आँख उठाकर देखा। साँझ होते-होते सुकुल को लगने लगा कि वह आत्मिक तौर पर हरिजन है, अछूत है। पच्चीस नवम्बर के दिन हल्दी में क्या घटा था? सुकुल बहिरागत था, दुश्मन, इसीलिए ऐसी कठोर उपेक्षा! पूरी तरह से पराजित सुकुल ने तय किया कि रात को वहीं रहेगा। कल फिर कोशिश करेगा। फिर चक्रधरपुर चला जाएगा। मोती बाबू के बेटे केशव को लेकर आएगा। अगर केशव से हो सके तो, अब अन्त में उसी पर भरोसा है। क्या हुआ था पच्चीस नवम्बर को? उसके बाद छब्बीस को पुलिस ने क्या किया था? क्या किया था पुलिस ने? सुकुल को याद आया कि साथ लाई हुई रोटी-सब्जी तो उसने अब तक खाई ही नहीं। कुएँ के पास खड़े होते ही, जो किशोर वहाँ पानी भर रहा था, वह अपनी रस्सी-बाल्टी वहीं छोड़कर भाग गया। उसने पानी निकालकर पीया। कुछ खाया नहीं। वह उस ऊसर डूँगरी के सामने आ पहुँचा, शाल-वृक्ष को देखा। वे खामोश थे। एकदम खामोश। गार को देखा। बहुत गहरा और खतरनाक था। बहुत नीचे घुप्प अँधेरा था।

शाल-वृक्ष के नीचे बैठे-बैठे उसने देखा, गाय और भैंस लिये वे सब गाँव लौट रहे थे। उसने एक बार महुली को देखा। महुली भी उसे देख रही थी। महुली चाय की दुकान की ओर चली गई। एकाएक सुकुल को लगा कि गाँव में अब तक उसे कोई युवक नहीं दिखाई दिया। किशोर, बालक और वृद्ध ही नजर आए थे। बालक ही गाय और भैंस लेकर लौटे थे। गाँव में किसी युवक या तरुण या प्रौढ़ को उसने नहीं देखा। उसके भीतर एक उत्तेजना भर गई। उसे लगा, आज का दिन पूरी तरह से व्यर्थ नहीं हुआ। इस बीच अँधेरा हो चुका था। सुकुल नीचे आ गया। गार को पार करने के लिए पेड़ का तना बिछाया गया था। गार को पार करके वह उस ऊसर डूँगरी की सीमा को पीछे छोड़ आया। एक पलाश-वृक्ष के नीचे वह लेट गया। गाँव निस्तब्ध था। चारों ओर खामोशी छा गई। न जाने कब सुकुल की आँख लग गई, उसे पता ही नहीं चला। सोने से पहले उसे किसी बच्चे का रोना सुनाई दिया।

जब वह सो रहा था, तभी आकाश में वृश्चिक सरक गया, सप्तर्षि-मंडल दिखाई देने लगा। किसी के धक्के से उसकी आँखें खुल गईं। वहाँ कोई आदमी नहीं था। लाठी से उसे कोई धकेल रहा था।

सुकुल उठ बैठा। एक आदमी, उसके पीछे कौन थी? शशि की माँ! महुली! आदमी ने उसकी आँखों पर टॉर्च की रोशनी फेंकी। सुकुल आँखों पर हाथ रखकर उठ बैठा। टॉर्च बुझ गई।

आदमी ने मुँह फेरकर कहा, 'महुली, जे पुलिस ना है। ऊ रिवाल्वर नाहीं, कैमरा है।'

सुकुल उठ खड़ा हुआ। महुली बोली, 'पुलुस, मैं क्या जानूँ? मैंने सोचा तू आनेवाला है तभी पुलिस यहाँ पहुँच गई, और मैं डर गई।'

पलुस! पलुस भगोड़ा है।

पलुस ने धीमे स्वर में पूछा, 'कौन हो तुम? किसके हुकुम से दिन-भर गाँव में घूमते रहे हो, सबको तंग करते रहे हो?'

सुकुल ने संक्षेप में सब-कुछ बता दिया।

'तो फिर खाकी-हरा रंग पहनकर क्यों आए हो? पुलिस की पोशाक में! मोती बाबू ने बताया नहीं?'

'आते समय मोती बाबू ने देखा नहीं था। इस पोशाक के कारण... इसी के लिए?'

'हाँ-हाँ, क्या जानना चाहते हो? मुझे अभी जाना होगा। क्या जानने आए हो?'

'शशि और भुजंग।'

ऐसे में शशि की माँ एक बार बिलखकर रोने लगी। न जाने स्वयं से क्या कहने लगी, सिर हिलाती रही। किसी ने फुसफुसाते हुए कहा, 'पलुस, पलुस, पलुस!' पलुस चौकन्ना हो गया। बोला, 'आ रहा हूँ।' सुकुल से बोला, 'सुबह होते ही चले जाना।'–महुली और पलुस चले गए। सुकुल और शशि की माँ वहीं खड़े रहे। कृष्ण-पक्ष का चाँद। सुकुल सिर हिलाता रहा। पुलिस मानकर उस पर भरोसा नहीं किया गया। पुलिस मानकर। पर सारे युवक कहाँ गए? शशि और भुजंग कहाँ हैं? शशि की माँ क्या अब कुछ बताएँगी?

शशि की माँ चलने लगी। सुकुल उसके पीछे-पीछे चल पड़ा। ऊसर डूँगरी को दोनों पार कर गए। उसी डूँगरी पर तो शशि और भुजंग खड़े हुए थे। सागौन रोपाई बन्द करो। शशि की माँ आगे बढ़ती रही। पुलिस ने गोलियाँ चलाई थीं, इन्होंने तीर छोड़े थे। शाल आदिवासी है, सागौन, सागौन दुश्मन है। डूँगर के पीछे बहुत गहरी खाई थी। शशि की माँ उस पार नहीं गई, खाई में कुछ टटोलती रही। क्या ढूँढ़ रही थी वह? गोली से जख्म होता है, धक्का भी जोर का लगता है, आदमी छिटककर गिर जाता है। शाल देवता, सागौन दुश्मन। शशि की माँ को खाई की गहराई में उतरने का रास्ता मिल गया। अन्धकार, अतल गहराई। वह उसमें उतरने लगी। शशि की माँ उसमें उतरती गई। सुकुल भी नीचे उतरने लगा। शशि की माँ बैठ गई, सुकुल खड़ा रहा। शशि की माँ ने अपने हाथ फैला दिए, अपने कमजोर बूढ़े दो हाथ, दो पत्थरों पर रखकर, धीमे, आर्त, सूखे गले से रोते हुए पुकारने लगी, 'शशि! शशि! शशि? भुजंग! भुजंग?'

सुकुल उसे बाँहों में जकड़कर बैठ गया। दो पत्थर। दम लेने को उसने सिर उठाया। ऊपर आकाश था। उसके मस्तिष्क के भीतर होनेवाले भीषण विस्फोट ने सुकुल को बुरी तरह सहमा दिया। और उस उन्नत शाल ने शून्य स्थान को भर दिया, आदिवासियों के प्रतिरोध ने उसे भर दिया। जितना बचा था, अब वह शशि और भुजंग के बहते हुए रक्त से भर गया। उफन गया।

जाह्नवी माँ

बहुत दिनों बाद रात को झमाझम पानी बरसा था। इसलिए खिचड़ी बनी थी। अत्यधिक परिमाण में खिचड़ी खाकर जाह्नवी माँ के पोतों के घर के सब पोते सोने चले गए और विवाहित जीवन का निद्रा-पूर्व कर्तव्य-कर्म सम्पन्न कर तिमंजिले पर अपने-अपने कमरों में नींद में बेसुध हो गए।

मोक्षदा दासी ने उन्हें नींद से जगाकर यह अशुभ समाचार सुनाया। बहुत देर से माँ की देह में कोई हरकत नहीं है। जब देखा तो वह बिलकुल काठ-सी हो गई है।

किसी दैवी कारण से जाह्नवी माँ के पोते के पोते लोग 'दादा' नाम से परिचित हैं। जब तक होश में थी, जाह्नवी माँ भी उन्हें उसी नाम से पुकारती थी।

राखाल दादा ने कहा, 'क्या कह रही है?''

'यही तो कह रही हूँ।'

'चल देखूँ।'

'मुझे तो लगता है, बेआ नहीं रहीं।'

बरसात की रात में कच्ची नींद से जागकर मोक्षदा के मुख से यह बात सुनते ही सातों दादाओं के दिलों-कलेजों-पाकस्थली-फुफ्फुसों में सर्वत्र मेढक उछलने लगे, क्या मनहूस खबर सुना रही है। आज सुबह भी तो सातों भाइयों ने परस्पर खून बहाने की शुभेच्छा प्रकट की थी।

जाह्नवी माँ के न रहने की खबर से सभी एकजुट होकर राखाल की ओर देखने लगे। राखाल ने मोक्षदा से कहा, 'मैं चलता हूँ।'

'मैं कहाँ जाऊँ?'

'इतनी रात तक जाग रही है, जा दालान में सो जा।'

'क्या हुआ दादा?'

'जाकर सो जा।'

मोक्षदा चली गई। राखाल बोला, 'चल देखें। देख अगर वह नहीं रही तो मैं सम्हाल लूँगा। तुम सब अपने-अपने कमरे में जाकर सो जाना। सुबह विपिन के पास जाकर कहना। उसके बाद गोपाल से। औरतों को मत बताना।'

'नहीं, अब चलो।'

सातों भाई चुपचाप उतर गए। मोक्षदा दालान में कथरी बिछा रही थी। जाह्नवी माँ के कमरे में प्रवेश कर सातों भाइयों ने मसहरीयुक्त खाट को घेर लिया। राखाल ने किवाड़ का एक पल्ला खींच लिया और झुककर पुकारा, 'माँ, माँ! जाह्नवी माँ!'

उसी तरह झुके-झुके आँखें मटकाकर उसने भाइयों को समझा दिया कि सब खत्म; और जाह्नवी के खुले मुँह को बन्द कर दिया।

उसके बाद जोर से बोला, 'कहीं इस तरह बेहोश की तरह सोया जाता है? मोक्षदा को डरा दिया। ठीक है, ठीक है, मैं यहीं पर रहूँगा। ऐं? क्या कहा?'

गोपाल बोला, 'बारिश हो रही है, बारिश!' राखाल बोला, 'मैं तुम्हारा राखाल हूँ, बिलास का बेटा।'

मोक्षदा के मन में घोर सन्देह हुआ था। क्योंकि जाह्नवी माँ के पोते के पोतों के लिए कोई काम असाध्य नहीं। अब उसने सुना राखाल बोल रहा था, 'हाँ-हाँ, मैं ही रहूँगा। मोक्षदा बाहर सोएगी।'

मोक्षदा ने सोचा—देखो! अपनों को देखकर बुढ़िया बोल रही है। गले की आवाज तो जाने कब से खत्म हो गई है। हमारे साथ जब बोलती है, तब कौन राखाल, कौन गोपाल, कौन मोक्षदा, कौन गोपाली, किसी को नहीं पहचानती। कान पास ले जाओ तो बस एक ही रट, खाना दो, खाना दो। अब कैसे बोल रही है।

'जाओ, तुम सब सोओ जाकर। देख तो कैसी कातर होकर पड़ी हुई है, मोक्षदा भी है, गुलाबी भी है, किसी ने नहीं बताया? किसके चलते तुम लोग खा-पी रही हो?'

मोक्षदा से और सहा नहीं गया। बिगड़कर बोली, 'ये कैसी बात है, दादा! तुममें से कोई झाँककर भी नहीं देखता कभी, ना बहुएँ आती हैं? तुम्हारी तो माँ है, वो तो सब भूल चुकी है। झाड़ू मारो ऐसे देवता बनने पर। सात जनम की बुड्ढी, दादी-सास होती है, उसी के चलते सब है। किसी ने देखा है?'

'चुप कर मोक्षदा।'

'आज पाँच महीनों से कहते-कहते हार गई। एक डॉक्टर को बुलाओ, कुछ दवा-दारू करो। मैं और गुलाबी कभी अदरक का रस पिलाते हैं, कभी बेल का पत्ता उबालकर देते हैं, किसी को खबर नहीं। अब कहते हो, हमने नहीं बताया?'

'अच्छा बाबा, अच्छा! बोला था, नहीं सुना। अब चुप कर। उसे सोने तो दे।'

छह भाई ऊपर चले गए। ऊपर जाकर गोपाल ने कहा, 'कल ही बन्दोबस्त करना पड़ेगा।'

'क्या करोगे?'

'बड़े भैया बताएँगे।'

निवारण थोड़ा भोंदू था। उसने कहा, 'कैसी दुश्मनी कर गई हमसे कुछ समझे? उधर धनुर्धारी बैठा है। जानते ही सबकी लीला समाप्त कर देगा।'

'उससे तुझे क्या? तूने तो खूब बटोर लिया है। मेरा ही सर्वनाश हो गया है।'

छोटे भैया रघु विलक्षण बुद्धि और ठंडे दिमाग का था। उसने कहा, 'सर्वनाश तो सबका हुआ। अब ठंडे दिमाग से सोचना पड़ेगा। सीधी बात, बुढ़िया मर गई, यह बात किसी से नहीं बताएँगे।'

'तुम्हारे कहने से तो मुर्दा जिन्दा नहीं हो जाएगा।'

'मैं हूँ, बड़े भैया हैं, जो करना हो करेंगे।'

'चलो, सोने जाएँ।'

'सभी भाई अपने-अपने कमरों में चले गए। वर्षा एक बार फिर जोर से होने लगी। रघु मन-ही-मन बोला, 'थमना नहीं मेरे बाप, बरसता रह। अभी दिमाग चलाने के लिए भी समय की जरूरत है।'

जाह्नवी माँ के कमरे में राखाल भैया को छोड़कर आने के कारण अन्य पाँच भाई अपने-अपने बिस्तर पर बैठकर जागते रहे। अकेले रघु को किसी बात की चिन्ता नहीं थी। जाह्नवी माँ के कमरे के सन्दूक की चाबी उसने बहुत दिनों पहले ही बनवा रखी थी और वह चाबी हमेशा उसकी अंटी में बँधी रहती थी। चाबी के कारण उसके मन को दिलासा हुआ। मन में बहादुरी का संचार हुआ फिर गेनी को सरकाकर गेनी की माँ को भींच-भाँचकर वह सो गया।

राखाल निचली मंजिल पर अकेले जाह्नवी माँ के सिरहाने जागता रहा। इस समय उसने स्वयं को शाबाशी दी। सभी भाई तो गरम हो गए थे। राष्ट्रीय राजमार्ग यहाँ से छह मील दूर था। बिजली-बत्ती के खम्भे का पैसा एस्टेट की आमदनी की तुलना में रत्ती-भर था। गाँव के लोग भी नाराज हुए थे।

अकेले राखाल ने ही यह लड़ाई लड़ी थी। भाइयों से कहा था, 'हरामजादों के दल हैं। इतने से नहीं चल रहा, बिजली-बत्ती चाहिए। बत्ती का क्या करेगा? मिट्टी के तेल का गोदाम बना रखा है। जितनी चाहिए बत्ती जलाओ। तुम सब क्या पोथी-किताब पढ़ोगे?'

गाँववालों से बड़े मुलायम स्वर में कहा था, 'वे तो सदा नहीं रहेंगी, भाइयो! तब गाँव की चहुँमुखी उन्नति होगी। उन्हीं की आज्ञा है। तब अस्पताल, लड़कियों का स्कूल, तरह-तरह के बखेड़ों के लिए बिजली-बत्ती की जरूरत होगी तब आएगी। एस्टेट तो तब तुम्हीं लोगों का होगा। इस समय जोर-जबर्दस्ती करेंगे तो खर्चा कौन देगा?'

इस प्रकार की बहानेबाजी करके बिजली नहीं लगवाई गई। अच्छा हुआ नहीं लगवाई। जाह्नवी माँ तो लम्बे समय से पत्थर की तरह पड़ी हुई थी। जब जिन्दा थी तभी मुर्दा दिखाई देती थी। अब मुर्दा है तो, जीवित दिखाई देगी मद्धिम प्रकाश में।

राखाल ने स्वयं से ही कहा—दिन के समय दरवाजे पर पहरा देना होगा। मोक्षदा को घर में नजरबन्द करना होगा। उसे निकलने ही नहीं देना है।

उसके बाद राखाल ने मसहरी उठाकर जाह्नवी माँ के गले से सोने की रुद्राक्ष-माला बड़े यत्न से उतारकर अपने गाँठ में पहुँचा दिया। उँगली की अँगूठियों पर 'ॐ गंगा' लिखा था। उन्हें हड़पने की भी उसकी इच्छा हुई पर वो तुरन्त नजर आ जाएगी। इसके अलावा गोपाल, नेपाल, निवारण, बिपिन, रतिकान्त और रघु। वो क्या एकदम सूखे ही रहेंगे? अँगूठी भी तो पाँच ही थी। झगड़ा-झंझट जो भी हो, इतना सा त्याग तो करना ही पड़ेगा। राखाल को लगा कि वह वास्तव में बहुत ही त्यागी और निःस्वार्थ है।

अब उसने धीरे-से दरवाजे की कुंडी चढ़ा दी। कमर से चाबी निकाल ली। दूरदर्शिता, दूरदर्शिता। नोटों के बंडल से उसने सिर्फ दो बंडल उठा लिये। फिर सन्दूक को बन्द कर दिया। उसके मन में करुणा का ज्वर उठा। उसके बाद वह जाह्नवी माँ के सिरहाने बैठ गया। उसने अब दरवाजे की कुंडी खोल दी।

जाह्नवी माँ का चेहरा मसहरी की ओट से धुँधला-सा दिखाई दे रहा था। कल का दिन बड़े झमेले का दिन होगा। कल एक अगरु लाना ही होगा।

जाह्नवी माँ और इन भाइयों की कहानी भी बड़ी आश्चर्यजनक थी। तालन्दी गाँव में इस जीवित मूर्ति के महापीठ में जाह्नवी माँ की पुस्तक मिलती है। उसमें अनेक बातें लिखी हुई हैं। जाह्नवी माँ के आविर्भाव-उत्सव के दिन यह पुस्तक खूब बिका करती है। इस पुस्तक में तीन उल्लेखनीय दैवी घटनाओं की बात लिखी हुई है। तालन्दी गाँव के धनुर्धारी और उसके चेलों के अलावा कोई भी इस पोथी पर अविश्वास नहीं करता। जाह्नवी माँ के विषय को लेकर धनुर्धारी को नाराज करना भी सम्भव नहीं है। धनुर्धारी बागदी है। बागदी सम्प्रदाय के पास ही पहली बार जाह्नवी माँ प्रकट हुई थीं। उपरोक्त घटना के दावे से जाह्नवी माँ के आविर्भाव पूजा के सर्वप्रथम अधिकारी बागदी ही हैं। वे मन्दिर के सामने पूजा का सामान रखते हैं। उसके बाद दूसरे लोगों की पूजा शुरू होती है।

बहुत दिन हुए, इस नश्वर देह की आयु नब्बे पार करने पर जाह्नवी माँ दिन-भर सशरीर पूजा ग्रहण नहीं कर पाती थीं। जन-साधारण उनकी पीतल-प्रतिमा को प्रतिनिधि मानकर ही पूजा चढ़ाते थे। सातों भाई कभी-कभार पालकी में बिठाकर दोपहर के समय ले आते थे। जब हाकिम-अध्यापक-मंत्री—एम.एल.ए.-डॉक्टर-दारोगा—ये सब वहीं आते थे।

देवी प्रतिमा तो हँसमुख थी। नश्वर देह में बुद्धि भ्रष्ट हो चुकी थी। जाह्नवी माँ कभी हँसती थीं कभी रोती थीं। कभी सबको अकथ्य भाषा में गाली देती थीं। सब-कुछ उनकी असीम करुणा के रूप में प्रचारित किया जाता था। जिसे 'साला' अथवा 'गू—खानेवाला' कहती थीं वो स्वयं को असीम सौभाग्यशाली समझता था।

सौ वर्ष पूरे होते ही नश्वर-देह का स्वर भंग हुआ। चेतना में विश्व-भर की भूख समा गई थी। दुर्बल स्वर में 'खाना दे' के अलावा कोई और वाक्य सुनाई नहीं देता था। मन्दिर में नामी-दामी भक्तों के द्वारा लाए गए सन्देश, फल, रसगुल्ले और काल-बोस मछली (माँ की प्रिय मछली) देखते ही माँ की चेतना की लौ जल उठती थी। इतनी खाद्य-सामग्री के रहते उनके भाग्य में केवल गला हुआ भात, उबले हुए साबूदाने। यही वो 'दे-दे' कहकर खाने के लिए माँगती रहती थीं। भिखारी के समान दीनतापूर्वक हाथ आगे करती थीं।

ऐसे समय एक नास्तिक ने कहा था, 'उन्हें ठीक से खाना नहीं दिया जाता। खाने के लिए याचना कर रही हैं।'

राखाल ने मृदु-मुसकान से कहा, 'यह उनकी अलौकिक लीला है।'

'आप उन्हें खाना क्यों नहीं देते?'

'माँ का आहार तो किंचित् मात्र है।'

'भरपेट खाना दोगे तो क्या मर जाएँगी?'

'ढाई सौ साल तक लीला करेंगी। उसके बाद अन्यत्र जाएँगी। गंगा नदी जब तक बहेगी, तब तक रहेंगी।'

'उसके बाद क्या होगा?'

'किसके बाद?'

'ढाई सौ साल बाद?'

'यह देह तो तालन्दी में त्याग देंगी। फिर न जाने कहाँ जाएँगी!'

'त्यागने के बाद इतने ठाठ-बाट का क्या होगा? ये अन्य देवता हैं, समझे आप? सरकार के पास वसीयत जमा है। यह एस्टेट तब सबका होगा। और आप सब?'

'जाइए यहाँ से।'

'तब तक क्या कुछ बाकी बचेगा?'

'माँ के पास क्या नहीं है? अतुल वैभव है। हम क्या चीज हैं बाबू! सेवक ही तो हैं। आप पढ़े-लिखे इनसान हैं, विश्वास नहीं करते न सही। उस पोथी को पढ़ते तो सब जान जाते।'

अविश्वासी युवक ने कहा, 'धुआँधार पैसा पीट रहे हो, गाँव में आने-जाने का रास्ता क्यों नहीं बनवाते?'

अब इसके बाद अवसर-प्राप्त प्रमुख विचारपति स्थिर नहीं रह पाए। उन्होंने कहा, 'इसमें माँ की कितनी करुणा निहित है, आप कैसे समझेंगे। देव-स्थान में जाने के लिए दुख भी उठाने पड़ते हैं। इसीलिए माँ ने रास्ता ऐसे ही रहने दिया है।'

युवक ने शायद इस बात पर अविश्वास प्रकट किया पर लौटते हुए साँड़ के धक्के से जख़्मी हो जाने पर इस घटना को माँ के देवत्व में अविश्वास के कारण मिले दंड के रूप में प्रचारित किया गया।

अगले वर्ष जाह्नवी माँ ने दर्शन देते समय अपने वस्त्रादि गन्दे कर दिए। राखाल तो कहता था, 'माँ की अब दशम दशा चल रही है। तैलंग स्वामी के साथ भी ऐसा हुआ करता था।'

कहता तो था पर तब से वह माँ को बाहर नहीं लाता था। मलय डॉक्टर ने भी मना किया था। कहता था, 'सौ साल पार कर गई हैं, दृष्टि तो है ही नहीं, शरीर में आहार नहीं, कब क्या हो जाए क्या पता!'

ऐसे में ही माँ जाह्नवी को निचली मंजिल की एक अँधेरी कोठरी में लाया गया। राखाल ने कहा, 'उनकी देह में तो शीत-ग्रीष्म का बोध नहीं है अब, यहीं रहने दो।'

माँ बोली, 'यहाँ कौन आकर गू-मूत साफ करेगी?'

'सब सोच लिया है। मोक्षदा और गोपाली करेंगी। अमर अक्षय परमायु माँ!'

राखाल जननी की मर्यादा भूलकर साँड़ की तरह गरजकर बोला, 'चोप रह हरामजादी! मुँह को पत्थर से कुचल दूँगा। जिसके कारण खा-पहन रही हो, चार-बार दूध-सन्देश हींच रही हो, उसका अपमान?'

तभी से मोक्षदा और गोपाली जाह्नवी माँ की देखभाल करते थे। वो भी बागदी हैं। उससे क्या? माँ तो सबसे पहले उन्हीं के समाज में प्रकट हुई थीं.। और माँ के लिए सब उनकी सन्तान हैं। जब माँ यह देह त्यागकर अन्य देहवासी बनेंगी, तब यह एस्टेट सबका होगा। जमीन से, आाबादी से, ताल-खूजर पेड़ों से, मछली के पोखर से, सन्दूक में भरे रुपयों से, सबको सब-कुछ मिलेगा। मोक्षदा और गोपाली अगर तब तक न रहें तो उनके वंशधरों में जो रहेगा उसे मिलेगा।

मोक्षदा और गोपाली भी इस मन्तर से काबू में आ गए। राखाल बोला, 'बड़े जतन से देखभाल करना, इसके लिए रुपए दूँगा।'

'खाने को कुछ मत देना।'

'सुखा के मारूँ क्या?'

'छिनाल कहीं की! पेट-भर खाने से अब सहन नहीं होगा।'

'क्यों दादा? वे तो देवता हैं।'

'यह भी उनकी लीला है, जानती नहीं।'

'मुँह खोलकर बोलती हैं, गला तो सूख जाता है।'

'रूई निचोड़कर पानी देना।'

मोक्षदा और गोपाली बहुत असमंजस में पड़ गईं। जाह्नवी माँ की सेवा कर पाना परम सौभाग्य था। गोशाला की सफाई कर्मचारी से सौभाग्य से उनकी उन्नति हो गई थी। उन दोनों की मर्यादा बढ़ गई।

'सच बात। पर मुकी, वे तो खाना माँगती हैं।'

'ये लोग तो कुछ देंगे नहीं।'

'नित्य वही गला हुआ भात और पतियाया साबूदाना। नहीं तो बार्ली। इनसान भला खा सकता है? दूध नहीं, घी नहीं।'

'ये लोग तो कभी खबर भी नहीं लेते।'

'लेंगे, जब पूजा का दिन आएगा।'

'धत्! अब तो पूजा में भी नहीं लेंगे।'

'एक बात कहूँ?'

'क्या बोल?'

'अगर वो जीवित देवता हैं, तो फिर उन्हें माँगने पर भी नहीं दे रहे, इससे तो हम महापाप के भागी बनेंगे।'

'हाँ, यह तो है ही।'

दोनों बहुत चिन्तित हो गए। कुछ क्षणों बाद गोपाली ने कहा, 'मेरी तो हिम्मत नहीं होती। तू जाकर धनुर्धारी से पूछकर देख।'

मोक्षदा को यह बात बहुत ठीक लगी। इस गाँव के बागदी लोग बात-बात पर धनुर्धारी के पास पहुँचते हैं। आदत से मजबूर हैं। धनुर्धारी राखाल आदि का प्रबल विरोधी था। दंगा-फसाद के कामों में माहिर। देव-सेवा के निमित्त नियोजित सम्पत्ति में तालन्दी एस्टेट की जमीन पर बटाईदारों का कोई कानूनी अधिकार राखाल आदि नहीं मानते थे।

धनुर्धारी के कारण ही फसल का हिस्सा बागदियों को मिल रहा था। इसके अलावा भी धनुर्धारी बड़ी निडरता से बँधा से मछलियाँ चुराता था। खजूर के पेड़ काटनेवाले सिउलियों की टोली को अपने साथ मिलाकर रस भी चुरा लेता था।

वह एक ही बात कहता था।

'वे भी तो, जितना मिल रहा है, खूब लूट मचा रहे हैं कि नहीं? जब वे देह-त्याग करेंगे, तब देखना, यथा सर्वस्व बटोरकर सातों भाई तड़ी पार करेंगे। वो तो जमीन-जायदाद सरका रहे हैं, और हम कुछ भी न लें? पेट की भूख की खातिर ले रहे हैं। पेट मोटा तो नहीं कर रहे?'

'वो तो देवता के सेवक-पुजारी हैं, क्यों न लें?'

'अरे, सेवक पुजारी हैं तो सेवा करें, दस जनों को दें। कोई माल हड़पकर बस खरीद रहा है, तो कोई जमीन, सब जानता हूँ। जिसके कारण सब-कुछ हो रहा है, उसे भूखा रख छोड़ा है, गू-मूत में पड़ी हुई है।'

बादलों से घिरी दोपहरी में एक दिन मोक्षदा इसी धनुर्धारी के पास पहुँची। विश्व चराचर में जैसे मेघों का प्रलेप लगा था। धनुर्धारी मछली मारने के छुरे पर धार दे रहा था।

'अरे बुआ, कैसे आना हुआ?'

'क्यों आना नहीं चाहिए था?'

'आजकल तो ठाकुरजी की सेवा करती हो—समय कहाँ है तुम्हारे पास?'

यह बात सुनते ही मोक्षदा ने गाल पर हाथ रखकर कहा, 'हाय, तुम्हें कैसे पता? कोई बात तुझसे छिपती नहीं है क्या?'

खुशामद से धनुर्धारी भी अन्य लोगों की तरह खुश हो गया। बोला, 'जब मैंने देखा मुकी बुआ की बेटी और गोपाली दीदी के बेटे की बहू बालों में तेल चुपड़कर, नहा-धोकर पतीले में से भात निकालकर खा रही हैं तभी समझ गया था तुम्हारे दिन फिर गए हैं।'

'अब बताओ तो मैं क्या करूँ?'

मोक्षदा ने अपनी वास्तविक समस्या का खुलासा करते हुए उससे पूछा, 'चाहे जो भी हो, हैं तो वो देवता, खाना माँगती हैं!'

'सुना है, बात नहीं करतीं?'

'मैं कहती हूँ, किसी ने कभी पास जाकर कान लगाकर सुना है?'

'बातें करती हैं?'

'अरे वही छोटे बालक की तरह लीला करती हैं।'

'कैसी लीला?'

'खाऊँगी, खाना दे।'

'तुम लोग उनके पास जाते हो?'

'ओ माँ! बिछावन अंग में चुभता था, इसलिए नरम बिस्तर बिछाया। सर्वांग सूखकर चमड़ी छिलके जैसी हो गई है। बिलकुल तुम्हारी दादी की तरह। अच्छा धनुर्धारी, देवता के अंगों में भी झुर्रियाँ पड़ती हैं?'

'मैं नहीं जानता, बुआ।'

मलय डॉक्टर ने तो हाल देखकर सब भाइयों को कितना डाँटा-फटकारा। हमसे कहा था, 'पुराना कपड़ा दे। गरम पानी से अंगों को पोंछ-पोंछकर साफ किया। सिर पर हाथ रखकर नमस्कार किया। सिर को गीले कपड़े से पोंछकर पंखा झलती हूँ, तब सोती हैं।'

'क्या पता!'

'कितना कुछ खाना चाहती हैं।'

धनुर्धारी जैसे एक बड़े द्वन्द्व में पड़ गया। उसके बाद बोला, 'तुम दोनों के अलावा उस कमरे में और कोई नहीं जाता?'

'नहीं।'

'देखने की बड़ी इच्छा होती है।'

'वो नहीं हो सकता, बेटा। मक्खी भी नहीं घुस सकती। उस स्थान पर कोई नहीं जा सकता। हमारे ही ऊपर कितनी पाबन्दियाँ लगाई गई हैं।'

'क्या खाना चाहती हैं?'

मोक्षदा असमंजस में पड़कर बोली, 'सब माँ की लीला है रे। हम-तुम उसकी थाह नहीं पा सकते।'

'क्या माँगती हैं?'

'अरे, बासी भात तो कभी भुनी हुई लैठा मछली।'

धनुर्धारी गहरे विश्वास से बोला, 'अहा! बड़ी इच्छा होती है। अरे महादेव अगर भाँग-गाँजा का सेवन कर सकते हैं, तो उन्हीं के परिवार की हैं। तुम्हारी सेवा ले रही हैं, इसलिए तुम्हारा भोजन माँगती हैं। उनकी सेवा लेतीं तो, उनकी सामग्री माँगतीं।'

'अरे, पर हमसे तो महापाप हो रहा है।'

'क्यों?'

'माँगती हैं और हम नहीं दे रहे।'

'बुआ, ठाकुर-देवता हो, चाहे जो भी हो, हैं तो मनुष्य रूप में। छुप-छुपकर जीभ पर रख दिया करना।'

'आँखें तो जैसे मटमैला पानी हो गई हैं, दाँत हैं।'

'हैं?'

'हाँ रे! छोटे हो गए हैं।'

'बहुत कष्ट में हैं?'

'ना रे! कष्ट नहीं है।'

'नहीं है?'

'नहीं रे। हँसती हैं, देयाला–जिस तरह बच्चे अपने मन में हँसते-खिलखिलाते हैं, करती हैं।'

'अब वो देह त्याग दें तो ठीक रहेगा।'

'अरे, वे क्या हमारे-तुम्हारे समान हैं जो चली जाएँगी?'

'कैसे बताऊँ? पर–'

'क्या, बोलो?'

'अरे वह तो बाबू-बाड़ी की कहानी है, उसे सुन। दूध चाहिए शुद्ध। इसलिए दूध की बाल्टी पर नजर रखने के लिए नौकर रखा। दूध है, तो पानी तो मिलाना ही था। बाबू नौकर पर नौकर रखते चले गए। आखिर देखा तो पाया, बाल्टी में जरा-सा भी दूध नहीं है, पानी में छोटी मछलियाँ तैर रही हैं। हमारा भी वही हाल होगा। सेवक-पुजारी का वंश तो बढ़ता ही जा रहा है। भंडार लूटकर सब अपनी जेब गरम कर रहे हैं। एक दिन जब वो आँख मूँद लेंगी तो पता चलेगा कि हम सबके लिए कुछ नहीं बचा।'

'चाकू पर धार दे रहे हो?'

'अरे, वही जो उस पोखर के किनारे धूप सेंकते हैं? निवारण कहता है कूर्म अवतार। वही तीन कूर्म अवतार चित कर आया हूँ। छुरे से काटूँगा।'

'अवतार को लेकर यह कैसी बात?'

'अरे, पेट तो अवतार को बिलकुल नहीं मानता। मत्स्य अवतार खाता हूँ, वराह अवतार भी खाया है, कूर्म को भी क्यों छोड़ दूँ? वो भी हो जाए, खाऊँगा।'

'रघु दादा बोल रहे थे, तुम्हारे कारण पेड़ में एक भी कटहल नहीं टिक पाता। सुना है, तुम सब बटोर लाते हो।'

'लो और सुनो! ठाकुरजी ने तो सौ पूरे कर लिये, ढाई सौ साल तक जीवित रहेंगी। तब तक मेरे कुल का कौन जिन्दा रहेगा, कौन भोग करेगा देव-सम्पत्ति? मैं तो रहूँगा ही नहीं। मैं अखंड परमायु नहीं हूँ, इसलिए क्या भूखा-नंगा बना रहूँ? आँखें खोले सिर्फ देखता रहूँ, वो पिशाच पेट-गले तक सब निगलते जा रहे हैं?'

'धन्य हो, धन्य हो तुम!'

'अब जाओ तो यहाँ से, काम करने दो।'

इस प्रकार मोक्षदा और गोपाली को थोड़ा-बहुत आश्वासन मिल जाता है। माँ से सौ-सौ बार क्षमा की भीख माँगते हुए मुँह के भीतर कुपथ्य ठूँस देती हैं। माँ जीभ और मुँह से रसास्वादन करती हुई खाती हैं। माँ का बिस्तर गन्दा हो जाता है। उस बिछावन को हटाकर, वो बदल देती हैं।

'ओ दादा! पुरानी धोती देना, तीन-चार।'

'क्यों?'

'बिछावन बदलना है।'

'उफ, कितना कपड़ा लगता है?'

'दादा, जरा भी बार्ली नहीं है।'

'चीनी का शर्बत पिला दे, जा।'

'दादा, डॉक्टर ने कहा है पाउडर लगाने को।'

'हाँ-हाँ, मँगवा दूँगा।'

'कमरे की दीवार में सीलन आ गई है।'

'अरे, परेशान मत कर।'

रक्त मांस की देवी अजर-अक्षय परमायु के अभिशाप से फटे चीथड़ों से बने बिछावन पर लोटती हैं। कभी हँसती, कभी चुक-चुक करती हुई रुई के फाहे को चूसकर चीनी मिला पानी पीती हैं।

मन्दिर में उनकी प्रतिनिधि के रूप में पीतल की जाह्नवी माँ सिंहासन पर आसीन होकर नित्य पूजा, आरती, भोग, सब-कुछ स्मित मुसकान-भरे मुख से देखती हैं। कीर्तन-भजन सुनती हैं, पोथी प्रवचन। रात को नाइलॉन की मसहरी के भीतर निद्रा-मग्न हो जाती हैं। प्रत्येक जाड़े में नई रजाई ओढ़कर सोती हैं।

पोथी में जाह्नवी माँ का वृत्तान्त कुछ इस प्रकार लिखा हुआ है—

तब घोर कलियुग था। सत्य, त्रेता, द्वापर युग बीत चुके थे। कलियुग में पापों की भरमार, अधर्म-अनाचार की विजय। तालन्दी के पास से गंगा की सूखी धार गुजरती थी। गंगा तो पाप का राज्य देखकर सरकते-सरकते दक्षिण से दक्षिण की ओर चली गई। भक्तजनों का विलाप सुनकर स्वर्ग में आसीन माँ गंगा का मन उद्वेलित हो गया। उन्होंने कहा—महादेव! ये क्या हुआ? पृथ्वी के मनुष्यों का दुख तो अब सहा नहीं जाता।

माँ होकर तुम अपनी सन्तानों को कैसे भूल बैठी हो?

भगीरथ ने पुकारा, मर्त्यलोक पहुँची, ऐसी नदी बनकर बही, फिर भी इतने पाप, इतने दुख?

तुम फिर से जाओ।

कौन-सा रूप धारण करके जाऊँ?

उसी दक्षिण चौबीस परगना में तालन्दी गाँव है। वहाँ का भू-स्वामी सदानन्द पतितुंड है। उसका तालुक-मुलुक असीमित है। वहीं जाओ।

देवता कोई पाप किए बिना मर्त्यलोक में जन्म कैसे लूँ?

अपना पाप अपने आप रचो।

महादेव मुँह से तो ऐसी बात कह रहे थे पर मन-ही-मन हँस रहे थे। गंगा प्रतिदिन एक सौ आठ बेल-पत्रों से शिव के चरणों की पूजा करती थीं। उस दिन भी पूज रही थीं। शिव के छल से बेल-पत्ते में चींटी आ गई। चींटी के काटते ही शिव ने कहा, ये क्या! अरे ये क्या जाह्नवी? तुमने बिना श्रद्धा-भक्ति के बेल-पत्ते तोड़े थे? चींटियों के काटने से मेरा तो बुरा हाल है।

सबने देखा, सच! शिव के दूध जैसी सफेद अँगुलियों में चींटी काट रही थी।

शिव ने कहा, जाओ। तालन्दी गाँव चली जाओ। वहाँ जाकर पतितुंड की पत्नी बनकर सशरीर गंगा-महिमा का प्रचार करो, मनुष्यों का उद्धार करो।

माँ मर्त्यलोक चली आईं।

यह तो हुआ आदि ग्रन्थ का वृत्तान्त। यह पोथी जो पढ़ ले उसे अक्षय पुण्य का लाभ होता है। जो सुन ले वह अनन्त स्वर्गवास करता है। इस पोथी की हवा भी लग जाए तो सूखे पेड़ में पत्ते उगते हैं, फूल-फलों से लद जाते हैं। सूखी, ऊसर भूमि में धान फलने लगता है। वह पोथी घर में रखने पर मनुष्य अतुल वैभव का अधिकारी बनता है।

लगभग पचास सालों तक इस आदि-ग्रन्थ की महिमा अक्षुण्ण बनी रही। उसके बाद माँ के चरणों में आसरा पाने पहुँचे अतुल मास्टर। इस अतुल मास्टर को पेट की बीमारी थी। किसी दवाई से भी आराम नहीं हुआ। अन्ततः उसे सपने में जाह्नवी माँ दिखाई दीं।

सपने में ही माँ ने उसे औषध-पथ्य आदि बता दिया और जागते ही अतुल मास्टर ने वही दवा और पथ्य लेना शुरू कर दिया। शीघ्र ही वह रोग-मुक्त हो गया, और 'छोड़ो यह घर-संसार' कहते हुए चार-चार बच्चों का बोझ पत्नी के सिर पर डालकर माँ के मठ में चला आया।

अतुल मास्टर स्कूल का शिक्षक नहीं था। वह मोमिनपुर के प्रसिद्ध जात्रा दल का नाटककार था। पच्चीस रुपयों में वह दो नाटक लिख देता था, बारह रुपए में एक। 1920-22 सन् में गाँव-गंज में जो नाटक-गान हुआ करते थे, उनमें से बहुत से उसी के लिखे हुए थे। कमल में कामिनी, पुराण भगत, नद का निमाई इत्यादि नाटक उसी के लिखे हुए थे।

अतुल मास्टर आया और यहीं का होकर रह गया। पहले-पहल तो उसने 'गंगावतरण', 'मर्त्यलोक में जाह्नवी' आदि नाटक लिखकर और सुनाकर गाँववासियों को मुग्ध कर लिया। उसके बाद उसने एक दिन राखाल के बाप से कहा, 'दादा! पोथी को दोबारा नए ढंग से लिखना होगा।'

'क्यों?'

'दादा, तुम लोग युग की हवा को नहीं समझते। इस समय मनुष्य की भूमिका को अधिक महत्त्व देने पर मनुष्यों का मन प्रभावित होगा, समझे! जिस युग की जैसी रीति। माँ की कथा लिख देता हूँ। कुल पचास रुपए खर्च होंगे। दो बार में पाँच हजार छपवा लूँगा।

बस, दस हजार पुस्तकें बिकने पर छह सौ रुपए मिलेंगे। इससे तो एक तालुका खरीदा जा सकता है।'

'ठीक है, तो लिखकर दिखाओ।'

अतुल मास्टर ने पोथी लिख डाली। पोथी छपवाई। राखाल के बाप को दस हजार पोथी देकर तथा जाह्नवी माँ को प्रणाम कर पुनः घट लौट गया।

छापेखाने के साथ हुए बन्दोबस्त के अनुसार एक बंडल पोथी उसने अपने घर ही में रख दी थी। वहाँ जाकर अब अतुल मास्टर कालीघाट में, चेतला की हाट में, रथ के मेले में ये पोथियाँ बेचता रहा। उसकी चेष्टा से जात्रा-दल भी माँ के भक्त बन गए और माँ के मन्दिर में वार्षिक उत्सव में जात्रा-गान का आयोजन करते रहे।

इस प्रकार माँ की महिमा नित नए स्थानों पर प्रचारित होने लगी। अतुल भी दो पैसे कमाने लगा। वह इस पुस्तक को बार-बार छपवाता, पोथी बेच-बेचकर अतुल मास्टर ने काफी धन बटोर लिया। गंगाभक्त के नाम से उसकी ख्याति फैलने लगी और क्रमशः वह 'सुलभ ज्योतिष शास्त्र' पढ़कर हाथ की रेखाएँ भी देखने लगा।

ऐसे में उसने बाल कटवाना भी छोड़ दिया और लम्बे खुले केशों सहित, जंगली घनी दाढ़ी-मूँछ से सुशोभित होकर वहीं अपना दरबार लगा लिया। सब माँ की दया है रे! खपरैली छत अब टीन की छत में बदल गई। बेटियों का विवाह भी हो गया। बेटों ने पोथी-पत्रा, श्लोक, व्रत-पूजा आदि पुस्तकों की दुकान लगा ली। 'जाह्नवी माँ बिना कौन तारे'—अतुल ने यह भजन गाना शुरू कर दिया। इसी अतुल को माँ ने परोक्ष रूप में ही स्थापित कर दिया।

युग की हवा को समझते हुए अतुल ने जो पोथी लिखी थी, वो अब भी प्रचलित है। उसमें जो कहानी है, वो स्वर्ग-सत्य से सम्बन्धित है।

महादेव के आदेश-वादेश की कथा इसमें नहीं है। इसमें भक्त सदानन्द पतितुंड के तालुका की सरबाला नामक कन्या पर गंगा की अकारण कृपा की कथा लिखी हुई है।

सदानन्द पतितुंड एक समृद्ध भूपति थे। अगाध धन-सम्पत्ति के अधिकारी, विस्तृत जमीन-जायदाद के मालिक; सरबाला (जाति का उल्लेख नहीं था) एक साधारण कन्या थी। वह सदानन्द की आश्रिता थी। सदानन्द नित्य गंगा की सूखी नदी में खड़े होकर गंगा-पूजा करते थे। सोता काफी ढलवाँ था। बरसाती पानी से भर जाता था, बरसात के जाते ही पानी सूख जाता था।

यही सदानन्द निःसन्तान थे। इसलिए उनके मन में अपार दुख था। परन्तु गंगा मैया की लीला का बखान कौन कर सकता है? इस सदानन्द से क्या भूल हुई कौन जाने! अचानक उसके धान के गोले को चूहे खाने लगे, गोशाला में गायें मरने लगीं, आखिरकार एक रात रोना-धोना सुनाई दिया, रोते-रोते घर की लक्ष्मी गृह त्यागकर चली गईं। जाते ही सन्दूक की चाबी गायब हुई, प्रत्येक कमरे की बत्ती बुझ गई, अँगीठी पर चढ़ा भात पल भर में जलकर राख हो गया। दल-के-दल आश्रित जन सदानन्द का घर त्यागकर चले गए।

सरबाला भी घर छोड़कर बाहर निकल गई। चलते-चलते पहुँची गंगा की धारा तक, और वह वहीं तट पर बैठ गई। बैठते ही अंगों को अवरा करनेवाली दैवी निद्रा ने आ घेरा। नींद से सरबाला विवश-सी हो गई।

अचानक उसने सुना शंख—घंटा—दुन्दुभि। नींद टूटते ही चौंककर सरबाला उठ बैठी।

आकाश बिलकुल काला था। उठकर उसने क्या देखा! अहा, चराचर में कालिख पुता हो जैसे, केवल सूखी नदी में शत-शत लहरें उद्वेलित थीं। चारों ओर प्रकाश-ही-प्रकाश, वायु में चन्दन की सुगन्ध, आकाश से पुष्प-वृष्टि होने लगी।

सरबाला भय से त्रस्त काँपने लगी। अब सूखी नदी की सतह पर दिव्य-द्युति बिखेरती हुई मकर-वाहिनी गंगा प्रकट हुई। बोली—अरे बेटी, इधर आ! मेरे पास आ!

देवी की लीला। सरबाला पानी पर चलती हुई देवी माँ के निकट पहुँची। माँ ने उसे गोद में खींच लिया और कहा—

कलिकाल में सत्य-धर्म-भक्ति-शुद्धिनाश
इस कारण तुम्हारे देह में मेरा प्रकाश।

तुम्हीं मैं हूँ मैं हूँ तुम। पति के बिना आओगी मर्त्यधाम में।

मकर-वाहिनी ने आगे और कहा—यह ले सन्दूक की चाबी। यह ले, यह बेटा तुझे दिया। सशरीर पूजा ग्रहण करना। भक्तजन को मंत्र देना, काम समाप्त होने पर मुझमें समाना, अभी तो कलियुग चलेगा कितने काल तक। जब तक चले, मर्त्य शरीर जीर्ण हो जाने पर उस देह को त्यागकर नई देह धारण कर नए देश में चली जाना। आज से तेरी मृत्यु नहीं। बेटे से सेवक का वंश होगा, पतितुंड से कह दिया है।

खुशी और आनन्द से सरबाला मूर्च्छित हो गई। जब होश आया तो, तब उसके हाथ में पतितुंड के सन्दूक की चाबी, अंगों में दिव्य वस्त्र अलंकार, गोद में एक देव शिशु था।

देव-शिशु गोद में लिये सरबाला गाँव लौट आई। अहा! उसके कदम-कदम पर कमल के पुष्प खिल उठते हैं। उसके पीछे-पीछे नदी की धारा। गाँव के लोग भयभीत होकर पीछे-पीछे हटते गए। पतितुंड के घर पर रुकते ही सरबाला पल भर में मकर-वाहिनी गंगा ही बन गई। उसे देखते ही सब प्रणाम करने लगे। आकाशवाणी सुनाई दी—यही जाह्नवी माँ हैं! सशरीर तुम सबकी रक्षा करने प्रकट हुई हैं। यह पुत्र देवता का दान है। इससे पतितुंड का वंश बना रहेगा। आज से पतितुंड इनका सेवक है, ये गंगा का अंश हैं, यह मानकर इनके साथ सम्पर्क रखना।

सरबाला के आने से ही गोशाला में गायें लौट आईं, आँगन में राम-लक्ष्मण, धान का गोला भरा, कड़ाही में दूध उफना, सन्दूक मोहरों से भर गया।

इतना होने पर भी अविश्वासी मन का संशय न गया। ऐसे में मातंग बागदी की बहन ने मृत बेटे को लाकर माँ की चरणों में रख दिया और रोते हुए बोली—

पुत्र बिना इस संसार में कोई नहीं मेरा।
दरिद्र का सहारा है यह पुत्र मेरा।
निद्राकाल में काल-फणी ने हर लिया जीवन।
सत्वर जिलाओ माता यही निवेदन।।

माँ ने हँसकर कहा—'बच्चे! कितना सोएगा? देख, तेरी माँ रोती है, तेरा बाप रोता है। उठ मेरे बच्चे।'

माँ की पुकार से मृत बेटा हरकत करते हुए जाग उठा और अपनी माँ की गोद की ओर लपका।

जाह्नवी माँ ने कहा, 'अब तुम समझ गए, मैं कौन हूँ! मेरे देवलोक का हिसाब-किताब

कुछ और है, तुम्हारे मर्त्यलोक का कुछ और। तुम्हारे हिसाब से मैं यहाँ ढाई सौ साल रहूँगी। उसके बाद देह त्यागकर दूसरे कलेवर में अन्यत्र चली जाऊँगी। वहाँ भी ढाई सौ साल रहूँगी। इसी तरह रहूँगी मैं, अनादि-अनन्त काल तक जब तक गंगा बहेगी, तब तक मैं रहूँगी।'

सब जय-जयकार करने लगे, होड़ा-होड़ी लग गई। माँ करुणा से भरकर बोलीं, 'मातंग के बेटे को जिलाया, मातंग! आज और बाद में बागदी मेरी पहली पूजा किया करेंगे। पूजा का पहला अधिकार उनका ही रहेगा।'

तब सदानन्द ने पूछा, 'मातंग, पूजा में क्या चढ़ाएगा? मैं उसे पूजा की सामग्री दूँगा। वो ठहरे छोटी जात के।'

कन्द-मूल खाते लैठा माछ भुना
बासी भत सूँटा माछ खाते वन वराह
देह पर फटे चीथड़े रहते हैं कुटिया में।
लगान चुकाते-चुकाते जाती है जान आह।
ये लोग तुम्हें क्या देकर पूजा करेंगे, माँ?

माँ के नेत्र रक्ताभ हो गए। उन्होंने कहा, 'सदानन्द! मेरी पूजा मैं स्वयं लूँगी।'

माँ चली बागदी मोहल्ले की ओर। तब सदानन्द उनके सामने लोटने लगा। क्षमा माँगी बारम्बार। तब माँ प्रसन्न हुईं। बागदियों से कहा, 'उनके घर में जो कुछ है, उसी से मातंग मेरी पूजा करेगा।'

मातंग के घर में आउस धान का भात था, भुनी हुई लैठा मछली, अदरक का रस, हरी मिर्च नींबू के रस में डूबा और साग। वह यही कुछ ले आया। माँ की कृपा से, साधारण अन्न में भी अमृत जैसा स्वाद प्रतीत हुआ। वह एक साथ अन्न-व्यंजन जैसे खत्म होने को नहीं आ रहे थे। दिन-भर सब लोगों ने वह अन्न खाया। उसके बाद माँ जाकर पतितुंड गृह में अधिष्ठित हो गईं।

जाह्नवी माँ की कथा जाह्नवी समान
श्रवण से असीम पुण्य फल गंगा-स्नान।
गंगा-स्नान से जितना पुण्य मिले महाशय।
श्रवण से उतना पुण्य जानना निश्चय।।

वह बेटा बड़ा होने लगा। माँ घर में हैं। जीवन्त देवता। उनसे अगाध वैभव मिला। परन्तु बेटे युवा होते-होते उसके मन में विपरीत बुद्धि दिखाई देने लगी।

प्रजा को पकड़, प्रजा को मार, करे अत्याचार
प्रजा रोए देखकर उसका विषम व्यवहार।
माँ के कानों में क्रन्दन ने प्रवेश किया जैसे ही
वज्रपात से अत्याचारी ने प्राण त्यागे वैसे ही।

महानन्द मर गया। उसकी स्त्री आकर रोने-धोने लगी। माँ ने कहा, 'उसे जीवित नहीं करूँगी। अत्यधिक दम्भ से रावण भी मरा था। ये बात उसके मन में नहीं आई। मैं आशीर्वाद देती हूँ, तुम्हारे एक बेटे के सात बेटे होंगे।'

प्रजा का आह्वान कर माँ बोलीं, 'ढोल पीट-पीटकर सबको बुलाओ।'

सब आए।

माँ ने कहा, 'जो कुछ हुआ, अब और नहीं होगा। तुम निडर बने रहो। पतितुंड तो मेरे सेवक-मात्र हैं। यह वैभव सब मेरा ही है। देह-त्याग जब मैं नया कलेवर धारण करूँगी, तब यह सब-कुछ तुम्हारा होगा। स–ब!'

मातंग के बेटे भीम ने कहा, 'माँ! अभयदान दो तो कुछ बोलूँ। तब तक कौन रहेगा, कौन जाने! मर्त्यलोक का मनुष्य तो लिखा-पढ़ी करके देता है, माँ।'

माँ ने निर्भीकता से मुसकराते हुए कहा–

'ऐसा ही होगा।'

हाकिम अगमले तो सब, माँ के भक्त थे। उन्होंने तुरन्त दान-पत्र लिख दिया–'तालन्दी के खेत, जलाशय, अरण्यभूमि, सब माँ का है और माँ की इच्छा से सब-कुछ तालन्दी के जन-जन का है। पतितुंड तो सेवक-मात्र हैं। दान-विक्रय-आत्मसात् करने के अधिकारी नहीं हैं। वे माँ के इस देह धारण करने तक इस सम्पत्ति की हिफाजत करेंगे। वे इस सम्पत्ति को समृद्ध करेंगे। माँ के देहान्त होने पर समृद्ध, सम्पन्न तालन्दी इलाका सबका हो जाएगा।'

हाकिम की बुद्धि से दान-पत्र अदालत में ही जमा किया गया।

अब माँ ने प्रजा को बुलाया। महानन्द ने जिसका घर जलाया था, उसे नया घर मिल गया। जिन्हें मारा था, उनकी देह सहलाकर उन्हें आराम प्रदान किया। हाकिम-अमला-दारोगा के सामने।

माझी के पैरों का घाव समाप्त हो गया। हाराम मालाकर के गले की गिलटी ठीक हो गई–पारी, हारी, सारी–तीन कानी बहनों को नई दृष्टि प्राप्त हो गई।

इस प्रकार युग-युग में माँ ने अपनी देवी क्षमता का प्रदर्शन कर भक्तजनों को मंत्र-मुग्ध कर दिया। जय माँ।

दुष्ट दारोगा सजल हालदार घोर अत्याचारी था। माँ का भक्त बनकर उसकी दुष्ट बुद्धि का नाश हुआ।

रामा-कालू–दो डाकू माँ के आभूषण चुराने आए थे। माँ खड़ी रही। सूखी नदी सागर बनी। हाँगर-कामट-तिमि-मगर।

सब माँ की सन्तान थे। जैसे ही दोनों डाकुओं को निगलकर पानी में अदृश्य हुए, वैसे ही सूखी नदी जैसी थी, वैसी ही हो गई।

माँ की कथा बाँचने से लाख-लाख गंगा-स्नान का पुण्य मिलता है। जो सुनता है, वैकुंठ जाता है।

माँ की कथा बाँचने से कोटि-कोटि गंगा-स्नान का पुण्य मिलता है। जो पढ़ता है उसे अक्षय स्वर्ग मिलता है।

माँ की कथा खरीदने पर अयुत-नियुत कोटि-कोटि गंगा-स्नान का पुण्य मिलता है। वह अपने वंशजों के साथ, आत्मीय-बन्धु-कुटुम्ब के साथ अक्षय स्वर्गवास करता है।

इस पोथी ने प्राचीन कथा का महत्त्व नष्ट कर दिया। अब यह पुस्तक ही प्रचलित थी। साल-भर बिकती थी। इतनी बार समय और मनुष्य के बदल जाने पर भी। यह पोथी पाँच-छह हजार बिक जाती थी। अब इसका दाम एक रुपया मात्र था। रघु झटपट फटी-

पुरानी पोथियों को भी लाल कपड़े से लपेटकर पूजा के उद्देश्य से बेच देता था। उससे भी अच्छी कमाई हो जाती थी।

बीच में बिक्री कुछ ठीक से हो नहीं रही थी। तभी से रघु ने नियम चालू किया था। मकर संक्रान्ति के दिन पूजा की पोथी का विसर्जन और नई पोथी का आवाहन।

रघु की बुद्धि से आमदनी और अधिक होने लगी। पेटियाँ भर-भरकर होमियोपैथी दवा की खाली शीशियाँ रघु खरीद लाता था। साल-भर उनमें पानी भर-भरकर बेचता रहता था। इसकी देख-रेख निवारण करता था।

माँ का चरणामृत, एक शीशी–राम चार आने। साल-भर इनकी बिक्री चलती थी। इसकी देख-रेख विपिन करता था।

माँ का नहाया हुआ पानी, एक शीशी दस पैसे। यह जल प्रत्येक सधवा स्त्री के लिए अनिवार्यतः व्यवहार करने योग्य है, प्रतिदिन। इस जल की महिमा से सधवा स्त्री पति-प्रिया बनती है। इसकी देख-रेख नेपाल करता था।

माँ का सन्ध्याकालीन हाथ-मुँह धुला जल, एक शीशी दस पैसे। इस जल के उपयोग से कुँवारी के जीवन में विवाह के फूल खिलते हैं। इसकी देख-रेख रतिकान्त करता था।

राखाल माँ के प्रदीप का तेल दस पैसा शीशी के हिसाब से बेचता था। यह तेल सब रोगों को हरनेवाला था।

गोपाल माँ के प्रसादी फूल बेचता था। दस पैसे का एक दोना। यह फूल सर्वार्थ साधक हैं। इन फूलों को घर में रखने पर मामले में जीत होती है, बटाईदार जमीन को सरकारी रिकॉर्ड में नहीं चढ़ाता, नक्सलों का डर नहीं रहता। रोग-शोक दूर हो जाते हैं, मरे हुए पेड़ फल देने लगते हैं, खोई हुई गाय गोशाला में लौट आती है आदि-आदि।

रघु इन सब धन्धों में नहीं पड़ता। वह तो कथा बाँचते हुए माँ के लिए प्रतिदिन चढ़ावे का जुगाड़ करता था। नौकर के कन्धे पर केरोसिन का पीपा चढ़ाकर वह निकल पड़ता था। पीपे में छेद कर, तेल निकाल लिया जाता था। उसके बाद पैसे डालने के लिए किंचित् काटा गया था। तालन्दी का बच्चा-बच्चा–नर-नारी-अंडे-बच्चे, सबके नाम से रोज घर-घर से पाँच पैसे इकट्ठे करता था।

धनुर्धारी कहता, 'खूब पीट रहे हो, बच्चू।'

'कुछ नहीं, कुछ नहीं।'

'कुछ नहीं?'

धनुर्धारी क्रोधित हो गया। बोला, 'नित नए जुल्मों का ईजाद कर रहे हो। अरे, मैं पूछता हूँ, उन्होंने कहा है तुमसे यह सब करो?'

'सब-कुछ तो तुम लोगों के लिए ही है रे! तहबील तो खाली कर दिया।'

'क्या बात करते हो! तुम लोगों से क्या इतना पैसा जमेगा? इसीलिए तो बड़े कौशल से तुम्हारे लिए जमा कर रहा हूँ। जब वे देह त्यागकर अन्य देह में प्रवेश करेंगी, तब तुम्हारे हाथों में राजा का ऐश्वर्य सौंप दूँगा।'

'तुम जो भी कहो। मैं तो कुछ नहीं दूँगा।'

'महापाप को बुला रहा है तू।'

'ठीक है, बुला रहा हूँ, औरत तो मर ही चुकी है। संसार में अकेली जान। पाप लगे तो लगे।'

'कितनी बड़ी मछली है।'

'हाँ, पोखर की मछली है।'

रघु लम्बी साँस खींचता है। धनुर्धारी के साथ फसाद करना ठीक नहीं। उसकी बात पर बागदी-धीवर-केवट सब उठ खड़े होते हैं। धनुर्धारी और बोलने लगा, 'गन्दे पानी का पोखर साफ करवा रहे हो।'

'लोगों को पानी मिलेगा।'

'कोई धन्धा जरूर है इसमें।'

'क्या बात करते हो?'

मैला पोखर भी अब आमदनी का एक और जरिया बन गया मानो बाँझ गाय दूध देने लगी है। पोखर साफ हुआ, घाट पक्का किया गया। उसके बाद ढाक-ढोल बजाकर राखाल आदि सात भाइयों ने माँ की पीतल की प्रतिमा को लाकर पोखर में डुबोया।

तब से वो माँ का पोखर बन गया। जब पूजा चढ़ाओ, उससे पहले पोखर में नहाओ। इसलिए पहले मन्दिर में दस पैसे जमा करो, टिकट खरीदो, घाट पर पहुँचकर रघु को टिकट दिखाओ, उसके बाद जल में उतर जाओ।

धनुर्धारी वगैरह तो माँ की स्थापना के विषय में दूसरी कहानी सुनाते हैं। वे लोग कहानी लिख नहीं सकते इसलिए पोथी नहीं लिख पाए।

कहानी में कुछ भी अलौकिक तत्त्व नहीं है। बागदी-धीवर आदि इस कहानी में विश्वास करते हुए भी देवीत्व और अलौकिकता में भी विश्वास करते हैं, ये बहुत ही अर्थपूर्ण है।

कहानी बहुत पुरानी है।

सौ वर्ष पूर्व यह सब स्थान बहुत ही पिछड़े हुए थे। अब भी वैसे ही हैं। सदानन्द पतितुंड तालन्दी का जमींदार था। उसके ऊपरी रोजगार का जरिया था–डकैती। सुनने में आया है, एक बार उसके सास-ससुर अपनी बेटी से मिलकर तीर्थ-यात्रा पर चले जाएँगे, इसलिए तालन्दी पहुँचे। सास का सर्वांग आभूषणों से सजा था, ससुर के पास नोटों के बंडल। उस मकान से वे दोबारा निकलते हुए दिखाई नहीं दिए। सदानन्द ने हत्या कर उन्हें वहीं गाड़ दिया।

इसी सदानन्द की पत्नी गंगा थी। गाँव के लोगों ने उसे कभी नहीं देखा था। गंगा सदानन्द की पहली पत्नी नहीं थी। परन्तु अन्य पत्नियों के बारे में कोई कुछ नहीं जानता।

डकैती के अलावा सदानन्द युवतियों को उठा लाता था। उन युवतियों को किसी ने कभी घर छोड़कर बाहर निकलते नहीं देखा। तब गंगा अपनी धार छोड़कर सरक जाने पर भी, दो-एक मील की दूरी पर ही थी। समुद्र भी बहुत दूर नहीं था। फलतः गंगा की प्रबल धारा में मनुष्य को मारकर फेंक भी दिया जाए तो उसे ढूँढ़ पाना असम्भव था।

सरबाला तो बागदी मोहल्ले की लड़की और बहू थी। देखने में रूपवती, स्वस्थ और भली थी। पन्द्रह-सोलह की होने पर उसे ससुराल भेजने की बात चल रही थी। ससुराल सुन्दरवन के आबादी वाले इलाके में थी। बाघ का प्रदेश होने के कारण माँ-बाप ने इतने दिनों तक लड़की नहीं भेजी थी। दामाद गड़िया में किसी जमींदार का लठैत बनकर चला आया था। इसीलिए अब वे बेटी को गड़िया भेजना चाहते थे।

उससे पहले ही सदानन्द के लोग सरबाला को उठाकर ले गए। सरबाला के माँ-बाप को मार-पीटकर गाँव से बाहर निकाल दिया। यह घटना नई नहीं थी। ऐसा पहले भी हुआ है। परन्तु नयापन इस बात में था कि सदानन्द सरबाला में पूर्णतया निमज्जित हो गए। सरबाला को गाँववासियों ने फिर कभी नहीं देखा। गंगा में लाश बनकर बह गई होगी। उन्होंने मान लिया कि सरबाला अब जीवित नहीं थी।

इधर सरबाला निकल भागने का मौका ढूँढ़ती रही। बरसात की रात में, गंगा की सूखी धार में जब लबालब पानी भर गया तो वह भागी। नदी के घाट पर पहुँचकर नाव ढूँढ़ने लगी। नाव बँधी रहे, तो नदी पार कर लेगी। पार कर के भाग जाएगी।

ऐसे में उसे भयभीत और विस्मित करते हुए पतितुंड के घर की ओर से एक असाधारण रूपवती महिला भागती हुई चली। उसकी गोद में एक बालक था। देह पर आभूषण, आँचल में बँधी चाबी घाट पर रखकर, बालक को लेकर वह नदी में छलाँग लगाने जा ही रही थी, उसी क्षण सरबाला समझ गई कि वह कौन है। उसने तो कभी इन्हें साक्षात् देखा ही नहीं। वह तो बाहर वाले हिस्से में रहती थी। अपनी विपत्ति भूलकर उसने पुकारा, 'माँ! क्या कर रही हो?'

महिला ने पूछा, 'कौन? किसने पुकारा?'

'मैं हूँ!'

'मैं कौन?'

'सरबाला। तुम, तुम...'

'मैं गंगा हूँ। अच्छा हुआ, माँ गंगा ने तुम्हें भेज दिया। ये गहने लो, चाबी लो, बेटा लो।'

सरबाला ने अभिभूत होकर बच्चे को गोद में ले लिया। महिला ने उससे कहा, 'माँ-बाप को मार दिया, रोज युवतियों को मार देता है, इस पाप की नगरी में मैं अब नहीं रह सकती, बेटी! माँ गंगा, गंगा को ग्रहण करो।'

ऐसा कहते हुए वे पानी में कूद गईं। अविराम मूसलाधार वर्षा से सूखी नदी में भी प्रबल स्रोत था। यह नदी जाकर गिरती थी बड़ी गंगा में। महिला काले पानी में ओझल हो गई।

सरबाला को सब-कुछ अलौकिक-सा प्रतीत हुआ। बच्चे को गोद में लिये वह क्या करे कुछ समझ न पा रही थी। स्वयं गंगा ही क्या उसे सर्वस्व सौंप गई? इतने गहने कहाँ रखे? अन्ततः पेड़ के नीचे खड़े होकर उसने गहने और चाबी आँचल के खूँटे में बाँध लिये। उसके बाद चली बागदी-टोला।

मातंग बागदी ने उसके लिए द्वार खोल दिया। सरबाला बोली, 'पहले बच्चे को पकड़ो, उसे थोड़ा-सा दूध दो।'

सब-कुछ सुनकर गाँजा का दम लगाए हुए नशे में धुत मातंग ने उसे प्रणाम किया।

'अरे, ये क्या करते हो?'

'तुम अब सरो नहीं रही।'

'फिर मैं कौन हूँ?'

'गंगा मैया का बेटा गोद में, गंगा मैया के गहने आँचल में, तू अब गंगा मैया है।'

'तेरा सिर! बाबू की बहू मर गई।'—मातंग की बहू ने कहा और बासी भात, साग, और भुना हुआ लैठा माछ थाली में सजाकर सरबाला के सामने परोसा। बाबूबाड़ी के घी-दूध से उसका मन भर गया था। मनचाहे व्यंजन पाकर सरबाला ने बड़ी तृप्ति के साथ भोजन किया।

मातंग ने कहा, 'नहीं। बाबू के घर की बहू बनकर वह गंगा मैया ही थी। नहीं तो सरो के पीछे-पीछे क्यों आई? जो समझना था, मैं समझ गया। माँ, तू गहने पहन। ये क्या जाने? महाभारत में सुना है, माँ गंगा अपनी सन्तानों को पानी में बहा देती थी। कल तो इस बालक को भी पानी में डालने जा रही थी। जब देखा सरो की देह में उनका वास होगा, तभी तो बालक को सरो की गोद में दिया।'

मातंग की बातों ने सबको विवश कर दिया। भोर के प्रकाश में सरबाला ने गहने पहने, केश खोल दिए, बालक को गोद में लिया। मातंग आदि ढाक-ढोल बजाते हुए उसे लेकर पतितुंड के घर की ओर चल दिए। संग चले—बागदी-धीवर-केवट आदि।

पतितुंड के घर में तब कुहराम मचा हुआ था। सरबाला नहीं, घर की गृहिणी नहीं, वंशधर नहीं। पतितुंड हाहाकार कर रहा था। बहू-बेटा तो फिर मिल जाएँगे। कोई दूसरी सरबाला भी मिल जाएगी। स्त्री और शिशु की तो कोई कीमत नहीं होती। उनका निरुद्देश्य हो जाना भी अमंगलकारी नहीं होता। पर सन्दूक की चाबी क्यों नहीं है? ये तो घोर अशुभ लक्षण हैं।

इसी बीच ढाक-ढोल की आवाज सुनाई देने लगी। पतितुंड चौंककर बाहर की ओर दौड़ा। मातंग ने हाँक लगाई, 'जमींदार बाबू! गंगा मैया अब सरबाला की देह में प्रतिस्थापित हो गई हैं। वे तो मकर-वाहिनी बनकर चली गईं। बोलकर गई हैं कि सरबाला उनका अंश है।'

पतितुंड यह बात मान नहीं पाया। पर उसके पुरोहित ने स्पष्ट रूप से देखा कि सरबाला मकर की पीठ पर खड़ी है। उसके चरण-तले वर्षा का पानी नहीं अपितु कल-कल करती गंगा है। और वो मेढक नहीं उछल रहे, वो तो पानी में मगरमच्छ-हांगर खेल रहे हैं।

'हे माँ! दीनदयाल पाणिग्रही पर दया करो माँ। मैं तुम्हारी अधम सन्तान हूँ।'

सदानन्द के कुकर्म का कर्मी ईश्वर लठैत ही सरबाला को पकड़कर लाया था। अब उसे भी गंगा-दर्शन हुआ। 'मार डाला रे, मार डाला, अंग-अंग में जैसे बिजली कड़क रही है, लौ जल उठी है माँ!' बोलते हुए वह मूर्च्छित होकर धड़ाम-से नीचे गिर गया।

पिछली रात दैहिक ताड़ना के कारण सदानन्द ने सरबाला को बुरी तरह धर दबोचा था। आज उसने देखा सरबाला की गोद में बच्चा और आँचल में चाबी है। वह भी प्रणाम करने के लिए झुका, कीचड़ में फिसला और गिरते-गिरते मातंग की टाँग पकड़कर सम्हला। गाँजे का दम लगाकर और दैवी महिमा के आविष्कार से उन्मत्त, उल्लसित मातंग उसका सिर पकड़कर सरबाला के पैरों के पास जमीन पर ठोंकने लगा, 'प्रणाम कर, प्रणाम कर।'

'कर लिया, अब छोड़, छोड़ दे।'

'ये देवी हैं।'

'हाँ रे, हाँ।'

'तुम्हारे बड़े भाग जो तुम्हारे घर आई हैं। अब पूजा-नैवेद्य रखोगे कि नहीं बोलो, नहीं

तो मेरे घर में वे प्रकट हुई हैं, हम सिर-आँखों पर उठाकर ले जाएँगे। तुम्हारा कुछ बाकी नहीं बचेगा, चाबी उनके पास है।'

मिट्टी में मुँह गाड़े हुए हाल में ही सदानन्द इस बात का भयंकर अर्थ समझ गया। बागदी-धीवर तो जंगली लड़ाकू जाति है। वो बहुत सारे, सदानन्द अकेला है। उसके तो लठैत-बरछैत भी बागदी ही हैं। भिन्न गाँव के हैं। वे सब जुल्म सह लेते हैं। परन्तु हो सकता है, मन-ही-मन उनमें काफी आक्रोश हो। जब तक सह रहे हैं, तब तक ठीक है, अगर न सहें तो?

अंग्रेजों की नील की खेती बन्द करवा दी थी, एक जमाने में सदानन्द तो नील कोठी का ही गुमाश्ता था।

उनकी सरबाला यदि उन्हें देवी रूप में मिले तो उनका उत्साह बढ़ जाएगा। हो सकता है क्रुद्ध हो जाएँ। बरछैत-लठैत भी हो सकता है उन्हीं में शामिल हो जाएँ। वह अकेला है, वे अनेक हैं। सरबाला को केन्द्र में रखते हुए एक नया हंगामा खड़ा हो सकता है।

सदानन्द ने घुटनों के बल आगे सरकते हुए सरबाला के चरण पकड़ लिये, 'कहाँ जाओगी माँ?'

'मत छू मुझे!' सरबाला छिटककर हट गई और सद्यः ज्ञान प्राप्त ईश्वर लठैत ने 'माँ को छूता है?' कहते हुए अपने मालिक को एक करारा थप्पड़ मार दिया। उस थप्पड़ से सदानन्द का सीधा मुँह जो टेढ़ा हुआ तो जीवन-भर टेढ़ा ही बना रहा। ईश्वर की हथेली और उसका भारी थप्पड़ सर्वविदित था।

सदानन्द तो मारने का आदी था, मार खाने का नहीं। थप्पड़ खाकर वह रोने लगा। बोला, 'सेवक बनकर रहूँगा, माँ।'

'मैं उस घर में प्रवेश नहीं करूँगी। पाप की नगरी है।'

ईश्वर आदि ने मिलकर बाहर नए घर का निर्माण कर दिया। उस घर में सरबाला देवी बन बैठी। बेटा दासी की देख-रेख में बड़ा होने लगा। ईश्वर और उसके साथी रात-दिन देवी के पहरे में बैठ गए। सनातन पास भी नहीं फटकता था। केवल दूर से देख-भर लेता था।

मकर-संक्रान्ति के दिन तालन्दी में महोत्सव शुरू हो गया। आसपास से सभी देवी के दर्शन हेतु पहुँच गए। सब मिठाई, लड्डू, फल, पैसा देवी ने बाँट दिया।

दीनदयाल पाणिग्राही बोले, 'सदानन्द! कर क्या रहे हो! जीती-जागती देवी को झोंपड़ी में रखा हुआ है?'

'बात-की-बात में मन्दिर बनवा सकता हूँ। सन्दूक की चाबी अब भी उनके पास ही है।'

'उन्हें अब कहाँ याद होगा!'

'मेरा तो सब-कुछ लुट गया।'

'क्यों?'

'ईश्वर आदि भी उन्हीं से मिल गए।'

'विषय विष है सदानन्द!'

'मैं तो भिखारी हो गया।'

ऐसे में सदानन्द के मामा नकुड़चन्द्र घूमते-घामते वहाँ आ पहुँचे। भानजे को उन्होंने बहुत बुरा-भला कहा। बोले, 'देवता सब-कुछ फेंक रहे हैं, तुम लेना नहीं जानते?'

'तो क्या करूँ?'

'नशेड़ी बागदियों को जीवन्त देवता मिला है, वो बहुत मगन है। पाव-भर दूध से खीर बना सकते हैं वो हम जानते हैं। मुझ पर सब छोड़ दो। चलो, हाथ-पैर पकड़कर चाबी माँग लें।'

ईश्वर और मातंग आदि किसी कीमत पर भी चाबी देने पर राजी नहीं हुए। मामा की दी हुई सीख के अनुसार सदानन्द ने कबूल किया कि चाबी से सन्दूक खोलेंगे।

माँ जब नश्वर देह में विद्यमान हैं, तब उनके लिए दालान बनेगा, नया मन्दिर होगा! ये सब-कुछ अब माँ का ही है। सदानन्द तो माँ का सेवक है।

जब तक माँ है, उसके बाद?

नकुड़ तो हाल ही में जमीन की जालसाजी में पकड़े जाने के कारण जेल की सजा भुगतकर निकला था। ऊँचे स्वर में हँसते हुए उसने कहा, 'पागल! सब-के-सब माँ के पागल बेटे। माँ सशरीर ढाई सौ साल रहेंगी। जब तक गंगा नदी बहेगी, तब तक उन्हें रहना होगा। ढाई सौ साल पूरे होने पर इस देह को त्यागकर अन्य देह धारण करेंगी। अंग्रेजों का राज, गंगा नदी, माँ, इन तीनों की आयु का अन्त नहीं। अब समझे!'

'मनुष्य ढाई सौ साल तक जीवित रहता है!'

'पागल हो गए क्या, हमारा ढाई सौ साल, उनकी पलकों का झपकना मात्र है। देवताओं का हिसाब-किताब अलग होता है। मैंने अपना सारा जीवन तीरथ-धरम में बिता दिया। काशी में तैलंग स्वामी! अहा, हा, पाँच हजार वर्षों से हैं। दक्षिणेश्वर में रामकृष्ण! अहा, हा, पाँच सौ वर्ष की आयु है, कैसे विराजमान हैं। ये तो स्वयं माँ जाह्नवी हैं। आज इनकी महिमा सुनाऊँगा।'

इतनी बातों के पश्चात् चाबी सदानन्द के पास लौट आई। नकुड़ बोला, 'दालान बनाओ, पूजा की वेदी बनाओ, मैं माँ की महिमा का प्रचार करूँगा। शत-शत भक्त आएँगे, मुट्ठी में फूल भरेंगे तो सोना बन जाएगा।'

अगली मकर-संक्रान्ति में ही नकुड़ मामा की बातों की सच्चाई सामने आ गई। जमींदार, दारोगा, व्यापारी सब जाने-माने लोगों का ताँता लग गया। झमाझम चढ़ावा चढ़ने लगा। नकुड़ मामा महीन हँसी हँसकर बोले, 'हे माँ, जिसे जो देना-बाँटना हो, ये अधम सेवक ही करेगा!'

बागदियों को सन्देह हुआ। नकुड़ मामा ने उन्हें भी सन्तुष्ट किया, बोले, 'श्रावण चतुर्थी के दिन माँ का आविर्भाव होगा। आविर्भाव-उत्सव की पूजा ही वास्तविक पूजा है। उस दिन सबसे पहले पूजा तुम लोग ही करोगे। नहीं तो माँ भूखी रहेगी।'

नकुड़ मामा की बुद्धि को मानते हुए सदानन्द ने माँ के नाम पर सम्पत्ति को देव-सेवा के निमित्त कर दिया।

बागदी नहीं समझ पाए कि अकस्मात् देवीत्व का बाना पहना देना एक कच्चे माल की तरह है। इसे बिकाऊ वस्तु में परिवर्तित किया जा सकता है। नकुड़ और सदानन्द ने अब इस देवीत्व को काम में लगाया। पुराना मकान तुड़वाकर नया मकान बनवा लिया। पक्के

मकान में देवी का आगमन हुआ। इसके साथ-ही-साथ माँ के साथ मातंग और उसके साथियों का नित्य सम्पर्क समाप्त हो गया।

सुबह से रात तक आरती-पूजा-भोग-सान्ध्य-आरती न जाने क्या-क्या। स्नान-भोजन-शयन, उसके भी कितने विधि-निषेध। मन्दिर में बैठे हुए जितनी देर सब उनके साथ मिल लेते थे, बस उतना ही।

सदानन्द बूढ़ा होकर मर गया। देवी के नश्वर देह की आयु तब तीस वर्ष की होगी। महानन्द किशोर बालक था, उसकी भी बहू आ चुकी थी।

धनुर्धारी ने कहा, 'वह स्वयं नहीं जानता। दादी के पास सुनी बात है। उसके दादा मातंग थे, दादी मातंग की पत्नी थी। सदानन्द की जब मृत्यु हुई थी, तब एक अनोखा संन्यासी देवी के थान पर पहुँचा। किसी अच्छे घर का युवक था। उँगली पर अँगूठी का निशान तब भी दिखाई दे रहा था। संन्यासी क्यों बना, कौन जाने!'

तब देवी के मन में बीच-बीच में इच्छा जागती—बाग में अकेली घूमतीं, अकेली तालाब में नहाने जातीं, कभी-कभार गाँव में अकेले ही घूमने निकल जातीं। खबर पाते ही सेवक-पहरेदार भागकर उन तक पहुँच जाते।

सुना है संन्यासी देवी को बड़ी गंगा के तट पर बुलाकर ले गए थे, पूजा करने के उद्‌देश्य से।

वहाँ पहुँचकर बोले, 'वहाँ अकेले में बातचीत नहीं हो पाती, इसलिए यहाँ ले आया। ये क्या? तुमने तो कुछ सुख नहीं भोगा। मुख पर साफ झलकता है। तुम्हें देवी बनने के लिए किसने कहा? बहुत ही गलत काम कर रही हो।'

जाह्नवी माँ सरबाला बन गई। रो-रोकर कहने लगी, 'भाग्य के लिखे को कौन मिटा सकता है?'

संन्यासी ने सब सुना। बोले, 'सब छोड़-छाड़कर चली जाओ। कौन तुम्हें रोकेगा?'

'मैं स्वतंत्र नहीं हूँ।'

'तुम्हारे कारण पतितुंड परिवार खूब पैसे कमा रहा है।'

'सब जानती हूँ।'

'कानून की आँखों में धूल झोंकने के लिए जमीन-जायदाद तुम्हारे नाम से देवता के निमित्त किया है। खुद बन गए तुम्हारे सेवक।'

'अब मैं क्या करूँ?'

'मैं कहता हूँ, तुम ही इन्हें उचित शिक्षा दे सकती हो।'

'कैसे?'

'देवत्र स्थापित विग्रह के नाम पर होता है। तुम तो जीती-जागती मानवी हो। तुम अदालत में दान-पत्र लिख दो, तुम्हारी मृत्यु के पश्चात् सब सम्पत्ति गाँव के लोगों की भलाई के लिए खर्च की जाएगी। स्कूल-रास्ता-अस्पताल-तालाब सब-कुछ बनेगा। जमीन-जायदाद पर भी सबका अधिकार होगा।'

'मैं तो यह सब समझती नहीं हूँ।'

'मैं बन्दोबस्त करूँगा।'

'मुझे कहीं जाने नहीं देंगे। नहीं तो सब छोड़-छाड़कर कहीं चली जाती। जाने के

लिए ही तो निकली थी। क्या से क्या हो गया? गंगा मैया के तट से अवतार बनकर लौट आई।'

'फिर यही बात तय रही।'

इसके बाद संन्यासी चले गए। उनका काफी महत्त्व रहा होगा। क्योंकि, एक दिन अचानक सुदूर शहर की कचहरी से जिला के हाकिम बड़ी उत्सुकता लिये आ पहुँचे। सदानन्द तब नहीं था। महानन्द भी युवा नहीं हुआ था। नकुड़ वृद्ध होते हुए भी देख-रेख कर रहा था।

नकुड़ को जिरह करते ही पुराने जेल की सजा की बात सामने आ गई और नकुड़ घबरा गया। उसके बाद हाकिम ने तालन्दी तालुके के बारे में जानना चाहा।

'एक व्यक्तिगत सम्पत्ति देवत्र कैसे हुई?'

'जी, वो तो जीवन्त देवता हैं।'

'अच्छा!'

'बहुत ही उलझा हुआ मामला है,' हाकिम ने कहा।

एस्टेट के सब बही-खाते मँगवाए गए। एस्टेट के सभी कागज-पत्र बाँधकर वे अपने साथ ले गए। हाकिम को रुपए-बकरा-मछली-चावल आदि भेंट-स्वरूप देने जब नकुड़ पहुँचा तो उन्होंने उसे ऐसी फटकार सुनाई कि वह रो पड़ा। उसका रोना-धोना देखकर बागदी बहुत खुश हुए। उसके बाद से महानन्द नेता बन गया। उसने अपने बाप के मामा से कहा, 'जेल की सजा भुगतकर आए हैं, यह तो मैं नहीं जानता था। आज से आप मन्दिर अथवा एस्टेट के काम नहीं देखेंगे। वो सब मैं सम्हाल लूँगा।'

'तुम मुझे भगाना चाहते हो?'

'ऐसा तो मैंने नहीं कहा?'

'और क्या कह रहे हो? इससे अच्छा होता अगर तुम मेरे मुँह पर दो थप्पड़ मार देते।'

'यह तो नाराजगी की बात है।'

'मैंने ही सब किया है, जानते हो? तुम्हारे पिता तो अभिभूत हो गए थे। मैंने ही उन्हें बागदियों के हाथों से लाकर यहाँ प्रतिष्ठित किया था। उसके बाद ही से तो इतनी रौनक है। अब तुम कह रहो हो, जिसने सब-कुछ सम्हाला वह अब इस बुढ़ापे में कंगाल बनकर निकल जाए।'

महानन्द ने धीमे स्वर में कहा, 'दादू, मेरा मुँह ज्यादा न खुलवाइए। बूढ़े आप जरूर हुए हैं, एक सौ एक पत्तलों पर सवा सेर चावल का भात खाते हैं, बेटियों का विवाह रचाया, बेटे भी कमा-खा रहे हैं। आप कंगाल कैसे हो गए? मैं जब तक बच्चा था, उन पाँच सालों में आपने आबादी भूमि में कई एक सौ बीघे जमीन हासिल की है। मकान बनवाए हैं, खेत-खमार? अब ज्यादा बात मत बढ़ाइए।'

महानन्द ने चाबी-तहबील सब समझ-बूझ लिया। नकुड़ गाँव छोड़कर चला गया। आबादी अंचल की खारी नदी में नाव में डूबकर वह कुछ दिनों बाद मर गया। सबने कहा, 'क्यों न मरे? माँ का भंडार तो सब हड़प लिया था। तभी तो। माँ की सन्तान हाँगर-मगरमच्छ आदि ने ही अपनी पूँछ से धकेलकर उसकी नाव डुबो दी।'

हाकिम ने कागज-पत्र देखकर लौटा दिया। स्वयं उपस्थित होकर चिक की आड़ से माँ के साथ बात करने की इच्छा प्रकट की। माँ ने कहा, 'सबके सामने ही बातचीत होगी।'

देवी पर्दानशीन नहीं थीं, यह जानकर हाकिम आश्वस्त हुआ। हाकिम देवी के भक्तों में से सरकारी वकील, बैरिस्टर, डॉक्टर, सरकारी स्कूल के शिक्षक आदि चार व्यक्तियों को साथ लेकर आए थे। उन्हें बीच में रखकर बोले, 'जाह्नवी माँ के देवीत्व का विषय बहुत ही जटिल है। जब तक तालन्दी व्यक्तिगत सम्पत्ति था, सरकार को लगान दिया जाता था। देवत्र बनने के बाद से वो रास्ता बन्द हो चुका है। लगान की बात मैं नहीं कर रहा हूँ। पर सम्पत्ति से होनेवाली आमदनी तो बहुत अधिक है, साल में पचास हजार रुपया। बाईस तो समृद्ध गाँव हैं, जलकर, आबादी वो भी काफी है। अब बात यह है, जिस दिन इस देह में देवी का निवास समाप्त हो जाएगा, उस दिन क्या होगा? क्या यह सब फिर पतितुंड परिवार का हो जाएगा?'

सभी भक्त चिन्तामग्न हो गए।

'माँ की इच्छा क्या है?'

माँ समझ गईं, यह सब-कुछ उसी संन्यासी की कोशिशों का फल है। उन्होंने कहा, 'मेरी इच्छा–'

'हाँ-हाँ कहिए।'

'पतितुंड परिवार सेवक बना रहे। मेरा देह-वास समाप्त होने पर इस सम्पत्ति से सरकार समझ-बूझकर इस गाँव के लोगों का कल्याण हो सके, ऐसे कार्य करेगी। स्कूल-अस्पताल-तालाब-रास्ता–यह सब। जमीन-जायदाद इनमें बाँट दिया जाए, रुपया-पैसा भी सरकारी हिफाजत में जमा हो जाए।'

'माँ!'–भक्तगण मुग्ध हो गए।

दान-पत्र तैयार हुआ। एक अभूतपूर्व दान-पत्र। क्योंकि देवत्र सम्पत्ति के दान-पत्र में स्वयं देवी के अँगूठे की छाप लगी थी। भक्तजन साक्षी थे। ऐसी चमत्कारी घटना की चर्चा समाचार-पत्र में भी छपती है। बागदी-धीवर खुशी से ऐसे झूमने लगे, जैसे सब-कुछ उन्हें मिल गया हो, ढाक-ढोल बजा-बजाकर नाचते रहे।

महानन्द कुछ नहीं बोला। वह बड़ा हुआ। दो पत्नियाँ मर गईं। तीसरी बार एक बेटा हुआ। अब महानन्द को सहसा अनुभव हुआ कि देवी के मरने पर तो सब हाथ से निकल जाएगा। अभी से भविष्य के लिए सम्पत्ति बटोरना पड़ेगा।

बाप की तरह वह औरतों का धन्धा नहीं करता। डकैती करके जेब भरना भी अब सम्भव नहीं। परन्तु उद्यमी पुरुष ही लक्ष्मी को प्राप्त करता है। महानन्द भी उद्यमी बन गया। वह स्वयं लगान नहीं देता पर देवी के नाम पर लगान वसूलने लगा। मछली पकड़ने पर लगान। फसल पर कब्जा जमाने लगा। उधारी-कर्ज आदि कमर कसकर लोगों से उगाहने लग गया।

देवी तो पक्के मकान की चारदीवारी में बन्द रहती थी। परन्तु वहाँ तक लोगों का रोना-धोना, हाहाकार पहुँच ही जाता था। अन्ततः एक दिन आसमान आग की लपटों से लाल हो गया। बागदी टोले में आग। देवी ने सबको स्तम्भित करते हुए सन्ध्या-आरती के समय सिंहासन छोड़ा और खड़ी हो गईं। मन्दिर की सीढ़ियाँ उतरकर चल दीं बागदी टोले की ओर। महानन्द के लठैतों से बोलीं, 'खबरदार!'

बहुत शोर मचा। लठैत लाठी फेंककर भागे।

बागदियों की हिम्मत बँधी। आग बुझाने लगे। देवी ने कहा, 'सब मन्दिर में चलो।'

सिंहासन पर बैठकर देवी ने क्रुद्ध स्वर में पूछा, 'महानन्द! यह सब क्या हो रहा है?'

'माँ, ये तुम्हारी दुष्ट प्रजा हैं।'

'सब मेरी सन्तान हैं। किसने तुम्हें इन पर अत्याचार करने का अधिकार दिया?'

बागदियों की स्मृति अनुसार यही उनके लिए माँ की करुणा का पहला और अन्तिम अवसर था। एस्टेट के खर्चे से नया मकान बना, सबको मिला दस रुपए के हिसाब से खैरात। लगान माफ हुआ। धान का गोला खोलकर खाने के लिए दिल खोलकर दान दिया गया। जैसे कोई दान-यज्ञ हो। सब धन्य-धन्य करने लगे। महानन्द ने इसे व्यक्तिगत अपमान मान लिया। किस कारण से वह एक दिन आबादी भूमि का निरीक्षण करने पैदल ही रवाना हुआ, कोई नहीं बता पाया। महानन्द भी नहीं। क्योंकि बिजली गिरने से वह मर गया।

तालन्दी गाँव में सब भय से विस्मित हो गए। दुष्ट का दमन और शिष्ट के पालन के हेतु गंगा मैया क्या दुर्गा के रूप में प्रकट होंगी? महानन्द की बहू अपने बेटे को गोद में लिये माँ के महल में विलाप करती हुई आ गिरी। माँ बोली, 'यह बेटा जीवित रहे, यही वंश बढ़ाएगा।'

माँ के भक्त वकील बद्रीप्रसाद एस्टेट की देख-रेख करते रहे। महानन्द का बेटा योगानन्द जब बड़ा हुआ तो उन्होंने अवकाश ग्रहण कर लिया। तब से माँ को पेट का रोग सताने लगा। पेट ठीक रखने के लिए डॉक्टर-शिष्य ने कुछ दवा-दारू का बन्दोबस्त कर दिया। यही बन्दोबस्त बहाल रहा। आगे चलकर इसी योगानन्द के क्रमशः सात बेटे हुए।

धनुर्धारी आदि अच्छी तरह समझते थे कि सातों भाई अपने-अपने ढंग से जमीन-जायदाद हड़पकर खूब माल कमा रहे हैं। पर कुछ किया नहीं जा सकता। आज कितने समय से माँ जीर्ण-शीर्ण देह लिये, जरा और वृद्धावस्था के कारण अचल हो चुकी थीं। सौ वर्ष पार कर लिये, अभी और डेढ़ सौ वर्ष तक रहेंगी। धनुर्धारी ने कहा, 'तब पता चलेगा कहीं कुछ बचा ही नहीं। सब साफ हो चुका।'

जितने मुँह उतनी बातें। यह बात भी लोकमुख में खूब प्रचलित थी। धनुर्धारी के समाज में फिर भी वे सब देवी के देवीत्व में विश्वास करते थे।

जाह्नवी माँ के कमरे के भीतर आते ही विपिन ने दरवाजा बन्द कर दिया। उसके बाद दरवाजा खोलते हुए कहा, 'मोक्षदा, मुँह धोने का पानी, गमछा दे जा। सुबह तो साबूदाना खाती हैं न?'

मोक्षदा सब-कुछ लाकर घुसने लगी। 'अन्दर क्यों आ रही है?'

'कमरा साफ करना है कि नहीं?'

'नहीं-नहीं, मैं कर लूँगा।'

'तुम कैसे करोगे?'

'मैं कर लूँगा। देवी का कमरा साफ करूँगा तो पुण्य मिलेगा। सारा पुण्य तुम ही कमाओगी?'

'माँ के भाग फिरे हैं।' मोक्षदा नीरस भाव से बोली और झाड़ू-पोंचा-बाल्टी ले आई। विपिन ने कमरे में झाड़ू लगाया, पोंचा लगाया। उसके पश्चात् अगरबत्ती जलाई। गन्ध आ रही थी। वो तो आएगी ही। झाड़ू-बाल्टी बाहर रखकर विपिन ने मसहरी खोली। उसके बाद दोबारा दरवाजा बन्द कर दिया।

मोक्षदा और गोपाली कौतूहल से बरामदे में चहलकदमी करती रहीं। कान लगाकर बातें सुनने लगीं।

'यह लो, मुँह पोंछ दिया। हाँ? क्या बोल रही हो?' बुढ़िया की आवाज सुनाई नहीं देती।

'साबूदाना अच्छा नहीं लगता? थोड़ा-सा खा लो? वाह! खा तो लिया।'

विपिन ने ऐसा कहकर साबूदाना खिड़की से बाहर उड़ेल दिया। उसके बाद बोला, 'पंखा झल रहा हूँ। क्या? अँधेरा क्यों है? आकाश में बादल घिर आए हैं, माँ।'

जाह्नवी माँ उसी प्रकार पड़ी रहीं। उनकी आँखों की कोरों से ढुलके आँसुओं के दाग अब दिखाई दिए।

विपिन ने इधर-उधर देखा। अंटी से चाबी निकालकर सन्दूक खोला। रुपयों के बंडल को नहीं छुआ। नीचे की तह में हाथ डालकर एक थाली खींच निकाली। उसमें से सोने की सिन्दूरदानी को उठा लिया। सन्दूक बन्द कर दिया। जाह्नवी की अँगुली से एक अँगूठी खींचकर निकाली। खच से चमकड़ी खिंच गई, पानी-सा रिसने लगा। दुर्गन्ध!

विपिन मन-ही-मन कुढ़ा, 'दिन-भर मुर्दे की रखवाली करूँ। उफ! कैसी दुर्गन्ध है!'

विपिन को भीत और चकित करता हुआ अँधेरा फिर आया। सुबह-सवेरे आसमान काला हुआ। फिर पानी बरसने वाला था। बिजली की चमक में जाह्नवी माँ के दाँतों की झलक दिखाई दे गई।

सोने का दाँत है रे!—मन-ही-मन विपिन बोला। मुँह में हाथ डालने की हिम्मत नहीं हुई। वह चारों तरफ निहारने लगा। हाथी-दाँत की कारीगरीवाला पलंग था। बेहद कीमती! कमरे के कोने में लकड़ी की अल्मारी, उसमें न जाने कितने शाल-दोशाले भरे पड़े थे। विपिन ने अफीम वाली चाँदी की डिबिया उठा ली।

विपिन के बाद गोपाल आया। गोपाल काफी हिम्मती था, बुद्धिमान भी। उसी ने मोक्षदा और गोपाली से कहा, 'डॉक्टर ने कहा है उन्हें माँगुर मछली खिलाओ। मछली को नरम करके गलाना होगा। उसके रसे में ही शक्ति है। तो अब माँगुर मिलेगा कहाँ? तुम दोनों चली जाओ, ताजपुर की हाट से एकदम बड़ी-बडी, मोटी मछली ले आना। मिट्टी की नई हँड़िया खरीद लेना।'

'जाने-आने में तो काफी समय लगेगा।'

'कोई बात नहीं, अगले पहर खिलाऊँगा।'

'डॉक्टर आएगा?'

'कहकर आया हूँ। उसे भी एक बार कहती जाना। तुम दोनों तो माँ का दायाँ-बायाँ हाथ हो।'

'ठीक है, जाते हैं, आज क्या वे नहाएँगी?'

'नहीं-नहीं। पानी बरसने वाला है न!'

'वह शीशी में क्या है?'

'ललित साह दे गया है। कहा है, माँ के नाम से लाया हूँ। कुछ नहीं तो बिस्तर पर ही छिड़क देना। सुगन्ध से उनका मन प्रसन्न रहता है।

'माँ, अब जल्दी जाओ। यह लो दस रुपए। तुम माँ के काम से जा रही हो, रास्ते में कुछ खा लेना।'

मोक्षदा और गोपाली ने हैरान होकर रुपया ले लिया। 'जय माँ! माँ रे!' कहते हुए

विपिन अन्दर चला गया। दरवाजा बन्द कर लिया। बन्द करते ही यूडीकोलोन की शीशी खोलकर जाह्नवी माँ की देह, वस्त्र और बालों पर उड़ेल दी।

उसके बाद पेशेवर दक्षता से विपिन जाह्नवी माँ की उँगलियों से बाकी बची अँगूठियाँ खोलने लगा और कहने लगा–

जाह्नवी जननी देवी आई इस ठौर
करने तीन भुवनों का प्रतिकार।
सुर-नर-निस्तारिणी पाप-ताप निवारिणी
कलियुग में ऐसा अवतार।
धन्य-धन्य वसुमती जिसमें गंगा की स्थिति
धन्य-धन्य-धन्य कलियुग में।
शत योजन में रहे गंगा-गंगा कहकर पुकारे
सुनकर यम भी चमत्कृत होवे।

स्तोत्र पाठ करते हुए ही उसने अपनी कमर से चाबी निकाल ली, सन्दूक खोला, रुपयों के बंडल की ओर देखा भी नहीं। सन्दूक के सिरे का ढक्कन खोलकर, हाथ डालकर सोने के बेल-पत्ते निकालकर अंटी में खोंस लिये। फिर सन्दूक बन्द करते हुए जोर-जोर से गंगा-स्तोत्र बाँचने लगा।

मोक्षदा और गोपाली बाहर निकलकर सबसे पहले मलय डॉक्टर के पास गए। बोले, 'जल्दी जाओ, उनकी हालत ठीक नहीं।'

मलय बोला, 'जा रहा हूँ, बेटी।'

मलय को लेकर रघु और राखाल ने जाह्नवी माँ के कमरे में प्रवेश किया। पीछे-पीछे अन्य पाँच भाई भी भीतर आए। रघु ने दरवाजा बन्द किया। बन्द करके गोपाल से बोला, 'तुम सम्हाल लो भैया, मैं बरामदे में चहलकदमी करता हूँ। कब कौन आ टपके!'

'ठीक है, जा।'

'रुपए लाए हो?'

'जरूर।'

रघु बरामदे में निकल आया। दोपहर का समय था। बाहर मन्दिर में माँ का भोग लग रहा था। पुरोहित जगन्नाथ पाणिग्रही का चीत्कार सुनाई दे रहा था, 'बजा, जरा जोर से बजा।'

ढोल-ढाक-काँसर-घंटा बजने लगा। पीतल की माँ भोग लेती रही। आज मंगलवार था। भोग में आज पाँच भाजी, व्यंजन और खीर थी। सोमवार को तीन व्यंजन, मंगल को पाँच, बुध को सात, बृहस्पति को नौ, शुक्र को ग्यारह, शनिवार को तेरह, रविवार को पन्द्रह व्यंजन, इसी तरह भाजी के साथ भोग। भाजी इतने व्यंजनों के साथ क्या दी जा सकती थी? इसे लेकर काफी चिन्ता थी।

भोग लग जाने पर जाह्नवी माँ के लिए गला हुआ भात और उबले हुए कच्चे केले लाए जाएँगे।

कमरे में मलय चकित होकर खड़ा था। राखाल ने फुसफुसाकर कहा, 'इसे रखो।'

'क्या है?'

'पाँच सौ रुपए। बिस्तर के पास जाने की जरूरत नहीं। कल रात को ही हो गया था।'

'हो गया था?'

'हाँ बाबू, तुम लोगों का हिसाब हो गया। उनके हिसाब से तो उन्होंने न जाने अब कहाँ जाकर देह धारण किया है। अब तुम्हें कहना होगा, वे ठीक-ठाक ही हैं।'

'उसके बाद?'

'हम निपट लेंगे।'

'पर...'

'अपना मुँह खोला कि मलय तुम्हारी लाश पड़ी मिलेगी। भाग नहीं पाओगे। यहाँ मकान बनवाया है, रह रहे हो...।'

'नहीं-नहीं, भागूँगा कहाँ?'

'फिर यही तय रहा।'

'मुझे बुलाया ही क्यों?'

'अरे वही मोक्षदा और गोपाली ने शोर जो मचाया, वो नहीं रहीं। अब तुम जाकर प्रचार कर दो कि देख आया हूँ, माँ स्वस्थ हैं। समझे! विपिन? उसके साथ जा।'

'समझ गया।'

मलय ने माँ के पैर छूकर प्रणाम किया। फिर झुककर देखा और बोला, 'भैया! जल्दी करना।'

'क्यों?'

'पानी रिस रहा है। बहुत दिनों से बीमार थीं।'

'तुम जाओ।'

मलय चला गया। वह बहुत ही असमंजस में था। उदास भी। कमरे का मलिन रूप, जाह्नवी माँ का मलिन बिछावन आँखों के आगे तैर रहा था। उसे तो पता था कि थोड़ा खाना देते, और थोड़ी-सी देखभाल करते...देवता की ऐसी मृत्यु क्यों? किसी गैर-जरूरी, अनचाहे जंजाल-स्वरूप वृद्धा की भाँति?

बाहर आते ही धनुर्धारी से मुलाकात हो गई। उसने पूछा, 'क्या हाल है उनका?'

'किसका?'

'माँ का?'

'कैसा? क्यों? ऐसी बात क्यों?'

'डरे हुए लगते हो?'

'डर? नहीं-नहीं।' मलय हँसने की कोशिश करते हुए बोला, 'नई दवाई दूँगा, वही सोच रहा था।'

'किसे?'

'माँ को।'

'कैसी हैं?'

'ठीक ही हैं।'

'मोक्षदा बुआ तो डर रही थीं।'

'अच्छी ही हैं। पर बहुत बारिश हो रही है न! इस समय शरीर में जकड़न-सी आ जाती है।'

'नई दवाई दोगे?'

'किसे?'

'माँ को?'

'अब दवाई...हाँ-हाँ दूँगा।'

उलटी-सीधी बातें करके धनुर्धारी के मन में सन्देह और संशय के बीज बोकर मलय चला गया।

उसी समय विपिन पहुँचा। बोला, 'क्या बात है धनुर्धारी?'

'जरा रुको, भैया।'

'क्यों?'

'कुछ बात है।'

'बाद में। डॉक्टर के पास हो आऊँ पहले।'

'क्यों जा रहे हो?'

'काम है रे।'

विपिन ने मलय तक पहुँचने के लिए कदम बढ़ाया, धनुर्धारी ने कहा, 'रुको। सीधी उँगली से घी नहीं निकलता।'–वो तेजी से बागदी-टोले की ओर चला गया। बोला, 'औरतों को बुला लाता हूँ। वो अन्दर जाकर देख आएँगी।'

खा-पीकर सातों भाई फिर जाह्नवी माँ के कमरे में गए। विपिन धनुर्धारी और मलय में हुई बातचीत का विस्तार से वर्णन करने लगा।

रघु बोला, 'धनुर्धारी? ओह, छि, छि!'

'क्यों? वो क्या यहाँ आ धमकेगा?'

'तुम्हारी भी मति मारी गई है मँझले भैया। वो जरूर औरतों को लेकर आएगा। वे तो कभी-कभार आया करती हैं।'

'तो फिर?'

'कुछ उपाय करना पड़ेगा!'

'क्या करें?'

'सुनो। गुग्गुल के धुएँ से कमरे में अँधेरा कर दो, उस कोने में दीया जलाओ, तुम छह जन गंगा-संकीर्तन करो। वो जब आएँगी, देखेंगे हम कीर्तन कर रहे हैं! आँगन में खड़ी हो जाएँगी।'

'और, शाम को? सन्ध्या आरती?'

'मैं तो हूँ न!'

मोक्षदा और गोपाली जब माँगुर-माछ लेकर लौटीं तो छह भाई माँ के कमरे में गंगा-कीर्तन कर रहे थे। रघु बाहर खड़ा था। उसने कहा, 'मछली को जिलाकर रखो और हाथ-मुँह धोकर कीर्तन सुन जाकर।'

'कीर्तन क्यों दादा?'

'उन्होंने सुनना चाहा है। हम लोगों का मलय भी अच्छा इलाज करता है। उन्होंने खाया भी, सोईं भी, उसके बाद सिरहाने बैठकर गा रहा था, देखो होंठ हिल रहे हैं। झुककर सुना, यह देख, कैसे मेरा रोम-रोम काँप रहा है। झुककर सुनना चाहा, तो बोलीं–गाना-गाना-गाना।'

'जय माँ! जय माँ!'

'गाना हो रहा है?'

'तुम यहाँ?'

'जो आएगा, उससे कहूँगा।'

धनुर्धारी आ पहुँचा। रघु की कूटनीति के सामने सब हार मान लेते हैं। रघु उन्हें देखते ही मुसकराकर आगे बढ़ा। बोला, 'आओ, आओ, आओ तुम सब। औरतें सब आओ। अन्दर आओ, ओ धनुर्धारी, आज सुबह से ही माँ के मुख से ज्योति निकल रही है। देखकर तो मलय चकित रह गया। अब देख, अपने आप कहा—गाना सुनूँगी।'

'वो बोल पाती हैं?'

'आवाज नहीं निकलती, पर बात तो समझ में आ जाती है।'

'बोली थीं?'

'और क्या? इसीलिए तो कीर्तन हो रहा है। अरे, तुम सब आओ यहाँ।'

धनुर्धारी ने कहा, 'अरे, सब जाओ।'

स्त्रियाँ आकर आँगन में बैठीं। हाँ, माँ तो लेटी हुई थीं, सिरहाने के पास दीया जल रहा था, बाल दिखाई दे रहे थे। छह भाई भजन गा रहे थे, कमरा धूप के धुएँ से अन्धकारमय था। सातों बहुएँ, सब बच्चे, थोड़ी-थोड़ी दूरी पर बैठे थे आँगन में। गाँव की स्त्रियाँ 'जय माँ!' बोलती हुई बैठ गईं। कीर्तन होता रहा।

ऐसे में रघु अपने और अपने भाइयों के बेटों सहित टोकरी भर-भरकर सन्ध्या आरती का प्रसाद—नारियल, लाई, लड्डू, फल लाकर सब लोगों में बाँटने लगा। केवल धनुर्धारी ने कुछ नहीं लिया।

रघु ने अन्दर आकर स्त्रियों को भी प्रसाद दिया। बोला, 'बेटियो अब तुम जाओ। माँ को पथ्य देना है, उन्हें सुलाना है।'

स्त्रियाँ लौट गईं। रघु ने पुकारा, 'मोक्षदा! गोपाली! हम तो हैं ही। तुम दोनों आज खा-पीकर ऊपर जाकर सो रहो।'

बहुएँ और बच्चे भी ऊपर चले गए। मूसलाधार बारिश हो रही थी। धीरे-धीरे परिवार के सभी लोग सो गए। रात बढ़ती रही। रघु लालटेन ले आया। दरवाजा बन्द कर दिया।

उसके बाद बोला, 'अब भैया ही बन्दोबस्त करेंगे। मैं अकेला ही क्यों?'

'नोटों के दो बंडल सरका लिये हैं, इसलिए। उफ, वो दो बंडल छोड़ देना ही मेरी मूर्खता थी।'

'इतनी जल्दी क्या है, सब तो जैसे कोरे कागज हैं, तो मैंने क्या अकेले ही सरकाया है?'

'नहीं, ऐसा तो नहीं। जिस दिन जिसकी बारी आती थी रेजगारी को नोट में बदलकर रखने की, वो उस दिन कुछ सरका लेता था। तुमने झट से दो बंडल क्यों हटा लिये? उस पर हम सबका हक है। समझे?'

'अच्छा! ऐसा ही होगा।'

'गले का हार?'

'उसे मैंने नहीं देखा।'

‘अँगूठियाँ?’

‘इतना हिसाब मत माँग, रघु। सोने के बर्तन और दीया बदलकर पीतल का रख छोड़ा है।’

‘मँझले भइया, तुमने चाँदी की घंटी नहीं ली?’

‘राँगा’दा की बात तो नहीं कर रहे। उन्होंने तो सदर में चार-चार आटे की चक्कियाँ लगवा ली हैं।’

‘रति, तूने खुद भी बस का परमिट ले लिया है।’

‘निवारण भी क्या किसी से कम है?’

रघु ने तुरन्त कहा, ‘रुको, खोलकर देखूँ किसी ने कुछ छोड़ा है या नहीं?’

सन्दूक खोलकर रघु ने ऊपर हाथ फेरा, नीचे की तह से थाल निकाला। फिर बोला, ‘ऐं, सोने का बिल्व-पत्र, चाँदी का रुद्राक्ष, सब कहाँ गए? चलो यही सही।’

वह झपाझप सब-कुछ अपनी अंटी में खोंसने लगा। यह देखकर रतिकान्त बोला, ‘ठीक है, लेता है तो ले। मैं तो केवल यह पलंग लूँगा, बस। बाजार दर देखकर बेचूँगा।’

‘शाल-दोशाले मेरे हुए।’

‘बर्तन?’

राखाल ने कहा, ‘वो तो ठीक है। पर अब क्या किया जाए? इस समय खुद लड़ मरे तो सर्वनाश हो जाएगा।’

‘हाँ, धनुर्धारी को तो शक हो गया है।’

‘सन्ध्या-प्रसाद नहीं लिया।’

‘भीड़ लेकर पहुँचा था।’

रघु ने अचानक कहा, ‘चुप।’

उसके बाद एक छलाँग लगाकर खिड़की के पास पहुँचा। बोला, ‘कौन? कौन है वहाँ?’

प्राचीर के उस पार से कदमों की आहट दूर हट गई।

रघु कान लगाकर बोला, ‘कोई आया था।’

‘धनुर्धारी?’

‘उसके अलावा किसकी इतनी हिम्मत होगी?’

‘धनुर्धारी!’

सभी भाई विवाद भूलकर एक-दूसरे के समीप आ गए। सबने राखाल और रघु की ओर देखा। राखाल बोला, ‘हम दोनों पर भरोसा रखो। देखो, बाप-दादा ने ही उन्हें सिर चढ़ा रखा था। कह सकते हो दादा ने ही, बाप तो दूरदर्शी थे। वो जानते थे, एक दिन उस धनुर्धारी के साथियों को सारा हिसाब-किताब देना होगा, इसी से अपने और अपने बच्चों के बारे में सोचकर थोड़ा-थोड़ा...’

‘तुम भी कमाल करते हो भैया! उस पुराने दान-पत्र को किसने याद रखा होगा? छोड़ो तुम।’

‘ओ, तुम ज्यादा समझदार बन रहे हो। मीटिंग, जुलूस, झंडा लिये हुए छोकरों की बात भूल गए क्या? वे ही तो धनुर्धारी को उकसा रहे हैं। इस बटाईदारी के कारण ही तो शहर में दलील-दस्तावेजों में खोजबीन शुरू हो गई। गू-खोरों ने दान-पत्तर ढूँढ़ ही निकाला, आखिरकार!’

'क्या बकते हो?'

'सच बात। मेरा गला पकड़कर एक सौ रुपया चन्दा ले लिया। बोले—देव सम्पत्ति के सेवकों के पास इतनी जायदाद कैसे आई भला? पाई-पैसे का हिसाब समझाना होगा। सब पब्लिक के कामों में लगाया जाएगा। हुँ-हुँ। तुममें से जिसने जो लिया, चलो उसका खयाल नहीं करते। ठीक ही किया। क्यों न लें? हिफाजतदार होकर निगरानी करें, और समय आने पर उनके हाथों सौंप दें। यह होता है कहीं? अरे मैं कहता हूँ, हम भी तो इनसान हैं कि नहीं?...'

'अब? अब इनके देहान्त की खबर अगर फैल गई तो जय माँ! तब उन्हें समझाओगे कैसे? सन्दूक में रखे खसरा-कागज, सोना-चाँदी का तो नामोनिशान नहीं, जमीन भी बेनामी। वो तो समझे बैठे हैं कि यहाँ कुछ-न-कुछ तो जमा हो ही रहा है।'

'वही तो बात है। देहान्त हो तब न! पर देहान्त होने ही क्यों दें? वे तो अब इस देह में नहीं हैं। अब अक्ल से इस देह को...'

सातों भाई अब एक हो गए और धीमे स्वर में सलाह करने लगे।

रतिकान्त अत्यन्त क्षुब्ध होते हुए बोला, 'हमसे इतनी सेवा ली, तो डेढ़ सौ साल और जी नहीं सकीं? बात तो कुछ ऐसी ही थी।'

'अरे उनके पापों के कारण। उन बागदी-धीवरों के पापों के कारण। दिन-रात ताक में थे, कब आँखें मूँदें, कब आकर सब कब्जा कर लें।'

'वही तो!'

'ऐसा तिकड़म करूँगा कि तेरा अस्पताल और स्कूल, रास्ता और पोखर सब हवा हो जाएँगे। जिससे जन्म-जन्मान्तर हमारा मुँह ताकते रहो। देंगे क्यों नहीं, देंगे जब गुड़ में मिठास नहीं रहेगी, तब छोड़ जाएँगे। तब ले लेना।'

'क्या कौशल करोगे?'

'चटाई में लपेटकर चारों उन्हें लेकर निकल जाओ। घनघोर बरसात की रात है। मील-भर चलना होगा, ऐसी भयंकर रात में सियार-कुत्ते भी नहीं निकलते, कोई नहीं देखेगा। जहाँ पर नदी की धार तेज है, वहाँ फेंक देना। महा-श्मशान भी है वहाँ। उनकी देह, बड़ी गंगा जरूर खींच लेगी।'

'और यहाँ?'

'हम तीनों जन यहाँ पर सब सम्हाल लेंगे। तुरन्त जाना और वापस लौट आना। यह तो जीवन-मरण समस्या है। मान लो यही सबसे बड़ा काम है। नहीं करोगे तो हम पर कोई फौजदारी का मामला ठोंक देगा। मामला करने की हिम्मत है सीने में? मामले की बात को याद करके यह काम कर डालो।'

'इधर क्या होगा, हाँ भैया?'

'झटपट लौटना। बहुत काम पड़ा है। यह तो हुई, हमारी, जिसे कहते हैं, अग्नि-परीक्षा।'

'इधर क्या होगा, कुछ तो बोलो।'

'जय माँ! माँ की बात सोचकर ही तो दिमाग चलने लगा। इधर मैं कहूँगा, क्या कहूँगा जानते हो? माँ उठ बैठी थीं, अरे सौ-डेढ़ सौ साल रहूँगी, तो नए चोले में रहने की साध है, बोलती हुई माँ उस पीतल की मूर्ति में सशरीर अन्तर्धान हो गईं।'

'ऐं?'

'ऐसा ही कहूँगा।'

'मैं यहाँ हूँ और नेपाल और विपिन। तुम चारों निकल पड़ो। चटाई लो, रस्सी लाओ। सीढ़ी के नीचे से एक बाँस ले लेना। सफेदी करनेवाला डंडा। माँ की भी यही इच्छा है रे। आसमान से कैसे पानी बरस रहा है।'

'बाहर कौन खड़े हैं, देख लें?'

'अरे हटाओ। भीगने दो। तुम सब तो पिछवाड़े से निकल रहे हो। बाँस-वन की सीमा पार कर, बाग को पार करते हुए जाओगे। जाओ, जाओ, काम में लग जाओ।'

चटाई, बोरा और रस्सी मँगवाई गई। अब जाह्नवी माँ को उन लोगों ने नग्न कर दिया। देह में सब जगह ढूँढ़-ढूँढ़ कर देखा। अँगुली में चाँदी का बिछुआ था, उतार लिया। सोने के दाँत की बात सबके मन में थी पर जीभ ने मुख के गह्वर को पूरी तरह भर दिया था। सम्पूर्ण शरीर सूजा हुआ और पानी से भरा था। चमड़ी खिंची-खिंची सी। विर्सजन से पूर्व नई कान्ति हो जैसे। आँखों की कोरों से क्या ढुलक रहा था? आँसू? जैसे मृत जननी रो रही हो। इन्होंने उनका इस्तेमाल करते-करते आज उन्हें नंगा कर दिया, निःशेष कर उसे फेंक रहे थे। फिर उनका नाम रट-रट कर ही और लूटेंगे, और खाएँगे। ऐसा तो उन्होंने नहीं चाहा था। शस्य-खेत और तालुका, आबादी भूमि और आहार, सब-कुछ जात-धर्म ने देखकर सब मनुष्यों में बाँटना चाहा था। पर ऐसा नहीं हो सका।

'आँखों में आँसू।'

'लाश सड़ गई थी, पानी रिस रहा था।'

'नहीं आँसू! रो रही हैं।'

'चुप! उठा चटाई में। '

उस तूफानी रात में, घोर अन्धकार में, पिछवाड़े के सँकरे चोर रास्ते से जाह्नवी माँ विदा हो गईं। बदबू फैलाकर, पानी रिसाकर, शव देह से अपना पूरा जोर लगाकर वाहकों को बाधा देने की कोशिश करती रहीं। पर सक्षम नहीं हुईं। राखाल आदि की नाक में कोई दुर्गन्ध प्रवेश नहीं करती।

आकाश ने हाहाकार किया, हवा ने भी। मेघों के झुंड-के-झुंड मतवाले हाथियों की तरह उत्पात करते रहे और बरसते रहे। विद्युत ने बार-बार अपने दाँत दिखाए। जाह्नवी माँ विसर्जित होने चलीं।

श्मशान निकट आया। उन्होंने कन्धे से लाश उतारी। इधर दो जन, उधर दो जनों ने मिलकर लाश उठाई और झप से पानी में फेंक दिया।

आश्चर्य! लाश वहीं घूमती रही।

अकले दिन आसमान साफ होने पर श्मशान के डोम ने देखा। पास जाकर, डंडे से धकेलते हुए देह को लहरों के बीच करना चाहा। पानी में गिराए जाने के धक्के से या कन्धे पर लाए जाने के हिचकोलों के कारण शव देह के दाँत बाहर निकल आए थे।

'सोने के दाँत!'—डोम ने आग्रहपूर्वक कहा, 'सुबह जो मिल जाए, लाभ है, पर यहां सोने से मढ़े दाँतोंवाली लाश को पानी में किसने फेंका?'

औरत ने कहा, 'देख लो।'

'उफ, बिलकुल नंगा करके फेंक गए।'

'बुढ़िया को जी का जंजाल समझा होगा।'

डोम ने नकली दाँतों को निकाल लिया, औरत को दे दिया और बोला, 'तुम कौन हो नहीं जानता, माँ, गंगा की सहेली बन जाओ!'

कुशल हाथों के धक्के से शव देह बीच दरिया में बह चली, और अब बड़ी तेजी से गंगा में विलीन होने लगी।

तालन्दी में भोर-रात से ही पतितुंड-गृह में शंख-घंटा-काँसर बजना शुरू हो गया। उन वाद्यों से भीषण शोर होने लगा। गाँववासी बरसात में भीगते हुए दौड़े चले आए। विनिद्र लाल आँखें लिये सबसे आगे खड़ा था धनुर्धारी।

आश्चर्य! परम आश्चर्य! आज अन्दर महल का दरवाजा खुला था। आज सबको खुला निमंत्रण था। सब आओ। आँगन में खड़े हो जाओ। दरवाजा खोल दिया है, आँखें भरकर देखो सभी।

'क्या देखें? क्या हुआ?'

सातों भाई रेशमी वस्त्र धारण कर हाथ जोड़कर खड़े हो गए। बोले, 'कल अलौकिक देवी महिमा घटित हो गई। बीच रात में देवी सशरीर उठ बैठीं और बोलीं, अभी उनके इच्छित कार्य समाप्त नहीं हुए। जीर्ण-शीर्ण देह एक पुख्ता निवास स्थान चाहती है। इसलिए उन्होंने स्वयं ही एक निश्चय किया है। ऐसा कहकर जाह्नवी माँ सशरीर विलीन हो गईं। देखा तो बिस्तर पर पीतल की प्रतिमा रखी थी।'

नहीं। अब कोई सन्देह नहीं है। फूलों से ढके बिस्तर पर उनकी पीतल की प्रतिमा रखी हुई थी। मन्दिर के सिंहासन पर फूलों का ढेर। अगर यह अलौकिक-तत्व नहीं तो फिर अलौकिकता क्या है? नास्तिकों को उचित शिक्षा देने के हेतु ही जननी ने अपनी महिमा का प्रदर्शन किया था।

'मैं नहीं मानता।'—गरज उठा धनुर्धारी। राखाल ने क्षमापूर्ण भाव से मुसकराते हुए कहा, 'हर युग में नास्तिक हुआ करते हैं रे। उनके लिए ही देवता आते हैं।'

'वे मर चुकी हैं, तुमने कुछ किया होगा।'

'मर चुकी हैं? उनकी मृत्यु हो सकती है? एक कलेवर से दूसरे कलेवर में जाना ही उनकी लीला है। जब तक गंगा बहेगी, तब तक वो रहेंगी।'

'तू बोलनेवाला कौन है?'

'यह देवी तो अनन्तकाल तक रहेंगी।'

'तब तो वे भी अनन्तकाल तक रहेंगी? अब सुनो। इस महिमा के कारण तीन दिनों तक सबको यहाँ प्रसाद मिलेगा। तीन दिनों तक सब यहीं आना।'

'नहीं-नहीं-नहीं।'—धनुर्धारी का विरोध अन्य लोगों के हर्षोल्लास के नीचे दब गया। ढाक-ढोल-काँसर बजता रहा। राखाल बोला, 'अब वे अन्दर सेवा ग्रहण करेंगी। पूजा अन्दर-बाहर दोनों स्थानों पर की जाएगी। कितने काम हैं, उसके बाद प्रतिमा को सिंहासन पर भी स्थापित करना होगा।'

धनुर्धारी विवश होकर चीखा, 'तुम्हारा प्रसाद मैं नहीं खाऊँगा। श्मशान जाऊँगा मैं, नदी में तलाश करूँगा। तुम लोगों ने रात-ही-रात में उन्हें पार लगाया है। जरूर ऐसा ही हुआ होगा।'

वह दौड़ता हुआ चला गया। वह अकेले ही ढूँढ़ेगा, कौन-से मार्ग से, कौन-से उपाय से रक्त-मांस से बनी माँ विदा हो गई, निष्प्राण धातु की प्रतिमा राखाल आदि के हाथों की कठपुतली बनी निष्प्राण आँखों से देखती रही, किस कौशल से राखाल और उसके भाई धनुर्धारियों को उनके कानूनी अधिकार से वंचित कर स्वयं खीर में डूबे रहते हैं।

प्रचंड आक्रोश की ज्वाला में तपे धनुर्धारी को लगा कि उसमें यह कार्य करने की क्षमता है। आक्रोश ही मनुष्य को साहसी बनने की प्रेरणा देता है। धनुर्धारी जैसे मनुष्य को भी।

मूलभूत अधिकार और भिखारी दुसाध

नवागढ़ की सीमा और बस रास्ते पर वह जगह थी। नवागढ़ को एक छोटा-मोटा स्टेट अथवा बड़ी जमींदारी कहा जा सकता था। जमींदार को 'राजा' का खिताब मिला था। आजादी के साल राजा साहब साल-भर के थे। उसके बावजूद आज भी वे राजा साहब के नाम से ही जाने जाते हैं। जमींदारी खत्म हो जाने पर भी राजा साहब निःसम्बल नहीं हुए। राज्य समूह हस्तान्तरण के समय बहुत-सी जमीन प्रचलित नियमानुसार लगभग पच्चीस ठाकुर-देवताओं के नाम संरक्षित करा ली गई थी। इसके बावजूद राजा साहब पर चरम अन्याय हुआ। राज्य सरकार ने पाप का काम किया। बस-मार्ग तथा रेल लाइन बनने के कारण राज्य तथा केन्द्रीय सरकार ने उनकी संरक्षित जमीन हड़प ली।

राजा साहब की किशोरावस्था में ही यह सब घट चुका था। कुशल राजमाता तथा उनके परम अनुयायी वकील का इस चरम अन्याय से दिल टूट गया। फिर राँची और पटना में कानूनी परामर्श लिया जाने लगा। इधर राजा साहब के दिन गुजरान की व्यवस्था साथ-ही-साथ चलती रही। आबादी जमीन, जंगल-कटाई, ठेकेदारी तथा काठ-चिराई कारखाना, ट्रक-ट्रांसपोर्ट का कारोबार आदि को पुख़्ता कर लेने के बाद अन्याय के प्रतिकार के लिए भागदौड़ शुरू हुई।

करीब छः साल बाद एक मामले में सफलता प्राप्त हुई। नवागढ़ में उत्सव का माहौल था। प्राथमिक विद्यालय में छुट्टी हो गई। राजमाता ट्रांसपोर्ट के एक सौ ट्रकों को भी उस दिन बन्द रखा गया। राजा साहब के आवास 'सूर निवास' से रंगीन कागजों से ढके मिठाइयों के टोकरे और थाल तोहरी की कचहरी, टाहड़ के शिव मन्दिर आदि जगहों में सौगात के रूप में भेजे जाने लगे।

अरसे बाद नवागढ़ में सभी मुक्त महसूस कर रहे थे। राजा साहब ने खबर भिजवा दी— अपने खर्चों से खुशी मनाओ, धूम मचाओ, घर-घर दीप जलाओ। वैसा न कर पाने पर भी लोग अपने को हलका महसूस कर रहे थे। लगभग दस मास पहले राजा साहब की जमीन के बटाईदार खेतिहरों में प्रबल आक्रोश नजर आया था। ऐसी घटनाएँ पिछले लगभग आठ सालों से हो रही थीं। लेकिन कभी वहाँ पुलिस आकर रुकी नहीं।

राजा के लठैत पहले बटाईदारों को मारते थे, बाद में पुलिस आती थी। बटाईदारों में जिन्हें नेता समझा जाता था, उन्हें वह पकड़कर ले जाती थी।

ऐसा तो होता ही आया है, होता ही रहेगा। नवागढ़ की मिट्टी जितनी पुरानी है, घटनाएँ भी उतनी पुरानी हैं।

इस बीच हर साल बटाईदारों की संख्या बढ़ती गई। फसलों की बटाई और अपने

अधिकारों के बारे में उनकी चेतना बढ़ी है। पुलिस को सन्देह था कि इसके पीछे किसी तीसरी ताकत का हाथ है।

तीसरी ताकत भी शायद एकदलीय नहीं थी। चाहे वह कमनिस (कम्युनिस्ट) हो, चाहे आदिवासी हितों की संरक्षक, चाहे वह उग्रपन्थी हो, लेकिन सभी साले गरीब किसानों की मदद करते हैं।

इसी के चलते इस बार गड़बड़ी की आशंका थी। इस बार तीन महीना पहले बटाईदारों ने जो लड़ाई की थी, उसमें उन्होंने एक कपड़े पर लिखा था–'मेहनत की फसल के आधे बट्टे पर हम लोगों का मूलभूत अधिकार है।'

उस कपड़े को दोनों किनारों पर बाँस से बाँधकर उसे लेकर घूमे थे। उनकी वो बातें काफी हद तक परेशान करनेवाली थीं। उनका कहना था बटाईदार, राजा साहब के बटाईदारों का कहना था अपनी मेहनत से उगाई गई फसल पर उनका जायज अधिकार है। यह भला कोई बात हुई? इसके अलावा वे लोग तो अनपढ़ थे तो फिर इसे लिखा किसने?

राजा साहब को लगा कि वो बेहद ठगे गए हैं। उन पर बेहद अन्याय हुआ है, अत्याचार हुआ है। सरकार ने उनकी जमीन हड़पकर बस तथा रेल-मार्ग तैयार किया है। हालाँकि इसी के चलते उनकी राजमाता ट्रांसपोर्ट के ट्रकें उस सड़क से लकड़ी, कोयला, अनाज, मजदूर वगैरह की ढुलाई कर रहे हैं। रेलगाड़ी के डिब्बे, उनके चिरे, तख्ते ढो रहे हैं। मगर यह तो गौण बात है। इस अन्याय का प्रतिकार तो हुआ ही नहीं। इधर बटाईदारों का यह नया अन्याय? फसल का हिस्सा चाहिए, सरकार के श्रम कानून के हिसाब से हिस्सा।

इस बार बटाईदारों ने राजा के आदमियों को फसल नहीं ले जाने दिया। बोले–मारो सालों को। मारते-मारते मथुरा सिंह को उन्होंने जख़्मी कर दिया, चन्दनमल की बन्दूक छीन ली। स्वयं राजा साहब को गोली चलानी पड़ी जिससे उनमें से कई मारे गए।

ऐसा तो होता है, हुआ ही करता है। नवागढ़ की मिट्‌टी जितनी पुरानी है, ये घटनाएँ भी उतनी पुरानी हैं। नाती को सुनाते हुए कोई दादी माँ परी-कथा सुनाने के सुर में कहा करती है–उसके बाद आए राजा साहब! बोले–का दुखिया, ई का खचड़ाई है? तोहार नाना बोले–का खचड़ाई? फसल दिया करो, और तुम्हार हत्यारा सिपाही लोगन को जाने को बोलो। उसके बाद चलाया राजा साहब गोली। मार दिया तोहार नाना को, फाट गया कलेजा और ऐसा खून निकला जैसे भादों में गंगा जी में पानी।

ऐसा तो होता आया है, होता ही रहेगा। जमीन के धनी मालिक और गरीब किसान–खेत मजूर–बटाईदार, की कहानी में ऐसा ही होता आया है। इस कहानी को कोई बदल नहीं सकता।

मगर इस बार बात कुछ अलग थी। वे लोग, मारते-मारते, मार खाते-खाते नारे लगा रहे थे–

मेहनत की फसल का आधा बट्‌टे पर,
हम लोगों का, मूलभूत अधिकार है।

ऐसा तो नवागढ़ की धरती के जीवन काल में कभी नहीं हुआ। फलतः पुलिस ने डेरा डाल दिया। दुखिया की लाश का चालान हुआ। जख़्मी लोग सब अस्पताल गए। बटाईदारों

पर शान्ति भंग और कानून भंग का केस चला। अचानक एक नया झमेला हुआ। बटाईदारों की यूनियन ने भी अदालत में अर्जी भेजी है कि वे भी लड़ेंगे।

इन्हीं सब कारणों से नवागढ़ में पुलिस के डेरा डालने से सभी दबाव में आ गए। तीन महीनों तक सभी चुप थे। इन सबसे राजा साहब को क्या लाभ हुआ? हवा में भारीपन जैसे थोड़ा हलका हुआ हो। जो कुछ हो रहा था लोग उसी की चर्चा कर रहे थे।

भिखारी दुसाध को कोई अहमियत नहीं दे रहा था। देता भी क्यों? वो था भी अत्यन्त भीरु और निरीह। घूमते हुए बकरी चराना ही उसकी जीविका थी। बकरियाँ ही उसके रोजगार का एकमात्र जरिया थीं। बकरी को किसी प्रकार के रख-रखाव की जरूरत नहीं पड़ती। तरह-तरह के पत्ते खाती हैं, घास तो चरती ही हैं। साल-भर में एकाधिक बार बच्चे जनती हैं।

कोई दूसरा होता तो बकरियों के द्वारा अपना भाग्य बदल देता। पर भिखारी का दुर्भाग्य! उसकी बकरियों ने तो परिवार नियोजन कर रखा था। दो बकरियाँ, एक बकरा या फिर एक बकरी, दो बकरा—इसी से ज्यादा नहीं बढ़ता था। का किया जाए महाराज। भिखारी की फूटी तकदीर।

कोई दूसरा आदमी होता, बकरियाँ चराकर अपनी तकदीर बदल देता। तेरा भाग्य क्यों नहीं फिरता? कैसे फिरेगा? जंगल में बकरियाँ चराता हूँ। कभी लकड़बग्घा ले जाता है कभी सियार। एक पाव सत्तू दे दो लालाजी, और थोड़ा-सा नींबू का अचार। पाँच पैसे का। पाँच पैसे का नमक भी देना।

'बस! इतना ही?'

'हाँ लालाजी।'

'भिखारी तू हाट में बकरी क्यों नहीं बेचता? हाट में बेचने से ज्यादा दाम मिलेगा।'

'का किया जाय? मुझे तो कोई ज्यादा दाम देना ही नहीं चाहता।'

भिखारी फीकी हँसी हँसता है और अपने अवांछित अस्तित्व के लिए जैसे लज्जित होकर चला जाता है। बीच-बीच में वह गोद में बच्चा लेकर बड़ी बकरियों को खदेड़ता हुआ जंगल की ओर भागता नजर आता है।

उसकी आँखों में, चेहरे पर अनजाना डर और उद्वेग नजर आता है। होंठों के कोरों में झाग। भिखारी जब भी डरता है, उसका गला सूख जाता है। होठों के कोरों में झाग नजर आता है।

पहले-पहल नवागढ़ के लोग हैरान होते थे। पूछते, 'क्या हुआ, भिखारी?'

'पुलिस आई है, पुलिस।'

'उससे तुझे क्या?'

'वे बकरा उठाकर ले जाएँगे।'

भिखारी भागता जाता था। जंगल में लकड़बग्घा और सियार हैं, बकरी के दुश्मन थे सभी। मगर भिखारी की एक ही दुश्मन थी—पुलिस। वह जंगल के भीतर चला जाता है, वहाँ जाकर आरी से पेड़ की शाखाएँ काटकर बकरियों का बेड़ा बनाता। बकरियों को उसके अन्दर घुसा देता। खुद बेड़े के सामने बैठकर डर से काँपता रहता।

जायदाद के नाम पर उसके पास कुछ नहीं था। जो कुछ भी थीं ये ही बकरियाँ थीं।

न जमीन-जायदाद, न घर-परिवार, न कोई काम-काज। लँगोट पहनता और बकरियाँ चराता। यह कोई बुरा काम तो नहीं। अगर उसके पास कभी दस-पन्द्रह बकरियाँ हुईं तो वह उन्हें सबसे पहले शुमादी की हाट में ले जाएगा। बहुत रुपयों में बेचेगा। गाभिन बकरी को छोड़कर बाकी सब बेच देगा।

उसके बाद बड़ी वाली धोती खरीदेगा। हमेशा छोटी धोती ही खरीदता है और लँगोट जैसा पहनता है। हाँ, एक नया गमछा भी खरीदेगा।

उसके बाद शुमादी या कहीं और दुसाध टोली में पता लगाएगा।

हाट में नाई वगैरह आते हैं, वे बता सकते हैं। किसी विधवा, बड़ी उम्र की दुसाधिन से ब्याह करेगा। तब शायद उसका एक घर भी होगा। दो के रहने पर बकरियों की संख्या में भी बढ़ोतरी होगी।

लेकिन भिखारी के जीवन में उसका सपना कभी सच नहीं होता। बाढ़ा गाँव के दुसाधों ने जंगल-जमीन पर दुसाध टोली बसाई थी। भिखारी वहाँ ठीक-ठाक ही था। लेकिन का किया जाए महाराज! बाढ़ा के गनेशी सिंह मालिक थे, वो जाने क्या हुआ उनके साथ दुसाधों का। गणेशी को मार दिया दुसाधों ने। पुलिस गाँव में आकर बैठ गई, और वे दुसाधों के बकरी-बकरे उठाने लगे। भिखारी के भी।

कितना रोया था भिखारी। मेरे पास और कुछ नहीं सिवाय इन बकरा-बकरियों के। लेकिन पुलिस कुछ नहीं समझती। आखिरकार बाँके दुसाध ने कहा, 'गाभिन बकरी को लेकर भाग जा। नाढ़ा गाँव में कोई गोलमाल नहीं। मैदान है, चराई के लिए। बरगद के पेड़ के नीचे पड़े रहना।'

बरगद वाले फूस की झोंपड़ी। बकरी का बच्चा हुआ। वह बड़ा हुआ। नाढ़ा के मालिक-परिवार सब राजपूत लोग हैं। मांस खाते हैं। देह में खूब ताकत है। उन्होंने भिखारी की ओर देखा तक नहीं। मांस खाना होता तो बकरा खरीदते थे। दाम बहुत कम देते। आठ रुपया, दस रुपया, दस-बारह-पन्द्रह सेर मांस का दाम, भला उससे क्या होता है? का किया जाए महाराज? सबके नसीब में सब-कुछ लिखा होता है क्या? लेकिन नाढ़ा के एक मालिक-परिवार ने एक औरत को गोली मार दी। होली के गाने की टोली में थी वो। बस नाढ़ा में आ पहुँची पुलिस। पुलिस के आते ही मालिक परिवार ने भिखारी दुसाध से एक बकरा लाने के लिए कहा। तीन दिन में तीन बकरे पुलिस को देकर भिखारी वहाँ से भाग खड़ा हुआ।

सबके लिए ये दुनिया बहुत बड़ी नहीं होती, भिखारी के लिए दुनिया बहुत ही छोटी है। नाढ़ा के बाद टूटे दिल से भिखारी जा पहुँचा टाहड़। टाहड़ के शिव मन्दिर के पुजारी हनुमान मिश्र को प्रणाम भी कर आया था।

क्या चेहरा था उनका! गोरा रंग, शरीर से जैसे तेज निकल रहा था। कैसे न होई? देवता रोज दूध पीते हैं, दूध से नहाते हैं, महादेव भगवान के साथ बातें करते हैं।

भिखारी वनांचल के दुसाध गंज के टोले में गया था। टाहड़ के दुसाधों ने उसे बड़े प्रेम से अपना लिया। बकरियों को चराते समय एक बूढ़ी दुसाधिन उसकी गाभिन बकरी की देखभाल करती थी। वो उसकी रसोई भी पका देती थी। उन सभी ने उससे कहा था, 'यहीं रह जाओ। हमारे समाज में एक घर और बढ़ेगा। तुम्हारी शादी भी करा देंगे।'

अच्छा-भला था भिखारी वहाँ, पर देवता के पास एक दिन एक दरोगा आया। सात दिनों तक रुका रहा टाहड़ में। देवता ने कहा, 'भिखारी दुसाध, दरोगा को खिलाने के लिए एक बकरा दे दे।'

'देवता मैं तो इसे बेचने जा रहा था।'

'अरे भाई, देउ-देउता और बराम्मन के बाद पुलिस-दरोगा होते हैं, उन्हें खिलाना है। भला इसमें पैसे की क्या बात है?'

बकरा भेंट में देने के बाद भिखारी ने टाहड़ छोड़ दिया। टाहड़ के दुसाधों ने दुख प्रकट किया। का किया जाए? भिखारी के पास तो तुम्हारी तरह मजदूरी, खेत मजदूरी, परमिट लेकर जंगल की सूखी लकड़ी तोड़ने वगैरह का काम नहीं है। बकरियाँ ही उसका सर्वस्व हैं। बकरियाँ पालेगा, बेचेगा, पालेगा, बेचेगा। लेकिन पुलिस बार-बार आकर उसकी जीविका का साधन ही नष्ट कर देती है।

टाहड़ का दुसाध टोला उसे बहुत अच्छा लगा था। उनसे भी गरीब समझकर भिखारी को किसी ने छोटा नहीं समझा। बूढ़ी माँ ने घाटो और धूँधुल की सब्जी बनाकर खिलाया था। हरवा की बहू ने अपने लड़के के हाथ से करौंदे का अचार, छठ परब का प्रसाद भिजवाया था। हरबा ने जब-जब साही का शिकार किया, उसका मांस भिखारी ने भी खाया था।

सब छोड़-छाड़कर आखिरकार पहुँचा नवागढ़। प्राथमिक स्कूल के मास्टर सुखचाँदजी अच्छे इनसान थे। स्कूल की कच्ची इमारत के पास बरगद के तले बैठकर भिखारी से बात करते थे। उम्र कम थी, इन जगहों की रीति-नीति समझते नहीं थे। इसलिए कहा—रात को तो प्रौढ़ों को पढ़ना सिखाता हूँ, तुम भी चले आना भिखारी।

का किया जाए महाराज? भिखारी को तुम पढ़ना सिखाओगे? हो गया! भागो भिखारी नवागढ़ से। राजा साहब भगा देंगे, पुलिस चली आएगी, लाला सौदा नहीं देगा, कुएँ का पानी नहीं मिलेगा।

सुखचाँद ने कहा, 'कइसे होई?'

'कइसे ना होई? इस टारच बाती देख के हम पूछ ले। लालाजी, और कत्ते दाम हो। लाला केतना गुस्सा होई। का भिखारी, तू दुसाध हो, छोट काम करत रहल, अबका टारच जलाएगा?'

नवागढ़ में भिखारी एक टूटी बस में रहता है। टूटी बस, टूटा ट्रक राजा साहब का मोकील खरीदता है। जमा होते जब बहुत सारा हो जाता है तो तोड़-तोड़कर लोहा-लक्कड़ के दाम बेच देता है। वह वहीं रहता है। वहाँ कई भिखमंगे रहते हैं। बस और ट्रकों के बीच-बीच घनी घास है। बकरियाँ वहीं चरती हैं। बकरी चराई के लिए नवागढ़ में अब भी हरे मैदान हैं। भिखारी के पास इतनी बकरियाँ भी नहीं कि मैदान साफ कर दे। जंगल में बैठे-बैठे भिखारी यही सब-कुछ सोचता है। सोचता ही रहता है। पुलिस लालाजी की दुकान नहीं लूटती, ग्वालों की गाय नहीं छीनती, जिसके पास जो है, रहने देती है, पर उसकी बकरियाँ क्यों छीनती है? बकरियों के अलावा तो उसके पास और कुछ भी नहीं है।

उसके बाद बकरियों को बाड़े में बन्द करके मन-ही-मन रामजी ('औतार') का स्मरण करके उन्हें अपने पशुओं की रक्षा के लिए कहकर वह धड़कते दिल से नवागढ़ पहुँचा अपने ठिकाने पर। ऐसे में लँगड़ा, कानी और कुष्ठ रोगी छोकरा दोरा उसकी बहुत मदद करते हैं। उन्हीं से पता चला कि पुलिस अभी भी थी। तू यहाँ से भाग जा।

पानी की गगरी और सत्तू-गुड़ लेकर भिखारी फिर जंगल में लौट गया। रामजी अवतार कभी कृपा करते हैं तो बकरियाँ सुरक्षित रहती हैं। कभी भुला देते हैं भिखारी की प्रार्थना। तब लकड़बग्घा किसी को उठा ले जाता है। या फिर साँप डस लेता है बकरे को। सियार ले जाता है बच्चे को।

जंगल ले जाकर भिखारी उन्हें पानी पिलाता था। खुद सत्तू-गुड़ धोती के खूँटे में पानी से मसलकर खा लेता था। रोजाना उसे नवागढ़ जाना पड़ता था। फिर एक दिन पुलिस चली गई तो वह लौट आया।

इस बार तो तीन-तीन महीने तक नवागढ़ में पुलिस बैठी रही? भिखारी तो जंगली ही बन गया था। जंगल के किनारे-किनारे वह चला जाता था बाढ़ा की ओर। वहाँ जंगल में इसकी भेंट राँका दुसाध के साथ हो गई। राँका की मदद न मिलती तो इस बार भिखारी के लिए इतने दिनों तक जंगल में रह पाना मुश्किल था।

राँका ने उसकी समस्या को ध्यान लगाकर सुना। फिर बोला, 'ठहरो, मैं देखता हूँ।'

तीन-चार दुसाध लड़कों को लेकर राँका जंगल के बीचोबीच चला गया। राँका ने वहाँ बकरियों के लिए एक मजबूत बाड़ा बना दिया। इसके ऊपर पत्तों की छत डाल दी। फिर उसने कहा, 'अब से यहीं रहो। तुम्हें पानी उस नाले से मिल जाएगा।'

'खाऊँगा क्या?'

'पैसा दो, खरीदकर दे जाऊँ।'

कुछ दिनों बाद राँका बोला, 'पता नहीं कितने दिन पुलिस रहेगी। उस बकरे को बेच दो।'

'कहाँ?'

'हाट में।'

'तोहरी में'

'और कहाँ?'

'कभी गया नहीं।'

'विश्वास हो तो मुझे दे दो।'

'कैसी बात करते हो राँका? भला विश्वास नहीं करूँगा?'

'ठीक है, देखता हूँ।'

राँका ने बकरे को बेच दिया। साठ रुपए हाथ में लेकर भिखारी को लगा वह राजा बन गया है। इन तीन महीनों में उसकी बकरी ने एक बच्चा जना और एक बकरा बेचकर खुराकी का रुपया उसने राँका को दिया।

राँका से ही सूचना मिली, अब पुलिस नहीं है। कभी-कभार टोले में मिलने चले आना!

बाढ़ा की टोली में ही एक दिन कनु दुसाध ने बताया कि नवागढ़ से पुलिस चौकी उठ रही है।

'सच?'

'ऐसा ही सुना है।'

भिखारी को लगा, अब चले जाना ही ठीक है। कुल मिलाकर उसके पास आठ बकरियाँ थीं। दो बकरियाँ, दो बकरे, चार बच्चे।

राँका ने कहा, 'पहले चले जाने दो, तब जाना।'

पुलिस चली गई, चौकी उठ गई। उसके बाद भिखारी नवागढ़ रवाना हो गया। अपने डेरे पर लौटने की बात से वह बहुत खुश था। और नवागढ़ में जब वह अपने घर पहुँचा, तब उसे देखते ही भिखारी इतने खुश हुए कहना ही क्या।

कानी ने झाऊ डाल से उसकी झोंपड़ी को बुहार दिया। एक आँख से सब देखकर कहा, 'देख ले, सब ठीक है न?'

'हाँ-हाँ, सब ठीक है। घास से बुनी हुई चटाई, टूटे मुँहवाली बोतल, टीन की कुप्पी।'

'पता है भिखारी?'

'क्या? दोरा तो भाग गया।'

'कहाँ?'

'शुमादी। हाट में बैठने से ज्यादा पैसा मिलेगा। और लँगड़ा क्या करता है, पता है? दालि को भगाकर, दूसरी औरत रख ली।'

'तू?'

'मुझे कौन लेगा? एक आँख से दिखता नहीं। दोनों ही आँखें कानी होतीं तो ज्यादा भीख मिलती। और उतनी अधेड़ भी नहीं। इसलिए लोग कहते हैं, मेहनत का खा नहीं सकती? क्या कम खटती हूँ मैं? जाती नहीं तोहरी? इतना लम्बा रास्ता पैदल नहीं चलती?'

'हाँ, ठीक कहती है।'

'बाप रे, कितनी बकरियाँ हो गईं?'

'कल ही बेचने जाऊँगा।'

'नवागढ़ की और भी खबर है।'

'क्या?'

'राजा साहब को जाने क्या मिला है सरकार से। उसी की धूम मची है, और खाना-पीना, संझा को आतिशबाजी होगी।'

'तुम लोगों के मजे हैं।'

'ये ऐसे लोग नहीं हैं कि जूठन पत्तलों में छोड़ दें। हमें क्या मिलेगा? हाँ खाया जरूर था एक बार, जब तोहरी के बैजनाथ लाला की माँ गुजरी थी, तब कितनी सारी पूरी-कचौड़ी–'

'हाँ, हाँ।'

'कहाँ जा रहा है?'

'एक बार सुखचाँदजी के पास हो आऊँ।'

सुखचाँदजी उसे दुसाध और बकरी चरवाहा कहकर घृणा नहीं करते। नवागढ़ में आने के बाद किसी ने भिखारी से पूछा तक नहीं, 'कैसे हो भिखारी! इतने दिनों तक कहाँ रहे?'

वह जब रहता है, तो भी किसी को दिखाई नहीं देता। वह अब आया है तो भी किसी को दिखाई नहीं देता। का किया जाए महाराज? ऐसा तो होता ही है, ऐसे ही चलता है। बकरी का मांस और दूध के जुगाड़ के लिए भिखारी की जरूरत पड़ती है। बहुत सस्ते में मांस और दूध के जुगाड़ के लिए। लेकिन सिर्फ इसलिए उसे भी किसी गिनती में रखना? ना, ना, ऐसा नहीं हो सकता। यह कहानी बड़ी पुरानी है। नवागढ़ की धरती से भी पुरानी।

सुखचाँद के स्कूल में आज छुट्टी थी। छुट्टी, छुट्टी! सुखचाँद बरगद के नीचे बैठा था। नवागढ़ के ग्वाले बहुत सम्पन्न हैं। मोतिहार और भगत बड़ा मन लगाकर जाने क्या सुन रहे थे। उनकी उम्र कम है। उनमें समझने का उत्साह भी है। सुखचाँद बड़े विस्तार से कुछ समझा रहा था।

'अरे आओ, आओ, भिखारी, कब आए?'

'आज भोर में सुखचाँदजी।'

'अच्छे हो?'

'रामजी जैसा रखें। आप ठीक हैं?'

'हाँ भिखारी, बैठो, बैठो।'

भिखारी संकोच से हँसकर कुछ दूर हाथ जोड़कर बैठ गया। ग्वाला के पाँवों में नागरे, कानों में पीतल की बालियाँ, हाथ में लाठी, सिर पर पगड़ी थी। उनसे बहुत डरता है भिखारी। मोतिहार ने भिखारी दुसाध को कोई अहमियत ही नहीं दी। उसने कहा, 'नहीं, नहीं, सुखचाँद जी, फिर से कहिए।'

'शुरू से?'

'हाँ-हाँ।'

'बताया तो। फिर भी समझ में नहीं आया? राजा साहब की खास जमीन पर रेल लाइन बनी, बस का रास्ता बना। ऐसा तो होता ही रहता है। क्यों भगत? सरकार क्या आसमान में लाइन बिछाएगी? वहाँ सड़क निकालेगी? क्या ऐसा सम्भव है?'

'क्यों भगत?'

'हाँ-हाँ, मोतिहार, ठीक, बिलकुल ठीक।'

'इसके लिए राजा साहब ने मुकदमा क्यों किया, यही बात मेरी समझ में नहीं आ रही?'

सुखचाँद ने कहा, 'क्यों न करें? आखिर जमीन किसकी थी? राजा साहब की न!'

'जरूर! और थी कितनी जमीन।'

'उस जमीन पर राजा साहब का हक था?'

'यह कैसी बात है जी! जरूर था।'

'अपनी सम्पत्ति पर जो हक होता है, इसी को भारतीय संविधान में कहा गया है मूल अधिकार। मूल अधिकार सात प्रकार के हैं और संविधान का कर्तव्य है प्रत्येक भारतीय नागरिक के मूल अधिकारों की रक्षा करना।'

'का ताज्जुब! 'मूल अधिकार' कोई बुरी बात ना है जी?'

'ठीक बात है?'

'कैसे बुरी बात है? यह खयाल आपको कैसे आया? कहिए मोतिहारजी?'

मोतिहार बोला, 'जब बटाईदार चिल्ला रहे थे, 'मूल अधिकार' उसी से ना पुलिस आई?'

'नहीं-नहीं, ऊ तो कानून का बात आ गिया था ना? इसलिए आई पुलिस। मूल अधिकार कइसा होता है?'

सुखचाँद बहुत खुश होता है। अपना ज्ञान बघारने का उसे अच्छा मौका मिला। उँगलियों

पर गिन-गिनकर बोलने लगा, 'सबसे पहले समानता का अधिकार। जात-पाँत, धर्म, कोई भी कारण दिखाओ, नहीं चलेगा। सब बराबर हैं। इन सब कारणों से किसी पर अत्याचार नहीं किया जा सकता। यह पहला मूल अधिकार है।'

'ऐसा लिखा हुआ है?'

'जरूर।'

मोतिहार सत्य में विश्वास के तेज से दर्पसहित बोला, 'यह जरूर अंग्रेज का लिखा हुआ होगा। जात-पाँत-धरम में कोई फर्क नहीं रहेगा? मैं और भिखारी दुसाध बराबर हैं।'

'जरूर, संविधान में ऐसा ही कहा है।'

'फिर भी यह तो झूठ है। यह तो हमेशा आँखों के सामने दिखाई दे रहा है। जात के कारण भिखारी दुसाध को कोई ऊँची जात का आदमी अपने घर में आने नहीं देगा, उसका छुआ हुआ पानी नहीं पीएगा। ये जरूर किसी दुश्मन की बनाई हुई बात है। क्यों सुखचाँद जी? जवाहरजी थे, प्रधानमंत्री, इंदिराजी थीं। हमने तो कभी ऐसी बात सुनी नहीं, न आँखों देखी कि दुसाध और बराम्मन को कोई बराबर मान दे रहा है।' सुखचाँद मधुमक्खी के छत्ते को नहीं छेड़ता। वह भरसक सरल भाषा में स्वाधीनता के मूल अधिकार कौन-कौन से हैं, समझाने की कोशिश करता है।

अब भगत कहता है, 'झूठ बात।'

'क्यों?'

'जिसका जो जी चाहे काम-काज कर सकता है? उसकी आजादी है?'

'जरूर है।'

'मुसलमान जो खाता है उसका व्यापार कर सकता है। नवागढ़ में करने दिया जाएगा?'

सुखचाँद हँसता है। उसके बाद कहता है, 'बाकी भी सुन लीजिए।' फिर कहता है, 'मैं तो शाम को प्रौढ़ों को पढ़ाता हूँ, क्लास लेता हूँ। आप भी आइए, औरों को भी लाइए। पढ़ना सीखेंगे तो आप खुद ही पढ़ सकेंगे।'

'यह कैसे हो सकता है? इस उम्र में?'

'लिखाई-पढ़ाई की कोई उमर होती है?'

'जरूर।'

'अब क्या कहूँ। लीजिए सुनिए।'

सब मन लगाकर सुनते हैं, मोतिहारी और भगत।

भिखारी एक बार भी मुँह नहीं खोलता। मूल अधिकारों की बात सुनता रहता है और सुखचाँद को सम्भ्रम सहित देखता है।

अब मोतिहार बोला, 'वो आखिरी बात, हाँ, किसी की सम्पत्ति, फिर चाहे जो भी हो, उससे उसे वंचित नहीं किया जा सकता, हाँ, यह ठीक लिखा है।'

इसी कारण तो राजा साहब को छह लाख रुपया मिला। छह लाख। छह लाख रुपए की बात से भिखारी को कोई फर्क नहीं पड़ता। क्योंकि छह लाख रुपए कितने होते हैं, उसका कोई अनुमान ही उसे नहीं है। मोतिहार और भगत लेकिन बुत बन जाते हैं। छह लाख रुपए!

सुखचाँद निम्न प्राथमिक शिक्षक के अनुमोदित वेतनमान से तनख्वाह पाता है। रुपए का अंक उसके मन में भी कोई भावान्तर नहीं लाता। वह अब मूल अधिकार समझने की कोशिश करता है।

'वही तो बता रहा हूँ। राजा साहब की जमीन पर तो उनका मूल अधिकार था, सरकार ने जब लाइन बिछाई, रास्ता काटा, उस जमीन पर अधिकार जमाया, तब तो उस बुनियादी हक पर चोट पहुँचाया था।'

'कैसे?'

'अरे, अनुमति तो नहीं ली। सोचा यह तो सरकारी जमीन ही है, शायद कुछ गलती हुई थी।'

'हाँ-हाँ, उसके बाद।'

राजा साहब ने वयस्क होने पर मुकदमा दायर किया।

'किस पर?'

'रेल विभाग पर, आपूर्ति विभाग पर।'

'वह केस जीत गया?'

'और क्या!'

'वही बात ठीक है। सम्पत्ति पर मूल अधिकार। फिर तो वह जमीन ही होनी चाहिए, है ना? ना, ना भगतजी। क्या कहूँ! देखिए ना, आपकी सम्पत्ति, घर, गाय, भैंस, असबाब, बासन, सब। मोतिहारजी का भी वही सब। मेरी सम्पत्ति ये कपड़े-लत्ते-खटिया-किताबें। भिखारी की सम्पत्ति—उसकी वो बकरियाँ। चल-अचल सब तरह की सम्पत्ति। उसे कोई भी अगर छीन ले तो क्षतिपूर्ति करनी ही पड़ेगी।'

'समझा। सब-कुछ जानकर बहुत शान्ति मिली। फिर आइएगा।'

विदा होते समय मोतिहार बोला, 'अब एक शादी कर लीजिए। आपकी जाति की लड़की नवागढ़ में है, और खेती-भैंस-हल-साइकिल सब देंगे।'

'ना, ना।'

'चलूँ सुखचाँदजी?'

'हाँ जी।'

वे चले गए। अब भिखारी जैसे कोई नई बात पता लगने पर उस झटके से चकित हो गया।

'सुखचाँदजी!'

'बोलो भिखारी।'

'आपने जो वो बात कही, सच है?'

'सच।'

'वही मोल अधिकार।'

'मोल नहीं मूल अधिकार।'

'और मैं सोचता था, वो बटाईदारों की नारेबाजी एक ही बात है। वे भी तो वही बात कह रहे थे।'

'हाँ भिखारी।'

'राजा साहब की जमीन उनकी सम्पत्ति है?'

'हाँ।'

'और फिर मेरे बकरे-बकरी मेरी सम्पत्ति हैं?'

'जरूर।'

'तो राजा साहब की जमीन छीन लिया तो बदले में सरकार ने न जाने कितना रुपया दे दिया?'

'हाँ।'

'तो मेरा बकरा-बकरी पुलिस उठा ले जाती है, सुखचाँद जी। उसी डर से मैं जंगल में भाग जाता हूँ–तो मेरा बकरा-बकरी ले जाती है पुलिस, मुझे तो कभी एक रुपया भी नहीं मिला? तो क्या सरकार भूल गई पुलिस को मूल अधिकार के बारे में बताना?'

'वो तो जुलुम करते हैं भिखारी।'

'फिर राजा साहब को तो रुपया मिला, सिर्फ राजा साहब और बड़े लोगों को मिलता है।'

वेदना-भरी हँसी हँसकर सुखचाँद बोला, 'वास्तव में तो शायद ऐसा ही होता है भिखारी। लेकिन संविधान में तो ठीक बात ही लिखी गई है। मैंने तो बताया था तब।'

'हम का जाने सुखचाँद जी, का लिखा है?'

'राजा साहब को जो मिला वो भी तो मामला-मुकदमा करने पर। संविधान में ये भी लिखा है कि मूल अधिकार नष्ट होने पर तुम मुकदमा कर सकते हो।'

'मैं? मैं कैसे मुकदमा करूँ सुखचाँद जी? मैं भला मामला-मुकदमा क्या जानूँ? पुलिस अगर बकरी छीन ले तो कोई दुसाध उसके नाम पर मामला कर भी नहीं सकता।'

सुखचाँद बोला, 'कर सकता है, करने का हक है।'

'कैसे?'

'मतलब हक तो है।'

'रुपया कहाँ? हिम्मत कहाँ है दुसाध के पास? वो हक की बात मैं नहीं समझता सुखचाँद जी। उससे कुछ काम तो होता नहीं!'

'ये भी सच है। अब क्या कहूँ तुमसे.....'

'क्या कहेंगे भला?' सुखचाँद की असहजता और विवशता देखकर भिखरी ने उसे दिलासा देते हुए कहा, 'आप क्या करिएगा, धरती पर जो ही चलता है वो ही चलते रहबे, है कि ना?'

'ऐसा नहीं है भिखारी। जो लिखा है वही ठीक है। असल में वो इसलिए नहीं होता, क्योंकि गलती हममें ही है। ये तो हमारा ही काम है, है कि नहीं।'

'मेरी समझ में नहीं आता। मोतिहारी जी और भगत जी, बावरे! कितनी-कितनी गायें और भैंसें हैं उनकी। वो तो बहुत कुछ जानते हैं। उन्होंने जो कहा, वही ठीक है, जात-पाँत क्या बराबर हो सकता है?'

सुखचाँद खुद भी भिखारी का छुआ खाने की बात भी सोच नहीं सकता, किन्तु उसकी धारणा थी, वो जात-पाँत, छुआछूत में विश्वास नहीं करता। क्योंकि छापे की पुस्तक में लिखा था जात-पाँत, छुआछूत मिथ्या है, और छपे अक्षर में उसका बहुत विश्वास था।

उसी विश्वास के जोर पर उसने कहा, 'ये सब गँवार लोगों के विचार हैं। न जवाहर जी इसमें विश्वास करते थे, न इन्दिराजी। तब भी फिर भी तो छुआछूत है, है कि नहीं। और रहेगा भी, देखिए न, ये तो भगवान की सृष्टि है। राम जी 'अउतार' ने किसी को बनाया बराम्मन किसी को बनाया दुसाध, इसी से छुआछूत चलता है। मैं तो कुछ जानता ही नहीं। लेकिन टाहड़ के देवता हनुमान मिश्र तो एक अच्छा बराम्मन है, है न? वो दुसाध की छाया पर भी कभी पैर नहीं रखते। उनके साथ तो महादेव विश्वनाथ की बातचीत होती है, देव-देवता की इच्छा वो जानते हैं।'

सुखचाँद ने लाचार होकर हार मान ली और बोला, 'भिखारी, कैसे रहे?'

अब भिखारी के चेहरे पर चमक आ गई। उसने हँसकर कहा, 'अच्छा ही था, इतना सुख से रहूँगा, सोचा न था। और सबसे भली बात, बकरा-बकरी अब दस हो गए हैं।'

'दस! क्या कहते हो?'

'दोनों बकरे जवान हैं। लगभग पन्द्रह-सोलह सेर मांस तो होगा ही। हाट में मांस आठ रुपया सेर बिकता है। अगर छह रुपया सेर भी खरीदे पूरा माल, तो?'

'दोनों मिलकर लगभग दो सौ रुपए मिलेंगे।'

'दो सौ रुपए?'

'हाँ भिखारी।'

भिखारी की आँखें नम हो आती हैं। बोला, 'यही आशीर्वाद दीजिए सुखचाँद जी। दो सौ रुपया मिले तो मेरे सब दुख दूर हो जाएँ।'

'कैसे?'

'कैसे नहीं! देखिए ना, फिर तो ब्याह भी कर सकता हूँ। अपनी गृहस्थी होगी। दुसाध लड़की मेहनती होती है जी। बकरा-बकरी के साथ जीवन कट ही जाएगा। एक झोंपड़ी बना लूँगा कहीं। बर्तन-भाँडे होंगे, जैसे गृहस्थी हुआ करती है।'

'तुम्हारा घर कहाँ है भिखारी?'

'बिजू टोले से भी आगे।'

'कोई नहीं है तुम्हारा?'

'नहीं।'

'भला हो, तुम्हारा भला हो।' आन्तरिक शुभेच्छा से सुखचाँद ने कहा। भिखारी बड़ा अपना-सा लगता है उसे।

'चलता हूँ सुखचाँद जी।'

'ठीक है।'

'सुना है आज आतिशबाजी होगी?'

'ऐसा ही सुना है।'

भिखारी अपने घर की ओर चल पड़ा। उसका मन बड़ा प्रसन्न है, न जाने क्यों! बकरे-बकरियों को दुलारने को जी करता है। पुलिस उसका एक उपकार कर गई है। नवागढ़ में अगर पुलिस चौकी नहीं बनती तो वो कभी बाढ़ा न भागता।

बाढ़ा गया था इसलिए तो राँका से मदद मिली उसे। उस मदद के कारण ही तो बकरियाँ बढ़ते-बढ़ते दस हो गई हैं।

चलते-चलते उसने आटा, नमक, मिर्च, अरवी खरीदी। लाला से पूछा, 'अच्छे तो हैं लालाजी?'

लालाजी ने उसकी बात का जवाब भी नहीं दिया। रामधारी ठेकेदारों की बातें सुनने में ही मशगूल रहा। सौदा लेते-लेते भिखारी ने सुना, 'आतिशबाजी सूरमहल के सामने शाम के वक्त मैदान में होगी। पाँच हजार रुपए की आतिशबाजी जलेगी।' सुनकर उसने तय किया, वह शाम को आतिशबाजी देखने जाएगा। अब उसने कपड़े धोने का एक छोटा साबुन भी खरीदा। साबुन से अपने कपड़े धोएगा।

अरवी की सूखी तरकारी, करारी रोटियाँ सेंकेगा। आज और कल दो दिन चला जाएगा। दो सौ रुपए। लँगड़ा अगर एक और लड़की ले आता तो भिखारी को भी घरवाली मिल जाती। पहले-पहल बकरियाँ चरानी पड़ेंगी। कुछ कहा नहीं जा सकता, शायद कुछ जमीन भी मिल जाए। ब्याह करने से आत्मीय-स्वजन का एक समाज मिल जाएगा भिखारी को। वे भी मदद करेंगे। अकेली जान से भला कहीं सब-कुछ हो पाता है। बाढ़ा-टाहड़-नाढ़ा–कितने-कितने रंक। लोगों की मदद और साहचर्य से मन को बल मिलता है। भिखारी ने कपड़े धो लिये। खाना पकाते-पकाते दिन ढल गया। खाते-खाते सूरज भी डूब गया। बकरियों को गिन-गिनकर बाड़े के भीतर कर दिया। बेड़ा लगाने ही वाला था, ऐसे में वे लोग आ धमके।

राजा साहब के सिपाही, दो पुलिसवाले।

पुलिस! भिखारी दहशत से बेड़े के द्वार पर पीठ करके खड़ा हो गया।

यह क्या गड़बड़ है? पुलिस चौकी नहीं, पुलिस नहीं, इसलिए तो भिखारी नवागढ़ लौटा था। पुलिस?

'का भिखारी? डर गइल का?'

सिपाही गजानन हँसा। मुँह से दारू का भभका निकल रहा था।

'दो बकरा निकाल। राजा साहब ने पूरे थाने को दावत दी है। कहाँ मिलेगा गोश्त?'

'नाय, नाय, बकरा ना हय।'

'तब बकरी निकाल।'

'अइसा न करियो सिपाही साहेब, गोड़ लागी, तुम्हार गोड़ लागी। ओ ही हमारा जीउ-जीवन हय देउता। मत लिया करो।'

'भाग साले दुसाध!'

गजानन ने एक भरपूर थप्पड़ भिखारी के मुँह पर मारा। नाक की चमड़ी और होंठ कटकर खून बहने लगा। भिखारी चीखने लगा–'ओ ही पुलिस के डर से मरे हम, भाग गए बाढ़ा, न लिया करो सिपाही जी। वो पुलिस उठा लेता बकरी, लेकर चला जाता।'

'काहे न लें? राजा साहब के कारण ही पुलिस आई है न? गोस को खरीदकर खाएँगे?'

'तू तो राजा साहब का मुलुक में रहत हो न? चल, भाग।'

भिखारी मुसीबत में पागल और बदहवास हो गया। बोला, 'बकरा-बकरी पर हमनी के ऐसे ही हक हय, जइसे हक थे राजा साहब का वो जमीन पर। अउर जमीन छीन ली जब, उसी हक से उनको रुपया मिली। हम काहे छोड़े हमनी का हक?'

'का? का बोला दुसाध?'

सिपाही और दोनों पुलिस भिखारी को पीटने लगे। दक्ष, निपुण, पेशेवर, प्रशासन अनुमोदित मार। मारते हुए वे नहीं थकते। मारते हुए वे कहने लगे, 'बात सुनी तुमने भाई गजानन? बटाईदार लड़ते हुए इन्हें हक की बात सिखा गए। पुलिस बकरा नहीं खाएगा साला? कौन खाएगा बता? हाँ भाई गजानन, ये तो नवागढ़ का एक और राजा साहब है। राजा साहब की जमीन पर हक और इसका बकरे पर हक, एक ही बात है?'

मार-पीटकर जख्मी भिखारी को वहीं फेंककर उन्होंने बाड़ा खोला। चारों बकरे-बकरी को लेकर वे बहुत खुश होकर चले गए।

भिखारी पशु की भाँति रोता रहा। रोता रहा। पीड़ा से हिल नहीं पाया। वह ठगे जाने के दुख से रोता रहा। झूठ बात, सब झूठी बातें, सुखचाँद जी की। बकरा-बकरी पर उसका जो अधिकार है वो भी मूल अधिकार है? सम्पत्ति पर अधिकार सातवाँ मूल अधिकार है? मूल अधिकार अक्षुण्ण रहे, भारतीय संविधान इसका खयाल रखती है? झूठी बातें, सब झूठी बातें।

भिखारी का मूल अधिकार तो बार-बार नष्ट होता है। राजा साहब को क्षतिपूर्ति मिलती है, भिखारी को क्यों नहीं मिलती? राजा साहब को छह लाख रुपए की क्षतिपूर्ति होती है। भिखारी दुसाध की बकरे-बकरियाँ लेकर जीने का मूल अधिकार नष्ट होने पर उसे सुरक्षा देने की क्षमता भारत सरकार के पास नहीं है, इसीलिए भिखारी को क्षतिपूर्ति नहीं मिल पाती।

देह पर किसकी शीतल छुवन। कानी और लँगड़ा, लँगड़े की घरवाली भिखारी को उठाकर वहाँ से ले आते हैं। लँगड़े की घरवाली गीले कपड़े से उसकी देह से खून पोंछती है। लँगड़ा बोला, 'पानी पी ले भिखारी।'

लँगड़े की घरवाली बोली, 'चूना ले आती हूँ। चूने से खून बन्द हो जाएगा, दरद भी नहीं रहेगा।'

तीन भिखारी, भिखारी की सेवा करते हैं। घाव सूखने में, उठकर चलने-फिरने में दस-एक दिन लग जाते हैं। फिर भिखारी कहता है, 'चल, लँगड़ा, बच्चे बेच आते हैं। जो भी मिले।'

बीस रुपए में चारों बच्चों को बेच देता है भिखारी। उसकी कमर अब कभी सीधी नहीं होगी, क्षत-विक्षत मुँह पर मूल अधिकारों की रक्षा के चिह्न रह जाएँगे प्रथम और अन्तिम प्रतिवाद के परिणामस्वरूप। घाव सूखने पर सिर मुँड़ाना पड़ेगा।

'अब का करोगे, भिखारी?'

'भीख माँगब।'

'भीख?'

'हाँ, भीख माँगब।'

'इहाँ?'

'नाय।'

सिर हिलाता है भिखारी। उन्हें तीन-तीन रुपए देता है। लाला की दुकान की उधारी के छः रुपए उसने चुका दिए। बकरी बाँधने की रस्सी के लिए मोतिहार के नौकर की उधारी के दो रुपए चुका दिए। तीन रुपए अपनी अंटी में खोंसता है। पेड़ की डाल चीरकर उसने एक लाठी बना ली। तोहरी के हाट से एक कटोरी खरीदेगा। भिक्षापात्र। छह आना नीलाम या एक रुपए बोली पर जितने में भी मिले।

सुखचाँद उसे देखकर दहलीज से उतर आया। उस हादसे के बारे में उसने भी सुना था।

'भिखारी!'

'जा रहा हूँ सुखचाँद जी।'

'कहाँ, भिखारी किधर?'

'जहाँ भीख मिलेगी।'

'भीख! भीख मिलेगी?'

'हाँ, सुखचाँद जी।'

'लेकिन तुम्हारी देह पर तो अभी भी...'

'ये बात! का किया जाए महाराज? आप तो झूठ बोल दिया हमनी को। मेरे तो वो मूल अधिकार है ही नहीं। सिरिफ राजा साहब के लिए हय। चलें सुखचाँद जी।'

लाठी के सहारे चलने लगा भिखारी दुसाध। धीरे-धीरे। परम निर्भयता से। अब पुलिस को देखकर भी उसे डर नहीं लगेगा। बकरा-बकरी, जमीन, बासन-बरतन दुसाध की सम्पत्ति हो तो पुलिस से डरना पड़ता है। भागना पड़ता है जंगल में।

ऐसा दुसाध दिखाई देगा तो हाँ, पुलिस जरूर मारेगी, छीन लेगी सब-कुछ। रंक भिखारी दुसाध को देखने पर पुलिस नहीं मारेगी, कभी नहीं मारेगी। भिखारी को अब लगता है, यह बात वो क्यों नहीं जानता था? मातृभूमि में दुसाध यदि राजा साहब, लालाजी, पुलिस, हनुमान मिश्र सबकी कृपा पाकर जीना चाहता है, उसका एकमात्र उपाय है भिखमंगा बन जाओ। जो दुसाध बकरी-चरैया भिखारी दुसाध की तरह मातृभूमि से मनुष्य की तरह जीने का रसद ढूँढ़ता है, उनसे ही तो नाराज हो जाते हैं वे लोग।

अकेला भी महसूस नहीं होता उसे। भिखारी दुसाध देखता है सात नम्बर मूल अधिकार से वंचित होने पर भी, तीन नम्बर मूल अधिकार का संरक्षण उसे प्राप्त हुआ है। स्वाधीनता का अधिकार। किसी भी पेशा अथवा जीविका का अधिकार। भिखारी ने भीख माँगने का पेशा अपनाया है, जिससे वो जन्म-जन्मान्तर भिखमंगा ही बना रहे, भारत का संविधान इसका ध्यान जरूर रखेगा। उसे उन्नततर जीवन और जीविका में यदि उत्तरित करना चाहे? मूल अधिकार में ऐसा हस्तक्षेप भारतीय संविधान सहन नहीं करेगा। भारत के किसी भी स्थान पर ऐसा अन्याय हो तो, भारतीय संविधान वहाँ पुलिस, रिजर्व पुलिस, सामरिक पुलिस, सेना विभाग, टैंक, जंगी विमान सब भेज देगी।

भिखारी दुसाध पैरों को घसीटकर चलते हुए, रास्ते के मोड़ पर अदृश्य हो गया। अब कुछ खो जाने का उसे डर नहीं था।

रुदाली

टाहाड़ गाँव में गंजू और दुसाध लोगों की संख्या अधिक है। सनीचरी जात की गंजू है। गाँव के और सारे लोागें की तरह सनीचरी का जीवन भी बेहद गरीबी में बीता है। वह शनिवार को पैदा हुई थी, इसीलिए भाग्य में इतना दुख था, यह बात उसकी सास ने कही थी। जब यह कहा था उन दिनों सनीचरी बहू थी। जबान खुली न थी। सास जब मर गई तब भी सनीचरी बहू ही रही। सास को जवाब न दे सकी। अब बीच-बीच में उसकी बात याद आती। अकेले में अपने ही दिल में वो कहती–ओह! शनिवार को पैदा होने से सनीचरी नाम पड़ा, बहू अमंगल-मनहूस हो गई। तुम तो सोमरी थीं, किस सुख में जीवन बिताया? सोमरी, बुधनी, मँगरी, बिसरी–किसका जीवन सुख से बीता?

सास के मरने पर सनीचरी रोई नहीं। उसके पति और जेठ दोनों को मालिक-महाजन रामावतारसिंह ने हवालात में बन्द करवा दिया था। एक ढेरी गेहूँ चोरी हो जाने पर रामावतार इतना खफा हो गया कि टाहाड़ के सारे दुसाधों, सरे गंजू मर्दों को जेल में भरवा दिया। सास शोथ-ज्वर में भोग-भोगकर 'खाने को दे–खाना दे' कहते-कहते, 'हाय अन्न–अरे अन्न' कहते-कहते हग-मूत कर मर गई। बरसात की बूँदा-बाँदी वाली रात थी। सनीचरी और उसकी जिठानी ने मिलकर बुढ़िया को जमीन पर उतारा था। रात बीतने पर दोष लग जाएगा, घर में एक डब्बा अनाज न था, प्रायश्चित्त के लिए कौड़ी कहाँ से मिले? रात का मुर्दा रात में ही निकल जाए, इसके लिए सनीचरी ही उस बरसात की रात में पड़ोसियों को बुलाने के लिए निकली थी। हाथ-पाँव जोड़कर सबको लाने के लिए, बुढ़िया का दाह कराने का प्रबन्ध करने में सनीचारी ऐसी परेशान थी कि रोने का मौका ही न मिला। नहीं मिला तो न सही। बूढ़ी इर तरह कुढ़ा-कुढ़ाकर मरी कि रोने पर भी तो सनीचरी का आँचल न भीगता।

जिन्दा होते हुए बुढ़िया अकेली न रह पाती थी। मरकर भी अकेली न रह सकी। तीन बरस बीतते-न-बीतते जेठ-जेठानी–सब साफ हो गए। रामावतारसिंह उस समय गाँव से दुसाधों, गंजुओं को भगाने में लगा हुआ था। रामावतार भगा देगा, इसी डर से सनीचरी उस समय काँटा बनकर रही। जेठ और जिठानी के मरने पर भी रोना न हुआ। लाश जलाए या सस्ते में श्राद्ध निबटाने की बात सोचे? इस गाँव में सभी आदमी दुखी थे। पड़ोसियों का दुख समझते थे। इसीलिए खट्टा दही, बूरा और धान का चिउड़ा पाकर ख़ुश हो गए। सनीचरी और उसका आदमी जो नहीं रोए, उस पर भी सारे लोगों ने कहा, 'अब क्या रोया जाएगा? तीन बरस में तीन मर गए। आँसू कलेजे में पत्थर बनकर जम गए हैं।'–सनीचरी ने मन-ही-मन में चैन की साँस ली। मालिक-हुजूर का खेत मँझाकर जो मोटा-झोटा मिल जाता वही इतने जीवों का सहारा था। दो मर गए, अच्छा हुआ। अब खुद पेट भरकर खाएँगे।

पति के मरने पर न रोएगी, यह तो सनीचरी ने सोचा नहीं था। फिर उसके ऐसे करम कि वही हुआ। उस समय उसका इकलौता लड़का बुधुआ छह बरस का था। सनीचरी लड़के को घर पर छोड़ बड़ी मेहनत से घर चलाने के लिए मालिक के घर चली गई। फटाफट लकड़ी काटकर चैले कर दिए, जानवरों के लिए घास ले आई, फसल के दिनों में खेतों पर जाकर फसल काटा करती थी। जेठ को उसके ससुर की दी हुई जमीन से दोनों घर चलाते। सनीचरी ने दीवारों पर तसवीरें बनाई थीं। आँगन में बुधुआ का बाप बाड़ उठाएगा। आँगन में मिर्चा, बैंगन उगाएगा। सनीचरी हुजूराइन से बछड़ा-बछिया लेगी—सब ठीक था। सनीचरी का पति बोला, 'चल, तोहरी में बैसाखी मेला देख आएँ। शिवजी की पूजा भी चढ़ाएँगे। सात रुपए तो जमा हो गए हैं।'

मेला खूब जोरों पर था। बड़े-बड़े रईस लोग शिवजी के ऊपर घड़ों दूध चढ़ा रहे थे। वही दूध कई दिन से मिट्टी के चहबच्चे में जमा हो रहा था। दूध से खटास की दुर्गन्ध आ रही थी, मक्खियाँ भिनभिना रही थीं। पंडों को रुपया देकर उस गिलास का दूध पीकर तमाम लोगों को हैजा हो गया, बहुतेरे मर गए। बुधुआ का बाप भी हैज़े में मरा था। उन दिनों अंग्रेजों का राज था। गौरमेंट के आदमी हैजे के सारे रोगियों को उठा-उठाकर अस्पताल के तम्बू में ले गए। केवल पाँच तम्बू थे। रोगी साठ-सत्तर थे। तम्बे के चारों ओर काँटेदार तारों का घेरा था। सनीचरी और बुधुआ घेरे के इस पार बैठे थे। बैठे-बैठे ही सनीचरी को पता लग गया कि बुधुआ का बाप मर गया। गौरमेंट के आदमियों ने रोने का मौका न दिया। लाशों को उन्होंने ही जलाया। सनीचरी और बुधुआ को घसीट ले जाकर हाथ में कॉलरा की सुई लगा दी। उससे ही जो दर्द हुआ उसी दर्द से माँ-बेटे रोने लगे। रोते-रोते सनीचरी ने कुरुडा नदी के जल में स्नान कर माँग का सिन्दूर पोंछ डाला, हाथों की चूड़ियाँ फोड़कर गाँव लौटी। लाख की चूड़ियाँ नहीं थीं। मेले में जाकर पहनी थीं। तोहरी के एक पंडे ने कहा, 'यहाँ रहकर पहला पिंड देती जा। विदेशी भूमि में आकर बुधुआ का बाप मरा है।' उसकी बात मानकर सवा रुपया दक्षिणा देकर बालू और सत्तू का पिंड सनीचरी ने दिया। लेकिन उस पर क्या गाँव में कम तूफान उठा था? रामावतार की स्थापित मूर्ति के सेवक मोहनलाल ने कहा था, 'ओः! बालू का पिंड और नदी के जल से! बुधुआ मानो रामचन्द्र हो। बालू से दशरथ का पिंड दिया था।'

'बराँभन ने कहा था न?'

'तोहरी के ब्राह्मण को टाहाड़ के आदमियों के किरियाकरम के नियम पता हैं? उसके कहने से पिंड देने से तू मेरा सिर नीचा कर आई है।'

मोहनलाल को सन्तुष्ट करने, रामावतार से 'पाँच बरस खेत पर बेगारी मेहनत का पचास रुपए चुका दूँगी' लिखे पर अँगूठा लगा बीस रुपए लेकर उन रुपयों से बुधुआ के बाप का श्राद्ध पूरा कर, नन्हे बच्चे को 'हाय-भात! दे भात!' करते सनीचरी ऐसी परेशान रही कि बुधुआ के बाप के लिए रोने की फुरसत ही न मिली। एक दिन घोर गर्मी में जलते-जलते, रामावतार के खेत में खर-पतवार निकालते-निकालते सनीचरी अचानक खर-पतवार फेंककर एक पीपल के पेड़ की छाया के नीचे जाकर बैठ गई। उसने दूसरे मजदूरों से कह दिया, 'आज मैं बुधुआ के बाप के लिए रोऊँगी, कलेजा फाड़कर रोऊँगी।'

दूलन गंजू ने पूछा, 'आज ही क्यों रोएगी?'

'तुम लोग मजूरी लेकर घर जाओगे। मैं पुर्जा लिखकर बैठी हूँ। मैं जाऊँगी चार भुट्टों का सत्तू लेकर। इसी से रोऊँगी। मुझे रोना नहीं आता?'

'उसी दुख से रोएगी?'

'लटुआ का बापू, तू बहुत खचड़ा है।'

'हिसाब करके देखा है? एक बरस हो गया।'

'एक साल!'

'हाँ रे।'

'एक साल नहीं हुआ?'

'पेट की आग में समय बीत जाता है।'

'मैं मर जाती तो!'

'बुधुआ कहाँ जाएगा? पागलपन मत कर। सुन, पुर्जा जो लिखा सो लिखा। अब देख, मैं काम करता हूँ आराम के साथ—आराम लेकर। जितने दिनों काम है, उतने दिनों मजूरी है। तू जान देकर उस हरामी का काम क्यों करती है? आराम कर ले। जितने दिन काम है उतने दिन खाना है।'

उस दिन सनीचरी का रोना नहीं हुआ।

गाँव के लोगों में सारी बातें सबकी आँखों के आगे आती हैं। सनीचरी जो रोई नहीं, उस पर बहुत बातें हुईं। सनीचरी ने उन बातों पर ध्यान ही नहीं दिया। रामावतारसिंह के पुर्जे का रुपया चुक नहीं रहा था, लगता था कि चुकनेवाला भी न था। लेकिन सनीचरी उन दिनों एक काले बछड़े की देखभाल करती थी। अशरफी की माँ उसकी हिफाजत में बछड़े को छोड़कर गयाजी गई थी। तभी रामावतार का चाचा मर गया, उसके मरते समय उस बछड़े की पूँछ बुड्ढे को पकड़ा दी गई। वह वैतरणी से पार होने का अचूक इलाज था। सनीचरी ने देखा कि घर में बहुत से आदमी थे। सब रामावतार के कुटुम-कबीले वाले थे। सनीचरी के दिमाग में शरारत सूझी। उसने दरवाजे के बाहर खड़े हो चिल्लाकर कहा, 'गोड़ लागी, माई-बाप! गरीब सनीचरी आप लोगन की सेवा में आज लगी है। सो एक अर्जी है। उस पुर्जे का रुपया चुकती लिख दें।'

चाचा मरने के माने पचास बीघा उपजाऊ जमीन और हत्थे चढ़ना। पता नहीं क्यों, रामावतार ने सनीचरी की बात मान ली! उसके लिए बाद में रामावतार को बहुत बातें सुननी पड़ीं। दूसरे जमींदार-महाजनों ने कहा, 'पुर्जे का रुपया चुक गया जब मान लिया, तब से अछूतों का शोर बढ़ गया है। रुपयों की कोई बात नहीं। नागरा जूते की धूल से भी कम दाम का है। लेकिन पुर्जा वह जुआ है जिसे कन्धे पर लेकर बैल मेहनत करता है।'

रामावतार बोला, 'चला मरे, मन में दुख था, बड़ा उदास लग रहा था, भाई! लगता था, जो भी जो कुछ चाहता है उसे वह देकर संन्यासी बनकर चला जाऊँ।'

रामावतार के लड़के लछमन का जब ब्याह हुआ तो रामावतार ने सनीचरी से ब्याह के गाजे-बाजे का खर्च लिया था।

यही सब सोचते-सोचते और पेट का धन्धा करते-करते सनीचरी रोना भूलती जा रही थी। बुधुआ बड़ा हो गया था। बाप की ही तरह गरीबी का जुआ उसने अपने कन्धों पर रख लिया। बचपन में ही ब्याह हो गया था। बहू गृहस्थी करने आई। बुधुआ का एक बेटा हुआ। पत्नी

डाइन-सी थी। हाट के लोगों से मिल-जुलकर, पता नहीं, क्या पी आती थी! दिनोदिन वह फूलकर कुप्पा हो गई। रामावतार के बेटे लछमन के गेहूँ के बोरे ढोते-ढोते बुधुआ को जाने-पहचाने रोग ने पकड़ लिया—खाँसी ने। यक्ष्मा था। रात को बुखार रहता, सवेरे पसीना आकर उतर जाता। खाँसी के साथ खून आता था। आँखों के नीचे कालिख थी। यह देख-देखकर सनीचरी की छाती में जो हवा चिता की आग से उड़कर आसमान में फैल जाती, वही आकर लगती। बुधुआ की ओर देखते ही सनीचरी समझ गई। बुधुआ को चिपटाकर घर बसाने की उसकी इच्छा पूरी न होगी। उसकी छोटी-सी इच्छा भी पूरी न हुई। लकड़ी की एक कंघी खरीदेगी, लेकिन उसका खरीदना नहीं हुआ। लाख की चूड़ियाँ एक बरस पहनेगी, न पहन सकी। समय के साथ-साथ इच्छाओं का स्वरूप भी बदल गया। लड़का-बहू काम करेंगे। उनकी कमाई का अन्न सनीचरी खाएगी। जाड़ों की धूप में बैठकर नाती के साथ एक बर्तन में सत्तू और गुड़ खाएगी। वह इच्छा क्या बहुत बड़े आकार की हो गई थी? उसी से क्या बुधुआ तिल-तिलकर खतम होता जा रहा है?

बहू की ओर देख-देखकर उसे दोष देने की बात सोचकर भी सनीचरी वैसा नहीं कर सकती थी। बुधुआ की बहू। नाती की माँ से कैसी रूखी बातें सनीचरी कहती थी? बुधुआ सब-कुछ समझता था। वह एक दिन बोला, 'माँ, इससे कुछ मत कहा करो।'

'किससे?'

'अपनी बहू से।'

'यह बात क्यों कही?'

बुधुआ फीकी और सूखी हँसी हँसा था। उसने कहा था, 'माँ, वह हाट को सब्जी बेचने जाती है तो पैसे चुराती है। अंट-संट चीज खरीदकर खाती है, सब तो मुझे मालूम है। भूख के मारे करती है, माँ!'

'मैं उसे क्या खाने को नहीं देती हूँ?'

'उसकी भूख बड़ी है।'

'आदमी कितनी बातें कहते हैं!'

'पता है, माँ! क्यों कहते हैं यह भी मालूम है। लेकिन मुझे इसके लिए कुछ कहना अच्छा नहीं लगता। उसे क्या पता माँ, कि तू और मैं कितनी तकलीफ उठाकर घर...!'

बुधुआ ने खाँसना शुरू किया। सनीचरी उसकी छाती पर हाथ फेरते-फेरते बोली, 'अब भगवान को नहीं पुकारती रे, भगवान होते तो तेरी बीमारी मुझे लग जाती।'

'नहीं माँ, तू जिन्दा रहेगी तो मेरा बेटा रहेगा।'

'मैं अपने बेटे को बचाना चाहती हूँ न?'

सनीचरी अपना सिर ठोंककर उठ गई। बुधुआ ने आँगन में उजाला कर दिया था। भिंडी, बैंगन, मूली, मिर्चा, कुम्हड़ा—तरह-तरह की सब्जियाँ थीं जो लछमन के बगीचे से पौध लाकर, बीज लाकर बुधुआ ने यह खेत तैयार किया था। उसकी बहू अभी छोकड़ी थी। बहू की भूख बहुत थी। उसका बड़ा झुकाव था कि वह भी लछमन के खेत में काम करने जाएगी। उसका पेट भरना चाहता ही न था। अपने खाने का इन्तजाम वह खुद ही करेगी। बुधुआ ने सारी बातें सुनीं। बोला, 'लड़का हो जाए, उसके बाद जो कहेगी उसका इन्तजाम कर दूँगा।'

बुधुआ ने बहुत मेहनत की थी। आँगन को काँटेदार झाड़ियों से घेर दिया था। लछमन के खेत से चुराकर खाद ले आता। गर्मियों में बहँगी में नदी से पानी ले आता। कुछ ही महीनों में आँगन हरा-भरा हो गया था। सनीचरी हँसकर बोली, 'बुधुआ, तेरे बाप ने भी इस तरह का सब्जी का खेत बनाना चाहा था रे!'

नाती हुआ। नाती की डेढ़ महीना उम्र होते ही बहू ने जिद करना शुरू किया कि वह काम करने जाएगी। बुधुआ बोला, 'जाएगी। हाट के दिन सब्जी बेचने जाना। मालिक के खेत में नहीं जाने दूँगा। मालिक के खेतों पर काम करने पर जवान औरतें घर नहीं लौटतीं।'

'इस्, कहाँ जाएगी?'

'पहले अच्छे घरों में, उसके बाद रंडी टोली में। इसको लेकर और बातें कहने पर सिर धड़ से उतार दूँगा।'

बहू हाट गई थी।

सनीचरी बोली, 'हाट भेज दिया, बुधुआ? अच्छा था वह घर पर रहती, मैं चली जाती।'

'न माँ! तू और मैं खेतों में काम करते, तो वह घर रहती। किसी दिन देखा कि उसने राँध पकाकर रखा, पानी लाकर रखा, घर-द्वार पर झाड़ू लगाई?'

'ना।'

सनीचरी और बुधुआ दोनों ने समझ लिया कि बहू का दिल रोगी पति में और दुख-भरी गृहस्थी में न लगेगा। सनीचरी ने बहू से कहा, 'वह अब कितने दिन का है? आँखों पर और चेहरे पर स्याही छा गई है। जितने दिनों है, जरा समझकर चल।'

बहू ने उस बात का एक-एक अक्षर माना। बुधुआ 'जितने दिनों' रहा, वह भी उतने दिनों रही। उस समय बच्चे की उम्र छह महीने थी। बुधुआ को उस दिन, उसी दिन क्यों, कई दिनों से बढ़ती ही होती जा रही थी। वैद्य की दवा से भी काम न चला। सनीचरी ने बहू से बुधुआ के पास रहने को कहा था। खुद भागी-भागी वैद्य के पास दूसरी दवा लेने गई थी। दवाई से अब कुछ न होगा, यह जानकर भी दवा लेने गई थी। वैद्य का मकान लगभग एक मील की दूरी पर था। माँ रे! सोचने पर कैसा लगता है, इतना रास्ता वह किस तरह भागकर गई थी? लेकिन वैद्य घर पर न थे, हाट गए थे। घर लौटते ही सनीचरी ने 'दवा दो, दवा दो' कहकर सिर पीटा था। चिढ़कर वैद्य ने कहा, 'छोटी जात वालों में धीरज नहीं रहता। लड़के की हालत अगर ऐसी ही खराब होगी, तो बहू हाट की ओर क्यों भागी है? जरूर तेरे बेटे की हालत अच्छी है।'

घर लौटकर सनीचरी ने बुधुआ को जिन्दा न पाया, बहू को घर पर न पाया। बच्चा अपनी कोठरी में रो रहा था।

बहू फिर न लौटी। बच्चे को गोद में लेकर बुधुआ के दाह का प्रबन्ध करना, बहू के भाग जाने के किस्से को दबाकर भाग-दौड़ करना—इस सबमें बुधुआ के लिए भी रोना न हुआ। सनीचरी रो नहीं सकी। अजीब-सा पागलपन सवार था। उसके बाद आँखें बन्द कर लेट जाती। गाँव के लोग निजी रिश्तों के काम में गतवाले रहते थे। बुधुआ की मौत के बाद सनीचरी ने दूसरी ही हालत देखी। बुधुआ के बेटे हरुआ को लेकर वह परेशान रहती। बुधुआ नहीं रहा, इस बात को भी जैसे सनीचरी भूल गई। कभी बुधुआ नहीं था, वही उसे याद न रहता। जिस वक्त की बात, जितने दिनों की बात याद पड़ती, उतने दिनों ही जैसे बुधुआ उसके साथ

था। सनीचरी अब मालिक-महाजन के खेतों पर काम करती थी, बुधुआ नदी से पानी लाकर घर-द्वार साफ कर रखता। खेत से बीने, मिट्टी मिले गेहूँ या मक्का नदी के पानी से धो लाता। वह शान्त, समझदार माँ का बेटा था। बुधुआ हमेशा मौजूद रहता। सनीचरी कैसे मान ले कि उसे रात में पानी गरम कर बुधुआ को पिलाना न पड़ेगा? बुधुआ का लड़का पड़े-पड़े रोता रहता।

एक दिन दूलन की पत्नी, धतुआ और लटुआ की माँ, जो इस मुहल्ले की प्रसिद्ध झगड़ालू औरत थी, आ खड़ी हुई। लड़के को उठाकर उसने कलेजे से लगा लिया।

'ओ धतुआ की माँ! क्या कर रही है?'

'हरुआ को लिये जा रही हूँ।'

'क्यों?'

'धतुआ की बहू की गोद में बच्चा है। उसका दूध पिएगा।'

'क्यों? मेरा नाती है, मैं उसे पालूँगी।'

'सभी अपने नातियों को पालते हैं, तू भी पालेगी। लेकिन धतुआ के बाप ने कहा है कि एक काम पकड़ा है।'

'कहाँ?'

'गौरमेन रेल लाइन की मरम्मत करेगी। ठेकेदार के पास धतुआ के बाप ने पेसगी लिया है, बीस मजूर देगा।'

'तू नहीं जाएगी?'

'गैया गाभिन है। उसे छोड़, मालिक के घर पूजा है। जंगल की सफाई, रसोई के लिए लकड़ी चीरना—बेगार के काम भी हैं।'

'दूलन गंजू! बहुत बड़ा खचड़ा बुड्ढा है। काम में पगलाकर मुझे...।'

'सो जैसा समझ।'

धतुआ की बहू का दूध पीकर हरुआ की जान बच गई। जितने दिनों तक ठेकेदारी का काम चला सनीचरी के घर चूल्हा नहीं जला। दूलन की बहू सनीचरी की रोटी और अचार दूलन के साथ ही दे देती। जितना आटा लगता, सब बाद में सनीचरी ने चुका दिया। लेकिन क्या सारे ऋण चुकाए जा सकते हैं?

दूलन आदि ने देखा था, परमू गंजू ने कहा था, बिलकुल अकेली हो गई है। सम्बन्ध में जिठानी बन जाओ, नहीं तो तुम्हारे घर के दरवाजे-खिड़की-छाजन लाकर अपने आँगन में कोठरी डाल दूँ।

नटुआ दुसाध सनीचरी के आँगन की सब्जियाँ हाट में बेच लाता। उस समय गाँव के लोग इस तरह न खड़े हो जाते तो क्या सनीचरी जिन्दा रहती? बुधुआ की कस्बी पत्नी की बात किसी ने नहीं उठाई। पर सनीचरी को पता लग गया था। हाट में जो लोग एक रुपए में चार तरह की दवाइयाँ बेचते हैं उनमें से एक ने बहू को समझाया था। बहू को गया-आरा-भागलपुर दिखाएगा, नौटंकी-सिनेमा-सर्कस दिखाएगा, रोज पूरी-कचौड़ी खिलाएगा। उसी आदमी के साथ बहू चली गई।

'बच्चे को क्यों नहीं ले गई?'

सनीचरी को बचपन में देखी हुई मोती की माँ की बात याद आती। मोती को मालिक

ने लेना चाहा था, मोती की माँ ने उसे नहीं दिया। मोती लाइन के कुलियों को इकट्ठा करनेवाले ठेकेदार के साथ पल गया। मोती की माँ सनीचरी की माँ के जाँते में गेहूँ पीसने आती थी और कहती थी, 'मालिक के हाथ में लड़की देने से मुँह तो देखने को मिल जाता है।'

सनीचरी ऐसा न कहती। जब वह चली गई, तो मानो खो गई। वही अच्छा है। नहीं तो वह मालिक के घर रानी बनकर रहती। सनीचरी और हरुआ बाहर गुलाम बनकर मेहनत करते, वह बहुत अपमान की बात होती। उसके सिवा, सनीचरी को पहले की जानकारी से पता था। बहू के वैसा काम करने पर गाँव के आदमी नाम से न सही, काम से निकाल देते। वैसा होने पर गाँव में रहना न होता। भूखे और घोर गरीब का काम होता है दूसरे भूखे, घोर दरिद्रों की सहायता करना। वह मदद न रहे तो मालिक के दिए दूध-घी खाकर भी गाँव में रहना न होता।

धीरे-धीरे सनीचरी सहज और स्वाभाविक हो गई। अपने सामर्थ्य-भर हरुआ को पाला-पोसा। गाँव के बूढ़े-बूढ़ियाँ, बड़े-बूढ़े, सभी हरुआ से कहते, 'तेरी दादी ने बड़ा दुख सहा है। उसको दुख मत दिया कर, हरुआ!'

हरुआ सिर झुकाए सुनता रहता। उसकी चौदह बरस की उमर होने पर सनीचरी उसे ले गई थी। रामावतार का बेटा लछमनसिंह अब मालिक-महाजन था। हजार गरीबपरवर हो, लेकिन अब जमाना और था। मालिक भी नए जमाने में नए ढंग का था। लछमनसिंह खेत के मजूरों, किसानों को वश में रखने के लिए अब गुंडे रखता था। घुड़सवार, बन्दूकवाले गुंडे। रामावतार लाठी मारता था, जूते लगाता था, लेकिन मिजाज ठीक रहने पर उनसे बातें करता था। लछमनसिंह बाप की उन बातों को कमजोरी समझता था। वह काफी दूरी रखता था।

सनीचरी उसके ही पास गई। बोली, 'मालिक, सब-कुछ तो जानते हो। सनीचरी से बड़ी अभागिन कभी नहीं जन्मी। यह लड़का मेरा नाती है। इसे कुछ काम दो। नहीं तो इसकी जान नहीं बचेगी।'

लगता है, उस वक्त लछमनसिंह का मिजाज ठीक था। उसने कहा, 'हाट में मेरी दुकान में माल ढोएगा। झाड़ू-पानी करेगा। हर महीने दो रुपए और खुराकी मिलेगी।'

'हुजूर की किरपा है।'

सनीचरी नाती को ले, उठकर चली आई थी। मोहनलाल से देवता की प्रसादी लाकर तावीज में रख दी और उस तावीज को गले में बाँधकर हरुआ को हाट भेज दिया। उससे उसने बहुत कुछ कहा था।

'हाट में तमाम लोग गाय-भैंस लेकर आते हैं। हरुआ, तू वहाँ मत जाना। भैंसा लात मारेगा तो मर जाएगा।'

'नहीं, दादी!'

'किसी बुरे आदमी की बातों में मत आना।'

'नहीं, दादी!'

शुरू के कई महीने हरुआ ने बहुत मन लगाकर काम किया। महीने के रुपए दादी को दे देता था। जलपान को मिले सत्तू, गुड़ बाँध-बाँधकर ले आता। खा-पीकर धीरे-धीरे शकल निकल आई। धीरे-धीरे मन बहका। एक बार रुपए नहीं दिए, एक रंगीन बनियान खरीद ली। फिर एक बार प्लास्टिक का माउथ-अर्गन खरीद लिया। उस बार सनीचरी ने बहुत

डराया-धमकाया था। उसके बाद लछमन ने जब खुद कहा कि हरुआ दुकान पर नहीं रहता, हमेशा मैजिक वाले के पीछे-पीछे घूमता फिरता है तो सनीचरी ने हरुआ को बहुत मारा था। बोली, 'कुचाल चलेगा, तो तेरी टाँगें काट डालूँगी। घर बिठाकर खिलाऊँगी, पर कुपथ न जाने दूँगी।'

उसके बाद हरुआ ने कुछ दिनों मन लगाकर काम किया। उसके बाद भाग गया। नाटुआ ने आकर बताया कि हरुआ मैजिक वालों के साथ चला गया है।

'जाने दे।'

'जाने दे' कहने पर भी सनीचरी घर न बैठी रह सकी। एक हाट से दूसरी हाट, एक मेले से दूसरे मेले में बहुत खोजा। नाती के लिए रोने की बात उसके मन में नहीं उठी। मन में यही आया था कि ऐसा ही होगा। तभी जबकि हरुआ के लौटने की आस नहीं थी कि अचानक उसे बिखनी के साथ देखा। बिखनी उसके साथ छुटपन से खेला करती थी। वह काले कम्बल का घाघरा पहनती थी, इसलिए सब लोग उसे 'काली कमली बिखनी' कहते थे। बिखनी कन्धे पर एक पोटली लादे जल्दी-जल्दी चल रही थी, चलते-चलते उसने असावधानी में सनीचरी को धक्का दे दिया।

'तू कौन है रे? दिखाई नहीं पड़ता है?'

'दिखाई तेरे बाप को नहीं देता।'

'क्या कहा?'

'जो तूने सुना।'

अजीब झगड़ा हुआ। सनीचरी को बड़ा अच्छा लग रहा था। जोरों का झगड़ा करने से मन का बहुत सा मैल दूर हो जाता है, सब-कुछ साफ हो जाता है। इसलिए धतुआ की माँ चील-कौओं के साथ भी झगड़ती रहती थी। झगड़ा करने से मन अच्छा रहता है, शरीर अच्छा रहता है, शरीर का खून बन्दूक की गोली की तरह दनादन चलता रहता है। लेकिन दोनों ने जब एक-दूसरे की ओर देखा तो बिखनी बोली, 'यह क्या? तू सनीचरी है न?'

'तू, तू कौन है?'

'बिखनी, काली कमली बिखनी।'

'बिखनी?'

'हाँ रे!'

'तेरा तो लोहरदगा में ब्याह हुआ था।'

'मैं तो कब से जुजुभातू में हूँ।'

'जुजुभातू? और मैं रहती हूँ टाहाड़ में। एक बेला की तो राह है, और कभी भेंट नहीं होती?'

'चल, कहीं बैठें।'

दोनों एक पीपल के पेड़ की छाया में बैठीं। दोनों ही एक-दूसरे को आड़े-आड़े देख रही थीं। दोनों ही निश्चिन्त हुईं, यह जानकर कि किसी की हालत किसी से अच्छी नहीं है। बिखनी के भी हाथों में, गले में, माथे पर सनीचरी की ही तरह गहनों के गोदने के निशान थे और आदत के मुताबिक दोनों ही कानों के छेदों में सोला का डंठल ठूँसे हुए थी। सनीचरी और बिखनी ने बीड़ियाँ सुलगाईं। दोनों ही के बाल रूखे थे।

'सनीचरी, क्या हाट आई थी?'

'ना रे, नाती को खोजने आई थी।'

सनीचरी ने बहुत थोड़े में हरुआ की बातें, अपना हाल—सब-कुछ बताया। बिखनी ने सब-कुछ सुनकर कहा, 'दुनिया से माया-ममता क्या चली गई है? या तेरे-मेरे भाग का दोस है?'

सनीचरी बड़े दुख के साथ मुसकराई। बोली, 'आदमी नहीं, बेटा नहीं, नाती जहाँ रहे भला रहे।'

बिखनी ने बताया, तीन लड़कियों पर एक लड़का हुआ। बेटे का बाप कब का मर गया, बिखनी ने ही लड़के को पाला-पोसा, दूसरे की बछिया पालने को लेकर धीरे-धीरे चार गाय, दो दुधारू बकरियाँ, सब-कुछ किया। लड़के का ब्याह कर दिया। फिर लड़के के गौने के समय महाजन से उधारी लेकर गाँव को दही-चिउरा-गुड़ खिलाया था।

'उसके बाद?'

'महाजन ने अब उसी कर्ज के बदले घर-दुआर ले लिया। लड़का गया ससुराल।'

'ससुराल' कहकर बिखनी ने थूका। बोली, 'ससुर के लड़का नहीं है। और दो जमाइयों की तरह लड़का भी उसका गुलाम बन जाएगा। मैंने कहा, गोरू बेचकर उधारी चुका देती हूँ। पर लड़का गाय-गोरू ससुराल छोड़ आया। मैं भी बिखनी हूँ। मैंने दो बकरियाँ इस बाजार में बेच दीं। लड़के को पता नहीं है। बस, टेंट में बीस रुपए लेकर चल दी हूँ।'

'अब कहाँ जाएगी?'

'पता नहीं। तेरे तो कहने को भी बेटा नहीं है। मेरा रहने पर भी नहीं-सा है। चली जाऊँगी डाल्टनगंज, या बोखारो, या गोमो। टेसन पर भीख माँग लूँगी।'

सनीचरी ने ठंडी साँस ली। बोली, 'मेरे साथ चल। दो कोठरियाँ हैं, भाँय-भाँय कर रही हैं। कोठरियों में लेटने के लिए माचे हैं। बुधुआ ने बनाए थे। आज भी बाहर भिंडी-मिर्चा-बैंगन होते हैं।'

'मेरा रुपया खरच हो जाने के बाद?'

'तब देखा जाएगा। तेरा रुपया तेरे पास रहे। सनीचरी अभी भी अधपेटी कमा लेती है।'

'तो चल। हाँ रे, पानी का सुख है?'

'नदी है। पंचायती कुएँ का जल बड़ा तीता है।'

'जरा ठहर।'

बिखनी फिर हाट गई। थोड़ी देर बाद लौटकर आई। बोली, 'जुँए मारने की दवा मोल ले आई हूँ। मिट्टी के तेल के साथ सिर में लगाकर सिर धो डालूँगी। जितनी मन की ज्वाला है, वैसी क्या जुँओं की ज्वाला होती है!'

राह चलते-चलते बिखनी बोली, 'नतनी शायद रात में रोएगी। मेरे साथ लेटती थी।'

सनीचरी बोली, 'थोड़े दिन के लिए। फिर भूल जाएगी।'

सनीचरी का घर देखकर बिखनी बहुत खुश हुई। फौरन पानी छिड़ककर घर-द्वार साफ किया। नदी देखने गई। एक गगरी जल लाई। बोली, 'आज रात चूल्हा नहीं जलाऊँगी। रोटी और अचार लेकर चली थी।'

बिखनी घर-गृहस्थी वाली थी। दो दिनों में ही उसने सनीचरी का घर-आँगन लीप-पोत दिया। सोडा और साबुन से अपने और सनीचरी के कपड़े धोए। कथरी और चटाई को धूप दिखाई। अपनी गृहस्थी का कब्जा बहू के हाथ में चला जा रहा था, इसलिए उस समय वह किसी काम में दखल न देती थी। वह अभिमान में थी, पर बहू कहती कि उसकी सास कामचोर थी। गिरस्ती का नशा, बिखनी की समझ से, आदमी को, दुखी आदमी को निकम्मा बना देता है। यहाँ पता नहीं कब तक रहे! सनीचरी की गृहस्थी थी—बिखनी ने एक दिन कुदाल लेकर आँगन खोदना शुरू किया। बोली, 'थोड़ी मेहनत से सब्जी बहुत होगी।'

जुँओं की दवा से सनीचरी के सिर से भी शरणागत जीव निर्वंश हो गए। गहरी नींद में रात काटकर सनीचरी समझी कि जूँओं के काटने से नींद नहीं आती थी, उसमें मन की जलन न थी। दिल में कितनी भी जलन हो, मेहनती शरीर को नींद आ जाती है।

बिखनी के रुपयों से दोनों ने कुछ दिनों खाया। उसके रुपए भी खर्च हो गए तो सनीचरी के सिर पर आसमान फट पड़ा। उसी दिन दूलन के एक बछड़े को भेड़िया उठाकर ले गया। भेड़िए को भगाने के जोश में जब सब लोग दीवाने हो रहे थे तभी खबर आई कि एक और स्थानीय जमींदार भैरवसिंह को कोई एक या कई आदमी मिलकर जमीन में काटकर डाल गए हैं। उस जमीन ने दस दीवानी मुकदमों को जन्म दिया था। भैरव की लाश को लेकर जमीन का फौजदारी में प्रमोशन हो गया। गाँव में हर एक को हर बात का पता लग जाता है। सभी को पता चल गया कि भैरव के बड़े बेटे ने ही खून किया है। सौतेले भाइयों के लिए बाप का बहुत अधिक स्नेह देखकर उसे अपनी जायदाद के लिए स्वाभाविक तौर पर फिक्र हो गई थी। भैरव के बड़े बेटे ने, 'पिता की हत्या के अपराध में भला भाइयों के नाम पर मुकदमा करेगा'—कहकर धमकाया। भले भाई बड़े भाई थे, खिलाफ मुकदमा करने के लिए लछमनसिंह की मदद लेने गए। लछमन बोला, 'चलो मैं चल रहा हूँ।' जमीन पर उसको भी काफी लालच था।

बड़े नाटकीय ढंग से लछमन वारदात के स्थान पर गए। लड़कों को शर्मिन्दा करते हुए उन्होंने मर्मभेदी दुख से कहना शुरू किया, 'हाय चाचा! तुम राजा थे, अपने घर में मरते। तुम आज जमीन में क्यों पड़े हो? तुमको किस बात का दुख है?'

लड़कों की ओर देखकर वे बोले, 'तुम क्या आदमी हो? किसने मारा है, इससे क्या होगा? चाचा मर गए, यही मुख्य और अन्तिम बात है। हाय चाचा! तुम्हारे रहते छोटी जात ने कभी सिर न उठाया। दुसाध-गंजू के लड़के तुम्हारे डर से सरकारी स्कूल में पढ़ने नहीं जाते थे। आज उस सबकी देखभाल कौन करेगा?'

लड़कों की ओर देखकर आगे बोले, 'अब असली काम है चाचा की सम्मान के साथ सद्गति करना। उन्हें घर ले चलो, पुलिस को खबर करो। लेकिन वहाँ किसी का नाम न लेना। लाश तोहरी नहीं जाएगी। चीर-फाड़ न होगी। जिस तरह से चाचा मरे, वह जो भी हो, वीर की मृत्यु है! लेकिन जिस तरह चाचा मरे, उस तरह तो मरने की बात नहीं थी! लोग बहुत बातें कहेंगे। इसलिए सद्गति और किरिया का काम उचित शोर के साथ करना। चाचा को बड़े पलंग पर सजाकर रखो और हमारे राजपूत समाज को खबर दो।'

उसके बाद लड़कों को अलग हटाकर बोले, 'अपने झगड़े भूल जाओ। हमारे बाबा नहीं हैं। चाचा चले गए तो राज का पतन हो गया। अपने समाज के सब लोगों को बुलाओ।

इस समय अपना झगड़ा उठाने का मौका नहीं है। मक्खनसिंह, दैतारिसिंह, उलझनें खड़ी कर देनेवाले लोग तो तमाम हैं।'

लछमन इस काम में पागल रहा, इसलिए सनीचरी को वह घर पर न मिला। घर आकर वह गाल पर हाथ रखकर बैठ गई। फिर बिखनी से बोली, 'चल दूलन के पास चलें। चरकेबाज बुड्ढा, बहुत चंट आदमी है। लेकिन दिमाग बहुत साफ है। वह कोई ठीक राह बता देगा।'

सब-कुछ सुनकर, दूलन बोला, 'कमाने की राह होते उपास करके कौन मरता है?'

'कैसन कमाई?'

'बुधुआ की माँ! कमाई की क्या राह होती है? मालिक-महाजन की होती है, दुसाध-गंजू की होती है? राह बनाई जाती है। सहेली कितना रुपया लेकर आई थी?'

'बीस रुपया।'

बी–स रु–प–या?

'हाँ! अठारह रुपए खा बैठे।'

'मैं होता तो यह रुपया हाथों में रहते-रहते सपने में महावीरजी पा लेता।'

'का बोलते हो? हाँ लटुआ के बाप?'

'कहे? हमनी का बोली, समझत नाहीं?'

'क्या बोलते?'

'रुपया हाथ में रहते-रहते कुरुडा नदी के पाड़ से मैं एक अच्छा-सा पत्थर लाता। उस पर तेल-सिन्दूर पोतकर कहता, सपने में महावीर जी मिले हैं।'

'मैं तो खाक सपने नहीं देखती।'

'अरे, महावीर जी मिल जाने से देउता की पूँछ पकड़ सपना आप ही आता।'

'हाय बाबा!'

'तुझे सब पहचानते हैं। तुझसे ठीक न होता। तेरी सहेली नई है, उसके कहने से हम मान लेते। उसके बाद महावीर जी लेकर तोहरी की हाट में बैठती। प्रणामी मिलती।'

'देउता को लेकर खचड़ापन? ऐसे ही महावीरजी के चेलों के मारे पेड़ों में फल नहीं रहते।'

'खचड़ई समझो तो खचड़ई है। नहीं तो किस बात का खचड़ापन? तेरा तो महापापी मन है। उसी से खचड़ई समझती है।'

'कैसन? ऐं लटुआ के बाप?'

'कैसन? बुझा रहा हूँ।'

'बोल।'

'लछमन की बुढ़िया माँ को वात रोग है?'

'है।'

'उन्होंने हमको दस रुपए देकर कहा, चास से दैवी तेल ला दे। चास भी नहीं गया, घर से तेल भी दो दिन बाद दे आया, तब भी खचड़ई नहीं हुई, काहे कि हमारे मन में कोई खचड़ई नाहीं है। उसने कल तेल मला, आज ही बुढ़िया लोटा लेकर अरहरी के खेत माँ पायखाना करै गई। मन चंगा तो कठौती माँ गंगा। बुधुआ की माँ, देख, भगवान पेट से बड़ा नहीं है। पेट के लिए सब-कुछ किया जाता है। यह रामजी महाराज की बात है।'

दूसरी ओर से दूलन की पत्नी बोली, 'बुड्ढा अगर मालिक के खेत से कुम्हड़ा तोड़ लाता है, तब भी कहता है कि रामजी महाराज की बात है।'

बिखनी बोली, 'हमारी मुसीबत है। वह कैसे आसान होगी? कुछ सलाह दो। हम दोनों बुढ़िया हैं।'

'बरोही गाँव का भैरवसिंह मर गया है?'

'हाँ, लड़के ने बाप को मार डाला है।'

'उससे तुम्हें क्या? जहाँ रुपए होते हैं वहाँ माँ बेटे को मारती है, बेटा माँ को मारता है। जिसे मरना था वह मर गया। हमारे घरों में कोई मरता है तो सगे-सम्बन्धी रोते हैं। उनके नातेदार सन्दूक की कुंजी हटा देते हैं। रोने की बात भूल जाते हैं। हटाओ, हमारे मालिक ने जाकर जिम्मा ले लिया है। अब भैरव की लाश का दाह होगा। कल दोपहर को लाश निकलेगी। उन्हें रोनेवाली रुदाली की जरूरत है। दो राँड़ों को ले आए हैं। मालिक-महाजन के मरने पर रोने के लिए राँड़ें आती हैं। दो राँड़ें तो भैरव की ही थीं, अब सूखी कौआ हो गई हैं। वे काम की नहीं हैं। तुम जाओ, रोओगी, लाश के साथ जाओगी। रुपए मिलेंगे, चावल मिलेंगे। किरियाकरम के दिन कपड़ा और खाने को मिलेगा।'

सनीचरी के कलेजे में जैसे भूकम्प हुआ। वह बोली, 'रोऊँगी? मैं? तुझे पता नहीं, मेरी आँखों में रोना नहीं आता? मेरी आँखें जल गई हैं।'

दूलन निस्पृह कठोर आवाज में बोला, 'बुधुआ की माँ, जो रोना तू बुधुआ के लिए नहीं रोई, उस रोने को तुझसे नहीं कह रहा हूँ। यह है रोजी के लिए रोना। देखेगी कि जैसे गेहूँ काटती है, मिट्टी ढोती है, वैसे ही रो भी लेगी।'

'हमें मानेगा कौन?'

'दूलन काहे के लिए है? अच्छी रोनेवाली न मिलने से भैरव की इज्जत कैसे रहेगी? मालिक-महाजन को लाश बन जाने पर भी इज्जत चाहिए। भैरव का बाप रामावतार राँड़ें रखता था, उनकी देखभाल करता था। उसी ममता में राँड़ें उसके मरने पर आकर रो गईं। भैरव, दैतारि, मक्खन, लछमन–इनकी भी राँड़ें हैं। लेकिन खेत मजूर और राँड़ों को यह लोग पैरों के नीचे रखते हैं। इसी से रुदाली नहीं मिलती हैं। सब खतरनाक खचड़े हैं। सबसे हरामी गम्भीरसिंह हैं। राँड़ रखी, वह घर की औरत बन गई। राँड़ रहती तो औरत को दूध-घी पर रखता। राँड़ के मरने पर औरत से बोला, तुझे अब न पालूँगा। राँड़ की लड़की राँड़, जाकर काम कर।'

'छी-छी!'

'वह लड़की तो तोहरी में रंडियों के बाजार में पड़ी है। पाँच रुपए की रंडी अब पाँच पैसे की रंडी है। अच्छी बात, बुधुआ की बहू भी तो तोहरी में है। वही हालत है।'

'उसकी बात कौन सुनना चाहता है?'

दूलन बोली, 'काली धोती पहनना।'

'वही तो पहनती हूँ।'

दूलन ही उन्हें ले गया। चलते-चलते बिखनी बोली, 'इस तरह का काम बीच-बीच में, उसके बाद मालिक की खेती का काम जुटे तो अच्छा है, नहीं तो पत्थर तोड़ने का काम हो–दो के पेट भर जाएँगे।'

सनीचरी बोली, 'गाँव में यह बात न होगी।'

'होने पर होगी।'

भैरव सिंह का गुमाश्ता बच्चनलाल दूलन को पहचानता था। लछमन ने उसे शवयात्रा के साथ के सारे इन्तजाम का भार दिया था। सारा इन्तजाम करना मामूली बात न थी। बच्चन के अपने यहाँ दो कुदाल, एक अलगनी और पीतल की दो बटलोइयों की जरूरत थी। इन्हें क्रिया-कर्म के काम में लगाना पड़ेगा, बड़ी मुसीबत है। सनीचरी को देखकर उसे सहारा मिला। बोला, 'तीन-तीन रुपए मिलेंगे।'

दूलन बोला, 'महाराज मरे और उनकी रोनेवालियों को तीन रुपए? पाँच रुपए, हुजूर!'

'क्यों?'

'ऐसा रोएँगी हुजूर, कि सुनकर आप बख्शीश देंगे। लछमनजी ने कहा था कि दस-बीस जो भी लगे रोनेवाले चाहिए। इसके लिए दो सौ रुपए मंजूर हैं।'

गुमाश्ते ने गहरी साँस ली। पता नहीं, दूलन को कहाँ से सारी बातें मालूम हो जाती हैं!

'पाँच ही रुपए दूँगा। जा, बाहर जाकर बैठ।'

'और पाव-भर चावल भी दोगे।'

'गेहूँ दूँगा।'

'चावल देना, हुजूर!'

'दूँगा।'

'अभी उनको पेट भरकर जलपान दीजिए। अच्छी तरह खाए बिना रोएँगी कैसे?'

'दूलन! सोच रहा हूँ कि कितने हरामी मरे होंगे जब तू पैदा हुआ होगा। जा, बाहर जा। जलपान दे रहा हूँ।'

भैरवसिंह की बड़ी भैरवी को बुला भेजा कि रोनेवालियों को भरपेट गुड़-चिउरा दो। प्रसाद के बाप किसी चीज की कमी नहीं छोड़ गए थे।

भरपेट चिउरा-गुड़ खाते-खाते सनीचरी समझ गई कि रोना बेचकर उसे खाना मिलेगा, इसीलिए आँखों में आँसू रह गए थे।

दोनों राँड़ों ने पहले तो हम देहाती बूढ़ियों पर ध्यान न दिया। पर सनीचरी और बिखनी ऐसे ऊँचे स्वर में रोई, ऐसे बना-बनाकर भैरवसिंह के गुणों का बखान किया कि बाजारी राँड़ें भी चकरा गईं। रोते-रोते सनीचरी और बिखनी मरघट गईं। उस दिन एक-एक को नकद विदाई पाँच-पाँच रुपए और ढाई सेर चावल मिला। बच्चन ने कह दिया कि 'किरिया के दिन फिर आना।'

'जरूर आएँगे, हुजूर!'

किरिया के दिन खाना और कपड़ा मिला। पूरी-कचौड़ी और बेसन के लड्डू। सनीचरी और बिखनी खाना घर बाँधकर ले गईं। सनीचरी दूलन की बहू को भी कुछ दे आई। दूलन ने सब पता लगाया। हरामी बच्चन को इसके लिए दो सौ रुपए मिले हैं। बीस रुपए में काम निकाल लिया।

'वह तो होगा ही, लटुआ के बाप!'

'अपनी सहेली से कह दे, नियम से हाट आए-जाए। हाट जाएगी, सारी दुकानों के मालिक-महाजन के यहाँ। दुकान-दुकान चक्कर लगाने से पता चलेगा कि मालिकों के घर में कौन बीमार है, कौन मर गया? नहीं तो पता नहीं चलेगा। इसके बाद जहाँ भी जाएगी, वहाँ कह देगी, मैं उसके लिए रुदाली ला दूँगी।'

'कैसे?'

'तोहरी जाएगी। रंडी बाजार।'

'हाय भगवान!'

'तेरी सहेली जाएगी।'

बिखनी बोली, 'जाऊँगी।'

दूलन बोला, 'कहीं इतनी रंडियाँ थीं? यहाँ सारे राजपूत मालिक-महाजन चारों ओर हैं न? उन्हीं से रंडियाँ फैल गई हैं।'

दूलन की पत्नी बोली, 'रंडियाँ हमेशा से रही हैं।'

'नहीं, हमेशा से यहाँ नहीं रही हैं। जितनी बुराइयाँ हैं, सब ये लोग लाये हैं। वे भी हमेशा से हैं।'

'न, पहले यह मुलुक था छोटा नागपुर के राजा के कब्जा में। तब यहाँ पहाड़, जंगल और आदिवासी लोगों का टोला था। तब, बहुत-बहुत पहले की बात है। उसी से तहसील में लोग बलोया मनाते हैं।'

दूलन ने जो किस्सा बताया वह बहुत ही व्यंजक था और किस तरह जबर्दस्त राजपूत इन आदिवासी और घने बसे अंचल में घुसकर जमींदार से शुरू कर जमींदार-महाजन, मालिक-गरीबपरवर बन बैठे, उसे समझने में बहुत ही सहायक था। यह राजपूत लोग थे छोटा नागपुर के राजा की सम्मिलित सेना के लोग। लगभग दो सौ बरस पहले इनके तरह-तरह के अत्याचारों से परेशान होकर कोल लोगों ने विद्रोह किया। कोल-विद्रोह मालूम पड़ते-न-पड़ते राजा ने इन्हें उकसा दिया। कोल-विद्रोह का दमन करने के बाद भी इनका लड़ाई का जोश ठंडा न हुआ। यह लोग निरीह कोल लोगों को मारते ही रहे। शान्त गाँवों को जलाते रहे। हरदा और डोनूका मुंडा लोगों ने फिर तीर-कमान तेज करना शुरू किया। फिर कोल-विद्रोह का उपक्रम हुआ। तब राजा ने इन राजपूतों को छितरी बस्ती के टाहाड़ जंगल में उतार दिया। उनसे कह दिया, 'सिर पर तलवार चला दो। जहाँ तक तलवार जाए उतनी दूर तक कब्जा कर लो। सूर्योदय से सूर्यास्त तक तलवार चलाते रहो। तुम सात सरदार हो, इस तरह जितनी जमीन मिले उतनी जमीन में खेतीबाड़ी करो।'

तभी राजपूत टाहाड़ में उतर पड़े और तभी से यहाँ उनकी जोत है। एक शताब्दी से दूसरी शताब्दी में इनकी जायदाद बढ़ गई, कम नहीं हुई। अब यह जमीन-जायदाद बढ़ा रहे हैं। वे पहले आपस में सम्बन्धी थे। अब सम्बन्ध-सूत्र क्षीण हो गया है। लेकिन पद-मर्यादा में सब बराबर रहना चाहते हैं।

पुराने खपरैलों की छाजन वाले मैले मिट्टी के घरों की टोली में अन्त्यज लोग रहते हैं। आदिवासियों की बस्ती की शकल भी गरीबों की-सी है। इनके बीच-बीच में मालिकों के विशाल मकान हैं। मालिकों में मुकदमेबाजी और आपसी लाग-डाँट चलती रह सकती है, लेकिन मालिक लोग विशेष मामलों में एक होकर रहते हैं। नमक, मिट्टी का तेल, पोस्टकार्ड के सिवा इनको

कुछ मोल नहीं लेना पड़ता। हाथी, घोड़ा, भैंस चरागाह, उपपत्नी, जारज सन्तान, उपदंश या दूसरे यौन रोग–'जिसकी बन्दूक उसकी जमीन' यह विश्वास कमोबेश सभी में है। घरेलू झगड़े अनगिनत हैं। देवता इनके समर्थक हैं। इनमें सभी ने घरेलू झगड़ों के नाम से जमीनों को देवार्पण कर रखा है। दैतारिसिंह के पाँव में छह उँगलियाँ हैं। बनवारीसिंह की पत्नी को घेंघा है। नथुनीसिंह के घर में भुस-भरा बाघ है।

इनकी बातों की याद दिलाकर दूलन बोला, 'इनकी इज्जत-आबरू रखने के लिए रुदाली–रोनेवाली औरतों–की जरूरत होती है। बस, लाइन दिखा दी, अब काम से लग जा।'

सनीचरी और बिखनी ने सिर हिलाया। उन्हें जिन्दगी में आसानी से कुछ नहीं मिलता था। मकई और नमक पाने के लिए जान निकल जाती थी। चाहे बच्चा पैदा हो, चाहे मालिक मरे, यह महाजन के पास लगी हुई थीं। अपने वर्ग में मान रखने के लिए ये लोग बुरी तरह खरच करते थे। उस पैसे में से कुछ सनीचरी के घर में भी आता था।

सनीचरी और बिखनी लड़ गईं। इस जीवन में सब लड़ते हैं। बिखनी इस गाँव की लड़की नहीं थी। लेकिन बड़ी आसानी से वह गाँव के जीवन में शामिल हो गई। फसल की बुआई और कटाई के वक्त लछमन के पास फुटकर मजूरी करती। दूसरे समय हाट-बाजार, बस-स्टॉप की दुकानों पर चली जाती। वहाँ से वह यह समाचार लाती कि मालिकों के मकान में कौन मरा, किसका दम निकल रहा है? उसके बाद दोनों काला कपड़ा धोकर पहन लेतीं। आँचल में भुने आटे का चूर्ण बाँध लेतीं। उसी चूर्ण को खाते हुए दोनों बूढ़ियाँ मालिक के घर पहुँचतीं। सनीचरी मालिक के गुमाश्ते से बातें करती। इस बात के लिए विवरण भी बँधा हुआ था।

'हुजूर, ऐसा रोना रोऊँगी कि उसमें रामनाम सुनाई न देगा। पाँच-पाँच रुपए लेंगे, और चावल। किरियाकरम के दिन खाना लेंगे, कपड़ा लेंगे। दर में भाव-ताव न करें, वह काम न होगा। और रुदाली चाहिए तो ला दूँगी।'

गुमाश्ते ने भी सब मान लिया। न मानता तो चारा क्या था? भैरवसिंह की शवयात्रा में इनको देखकर सब इनको ही बुलाते। यह पेशेवर थीं। दुनियादारी अब शौक की चीज नहीं, पेशे की चीज बन गई थी। खेत के मजूरों के हिसाब में हेरफेर करना, चक्रवृद्धि सूद के अंक बढ़ाने में गुमाश्तों की होशियारी रहती थी। दस रुपए महीने में ही उनकी खेती-गृहस्थी, हल-बैल और चाहने पर एक से अधिक पत्नियाँ रहती थीं। अपनों से बाहर की मौत पर रोना भी पेशे का था। इस कारबार में बड़े-बड़े शहरों में पेशेवर लोग जबर्दस्ती झगड़ पड़ते। सनीचरी इस अंचल में इस पेशे में पड़ी थी। यह स्थान शहर न था। तोहरी में लोग भी अनगिनत न थे। इसी से सनीचरी जो कहे, वह मानना पड़ेगा।

केवल रोने का एक रेट।

रोते हुए लोटने का सवा पाँच रुपए।

रोते-लोटते हुए सिर पीटने का साढ़े पाँच रुपए।

रोते, छाती पीटते मरघट जाकर मरघट में लोटपोट होने के लिए छह रुपए देने होंगे।

किरिया में कपड़ा चाहिए। वह कपड़ा काला हो तो अच्छा है।

यह थे रेट। उसके बाद, 'तुम राजा लोग हो, चावलों के साथ दाल-नमक-तेल नहीं

मिलेगा? घर पर लछमी बाँध रखी है। थोड़े-से चावल-तेल से तुम्हें कुछ पता न चलेगा। लेकिन सनीचरी चारों ओर तुम्हारा नाम लेती फिरेगी।'

कारबार खूब चलने लगा। भैरवसिंह की शवयात्रा में जो रोए थे, उनको लाना जैसे इज्जत की बात बनकर रह गया। धीरे-धीरे लाला और साहू लोगों ने भी सनीचरी को बुलाना शुरू किया। गोकुल लाला के पिता के मरने पर गोकुल ने कहा था, 'सनीचरी, किरिया तक रोज आना।'

गोकुल उसे रोज सत्तू और गुड़ देता था। कहता था कि तुझे देने से पुण्य होगा।

गोकुल ने अच्छा कपड़ा भी दिया। मालिक-महाजनों की तरह सबसे सस्ता जनता-कपड़ा नहीं ढूँढ़ता था। बिखनी ने उन दोनों कपड़ों को हाट में बेच दिया।

गोकुल के घर की मिली चीजों की बात सुनकर दूलन बोला, 'यह अच्छी बात याद आई। इसके बाद जहाँ जाना, वहाँ किरिया तक आना-जाना रखना। रुदाली देखकर वे भी कुछ-न-कुछ देंगे। ऐसे वक्त कोई इतना मोल-तोल नहीं करता।'

'हाँ, वे भी देंगे।'

सनीचरी ने अवज्ञा दिखाने के लिए तम्बाकू का धुआँ छोड़ा। बोली, 'किरिया के खर्च का हिसाब लगाकर अपने बाप-भाई के मरने पर आँखों में आँसू नहीं आए? गंगाधर सिंह के-से आदमी ने ताऊ के मरने पर मुर्दे को घी नहीं लगाया, डालडा मला था, यह मालूम है?'

'वे खुद रो लेते तो तुम लोगों का क्या होता?'

'थोड़ा तो रो सकता है।'

'जाने दे। काम की बात सुन।'

'बोल।'

'बड़े लोगों के हाल हैं। नथुनीसिंह की माँ मरने वाली है। नथुनी का घर तो दूर है। नथुनी ने तुम लोगों का पता लगाने को कहा है।'

'मर रही है! मरी तो नहीं।'

'अरे, नथुरी की बात सुनेगी तो समझेगी कि इन लोगों के मन में कितना पाप रहता है। नथुनीसिंह की सारी जमीन-जायदाद कुल ही तो उसकी माँ की जायदाद है। उसकी माँ की है, यह पता है?'

'न। तुम्हारी तरह इस जगह के तमाम लोगों की जनमपत्री किसको मालूम है, यही बताओ?'

'उसकी माँ पराक्रमसिंह की इकलौती बेटी है। पराक्रमसिंह का कैसा जुल्म था। जब छोटा था, तब देखा था कि लगान वसूली का जुल्म क्या होता है! उनकी प्रजा, बूढ़े हाँथीराम महतो को घोड़े से बाँध घोड़े को दौड़ा-दौड़ा कर मार डाला गया था।'

'मैंने भी सुना है।'

'पराक्रम की सारी जायदाद नथुनी की माँ को मिली। उसी माँ की दौलत से उसका ऐसा बोलबाला और इतना घमंड है। वही माँ आज बहुत दिनों से बुरी खाँसी भोग रही है। खाँसने में ताजा खून आता है। रोग है या छूत है।'

'न, न, बुधुआ को तो हुआ था।'

'बुधुआ भला आदमी था। नथुनी की माँ तो बुरी है।'

'उसे छोड़। क्या कह रही थी?'

नथुनी ऐसा भला लड़का था कि माँ को उस किनारे एक कोठरी बनाकर उसमें रख दिया था। खटिया के साथ एक बकरी बाँध दी थी, बस वहीं तक इलाज था। न हकीम का न वैद का इलाज, न डॉक्टरी सुई का इलाज। 'अभी तक बुढ़िया जिन्दा है। नथुनी चन्दन और शाल की लकड़ी मँगा रहा है, बड़ी धूमधाम से माँ को जलाएगा। माँ के मरने पर किरिया में दान के लिए गाँठ-का-गाँठ कपड़ा आ रहा है। किरिया में ब्राह्मणों को खिलाने के लिए घी-चीनी, दाल-आटा लाएगा। बर्तन भी देगा, बर्तन मँगा रहा है।'

'हाय भगवान, अभी तो मरी नहीं!'

माँ दिन-रात हगती-मूतती पड़ी रही। शाम को एक बार मोती दुसाधन उसे साफ कर देती थी। 'अब दुसाध के छूने पर माँ की जाति नहीं जा रही थी। एक दाई लगाई है। वह रात को बुढ़िया की कोठरी में सोती है। माँ जिन्दा है, उसे जिन्दा रखने के लिए एक रुपया खर्च नहीं करेगा। लेकिन माँ का दाह करने के लिए, माँ की किरिया करने के लिए नथुनी तीस हजार रुपए खर्च करेगा।'

'यह कहा है?'

'बहुत चिल्लाता है। तभी तो कहता हूँ कि उनका उलटा कायदा है। जिन्दा आदमी को देखेंगे नहीं। मर जाने पर धूमधाम से किरिया-करम कर इज्जत बढ़ाएँगे। बुढ़िया जल्दी मर जाए तो नथुनी को चैन आए। इनके मकान पर किरिया तक बराबर जाना।'

'कहीं जो कुछ न दे तो?'

'देगा रे, देगा। न देने पर नथुनी गोकुल लाला से नीचा हो जाएगा न? उसकी जात-बिरादरी में हेठी होगी।'

कहावत है कि माघ का जाड़ा बाघ का जाड़ा। माघ की शीत में ठंड लगने से नथुनी की माँ मर गई। सनीचरी किरिया तक आती-जाती रही। नथुनी की तीन पत्नियाँ थीं। बड़ी बहू मुँह फुलाकर रोज आटा और गुड़ दिया करती थी। कहा करती, 'बुढ़िया होकर मरी, उसकी किरिया में इतना खरच क्यों?'

नथुनी की मँझली बहू बड़े अमीर जमींदार की इकलौती लड़की थी। धनी जमींदार ने इकलौती लड़की का ब्याह मातृधन से धनी होने के कारण नथुनी से किया था। उसने भी बराबरी का ब्याह करना चाहा था। तकदीर खोटी थी कि बड़ी बहू और छोटी बहू इकलौती न थीं। इकलौती अकेली मँझली बहू ही थी। वह पति के घर को गरीब का घर समझकर सौतों को टेढ़ी निगाहों से देखती थी। गुस्से का कारण था कि बड़ी और छोटी बहुएँ बेटे की माँ थीं, वह लड़की की माँ थी। इसलिए लोगों की नजरों में गिरी हुई थी। बड़ी बहू की बात सुनकर वह व्यंग्य से मुसकराकर कहती, 'किरिया में तीस हजार रुपए का एक रुपया होता है? सैकड़ों बरस मेरे बाप जिएँ, लेकिन उनके मरने पर दिखा दूँगी किरिया क्या होती है!'

बड़ी बहू कहती, 'सो तो खर्च करना ही होगा। तेरी बुआ को कलंक लगा था न, वह कलंक ढाँकन नहीं होगा?'

'तुमने तो हँसा दिया, दीदी! मेरी बुआ को कलंक? मेरे फूफा का नाम गया शहर में

सब जानते हैं। तुम्हारी बहन जो जेठ के घर बैठ गई और विधवा हो गई, वह बात तो कहतीं नहीं।'

इसी पर जोरों का झगड़ा हो गया। लेकिन मँझली बहू ने पुण्य किए थे। उसकी बात भगवान ने सुन ली और मँझली बहू के बाप चेचक से मर गए। मँझली बहू ने सनीचरी को बुलवा भेजा। बोली, 'सनीचर और मंगल को लाश दूसरे को खोजती है, यह सच है। नहीं तो सास मरी और साथ-ही-साथ मेरे बाबा को चेचक क्यों हो गई? सुन सरीचरी, यह रुपया बख्शीश ले।'

'चेचक?'

'हाँ रे।'

सनीचरी बहुत भोली बनकर बोली, 'मैंने तो आप लोगों से सुना है कि ऊँची जात वालों को चेचक नहीं होती। चेचक तो नीची जात वालों को ही होती है, हम लोगों के यहाँ। इसीलिए तो हम लोग गौरमेन से टीका लेते हैं और देउता की पूजा भी करते हैं।'

'गौरमेन का टीका गौ के खून का होता है।'

यह बात कहते ही नथुनी की मँझली बहू टीके की बात उड़ा गई और बोली, 'तू तो उस वक्त थी? बड़ी बहू के साथ मेरी गरमा-गरमी हुई थी? सो मेरी जो बात है वैसा ही काम है। बाप के सिवा मेरा कोई नहीं है। यहाँ तो दुसमनों में रहती हूँ। जो बेटों की माँ हैं, उनकी ही कदर है, मैं तो लड़की की माँ हूँ।'

'आपकी भी कदर है।'

'वह क्या मेरी कदर है? मेरे बाप मोहरसिंह के रुपयों की कदर है। बाप मेरा ब्याह दूर नहीं करना चाहते थे, इसी से तो सौतों का घर मिला है। नहीं तो हम चौहान राजपूत हैं, इस घर में ब्याह होता?'

'तकदीर में जो लिखा है वह तो होगा ही।'

'यह सच है रे, सुन, मैं बाप के यहाँ चली। तू और बिखनी तो जाएँगी ही, और भी बीस राँड़ें लेकर जाना होगा। उनको सौ रुपए और चावल दूँगी। तुम दोनों को पचास रुपए और चावल। किरिया तक वहीं रहना, खाना, पीना और किरिया में कपड़ा-लत्ता लेकर तब लौटना।'

'हुजूर, आपके बाबा तो मरे नहीं।'

'शरीर सड़ गया। बहुत जवान शरीर था, बहुत दूध-घी खाया शरीर। ऐसा शरीर छोड़कर प्राण निकलना चाहते हैं? मेरी सास के मरने पर तुम लोगों को मोटा चावल, खिसारी की दाल मिली थी।'

'और तेल, नमक, मिर्चा मिला था।'

'कितना मिला, वह क्या मुझे पता नहीं? मेरी बड़ी सौत का हाथ कितना बड़ा है, सो क्या मैं जानती नहीं? मैं दूँगी चावल, दाल, तेल, नमक, आलू और गुड़।'

'हुजूर गरीबों की माँ-बाप हैं।'

'पर हाँ, रोने-सा रोना होना चाहिए।'

'रोऊँगी, और जमीन पर लोट जाऊँगी।'

'जमीन पर लोटेगी?'

'जमीन पर लोटूँगी और सिर भी पीटूँगी।'

'सिर भी पीटेगी?'

'कपार फट जाएगा।'

'तुम दोनों को पाँच-पाँच रुपए और। रुपयों की कोई बात नहीं। सनीचरी, मेरे बाप का दाह और किरिया ऐसी होगी कि मुलुक में चर्चा रह जाएगी। उसे देखकर मेरा आदमी और सौतें जल-भुन मरेंगे। मैं अपने बाप की इकलौती बेटी हूँ। बाप जो छोड़े जा रहे हैं, उनकी इज्जत रखकर किरिया-दाह करके दिखा दूँगी। रोज चाँदी के गिलास में उसने दूध पिया, जवानी में रंडी रखी, बूढ़े होने पर रंडी रखी। विलायती के सिवा सराब नहीं पीता था। नई बहू मुझे दुख देगी, इसीलिए माँ के मरने पर ब्याह नहीं किया।'

'कुछ रुपए दीजिए। बजारी राँडों को पेसगी देना होगा। वह लोग एक नम्बर की खचड़ी हैं?'

'ले।'

सारा काम जोरों का हुआ। मालिक-महाजन के घर आदमी के मरने पर दाह-किरिया में जो खर्च होता है, उसका मान क्षण-भर में फैल जाता है। रूदालियों की कदर भी बढ़ जाती है। नतीजा होता है कि अन्दाज से बाहर जो खर्च होता है उसे मालिक लोग दुसाध, गंजू, धोबी, कोलों की गरदन तोड़कर निकाल लेते हैं। सब अर्थों में मोहरसिंह की अन्त्येष्टि नमूना बन गई और खर्च का अधिकांश ब्राह्मण ले गए। नथुनी की बहू फिर पति के घर न लौटी। जिसमें ससुर की जायदाद नथुनी को न मिले, इसलिए बेटी के ब्याह में बेतहाशा खर्च किया। यह जरूर था कि वह कई बरस बाद हुआ।

सनीचरी ने उसके सौभाग्य की बात दूलन से कही। दूलन भद्दी हँसी हँसकर बोला, 'कलियारी में सब यूनाइन बनते हैं। सो रुदाली, और राँड़ों को लेकर तू भी एक यूनाइन बना ले। तू बन जा पिसिडेन!'

'हाय राम!'

'अब बजारू राँड़ों को खोज।'

'कैसन?'

बिखनी हुक्का छोड़कर बोली, 'ला दूँगी राँड़ों को। मालिक-महाजन तमाम औरतों को खराब कर देते हैं। वे रंडी बन जाती हैं।'

'धत, वह दूसरी जात हैं।'

'न, न। तू नहीं जानती।'

'तोहरी में हाट के दिन जाने से रंडी मिलती हैं।'

दूलन को कुछ याद आया। बोला, 'अरे सनीचरी, नवागढ़ के गम्भीरसिंह को जानती है?'

'बाप रे, उन्हें नहीं जानूँगी? हाथी पर सवार होकर वह दिवाली के मेले में घूमते हैं। इतनी बड़ी नाक और झुलाए फिरता है रंडी।'

'बहुत खराब काम किया है।'

'नया क्या किया है?'

'उसकी तो बँधी हुई रंडी मोतिया है। उसे बहू की इज्जत के साथ रखा था। मोतिया

की बेटी गुलबदन को चाँदी की झाँझ पहनाकर गोदी में नचाता था। कहा था कि मोतिया के मरने पर गुलबदन की शादी कर देगा। आज देखते हैं कि वह गुलबदन तोहरी जाती है। रोते-रोते आँखें लाल हो गई हैं। बोली, पैदा करना जानता है, पालना-पोसना नहीं सीखा है। मुझे निकाल दिया। मैंने पूछा, क्यों? वह बोली, बुड्ढे का निकम्मा भतीजा बहुत दिनों तक जमा रहा। कहने गई तो आँखें निकालकर बोला, माँ को मरे तीन महीने हुए तू घर पकड़कर क्यों बैठी है? भतीजा जो कहता है वह मान ले, नहीं तो चली जा। रंडी की लड़की, तुझे खाने की कौन कमी है?'

'बड़ा हरामी है।'

दूलन खखारकर खाँसा। बोला, 'मेरे दिल में दुख हुआ। गुलबदन बोली, उसके भतीजे के पास रहूँ तो अपनी लड़की से यह बात कह पाती? और अगर रहूँ तो मेरे सन्तान न होगी? वह भी एक दिन लात खाकर निकाल दी जाएगी, तो यही ठीक है, बाजार जाऊँगी।'

सनीचरी ठंडी साँस लेकर बोली, 'ऐसा रूप! उसे कोई सेठ ले जाएगा!'

बिखनी समझदार की तरह बोली, 'अपनी माँ को देखा है, अब क्या वह बँधी रखैल बनेगी?'

बिखनी तोहरी गई। लौटकर बोली, 'बाप रे, माई रे! रुपया देंगे यह सुनकर रंडियों की भीड़ लग गई।'

'उनको देखा?'

'देखा।'

'कैसे देखा?'

'सारी चौअन्नियाँ रंडियाँ हैं, बुढ़िया हो गई हैं। फिर भी सुरमा लगाए ढिबरी लेकर खड़ा रहना पड़ता है। बुड्ढा मर गया है, यह जानकर चली आएँगी। अच्छी बात है!'

'क्या?'

'बुधुआ की बहू। तेरे बेटे की बहू को भी देखा।'

'तोहरी में?'

'हाँ। तुझसे भी ज्यादा बुढ़िया हो गई है।'

'छोड़ उसकी बात।'

'उसने खुद ही बताया। आज दस बरस से वहाँ है। बेटे की बात पूछ रही थी।'

'तूने क्या कहा?'

'क्या कहती? क्यों कहती? मैंने बात ही नहीं की।'

'अच्छा किया।'

चचेंडे की तरकारी और आटे की लिट्टी खाते-खाते सनीचरी को बहू की बात याद आई। उसे बहुत भूख थी। कौन बरस बीता था? उस बरस लाइन पर हाथियों का झुंड आया था और एक खड़े इंजन को भी गिरा दिया था। बुधुआ के मरने के साल। वह आम का पेड़ इतना-सा था, अब वह फल दे रहा है। दस बरस तोहरी में हुए। अच्छा हुआ कि हरुआ कहीं भाग गया। माँ का नतीजा देखकर नहीं गया।

खाना खाने के बाद दोनों ने तम्बाकू पी। सनीचरी बोली, 'उसकी कसम! बुधुआ के मरने पर भी मैं उसे न फेंकती।'

'न, न, उसे कभी फेंकतीं?'

'बहुत गरीबी देखी।'

'बहुत।'

सनीचरी को फिर कोई बात न सूझी।

उसके बाद मोहरसिंह मर गया।

बड़ी धूमधाम से किरिया हुई। राँड़ बूढ़ियों ने सनीचरी और बिखनी से नमस्कार कर कहा, 'हुजूर, फिर जरूरत हो तो पता देना। आ जाएँगी।'

सनीचरी और बिखनी को कपड़ों के साथ चमचमाती पीतल की रकाबी और बाँस की छतरी भी मिली। बिखनी ने उसे हाट में बेच दिया। रुपए हाथ में रहते-रहते कीड़े लगा मक्का का बोरा खरीद लिया। बोली, 'चक्की से पीसने पर आटा हो जाएगा। कूटने से दलिया बनेगा, समझी?'

धीरे-धीरे जीवन व्यवस्थित हो गया। किसी के मरने पर बँधा रोजगार था। नहीं तो बाकी समय आधा या चौथाई पेट खाओ। न जुटे तो? कोई परवाह नहीं। बरस में एक-दो से अधिक मरने का भाग्य न होता। सबकी तरह खेत मजूर की मेहनत करो, नहीं तो मालिक का खेत गोड़ो, जंगल में जाकर सबकी तरह मूल-कन्द ढूँढ़ो।

बिखनी ने सबको ताज्जुब में डाल दिया। लड़के को एक बार भी देखने नहीं गईं, सनीचरी के आँगन में मिर्चों के पौधे उगाकर हाट में मिर्चें बेचीं। उसके बाद बोली, 'लहसुन लगाकर देखें। लहसुन अच्छा बिकता है।'

धीरे-धीरे उनकी शोहरत बढ़ गई। सनीचरी को सब बुलाते थे। हाँ, पैसा लेती। लेकिन सचमुच सिर पीटती, सचमुच जमीन पर लेटती। और मरे हुओं की तरह-तरह से बड़ाई करके बिलपती। उसे सुनकर मृतकों के सगों के भी दिलों में होता कि जो मर गया वह पक्का बदजात था, उससे बड़ा शैतान दूसरा नहीं। वह स्वर्ग का देवता था, छलने के लिए धरती पर आया था।

सब-कुछ आश्चर्यजनक ढंग से चल रहा था। दो बरस बहुत मन्दे निकले। नथुनी की बड़ी बहू का भाई शोथ रोग से मरने बैठा था। अस्पताल में चंगा हो आया। सनीचरी के महाजन लछमन की विमाता का ढंग और भी बुरा था। वातज्वर में मौत निश्चित थी, किन्तु कहीं से एक सत्यानासी वैद्य ने आकर उसे जिला दिया।

सनीचरी ने ठंडी साँस लेकर कहा, 'नसीब है।'

पारसनाथ नाऊ भी बहुत खफा हुआ। बोला, 'यह धरम की बात नहीं है।'

'कैसन?'

'देख न तू, बुधुआ की माँ! पहले आदमी को हारी-बीमारी होने से वह मर जाता था। जनम के साथ-साथ मरन भी चलना चाहिए। नहीं तो धरती का काम कैसे चलेगा? रोग होने पर बूढ़ा आदमी मरेगा। यह नहीं, डॉक्टर, वैद्य, हकीम सभी बूढ़ों को जिला देते हैं यह तो ठीक काम नहीं है, बुधुआ की माँ!'

सनीचरी साँस छोड़कर बोली, 'तुम्हें क्या कहें, बताओ? जनम में, ब्याह में, मरने में तुम रहते हो। ब्याह की बात उठाने में भी तुम्हारी जरूरत होती है। लेकिन बताओ तो हमारी क्या हालत हुई है?'

लेकिन बिखनी निराश नहीं हुई। बोली, 'अभी समय नहीं हुआ, इसी से मरना नहीं हुआ। काल आने पर क्या कोई बचेगा?'

दूलन बोला, 'यह कुछ नहीं रे! पहले से ज्यादा खाने लगी है। इसी से थोड़ी इधर-उधर की फिकर करती है। मालिक-महाजन को नहीं देखा? लछमन सिंह की भली माँ तो गेहूँ की बिक्री का रुपया देखकर रोने बैठ जाती थी। इस बरस गेहूँ हुए, बेचकर रुपए मिले। अगले साल अगर वैसे गेहूँ न हुए तो?'

सनीचरी बोली, 'सब बातों में क्या मजाक ठीक है?'

उसके बाद सनीचरी का भाग्य खुला, इसी बरस। बिखनी ने हँसते-हँसते आकर कहा, 'बड़ी अच्छी खबर है।'

'क्या?'

'वह बैठकर बताने की है।'

'खबर क्या है?'

'गुस्सा होती है?'

'बता तो, खबर क्या है?'

'गम्भीरसिंह मर रहा है।'

'किसने कहा?'

बिखनी ने सब खोलकर कहा। खबर दी पारस नाई ने। नाई की दी खबर झूठ नहीं होती। नथुनी की माँ को खाँसी की बीमारी हुई थी। सनीचरी को अच्छी तरह याद है।

'हाँ-हाँ, याद है। बोल न, बिखनी!'

'नथुनी ने अपनी माँ को जिस तरह रखा था, वह कायदा अब हर घर में चल रहा है। खाँसी माने तपेदिक। शिव का असाध्य रोग। इस रोग ने जिसे पकड़ा, उसका इलाज करना शिवजी का अपमान करना होता है। गम्भीरसिंह का अपना कहने को कोई नहीं है। सब भतीजे को मिलेगा। बुड्ढे को खाँसी रोग होते ही भतीजे ने झटपट पूरा घर सँभाल लिया। गम्भीरसिंह को वहाँ रख दिया। बकरी लाकर कमरे में बाँध दी। बकरी देखकर गम्भीरसिंह ने कहा, कमरे में इसे बाँधने से तो कोई जिन्दा नहीं रहता। मैं क्या नहीं बचूँगा? जिन्दा न रहने पर ऐसी किरिया करना कि देखकर सब ताज्जुब करें। सब यह सोचें कि हाँ, कोई मरा था।'

'उसके बाद क्या हुआ?'

'मरेगा तो। भतीजे के करने से कुछ नहीं होगा। बुड्ढे ने वकील को बुलाकर किरिया के लिए लाख रुपया खरच करने को कहा है।'

'क्यों?'

'कहता है, रुपया सारा खतम कर जाएगा। भतीजा जमीन-जायदादा खेती का जो मिले सो करे, मेरे बाल-बच्चे नहीं हैं। इस बज्जात के लिए नकद रुपया नहीं छोड़ जाऊँगा।'

'तब फिर?'

'आज नहीं तो कल बुड्ढा मरेगा।'

'तब तक?'

'मैं एक बार चक्कर लगा आऊँ।'

'कहाँ जाएगी?'

'राँची।'

'राँची? क्यों?'

'पूछ रही है क्यों? हाट में मेरे देवर के लड़के से भेंट हुई थी। उसने कहा, चाची, जरा चल। उसकी लड़की की शादी है।'

'लड़की की शादी?'

बिखरी गहरी साँस लेकर बोली, 'कहता है कि उस ब्याह में वह अभागा भी आएगा। मेरा बेटा। तू कहती है कि बेटे को देखना चाहती है तो घर के पास उसकी ससुराल जा। सो मैं जाऊँगी नहीं। देवर के बेटे के घर जाकर एक बार देख आने पर कोई कुछ कह न सकेगा। उसे भी यह नहीं मालूम होगा कि उसे देखने आई हूँ।'

सनीचरी बोली, 'यह बात करने से मैं कुछ न कहूँगी। कहती है कि बेटे को देखेगी, तो झटपट आएगी न? या वहीं रह जाएगी?'

'सो कभी रही हूँ? घर छोड़कर निकली थी, राह में तुझसे भेंट हो गई। उस दिन तू न होती तो मैं क्या करती?'

'गम्भीरसिंह की बात याद रखना।'

'अरे, मैं चार दिन में लौट आऊँगी।'

तीन मील पैदल चलकर बस की सड़क मिलती थी। सनीचरी ने वह रास्ता तय कर बिखनी को बस में बिठा दिया। बोली, 'सीट पर बैठने के आठ रुपए होते हैं। नीचे बैठकर चली जा, दो रुपए दे देना।'

गाँव लौटते हुए सनीचरी समझी कि ऐसी उत्तेजना की घटना उसकी जिन्दगी में नहीं आई। बिखनी उसकी ही सहेली है, जो पैदल रास्ता छोड़कर दूसरा रास्ता नहीं जानती, और वह बस पर बैठकर राँची चली गई! देवर के बेटे की लड़की का ब्याह देखने के लिए! आदमी का देवर का बेटा मौके पर काम आता है। राँची-से बड़े शहर में रहता है!

सनीचरी ने सबसे बातें कीं। सभी ने कहा, सनीचरी की जिन्दगी में बड़ा दुख रहा। लेकिन बिखनी का मिल जाना उसे आशीर्वाद रहा। बुढ़िया कैसी मेहनत करती है! अब तो सनीचरी के घर की शकल ही बदल गई है। इसी को कहते हैं भाग्य का खेल। कहाँ घर, कहाँ का कौन, वही अपना हो गया। जैसे किसी पेड़ की छाल किसी और पेड़ में लग गई हो।

घर लौटकर सनीचरी का मन नहीं लग रहा था। अन्त में वह जंगल में ईंधन जमा करने चली गई। थोड़े-से सूखे पत्ते, टहनियाँ ले आई। बिखनी कभी खाली हाथों नहीं लौटती थी। और नहीं तो कुछ सूखी डालें, या राह में पड़ी रस्सी, या कुछ गोबर, या कुछ-न-कुछ लेकर घर में घुसती थी। अब उसके दिमाग में आया कि किसी की बछिया मिले तो पाल ले। सनीचरी यह नहीं सोच सकती थी कि इस बुढ़ापे की उम्र में इतनी माया क्यों?

कुछ दिन इसी तरह बीते। गम्भीरसिंह की हालत प्रत्याशित रूप से बिगड़ती गई। सनीचरी एक दिन वहाँ गई। बातचीत से पता चला कि अब खाँसी की बीमारी है। लेकिन गम्भीरसिंह मर रहे थे, दूसरे रोग से। बेशुमार औरतों का साथ करने से देह में बुरी बीमारी हो गई थी। शरीर सड़-सड़ कर गला जा रहा था। इसीलिए इतना याग-यज्ञ का शोर-शराबा था। बीमारी के कष्ट से दवा-दारू न खाकर गम्भीरसिंह मृत्यु को समीप बुला रहा था।

गुमाश्ता बोला, 'शुक्ल पक्ष में मरना चाहता है।'

'कैसन?' सनीचरी को ताज्जुब हुआ। 'मालिक-महाजन सब कर सकते हैं। सो तबीयत है तो शुक्ल पक्ष में ही मरेंगे।'

'कौन जाने?' गुमाश्ता निर्लिप्त दार्शनिक भाव से बोला। 'शुक्ल पक्ष में मरने पर सीधे बैकुंठ जाते हैं। कृष्ण पक्ष में मरने से युधिष्ठिर की तरह पहले नरक के दर्शन होते हैं, उसके बाद स्वर्गवास होता है।'

पुराणों के पात्रों के बारे में सनीचरी को कोई गम्भीर ज्ञान नहीं है। फिर भी उनके महत्त्व के बारे में उसका विश्वास है। कैलेंडर में युधिष्ठिर की तसवीर देखने से उसके मन में त्रिलोक कपूर और युधिष्ठिर, अभि भट्टाचार्य और श्रीकृष्ण इत्यादि एकाकार हैं। इसी से सनीचरी ताज्जुब से बोली, 'कैसन? हाँ हजूर, मालिक परवर का जुधिष्ठिर हैं?'

गुमाश्ते ने इस अज्ञ व्यक्ति को शान्त स्वर में समझा दिया। मालिक-महाजन जो कहते हैं वही होता है। पाप और पुण्य देखने की गलती है। बुरे लोग कहते हैं कि गरीबपरवर ने बाप के जिन्दा रहते अंग्रेजी राज में डाके डाले, और स्वतंत्र भारत में बहुत-सी लाशें गिराईं, लछमन के बाप का घोड़ा चुराया, अपने हाथों दुसाध टोली जला दी, बहुत से लड़के-लड़कियों को नष्ट किया, वह महापापी है। मालिक उस पर ध्यान नहीं देते। इसीलिए क्या महापाप से उसे बीमारी हो गई है, उसे जानने के लिए घर में ज्योतिषियों का मेला लगा है।

'कुछ पता लगा?'

'क्या पता?'

'पाप का?'

'जरूर। बचपन में मालिक ने एक गाभिन गाय को डंडा फेंककर मारा था। यही एक पाप है।'

'फिर भी कहती हूँ कि चाहने पर मालिक शुक्ल पक्ष में मरेंगे।'

'जरूर। अब तक देखा नहीं, मालिक ने जो चाहा वह नहीं हुआ। पर यह भी कहे दे रहा हूँ कि मालिक जो कर रहे हैं, वह बहुत अच्छा कर रहे हैं। उस भतीजे के हाथ में जायदाद पड़ने से तीन-पाँच हो जाएगी।'

'क्यों?'

'मालिक ने जो कुछ किया, अछूत होने पर भी सब हिन्दू घरों में किया। कोई औरत गैर-हिन्दू नहीं है। भतीजे की रंडी तो मुसलमान है।'

'हाय राम!'

'तैयार रहना बच्चे! इतने दिन नौकरी की। किरिया हो जाने के बाद यहाँ नहीं रहना है। किरिया हुई और मैं गया। मालिक ने कहा है कि मोहरसिंह का दाह और किरिया लोग भूल जाएँ, ऐसा काम करना होगा।'

'जान लड़ा देंगे, हुजूर!'

सनीचरी लौटकर चली आई।

दुर्भावना लेकर वह घर लौटी। एक-एक दिन कर छह दिन हो गए। बिखनी का क्या हुआ? उसका गाँव भी घोर गाँव था। बाहरी दुनिया के साथ कोई सम्पर्क न था। बसों पर बैठकर कोई कहीं न जाता था। राँची से बिखनी का हाल लाकर कौन दे? ठंडी साँस लेकर सनीचरी ने कथरी-बिस्तर धूप में डाल दिए। चार भुट्टों को चक्की में पीसा। उसके बाद पंचायती झोंपड़ी

की मरम्मत के लिए गई। इस काम में मेहनत करना आवश्यक रहता है। हमेशा देखभाल न करने से मिट्टी के घर में दीमक लगकर वह खोखला पड़ जाता है। उस काम को निबटाकर कुछ डालें और पत्ते सिर पर लाद घर आने पर उस आदमी को देखा।

अनजान आदमी, सिर मुँड़ा हुआ, खाली पैर।

'बिखनी मर गई।'

सनीचरी पल-भर में सब समझ गई, और पूछा, 'तुम उसके देवर के लड़के हो।?'

'जी।'

सनीचरी का कलेजा बैठ गया। लेकिन तमाम मौतों, बहुत वंचनाओं, बहुत अन्यायों से भरा उसका धैर्य और संयम था। उसने आगन्तुक से बैठने को कहा। खुद भी बैठी, बहुत देर तक चुप रही। उसके बाद धीरे-से बोली, 'कितने दिन हुए?'

'चार दिन हुए।'

सनीचरी ने उँगलियों पर गिनकर कहा, 'उस दिन मैं गम्भीरसिंह के घर थी। क्या हुआ था?'

'साँस से कलेजे में कफ जकड़ गया था।'

'यहाँ से जाते-जाते ही?'

'राह में ठंडा सरबत पिया था।'

'उसके बाद?'

याद आया कि रंगीन शरबत, हाजमे की गोली, बेल का मुरब्बा—यह सब मोल लेकर खाने का बिखनी को बड़ा लालच था।

'उसके बाद हँफनी हुई। मेरा साला अस्पताल में काम करता है। डॉक्टर को दिखाया, सुई का इलाज कराया।'

'मैंने वह कभी नहीं किया।'

बनिये की दुकान पर झाड़ू मारकर सनीचरी तिलचट्टों को घायल कर देती थी। मिट्टी की हँड़िया में तिलचट्टों को उबालकर उस पानी को पिला देती और बिखनी की साँस कम हो जाती।

'वह बेटे से मिली थी?'

'वह कहाँ आया? अब उसे भी खबर दे जाऊँगा। काकी क्या तुम लोगों के पास कुछ रख गई हैं?'

'कुछ नहीं! कहती थी, मरने पर भी तुम्हारे पास कुछ है, यह नहीं मालूम। राह-राह फिरती रही...।'

'मुझे भी पता नहीं। पता होता तो ले जाता।'

'अब जाओ, बेटा! बस से जाओगे, बस की सड़क भी दूर है।'

वह आदमी चला गया। अब सनीचरी अकेली बैठी अपनी हालत को समझने की कोशिश कर रही थी। मन में क्या हो रहा था? दुख? नहीं, दुख नहीं, डर। आदमी मर गया, बेटा मर गया, नाती चला गया। बहू भाग गई, सनीचरी की जिन्दगी में दुख कब न था? तब ऐसा सब पर छा जानेवाला दुख नहीं था। बिखनी के मर जाने से उसके पेशे पर चोट पड़ी है, खाने पर हाथ पड़ा है, इसी से डर लग रहा है। डर क्यों लग रहा है? उमर हो गई है, इसलिए। सनीचरी

ऐसों का जीवन अन्तिम साँस तक मेहनत का जीवन है। उम्र माने बुढ़ापा। बुढ़ापा माने काम न कर पाना। काम न कर पाना माने मौत। सनीचरी की अपनी मौसी बुढ़िया हो गई थी, ऐसी बूढ़ी कि उसे गठरी की तरह उठाकर कोठरी में ले जाना पड़ता था। जाड़ों के दिनों में धूप सेंकने के लिए उसे बाहर बैठाकर सब काम पर चले गए थे। आकर देखा कि बुढ़िया मरकर काठ हो गई है।

सनीचरी ऐसी मौत नहीं चाहती। मरे क्यों? पति मरा, बेटा मरा, तो सनीचरी क्या अफसोस से मर गई? दुख से इनसान मरता नहीं। बहुत अधिक शोक के बाद भी आदमी रोज नहाता है, खाता है। मिर्चें चरे जा रही है, यह देखकर उसने उठकर बकरी को भगाया। आदमी सब-कुछ करता है। लेकिन खाना न मिलने से मर जाता है। सनीचरी जब इतने अफसोस के बाद नहीं मरी, तो बिखनी के शोक से नहीं मरेगी। दुख तो बहुत है, पर सनीचरी रोएगी नहीं। पैसा, चावल, नया कपड़ा पाए बिना रोना विलासिता है।

सनीचरी दूलन के घर गई।

दूलन ने मामले की गम्भीरता समझी। बोला, 'देख बुधुआ की माँ! जमीन का कब्जा नहीं छोड़ते हैं, सो तेरे लिए रोने का काम जमीन है। कब्जा छोड़ने से नहीं चलेगा। तू मजा नहीं देखती। एक-एक आदमी मरता है, तुम लोग जाती हो, वे लोग रोने-धोने की धूमधाम को लेकर इज्जत की लड़ाई लड़ रहे हैं। गम्भीरसिंह को ही देखो न! उसको जो बीमारी हुई उसका डॉक्टरी इलाज करने से आदमी चंगा हो जाता है। उसकी वह कोशिश ही नहीं करता। मरने पर धूमधाम की बात सोचता है।'

'उनकी किस बात में इज्जत है, किसमें लड़ाई है, वही जानें।''

'तुझे भी जानना होगा।'

'जानकर क्या करूँगी?'

'बुधुआ के बाप के मरने पर उसकी मजूरी का काम मालिक के खेत-खलिहान में नहीं किया?'

'जरूर किया।'

'बिखनी के मरने पर उसका काम भी करेगी।'

'कैसन?'

'खुद जाएगी,' दूलन बिगड़कर चिल्लाया, 'तेरे पेट का काम है। अपने आप जाएगी।'

'तोहरी?'

'हाँ, तोहरी। जाएगी, रंडी जमा करेगी। नहीं तो गम्भीरसिंह का भतीजा और गुमाश्ता सब रुपया मार बैठेंगे।'

'मैं जाऊँगी।'

'जरूर जाना।'

'वहाँ...।'

'बुधुआ की बहू है। यही न?'

'तुमको मालूम है?'

'जरूर मालूम है। वह भी बरबाद रंडी है न, उसे भी बुलाएगी।'

'उसको भी?'

'बिलकुल, उसे भी खाना-पहनना होता है न? रंडियों को बुलाकर रोना मजेदार तमाशा है। मालिक-महाजन के रुपए पाप के रुपए होते हैं, उसका बहाव अटूट है। ले आना कुछ बाजारू रंडियाँ। उनमें से भी तो मालिक-महाजनों ने कितनों को रंडी बनाकर तमाम को ठोकर मारी है, मारते हैं न?'

'मारते हैं।'

कौन किस तरह रंडी बनी, यह सब बातें सनीचरी नहीं जानती। लेकिन याद आया, पेट की आग से बुधुआ की बहू ने घर छोड़ा था, गुलबदन ने गम्भीरसिंह के भतीजे को 'भाई' माना था। लेकिन गम्भीरसिंह ने उसे रंडी के सिवा कुछ न समझा। सब जैसे बहुत गड़बड़ हो। सनीचरी सब-कुछ सोचकर कुछ तय नहीं कर पा रही थी। लेकिन दूलन क्या कह रहा था?

'इतना पाप-पुण्य देखने मत जा, बुधुआ की माँ! पाप-पुण्य मालिकों के काम की चीज है। वे ही उस हिसाब को अच्छी तरह समझते हैं। हम-तुम तो भूख का हिसाब समझते हैं।'

'सच बात है।'

'तब फिर क्या हुआ? चली जा।'

'गाँव में सब मुझे बुरा नहीं कहेंगे?'

दूलन बड़े अफसोस के साथ हँसा। बोला, 'पेट के लिए कोई काम करने पर उसमें कौन बुराई देखता है?'

सनीचरी ने उसकी बात समझी।

गम्भीरसिंह सत्रह दिन बाद मरा। जब उसको साँस का दौरा उठा, तभी गुमाश्ते ने सनीचरी को खबर भेजी। सनीचरी ने कहला भेजा, 'मैं आऊँगी, लोगों को लेने जा रही हूँ।'

सनीचरी ने काली धोती पहन ली और तोहरी चली गई। लोगों से पूछकर रंडीपट्टी का पता लगाने में उसे जरा भी शर्म न आई। पेट का मामला सबसे बड़ा मामला होता है। वह पुकारते-पुकारते उस पट्टी में घुसी, 'रूपा, बुधनी, सोमरी, गंजू! कहाँ हो तुम सब? आओ, आओ। रुदाली का काम है।'

जान-पहचान की सारी वेश्याएँ एक-एक कर आ गईं। वहाँ पर भीड़ जमा हो गई। बहुत रंडियाँ थीं। पाँच रुपए से लेकर चौअन्नी तक की वेश्याएँ थीं।

'हुजूराइन आप?'

'बिखनी मर गई है न!'—सनीचरी हँसी। उसके बाद भीड़ में पहचानी हुई सूरत को देखकर बोली, 'बुधुआ की बहू? बहू, तू भी आ। गुलबदन, तू भी चल। गम्भीरसिंह मर रहा है। रोकर रुपया लो और उसके मुँह में नोन मल दो। सरम क्या है? जो मिले वसूल कर ले। चल-चल। सबको पाँच-पाँच रुपए, सबको चावल मिलेंगे, किरिया में धोती।'

वेश्याओं में भाग-दौड़ मच गई। जवान वेश्याएँ बोलीं, 'हम?'

'सब चलो। बूढ़ा होने पर यह काम तो करना पड़ेगा। अपने रहते-रहते तुम लोगों को शुरू करा जाऊँ।'

सबको बड़ा मजा आया। गंगू ने सनीचरी को मोढ़े पर बिठाया। रूपा पान और बीड़ी मोल ले आई। बड़ा जोश था। उसके बाद सब नवागढ़ चलीं।

गम्भीरसिंह का भतीजा, गुमाश्ता—सब लोग देखकर ताज्जुब में पड़ गए। गुमाश्ता फुसफुसाकर बोला, 'रंडी टोली को झाड़कर ले आई है। करीब सौ रंडियाँ हैं।'

सनीचरी बोली, 'क्यों नहीं? मालिक ने कहा था कि ऐसा सोर मचाना कि किस्सा बन जाए। सो क्या दस रंडियों में किस्सा होता है? हटो, हटो, हमारा काम हमको करने दो। अब मालिक हमारे हैं।'

गम्भीर की लाश में सड़े घाव की बदबू थी। उसकी पेट-फूली लाश को घेरकर रोने वाली रंडियाँ सिर पीटकर रोने लगीं। गुमाश्ते की आँखों से आँसू बहने लगे। अब कुछ न बचेगा, सारे पैसे बँट जाएँगे। यह सिर पीटना सनीचरी की शरारत है। सिर पीटने से दूने रुपए। भतीजा और गुमाश्ता बेबस दर्शक बने खड़े रहे। सिर पीटते-पीटते, रोते-रोते गुलबदन सूखी आँखों से भद्‌देपन से मटककर भतीजे की ओर देखकर मुसकराई। उसके बाद सनीचरी का रोना ध्यान से सुनकर उसे दुहराना शुरू किया।

शिशु

उस जगह का नाम है लोहरी और वह जगह राँची-सरगुजा और पलामू–इन तीन जिलों की सीमा-रेखाओं के मिलन-बिन्दु पर बसी है। सरकारी कागजों के मुताबिक वह राँची में ही है। लेकिन सारी जगह एक खास तरह का झुलसा हुआ मैदान है, मानो यहाँ भूगर्भ में भयंकर गर्मी हो। इसीलिए पेड़ बौने-बौने, नदी का कलेजा श्मशान और गाँव तक धूल से पटे पड़े हैं। जमीन का रंग अजीब-सा है। लाल जमीन वाला देश भी ऐसा गाढ़ा, बादामी-लाल सा नहीं दिखाई देता। सूखने के पहले खून इस तरह का फीका लाल पड़ जाता है।

यहाँ आने के पहले रिलीफ अफसर को ब्रीफ कर दिया गया था, समझा दिया गया था। यह अफसर बहुत ही भला और दयावान था! बहुत कुछ जाँच कर उसे निर्वाचित किया गया था। उसको बता दिया गया था कि यह जगह बहुत ही खचड़ी है। वहाँ के रहनेवालों का, आदिवासियों का कोई ऑनेस्ट वे ऑफ लिविंग–जीवनयापन का कोई ईमानदार ढंग–नहीं था।

'क्यों?'

'खेती नहीं करते।'

'क्यों? जमीन है?'

रिलीफ अफसर और बी.डी.ओ. बँगले में बैठे बातें कर रहे थे। बाहर अभी भी ठंडा नहीं हुआ था। रात में चौकीदार बँगले के अहाते में निवाड़ का पलंग डाल देगा। इतनी गर्मी में यहाँ कोई कमरों में नहीं सोता। रिलीफ अफसर कुल तीन महीने के लिए इस काम के लिए नियुक्त हुए थे। खाद्य-विभाग ने उन्हें उधार दिया था। जिन्दगी में उन्होंने ऐसी धूप में तपती, निकम्मी जमीन नहीं देखी थी। उसके पास जो लोग मदद लेने आते उन लोगों के लगभग नंगे, सूखे, कीड़ों और तिल्ली से फूले पेट देखकर उन्हें बहुत गन्दा लगता। उनकी धारणा थी कि आदिवासी मरद बाँसुरी बजाते हैं और आदिवासी स्त्रियाँ फूल पहनकर नाचती हैं। गाना गाते-गाते वे एक पहाड़ से दूसरे पहाड़ों को जाती हैं।

जीप नीचे खड़ी कर टीले के ऊपर चढ़ते हुए समझा था कि तेजी से पहाड़ पर चढ़ना सम्भव नहीं है। कलेजा हाँफने लगता है। आदिवासी जीवन में वे गाने की भूमिका बहुत ही महत्त्वपूर्ण समझते थे। अब उनके गीत सुनते हैं। वे एकरस, बूढ़ी डाइन के अकेलेपन की रुलाई की तरह थे। उनकी जानकारी बड़ी निराशाजनक थी। रिलीफ अफसर ने फिल्मों को, विशेष रूप से हिन्दी फिल्मों को, देखकर आदिवासियों के जीवन के सम्बन्ध में कुछ धारणाएँ बनाई थीं। अगर यही उनका गाना है, तो मरने पर कैसे रोया जाता है? यह गाना ही तो रोने की तरह है। राम! राम!

'वे लोग गाते क्यों हैं?'

'जंगली लोग हैं। सब-कुछ भूत-प्रेत का खेल समझते हैं। गीत गाकर भूत भगाते हैं।'

'भूत' शब्द ही अशुभ है। बी.डी.ओ. देखते रहे और हँसते रहे। बोले, 'डर गए?'

'नहीं, नहीं।'

'यह सूखा और अकाल भी उनके लिए भूत-प्रेत का अभिशाप है।'

'ओ!'

'बहुत खराब जगह है। अच्छी जगह हिन्दू लोग रहते हैं, महावीरजी की ध्वजा फहराती है, यहाँ तो कुछ नहीं है। न जाने कब मेरी बदली होगी!'

'कल मैं कहाँ जा रहा हूँ?'

'लोहरी। बड़ी खचड़ी जगह है। सालों को जमीन देने पर भी महाजन को बेच देते हैं। आँखें निकालकर कहते हैं, पानी कहाँ है? बीज कहाँ है? हल कहाँ है? बैल कहाँ हैं? खेती कैसे करें? सब-कुछ देने पर भी महाजन को बेच देंगे। कहेंगे, फसल पकने तक क्या खाएँगे? उधार लिया था। जमीन बेचकर पाट दिया।'

'वहाँ क्या रहना पड़ेगा?'

'हाँ, कैम्प करेंगे। रहना ही पड़ेगा। कैम्प चालू कर चले आएँगे। मैं आदमी भेज दूँगा, फिकर न करें, और डरिए मत।'

'कैसा डर?'

'चोर का।'

'चोर का?'

'हाँ। जितनी बार रिलीफ जाती है, बिलकुल छोटे-छोटे लड़के-लड़कियाँ आकर एक-दो बोरे चावल चोरी कर ले जाएँगे। चावल-माइलो-गुड़, जो भी मिले।'

'छोटे-छोटे लड़के-लड़कियाँ?'

'हाँ, उन्हें कोई पकड़ भी नहीं सकता। किसी-किसी ने देखा है। उस बार मैंने खुद देखा था। साथ में बन्दूक भी थी।'

'आप बन्दूक रखते हैं?'

'लाइसेंस। बन्दूक। लोहरी बहुत खचड़ी जगह है। दस बरस पहले...न, बारह साल हुए...खूब बलोया हुआ...आग लग गई थी।'

'वह क्या?'

बी.डी.ओ. बोले, 'मैं तब नौकरी में नहीं आया था। लोहरी की कहानी जानते हैं?'

'न।'

रिलीफ अफसर कुछ नहीं जानते, जानना भी नहीं चाहते। नौकरी की खातिर राँची शहर की रोशनी और चमक-दमक छोड़कर यहाँ आए हैं।

'वहाँ लोहेवाले आदमी रहते थे। आगरिया। आगरिया लोग, कहानी है कि असुरवंश के हैं। उनका काम ही था जमीन से लोहा निकालकर लोहारखाने में लोहे का सामान बनाना। वे आग खाते थे, आग की नदी में नहाते थे, उनका शहर था लोहरी। राजा का नाम था लोगुंडी। धरती के नीचे जो असुर रहते हैं, वे केवल आगरिया लोगों को पाताल में उतरकर लोहा उठाने देते थे। केवल आगरियों को।'

‘उसके बाद?’

‘उनके राजा का नाम है लोगुंडी। लोगुंडी राजे बारह भाई थे। बारहों भाई की एक बहू।’

‘द्रौपदी से भी बढ़कर!’

‘लोगुंडी राजा को घमंड हो गया, सूरज देवता से भी उनका तेज बेसी है। सूरज देवता चले आए लोहरी। सूरज की आग से लोगुंडी राजा, उनके ग्यारहों भाई, लोहरी नगर, सब जल गए। बहू दूसरे गाँव में थी, बच गई—सूरज के तेज से जलते-जलते बहू भागी एक गोंड के घर, उसकी मट्ठे की हाँड़ी में उतरकर उसकी आग ठंडी हुई। वहाँ छिन्छी गाछ के नीचे उसके बेटा हुआ। नाम हुआ ज्वालामुखी।’

‘बाप रे!’

‘ज्वालामुखी जवान होने पर सूरज के साथ लड़ाई करने लगा। उस लोहरी में दोनों की लड़ाई हुई और उसी तेज से वहाँ की जमीन जल गई। लड़ाई के बाद ज्वालामुखी ने सूरज को शाप दिया। चाँद जब पूनम में रहेगा, तभी तुम्हारा, मरद-औरत का मिलन होगा। सूरज देवता बोले—तुम आगरिया लोग लोहे का काम कर जितनी दौलत पाओगे, सब धूल बनकर उड़ जाएगी। उसी से आगरिया गरीब हैं।’

‘जंगली कहानी है।’

‘सो तो है ही।’

‘आगरिया लोग अब उसी तरह हो गए हैं। जात का रोजगार—लोहे का काम भी उनका छूट गया। किन्तु उन्हें खेती-बाड़ी के काम में लगाना मुश्किल है। वे कहते हैं, वे अशुच हो गए हैं, अशुद्ध हो गए हैं। लोहासुर उनको लोहा नहीं देता, कोयलासुर उन्हें कोयला नहीं देता। आगइयासुर आग नहीं देता। कभी उनके दिन फिरेंगे।’

‘बलोया क्या है, बताइए?’

‘बारह-चौदह साल पहले भारत सरकार ने आदमी भेजा। लोहरी में आयरन ओर की तलाश करो। कुमा गाँव के लोग थे खचड़ा आगरिया। उन्होंने कहा—उस टीले पर हमारे तीन असुर देवताओं का वास है। वहाँ तलाश मत चलाना। दो पंजाबी अफसर मद्राजी जियोलॉजिस्ट थे, वे क्या जंगली असुर देवता की बात मानते? ब्लास्ट कर टीला उड़ा दिया।’

‘उसके बाद?’

‘कूमा गाँव से आगरियों ने आकर सबको काट डाला। उसके बाद जंगल में घुस गए?’

‘घुस गए?’

‘हाँ। वो जो घुस गए, यह समझिए मिस्टर सिंह, वो जो घुस गए, बस! एकदम खो गए। फिर किसी ने उन्हें नहीं देखा। सौ-डेढ़ सौ आदमी।’

‘कह क्या रहे हैं?’

‘यही तो ताज्जुब की बात है।’

‘बस, लापता?’

‘लापता। गायब।’

‘गौरमेंट ने पता नहीं लगाया?’

‘ब्राह्मन की विधवा जैसे चावलों में से कीड़े चुनती है, उस तरह जंगल छान डाला।’

‘तब भी नहीं मिले?’

'न।'

'उसके बाद?'

'गौरमेंट ने बहुत तलाश किया। कूमा गाँव के अलावा किसी गाँव के लोग गायब नहीं हुए। इसी से मालूम हुआ कि और कोई अपराधी नहीं है। एक महीना तलाश चली। उसके बाद कूमा गाँव जलाकर खतम कर दिया, गाँव की जमीन में निमक मिलाकर पुलिस चली गई। और तब सारे आगरिया गाँवों में पुलिस ने बड़ा जुलुम किया।'

'उनका पता नहीं मिला?'

'न।'

'कहाँ गए?'

'जंगल में। जंगल में कितने टीले, कितनी खोह हैं, कहाँ गए कौन जाने?'

'सारे लोहरी?'

'हाँ।'

'आप बन्दूक क्यों लिये जा रहे हैं?'

'डर लगता है। इतने लोग हैं! कहाँ छिपे हैं, अगर आ जाएँ?'

'इसीलिए?'

'न।'

'तब?'

'रिलीफ जब पहुँचती है, तो चोरी होती है। पहले चार-पाँच बोरे चोरी होते थे। कुछेक बरसों से दो-तीन बोरे चोरी होते हैं। जगह भी बहुत खराब है। पता नहीं, धरती में क्या है? कुछ होता ही नहीं। हमारे भतीजे ने भी एक बार खेती करने की चेष्टा की। कुछ नहीं हुआ। न धान, न जुआर, न मड़ुआ, न भुट्टा। हल चलाने पर नीचे मानो लोहा हो। जैसे एक शाप लगी जमीन है। देखते ही पता चलता है।'

'अभी भी चोरी होती है?'

'हाँ, सभी कहते, छोटे-छोटे लड़के-लड़कियाँ झुटपुटे में आकर चोरी करते हैं। मैंने सोच लिया, रिलीफ का माल तो रिलीफ बाँटनेवाले लोग चोरी करते रहते हैं। चोरी करते हैं, किसी को बेच देते हैं। गौरमेंट को कुछ पता नहीं। जाड़ा-गर्मी में रिलीफ भेजेंगे कम्बल, कपड़ा-लत्ता। जाली लोग क्या करेगा धारीवाला कम्बल और अच्छा कपड़ा और चीनी देकर? सब तो वे भी बेच देंगे, और महाजन-बनिया टार्च-बत्ती, दियासलाई या आईना देकर सब खरीद लेंगे। वह जानता है, इसीलिए रिलीफ बाँटनेवाले आदमी सब बेच देते हैं इसमें मैं कोई दोष नहीं समझता।'

'लेकिन यह तो ठीक नहीं है।'

'ऐसा बेठीक काम तो होता ही है। देखिए न, उस बाँगलादेश के युद्ध के टाइम में गौरमेन्ट ने कलकत्ता से जितनी रिलीफ भेजी, तमाम दुनिया से कपड़े-लत्ते-कम्बल-मसहरी-बर्तन-स्टोव, जूता—सब हमने राँची बाजार में खरीदे न!'

'वह भी है।'

'उसे छोड़ो! मैंने सोचा, खुद रिलीफ चोरी करें और गप उड़ाते हैं कि बच्चा लोग चोरी करता। सो मैं उस बार खुद गया। साथ में बीस हजार रुपयों का माल था, सिपाही भी माँग

लिया। कैम्प होगा लोहरी में। सब आएँगे, लेंगे, किन्तु रात भी खूब काली थी माथा के बालों-सी गरम भी खूब था। मैं बाहर लेटा था। अचानक कैसी आवाज! उठकर देखता हूँ कि बोरा लिये छोटे-छोटे आदमी, बच्चे ही होंगे, भाग रहे हैं।

'आपने क्या किया?'

'आसमान में बन्दूक छोड़ी। क्या करता! बच्चों को मारता? किन्तु सब लोग भाग गए। नंगे थे, बच्चे! गोली मारता?'

'वह तो है।'

'और सोचा, रिलीफ का माल तो तमाम चोरी होता है, तमाम लोग मुनाफा करते हैं, बच्चों ही ने ले लिया।'

'ठीक बात।'

'लेकिन...।'

'क्या?'

बी.डी.ओ. भौंह सिकोड़कर कुछ देर अँधेरे की ओर देखते रहे। अँधेरा बहुत गरम और पिघला देनेवाला था। संसार के सब कोने-कतरों को मानो अँधेरे ने भर दिया हो। जमीन से उठती धूल और भाप से हवा धुँधली थी। इसी से आकाश के तारे वैसे चमकते न थे। चाँद बड़ी रात को उठेगा।

बी.डी.ओ. बोले, 'किसी ने बताया नहीं। किन्तु आप भले आदमी हैं। राज के मंत्री आपके मौसा लगते हैं, आपको आज जो बात बताऊँगा, वह अब तक किसी को नहीं बताई। किन्तु आपको बताऊँगा, उस बिपद की आसानी भी दे दूँगा।'

'क्या बात?'

'पता है मिस्टर सिंह, वह जगह बदनाम है? असुर-बोंडा-भूत हैं, सब कहते हैं। मैंने देखा था, जो बच्चे बोरे लेकर भाग रहे थे, वे आदमी के बच्चों-से नहीं थे।'

'क्या कहा?'

'हाथ-पाँव सब दूसरी तरह के-से थे।'

'कैसे?'

'वह बता न सकूँगा। कैसे लम्बे बाल, और कैसे हँसते हुए चले गए!'

'मुझे डर लग रहा है।'

'आपको कोई डर नहीं है। यह बात बतानी थी, इसलिए आज लौटकर टाहाड़ नहीं गया। रुक गया। आपके मौसा राज्यमंत्री हैं, आपकी जान की जिम्मेदारी मुझ पर है। मैं यह महावीरजी का प्रसाद लाया हूँ। पाकिट में रख लीजिए। यह जिसके पास रहेगा उसे कोई डर नहीं।'

'बन्दूक नहीं है?'

'उससे क्या? साथ में आदमी रहेगा।'

'बन्दूक-सिपाही या पुलिस...!'

'अब तो माँगने का कोई उपाय नहीं है। ठीक है। आप तो कल जा रहे हैं, इसके बाद जो जाएँगे, उनके साथ पुलिस भेजने की कोशिश करूँगा।'

'चलिए, खा लें।'

'पहले नहा लीजिए।'

कुएँ के ठंडे जल में स्नान हुआ। मौसा राज्यमंत्री हैं। उसका परिणाम हुआ कि मेज पर बढ़िया चावल का भात था। भात में मटर डाली गई थी। मांस, गुलाबजामुन और अचार था।

रात में बाहर खाट पड़ी। जमीन पर पानी छिड़का गया था। उससे मामूली-सी ठंडक आई।

लेकिन नींद कहाँ? सूर्य और एक बालक का युद्ध था। एक टीला था। अन्धकार में बलोया चमकने लगता। कई मृत शरीर थे। विधवा, ब्राह्मण की विधवा जिस तरह चावल में से कीड़े चुनती है उसी तरह पुलिस जंगल छानती है। रिलीफ। अन्धकार में अलौकिक बच्चे चावल चोरी कर रहे हैं। एक के बाद एक तसवीर बदलती जा रही है। चेहरे पर गर्मी लगी तो रिलीफ अफसर ने समझा कि बहुत सोए। तानकर सोए। अब चेहरे पर सूरज की गर्मी लग रही है।

सवेरे रिलीफ अफसर रवाना हुए। बी.डी.ओ. टाहाड़ लौट गए। रिलीफ का सामान ट्रक में चला। साथ में तम्बू था।

कुछ दूर बाद ही रास्ता कच्चा था। गर्मियाँ थीं, इसलिए उस रास्ते जाया जाता था। बरसात में राह अगम्य थी। मिशन-हाउस में मिशनरियों ने रिलीफ सेंटर खोला था। झुंड-के-झुंड आदमी थे—काले सूखे और चुपचाप।

जीप के ड्राइवर ने थूकते हुए कहा, 'सारे जानवर हैं! अकाल होने पर बाल-बच्चों को मिशन के दरवाजे पर छोड़कर चले जाते हैं। कहते हैं, वे लोग फेंक नहीं देंगे। कुछ-न-कुछ देकर जान बचाएँगे। हमारे साथ रहने पर मर जाएँगे।'

'ये लोग इनसान नहीं हैं।'

'मिशन के साहब लोग इन्हें क्रिस्तान बनाते हैं—धरम नाश कर दिया। पर यह भी खचड़ा ही है। क्रिस्तान भी बनते हैं, अपने देवी-देवता भी पूजते हैं।'

'मिशनरी लोग नहीं जानते?'

'जानते हैं। फिर भी उनको दवाई देते हैं, देखभाल करते हैं। वह गोरी-गोरी मेमें जानवरों के बच्चों को गोद में बैठाएँगी। मुँह से मुँह लगाकर प्यार करेंगी।'

'राम! राम!'

'वह गाना सुनिए न। कोई अच्छा आदमी ऐसन टाइम में ऐसा गाना गाएगा?'

गाने के नाम पर लम्बा-सा प्रेत-विलाप इस समय सारे टीलों और जंगलों से गुजरती हुई जीप को ढकेल रहा था।

'क्यों गा रहे हैं?'

'ये ऐसे ही हैं। जो चल सकेंगे, वे फिर रिलीफ लेने आएँगे। जो चल न सकेंगे, जो बहुत बुड्ढे हैं, वे जमा होकर उसी तरह गाना गाएँगे। गाएँगे, गाएँगे, गाते-गाते मर जाएँगे। एक गाँव में गाना होगा तो दूसरे गाँव में मरने के वक्त बूढ़ियाँ, जवानों को रिलीफ लाने भेज देंगी। वे खुद गाना गाएँगी।'

रिलीफ अफसर का दिल बैठता जा रहा है। राँची में रोशनी की चमक—टैक्सी, मोटर, वहाँ जिन्दगी चल रही है। वे किस देश में जा रहे हैं? जहाँ अतिप्राकृत शिशु बन्दूक की

आवाज के जवाब में प्रेत-हँसी हँस रिलीफ लेकर भाग जाते हैं! जिस देश में जाने पर केवल मटमैले पहाड़ और जंगल ही दिखाई पड़ते हैं लेकिन उनमें बैठकर बुढ़िया औरतें मौत पास देखकर जीने का प्रयत्न नहीं करतीं। प्रेतों के विलाप में गीत गाती हैं।

'बहुत-सी मर जाती हैं?'

'तमाम। देखिए न, कितने चील-गिद्ध उड़ रहे हैं! जिन्दा रहने पर भी गिद्ध बहुतों को खा जाते हैं। यह ताज्जुब देखो।'

'लोहरी कितनी दूर है?'

'अब घुस रहे हैं। देखिए न, गाछ-माटी-पहाड़ सब कैसे हैं! मानो ताँबे के बने हों, कैसे लाल-लाल हैं! यही है लोहरी। यहाँ की माटी विष है।'

दूर पर कई पहाड़ दिखाई पड़े। ड्राइवर बोला, 'वहाँ आपका कैम्प पड़ेगा।'

कुछ देर बाद ड्राइवर फिर बोला, 'एक बात है हुजूर, बुरा मत मानिएगा। लोहरी में क्या है पता नहीं, किन्तु मन में बड़ा डर भर जाता है। रात में हम थोड़ी दारू-आरू पिएँगे। कैम्प के पास ही। नहीं तो डर लगेगा। बहादुर तो पागल हो गया।'

'कौन बहादुर?'

'ड्राइवर? क्यों? उसकी बात अफसर साहब ने नहीं बताई?'

'नहीं।'

'यह ठीक नहीं किया।'

'बहादुर को क्या हुआ था?'

'वह अभी तक किसी को नहीं मालूम। उसके साथ जो लोग थे, वे कहते हैं। उस रात को सब सो रहे थे। बहादुर अचानक 'चोर! चोर!' कहकर जिनका पीछा करने भागा, वे अँधेरे में खो गए। जो उसे खोजने गए वे अँधेरे में किसी की हँसी सुनकर डर के मारे चले आते। दूसरे दिन सवेरे देखा कि बहादुर बेहोश पड़ा है। होश हुआ, लेकिन चेतन नहीं हुआ।'

'उसके बाद?'

'बौरा गया। अभी तक बौराया है। राँची में है। लीजिए, लोहरी पहुँच गए।'

कैंप लगाने की जगह साफ की हुई थी। एक छोटी झोंपड़ी से तहसीलदार निकल आए। बोले, 'चाय-वाय पी लीजिए हुजूर, पानी मौजूद है, नहा भी सकते हैं। पानी आधे मील से लाना पड़ता है।'

ड्राइवर बोला, 'वही कुंडी?'

'वही।'

रिलीफ ऑफिसर की सवालिया निगाह के जवाब में तहसीलदार बोला, 'कूमा ग्राम के बलोया के बाद टीला ब्लास्ट किया गया। उस ब्लास्ट में टीला उड़ गया, एक गहरा गड्ढा बन गया। उसमें पानी जमा होता है बरसात में, और साल-भर पानी रहता है। उसी का पानी है।'

चाय पीने के बाद तहसीलदार ने तम्बू तनवा दिया। रिलीफ के सामान के बोरे गिनकर सजा दिए। बोला, 'कुछ मत सोचिए। हर बरस मैं यही काम करता हूँ। गाँववार नाम की सूची भी मौजूद है। दस से चार तक रिलीफ बाँटिएगा। उसके बाद खेल खत्म।'

'कितने लोग आएँगे?'

'हजार, दो हजार, कुछ ठीक नहीं है।'

'मेडिकल यूनिट आ रही है।'

'यहाँ?'

'हाँ। तम्बू चाहिए। तम्बू लगवाइए।'

'अच्छा हुजूर! मेडिकल यूनिट तो कभी आई नहीं!'

'इसके पहले तो कभी जनता सरकार भी नहीं आई। और रिलीफ देने स्पेशल अफसर नहीं आया।'

तहसीलदार ने मन-ही-मन कहा, 'सूअर का बच्चा' और मुँह से बोला, 'जो कहिएगा, वही होगा।'

'सरडोहा मिशन से जो लोग आए हैं, वे भी काम करेंगे।'

'वह लोग भी?'

'हाँ, उनकी नर्सें हैं। डॉक्टर हैं।'

'बहुत अच्छा।'

'कैम्प में पानी लाने के लिए, कैम्प में सफाई रखने के लिए, खिचड़ी जिसमें चढ़ाई जाएगी उसका हंडा साफ करने के लिए आदमी चाहिए। गाँव के दस लड़के चुन लीजिए। नाम लिख लीजिए। वे सब काम करेंगे, खाना मिलेगा, रोजाना एक रुपया मजूरी भी मिलेगी।'

'वे तो बस खाना मिलने से ही सब काम करते हैं।'

'आप बात करने आए हैं, या सुनने? कैम्प मैं चलाऊँगा। आप रोज आएँगे।'

'कितने दिनों तक कैम्प खुला रहेगा?'

'अभी एक महीना। मैं यह कैम्प देखूँगा। बीस-बीस मील के अन्तर पर कैम्प पड़ रहे हैं। एक बात और है। स्टोर जहाँ रहेगा, मैं उसी तम्बू में रहूँगा। मेरी जिम्मेदारी है न!'

'यह बहुत ठीक बात है। मैं तो सौ रुपया देने पर भी स्टोर के तम्बू में न रहता।'

'क्यों?'

'चोरी होती है। और जो चोरी करते हैं वे आदमी नहीं हैं।'

'वह सब बातें छोड़िए। कॉलेज के लड़के भी वालंटियर बनकर आ रहे हैं। कह दीजिए, गाँव-गाँव में बूढ़े-बूढ़ियों को गान उठाने की दरकार नहीं है। गाँव में भी रिलीफ जाएगी। लड़के ले जाएँगे।'

तहसीलदार को ताज्जुब हो रहा था। वह हर साल रिलीफ में से चोरी करता और काम चलाता था। वह बहुत बदकार था, लेकिन बड़े काम का था। गाँव के दस आगरिया युवकों को अपने कैम्प की देखभाल और सफाई के काम में लगाया। चौकीदार ने दो को लेकर पेड़ के नीचे रिलीफ का माल लगा दिया। आज सूखा माल बाँटा गया। कल से खिचड़ी और बच्चों के लिए दूध बाँटा जाएगा।

रिलीफ अफसर से बोला, 'स्टोर के तम्बू में ये लड़के पहरा देंगे। हममें से तो कोई नहीं रहेगा, आप अकेले रहेंगे।'

रिलीफ अफसर आश्वस्त हुए। बहुत जल्दी-जल्दी बड़े ढंग से कैम्प चालू हो गया। दूसरे दिन से पकी खिचड़ी दी गई। मेडिकल यूनिट ने कॉलरा और टाइफाइड के इंजेक्शन दिए। उस जगह चहल-पहल हो गई।

दूर-दूर से अब आदमी आते रहते। रात को भी दूर-दिगन्त पर चलती हुई रोशनी दिखाई पड़ती। मशाल जलाकर लोग आते रहते और दिन में भीषण गर्मी की तपन रहती, इसलिए रात में राह चलने में सुविधा होती। कुछ दिनों में तहसीलदार भी बोला, 'न हुजूर, रिलीफ का काम कर आपने जानवरों के दिल में भी एक विश्वास ला दिया। पहले बुड्ढे समझते थे कि मर जाएँगे, गान उठाते थे। अब गाना भी बन्द। एक काम नहीं हो सकता है?'

'क्या?'

'गाँव में रिलीफ मत दीजिए। इस बार तो उन्हें ठीक से रिलीफ मिल रही है। वे ही बुड्ढा-बुड्ढी को उठाकर क्यों नहीं लाते?'

'न-न। लोग भूख से ममताहीन हो जाते हैं। जिनको नहीं लाएँगे वे तो मर जाएँगे। उठाकर लाएँगे कैसे? आते-आते सड़क पर गिरकर मर जाएँगे। ताकत भी नहीं है।'

रिलीफ अफसर इस ऋण देने के काम में बुरी तरह लग गए। उस जगह की जली धरती की तरह का स्वरूप नाटे और धूल से भरे और बिना पत्तों के पेड़ों के घने जंगल थे, लाल और भयानक पहाड़ों में भयावहता भी खो जाती थी। निरन्न, भूखे आदमियों को टॉप प्रायर्टी मिलती। डॉक्टर लड़के टीका देकर चले जाते। मिशन के डॉक्टरों और नर्सों के मन में भी वे विश्वास उत्पन्न करते और यद्यपि कॉलरा और टाइफाइड के इंजेक्शन देने का नियम था, वे प्रोटोकोल की परवाह न कर काफी एंटीबायोटिक, चोट की दवाइयाँ, बेबीफूड, न्यूट्रीनगेट आदि राँची से ले आते।

गाँव के बहुतरे आगरिया उन्हें घेरे रहते। वे उन्हें टीले को ब्लास्ट की हुई कुंडी पर नहीं ले जाते। वह उनके लिए टैबू थी। लोहरी नदी की छाती में छिपी हुई कुंडी उनके पानी का स्रोत थी, वहाँ उन्हें ले जाते। स्नान करते-करते वे उनसे सूर्य और ज्वालामुखी की लड़ाई की कहानी सुनते। एक आगरिया लड़का ज्वालामुखी उनका हीरो था। उसके कारण ही आगरिया गरीब थे। और उसके अभिशाप से ही पूर्ण चन्द्रमा की रात के सिवा सूर्य अपनी पत्नी से मिलने नहीं आ सकते थे। लोहासुर, अगियासुर और कोयलासुर–इन तीन असुरों का आशीर्वाद नहीं मिला, इसीलिए आज आगरिया लोगों को कष्ट मिल रहा है। स्नान कर जब लौटे तो रात हो गई थी।

रात में स्टोर के तम्बू के सामने खाट डालकर लेट गए और सोचने लगे–रिलीफ दोनों हाथों से चोरी करते थे, इसीलिए प्रेतों की चोरी करने की बात सबने उड़ा दी। लोहरी के इन आगरिया लोगों का भाग्य बदला जा सकता है या नहीं, यह बात भी सोची। ईमानदार और मेहरबान अफसर की जरूरत है। उस तरह के लोग इनकी खेती के काम को बदल सकते हैं। राँची पहुँचते ही नोट देना होगा। हर बरस रिलीफ देकर इतने लोगों को जिन्दा रखना सम्भव नहीं है। ये बातें सोचते-सोचते सो गए। निश्चिन्त नींद। आगरिया युवक तम्बू के चारों ओर सो रहे थे। उन लोगों ने उन्हें 'देउता' कहा था। उससे लगता था कि उनकी बड़ी जीत हुई थी। जो अपने को छोड़ किसी पर विश्वास नहीं करते, उनके मुँह से 'देउता' सुनना बड़ी भारी जीत ही तो है।

युवक दस थे, लेकिन सोए नहीं। जागकर कान लगाए रहे। इस बार कैम्प बहुत बड़ा था। शोरगुल बहुत ज्यादा था, क्या इसीलिए?

एक दिन उन्होंने मिले हुए पैरों की आवाजें सुनीं। चौकन्ने जंगली जानवर कई जोड़े पाँव बढ़ा रहे थे। दबी सीटी-सी थी। जवाब में सीटी। मानो किसी ने तम्बू की डोरी खोल दी हो। उसके बाद बहुत जल्दी और खामोश ऐक्टिविटी। युवक उठे और तम्बू का परदा उठाया। गहरी रात में कृष्ण पक्ष का चन्द्रमा था। चावलों का बोरा उतरा, माइलो का बोरा भी। कई छोटे-छोटे हाथ थे।

रिलीफ अफसर की नींद पल-भर में टूटी। टॉर्च लेकर उठते ही उन्होंने देखा, आगरिया युवक नहीं हैं। तेज पाँवों से तम्बू के उस पार गए। युवक डोरी खींचकर खूँटे से बाँध रहे थे। क्यों? तम्बू का परदा खुला क्यों था? विमूढ़ और आहत, विश्वासघात से आहत अफसर ने उनकी ओर देखा। अनजान, अपरिचित चेहरे थे। वे ही थे। किन्तु उनके साथ उनके मन के व्याकुल प्रश्न का कोई भी संचार नहीं हुआ। क्रूर और विजयी हँसी हँसकर युवक पल भर में अँधेरे वन में गायब हो गए। भागकर अफसर ने तम्बू का चक्कर लगाया और अन्दर घुसे। दो बोरे नहीं थे।

बाहर आए और भागे। छोटे-छोटे पैरों की आवाजें थीं। वन के बीच से जल्दी-जल्दी बोरे चले जा रहे थे। प्रेत नहीं, आदमी थे। इतने छोटे-छोटे कि बच्चे ही कहा जा सकता था। निश्चय ही बालक-बालिकाएँ थीं। इधर रिलीफ लेते थे, उधर आठ-दस बरस के बच्चों से चोरी कराते थे। लोहरी के आगरिया चोरी-राहजनी-लूटखसोट नहीं जानते। कभी झूठ नहीं बोलते। उन्होंने तो उनका भला करना चाहा था। युवकों ने उन्हें 'देउता' कहा था। सब धोखा था? लगता है कि कोई उन्हें धोखे से सब लूटकर चला गया हो। रिलीफ अफसर परेशान हो उठे। वे अच्छे आदमी हैं, ईमानदार हैं, घूसखोर नहीं हैं। आदिवासियों के लिए ममता है। इन तमाम कारणों से अपने चुनाव की मर्यादा उन्होंने रखी थी। जान देकर रिलीफ का काम किया। इन लोगों को रिलीफ से बरस में एक बार जिन्दा न रहनेवालों को पक्के तौर पर जिन्दा रखने की बात सोची थी। उसके बदले में यह व्यवहार? छोटों को भेजकर रिलीफ चोरी करवाना? वे उनको पकड़ेंगे। चोरी का फैसला करके रहेंगे।

जिद में आकर वे दौड़ते रहे। वे लोग भी भागे। जंगल तंग होता गया। छितरी घास के जंगल थे। सूखे मैदान। यही वह मैदान है जहाँ सूर्य और ज्वालामुखी ने युद्ध किया था। यहाँ पहुँचकर लड़कों ने माइलो और चावल के बोरे उतारे।

अवश्य ही वे थक गए थे। रिलीफ अफसर पास गए, बोरों के पास। बोरो को घेरकर वे खड़े हैं। खड़े होने का ढंग सिकुड़े हुए जानवर की तरह था। उनके ढंग से लग रहा था, चोट करेंगे, मानो उछल पड़ेंगे। एक-टक, मौन नजर उन पर रखी। कृष्ण पक्ष की चाँदनी में सब अस्पष्ट था।

अचानक वे लोग उनके पास बढ़ आए। लड़के नहीं, औरतें भी हैं। अचानक कलेजे में डर समा गया। डर, भयानक डर। बढ़ते-बढ़ते उन्होंने उन्हें घेर लिया। रुक क्यों गए?

वह उन्हें देख रहे थे, वे थोड़ा और आगे आए, फिर रुक गए। रिलीफ अफसर ने गरदन घुमाकर देखा। घेरा पूरा था। भागने की राह नहीं थी। भागेंगे नहीं। भागें क्यों? यह तो इनसान हैं, इनसान के बाल-बच्चे। प्रेत नहीं हैं। प्रेत चावल और माइलो नहीं चुराते हैं। 'यह एक अभिशप्त भूमि है'—किसने कहा था? 'थोड़ी दारू-आरू पिऊँगा'—किसने कहा था? रिलीफ अफसर ने अपने चोट खाए, आहत कलेजे को काबू में किया। वे बढ़े।

डर, भयानक डर। भयानक, भयानक भय था। वे बहुत डर रहे थे। चुपचाप क्यों बढ़ रहे थे? बोल क्यों नहीं रहे थे? उनके बदन साफ दिखाई दिए। वे यह क्या देख रहे हैं? न, यह क्यों? सिर पर बाल इतने बड़े-बड़े क्यों हैं? बच्चे, बच्चे, अगर इनका लड़कपन है तो इनके सिर के बाल सफेद क्यों हैं? औरतों की, लड़कियों की छातियों में लटके हुए स्तन सूखे क्यों हैं? वे आगे क्यों बढ़ रहे हैं, जिनके बाल सफेद हैं? पास मत आना। उनका आर्त चीत्कार मौन रहता है, उसे शब्द-रूप मिलता है, 'और मत आओ!' जिनके बाल पके हैं, वे पास आकर उन्हें क्या दिखा रहे हैं? बीभत्स, बीभत्स दृश्य है, अपने पुरुषांग दिखा रहे हैं, सूखे, सिकुड़े-लटकते हुए।

शिशु नहीं, एडल्ट-वयस्क हैं। रिलीफ अफसर के मुँह से आवाज नहीं निकल रही है। लेकिन उपलब्धि के आघात से मस्तिष्क हिरोशिमा-नागासाकी बना जा रहा है।

वृद्ध समझे कि वे समझ गए हैं। वे हँसते रहते हैं। खी-खी-खी वह हँसी अमानवी थी। हँसी बिखर गई। अफसर को घेरकर सब हँस रहे थे। हँसते-हँसते उन्होंने शून्य में छलाँग लगाई, कोई-कोई सिकुड़कर बैठा था। अफसर क्या करें?

'हम लड़के नहीं हैं। हम कूमा गाँव के आगरिया हैं। कू—मा। मालूम है?'

'न! न! न!' अफसर आँखें बन्द करना चाहते हैं। हाथ नहीं उठ रहा है। तेज चोट से दिमाग फट गया है। दिमाग हाथ को उठाने का आदेश नहीं देता है। 'पाकिट में महावीरजी का परसाद'—किसने कहा था?

'हम अपने पूजा के टीले का मान रखने के लिए तुम्हें काटकर वनवासी हो गए। कोई हमें पकड़ नहीं सकता। तमाम पुलिस, सिपाही, कोई नहीं पकड़ सकता।'

वृद्ध हँसा। सब हँसने लगे। 'खी-खी-खी।'—प्रेतों की हँसी बिखर गई।

'न! न! न!'

'आगरिया जिन्दा रह गए। भाग-भागकर रहते, बिना खाए सब मर गए!'

'न! न!'

घेरा छोटा हुआ। वे लोग और समीप आए।

'पास मत आओ।'

'क्यों न आएँ? इतना चावल, इतना माइलो, दो बोरों के पीछे तू क्यों आया? जब आया है तो अच्छी तरह देख। हे, तुम दिखा दो!'

मर्द पुरुषांग दिखाने लगे, औरतें स्तन।

बुड्ढा अब बहुत पास आ गया। अफसर के शरीर में पुरुषांग छू रहा था। साँप की सूखी केंचुल-सा। सूखा और गन्दा।

'मरते-मरते हम यह चौदह जने बचे हैं। खाने को मिलता नहीं, इसी से शरीर सूखकर छोटा हो गया। मर्द बस मूतते हैं, रात का काम नहीं कर पाते। औरतों के पेट में बच्चा नहीं आता। इसी से हम रिलीफ चुराते हैं। खा-खाकर फिर से बड़ा होना होगा कि नहीं, बता?'

'न! न! न!'

'आगरिया हमें मदद देते हैं। कूमा के बलोया से हमारा यही हाल है। कूमा का बलोया।'

'न! न! यह नहीं हो सकता।'

अगर यह सच है तो सब झूठ है। कोपर्निकस की संसार की रचना, विज्ञान, यह शताब्दी, यह स्वाधीनता, यह प्लानों के बाद प्लान, योजनाओं-पर-योजना। इसी से रिलीफ अफसर कहते रहे, 'न! न!'

'न' कह देने से 'न' हो जाएगा? तब यह कैसे हुआ? यह गड़बड़ देखकर नहीं समझता, हम लड़के-बच्चे नहीं हैं?

वे पैशाचिक आनन्द से, प्रतिहिंसा के उल्लास से खी-खी कर हँस रहे हैं। उसके बाद वे उन्हें घेरकर दौड़ने लगे, हँसते-हँसते बीच-बीच में उनके शरीर पर रगड़कर पुरुषांग दिखाते, समझा देते कि वे पूर्ण वयस्क भारतीय मर्द हैं।

आकाश में चाँद है। कैसा विवश चाँद का चेहरा है! कैसी निर्वीर्य उसका प्रकाश है! सूर्य और ज्वालामुखी के युद्ध की आग में जले मैदान में कई बालक-बालिकाओं के-से पूर्ण वयस्कों का भयानक उल्लास है। शत्रु का सिर बलोया के फल से उतारने का उल्लास, प्रतिहिंसा, प्रतिशोध है।

किसके विरुद्ध?

उनके नाचते शरीरों पर लम्बी पड़ती हुई उनकी छायाएँ हैं। छायाएँ बता रही हैं वे किसके विरुद्ध हैं।

उनकी पाँच फीट नौ इंच की ऊँचाई के विरुद्ध।

रिलीफ अफसर के दिमाग में तरकीबों की बातों के मोटर रेस करते चल रहे हैं। कहना चाह रहे हैं, यह बदला किसलिए? मैं एक सामान्य भारतीय हूँ। रूसी-कनाडियन-अमरीकनों की तरह हमारे शरीर की वृद्धि नहीं है, लम्बाई-चौड़ाई नहीं है। हम जीवन में वह खाना नहीं खाते जिसकी कैलोरियाँ मानव शरीर की वृद्धि के लिए आवश्यक हैं। वर्ल्ड हेल्थ ऑर्गनाइजेशन की राय में जिस खाने को न खाना अपराध है।

कुछ बोल नहीं पाते। चाँद के नीचे खड़े उनके देखते-देखते, उनकी हँसी सुनते-सुनते, उनके पुरुषांगों की रगड़ को सहते-सहते भारत के सामान्य मनुष्य की अपुष्ट देह और हास्योत्पादक दीर्घता से लगता कि यह सभ्यता का जघन्यतम अपराध हो, अपने को प्राणदंड का असामी महसूस करते हुए और उनकी बौनी आकृति के कारण रिलीफ अफसर ने खुद ही अपने को प्राणदंड दे दिया और चाँद की ओर गला उठाकर मुँह फाड़ दिया। वे नाच रहे थे, हँस रहे थे, उनके शरीर से रुखड़े और सूखे पुरुषांग को रगड़ रहे थे, पागल कुत्तों के-से मैदान फाड़नेवाले आर्तनाद करते हुए। पागल हुए बिना उनकी मुक्ति नहीं है। लेकिन मस्तिष्क गले को आर्तनाद में फट पड़ने का आदेश क्यों नहीं दे रहा है? उनकी आँखों से आँसू बहने लगे।

गिरिबाला

गिरिबाला का घर काँदी महकमे के तालसना गाँव में था। कभी किसी ने यह समझने की कोशिश नहीं की कि गिरिबाला का भी कोई दिल था। हमारी गिरि ना सुन्दर थी ना बन्दर, बस ऐसी ही थी। पर उसकी दोनों आँखें बहुत सजीव थीं। आँखों के कारण ही लोगों की आँखें उस पर चली जाती थीं।

उनकी जात में आज भी लड़की को दहेज देना पड़ता था। आउलचाँद ने चार-बीस रुपए, बछिया, बछड़ा इतना कुछ गिरि के बाप को सौंपा था। उसके बाद ही उसका गिरि से ब्याह हुआ था। यह भी झूठ नहीं कि गिरि के बाप ने भी बेटी को चार तोला चाँदी, बर्तन-भाँडे, चटाई और गाड़ी भरकर बाँस दिया था। क्यों न दे भला! गिरि के बाप के पास कई एक बाँस झाड़ हैं। आउलचाँद ने कहा था, 'मेरा घर जल गया है, इसीलिए बेटी को तुम्हारे पास छोड़े जा रहा हूँ। पहले घर बना लूँ। तुम बाँस दो, उसके बाद बहू को ले जाऊँगा।'

उस दिन का गया आउलचाँद आज तक नहीं लौटा। कुछ दिनों बाद ई.डी. डाकिया घमाली गिरि के घर आया। बंसी घमाली निशिन्दा के क्षेत्रीय डाक-घर में ई.डी. था। 145 रुपयों में गृहस्थी नहीं चलती इसलिए बंसी साँझ होने पर निशिन्दा में डॉक्टर बाबू को रोगी देखने में सहायता करता था। डॉक्टर साहब अस्पताल में काम करते थे। इस कारण वहाँ से रोगियों को फुसलाकर यहाँ पर अपनी 'प्राइवेट प्रैक्टिस' करते थे।

फलस्वरूप सात गाँवों में बंसी का भी काफी रोब-दाब था। वो जानता था कि उसके माध्यम से ही सबको डॉक्टर के पास जाना होगा।

डॉक्टर बाबू को देख-देखकर बंसी स्वयं भी आजकल थोड़ी-बहुत डॉक्टरी झाड़ने लगा था। इसलिए उसकी इज्जत काफी बढ़ गई थी।

गिरि के पिता को वह मामा कहता था। यह बात तो अब किसी को याद नहीं कि ऐसा क्यों कहता था। बंसी घमाली ने कहा, 'बेथुआडहरी गया था। और भी कहीं-कहीं घूमघाम आया हूँ। यह क्या सुन रहा हूँ? तुमने आउलचाँद के साथ अपनी लड़की का ब्याह कर दिया!'

'हाँ, जुट गया तो दे दिया।'

'अच्छा! तो उसने कितने रुपए दिए?'

'चार-बीस एक रुपया, ऐसा ही कुछ।'

'मुसीबत सम्हाल लोगे?'

'कैसी मुसीबत?'

'अब क्या बताऊँ! मैं तो ठहरा सरकारी कर्मचारी, तिस पर डॉक्टर का दाहिना हाथ,

कम-से-कम मुझसे तो पूछा होता। आउलचाँद, वैसे तो बुरा इनसान नहीं। उसके साथ बैठकर बहुत बार गाँजा पीया है, इससे मुकर नहीं सकता। परन्तु वो रुपया, वो तो चन्नन का है। चन्नन का ब्याह कलहाट में तय हुआ था। तो आउलचाँद रिश्ते में चन्नन का चाचा लगता है, वह गया है कन्यापक्ष को रकम देने।'

'अरे, यह कैसी बात?'

चन्नन की माँ तो रोने लगी। उधार लेकर बेटे को ब्याहा। कैसा इनसान है, बताओ तो? जमीन-जायदाद तो है नहीं, चन्नन के घर पड़ा रहता है–

'जमीन-जायदाद नहीं है?'

'अरे कहाँ?'

'घर बनाने की खातिर एक गाड़ी भरकर बाँस ले गया था।'

'वही तो बता रहा हूँ। चन्नन की बुआ को सौ रुपए में बाँस बेचकर वह तो बानपुर के मेले में चला गया है।'

यह सब बातें सुनकर गिरि का बाप सिर पकड़कर बैठ गया। बंसी घमाली ने आउलचाँद के बारे में और भी बातें बताईं। जाते-जाते कह गया, 'लड़का बुरा नहीं है। पर जमीन-जायदाद नहीं है, और एक मेले से दूसरे मेले में भटकता फिरता है, गाना गाता है, वैसे लड़का बुरा नहीं।'

'मोहन ने तो कुछ बताया नहीं। नहीं तो यह रिश्ता लाया था। उसने तो कुछ भी नहीं कहा।'

'यह कोई बतानेवाली बातें हैं? मोहन तो उसका चेला है।'

गिरि की माँ ने कहा, 'मैं बेटी की दूसरी शादी करूँगी। ठग, जुआरी कहीं का! अब अपनी बेटी को उसके घर नहीं भेजूँगी।'

परन्तु जब साल-भर बाद आउलचाँद प्रकट हुआ तो उसने मुँह पर 'ना' कहने का मौका ही नहीं दिया। जब आया तो अपने साथ एक विशाल आकार का शकरकन्द, पत्नी के लिए नई साड़ी, सास के लिए कटहल की लकड़ी से बना पीढ़ा, ससुर के लिए चार नए बस्ते। गिरि की माँ ने बंसी की कही हुई सारी बातें उसे बताईं। आउलचाँद ने इसके जवाब में उदारता से हँसते हुए कहा, 'बंसी दादा की बात पर अमल करने पर तो इस दुनिया में रहना ही मुश्किल हो जाएगा, माँ। और अब जो आपकी बेटी पक्के घर में रहने जा रही है। यह तो झूठ नहीं है।'

गिरि की माँ ने गिरि के केश सँवारे, उसे सजाया। फिर रोते हुए बोली, 'यह आदमी घर की नींव से उगा शतमूल का वृक्ष है बेटी। कितना भी उखाड़कर फेंको फिर उग आएगा। यह जो कहता है, सारी झूठी बातें हैं, पर जरा इसकी बातें करने का तरीका तो देख।'

गिरि चुप रही। दूल्हा आकर बेटी के बाप को दहेज देता है। ठीक बात है। पर फिर भी है तो बेटी ही। बेटी का नाम फेली, यम को दिया तो भी हाथ से गई, दामाद को दिया, तो भी हाथ से गई। गिरि समझ गई कि अब उसके दुख भरे जीवन की शुरुआत हो रही है। वह चुपचाप रोती रही। फिर नाक सुड़ककर, आँखें पोंछकर बोली, 'जब पूजा होगी तब मुझे लिवा लाना। लाओगे ना? रांगा गैया को खाने को कुछ दिया करना। भूसा काटकर जा रही हूँ। जवा के पौधे को पानी देना।'

इस प्रकार चौदह वर्ष की गिरि पति की गृहस्थी बसाने गई। गृहस्थी बसाते समय माँ ने बासन-बर्तन सँजो दिए। आउलचाँद बोला, 'कुछ दाल-चावल भी दे देना, माँ। मुझे बाबू का काम मिला है। जाते ही ड्यूटी पर जाना है। दाल-चावल खरीदने का समय नहीं मिलेगा।'

गिरि ने दाल-चावल-नमक ले लिया। उसके बाद गाँव छोड़कर चली गई। आउलचाँद तेज कदमों से चलते हुए बोला, 'जरा जल्दी-जल्दी कदम बढ़ाओ।'

तालसना गाँव के पक्के घर में आउलचाँद उसे ले आया। बाबुओं के बाग में आम-जामुन-अमरूद तरह-तरह के पेड़ लगे थे। बाग के एक कोने में पहरा देने के लिए बना एक टूटा-फूटा सा कमरा था। आउलचाँद बोला, 'अच्छी तरह से एक बेड़ा बना दूँगा। कैसा कमरा है? उधर पास ही पोखर है। झटपट लकड़ी और पत्ते लाकर भात चढ़ा दे।'

'अँधेरा होने को आया। कुप्पी कहाँ है?'

'कुप्पी? कुप्पी कहाँ से मिलेगी?'

बाबुओं की नौकरानी ने आकर गिरि की जान बचाई। उसने आउलचाँद को गालियाँ दीं, और एक कुप्पी ले आई। गिरि को तालाब की ओर ले गई। बोली, 'माँ-बाप क्या पत्थर दिल के हैं? ऐसी फूल-सी बेटी को उस शराबी-गँजेड़ी के हाथों सौंप दिया? उसके पास है क्या जो तुझे खिलाएगा! बाबू की गायें चराता है, और मजूरी खटता है। महीने भर में कुछ मिले न मिले, क्या पता। आज काम करता है तो कल जाने कहाँ-कहाँ गायब हो जाता है। धान से निकले चावल का भात अगर खाया है तो बेटी कल ही पीहर में अपने चाँदी के गहने रख आना।'

फिर भी गिरि अगले दिन गहने रखने नहीं गई। लोगों ने देखा कि वह अत्यन्त यत्न से बाग के कोने में स्थित अस्थि-पंजर से कमरे की देह को मिट्टी से लीप रही थी। आउलचाँद ने बाबुओं से एक टीन का जुगाड़ किया। उस पर बाँस का बेड़ा लगाकर घर का किवाड़ बना लिया। बहुत जल्द ही गिरि बाबुओं के घर में पेट भर भात के बदले काम पर लग गई। आउलचाँद कई महीनों बाद बोला, 'बहू, तूने तो मुझे गृहवासी बना दिया। माँ-बाप नहीं थे, घर-गृहस्थी की समझ नहीं थी, यहाँ-वहाँ भटता करता था।'

गिरि ने कहा, 'बाबुओं से माँगकर एक घर बना लो। एक टुकड़ा जमीन भी माँग लो।'

'देंगे?'

'क्यों नहीं देंगे? हमारे घर में एक नया प्राणी आ रहा है। वो क्या दूसरे के घर जन्म लेगा? भिखारी-वैष्णवों का भी घर होता है।'

'ठीक कहा तूने। मेरा भी जी करता है, मेरा भी एक घर हो। पहले तो ऐसा कभी नहीं हुआ।'

घर, अपने घर के लिए दोनों के मन में बड़ी लालसा थी। परन्तु अभी पहली बेटी बेलारानी का जन्म यहीं हुआ। बेटी को जन्मे महीना-भर भी नहीं हुआ था कि गिरि बाबुओं की मसहरी, चादरें और दरिया धाने पोखर पार चली गई। बाबू पत्नी को न चाहते हुए भी कहना पड़ा, 'लड़की तो काम के पीछे पागल है। काम भी बहुत साफ करती है।'

असीम उदारता प्रकट करते हुए उन्होंने गिरि की बेटी के लिए अपने बच्चों के पुराने कपड़े दे दिए। गिरि से बोली, 'काम छोड़कर पहले बच्चे को दूध तो पिला बेटी। नहीं तो कैसे चलेगा?' बेलारानी, परीबाला, राजीव, सब डेढ़-दो साल के अन्तर से पैदा हुए। और

गोद की बेटी मरुनी के जन्म के समय गिरि ने ऑपरेशन करवाकर सन्तानवती होने का रास्ता ही बन्द कर दिया।

इतने दिनों में आउलचाँद को बाबुओं से दो बीघा जमीन भी मिल चुकी थी। उसने जैसे-तैसे एक मकान भी खड़ा कर दिया। दिन-मजूरी करने के लिए वह अब इधर-उधर जाने लगा था। गिरि पर वह बहुत नाराज हुआ कि ऑपरेशन करवाकर उसने बड़े अधर्म का काम किया था। आखिर इसे करवाने की क्या जरूरत थी?

गिरि कुछ नहीं बोली। आउलचाँद ने उसके बालों को खींचते हुए दो-चार मुक्के मारे। गिरि ने चुपचाप मार सह ली। उसके बाद बोली, 'पंचायत ने बुलाया है। रास्ता बनेगा, लोगों की जरूरत है। कहा है, काम के बदले गेहूँ देंगे।'

'जा ना, अपने बाप से बाँस माँग ला।'

'क्यों?'

'घर के लिए दिन-भर जान खाती थी, घर तो तेरा सात-महला बन गया है न? बाँस मिलता तो कुछ ढंग का घर बनता।'

'दोनों काम करेंगे, घर बन जाएगा।'

'कैसे?'

'कोशिश करेंगे।'

'चाँदी के गहने बन्धक रखते या बेचते तो....'

गिरिबाला एकटक आउलचाँद की ओर देखती रही। उस दृष्टि के सामने आउलचाँद का सिर झुक गया। वही कुछ तोले चाँदी के गहने गिरि ने मालकिन के पास बाँस के चोंगे में रखवा दिए थे। अब भी वह उनके घर के कई काम कर देती थी। आठ साल की उम्र से बेलारानी उस घर में पेट-भर भात के बदले हजारों हुक्मों की तामील कर रही थी। बेला अब दस साल की हो चुकी थी। बाबू के घर का भात खा-खाकर बेटी तो बरसात में जंगली घास की तरह सर्र-सर्र बढ़ती जा रही थी। अब बेटी के ब्याह में तो उस चाँदी की जरूरत पड़ेगी। बस पूँजी के नाम पर वही चाँदी के गहने और खून-पसीना एक कर कमाए हुए बाईस रुपए थे।

गिरि बोली, 'चाँदी के गहने बेचकर मैं घर नहीं बनवाऊँगी। बाप ने तो हैसियत से ज्यादा दिया था। घर बनवाने के लिए गाड़ी भर बाँस भी भेजा था। उस बाँस की तब बाजार दर निशिन्दा में ही हजार रुपए थी। एक सौ बासठ बाँस थे।'

'फिर वही एक रट।'

'बेटी का ब्याह नहीं करोगे?'

'बेटी का जन्म तो पराए घर में दासी का जन्म है। हाथ देखकर मोहन ने कहा था पंचम गर्भ से सिर्फ बेटे ही होंगे। तू कुपथ पर जाने के लिए बाँझ बन गई।'

गिरि ने दराँती को कसकर पकड़ लिया और बोली, 'इसके बाद एक भी गंदी बात कही तो बच्चों का गला काटकर आत्महत्या कर लूँगी।'

'नहीं-नहीं, कुछ नहीं कहा, अब नहीं कहूँगा...' आउलचाँद ने जबान पर लगाम देकर स्वयं को सम्हाल लिया था। कई दिनों तक बहुत सहमा-सहमा रहा। शायद उसके बाद ही से आउलचाँद के दिमागी कीड़े सिर उठाने लगे। इसके मूल में भी मोहन ही था।

एक दिन अचानक मोहन वहीं आया। गाँवों में बहुत जोर-शोर से काम हो रहा था। कृष्ण चक से निशिन्दा के बीच बस का पक्का रास्ता बन रहा था। गिरि और आउलचाँद दोनों ही काम पर जाते थे। गेहूँ मिलता था। पेट भर खाने को मिल जाता था। मोहन भी मजूरी कर रहा था। वह अब भी खाना-बदोशों का जीवन जी रहा था। उसने शादी-ब्याह नहीं किया था। गेहूँ बेचकर वह चावल, कद्दू और माछ ले आता था। रात को गिरि की दहलीज पर पड़ा रहता था। कभी शहर, कभी गाँव घूम-घाम कर अब बोलचाल में भी वह जबर्दस्त 'बोहेमियन' बन चुका था। आउलचाँद को देखकर मुँह से 'च्च-च्च' आवाज करते हुए उसने कहा, 'एकदम मिट्टी से लीप-पोतकर आसन जमा लिया मीते? छि! छि! उस जीवन को बिलकुल भूल गया।'

गिरि बोली, 'वो सब कुकर्म की बातें यहाँ मत करो।'

'मीत के गले की आवाज बहुत अच्छी थी।'

'वो तो ठीक है। उससे पैसा भी आता था। पर वो पैसा घर तक नहीं पहुँचता था, बच्चों के मुँह का दाना नहीं बन पाता था।'

इसी मोहन ने एक दिन बताया कि बिहार में लड़कियों की बहुत कमी है। दहेज भी बहुत ज्यादा है। इसीलिए वहाँ से लोग आकर हमारी बेटियों को लिये रहे हैं। कितना रुपया दे रहे हैं। सहदेव बाउरी को अपनी बेटी के ब्याह के बदले में पाँच सौ रुपए मिले हैं।

'वो कौन-सी जगह है?'

'बताने पर भी क्या समझ पाओगे, मीते? बहुत दूर है और वहाँ बाँग्ला-भाषा भी नहीं बोली जाती।'

आउलचाँद ने पूछा, 'पाँच सौ रुपए दिए?'

'जरूर दिए।'

बात यहीं पर थम गई, क्योंकि तभी पंचायत के काली बाबू के गोशाला में आग लग गई। बहुत कुहराम मचा। सब उसी ओर भागे।

गिरि उस बात को भूल गई पर आउलचाँद नहीं भूला। जाने गिरि को क्या हुआ, वह पति की बातों से कुछ अन्दाजा न लगा पाई। क्योंकि एक दिन आउलचाँद ने कहा, 'तेरे गहने कौन माँगता है! बेला का ब्याह करूँगा, पक्का घर बनवाऊँगा। बाबू के घर का खा-पहनकर मेरी बेटी देखने में कैसी लगती है!'

गिरि के मन में तब भी कोई आशंका नहीं हुई। उसने पूछा, 'लड़का ढूँढ़ लिया?'

'तू देखना, बेटी का ब्याह ऐसे ही हो जाएगा।'

गिरि बोली, 'यह घर तो नीचे लटक गया है। अब तो थोड़ा सहारा देना ही पड़ेगा। नहीं तो, टिकेगा कैसे?'

इसी कारण गिरि दो दिनों के लिए मरुनी को गोद में लेकर परी और राजीव का हाथ पकड़कर अपने बाप के घर चली गई। बेला खूब रोई थी। बेटी को छोड़कर जा रही थी, इसलिए गिरि ने उसे आठ आने भी दिए थे, 'बेटी, मिठाई खरीदकर खाना। मामा के घर जाने की इच्छा है, बाद में कभी चली जाना। अभी मन लगाकर काम कर। आने-जाने में चार दिन ही तो लगेंगे।'

तब क्या गिरि ने सोचा था कि वह बेला को फिर कभी नहीं देख पाएगी। अगर पता

होता तो बेटी को भी साथ ले जाती। जानती तो बेटी को सीने में छिपाकर रखती। बेटी को सात साल की उम्र से ही बाबू के घर काम पर लगा दिया था। क्या जान-बूझकर ऐसा किया था? ठीक से खिला नहीं पाती, तन ढाँपने को कपड़ा नहीं दे पाती। बेला के माथे को चूमकर गिरि बाप के घर चली गई।

बेटी का नाम था फेली, यम को दिया तो भी और दामाद को दिया तो भी हाथ से गई। फिर भी थी तो बेटी ही! बाँस बेच-बेचकर बाप ने तीन बीघा जमीन खरीदी थी, दो बीघा हिस्से में मिली थी। बाप बोला, 'बेटी तुझे लिवाने नहीं जा पाया, अब आई ही है, तो कुछ दिन रुक जा।' माँ बोली, 'लाई भून देती हूँ, अरवी ले आती हूँ। तेरा भी ऐसा ब्याह हुआ बेटी, ऐसा सोने जैसा रंग था, अब कालिख पुता लगता है। बाल झड़ गए, गले की हड्डी दिखाई दे रही है, कुछ दिन ठीक से खाकर शरीर ठीक कर।' भाई बोला, 'दीदी, तू महीना भर भी रहेगी तो भी तुझे भात खिलाऊँगा।'

खूब खाना-पीना, उबटन लगाना, आवभगत। बाप बोला, 'ठीक है बाँस चाहिए तो ले ले। अब तू यहाँ रह, फिर ले जाना। घर अगर घर जैसा नजर न आए तो अच्छा सम्बन्धी नहीं मिलता। घर देखकर यह तो भरोसा हो कि भले घर में सम्बन्ध हो रहा है।'

रो-धोकर गिरि बाप से और भी कुछ ले सकती थी। माँ बोली, 'बेटी, एक मन चावल भी माँग ले।' परन्तु गिरि ने माँगा नहीं। क्यों माँगे? देने का मन हो तो खुद दे दो। मैं क्यों माँगूँ? गिरि धीरे-धीरे चलती हुई गुड़हल के पेड़ के पास जा खड़ी हुई। कितने फूल खिले थे! उसी का लगाया हुआ पेड़ था। कैसा लिपा-पुता आँगन था। घर का छप्पर सुपारी, वृक्ष के नए पत्तों से बना था। माँ राजी हो जाए तो राजीव को यहीं पर रखकर स्कूल भेजेगी। उसने बच्चों को साबुन से मल-मलकर खूब नहलाया। स्वयं भी बालों में साबुन लगाकर नहाई। फिर मोहल्ले में घूमने चली गई। इतने ही आराम से ही जैसे वह स्वर्ग-सुख पा गई थी। माँ और भाई को नहर में से मछलियाँ पकड़ने भेजा था। सिंचाई नहर ने इस इलाके की रूपरेखा ही बदल दी थी। साल में दो फसल उपजाओ, साल-भर मछली पकड़ो। गिरि के मन में सुख की हवा प्रवाहित थी। उसके मन में किसी अपशकुन की छाया नहीं पड़ी।

बंसी घमाली आया था–'आह रे गिरि! आउलचाँद के हाथों पड़कर, तेरी क्या दुर्दशा हो गई रे। डॉक्टर बाबू ने बहरमपुर में मकान बनवाया है। वहीं बच्चे भी पढ़ते हैं, पत्नी भी वहीं पर है। आउलचाँद अगर लायक इनसान होता तो बच्चों की देखभाल करता। तू गोद के बच्चे को लेकर वहीं काम करती। मोहल्ले में भी एक घर में काम ले लेती, बाबू के घर का काम सम्हालकर दूसरा काम करती। फिर बाल-बच्चों के साथ अपनी गृहस्थी जमाती। सबके सब पेट-भात पर लग जाते। शहर में जो सम्भव है, गाँव में कभी होता है भला?'

गिरि हलके से मुसकराकर बोली, 'वो सब बातें रहने दो, भैया। एक बात बताओ जरा, भिखारी-कंगाल, सबको जमीन दी जा रही है, तो क्या राजीव के बाबू को नहीं मिल सकती?'

'उसने कोशिश की है? आया है कभी मेरे पास? कभी कहा है मुझसे कुछ? सरकारी काम करता हूँ, डॉक्टर का दाहिना हाथ हूँ, जरूर कर सकता था।'

'मैं जाते ही उसे भेजूँगी।'

गिरि को ऐसा प्रतीत हो रहा था जैसे सब सपना हो, अलीक। जब घर बन रहा है तो जमीन भी मिल सकती है। उसका पति भी तो बहुत घुमक्कड़ है, वह खूब अच्छी तरह से

जानती है। फिर भी अपने पति पर अपार ममता का भाव उमड़ रहा था। घर नहीं, जमीन नहीं, ऐसा मनुष्य भला कैसे स्थिर होकर बैठे?–'अच्छा भैया, उसे भेज दूँ?'

'तेरे बाप को देख नहीं रही? पंचायत तक तो पहुँच चुका है। मामा से भी कहा है। थोड़ी-सी जमीन आउलचाँद को मिल जाए, ऐसा बन्दोबस्त करना भी तो जरूरी है।'

'मैंने कहा था। बीच हाट में मेरा अपमान करके चला गया। बोला, जमीन तो उसे कोशिश करने पर मिल ही सकती है।'

गिरि इन सब बातों से बिलकुल अनजान थी–'ओ बंसी दादा! तुम्हारे पाँव पड़ती हूँ, क्या करना होगा, कुछ तो बताओ। वो तो निराला ही इनसान है। अब जाकर इतने दिनों में एक घर बना है, उसमें रात को चाँद, दिन में सूरज हँसता नजर आता है, छप्पर में न पत्ता है, न तिनका। बेला का ब्याह करूँगी, सम्बन्धी आकर कहाँ बैठेगा? कोई लड़का हो तो बताओ।'

'लड़का तो है, दिखाई नहीं देता? मेरा ही फुफेरा भाई है। लड़के ने कैसी बढ़िया दुकान लगाई है। परचून की दुकान।'

इतना सुनकर तो गिरि के जैसे जान में जान आई। राजीव ने कहा, 'फिर तो मैं जमाई-दादा की दुकान से रोज उधारी पर नमक-तेल लाया करूँगा, है ना माँ?'

गिरि बेटे पर व्यंग्य करते हुए बोली, 'बिलकुल बाप का बेटा बना है। उधार का खाओ, बगल बजाओ।'

दो दिन की जगह छह दिन बीत गए थे। इसके बाद पीहर छोड़कर जाते हुए गिरि के तन पर साबुत धोती थी। बच्चों के बदन पर बाँग्लादेश की नीलामी वाली मरे साहब के कमीज-पतलून तथा गिरि के सिर पर चावल की पोटली थी। ऐसे मौके पर बंसी घमाली ने हवा के साथ उड़कर आए तिनके की भाँति यह समाचार सुनाया। 'सत्यानाश कहो तो सत्यानाश, भला कहो तो भला। समाचार बहुत ही जबरदस्त है मामा! आउलचाँद ने कहा, 'चल बेला, मामा के घर जाएगी।' ऐसा कहकर मोहन की साजिश से लड़की को काँदी ले गया। वहीं पर उस बित्ते भर की भीरु-सी बारह साल की बच्ची, जो केवल माँ को ही पहचानती थी, का ब्याह एक गैर-बंगाली के साथ कर दिया। वह तो बाहरी है। बिहार में रहता है। ऐसे पाँच बेलारानियों के संग पाँच जन ब्याह रचाकर देस चले गए। ये सब लड़की का कारोबार है रे मामा। जो पता दे गए हैं, सब जाली हैं। ऐसे कारोबार आजकल खूब जोरों पर हैं। आउलचाँद को चार सौ करारे नोट मिले हैं। अब मोहन और आउलचाँद, दोनों घर में नशे में धुत्त पड़े हुए हैं और आउलचाँद, बेला! बेला! कहते हुए जोर-जोर से रो रहा है और पंचाचत के काली बाबू आउलचाँद को बुरी-बुरी गालियाँ दे रहे हैं।'

यह खबर सुनते ही गिरि पर तो जैसे आसमान गिर पड़ा। वह हाहाकार करती हुई रोने लगी। बाप बोला, 'चल, मैं तेरे साथ गाँव के लोगों को लेकर चल रहा हूँ। बेटी को ढूँढ़ निकालूँगा, बेटी के बाप को लूला बना दूँ, हाथ तोड़कर। इसके साथ ही मोहन का भी हिसाब-किताब करूँगा।'

मोहन तो मिला ही नहीं। आउलचाँद तो एक ही साथ, कभी अपने नाक-कान पकड़कर खींचता, हा-हाकार करता, रोता-बिलखता और बीच-बीच में तड़पकर कहता, 'अपनी बेटी का मैंने ब्याह किया, किसी को क्या!'

बहुत खोज-पता किया गया। गिरि अपनी चाँदी का हार लेकर बाबुओं के पास जाकर रोने लगी। 'पुलिस को बुलाओ, ओ बाबू! रेडियो से खबर करवाओ। मेरी बेला तो तालसना के अलावा कुछ जानती ही नहीं। तुम सब भी तो जानते थे कि ये नामुराद पिशाच है। उसके हाथों बेटी क्यों सौंप दी?'

बाबू ने गिरि के बाप को समझाते हुए कहा, 'थाना-पुलिस करने से तो और हंगामा होगा, खर्च भी बहुत होगा। जो कुकर्म होना था, वो तो हो ही चुका। यह भी एक नया व्यापार शुरू हुआ है, ब्याह का ढोंग रचकर लड़की का चालान किया जाता है। मुर्शिदाबाद जिले में तो सर्वत्र यही कारोबार चल रहा है। आकर सौ-सौ के कुछ नोट पकड़ा देते हैं। सब्जबाग देखते ही कंगाल पागल हो जाते हैं। थाना-पुलिस तो ऐसा अधकचरा मामला अपने हाथों में लेगी नहीं। कह देगी, बाप ने बेटी का ब्याह रचाया, इसमें थाना क्या करेगा भला? बेला के फूटे करम!'

बाप, पड़ोसी, बाबू की पत्नी सब गिरि को यही समझाते–'सबके ऊपर अपना भाग्य! क्या करेगी बता! तेरे नसीब में अगर बेटी होती, तो अच्छा ही होता। बेटा नहीं, बेटी। बेटी का नाम फेली, यम को दिया तो भी गई, जमाई को दिया तो भी गई।' बाप ने दीर्घ निःश्वास लेते हुए कहा, 'तेरी बेटी तो जैसे अपने जीवन का दान करके अपने बाप को घर बनवाने का रुपया दे गई।'

दुख से बावली गिरि बोली, 'बाबू, तुम अब बाँस मत भेजना। पिशाच से जो बन पड़े, करने दो।'

'बेटी, थाना-पुलिस करने से कुछ लाभ नहीं होगा।'

गिरि दीवार से पीठ टिकाए चुपचाप बैठी रही। उसकी आँखें बन्द थीं। इस असीम दुख से भरे मन में एक सच्ची बात अचानक बिजली की तरह कौंध गई। सन्तान अगर बेटी हो तो कोई उसके लिए ज्यादा माथा-पच्ची करने को राजी नहीं होता। उसे भी अधिक सोचना नहीं चाहिए। वह भी तो किसी की बेटी है। उसके बाप ने भी तो बिना कोई खोज-खबर लिये ही ऐसे अमानुष के हाथों उसे सौंप दिया था।

आउलचाँद समझ गया, हवा अब नरम है। इसलिए वह बोला, 'आपकी बेटी की भी तो कोई कम गलती नहीं। बेटी को तलाश करने के लिए हार निकल आया। पहले ही सारे गहने अगर दे देती तो घर भी बन जाता, बेटी भी बेचनी नहीं पड़ती। उसके बाद और सुनिए, शर्म की बात क्या कहूँ! ऑपरेशन करवाकर हाथ झाड़कर चली आई। बोली, खाने को दे नहीं सकते, बच्चों का क्या करोगे? क्या कर सकता हूँ, यह तो दिखा दिया। बेटियाँ भी होतीं तो भी कितना फायदा होता, अब देखिए ना, कितने रुपए कमा लिये?'

इस बात के जवाब में गिरि अत्यधिक क्रोध और दुख से अपना सिर पटकने लगी। सबने मिलकर उसे रोका।

क्रमशः इस विषय पर होनेवाला उद्वेलन थम-सा गया। बाबू की बुआ ज्ञानी थीं। उन्होंने समझाया, 'कुँवारी बेटी तो बाप की सम्पत्ति होती है। तू रोकर क्या करेगी?'

गिरि अब नहीं रोती। कठोर चेहरा लिये परी को बाबुओं के घर छोड़ आई। बोली, 'बाप लेने आया तो अगर उसके साथ गई तो काटकर फेंक दूँगी।'

और आउलचाँद बात करना चाहे तो कोई जवाब ही नहीं देती थी। एकटक अपने पति

को देखती रहती थी। आउलचाँद डर जाता था। कहता था, 'स–ब घर के ही लिए किया घर बनाने के लिए।'

'हाँ रे!'

'किस देस में इनसानों को खाया जाता है, मोहन से कहो पूछ आए। उस देस में इन तीनों को भी बेच आओ। पक्का घर बनेगा। मोहन नहीं जानता?'

आउलचाँद बोला, 'तेरे जैसा निर्मम इनसान तो मैंने देखा ही नहीं, बहू। बाल-बच्चों को बेचने की बात करती है? शायद इसीलिए तू बाँझ बनकर आई है। तूने ऐसी बात कही कैसे? और बाप जब दे रहा था तब तूने बाँस क्यों नहीं लिये?'

गिरि कमरे से बाहर निकलकर दालान में सो गई। आउलचाँद कुछ देर तक बक-बक कर सो गया।

मगर समय बड़ा बलवान होता है। धीरे-धीरे गिरि ने भी इसे स्वीकार कर लिया। आउलचाँद ने बाँस का बेड़ा-टट्टर खरीदकर घर बना लिया। ताल-पत्र का छप्पर। राजीव काली बाबू का चरवाहा बन गया और मरुनी आँगन में खेलकर बड़ी होने लगी। परी को देखते ही गिरि तड़प उठती। बेला की तरह मुसकान, सिर एक ओर झुकाकर देखने की भंगिमा। बाबू पत्नी कहती, 'साक्षात् लक्ष्मी है रे! दिन-भर काम में लगी रहती है।'

काम से लगाव था तभी तो परी बाबुओं के बड़े-बड़े दालान कई बार बुहारती, पोखर पार जाकर धान के बोरे पछाड़ती, मैदान की तरह विशाल आँगन को गोबर से लीपती। परी को मुट्ठी भर लाई, भुने चने या सत्तू के लड्डू देकर गिरि बाबुओं के बाग में घूम-घूम कर सूखी टहनियाँ बटोरती थी। सुनसान दोपहरी में उसके चारों ओर पत्ते सरसराते, गिलहरी उछलकर भागती, और मन्द-मन्द हवा बहती रहती। गिरि के रूखे बाल हवा में उड़ते, उसे याद आती बेला की कातर याचना, 'आज तो तुम मूड़ी भूँज रही हो माँ! बाबुओं के घर से मुझे बुलाने आए तो जरा बोल देना कि बेला कल काम पर जाएगी, आज घर पर ही रहेगी।'

इतनी बड़ी लड़की माँ के सीने में मुँह छिपाकर सोती थी। बाबू की बुआ के तेल लगानेवाली पीठे के पैरों पर गिर जाने से चोट लग गई थी। आखिरकार दीये का जला हुआ तेल गर्म करके लगाने पर दर्द ठीक हुआ था। गिरि को बुखार होता तो बाबू के घर से थोड़ी देर के लिए छुट्टी माँगकर घर चली आती और भात पकाकर रख जाती थी।

बेला, बेलारानी, बेली–
फेली तो नहीं, बेली–
बेटी का नाम था बेली
यम को दिया तो हाथों से गई
जमाई को दिया तो भी हाथों से गई।

चली गई, कहाँ गई? कितनी दूर? कौन से पुर? सोचते-सोचते गिरि अस्फुट स्वर में बोल उठती, जीती रहो बेटी! भगवान बचाए तुझे! जहाँ भी रहे, कुशल मंगल से जीना, बेटी! तू कहाँ है, जानती तो पाख-पखेरू की तरह उड़कर पहुँच जाती। पर बेटी मैं नहीं जानती! पता लेकर बाबू से चिट्ठी भिजवाई थी। पर पता तो जाली निकला, बेटी!

घर लौटकर गिरि भात पकाती थी। मरुनी को खिलाकर स्वयं खा लेती। आउलचाँद का भात हँड़िया में पड़ा रहता था। जिस दिन कहीं नहीं जाती, उस दिन चौखट पर पड़ी

रहती थी। जिस दिन काम होता, करने चली जाती थी। उनके द्वारा तैयार कृष्णचौक–निशिन्दा पक्के रास्ते से अब बसें आती-जाती थीं। बस पर चढ़कर बैठ जाओ, डेढ़ घंटे में काँदी पहुँच जाओगे। अब सिंचाई नहर से जल-निकासी नाला काटकर निकालने का काम हो रहा था। गिरि के बाबू का बेटा अब यहाँ पर रोब गाँठता है। ठेकेदारी करते-करते अब उसने बस का परमिट भी निकलवा लिया है।

यहीं पर गिरि को बंसी घमाली दिखाई दे गया। बंसी ने बड़े आन्तरिक उद्वेग से ही कहा, 'अरे गिरि! तुझे तो मैं पहचान ही नहीं पाया। ऐसा कालिख पुता चेहरा कर लिया तूने। अच्छा, उस बेटी के लिए सोच-सोचकर तेरा.... अब किया क्या जा सकता है बता!'

'नहीं भैया! परी भी तो अब दस साल की हो गई है।'

'दस साल?'

'ओ माँ! जिस बार तुम्हारे डॉक्टर बाबू ने पक्का मकान बनवाया, निशिन्दा में इलक्टीरि आया, उसी साल तो परी पैदा हुई थी।'

'हाँ, वही तो।'

'तुम्हारे कहे अनुसार अगर तब सबको लेकर चली जाती! बेटा भी बेगारी कर रहा है। शहर जाती तो बच्चे स्कूल भी पढ़ने जाते।'

'स्कूल की बात तो कह नहीं सकता, पर टाउन तो अब महासमुद्र है। सारे बच्चे काम पर लग गए होते।'

गिरि समझ गई कि उसके बच्चे भी स्कूल जाते, इस बात से बंसी नाराज हो गया था।

'जाने दो भैया। आखिर मजूरी करके ही तो जीना पड़ेगा, दो पन्ने पढ़कर भी उनका क्या होगा। अच्छा, परी के लिए एक लड़का तो ढूँढ़ो।'

'अच्छा, आउलचाँद को बताऊँगा।'

'नहीं, मुझे बताना।'

'यह तो बेटा तुम्हारा नासमझ गुस्सा है। एक काम गलत कर ही बैठा तो क्या उसकी कोई माफी नहीं। शादी-ब्याह की बात भी भला कभी औरत-जात से की जाती है। सम्बन्धी सोचेंगे इनके परिवार में कोई दोष है शायद। हाँ, बेटे का ब्याह रचाओ, तब सम्बन्धी तुम्हारी बात सुनेगा। बेटी के ब्याह में भला सुनेंगे?'

'पर मुझे जरूर बताना।'

'देखूँगा। कृष्ण-चौक पर रिक्शा चलाता है। एक लड़का है तो। उम्र कुछ ज्यादा ही होगी। यही कोई पच्चीस साल।'

'होने दो।'

'लड़की कृष्ण-चौक पर ही रहेगी। जमीन-जायदाद नहीं है, वही रिक्शा ही भरोसा है। उसमें भी दिन-भर की कमाई सिर्फ चार-पाँच रुपए ही है। साँझ को वह बीड़ी बाँधता है। हाँ, एक घर तो होना चाहिए। दाना-पानी देने के लिए कोई भी नहीं इसलिए वह ब्याह करना चाहता है।'

'तुम पता लगाओ। अगर हो सके तो इसी माघ में... ।'

बेला जब से चली गई थी तब से उसका मन हमेशा आशंकित रहा करता था, उस मन में जैसे आशा की किरण फूटी। गिरि बोली, 'जो कुछ है, सब दे दूँगी। मरुनी के बारे में

बाद में सोचूँगी। मेरी बेटी, अपने मुँह से क्या कहूँ, भैया, बाबू के घर खटती है सारा दिन, फिर भी खा-पीकर देखने लायक सूरत है। कौन कहेगा वह केवल दस साल की लड़की है। आओ भैया, दुकान पर थोड़ी चाय पीयो।'

चाय पीते-पीते बंसी बताने लगा, 'मामा ने तो दो और जमीन खरीदी है और धान के दो गोले भी। सच, मामा की हालत बहुत सुधर गई है। देखकर आँख जुड़ा जाती हैं। पर वे तो शायद कभी नजर नहीं आते हैं। न ही खोज-खबर लेते हैं। बात सुनने में तो बुरी लगेगी, बहन, पर सगे होने पर भी सगे नहीं हैं अब। मामा का आना-जाना तो अब अपने तबके के लोगों के ही घर होता है। तुम्हारी जैसी हालत वालों के साथ नहीं।'

गिरि ने गहरी साँस ली। आँचल के खूँट से चाय के पैसे निकालती हुई बोली, 'परी की बात याद रखना, भैया।'

'हाँ-हाँ, याद रहेगी।'

आउलचाँद के साथ जब बंसी की मुलाकात हुई तो, रिक्शावाले लड़के की बात भी हुई। आउलचाँद खुश होकर बोला, 'भैया, रिक्शावाला लड़का तो मैंने भी देखा है। वह बहरमपुर में रिक्शा चलाता है। ये बड़े-बड़े बाल! ये दाढ़ी-मूँछ। मरे साहबों के कोट-पतलून पहनकर उसकी बातों के स्टाइल के क्या कहने! अब तुम इसके बारे में मत सोचो।'

बंसी जब इसके बाद गिरि से मिला तो बोला, 'आउलचाँद के साथ बात हो गई है, तुम अब चिन्ता मत करो।'

आउलचाँद मोहन को ढूँढ़ने निकल पड़ा। मोहन ही इन सब मामलों में आउलचाँद का खेवनहार था। लालबाग, धुलियान, जंगीपुर, जियागंज, फरक्का कहाँ नहीं जाता? दिल्ली, मेरठ, धनबाद, टाटा में तो वेश्याओं का कारोबार खूब जमा था। पश्चिम बंगाल की कच्ची उम्र की लड़कियों की बहुत माँग थी। अमीर लोग और व्यापारी ग्राहक कच्ची उम्र की लड़कियाँ ही पसन्द करते हैं। ठीक से खिलाया-पिलाया जाए तो कुछ ही सालों में उस लड़की के द्वारा खर्चा वसूल किया जा सकता है।

बस शादी के ढोंग की जरूरत होती है बाप मेरे। सीधा-सीधा रुपया फेंको तो गाँव के लोग मिलकर पिटाई करेंगे। इसीलिए कहना पड़ता है, बिहार में आजकल लड़कियों का बड़ा अकाल है .....

ब्याह तो पंडित ही करवाता है। उसके बाद बोलना पड़ता है कि बाकी आचार-नियम देस पहुँचकर पूरा कर लेंगे, उसके बाद जिसे कहते हैं। पति-पत्नी का सम्पर्क...नहीं होगा। आज्ञा-अनुमति दीजिए, बहू को ले जाएँ।

कई बार 'बिहार से ब्याह करने आया हूँ' कहकर लड़की ले गए हैं। अब एक नया कौशल करना पड़ रहा है। लड़की की खोज-खबर स्थानीय दलाल दे सकता है। वह भी सब-कुछ नहीं जान पाता। इतना तो समझ जाता है कि इस धन्धे में कहीं कुछ दाल में काला है। पर कहाँ यह काला है, वह यह नहीं जानना चाहता। ब्याह के लिए लड़की ढूँढ़ने का काम उसे दिया गया है, तो लड़की की खबर वह लाकर दे देता है।

लड़की के माँ-बाप-दादा–काका वास्तव में ही कुछ नहीं जान पाते। वे तो यही समझते हैं कि बेटी का ब्याह कर रहे हैं, बदले में कन्या-दहेज मिल रहा है। भिन्न देसवाले के साथ शादी, इसीलिए सब गुपचुप होता है। आजकल भले लोगों का तो जमाना रहा नहीं। इतने

रुपयों के बदले ब्याह कर रहे हैं, सुनते ही रिश्ता तोड़ने की कोशिश करेंगे। हमारे लिए तो यह विदेसिया ही अच्छा है। बंगाली लड़का यद्यपि आज भी कन्या-दहेज देता तो है, जिस जात में देने का नियम है, पर उसे भी घड़ी दो, साइकिल दो, रेडियो दो—एकदम पाँच-सात हजार रुपयों की मार पड़ती है।

आउलचाँद मोहन को ढूँढ़ने निकल पड़ा। बेलारानी के हादसे के बाद कालीबाबू ने उससे कहा था, 'तुम्हें अब फुटकर काम नहीं दूँगा। पंचायती काम भी तुम्हें नहीं मिलेगा।'

मोहन ने अपनी चौथी कक्षा की विद्या लेकर इन दिनों निशिन्दा ब्लॉक ऑफिस के आसपास डेरा जमाया था। किसानों के हाथों में खाद आते ही उसे बेच देता, कृषि-ऋण में हिस्सा मारता—आजकल उसके पास बहुत से काम थे।

आउलचाँद की बात सुनते ही उसने तेजी से सिर हिलाया, 'नहीं बाबू! मोहन मंडल अब तुम्हारे धन्धे में नहीं पड़ेगा। बहुत परोपकर किए, अब बहुत हुआ। कुँवारी लड़की का ब्याह करवाना तो पुण्य का काम है। रुपया कमाया तुमने, मुझे क्या मिला? उन्होंने फिर भी चालीस रुपए टिका दिए। तुमने रुपया मिलते ही बाँस के बेड़े का घर बना लिया। तुम्हारी औरत से बहुत डरता हूँ भाई।'

'ओ हो, उसने ही तो कहा है।'

'अच्छा?'

'सुनो तो सही।' आउलचाँद बोला, 'कृष्ण-चौक का रिक्शावाला ही क्यों? तुम्हारे रहते, पता तो लगाओ, शहर में रिक्शावाले नहीं होते? बहुत दिनों की इच्छा है बहरमपुर शहर में नाता हो। उससे गाँव-देहात में मान बढ़ता है, मेरा भी इस शहर में एक डेरा बनेगा।'

'शहर का रिक्शावाला!'

'अरे हाँ। देखो ना जरा। पर देखना बहरमपुर में ही। अब बिहार देस का आदमी मत ढूँढ़ना। शहर का रिक्शावाला लड़का होगा, बेटी शहर में रहेगी। हम लोगों का आना-जाना रहेगा, लाना-लिवाना कर पाएँगे। बेला की माँ मुझसे नाराज रहती है। उसका मन भी साफ हो जाएगा।'

'मितवा के साथ दोस्ती करना चाहते हो?'

'हो जाए तो अच्छा ही है। वो साली तो मुझे इनसान ही नहीं समझती। साबित करना चाहता हूँ कि मैं भी बेटी का ब्याह कर सकता हूँ। पर तुम्हारे बिना यह मुझसे नहीं होगा।'

मोहन हँसा। बोला, 'जाओ। मगर मैं इस पचड़े में नहीं पड़ूँगा। सिर्फ रिश्ता करवा दूँगा। शहर का दामाद चाहते हो, अगर वह माँगों की लम्बी सूची पकड़ा दे तो?'

'कर्जा लेना पड़ेगा।'

'समझ गया, अब जाओ।'

मोहन समझ गया, अब उसे बहुत होशियारी बरतनी होगी। 'बिहार से आया हूँ' वाली पार्टी पीछे रहेगी। सामने रहेगा रिक्शावाला। शादी तो उसी के साथ होगी। अच्छा ही हुआ। इस बार पाँच लड़कियों का जुगाड़ करना है। रिक्शावाला, रिक्शावाला, कहाँ मिलेगा? शहर जाना पड़ेगा।

परी को लेकर ही गिरि और आउलचाँद एक-दूसरे के थोड़ा करीब आए। आखिर एक दिन मोहन ने आउलचाँद से कहा, 'एक लड़के का पता चला है।'

'गरीब है?'

'घड़ी उसके पास है। रेडियो भी है। रिक्शा चलाता है। साइकिल वह नहीं चाहता। वर के कपड़े, वधू के कपड़े, चटाई-छाता-जूते, कुल मिलाकर कम ही कह सकते हो।'

'कन्या-दहेज देगा?'

'सौ रुपए।'

'घरबार है?'

'किराए के घर में रहता है। पर रिक्शा अपना है।'

आउलचाँद और गिरि बहुत खुश हुए। लड़का जब लड़की देखने आया, गिरि ने किवाड़ की ओर से उसे अच्छी तरह देखा। लड़के का नाम मनोहर घमाली था। खूब हट्टा-कट्टा। चेहरे पर दाढ़ी-मूँछ। मनोहर घमाली नाम का एक रिक्शा चालक बहरमपुर में था। इस लड़के का नाम पानू था। डाके के मामले में सबूतों के अभाव में हाल ही में रिहा किया गया था। इस बात से आउलचाँद भी अनजान था। जेल से छूटते ही पानू ने फरक्का में एक और जलंगी में एक, दो-दो परी-बालाओं से ब्याह रचाकर अपने नए मालिक 'हम तो बिहारी हैं' दल के हाथों में सौंप दिया। पाँच विवाह करके उसे मिलेंगे पाँच सौ रुपए, वही सही। उसके बाद पानू सिलीगुड़ी चला जाएगा।

पिछली बार बेला के ब्याह में आत्मीय स्वजनों को नहीं बुला पाए थे। इस बार तो गिरि के माँ-बाप भी आए थे। शंख बजा, आशीर्वचन दिए गए। गिरि ने पसीने से तर-बतर होते हुए भात-मांस पकाया। बाबू के घर से गहने लाकर उसने परी को पहना दिए। माँ ने नई साड़ी दी थी। बाबू के घर से पचास रुपयों की मदद मिली थी। पिता चावल लेकर आए थे। वर पाँच साथियों की बरात लेकर बस पर चढ़कर ब्याह करने आया। हलदी और आलता से सजी परी बिलकुल बेला की तरह लग रही थी।

अगले दिन फिर सदर रास्ते से बस पकड़कर वे चले गए।

जिस दिन वे गए, उसी दिन परी को अन्तिम बार देखा था। अगले दिन आउलचाँद राजीव और गिरि के भाई को लेकर शहर में बेटी से मिलने गया। कब के गए, लौटने का नाम ही नहीं। शाम बीत गई, रात हुई। रात भी बीत चली। फिर गिरि के आँगन में जूतों के चरमराने की आवाज हुई। सुनते ही गिरि का मन किसी अपशकुन की आशंका से भर गया। किवाड़ खोलते ही देखा बंसी घमाली खड़ा था। बंसी ने राजीव को पकड़ रखा था। राजीव जोर से रो पड़ा। 'माँ!' और गिरि तुरन्त समझ गई, फिर उसका सर्वनाश हुआ है। वह एकटक देखती रही। भाई बोला, 'दीदी! मैं बताता हूँ।'

बताने लायक कुछ ज्यादा नहीं था। शहर में जो मनोहर घमाली रहता था। वह एक अधबूढ़ा व्यक्ति था। सब सुनने के बाद सबने पूछा, अपने ठिकाने पर वह मिला नहीं? वह मिलता कैसे? वो तो पानू था शायद। हाँ-हाँ, वह तो कुछ समय से ब्याह पर ब्याह किए जा रहा है। जाने किस धन्धे में जा भिड़ा है!

गिरि ने उसे रोकते हुए पूछा, 'इसमें मोहन तो नहीं है?'

'अरे नही तो गुरू है।'

'राजीव का बाप?'

'वह तो मोहन को ढूँढ़ने निकला है। सबने कहा, मोहन को परी के ब्याह में पाँच सौ या सात सौ रुपए मिले थे। लड़की चाहिए, रुपया चाहिए, वह भी पगला गया है।'

गिरि के आँगन में लोगों की भीड़ इकट्ठी हो गई। मोहन को पकड़कर मारो। चलो, ाना पुलिस में जाएँ। यह क्या अन्धेर नगरी है? जितने मुँह उतनी बातें, काफी शोरगुल।

आउलचाँद भोर होते-होते लौट आया। इस घटना की गम्भीरता से अभिभूत आउलचाँद ाशा करके आया था। पर उसे रुपया मिला कहाँ से? हाँ-हाँ, आउलचाँद, सरदार है मेरा नाम! ोहन जाएगा कहाँ? उसकी गर्दन मरोड़कर रुपए निकाल लाया हूँ। और क्यों न लूँ? क्या टी मेरी नहीं? धोखे से तुमने उसे बेचा नहीं? रुपया तुम लोगे? क्यों दूँ? परी की माँ कहाँ ? जाने क्यों ऑपरेशन करवाया तूने, बहू, जितनी बेटियाँ उतने रुपए। तुझे मैं अच्छा घर न नवा दूँ तो...परी रे! जोर-जोर से विलाप करते हुए आउलचाँद पल भर में ही चौखट के बाहर ेटा तो वह खर्राटे भरने लगा। गिरि बड़ी मुश्किल से सूखे गले से बोली, 'तुम सब अपने-अपने घर चले जाओ।'

सब जाने लगे, चले गए। अब गिरि क्या करे, वह सोचने लगी। शायद मर जाए, शायद ानी में कूद जाए। लोग कह रहे थे, 'मरुनी का भी यही हाल होगा। बेटी के ब्याह में यह कैसा बखेड़ा हुआ? जा गिरि, बाबू के पैरों पड़कर उनके साथ थाना-पुलिस कर।'

गिरि चकित होकर सबको देखती रही। फिर सिर हिलाती हुई बोली, 'नहीं, वह अब कोई कोशिश नहीं करेगी।'

'आउलचाँद को रुपए मिले हैं, उसे ही करने दो कोशिश।' गिरि सिर हिलाते हुए बोली, 'नहीं-नहीं।'

बंसी घमाली बोला, 'विधाता की क्या इच्छा है, कौन जाने? एक बेटी के बदले बाँस-बेड़े की दीवारें, एक बेटी के बदले छप्पर।'

गिरि उसकी ओर देखती रही। रोते-रोते ही आउलचाँद ने मजबूत छप्पर बाँध दिया। सारे आँसू उसी की आँखों से बहे, गिरि की आँखों में आँसू कहाँ थे?

बाबू की बुआ बोली, 'कन्या सन्तान की माँ है ना गिरि! लोकोक्ति है, बेटी का नाम फेली, यम को दिया तो भी गई, जमाई को दिया तो भी गई। तो तेरे भाग्य में तो यही हुआ। मैं क्या समझती नहीं कि तू क्यों नहीं रो रही? अल्प शोक में कातर, अधिक शोक में पाथर हो गई है। काम में मन लगा। सब सहन हो जाएगा बेटी, पेट तो नहीं मानेगा।'

गिरि उन्हें भी सूनी आँखों से देखती रही। फिर बोली, 'माँजी से कहो, मेरा हिसाब कर दे, रुपए दे दे।'

रुपए लेकर गिरि ने आँचल में बाँध लिये। घर लौटकर आँगन में खड़ी हो गई। अच्छा घर है। बाँस-बेडे में मिट्टी से लिपी दीवारें, छप्पर, सुन्दर घर। ऐसा ही एक घर तो उसने हमेशा चाहा था। शायद बहुत अधिक की माँग की थी। तभी तो बेला और परी को वेश्या के दलालों के हाथ सौंपना पड़ा। वेश्या ही तो, पतुरिया। लड़की को खरीदकर जो ले जाते हैं, वो क्या गृहस्थी बसाते हैं? कभी नहीं।

ऐसा घर! आउलचाँद ने तिरछी नजरों से मरुनी को देखा। उसके बाद अपना काम करने लगा। गिरि उसकी ओर निर्निमेष दृष्टि से देखती रही, देखती रही। आउलचाँद ने सोचा–दुख चाहे उसे जितना भी हो, मगर यह घर तो उसे जरूर अच्छा लगा होगा।

सुबह उठते ही सब हैरान हो गए। कितने आश्चर्य की बात थी, कितने आश्चर्य की बात! गिरिबाला भोर-रात में मरुनी को गोद में लिये, राजीव का हाथ पकड़कर सदर रास्ते से शहर

चली गई थी। बाद में खबर मिली, निशिन्दा में उतरकर वह बंसी घमाली से कह गई थी, 'परी के बाबू से कहना, वह अपने उस घर में जन्म-जन्मान्तर तक वास करे। गिरि शहर में नौकरानी का काम करेगी, अपने बच्चों को पालेगी। अगर आउलचाँद खोज-खबर लेने आया तो वह रेल की पटरी पर सिर रखकर जान दे देगी।'

इस बात को सुनते ही सब हैरान रह गए, सिर हिलाते रहे। बेला और परी के साथ जो हुआ, वो तो अब घर-घर में हो रहा है। इसलिए पति को छोड़कर कोई जाता है भला? इस तरह कोई औरत जाती है?

सबने निश्चित रूप से माना कि वास्तव में आउलचाँद नहीं, गिरिबाला ही बुरी औरत है। इस सिद्धान्त पर पहुँचकर सबको कितनी राहत महसूस हुई होगी, कैसे बताऊँ?

और मरुनी को सीने से लगाए शहर के रास्तों पर चलते-चलते गिरि ने सोचा—अगर पहले ही यह हिम्मत आ गई होती, तब तो कितना पहले ही यहाँ आ चुकी होती। तब क्या परी या बेला इस तरह जा सकती थी?

सोचते-सोचते उसका चेहरा आँसुओं से भीग गया। मगर उसके कदम थमे नहीं।

कुड़ोनी का बेटा

माँ का नाम?

कुड़ोनी।

बेटे का नाम?

जूड़न।

बेटे का बाप कहाँ है?

कोई कहता है खदान में फेंक दिया है। कोई कहता है कागज-कारखाने से निकलकर गिरनेवाले कूड़े-करकट से भरे गन्दे नाले में।

तुम नहीं जानते?

नहीं बाप। मैं नहीं जानती। तुम्हार पाँव पड़ूँ, जूड़न के बाप के बारे में हमसे न पूछो।

यह कैसी बात भला!

लोधा-बहू की बात और कैसी होगी बाप? और कैसी होगी?

नहीं जानती, मैं नहीं जानती, कहते-कहते कुड़ोनी जंगल से बाहर निकली। सिर पर लकड़ियों का गट्ठर। पेट के पास धोती में बँधे तुंगा, आलू, हाथ में खुरपी और कुदाली।

हँसिए से लकड़ी चीरती हूँ। कुदाली से तुंगा, आलू खोदती हूँ। इसके अलावा काँटा-आलू, चून-आलू, पान-आलू, चुरका-आलू, जब जो मिल जाए। बाँउला लाकर, घर-घर बेचूँगी। केंढ, भुर्रू, भुँई कुम्हड़ा, बेंइची, बेर, सैंया-बेर, बदा-बेर, पियाल, आँवला, जब जो फल मिल जाएगा, वही ले आऊँगी।

लोधा को बचानेवाला तो वन ही है, वन ही उसकी रक्षा करता है। अगर पूछो, क्यों?

तो फिर कुड़ोनी बोली, सुनो।

लोधा-लोग, वनचंडी की सन्तान हैं। लाखों-करोड़ों वर्ष पहले जब देश भर में अपार वन-साम्राज्य था, उस समय लोधा जाति का आदि पुरुष वन जाया करता था।

उसका नाम कालकेतु था। उसकी औरत का नाम फुल्लरा था। नगरवासी राजा चंडी-पूजा करते थे। प्रतिदिन चंडी नीले गन्धराज पुष्पों की माला धारण करती थीं। चंडी तो कालकेतु के हाथों से ही पूजा ग्रहण करना चाहती थी। पर कालकेतु इस बात से अनजान था। वह शिकार किया करता था। उसकी औरत मांस, खाल, सींग, पंख, नाना प्रकार की जंगल में मिलनेवाली वस्तुओं की बिसात लेकर हाट में बैठा करती थी।

तो उस दिन नगर में हंगामा मचा हुआ था। राजा का माली यत्र-तत्र दौड़ रहा था, फूलों की खाली डलिया फेंककर रो रहा था। राजा! नील गन्धराज के सुगन्ध से वन आनन्दित है पर फूल तो दिखाई नहीं दे रहे।

राजा बोले, कौन फूल ला सकता है, उसे धन-दौलत दूँगा, नाना विधि सामग्री—उसक टूटा-फूटा घर खूब मजबूत बनवा दूँगा, खाली गोशाले को भर दूँगा, इतना दूँगा कि उसे को कमी नहीं होगी।

तो राजा के राज्य में तो हर दिशा में टूटे-फूटे घर, शून्य गोशालाएँ, शून्य गोले थे। सब लोग इधर-उधर दौड़ने लगे। नील गन्धराज नहीं मिला। फूल! तुम कहाँ हो? वन के बीच में फूलों की झाड़, जिसने देखा मैं उसका। पर फूल तो किसी को दिखाई नहीं दिया। औ मन्दिर में बैठी वनचंडी की व्याकुलता का कोई ओर-छोर न रहा। मैं तो हूँ वनचंडी, कालके वन का बहेलिया, मैं उसी की पूजा ग्रहण करूँगी, वह फूल क्यों नहीं लाता?

और कालकेतु साँय-साँय जा पहुँचा वन में। आज वन में कोई हाथी नहीं चिंघाड़ता बाघ नहीं गरजता, हरिण नहीं दौड़ता, मोर क्यों नहीं नाचता? फिर क्या आज वन में को पशु नहीं है रे? शिकार करने पर मांस मिलेगा, फुल्लरा मांस बेचने जाएगी, मांस बेचक चावल खरीदेगी, फिर मैं भात खाऊँगा।

पशु तो नहीं है। पर यहाँ तो पीला गुलाब है, वह रहा स्वर्ण-गोधा। घास पर लोट-पोट होता हुआ आँखें मिचमिचाकर मुझे देख रहा है, वही तो अपशकुन है। चलकर स्वर्ण-गोध को ही पकड़ता हूँ।

खैर छोड़ो! पहले फूल ढूँढ़ता हूँ। अरे, यह देखो कितने सारे नीले गन्धराज फूल! हरे गन्धराज। हरे वन में नीले गन्धराज जुगनुओं की आभा से चमक रहे हैं। सुगन्ध से हवा भारी है। फूल नहीं थे इसलिए आज देवी की पूजा नहीं हो पाई। कालकेतु ने उन फूलों को पेट पर बँधी धोती के खूँटे में भर लिए। फिर मन्दिर की ओर दौड़ा।

हेई पुजारी ठाकुर! फूल ले लो रे! देवी की पूजा करो। बुलाओ राजा को! दिखाओ उसे, कालकेतु कितने फूल लाया है। मैं बहेलिया, मुझे राजा क्या देगा? हाट के व्यापारियों से कह दे कि अब वो कालकेतु से लाख कार्षापण, कौड़ी, छाल, सींग, शहद, मोम, घूना कानी कौडी के मोल न खरीदें। मेरे पास तो न धान का गोला है, न गोशाला। अच्छे दामों में बिकनेवाली वस्तु बुरे दामों में बेचता हूँ, यही बहेलिए का दुख है।

अरे, अरे बहेलिए! देवी के मन्दिर में आता है, सर्वत्र अपवित्र करता है?

पुरोहित ने प्रहरी को पुकारा। प्रहरी ने कालकेतु को कोड़े मारकर मन्दिर से नीचे उतार दिया।

दुख और क्रोध से भरकर कालकेतु ने सारे फूल फेंक दिए और वन की ओर भाग गया। देवी वनचंडी! तेरी पूजा के लिए फूल ले गया तो ऐसे अपमानित हुआ। इसलिए आज तेरा वन उजाड़ दूँगा। सब पशुओं को मार दूँगा।

हाय! वन में पशु ही नहीं हैं। वही स्वर्ण-गोधा कालकेतु के आक्रोश को परम कौतुक से देख रहा था। उसी को धर-पकड़कर कालकेतु घर ले गया।

फुल्लरा! बहू! चावल माँग ला। मैं नहाने जा रहा हूँ। आज गोधा का मांस ही खाऊँगा।

फुल्लरा गई, कालकेतु भी गया, दोनों दो दिशाओं में चले गए। वे दोनों क्या फिर कभी लौटे?

तब नील गन्धराज पुष्पों की माला पहने वनचंडी कालकेतु के घर में बैठी रही। बाबा कालकेतु! तुम बहेलियों का नगर बसाकर मेरा मन्दिर बनाओ।

कालकेतु और फुल्लरा ने हाथ जोड़ लिये।

यही तो उनकी कहानी है। कालकेतु के कारण आज भी लोधा-जाति है!

समझा जूड़न!

शिकार पर जाते हुए गोधा को देखकर अपशकुन मानता है। और दुर्गाष्टमी के दिन वन में जाकर जो लोधा गो-साँप मार सकता है, वह कालकेतु की भाँति महावरी माना जाता है।

यही सब बातें कुड़ोनी बताया करती है। वह सब-कुछ जानती है। और क्यों न जानेगी, बताओ? जूड़न का बाप था किस्सा सुनानेवाला जादूगर। वह लोधा था। लोधा लोगों को बुला-बुलाकर कहा करता था, लोधा-जीवन में क्या कोई अच्छी घटना नहीं है? लोधा-जीवन में क्या केवल अँधेरा ही है?

'और क्या है?'

'तब सुनो?'

'बोलो।'

'खियासल गाँव में, लोधा घरों में रात को बत्ती नहीं जलती। कहाँ से मिले केरोसिन? बहुत हुआ तो कुप्पी जला लिया। टूटे-फूटे घर में वास, गन्दे पोखर के जल से काम। आँगन में क्यों नहीं बैठते? पहले सुनाओ, आज क्या-क्या खाया, भाई? सुबह क्या खाया?'

'हाँ-हाँ, सुबह-सवेरे जंगल जाकर मैंने गार्ड की लाठी खाई, लकड़ी बेचने गई तो बहू ने बाबू से डाँट खाई, और जो बेटा बेगार करता है उसे तो बाबू के बेटे ने बेदम मारा। इस तरह आज तो सबने गुरु-भोजन कर लिया।'

'भाई! गुरु-भोजन तो सभी ने किया।'

'तब तो भाई! लोधा के अनुमान से तो ठीक ही आहार मिला। इसी से तो बाबू लोग कहा करते हैं, जिसने जीवन दिया है, वही आहार भी देंगे।'

'हाँ-हाँ, उन्होंने ही हमें सिरजा है तो लात-हाठी, हँसिए का वार, थाने का धक्का, जेल की मार, ऐसे पंच-व्यंजन देकर भेजा है।'

'बाबुओं की बारी पर जीभ दिया जिसने, आहार भी वही देंगे! भात रे! मूड़ी रे! माछ-मांस-तरकारी, सब-कुछ देकर भेजा है।'

'इसी से तो कहता हूँ भाई! लोधा जीवन में क्या-क्या किस्से हैं जानना होगा।'

'तुम्हीं क्यों नहीं बताते?'

जूड़न का बाप बताता था कालकेतु के किस्से, रांगाहाड़ी विषय-चंडी की कहानियाँ, काला रुद्र देवता की बातें। लोधा घर में सुरक्षित जगन्नाथ देवता की बात।

लोधा-जाति का दुर्भाग्य है, उनका सर्वस्व छीनकर बहिरागत समाज भोग करता है। इसी से तो कालकेतु राज्य बसाकर भी राज्य खो बैठा और अपनी सन्तानों को वनचंडी के वन के आँचल में छोड़ गया।

लोधा-जाति का दुर्भाग्य है कि ब्राह्मण जगन्नाथ को पुरी धाम में ले गए और लोधा लोगों को देखो आज! सबसे पिछड़े हुए!

कुड़ोनी बेटे को सुलाते हुए यह सब बातें सुना करती थी। सब कहते थे, कुड़ोनी! तेरे पति लोचन दिगार के समान ज्ञानी-जन लोधा-घरों में कोई नहीं है।

कैसी बातें! कैसी बुद्धि!

बाबू भी बोला करते थे, 'लोचरी चोरी-डकैती नहीं जानता, मेहनत-मजूरी करता है। उसके जैसा लोधा दिखाई ही नहीं देता।'

कुड़ोनी को सब याद आता है। जब वह जंगल में जाती है और तब यदि तुंगा आलू मिल जाए तो कुड़ोनी उसे पेट पर बँधे कपड़े में डाल लेती है। फिर, अगर कोई भी पास न हो, केवल कुड़ोनी और जूड़न रहे, तब धीरे-से, अदृश्य नीले गन्धराज की सुगन्ध उसके मन की तृण भूमि में व्याप्त हो जाती है। यह गन्ध मेघ के समान घनी और ममतामय है। नीले गन्धराज की गन्ध से जन-मन का चराचर भर जाता है तब वनचंडी आती है।

ठीक जैसे लोधा घर की रूपवती कन्या हो। कुड़ोनी उसे प्रत्यक्ष देख नहीं पाती, पर अनुभव करती है। देवी का मँजा हुआ रंग, ताँबे के बर्तन की तरह। रूखे बाल ऊँचे उठाकर तिरछे ढंग से जूड़े में बँधे हुए। गले में गुंजा की माला। हाथों में पला-काठी की चूड़ियाँ, धारीदार धोती कमर पर कसकर बँधी हुई, कानों में पीतल के कर्ण-फूल। देवी के दोनों पैर धूल से सने।

'माँ! वनचंडी माँ!'

'मैं वनचंडी हूँ। तुम क्या चाहती हो?'

'एक बार उसे देखना चाहती हूँ।'

'किसे?'

'जूड़न के बाप को।'

'क्यों?'

'उसके बिना रह जो नहीं पाती!'

'नहीं रह पाती?'

कुड़ोनी के दुख से वनचंडी मानो कहीं छिपकर हाहाकार कर गहरी साँस छोड़ती है। पेड़-पौधे सरसर, पेड़ के पत्ते झर-झर, वन की हवा मर्मर।

कुड़ोनी पेड़ के सहारे खड़ी हो गई। तेरह में ब्याह, सोलह में माँ, बाईस में विधवा, उसमें भी तीन साल बीत गए।

फिर भी उसके मन में क्यों यह बातें जाग उठती हैं?

ब्याह के समय यह गीत किसने गाया था? कुड़ोनी धीरे-धीरे गाती है–

पहाड़-पर्वत जाऊँ आलू-तुंगा खाऊँ
जिसके पास देखूँ हँसिया कुदाल, उसके संग जाऊँ
मारूँ कुदाल से चोट आलू-तुंगा खोद निकालूँ
आलू-तुंगा खाऊँ रे, पहाड़-पर्वत जाऊँ रे....

और वह घर की ओर लौटती है। वनचंडी को पीछे छोड़कर वह रोज घर लौट आती है।

'आज क्या मिला रे, कुड़ोनी?'

'तुंगा रे, दीदी!'

'हाँ बहन! वन है तो हम हैं। वन तो अब गया।'

'वनचंडी देखकर भी नहीं देखती।'

'दीदी! वन गया तो वह भी गई। वन है तभी तो वनचंडी है। वन के न रहने पर देवी कहाँ रहेगी?'

'तब लोधा क्या करेंगे?'

'यह तो नहीं जानती।'

कुड़ोनी नहीं जानती। वनचंडी की शक्ति पर भी क्या वह विश्वास करती है? लोचन को तो देवी भी रख नहीं पाई थी। देवी-महिमा का कथाकार लोचन कहाँ है?

देवी का वन भी अब कहाँ रहा? शाल-वृक्षों का तो मृत्यु-कांड हो चुका। इस दंड से तो अब छुटकारा नहीं।

अब तो सब समाज-आधारित वन हैं। यूक्लिपटस। इन वन से धरती जल जाती है। झाँटी–जंगल, कन्द-मूल, फल बाकी नहीं रहते। कहाँ जाए?

कुड़ोनी घर लौट आई। लता-पत्ता, लकड़ी आदि जलावन का जुगाड़ रखकर स्नान करने चली गई। लोचन तो गढ़इया के पानी में स्नान किया करता था। नया पंचायती तालाब वह देख नहीं पाया। इस अंचल के लोधा लोगों के उन्नयन के लिए पिछले कितने ही वर्षों से सुना है न जाने कितना रुपया आ चुका है।

लोधाओं ने वह रुपया कभी देखा नहीं।

'लोधाओं ने वह रुपया नहीं देखा रे जूड़न के बापू! बाबुओं ने देखा है।'

'इस बार तो तालाब बन गया।'

'शायद वोट के दिन नजदीक आ गए हैं?'

नए तालाब में नहाकर कुड़ोनी घर लौटी। भात पकाया, साग पकाया।

और नए तालाब में जब तारों की छाया बहती है, तब जूड़न आ खड़ा होता है।

'माँ!'

'घर आ गया जूड़न?'

'आ गया रे माँ।'

'बैठ, खाना परोसती हूँ।'

दोनों एक तसले से भात खाने लगे।

फिर बेटे को लेकर कुड़ोनी लेट गई।

'आज तो बाबू ने नहीं मारा?'

'नहीं माँ।'

'चरण बाबू गाँव में नहीं है। उसके आने पर तुझे छुड़ा लूँगी।'

'छुड़ा लेगी?'

'हाँ बाप। ...आज क्या खाया?'

'क्यों, दाल और भात?'

'मछली नहीं पकती?'

'भला नहीं पकेगी? वे खाकर खत्म नहीं कर पाते, इतनी सारी मछली। आज तो तालाब में जाल फेंका था।'

'तुझे नहीं दिया?'

'कभी दिया है क्या?'

कुड़ोनी जूड़न की देह पर हाथ फेरने लगी। कौन कहेगा कि दस साल का होनेवाला है। अभी भी जैसे सात साल का बालक है। क्या करे, पेट के लिए खाना ही नहीं जुटता। इसी से तो चरण बाबू ने इस बार बहुत हंगामा किया था।

'गाँव में स्कूल है तो लोधा-लड़के क्यों नहीं जाते? यह कैसी बात है?'

'यह तो सोचनेवाली बात है।'

'कौन-सी बात?'

'बाबू! मेरी ओर आँखें फाड़-फाड़ कर अगर पूछो, भुवन, तुम्हारे बेटे क्यों नहीं जाते? मैं तो लाचार हूँ।'

'क्या कह रहे हो?'

गुलाबी आगे आई।

'मैं बताऊँ। एक बात। हमारे बच्चे चार साल पढ़कर भी 'अ-आ' नहीं सीख पाते। क्यों भेजें बच्चों को? मास्टर लोधा-बच्चे को देखते ही बोलता है, अगर तुम सब पढ़ने लगोगे तो बाबुओं के घर में बेगारी कौन करेगा?'

अब सभी की मिली-जुली आवाज सुनाई देने लगी, सब औरतों की। लोधा औरतें बहुत मुँहफट होती हैं।

'हमारे बच्चों को देखते ही कहेंगे, बाग में पानी डालो, लकड़ियाँ काट दो।'

'कहेंगे, तुम सब वाकई नंग-धड़ंग हो।'

'कहेंगे, आखिर करोगे तो चोरी। जाओ चोरी-विद्या सीखो जाकर।'

'हाँ! लोधा जात में जो चोरी करते हैं, करते होंगे। खियासल में भला कोई चोर है?'

'एक तो घर में भात नहीं, तिस पर लड़कों से बेगार काम करवाने से घर से ही तो भात जुटाना पड़ता है। फिर भी तुम्हारे धमकाने से कुछ बच्चों को भेज रहे थे। पर मास्टर अगर उन्हें दुरदुराते रहें तो वो भी तो बच्चे ही हैं, क्यों जाना चाहेंगे भला?'

'तिस पर किताबें दो। कॉपियाँ दो। पर तुमने तो कहा था, सब सरकार देगी।'

'बच्चों के नाम पर कमीजें आईं। वो कहाँ पर बेची गईं, तुम नहीं जानते? पर सुनने में यही आता है कि लोधा चोरी करते हैं। बाबू लोग चोरी करना नहीं जानते?'

'बातों से कोई फायदा नहीं होगा? कोई सन्थाल-मास्टर या लोधा-मास्टर नहीं दे सकते।'

इतनी बातें सुनकर चरण बहुत ही मुसीबत में पड़ गया। परन्तु इस बार उसके हाथों में तुरुप का ताश है। उसने पत्ता निकाला। बोला, 'एक बात कहूँ।'

'कहो ना।'

'मैं क्या तुम लोगों के संग बुरा बर्ताव करता हूँ, तुम सबसे घृणा करता हूँ?'

'नहीं, ऐसा तो नहीं।'

'गान लो, अगर गैं मास्टर बनूँ?'

'खियासल में?'

'हाँ भाई।'

'फिर....।'

अब गुलाबी ने सबको चुप कराते हुए कहा था, 'तो फिर तुम हमारे बच्चों को किताबें दोगे, कमीज दोगे, दोपहर में खाना दोगे?'

'जरूर।'

'फिर बच्चे जाएँगे।'

'शहर हो आऊँ।'

'तुम्हें क्यों देने लगे, तुम तो पार्टीबाजी नहीं करते? फिर तुम्हें क्यों देंगे?'

'वो देखा जाएगा।'

चरण के परिवार के सदस्य इस अंचल में जमीन-जिरात में धनी हैं और जमीन-जायदाद की रक्षा के लिए काफी लोग कई वर्षों से पार्टीबाजी कर रहे हैं। चरण इसके बल पर ही इस काम का पक्का प्रबन्ध कर रहा है।

परन्तु चरण तो अभी तक आया नहीं। और ऐसे में जब चरण उपस्थित नहीं था, ऐसे एक बन्ध्या समय में कुड़ोनी का बेटा जूड़न एक दिन महापात्र बाबू के घर गाय चराने के काम पर लग गया। बाबू तो कुड़ोनी के पीछे पड़े ही हुए थे। दे, तेरे बेटे को भेज दे। घर के बेटे के समान रहेगा। महीने में तीन रुपया वेतन, सुबह नाश्ता-पानी, दोपहर को भात, साल में एक पतलून, एक गमछा।

'चरण बाबू आने पर तो वो पढ़ेगा, बाबू।'

'अरे! चरण की बात सुनेगी तो बिना खाए मर जाएगी। अगर चाहूँ तो दस-दस को बेगार में रख लूँ। पर सोचता हूँ, लोचन का बेटा है। लोचन मेरे घर में ही काम किया करता था। जो होना था, हो चुका। फिर भी वह याद आता है इसीलिए कहता हूँ।'

'उसने तो चोरी नहीं की थी बाबू वह तो चाँदबिला, बुआ के घर, गया था। और ठिठुराती ठंड में आग तापने के लिए तुम्हारे पुआल से थोड़ा-सा भूसा ले रहा था। उसने तो चोरी नहीं की थी।'

'अरे! चोर-चोर का शोर मच गया, अँधेरे में सब पीट रहे थे। वो लोचन ही था, मुझे क्या पता था?'

'अन्त में देख भी नहीं पाई, बाबू। झाड़ग्राम की पुलिस उसे ले गई। वापस तो लौटाया नहीं।'

'वो तो बीते समय की बातें हैं, रे।'

'जूड़न से हो सकेगा?'

'हाँ-हाँ, क्यों नहीं। नहीं करेगा तो चलेगा कैसे! अरे, तेरा घर तो, लोचन, सनातन के पास बेच गया है। मैंने उससे कहा, कब्जा मत करना। मामूली से ढाई सौ रुपए की बात ही तो है, वो मैं ही दे दूँगा।'

'सनातन के पास?'

'हाँ रे! मान ले वो रुपया मैं चुका देता हूँ। यह भी तो एक तरह का—क्या कहते हैं—उपकार ही तो है!'

बाबू ने ये बातें बड़े ही मुलायम स्वर में कही थीं। जैसे गरम आटे की रोटी पर दूध की मोटी मलाई की परत बिछा दी हो, उस पर चीनी के दाने बिखेर रहा हो। इन मुलायम सी बातों के पीछे जो धमकी थी, कुड़ोनी उसे अच्छी तरह समझ गई थी।

'बाबू, जरा सोचने दो।'

'तुझे ही तो भातुआ रखना चाहा था।'

लोधा औरतें देखने में सुन्दर हैं। कुड़ोनी तो हमेशा से ही सुदर्शना है। गाढ़े दुख में भी उसका चेहरा अत्यन्त आकर्षक है। देखते ही पता चलता है, ठीक से खाने- पहनने से चेहरा और भी नमकीन हो जाएगा। बाबू का भातुआ रखने का प्रस्ताव इसी कारण ही तो है।

कुड़ोनी ने इस बात पर ध्यान नहीं दिया। लोचन को जिन्होंने पीट-पीटकर मार डाला, उनके घर में कुड़ोनी भातुआ बनेगी, लोचन को मार डालने की बात सुनकर तो वह बेहोश हो गई थी। इसी कारण से तो वह लोचन को देख नहीं पाई। पुलिस उसे झाड़ग्राम ले गई थी। लोधा की हत्या के समय थोड़ी-बहुत चीख-पुकार और भाग-दौड़।

उसके बाद सब-कुछ अत्यन्त शृंखलाबद्ध ढंग से घटित हुआ।

झाड़ग्राम में चीर-फाड़, डॉक्टरी जाँच, फिर लाश किसी गड्ढे अथवा झाड़ग्राम के पेपर मिल के नाले में—बहुत ही शृंखलाबद्ध तरीका है।

उसके बाद खाता बन्द। और क्यों न हो बताओ? लोधा के मरने पर कभी किसी ने खूनी को पकड़ा है? लोधा की हत्या के बाद सब स्वाभाविक काम-धाम किया जा सकता है।

बाजार जाओ, खेतों की देख-रेख करो, बेटे को गोद में उठाओ। पड़ोसी से पूछो, इस साल गेहूँ की बिक्री हो पाएगी? लगता तो नहीं है। मेरे सोयम खेत में, समझे...।

लोचन के समान जाने-पहचाने निरीह इनसान को पीट-पीटकर मार डालने के बाद भी उसकी युवती स्त्री से भातुआ बनने को कहा जा सकता है। लोधा लोगों का सर्वस्व तो बाबुओं का ही है।

लोधा मरने पर उसकी माँ-स्त्री-बहन घर के भीतर रो लेती है। बाहर अविचल चेहरा दिखाती है।

कुड़ोनी की बात कुछ अलग है। वह अब तक लोचन में ही बन्दी बनी हुई है।

बाबू के घर से निकलकर कुड़ोनी सनातन किसकू के घर गई थी।

'तुमने ढाई सौ रुपए में मेरा घर कब खरीदा, माझी?'

इस गाँव में सनातन आदि के सिर्फ तीन ही परिवार हैं। महापात्र बाबू के घर सनातन मजूरी करता है। कब उसने क्या उधार लिया था, और बँधुआ होने से पहले किस प्रकार उसके हाथों से जमीन निकल गई, कैसे बँधुआ मजदूरी करना शुरू किया, उसे कुछ स्पष्ट रूप से याद नहीं।

अब कुड़ोनी की बात सुनकर वह वेदना युक्त, म्लान, मलेरिया-ज्वर से पीली पड़ी हुई आँखों से उसकी ओर देखने लगा।

'कौन, जूड़न की माँ?'

'हाँ रे माझी।'

'क्या पूछा तूने?'

कुड़ोनी ने दो बार पूछा।

'जूड़न की माँ! खाते में मैं बटाईदार जरूर हूँ, पर मुझे बटाईदारी का हिस्सा नहीं मिलता। यह तो बाबू का छल है। अपने नाम पर तो खरीद नहीं पाता। इसलिए खाते में

दिखाता है कि आदिवासी सनातन ने आदिवासी लोचन की जमीन ले ली। पर यह शायद उसका षड्यंत्र है। वह तुम्हारे बेटे को भी ले लेगा और तुम पर भी कब्जा जमाएगा। हाँ! यही बात है। और कुछ नहीं।'

'क्यों माझी?'

'तुम जवान जो हो बेटी! बाबू को जानती नहीं?'

'उससे पहले कटारी से उसे काट फेंकूँगी। काटकर अपने गले पर भी कटारी मार लूँगी।'

'रहने दे बेटी! बाबू का जोर-जुलुम कितना है, जानती नहीं।'

सब समझते-बूझते हुए भी कुड़ोनी ने जूड़न को काम पर लगा दिया। जूड़न रोने लगा था।

'तब क्यों कहा, मुझे पढ़ने भेजोगी?'

'पहले चरण को लौटने तो दे।'

'मैं क्यों जाऊँ, माँ?'

'जूड़ने रे! घर में भात होता तो क्या तुझे जाने देती? जंगल में जा सकती हूँ, परमिट है, फिर भी गार्ड लोग दुत्कारते हैं, कितनी बार जुरमाना लगा देते हैं। तेरे बापू जाती बार मेरा जोबन भी ले जाता, तब तो यह झंझट न होता। यह सब बातें तुझे कहाँ तक बताऊँ?'

कुड़ोनी शान्त स्वर में बोली, 'घर में भात नहीं जुटा पाती, जूड़न। बाबू के घर फिर भी तो तुझे कुछ खाने को मिलेगा। इसलिए! चरण के आ जाने पर मैं तुझे छुड़ा लाऊँगी।'

'बाबू लोग खाना देंगे?'

'कहा तो है, खुद जो खाएँगे, वही खिलाएँगे।'

इस बात से जूड़न अत्यन्त खुश हुआ। बाबू तो बहुत प्रकार के व्यंजन खाते हैं। और रोज ही पेट भरकर खाते हैं। बाबू लोग जो खाते हैं, क्या जूड़न भी वही खाएगा? इस समय जूड़न के मन में एक प्रश्न उठा था। प्रश्न बहुत ही असमंजस भरा था।

कई दिन पहले जूड़न और उसके साथी पतंग उड़ा रहे थे। बाबू के घर का बँधुआ सनातन का पोता किरण भी उनमें था। जूड़न वगैरह को प्यास लगी थी, इसलिए किरण उन्हें बाबुओं के बाग में ले गया। उन्हें हैंड-पम्प का पानी पिलाएगा। सभी को प्यास लगी थी।

बाबू के चाचा ने उन्हें बाग में घुसने नहीं दिया। बोले, 'यह भी निराले ही ढंग के हैं, और तुम भी सिर चढ़े हो गए हो। हैंड-पम्प है तो बाग में ही, और उस नल को तुम हाथ लगाते हो, यह भी मैं जानता हूँ। मेरे सामने अब यह काम कभी न करना। पानी तो उस तालाब से भी पी सकते हो। बाग में तो फूलों के पौधे भी हैं, मैं जब भी आता हूँ, पूजा के फूल भी लेता हूँ। अपनी आँखों के सामने लोधा, सन्थाल, पानी न ही लें तो अच्छा।'

अब तो बाबू पंचायत भी करते हैं और छुआछूत भी नहीं मानते। यह न माननेवाली बात केवल बाहर स्थित हैंड-पम्प तक ही अनुमोदित है। घर के भीतर? अरे बाप रे!

कोई कुछ कहे तो बाबू कहते हैं, हम ठहरे आधुनिक युग के मनुष्य। हाँ! इस राज्य में कोई भेद-भाव नहीं रखूँगा। परन्तु अन्दर तो माताओं का साम्राज्य है। वहाँ मैं कुछ नहीं कर सकता। इस राज्य में जब हम आए हैं तब कोई भेद-भाव नहीं रखेंगे।

'माताओं' शब्द बहुत महत्त्वपूर्ण है। बाबू की तीन माताएँ हैं, तीनों ही जीवित हैं। छोटी माँ तो बाबू की उम्र की ही है। इस प्रकार के एक से अधिक विवाहों का यहाँ काफी प्रचलन है।

बाबू लोग तो पहले सभी आदिवासियों को ही दुर-दुराते थे और उनकी छूत से दूर रहते थे। अब भी छुआछूत की कठोरता अत्यन्त अधिक है, पर पहले की तुलना में कुछ कम।

जूड़न ने पूछा, 'मुझे खाना देंगे, पानी देंगे, बाबू लोग मान लेंगे?'

कुड़ोनी बोली, 'मानेंगे।'

'फिर मुझे छुड़ा लाना।'

'हाँ।'

यह भी झूठा दिलासा नहीं था। लोचन कहा करता था, मेरी किस्मत में तो था नहीं। बेटा अगर स्कूल जा सके, अगर थोड़ा पढ़ ले, तो मुझे शान्ति मिले। शालबनी, नारायणगढ़, डेबरा, फिर भी देखने में आता है कुछ पढ़-लिख रहे हैं। हमारे बेलबाड़ी थाने में यह चलन नहीं है। कोई नहीं पढ़ता। कुछ दिन पढ़ते हैं, फिर भाग जाते हैं।

कुड़ोनी कहती, 'घर में भात नहीं है।'

लोचन कहता, 'मैं और तू मिलकर भात जुटाएँगे। देख, पढ़-लिखकर ही आँखें खुलती हैं। लोधा जाति तो आँख रहते भी कानी है। नहीं तो, हम ऐसे तो नहीं थे।'

'कब नहीं थे?'

'अरे, जगह-जगह देवी-देवता के मन्दिर में लोधा-पुजारी क्यों हैं? उस समय के लोधा जरूर हमसे ऊपर रहे होंगे। नहीं तो देवी-देवता के पुजारी बन सकते थे क्या?'

'ऐसे सुदिन कब के चले गए?'

'बता नहीं सकता। पढ़ना जानता तो, पढ़-पढ़कर ढूँढ़ निकालता। मुझसे तो हो नहीं सका। जब से कमर में कच्छा भी नहीं तब ही से बेगारी, उसके बाद भातुआ, उसके बाद बँधुआ। लोधा बिना तो बाबुओं का काम चलता नहीं, और चारों ओर प्रचारित करते हैं, लोधा कामचोर हैं।'

'देश में जितनी भी चोरियाँ होती हैं, क्या सब लोधा करते हैं?'

'लोधा को तो कानी-कौड़ी भी नहीं मिलती, ऊपर से मार खा-खाकर मरता है। लोधा लोगों का घर बनेगा तो रुपया, लोधा को बकरियाँ दी जाएँगी तो रुपया, लोधा को खेती-बाड़ी दी जाएगी तो रुपया। पर लोधा के भाग्य में कुछ नहीं, बाबुओं का दालान-कोठा, दुकान, खेत-खमार सब होता है।'

'नहीं, लोधा को कुछ नहीं मिलता रे जूड़न के बापू! जिसके पास देखूँ हँसिया-कुदाल, उसके संग जाऊँ। लेंगामारा गाँव में मौसी के घर जाया करती थी। वो लोग जिस गड़ही में बर्तन माँजते हैं, उसमें सूअर भी उतरने से कतराता है।'

'पढ़ेगा, जूड़न पढ़ेगा।'

लोचन तो रहा नहीं। शान्त, निरीह मनुष्य, मुसकान भरी दो आँखें, भूरे, घुँघराले बाल। उस बार झमाझम पानी बरसते ही कुड़ोनी को गोद में उठाकर आँगन में खूब भिगोया था। और वो आम का पेड़! रहने दो, जूड़न आम खाएगा। पेड़ में अभी बौर नहीं आए।

लोचन के मरने के कई महीनों बाद पड़ोसी, रिश्तेदार, सभी ने कहा था, 'रिश्ते के देवर पाँचकौड़ी से ब्याह करके गृहस्थी बसा ले।'

कुड़ोनी ने सिर हिलाया था। लोचन की जगह पाँचकौड़ी? कभी हो सकता है, या हुआ है?

कुड़ोनी जूड़न को बहुत समझा-बुझाकर बाबुओं के घर छोड़ आई थी।

आजकल, कुड़ोनी जब जंगल जाती है, तब जूड़न को गायों के रेवड़ के साथ जाते हुए देखती है।

कभी-कभी जूड़न को बाबू के साथ हाट जाते हुए देखती है।

कभी जूड़न बस रास्ते पर होता है। उसकी पीठ पर अरवी का बोरा। बाबू हाट के दिन दूर-दूर तक अपनी सब्जी भेजता है। देखकर उसकी छाती फटने लगती है।

ऐसा तो सभी लोधा-माँ देखती हैं। कुड़ोनी की छाती क्यों फटती है? छाती उनकी भी फटती है। परन्तु एक पहर भात देना नहीं होगा यह सोचकर मन मसोसकर रह जाती है।

इसी तरह दिन बीत रहे थे, एक दिन बाबू ने कुड़ोनी को बुला भेजा।

'हाँ रे! जूड़न तुझे रुपए देता है?'

'और किसे देगा बाबू?'

'उस दिन हाट में 'लेमन चूस' खरीद रहा था?'

'मैंने दिया था।'

'अच्छा, यह बात है। हे-हे-हे...मैंने सोचा, कहीं चोरी-चकारी तो नहीं किया। वैसे लोचन तो...फिर भी है तो लोधा!'

'लोधा तो चोरी किए बिना भी चोर है, डाका नहीं डालने पर भी डाकू है। पर बाबू, अगर सन्देह हो तो उसे छुड़ा दो। उसका बाप तो चोर न होते हुए भी चोर बना था। जूड़न को बुलवाओ। उसे ले जाऊँ।'

'अरी, तू तो बहुत नासमझ है, सनातन से कहकर मैंने इतनी बड़ी चीज को रोके रखा, उन रुपयों का तो मैंने कोई हिसाब ही नहीं किया, तेरे बेटे को भी तो रुपए देता हूँ। ठीक है, तीन रुपए लेता है। तू भी गोशाला में और घर के अन्दर काम करती तो दस रुपए के हिसाब से काटता रहता। और वो उधार दो सालों में उतर जाता।'

कुड़ोनी एकटक देखती रही। उसकी दृष्टि में मन के भाव नहीं झलकते। आदिवासी, बटाईदार या कोई भी गरीब जब गाँव के धनी लोगों की ओर देखता है, तब उनकी दृष्टि ऐसी ही होती है। धनवानों के लिए, गरीब लोगों के बारे में सबसे आपत्तिजनक वास्तविकता उनकी यही दृष्टि होती है। वे क्या सोच रहे हैं कुछ समझ ही नहीं आता।

फिर उसने कहा, 'चलती हूँ, बाबू।'

कुड़ोनी लकड़ी के बड़े से गट्ठर को सिर पर उठाकर चलती रही। उसे देख-देखकर बाबू का सीना झुलसता रहा। ठीक से खाती-पहनती तो उसकी देह कैसी होती? ऐसी एक देह उसके हाथों के इतने करीब है पर बाबू को फिर भी मिलता नहीं, यह बहुत ही अन्याय है। इसका क्या उपाय किया जाए?

सब-कुछ गोलमाल-सा होता जा रहा है। गाँव की यह सब बहू-बेटियाँ बाबुओं के भोग में अब लगना नहीं चाहतीं। वैसे हैं तो सही, अब भी कई हैं ऐसी। पर अपनी इच्छा से तो नहीं।

आजकल तो सब-कुछ बड़ा गोलमाल है।

कुड़ोनी पर क्रोधित बाबू जूड़न पर आगबबूला होने लगे।

बोले, 'गायों को छोड़कर गुल्ली-डंडा मत खेला कर। काम करने आया है कि खेलने?'

'खेलता तो नहीं, बाबू।'

बाबू की पत्नी बोली, 'खेलता तो भी अच्छा होता। उसका मतलब तुम क्या समझोगे। दिखाने भर के लिए काम करता है और बाद में बड़े बेटे के पीछे-पीछे घूमता है।'

'क्यों?'

'पूछेगा 'अ' कैसा होता है, दादा? 'आ' कैसा होता है, दादा? आगे चलकर करेगा तो चोरी, तो लिखा-पढ़ी बिना सीखे क्या अब लोधा चोरी का काम भी नहीं कर पाएँगे? जमाना बहुत ही बुरा है।'

'ऐं! अब इस विद्या के पीछे पड़ा है?'

'हाँ जी! लोधा का बेटा विद्यासागर बनेगा।'

बाबू ने इस बात को काफी महत्त्व दिया। क्योंकि, एक तो जूड़न उसके पास बँधा रहे तो कुड़ोनी भी अपने बेटे के कारण बँधी रहेगी। दो, जूड़न तो छोटा बच्चा है, परन्तु लोचन की योग्य सन्तान है, उसका काम करने का ढंग बहुत ही अच्छा है। मैदान जैसे इस विशाल आँगन को जूड़न झाड़ू से बुहारकर बड़ी कुशलता से गोबर से लीपता है। बाग में उग आए जंगली झाड़-झंखाड़ को जड़ से निकाल फेंकता है। तीसरा, जूड़न को ले जाकर स्कूल में दाखिला करने के पीछे कुड़ोनी के मन में कहीं स्वाधीनता से जीने-कमाने की बात भी छिपी है। बस, इसी बात को बाबू सबसे अधिक नापसन्द करते हैं।

गाँव के सभी गरीब पढ़ेंगे, यह सब तो सरकार का प्रचार-तंत्र है। घर में खाने को भात नहीं, बच्चे पढ़ेंगे कैसे? चरवाहा बनकर जीवन शुरू करना ही होगा। अगर फिर भी कुड़ोनी जैसे लोग जूड़न जैसे बच्चों को स्कूल भेजते रहे, तो बाबुओं का उन पर कब्जा ढीला पड़ने लगेगा। अभी तक तो उन पर अपना कब्जा जमा रखा है। अगर ढीला पड़ गया तो सत्यानाश। कभी तो बाबू सरकार के विपक्ष में रहते हैं, पर अभी तो समर्थन कर रहे हैं। परन्तु उन पर अपना कब्जा कैसे छोड़ दे?

गहरे असमंजस में पड़े बाबू जूड़न पर दाँत किट-किटाकर बोले, 'साला, गरीब समझकर दया की, तो मुझे ही केला दिखाओगे? 'अ' कैसा होता है? साले तुझे मरोड़कर 'अ' बनाकर पेड़ की शाख से टाँग दूँगा। हमारी जूठन पर तो हमेशा से पलते आए हो, या हमारे घर चोरी करके, अब लिखा-पढ़ी बिना सीखे चल नहीं रहा। साले, तेरे जैसे लोधा तो इस जिले में, साल-भर में बीस-बीस कट मरते हैं। तिस पर भी इन्हें सीख नहीं मिलती।'

जूड़न ने तब सिर हिलाते हुए कहा, 'हाँ बाबू!' और फुर्ती से आँगन में गोबर लीपता रहा। परन्तु बाद में सनातन से बोला, 'नाना! चोरी करने पर लोधा को मारते हैं, यह तो जानता हूँ। बाबू कह रहे थे, लिखा-पढ़ी सीखने पर भी मारेंगे। तुम कुछ जानते हो क्या?'

'चल हट! तुझे यूँ ही डरा रहे होंगे।'

'मेरे बापू ने तो चोरी नहीं की थी। फिर उसे चोर कहकर क्यों मार डाला?'

'लोधा होने पर जूड़न....'

जूड़न चुप हो गया। लोधा होने पर...

लोधा बनकर जन्म लेना इतना बुरा है, यह तो जूड़न पहले समझ नहीं पाया था। बापू

की मौत के समय जाना था। यद्यपि उस समय उसकी आयु कुल छह वर्ष ही थी, तो भी वहाँ पर एकत्र लोगों की बातचीत सुनकर वह पल-भर में ही बड़ा हो गया था। तीन वर्ष बीत गए। फिर भी अतीत की स्मृति में गहरी उथल-पुथल है।

बापू की बात जूड़न को अधिक याद नहीं। यद्यपि चकरी लगी हुई एक रंगदार लाठी जाने किसने हाथ में थमाते हुए कहा था, 'बेटे के लिए लाया हूँ।'

बापू की बात जूड़न को अधिक याद नहीं। छह वर्ष की आयु में पितृहीन हो गया। अब वह दस वर्ष का होनेवाला है। इस समय मन में बहुत से बदलाव आते हैं। परन्तु गुलाबी बुआ का शुष्क और हृदय-विदारक क्रुद्ध विलाप याद आ जाता है, 'लोचन बहुत भला है, इतना भला है, फिर वह लोचन मरा क्यों? मरा इसलिए कि लोधा था। सभी लोधाओं को बुलाती हूँ, सबको काट डालो, बाबुओ! शान्ति से रहो। लोधा को आज एक, कल दस, परसों छह, किस्तों में न मारो। सबको मार डालो, मारकर शान्ति से रहो।'

जूड़न को खींचते हुए लाकर, उसके बापू के खून से सने पैरों पर उसका सिर छुआ दिया था। अब कभी देख न पाएगा बाप को, तेरे हाथ की आग भी न मिलेगी उसे। सनातन बोला, 'चरण बाबू के आने पर तू पढ़ने चला जाना। नहीं तो तुझे भी मार डालेंगे।'

थप्पड़, धक्का, जूता फेंककर मारना, यह सब जूड़न खाता रहता है। माँ कहती है, 'सब दुख दूर होंगे, बाप। तू जब पढ़ेगा।'

'पढ़ने से दुख दूर होते हैं।'

'तेरा बाप तो यही बताता था।'

'बापू सब-कुछ जानता था?'

'सब जानता था। तू भी जानेगा। बाप की बातें सुनने जैसे लोग जमा हुआ करते थे, तेरी बातें सुनने भी आया करेंगे। यह आँगन भर जाएगा।'

'तब हम एक लालटेन खरीदेंगे।'

'जरूर खरीदना। हम तो नहीं ले पाए।'

तब लालटेन जलेगी। हो सकता है, जूड़न अपने पैरों पर खड़ा हो जाए तो, इनसान बन पाए तो, घर भी अच्छा बनेगा। एक दिन जूड़न की भी बहू आएगी। पर उसके जीवन में, उस अनागत पुत्र-वधू के जीवन में, कहीं यह गीत सच न हो जाए–

जिसके पास देखूँ हँसिया-कुदाल,
उसके साथ जाऊँ।

हँसिया-कुदाल-कुल्हाड़ी से कभी काम चल जाता था। अब नहीं चलता, चलना सम्भव भी नहीं है।

आलू-तुंगा खोद निकालूँ, मारूँ कुदाल से चोट। वो दिन अब नहीं रहे। अब जंगल भी नहीं रहे। रहने भी नहीं देंगे। जिस प्रकार के वन में आलू-तुंगा हुआ करता है, और वो शाल, पियाल, केंद, अर्जुन, सिघा, बहेड़ा, आँवला पेड़ों के जंगल अब रहे नहीं। फॉरेस्ट के बाबू, जंगल के ठेकेदार-बाबू, सब मिलकर जंगल खतम कर रहे हैं और चिल्ला रहे हैं, गाँव के लोग जंगल काट रहे हैं।

आजकल तो जंगल का अर्थ है–यूक्लिप्टस। जलावन, दातुन, पत्ता, फल, छाल, धूना, कुछ नहीं देते। और जंगल की माटी को तो जैसे जला दिया है।

अब हँसिया-कुदाल हाथों में लिये लोधा, पीछे-पीछे उसकी बहू, ऐसी बातें सोचने का कोई लाभ नहीं।

जूड़न बड़ा हो जाए, उसके जमाने में सब-कुछ अलग ही होगा। ब्याह के समय, ब्याह की रस्म के अनुसार जूड़न जरूर एक टीले के ऊपर चढ़कर डरने का नाटक करते हुए कहेगा—मैं गिर जाऊँगा, गिरा तो मर ही जाऊँगा।

तब जूड़न की बहू बोलेगी, 'तुम उतर आओ। तुंगा-आलू जुगाड़ करके तुम्हें खिलाऊँगी।'

पर वो तो केवल रस्म पूरी करने के लिए होगा। वास्तव में देखा जाए तो तब शायद जूड़न नौकरी करता होगा या दुकानदारी करेगा, उसकी बहू मुर्गी-बतख पालती है, घर-गृहस्थी सम्हालती है।

इसी प्रकार दिन बीतते रहे। हजारों अभावों के रहते हुए भी कुड़ोनी जूड़न के फीस के रुपए टीन के डिब्बे में बन्द कर मिट्टी में दबाकर रखना नहीं भूलती।

जूड़न से तो उसने यह बात छुपाए रखी। बेटे से कहा करती, 'सब-कुछ खर्चा हो जाता है, बाप। कुल तीन ही तो रुपए हैं।'

परन्तु रुपए वह जमाती है। कुछ रुपयों के जमते ही वह अनोखी वस्तु खरीदी जा सकती है, जिसका नाम है—लालटेन। लोधा नहीं जानते संचय करना रे! लोधा तो रुपए मिलते ही खा-पीकर उड़ाना जानते हैं। परन्तु लोचन, उसके पति ने उसे संचय का मूल्य बताया था। लोचन कहा करता था, दस पैसे भी बचे तो डिब्बे में फेंक दे। समझ ले वो पैसा है ही नहीं।

ऐसे ही दिन बीतते रहे और एक दिन भरत कोटाल बोला, 'कुछ सुना तूने, कुड़ोनी?'

'क्या?'

'चरण बाबू लौट रहे हैं।'

'मास्टर बनकर?'

'जरूर। मास्टर तो वह बन ही गया था। सिर्फ खियासल गाँव में आना चाहता था। इसलिए जुगाड़ करने शहर गया था।'

'बहुत अच्छा, यह तो बहुत ही अच्छा हुआ।'

हुंकार भरते हुए चरण आ पहुँचा। छिचरण पट्टनायक अपने भतीजे को लाना चाहता था। परन्तु चरण बोला, 'वो सब भुला दीजिए, दादा। एस.टी. इलाके में स्कूल है, एस.टी. पढ़ेंगे। आप लोगों के रहते तो हो नहीं पा रहा।'

'अच्छा!'

'अच्छा, और नहीं तो क्या?'

अपने चिड़चिड़े स्वभाव के अनुरूप ही उसने सबको जरूरत से ज्यादा फटकारते हुए कहा, 'भात कैसे जुटाओगे, मैं नहीं जानता। लड़के भेजो, लड़कियाँ भेजो। तुम्हारे इतने बच्चे पढ़ रहे हैं, यह दिखाकर मैं इस स्कूल को आठवीं तक बढ़ाऊँगा, और अगर पचास एस.टी. दिखा पाया तो तब बोर्डिंग बनवाने की कोशिश करूँगा। लोधा, सन्थाल, उनका जीवन तो अभावों से भरा ही होता है। पर बच्चों को पढ़ने भेजो। नहीं तो मेरे मुख पर कालिख पुत जाएगी।'

और जूड़न का मालिक बोला, 'पढ़ोगे? अच्छा, बहुत अच्छा। किसने कहा, चरण ने? आखिरकार चरण के जाल में जा फँसी, जूड़न की माँ? तुम लोगों के बच्चों को पढ़ाकर वो नाम कमाएगा। साला, पंचायत में घुसेगा, चुनाव लड़ेगा।'

कुड़ोनी ने उत्तर नहीं दिया।

'मेरे हिसाब का क्या होगा?'

'कैसा हिसाब?'

'तुम्हारे घर गिरवी का रुपया।'

'मैं तो हिसाब जानती नहीं। चरण बाबू से पूछूँगी। वह आकर कर देगा।'

'चरण का हिसाब मैं नहीं मानता। उसके चाचा के साथ मेरे भाई का मामला चल रहा था। वह जो भी हिसाब देगा, जरूर सब-कुछ गलत ही होगा।'

'कौन-सा हिसाब मानोगे?'

'या तो तू काम कर।'

'बेगारी करूँ?'

'पाट-गोहाल करना।'

कुड़ोनी ने इतनी सारी बातों का कोई जवाब नहीं दिया। घर लौटकर चरण से पूछने गई थी, पर वह घर पर मिला नहीं। गुलाबी बोली, 'सब झूठी बातें। लोचन ने घर बेचा और हमें पता भी नहीं चला। वह रुपया भी कहाँ गया।'

'अब क्या करूँ?'

'करेंगी क्या? अग्रिम तो नहीं लिया।'

'नहीं। वो बाबू तो साँप की तरह देखता है। अग्रिम लेने के लिए भी तो बात करनी पड़ेगी। लिया नहीं।'

'बस, कल तू जूड़न को जाने मत देना।'

'यह क्या धरम की बात होगी?'

'बाबुओं के साथ धरम का आचरण कैसा? उसने तो कोई धरम नहीं किया। बाघ देखकर भजन करो और साँप देखकर परनाम, बाघ तुझसे प्यार करेगा या साँप तुम्हें चाहने लगेगा?'

'कल जाने दो, परसों से जाने नहीं दूँगी। कल चलो न, हम गुप्तमणि पर पूजा चढ़ाकर आएँ।'

गुलाबी बहुत खुश हो गई। 'वहीं चलो बहन। लोधा जीवन में और रखा क्या है। कोई खुशी नहीं, आराम नहीं। ठीक है, समय रहते चल पड़ेंगे दोनों। रास्ते में कुछ देर केन्दुसल में बैठ जाएँगे। बहन के घर कुछ देर आराम करेंगे। गुप्तमणि की ठकुराइन तो हमारी ही देवी है। लोधा पुजारी। इस देवी को न पूजें तो कोई काम कैसे फले?'

कुड़ोनी ने जूड़न के लिए जमाए हुए रुपए ले लिये, कुछ अपने भी ले लिये। आज वह गोपाल महतो की दुकान में बारह रुपए जमा रखकर लालटेन खरीदेगी। बाकी चार रुपए अगले हफ्ते चुकाएगी। जूड़न लालटेन जलाकर 'अ–आ–इ–ई' पढ़ेगा। पतलून तो फटकर चीथड़े हो चुकी है, पर एक कच्छा है ठीक-ठाक। पूजा से पहले, गांधी-ग्राम में पुरानी कमीज-पतलून बेचने आते हैं। वहाँ से एक पतलून खरीदेगी।

गुप्तमणि में बेटे के नाम पर पुजापा चढ़ाया था, लोचन की आत्मा के लिए भी शान्ति माँगी थी। हाय! परलोक की सद्‌गति तो उसे मिली नहीं। झाड़ग्राम में चीर-फाड़, वहीं कहीं फेंक भी दिया उसे। लोधा जन्म का अभिशाप।

सुनो, जहाँ भी रहो, शान्ति से रहना। तुम्हारा जूड़न कल से पढ़ने जाएगा। तुम शान्ति से रहना। तुम्हारा जूड़न पढ़ने जाएगा। तुम तो कहा करते थे, लोधा बच्चे जब तक पढ़ना न सीखेंगे तब तक उनका कोई उपाय नहीं होगा!

पुजापा चढ़ाकर, लालटेन खरीदकर उसका मन अत्यन्त प्रसन्न था। कुड़ोनी एक लोधा-स्त्री, एक लोधा-माँ है। उसका मन जैसे अपार अरण्य है। उस मन के अरण्य-अंधार में जैसे आज नीले गन्धराज खिल उठे थे। उस गन्धराज की सुरभि ने मन को शान्ति प्रदान की।

और खियासल में पैर पड़ते ही गुलाबी की बेटी, छिरु, शंकर, लड़के-लड़कियाँ दौड़ते हुए आए थे।

'मौसी! कितनी देर लगा दी पूजा चढ़ाने में, कहाँ थी अब तक, जूड़न को तो बाबू ने शायद मार ही दिया।'

'जूड़न को?'

कुड़ोनी ने लालटेन एक ओर फेंकी। पूजा का प्रसाद गिरकर भूमि पर बिखर गया। शंका से क्रुद्ध बाघिन की भाँति वह भागी। बाबू! तुमने मेरे पति को खा लिया, बेटा भी छीन लोगे? कटारी से तुम्हें काट फेंकूँगी, बाबू। काटकर फाँसी चढ़ जाऊँगी। कुड़ोनी हवा सी आगे दौड़ी। चील माँ की तरह डैने झपटाती, चीखती-चिल्लाती, जूड़न रे! चरणबाबू गाँव आए, फिर भी तुझे नहीं छोड़ेंगे?

बाबू के आँगन में बहुत भीड़ है। बाबू के आँगन में गैस बाती जल रही है। तो क्या वो नहीं है? जूड़न कहाँ है? जूड़न! कुड़ोनी आ पहुँची।

भरत कोटाल, सनातन, लोधा और माझी-टोले के कितने ही लोग। जूड़न कहाँ है? भरत की बहू कुछ बोलती क्यों नहीं? मौसी रे! तुम जूड़न को धरती पर लाई थी। अब उसे गोद में लिये पत्थर-सी क्यों बैठी हो? जूड़न! कुड़ोनी छाती पीट-पीटकर रोने लगी।

'यह औरत ऐसा क्यों कर रही है? तेरा बेटा जिन्दा है। चरण वगैरह डॉक्टर लिवाने गए हैं।'

'जिन्दा है? जूड़न जिन्दा है? लाओ, मेरी गोद में दे दो।' बेटे को गोद में लिये कुड़ोनी बैठी रही, 'मैं उसे जरा भी नहीं हिलाऊँगी। कहाँ मारा है?'

'जहाँ बन पड़ा।'

'क्यों मारा?'

'नहीं जानता। सनातन ने जाकर कहा, जूड़न तो मर जाएगा। तो हम सब यहाँ आ पहुँचे। भुवन वगैरह चरण को बुला लाए। जब पहुँचे तो लड़का उस पिटाली पेड़ से बँधा हुआ था। कहते थे, उसने काँसे की थाली चुराई है।'

'थाली चुराई है?'

बेटा अब भी बेहोश है। उसे गोद में लिए, पूजा के कारण उपवासी, सूखे मुँह से कुड़ोनी दुर्बोध्य हँसी हँसने लगी।

डॉक्टर को लेकर चरण आदि पहुँच गए। ग्राम-सेवक विष्णु महतो भी दिखाई दिया। चरण ही उसे बुला लाया है और प्रबल पराक्रमी बाबू के घर विरोधी दल के साथ आने के कारण विष्णु अत्यन्त कुंठित भी है।

डॉक्टर ने कहा, 'उसे लिटा दो जरा।'

देख-सुनकर डॉक्टर बोला, 'दवा दे रहा हूँ। पर एक बार केन्दुसल के स्वास्थ्य-केन्द्र में ले जाओ। यहाँ काफी कट गया है। टाँके लगेंगे। और इंजेक्शन।'

चरण अभी लोक-बल के कारण बलवान है। और ऐसी एक घटना को केन्द्र बनाकर महत्त्वपूर्ण भूमिका निभाने के कारण गाँव में उसका पाँव रखना और भी मुश्किल हो गया। पर वह तो इस स्थान से मानसिक तौर पर जुड़ा हुआ है, इसी से यहाँ आया है।

चरण ने बाबू से कहा, 'गाड़ी निकालिए।'

बाबू ने अपने बेटे से कहा, 'जा।'

कुड़ोनी ने चरण को देखा।

'जूड़न बच जाएगा?'

'हाँ-हाँ, जरूर बचेगा।'

कुड़ोनी ने धारदार हँसी हँसते हुए कहा, 'जूड़न का बाप जाड़ों में आग तापने के लिए भूसा ले रहा था, वह चोर बना। बाबू ने उसे मरवा दिया।'

'सब जानते हैं।'

'उसका कोई न्याय नहीं।'

'रहने दे वो बात!'

'बाबू बोलता है, तुझे भी काम पर लगना होगा। क्यों बाबू! बोलते थे ना? जूड़न को काम पर रखेंगे, वो नहीं तो मुझे करना होगा।'

बाबू निरुत्तर रहा।

'क्यों करना होगा? कहता है, जूड़न के बाप ने सनातन के पास घर बेचकर ढाई सौ रुपए लिये थे। बाबू तो दया के सागर हैं। उन्होंने वो रुपए चुका दिए थे। इसी से मुझे उसके पाट-गोहाल में काम करना होगा।'

इस बात से सब चंचल हो उठे और आपस में बातें करने लगे। बाबू ने कुछ कहने की कोशिश की। कुड़ोनी तेज आवाज में बोली, 'जूड़न के बाप को ढाई सौ रुपए मिले, मैं नहीं जानती? सनातन से पूछा, वो बोला, बाबू मेरे नाम पर बटाईदारी पर जमीन दर्ज करवाते हैं। मैं तो केवल कागजी हूँ। तो जूड़न की माँ! आदिवासी लोधा का घर तो बाबू ले नहीं सकते। उस पर आदिवासी मेरा नाम दे सकते हैं। जिसने बेचा, उसे पता नहीं, जिसने खरीदा, उसे पता नहीं, पता तो केवल बाबू को है। फिर जरा सोचकर देखो।'

विष्णु महतो बोला, 'अगर उधार-कर्जा लिया हो तो ऐसा जरूर हो सकता है, परन्तु...'

चरण बोला, 'किसकी तरफदारी कर रहे हो?'

चरण के मुख पर विजय की मुसकान बिखर गई। वह बोला, 'इस घटना का अन्त भी देखना होगा।'

सबने बाबू की ओर देखा। बाबू ने उनकी ओर, पीछे मुड़े, फिर घर के अन्दर चले गए।

बैलगाड़ी आ पहुँची। जूड़न को उसमें लिटाया गया। कुड़ोनी बेटे को लेकर बैठ गई। गुलाबी ने उसके हाथों में लालटेन थमा दी। कुड़ोनी ने लालटेन को अपने समीप रखा। जूड़न जब सजग होगा, होश में आएगा, तब उसे लालटेन दिखाएगी।

गाड़ी धीरे-धीरे किचिर–किचिर करती हुई चलती रही। भरत वगैरह बोले, 'पक्का रास्ता आने पर हम धकेलकर ऊपर चढ़ा देंगे। रास्ता तो बहुत ऊँचाई पर है, है न?'

कुड़ोनी जूड़न को घेरकर बैठी रही। इस समय उसके चारों ओर कैसी सुगन्ध है! नीले गन्धराज की! दूसरों को क्यों नहीं मिल रही?

कुड़ोनी का मन धीरे-धीरे शान्त हो गया, स्थिर। बैलगाड़ी चलती रही।

●●●

വിഷമവൃത്തം

വത്സലൻ വാതുശ്ശേരി